U0732789

开卷一篇立意，真打破历来小说窠臼。阅其笔，则是《庄子》《离骚》之亚。

——脂砚斋

马瑞芳品读紅樓夢

上册

马瑞芳 著

江西人民出版社

马瑞芳 1965年毕业于山东大学中文系，山东大学中文系教授、博士生导师、古代文学专业学科带头人，中国作家协会全国委员会荣誉委员，中国红楼梦学会常务理事，曾任山东省作协副主席、山东省政协常委会委员、山东省人大常委会委员。出版作品四十余种，有专著《幻由人生蒲松龄传》、《从聊斋志异到红楼梦》、趣话经典系列、古典小说风情谭系列，长篇小说《蓝眼睛黑眼睛》《天眼》《感受四季》，散文集《煎饼花儿》《百家讲坛这张魔鬼的床》等。曾获全国优秀长篇小说奖、全国纪实散文奖、首届全国少数民族创作散文一等奖、全国女性文学创作奖、全国女性文学理论创新奖，多次获山东省社会科学优秀成果奖。曾在中央电视台“百家讲坛”讲“马瑞芳说聊斋”，在海峡两岸十几家电视台及喜马拉雅音频平台讲《红楼梦》。2017年被授予山东省读书形象大使。

《红楼梦》是长篇小说，中国现在一年出版一千本长篇小说，有几本五年后大家还看？有几本十年后读者还看？有几本五十年后还有人知道？难说。但《红楼梦》作者离开人间二百多年了，全世界越来越多的人在读《红楼梦》。世界上每个角落都有人通过不同的译本读中国的《红楼梦》。为什么不分国家、不分时代的读者都愿意读《红楼梦》？因为《红楼梦》写的是人类共同命运，生老病死，爱情友谊，富贵贫困，这是每个国家、每个时代的人都会遇到的。

1980年，我给六个国家的外国留学生讲《红楼梦》，讲到王熙凤，我往黑板上写个“蛇蝎美人”。瑞典留学生不干了，说马老师我不同意您的观点。王熙凤很有能力，我如果娶妻子就娶王熙凤这样的。我很震惊，后来想想很有道理。这个学生离开中国不久，就做了瑞典王国驻香港总领事，又过了几年在帕尔梅首相手下做国家安全事务助理。这样有从政能力的欧洲青年为什么喜欢王熙凤？就因为像小品里说的，王熙凤你太有才了。秦可卿死了，宁国府乱成一锅粥，王熙凤几天时间治理得井井有条。我给日本学生讲到王熙凤，日本学生说，我们日本人打麻将，下属也得学王熙凤，故意输钱给上级。王熙凤有这么广泛的国际影响！

不同的读者都在读王熙凤，毛泽东主席万里长征爬雪山过草地，军事外的书都精简了，他只留了一本文学的书，《红楼梦》。毛主席也是影响很大的红学家，毛主席说，《红楼梦》可以当清朝历史读，还说第四回是《红楼梦》总纲。我们研究文学，喜欢分段，你搞古代文学，他搞现代文学，那位搞当代文学。搞古代文学又分成好几段，你搞先秦，他搞唐宋，我搞明清。但《红楼梦》就不一样了，什么人都可以研究。我们开红学会，从美国来了几位红学家，最有名的两位红学家，一位是威斯康星大学周策纵教授，一位是纽约大学唐德刚教授，两位教授都是美国著名的历史学家。2007年，我在《文史知识》开个专栏，讲《红楼梦》是怎样承传聊斋。但是首先提出《红楼梦》承传《聊斋志异》文学传统的并不是我，是美国威斯康星大学经济学家赵刚教授。各个国家，各种专业，大家都在读《红楼梦》。各种年龄的人都在读《红楼梦》。在百家讲坛，易中天问我，于丹4岁读论语，你是几岁开始读《红楼梦》和《聊斋》？我开玩笑回答，我从娘肚子里就读《红楼梦》。我母亲出嫁时，她的嫁妆里有个书箱，里面摆着石印本《红楼梦》和《聊斋志异》。我很小的时候就听母亲用《红楼梦》里的话讲社会是怎么回事。比如说千里搭长篷，没有不散的宴席，大有大的难处。我18岁进了大学，《红楼梦》是我的案头书，我读的是五年制，从图书馆借本《红楼梦》，到期再续，一放五年。每天晚上是我的床头必读书。我在青春岁月最想了解宝黛爱情。等我年事稍长，就能够理解，薛姨妈为什么对她的女儿做出那样周到的安排。当我老了，做了祖母、外祖母，就特别能够理解贾母的人生，就更加坚信当年母亲说的观点，贾母绝对不可能反对宝黛成婚，因为她最爱外孙女黛玉和孙子宝玉，一定要让他两个成一家。当我在十几家电视台讲到这个观点时，我家的人说，这家伙又抄袭，抄谁的？老母亲的。我母亲，一个所谓家里蹲老太太能提出一些红学观点。红学界的观点就更多了。真是树林子大了，什么鸟都有，你在红学界能够听到很多天方夜谭，比如有人说曹雪芹是18世纪中国的007，他和他的邦德女郎一起刺杀了雍正皇帝。这太奇怪了吧，但是听到这样的话不要大惊小怪，因为类似的话一百年前就有，一百年后还会有。

2008年我在布加勒斯特跟《红楼梦》罗马尼亚译本的译者一起吃饭，我问她：你为什么翻译《红楼梦》？她说一句话，当时我眼泪都掉下来了。她说，《红楼梦》是我们欧洲文化从来没有达到过的高峰。说得太好了！欧洲文化的高峰是莎士比亚，莎士比亚三十多部戏剧创造四百多个人物，曹雪芹一部没写完，或者是写完没完全传下来的小说，也创造四百多个人物。其中二百多个女性，从贵族夫人贾母到农村老太太刘姥姥，从千金小姐林黛玉、薛宝钗，到粗使丫鬟傻大姐，一个一个活灵活现，好像能从纸上走下来。说《红楼梦》是欧洲文化从来没有达到过的高峰，这句话太恰当了。

我印象最深的《红楼梦》研究专家观点是什么呢？胡适

是新红学创始人，有很多红学著作，我印象最深的一句话，是1985年《胡适传》作者唐德刚先生到哈尔滨参加国际红学会的时候说的。当时参加国际红学会中国学者都西装革履，唐德刚先生穿涤卡中山装，我给他起个外号，人民公社干部，19级干部。这个级别有资格买飞机票回纽约。唐先生在会上说，胡适当年不做驻美国大使了，就和我们一起吹牛，说话比较随便。他说，《红楼梦》不是好小说，没有主题。没有主题你为什么还研究《红楼梦》？胡适说，好玩呀。胡适是新红学鼻祖，我认为“好玩”在他所有的红学观点里面，是最重要、最精辟，也最到位的。

《红楼梦》为什么“好玩”？因为有趣，《红楼梦》充满情趣、谐趣，还有一般小说没有的雅趣。其实，将小说写得有趣，本来就是曹雪芹追求的。第一回写到空空道人和石头对话，石头（曹雪芹的化身）说：“市井俗人喜看理治之书者甚少，爱适趣闲文者特多。”所谓“理治之书”就是关于治国理政之书，普通百姓闲暇时间，谁还再研究如何治理国家？都会找一些适合自己情趣、本身也特别有趣的书看，比如诗、词、美文、小说。曹雪芹就是以“适趣闲文”定位，完成中国古代最伟大的长篇小说。他还特别瞧不上两种似乎是适趣闲文的小说，一类是风月笔墨，以淫秽污臭糟蹋文字坏人子弟；一类是千部共出一套的才子佳人小说，满纸潘安、西子，不过假拟出男女二人姓名，再加一个小人拨乱其间。《红楼梦》也写儿女之情，写离合悲欢、兴衰际遇，但与这些小说截然异趣。曹雪芹在第一回，就借空空道人与石头对话表达了自己创造《红楼梦》的美学理想和自视甚高的心理。脂砚斋说："开卷一篇立意，真打破历来小说窠臼。阅其笔，则是《庄子》《离骚》之亚。"

《红楼梦》是小说，又不仅是小说，他是一部盖世奇书，吸纳了中国文学各种形式，像诗、词、赋，他调动了中华文化各个方面，像建筑、园林、绘画、美食。所以《红楼梦》怎么看怎么好玩，怎么看怎么有趣，但是毛主席说《红楼梦》要看五遍，因为他写的是四大家族的兴亡史。梁思成规定清华大学建筑系的学生必须读《红楼梦》，看看大观园是怎么盖的。

我研究《红楼梦》五十多年，第一篇红学论文是1962年大学三年级交的古代文学作业《贾宝玉批判》。研究这么多年，写过不少书，现在最想用英国小说家兼小说理论家佛斯特的观点看看《红楼梦》。佛斯特认为，小说无非写人生五大事件，出生、饮食、睡眠、爱情、死亡。

写人的出生，世界上哪位小说家创造过贾宝玉和林黛玉缘定三生的大爱神话？贾宝玉前身是赤瑕宫神瑛侍者，林黛玉前身是灵河岸边三生石畔一株绛珠仙草。神瑛侍者用甘露浇灌这株仙草，仙草得以活下来，修成仙女。她五衷之内，也就是内心深处一直感戴神瑛侍者的浇灌之恩。当神瑛侍者要下凡做贾宝玉的时候，绛珠仙子要跟他下去，还他的甘露之恩。把我一生的眼泪全还给他。在世界文学当中谁见过这样的相爱是为了还泪的神话？世界上哪位小说家写爱情，能写到像贾宝玉、林黛玉、薛宝钗这样，不是三角恋，但比三角恋要有趣得多，好看得多，因为他们三个人是聪慧者的心灵捉对厮杀，也是贾宝玉人生道路的选择。

世界上还有哪位作家能写出像《红楼梦》里面的那些饮食？《红楼梦》的饮食，最有代表性的是茄鲞，我参加过很多国际红学会，吃过很多次的红楼宴，不管多有名的大厨师，都没做出王熙凤所说的茄鲞。后来八七版《红楼梦》的民俗顾问邓云乡先生告诉我，你知道吗，茄鲞是什么，就是宫爆鸡丁。不要说红楼宴的那些大菜，红楼早点就能把外国人唬的一愣一愣的。我在扬州西园宾馆跟英国一位模样很像撒切尔夫人，名字也叫玛格丽特的女学者一起吃过红楼早点。先上了八道粥，野鸭粥、桂圆粥，再上来八种小吃，枣泥馅的山药糕，东府的豆腐皮包子，再上来八个果碟。玛格丽特吃了两三种她就不吃了。我非常喜欢俄罗斯小说，特别是三位长篇小说大家，妥斯陀耶夫斯基，屠格涅夫，托尔斯泰。这三位俄罗斯最著名的长篇小说家，他们几十部长篇小说加一块，对俄罗斯饮食的描写能和《红楼梦》比吗？根本就不能比，因为《红楼梦》写的是中国的饮食，《红楼梦》更写的是中国文化，餐饮桌上写文化。史太君两宴大观园，那是个多么有趣的宴会。

《红楼梦》的死亡被称为中国古代小说的经典艺术。秦可卿之死和《歧路灯》谭孝移之死、《金瓶梅》李瓶儿之死，是中国古代小说描写人物之死的三大经典。《红楼梦》写晴雯之死，晴雯和贾宝玉什么关系？“光谱纯”一样，太纯洁了，但当晴雯要离开人世时，把红指甲咬下来交给贾宝玉，把贴身衣服和贾宝玉换了。多么感人的生离死别。更有意思的是，《红楼梦》还把人物死亡和一个大家庭呼喇喇大厦倾联系到一起，所以《红楼梦》太有趣了。

《红楼梦》几百个人物，即使出来个一闪而过的人物，都会叫我们过目不忘。焦大，几百个字，一个老忠仆写活了。鲁迅先生说，焦大是贾府的屈原。

我在大学里给本科生、留学生、研究生讲《红楼梦》，都是高堂讲章，理论分析、人物分析、艺术特点，现在换种讲法，把《红楼梦》从头到尾一回一回地读下去。《红楼梦》是章回小说。每个章回都有个相对独立的故事，一个一个似乎短篇小说的故事组成了最好的中国故事。

关于《红楼梦》最有趣的一句话是1992年扬州开国际红学会闭幕式上，蒋和森先生说的，他说中国可以没有万里长城，不可以没有《红楼梦》。这话过分吗？想想还有几分道理。我们现在生活匆忙，要跑多少地方，我们可以背上本《红楼梦》，到任何一个地方从任何一段打开就看，璀璨的龙文化气息扑面而来，人们的生离死别、生老病死、穷困富贵、人生感悟，都在其中。

目录

第一回

甄士隐梦幻识通灵
贾雨村风尘怀闺秀

读《红楼梦》首先要弄清《红楼梦》为何又叫《石头记》？还要弄清两个神话对全书的作用。一个神话是贾宝玉和林黛玉从灵河岸边开始的三世情；一个神话是贾宝玉出生时嘴里衔着的通灵宝玉，其实是代表曹雪芹的无材补天之石。

《红楼梦》和《石头记》

《红楼梦》是什么意思？曹雪芹从哪取来的书名？唐代诗人白居易有首《秦中吟》："红楼富家女，金缕绣罗襦。"住在富丽堂皇的楼阁里面的富家小姐，用金丝线绣她的绫罗嫁衣。这就是《红楼梦》书名的来历。红楼是富家闺阁，梦是人生感受。曹雪芹说他是经过一番梦幻之后，才来写这本书的。曹雪芹所谓梦幻，是梦幻样的人生，说他的家庭从繁华到贫寒，从锦衣纨绔，饫甘餍肥，到茅椽蓬牖、瓦灶绳床。从穿绫罗绸缎，吃腻鸡鸭鱼肉，到住草房陋室，用简陋的锅灶，曹雪芹从繁华旧梦当中醒来，认真思考人生写下《红楼梦》。

《红楼梦》还有个名字《石头记》。所谓石头记，就是一块大石头上记录了一段故事。小说开头讲了个女娲补天的故事：原来女娲炼石补天时，于大荒山无稽崖炼成高径十二丈，方径二十四丈顽石，三万六千五百零一块，娲皇氏只用了三万六千五百块，剩了一块未用，弃在青埂峰下。此石自经煅炼之后，灵性已通，因见众石俱得补天，独自己无材，不堪入选，遂自怨自叹，日夜悲号惭愧。

大荒山无稽崖，什么意思？荒唐无稽。青埂谐音情根，感情之根，爱情之根，已经不能补天，还放到了讲感情的青埂峰下。这块不能补天的石头在悲号的时候，来了茫茫大士和渺渺真人。又是茫茫又是渺渺，都意味着虚无缥缈，和大荒山无稽崖一样，是小说家造的。茫茫大士和渺渺真人高谈阔论。说到红尘当中的富贵，石头很感兴趣，说红尘当中这么好，你们携带我去看看行不？两位大师就把石头变成块扇坠大小的晶莹宝玉，把他送到人间了，送到什么地方？昌明隆盛之邦（长安大都）、诗礼簪缨之族（荣国府）、花柳繁华地（大观园）、温柔富贵乡（贾宝玉的绛芸轩）。像麻雀蛋那么大的通灵宝玉含在胎儿贾宝玉的嘴里进入红尘。从此挂在贾宝玉的脖子上，一一地记录人世间发生的事。这块玉仅仅是块玉吗，或者说仅仅是块石头吗？不，他是曹雪芹的化身，曹雪芹一生最惭愧的事情，就是他无才补天，什么是天？天就是朝廷，封建时代的读书人，以做天子门生、为天子效力作人生理想。不能补天，就是不能为皇家所用。曹雪芹就不能补天，他的祖父曹寅任过江宁织造，康熙南巡他四次接驾。曹雪芹的父亲曹頫，被雍正皇帝抄家，曹家就走向了末路。

曹雪芹既不能继承祖父的官职，也不能够通过科举考试获得功名去做官。在那个时代，读书做官是读书人唯一出路。没有出路，多么郁闷。曹雪芹无才可以补苍天，就把自己幻化成一块石头写小说。这就是《红楼梦》为什么又叫《石头记》的原因。

这块变成美玉的石头是噙在贾宝玉嘴里来到人世。胎儿的嘴能含多大的玉？肯定非常小。曹雪芹具体写到通灵宝玉像麻雀蛋那么大。1996年，八七版电视连续剧《红楼梦》的总导演王扶林先生到山东大学来拍根据我的长篇小说《蓝眼睛黑眼睛》改编的电视连续剧，我和王导演开玩笑说，王导演我非常佩服您，您给欧阳奋强挂上巴掌大一块通灵宝玉，怎么可能？那么大的玉能含在婴儿嘴里吗？只能含在大河马嘴里。王导演说，你要知道，我的电视一拍，全国几亿人看，如果我给欧阳奋强胸前挂上个麻雀蛋，观众还不得骂死我？后来我又跟李少红导演讨论她用的那块玉，我说少红导演，你倒是用了块真正的和田玉，不像王扶林导演用块有机玻璃刻通灵宝玉。但是你这块玉是浅黄色，贾宝玉那块玉是红色的。曹雪芹写“灿若明霞”。这都是些题外话了。

通灵宝玉起什么作用？它像美国的卫星侦察仪，地面上什么东西都能看得清清楚楚；它像西方神话所说的瘸腿的魔鬼，能够穿透房顶，看到房子里面发生了事；它像微型摄像机，拍摄下贾宝玉身边发生的事情。贾宝玉不在场，它还可以遥控拍摄。石头叙事是中国古代小说当中一种特殊的叙事方法。

明明是曹雪芹独立创作的小说，他偏要说是石头写的，若干劫之后，空空道人从大荒山无稽崖青埂峰经过，看到石头写的故事，就抄来，经过曹雪芹在悼红轩批阅十载，增删五次，才拿来给大家看，这是曹雪芹故弄玄虚。实际情况是，曹雪芹写过一本《风月宝鉴》，《红楼梦》是在《风月宝鉴》基础上重写的。在写作过程中，身边的亲人一边给他抄一边还做点评，最主要的脂砚斋、畸笏叟。脂砚斋是曹雪芹的堂兄弟曹天佑。畸笏叟是曹雪芹的父亲曹頫。笏是大臣向皇帝奏事时拿的板子。畸形笏板，就是丢了官，畸笏叟就是丢了官的老头。

通行一百二十回本《红楼梦》前八十回是曹雪芹写的，后四十回是高鹗和程伟元根据无名氏的续书增补。曹雪芹后面原来写些什么内容？脂砚斋评语提供了线索。

林黛玉心源性本还泪说

无才补天的石头写下了《红楼梦》，是小说第一个神话。第二个更有趣的神话是贾宝玉和林黛玉的三世情缘。贾宝玉和林黛玉是从单纯美丽的仙境来到纷纭复杂的人世遭受磨难的。林黛玉的前身是西方灵河岸上三生石畔一株绛珠草。西方，是极乐世界。灵河，是西方极乐世界的河，河前面有个修饰的字“灵”，有好几层意思，灵敏、灵秀、灵气，都是林黛玉的特点，灵河是林黛玉心的源泉。林黛玉是《红楼梦》里最聪明的姑娘，她的聪明是胎里带来的灵气，她的灵气大大方方表现出来，有时候肆无忌惮表现出来。林黛玉直率耿直，锋芒毕露，有话就说，从来不藏着掖着，从来不捂着嘴说半边话。贾宝玉的奶妈李妈妈就说林姐的嘴比刀子还快。这棵小草长在三生石边，三生本是佛教概念，指前世、今生、来世，或者过去、现在、未来。三生石故事来自唐传奇《甘泽谣·圆观》。惠林寺的和尚圆观和李源是好友，两人一块到三峡，看到几个妇女在打水，圆观流着眼泪对李源说，那个大肚子的妇人姓王，肚子里的孩子就是我。十二年后中秋月夜，你到杭州天竺寺，会再见到我。到晚上，圆观圆寂而王氏生了个儿子。十二年后，李源在天竺寺外遇到个牧童，唱了曲《竹枝词》：“三生石上旧精魂，赏月吟风不要论，惭愧情人远相访，此身虽异性常存。”什么意思？我们是缘定三生的好友，现在老友来拜访我再世为人，我虽然变成小孩了，但是我们的友谊永远不变。牧童就是圆观的后身。文学作品用“三生石”形容男女之间为情而生，为情而死，为情可以共生，可以共死，可以死而复生的再世情缘。

林黛玉喜欢的《牡丹亭》就是三世情，柳梦梅和杜丽娘梦中相爱，是人的灵魂相爱；杜丽娘死了，柳梦梅和她的鬼魂幽会，是人鬼相爱；柳梦梅把杜丽娘从坟墓里掘出，杜丽娘复活，皇帝下令成亲，是人和人相爱。林黛玉的前身绛珠仙草既然生长在三生石畔，就必然要连续三世为情而献身，三生石是林黛玉性情的根本，爱情至上，为情献身，是林黛玉性情的最主要的东西。

绛珠草是长着绿色的叶子，大红的小珠珠果实的草。绛珠草能活下来，是因为它接受了贾宝玉的前身、赤瑕宫神瑛侍者的雨露之恩。这是贾宝玉和林黛玉的第一世情缘，神瑛侍者浇灌绛珠仙草。

林黛玉常发牢骚，说我是草木之人，没有什么金呀玉呀。在薛家大造金玉良缘舆论时，贾宝玉偏偏在梦里说，木石姻缘。一点不错，林黛玉前身是绛珠仙草，是木，贾宝玉前身是神瑛侍者，瑛也是石头，他们之间就是木石姻缘。贾宝玉和林黛玉的第二世情缘是绛珠仙子在五衷内对神瑛侍者郁结着缠绵不尽之意。警幻仙子的绛珠妹子是林黛玉的第二个前身。绛珠仙子游于离恨天外，饥吃蜜青果为膳，渴饮灌愁海水为汤。非常简单的话，含义非常不简单。离恨天是天的最高层，是悲哀气氛聚集的地方。“蜜青果”谐音“秘情果”,秘密的感情。古代什么感情是秘密感情？爱情。饮灌愁海水为汤，谐音是惯愁海水，习惯的哀愁，永远的哀愁，绛珠仙子吃的秘情果，喝的惯愁水，决定了林黛玉的性格，为爱情而哀愁而痛苦，为爱情而九死不悔。从绛珠仙草到绛珠仙子到林黛玉，贾宝玉和林黛玉的感情是三世情。是古代戏曲小说最别致的爱情。

为什么这样说？我们跟《红楼梦》里常出现的《西厢记》《牡丹亭》比一下，就可以看出曹雪芹的天才是多么不寻常。《西厢记》是典型的一见钟情，张生和崔莺莺素不相识，两人佛殿相逢，张生就掉魂了，唱道："颠不剌的见了万千，似这般可喜娘的庞儿罕曾见，则着人眼花缭乱口难言，魂灵儿飞在半天。"外貌吸引的爱情，最后在红娘的帮助下偷尝爱情禁果。《牡丹亭》好像比《西厢记》进一步，杜丽娘和柳梦梅梦中相识，也是因为外貌吸引成了情人。杜丽娘追求爱情而死、而游魂、而复活。《西厢记》也好，《牡丹亭》也好，男女相爱，都是外貌吸引，相爱的层次比较低。

宝黛爱情不一样了，这和两人诗意化出生，特别是曹雪芹创造的还泪说有关。当贾宝玉的前身神瑛侍者下凡时，林黛玉的前身绛珠仙子要跟他去下凡，把一辈子的眼泪还给他报答甘露浇灌之恩。古今中外任何小说，有没有爱情是为还泪的？贾宝玉和林黛玉凑到一块，总伴随着怄气、争执，林黛玉就哭，林黛玉哭的主要原因是，贾宝玉是不是心里只有我，所谓情重愈斟情。随着一次次还泪，爱情一步步地加深，最后林黛玉为贾宝玉流干眼泪，生命走到了尽头。根据曹雪芹构思，贾宝玉虽然跟薛宝钗结婚，但总忘不了林黛玉，最后"悬崖撒手"，弃家为僧。

甄家小荣枯和假作真时真亦假

爱情小说的男女主角齐了，他们的故事该开始了吧？不。曹雪芹写《红楼梦》，主要并不是写缠绵悱恻的爱情故事，他要覆盖广泛人生，告诉读者人生终极的目的是什么，人生什么最值得留恋，什么最可贵。他还要告诉大家，《红楼梦》里面什么是真的，什么是假的。小说第一回，贾宝玉还没有出现，先出来个甄士隐，他住在十里街、仁清巷，这是谐音，他住在势利街、人情巷。甄士隐的岳父就叫封肃，谐音“风俗”。甄士隐是号，名字叫甄费，谐音“真废”。为什么一个清高淡泊的人成了真正的废物？因为在势利世界，一切都是往高处看的社会，一个不搞蝇营狗苟的人就真正是个废物。

甄士隐家境不错，钱比较多，他还有个可爱的女儿，只有3岁，名叫英莲，“甄英莲”的谐音就是“真应怜”。

甄士隐在书房翻书翻累了，趴在书桌上，梦到一个地方，来了一僧一道，把大石头变成通灵宝玉的一僧一道。两个人边走边说要把这块蠢物送到警幻仙子那儿去。甄士隐好奇地问：什么蠢物。一僧一道就把三生石畔绛珠仙草和神瑛侍者的故事讲给他听，说现在这块石头要跟着他们下去。甄士隐说：我看看好不好？甄士隐看到上面写着“通灵宝玉”四个字，后面还有几行小字，刚想细看，和尚说已到幻境，一把就抢过去。甄士隐看到道人过了个大牌坊，也跟过去看，上面写“太虚幻境”，还有对联“假作真时真亦假，无为有处有还无”。这是《红楼梦》纲领性语言，翻译成现在通俗的话：如果把虚假的当成真实，真实的也就成了虚假；如果把虚无的东西当做实有，实有的东西也就变成了虚无。甄士隐正想琢磨，忽然听到一声霹雳，好像天崩地陷，他大叫一声，睁开眼一看，原来在做梦，眼前只有绿绿的芭蕉和红红的太阳照耀着大地。他梦见的事实就忘记了一半，甄士隐看到女儿是越发粉妆玉琢，甄英莲漂亮且很乖觉。甄士隐抱了她到街上玩。那边又来了一僧一道，实际上就是甄士隐在梦境当中所看到的一僧一道，但是模样太不一样了。梦境中的一僧一道仙风道骨，到人世间来，和尚癞头跣脚，道人跛足蓬头，癞头跣脚的僧道是来告诉你，你的命运怎么样，你应该如何办。

一僧一道一看到甄英莲，大哭起来，说，你把这个有命无运累及爹娘之物抱在怀里做什么？干脆把她送给我算了。甄士隐不理他，抱着女儿走了。和尚指着他哈哈大笑，就念了四句词：“惯养娇生笑你痴，菱花空对雪澌澌。好防佳节元宵后，便是烟消火灭时。”藏了什么玄机？你娇生惯养女儿太痴太傻，她的命运很不幸，将来她要被卖到薛家，给薛蟠做妾，受尽折磨。菱花预示着香菱的名字，雪澌澌暗示薛蟠的姓氏。甄英莲进了薛家之后，她的名字是谁给她取的呢？薛宝钗。

这个名字是从陆游的诗来的："平生遭际苦萦缠，菱刺磨作芡实圆。"香菱也是不幸的名字，和甄英莲一样。甄士隐听得明白但是不懂。和尚道人说，咱们各自去干营生去，三劫后我们会齐了到太虚幻境。

这时第一回另一主角贾雨村出来了。此人名叫贾化，谐音"假话"。家乡是湖州。谐音"胡诌"。表字"时飞"，到了一定时间就飞黄腾达，别号"雨村"。他本来也是诗书仕宦人家，现在没落了。千方百计想往上爬。他想到京城去考进士，但是他没钱，住在葫芦庙里面卖字作文为生。这是个非常贫寒的人。

甄士隐邀请贾雨村到家里去坐坐。刚坐下喝茶，有人报告，说严老爷来拜，甄士隐就出来接待。贾雨村无聊，随意翻书的时候，听到窗外有女子咳嗽声，他起来一看，是个眉清目秀的丫鬟摘花。贾雨村看呆了，甄家丫鬟摘了花要走时，看见窗子里面有个人。戴个破头巾，穿着旧衣服，但是长得不错，高高大大，腰圆背厚，面阔口方，眉毛浓浓的往上挑着，眼睛炯炯有神，高高的鼻子，高高的颧骨。在中国古代相面学里面，颧骨高是一个富贵相。我们看到这个地方，对曹雪芹这种小说家写人的本领更加佩服。前人小说，甚至很有名的小说里，出来个坏人，总是尖嘴猴腮的，只有好人出来才相貌堂堂，但是贾雨村相貌堂堂。

2007 年莫言到山东省图书馆讲座，我们一起吃饭，聊起怎么样写人。莫言就对我家先生，教当代文学的博士生导师牛老师说，我写人有这个原则，把好人当坏人写，把坏人当好人写，把自己当罪人写。牛老师说，莫言你这就叫作艺术的辩证法。真正有才能的小说家，在写人的时候就是得有艺术辩证法。不要把我们传统意义当中的坏人，写得头顶长疮，脚底流脓。在《红楼梦》里面就经常是这样写人,辩证地写人，薛蟠很坏，但是薛蟠很疼妹妹，就是例子之一。贾雨村的相貌也是例子。

甄家丫鬟想，这人这么雄壮，又这么破破烂烂，大概他就是主人常说的贾雨村了，主人常想帮他，又没有机会。这样想，一边就回头又看了两次。贾雨村的心怦怦跳起来了。哎呀，这个姑娘是不是有意于我呀？她肯定是个巨眼英雄，像当年红拂女一样，风尘中认识英雄，是我的知己。越发地胡思乱想起来。

第二天中秋佳节，甄士隐把贾雨村请来喝酒，当他去请贾雨村时，贾雨村正在葫芦庙琢磨，昨天那姑娘肯定对我有意，现在是中秋，团圆的日子，姑娘对我有意，我们俩结果如何？他吟了首诗，表示我很想念佳人却没法见面。又想到我这么有能力，却这么贫困，对天长叹，高吟一联："玉在匵中求善价，钗于奁内待时飞。"意思是：玉不为人知时寂寞地等待认识他的人出高价；宝钗放在化妆盒里没人用它，当真有人用它时，就飞黄腾达了。这是贾雨村自比宝玉和宝钗，他希望有人赏识自己。这是用典故，“玉在匵中”用的是《论语 · 子罕》里的典故，“钗于奁内”用的是汉武帝时典故。甄士隐听见说：雨村兄真抱负不浅也。贾雨村到甄士隐家喝茶喝酒，看一轮明月，口占一绝：“时逢三五便团圆，满把晴光护玉栏。天上一轮才捧出，人间万姓仰头看。”这是描绘月亮，也是讲自己很有才能，将来如果有机会，就好像一轮明月，捧到天上，人间万姓都会扬头来看我。甄士隐说，老兄，听听您这诗，肯定不会久居人下。这首诗说明你飞黄腾达的征兆已有。贾雨村说，如果论学问，我也能考中，但我连路费都没有。甄士隐说，你怎么不早说？马上派书童取五十两银子，两套冬衣，送给贾雨村。并说，雨村兄将来雄飞高举，我们再见面，不是大快人心吗？

中国最伟大的短篇小说家蒲松龄曾做家庭教师，一年收入不到二十两银子。甄士隐一次给贾雨村私塾老师两年半工资，多么善良。而贾雨村只不过是略谢一语。他为什么只是略谢几句并不在意？因为他心里面清楚，我考上进士做了官，就是你甄士隐的父母官了，这是区区小事。后面林黛玉的父亲资助他，他的感谢就完全不一样了。这是个看人下菜碟的白眼狼。

元宵节甄士隐叫家人霍启，抱着甄英莲去看花灯。“霍启”就是“祸起”。霍启要方便一下，把英莲放到一个台阶上，等他回来，孩子不见了，霍启逃跑了。甄士隐老两口年近半百就这么一个女儿，还丢了，夫妻俩都病了。到三月十五日，葫芦庙要炸东西来供应神佛，油锅里面的油溅到锅底下的火堆上，烧着了窗纸。一条街烧得像火焰山。甄士隐的家产烧没了。到田庄上去吧，偏偏水旱不收，鼠盗蜂起。只好把田地卖了，投靠岳父。封肃就是那势利小人的“风俗”，看女婿这么狼狈地来了，不高兴，幸亏甄士隐手里面还有点银子，可恶的岳父就半赚半买地给他买点薄产。岳父人前人后说他的闲话：不会过日子，好吃懒做。甄士隐悔恨，我怎么投靠了这么个岳父？病更厉害了。

《好了歌》及解是小说主题

有一天甄士隐拄了拐杖到街上散心，那边来了个跛足道人，疯癫落脱，麻屣鹑衣，念念有词，跛足道人这几句词就是《红楼梦》主题性质的《好了歌》。

世人都晓神仙好，惟有功名忘不了！
古今将相在何方？荒冢一堆草没了。
世人都晓神仙好，只有金银忘不了！
终朝只恨聚无多，及到多时眼闭了。
世人都晓神仙好，只有姣妻忘不了！
君生日日说恩情，君死又随人去了。

世人都晓神仙好，只有儿孙忘不了！

痴心父母古来多，孝顺儿孙谁见了？

用郎朗上口的歌谣，反复吟诵《红楼梦》主题，到头一梦，万境皆空。你说神仙好，但是你忘不了功名。蔺相如这样的相国，廉颇这样的将军，在哪呢？一堆荒草。你认为神仙好，你忘不了金银。你整天在那里敛，在那里聚金银，金银够多的时候，你眼睛闭了，赤条条来去无牵挂，你能带走一两银子一钱银子吗？世人都知道神仙好，只有你那美丽的妻子你忘不了。但是你美丽的妻子在你活着的时候，天天给你说多么的爱你，你死了没多久，又嫁作他人妇了。世人都说神仙好，只有儿女忘不了。你千方百计把所有的钱堆到儿孙身上，这样痴心的父母很多很多，但真正孝顺的儿孙你见过吗？

甄士隐说，你满口说些什么呀？只听见你说“好”“了”，“好”“了”。道人说，你听见“好”“了”两个字还算你明白，你知道吗，世界上万般事好便是了，了便是好，若不了便不好，若要好须是了，我这歌就叫《好了歌》。甄士隐本来很聪明，一听到这话，大彻大悟。说：等等，我给《好了歌》加点注解怎样？道人说，你解，你解。

甄士隐就说了：

陋室空堂，当年笏满床；衰草枯杨，曾为歌舞场。

蛛丝儿结满雕梁，绿纱今又糊在蓬窗上。

说什么脂正浓、粉正香，如何两鬓又成霜？

昨日黄土陇头送白骨，今宵红灯帐底卧鸳鸯。

金满箱，银满箱，展眼乞丐人皆谤。

正叹他人命不长，那知自己归来丧！

训有方，保不定日后作强梁。

择膏粱，谁承望流落在烟花巷！

因嫌纱帽小，致使锁枷扛；昨怜破袄寒，今嫌紫蟒长：

乱烘烘你方唱罢我登场，反认他乡是故乡。

甚荒唐，到头来都是为他人作嫁衣裳！

道人一听，拍掌笑道，解得切，解得切。甄士隐说，走吧，他把道人肩上的褡裢抢过来背着，不回家，跟着道人飘飘而去。

把褡裢抢过来什么意思？说明他要拜道人为师了，出家了。

甄士隐的《好了歌解》也被认为是《红楼梦》的主题，而且是《红楼梦》的主要人物命运的预示：

"陋室空堂，当年笏满床"，表面意思是现在这个家破破烂烂，但当年他家官很多。脂砚斋评，这两句话说的是荣国府和宁国府未有之先，笏是大臣朝见皇帝时所拿的记事板，有个戏叫《满床笏》，郭子仪七子八婿富贵寿考，他们来给郭子仪拜寿时，把见皇帝的笏板，丢了一床。

"衰草枯杨，曾为歌舞场"，字面意思是，这个地方那么多荒草，但曾经是歌儿舞女跳舞的地方。脂砚斋评的是宁国府和荣国府败落之后。

“蛛丝儿结满雕梁，绿纱今又糊在蓬窗上”，原来这个地方雕梁画栋，现在结满了蜘蛛丝，非常凄凉，这说的是哪个地方？潇湘馆、怡红院，贾府败落之后，林黛玉死了，贾宝玉穷困了，潇湘馆和怡红院人去楼空。

“说什么脂正浓、粉正香，如何两鬓又成霜”，说的是薛宝钗、湘云这帮人，他们在贫困当中衰老了，两鬓成霜了。

“昨日黄土陇头送白骨，今宵红灯帐底卧鸳鸯”。谁死了？林黛玉、晴雯。谁结婚了？贾宝玉。但贾宝玉结婚之后，“金满箱，银满箱，展眼乞丐人皆谤”，公子哥儿贾宝玉、甄宝玉，在贾府、甄府败落之后，成乞丐了，人们说他的闲话。

“正叹他人命不长，那知自己归来丧”，王熙凤说别人活不长，没想到自己很快也死了。

“训有方，保不定日后作强梁”，像柳湘莲那样的世家子弟，流落江湖了。

“择膏粱，谁承望流落在烟花巷”，王熙凤的女儿巧姐，荣国府的长孙小姐，流落在烟花巷做了雏妓……

“因嫌纱帽小，致使锁枷扛”，贾赦、贾雨村扛上枷锁了，被流放了。

“昨怜破袄寒，今嫌紫蟒长”，脂砚斋评语说，这是指的贾府里面最后全部败落了，只有李纨的儿子贾兰，和宁国公的另一个后代贾菌做了官了。这一帮有钱的，当官的，这些人全部“乱烘烘你方唱罢我登场，反认他乡是故乡”，这太荒唐了，对自己一点用也没有，都是给他人作嫁衣裳。

甄士隐出家之后，丫鬟继续服侍主人封氏，她在门前买线，听到街上有人敲锣开道。一问，说新太爷上任，丫鬟好奇地躲在门后看，她一看一个大轿，抬着个戴乌纱帽穿红袍的过去就一发愣，好面熟！到晚上，封肃家里来人“邦邦邦”敲门，本府太爷差人来问话。封肃一听，吓晕了，小小的老百姓，本府的太爷来问，怎么回事？封肃没想到，甄士隐的丫鬟要飞黄腾达了。

第二回

贾夫人仙逝扬州城
冷子兴演说荣国府

《红楼梦》开头贾府，贾宝玉还没出现，先出来甄士隐和贾雨村。他们既是小说人物，也是曹雪芹构思小说的谐音，甄士隐就是真事隐藏起来，贾雨村就是假语保存下来。曹雪芹用他们的名字说明曹氏家族发生过的真实历史已被作者隐藏起来，呈现读者面前的是虚构的贾府，虚构的世界，地地道道的小说。

真事隐和假语存

看《红楼梦》很多人常提出这么个问题，《红楼梦》是曹雪芹自传吗？《红楼梦》写的是曹雪芹家族发生过的真实事件吗？《红楼梦》和曹雪芹的遭遇当然是有关系的，这也很容易理解，任何一个作者，他不可能拔着自己的头发离开地球，他生活当中发生的事，或多或少地总会体现在他的作品当中。《红楼梦》既有曹雪芹自传成分，又基本上不是他的自传，《红楼梦》既参考了曹雪芹家族发生过的事件，又基本上不是曹家真实的家族史，举个最小例子，曹雪芹的姑姑，做过福晋，亲王正妻。贾宝玉的姐姐是皇帝的妃子，怎么能一样？套用西方小说理论家喜欢用的词，在《红楼梦》中，当年繁华现在沦落的曹氏家族已经“生活在别处”，他们不再生活在江宁织造府而是生活在荣国府、宁国府，生活在艺术的永恒当中。荣国府的豪华远远地超过江宁织造府。江宁织造府的旧时王谢堂前之燕，已经飞到荣国府屋檐下。江宁织造府的富贵以夸张虚构形式，以熏天气势，在荣国府永远保留下来，叫世世代代读者看中国最好的故事。在封建家庭整体毁灭的问题上，真就是假，假就是真。这就是曹雪芹想借甄士隐和贾雨村说明的一个现实生活的素材和小说艺术虚构的关系。

法国著名小说家法朗士说过，一切作品都是作家的自传，曹雪芹是把曹家的家族史加以想象，再参考上他周围很多贵族家庭现状，参考社会的丰富现状，写成真幻相生、虚实相形，生动精彩、诗意盎然的小说。这是甄士隐和贾雨村出现在小说构思意义上的作用。

另外，甄家人物的命运和贾府人物的命运又有相当可比性。甄士隐本是过着优哉游哉生活的士绅，家破人亡，遁入空门，很像后来的贾宝玉，本来钟鸣鼎食，家庭败落了，人生幻灭，出家做和尚。甄英莲本是父母钟爱的小姐，因为被拐，命运多舛，很像林黛玉，本是探花家千金小姐，父母的掌上明珠，因为父母双亡，不得不寄人篱下，最后泪尽而亡。

世界上很多著名小说家，喜欢写王子变贫儿，贫儿变王子。其实这种写法，中国18世纪的小说家曹雪芹早就熟练运用。甄小姐英莲成了侍妾受尽折磨，丫鬟娇杏成了夫人。这就是《红楼梦》第二回开头所写的故事。

贾雨村和林如海扯上关系

夜晚有人敲封肃的门，原来贾雨村做了太爷，找封肃问，看到甄家丫鬟在门前买线，是不是你女婿移居到这？封肃把女婿遭遇告诉贾雨村。贾雨村感叹一番，说，我想办法给你找回来。第二天贾雨村派人送两封银子、四匹锦缎答谢甄家娘子。似乎知恩图报。但他还有封密信给封肃，找甄家娘子要那个丫鬟做二房。封肃屁滚尿流，巴不得去奉承，当晚一乘小轿把丫鬟送到贾雨村府里。丫鬟做了二房。不过一年生个儿子，不久正室夫人去世，丫鬟扶正做了诰命夫人。命运如此好，就是因为曹雪芹给她起的名字，娇杏，娇美的杏花。谐音“侥幸”。曹雪芹写了两句诗，“偶因一着错，便为人上人”就有点讽刺意味，“一着错”，怎么错？即便是丫鬟，也不可以随便看男人，但她错了，回头看了贾雨村，因为这一眼，变成官太太了。

小说接着回溯贾雨村接受甄士隐赠银后，到京城考中了进士做了官。他很有才干但未免贪酷，手伸得很长，而且恃才侮上。同僚和上级对他侧目而视。不上一年，给皇帝奏本说他"生情狡猾，擅纂礼仪"。什么叫"擅纂礼仪"？康乾盛世严格规定，儒家经典必须用朱熹做的注，否则就是擅纂礼仪，可以杀头。贾雨村是知府，同时也是考官了，他指定考生的书不是朱熹注。结果皇帝大怒，因为他擅纂礼仪同时，还"暗结虎狼之属"，拉帮结伙。龙颜大怒，罢官！一听到他罢官，大家都非常高兴，弹冠相庆。贾雨村虽心里悔恨，表面仍嘻笑自若，这种人太可怕。现实生活当中，如果遇到一个人有什么不高兴的事就表现出来，这种人是可以交往的，如果有人心有坎面上平，这种人最可怕。贾雨村就是这种人。他交代完了事，就把历年做官累的一些"资本"——曹雪芹用了这么有趣的一个词——他把当官当成做生意了，积攒了很多的资本送回原籍了，自己就担风袖月，游览天下胜迹。到了扬州，听说今年点的巡盐御史叫林如海，祖上袭过列侯，是前科探花，探花是皇帝亲自主持考试的殿试进士及第第三名，通常要求学问出众还得长得漂亮。林如海虽系钟鼎之家，却亦是书香之族。

林如海，林黛玉的父亲，兼有两个特点：钟鼎之家，书香门第。中国古代经常有的情况是贵族之家没文化，有文化的常贫寒。贾家是军功出身，子孙没有通过科举考试当官的。贾政的官是皇帝送的，贾琏和贾蓉的官都是拿钱买的。

曹雪芹安排心爱的女主角林黛玉人世投胎，得找个非常好的地方，又是贵族又有文化。林黛玉前身是仙子，仙子不能到普通地方投胎。林如海对唯一的聪明清秀的女儿，爱如珍宝，把她当男孩来养，让她读书。要找个家庭教师。贾雨村听说巡盐御史要聘个西宾,他就“谋了进去”。一个“谋”字，把奸雄心机画出来了。贾雨村并不是单纯找个地方弄几个钱花一花,他已经存着利用林如海的心思了。他教的女学生很小、身体很弱，教了一年，女学生母亲去世了。女学生侍奉母亲、守丧,不上课了。贾雨村想辞馆。林如海挽留。贾雨村闲居无聊，出来散步，到了个山环水旋，茂林深竹之处，隐隐有座庙宇，破破烂烂的匾题着“智通寺”，旁边有副破旧对联：“身后有馀忘缩手，眼前无路想回头”。一个荒凉野寺叫智通，有智慧才能想得通。对联则是警示世人，你们千方百计敛财、求官，但凡有余地都不肯留下后手，当你碰到大钉子碰得头破血流，眼前没路时你想回头，没辙了。

脂砚斋评：这是给宁国府、荣国府诸人当头一喝。贾雨村看后想，这两句话很浅近，但意思很深，我也游过一些名山名寺，还没见过这样的话。肯定这寺里有人是翻过跟头的。什么叫翻过跟头？就是曾经富贵，摔倒了，穷困了。他就进去一看，只有个龙钟老僧煮粥。问他，既聋且昏，所答非所问。这是曹雪芹玩的狡猾之笔，其实老僧和一僧一道一样，也是点醒世人的。

冷眼旁观者拉开贾府序幕

贾雨村想到店里去喝上两杯，遇到了京城古董行朋友冷子兴。“冷子兴”这个名字，意味着冷眼旁观者拉开小说序幕。冷子兴要演说荣国府，而且他不仅仅是冷眼旁观，他是古董商，什么人能玩得起古董？有钱的人，当官的人，既当官又有钱的人。这样他很容易和贾府发生联系。冷子兴还有个特别身份，他是王夫人陪房周瑞家的女婿。王夫人从娘家带过来的男仆周瑞，周瑞之妻叫“周瑞家的”，经常陪伴在王夫人身边，贾府大大小小上上下下事情，她都清楚，她知道很多内幕。冷子兴听岳母讲贾府很多内幕。

两个人见面寒暄了一番，贾雨村问，近来京城有什么新闻吗？冷子兴说倒没有什么新闻，就是老先生你同宗家里出了一件小小的异事。冷子兴这么一说，贾雨村笑了，寒族里面没有人在京城。冷子兴就说，你同姓还不是同宗吗？贾雨村问，你说的同姓是谁家？冷子兴说，荣国府贾府，难道还玷辱了先生的门楣吗？贾雨村一听，笑了，原来是他家，如果论起来，我们贾族这些人，人丁不少，从东汉贾复以来，支派繁盛，各省都有，但是谁能细细地考察？要说起荣国府这一支，确实是跟我同谱，但是他们那等荣耀，我们不便去攀扯，至今就越发的生疏难认。实际上贾雨村想尽一切办法攀扯荣国府，攀扯贾政、攀扯贾赦，后来他曾帮贾赦去抢夺石呆子的扇子。因为他能抢这些扇子，贾琏弄不来，贾赦把贾琏揍了一顿，贾琏受了重伤，平儿给他找药，骂贾雨村是饿不死的野杂种。这个饿不死的野杂种现在还没认识贾家的人，但他很快就要去攀扯了。

冷子兴说，现在荣宁两门也都萧疏了，说来话长了。贾雨村说，我也到过金陵，宁国府和荣国府把大半条街都占了，亭台楼阁峥嵘轩峻，怎么像衰败之家？冷子兴笑了，亏你还是进士出身，根本不通。知道古人有这样的话吗？“百足之虫，死而不僵”。这话太生动了，蜈蚣长一百只脚，它死后它的脚得慢慢僵硬，所以叫死而不僵。贾府怎么成了百足之虫死而不僵呢？因为生齿日繁，家务日盛，主仆上下，安富尊荣者尽多，运筹谋划者无一。这总结太地道了。冷子兴又说，其日用排场费用又不能讲究省俭，如今外面的架子虽未甚倒，内囊却也尽上来了。整个一个贾府，坐享其成，坐吃山空，举行一系列享乐活动，怎么样吃好、玩好、穿好，怎么样摆谱，没有一个人去想怎样继承先祖荣耀，把家庭收入增加一点，只知讲排场，不知节省，所以现在他们架子没有甚倒，“甚”字用得太好了，没有全倒，但是也倒了一半了。有多少名门望族，表面上看他还体面讲究，里面已被那些不长进的儿孙像白蚁噬楼阁一样噬空了。冷子兴又说，谁知这样钟鸣鼎食之家，翰墨诗书之族，儿孙竟一代不如一代了。这就把这个问题讲到最关键的地方了，一代不如一代，是大家族衰败的原因。而贾家从宁国公、荣国公创立基业，后来到了贾珍、贾琏，甚至到了贾宝玉，确实是一代不如一代了。贾雨村听说了，这样的家庭还能不教育孩子吗，他们应该是教子最有方的。这时候冷子兴就开始正式地演说荣国府了。

冷子兴说，当初宁国公和荣国公是一母同胞兄弟两个，这两个人是谁？冷子兴没把他们的名字说出来。他们的名字是后来出现的，宁国公贾演出现在皇帝恩赐的祭祀银子上；荣国公贾源出现在林黛玉进府看到荣禧堂大匾皇帝御笔。宁国公死后，贾代化袭官，贾代化兄弟四人，宁府旁支有好多男子。将来做官的贾菌就是宁国公后人，秦可卿情人贾蔷也是宁国公的后人。宁国公贾代化两个儿子，长子贾敷，八九岁死了，次子贾敬袭官，现在一味好道，烧丹练功，幸亏早年留下个儿子贾珍，因为爹一心想做神仙，把官叫他承袭了。贾敬住在城外,冷子兴形容“和道士们胡羼”。多么生动的口语，不说不务正业、鬼混，说他胡羼。贾敬最后自己炼丹把自己毒死了。贾珍的儿子贾蓉。贾珍哪里肯读书，只一味高乐不了，竟把宁国府翻了过来，也没人敢管他。这几句话给贾珍就做定论，不读书、高乐，所谓高乐就是无恶不作吃喝嫖赌，把宁国府翻过来。已经暗示他会做出公爹和儿媳扒灰的这种丑事。

八七版电视连续剧《红楼梦》拍摄时，红学家建议盖个荣国府，做条街道。当时正定县就把这事办了。荣国府盖得非常好。红学家到街上看，说，快把那个“荣宁街”匾摘下来！这个街得挂“宁荣街”，因为宁国府是长房，贾珍还是族长。现在正定县宁荣街成有名的景点了。

冷子兴对贾雨村说，异事出在荣府。荣国公死后，长子贾代善袭了官，娶的是金陵史侯家小姐为妻，就是史太君，也是贾宝玉的奶奶，小说里叫她贾母。她生了两个儿子，长子贾赦，次子贾政，贾代善去世，史太君还在。长子贾赦继承荣国公的官，次子贾政，冷子兴说了很多好话，说他自幼酷爱读书，祖、父最疼，原来是想让他用科举考试来求取出身的，没有想到贾代善临终给皇帝上了一本，皇帝就体恤先臣，额外恩赐了贾政主事之衔，现在升了员外郎了。政老爷夫人王氏，头胎生的是公子，叫贾珠，14 岁进学，不到 20 岁娶妻生子，却死了。贾政的夫人第二胎生个小姐，生在大年初一，冷子兴没说她的名字，这小姐就是贾元春。后来又生了位公子，一落胎胞，嘴里面衔下块五彩晶莹的玉来，上面还有许多字，就取名叫宝玉。冷子兴就跟贾雨村说，你说这个事稀奇不稀奇？贾雨村说，这个人来历看来是不小，冷子兴就冷笑了，因为冷子兴听了很多贾宝玉稀奇古怪的举动，他就说，大家都这么说，他的祖母待他像宝贝一样。

贾元春和贾宝玉到底差几岁？红学家经常讨论。我认为他们两个至少差七八岁，贾元春才能教贾宝玉识字，像母亲一样关怀他。

乖僻邪谬数宝玉

贾宝玉周岁的时候，贾政要试他将来志向，把文具、笏板、元宝、钗环、脂粉等等放在他身旁，他抓什么，就说明对什么感兴趣。贾宝玉只是把女孩子用的钗环、脂粉抓来了。他爹气坏了，说这家伙将来是酒色之徒，很不喜欢他。但是他的祖母当他是命根子一样，现在长了七八岁，淘气异常，又非常聪明，一百个里也找不出一个来。说起孩子话来特别奇怪。贾宝玉说，女儿是水作的骨肉，男人是泥作的骨肉，我见了女儿便清爽，见了男子便觉浊臭逼人。

这段话是贾宝玉最离经叛道的言论之一，也是中国古代小说里男子最别致的言论之一。中国古代小说的男子，不是千方百计求取功名做官，就是千方百计当英雄，从来没有一个人把女人、女儿放到崇高位置上。贾宝玉就这么做了，贾宝玉为什么要提出这样的观点呢？因为贾宝玉认为，女孩是没有受到读书做官、世俗高官厚禄污染的清净的人，男人为了升官要利欲熏心。所以他见了女儿就清爽，见了男子就觉得浊臭逼人。冷子兴说，你说好笑不好笑，将来他肯定是个色鬼。贾雨村赶快制止说，不对，你们不知道这个人的来历，大概他爹也把他当成色鬼看待了，这都是因为你们没有通过读书获得知识，经过思考加以领会，所以看他才像色鬼。

冷子兴见他说得郑重其事，就问到底是怎么回事？贾雨村来了篇长篇大论，读者朋友不见得像研究古代小说一样，把他提到的人的事迹都了解，只需要知道，贾雨村说，人生有两种人，大仁之人和大恶之人。大仁之人，应运而生，导致社会平安，这些人从尧舜禹，汤文武，到儒家经典的注释者朱熹。大恶之人，应劫而生的，导致社会动乱，这些人像蚩尤、共工、桀、纣、秦始皇，一直到秦桧。而天下清明灵秀的正气和残忍乖僻的邪气，还可能互相激荡，两不相下，它们相遇之后又不能相消，又不能相让，这就产生另外一种人，他们的聪俊灵秀之气在万万人之上，乖僻邪谬不近人情在万万人之下。这样的人生在公侯富贵之家，就是情痴情种。贾宝玉就是这样的人；生在清贫诗书之族就是逸士高人。就是生到家里很穷的地方，也不会当奴仆马夫，一定会做奇优名娼。贾雨村举出这些人的代表：陶渊明、嵇康、唐明皇、宋徽宗、唐伯虎、卓文君、崔莺莺、苏东坡的侍妾朝云等等。这一些或是隐居的，或是放荡的，都是有才能的人物。冷子兴说，依你说，成则王侯败则贼。贾雨村说就是这个意思。

贾雨村这段长篇大论，还可以从另一个角度理解。贾雨村的话并不是完全代表曹雪芹的观点，这段话最有价值的两个特点：一个特点是曹雪芹博览群书，不仅读文学方面的书，还读了很多经史子集，了解很多中国古代杰作。一部杰作的产生往往是作者阅读多部杰作基础上才能产生。另一个特点，曹雪芹关注历史人物，关注朝代兴衰，关注仁人志士，也关注大奸大恶之外的非主流、非逆流的人物。他特别关注特立独行，像竹林七贤、唐伯虎，像活出自己精彩的女性卓文君、崔莺莺。他最关心的就是这种聪明俊秀在万万人之上，乖僻邪谬在万人之下的人物，他研究很多这种人物，又根据自己生活当中的观察，提炼了很多细节，就把这种细节像涓涓细流倾注到心爱的小说人物，主要是贾宝玉、林黛玉身上。

贾府和曹府

很多读者感兴趣的是：贾府人物和曹府人物有没有对应关系？有。

宁国公和荣国公对应曹雪芹曾祖父曹玺，曹玺夫人是康熙皇帝保姆。康熙皇帝南巡在江宁织造府见了这老太太说，“此吾家老人也。”

第二代宁国公和荣国公，对应曹雪芹的祖父曹寅，他是江宁织造，又兼巡盐御史，还是康熙皇帝的宠臣。

贾敬、贾赦、贾政，对应曹雪芹伯父曹顒、父亲曹頫。这两个人都担任过江宁织造，但在曹頫手里被罢官、抄家。

贾珍、贾琏、贾宝玉，对应的就是曹雪芹。

《红楼梦》写的是小说，但小说是有现实生活一定基础，才虚构的，而这个虚构，在《红楼梦》中又表现出一个特别现象。第一回贾府没出现时，就出现个甄家，第二回，通过贾雨村的嘴，又出现了一家叫做甄府。贾雨村对冷子兴说，我这两年遍游各省，也遇到两个异样的孩子。金陵城内钦差金陵省体仁院总裁甄家，你知道吗？冷子兴说，谁不知道，甄府和贾府是老亲又是世交，两家来往极其亲热，我和他们家来往也不是一天了。冷子兴这是吹牛。第八回周瑞家的送宫花写到，冷子兴之妻求母亲周瑞家的解救冷子兴。如果冷子兴和甄府、贾府来往不是一天，他还会通过自己岳母，一个女仆去求贾家吗？

贾雨村对冷子兴说他到甄家坐馆。“钦差金陵省体仁院总裁”是个虚构的官职。钦差是皇帝派遣，金陵省是江苏省，体仁院是虚构的衙门，但“体仁”体现仁义，这个“总裁”是影射曹雪芹祖父曹寅访查江南民情向康熙汇报。

读者朋友有没有注意一个有趣细节？贾家在京城、金陵都有府第。但金陵贾家从没派人到京城去，金陵甄家倒常派人去，这说明所谓甄家实际上也是贾家，或者说这个甄家更接近于贾家原型曹家。

贾雨村说，有人推荐我到金陵甄家去坐馆，他们家是富而好礼之家，教的这个学生虽然是启蒙的，就是教学龄前儿童三字经、百家姓，而不是教举业，教四书五经的。但这个男孩比准备考秀才的还难教，还劳神，说来可笑，他说必须两个女孩陪我读书，我才认得字，心里也明白，不然我心里糊涂。又跟他的小厮们说，这女儿两个字是极尊贵极清净的，比那阿弥陀佛、元始天尊这两个宝号还要尊贵无对。你们这些浊口臭舌，万不可唐突了这两个字。要说女儿的时候，你得用清水香茶漱了口才能说。这个男孩非常顽劣，有种种异常的，让别人不理解的行为，但一放了学，见了那些女孩就又聪明又文雅，温厚和平像换了一个人。他老爹也下死揍了几次，每次打得吃疼不过了，就喊姐姐妹妹，里面的女孩嘲笑他了，打急了你叫姐姐妹妹干什么，叫姐姐妹妹去求情，你不更惭愧了？他说疼了时叫姐姐妹妹可能解疼，叫了一声果然不疼。贾雨村说他也是祖母溺爱不明，像这样的子弟他是不能够守祖父之根基的。我是从他们家辞了馆出来，才到巡盐御史林家坐馆了。

这里出来了两个宝玉，都性情古怪，都生活在姐妹群中，都有个溺爱他的祖母。都有些天花乱坠的荒唐之言，实际上，写甄宝玉脾性就是写贾宝玉性格，写甄宝玉就是为贾宝玉传影。所以甄宝玉关于女儿的言论，是贾宝玉女儿是水作的骨肉，是更加有趣味的拓展，可以把这段话当成是贾宝玉的话。

贾雨村说，甄家几个姐妹是少有的。冷子兴说，现在贾府现有三个也不错。政老爹长女叫贾元春，选到宫里做女史，这位将要给贾家带来烈火烹油之势；二小姐是赦老爹妾生的，叫迎春，迎春就是“二木头”；三小姐探春是政老爹庶出，是枝红香美丽的带刺玫瑰花；四小姐是宁府珍爷之胞妹，叫惜春。因史老夫人极爱孙女，都跟着祖母在一块读书。贾雨村当然不知道，曹雪芹给贾家四小姐命名元春、迎春、探春、惜春，是谐音，连在一起叫“原应叹息”。贾雨村很奇怪，他们的女孩子怎么叫春，用这些俗套？冷子兴说，因为大小姐正月初一生的，大家都跟她叫春了。上一辈女孩，跟兄弟一样排。现有对证，你东家林公的夫人，就是荣国府里面贾赦、贾政二位的胞妹贾敏。这么一说，贾雨村恍然大悟，拍案笑了，难怪我教的女学生读书凡是“敏”字就读“密”字,叫她写“敏”就减一笔或二笔，我就很疑惑，听你这么一说，原来她是贾敏的女儿。怪不得女学生言语举止另是一样,因为她母亲不凡。可惜贾敏上个月去世了。

通过贾雨村的口把林黛玉的早慧讲出来了。

避讳在古代对社会的影响很大。清初诗坛盟主王士禛是康熙时代的，而“禛”和雍正皇帝名字冲突了，王士禛去世了还得把名字改成“王士祯”。而林黛玉这么个5岁女孩就知道避讳长辈名字，还知道怎样避讳，对尊长名字要改字改音。这个细节描绘出林黛玉作为大家闺秀的特点。按照礼法要求，她处事是细心且敏感的。在这里我想提醒读者朋友注意一个对《红楼梦》经常产生的误解。很多读者朋友误解成林黛玉到贾府来，是个孤苦无依的孤儿，甚至有的朋友认为，王夫人千方百计促成贾宝玉和薛宝钗的姻缘，是因为薛家有钱，这都是些误解。为什么这样说？因为林黛玉出身一点儿不比贾宝玉差，远远高于薛宝钗。林黛玉祖上封过列侯，她的父亲不但是两榜进士出身，还是三鼎甲之一。中国古代读书人最高荣誉就是三鼎甲，状元、榜眼、探花。而林如海就有这极高贵的荣誉。他是巡盐御史，最阔的官。当年曹雪芹祖父曹寅就做过巡盐御史，而林家，不仅林如海没儿子，旁支也很萧疏，没有男性继承人。如果说薛家富贵，主要财产属于薛蟠的，薛宝钗只会得到一些陪嫁。而林黛玉要继承的是林如海全部家产。《红楼梦》前八十回透露贾琏发过几百万的财，极大可能是林如海遗产。当然，曹雪芹不会把林黛玉写成富二代，那样林黛玉很多行为就没法解释了，林黛玉为什么经常的这么敏感，那是因为她的个性决定的，因为她从小就没了母亲，她的心理决定的。

冷子兴感叹，贾敏是老姊妹当中最小的，现在没了，就看将来小一辈的东床如何。这也留了一个话语，小一辈最高贵的一位元春，要当皇帝的妃子了。

冷子兴又说，政公有了宝玉之后，妾又生了一个，不知道好歹。这话说得太有意思了，因为贾政小儿子贾环就是不知好歹。贾政二子一孙，贾赦也有两个儿子，大的叫贾琏，二十来岁，娶的是王夫人内侄女，结婚两年了。贾琏捐的是同知，并不到任，也不肯读书，倒是于世路上好机变，言谈去的。口才好，善应变，在叔叔家里住着料理家务。冷子兴接着重点介绍贾琏的夫人，自从娶了他的令夫人之后，上下无一人不称颂他夫人的，琏爷倒退了一射之地。说他夫人模样又极标致，言谈又极爽利，心机又极深细，竟是个男人万不及一的。什么叫一射？一射就是一箭道，大概一百二十步，或者是一百五十步，这是形容贾琏比王熙凤差远了。王熙凤名字还没出来，个性先出来了。

第二回仍是小说开头，把主要人物家世做总介绍，这一点非常重要。《儒林外史》《水浒传》，都没有这样系统介绍，而人情小说《红楼梦》一开头就把故事中的主要家族做系统介绍，使读者一开始就有大体了解。

《红楼梦》是长篇小说，每一回又像短篇小说。回与回之间有着有机联结。第二回结束，两个人准备走，突然外面有人叫，雨村兄，恭喜了，特来报个喜信儿。这个来报喜信儿的人要引出《红楼梦》的重头戏，黛玉进府。

第三回

贾雨村夤缘复旧职
林黛玉抛父进京都

第二回对贾雨村复职仅做简单交待。重点描写黛玉进府。黛玉进府是古代小说集中描写人物的名段。王熙凤闪亮登场，宝黛似有心灵默契的初次会面，小说情节、人物描写正式开始。黛玉进府上了国公府人事关系和如何生活的第一课，宝黛爱情的第三世情即人世情拉开了序幕。

阴谋家善谋

第二回贾雨村听完冷子兴介绍荣国府，他的朋友来道喜了，这个朋友叫张如圭。“圭”是官员手里拿的玉，但是曹雪芹又用谐音,“如圭”既可以说是“如鬼”,也可以说是“如龟”。这是讽刺。张如圭告诉贾雨村，现在朝廷有令，罢官的人可以复职。冷子兴马上建议，回去求你东家，再转求贾府。贾雨村回到林府就去“面谋之如海”，又用了个“谋”，请林如海给他想办法。林如海跟贾雨村说，我已都替你想好了，林如海怎么说的？天缘凑巧，因贱荆去世，都中家岳母念及小女无人依傍教育，前已遣了男女船只来接，因小女未曾大痊，故未及行，此刻正思向蒙训教之恩未经酬报。遇到这个机会，岂有不尽心图报之理。你放心，我已为你筹划好了，写下了一封荐书，转托内兄务为周全协佐，方可稍尽弟之鄙诚，即有所费用之例，弟于内兄信中已注明白，亦不劳尊兄多虑。明明是林如海要动用最亲近的关系，还要掏不少银子做活动经费，帮贾雨村复职，但是林如海说这都是你帮助了我，而不是我帮助了你。林如海多么周到，多么细致，多么与人为善，贾雨村什么表现？他接受甄士隐资助，并不介意，略谢几语，林如海说了后，一面打恭，谢不释口。前倨而后恭！因为林如海是巡盐御史，林将要托来帮助贾雨村的是国公府继承人，和甄士隐身份不一样。

不仅这样，贾雨村还要问，不知令亲大人现居何职？这个人狡猾不狡猾？冷子兴把贾赦、贾政现在什么官都说得非常明确，贾雨村还故意问，假装对贾家的事一点都不知道。实际上是他不想叫林如海知道，他早就知道林如海的关系并想利用。他更想听听林如海亲自肯定贾家有多大权势，这个人太狡诈了。我们在现实生活中常遇到这样的人：经常欺骗别人，别人给他说的话，他要再三核实才相信。曹雪芹写林如海的笔墨不多，他官职显要、门第高贵，但心地坦荡、为人善良、待人特别厚道。人和人的差别，有时候就像人和类人猿的差别，人的善良或奸诈，不能用他到底多高地位、有多少财富来看。林如海和贾雨村就形成了鲜明的对比。有意思的是，贾雨村是林黛玉的老师，他教了她一年，还要用几个月的时间陪伴林黛玉进京，但是《红楼梦》前八十回，林黛玉说过一个字的他的老师吗？没有。利欲熏心、狡猾奸诈的贾雨村虽然给林黛玉启蒙，教她读《诗经》《楚辞》，但是贾雨村的为人对林黛玉没有一丝一毫影响。

贾雨村陪着林黛玉到了京城，去找贾政，递个名帖“宗侄”，眼睛一眨，老母鸡变鸭，不是老师送学生到姥姥家，而是本家侄子。获得贾政信任，轻松地谋了个复职候缺，不上两个月，金陵应天府缺出，便谋补了此缺。

曹雪芹写贾雨村特别擅长用“谋”字，阴谋的谋，计谋的谋，他总是来回算计，来回琢磨，怎样用最小代价获得最高收益。真奸诈呀！金陵应天府很不容易弄到手。有的人等好多年都补不上，他不到两个月就补上了，因为有荣国府做靠山。贾政还动用了大舅哥王子腾的势力。王子腾是京都节度使，这是个古代官职。第三回回目“贾雨村夤缘复旧职，林黛玉抛父进京都”。贾雨村怎么样夤缘，利用达官贵人关系复职了，似乎一笔带过，但写得非常深刻，接着开始黛玉进府描写，第三回的主要内容。从黛玉进府开始，笔墨和前两回完全不同。前两回对故事和人物做总提示，从黛玉进府开始，详细写人情世态。写小说故事好找，细节难寻。从黛玉进府，我们会看到一个个非常生动、细致、有趣的细节描写。小说就越来越好看了。

黛玉看到荣禧堂

黛玉坐船弃舟登岸，就有荣国府的轿子来接她。林黛玉常听母亲说外祖母家与别家不同，贾敏嫁的是探花出身的巡盐御史，她为什么认为自己丈夫家和娘家不同？最主要的是，贾敏娘家是京城的八公之一，而丈夫是科举出身的外省高官，那就有些不同了。林黛玉看到的几个三等仆妇，吃穿用度，已经不凡了。林黛玉年纪很小，但能看出来来人是几等仆妇。为什么？因为林府仆妇也分等级。比如一等是总管，二等管某些具体事物，三等服侍主人起居。因为有这样的想法，林黛玉一进府的时候就步步留心，时时在意，不肯轻易多说一句话，多行一步路，唯恐人耻笑了他去。这是什么心态呢？这不是穷人见富人的心态，是失去母亲、无依无靠的孤女心态，林黛玉早慧特别懂事，特别清醒，此时林黛玉小心谨慎，和她以后行事不同。

林黛玉先在宁荣街看到“敕造宁国府”，知道是外祖母的长房，然后看到是荣国府，也是敕造，所谓敕造就是皇帝下令建造的。

我常琢磨一个问题，林黛玉一步一步看到贾母这些人居住的地方后，她最后来到的是贾政居住的荣国府的正房，荣禧堂，为什么荣国公的小儿子贾政居住正房，而不是大儿子居住正房？为什么现在袭了一等将军的贾赦住在东院，仅仅是普通官员大约五品的贾政住在正房？我写过很长的论文，简单说贾政原来跟着父亲居住，父亲去世后，他就继续住着了。林黛玉看到的荣禧堂，从外面看是壮丽轩昂的大正房，迎面墙的上面挂赤金九龙青地大匾，龙的上面是赤金斗大三个字“荣禧堂”。后面有一行小字，“某年月日，书赐荣国公贾源”，又有“万几宸翰之宝”。皇帝赏赐，盖皇帝印章。荣禧堂紫檀木大条几上，摆着价值连城的古玩，和外国进口的昂贵的玻璃盒，在那个时代，玻璃是进口的，巨型的玻璃盒更加稀奇。只有非常有钱、地位很高的贵族才能有。在皇帝题的匾下面有一幅画，画了气势磅礴的雨天海潮当中的墨龙，待漏随朝墨龙是王公大臣侍奉皇帝的象征。画两边的银雕对联：“座上珠玑昭日月，堂前黼黻焕烟霞”。荣禧堂客人佩戴的珠玉可与日月争辉，荣禧堂高官的礼服连成片像天上的彩霞。荣国府的正房，荣禧堂，皇帝赐的匾，象征着皇帝身边重要大臣的墨龙大画，透露来到荣禧堂的朋友都不是等闲之辈，这个对联就把国公府封建大官僚之家的绝顶气势、派头、地位，写出来了。

林黛玉看到这个地方，愈加地要小心行事了，因为确确实实和自己家是不一样了，这是京城的大官僚。这时的林黛玉相当懂事，是说的少、想的多的好孩子。不该说的话，她一句也不说，该说的话，一句也不少。该行什么礼，一步也不缺，都行到礼数上。这个时候的林黛玉是美丽文弱、懂事明理的乖乖女。林黛玉如果能够按照这样子表现下去，《红楼梦》就不用看了，她的个性还要发生变化。

很多读者会想到一个问题，黛玉进府时多大？这是红学家讨论两百年没定论的话题。有的红学家说她 7 岁，根据是贾雨村在她 5 岁教她一年，她的母亲去世，贾雨村就陪伴她到京城来。有的红学家说她 11 岁，根据是她到贾府后的行事像个少女，特别是贾府比她小的探春，完全是少女模样。公说公有理，婆说婆有理，这说明什么问题？《红楼梦》经过增删五次，很多改动互相矛盾，但都保留到小说里了。所以我们现在看起来，她既应该 7 岁进府，又像是 11 岁少女。总而言之，不管是 7 岁还是 11 岁，都是小学生年纪，这个年纪的人对人生不过一知半解，懵懵懂懂，但林黛玉特别清醒，特别懂事。

林黛玉进府第一天，接触贾府主要人物，除贾宝玉外，还有四位女性，贾母、邢夫人、王夫人、王熙凤。先看看怎么见贾母。

贾府宝塔尖“惟疼你母”

1982 年我给南京的红学会提供一篇文章《古今中外一祖母》。欧洲 19 世纪小说的老夫人个个是坏人。中国古代从史传文学《触龙说赵太后》到小说里面崔莺莺的母亲，再到《水浒传》阎婆惜的母亲阎婆，还有给西门庆和潘金莲牵线的王婆。都是些什么女性？和贾母太不一样了。中国文学、世界文学，从来没有出现过“贾母”，儿孙满堂，福寿齐全，慈爱善良，所以我说她古今中外一祖母。

我们红学会的人和越剧《红楼梦》主演徐玉兰、王文娟等一起游园路上，我看到周汝昌先生和一个画家说话，我过去，周汝昌先生指着我介绍给画家刘旦宅：这是山东大学马瑞芳。她写的《古今中外一祖母》我多少年没见过这么好的文章了。我当时都晕了，我是不到40岁的大学讲师，周汝昌是大红学家，他这样说我，我岂不找不到北了？我在饭桌上向几个师兄吹起来了，这些师兄比如说1954年向俞平伯发起批评的、毛主席说的小人物李希凡，我说本人的文章得到周先生赞扬。李希凡一听，不以为然地说，什么古今中外一祖母？你的文章一点阶级观点都没有。你知道吗？贾母是封建社会的宝塔尖。我一听，大师兄怪不得被毛主席说成是敢向权威发难的小人物。他的观点太犀利了，贾母确实是封建社会的宝塔尖。她是一品夫人，是贾府的老祖母，贾府所有的事情都得她拍板，贾府所有的人，从继承了国公之位的贾赦到最小的丫鬟，都得听贾母的。

贾母怎么对待林黛玉呢？黛玉进府就看到有人扶着个鬓发如银的老母迎上来。她知道这就是外祖母。贾母一见到林黛玉就搂到怀里面，“心肝儿肉”叫着大哭。在整个《红楼梦》中，贾母搂到怀里的，只有两个人，一个是孙子贾宝玉，一个是外孙女林黛玉。贾母叫“心肝儿肉”的就只有林黛玉一个人。不仅叫着心肝儿肉，还要说我这些儿女“所疼者独有你母”。贾母用的词是“独有你母”，而不是三个儿女中“最疼你母”。意味深长。贾母当着贾赦、贾政的妻子宣布她疼的唯有女儿。看来贾敏不仅是贾母子女最小的，也最聪明懂事，是妈妈的小棉袄。其实贾母唯疼林黛玉之母，王夫人早就洞若观火。小说第七十四回，抄检大观园时，王熙凤建议裁减姑娘们的丫鬟。王夫人不同意，说现在贾府的小姐很可怜。跟谁比可怜？跟姑姑贾敏比可怜。她们和贾敏的丫头差不多。当年贾敏在贾府什么待遇，娇生惯养，金尊玉贵，千金小姐。贾敏大概比王夫人小 10 岁。王夫人嫁到贾府以来，长期亲眼目睹婆婆贾母怎么样宠爱小姑子，印象深刻。现在贾母唯一疼爱的女儿不在了，自然会把她疼爱女儿的心转移到女儿留到人世唯一的根苗林黛玉身上。贾母对林黛玉的疼爱，既使得幼年丧母的林黛玉感受到了一份母爱的温暖，也把林黛玉放到贾府的风口浪尖。用贾府最聪明的姑娘探春的话来说，贾府的人像乌眼鸡一样，恨不能你吃了我，我吃了你。现在林黛玉这么个外来户，得到老祖宗这样爱怜，岂不成了别人眼红的对象，妒忌的对象，攻击的对象？

贾母见了心爱的外孙女后跟她介绍，这是你大舅母、二舅母、珠大哥留下来的媳妇儿珠大嫂子。然后下令，今天有客人来了，姑娘们不要上学了。三个奶嬷嬷跟着五六个丫鬟，簇拥三姐妹来了。第一个肌肤微丰，合中身材，腮凝新荔，鼻腻鹅脂，温柔沉默，观之可亲。这是谁呢？二木头迎春。第二个削肩细腰，长挑身材，鸭蛋脸面，俊眼修眉，顾盼神飞，文彩精华，见之忘俗。这是谁？玫瑰花探春。这里面用了洛神赋一句话“肩若削成”，这是描写少女的话。第三个身量未足，形容尚小。这个人是惜春。三个一样的衣服，一样的妆饰。林黛玉急忙起来和她们见礼，叫姐姐叫妹妹，大家归了坐，丫鬟斟上茶来。然后叙述黛玉的母亲是怎么样得病，怎么样吃药，怎么样送死发丧。

这个时候，贾母就说，我这些儿女所疼者独有你母，今天先舍我而去，连面也不能见，见了你我怎么能不伤心。说着又把林黛玉搂在怀里哭起来了。大家赶快劝，大家发现林黛玉言谈不俗，但是身体很弱，有一段自然的风流态度。自然的风流态度，这个用词太好了。天上的仙女下凡，她能没有风流态度吗？看到她的人判断她身体弱，有不足之症，就问经常吃什么药？为什么不好好治疗？林黛玉说我从会吃饭就吃药，3 岁那年，来个癞头和尚，要化我去出家，我父母不同意。癞头和尚就说了，你要舍不得她，她的病一生都不能好了，要想好，除非以后，第一总不见哭声，第二除父母之外，凡有外姓亲友之人一概不见，她就平安了。但是事情的发展和和尚的建议恰好相反。她不可能总不见哭声，因为她自己就每天眼泪不干，她是绛珠仙子来向神瑛侍者的后身贾宝玉还眼泪的。她更不可能外姓亲友一概不见，因为她从此就要住在外祖母家了，她每天接触的都是外姓亲友，特别表哥贾宝玉。

王熙凤闪亮登场

贾母是贾府权盛时期的硕果仅存，是贾府至高无上的权威。贾府的上上下下唯贾母之命是听，贾母跟她心爱的外孙女说话，谁也不敢插嘴，甚至不敢咳嗽。只听到后院中有人笑着说话，林黛玉立即想，这些人个个皆敛声屏气，恭肃严整如此，这来者系谁，这样放诞无礼？王熙凤出场，是大师之笔写小女子，向来被看成是世界小说写人物出场的典型。曹雪芹把戏剧名角出场“挑帘红”加到王熙凤身上了。王熙凤先在台后响亮地叫板：“我来迟了，不曾迎接远客！”然后被一群媳妇丫鬟围绕着，簇拥着，像皇后被宫娥簇拥，元帅被众将环绕，来到了台前。林黛玉看到的王熙凤，装饰既豪华昂贵又时髦。假发髻上用金丝银线穿起多种宝石。发髻上面是凤口衔挂珠钏的金钗，而且是五只凤凰。脖子上的项圈是赤金珠玉扭成飞龙形状，身上佩戴着昂贵的古玉，衣服是最顶尖的衣料，洋绉、银鼠，和特别能显示三围的时髦剪裁窄裉袄，一言以蔽之，彩绣辉煌，恍若神仙妃子。

王熙凤长什么样？林黛玉注意的是她的眼睛眉毛“一双丹凤三角眼，两弯柳叶吊梢眉”。太奇妙了。这眼睛这眉毛，只能放到王熙凤脸上，绝对不能放到《红楼梦》其他女性脸上。丹凤眼是细细长长曲线柔和的美丽眼睛，柳叶眉是像柳叶一样细长柔美。但王熙凤的眼睛和眉毛加了形容词，丹凤眼是三角，柳叶眉是吊梢，这就和通常的丹凤眼、柳叶眉不一样。有了狠相、奸相、悍妒相、霸王相。为什么说有霸王相呢？因为王熙凤这只凤是盘旋在荣国府上空的霸王凤。王熙凤是美的，但是因为三角眼和吊梢眉出现，就和贵族少妇应有的娴静、温婉彻底绝缘。这双炯炯有神的三角眼，会在做一切奸诈、机变事情的时候瞪起来。这两弯吊梢眉将在她发狠、发怒、发飙的时候立起来。这样的眼睛和眉毛，就给王熙凤带来“粉面含威春不露”的特点。

王熙凤还有个大家想不到的特征，不是娘胎带来而是后天形成的。王熙凤的太阳穴总贴着治头疼的药膏。人为什么头疼？中医观点是用脑过度，少阴不足。王熙凤头疼是因为机关算尽太聪明，整天琢磨着怎么样抓钱抓权。王熙凤太阳穴贴着膏药，林黛玉看到没有？当然看到了。但曹雪芹不写。他后来在别人的故事中给带出来。晴雯感冒太阳穴疼，贾宝玉派麝月找凤姐要“姐姐那里常有那西洋贴头疼的膏子药，叫做依弗那”。拿来给晴雯贴上，麝月说晴雯“病的像蓬头鬼一样，如今贴了这个，倒俏皮了。二奶奶贴惯了，倒不大显”。曹雪芹对人物外貌描写，那是太巧妙了。

按人之常情，贾母已向林黛玉介绍大舅母、二舅母、珠大嫂子，就应该郑重其事同样介绍王熙凤。但她居然说：“你不认得他，他是我们这里有名的一个泼皮破落户儿，南省俗谓作‘辣子’，你只叫他‘凤辣子’，就是了。”什么话？刚进府的小女孩听到这番话，还不满头雾水？但是初进贾府的林黛玉是个乖乖女，“连忙起身接见”。探春姐妹们赶紧告诉她是琏嫂子，林黛玉开口叫嫂子。

这段贾母介绍太绝了。假如贾母一本正经告诉黛玉，这是你琏二嫂子。黛玉就会认为，琏二嫂子确实犯上作乱，放诞无礼。你老婆婆在这儿接待贵客，你一个孙媳妇在外面大呼小叫，成何体统？但贾母这样一介绍，就说明来人放诞无礼，正是这个老太太娇惯的。更妙的是，贾母三言两语就点出了王熙凤性格最重要的特点泼和辣。

人生有隔代亲现象。贾府隔代亲表现在贾母对贾宝玉、林黛玉，也表现在对王熙凤。王熙凤对贾母可算隔代继承。贾母这个老太太，聪明能干、善于理家、目光敏锐、洞察人情、热爱生活、诙谐风趣。她这些优点，一条也没给她那两个“死羊眼”儿媳妇继承下来，孙媳妇儿照单全收，发扬光大。这就是每当贾府一老一小，贾母和王熙凤凑到一块时，总能擦出智慧火花的缘故，她们是一样的人，贾母是老了的王熙凤。

王熙凤没来之前，林黛玉发现贾母周围的人收敛着，谁也不说话。王熙凤到了，满屋子只听到王熙凤一个人说话。王熙凤携着黛玉的手，上下细细打量了一会儿，仍送至贾母身边坐下，笑道："天下真有这样标致的人物，我今儿才算见了！况且这通身的气派，竟不像老祖宗的外孙女儿，竟是个嫡亲的孙女，怨不得老祖宗天天口头心头一时不忘。只可怜我这妹妹这样命苦，怎么姑妈偏就去世了！"说着，便用帕拭泪。

太生动了太精彩了，什么叫说的比唱的还好听？王熙凤就是。以一当十，一石三鸟。她夸黛玉标致，并不开口就夸，而是细细打量之后夸。这就表示她不是客气，是观察之后真心夸。而黛玉的标致是她从来没有见过的，"今儿才算见了"。但仅仅夸林黛玉标致，能算王熙凤的本事？得把小表妹和老祖宗巧妙联系起来才叫本事。王熙凤说，黛玉通身的气派像老祖宗的嫡亲孙女。这是夸谁？当然是夸林黛玉，主要却是夸贾母，还顺带恭维了两个小姑子。林黛玉长得标致，模样有几分像贾母，可能是事实，但也可能贾母老了胖了，她和林黛玉相似已不大容易看出来，但是凤姐说的是什么？"通身的气派"，是林黛玉的高贵气质像贾母。这就是更高层次了。而林黛玉"竟是个嫡亲的孙女"，又叫嫡亲孙女高兴，因为旧时代小姑子是所谓"站着的婆婆"，嫂子再得宠，再飞扬跋扈，对小姑子不能不格外谨慎，王熙凤多聪明？夸奖远来的小姑子同时，顺带恭维了朝夕相处的小姑子。贾母听了当然高兴。但她马上就制止，“我才好了，你倒来招我”。这个老太太特别不简单，特别善于心理调解，特别善于尽快把不痛快的事抛到九霄云外,她把外孙女搂在怀里嚎啕大哭,现在就想要“开心果”王熙凤赶快驱散感伤的阴霾。“王熙凤听了忙转悲为喜道：‘正是呢！我一见了妹妹，一心都在他身上了，又是喜欢，又是伤心，竟忘记了老祖宗，该打，该打！’”从悲到喜，见风转舵，转得飞快，转得巧妙。王熙凤真该给好莱坞明星上课，说悲就悲，说喜就喜，要悲就悲，要喜就喜，好莱坞的大明星伊丽莎白·泰勒的表演也不过如此吧。

王熙凤真的一心都在林妹妹身上忘了老祖宗吗？骗鬼吧。王熙凤恰好因为一心在老祖宗身上，她也深知老祖宗现在一心只在她亲爱的外孙女身上，她才做出以林黛玉为中心的精彩表演。老祖宗需要什么，我就准备什么，老祖宗关心什么，我立即关心什么。这就是孙媳妇儿王熙凤稳坐荣国府管家之位的诀窍。老祖宗现在最牵挂什么？刚到的外孙女，王熙凤就接着按照这条路子往下表演，问了林黛玉好几个问题，“妹妹几岁了？”“可也上过学？”“现吃什么药？”“在这里不要想家，想要什么吃的、什么玩的，只管告诉我；丫头老婆们不好了，也只管告诉我。”表演好表嫂关心刚来的小表妹，也表演大管家管家的能耐。贾母、邢夫人、王夫人都坐在这里，王熙凤这样地大包大揽是什么意思？就是我是管家大奶奶，我说了算。王熙凤问黛玉，妹妹几岁了，她得回答呀，或者说我 7 岁了，或者说我 11 岁了。可也读过书，她也得回答。现吃什么药？人参养荣丸，她都得回答。曹雪芹为什么不叫她回答？因为曹雪芹要突出王熙凤。接着王熙凤一一落实对林黛玉的安排，问婆子们，林姑娘的行李可搬进来了，带了几个人，告诉荣国府的下人，打扫两间下房，让他们去歇歇。太周到了。

奇怪，王熙凤周密细致地安排林黛玉带来的人住到哪里，为什么就不提林黛玉住在哪里？林黛玉怎么安排？王熙凤是贾母肚子里的蛔虫。王熙凤知道这事必须贾母亲自发话。接着，王夫人问凤姐，月钱放过了不曾？王熙凤说，月钱已放完了，刚才我着人到后楼上找缎子，找了半天，也没看到昨天太太说的那样，大概记错了？王夫人说，有什么要紧——应该随手拿出两个来，给你这妹妹裁衣服，晚上想着去拿吧。王熙凤说，这个我倒先料着了，知道妹妹这两天就到，已经预备下了。王夫人一笑，点头不说了。

这里面藏了很多玄机，首先是月钱。月钱是大家族成员根据身份领的零花钱。王夫人为什么问月钱放完了不曾？因为王熙凤常把月钱从前面账房领来后先不发，放高利贷。只用这个钱，一年赚上千两银子。王夫人问月钱放完不曾，也是向贾母表演关心刚来的外孙女，如果月钱还没放完，赶快把她的月钱加进去。细看《红楼梦》我们会发现，林黛玉确实按贾府小姐规格领月钱，但她还享受贾府小姐没有的待遇。

那就是外祖母单独给她送钱。有一次送钱叫怡红院的小丫头碰到了，林黛玉抓了两把送给那个小丫头。王夫人还没说，王熙凤就把给林黛玉裁衣服的缎子拿出来了？是她真的拿出来了，还是王夫人提起，她灵机一动，宣布已经准备好了。接着再去准备也晚不了？王夫人听后一笑，是很满意地笑还是知道自己内侄女"花马吊嘴"，都是可能的。

林黛玉是绛珠仙子下凡，灵敏灵秀灵透，她当然立即看出王熙凤是什么样的人。非常能干，更重要的是善于显示自己能干，善于把好钢用到刀刃上。后来林黛玉对王熙凤做个精彩概括，"打花呼哨，讨好老太太"。"打花呼哨"这四个字只有语言天才才能想出来，太准确太精彩了。林黛玉的智商肯定比王熙凤高，但情商肯定比王熙凤低很多。林黛玉能看透王熙凤为人，但叫她学习王熙凤，还不如杀了她。因为这两个人的人生理想和目标不一样。林黛玉信奉理想主义、唯美主义。王熙凤信奉实用主义、功利主义、金钱至上、权势至上。

《红楼梦》有个特别有趣的现象，这两个完全不同人物关系最好。王熙凤对丈夫表妹林黛玉的友好程度，远远超过自己亲表妹薛宝钗，这是红楼人生特别值得琢磨的现象。

《红楼梦》有两个核心人物，分别掌握着《红楼梦》两条线索，一个核心人物贾宝玉维系着宝黛爱情；一个核心人物王熙凤联系着贾府兴衰。这两条线索互相交错往前发展。

舅妈的陷阱

贾母安排两个老妈妈带着黛玉去见舅舅，贾赦之妻邢夫人起来说，我带着过去很便宜。贾母说，对，你去吧，不要再过来了。这是老婆婆吩咐儿媳妇儿，待会儿我吃饭你不用过来伺候了，邢夫人带了林黛玉坐上车，放下车帘，出了西角门，往东过了荣国府的正门，进入一个黑油大门，到仪门前面停下来，小厮们退出，丫鬟们打起车帘。邢夫人搀着林黛玉的手，进入院中。邢夫人带林黛玉见大舅舅，始终携着林黛玉的手，搀着林黛玉的手，挽着林黛玉的手。邢夫人是贾赦续娶的妻子，不是贾琏的母亲，所以邢夫人没有和贾敏交往，没有姑嫂矛盾。作为舅母对林黛玉这个孤女就有一定的亲情，和王夫人不一样。

进了贾赦正室，早有许多盛妆丽服之姬妾丫鬟迎着，多深刻多有意思！贾赦是荣国公继承者，一等将军。但他的正室里一帮人年轻漂亮华贵时髦的姬妾丫鬟。这是暗点贾赦是老色鬼。请贾赦的人回话，老爷说了，连日身上不好，见了姑娘彼此倒伤心，暂且不忍相见。劝姑娘不要伤心想家，跟着老太太和舅母，即同家里一样。姊妹们虽拙，大家一处伴着，亦可解些烦闷。或有委屈之处，只管说得，不要外道才是。

按贾赦身份，这番话很得体，林黛玉忙站起身一一听了，恭敬、懂事。接着是舅妈不懂事了。邢夫人苦留林黛玉吃饭，林黛玉笑着回答，“舅母爱惜赐饭，原不应辞，只是还要过去拜见二舅舅，恐领了赐迟去不恭”。邢夫人真诚地留林黛玉吃饭，出于好心，但活化出一个顾前不顾后、心里没数的人。难道她不知道，林黛玉还得去看贾政？难道她不知道林黛玉初来乍到应该跟外祖母一起吃第一顿饭？大舅妈无意中给林黛玉挖了个陷阱。二舅妈可能就是故意给林黛玉挖陷阱。

林黛玉到了王夫人正房，看到正面炕桌堆着书籍茶具，靠东边有个椅垫，王夫人坐西边，见林黛玉来了就往东边让。这似乎寻常的让座，非常不寻常。炕桌上堆着书籍，上座空着，当然是贾政的座位。王夫人为什么叫林黛玉坐到舅舅的位儿上？是特别友好，还是想试探一下林黛玉到底懂不懂事？还是内心深处跟当年自己不得不仰视的小姑子贾敏较劲？我就看看你女儿懂事不懂事！而林黛玉对王夫人起居室的观察细致极了，一边细看一边细想。判断出王夫人叫自己坐上座，坚决不坐，她坐到给孩子准备的椅子上，王夫人再三叫她上炕，她就挨着王夫人坐了，挨着舅妈坐，既不越轨又亲切，林黛玉绝不越雷池半步。如果王夫人有意考察林黛玉，这时也不得不服气了。

看到王夫人跟林黛玉打交道，我常想起西方名著《简爱》里那个把外孙女当敌人的舅妈,那是公开迫害。王夫人更高明。

王夫人内心中，一方面对当年受婆婆宠爱的小姑子有本能反感；另一方面对林黛玉和贾宝玉的交往有本能反抗。这么细致的人情世故。黛玉进府，就接触到。她受到多大精神压力。

一顿饭吃出国公府气派

黛玉进府第一顿饭不是简单吃饭，是林黛玉人生的重要课程。曹雪芹只用两百个字写这顿饭，蕴藏着深厚的文化底蕴和封建贵族家族的章法。

当林黛玉和王夫人在房间说话的时候，有丫鬟来报告，老太太那里传晚饭了。王夫人忙偕林黛玉赶过去。王夫人念佛，经常慢慢腾腾，这会儿急急忙忙，为什么？她不敢怠慢，她慢了就失职失礼了。在贵族家庭，不管你本身是多高的诰命夫人，婆婆吃饭，儿媳妇得伺候，这是金科玉律，贾母已告诉邢夫人不要回来，伺候贾母吃饭的就只有王夫人了。王夫人和林黛玉进入贾母后门，已有很多人等着。等什么？等着王夫人来伺候贾母吃饭。贾母的人看到王夫人来才安设桌椅。然后，李纨捧饭，王熙凤安箸，王夫人进羹。奇怪，有那么多丫鬟，为什么要三个贵夫人干这些粗活？这也是规矩。孙媳妇、儿媳妇要亲手伺候老祖宗。饭摆好了，筷子摆好了，汤摆好了，吃饭的人怎么入座？贾母正面榻上独坐，两边四张空椅子，王熙凤拉着林黛玉坐左边第一张椅子。那是儿孙辈的首位。林黛玉很清楚，王夫人和二位嫂子在，我怎么能坐。她十分推让。贾母给她解释，你舅妈和嫂子不在这吃饭，你是客人，应该这样坐，林黛玉这才道谢坐下。林黛玉坐下了，和她同辈的，贾府的三位小姐是不是马上也可以坐下了？不行。得贾母叫王夫人坐下之后，三姐妹才能入座。王夫人是探春嫡母，又是迎春和惜春的婶娘，得她这个长辈坐下，她们三个才能坐，这叫长幼有序。林黛玉先于王夫人坐下是不是无礼了？还不是无礼，因为是贾母下命令叫林黛玉先坐的。在贾府，贾母的话就是法令，这样一来，林黛玉和三姐妹陪着贾母吃饭时，王夫人坐在一边不吃，陪着，也监视服侍贾母的人是不是周到。李纨和王熙凤站在饭桌旁布让。“布让”就是不断地给贾母和小姐们夹菜。丫鬟执着拂尘、漱盂、巾帕，外面伺候的媳妇丫鬟虽多，连一声咳嗽不闻。

什么叫诗书礼乐之家的礼数？什么叫宗法社会宝塔尖的气派。贾母这一顿饭，写活了。

吃过饭，小丫鬟用茶盘捧上茶来，林黛玉还以为是喝的茶，心里琢磨，我们家里，父母说惜福养身，饭后片时再喝茶。这里和我们家不一样，只好把茶接过来，她一接过来有人捧过痰盂来了，林黛玉拿这茶水漱了口，洗了手，旁边的人才端上叫她喝的茶。

宝黛三世情缘开始

林黛玉进府上了人生重要的一课，就是教给她认识外婆家里面都是些什么人，外婆家里面人和人之间的关系是怎么回事儿，还教给她在贾府这样的钟鸣鼎食之家怎么样吃饭，怎么样喝茶。黛玉进府的重头戏是拉开中国古代最优美的爱情故事的序幕，林黛玉和贾宝玉见面。

新版《红楼梦》全国选秀邀请我做山东总评委，我常打电话跟张海迪讨论选个什么样人演贾宝玉。海迪说，应该选个三分像中国人，七分像外国人，三分像现代人，七分像古代人的人演贾宝玉。我说万人迷贝克汉姆年轻20岁差不多。

林黛玉和贾宝玉有三世情缘，荣国府见面是人世情缘的开始。两人见面，就要互相观察。贾宝玉是出众的美男子，《红楼梦》多次写到在别人眼里贾宝玉什么样。北静王看到的贾宝玉，“面若春花，目如点漆”。北静王说，“名不虚传，果然如宝似玉”。秦钟观察到的贾宝玉，“形容出众，举止不凡，更兼金冠绣服，骄婢侈童”。这是同年龄贫寒男子看到的贾宝玉。还有一次是父亲观察儿子，贾政本来讨厌贾宝玉。但是当贾宝玉跟贾环站到一块的时候，贾政对照一看，贾宝玉“神采飘逸，秀色夺人”。一下子就把平时厌恶贾宝玉的心灭了。

曹雪芹很少写在薛宝钗眼里面贾宝玉什么模样。因为薛宝钗要的是金玉良缘，她要的是家庭根基、地位，长什么模样不要紧。而林黛玉要的是木石前盟，是无条件的感情相知。所以林黛玉观察贾宝玉最细致。看到贾宝玉之前，林黛玉想象过贾宝玉是什么样，因为已经有两个人跟她灌输贾宝玉是什么样的人。一个是林黛玉的母亲对她说，二舅母生的有个表兄，衔玉而诞，顽劣异常，极恶读书，最喜内帏厮混，外祖母宠爱，无人敢管。贾敏这段话很简单，但把贾宝玉的主要个性特点交代清楚，讲得比较客观。另一个人，是王夫人跟黛玉特别交代，我有个孽根祸胎、混世魔王，有天无日，疯疯傻傻。王夫人最爱儿子，为什么这样说？意味深长。因为贾宝玉之前内帏厮混的对象都是姐妹。现在来个姑表姐妹。而姑表兄妹可以成婚。王夫人嘱咐林黛玉，不要睬他，不要沾惹他，只休信他，离他远点。可能潜意识中，王夫人认为宝玉黛玉的交往会带来麻烦。这样一来，王夫人讲贾宝玉就带有浓厚的夸张色彩，既有母亲对儿子恨铁不成钢的溺爱成分，又像预先给林黛玉打预防针，吓唬她，不叫他们多亲近。有两个先入为主的介绍，当林黛玉听人报告说宝玉来了时的想法是，贾宝玉可能是个吊儿郎当、邋里邋遢的蠢物，既不懂事又不驯服，她不想见他了。

出现在林黛玉跟前的贾宝玉是个俊美少年公子，而且很快就引起了林黛玉的好感，林黛玉除了细致观察，贾宝玉穿什么衣服、什么打扮，还很仔细看到贾宝玉两次不同的面貌，同一个人转眼的工夫，相貌就不相同，可能吗？这就是曹雪芹的天才描述了，因为这里边带有林黛玉的微妙的心理因素。

林黛玉第一次看到的贾宝玉是："面若中秋之月，色如春晓之花，鬓若刀裁，眉如墨画，面如桃瓣，目若秋波。"贾宝玉的脸圆圆的，亮亮堂堂的，像中秋的满月，脸上洋溢着朝气，脸色像春天早上的花朵，头发又黑又亮又浓密，鬓角好像用刀裁出来的一样，眉毛弯弯的长长的，轮廓很美，像是画出来的，眼睛的形状像是桃花的花瓣，眼睛眼神晶光闪闪。这是一幅俊美公子的素描图。

这是贾宝玉还没看到林黛玉时的本来面貌，也是林黛玉还没带上对贾宝玉好感时观察到的贾宝玉，一个多少带点脂粉气的小帅哥。这描写基本没跳出才子佳人小说框框。曹雪芹往下写，就和才子佳人小说不一样，他写贾宝玉"虽怒时而若笑，即瞋视而有情"。林黛玉想象贾宝玉即使是生气，也好像在笑，即使是不高兴，也好像有情。为什么有这样的感觉？因为林黛玉一见贾宝玉已产生好感，这跟一个奇怪现象，跟《红楼梦》开头的神话传说有关："好生奇怪，倒像在那里见过一般，何等眼熟到如此！"他们在哪儿见过？在天界仙境见过，灵河岸边，三生石畔的那一棵小草，每天都看到神瑛侍者拿着甘露来浇灌自己。

贾宝玉向奶奶请安，发现祖母身边多出个神仙似的姑娘，猜是林妹妹来了。他按照祖母吩咐去见母亲，急忙换好家常服装，又跑回祖母身边。林黛玉惊喜地看到贾宝玉第二次出现，变样子，“面如敷粉，唇若施脂；转盼多情，语言常笑。天然一段风骚，全在眉梢；平生万种情思，悉堆眼角”。贾宝玉脸色滋润白皙，嘴唇鲜艳丰满，像抹了口红，看起人来带着柔美的感情，说起话来带着迷人的笑容。微微一抬眉，显露出天然风骚，随意看你一眼，流露出万种情思。林黛玉第二次看贾宝玉就更美好而且带上温情了。

为什么两次看同一个人模样不一样？因为贾宝玉看林黛玉是带着喜从天降的心理和有意识讨好。而林黛玉看贾宝玉，带着喜出望外的心理和不由自主的脉脉温情。

这么短的时间，在林黛玉眼里出现了两个贾宝玉，两个都是小帅哥，但是第二个比第一个更好看更可爱更可亲。这就说明林黛玉和贾宝玉两个人一见面立即就互相产生了惊喜和震撼。这就比传统的一见钟情更深刻了，这是天上人间重聚首的喜悦。

贾宝玉鹤立鸡群真情至性

林黛玉观察贾宝玉之后，曹雪芹借所谓后人的语气，写了两首《西江月》，明白易懂：

“无故寻愁觅恨，有时似傻如狂。纵然生得好皮囊，腹内原来草莽。潦倒不通世务，愚顽怕读文章。行为偏僻性乖张，那管世人诽谤！

“富贵不知乐业，贫穷难耐凄凉。可怜辜负好韶光，于国于家无望。天下无能第一，古今不肖无双。寄言纨袴与膏粱：莫效此儿形状！”

这是讽刺吗？曹雪芹是用贬斥的语气给贾宝玉唱赞歌。《西江月》形象概括了贾宝玉的思想和个性，贾宝玉生活的时代，四书五经是经典，但贾宝玉怕读四书五经；读书做官是世间最重要的事物，而贾宝玉把求功名的人看成沽名钓誉之徒，国贼禄鬼之辈；封建社会最高道德“文死谏，武死战”，文官要死在给皇帝进谏上，武官就要死到为皇帝开拓疆域上。而贾宝玉把“文死谏，武死战”贬得一文钱不值。难道不是潦倒愚顽吗，就要受到诽谤？按照曹雪芹的构思，贾府败落主要是贾赦、贾琏、王熙凤、贾珍做恶，也和贾宝玉做了不才之事有关。所谓“不才之事”就是和戏子来往，得罪权威，成为贾府获罪被抄缘故之一。贾宝玉衣食无忧，过惯了钟鸣鼎食的生活，一旦家庭败落，不能自食其力，最后当和尚。

“无故寻愁觅恨”，很有哲理。普通人生活中，会有愁和恨，生活压力来的。贾宝玉有什么愁？衣食无忧，钟鸣鼎食。但是他偏偏就有愁有恨，都是他主动寻来，成心找来，他找来的是违背封建伦理，违反封建宗法的愁，觅来的是追求爱情自由，追求心灵自由的恨。而这种追求达到了如傻似狂的程度。《西江月》表面含义是世人眼中的贾宝玉，和薛宝钗的结论一样。薛宝钗说贾宝玉“富贵闲人”，“无事忙”。但是和贾府浊臭熏人的贾珍、贾琏比，贾宝玉鹤立鸡群，真情至性，只有林黛玉能体会，能共鸣，能怜惜，这是他们感情的基础。

林黛玉姣花嫩柳胜西施

贾宝玉观察到林黛玉是个什么样？林黛玉进府穿什么衣服？戴什么首饰？林黛玉家世那么高贵，当然得穿绫罗绸缎，戴金银首饰翡翠玉器。但曹雪芹一概不写。因为不能写。写豪华了，和林黛玉将寄人篱下不符合。写寒酸了，和探花小姐身份不符合，最好不写。

林黛玉什么模样？贾宝玉印象最深的是林黛玉的眉毛和眼睛，“两弯似蹙非蹙罥烟眉，一双似泣非泣含露目”，这是中国古代小说中，独一无二仅属于林黛玉的眉目，林黛玉的眉毛细长，弯弯的，形色好像是挂在树梢上的青烟。眉好像皱着，又好像没皱着，含着淡淡的哀愁。眼睛好像刚哭过，又好像眼里含着晶莹的泪珠还没掉下来。

作为长篇小说的爱情女主角林黛玉，曹雪芹竟然不像写王熙凤那样系统地工笔地写，而是大写意地写，就写她的眼睛和眉毛。这就是鲁迅先生说的画眼睛的技巧。曹雪芹在画眼睛时连眉毛一起画了。中国古代特别强调女人眉毛要美。中国古代记录女人眉毛有一百多种描法。曹操规定他身边的女人要参照蛾细长弯弯的触角画眉，叫蛾眉。林黛玉的眉毛似蹙非蹙罥烟眉，这样的眉毛，只有和她似泣非泣含露目合在一块，和林黛玉整个人的气度神韵，文化修养合在一起，才更加有超凡脱俗的美。林黛玉的眉毛还和中国古代的美女挂上了钩，最明显的就卓文君了，卓文君长的眉毛叫做眉如远山，这就和罥烟眉很相近。

在贾宝玉的眼里面，林黛玉“态生两靥之愁，娇袭一身之病。泪光点点，娇喘微微。闲静时如姣花照水，行动处似弱柳扶风。心较比干多一窍，病如西子胜三分”。林黛玉比西施美，她的美是病弱的美，又是智慧的美。她静止的时候，像娇花倒映水中，行动的时候，像柔弱的细柳摆动。林黛玉的美，又和智慧聪明连在一块。比干是传说当中最聪明的人，林黛玉比比干还要多一窍，也就是说林黛玉比古代最聪明的人还聪明，这就使得蹙眉的林黛玉比捧心的西施多了层智慧的美。

林黛玉的美总是和她的思考和她的愁怨联系在一起的，大自然的花开花落，人世间的风霜雨晴，总会使林黛玉的敏感的心灵感受着呼应着。更重要的是，林黛玉的美，还和泪联系在一起。她的眼里面隐隐地含着泪水。因为这是绛珠仙子到人间还泪。

贾宝玉一看这个妹妹，马上产生个印象，神仙似的妹妹。这是对林黛玉的定位，林黛玉身上有仙气，这个仙气就是和绛珠仙子和神瑛侍者的前世情缘联系到一起的。

贾宝玉见到林黛玉说的第一句话是林黛玉在想，但没有说出来的："这个妹妹我曾见过。"他还进一步说和林黛玉是远别重逢。多有意思！他们确实是远别重逢，多远的地方？从灵河岸边，从太虚幻境来到了京城，来到了荣国府。

《红楼梦》有十几个脂砚斋评本，关于林黛玉的眼睛和眉毛，有九种写法。比如：两弯似蹙非蹙罥烟眉，一双似笑非笑含露目；两弯半蹙蛾眉，一双多情杏眼；两弯似蹙非蹙笼烟眉，一双似喜非喜含情目。这些描写太不恰当太普通太俗套了。林黛玉的眼睛是多情杏眼，杏眼太圆太大了，再加上多情，能是矜持的潇湘妃子的眼睛？一双似喜非喜含情目，林黛玉能是皮笑肉不笑的样子吗？20世纪80年代，冯其庸先生到苏联考察道光年间被带到俄罗斯的脂评本。红学家把他叫做脂砚斋的列宁格勒藏本。林黛玉的眼睛和眉毛"两弯似蹙非蹙罥烟眉，一双似泣非泣含露目。"喜从天降，两百年了，想弄清楚林姑娘眉毛什么样，眼睛什么样，踏破铁鞋无觅处，得来全不费功夫，争论了几百年的话题画上了句号。

仅仅林黛玉眉毛就有两个出处，一个《庄子·天运》，“西施病心而颦”。颦就是蹙眉。贾宝玉马上送林黛玉字叫“颦颦”，后来薛宝钗亲热地喊“颦儿”。罥烟眉来自《西京杂记》，写著名的才女卓文君眉色如望远山，又称远山眉。罥烟眉的意思就是疏朗的眉毛像挂在树梢上的青烟，这就是化用了远山眉。林黛玉两弯眉毛居然和古代两个大名鼎鼎的美女，卓文君还是才女，挂上钩了。

碧纱橱内外的情分

贾宝玉和林黛玉见面后有两件事值得注意，一件事是贾宝玉因为林黛玉摔了自己的命根子通灵宝玉。贾宝玉问林黛玉，你有玉没有？林黛玉知道他有玉，就想问别人有没有玉，林黛玉小心翼翼回答，“我没有那个。想来那玉是一件罕物，岂能人人有的。”贾宝玉一听，立即发起疯病，摘下命根子玉狠命摔在地上，“什么罕物，连人之高低不择，还说‘通灵’不‘通灵’,我也不要劳什子了！”如果这块玉是好东西，林黛玉就该有。既然神仙似的妹妹都没有，就说明这玉不是好东西。贾母是非常出色的童书作家，她现场编套鬼话来哄她的孙子，她说你妹妹原来也有玉，因为妈妈去世，就把她的玉给带走了，你妹妹说她没有玉这是她自己不便于夸张。贾宝玉听了听，她也有玉，那我就把这个玉再戴上吧。林黛玉到了晚上，就因为贾宝玉摔玉淌眼抹泪了。脂砚斋评语说，这是林黛玉的第一次哭，就是还甘露水。林黛玉一见到外祖母就哭个不住，为什么脂砚斋说她为通灵宝玉而哭是第一次哭？因为黛玉见宝玉哭才叫还眼泪。林黛玉是贾宝玉的知己，她对贾宝玉全是一番体贴工夫，贾宝玉为了她居然不爱惜命根子一样的通灵宝玉，她怎能不受感动？贾宝玉摔玉是一点儿都不掩饰她对林黛玉的爱慕之心。林黛玉哭就是朦胧的爱意在心中发芽。

法国大作家雨果说过，人出生两次，一次是父母把你带到人间的那一天，一次是真正的爱情萌发的那一天。曹雪芹写了贾宝玉林黛玉的诗意化的出生，他们第二次出生就是他们在荣国府的诗情画意的出色会面。在中国古代社会男女之间的结合，有各种各样的结合，有门当户对的结合，有父母之命的结合，有依据权势和金钱的结合，很少有真正爱情的结合，而宝黛爱情，是真正爱情的结合，是美好心灵的结合。

林黛玉进贾府后，发生的第二件事是贾母安排林黛玉的住处。贾母吩咐，把宝玉从他原来居住的碧纱橱挪出来，随我住在套间暖阁里面。贾宝玉一听就说，我就住在碧纱橱外面的床上就行了，我到套间暖阁里面闹得老祖宗不安静。贾母一听，同意了。这很有意思。林黛玉来了，贾母的眼里面，连命根子贾宝玉都得靠边站了，给她倒地方。而贾宝玉坚持要住在林黛玉的碧纱橱外面。他们就有了比青梅竹马还要强的优势了。

黛玉一进贾府，就继承了母亲在贾母跟前的待遇，但是读完《红楼梦》前八十回，林黛玉对外祖母说过一句感谢的话、奉承的话、凑趣的话、捧场的话？半句都没有。用我们山东人喜欢说的话，林黛玉岂不是吃了泰山不谢土？这么聪明的林黛玉，几句现成的感谢话、客套话不会说了？其实想一想，非常有哲理，因为世界上就是有这样一种感情，真正的爱是不需要表白的，大爱无言，至爱无声。

美国有个著名小说改编的电影《爱情故事》，男主角哈佛大学学生奥利佛不听父亲的劝阻，一定要和一个穷姑娘结婚，后来穷姑娘得病死了，在这个姑娘得病过程中，当年反对他们结合的父亲帮助了儿子。在电影最后，儿子对父亲说了句“谢谢”。父亲说了一句话，我永远记住这句话，“爱就不要说谢。”林黛玉从来不讨好贾母，也是爱就不要说谢。这正是林黛玉天真烂漫、纯洁无暇，天上仙子秉性的表现。但是这么天真纯洁的绛珠仙子，她能应付险恶的贾府吗？贾宝玉和林黛玉一个住在碧纱橱内，一个住在碧纱橱外，他们能不能就这样顺利地像蜜里调油一样地和谐下去？不能。因为薛宝钗马上就要带着象征金玉良缘的金锁到贾府来了。

第四回

薄命女偏逢薄命郎
葫芦僧乱判葫芦案

《红楼梦》主要线索宝黛爱情，里面的重要人物薛宝钗要进入贾府了。黛玉进府前提是绛珠仙子到人世还泪。薛宝钗进府前提却是件杀人案。宋元话本说“葫芦提”就是糊里糊涂，葫芦案就是糊涂案，知府听了葫芦僧的意见，这不按律法胡乱断案。回目暗含讽刺。

《红楼梦》是写俊男靓女的青春梦，画世家巨族的享乐图，贵族青年男女风月繁华依靠什么？官僚集团的盘根错节的庞大势力、大地主皇商的经济实力。贾雨村徇情枉法，就依附豪门势力。

金陵一霸杀人夺婢

黛玉第二天和姐妹们到王夫人那儿，王夫人在拆金陵来信，他的哥哥王子腾派人给她传话，金陵城薛姨妈的儿子薛蟠，倚财仗势，打死人命。王子腾要唤取薛蟠进京。京都节度王子腾是京都最高长官，他无视国法，以势凌人，庇护杀人犯的外甥。

林黛玉看到王夫人忙，就到寡嫂李氏那里去。黛玉进府中，王熙凤这个嫂子活蹦乱跳。李纨也是个嫂子，但和王熙凤截然相反。她青春守寡，就有和王熙凤完全不同的心态和为人处世态度。李纨也是名家出身,父亲李守中是国子监祭酒,家里面男女都要读书。李守中认为女子无才便有德，主要叫女儿学学《女四书》《列女传》《贤媛集》，认几个字，主要是要学着做针线，操持家务。李纨虽处于膏粱锦绣中，因为做了寡妇，像槁木死灰一般，只知道伺候婆婆，照顾儿子，帮着照顾贾府小姐，现在要帮着照顾贾母最心爱的外孙女林黛玉。几句简单叙述交代了金陵十二钗之一李纨。

贾雨村一到任，就接到一桩人命案，两家争买一个女孩，金陵一霸薛公子打死小乡绅之子冯渊。冯渊谐音“逢冤”。薛蟠打死冯渊，抢走女孩，若无其事走了。苦主家告一年状，没人做主。贾雨村新官上任三把火，一听，大怒，岂有这样放屁的事，打死人命白白地走了。他要发签拘捕薛蟠。手下一个门子向他使眼色不要发。奇怪！贾雨村是知府，门子是身份很低的衙役，竟敢向大老爷使眼色，很不正常，贾雨村不是生性狡猾？马上想到这里面有事，退衙，把门子叫来。

门子在社会上混了很久，自以为了不起，但真正和阴谋家打交道还是太嫩。他一到后堂就给贾雨村请安说，老爷这些年加官进禄就不认识我了？一个门子怎么可以对知府这样讲话？你以为你是谁，活腻了？贾雨村说，我看着挺面善的，一时想不起来，门子说，老爷真是贵人多忘事，把出身之地忘了，不记得葫芦庙的事了？门子这就更不会说话了。贾雨村当年住葫芦庙卖文为生。他当了知府，绝对不想让别人知道自己当年贫寒。门子偏偏哪壶不开提哪壶，一句话戳到贾雨村痛处，必定给自己招来祸害。贾雨村一听，雷震一惊，方想起往事。他为什么像雷震一惊？因为突然发现，自己扬扬得意做知府大人，身边就有个揭老底儿的人，葫芦庙的小和尚。

俄罗斯短篇小说家契诃夫有个短篇小说《变色龙》，贾雨村就是变色龙，曹雪芹把他的奸诈之态写得活灵活现，假装亲热，拉着手，原来是故人，让坐。门子怎么敢坐。贾雨村说，贫贱之交不可忘，你我故人，这是私事，还要长谈，能不坐吗？贾雨村这个时候还要问门子为什么不让我发签。门子就斜签着坐了，表示恭敬，不敢和知府大老爷面对面。

"护官符"石破天惊

贾雨村问为什么不叫我发签？门子就说，老爷荣任到这省，难道没抄张本省护官符？贾雨村问什么叫护官符？门子说，连这个不知道，官怎么做得长远？现在地方官都有个私单写着本省最有权势、最富最贵的大乡绅姓名，触犯这样人家，不要说官爵，连性命都保不住，所以叫"护官符"。这个案子里的薛家，老爷如何惹得他？他这个官司本很容易断，但都是要考虑护官符才拖到现在断不了。

太深刻了！孟子说过，为官不难，不得罪巨室。《红楼梦》石破天惊蹦出来"护官符"，写透康乾盛世官场。护官符写金陵最有权势家族的谚俗口碑，俗谚口碑就是民间口头议论像立石刻碑一样。劝君不用镌顽石，路上行人口似碑。

护官符：贾不假，白玉为堂金作马。阿房宫，三百里，住不下金陵一个史。东海缺少白玉床，龙王来请金陵王。丰年好大雪，珍珠如土金如铁。

贾府阔到白玉做堂，黄金铺路；贾母的娘家史家秦朝阿房宫都放不下；龙宫宝物最多，但龙王爷得找王家借白玉床，丰年好大雪，“雪”谐音“薛”，薛家挥金如土。护官符下面还有些小字说，宁国公荣国公家人住哪里；保龄侯尚书令史公家人住哪里；都太尉统制县伯王公家人住哪里。紫薇舍人薛公后人现领着帑银做皇商。这四家按照公、侯、伯、舍人，从高到低顺序排列。歌谣极力夸四家豪富，他们的豪富从哪里来？做官的俸禄，更靠巧取豪夺，做大地主、放高利贷，靠权势获得财富。

门子告诉贾雨村，打死人的就是薛公子，而这四家，连络有亲，一损俱损，一荣俱荣。门子告诉贾雨村，凶犯、拐子、死鬼买主我都知道。一个小小门子怎么什么都知道？这是小说家调度，他就是故意安排一个人恰好和贾雨村打过交道，恰好把房子租给拐子，恰好是被卖女孩小时的玩伴。门子告诉贾雨村，拐子把丫头卖给两家，两家把他拿住，打个臭死，薛公子喝令手下人把冯公子打个稀烂，抬回家三天死了。薛公子早就要上京的，他打了冯公子，夺了丫头，没事人一般，带了家眷就走。打死了人自有兄弟奴仆料理。打死人在阿呆眼里是屑屑小事。四大家族飞扬跋扈到何等程度？

门子讲完薛家和护官符的关系之后，又卖弄起来。老爷，你当这被卖的丫头是谁？这个人万事通。雨村笑道，我怎么知道。门子冷笑说这人算来还是老爷您的大恩人，他就是甄老爷的小姐英莲。当年我们天天哄着英莲玩，她现在十二三岁，长得好漂亮好齐整，但是大概相貌是不会改变，她的眉心当中原来有米粒大小的一颗胭脂记。熟人容易认出来。这个拐子又租了我的房子居住，拐子不在家，我就问她怎么回事，她不敢说。拐子先把她卖给冯公子，又把他卖给了薛家。薛公子混名呆霸王，是天下第一个弄性尚气的人，把冯公子打个落花流水，把英莲拖了去。甄英莲从被拐，到卖进薛家的过程，通过门子的几句话闲谈交代清楚。

贾雨村太贼了，他曾跟封肃说，你的外孙女被拐，我帮你找回来。现在他不再提找回这个女孩子给当年的恩人送回去。他更关心怎么讨好护官符上的人。他把一切归结为孽缘，给自己，也给黑暗社会开脱责任。贾雨村已很清楚怎么样断案。他还要问门子怎么断？门子又揭开他的老底儿了。小的闻得老爷补升此任，系贾府王府之力。薛蟠是贾府和王府的老亲，老爷何不顺水行舟，作个整人情，了结此案，日后好去见贾王二公？贾雨村表白一番又想做婊子又想立牌坊的话。你说的何尝不是，但是事关人命，皇上隆恩，把我起复委用，重生再造了，我应该全心全意地报答皇帝之恩，我岂可以因私废法。真不忍心这么做。门子冷笑了，你说的这是些大道理，在社会上是行不通的。你如果真的这样做，你不但不能报效朝廷，你连你自身都保不了，还是好好想想。门子的话深通世故。门子建议贾雨村装神弄鬼、扶鸾请仙，说两家本有夙怨，薛蟠被冯渊追魂而死。拐子依法处置。断给冯家一些银子了事。门子说，您扶乩写字。我暗中嘱咐拐子叫他实招。

《聊斋志异 · 梦狼》总结官场“官虎吏狼”。《红楼梦》第四回是例子。一个小小门子，他居然能够上下其手，操纵审案！

贾雨村说，不妥不妥，我再斟酌斟酌，或可压服口声。这老奸巨滑的家伙，第二天坐堂胡乱断了此案。曹雪芹的高明就在于，怎么断的这个案，不写，只用四个字“徇情枉法”。

在断案过程当中，门子说过一句关键的话：薛家原是金陵一霸。这时薛蟠多大年纪？ 15 岁。但他们家是金陵一霸的名声已很响了。这就说明“金陵一霸”名声是从薛宝钗的父亲那儿开始。

贾雨村断完案，迫不及待地写信献媚讨好两个京城大官。写信给贾政、王子腾，您外甥的事已完了，不要过虑。贾雨村又恐怕门子说出当年他贫贱的事儿来，找个不是，把门子远远地充军了事。过河拆桥，恩将仇报。根据脂砚斋的评语提示，葫芦案伏下千里伏线。这说明在曹雪芹丢失的后几十回中，葫芦僧还要出来，就成了贾雨村最后罢官枷锁扛的原因之一。

葫芦案放到小说开头第四回，太重要了。毛主席说第四回是《红楼梦》总纲，有一定道理。《红楼梦》写四大家族的兴衰，曹雪芹根据自己对社会的观察看出来，作为封建社会基石的贵族、地主，他们的日常生活是建筑在什么基础上，他们能横行霸道、钟鸣鼎食，就是因为他们掌握权力。而封建社会的法律，对他们一点儿办法都没有。第四回就通过一个案子，把这些人的丑恶本质揭个底儿掉。这样的人还配有好命运吗？必定要衰亡。

薛宝钗进荣国府

薛蟠是个什么人？本出自书香继世之家，幼年丧父，母亲溺爱纵容，家有百万之富，只是斗鸡走马，游山玩水。一切皇商事务都交老伙计去办。他的母亲是现任京营节度使王子腾之妹，和王夫人是姐妹，就是薛姨妈。还有个女儿，薛宝钗出场了，她通过杀人案出场的不是很有意味？但是薛宝钗和哥哥不一样，生得肌骨莹润，举止娴雅。丰满漂亮懂事，胜过她哥哥十倍。她为什么要进京？因为最近皇上要从世家女孩当中选公主郡主的入学陪侍，薛蟠要送妹妹参选，还要到京城去算账，听说京城是第一繁华之地，想去玩。薛蟠早就准备好了行李了，准备好了送人的礼物了，已经要起身了，碰到了拐子卖英莲，看到英莲生得不俗，就打死冯渊，把她抢来，把家中事务托给老家人，带了母亲妹妹起身长行。人命官司，他视为儿戏，自认为花上几个臭钱，没有不了的。豪门公子心态，钱能通神，打死人都不要紧。在路不记其日，将要进京城，听到王子腾升九省统制，这是宋代武官名。《红楼梦》的官职各朝代都有。薛蟠正愁进京有个嫡亲母舅管着不能任意地挥霍，现在他升官了，天从人愿！就跟母亲商量，咱们京城房子，赶快派人去打扫。他母亲说，干吗这么招摇，我们到京城去先是拜望亲友，舅舅家或者姨爹家房子很多，我们凑合着住，慢慢再去收拾自己的房子。薛蟠很会找理由，舅舅升了官要到外省去，家里忙乱，咱们一窝一拖跑到他家，不是没眼色吗？他妈就说，你舅舅升官了，你姨爹家还可以住。你姨娘总是捎信来，说想念我们，她还能不留我们？你忙着去收拾房屋，你不是叫人家见怪。你的意思我知道，守着舅舅守着姨爹管了你。各自住着，你好任意施为，你自己去住吧，我带了你妹子到姨娘家，好不好？呆霸王听了他妈的话，那就直接到荣国府。

王夫人知道官司已了，听到妹妹带了儿子女儿来很高兴，带着媳妇女儿接出大厅。老姐妹悲喜交集地叙了一会闲话，拜见贾母，送人情土物，贾府摆席接风。薛蟠拜见了贾政，贾琏又引着拜见贾赦、贾珍。贾政派来人对王夫人说，姨太太有了年纪，外甥年轻，在外面住着恐不合适，咱们东北角上梨香院白白闲着，加快打扫了，请姨太太和哥儿姐儿住了。

如果王夫人自己让妹妹住下多不合适？贾政出面挽留，最合情理。接着，贾母也派人来说，请姨太太住下，大家亲密些，贾母发话，就更名正言顺。薛姨妈正想住到贾府好好管儿子，就赶快同意了，又私下对王夫人说，一应日费供给一概免却。薛家不是来投亲靠友，为什么要由贾府供给生活费呢？而且贾府供给生活费不是常法儿，自己拿钱才能住长了。

梨香院是当年荣国公暮年养静之所，前厅后舍十来间房屋，还有个门通街。呆霸王找狐朋狗党就方便了。薛姨妈要找姐姐也方便，西南角门出夹道就是王夫人正房东院。这样饭后晚间，薛姨妈就过来，或者和贾母闲谈，或者和王夫人聊天。薛宝钗和林黛玉、贾迎春等看书下棋做针线。

不上一个月，薛蟠和贾府子侄认熟了一半，纨绔子弟喜欢和他来往。有钱就有兄弟，有钱就有朋友。薛蟠和贾珍、贾琏、贾蓉，一路货色，今天会酒，明天观花，甚至聚赌嫖娼，无所不至，引诱得薛蟠比当日更坏了十倍。薛蟠是个打死人都不在意的地方恶少，现在比当初更坏了十倍！贾府真是个大染缸。而族长是纨绔子弟里最坏的贾珍。

薛宝钗一家就在梨香院住下，渐渐地把回到自己家的念头打灭。说到底，薛姨妈为什么自己有那么多房屋非得住亲戚家？为了权势，皇商地位怎么能比国公府？

贾宝玉、林黛玉、薛宝钗，三角形式形成了。

第五回

游幻境指迷十二钗
饮仙醪曲演红楼梦

第五回又一版本回目“开生面梦演红楼梦，立新场情传幻境情”，我上大学时对程乙本回目印象特别深：“贾宝玉神游太虚境，警幻仙曲演红楼梦”。

第五回是《红楼梦》总纲，借助贾宝玉梦境，预示主要人物命运。

黛玉进府后，贾母万般怜爱，宝玉黛玉特别亲密友爱，日则同行同坐，夜则同息同止。现在突然来个薛宝钗，品格端方，容貌丰美，行为豁达，随分从时，不像林黛玉孤高自许，目无下尘，人多谓黛玉所不及。世俗眼中认为薛宝钗比林黛玉强。薛宝钗会根据周围环境决定对人态度，林黛玉只顾自己内心。这样宝钗就比黛玉更多地得到下人之心，小丫鬟也愿意和薛宝钗玩，林黛玉就有些不大高兴了。

贾宝玉现在只是把表姐表妹都当成是一起长大一起玩的对象。因为黛玉是从小一起长大，更亲密些。既然亲密就不免“求全之毁，不虞之隙”，求全之毁是因追求完美而有所责难，谁追求完美？谁责难人？林黛玉。她要求完美，就是贾宝玉只能和我玩，不能和薛宝钗玩，否则我就不大高兴。不虞之隙，是说二人虽然很亲密却难免有意料不到的误会，那就是贾宝玉找薛宝钗玩了，林黛玉就认为疏远她，就产生误会，这是人物个性决定的，情节要照这个模式往前发展。这一天不知道为什么两人又闹矛盾了，黛玉又哭了，宝玉赶快赔不是，哄林妹妹，黛玉才稍微缓和下来。这成了宝黛相处的新常态：林黛玉不断地找事，贾宝玉不断地赔不是，林黛玉是因为个性坏而不断地找事吗？那是因为她心里只有一个贾宝玉，眼里揉不下沙子，不能容忍宝玉和宝钗亲近的行为。

简单交代宝钗进府后形成的宝玉、黛玉、宝钗之间交往的情况。小说就正式进入第五回。第五回有两个主要内容，一个内容是贾宝玉做春梦，完成了从小男孩向小伙子过渡，出现人生第一次梦遗。第二个内容是贾宝玉梦中到了太虚幻境，看了金陵十二钗命运图册、判词，听了《红楼梦》曲。图、诗、曲结合在一起，对《红楼梦》主要人物命运做明确预示。

秦可卿香闺是贾宝玉春梦背景

贾宝玉怎么样做起春梦？宁府花园梅花盛开，贾珍妻子尤氏准备下酒席请贾母、邢夫人、王夫人赏花。宝玉累了，贾母说你们好好哄着他，叫他去歇一会儿。贾蓉的妻子秦氏说，我们有给宝叔收拾下的房子，老祖宗放心，交给我吧。贾母知道秦氏极妥当，生得袅娜纤巧，行事温柔和平，贾母喜欢苗条、纤巧、灵活的女孩。而且不大讲究家境是不是高贵，是不是富贵。秦氏家庭出身并不高，但被贾母看成是重孙媳妇当中第一个得意的。

秦氏引了贾宝玉、奶妈、丫鬟到上房。贾宝玉一看有幅画《燃藜图》。是劝人苦读的故事，汉代刘向夜读没有灯，仙人把藜杖吹出火来给他照明。贾珍不读书，居然挂这张图，不是很滑稽？贾宝玉看到这个不高兴，再一看，还有副对联："世事洞明皆学问，人情练达即文章"。贾宝玉本来厌恶读书，却看到劝读图，本来讨厌世故，偏偏看到讲世故的对联，他马上说快出去！秦氏说不然到我屋里去。贾宝玉点头笑了。有个嬷嬷就说，怎么能叫叔叔到侄儿房里睡觉呢？秦氏就说，嗳哟哟，不怕他恼。他能多大呢，就忌讳这些个！上月你没看见我那个兄弟来了，虽然与宝叔同年，两个人站在一处，只怕那个还高些呢。秦氏的话说明，秦氏对贾宝玉并没有丝毫邪念。有的红学家认为，秦氏有意识勾引贾宝玉，恐怕是牵强附会。

贾宝玉一进秦氏房门，就有股细细的甜香袭来，这个香叫什么？引梦香，这是暗示秦氏风流妩媚像甜香一样，对男人有不可抗拒的魅力。为什么这样说？因为贾宝玉平时接触的黛玉宝钗，女孩正渐变成少女，对渐变成少男的宝玉有一定吸引力。秦氏这个成熟的、风流妩媚少妇，对小伙子吸引力就更大了。睡梦当中幻想有这样的人和自己相爱。"好香！"贾宝玉更困了。墙上挂幅唐伯虎《海棠春睡图》，是画海棠花吗？不是，是画美人睡觉。唐明皇把杨贵妃醉卧叫"海棠春睡"。

两边有宋学士秦太虚的对联“嫩寒锁梦因春冷，芳气笼人是酒香”。美丽的女性想情人想得情丝绵绵不成梦，只好借酒浇愁了。秦太虚即秦观，字少游。太虚取虚幻缥缈之意。

秦氏房间的摆设，曹雪芹极尽夸张调侃之能事，每句都有原句之外的意思，秦可卿房间的摆设都不是确实存在的，都是虚构的。摆了些什么呢？“案上设着武则天当日镜室中设的宝镜”。唐高宗建造过四壁都是镜子的宫殿，后来武则天在此跟男宠张氏兄弟秽乱深宫。这是历史上真实的丑事。隔这么多年，武则天的镜子早不知道哪里去了，可曹雪芹搬到秦氏房间，借武则天的宝镜透露秦可卿和她是一样的人。“一边摆着飞燕立着舞过的金盘”，汉代赵飞燕跳舞的金盘，同样不可能保存在宁国府，曹雪芹把它搬到秦氏房间，因为赵飞燕也是美而艳、秽乱深宫的角色。“盘内盛着安禄山掷过伤了太真乳的木瓜”，这句话同样是暗示房间主人多情好淫。但这句话曹雪芹弄错了。安禄山叛乱前受到唐明皇宠爱，和杨贵妃有私情，曾用手指甲抓伤贵妃乳。因为“指爪”和“木瓜”音似，后来传成安禄山用木瓜伤贵妃乳。曹雪芹就沿用了这个错，仍然是暗示房间女主人会和别人私通。“上面设着寿阳公主于含章殿下卧的榻，悬的是同昌公主制的联珠帐”，这榻、这帐，都有典故，都是曹雪芹信手拈来，调侃秦氏居处豪华、讲究。

秦氏安排贾宝玉睡午觉，“亲自展开了西子浣过的纱衾，移了红娘抱过的鸳枕”，有意思，好玩！明代戏剧《浣纱记》写西施浣纱和范蠡定情，《西厢记》里红娘鸳枕送崔莺莺去和张生幽会。纱衾和鸳枕就成了香艳故事代称。戏剧家小说家虚构的“私情”象征，曹雪芹叫秦氏拿着去布置给宝玉睡觉用，也是为了说明，秦氏是幽期密约的风月人物。这样一来，贾宝玉睡午觉的房间，就是曹雪芹用古代真实人物和传说人物，小说人物和戏剧人物身上和淫乱、风月有关的物件布置的，又甜、又香、又美、又鲜、又淫，这大概是中国古代小说写风月人物的环境最有韵味的了。

中国爱神警幻仙子姗姗来迟

贾宝玉到这环境当中，刚合上了眼，就恍惚睡去。他看见秦氏在前面，就悠悠荡荡地跟着秦氏到一所在。绿树清溪、朱栏白石，人迹希逢、飞尘不到。他很高兴，这么个好地方，我就在这里过好了，比在家里面天天被父母师傅打强得多。正想着，忽然听到有人唱歌：“春梦随云散，飞花逐水流；寄言众儿女，何必觅闲愁。”春梦，最要紧的两个字，而在这歌曲中，梦散了，花飞了，水流了。人生像一场春梦，一切都是空的。

贾宝玉听了是女子的声音，接着走出来一个人，非凡的漂亮，曹雪芹写首赋形容。赋是汉代文人喜欢的文体，最擅长穷形尽相形容事物。曹雪芹在这个赋写到这女子美丽的衣服花纹绚烂，她像凤凰展翅，像蛟龙翱翔，像春梅绽雪，像秋菊披霜，像霞映澄塘，像月射寒江。使得西施王嫱自愧不如。贾宝玉一看是个仙姑，就作揖问“神仙姐姐不知从那来，如今要往那里去……希望携带携带。”贾宝玉内帏厮混，见到神仙也叫姐姐，真千古未闻之奇称。仙姑笑了，说“吾居离恨天之上，灌愁海之中，乃放春山遣香洞太虚幻境警幻仙姑是也：司人间之风情月债，掌尘世之女怨男痴。”离恨、惯愁、春情、相思，都是爱情要害，而警幻仙姑专门布散相思、专管痴情男女。“因近来风流冤孽，缠绵于此处，是以前来访察机会，布散相思。”警幻仙子是什么人？中国翩翩来迟的爱神。中国古代只有婚姻之神像月下老，没有维纳斯爱神，没有丘比特神箭，警幻仙子来，中国就有爱神了，无怪乎《红楼梦》成了中国古代爱情描写巅峰之作。警幻仙子对贾宝玉说，我那里有酒、有茶、排练了《红楼梦》仙曲十二支，跟我去看看吧！贾宝玉一听，很高兴，就忘了在前面带路的秦氏。这个地方写得很好玩，像是做梦，稀里糊涂有个人带着，一会她又不见了。

贾宝玉跟着仙姑进了一个所在，石牌坊上是“太虚幻境”，对联“假作真时真亦假，无为有处有还无”。转过牌坊，一座宫门上面四个大字“孽海情天”，对联“厚地高天，堪叹古今情不尽；痴男怨女，可怜风月债难偿”。通俗的语言概括人生规律，天地广阔，痴情者找不到情尽的地方，岁月流逝，什么时候追求爱情不再付出痛苦的代价？贾宝玉看了，不知道古今之情，风月之债是什么，以后要领略领略。

仙姑带贾宝玉进二层门，两边配殿都有匾额对联，“痴情司”“结怨司”“朝啼司”“夜怨司”“春感司”“秋悲司”。贾宝玉说，仙姑领我到各个司里去玩玩？警幻仙姑说，各个司储藏普天下女子簿册，你凡眼肉胎，不可先知。贾宝玉苦苦哀求，仙姑说那就在这里随便看看吧。贾宝玉很高兴，抬头一看，“薄命司”，对联“春恨秋悲皆自惹，花容月貌为谁妍”。我觉得对联是说林黛玉。贾宝玉很感叹,进门看到十几个橱子，贾宝玉如何看橱里的册子、听《红楼梦》十二支曲，我们稍后集中讲。

当贾宝玉看完册子、听完《红楼梦》十二支曲。警幻仙姑领他到了更漂亮的地方。画栋雕檐，雪照琼窗，仙花馥郁，异草芬芳。警幻叫大家出来迎接贵客！几个仙子一看到贾宝玉就不高兴，说警幻你今天不是接绛珠妹子的生魂？怎么引这么个蠢物、浊物污染清净女儿之境？贾宝玉怕了，想退不能退，觉得自己确实污秽不堪。警幻说，我本来要到荣府去接绛珠，从宁府经过，遇到了宁荣二公灵魂，他们嘱咐我：“吾家自国朝定鼎以来，功名奕世，富贵传流，虽历百年，奈运终数尽，不可挽回者。故遗之子孙虽多，竟无可以继业。其中惟嫡孙宝玉一人……略可望成。”什么意思？就是我们这个家族风光一百年，现在快完了，能继承并发扬光大家族传统只有贾宝玉，但没人引导他，请你把他引来，叫他看看情欲声色没什么了不起，警醒了好好读书。

贾宝玉“意淫”

警幻仙子接受宁国公荣国公拜托，要把贾宝玉弄来教育一番。警幻仙子怎么教育他的呢？给他美酒、香茶、仙宴，叫他看家中女子命运图册，把具备黛玉、宝钗、秦可卿之美的仙女兼美，许配给贾宝玉。叫贾宝玉体味和仙女的性爱是怎么回事儿。警幻仙子想叫贾宝玉知道，谁都敌不过命运捉弄，人生到头一梦，一切皆空，就是把林黛玉、薛宝钗、秦可卿全给了你，不过如此。就是在仙境，喝仙茗，饮仙酒，听仙乐，吃美食，所有比凡间好一百倍的东西，不过如此。所以千万不要沉湎声色，要把精力放到仕途经济上。梦中的贾宝玉就跟名字叫兼美，模样又像林黛玉，又像薛宝钗，又像秦可卿的仙女结婚，恩爱缠绵分不开。警幻仙子的目的达到没有？没有。警幻仙子叫贾宝玉听《红楼梦》曲时，看到他懵懵懂懂，就说“痴儿竟尚未悟”。贾宝玉能不能觉悟？他如果现在就觉悟，《红楼梦》就不用往下写了，贾宝玉就变成贾政了。实际上，警幻仙子接受宁国公、荣国公灵魂嘱托，却带着贾宝玉神游太虚境，本身就南辕北辙，不可能完成宁国公、荣国公嘱托的任务。为什么？这是由警幻仙子的身份决定的，她住在离恨天、灌愁海、放春山、遣香洞，这天、这海、这山、这洞，哪一个不是和爱情和青春联系在一起？警幻仙子是爱神，不是《聊斋志异》里教人读书做官的司文郎，更不是传说当中帮人金榜题名的魁星。警幻仙子司人间之风情月债，掌尘世之女怨男愁，到人世是来布散相思，她不是来倡导读圣贤书，走功名路。她手下的仙女叫什么？痴梦，钟情，引愁，度恨。她们只关注爱情的方方面面，和读书做官没有半点关系。《红楼梦》十二支曲，唱的是青春的挽歌，爱情的挽歌，不是唱的宋真宗劝学文说的“书中自有黄金屋，书中自有千钟粟，书中自有颜如玉。”

但警幻仙子对贾宝玉的性情概括到位。警幻仙子说贾宝玉是“天下第一淫人”，把贾宝玉吓坏了。我因为不好好读书，已经叫父亲很不高兴了，我更不敢沾“淫”这个字，而且我年纪小，我不知道这个怎么回事。警幻仙子说，你和皮肤滥淫的人不一样的，你是“意淫”。“意淫”被红学家研究了不知道多少遍，照我看来，“意淫”就是对女性一味体贴，不仅对心爱的林黛玉，对十二金钗，甚至贾琏侍妾平儿、薛蟠侍妾香菱、梨香院小戏子龄官，他都充分尊重，香花供养。“意淫”是说贾宝玉对女性有博爱之心，大爱之心。

贾宝玉还是一个不解人事的男孩，所以得由警幻仙子给他做性启蒙，向他秘授云雨之事，然后把他推入帐中，再去和兼美亲热。贾宝玉在梦中和兼美结婚，兼美的小名叫可卿。第二天两人软语温存、难解难分。两人出去玩到了一个所在，荆榛遍地，狼虎同群，迎面黑溪阻路，并无桥梁可通，正在犹豫，警幻赶来说赶快回头。贾宝玉问这是什么地方？警幻说是迷津，深有万丈，中间只有一个木筏，木居士掌舵，灰侍者撑篙，不受金银谢礼，只是有缘者才渡。你进了迷津就完了。

曹雪芹写梦写得太好了，迷离恍惚是梦境，梦境又变幻逼真。贾宝玉的梦境就像《聊斋志异·续黄粱》，梦中富贵跌入灾难。贾宝玉梦中从仙境、仙乐、仙酒、仙茗、仙女，到了虎狼夜叉海鬼，从繁华到败落，荆棘、虎狼、夜叉、海鬼、迷津，都是世事的隐喻。这个梦，未必不是贾府从盛到衰的预演。

谶图谶诗谶曲预示人物命运

第五回另一个重要内容，是贾宝玉看到太虚幻境的图、诗，听到《红楼梦》曲子，预示着《红楼梦》主要人物的命运。我们把这些图、诗、曲叫谶图、谶诗、谶曲。所谓谶图、谶诗、谶曲，就是用图、诗、曲预示人物的命运，中国古代史书、小说，特别是《三国演义》《水浒传》，喜欢用这种手法，《红楼梦》用到了极致，整个第五回预告主要人物命运。

贾宝玉在“薄命司”看到“金陵十二钗正册”。就问警幻仙子金陵很大，怎么只有十二个女子？我们家那边上上下下就几百女孩。贾宝玉一句话带出荣国府的规模。警幻仙子冷笑道：金陵女子很多，不过选择最重要的记下来。下面两个厨子次要一点，其他庸常之辈就没册子入了。贾宝玉听说，就伸手先把“又副册”打开，第一个暗喻晴雯。首页画了满纸乌云浊雾。什么意思？预示晴雯处的环境污浊险恶。判词：“霁月难逢，彩云易散。心比天高，身为下贱。风流灵巧招人怨。寿夭多因毁谤生，多情公子空牵念”。前两句藏晴雯的名字，雨过天晴的月叫霁月，暗藏“晴”字，彩云暗藏“雯”字，后几句是晴雯的个性和命运。晴雯是奴才的奴才，赖大家买的送给贾母，晴雯模样标致、心灵手巧，口才爽利，心高气傲。不肯低三下四讨好主子，被人嫉恨，遭迫害而死。多情公子指贾宝玉。

贾宝玉再往下看，第二个暗喻袭人。画着一簇鲜花，一床破席，暗藏花袭人的名字。判词是：“枉自温柔和顺，空云似桂如兰；堪羡优伶有福，谁知公子无缘。”袭人姓花，所以如桂似兰。她性情温柔，照顾贾宝玉无微不至，最后却嫁给戏子蒋玉菡。优伶是对演员的蔑视性称呼。此时贾宝玉身边有晴雯、袭人，但他不知道这是预示她们的命运。

贾宝玉扔下又开了副册厨门，拿出本册子来，揭开一看，上面一幅画有株桂花，有个池沼水涸泥干，莲枯藕败。这个画预示着香菱的名字和命运。判词：“根并荷花一茎香，平生遭际实堪伤。自从两地生孤木，致使香魂返故乡。”香菱的名字取自陆放翁诗句，“平生遭际苦萦缠，菱刺磨作芡实圆。”“两地生孤木”拆字拆出“桂”，夏金桂进薛家，香菱末日就到了。香菱原名甄英莲，莲、菱连在一块。香菱 5 岁被拐卖，成为薛蟠侍妾。夏金桂嫁给薛蟠后，百般折磨香菱，香菱病入膏肓。通行本续书写她生了儿子扶正，不符合曹雪芹关于香菱被折磨死的构思。

宝玉看了副册还是不理解，扔下去看正册。正册把《红楼梦》主要女性命运预示了。前两个人物林黛玉和薛宝钗合着写，画两株枯木，暗寓“林”，木上悬着一围玉带，暗寓“黛玉”。下面有堆雪，谐音“薛”，雪下有股金簪，金簪即宝钗。四句判词：“可叹停机德，堪怜咏絮才。玉带林中挂，金簪雪里埋。”后两句写两人名字，前两句写两人特点。薛宝钗有品德，什么品德？停机德，妇德。用《列女传》典故。东汉乐羊子外出求学，半途而废，回到家，正在织布的妻子拿刀把线割断，你中断了学业就是这样子！林黛玉有什么特点？才思敏捷，咏絮才。典故来自《世说新语》，有一天下雪，谢安让家里子女形容一下“白雪纷纷何所似”，谢朗说“撒盐空中差可拟”。空中撒盐也能形容下雪，但不生动。谢道韫说“未若柳絮因风起”。从此人们把有才能的女子叫“咏絮才”。

贾宝玉后边听《红楼梦》十二支曲，第一支曲《终身误》也是把两人一起吟唱：“都道是金玉良姻，俺只念木石前盟。

空对着，山中高士晶莹雪；终不忘，世外仙姝寂寞林。叹人间，美中不足今方信。纵然是齐眉举案，到底意难平。”这是用贾宝玉的语气咏叹婚姻对宝钗宝玉都是终身误。“晶莹雪”指薛宝钗，她和贾宝玉成全了金玉良缘，“寂寞林”指林黛玉，她和贾宝玉是木石前盟。贾宝玉和薛宝钗结婚后表面上齐眉举案，这是用梁鸿孟光夫妻和美典故。但是宝玉宝钗内心距离遥远。因为贾宝玉始终忘不了林黛玉，薛宝钗得不到贾宝玉的真情，最后贾宝玉为了林黛玉出家，薛宝钗终身寂寞。

下一支曲《枉凝眉》吟唱林黛玉：“一个是阆苑仙葩，一个是美玉无瑕。若说没奇缘，今生偏又遇着他；若说有奇缘，如何心事终虚化？一个枉自嗟呀，一个空劳牵挂。一个是水中月，一个是镜中花。想眼中能有多少泪珠儿，怎经得秋流到冬尽，春流到夏！”林黛玉是到人世间还泪，最终为贾宝玉泪尽而逝。“阆苑仙葩”指林黛玉的前身灵河岸边三生石畔的绛珠仙草，“美玉无暇”是说像美玉一样晶莹剔透，指通灵宝玉。通灵宝玉原是仙境无才补天的大石头，贾宝玉的人格象征，作者曹雪芹的精神代表。其实贾宝玉前身也是石头，神瑛侍者，瑛，美玉也。绛珠仙子到人间向神瑛侍者还泪，林黛玉的眼泪始终为贾宝玉而流，万苦不辞，无怨无悔。在曹雪芹丢失的后几十回当中，贾府败落，宝玉逃亡，林黛玉为了外出逃亡的贾宝玉，日夜悲啼，从秋天哭到冬天结束，从春天哭到夏天。到葬花时节，林黛玉的眼泪流尽了，飘然而逝。

根据脂砚斋的评语提示，曹雪芹写黛玉之死的章回叫“证前缘”，黛玉用泪尽而逝证明她是到人世间还泪的。《枉凝眉》是当代歌坛名曲。八七版《红楼梦》创作过程中，演员还一个没到时，作曲家王立平毛遂自荐到了剧组。他是写流行歌曲的，能写《红楼梦》曲子吗？王立平在剧组待好几个月，反复琢磨，写出《枉凝眉》。当时王扶林导演请了很多大红学家做顾问，比如周汝昌、李希凡。王扶林请红学家来听《枉凝眉》。红学家听后说很好，有韵味，像《红楼梦》主题曲。王立平按照《枉凝眉》曲韵，写下《红楼梦》其他曲子，广为流传。

贾宝玉看到金陵十二钗正册第三个人物是他的大姐贾元春。画着一张弓，谐音“宫”，弓上挂个香橼，谐音“元”，元春的名字。判词：“二十年来辨是非，榴花开处照宫闱。三春争及初春景，虎兕相逢大梦归。”贾元春20岁封了贤德妃，像火红的榴花在宫闱放光辉，三个妹妹都没她风光，但她命不长，很快大梦归，死了。怎么死的？最后一句有两个版本，一个“虎兕相逢”，虎和兕都是凶恶的动物，这就暗示贾元春死于两派政治势力斗争。另一个版本“虎兔相逢”，这就意味着贾元春是死在虎年兔年之交。有的红学家说这是暗示康熙去世和雍正上台的干支，康熙虎年去世，雍正兔年上台，曹家败落。关于贾元春的《红楼梦》曲是《恨无常》：“喜荣华正好，恨无常又到。眼睁睁，把万事全抛。荡悠悠，把芳魂消耗。望家乡，路远山高。故向爹娘梦里相寻告：儿命已入黄泉，天伦呵，须要退步抽身早！”吟唱贾元春之死，她是在遥远边地突然死亡，她的鬼魂劝父亲赶快从官场抽身，保全家庭。贾元春到底是不是虎兕相逢，两派势力搏斗，被皇帝赐死，而且像杨贵妃被唐明皇赐死，是吊死的，所以荡悠悠地吊在那里？这是可能的。脂砚斋说这曲“悲险之至”，就说明贾元春绝非善终。不是后四十回所写，皇帝宠爱太重，她发福得痰疾而死。

第四个人物贾探春。画着两人放风筝，一片大海，一只大船，船里一女子掩面啼哭，这是画探春远嫁。判词也写她远嫁，贾探春虽然聪明、有才干，但是遇到末世，只能远嫁千里再不能回家。“才自精明志自高，生于末世运偏消。清明涕送江边望，千里东风一梦遥。”《红楼梦》十二支曲《分骨肉》吟唱探春远嫁时候的心情：“一帆风雨路三千，把骨肉家园齐来抛闪。恐哭损残年，告爹娘，休把儿悬念。自古穷通皆有定，离合岂无缘？从今分两地，各自保平安。奴去也，莫牵连。”探春远嫁不归，怕爹娘哭坏，就告诉爹娘，自古以来家族兴旺和衰败都有定数，悲欢离合也都根据缘分决定。人生缘分决定我离开你们，你们不要牵挂我。贾探春眼中的爹娘是谁？当代读者可能想象不出，她是赵姨娘生的，但她心中的爹娘始终指贾政和王夫人，不包括赵姨娘。贾探春早就宣布虽然是姨娘所生，但我只管认得老爷太太，别人一概不管。这个聪明有才干的姑娘知道在大家族中，庶出的小姐如何不受侵害，怎么办？坚决站到嫡母王夫人一边。

第五个人物史湘云。画几缕飞云，一湾逝水。名字就在里面了。史湘云自幼父母双亡，后来嫁个有才有貌的丈夫，可惜结婚没多久就分离了，幸福像彩云飘散。她的判词："富贵又何为，襁褓之间父母违。展眼吊斜晖，湘江水逝楚云飞。"史湘云是曹雪芹，也是读者朋友特别喜欢的女性，但她的命运同样不幸。《红楼梦》曲《乐中悲》唱的就是她的命运："襁褓中，父母叹双亡。纵居那绮罗丛，谁知娇养？幸生来，英豪阔大宽宏量，从未将儿女私情略萦心上。好一似，霁月光风耀玉堂。厮配得才貌仙郎，博得个地久天长，准折得幼年时坎坷形状。终久是云散高唐，水涸湘江。这是尘寰中消长数应当，何必枉悲伤！"曲子咏叹史湘云美满婚姻不长久。史湘云光明磊落，襟怀坦荡。她本来配了个才貌仙郎，如果白头到老多美满，这样就把幼年父母双亡，没人疼爱都准折过去了。没想到两个人分手了。这里用了"云散高唐""水涸湘江"典故。高唐比喻巫山云雨、夫妻恩爱，云散了，夫妻不恩爱了。湘江用传说舜南巡路中死亡，湘妃溺于湘江。也是说史湘云和丈夫分离。史湘云为什么和丈夫分离呢？《红楼梦》多次暗示，史湘云不是有个金麒麟？张道士送贾宝玉个金麒麟，贾宝玉射覆把金麒麟输给卫若兰。卫若兰和史湘云结婚之后，就发现史湘云也有个金麒麟，就怀疑史湘云和贾宝玉有私。史湘云眼里揉不得沙子，两个人就分离了。

贾宝玉看到的第六位的判词和曲子，是外来户妙玉。画了块美玉掉到泥垢当中。妙玉是寄居贾府的尼姑，出身高贵，家里甚至比贾府有钱。妙玉有洁癖，虽然入了空门，她对贾宝玉却有种说不出来的涓涓温情。最终贾府败落，她流落江湖。按照曹雪芹的构思，她掉到污浊的泥坑里了。她的判词："欲洁何曾洁，云空未必空。可怜金玉质，终陷淖泥中。"《红楼梦》曲《世难容》："气质美如兰，才华阜比仙。天生成孤癖人皆罕。你道是啖肉食腥膻，视绮罗俗厌；却不知太高人愈妒，过洁世同嫌。可叹这，青灯古殿人将老；辜负了，红粉朱楼春色阑。到头来，依旧是风尘肮脏违心愿。好一似，无瑕白玉遭泥陷；又何须，王孙公子叹无缘。"咏叹妙玉有才华，像兰花一样美丽，天生孤僻，不肯吃肉，不肯穿绫罗绸缎，她品性高洁，但世人嫌她，念佛念得人快老了，辜负了应找个美貌才郎的命运，到头来还是风尘肮脏违心愿。"肮脏"有时候也念 kǎngzǎng，不屈服的意思。妙玉在贾府败落后，在风尘污浊生涯中挣扎。根考证，妙玉后来流落到瓜洲。

金陵十二钗第七位是贾府二小姐迎春。她的画画个恶狼追捕美女，要吃她。她的判词："子系中山狼，得志便猖狂。金闺花柳质，一载赴黄粱。""子"和"系"合起来是繁体的"孙"，指贾迎春的丈夫孙绍祖。中山狼指恩将仇报的人，孙绍祖曾受过贾府恩惠，但娇弱无能的迎春嫁他一年就被折磨死了。贾迎春的《红楼梦》曲《喜冤家》:“中山狼，无情兽，全不念当日根由。一味的骄奢淫荡贪还构。觑着那，侯门艳质同蒲柳；作践的，公府千金似下流。叹芳魂艳魄，一载荡悠悠。”咏叹贾迎春出嫁一年就死了，因为嫁的是中山狼，不念贾府恩惠，一味骄奢淫荡，把陪嫁丫鬟都侮辱了，把迎春看成破蒲柳百般作践，迎春结婚一年就死了。

金陵十二钗第八位是贾府四小姐惜春，她的画是一所古庙一个美人看经。惜春看透了三个姐姐不幸，大姐死在宫廷，二姐被折磨死，三姐远嫁，惜春觉得人生没指望，出家为尼。她的判词：“勘破三春景不长，缁衣顿改昔年妆。可怜绣户侯门女，独卧青灯古佛旁。”“缁衣”是尼姑的衣服；绣户侯门女，指国公府千金。关于贾惜春的曲子叫《虚花悟》:“将那三春看破，桃红柳绿待如何？把这韶华打灭，觅那清淡天和。说什么，天上夭桃盛，云中杏蕊多。到头来，谁把秋捱过？则看那，白杨村里人呜咽，青枫林下鬼吟哦。更兼着，连天衰草遮坟墓。这的是，昨贫今富人劳碌，春荣秋谢花折磨。似这般，生关死劫谁能躲？闻说道，西方宝树唤婆娑，上结着长生果。”吟唱贾惜春叹息三个姐姐的不幸命运，叹息自己家从盛到衰的命运，看透人生出家了，清淡天和，淡泊清静，保持元气。当初的繁华富贵、青春风流就是词的“天上夭桃，云中杏蕊”。白杨清风，贾府那么多人死了，什么是拯救我的法宝？信佛,佛教就把人的生死说成是生关死劫。惜春看透了，出家做尼姑。

金陵十二钗第九位是《红楼梦》核心人物王熙凤。画的是一片冰山，上面有只雌凤，判词："凡鸟偏从末世来，都知爱慕此生才。一从二令三人木，哭向金陵事更哀。"这"凡鸟"合起来是繁体的"凤"字，冰山比喻王熙凤独揽大权不能长久。《资治通鉴》曾经用冰山形容杨国忠的权势。王熙凤大权独揽，但是结局是被休回金陵了。"一从二令三人木"这句话红学家写了不知道多少篇文章。我认为，"一从"说王熙凤遵从父母之命嫁入贾府，"二令"说王熙凤在贾府发号施令，"三人木"说王熙凤劣迹败露被贾琏休回金陵。王熙凤的曲子《聪明累》，是非常有名的"机关算尽太聪明"更精确的概括："机关算尽太聪明，反算了卿卿性命。生前心已碎，死后性空灵。家富人宁，终有个家亡人散各奔腾。枉费了，意悬悬半世心；好一似，荡悠悠三更梦。忽喇喇似大厦倾，昏惨惨似灯将尽。呀！一场欢喜忽悲辛。叹人世，终难定！"歌咏王熙凤悲惨结局，聪明反被聪明误，为金钱用尽心血，要够计谋，最后劣迹败露，钱财丢了还丢了自己性命。"卿卿"原来是夫妻间爱称，作者用来调侃凤姐，作者也喜欢凤姐。贾府后来怎样家亡人散，怎样呼喇喇似大厦倾？因为曹雪芹后几十回丢失，我们就看不到了。

金陵十二钗第十位是贾巧姐，她的画是荒村野店有个美人纺绩。她的判词："事败休云贵，家亡莫论亲。偶因济刘氏，巧得遇恩人。"贾府败落，王熙凤被扣狱神庙，巧姐被狠舅奸兄卖进烟花巷。刘姥姥把巧姐从妓院救回来。关于巧姐的《红楼梦》曲《留馀庆》："留馀庆，留馀庆，忽遇恩人；幸娘亲，幸娘亲，积得阴功。劝人生，济困扶穷，休似俺那爱银钱忘骨肉的狠舅奸兄！正是乘除加减，上有苍穹。"歌咏因为巧姐母亲接济过刘姥姥，贾府败落，巧姐被卖进妓院后，刘姥姥把她救出火坑。狠舅是王仁，奸兄是谁？通行本续书写巧姐被贾芸和贾环所卖，贾环是叔叔不是兄，贾芸也不可能卖巧姐，贾芸还帮助了贾府败落后的贾宝玉。奸兄是王熙凤喜爱的侄子贾蓉。通行本续书写巧姐进了妓院没接客，就被刘姥姥救出来，刘姥姥做媒将巧姐嫁给家财巨万的财主，不符合曹雪芹构思原意。

金陵十二钗第十一位李纨。她的画画一盆茂兰，旁有凤冠霞帔美人。画隐藏贾兰的名字和李纨被皇帝封诰命夫人的命运。判词："桃李春风结子完（隐藏"纨"，李纨名字）。到头谁似一盆兰（隐藏"兰"，贾兰名字），如冰水好空相妒（李纨守节好名声），枉与他人作笑谈。"《红楼梦》曲《晚韶华》，所谓晚韶华就是晚年过得不错："镜里恩情，更那堪梦里功名！那美韶华去之何迅！再休提绣帐鸳衾。只这带珠冠，披凤袄，也抵不了无常性命。虽说是，人生莫受老来贫，也须要阴骘积儿孙。气昂昂头戴簪缨，气昂昂头戴簪缨；光灿灿胸悬金印；威赫赫爵禄高登，威赫赫爵禄高登；昏惨惨黄泉路近。问古来将相可还存？也只是虚名儿与后人钦敬。"歌词中有几句故意重复，“气昂昂头戴簪缨，气昂昂头戴簪缨”，连续两句，强调做大官了，“威赫赫爵禄高登，威赫赫爵禄高登”，强调高官厚禄扬眉吐气。李纨青春守寡，夫妻恩爱成了镜里恩情；晚年丧子，儿子功名像梦幻散失。流行的一百二十回本没写李纨的结局。曹雪芹后几十回丢了，我们只能根据歌词来推测李纨早年丧夫且晚年丧子。这个歌词里不大容易理解的是“虽说是，人生莫受老来贫，也须要阴骘积儿孙”，说明李纨虽没受到老来贫，儿子却死了，儿子为何英年早逝？因为上辈子缺德。那么究竟哪一个缺了德、怎么缺了德呢？很多人在讨论。

金陵十二钗最后一位秦可卿。画是高楼大厦，里面有个美人悬梁自缢。判词：“情天情海幻情身，情既相逢必主淫。漫言不肖皆荣出，造衅开端实在宁。”预示秦可卿和公爹爬灰，被丫鬟撞破，秦可卿悬梁自尽。秦可卿不是病死的，而是淫乱上吊而死。后面两句是说，荣国府有很多不肖子弟，但是贾府败落却是从宁府开始。关于秦可卿的《红楼梦》曲子十二支叫《好事终》：“画梁春尽落香尘。擅风情，秉月貌，便是败家的根本。箕裘颓堕皆从敬，家事消亡首罪宁。宿孽总因情。”其他人的曲子都长而具体，秦可卿的曲子特别概括，特别需要琢磨。曲子暗藏着什么内容？擅风情、秉月貌的秦可卿是败家根本，因为她和贾珍私通被发现了，在天香楼自尽，就是“画梁春尽落风尘”。贾府儿孙不能继承家业，不是从贾珍而是从贾敬开始。贾敬不理家事，放任贾珍造孽，最大的罪恶是违背伦理的公爹儿媳爬灰。“箕裘颓堕皆从敬”怎么讲？“箕裘”指簸箕和皮袍，比喻前人事业，《礼记·学记》：“良冶之子，必学为裘，良工之子，必学为箕。”学习冶炼的人得先学习修补，比如补皮袍；学习做工的人，先学怎么弯竹子做簸箕。“箕裘”指继承祖业，但是贾府的人颓堕了，从贾敬开始，不继承祖业。贾敬不接受宁国公的官衔，去和道士胡羼。所以宁国府的颓堕就是从他开始。有的评论家、作家，解释成贾敬和秦可卿有私情，这恐怕是这句话没读对。

第五回明确预示秦可卿因为淫乱上吊而死，但是后面秦可卿之死的描写不一样。因为曹雪芹写作当中受到家人干预，修改了秦可卿天香楼自尽情节，写成秦可卿病死。这样一来，秦可卿的图、判词、《好事终》曲，对理解曹雪芹原来构思有了特殊价值。

飞鸟各投林，树倒猢狲散

贾宝玉最后还听了支《红楼梦》十二支曲收尾《飞鸟各投林》。这是与《好了歌》一样的《红楼梦》主题曲：“为官的，家业凋零；富贵的，金银散尽；有恩的，死里逃生；无情的，分明报应。欠命的，命已还；欠泪的，泪已尽。冤冤相报实非轻，分离聚合皆前定。欲知命短问前生，老来富贵也真侥幸。看破的，遁入空门；痴迷的，枉送了性命。好一似食尽鸟投林，落了片白茫茫大地真干净！”

这是总写金陵十二钗，也是总写贾府的命运，贾府最后一败涂地，家破人亡，悲惨之极。飞鸟各投林，家亡人散各奔腾，总括了全书，和曹雪芹祖父曹寅喜欢说的“树倒猢孙散”一个意思。在《红楼梦》十二支曲之前，《红楼梦》引子，已定下悲剧曲调：“开辟鸿蒙，谁为情种？都只为风月情浓。趁着这奈何天，伤怀日，寂寥时，试遣愚衷。因此上，演出这怀金悼玉的《红楼梦》。”“情种”是谁？脂砚斋认为是作者，是石头。从语气上看，又像是贾宝玉，怀金，是薛宝钗还在，做了和尚的贾宝玉还在怀念她；悼玉，林黛玉已去世，做了和尚的贾宝玉永远悼念她。怀金和悼玉用情程度不同。“悼”更加凝重深沉。

第五回，贾宝玉梦中看到的图册、判词，听到的曲子，写的是香菱、晴雯、袭人、金陵十二钗，但概括的不仅是这十五个人的命运，而是整个《红楼梦》女性的悲剧命运，是整个社会的命运。在演唱《红楼梦》曲之前，警幻仙子带着贾宝玉入室，贾宝玉闻到香味。接着喝茶喝酒，这香味，这茶，这酒，都赋予特殊含义，就是你感受到的这些，不仅是金陵十二钗的，而且是全部女性、整个社会的悲剧。贾宝玉闻到一缕幽香，说这么香啊，警幻说，这个香，尘世没有，你当然闻不到，这是诸名山胜境内初生异卉之精，合各种宝林珠树之油所制，叫“群芳髓”。群芳的精髓，暗含“群芳碎”。

丫鬟捧茶，贾宝玉觉得茶清香异味，纯美异常，问是什么茶？警幻说，这个茶出在放春山遣香洞，以仙花灵叶上所带的宿露而烹，叫“千红一窟”，谐音“千红一哭”，所有女性都在哭。贾宝玉还看到一副对联，“幽微灵秀地，无可奈何天”，所有聪明俊秀的人都对这个世道无可奈何。接着警幻仙子叫他喝酒，端来琥珀杯、玻璃盏，贾宝玉就闻到这个酒清香甘洌，异乎寻常，又问这是什么酒？警幻就说，此酒乃以百花之蕊，万木之汁，加以麟髓凤乳酿成，叫做“万艳同杯”，谐音“万艳同悲”，所有的女性都一起悲痛。

有这样一些铺垫，贾宝玉看到的图册，听到的《红楼梦》曲子就不仅仅是贾府女性的命运，而是整个社会的悲剧的命运。贾宝玉看到的金陵十二钗正册十二个人，我们分成三类，第一类是贾府外来人，占据最重要笔墨，林黛玉、薛宝钗、史湘云、妙玉。第二类是贾府五位小姐，元迎探惜和巧姐。第三类是贾府媳妇，王熙凤、李纨、秦可卿。不管外来户，还是贾府小姐，还是贾府媳妇，无一例外，全部是悲剧。不管个性是什么，不管信仰是什么，都是悲剧。不管你是忠实信奉封建礼法像薛宝钗，还是有颗自由的心灵像林黛玉；不管你是妇德严格遵守者像李纨，还是风流放荡像秦可卿；不管你是才能突出的王熙凤、探春，还是无能的迎春、惜春，不管你是为家族利益积极入世的贾元春，还是为个人心灵宁静拜佛的妙玉，总而言之，不管什么品性都没有好下场。整个的贾府女性，似乎最后只有巧姐在刘姥姥的帮助下，否极泰来，但巧姐在这之前也先成了青楼女子。为什么所有人都是不幸？因为覆巢之下，焉有完卵。这个家族不行，这个社会不行，呼喇喇似大厦倾，哪根木头也支撑不住，这是整体的悲剧，不可挽回的悲剧。这就是《红楼梦》第五回贾宝玉看到太虚幻境，预示《红楼梦》主要人物的命运所揭示的。

第五回写贾宝玉做春梦，秦可卿的香闺是贾宝玉做春梦的背景。弗洛伊德说，梦是愿望的达成，秦可卿兼具宝钗、黛玉之美，是贾宝玉艳羡的对象，为什么贾宝玉和林黛玉隔着碧纱橱睡觉，从来不做春梦？因为他们是精神相恋。而青春发育期的贾宝玉，进了为风流人物特制的春境就会做春梦。贾宝玉梦中情人警幻仙子的妹子兼美其实是秦可卿的套牌车。兼美小名叫可卿。当贾宝玉和她出去游玩，到了迷津，被夜叉、海鬼要往下拖的时候，吓得他汗下如雨，喊“可卿救我！”旁边伺候他的丫鬟袭人等等，上来赶快搂住，宝玉别怕，我们在这里。这时秦氏还在廊下嘱咐小丫头看猫儿狗儿打架，突然听到贾宝玉梦里喊自己小名，她就纳闷，我的小名这里从没人知道，他怎么能在梦里叫出来？

这梦多么奇妙？贾宝玉在梦中看到那么多事物，还结婚了，现实当中的秦可卿还没走出他房间的廊下。第五回结尾，贾宝玉梦醒，小说要进入第六回了，梦中体验过性爱的贾宝玉要初试云雨情了。

第六回

贾宝玉初试云雨情
刘姥姥一进荣国府

这一回贾宝玉初试云雨情情节非常简略，只是把他梦游太虚境了结一下，重点写刘姥姥一进荣国府。

贾宝玉初试云雨情

贾宝玉梦游太虚境的时候，警幻仙子把自己的妹妹兼美许配给他。贾宝玉醒来，袭人给他换衣服时发现贾宝玉梦遗了，等到没人时候，贾宝玉悄悄把梦中事说给袭人听，说到警幻所授云雨情，羞得袭人掩面伏身而笑。宝玉也素喜袭人柔媚娇俏，遂强袭人同领警幻所训云雨之事。

贾宝玉既然是《红楼梦》爱情男主角，怎么和爱情女主角还没任何实质性交往时，已和袭人上床？须知，《红楼梦》写 18 世纪的贵族家庭，那时少爷和丫鬟有这样的事，是脂砚斋说的“大家常事”。贾府规矩，少爷婚前都要放通房大丫头。袭人认为自己是贾母预定的宝玉“房中人”，做这事不算过分。其实贾母看中的是晴雯。袭人在众人面前诚实本分、一本正经。查抄大观园前，袭人向王夫人建议，叫贾宝玉搬出大观园，王夫人问：难道宝玉和什么人做了怪？王夫人想不到做怪的正是她信任的袭人。贾宝玉和袭人做了次性游戏，和贾宝玉选择哪个姑娘做终身伴侣即嫡妻，是两回事。有可能成为宝二奶奶的林黛玉、薛宝钗，都不在乎袭人和贾宝玉关系亲密。

林黛玉还当面开玩笑叫袭人“嫂子”。当王夫人把袭人提到赵姨娘同样待遇时,林黛玉和薛宝钗都来给袭人道喜。今天看来,这种现象非常奇怪,这说明在封建社会,即便在追求爱情自由的宝黛爱情中,仍然存在根深蒂固的男女不平等,存在着贵族少爷身份给贾宝玉带来的特权。

贾宝玉和袭人的关系从此不同,也就带来怡红院一系列小纠纷。比如晴雯几次挖苦袭人,而袭人成了王夫人眼线,她为了个人利益支持“金玉良缘”。

《红楼梦》构思隐线刘姥姥

《红楼梦》前五回对全书做鸟瞰式整体布局,第六回进入了日常生活细节描写。按说可以按宝玉、黛玉、宝钗交织着写小说吧?曹雪芹偏偏另辟蹊径:“按荣府中一宅人合算起来,人口虽不多,从上至下也有三四百丁;虽事不多,一天也有一二十件,竟如乱麻一般,并无个头绪可作纲领。正寻思从那一件事自那一个人写起方妙,恰好忽从千里之外,芥荳之微,小小一个人家,因与荣府略有些瓜葛,这日正往荣府中来,因此便就此一家说来,倒还是头绪。”

这来人就是乡村寡妇刘姥姥。她要靠女婿养活,女婿王狗儿没钱过冬,在家里找事,刘姥姥看不过去,劝了几句:姑爷你别嗔着我多嘴,现在长安城里遍地都是钱,只可惜没人去拿罢了，你在家里跳蹋管什么用？刘姥姥替狗儿想出个机会，王狗儿的爹曾和金陵王家连过宗，现在是你们“拉硬屎”，不肯和他们亲近，才疏远起来，何不去走动走动？他发一点好心，拔一根寒毛比咱们的腰还粗呢。

刘姥姥这个人物出来叫人眼前一亮，她说的话真是土得掉渣。她不说，你端着架子不和人来往，她说拉硬屎，拔的还不是汗毛，是比汗毛还要细的寒毛。王狗儿名利心很重，马上建议您老人家替我们去吧。您去找太太陪房周瑞家的，我们以前关系很好。刘姥姥果真独闯国公府了。老太太很有光棍思想，光脚的不怕穿鞋的，我这么穷，什么都丢不了，到那里要不了银子来，我还去逛了逛呢。

读者朋友如果有北漂南漂，到北上广奋斗的青年人，是不是应该学一学这个老太太的心态？闯一闯有什么坏处呢？

贫穷老太怎么进国公府？先得过荣国府仆人这一关。来至荣府大门石狮子前，只见簇簇轿马，刘姥姥便不敢过去，掸了掸衣服，教了板儿几句话，蹭到角门前，见几个挺胸叠肚指手画脚的人，坐在大板凳上说东谈西，刘姥姥只得蹭上来问：“太爷们纳福。”不到两百个字，把人情世态写绝了。把侯门似海，穷人的胆怯写得活灵活现。刘姥姥还把老百姓对当官的称呼“太爷”拿出来叫这些奴仆。

这些势利眼的家奴却不理她，你找周瑞？在那里等着吧！其实周瑞早就出差了，哪可能等得到。幸亏有个年老的告诉刘姥姥到后街找周瑞家的。刘姥姥找到周瑞家的。当年周瑞争地得到王狗儿爹帮助。周瑞家的也想卖弄自己有面子，就告诉刘姥姥，原来王府二小姐现在不管事了，当家二奶奶是她娘家侄女凤姑娘。凤姑娘是什么样的人？“我的姥姥，告诉不得你呢。这位凤姑娘年纪虽小，行事却比世人都大呢。如今出挑的美人一样的模样儿，少说些有一万个心眼子。再要赌口齿,十个会说话的男人也说他不过。回来你见了就信了。就只一件，待下人未免太严些个。”

冷子兴演说荣国府说贾琏妻那番话哪来的？就是这儿来的。周瑞家的是冷子兴的岳母。周瑞家的知道，凤姐只有吃饭是空，而找她先得找心腹通房大丫头平儿。刘姥姥一见，遍身绫罗、插金带银、花容玉貌的平儿，把她当成凤姐差点儿下跪。听到周瑞家的叫她“平姑娘”，才知道，穿得这么阔，不过是个有体面的丫头。小丫头打起猩红毡帘，刘姥姥一进堂屋，闻着一阵香气扑来，竟分辨不出是什么香味，身子像在云端里一般，满屋子东西耀眼争光，看得刘姥姥头悬目眩。只能“阿弥陀佛”念个不停。这段描写太形象了。

乡村老妪陌生化观察凤奶奶

刘姥姥进王熙凤房间，嗅觉、视觉、听觉都在发挥作用，又都很难发挥作用，因为眼前一切乡村老太太见所未见、闻所未闻、嗅所未嗅。一个对贵族生活没有任何经验的农村老太突然闯进贵族少奶奶房间。她看到猩红毡、又保暖又贵重的门帘，是第一印象，也是刘姥姥唯一能判断的物品。接下来所有东西，她都不认得，也说不出名字，更辨别不出嗅到什么香气。刘姥姥怎能辨别出王熙凤说不定是法国香水的香气？王熙凤娘家是干什么的？是干对外经贸部的活，什么进口高档物品都有。在等王熙凤过程中，刘姥姥就见识了一个高档进口物品。刘姥姥先听到“咯当咯当”像打锣筛面的声音，到处看,看到中间柱子上挂个匣子,底下坠个“秤砣”不住乱晃。刘姥姥正琢磨这是什么“爱物儿”，忽听“当”的一声，金钟铜磬一样，吓得她一展眼。紧着又是当当当八九声。曹雪芹写得太好玩了！刘姥姥看西洋挂钟，先听到钟表走动，再看到钟表的样子，看到钟摆在摆动，又听到钟表报时。西洋挂钟很可能是凤姐的嫁妆。王熙凤是荣国府大忙人，做事得按几点几刻划定，分秒必争向钱向权进攻。当当当地连续打了八九十来下，这就暗示到午饭时间。可刘姥姥还没有吃早饭。刘姥姥屏声侧耳默候，老老实实等着。听到远处有人笑声，又是王熙凤的笑声。同时有一群女人衣裙窸窣，跟着这个人进了堂屋。然后是两三个妇人捧着大盒子，里面装的琏二奶奶的午饭。接着听到“摆饭”，很多人伺候王熙凤吃饭，半日鸦雀不闻。接着刘姥姥看见两个人把王熙凤吃过的饭用短炕桌抬到刘姥姥等待的房间。桌上碗盘森列，七个碟子八个碗，凤姑娘的份饭相当丰富。满满的鱼肉在内，不过略动了几样。这时连早饭都还没吃的板儿就吵着要吃肉。刘姥姥“啪”的就给了一巴掌。

我看到这个地方很伤心，青州俗话“姥姥疼外孙，累死不哼哼”。刘姥姥面对满桌子鱼肉，却必须一巴掌打下去不让外孙吃。因为这是“人家的饭”，哪怕是吃剩下的！一个姥姥打外孙的动作，曹雪芹将穷苦百姓贫穷且胆小写到骨髓里。

经过长时间等待，刘姥姥终于被带到王熙凤跟前。她看到王熙凤房间的大红软帘，看到金银线织着图案的靠背和金丝绿闪缎的大坐褥，还看到银制的痰盂。这么阔呀，痰盂都是用银子做的。这时候才看到王熙凤本人：“端端正正坐在那里，手内拿着小铜火箸儿拨手炉内的灰。平儿站在炕沿边，捧着小小的一个填漆茶盘，盘内一个小盖钟。凤姐也不接茶，也不抬头，只管拨手炉内的灰，慢慢地问道：‘怎么还不请进来？’”

多娇贵的贵族少奶奶派头！贵族少妇该对穷婆子盛气凌人吧？一点都不。凤姐很热情，“忙欲起身犹未起身时，满面春风的问好，又嗔着周瑞家的怎么不早说。”礼数很周到，但如果说王熙凤对刘姥姥真是热情周到，又未必。因为王熙凤是天才演员，有表演癖，她在表演她的热情和周到呢。

这时候刘姥姥已在地下拜了几拜，问姑奶奶安。这么大年纪的老人拜这么年轻的，多尴尬？而凤姐，一边大模大样接受刘姥姥参拜，一边忙说，“周姐姐，快搀起来，别拜罢，请坐。我年轻，不大认得，可也不知是什么辈数，不敢称呼。”周瑞家的说“这就是我才回的那姥姥了。”这句话很妙，说明凤姐早就知道拜自己的人比王夫人辈分都高。但她说不知道什么辈数。她不是不知道，而是明明知道，却不想称呼对方是长辈。

凤姐跟刘姥姥寒暄更有意思。荣国府是大贵族，大富翁，刘姥姥贫无立锥之地，凤姐说：“亲戚们不大走动，都疏远了。知道的呢，说你们弃厌我们，不肯常来；不知道的那起小人，还只当我们眼里没人似的。”这是真话吗？当然不是，但说得多么真诚。刘姥姥赶快念佛：“我们家道艰难，走不起，来了这里，没的给姑奶奶打嘴，就是管家爷们看着也不像。”实话实说，凤姐又来一番话：“这话没的叫人恶心。不过借赖着祖父虚名，作个穷官儿，谁家有什么，不过是个旧日的空架子。俗语说，‘朝廷还有三门子穷亲戚’呢，何况你我。”奇怪不？贵族少奶奶跟贫苦老太太成平等的你我了，谁说凤姐不随和、不平易近人？王熙凤是个天才外交家，虽然面对八竿子打不着、明知是来打秋风的穷亲戚，王熙凤绝对不伤害对方。山东俗话：会做人不要“没钱赊仇家”。凤姐很知道这样的道理。朝廷有穷亲戚这样的话，她都能顺口聊出来。这样的话，肯定不可能从林黛玉、薛宝钗这些千金小姐嘴里说出来。只能从每天和上下人等打交道、什么话都能听到的管家奶奶嘴里说出来。王熙凤口才好生了得!

从刘姥姥开口求帮，到王熙凤给钱插进两件事：贾蓉借炕屏和安排刘姥姥吃饭。都是小事，但特别有意思。

贾蓉借炕屏

刘姥姥刚想向王熙凤求帮，就听到二门小厮说，东府小大爷来了。凤姐忙止住刘姥姥:别说了。问:你蓉大爷在哪里?只听到一路靴子响，进来个十七八岁少年，刘姥姥坐也不是，站也不是，藏都没地方藏。凤姐笑了："你只管坐着，这是我侄儿。"刘姥姥就扭扭捏捏在炕沿上坐了。

贾蓉来干什么？奉贾珍之命向凤姐借玻璃炕屏。炕屏是王子腾夫人送凤姐的，时髦的、进口的、华丽摆设。喜欢摆谱的贾珍惦记上了，借口要请要紧的客来"借"。不怕贼偷就怕贼惦记。贾珍跟凤姐从小论哥哥妹妹，凤姐知道贾珍来借高档进口的奢侈品，是只借不还的。凤姐不想借给他，耍个心眼说：迟了一日，昨天已经给别人了。贾蓉软磨硬泡，嘻嘻笑着，在炕沿上半跪道："婶子若不借，又说我不会说话了，又挨一顿好打呢。婶子只当可怜侄儿罢。"贾蓉死缠烂打，果然把玻璃炕屏借到手了，欢天喜地走了。

刘姥姥一进荣国府，贾蓉插了一杠子，为什么？有红学家认为，王熙凤迫不及待见贾蓉，且借给他玻璃炕屏，是因为她和贾蓉有暧昧关系。这恐怕想歪了。没有暧昧关系，王熙凤想见贾蓉更可以理解。跟一个讨人喜欢的漂亮公子哥儿贾蓉相比，凤姐难道愿意跟个上门求帮的穷婆子啰嗦？王熙凤是机关算尽、英风俊骨的巾帼人物，不是秦可卿那样风流妩媚、专注私情的风月人物。她和贾蓉不讲婶侄上下，不论男女有别，随意说说笑笑，像是拉帮结伙，共同干坏事的“哥们”，但曹雪芹从没写到他们之间有实质性越轨。

这个真正侄儿贾蓉，和刘姥姥硬要攀上做侄儿的板儿，出现在同一情节，是两个事关巧姐命运的重要人物巧遇。后边详说。

王熙凤叫“我侄儿”的贾蓉走了，刘姥姥指着另一个“侄儿”求救助：“今日我带了你侄儿来，也不为别的，只因他老子娘在家里，连吃的都没有。如今天又冷了，越想没个派头儿，只得带了你侄儿奔了你老来。”这个“侄儿”是谁？是和王熙凤任何关系都没有的穷孩子板儿。刘姥姥为了求王熙凤开恩，尽量把两家关系拉近，越想套近乎，越拙嘴笨腮，越像是强词夺理。等到刘姥姥捧着银子出来，周瑞家的埋怨了：“我的娘啊！你见了她怎么倒不会说了？开口就是‘你侄儿’。我说句不怕你恼的话，便是亲侄儿，也要说和软些。蓉大爷才是他的正经侄儿呢，他怎么又跑出这么一个侄儿来了。”旁观者清，周瑞家的把王熙凤对这个所谓“侄儿”的莫名其妙感受说出来了。

大有大的艰难去处

王熙凤在资助刘姥姥之前安排她吃饭。王熙凤真关心穷婆子有没有吃饭？不是。她借刘姥姥吃饭的空，去调查这个"侄儿"怎么回事。王熙凤问周瑞家的，王夫人怎么说？周瑞家的回答：王夫人说，刘姥姥的女婿当年跟太老爷同姓，偶尔连了宗。王熙凤恍然大悟：我说呢，既然是一家子，我怎么连影都不知道？周瑞家的又说，王夫人嘱咐，当日他们来一遭，也没空了他们，不可简慢了他们，怎么办，叫二奶奶看着办。是王夫人真有此话，还是周瑞家的添油加醋？可能都有。但是有了王夫人的话，王熙凤怎么也得意思意思，不能叫刘姥姥空手回去。

王熙凤把刘姥姥叫来，说出那段红学家翻来覆去研究个没完的话："且请坐下，听我告诉你老人家。方才的意思，我已知道了。若论亲戚之间，原该不等上门来就该有照应才是。但如今家内杂事太烦，太太渐上了年纪，一时想不到也是有的。况是我近来接着管些事，都不知道这些亲戚们。二则外头看着虽是烈烈轰轰的，殊不知大有大的艰难去处，说与人也未必信罢。今儿你既老远的来了，又是头一次见我张口，怎好叫你空回去呢。可巧昨儿太太给我的丫头们做衣裳的二十两银子，我还没动呢，你若不嫌少，就暂且先拿了去罢。”

说得多么巧妙！王熙凤承认刘姥姥是亲戚，该资助她。但她不给刘姥姥留下荣国府银子多的没地方放、可以随便要的印象。她得强调点困难，大有大的艰难去处。还得说我帮你是我做了牺牲，这是太太给我的丫头做衣服的钱。特别妙的是“暂且”，好像她打算给刘姥姥安排个长期提款机。王熙凤交代银子的时候说，“这是二十两银子，暂且给这孩子做件冬衣罢。”板儿仍不是“侄儿”，仍是“这孩子”。

打秋风刘姥姥将来是王熙凤恩人

王熙凤说“我侄儿”是贾蓉，刘姥姥说“你侄儿”是板儿。两个侄儿，一个天上，一个地下，贾蓉面目清秀，轻裘宝带，美服华冠；板儿是饥饿、穷困、没见过世面，见了别人吃剩下的肉都伸手的穷苦小男孩。周瑞家的埋怨，琏二奶奶从哪跑出板儿这么一个侄儿来了？周瑞家的想不到，这个从穷乡僻壤跑来要钱的侄儿太重要了，将来贾府败落，这个侄儿才是王熙凤命中的福星，是这个侄儿的姥姥救了王熙凤唯一的女儿。

王熙凤向刘姥姥施恩，二十两银子很重要，这是刘姥姥一家全年的生活费。王熙凤格外送的一吊钱，我认为更重要。王熙凤说，这一串钱，雇了车子坐吧。如果王熙凤不拿这一吊钱，刘姥姥同样感激她。但贫困惯了的刘姥姥可能舍不得从二十两银子拿出一小块碎银子雇车，会带着板儿一步一挪回家。王熙凤就想到，这么大年纪，给你一串钱雇个车吧。这是女强人王熙凤心中最柔软的角落。这个角落使得贵族少奶奶和贫苦老太太结下一辈子的缘分。如果讲宿命的话，冥冥之中，王熙凤这串钱表达了岳母对未来女婿板儿的慈爱。不错，将来穷小子板儿是王熙凤的女婿。王熙凤现在给板儿度过饥寒的钱，板儿将来照顾王熙凤的女儿一辈子。这就是王熙凤和这个"侄儿"命中注定的缘分。贾宝玉神游太虚境看到巧姐的判词"事败休云贵，家亡莫论亲。偶因济刘氏，巧得遇恩人。"非常明确，王熙凤积了阴功，将来她的女儿被刘姥姥救了，嫁板儿为妻。

那么是哪个在贾府败落、工熙凤自顾不暇的时候，把巧姐卖了？谁是狠舅奸兄？狠舅没有争论，是王熙凤的哥哥王仁，奸兄，现在流行本的一百二十回续书瞎编是贾环和贾芸，连常识都不通。贾环虽然坏，他是叔叔不是兄。贾芸在贾府败落时起了帮助作用。奸兄最合适的人选，就是王熙凤亲密的小狗腿小跟班"我侄儿"贾蓉。贾蓉是纨绔子弟,一事无成，只会吃喝嫖赌,国公府抄了家,生活来源没了。这时有人出钱，你把堂妹卖了吧，他跑得比兔子还快。而且贾蓉本是尤二姐的情人。尤二姐被王熙凤害死，贾蓉对王熙凤怀恨在心。

饥寒交迫的刘姥姥，突然拿到全家一年的生活费，做梦都想不到，喜得全身发痒起来。平时说惯的粗话冲口而出，王熙凤不是说“大有大的艰难去处”？刘姥姥说：“嗳，我也是知道艰难的。但俗语说的：‘瘦死的骆驼比马大’，凭他怎样，你老拔根寒毛比我们的腰还粗呢！”这是刘姥姥一进荣国府在凤姐跟前说的最后一段话，大实话，粗俗不得体。堂堂国公府怎么成了“瘦死的骆驼”？多不吉利。但刘姥姥情商不低，懂得与时俱进，等她二进荣国府再说话，都说到对方的心坎上，那时我们就可以给她起个外号“山寨版外交部长”。

刘姥姥有枣无枣的打一杆，打下来一个大甜枣，太不简单了。

现在《红楼梦》有多少语言成了现代汉语习惯用语？“大有大的难处”，是王熙凤对刘姥姥说的。“文化大革命”中，报纸写社论用这话评美帝国主义。现在用得最多的，是“刘姥姥进大观园”。刘姥姥二进荣国府成了大观园的狂欢节。三进荣国府是贾府败落之后。刘姥姥是《红楼梦》重要小人物，刘姥姥三进荣国府是《红楼梦》一条构思引线。可惜刘姥姥三进荣国府的文字看不到了。

第六回结尾有两句诗：“得意浓时易接济，受恩深处胜亲朋。”什么意思？王熙凤掌管荣国府，令行禁止，宁国府当家人贾珍向他借时髦摆设，贾蓉都要给她下跪，在春风得意的情况下，她容易出手给钱。而穷困的刘姥姥受到她资助，永远忘不了。将来刘姥姥对王熙凤的救助，远远胜过贾蓉这样的亲朋。

第七回

送宫花贾琏戏熙凤
宴宁府宝玉会秦钟

刘姥姥求得资助，千恩万谢地走了，给刘姥姥牵线搭桥的周瑞家的是王夫人陪房，她找王夫人汇报接待刘姥姥情况，王夫人在梨香院和薛姨妈聊天，周瑞家的不敢惊动，就到里间看薛宝钗。“两三天没见宝姑娘，是不是宝兄弟冲撞你了？”宝钗说，是她那种病发了两天。周瑞家的问：什么病，年轻轻的不早点治好？宝钗说，不过是咳嗽气喘，可凭什么名医仙药，从不见一点效果，后来一个专治无名之症的和尚说，这是从胎里带来的热毒，给了包异香异气的药引子，告诉个海上方，配冷香丸治疗。

哲理深邃冷香丸

冷香丸的组成：春天开的白牡丹花蕊十二两，夏天开的白荷花蕊十二两，秋天开的白芙蓉蕊十二两，冬天开的白梅花蕊十二两，春分这天晒好，用雨水那天的雨水十二钱，白露那天的露水十二钱，霜降那天的霜十二钱，小雪那天的雪十二钱。把这四样水调匀，配蜂蜜十二钱、白糖十二钱，团成龙眼大丸子，盛在旧磁坛内，埋在花根下。发病时拿出来吃一丸，用十二分黄柏煎汤送下。

冷香丸到底是什么药丸？我们先看看这丸子能不能做出来？我们北方人包饺子，一斤面至少加三四两水。冷香丸用四十八钱水和四十八两药粉，它能和得成吗？1985 年在哈尔滨开国际红学会时，我曾和周汝昌先生聊到《红楼梦》里的药方，周先生说，曹雪芹是小说家不是医师，他写药方是为了文学化描写人物服务，谁如果按方吃药，治死人自己负责。这话对我很有启发。对冷香丸千万不要看成是真正治病的秘方，也不要照着做，你也做不出来，更不要看成是曹雪芹的游戏之笔，这是曹雪芹构思大章法，是对人物点题性、哲理性的描写。我们从冷香丸配伍、冲服冷香丸的黄柏、冷香丸治疗的热毒三方面看，曹雪芹藏了什么玄机？

冷香丸配料要春夏秋冬白色花蕊，象征大自然的纯洁和本真；用的水是大自然节气当日的雨露霜雪，时间不能错，时辰也不能错。这就意味着一就是一,二就是二，不能含糊不清，更不能指鹿为马，如果有个人必须经常补充大自然最纯洁最准确的东西，是不是就说明这个人身上有不够纯洁的因素，不用正规因素纠正就不正常。那么这是个什么样的人？一个有时不很正派的人。我们说“有时候”，薛宝钗是个复杂形象，如果她总不正派，岂不成了赵姨娘了。

从冲服冷香丸的煎汤黄柏，可以推测出薛宝钗命运和心灵是苦的。一方面她虽然得到贾宝玉的婚姻，但始终得不到贾宝玉的爱情，命运是苦的。另一方面，薛宝钗一直用封建淑女的标准束缚自己，压抑自己，总要去迎合别人，内心是痛苦的。

治疗热毒，曹雪芹为什么不用人们最熟悉的黄连而用黄柏？又有点讲究。按照中医理论，人体热毒分上焦、中焦、下焦。治疗上焦热毒用黄芩，用黄芩做牙膏就是这道理。治疗中焦热毒用黄连，黄连上清丸可以清胃。治疗下焦热毒用黄柏。薛宝钗气喘咳嗽是肺热。中医认为肺与大肠相表里，所以要用黄柏汤送下。热毒在下焦就暗示薛宝钗这大家闺秀有时行事有点下作。热毒是什么？中医观点是毒素侵蚀正常人体。《红楼梦》说的热毒是违反人的真情至性、为个人利益，不说真话，在涉及个人安危情况下，损人利己，甚至嫁祸于人。这个解读是不是太离谱？后面我将给读者剖析薛宝钗两个热毒发作的例子：宝钗扑蝶嫁祸林黛玉；金钏儿之死说歪理为王夫人开脱。

周瑞家送宫花的特殊功能

周瑞家的没来得及向王夫人汇报刘姥姥的事，薛姨妈就派他送宫花。拿出一盒宫花。这是个很有意思又非常琐碎的故事。周瑞家的是个很不重要的人物，但经常出现在关键场合听到关键话语。冷子兴演说荣国府，而冷子兴是周瑞家的女婿。周瑞家的在贾府不断穿针引线。比如她在贾府分工是陪太太出门，不管接待。但第六回在接待工作上插一杠子，把刘姥姥带到王熙凤跟前。第七回送宫花的又是周瑞家的，小人物办小事居然具备了八个功能。

周瑞家的送宫花第一个功能是描写薛姨妈会做人。薛家是皇商，管着供应宫廷用品，宫廷嫔妃戴的精巧假花叫宫花。看来客居贾府的薛姨妈常给贾府的人送贵重新巧物品，这个老太太懂事、识趣、做人大方、会说话，这也是薛宝钗性格形成的依据。

周瑞家的送宫花第二个功能是写薛宝钗个性。王夫人说这花留着宝丫头戴吧。薛姨妈说，宝丫头古怪，她从来不爱这些花儿粉儿的。周瑞家的听薛宝钗说冷香丸，是暗示薛宝钗冷，现在她母亲说她淡，这就是所谓淡极之时花更艳。

周瑞家的送宫花第三个功能写香菱。给周瑞家的拿宫花的是香菱，这是葫芦僧乱判葫芦案后甄英莲在贾府登场，已改名香菱。周瑞家的说她："倒好个模样，竟有些像咱们东府蓉大奶奶的品格。"苦命女孩香菱很美，和红楼人物最美的秦可卿有一比。

周瑞家的送宫花第四个功能写迎春、探春姐妹。周瑞家的送来宫花，两姐妹正下棋，她们的丫鬟司棋、侍书登场，给两姐妹送宫花同时顺便交代了贾母的新安排：把本来跟她住的三个孙女都挪到王夫人房后面三间小抱厦住，叫李纨照管。她只留贾宝玉、林黛玉在身边解闷。这说明黛玉进府就夺了贾府小姐的宠，成了和宝玉并列的最受宠爱者。此时黛玉和宝玉已经不在碧纱橱内外居住。贾母已给他们重新安排了房间，仍在贾母院里，估计是东西厢房。这很容易理解，贾宝玉初试云雨情不可能发生在和林黛玉隔着碧纱橱的环境。

周瑞家的送宫花的第五个功能预伏惜春命运，听说姨妈送来宫花，惜春说，我正和智能儿玩呢，正跟她说到明儿我也剃了头同她做姑子去，可巧送了花来，剃了头把花戴哪里？这是小孩子开玩笑，也预示她的命运。

周瑞家的送宫花第六个功能是写王熙凤夫妻恩爱。周瑞家的进了王熙凤的院，夫妻俩正午睡且在夫妻恩爱。贾琏房里的下人知道，不能叫外人打扰琏二爷和凤奶奶的房中戏，层层设防。第一道防线是丰儿，坐在凤姐的门槛上。第二道防线，周瑞家的看不到，是平儿待在外间，随时听王熙凤呼唤。丰儿摆手叫周瑞家的先到东屋等着。周瑞家的立即知道凤姐夫妇在干什么，她走路就像怕踩了蚂蚁，但她多嘴多舌地问奶妈，琏二奶奶还在睡中觉吗？奶妈不敢回答，摇头。接着出现贾琏的笑声，平儿叫丰儿舀水，这是泄漏凤姐春情的狡黠描写。

《红楼梦》写男女房事和《金瓶梅》不一样。《金瓶梅》经常穷形尽相写性爱过程，《红楼梦》分若干层次，有明写有暗写，有正写有侧写。凤姐和贾琏的房事是暗写又是侧写。

贾琏这坏小子有很多性伙伴，而王熙凤是正妻，又是曹雪芹喜爱的英风俊骨人物。曹雪芹写他两个人的情事就不能像贾琏和鲍二家的、多姑娘那样带点淫秽的笔墨，必须要“柳藏鹦鹉语方知”。鹦鹉藏在柳枝深处，人们看不到它，是它的叫声让人知道它在什么地方。有的研究者说，贾琏戏熙凤的情节说明王熙凤相当放荡，不仅和贾琏白日宣淫，还有情人。其实这是中了高鹗程甲本滥改的毒。程甲本不仅续了后四十回，还滥改前八十回，把王熙凤的形象改变了。其实王熙凤心中的情人只有一个，就是她的丈夫。她和贾琏一直是恩爱夫妻。送宫花贾琏戏熙凤，说明他们夫妻恩爱达到不分时间的程度。王熙凤很可怜，她在一夫一妻多妾制下，追求一对一的真挚爱情。一再地和贾琏的外遇斗争。而贾琏脏的臭的都拉到屋里去，这样他们的关系才出现裂痕，出现凤姐泼醋、害死尤二姐的情节。

周瑞家的送宫花第七个功能写王熙凤和秦可卿的友谊，平儿拿了宫花，向王熙凤汇报，接着拿出两枝花，派彩明送到那边给小蓉大奶奶戴。薛姨妈给贾府的人送宫花，其他人两枝，王熙凤四枝，薛姨妈并没料到王熙凤会送给秦可卿。但这说明薛姨妈对王熙凤最亲。迎春、探春、惜春带点亲戚关系，林黛玉没有任何关系，而王熙凤是薛姨妈亲侄女。薛姨妈送宫花，不经意中把人物关系分出远近。

周瑞家的送宫花第八个功能是写林黛玉敏感多疑，不会处理人事关系。这一段特别好玩，周瑞家的说：林姑娘，姨太太着我送花儿与姑娘戴。宝玉听说先问，什么花，拿来给我！伸手接过来开匣看，两枝宫制堆纱新巧假花。黛玉只就宝玉手中看看，说：是单送我还是别的姑娘都有？周瑞家的说，各位都有了，这两枝是姑娘的。黛玉再看了看，冷笑，我就知道，别人不挑剩下的也不给我，替我道谢吧。周瑞家的听了，一声儿不言语。按照贾府布局，周瑞家的送宫花是按照离梨香院的远近先后送达。没有故意绕个圈，先给贾府小姐和王熙凤送，把大家挑剩下的送给林黛玉。按照缙绅小姐的妇德，德容言功，林黛玉应该先谢姨妈送宫花，再向周姐姐道辛苦。就像薛宝钗和迎春、探春对周瑞家的态度。薛宝钗见周瑞家的来了，满脸堆笑，周姐姐请……迎春、探春见周瑞家的来了，赶快停住棋，欠身道谢。林黛玉还不如无事忙的贾宝玉热情，姨妈送的宫花，她只在贾宝玉手里看了看，还说别人不挑剩下也不给我。一句话得罪五个人，既得罪了迎春、探春、惜春、凤姐，好像她们挑肥拣瘦，又得罪了周瑞家的，好像她看人下菜碟。周瑞家的是个下人，林姑娘这样说，她当然不敢言语，也不便言语，但是当面不言语不等于背后不言语，当时不言语不等于以后不言语，周瑞家的会向王夫人汇报一些什么，她会向下人宣传什么，都是林黛玉想不到的。贾府的人说林黛玉孤高自许、目无下尘，未必就没有周瑞家的这类人飞流短长。周瑞家的是王夫人的陪房、王熙凤的亲信，聪明的林黛玉偏偏干出了无意中赊仇家的蠢事。

周瑞家给林黛玉送宫花时，黛玉正在宝玉房里解九连环玩。九连环是古代智力玩具，金属丝弯成的方圈上套九个圆环，可以解下套上。全解下来，像现在把魔方玩到一个面，就取胜了。清代红学家说可以用解九连环解释宝黛关系。

贾宝玉听说薛宝钗生病了，对丫头说，谁去瞧瞧，只说我与林姑娘打发来请姨太太姐姐安，问姐姐什么病，吃什么药，论理我该亲自来，就说我刚从学里来，也着了些凉，异日再亲自来看。贾宝玉这点小心眼儿写得好，他既关心宝姐姐，又怕林妹妹多心，故意向林妹妹示好，表示看宝姐姐也是我和林妹妹一起。

周瑞家的送宫花还插进他自己家一件事，她的女儿惊慌失措找她，说女婿被人告了，要递解回乡，周瑞家女婿是哪一个？冷子兴。女儿害怕，周瑞家的说：小人家没经过什么事急成这样！在周瑞家的看来，这事晚上求求凤姐，一句话就解决了。荣国府女仆对官府都有恃无恐，荣国府权势多大？深闺少妇凤姐包揽词讼，已在进行。

周瑞家的送宫花，多小的事，把那么多重要线索都提拉一下，写了若干人的个性。送宫花像影视摇镜头，读者跟着周瑞家的一步一步观察将在红楼舞台上演出悲欢离合的主角。对大作家来说没有小故事，没有小人物，只有对人生的深刻观察，巧妙体现。

焦大："贾府的屈原"揭内幕

第七回另一个重要的内容是宴宁府宝玉会秦钟。贾珍妻尤氏请王熙凤到宁府来玩，贾宝玉跟着去。尤氏和秦氏接出仪门，尤氏和王熙凤见面，要互相嘲笑一下，秦氏说他的兄弟来了，宝玉要见，凤姐也要见。尤氏对凤姐说，罢罢！可以不必见，人家的孩子都斯斯文文的惯了，乍见你这个破落户，还被人笑话死了。贾蓉也说，他生的腼腆，没见过大阵仗，婶子见了没得生气。凤姐说，他是哪吒，我也要见一见，别放你娘的屁了，再不带我去，给你一顿好嘴巴！

一个贵族少妇，竟然连"别放你娘的屁"都说出来。凤姐在贾蓉跟前像只横着走的大螃蟹。秦钟来了，眉目清秀，粉面朱唇，身材俊俏、举止风流，有女儿之态。凤姐先推宝玉，说比下去了。秦钟露面，一件小事，就把人和人之间的关系都写出来了，平儿最理解王熙凤和秦可卿关系好，马上派人送了一匹衣料，四个金锞子。王熙凤还说少了。宝玉心中起了呆意，想："天下竟有这等人物！如今看来，我竟成了泥猪癞狗了。可恨我为什么生在这侯门公府之家，若也生在寒门薄宦之家，早得与他交结，也不枉生了一世。我虽如此比他尊贵，可知锦绣纱罗，也不过裹了我这根死木头；美酒羊羔，也不过填了我这粪窟泥沟。”贾宝玉喜欢秦钟，秦钟也喜欢贾宝玉。看到贾宝玉形容出众，举止不凡，更兼金冠绣服，骄婢侈童，也在那琢磨：“可恨我偏生于清寒之家，不能与他耳鬓交接。”两个人越来越亲密，商量一起读书。

宴宁府宝玉会秦钟很重要，更重要的是引出著名的焦大醉骂。

尤氏派人送秦钟回家，派的焦大，焦大喝醉了骂起来，先骂管家半夜三更派他送人，“没良心的王八羔子！瞎充管家！你也不想想，焦大太爷跷跷脚，比你的头还高呢。二十年头里的焦大太爷眼里有谁？别说你们这一起杂种王八羔子们！”焦大是有功劳的老家人。曾跟着宁国公出生入死，把宁国公从死人堆背出来，自己喝马尿，得了点水给宁国公喝。贾蓉拿出主子身份训焦大，焦大就赶着贾蓉叫起来：“蓉哥儿，你别在焦大跟前使主子性儿。别说你这样儿的，就是你爹、你爷爷，也不敢和焦大挺腰子！不是焦大一个人，你们就做官儿享荣华受富贵？你祖宗九死一生挣下这家业，到如今了，不报我的恩，反和我充起主子来了。不和我说别的还可，若再说别的，咱们红刀子进去白刀子出来！”

凤姐说，你们太没规矩了，叫他这样犯上作乱！焦大被揪翻、捆倒、拖往马圈。焦大这越发连贾珍都说出来了：“我要往祠堂里哭太爷去。那里承望到如今生下这些畜牲来！每日家偷狗戏鸡，爬灰的爬灰，养小叔子的养小叔子，我什么不知道？”

焦大，《红楼梦》的小人物，前八十回就出来一次，但鲁迅先生把焦大叫“贾府的屈原”。焦大醉骂，血淋淋揭开了宁国府的脓疮。

焦大骂爬灰的爬灰，养小叔子的养小叔子，指的谁？爬灰指秦可卿和贾珍，毫无疑问。养小叔子是哪个？也是骂秦可卿，养的小叔子就是比贾蓉还风流俊俏的贾蔷。第九回，顽童闹学堂贾蔷出现。他本是宁国公正枝玄孙，父母双亡，从小跟着贾珍过活，和贾蓉最亲密。贾府奴仆就说了很多闲话，贾珍为避嫌，分给贾蔷房子，叫他自立门户。宁国府下人说了什么闲话？曹雪芹不点破。有人就说，贾蔷是贾珍父子的同性恋伙伴。但我认为是贾蔷住宁国府时和嫂子秦可卿有私情，被仆人发现，嚷嚷出来，贾珍不得不把贾蔷请出去。贾珍是不是借这个由头又和秦可卿有了关系，就不得而知了。这一看法，清代红学家早就有人提出。

如果养小叔子的不是秦可卿，在贾府还有哪个最有嫌疑？不少红学家认为是王熙凤养贾蓉和贾蔷。其实这样说连辈分都没搞对，贾蓉和贾蔷是王熙凤的侄儿。王熙凤的亲小叔子是贾琮，还很小。堂小叔子是贾宝玉，凤姐对宝玉完全是大嫂对小弟的慈爱态度。所以焦大骂爬灰和养小叔子两桩不体面的事都有清晰所指，是秦可卿。凤姐和贾蓉，一个是秦可卿的丈夫，一个是秦可卿的好朋友，听到焦大骂，都假装没听到。贾宝玉年纪小，偏偏去问凤姐，什么叫爬灰？王熙凤吓唬他几句话，叫他闭嘴，贾宝玉赶快叫好姐姐，再也不敢说了。

焦大醉骂，不过几百字，是这一回的高潮，也是《红楼梦》全书的奇峰突起。

第八回

比通灵金莺微露意
探宝钗黛玉半含酸

第八回主要内容，是宝钗的侍女莺儿微微露出金玉良缘的信息，黛玉看到宝玉和宝钗的交往多少有点吃醋。金玉良缘还没正式在贾府登场，黛玉也还没有把金玉良缘当成对自己的威胁。这时三个人还小。

信笔描画众生相

我读小说，既愿看到情节人物有趣，又特别喜欢小说家有幽默情绪。曹雪芹是好小说家，又是无处不在的幽默大师。宝玉去看宝钗，路上遇到两拨人，曹雪芹信笔一描，把我们的肚子快笑破。

第一拨人是贾政的清客詹光和单聘仁，两个人名谐音“沾光”和“擅（长）骗人”。这两块料一见宝玉，上来抱住腰，拉着手，说“我的菩萨哥儿，我说作了好梦呢，好容易得遇见了你。”多有趣的称呼，贵族公子成菩萨。宝玉故意绕开他爹的书房，清客告诉他，“老爷在梦坡斋小书房里歇中觉呢，不妨事的。”可见宝玉怕他爹像怕老虎，清客们知道。

另一拨人是荣国府的男仆，一个叫吴新登，管银库的，名字谐音“无星戥”，“戥”是称银子的小秤，秤上没星怎么量银子？这说明荣国府的银子没法管。另外两人，一个叫戴良，一个叫钱华。也是用谐音调侃荣国府大量财务流失，钱都开花了。

这帮人见了宝玉，就找他要字。说我们看到二爷写的斗方儿越来越好，什么时赏我们一个。十二三岁男孩练字，竟给当成书法家,有人来要字。为什么？因为他是未来的荣国公。老仆人故意忽悠少爷。宝玉信以为真，说你们要字，找我的小厮就成。

这都是闲板。但长篇小说不能像一支射出的箭，一箭射到最后，得不断有些闲板。像曹雪芹自己说的，小说写成适趣闲文，才好看。宝玉去看宝钗，遇到父亲的清客和管库房的仆人，这类闲板，《红楼梦》俯拾皆是。读者看《红楼梦》，觉得有趣，又那样悠闲，就是这个道理。

薛宝钗的“贵妃色”

宝玉去看宝姐姐，是宝玉宝钗第一次聚首。在宝玉眼中，宝钗什么样儿？“唇不点而红，眉不画而翠，脸若银盆，眼如水杏。”这和宝玉眼中神仙似的林妹妹相同吗？绝对不一样。宝玉看丰满亲切的表姐姐，没有任何心灵感应。接着曹雪芹写了四句对宝钗的评价，“罕言寡语，人谓藏愚；安分随时，自云守拙”。这是意在言外的描写。宝钗不需要装愚，她大智若愚；她安分随时，也不是为了守拙，因为她根本不拙。她是为了搞好和周围的关系。宝玉没看到黛玉穿戴什么，却看到宝钗穿的是“蜜合色棉袄，玫瑰紫二色金银鼠比肩褂，葱黄绫棉裙，一色半新不旧，看去不觉奢华”。半新不旧，是不是挺朴素？其实宝钗的衣服相当贵。比如，玫瑰紫二色金银鼠比肩褂，外表是玫瑰紫绸缎面用银丝银线织了花纹。里面是轻暖贵重的银鼠皮，宝玉为什么能看出是银鼠？因为皮毛在领口和袖口下摆露出来，这叫“风毛”。这样一件七分袖外套就够刘姥姥家生活好几年。宝钗日常就穿这么贵的衣服，半新不旧更舒适。

我看《红楼梦》与好多红学家不一样，因为我也写小说，特别喜欢琢磨细节。我琢磨到宝钗的衣服不仅贵，颜色还大有文章。她穿蜜合色棉袄，淡黄色，蜂蜜一样的棉袄。穿葱黄绫棉裙，黄绿色带花纹的丝制棉裙，上浅下深，很美观。初看，像普通的服饰描写。但是我觉得曹雪芹有意识叫宝钗穿黄。我把它叫做“贵妃色”，因为杨贵妃平生最喜欢黄裙子。后来宝玉不是当面说宝钗像杨贵妃吗？第二十七回回目就是“滴翠亭杨妃戏彩蝶”，宝钗和杨贵妃有联系，这是曹雪芹早就暗暗设定的。

通灵宝玉和宝钗金锁是一对吗

宝玉看了宝钗，宝钗该看宝玉了。宝钗看宝玉不像黛玉看宝玉，黛玉注意脸什么样，眉什么样，眼什么样，宝钗只注意宝玉的穿戴。黛玉后来讽刺宝姐姐对人身上穿戴最留心。黛玉最想说出来的是，宝姐姐最留心宝玉戴的通灵宝玉。

果然，宝钗第一次和宝玉接触，马上要求看通灵宝玉。"成日家说你的这玉，究竟未曾细细的赏鉴，我今儿倒要瞧瞧。"拿过来看了正面看反面，看了反面重新翻过来看正面，还念了两遍，"莫失莫忘，仙寿恒昌"。念给谁听？宝玉整天戴着，不必念给他听，宝钗也不用自念自听，她念给不认字的莺儿听。这一念，就把莺儿的话引出来了："我听这两句话，倒像和姑娘的项圈上的两句话是一对儿"。宝玉一听，当然就要求看项圈，宝钗猫逗耗子不给看。越不给看，宝玉越要看，宝钗好像不太情愿地让他看。宝玉一看，金锁上八个字，"不离不弃，芳龄永继"。宝玉很天真，马上承认，真和我的是一对。可惜黛玉来晚一步，没听到这番话。

金锁和通灵宝玉是不是一对儿？不是，通灵宝玉是天生的，宝玉落生时衔下来，其实质是顽石。宝钗的金锁，是富贵之家给小姐定做的。一块无材补天的顽石怎么可能和金光灿灿的金锁是一对儿？薛家人说金锁是癞头和尚送的。我认为这金锁是薛家打造的，是为了造舆论，促成宝玉和宝钗的婚姻。

宝玉闻到一阵阵凉森森甜丝丝幽香，就问姐姐熏什么香？宝钗说是早上吃了药丸的香气。宝玉就说好姐姐，给我一丸尝尝。宝钗笑了，“又混闹了，一个药也是混吃的？”通灵宝玉、金锁都看过了，冷香丸香气宝玉嗅到了。该换角色了，黛玉来了。

兰心玉骨莲舌冰神林黛玉

黛玉看到宝玉说，我来得不巧了，早知他来，我就不来了。话说得没道理，但是黛玉情绪的自然流露。实际上黛玉是跟踪宝玉来的。他们住得很近，黛玉总要找宝玉玩。宝玉不在房，她一推测或问问丫鬟，知道他去找宝姐姐，她就跟来了。她说“早知他来我就不来了”，实际是“知道他来我才来”。宝钗问，你这话怎么说？我不知道怎么回事？黛玉不愿意看到宝玉宝钗在一块。但她不能说，她说：“要来一群都来，要不来一个也不来；今儿他来了，明儿我再来，如此间错开了来着，岂不天天有人来了？也不至于太冷落，也不至于太热闹了。姐姐如何反不解这意思？”

这位下凡的绛珠仙子太聪明了，好像她不过把他们之间看成是表姐表弟表妹之间玩耍，不涉及谁跟谁好。宝钗这时想骂黛玉，都没处下嘴，因为黛玉无懈可击。但黛玉不喜欢宝玉宝钗一起玩，这情绪始终存在，一定要表现。黛玉为人率直、不会掩饰。这时宝玉要喝冷酒，薛姨妈告诉他不要喝，他没听。宝钗就给他说一番不能喝冷酒的道理，他马上说烫了来我再喝。这不就是听宝姐姐的话？

读者熟悉一个词“吃瓜群众发言”，就是吃瓜子的群众对现实做尖锐评价。《红楼梦》的“吃瓜群众”黛玉嗑着瓜子，抿着嘴笑，琢磨怎么嘲笑挖苦敲打宝玉。恰好雪雁来送手炉，说紫鹃叫送的。黛玉一闪之念，马上指桑骂槐：“也亏你倒听他的话。我平日和你说的，全当耳旁风；怎么他说了你就依，比圣旨还快些！”表面上说的是雪雁，实际上说的是宝玉，你不能听宝钗的，你得听我的，怎么平时我说的当了耳旁风，她说了你就当圣旨呢？不喝冷酒微不足道的小事听了宝钗的，黛玉就不舒服，就挖苦上。太神奇了，指桑骂槐很多人都会，关键在灵机一动，借题发挥，神乎其神，真是冰雪聪明。

宝玉听懂了，假装不懂，宝钗也听懂了，不去睬她。宝钗宽宏大度，知道黛玉的脾气，不理就是。但薛姨妈不懂，就要问黛玉：你身子弱，怕冷，他们记挂你不好吗？黛玉又回答了一番话：“幸亏是姨妈这里，倘或在别人家，人家岂不恼？好说就看的人家连个手炉也没有，巴巴的从家里送个来。不说丫鬟们太小心过馀，还只当我素日是这等轻狂惯了呢。”

编得天衣无缝，黛玉确实像前辈评论家所说的，“兰为心，玉为骨，莲为舌，冰为神”，太聪明了。

喝酒总得吃菜，我们不是常说，贾府钟鸣鼎食，骄奢淫逸？这次家常饮酒吃鹅掌鸭信。宝玉说宁府鹅掌鸭信很好。薛姨妈说我这儿也糟的，拿来你尝。想象一下，鹅掌倒也罢了，鸭信是鸭舌头，我们平时觉得吃北京烤鸭弄个大腿，就很不错，很上档次。当年周恩来总理招待尼克松总统吃北京烤鸭，美国总统以为吃到中华美食了。但美国总统吃的是烤鸭大腿、翅膀，贾家、薛家，都吃鸭子的舌头，多少鸭子才能做出一盘菜？这才叫四大家族的享受。

宝玉吃着鹅掌、鸭信喝酒。奶妈上来劝别喝。宝玉说，好妈妈，我再吃两盅就不吃了。李嬷嬷大概40岁左右，在那时就很老了，宝玉的丫鬟们说她老背晦了。李嬷嬷说：“你可仔细老爷今儿在家，提防问你的书！”哪把壶不开提哪把，宝玉最怕他爹，偏偏喝着酒这么高兴时提他爹！宝玉一听，慢慢放下酒，垂下头。宝玉不好反抗奶妈。但黛玉是什么人？黛玉一切为宝玉着想的，宝玉想干什么，黛玉就得帮着他干什么，宝玉想喝酒，黛玉就要维护他，忙说，“别扫大家的兴！舅舅若叫你，只说姨妈留着呢。这个妈妈，他吃了酒，又拿我们来醒脾了。”给宝玉争取喝酒的权利。李嬷嬷不懂事，黛玉已这样说了，还悄悄推着宝玉，叫他赌气，我们只管乐我们的。李嬷嬷还要跟黛玉辩论，也不想想她的嘴能说过黛玉吗？她说："林姐儿，你不要助着他了。你倒劝劝他，只怕他还听些。"黛玉又来了一段话："我为什么助他？我也犯不着劝他。你这妈妈太小心了，往常老太太又给他酒吃，如今在姨妈这里多吃一口，料也不妨事。必定姨妈这里是外人，不当在这里的也未可定。"这就把李嬷嬷的嘴堵得死死的了，你认为在姨妈这里就不能吃吗？但是黛玉没有想想，她这一段话，就得罪了两个老太太，一个是把姨妈说成外人，一个是把李嬷嬷得罪狠了。李嬷嬷又是急又是笑："真真这林姐儿，说出一句话来，比刀子还尖。你——这算了什么。"宝钗特别会做人，这个时候就在黛玉的腮上拧了一把："真真这个颦丫头的一张嘴，叫人恨又不是，喜欢又不是。"薛姨妈说："别怕，别怕，我的儿！来这里没好的你吃，别把这点子东西唬的存在心里，倒叫我不安。只管放心吃，都有我呢。越发吃了晚饭去，便醉了，就跟着我睡罢。"

这时恐怕心里最难过的还是黛玉。宝钗有亲妈疼着，宝玉有亲妈疼着，还有亲姨妈疼着。而黛玉有谁疼？薛姨妈不仅疼女儿，也疼外甥。这些细节都写得非常好。

黛玉晴雯的深情蜜意

吃完又喝了茶，要回去了，黛玉就问宝玉你走不走？宝玉醉得眼都成了一条缝了，说你要走，我和你一同走，黛玉就起身说："咱们来了这一日，也该回去了。还不知那边怎么找咱们呢。"

这两个人关系何等亲密！黛玉要走，得叫着宝玉走；宝玉说你要走，我就跟你一块走。而黛玉一口一个"咱们"。有意思的是，宝玉那么多大丫鬟，一个也没跟了来，偏偏跟了个笨手笨脚的小丫鬟过来，要给宝玉穿外衣戴帽子，笨手笨脚地把大红斗篷一抖就往他头上戴，上面还带个斗笠。宝玉火了："好蠢东西，你也轻些儿！难道没见过别人戴过的？让我自己戴罢。"黛玉就说，"罗唆什么，过来，我瞧瞧罢。"黛玉轻轻地用手整理，就把宝玉的斗笠和斗篷都给他戴好了。

这一段特别的温馨。黛玉对宝玉事事关心，事事用心，连宝玉外出怎么样戴斗笠披斗篷，黛玉都知道要怎么做。黛玉肯定能成为好妻子。因为她对宝玉充满柔情和蜜意。我每次看到这一段，都想到我母亲说的话。我母亲说过，有人说宝玉应该娶为人周到的宝钗做妻子，不能娶只会写诗的黛玉。其实黛玉肯定能做个好妻子，为什么？因为心中有了爱，就能对你所爱的人无微不至。

宝玉和黛玉回去，贾母知道他们从薛姨妈那来，更欢喜，说宝玉赶快歇着去，不要再出来了。宝玉回来以后，却有个人等着他，谁？晴雯。晴雯说你早上叫我磨那么多墨，就写三个字丢下笔就走了，我等了一天，你给我把这些墨都写完了！宝玉这才想起早上磨了墨要写字。问晴雯，我写的那三个字在哪里？晴雯说，我亲自登高爬梯给你贴上了，现在还冻得我的手僵冷。宝玉一听，我替你渥。

晴雯对宝玉也事事上心，但晴雯和袭人不一样。袭人一切以宝玉的愿望做愿望。晴雯还有自己的愿望，我既然给你磨了墨，你就得给我写完，小丫鬟有个性，两人关系也亲密。宝玉给她暖着手，看门上那三个字。曹雪芹的高明就在于，这时那三个字没出来，得谁出来才出来这三个字？黛玉来了，宝玉说，好妹妹，你看看我这三个字写得好不好？黛玉一看，门斗上贴了三个字"绛云轩"。读者朋友注意这三个字，绛，红。《红楼梦》写红楼儿女梦，始终要出现红色，通灵宝玉是红色，怡红院是红色，怡红院之前宝玉的房间叫绛云轩。黛玉一看这三个字，黛玉多聪明，黛玉的字肯定要比宝玉写得好。宝玉的字也只能中学生水平，但是黛玉说，"个个都好。怎么写的这们好了？明儿也与我写一个匾。"她这是夸奖呢，还是讽刺？朋友们自己琢磨就行了。但是黛玉在这些问题上，总是给宝玉捧场的，你愿意写字，我说你的字写得好。所以宝玉笑着说，"又哄我呢。"这个时候宝玉身边又出现了一些鸡毛蒜皮的小事。宝玉又问晴雯："今儿我在那府里吃早饭，有一碟子豆腐皮的包子，我想着你爱吃，和珍大奶奶说了，只说我留着晚上吃，叫人送过来的，你可吃了？"晴雯说，给李奶奶拿走了。宝玉喝了碗茶，想起早上泡的茶，问茜雪，那个枫露茶，是泡三四回才好喝，那茶呢？茜雪说，李奶奶喝了。

贾宝玉气得把茶杯往地下一扔，哐啷一声，打个粉碎，宝玉说：“他是你那一门子的奶奶，你们这么孝敬他？”他有点喝醉了，马上要去回贾母，撵她的奶妈。这时袭人一直没露面，晴雯茜雪跟宝玉说话，她都听见了却装睡，希望宝玉主动来看自己。一听说宝玉火了，贾母那里有人来问怎么了？袭人说：“我才倒茶来，被雪滑倒了，失手砸了钟子。”又安慰宝玉，你要撵她，连我们一块撵出去算了，你再找好的服侍。因为宝玉和丫鬟关系好，和袭人更好，“连我们一齐撵了”是威胁宝玉。宝玉没话可讲。袭人就把他的玉拿下来，用自己的手帕包好，塞在褥子底下，叫宝玉睡觉。

像这一回的描写，如果现在看到这样的小说，读者大概会说，这不是满地鸡毛？鸡毛蒜皮、鸡零狗碎，没任何重要事。但《红楼梦》就能写到这个程度，写的是“满地鸡毛”，但是红鸡毛有红鸡毛的色彩，绿鸡毛有绿鸡毛的特点，黄鸡毛有黄鸡毛的好看。每个细节都对写人物起作用。

贾蓉带着秦钟拜了贾母，贾母喜欢，送了礼物，同意叫秦钟陪宝玉读书。这时作者就交代秦钟家是怎么回事。曹雪芹给秦家所有的人的名字都暗加谐音。父亲秦业，“业”谐罪孽之“孽”，“秦可卿”谐音“情可轻”，“秦钟”谐“情种”。秦业乃营缮郎。因为没孩子，从养生堂抱一儿一女，后来儿子死了，女儿长大嫁到贾府。将近50岁，生了秦钟，爱如珍宝，现在要和宝玉一块读书。秦业知道，贾府上下都是富贵眼睛，但读书是儿子终身大事，就恭恭敬敬凑了二十四两银子，作为给贾府家塾掌管的贾代儒的礼物，亲自带了秦钟到贾代儒家拜见。

第八回最后有两句诗："早知日后闲争气，岂肯今朝错读书"。怎么读书还读错了？因为宝玉读书非但无助追求功名，反而闹出一场闲气。

第九回

恋风流情友入家塾
起嫌疑顽童闹学堂

秦钟等贾宝玉挑个好日子一起上学。贾宝玉为和秦钟一起上学，更确切说一起玩，不分什么黄道吉日，说后天一早请秦钟到我这里会齐了上学。贾宝玉想得周到，秦家贫寒，而宝二爷有车有马，可带他一块去。

贾宝玉上学，袭人一再嘱咐，念书时想着书，不念书时想着家。袭人已把自己和宝玉看成个小家庭。她嘱咐宝玉，不要和他们玩闹，功课少点不要紧，身体要保重。学堂里冷，想着添换大毛衣服，提醒那起懒贼添脚炉手炉里面的炭。这多么像大姐姐关心小弟弟，甚至像母亲关心儿子。宝玉见贾母、王夫人，都嘱咐几句话。但曹雪芹一字不写。

贾政训子的庄严滑稽

贾政正在书房里和清客闲谈。见宝玉进来请安说要上学去，气儿就不打一处来，冷笑道："你如果再提'上学'两个字，连我也羞死了。依我的话，你竟顽你的去是正理，仔细站脏了我这地，靠脏了我的门！"贾政就这么烦儿子吗？实际是恨铁不成钢。清客赶快劝：世兄这一去，三二年就显身成名了，快到吃饭时候了，世兄快请吧。几个年老的把宝玉携出去。贾政就问，跟宝玉的是谁？外边答应了两声，进来三四个大汉打千儿请安。宝玉一个人上学，几个人跟着？至少八个。四条汉子、四个书童。进来的这四条汉子都是宝玉的奶哥，四个奶妈的儿子。贾政一看，带头的是李贵。就说："你们成日家跟他上学，他到底念了些什么书！倒念了些流言混语在肚子里，学了些精致的淘气。等我闲一闲，先揭了你的皮，再和那不长进的算账！"

贾政望子成龙，像我们青州俗话"跑了老婆怨四邻"。你儿子不好好念书，你和他的奶哥算什么账？吓得李贵双膝跪下，摘了帽子碰头有声，连连答应"是"，又汇报："哥儿已念到第三本《诗经》，什么'呦呦鹿鸣，荷叶浮萍'，小的不敢撒谎。"他一说这话，满座哄然大笑。为什么呢？因为李贵的话太好玩了，《诗经》是"呦呦鹿鸣，在野之萍。"李贵弄不懂，就记成了"呦呦鹿鸣，荷叶浮萍。"清客都有学问，就哄然大笑了，贾政也撑不住也笑了，说："那怕再念三十本《诗经》，也都是掩耳偷铃，哄人而已。你去请学里太爷的安，就说我说了：什么诗经古文，一概不用虚应故事，只是先把四书一气讲明背熟，是最要紧的。"

这一段非常好玩，贾政板着脸教训儿子，教训儿子的跟班，叫李贵一打岔，贾政的庄严就变成了庄严的滑稽了。我过去读到贾政训宝玉、训李贵，我的想法是，贾政这个死硬派一点儿都不可爱。随着年事增长，我渐渐理解这个父亲，他希望儿子能继承家业。贾赦继承荣国公的一等将军，贾政已不能继承祖父官职，靠皇帝送官。到第四代，皇帝连送官都不可能了，必须科举出身。而科举考试题目都从四书五经上出。贾政就说不要讲诗经古文虚应故事，把四书一气讲明背熟最要紧。为什么？应付考试。父亲是为儿子前途着想。

贾宝玉告别了父亲到贾母这边，贾母正和秦钟说话，宝玉和贾母告辞，忽然想起还得告辞林妹妹！黛玉正在窗下对镜梳妆，听说宝玉上学去就说："好，这一去，可定是要'蟾宫折桂'去了。我不能送你了。"林黛玉真希望贾宝玉读书做官？这是调侃他。宝玉说："好妹妹，等我下了学再吃饭。和胭脂膏子也等我来再制。"公子哥儿上学还惦记着林妹妹怎么做化妆品！唠叨半天才出去。黛玉问："你怎么不去辞辞你宝姐姐呢？"宝玉笑而不答，他很高明，我就不去辞，因为我去辞，你就不高兴了。

龙蛇混杂的贾家学堂

宝玉、秦钟在贾家义学读了一个多月，有时候宝玉还把秦钟留在荣国府，赞助他一些衣服，两人感情越来越好。宝玉发了邪性了对秦钟说，咱两个一样年纪，又是同窗同学，以后不要叫我宝叔，咱算兄弟。秦钟不敢，但是贾宝玉就叫他兄弟，而且叫秦钟表字“鲸卿”，尊重对方才叫表字。秦钟只好也混着乱叫。学里本是本族和亲戚子弟。人多了，就龙蛇混杂，下流人物在内。现在宝玉和秦钟来了，两人都花朵一样，秦钟还特别腼腆温柔，像个小女儿。贾宝玉天生的能作小服低，性情体贴，话语缠绵，两人非常亲密，这帮人就起了疑心。

清代时行男风，男性同性恋流行的，这种风也吹到私塾里。义学的孩子就你言我语，谣言布满了书房内外。义学头一个下流人物是薛蟠，薛蟠假装来上学，不过白送金银财物给贾代儒，一点也没学到什么东西，只是交结了一些契弟（同性恋的伙伴），有几个小学生图薛蟠的银钱吃穿，被他哄上手。两个小学生特别风流妩媚，学里就给他们起外号“香怜”“玉爱”。这帮小学生因为怕薛蟠，不敢沾惹这两个小男孩。

宝玉和秦钟来见了他两个，不免“绻缱羡慕”。他们也留情宝玉秦钟，这四个人心中虽有情意，但因惧怕薛蟠，不敢有什么动作。四人坐在四个地方，或“八目勾留”，你看我我看你，“或设言托意，或咏桑寓柳”，借读诗表达，我是喜欢你的。四个男孩间似乎搞同性恋的迹象被几个滑贼看出来，就在背后挤眉弄眼，表示：这四个人有事。

可巧这一天贾代儒有事回家了，留下句七言对联让学生对。贾代儒不在，助教贾瑞管学堂。贾瑞什么玩意儿？后面王熙凤毒设相思局将写得更清楚。在闹学堂，他的表现已不上档次。

金荣挑起纠纷，茗烟仗势欺人

薛蟠又在外面找到更好玩的伙伴，不大上学堂来。秦钟就趁机和香怜挤眉弄眼，递暗号，两人假装上厕所，出来说梯己话。但是同窗金荣跟出来侦查了。秦钟刚问香怜一句:“家里的大人可管你交朋友不管？”还没说完，后面就咳嗽一声。两人吓了一跳，一看，金荣假装咳嗽。香怜羞怒相激，问:“你咳嗽什么？难道不许我两个说话不成？”金荣说,许你们说话，难道不许我咳嗽？你们两个干的什么事，我拿住了，先叫我抽个头儿。金荣说了一番污秽的话，比如“贴的好烧饼”。秦钟和香怜向贾瑞告状，说金荣无故欺负他们。而贾瑞最是个图便宜没行止的人，他以公报私，勒索子弟们请他喝酒，帮着薛蟠图些银钱酒肉。任凭薛蟠横行霸道，不但不管，还助纣为虐。现在薛蟠不来了，贾瑞没法再要点酒肉金钱。他不怨薛蟠，只怨香怜、玉爱不在薛蟠跟前提携他。秦钟香怜一告状，贾瑞心里面正不自在，因秦钟是贾蓉的小舅子，他不好训秦钟，就抢白香怜几句，香怜讨了没趣，秦钟也很不高兴回座位上去。金荣就越发得意，说了很多不堪入耳的话。

金荣在那里乱说，气坏了一个人。就是焦大“养小叔子”

的被养人物贾蔷。宁国府正枝玄孙，从小父母双亡跟贾珍过活，长了16岁，比贾蓉还风流俊俏。曹雪芹皮里阳秋写道："宁府人多口杂，那些不得志的奴仆们，专能造言诽谤主人，因此不知又有什么小人诟谇谣诼之词。"实际含义是宁府下人把贾蔷和秦可卿的丑事说出来了。贾珍只好叫贾蔷搬出去过了。贾蔷很聪明，上学也不过虚掩眼目，仍然斗鸡走狗、赏花玩柳。他和贾蓉最好，见有人欺负秦钟，他得打抱不平，又一想，金荣和薛大叔相好，我也和薛大叔相好，我如果出头，他们告诉老薛，伤了我们的和气。我不管又不行，得想办法，既替秦钟出了气，我又伤不了脸面。这小子很狡猾，假装出去上厕所，悄悄把宝玉书童茗烟叫来，如此这般挑拨几句。曹雪芹写得有趣，怎么样如此这般，没写，但茗烟马上就跳出来了。茗烟是宝玉跟前第一个得用的，年轻不懂世事，他一听，金荣欺负秦钟，连宝二爷都牵连在内，我不给他个厉害还行。茗烟平时无事就要欺负人，现在见有人欺负宝二爷，又有贾蔷帮助，他就进来找金荣大骂："姓金的，你是什么东西！"贾蔷小滑贼一看，跺跺靴子，整整衣服说：是时候了得请假回家，他先跑了，你们爱怎么打怎么打。茗烟揪住金荣就骂了一番很难听的话。

读《红楼梦》读到这些话，不管是金荣说的还是茗烟说的，都是当时市井脏话、色情话。不知曹雪芹这个大作家从哪寻觅来的。茗烟骂金荣，满屋子子弟都没听到过这样的混话，呆呆地望着。贾瑞吆喝："茗烟不得撒野！"金荣气黄了脸，奴才小子都敢这样，我和你主子说。就要打宝玉打秦钟。他还没打，脑后飕的一声，一方砚台打来了。这砚台不知是谁打来，打到贾菌和贾兰的桌子上。贾菌是宁国府正枝玄孙。贾兰是荣国府正枝嫡孙。将来这两个人是要做官的。他两人同桌，贾菌年纪小，志气大，最不怕人。他看到金荣的朋友飞砚打茗烟，没打到茗烟，也没打到贾宝玉，打到他和贾兰桌子上，把磨墨的水壶打个粉碎，溅他一身黑水，他能允许？他开骂，抓起砚台要打回去。贾兰是懂事的孩子，赶紧按住砚台说："好兄弟，不与咱们相干。"贾菌不听，拿起书匣子就扔过去了。但他力气太小，打到宝玉桌上就落下来，哗啦啦一声砸桌上，把宝玉一碗茶也砸得粉碎。贾菌一看，我扔的倒没打中，打到我叔叔那儿了，就跳出来要打那个飞砚的。金荣抓了个毛竹大板舞动，先打了茗烟一下，茗烟说："你们还不来动手！"宝玉另外三个小厮蜂拥而上，打了起来。

这是我小时最爱看的《红楼梦》场面，顽童斗殴，用的什么武器？砚台、书匣子、毛竹大板子、门闩、马鞭子，都是就地取材。贾菌用书匣子，金荣顺手抄起根毛竹大板子，宝玉小厮墨雨掇起根门闩。宝玉另外两个小厮扫红、锄药拿的都是马鞭子，还有什么工具也不拿，纯是打太平拳。就是你看不见我，我在背后给你一拳。这场面太好看了。我小时看到这里就说，谁说《红楼梦》没有战争场面？和三国水浒一样，红楼也有战争场面，不过用的武器不一样。顽童闹书房用的武器像三国关云长的青龙偃月刀、张飞的丈八蛇矛，水浒鲁智深的禅杖、李逵的板斧，打得多热闹、多好玩！几个大仆人在外面听到里面作反了，赶快进来制止，问了缘故，这个这样说，那个那样说。李贵先把茗烟四个小厮撵出去，秦钟的头撞上金荣的板子，打破一层油皮，宝玉心疼地替他揉，说："李贵，收书！拉马来，我去回太爷去！我们被人欺负了，不敢说别的，守礼来告诉瑞大爷，瑞大爷反而派我们的不是，听着人家骂我们，还调唆他们打我们茗烟，连秦钟的头也打破了。这还在这里念什么书！茗烟他也是为有人欺侮我的。不如散了罢。"李贵劝：太爷有事回家了，不要为这点事去找他老人家，我看这都是瑞大爷的不是，太爷不在这，你老人家就是这学里的头脑了，闹到这个地步你还不管。贾瑞说，我吆喝他们都不听。李贵知道学堂内幕，就揭贾瑞的老底说：不怕你老人家恼我，素日你老人家到底有些不正经，所以这些兄弟才不听。你赶快做主意把这个事处理了。宝玉说：我是一定得回去的。秦钟也哭道：有金荣，我是不在这里念书的。宝玉要撵了金荣去，问李贵，金荣是哪一房亲戚？李贵想了想说：别问了，问哪一房亲戚，伤了兄弟们和气。

茗烟在窗外说："他是东胡同子里璜大奶奶的侄儿。那是什么硬正仗腰子的，也来唬我们。璜大奶奶是他姑娘。你那姑妈只会打旋磨子，给我们琏二奶奶跪着借当头。我眼里就看不起他那样的主子奶奶！”茗烟几句话，就把金荣姑妈族中贫寒者身份揭了出来。李贵赶快喝住说：偏你知道有些蛆嚼，制止茗烟揭老底。宝玉冷笑道：“我只当是谁的亲戚，原来是璜嫂子的侄儿，我就去问问他来！”说着，叫茗烟进来包书，茗烟一边包书一边得意扬扬地说：“爷也不用自己去见，等我到他家，就说老太太有说的话问他呢，雇上一辆车拉进去，当着老太太问他，岂不省事。”

茗烟不仅依仗宝二爷的高贵地位讽刺金荣的靠山姑妈、宁国府旁支贾璜之妻，还要变本加厉利用贾母对宝玉的溺爱，这不是欺人太甚？金荣肯定生气，这也引起李贵的愤怒，赶快喝住了茗烟：“你要死！仔细回去我好不好先捶了你，然后再回老爷太太，就说宝玉全是你调唆的。我这里好容易劝哄好了一半了，你又来生个新法子。你闹了学堂，不说变法儿压息了才是，倒要往大里闹！”茗烟这才不敢做声了。

闹学堂出来宝玉身边两个男性，李贵和茗烟，李贵是宝玉的奶哥，宝玉四个奶妈带来四个奶哥，都跟着宝玉，李贵是奶哥的头。李贵对宝玉既像是警卫班长，又像是吃一个娘奶的大哥哥，特别爱护贾宝玉，注意不要叫贾宝玉在贾府留下闹事的印象，李贵总在息事宁人。而茗烟淘气、顽皮、唯恐天下不乱，还有点狗仗人势，总在里面挑事。一场闹学堂，宝玉身边两个男仆活生生站在读者面前。

贾瑞也怕事闹大了，只好再三央求秦钟、宝玉。宝玉说，不回去也行，叫金荣赔不是！金荣先是不肯，贾瑞逼着他赔不是，李贵也劝说，都是你惹的头，你不赔不是怎么了局。金荣只好给秦钟作揖，宝玉还不干，你得磕头。贾瑞只好悄悄劝金荣，磕个头算了，金荣只好进来给秦钟磕头。

有红学家上纲上线，说顽童闹书房，说明封建教育的失败，贾政教育方针的破产。顽童闹书房，引出金荣姑妈想到宁国府问罪，结果是跟她的寡嫂一样，贪利权受辱，一段很好的情节。

第十回

金寡妇贪利权受辱
张太医论病细穷源

璜大奶奶想就闹学堂向秦氏问罪，却发现尤氏为儿媳之病心焦。璜大奶奶不敢得罪自己的财神宁府，忍气吞声。贾珍为秦氏生病焦急求医问药。秦可卿到底是真病还是假病？

金寡妇在人屋檐下

闹学堂，金荣给秦钟磕了头，贾宝玉才不闹了。金荣回到家越想越气，你秦钟不过是贾蓉的小舅子，你我都是附学读书，你就因为宝玉目中无人？如果这样，你就该干点正经事，你们又鬼鬼祟祟，又去勾搭别人，叫我看见，才打起来。他在那里嘟嘟囔囔，他的母亲胡氏听见就问他，你争什么闲气，好容易我给你姑妈说了，你姑妈千方百计找西府琏二奶奶说了，你才找了个念书地方，如果不是仗着人家势力，咱们还有力量给你请先生？你现在到贾府学里上学，现成茶饭供应着，你那里念两年书，家里省很多费用，你念书还认识了薛大爷，这两年不是帮咱们七八十两银子，你现在闹，出了这个学房，找个什么地方去？妈把儿结结实实训一顿，告诉他：老老实实玩一会儿睡你的觉去。

胡氏这番话透露什么信息？胡氏说的姑妈就是嫁到贾家玉字辈的璜大奶奶。她的丈夫贾璜是宁国公嫡孙，因为宁国公官衔、家业都被贾敬这一支继承，贾璜夫妻守着些小产业，勉强度日。他们比较会见风使舵，常到贾府请安，问候凤姐、尤氏。第九回茗烟不以为然地说璜大奶奶只会在凤奶奶跟前“打旋磨”，就是绕着王熙凤转圈巴结。这样王熙凤和尤氏也就常资助她。贾璜家要靠宁国府、荣国府资助，靠王熙凤的面子把金荣送去念书。现在金荣在那里闹，他妈妈当然要制止。但是这一天金荣姑妈来瞧寡嫂和侄儿。胡氏是寡妇，更没收入了，要靠小姑子资助。两人聊起来，金荣母亲就把闹学堂的事一五一十给小姑子说了。璜大奶奶一听,怒从心上起，说:“这秦钟小崽子是贾门的亲戚，难道荣儿不是贾门的亲戚?人都别忒势利了，况且都作的是什么有脸的好事！就是宝玉，也犯不上向着他到这个样。等我去到东府瞧瞧我们珍大奶奶，再向秦钟他姐姐说说，叫他评评这个理。”

璜大奶奶盛气而胥之、你们是贾门亲戚，荣儿难道不是贾门亲戚？但她就不想想，亲戚和亲戚不一样，秦钟是宁府正宗嫡派贾蓉的小舅子。金荣是你璜大奶奶的娘家侄儿。同样是贾门亲戚，已差远了。金荣母亲当然心里很有数，急得了不得：姑奶奶你千万别去，荣儿现在能在那站得住，就不错了。璜大奶奶说，不行，我得去问问！看来她很想找尤氏讲个道理，我家孩子被你家孩子欺负，咱得要个说法。

璜大奶奶前倨后恭

璜大奶奶到了宁国府，当然先看到门口两个大狮子，看到兽头大门。兽头大门平时关着，只有圣旨来了或宁府重要人物出入才开门。璜大奶奶只能走角门。大概她看大狮子、兽头大门的过程，心里就得打小鼓了，我们家能和宁国府比吗？走进去见了尤氏就不敢气高了，殷殷勤勤叙过寒温，尤氏观察很细，看她进来时脸上带怒色，大概是有什么事。但璜大奶奶不说有什么事，只说些闲话。就问怎么今日没见蓉大奶奶？尤氏说：病了，经期两个多月没来，很懒，眼神也发眩，我告诉她好生养着，有亲戚来有我呢。尤氏还说，她对贾蓉说了，倘若秦氏有个好歹，你再娶这么一个媳妇，这个模样，这个性情，打着灯笼都没地方找去。儿媳妇生病，婆婆心焦。璜大奶奶知道，贾蓉之妻地位尊贵，我算个老几？接着尤氏又说，偏偏他兄弟来找他，这孩子不知道好歹，告诉他姐姐昨天学房打架，不知哪里附学来的人欺负他，说了些不干不净的话。

秦氏听说弟弟在学堂打架，和谁打的，秦钟肯定会仔细告诉姐姐，秦氏可能会告诉婆婆，我弟弟被谁欺负了。但尤氏没对贾璜妻表示出来，我知道是你侄子欺负的。尤氏又说：

婶子你是知道那媳妇的，她这个人心细，心重，不管听到什么话，都要度量个三日五夜才罢。她现在生病，就是因为从思虑上出来的。

尤氏的话说明，秦氏听到什么话都要酌量三日五夜，她听到焦大醉骂，不得好好琢磨个五天八天十天半个月？她气病了，是担心自己的丑事露出来。尤氏不知道这些内情，就说，现在有人欺负了她兄弟，她又恼又气，我劝了她半天，又劝了她兄弟半天，叫她兄弟找宝玉去了，我看她吃了半盏燕窝汤，我才过来，婶子你说我心焦不心焦。想到她的病，我的心像针扎似的，你们知道有什么好大夫吗？

没等到贾璜妻问罪，尤氏不管明里还是暗里先问上罪了，学里有人欺负秦钟，把秦氏气病了，这就严严堵住了璜大奶奶的嘴。她心里清楚，不能和自己家的财神作对。金氏听了尤氏的话，把方才在嫂子家的要向秦氏理论的盛气，早吓得都丢在爪哇国去了。爪哇国是古代南洋国名，今属印度尼西亚。贾璜妻听到尤氏问她有什么好大夫，就说我也没听到有什么好大夫，是不是她怀孕呢？不要叫人混治，治错了可了不得。尤氏也说，可不是。正在说着，贾珍进来了，说，这不是璜大奶奶吗？金氏殷勤地给贾珍请了安。贾珍很客气，叫这大妹妹吃了饭再去吧，说着话扭头上里面去了。是不是去看秦可卿？很可能。金氏一看，尤氏待自己很好，秦钟的姐姐又因为秦钟气病了，她就再也不敢提了，反而转怒为喜，说了一会儿话，就说，我得回家了。

这一段把人情世故写得像画出一样。这一回回目叫“金寡妇贪利权受辱”，金寡妇贪图儿子去上学那些小利益，甘心儿子受侮辱。金寡妇不知道他儿子受的更大侮辱，是做了薛蟠的同性恋的伙伴。金荣姑妈也得“贪利权受辱”。人在屋檐下，不能不低头，你接受宁国府，接受贾珍尤氏的资助，才能过日子，你还去问罪？只能灰溜溜回家。她怎样跟她寡嫂交代，怎么说？看到这个地方，心里酸酸的。强权社会就是这样，一笔写不出两个贾字，但同样姓贾，同样是第一代宁国公嫡派子孙，贾珍继承官位，有钱有势，贾璜没继承官位，只能守着薄产过日子，还得常来求宁国公继承人贾珍资助。有了资助自己能过日子，才能再拿点钱资助更穷的亲戚。

现在尤氏不管是有意的还是无意的，说到附学的人和秦钟打架，都说明秦氏的病是气出来的，打架的人，打架的家长，就得负责。尤氏说的每一句话都是在担心儿媳妇，每一句话又对璜大奶奶当头一棒，最后还得问你知道什么好大夫吗？意思就是，既然你常来求我们帮助你，你也得帮着给秦氏治病。在这样的情况下，金荣的姑妈还敢再说一个字？这一人情世故写得太精彩了。

贾珍疼儿媳无微不至

金氏走后，贾珍问尤氏，今儿她来有什么说的事吗？贾珍财大气粗，凡有人来，总得求他帮忙，或者求他办事，或者找他要钱。尤氏说倒也没求什么事。刚进来好像是脸上有点气恼，说了半天话，又说起媳妇这病，她倒平静了，说了几句话就回去了。穷本家经常求事，今天居然只来说闲话，尤氏很奇怪。尤氏接着和贾珍商量媳妇的病，得找好大夫来瞧瞧，可别耽误了，现在这么多大夫，轮流看病，也不管事，倒害得儿媳妇一天换四五遍衣服。贾珍说，这孩子也糊涂，脱脱换换的，着了凉更添病，那还了得，衣服任凭是好的，值什么，孩子的身子要紧，一天穿一套新的，也不值什么。

听听这话！这个公公疼儿媳到何等地步，一天穿一套新衣服也不算什么。儿媳病了，公公像热锅上的蚂蚁到处求医。贾珍告诉尤氏，刚才冯紫英来看我，看到我有些抑郁之色，就问怎么了，我说儿媳妇病了。冯紫英说，有位张友士，学问渊博，医理很深，能断人生死，他不是专门的大夫，是来给儿子捐官，在冯紫英家里住着。看来媳妇的病该在他手里治好。我马上就拿我的名帖去请。而且冯紫英也马上跑回家亲自去求他，等明天张先生看了再说吧。

两个人接着商量一番后天是太爷寿日，就是贾敬诞辰，怎么办？这是一段伏笔，贾敬过生日，荣国府的人都过来，王熙凤会在会芳园遇到贾瑞。尤氏叫了贾蓉来告诉，你爹找个好大夫，打发人请去了，明天大夫来了，你把你媳妇的病好好告诉他。

名医瞧病话病源

张友士这业余中医大夫很高明的。他怎么个高明法？冯紫英亲自回来请，还带着贾府仆人拿了宁国府三等将军贾珍名帖。他怎么回答呢？我今天拜了一天客，精神不能支持，到府上也不能看脉，得好好调息一夜，明天一定去。

看到这里，我想起自家先辈。先祖和先父都是青州著名中医。祖父有个原则“医不登门”。我是医生，病人看病必须到我家看。如果病人走不了，得拿着名帖，派轿子洋车（人力车）来接，他才去看。张友士是业余中医，但也很有身份。他还要把贾珍的名帖退回去，说医学浅薄，本不敢当此重荐，大人的名帖不敢当，拿回去吧。这是做人讲谦和之道。

第二天张友士来看病。看病过程写得特别仔细也合乎常理。贾蓉领他进去见秦氏。张友士说这是尊夫人？贾蓉就说，您先坐，我把她的病情说给您，您再看脉怎么样。张友士说，我还是先看脉，因为我是第一次到您府里来的，我也不知道是些什么事，我看了脉，再讲讲她是有什么病，斟酌一个方，你看行不行？贾蓉说先生高明，您先看脉吧。

张友士诊完脉出来后说了一番脉相如何如何，症状应该是肋下疼胀，月信过期，心中发热，头目眩晕，精神倦怠，四肢酸软，而且很肯定地说，别的大夫认为她怀孕，但我不敢从其教也。讲完这番话，一个贴身服侍的婆子说，先生真神，倒不用我们告诉了。张友士下面一段话特别重要："据我看这脉息：大奶奶是个心性高强聪明不过的人；聪明忒过，则不如意事常有；不如意事常有，则思虑太过。此病是忧虑伤脾，肝木忒旺，经血所以不能按时而至。"分析太准确了！秦氏怎么病的？愁病的。张友士说愁就是病源了。他开了个方子叫"益气养荣补脾和肝汤"有：人参、白术、云苓、熟地、归身（当归的身子)、白芍、川芎、黄芪、香附米、醋柴胡、怀山药、真阿胶、延胡索、炙甘草，引用建莲子七粒去心，红枣二枚做引子。

我上大学的时候，《红楼梦》永远是我的枕边书，那时父亲已经不当医生了，我还是好奇地把这个方抄下来，回去问父亲：爹您看看这个方能不能治病？老爹看了就说，这个方是治妇科的虚症经方。我问什么叫经方？老爹说，就是前辈医学大师常用的方子。这里人参、白术、云苓、甘草，是一般开汤药都要放进去的首选。熟地、当归、白芍、川芎叫妇科的常用药四物。这八种药放在一块叫八珍，针对妇科来的。但是还要加上黄芪补气，阿胶滋阴，香附和柴胡是理气，再用莲子，还得去芯，那芯特别凉，和红枣做引子。起什么作用？平肝气，补心脾。老爹说，看来这个人常睡不着觉，月经不正常。我就乐了，我说能不能什么人也拿来这个方照用呢？老爹说，那不行，得望闻问切后再加调节。他说这不是一个完全的经方，是做了调节的。

我听了后很感叹，曹雪芹确实懂医学，他这个方有来历。

贾蓉看了方子，说高明得很，请教先生，这病与性命有妨无妨？张友士特别善于辞令，他说大爷是最高明的人，人病到这个地步，非一朝一夕的症候，吃了这药也要看医缘了。依小弟看来，今年一冬是不相干的。总是过了春分，就可望痊愈了。什么意思？这个病不好治，如果能熬到了春分，可能治好，如果春分也熬不过去，人就完了。贾蓉也很聪明，不再细问。把方子和医案叫贾珍看了。贾珍说，我们好容易求了他来，可能媳妇的病能治好了。那方子上有人参，用前日买的一斤好的吧。贾珍疼爱秦可卿，人参要用刚买的最好的那种，都嘱咐上了，真是无微不至。

张友士论病穷源，他是个好医生，诊脉处方也符合中医的观点，关键是张友士点出来秦可卿的病因，思虑过度。这一点很高明，思虑过度就和焦大醉骂联系到一起了。至于秦氏吃了这个药到底怎么样？病越来越厉害了。在王熙凤眼里，她身上都瘦干了。

第十一回

庆寿辰宁府排家宴
见熙凤贾瑞起淫心

贾敬寿辰到了，贾珍不到道观里去看父亲，装些上等稀奇果品，对贾蓉说，你看他高兴行了礼就来，就说我爹遵照您的指示不敢来，在家里率领全家朝上给您行礼。贾珍求安宁，不想叫爹训一顿，他也知道隔代亲，孙子去，爷爷会高兴。贾敬在道观和道士胡羼。贾珍家里为王，把宁府搞得一团糟。

贾敬不回家过生日，但是他的生日带来了一系列情节。荣府人要参加寿宴，凤姐和宝玉要看秦可卿，凤姐遇贾瑞。这一回中心人物是王熙凤。参加宴会说话最多的是她，看秦可卿的是她，遇贾瑞的还是她。小说核心人物就要常在情节上产生轴心作用。

秦可卿病入膏肓

赴宴者陆续来，贾琏贾蔷先到，既参加寿宴也来帮忙，看了各处座位就问，有什么玩意没有？贾府子弟金玉其外，败絮其中，只知吃喝玩乐。家人回答，原打算太爷回来，没敢准备玩意，听说他不来，才找班小戏和打十番的，在园子戏台上预备着。所谓打十番的就是鼓锣弹拨乐器等民乐合奏。

一听无“花酒”可喝，两个花花公子肯定失望。

接着邢夫人、王夫人、凤姐、宝玉来了。宝玉内帏厮混，外出不随哥哥随女眷。贾珍和尤氏接进去亲自递茶说：想叫老祖宗过来散散闷，热闹热闹，谁知老祖宗不赏脸！这时该回答的邢夫人还没开口，凤姐已说：“老太太昨日还说要来着呢，因为晚上看着宝兄弟他们吃桃儿，老人家又嘴馋，吃了有大半个，五更天的时候就一连起来了两次，今日早晨略觉身子倦些。因叫我回大爷，今日断不能来了，说有好吃的要几样，还要很烂的。”有贾母嘱咐的话，凤姐“抢话”有理。邢夫人无话可说。

其实宁府宴会，贾母不来最好，她来就成了宴会中心。王熙凤得围着她转，既不能看秦可卿，也不会遇贾瑞。小说家安排情节，某个场面哪个人到、哪个人不到，非常讲究。

王夫人问，蓉哥媳妇儿不太好，怎么样了？尤氏介绍一番病情，凤姐说：“我说他不是十分支持不住，今日这样的日子，再也不肯不扎挣着上来。”凤姐了解秦可卿非常要面子，只要身体稍有可能，一定极力支撑着来见长辈。尤氏对凤姐说：“你是初三日在这里见他的，他还强扎挣了半天，也是因你们娘儿两个好的上头，他才恋恋的舍不得去。”凤姐一听，眼圈红了半天，说：“真是‘天有不测风云，人有旦夕祸福’。这个年纪，倘或就因这个病上怎么样了，人还活着有什么趣儿！”凤姐很少这样动感情，眼圈红了，想掉泪了，说明她很心疼秦氏。贾蓉进来给长辈请安，告诉尤氏，刚才给太爷送吃的，太爷嘱咐你们好好伺候太爷太太们，叫我好好伺候叔叔婶子哥哥们。凤姐问贾蓉你媳妇怎么样了？贾蓉皱皱眉说："不好么！婶子回来瞧瞧去就知道了。"有贾蓉这句话，王熙凤必须去看秦可卿。摆上饭，王夫人说："我们来原为给大老爷拜寿，这不竟是我们来过生日来了么？"王夫人要客气，凤姐就说了番很有趣的话："大老爷原是好养静的，已经修炼成了，也算得是神仙了。太太们这么一说，这就叫作'心到神知'了。"王熙凤口吐莲花，满屋子人都笑起来。

王熙凤好像预言贾敬有朝一日炼丹得道升天，提前去见道教天神。

贾蓉报告，那边老爷们吃完饭了，大老爷说家里有事，二老爷不愿听戏，都走了。琏二叔和蔷兄弟把本家爷们带过去听戏了。四家王爷、镇国公等六家、忠靖侯等八家，送了寿礼。我汇报了父亲，礼物收到账房，礼单上了档子。贾敬生日，四家王爷、六家国公府、八家侯府送礼，多大的排场？而宁国府得记下来，礼尚往来。将来给他们回礼。这是国公府日常开销，也是大开销。贾蓉请太太婶子看戏。

凤姐说：我去看看蓉哥媳妇儿。

宝玉也要跟着去，王夫人说："你看看就过去罢，那是侄儿媳妇。"王夫人讲究礼教，叔叔怎么去看侄媳妇？但她又纵容儿子，听任宝玉跟着去。凤姐和宝玉到了贾蓉房间。秦氏想站起来，凤姐忙说："快别起来，看起猛了头晕。"凤姐英风俊骨，但对她闺蜜温柔体贴，她紧走几步，拉住了秦氏的手说："我的奶奶！怎么几日不见，就瘦的这么着了。"宝玉也问了好，坐在对面椅子上，贾蓉命人倒茶。秦氏拉着凤姐的手强笑道："这都是我没福。这样人家，公公婆婆当自己的女孩儿似的待。婶娘的侄儿虽说年轻，却也是他敬我，我敬他，从来没有红过脸儿。就是一家子的长辈同辈之中，除了婶子倒不用说了，别人也从无不疼我的，也无不和我好的。这如今得了这个病，把我那要强的心一分也没了。公婆跟前未得孝顺一天；就是婶娘这样疼我，我就有十分孝顺的心，如今也不能够了。我自想着，未必熬的过年去呢。"秦可卿知道自己活不久了。

宝玉正坐在那里瞅着《海棠春睡图》及秦太虚写的"嫩寒锁梦因春冷，芳气笼人是酒香"对联。不由想起在这睡午觉梦到太虚幻境。宝玉坐在椅子上正进行人间到仙境的穿越，他会不会想眼前病怏怏的秦氏就是我梦中情人兼美？宝玉在那里出神，听了秦氏的话，万箭攒心一样，眼泪流下来了。凤姐怕病人心酸，就说宝玉你忒婆婆妈妈了，病人不过这么说，她多大年纪的人，略病一病就想这个？凤姐叫贾蓉把宝玉带走。

为什么凤姐把宝玉贾蓉都差走？因为她要和闺蜜说知心话。"这里凤姐儿又劝解了秦氏一番，又低低的说了许多衷肠话儿。”她们说的话关系到秦可卿命运。凤姐和秦可卿是密友，凤姐对秦可卿和贾珍的关系洞若观火。凤姐亲耳听到焦大醉骂。堂堂的国公府最肮脏的事情爬灰，因老仆人醉骂摆到公众面前。凤姐多焦虑，她深知自尊心强的秦可卿，没准会自杀。所以要劝劝她，一定要在贾蓉和宝玉离开时劝她，不能让他两个听到。还要低低说悄悄话。不能叫周围伺候的人听到。如果劝解“你这病不要紧，好好养着吧！”大声说就是，不必藏着掖着。凤姐知道，秦可卿是心病。焦大骂街是病根。她到底说了什么衷肠话儿？凤姐肯定什么具体事都不提，只是囫囵吞枣劝秦可卿，善待自己，谁人背后不说人，谁人背后无人说？你不要睬醉汉嘴里的胡沁。别人胡说八道，自己要活出个样子来给他们看。不过，这衷肠话儿不管说多么天花乱坠，可能都不恰当。曹雪芹聪明地不写具体是什么衷肠话儿。两个人在这里聊，尤氏打发人请了好几遍。凤姐对秦氏说，好生养着吧，秦氏说：我这病神仙也治不了，知道我是挨日子。凤姐仍劝她想开点，大夫不是说，怕春天不好吗，现在才九月半，还有四五个月工夫，什么病治不好？咱们又不是不能吃人参的人家，你公婆听说治得好你，别说一天二钱人参，就是二斤人参也吃得起。秦氏说：“婶子，恕我不能跟过去了。闲了时候还求婶子常过来瞧瞧我，咱们娘儿们坐坐，多说几遭话儿。”说一遭儿少一遭儿！凤姐儿听了，眼圈又一红，说：我常来看你。

《红楼梦》人情世故写得太棒了！小说就要把平平淡淡的事写得有情趣、有意蕴。世界上哪有那么多惊天动地的大事件？整天像谍战片、侦探片、历史大片，总发生大事件。两个少妇聊天，多平平淡淡，但大作家就能写出完全不一样的场面，创造了完全不一样的气氛。

贾瑞欲令智昏，凤姐金钩钓鱼

凤姐告别秦氏，带领丫鬟婆子进了会芳园便门，一抬眼看到会芳园美景。王熙凤一手抓钱、一手抓权，很少注意大自然美景，这一次她注意到了。曹雪芹用一篇赋描写会芳园，有些词很美，“黄花满地，白柳横坡。红叶翩翻，疏林如画。”这是如实描写秋景，但赋里出现了两句想象性词语，“小桥通若耶之溪，曲径接天台之路”，这就有点讽刺意味了，为什么说呢？若耶是西施浣纱和范蠡私定终身的地方。天台是六朝小说刘晨阮肇和仙女幽会的地方。用这两个典故，就暗示会芳园是男女偷情的地方。其实不用典故，贾珍的会芳园肯定是贾府藏污纳垢的地方。而凤姐唯一一次和大自然亲近，偏偏发生在有这么多肮脏事的会芳园，偏偏就在这时候顶头遇见贾瑞。

《红楼梦》什么人该看到什么景，该遇到什么事，总布置得有趣，分派得有理。凤姐刚看了几眼美景，贾瑞突然冒出来，“请嫂子安。”凤姐猛然见了，将身子往后一退，这是深闺少妇看到陌生男人的正常表现。然后凤姐客气地问“这是瑞大爷不是？”看来凤姐和贾瑞不熟悉，所以得问是不是贾瑞。还尊称瑞大爷。但贾瑞不知道自己吃几碗干饭，竟然回话怪罪“嫂子连我也不认得了？不是我是谁！”我每次看到这里就想笑，贾瑞你以为你是谁？北静王？哪吒？凤姐虚与委蛇说“不是不认得，猛然一见，不想到是大爷到这里来。”话很普通，但值得推敲。是客气话却暗含讥讽。会芳园是什么地方？宁府花园，应该出现的是宁府阔主儿贾珍贾蓉。贾瑞这个贫穷没地位的本家，忽然在这里出现，就叫人想不到了。但贾瑞这样的笨蛋根本听不出什么是虚情假意，什么是话中有话，他迫不及待连说两次，我在这里遇到嫂子是我跟你有缘，而且一面说一面拿眼睛不断觑着凤姐。请注意用词，“觑”就是不好好看，一副色胆包天、痰迷心窍贱相。凤姐何等聪明，世上事她一点就透，贾瑞在想什么，凤姐能不明白？她接着来了段话：“怨不得你哥哥时常提你，说你很好。今日见了，听你说这几句话儿，就知道你是个聪明和气的人了。这会子我要到太太们那里去，不得和你说话儿，等闲了咱们再说话儿罢。”凤姐说这番话时假意含笑，有点笑里藏刀，这把刀要不要举起来砍下去，还没拿定主意。她只是想尽快摆脱贾瑞纠缠。所以才说你哥哥夸你，你来亲近嫂子是因为聪明和气。我还有事，咱们拜拜吧。贾瑞这个笨伯一厢情愿认为，凤姐对我有好感，我是不是有机可乘？他得寸进尺说“我要到嫂子家里去请安，又恐怕嫂子年轻，不肯轻易见人。”这时凤姐才抛饵钓鱼：“一家子骨肉，说什么年轻不年轻的话。”分明是鼓励贾瑞进一步行动。看来贾瑞进一步纠缠凤姐时，凤姐才做出教训贾瑞的决定。世界上即便最坏的人要害人，也必须先有前因再有后果。就因为贾瑞如此不堪，凤姐才做出毒设相思局的决定。贾瑞听了，亦发不堪难看，估计是手舞足蹈，凤姐接着又添上句似乎很知心的话：“你快入席去罢，仔细他们拿住罚你酒。”拿住罚酒似乎平常，但一琢磨又有点暧昧，一个人犯了什么事给人拿住罚酒？自然是风流韵事。封建社会讲究的叔嫂不通问，贾瑞和嫂子在一块给人拿住，这不就说明两人有风流韵事？想三想四的贾瑞一听，凤姐把我们两个在一块闲聊看成幽会了。凤姐更恶毒的是，贾瑞一边离开一边回头看她时，她故意放慢脚步，心想“这才是知人知面不知心呢，那里有这样禽兽样的人呢。他如果如此，几时叫他死在我的手里，他才知道我的手段！”

王熙凤太毒了，你不是要看姑奶奶？放慢脚步让你看个够！贾瑞做梦都想不到，当他仔细地看美丽的凤姐时，阎王殿勾魂使者已经出发。

凤姐是带着一大帮人来会芳园的，恐怕两府的仆人都不敢擅离职守，离开琏二奶奶视线，王熙凤和贾瑞对话，肯定一大群目击者旁听者，这太妙了。如果过一会儿王夫人问琏二奶奶在哪里耽误了这么长时间？这些人会回答：琏二奶奶在会芳园遇到一位本家爷们，随便聊了一会儿。因为王熙凤的话在别人听来，什么含义都没有，随便聊天。但在想三想四的贾瑞，那就是对他有情。如果王熙凤一发现贾瑞的不良企图，立即制止，贾瑞就是长三个脑袋也不敢想入非非。但是王熙凤发现贾瑞的不良企图后，却纵容、引诱、金钩钓鱼，凤辣子突然甜言蜜语、温柔可爱，本就迷恋王熙凤的贾瑞，怎能不会利令智昏。

凤姐点戏暗含贾府命运

王熙凤上了楼，尤氏叫凤姐点戏，凤姐点《还魂》《弹词》《双关诰》。《红楼梦》的戏，总会对情节发展人物命运起到重要作用，《还魂》是《牡丹亭》折子戏，唱杜丽娘为情而死；《弹词》是《长生殿》折子戏，唱的是杨贵妃死后，乐师流落江湖演唱杨贵妃故事。《双关诰》唱寡妇守节故事。三出戏都不是吉庆的戏，都预示贾府命运。按说王熙凤给长辈庆寿，该点《满床笏》才对。

以后凤姐来看秦氏，秦氏时好时坏。凤姐看秦氏，贾瑞就来找凤姐。到冬至，贾母嘱咐凤姐去看秦氏：回来告诉我，她喜欢吃什么，给她做点送去。

贾宝玉梦游太虚境看到的册子和图，秦可卿是吊死的。但是曹雪芹父亲曹頫不允许写秦可卿淫丧天香楼。曹雪芹只好让她病死。这个病死的过程还似乎合理。凤姐遵贾母之命看秦可卿，见她脸上身上的肉都瘦干。像晚期癌症患者的“恶液质”皮包骨头。王熙凤又劝她半天，秦氏说，婶子替我请老太太、太太安吧。凤姐答应着出来，尤氏问，你冷眼瞧媳妇怎么样？尤氏其实心里有数，故意问王熙凤，凤姐低了半日头说：“这实在没法儿了。你也该将一应的后事用的东西给他料理料理，冲一冲也好。”尤氏就说“我也叫人暗暗的预备了。就是那件东西不得好木头，暂且慢慢的办罢。”这就又埋下伏笔，将来秦可卿用什么棺木，是段有趣故事。

秦可卿显然不久于人世了。王熙凤见了贾母怎么汇报？她说：“蓉哥儿媳妇请老太太安，给老太太磕头，说他好些了，求老祖宗放心罢。他再略好些，还要给老祖宗磕头请安来呢。”贾母是多聪明的老太太，一听凤姐全借秦氏口气说话，她问“你看他是怎么样？”老太太太精啊。凤姐说：“暂且无妨，精神还好呢。”贾母听了，沉吟了半日，贾母心里也清楚。

凤姐回到自己家，把家常衣服换上了，问平儿家里有什么事，平儿说：三百两银子利钱，旺儿媳妇送来了。瑞大爷派人打听奶奶在不在家，要请安说话。凤姐说：“这畜生合该作死，看他来了怎么样！”平儿问：“这瑞大爷是因什么只管来？”凤姐才把九月会芳园遇贾瑞的光景告诉了平儿。平儿说：

“癞蛤蟆想天鹅肉吃，没人伦的混帐东西，起这个念头，叫他不得好死！”凤姐说：“等他来了，我自有道理。”

平儿似乎预告了贾瑞想凤姐好事，最终连命送上的结局。

第十二回

王熙凤毒设相思局
贾天祥正照风月鉴

第十一回写到两件同时发生的事，两个年轻人，秦可卿和贾瑞，正在走向死亡。一个暗写，一个明写，明写贾瑞向凤姐调情，暗写秦可卿生病，实际是导致上吊的心病。两事共同背景是贾府的道德败坏，两件事牵扯到同一个人，秦可卿的密友、贾瑞调情的对象王熙凤。秦可卿和贾瑞不过20岁上下，如此年轻，怎么拿着青春和生命如此浪费？我们现在很难理解，而曹雪芹就把贾府里年轻人怎样走向灭亡写出来了。

凤姐不为爱情的调情

贾瑞在菊花盛开时想勾搭王熙凤，找了好多遍没见到。冬至过后来拜见，王熙凤在家。曹雪芹为什么把这两个人再次见面拖这么长时间？一方面写贾瑞"心诚"或痴迷，一方面需要把故事安排在隆冬时节。之前凤姐告诉平儿，贾瑞为什么一个劲来找，平儿说"癞蛤蟆想天鹅肉吃"，叫他不得好死。平儿为什么这样说？一方面她气愤贾瑞不知轻重，另一方面她知道凤姐是什么样的人。平儿说不得好死，几乎预言了凤姐怎么样叫贾瑞付出代价。

贾瑞来了，凤姐急命快请进来，这话肯定贾瑞听见了，哦，她这么盼望我！喜出望外，急忙进来，见了凤姐满面陪笑连连问好，可看到梦中情人了！贾瑞真心真意喜欢凤姐，而凤姐假意殷勤，让茶让坐。到凤姐这来的人，一般得站着说事。凤姐让茶让坐，说明她很“在乎”来人。贾瑞一看凤姐的打扮，亦发酥倒。曹雪芹常用些简单的字，却写得非常形象。酥倒，就是一个人看到日思夜想的美人，灵魂出窍，骨头都软了，酥倒了。贾瑞上次看到王熙凤，是做客时穿正装，现在看到家常打扮，他更容易想三想四了，酥倒了。后面还要写到，阿呆薛蟠看到林黛玉也酥倒了。贾瑞饧了眼问：“二哥哥怎么还不回来？”想调戏嫂子，就得问问哥哥在不在家。凤姐故意说，不知什么缘故。贾瑞说：“别是路上有人绊住了脚了，舍不得回来也未可知？”他先以言语挑逗凤姐，凤姐接得更好:“男人家见一个爱一个也是有的。”以挑逗迎挑逗，贾瑞说:“嫂子这话说错了，我就不这样。”凤姐假意进一步引他上钩：“像你这样的人能有几个呢，十个里也挑不出一个来。”迷魂汤灌上，贾瑞还不得醉了。喜得抓耳挠腮：“嫂子天天也闷的很。”穷小子也不想想，日理万机的管家奶奶哪有功夫闷？凤姐儿说:“正是呢，只盼个人来说话解解闷儿。”陷阱越来越深。贾瑞不知深浅继续下陷：“我倒天天闲着，天天过来替嫂子解解闲闷可好不好？”凤姐又笑了：“你哄我呢，你那里肯往我这里来。”

王熙凤什么人？高贵的琏二奶奶。贾瑞什么人？贫穷的本家。王熙凤怎么会说贾瑞要来是哄自己？这不是故意引他上钩吗？一句话一个陷阱，每一句话都是甜言蜜语，都叫本来就迷恋王熙凤的人想入非非。

贾瑞说："我在嫂子跟前，若有一点谎话，天打雷劈！只因素日闻得人说，嫂子是个利害人，在你跟前一点也错不得，所以唬住了我。如今见嫂子最是有说有笑极疼人的，我怎么不来——死了也愿意！"

死了都得来，自己预言，上钩了。凤姐还要把鱼钓得更稳一点，笑道："果然你是个明白人，比贾蓉、贾蔷两个强远了。我看他那样清秀，只当他们心里明白，谁知竟是两个胡涂虫，一点不知人心。"

王熙凤故意说贾瑞是明白人，不像贾蓉、贾蔷这两个不懂得女人心的糊涂虫，她在暗示贾瑞，我很想搞点风花雪月，一直没人接招，幸亏瑞大爷在行。

这一段看得人不寒而栗，这是一段不是为了爱情的调情活动。

贾瑞越发头脑发昏，想动手动脚。王熙凤悄悄说："放尊重着，别叫丫头们看了笑话。"什么意思？不是不想叫你动手动脚，只怕丫头看见。

王熙凤甜言蜜语，打情骂俏，像小鸟依人。贾瑞彻底掉进插满利剑的温柔乡。王熙凤想教训贾瑞。一个穷苦本家，竟想荣府管家奶奶的好事，也不撒泡尿照照！平儿说得不错，癞蛤蟆想吃天鹅肉。贾瑞调戏，伤害了以凤凰自居的琏二奶奶的自尊心，得狠狠教训他。

腊月寒风冻不死贾瑞猎艳心

王熙凤约贾瑞夜半到西边穿堂儿：“你只放心。我把上夜的小厮们都放了假，两边门一关，再没别人了。”似乎稳妥的幽会地点，其实王熙凤要教训他。约会约会，王熙凤约而不会，腊月夜长，朔风凛凛，贾瑞在数九寒天刺骨的过堂寒风中几乎冻死，眼睁睁盼到天亮，有个老婆子来开门，他赶快溜出去了。回到家，祖父在等他。贾瑞从小父母双亡，祖父对他给予很大期望，教训很严，怕他在外面喝酒赌钱误学业。贾瑞彻夜不归，爷爷差点气死，打了四十板，不叫贾瑞吃饭，跪在院子里读文章，补出十天功课。贾瑞已经冻了一晚，又挨了板子，饿着肚子，在寒风地读文章。但是他迷恋凤姐的心不改，得了空又来看琏二嫂。凤姐故意问，约会你，怎么不去？贾瑞以为阴差阳错找错地方了，赌咒发誓确实去了。凤姐看他自投罗网，少不得再寻别计令他知改。贾瑞的“西穿堂门”约会，估计参与捉弄他的除凤姐外，无非平儿、丰儿、旺儿媳妇等。捉弄办法，不过是把穿堂的门关上就成。没想到再冷的寒风也冻不灭贾瑞的贼心，继续死缠硬磨找死。

凤姐于是“点兵派将，设下圈套”。更多的无聊人士参与进来，特别是当凤姐圈内两个坏蛋搅进后，贾瑞的大灾大难才真正临头。

“拥凤团”的恶作剧

《红楼梦》是人情小说，但有的地方像《三国演义》诸侯对阵，要点兵派将。凤姐是个元帅，升帐点兵，两个哼哈二将急先锋，贾蓉、贾蔷，平儿、丰儿就是搬运粮草的。这段描写看过《红楼梦》的就不会忘记，这段描写多少带点色情味道，但点到为止。

王熙凤约贾瑞到房后小过道空屋。贾瑞回答：一定来，一定来，又一句“死也要来”。贾瑞赴约，像热锅上蚂蚁，左等不见王熙凤人影，右听没王熙凤声响，心想是不是又冻我一夜？傻小子想得太天真了。就在他饥鼠样盼着王熙凤时，贾蓉冒充凤姐赴约，贾瑞大色狼见到美女大出洋相，饿虎般扑过去，刚刚抱起了他认为是凤姐的贾蓉，想来一番巫山云雨，有人端着灯过来问：“谁在屋里？”炕上的人笑了，说瑞大叔要臊我呢。晴天霹雳一般，贾瑞发现抱着的是贾蓉，拿灯的是贾蔷。侄儿抓住叔叔，学生抓住老师，怎么办？回身就跑。贾蔷一把揪住：别走，琏二婶已告到太太跟前，说你无故调戏她，太太气死过去了，叫我来拿你，跟我见太太去！

贾蔷用的词“无故调戏”太妙了。贾瑞并不是无故调戏凤姐，而是在凤姐勾引下一步步上钩。但是贾瑞没法说，只说：好侄儿，你就说我没来，明天我重重的谢你，贾蔷说:口说无凭，写篇文契吧。贾瑞问：怎么样落纸?贾蔷说：你说赌钱输了欠了我钱。贾瑞傻乎乎地说，这也容易，但没纸笔。贾蔷说，这也容易。贾蓉看着贾瑞，贾蔷出来就把纸笔拿来。贾瑞也不想一想，你约会王熙凤，贾蔷预先准备好了敲诈你写借契的纸和笔是怎么回事?写完欠贾蔷五十两银子，贾蓉又不干了，要告诉族里人评理，贾瑞只好磕头求饶，也写五十两银子欠条。两个坏蛋一人敲诈五十两银子还不算完。贾蔷说，现在放你，我得先过去侦查侦查，回来领你。拉着贾瑞熄了灯，摸到大台矶底下。“这窝儿里好，你只蹲着，别哼一声，等我们来再动。”两人走了，贾瑞蹲在台矶底下，既不敢吭声也不敢挪窝，正在盘算怎么回事儿?听到头顶上哗啦一声响，一桶尿粪泼下来浇了一身一头。刚写一百两银子欠款，天赐一百两“黄金”。贾瑞这次甜蜜约会的结果，是满头满脸屎尿，冻得冰冷打战。他这时才想起来凤姐耍我，发了一会恨。再想想琏二嫂子多漂亮，能搂到怀里多好，胡思乱想，一夜不曾合眼。

贾瑞满心还想着王熙凤，但不敢再去了。贾蓉和贾蔷常来要银子，没找到美人反添了债务，白天还得根据爷爷要求好好念书。他20岁出头尚未娶妻，整天想凤姐，“未免有那指头告了消乏等事”，这是句俏皮话，指手淫。得了男科病，发烧，遗精，咳痰带血，不到一年，病越来越重。多少医生治不好，冬去春来，贾瑞病得沉重，最后只能吃独参汤保命，贾代儒哪有财力吃独参汤，到荣府去寻。王熙凤不给。王夫人说，咱们这没有，到宁国府找找，救人一命。王熙凤也不派人找，找些渣末凑几钱，对王夫人说找来了，凑了二两给他了。王熙凤最后见死都不救。

看到王熙凤毒设相思局，总联想到世界名著中其他恶作剧故事。特别是巴尔扎克《搅水女人》中地方恶少玛克斯夜间作业。18 世纪的法国有座小城，有群逍遥骑士。那帮小猢狲白天装得像小圣人，循规蹈矩，安分守己，晚上专门恶作剧。开始卸下铺子招牌，把东家的挂西家，乱拉门铃，后来恶作剧升级，没有一个星期不干件骇人听闻的事，爬房顶，堵人门洞，给人写匿名信叫他防贼，然后深更半夜一个个沿着收匿名信的人的墙根或窗口溜过去，前呼后拥吹口哨，吓得这人心惊胆战，一夜不敢睡。他们给个守财奴老太太的八十几个继承人写信，说老太太死了，这些人就穿着寿衣从四面八方赶来，惹得整个城市像造反一样。

王熙凤组织的捉奸小分队所作所为与“逍遥骑士”何等相似。王熙凤为什么要这样做？因为她幼年在家里当男孩养大，她的个性使得她很容易跟贾府的纨绔子弟搅到一块。她跟贾瑞说，贾蓉、贾蔷是糊涂虫，有红学家就说贾蓉、贾蔷都是她的情人，实际上这两个人都是她的小跟班、御林军，这几个人经常在一块没上没下，叽叽喳喳。贾蓉、贾蔷闲得无聊、闲得发愁、办坏事最有创造力、以捉弄他人寻开心。王熙凤毒设相思局，就拿贾瑞玩了场电脑高手般的恶搞。可以把它算成《红楼梦》“一个馒头引发的血案”。

贾天祥正照风月宝鉴

王熙凤毒设相思局结果是贾瑞病入膏肓，接着对《红楼梦》主题相当重要的风月宝鉴出来了。贾瑞无药不吃，白花钱不见效，有一天跛足道人来化斋，说，能治冤业之症。贾瑞说：“快请进那位菩萨来救我！”一面说一面在枕头上磕头。家人就把道士带来，贾瑞一把拉住，菩萨救我。道士说，你这病无药可治，我有个宝贝给你，天天看，可以保命。说着从褡裢里面取出一面镜子。镜把上刻四个字“风月宝鉴”，道士递给贾瑞说：这是太虚幻境空灵殿上警幻仙子造的镜子，专治邪思妄动之症。专门给聪明杰俊、风雅王孙看，但千万记住看反面，要紧要紧！三天后我来取镜子，你的病就好了。

贾瑞拿起风月宝鉴往反面一照，一个骷髅在里面立着。什么意思？这是警示世人，你看到的是美色，背后却是骷髅，你看到的是富贵荣华，背后却是穷困潦倒，你要在得意时看到失意才能超脱。贾瑞说：混账道士怎么吓唬我。我看看正面是什么？拿过来正面一照，凤姐向他招手，两次约会没接触到王熙凤，现在招手，当然得进去。贾瑞就荡悠悠进了镜子，和凤姐云雨一番，凤姐送他出来，到床上“嗳哟”一声，镜子掉下来，浑身出汗，遗一滩精。心中还是不足，再看正面，凤姐又叫他，重复三四次，刚要出镜子，来了两个人拿铁锁把他套住。贾瑞还说，等我拿了镜子再走。至死不悟，说了这个再也不能说话。家里人发现贾瑞没气了，贾代儒不认为是孙子照错镜子，他骂什么妖镜，架起火烧风月宝鉴。镜里有人哭了：谁让你们照正面？你们自己以假为真，何苦来烧我！多有哲理的话，这就是“假作真时真亦假”。再次提醒世人，以假为真就会上当。贾瑞以王熙凤的虚情假意为真，不是把命都送上了？道士从外面跑来，谁毁风月鉴，我来救，抢了镜子走了。

王熙凤毒设相思局，得到什么了？钱？一分没有，一百两银子到两个坏小子手里；权？当然也没有；好名声？可能非但没得到，还有了坏名声。王夫人在劝她救贾瑞时似乎透露出已听闻这件公案。这样一来，王熙凤毒设相思局成了高射炮打蚊子，正因为大投入小产出，王熙凤才对病重的贾瑞恨之入骨，要人参我也不给，听任他死亡。

从《风月宝鉴》到《红楼梦》

风月宝鉴是面镜子，也是曹雪芹早年作品。曹雪芹早年写过一本《风月宝鉴》，弟弟棠村写过序。《风月宝鉴》男主角应该是贾珍、贾琏，女主角应该是王熙凤、秦可卿。有没有贾宝玉，不得而知。从《风月宝鉴》到《红楼梦》，王熙凤形象做了很大改变。很多红学家估计，在《风月宝鉴》里王熙凤是风月人物，到了《红楼梦》中，曹雪芹把她改成英风俊骨的巾帼人物。脂砚斋重评石头记庚辰本第十一回前有一首诗:“一步行来错，回头已百年，古今风月鉴，多少泣黄泉”。《风月宝鉴》写迷恋风月丢性命的故事，王熙凤是女一号。曹雪芹构思《红楼梦》只保留了极个别的凤姐、贾琏风月情节，用隐讳笔法写出来。贾瑞之死的故事是从《风月宝鉴》搬进《红楼梦》,且增加了一些新的哲学意味。比如贾瑞祖父叫代儒，他的家风能代表儒家吗?风月宝鉴这面镜子，更有哲理意味，如果贾瑞照跛足道人的话做，只照反面，不照正面，就是刻苦收敛自己，不想风花雪月，病就会渐渐康复，贾瑞偏要照正面，把镜子里的凤姐，虚幻的凤姐，当成真实的凤姐，实际上镜子里的凤姐是他的病根、索命鬼。贾瑞坚持风花雪月的享受，只能够送命了。

王熙凤毒设相思局是一次兴师动众、牛刀杀鸡的恶作剧，王熙凤以后还会为了出气把很小的玩笑开这么大，动用贾府两个恶少造很大声势吗？以后不会了。她再需要害人时，不会大张旗鼓、呼朋喊友，会悄悄地、风雨不透自己办理。害死尤二姐就是例子。

第十二回结尾，林如海病重，贾母叫黛玉回扬州，派贾琏送去看看，仍带回来。曹雪芹安排周密。绛珠仙子下凡，能掺和世间丑事吗？不能。所以，秦可卿大出丧事与林黛玉一点关系也没有。

第十三回

秦可卿死封龙禁尉
王熙凤协理宁国府

什么叫死封龙禁尉？就是秦可卿死了，本来没官职的丈夫获得龙禁尉官职。宁国府没有人主持丧事，王熙凤从荣国府过来协理宁国府。

婶婶是脂粉队里的英雄

秦可卿到底怎么死的？曹雪芹原来构思她自杀，但因父亲曹頫干预，曹雪芹只好把原已写好秦可卿在天香楼上吊的完整故事删掉四五页，大概两千三四百字。重新写成秦可卿病重而死。黛玉进府第一顿饭，两百多个字把国公府的气势、规矩写得那么生动形象，两千多字，曹雪芹能把贾府"第一丑事"写得多生动，可惜我们看不到。

八七版《红楼梦》根据脂砚斋评语提供线索，设计了秦可卿之死。秦可卿和贾珍的私情，被两个丫鬟发现了，秦可卿没脸见人就上吊了。在有的脂砚斋评点中，还有两个具体线索"遗簪更衣"，有红学家推测是：贾珍慌忙从天香楼逃走时把绾头发的簪子掉在那里还穿错衣服，他穿上秦可卿的衣服跑回去，尤氏就发现了。

《红楼梦》第十三回开头写，凤姐从贾琏送黛玉到扬州后，每到晚间，不过和平儿说笑一会儿，就胡乱睡了。"胡乱睡了"透露出凤姐平时跟贾琏非常恩爱，每天都有夫妻恩爱的睡前节奏，现在没有，只能“胡乱睡了”。这也说明王熙凤不是秦可卿那样的风月人物。她如果能和贾蓉、贾蔷巫山云雨，还用“胡乱睡了”，凤姐睡前还和平儿算琏二爷应该啥时回来？凤姐是关心丈夫的贤妻。

三更时分，平儿睡熟，凤姐恍惚间看到秦氏从外面走进来，含笑说：“婶子好睡！我今日回去，你也不送我一程。因娘儿们素日相好，我舍不得婶子，故来别你一别。还有一件心愿未了，非告诉婶子，别人未必中用。”

王熙凤在做梦，所以恍恍惚惚地问：“有何心愿？你只管托我就是了。”这就出现了《红楼梦》重要情节秦可卿托梦。秦可卿先说：“婶婶，你是个脂粉队里的英雄，连那些束带顶冠的男子也不能过你。”这是整个《红楼梦》从小说人物嘴里说出来对王熙凤的最高评价。秦可卿看对了，王熙凤的能力超过贾府所有男人。但是秦可卿想不到的是，王熙凤作恶能力也超过男人。秦可卿是王熙凤唯一的女性朋友，所谓闺蜜，朋友间同声相应，秦可卿慧眼识英雄。

王熙凤周围，有哪些脂粉人物能和她比？李纨？形若槁木，心若死灰；尤氏？像没嘴葫芦，一味顺从丈夫。她们怎么能和王熙凤比？秦可卿要拜托王熙凤什么？她先提醒王熙凤记住“月满则亏，水满则溢”，“登高必跌重”。又说：“如今我们家赫赫扬扬，已将百载，一日倘或乐极悲生，若应了那句‘树倒猢狲散’的俗语，岂不虚称了一世的诗书旧族了！”

这话太深刻了，说的是贾府，背景却是曹府，为什么？从宁国公、荣国公，到贾蓉，是一百年；曹家从曹雪芹先祖曹振彦从龙入关，到曹雪芹也是一百年。清代著名诗人施闰章后人记载，曹雪芹祖父曹寅理佛时喜欢说“树倒猢狲散”。那么，谁是树，谁是猢狲？在曹寅心目中，康熙是树，曹家及联络有亲的官员如李家，贾母原型娘家，这都是康熙宠臣了。曹寅估计康熙一死，这帮臣子就倒霉。果然，康熙尸骨未寒，雍正就大整康熙宠臣。李家先抄家，接着曹家被抄家，彻底败落。

秦氏托梦第二个内容，是怎样给贾氏家族留后路。梦中凤姐问：有什么办法可永保无虞？秦可卿说：“婶子好痴也。否极泰来，荣辱自古周而复始，岂人力能可保常的。但如今能于荣时筹画下将来衰时的世业，亦可谓常保永全了。”我们现在很好，但要给未来可能衰落时留下后路，怎么留？秦可卿提出来做好两件事，就可以保全了。第一件事，是现在的祖茔四时祭祀，没有一定钱粮，要在祖茔旁边，多置田地。秦可卿说得奇怪，《红楼梦》第五十三回写到冬季祭祖，贾蓉从光禄寺领来荣国公、宁国公祭祀银子若干。秦可卿为什么说祭祀没有一定钱粮？因为皇帝如果把你家罢了官，还能再给钱？所以要自己准备田产。根据规定，贵族官僚家庭被抄家后，祖坟旁边田产不没收。祖茔多置田产就可以保证后人基本生活条件了。

第二件事，我们家塾也没有一定供给。秦可卿说这话，同样是不大容易理解，因为当时家塾由贾府直接拨钱供给充足，但如果贾府倒了，自己都没饭吃了，怎么办家塾？所以要在祖茔旁边多置田地，家塾也设在这。用祖茔地亩钱粮保证儿孙用度。祭祀保祖宗，家塾保未来。秦可卿给王熙凤提的建议就是要保住贾府的过去和未来，是非常聪明的举措。

秦可卿托梦使看了曹雪芹小说原稿的家人非常激动，为什么？因为曹雪芹总结了曹家血的教训。曹家雍正六年被抄后，所有财产被雍正皇帝赏赐给继任江宁织造隋赫德。曹雪芹父亲曹頫被枷号追讨三百多两银子，第二年还枷着没还上。如果曹家祖茔有田产地租，岂不早还上了？曹頫（畸笏叟）认为，秦可卿虽犯淫乱罪，但有这个临终托梦就可以赦免她。曹頫令曹雪芹将秦可卿改成病死。原有上吊描写都删掉吧！爹叫儿子删，儿子还能不删？但曹雪芹还是留了很多的伏笔，所谓“未删之笔”。

还有个可能，那就是秦可卿托梦，是从贾元春身上移植过来。为什么这样说？秦可卿出身贫寒，在贾府人微言轻，一个既爬灰又养小叔子的风月人物，不大适合作出如此深刻的思索和高瞻远瞩的警告，贾元春身上却维系着贾府安危。元春是国公府长孙小姐，有丰富的宫廷生活经验，当她在宫中失势甚至获罪，估计到自己家可能被抄，如何给贾氏家庭最基本生活保障，就是贾元春临终考虑的问题。所以她会托梦给贾府实际掌管人王熙凤。这个观点不是我提出来的，是著名红学家吴世昌先生在《红楼梦探源》中提出来的。

秦可卿最后说："眼见不日又有一件非常喜事，真是烈火烹油，鲜花着锦之盛。要知道，也不过是瞬息的繁华，一时的欢乐，万不可忘了那'盛筵必散'的俗语。此时若不早为后虑，临期只恐后悔无益了。"

什么意思？秦可卿知道贾府马上有件人喜事，贾元春要封妃，贾府要从八公提升到皇亲国戚。凤姐问什么喜事？秦氏说，天机不可泄露。然后说，婶子咱们好了一场，我最后送给你两句话，你一定要记住："三春去后诸芳尽，各自须寻各自门"。表面含义是春光逝去，百花凋零，实际含义是贾府元春迎春探春走后，整个家庭飞鸟各投林。

贾珍哭得泪人儿一般

王熙凤恍恍惚惚听到关于贾府命运的忠告，还要问时，听到二门上传事云板连叩四下，惊醒了。那时向深宅大院报告外面发生的事，要在二门叩传事云板，叩四下是报丧。接着有人报告，东府蓉大奶奶没了！秦可卿最后两句话话音刚落，人已经死了。凤姐一听，秦可卿死了，吓了一身冷汗，出了一回神，只好忙忙地穿衣往王夫人那里去了。

如果秦可卿真是病死，为什么她死了的消息把王熙凤吓出一身冷汗还要出一会儿神？那就是她在琢磨，我的好朋友肯定不是好死！

“彼时合家皆知，无不纳罕，都有些疑心”。脂砚斋加评语：写尽天香楼之事，是不写之写。秦可卿死了，贾府人都觉得太稀奇，还有些疑心。那就是怀疑她怎么死的？焦大醉骂在贾府早就成了公开的秘密。

贾宝玉因为林黛玉走了，剩得自己孤单，也不和人玩耍。宝姐姐、探春妹妹不都在身边？但是他只愿意和林妹妹玩，林妹妹不在，就觉得没趣，每到晚间便索然睡了。“索然”，什么兴趣都没有，睡觉吧。林妹妹不在，贾宝玉好像掉了魂。他梦中听说秦氏死了，连忙翻身爬起来，只觉得心中似戳了一刀，忍不住哇的一声，直喷出一口血来。

有红学家就此做文章，怎么样，这说明贾宝玉和秦可卿有事吧？要不然一个侄媳妇死了，叔叔能吐血呀？这是一种说法。另一种说法是，贾宝玉心疼秦可卿，因为她就是自己梦中情人兼美。

曹雪芹的身边人脂砚斋不这样看。脂砚斋认为，贾宝玉之所以痛心，是他认为秦可卿原本可以振作家族。贾宝玉虽然无事忙，也关心家族命运。

袭人等赶快上来搀扶宝玉，又来回贾母。宝玉说不用忙，不相干，这是急火攻心，血不归经。贾宝玉杂学旁收，连中医都略通一二，就是不好好念四书五经。

宝玉来见贾母，说现在就过去。贾母说，才咽气的人，那里不干净，夜里风大，明天早晨再去吧。宝玉非去不可，奶奶管不了他，只好命人备车，多派人跟着照顾。天还没亮，贾宝玉就由很多人跟送到宁国府。他是不是第一个赶来的？我很怀疑，贾宝玉重情，很可怜秦可卿。

贾宝玉到了宁国府，看到府门洞开，两边灯笼照如白昼，乱烘烘人来人往，哭声摇山振岳。很不体面的长孙媳妇上吊死了，宁国府已摆出豪门大丧姿态。怎么会有这么多人哭？宁国府总共不就那几个主子？贾敬在道观，在家的只有贾珍、尤氏、贾蓉，哭声哪来的？几百名仆人哭的。可能有人真哭，但我相信大部分是奉命哭。或者说不是哭而是嚎。贾宝玉到了停灵地方，痛哭一番。然后去见尤氏。尤氏犯了胃疼病，睡在床上。儿媳妇死了，婆婆胃疼。怎么会胃疼？可能真胃疼，气的；也可能假胃疼，装的。因为尤氏知道秦氏怎么死的，是贾珍爬灰，儿媳妇才吊死。宝玉看完尤氏再出来看贾珍。贾氏家族很多男的都来了。贾珍如丧考妣，哭得泪人一般。太好玩了也太可笑了。贾珍对贾代儒说："合家大小，远近亲友，谁不知我这媳妇比儿子还强十倍。如今伸腿去了，可见这长房内绝灭无人了。"说着又哭起来。

曹雪芹太高明了，秦氏是谁的妻子？贾蓉的。她死了，贾蓉没有任何表示，而公爹哭得泪人一般，且说出这么不合理的话来。那个时代，儿媳妇死了，再娶一个就是。有一句话叫“病媳妇没咽气，媒人已登门。”只要儿子在，还愁将来没继承人？而贾珍说儿媳妇死了，长房就绝灭无人。画外音是：我心爱的小情人死了。大家劝他，人都死了，哭也没法，赶快商量怎么料理吧。贾珍又来了一句：“如何料理，不过尽我所有罢了！”贾珍打算把家当全都用上给儿媳妇送葬，这叫什么话？不伦不类。

秦业、秦钟，还有尤氏几个眷属，尤氏姐妹都来了。秦可卿死了，当然她爹和弟弟得来。这时还来了尤氏姐妹，读者可能想不到，就在秦可卿丧事期间，无恶不作的贾珍就向两个小姨子下手了。尤二姐和尤三姐都被他玩弄了。贾珍派四个本家子弟陪客，吩咐去请钦天监阴阳司择日。死了个儿媳妇，竟然动用皇家钦天监。太过分了，简直在作死。停灵会芳园，是宁国府最污秽的地方。钦天监选了停灵七七四十九天，三天以后开丧送讣闻。这四十九天，单请一百单八众和尚在大厅上拜大悲忏，这是佛教超度亡魂礼仪。另设一坛在天香楼上，九十九个全真道士打四十九日解冤洗业醮。解除亡者冤孽，因为她犯了和公爹私通罪自杀的，需要替她忏悔。灵前另有五十个高僧、五十个高道，对坛按七作好事。怎么叫按七作好事呢？就是一七、二七、三七，一直到七七四十九天，每到七念经祈祷。贾敬听说长孙媳妇死了，但他觉得早晚要飞升做神仙，回家又染了红尘，岂不耽误我飞升？毫不在意，贾珍爱怎么办就怎么办。这就叫“箕裘颓堕皆从敬”，宁国府坏事都是从不理家务的贾敬开始。正因为他不管，贾珍就恣意奢华，给秦可卿送丧。

亲王的潢海铁网山樯木棺材

秦可卿死了，丈夫甩手掌柜，什么也不管，都是公爹忙活。贾珍看了几副杉木板，都不中用。杉木板在当时算好的棺材板了，贾珍瞧不上。可巧，薛蟠来吊唁，见贾珍在找好棺材板，就说：我们店有副好板，叫什么樯木，出在潢海铁网山上，作棺材万年不坏。这是当年先父带来，义忠亲王老千岁要的，因他坏了事，就不曾拿去。现在还在店里封着，也没人敢出价买。你若要，就抬来使罢。

贾珍很高兴，赶快抬来一看，棺材板帮底八寸厚，纹若槟榔，味若檀麝，以手扣之，玎珰如金玉。像金丝楠木，太贵重了。贾珍高兴了，问阿呆“价值几何？”你要多少钱给你多少钱。阿呆不会做生意，更喜欢在亲友面前装阔佬，他说：拿一千两银子来，没地方买。什么价不价，赏他们几两银子的工钱就是了。阿呆一开口，一千两银子没了，白送。贾珍听了，“忙谢不尽”，命人锯开上漆。贾政比较懂事，劝说：“此物恐非常人可享者，殓以上等杉木也就是了。”贾珍不听，为什么？“此时贾珍恨不能代秦氏之死，这话如何肯听。”老公公要替他儿媳妇去死了。什么关系？耐心寻味。

选棺材细节很有意思。世界上有没有“樯木”且是长在潢海铁网山？我查了很多字典，压根没有。没有这么个木头，没有这么个潢海，也没有这么个铁网山。这是曹雪芹写小说虚构出来的木头，虚构出来的海，虚构出来的山，和大荒山无稽崖青梗峰一样，都是小说家编的。

樯是船上的桅杆。桅木的谐音和“危”一样，象征着危险，象征着苦海泛舟无边无际；潢海是像海一样深、停止不流的污水，即贾宝玉在太虚幻境最后见到的迷津；铁网是铁丝织成、挣不脱铁网。潢海铁网意味着坠入迷津，坠入尘网。这样一来，淫丧天香楼的秦可卿就躺到了在污水长起来，充满险恶象征、坠入迷津、坠入苦难尘网的樯木做的棺材里，永世不得翻身。太精彩了。

晚清担任过知县的红学家洪秋蕃，提出这样的观点：秦可卿最爱的人是贾蔷。贾蔷的“蔷”和樯木的“樯”相同。所以贾珍就用樯木给秦可卿做棺材，安慰秦可卿的幽魂于地下。可见贾珍对秦可卿爱到极致了。

不久前我看到一篇文章，有位年轻女性竟说：嫁人要嫁贾珍。为什么？贾珍是“暖男”，这样爱秦可卿。我替这位年轻女士担忧，如果你找个现实生活中的“贾珍”，难道就不担心有朝一日，这位“贾珍”会向你的闺蜜伸手？有朝一日，当你可爱的侄女、外孙女来了，他会向她们伸手？

丫鬟举动透露宁府隐秘

棺材尘埃落定。这时听说秦氏的丫鬟瑞珠，看到秦氏死了，也撞柱而亡。这事很稀罕，合族叹息，似乎是叹息丫鬟殉主。其实背后暗藏的故事是，瑞珠看到了贾珍和秦可卿的不伦之恋，她知道贾珍不是吃素的。秦可卿如果继续活着，丫鬟可能没事，秦可卿死了，丫鬟就得付出代价。怎么办？干脆死了算了。贾珍说，我就算她是孙女了，跟秦氏一起埋葬，先在会芳园停灵。小丫鬟宝珠则说，愿意做秦氏义女，出丧的时候驾灵。贾珍喜之不尽，马上下令，从此宝珠不是丫鬟是小姐。宝珠也看到贾珍和秦可卿的私情，这个小丫鬟留恋生命，聪明地想出保护自己的办法，以后给秦氏守丧，再也不在宁国府。宝珠按照未嫁女之丧在灵前哀哀欲绝。可能她在哭秦可卿还是善待她的，但是我怀疑，她更可能在哭自己悲惨的命运。

因死老婆而“升官”

贾珍又想起一件事来，他决心给秦氏出个豪华大殡，贾蓉却只不过是个黉门监。拿钱捐了个太学生。家里死了女人，得按照丈夫身份摆执事，监生没有什么执事，往灵丧榜上写也不好看。照贾珍的想法，恨不能把宁国公的一等将军写上，把自己的三等将军写上，但是不能，归根到底秦氏在名义上是贾蓉妻，贾珍心里面很不自在。怎么办？恰好首七第四天，大明宫掌宫内相戴权备祭礼、坐大轿、打伞鸣锣，亲自上祭。戴权戴权，大权在握也。戴权为什么要来上祭？因为他知道内幕，贾元春要封妃了，他提前和贾府搞好关系。贾珍把戴权让到逗蜂轩献茶。好名字！逗蜂轩什么意思？逗是引逗，蜂是蜜蜂，轩是亭子。逗蜂轩就是狂蜂浪蝶调情的地方。专门将内相请到这里来，不是很滑稽？贾珍打定主意，说：想给儿子捐个前程。戴权滑贼，一听，“想是为丧礼上风光些。”贾珍说不错。戴权说：“事倒凑巧，正有个美缺。如今三百员龙禁尉短了两员。”龙禁尉是名义上的皇帝侍卫，五品，现在缺了两员，“昨儿襄阳侯的兄弟老三来求我，现拿了一千五百两银子，送到我家里。你知道，咱们都是老相与，不拘怎么样，看着他爷爷的分上，胡乱应了，还剩了一个缺。”这个卖官鬻爵的家伙很会做买卖，还剩一个，已经有人要买，谁呢？永兴节度使。太监怎么称呼朝廷封疆大吏？甭管多大官，太监叫他“冯胖子”，“谁知永兴节度使冯胖子来求，要与他孩子捐，我就没工夫应他。”什么意思呢？龙禁尉是紧俏产品，很多人想给孩子捐，皇帝侍卫多好听？“既是咱们的孩子要捐，快写个履历来。”

看到这里，能笑得人肚子疼，太监是干什么的？受了宫刑的，不可能有孩子。但是他和贾珍说“咱们的孩子”，太好玩了。贾珍赶快吩咐书房的人，把贾蓉履历写来。一会儿拿来一张红纸上写："江南江宁府江宁县监生贾蓉，年20岁。曾祖，原任京营节度使世袭一等神威将军贾代化；祖，乙卯科进士贾敬；父，世袭三品爵威烈将军贾珍。"

贾蓉出身不错，曾祖是一等将军，祖父是进士，甭看贾敬和道士胡羼，居然是科举出身。但是他不承袭宁国公头衔，儿子承袭就降等了。戴权回手递给贴身小厮，说"回来送与户部堂官老赵。"户部管官员的主管在太监嘴里也不是什么尚书侍郎，"老赵"就这么叫，"说我拜上他，起一张五品龙禁尉的票，再给个执照，就把那履历填上，明儿我来兑银子送去。"公开卖官买官，卖完官就告辞。太监临上轿，贾珍问："银子还是我到部兑，还是一并送入老内相府中？"戴权说，你到部里，就吃亏了，不如一千二百两银子送到我家完了。贾珍有多大的面子，冯胖子一千五百两他都不给他捐，而你这里一千二百两。贾珍感谢不尽，说等着满了服，亲自带着小犬（儿子）到您府上去不拜谢。

接就听到有人喝道，史鼎夫人来了。忠靖侯史鼎，贾母娘家来人了。忠靖侯夫人来，得女眷接待。尤氏躺倒不干，谁出来接待？邢夫人、王夫人、凤姐。接着又来几家男客，贾政等接上去。四十九天亲朋你来我去，"宁国府街上一条白漫漫人来人往，花簇簇官去官来。"穿孝服的很多人来了，白漫漫；穿官服来祭奠的，花簇簇。多大场面，多大势力。

第二天贾珍叫贾蓉换了吉服把当官凭证领回来。秦可卿灵前四品执事就摆上了。灵牌上就写了“天朝诰授贾门秦氏恭人之灵位”。

好玩！捐的是五品，五品夫人是宜人，但人死了可上浮一级，秦可卿成四品夫人恭人了。在会芳园，两边摆鼓乐厅，青衣按时奏乐。一对对执事摆得整整齐齐，两面大字红牌竖门外，“防护内廷紫禁道御前侍卫龙禁尉”。滑稽不滑稽？老婆死了，贾蓉倒升官了，监生一下子成了五品官，当然是买的。在龙禁尉对面起着宣坛，贴着榜文，榜上大书：“世袭宁国公冢孙妇、防护内廷御前侍卫龙禁尉贾门秦氏恭人之丧。四大部洲至中之地、奉天承运太平之国，总理虚无寂静教门僧录司正堂万虚、总理元始三一教门道录司正堂叶生等，敬谨修斋，朝天叩佛”，以及“恭请诸伽兰、揭谛、功曹等神，圣恩普锡，神威远镇，四十九日消灾洗业平安水陆道场”等语。

绝代奇文！冢孙妇即长孙媳妇；恭人是秦氏新头衔；不写朝代地域之名，只说是世界中心；绝口不提“北京”二字，也不说国名，庚辰本评语：“至中之地，不待言可知是光天化日、仁风德雨之下矣；不云国名更妙，可知是尧街舜巷、衣冠礼仪之乡矣。”万虚和叶生分别是全国佛教、道教首领的名字。

贾珍太能作了，跟儿媳妇办了如此丑事导致她自杀，竟然大张旗鼓兴师动众诵经礼佛办起丧事来！当然，此时是声名赫赫的贾府第一次遭遇丧事，贾珍办得轰轰烈烈，办得体面豪华。一方面是心里要对得起小情人；另一方面摆宁国公的谱，要贾府权势。

金紫万千谁治国，裙钗一二可齐家

但偏偏尤氏撂挑子。贾珍在宁国府是大螃蟹横着走。但在这个事上他理亏，尤氏撂挑子他也没辙。没了女主人的宁国府就成一锅粥。秦氏是长孙媳妇，来吊丧的都是诰命夫人，没有宁国府大奶奶出面接待，就亏了礼数，就在大官僚、大贵族圈子丢面子。贾珍着急发愁，宝玉很会察言观色，说：大哥哥，这些事都安贴了，你还愁什么呀？贾珍说，里面总得有个人出来照应诰命夫人吧？贾宝玉说，这有何难？我给你推荐个人，暂时管理一个月，一定妥当。贾珍忙问：谁呀？贾宝玉无事忙，似乎不大懂事，但是他看到很多人在，就走到贾珍身边附耳悄悄说几句话。贾珍一听，太好了！拉了宝玉就到上房来。

宁国府乱成一锅粥，是王熙凤大放光彩的机会，这是时势造英雄。但还得慧眼识英雄，这个慧眼识英雄的居然是贾宝玉。宝玉同情秦可卿，想把她的丧事安排得风风光光。他知道凤姐好生了得，知道凤姐和秦氏关系好，她一定尽心尽力。贾宝玉推荐王熙凤，顺理成章。

贾珍到上房求荣国府两位太太。怎么去？拄着拐棍。这些细节太妙了。贾珍不过40岁左右，死了儿媳妇至于悲痛得拄拐棍了。好笑不好笑？

贾珍一进上房就发现找对人了。待在上房的族中女子，除邢、王夫人外，文子辈、玉字辈、草字辈女人，听到贾珍进来，呼的一声往后藏之不迭。为什么？一个原因贾珍名声不好，本族女人不敢见他。另一个原因也说明贾族女人没怎么见过世面。“独凤姐款款站了起来”，九个字多生动。唯独王熙凤不慌不忙，从容不迫，不仅不跑，还仪态万方站起来迎接。难道王熙凤不懂得规矩？按封建礼法叔嫂不通问，大伯子来，小婶子还不赶快跑得比兔子还快？但王熙凤和贾珍从小论哥哥妹妹。贾珍向贾蓉说王熙凤总说“你姑”，不说“你婶”。因为说“你姑”，这是我们兄妹关系，说“你婶”，那就到贾琏那儿绕了个圈。而且王熙凤常见贾珍，她不必跑。

贾珍挣扎着要跪下给邢夫人、王夫人请安道乏。邢夫人说：宝玉赶快搀住你哥，挪椅子叫他坐。贾珍坚决不坐，说：侄儿进来有一件事求二位婶子和大妹妹。贾珍叫王熙凤是“大妹妹”，不叫她“琏婶子”。

邢夫人就问，什么事？贾珍说，孙子媳妇没了，侄儿媳妇病倒了，这里面不成个体统，我就想屈尊大妹妹一个月，在这里料理料理。邢夫人说，你大妹妹现在在你的婶子那边，你和你婶子商量就是了。王夫人说，她一个小孩家，哪经过这些事，她要料理不清，不叫人笑话吗，你再烦别人吧。

贾珍说，婶子您的意思我猜着了，您是怕大妹妹劳苦，如果说她料理不开，我包管她料理的开，我从小大妹妹玩笑着就杀伐决断，现在在那个府里面办事，越发的历练老成了。我想了这几日，除了大妹妹再无人了。

贾珍不笨，他不说是宝玉推荐，说我想了好几天。怕王夫人不答应，又来了一句“婶子不看侄儿、侄儿媳妇的分上，只看死了的分上罢。”说着滚下泪来了。贾珍很动心也会找理由，不看我和尤氏面子，看秦氏面子吧。

王夫人有点心动，如果这时，王熙凤一两句客套话，我可干不了。那王夫人肯定彻底关门。但凤姐是谁？她才不遵守妇德妇言妇功陈规陋俗，她像我们现在的一些 CEO，特别擅长放灵眼看到机会，放灵手抓住机会，该出手就出手。王熙凤在荣国府埋头苦干这么长时间，很累，但没有获得显赫名声，巴不得遇到大事舒展才干。贾珍一求，她就想去，但是王夫人断然拒绝，说小孩子家没经过丧事。贾珍苦苦哀求，王夫人有点心动，凤姐说：“大哥哥说的这么恳切，太太就依了罢。”真不得了。王夫人默认了，悄悄地问，你行吗？王熙凤说：“有什么不能的！外面的大事已经大哥哥料理清了，不过是里头照管照管，便是我有不知道的，问问太太就是了。”似乎很收敛，但是看后面情节会发现，王熙凤在宁国府任何事情上有没有请示过贾珍？没有。在任何事情上有没有请示过王夫人？同样没有。一旦权在手，便把令来行。王熙凤根本就不是协理宁国府，而是在宁国府令行禁止，说一不二。

当贾珍要把宁国府的对牌，就是领东西凭证交给凤姐且说“妹妹爱怎样就怎样。”凤姐故意不接，看王夫人，叫王夫人下令，更妙的是，最终她也不是从贾珍手里接过来，是无事忙贾宝玉从贾珍手里接过来，硬递到她手里。这次无事忙忙到点子上了。王夫人问凤姐，今天怎么办？凤姐说，太太先请回去，我先理出个头绪来才回去。一天都不耽搁，一个晚上都不耽搁。

凤姐来到三间一所抱厦坐了。琢磨宁国府的弊病：“头一件是人口混杂，遗失东西；第二件，事无专执，临期推委；第三件，需用过费，滥支冒领；第四件，任无大小，苦乐不均；第五件，家人豪纵，有脸者不服钤束，无脸者不能上进。此五件实是宁国府中风俗。”荣国府大管家王熙凤根据日常观察，发现尤氏管不了宁国府的弊病概括起来，就是人无专职，分工不明，管理混乱，滥支冒领，苦乐不匀，家人豪纵。好像名医看病望闻问切，知道病根才能对症下药，王熙凤找出宁国府弊病，要采取相应的改革措施。

十三回结尾曹雪芹写了两句诗：“金紫万千谁治国，裙钗一二可齐家。”对王熙凤评价太高了。朝廷贵官佩金饰穿紫袍，但你们能治理国家吗？而像王熙凤这样穿裙子戴金钗的女中豪杰可以齐家。把王熙凤理家和治国联系到一块，把女性的才能放到男人之上。

第十四回

林如海捐馆扬州城
贾宝玉路谒北静王

第十四回回目“林如海捐馆扬州城，贾宝玉路谒北静王”。上一句说林如海在扬州病故，捐馆是抛弃所住地方，是死亡的委婉说法。路谒是在路上拜谒。贾宝玉在送丧路上拜见北静王。两段情节都不占这一回主要篇幅。这一回主要内容仍写王熙凤治理宁国府，宁国府豪华大丧。《脂砚斋重评石头记》甲戌本十四回开头写了一段话，认为写秦可卿之丧实际是写凤姐之金贵，写凤姐之英气，写凤姐之声势，写凤姐之心机，写凤姐之骄大，对凤姐加了这么多形容词：金贵、英气、声势、心机、骄大。王熙凤这些性格特点协理宁国府写得最充分最精彩。

王熙凤威重令行

第十三回末尾，王熙凤已总结宁府弊病，要开始治理。宁府总管来升把小管家叫来说，现在请西府二奶奶来管事，咱们得辛苦一个月了，琏二奶奶是有名的烈货，脸酸心硬，一时恼了不认人的。这种写法叫烘云托月，通过宁国府总管的嘴说出对荣国府管家奶奶的看法。仆人也说，我们这个地方也得有个她这样的人来整治整治，太不像话了。宁府之乱，家仆都看不下去了。

来升是总管，来升媳妇主管宁国府女仆。凤姐叫来升媳妇把花名册拿来看了，约定明天一早点卯。第二天早上六点半就到，起得这么早，宁国府仆人听说她正和来升媳妇派任务，不敢擅入房间，只在窗外听觑，“听觑”两字特别有趣，在窗外悄悄听、偷偷看，小心翼翼。凤姐就对来升媳妇说：“既托了我，我就说不得要讨你们嫌了。我可比不得你们奶奶好性儿，由着你们去。再不要说你们‘这府里原是这样’的话，如今可要依着我行，错我半点儿，管不得谁是有脸的，谁是没脸的，一例现清白处治。”到任初出茅庐一番话，铿铿锵锵掷地有声。马上来一番自立章程。看《红楼梦》容易联想到老子的话，“治大国如烹小鲜”，王熙凤治理宁国府很像王公大臣治理国家。怪不得曹雪芹说她“金紫万千谁治国，裙钗一二可齐家。”“错我半点儿，一例现清白处治。”多么张扬的独裁者气度。我说了算，顺我者昌，逆我者亡，这就是王熙凤。

从王熙凤分配任务，能看出宁国府有多少奴仆。王熙凤派这八个干什么，那八个干什么，这二十个干什么，那四十个干什么，有管倒茶的，有管添油守灵的，有管供茶供饭的，有管祭礼的，还有管上夜的。王熙凤派了一百三十四个人，多大的奴仆群体！宁府贴身侍候老爷太太、管账房的、门卫之类还不在内，那也得几十个奴仆。王熙凤分派，每个人都职责到人、包干到人，最要紧的，是赔偿到人。你们不是管着供茶供饭、添油守灵？不管桌椅、古董、痰盂、茶杯茶碗，坏一个，分管者描赔，照原样赔。我在一个地方讲课时说，你们认为现在包产到户、责权统一的经济措施，哪来的？是1962年还是改革开放开始实行？我认为是《红楼梦》来的。我这么一说，听课的朋友们乐坏了，说你看王熙凤的社会影响这么大。

凤姐还宣布，来升家的每天揽总查看，有偷懒的、赌钱吃酒的，打架拌嘴的，立刻来告诉我。来升媳妇徇情，我查出来，你这三四辈子的老脸就顾不成了。连管家媳妇，我都和你毫不讲面子！凤姐还具体规定，我是几点来点卯，几点吃早饭，你们领东西、汇报事情，是几点，烧了黄昏纸后，我还要到各个地方巡查一遍才回荣国府。尊贵的贵族少奶奶，协理宁国府，一天要上十六个小时班！王熙凤说，咱们辛苦这几日，事完了，你们家大爷自然赏你们。王熙凤真会做人，我是来协理的，惩罚你们，我可以做主，赏你们，得你们家大爷。好人留给贾珍去做。

乱哄哄的宁国府经太岁奶奶一治，立刻变样，过去没有头绪，慌乱、偷窃、偷懒、互相推托、不管事，第二天全部消失，因为每个人的责任都和利益挂钩，砸一个杯子得赔，那不得好好地端着？王熙凤自己先作出表率，天不亮上班，忙到半夜，一丝不苟，勤勤恳恳。王熙凤一看，自己三下五除二就把这个乱哄哄的宁国府治理得井井有条，威重令行，心里非常得意。

宁国府僧道尼祈福消孽

治丧一定得写宁国府豪华大丧，在这一回，专门写了五七正日的活动。停灵三十五天的宗教活动这样进行："那应佛僧正开方破狱，传灯照亡，参阎君，拘都鬼，筵请地藏王，开金桥，引幢幡；那道士们正伏章申表，朝三清，叩玉帝；禅僧们行香，放焰口，拜水忏；又有十三众尼僧，搭绣衣，靸红鞋，在灵前默诵接引诸咒，十分热闹。"

《红楼梦》是中国古代最好的白话小说，但他的语言简练到极点，又因为时代变迁，一些佛教道教活动，需要一句句剖析。七正日活动组合起来说，就是四组人轰轰烈烈地忙活，给秦可卿祈祷。

第一组，一百零八位和尚，在宁国府演说佛法，超度秦可卿离开地狱，他们点起的明亮的灯火给她照清道路，免得她错误地走到十八层地狱里面。这些高僧诵经烧香烧纸，参拜阎王爷，叫阎王爷把捣乱的小鬼拘禁起来，还要宴请阎王爷头上的主管、拯救众生苦难的地藏王菩萨，给秦可卿竖起走向来生富贵的旗幡，打开托生到富贵人家的金桥。传说人死后，好人过金桥银桥托生到下一世继续做富人。坏人过奈何桥托生到下一世成乞丐、罪犯。

第二组，九十九位全真道士写上表章焚烧，朝拜道教主宰玉清原始天尊、上清灵宝天尊、太清太上老君。给道教的总管玉皇大帝磕头，请他保佑秦可卿。

第三组，是五十位高僧，他们烧起高香，焚起佛经，烧纸到冥世间变成银钱让饿鬼去抢，让他们不要拖住秦可卿，这是替秦可卿解冤除灾。

第四组，是十三个年轻小尼姑穿着美丽的绣花衣服，拖着美丽的鲜红绣花鞋，在秦可卿灵前默默念诵，接引从仙界传来的咒语，送秦可卿进入极乐世界。

和尚、道士、尼姑悉数到场，佛教、道教同台演出，都是为了叫秦可卿早日解冤洗业，求得下一辈子荣华。真隆重，真热闹，但想想怎么死的？跟公公上床没脸见人吊死的。不是太滑稽了？

哭灵表演＋杀鸡儆猴

王熙凤来治丧的，五七这一天得来次精彩的灵前大哭表演。王熙凤知道这一天来客很多，一大早就打着荣国府的明角灯，在荣国府、宁国府媳妇们簇拥下，缓缓来到了会芳园登仙阁，真情实感不由得流露出来了。她的闺中密友只有一个秦可卿，现在秦可卿死了，再也没人说知心话了。一见棺材，凤姐眼泪恰似断线的珍珠滚将下来，小厮垂手等着烧纸，凤姐忍住哽咽说：供茶烧纸。一声锣响，诸乐齐奏，有人就端过一个大圈椅放到秦可卿的灵前。这个地方写得太细致了，王熙凤是长辈，不能跪在地上、坐在地上哭，得坐在椅子上哭。凤姐放声大哭。宁国府里外男女上下连忙接声嚎哭。

豪门大丧写得太周密了。有人吊丧，家里的人得陪哭，必须等吊丧者开哭，守灵的才能接声哭。凤姐大哭是真哭，接声嚎哭的人部分人只嚎没眼泪。王熙凤真是做好莱坞名角都够。刚刚大哭一番，尤氏、贾珍派人来劝，凤姐止住哭，漱了嘴，起来，到抱厦点名。都到了，只有一个迎送亲客上的人没到。"叫他来！"这人慌里慌张来了，凤姐一见，冷笑，我说是谁误了，原来是你！你原比他们有体面，所以才不听我的话。那人赶快解释，小的天天都来得早，今天醒早了点，又睡迷了，来迟一步，求奶奶饶过我这次。王熙凤要处理了，但没马上处理。人情小说写起来要舒缓有度，王熙凤一看荣国府王兴媳妇站在旁边，就说你来干吗？王兴媳妇说来领钱做车轿上的网。王熙凤看了看，发给她荣国府对牌。荣国府又有四个人抓紧汇报，王熙凤看了，这两件对，这两件不对，算清楚再来！处理完五件事，荣国府张材家的还在旁边站着，要领裁缝工钱，接着贾宝玉的外书房装修完了要买纸糊。王熙凤说，就都登记吧。张材家的走了，王熙凤才回过头来处理宁国府这个人："明儿他也睡迷了，后儿我也睡迷了，将来都没了人了。本来要饶你，只是我头一次宽了，下次人就难管，不如现开发的好。”登时放下脸来，喝命，带出去，打二十大板。告诉来升，革他一个月的银米。迟到了一次，一个月钱没了。大家看到凤姐眉立，就是王熙凤两弯柳叶吊梢眉竖起来了，发威了，发飙了，发怒了，谁也不敢吭气，不敢怠慢，拖出去打了。

红学家对这一段做百花齐放的解释，王熙凤下令来升革一月钱银米。我的解释是把迟到者一个月补贴，全扣了。有的红学家说，革的是来升的银米。也就是手下的人迟到一天，总管一个月补助就没了。如果这样解释的话,那就太不得了了。

王熙凤宣布：明儿再有误的四十板，后天六十大板，有不怕打的，只管误！王熙凤雷厉风行，不讲情面，严厉处罚一个迟到的，杀鸡儆猴。但她没想到，这个迟到的人确实是宁国府的体面人物，她对王熙凤怀恨在心，将来王熙凤倒霉，落井下石。这是脂砚斋评语透露的。

宝玉必不可少的掺和

如果王熙凤总拿着板子打人，大声呵斥，这样的人物，读者能喜欢？为什么王昆仑先生要说，“恨凤姐骂凤姐不见凤姐想凤姐”？因为王熙凤是个复杂形象,身上有很可爱的地方。刚刚处罚了这个迟到的，马上就显出王熙凤作为长嫂的温柔可爱处，贾宝玉来了。

贾宝玉怕好朋友秦钟受委屈，就叫着他去找凤姐姐去。凤姐是嫂子,但和宝玉更像亲姐弟,宝玉从来都是叫“凤姐姐”。凤姐才吃饭，一见宝玉来了，特别高兴，说好长腿子，快上来吧！我在这里正吃好东西，你倒跑得比兔子还快，赶快上来一起吃吧。宝玉说，我们偏了。就是我们已经吃了好东西。凤姐问：你在外面吃的？宝玉说我和那些浑人吃什么，是在那边和老太太吃的。宝玉眼中，别人都是些浑人，就他的凤姐姐和贾母不是浑人。

凤姐吃完饭，就有宁国府的媳妇儿来领牌，宝玉问，我们荣国府没人来领牌？凤姐告诉他，人家来领牌给你装修书房时，你还做梦呢。宝玉说我想早点念书，他们不收拾书房，我也没办法。凤姐就逗他小弟弟，你要快请我吃个必胜客，就给你加快速度。宝玉说，要快也没用，他们有一定进度，该有时就有了。贵族大少爷对世事不懂，不知道有时人情关系比正常进度要重要。凤姐继续捉弄他，他们要做我不给他们发对牌，宝玉一听，便猴向凤姐身上立刻要牌。这“猴”太生动了，“猴向身上”好像猴爬树一样纠缠王熙凤，赶快把牌给我，装修书房。凤姐这才发了点牢骚：我乏的身上生疼，还搁得住你这么揉搓。王熙凤劳累疲乏，而且夜里失眠。只是在和宝玉开玩笑时候把说出来。她告诉宝玉：放心吧，早就给你发了牌，马上查登记册，叫宝玉看了。

黛玉彻底成孤儿

姐弟两人闹完，又来了一段似乎是闲板，贾琏的小厮昭儿来报告说，二爷打发我回来，林姑老爷九月初三去世，二爷带了林姑娘送林姑老爷灵柩到苏州，年底才能回来。二爷打发小的来给二奶奶报信，讨老太太示下，还要带几件大毛衣服。王熙凤最关心的当然是贾琏。但她没有表现出来。她向宝玉笑道，“你林妹妹可在咱们家住长了”。王熙凤知道，宝玉最在乎林妹妹。这也说明王熙凤是贾母心腹，本来死了母亲贾母就接回外孙女，现在父亲也死了，她还不得让外孙女长住贾府。这是曹雪芹早就构思好的，借王熙凤的嘴敲定。

宝玉当然希望林妹妹能长住，但他更担心“了不得，想来这几日他不知哭的怎样呢。”担心林妹妹伤心落泪，两人心心相印。

凤姐耐心等到晚上，把昭儿叫进来细问，你琏二爷一路上怎样。连夜给贾琏打点大毛衣服，细想他还需要什么别的东西，想好了找出包好交给昭儿，再嘱咐他一番：“在外好生小心服侍，不要惹你二爷生气；时时劝他少吃酒”，这是贤妻必须嘱咐的，最重要的是下面的话，“别勾引他认得混帐老婆，果然有这些事，回来打折你的腿。”知夫莫如妻，王熙凤知道贾琏是花花公子，走到二十四桥明月夜的扬州，走到灯红酒绿的扬州，江南最繁华的地方，他还不得到红灯区逛个遍！王熙凤嘱咐他的小厮不要勾引二爷认识混帐女人。她的丈夫还用小厮去勾引他认识混账女人吗？他会自己去找，但王熙凤管不到了，王熙凤嘱咐完昭儿，给琏二爷准备好了东西，已到半夜，躺下睡不着。又是天明鸡唱，忙梳洗了往宁国府来。王熙凤很能干，正因为能干，能人多劳，导致很多疾病，失眠就是其中之一。

压地银山般送葬队伍

豪门大丧已停灵七七四十九天了，贾珍看马上到了发引日子了，要出丧了，亲自坐了车，还是从皇家请来阴阳司的人，到铁槛寺看寄灵所在。一一嘱咐铁槛寺住持，预备新鲜陈设，多请名僧给秦可卿念经。贾珍连茶饭都没心吃了，胡乱在寺里住一夜，第二天一早，就进城料理出殡的事情。凤姐看到要出殡，也一项一项料理，安排宁府的人招待宾客，处理送葬中的各种复杂细致的事。荣国府那边又出很多事，有个国公府诰命亡故了，王熙凤得安排人陪着邢夫人、王夫人送殡；西安郡王王妃过生日了，王熙凤得安排送礼；镇国公家诰命夫人生子，王熙凤得准备贺礼；王熙凤的哥哥王仁要带着家眷回去，王熙凤要写信给父母请安，叫哥哥带礼物；迎春病了，王熙凤给她安排请医服药。宁国府已忙得四脚朝天了，荣国府又有这么多事，王熙凤茶饭都没工夫吃了。她怎么会不生病？小说里写，王熙凤人刚到荣府，宁府的人就跟过来；人刚回到宁府，荣府的人又跟了来。要是一般人还不得烦死，我又没有三头六臂分身法，这么多人找我！这么多人跟来跟去，没片刻清闲，如果是我早烦死了，找个地方喝茶去！王熙凤任劳任怨，心里十分欢喜，这人权力欲太强。找她请示的人越多，她就觉得自己越厉害！这就是凤姐之所以为凤姐，她就是这么出类拔萃的女人，日夜不暇，筹划得十分整肃，步步安排得都到点子上。

明天出殡，今天坐夜。宁国府安排两班小戏，安排了耍百戏的，这么多亲戚朋友守夜，叫他们看看戏。这时尤氏心口疼已经疼七七四十九天了，还在那里疼着不起床。所有事仍是凤姐张罗。而凤姐张罗得周全承应，该怎么办怎么办，该行什么礼行什么礼，一点漏洞都没有。

贾府是大族，尤氏病了，王熙凤帮忙，其她夫人不能也来帮忙？曹雪芹写，合族当中虽有很多的妯娌，但是或有羞口的，或有羞脚的，或有不惯见人的，或有惧贵怯官的，都不如凤姐举止舒徐，言语慷慨。这真是万绿丛中一点红。这些贾氏家族的女子一个比一个呆，一个比一个傻，一个比一个差。你怕见官，我怕见客，她还不会说话，就是凤姐待人客客气气，说话痛痛快快，完全是大家族、大当家、大派头。

所以脂砚斋说写秦氏之丧只为写凤姐。这话可能有点过头，但是有一定道理。秦可卿大丧精彩，治理大丧的巾帼人物王熙凤更精彩。

到出丧时，宁国府的豪门气派就显得淋漓尽致了。

在大出丧前，我们回顾一下，宁府的豪门大丧摆些什么谱？

大张旗鼓，小题大作，一个重孙媳妇，小人物，死得不明不白，按理说悄悄埋了算了。可秦可卿是死在贾府百足之虫死而不僵时，就要借丧事大显威风，难道仅仅为了写贾府的威风？作者有深意，将来贾府被抄，荣国公继承人贾赦死了，场面冷清，葬礼寒酸。写现在的熏天气势，就是为后来失势做铺垫。

大事铺张。豪门大丧旷日持久，两百多个和尚、道士、尼姑做免罪解冤洗业的佛事，秦可卿的罪过得这么多人、这么长时间化解。这四十九天当中，宁国府白漫漫人来人往。家丁、亲友都穿着白衣服来吊丧；花簇簇宦去官来，来吊唁的官员穿的衣服繁花似锦，亲友、官员来了都得招待。为了招待这些人，一百三十四人治丧。装殓秦可卿用了亲王没用的棺木。一千两银子没地方买。更有甚者，秦可卿死封龙禁尉。贾珍为了风风光光送自己的情人，给儿子捐个五品官龙禁尉。贾珍有的是钱，平时为什么不给儿子捐官？现在为秦可卿捐了。秦可卿丧事中，贾珍像剁了尾巴表演的活猴，出够了洋相。他宣布对秦氏丧事要尽我所有；他悲痛得走不动路，得拄着拐棍求王熙凤帮忙。脂砚斋说，秦可卿之死是层峦叠翠。我们看到在秦可卿之死的绵延山峰里，每个山包每个山坡都有贾珍的影子，哀痛之极，繁忙之极，操心之极。秦可卿死了，丧事完全是公爹一手操办、忙活。丈夫贾蓉哪去了？地遁了？太耐心寻味了。曹雪芹就能够在整个丧事过程中，叫死者丈夫失踪。真是太巧妙了！

豪门大丧：古代小说出现了从未有过的精彩场面。

秦可卿出殡，到天明选定的吉时，六十四名青衣请灵，穿黑衣服的年轻家仆起灵，秦可卿的铭旌，就是长条旗幡，上写死者姓名，用竹竿挑着，放到灵座右前方："奉天洪建兆年不易之朝诰封一等宁国公冢孙妇防护内廷紫禁道御前侍卫龙禁尉享强寿贾门秦氏恭人之灵柩"。我每次看到这地方，我都能笑出声来。"享强寿"，什么叫享强寿？你活一百多岁，那叫享强寿，秦可卿不过活20岁，居然写上个强寿，这是不是暗藏着她是强死、短命而死、自杀而死？她还是恭人，四品夫人了，既然是四品夫人，配套的执事陈设都是现赶着新做出来的，一色的光艳夺目，不知道花了多少钱。宝珠自行未嫁女之礼外，摔丧驾灵，十分哀苦。这地方真能叫别人笑得喷饭，现造个四品夫人，现造个未嫁之女。

宁国公乃八公之一，来给送殡的有镇国公等六个国公继承人；来了南安郡王孙子等七个郡王继承人。公侯伯子男都到齐了。王孙公子不可胜数，大轿小轿，不下百余辆。既然送葬的是国公、郡王继承人，他们摆的各种执事陈设更多，就不是宁国公一个府的执事了，不是贾蓉一个五品官执事了。国公府、郡王府的摆设摆了三四里远。这是什么样的气派，什么样的排场？这样的气派、排场，跟后来的大衰落大败局形成鲜明对比。

在送丧队伍中还出现了几个人名：神武将军公子冯紫英、陈也俊、卫若兰等诸王孙公子。这不是随便写。冯紫英给秦可卿请大夫，还要和贾宝玉和薛蟠打交道。王孙公子卫若兰将是史湘云的丈夫。

送葬队伍更高规格还在后面——路祭。国公、郡王离皇帝毕竟还远一点，因为宁国府的权势，皇帝身边的四王，东平王、南安王、西宁王、北静王，在贾府送葬路旁，搭起彩棚，奏起哀乐，点上香烛，祭奠亡灵。这样的路祭是贾府权势的最高表达，也是为将来的衰落做铺垫。现在死个重孙媳妇，四王路祭。将来荣国府宝塔尖贾母死了，谁来路祭？曹雪芹肯定会做辛酸的描写。

看《红楼梦》，我永远忘不了这十几个字："宁府大殡，浩浩荡荡，压地银山一般。"任何小说都找不到这样的字，为什么像银山一样？因为是穿孝服的浩浩荡荡，像移动的银山。十几个字，写尽繁华，写尽权势。

秦可卿之丧是古代小说绝笔

秦可卿出丧是古代小说从没有过的精彩场面，古代小说研究者归纳四大丧：《金瓶梅》李瓶儿出丧；《歧路灯》谭孝移出殡；《聊斋志异》金和尚出丧；《红楼梦》秦可卿之丧。谭孝移的身份跟荣国府没法比，《歧路灯》也不可能影响《红楼梦》。《聊斋志异》是和尚出殡。我们看看《金瓶梅》李瓶儿出丧，就会发现一个伟大作家，不是一下子从天上掉下来，他是不断汲取前人成果才成就起来的。脂砚斋常说《红楼梦》“深得金瓶壶奥”。《红楼梦》得到《金瓶梅》真传。这岂不是降低《红楼梦》？孰不知曹雪芹写《红楼梦》时，他身边的人还不知道《红楼梦》将来成不成气候，而《金瓶梅》已经是名著。

那么曹雪芹怎么从《金瓶梅》取其精华呢？我们看李瓶儿之死。

《金瓶梅》是从《水浒传》截了潘金莲和西门庆那一段扩展开。在《水浒传》里潘金莲被武松杀了，到《金瓶梅》，武松杀错人，潘金莲被西门庆娶回家做第五个小老婆。西门庆最爱的却是带着大量的财物嫁进来的第六个小老婆李瓶儿，李瓶儿恰好又生儿子。潘金莲想尽一切办法把李瓶儿儿子先害死，李瓶儿又病死了。而李瓶儿之所以死，西门庆这个不可救药的淫棍是她的直接病因。西门庆吃了西域和尚给的所谓壮阳药，和正在经期的李瓶儿上床，导致李瓶儿得了血崩症。李瓶儿一死，西门庆一晚没睡，神思慌乱，踢小厮骂丫鬟，不肯吃饭，嗓子哭哑，口口声声叫着“我好性儿有仁义的姐姐”。贾珍在秦可卿死后说我这媳妇一死，长房没人了，和西门庆说的话多么相似？西门庆要在李瓶儿灵柩前写“诏封锦衣西门恭人李氏柩”。西门庆要把自己五品官夫人因死亡再提一级称呼恭人，放到小老婆灵柩上，别人劝阻，他才改成“室人”就是小老婆。但把诏封贴金。秦氏恭人之灵柩和李瓶儿何等相似。

更有意思的是，西门庆用三百二十两银子买来尚举人家香气四溢的桃花洞棺木。古代也不断涨价，按照小说描写，《红楼梦》和《金瓶梅》隔好几个朝代。宋代一两银子和清代一两银子，可不一样。宋代三百二十两就相当于阿呆说的一千两银子了。

西门庆天井里搭五间大棚，派仆人买来二十桶漂白布、二十桶生眼布、二十桶光麻布、二百匹黄丝孝绢，雇很多裁缝，造帷幕，造孝服，全家挂孝。李瓶儿入殓时候，他还要强着女婿陈敬济做孝子。宝珠这个未嫁之女像不像这位“孝子”？

像《红楼梦》这样的伟大著作，它是继承了中国古代小说的优秀传统，继承了《金瓶梅》是一例，实际上《红楼梦》继承《聊斋志异》更多。但《红楼梦》大丧才是古代小说的绝笔。

北静王来做甚？

路祭中北静王亲自来且穿素服，极不简单。北静王是四王里面地位最高的。贾府的人受宠若惊，贾赦、贾政，赶快以国礼相见，跪下磕头。北静王在轿里欠身含笑答礼。亲王不需要回礼，但是他回礼且他以世交称呼，贾珍也很会说话："犬妇之丧，累蒙郡驾下临，荫生辈何以克当"，我儿媳死了，您亲自来，我们这些皇室护庇下的人怎么敢当。北静王说，我们都是世交，何必说这个。北静王叫长府官祭奠。贾赦、贾政、贾珍，在旁边还礼，祭奠完了再给北静王谢恩。

北静王特地来祭奠秦可卿，很可能是冲着另外一个人来，贾宝玉。祭奠完了，北静王该鸣锣开道打道回府了。但是北静王却问贾政，哪位是"衔玉而诞者"？几次要见一见，都没见成，今天他肯定来了，何不请来我见见。贾政赶快回去急命宝玉脱去孝服，来叩见水溶。

水溶是北静王的名字。贾宝玉早就对北静王仰慕已久，听说，北静王是个贤王，才貌双全，风流潇洒，不以官俗国体要求大家。贾宝玉早就想见他。现在听到北静王叫自己，太高兴了，赶快往北静王轿前走，还没走到跟前，就发现，北静王果然一表人才。北静王见了贾宝玉会说什么？贾宝玉会和北静王有些什么交流？

第十五回

王凤姐弄权铁槛寺
秦鲸卿得趣馒头庵

第十四回结尾北静王路祭秦可卿。四王中身份最高的亲王为什么亲自给宁国府身份最低的重孙媳妇路祭？我想他要来看贾宝玉。贾宝玉居然有粉丝了，而且是地位非常高的粉丝。

贾宝玉和北静王惺惺相惜

“宝玉举目见北静王水溶头上戴着洁白簪缨银翅王帽，穿着江牙海水五爪坐龙白蟒袍，系着碧玉红鞓带，面如美玉，目似明星，真好秀丽人物。宝玉忙抢上来参见，水溶连忙从轿内伸出手来挽住。见宝玉戴着束发银冠，勒着双龙出海抹额，穿着白蟒箭袖，围着攒珠银带，面若春花，目如点漆。水溶笑道：“名不虚传，果然如‘宝’似‘玉’。”

两人都美，像朝花明月。曹雪芹模仿戏台上的皇帝把北静王打扮起来。王帽即堂帽，金底上铸着金龙，后面有两根银制朝天翅，两条洁白的丝穗从双耳垂下，系到下巴颏，江牙海水是蟒袍下端排列弯弯曲曲的水角，上面有波浪翻滚的海水，江牙海水表示盛世太平，一统山河。古代五爪为龙，四爪为蟒。坐龙是盘成圆形的龙，龙头部是正面叫正龙，皇帝穿；龙头部是侧面叫坐龙，王爷穿。北静王就穿坐龙蟒袍，而且是白色的。但王爷参加臣子葬礼，不能完全穿素，所以北静王素冠素服要配个碧玉红腰带，既区别于纯素，又显示高贵。

贾宝玉的表现是“好臣子＋好孩子”，抢上来参见，一个“抢”字把诚惶诚恐、急于见北静王的心情活化出来。北静王对贾赦、贾政的参见十分谦虚，含笑答礼，但并没伸出手挽起来。对贾宝玉却伸手把扶起来。北静王更看重贾宝玉，更感兴趣的是宝玉出生时候衔着的玉。问“衔的那宝贝在那里？”宝玉赶快从衣内取了递了去。北静王细细看了，又念了上面的字，问“果灵验否？”贾政赶快回答：“虽如此说，只是未曾试过。”北静王一边称奇道异一边亲自给贾宝玉戴上，又携着贾宝玉的手问几岁了？读什么书？贾宝玉一一回答。

北静王见宝玉谈吐有致，语言清楚，很欣赏，北静王不到 20 岁，对贾宝玉亲切得像大哥哥对小弟弟。在北静王眼里，贾宝玉登得了大场面。而在贾政心里，儿子喜欢内帏厮混，经常得训他、骂他、断喝一声。没有想到，北静王来了三个非同寻常的举动。第一个举动是对贾政预言你儿子将来超过你：“令郎真乃龙驹凤雏，非小王在世翁前唐突，将来‘雏凤清于老凤声’，未可量也。”因为是世交，贾政辈分高，故叫“世翁”。北静王开口就是唐诗“雏凤清于老凤声”，贾宝玉钦佩得很。北静王把贾宝玉说成龙驹凤雏，说明北静王确实喜欢贾宝玉。因为即便北静王已知贾元春要封妃，贾宝玉只不过是皇亲国戚，成不了龙驹凤雏。贾政不是说宝玉到他的书房站脏了他的地、靠脏了他的门？但是世界上只有望子成龙的老子，没有把儿子当天敌的老子。贾政平时不待见贾宝玉，其实是恨铁不成钢。听了北静王的话，贾政喜从天降，回答：“犬子岂敢谬承金奖。赖藩郡馀祯，果如是言，亦荫生辈之幸矣。”我儿子怎蒙得起您这样夸奖？有王爷您庇护是我们的荣幸。贾政也善于辞令，儿子得到仅次于皇帝的皇室人物赞赏，他得表达感恩戴德之情。既然雏凤清于老凤声，那就意味着贾宝玉将做荣国公了。贾政高兴，在场其他人有何感想？贾赦现在地位最高，继承荣国公官衔。贾琏是长房长孙，已五品顶戴。贾赦听了北静王的话肯定吃醋。贾赦这一缸醋我们在几十回后才看到，那就是贾赦故意赞扬贾环可以继承世袭爵位，好玩不好玩？

北静王预言贾宝玉前途无量的话，肯定马上在贾府传开。贾母会更加珍爱未来的荣国公，贾政会加紧督促儿子按照北静王的话，努力学习，天天向上。赵姨娘母子肯定暗地咬牙切齿。而薛姨妈会把金玉良缘提上日程。整个贾府任凭风吹浪起，我自岿然不动的只有一个人，天上掉下来的林妹妹。林黛玉才不管你贾宝玉将来做不做荣国公，她只要求两心相知。

北静王第二个不寻常的举动，是主动建立跟贾宝玉的密切联系。北静王推测宝玉肯定和我小时一样受太老夫人钟爱甚至溺爱，说不定会荒废学业。“若令郎在家难以用功，不妨常到寒第。”北静王说他的家里名士高人很多，贾宝玉常去，学问可以日进。贾政赶快躬身答应。从此贾宝玉就有了理由可以踩得北静王门口不长草了。北静王根本不需要和精通仕途经济的人来往，倒可能结交海内外诗词文章写得好的名士。那么贾宝玉会不会受到北静王这些高人指点，学问长进？我翻遍《红楼梦》前八十回，一个字都找不到。倒找到三个情节：其一，常到北静王府的“高人”蒋玉菡，演戏的，接受北静王送的系内裤腰带，转送贾宝玉，因此给贾宝玉带来一顿胖揍。其二，宝玉雨天去看黛玉，披着精致的蓑衣、穿着讲究的木棠屐，是北静王送的，贾宝玉跟北静王学了些更精致高档的享受。其三，王熙凤过生日，宝玉跑出去祭奠金钏，撒谎说去安慰痛失爱姬的北静王。北静王没成为贾宝玉学问日进的动力，倒成了贾宝玉的挡箭牌和避风港。

北静王第三件非同寻常的事，就是从手腕上撸下串鹡鸰香串，对宝玉说这是皇帝赐的，送给你吧。这是太高的荣誉了。宝玉赶快接了递给他爹，父子一块谢王爷恩典。鹡鸰香串后来到哪儿去了？宝玉要当珍宝送给黛玉，黛玉怎么表示？

北静王见过贾宝玉，贾珍、贾赦上来说，王爷请回。北静王说“逝者已登仙界，非碌碌你我尘寰中之人也。”我虽然是王爷，但不敢越仙輀而进。贾府的人告辞谢恩，告诉手下人，掩乐停音，滔滔然将殡过完，不奏乐了，静悄悄过完送丧队伍。北静王这才起程回去。这些描写如果不是亲身经历权势人家生活，我很怀疑曹雪芹能不能写出来？

凤姐撂了秦钟顾宝玉

凤姐惦念宝玉，怕他在郊外逞强。贾政管不了这些小事，但如果宝玉出了问题，凤姐难见贾母。凤姐派个小厮把宝玉叫来，说：“好兄弟，你是个尊贵人，女孩儿一样的人品，别学他们猴在马上。下来，咱们姐儿两个坐车，岂不好？”

这段描写不寻常。因我也写小说，特别喜欢推敲细节。我觉得这个微不足道的细节深入刻画了凤姐唯利是图的个性。凤姐唤来接宝玉的时候，“宝玉只得来到他车前”，很不情愿。常给凤姐当跟屁虫的小弟弟，为什么不情愿？因为宝玉重情重意，他正和秦钟待在一块，秦钟刚刚死了唯一的姐姐。既然凤姐当日曾说，秦钟把宝玉比下去了，宝玉是女孩儿样的人，不该猴在马上，为什么比宝玉还文弱的秦钟就得继续骑马？为什么凤姐不能把秦钟一块叫来一起坐车。王熙凤一边一个揽着两个小男孩，特别是秦钟刚刚丧失了唯一的姐姐非常痛苦，特别需要别人关怀爱护。但王熙凤不仅不爱护这可怜的小孩，还硬生生把正在关心陪伴他的宝玉叫走了，为什么？因为王熙凤唯一的好朋友秦可卿已经死了，而以贾宝玉为生命的贾母还活着，还掌控着荣国府！凤姐必须爱护宝玉，至于秦钟，她就不需要管了，因为他姐姐已死了，人走茶凉。

事情就这么微妙，这么简单，也这么残酷。

假如凤姐把两个男孩叫到车上亲切呵护，多好？但就不是脂粉队的英雄王熙凤，而是脂粉队里活菩萨李纨，或者脂粉队里窝囊废尤氏。这些人情世故，曹雪芹琢磨到家了。

有人报告凤姐，这个地方可以下来方便一下。凤姐问邢夫人、王夫人，她们说不歇了，奶奶自便。凤姐说我们歇一歇。这就又出来一段好玩的故事，贾宝玉看到真正的贫穷农村了。他们进入茅舍，王熙凤要方便一下，就说宝玉你先出去玩吧。宝玉、秦钟带着小厮各处玩，看到锹、锄头、篱笆等，从没见过，也不知道叫什么名干什么用，小厮一一告诉宝二爷。宝玉听了很感叹。又到一个房间，看到炕上有纺车，宝玉问是干什么的？小厮就告诉是纺线的。宝玉一听，我上去玩玩！他上炕拧纺车，来了个十七八岁村庄丫头乱嚷，别动坏了！宝玉的随从断喝阻拦，我们宝二爷爱怎么着怎么着，你还敢管？宝玉忙丢开手，陪笑说："我因为没见过这个，所以试他一试。"小厮耀武扬威，宝玉有平等意识，陪笑解释。村庄丫头说："你们那里会弄这个，站开了。我纺与你瞧。"天然去雕饰的乡村丫头，不讲究什么国公府的礼数，管你什么大少爷、贵族公子，站开了，我纺给你看！这时我们就看出来，贾宝玉对女性极端尊重，和秦钟这"情种"完全不一样。秦钟拉着贾宝玉悄悄说："此卿大有意趣。"宝玉和秦钟都对乡村姑娘有好感，但是宝玉尊重对方，秦钟有亵玩的心思。宝玉一把把他推开，

"该死的！再胡说，我就打了。"这一段很生动，把两个极好朋友的不同品性写活了。贾宝玉是警幻仙子说的"意淫"，对所有女性体贴照顾的，秦钟是警幻仙子说的"皮肤滥淫"。

大殡队伍到铁槛寺下榻。贾珍招待亲友，有留下吃饭的，也有不吃饭的。关系特别好的女眷要等三天再回去，邢夫人、王夫人是长辈，要回去，王夫人想带回宝玉，宝玉要陪秦钟。王夫人只好把宝玉交给凤姐照顾。

"铁槛寺"和"馒头庵"都有戏

铁槛寺是荣国公和宁国公当年建的，准备家族有人死了送到这里。送殡的很多人住在这里。但王熙凤不能和贾府旁支女性一块住在这里。凤凰能和乌鸦麻雀住一块吗？她要到馒头庵去。这两个词"铁槛寺""馒头庵"大有章法。都从唐诗来："纵有千年铁门限，终须一个土馒头。"人生有各种各样门限，门限再高，最后也给一个土馒头交代了，埋到坟墓里。铁槛寺和馒头庵都意味着人生无常，最后全部完蛋。曹雪芹说馒头庵本叫水月庵，因为馒头做得好才改名。这是作家故意调侃，馒头庵是从唐诗来的，意味着世事无常，人最后结果是坟墓。

到了馒头庵就要出回目中的"王凤姐弄权铁槛寺，秦鲸卿得趣馒头庵"。

我们先看看王熙凤是怎样利令智昏在铁槛寺办了一件很恶的事情。王熙凤到了馒头庵，馒头庵的住持叫净虚，净虚要求王熙凤办事，办什么事呢？简单地说，就是长安府太爷的小舅子李衙内看上了财主小姐张金哥。但是张金哥早就接受了原来长安守备公子的定礼。这样两家就打起官司来了，谁也不干，都得要张金哥。长安太爷小舅子认为我的权势大，守备公子说这是我早就定了的，谁也不让谁。这个尼姑庵的住持净虚求王熙凤，长安节度使云光与贾府关系很好，请你们给他写封信，叫云光给张金哥家和守备家下命令，因为长安守备那得听节度使的，当地的一个财主就更得听节度使的了。净虚给王熙凤说，你如果帮了这个忙，财主张家连倾家孝顺也都情愿。

王熙凤什么表现？事倒不大，先来了这么一句，这么仗势欺人的事，她认为小菜一碟，然后故意地说，我也不等银子使，我也不做这样的事。王熙凤是个什么人？王熙凤一听说倾家孝顺就马上点头，岂不是太没有身份了，她必须得拿一把。但是这个老尼姑狡猾狡猾的，那个时代寺院里面的一些住持和尚，尼姑庵里面的一些住持尼姑都是经常在达官贵人的府上来往的，去给人念个经，生了儿子念个经，死了人去念个经，所以她跟这些人都熟。她马上就知道，对王熙凤这样的人得用激将法，她就说虽然是这么说，但是张家已经知道我是来求府上了，如今不管这个事，张家不知道没工夫管，不稀罕他的谢礼，倒好像府里面连这点本事都没有。听听，你如果不管，说明你们贾府没有势力。王熙凤是个什么人，抓尖要强，一听这个马上发了兴头，说你是素日知道我的，我从来不信什么阴司地狱报应，凭他什么事，我说行就行。你叫他拿三千两银子来，我就替他出这口气。王熙凤明明知道她要做的这个事很缺德，但是她说她从来不相信地狱报应，甭管什么事，我说行就行。借这么一个小事就大敲一笔竹杠，要三千两银子。

刘姥姥参加了大观园的宴会，说你们吃螃蟹二十两银子，够我们庄户人过一年。王熙凤开口就要了三千两银子，三千两银子是多少个二十两银子。这是一个庄户人家多少年的生活费。但是王熙凤还偏偏要说，我还看不上这点银子。她怎么说的？“我比不得他们扯蓬拉纤的图银子。这三千银子，不过是给打发说去的小厮做盘缠，使他赚几个辛苦钱，我一个钱也不要他的。便是三万两，我此刻也拿的出来。”多大口气，小厮盘缠要三千两银子？三万两银子马上拿得出来。王熙凤说顺了嘴，把荣国府管家婆中饱私囊的老底抖搂出来了。凤姐派旺儿假借贾琏名义写信给云光，张家把金哥改许李衙内。势利眼父母偏养了个重情重义女儿，守备公子也是个痴情的。未婚夫妻双双自尽。张家和李衙内人财两空，王熙凤一封书信赚三千两银子，害死两条人命。

王熙凤协理宁国府，大刀阔斧，英姿飒爽，多么能干的女强人。她也搂草打兔子，不费吹灰之力，赚进大笔银子。而且这只是开始。从此王熙凤就知道，荣国府这块金字招牌有多大分量，她懂得利用这招牌。正如小说里面写的，从此王熙凤胆识越来越壮，更加胡作非为。做这种伤天害理的事情，不可胜数。王熙凤一生舞弊作孽做了很多事，铁槛寺是典型的事例。这样一来，协理宁国府的大能人，开始了蛀空荣国府的大工程。将来给贾府带来灭顶之灾，有贾赦所谓功劳，也有王熙凤所谓功劳。

贾宝玉在太虚幻境看到王熙凤的画是冰山上的雌凤。冰山消融，凤就没立足之地。判词是“机关算尽太聪明，反算了卿卿性命。”王熙凤确实聪明，为人处事，高人一等，作恶也高人一等。王熙凤像曹操一样，杀人如草不皱眉，残忍狠毒，说干就干。她害死了和自己毫不相干的一对未婚夫妇，后来又害死尤二姐。也就给自己最后覆灭创造了条件。这只贾府的霸王凤，最后导致贾府被抄，自己进狱神庙，释放后在大观园扫雪，最后被贾琏休了，哭向金陵，短命而死。唯一的女儿给卖进了妓院。第十五回王熙凤弄权铁槛寺，这是非常重要非常生动的一段，对整个《红楼梦》情节往前发展，也有很重要的作用。

秦钟果然只是个情种

秦钟和智能两个人眉来眼去，被宝玉发现。晚上，秦钟就和智能巫山云雨，这段描写多少有点色情味道。秦钟是警幻仙子所说的皮肤滥淫。姐姐死了来送丧，居然和小尼姑幽会，太荒唐了？但秦钟似乎没当回事儿。贾宝玉把他们两个捺住，智能羞得趁黑跑了。宝玉拉了秦钟出来说，你还犟嘴吗。秦钟告饶，贾宝玉说，等会睡下细细地算账。这句话被一些红学家特别是国外的红学家，大做文章。有的人说，贾宝玉和秦钟同性恋，躺下算账，就是算这样的账。1980 年，我给六个国家的留学生讲《红楼梦》，瑞典留学生直接问过：贾宝玉和秦钟是不是同性恋？我当时对他的解释，到现在还是这样认为。我说，我们看《红楼梦》，曹雪芹怎么写，我们怎么看。曹雪芹只是说睡下了和你细细的算账，接着说，“宝玉不知与秦钟算何帐目，未见真切，未曾记得，此系疑案，不敢纂创。”他不写，我们就不必推测了。曹雪芹故意躲躲闪闪、幽默诙谐，留给读者思考，当然你爱怎么想就怎么想。

王熙凤在铁槛寺又多待一天，既把尼姑托她的事办好；又给贾珍送个全人情，我对你的事太上心了，我送佛送到西天；

给宝玉卖个面子，你愿意在这玩。我陪着你。所有的事都办完了，善始善终，回到荣国府。豪门大丧办完，秦可卿托梦说的不久将有“烈火烹油、鲜花着锦”接踵而至。

第十六回

贾元春才选凤藻宫
秦鲸卿夭逝黄泉路

元春封妃是贾府重要事件。通过贾琏夫妇和奶妈的议论，曹雪芹把曹家四次接驾的辉煌史写了出来。继协理宁国府之后，王熙凤巧妙愚弄贾琏，展示其出众才能。在紧锣密鼓建造大观园的喜庆忙碌中，秦钟魂归太虚。

元春封妃黛玉回府

元春封妃本是大喜事，却把贾府的人吓得够呛。这天正是贾政热闹的生日宴席。有人报告六宫都太监夏老爷降旨。贾赦、贾政马上止戏文撤酒席摆香案迎接。夏老爷偏偏卖关子，既不报告元春封妃，也不留下喝茶，只宣布皇帝马上见贾政，贾府的人极度恐慌。贾政心里面十五个水桶打水，七上八下，最害怕大祸临头。他急忙进宫。贾母一次次派人飞马打探，一次次回报没消息，全家惊惧不安。最后管家报告，大小姐晋封贤德妃，请老太太带太太进朝谢恩。老太太心里才一块石头落地。女儿封个皇妃，害得爹过不成生日，害得七十多岁祖母在屋檐下一站几个时辰，皇帝淫威多么可怕。

封妃消息一到，贾府立即变成欢乐海洋。个个喜气洋洋，上下都有得意之色。为什么？家族身份提高了。原来是八公，现在是皇亲国戚。只有一个人不高兴，宝玉因秦钟病重担心，大姐姐晋封，也没解得他的愁闷。贾母等如何谢恩、如何回家、亲朋如何庆贺、宁荣两处如何热闹、众人如何得意，曹雪芹连续用五个“如何”把贾府的繁华势力一笔带过。这么大的事，这么荣耀的家族喜事，宝二爷不在乎。大家就笑他越来越呆了。宝玉关心什么呢？一方面关心秦钟生病，更重要关心林妹妹快回来了。

林黛玉要从扬州回来又简单插一笔，跟谁来？贾琏和贾雨村。贾雨村怎么又插一杠子？原来王子腾几次向皇上上本保荐贾雨村，现在他要到京城候缺升官，就和贾琏一路同行来了。

《红楼梦》有个有趣现象，绛珠仙子临凡的林黛玉来到人间，跟她产生密切关系的除宝玉这男性外，还有两个男子和她常打交道。一个是官场坏蛋贾雨村，她的老师；一个是贾府最坏的花花公子贾琏，她的表哥。但曹雪芹从不写林黛玉和贾琏打交道。他们去扬州往返几个月，曹雪芹一个字不提。仔细想想，曹雪芹太高明了，贾琏肯定对小表妹呵护有加。但是如果写贾琏爱护黛玉，是不有损绛珠仙子？最高明的是一字不写。同样的，前八十回中，林黛玉也没有一个字提她的老师。

宝玉盼星星盼月亮盼着林妹妹回来。终于，琏二爷和林姑娘进府了，见面悲喜交集，大哭了一场。宝玉一边看一边琢磨，林妹妹越发出落得超逸了。

黛玉在宝玉心目中是神仙似的妹妹，两人分离几个月，宝玉看黛玉，应是“情人眼里出西施”，而曹雪芹从来不用普通小说的“沉鱼落雁、闭月羞花”写黛玉，那都不够档次，他写黛玉更“超逸”，不是更美而是更飘逸脱俗。黛玉把她从江南带回的书送给宝玉、宝钗。宝玉把他自认为最珍贵的礼物，北静王送的鹡鸰香串送给黛玉。这香串是皇上赏北静工、北静王转赠贾宝玉。宝玉再转赠黛玉，多么贵重？但是黛玉说：“什么臭男人拿过的！我不要他。”北静王的香串，不要说贾政、贾母，连贾宝玉也视同至宝。可是林黛玉掷而不取。有红学家就说，林黛玉反封建王权。其实不必要上纲上线，在黛玉眼中，宝玉之外的男人，哪怕是皇帝、王爷、高贵的公子哥儿，都和自己毫不相干。她就是到人世间来向神瑛侍者还眼泪的，就是生活在理想彩云中的下凡仙女。她对宝玉的爱是真爱、纯爱。她不关心身世如何、前程如何，也不关心哪个重要人物夸你、送你珍贵礼物了。设想如果宝玉说，林妹妹，我在市面上给你淘来一部李太白的诗，或者说林妹妹，我买了两块漂亮手帕，大概林黛玉会高兴地接下来。

宝二爷见了林妹妹，该琏二爷去见凤姐姐了。

凤姐忽悠贾琏

我一直觉得琏二爷这个称呼非常尴尬。贾琏是琏二爷，贾宝玉是宝二爷。贾琏是琏二爷，上面就有个大爷，毫无疑问是贾珠。贾宝玉就应是三爷，他怎么成了宝二爷呢？我琢磨好多年，琢磨的结果是：这个称呼说明贾赦这一支在荣国府被边缘化了。我怎么琢磨出来的？我是根据我家子女怎样排序，进一步推测贾府排序。一个大家庭子女排序，分大排行和小排行。所谓大排行是同一个祖父甚至同一个曾祖父的兄弟姐妹排行。所谓小排行，就是同一个父亲的兄弟姐妹排行。我有三个哥哥，我平时叫“大哥”的，当和我伯父家的人说话时就改称“二哥”。因为在我祖父的孙子排行时，二伯父的儿子排老大，我大哥排老二。看来贾琏和贾宝玉也是这个情况。一开始他们按同一个祖父排行，贾珠是珠大爷，贾琏是琏二爷，那贾宝玉就该是宝三爷了，但他又成了宝二爷，这就来自于第二个排行，同一个父亲贾政的儿子排行，贾珠是珠大爷，贾宝玉是宝二爷，贾环是老三。荣府已经有个琏二爷，又冒出个宝二爷，那就说明在荣国府，贾政的重要性越来越超过贾赦。小弟弟贾宝玉和大哥哥贾琏一块做二爷，难道荣国府实际上的嫡长子贾琏不尴尬吗？让贾琏尴尬的，不仅是弟弟比哥哥重要，还有妻子比丈夫长脸。贾琏不是在荣国府帮着处理家务？但冷子兴早就说，他妻子比他强。贾琏这个很能干的妻子是不是就像有的红学家说的，一直在贾琏跟前张牙舞爪？恰恰相反，当王熙凤和贾琏一起的时候，协理宁国府威风八面的女强人王熙凤，突然变成快快乐乐、妙语如珠、在丈夫跟前撒娇的小娇妻。

贾琏一来，王熙凤看房内无外人，便笑道：“国舅老爷大喜！国舅老爷一路风尘辛苦。小的听见昨日的头起报马来报，说今日大驾归府，略预备了一杯水酒掸尘，不知可赐光谬领否？”

当凤姐用吴侬软语说这番话时，会不会像黄鹂啼鸣？人家的话说得多有趣！元春封妃，贾琏当然就是国舅老爷。但这应是下人、外人对他的称呼，做妻子的这么叫，就有点夸张，就是在向丈夫撒娇。“头起报马来报”根本是编的。戏剧舞台有个程式，元帅升帐，头起报马，二起报马，凤姐说“头起报马来报”不就是开玩笑？而且自称“小的”，身份低微的人，给你准备水酒。“赐光谬领”四个字，太棒了。王熙凤真不得了。曹雪芹一开始写她不认字，后来查抄大观园能念信。当时不认字的凤姐，怎么能搜寻义言插科打诨？真是个性格多面化形象。

贾琏听到王熙凤这番调侃的话，回答不出多有趣的话来。只是：岂敢岂敢，多承多承。两人水平就看出来。

接着贾琏问家事，感谢凤姐操劳和忙碌。凤姐长篇大论一段话太好玩了，每句话都很有趣，每句话都不是真话，我们一句一句看看她怎样愚弄丈夫。

“我那里照管得这些事！见识又浅，口角又笨，心肠又直率，人家给个棒槌，我就认作‘针’。脸又软，搁不住人给两句好话，心里就慈悲了。”跟初见黛玉时一样，说的比唱的好听，现在还是说的比唱的好听，而且是说假话。凤姐的潜台词是：

“你看看我照管了多大事？管了宁国府，捎带着继续管荣国府！你们贾府所有爷们，谁的口角伶俐都没法和我比，谁的心眼也没我多，谁也别想骗我，姑奶奶脸酸心硬，心狠手辣。贾府人有千条妙计，我有一定之规！”

凤姐接着说：“况且又没经历过大事，胆子又小，太太略有些不自在，就吓的我连觉也睡不着了。我苦辞了几回，太太又不容辞，倒反说我图受用，不肯习学了。殊不知我是捻着一把汗儿呢。一句也不敢多说，一步也不敢多走。”“蓉儿媳妇死了，珍大哥又再三再四的在太太跟前跪着讨情，只要请我帮他几日；我是再四推辞，太太断不依，只得从命。依旧被我闹了个马仰人翻，更不成个体统，至今珍大哥哥还抱怨后悔呢。你这一来了，明儿你见了他，好歹描补描补，就说我年纪小，原没见过世面，谁叫大爷错委他的。”

正话反说还能振振有辞，真叫个本领！贾珍求王熙凤去宁国府，根本就没跪着求太太，也不是太太叫王熙凤去，她也没一再推辞，而是一个字客气话没说，主动出击“大哥哥说的这么恳切，太太就依了罢。”而且她在宁府什么事不敢说？什么事不敢做？说打板子就打板子，说扣人的银米就扣人的银米。敢上九天揽月，敢下五洋捉鳖。王熙凤这是叫贾琏找贾珍亲自听听，我在那是怎么干的。我在那里闯出多么精彩的场面，留下多么显赫的名声。

王熙凤说到，管家奶奶不好缠，坐山观虎斗，借剑杀人，引风吹火，站干岸儿，推倒油瓶不扶，指桑骂槐，笑话打趣……全是生动的市井口语。这番话，绝对不可能从林黛玉、薛宝钗、李纨这帮人嘴里说出来。王熙凤经常和管家奶奶们打交道，听到无数这样的话，也琢磨出和这帮人打交道的法术。借剑杀人，引风吹火，都是她干过的。她说这番话的目的是叫贾琏知道，甭管他们怎么办，魔高一尺，道高一丈，我都有本事把她们管住。

王熙凤愚弄贾琏，表面做谦虚之状，实际内心得意扬扬，越说自己无能，越反衬出自己多么能干，王熙凤的聪明、心机、口才，进一步活灵活现，而且是以在丈夫跟前撒娇的小娇妻身份表现出来。这个人物太生动了。有的外国大学讲《红楼梦》，找学生调查在整个的《红楼梦》中，最喜欢哪个人物？得票最高的就是王熙凤。因为王熙凤和现代很多人、很多事最接近。一个人在纷纭复杂的社会中，怎样脱颖而出，怎样保住自己，怎样往前发展，王熙凤给现代白领甚至大学生、研究生，提供了参考。

贾琏和王熙凤是恩爱夫妻，但也经常同床异梦。王熙凤常琢磨控制丈夫，控制贾府财务大权。贾琏当然也琢磨怎么捞钱，但更乐意对美女见一个爱一个。他们说话时，外面有人说话，凤姐问是谁？平儿说，姨太太打发香菱来问我句话，我已经说了，打发她回去了。这是平儿现编，并不是香菱，而是旺儿媳妇来了。旺儿夫妇管着给王熙凤放高利贷。贾琏刚到家，旺儿媳妇早不送晚不送，把高利贷利钱送来。平儿就捏造个理由报告凤姐。因为她不能说是送利钱来了。后来平儿对凤姐说，咱们家那个爷，油锅里的钱还得找出来花，听说奶奶有了梯己,还不得放心地花。所以我就编个香菱来了。当时把凤姐给骗过去了，却勾起贾琏说了一段叫王熙凤立刻吃醋的话。贾琏色眯眯地说，我刚去看姨妈，和一个年轻小媳妇撞个对面，长得好齐整，原来她就是香菱，给薛大傻子做了房里人，越发出挑得标致了，那薛大傻子真玷辱了她。

贾琏很会欣赏女性美。香菱本来漂亮,现在做了薛蟠的妾,穿着时髦,戴的首饰高级,更漂亮了。凤姐一听，酸溜溜地说："嗳！往苏杭走了一趟回来，也该见些世面了，还是这么眼馋肚饱的。你要爱他，不值什么，我去拿平儿换了他来如何？"平儿是凤姐从娘家带来的心腹大丫鬟，她居然说要拿平儿换香菱，这说明平儿连人身自由都没有，可以像商品一样交换。但凤姐是谁？她真能这么纵容她丈夫？她说说而已，其实也是妻子向丈夫撒娇。她知道丈夫在苏杭红灯区玩了个遍，现在又看上香菱，那我就给你换了来！这是开玩笑。玩笑谁不会开，但是把玩笑开得点到为止，就得有点本事了。

王熙凤在贾琏跟前拈酸吃醋，吃苏杭没见过面的妓女的醋，吃香菱的醋，一概用的撒娇语气。王熙凤会不会一直在丈夫跟前剑拔弩张？不会。王熙凤不在"夫为妻纲"上越雷池半步。她要叫贾琏充分享受到家里的主宰地位。要尊着他，敬着他。就像小说写的，她准备下了酒菜，给贾琏接风，"夫妻对坐，凤姐虽善饮，却不敢任兴，只陪侍着贾琏。”王熙凤是做戏吗？不是，归根结底，王熙凤也是那个时代的女性，贵族家庭男尊女卑、夫为妻纲，王熙凤也得遵守。她和邢夫人、王夫人只有程度不同的区别，没有本质区别。

大观园的筹建

贵妃要探亲，就要修园子，创造了很多就业机会。

贾琏和王熙凤喝酒，贾琏的奶妈赵嬷嬷来了。《红楼梦》里，两个人物身份完全相同，个性可以完全不一样。宝玉的奶妈李嬷嬷不是已经闹了好几次事？把给晴雯留的豆腐皮包子拿走，把宝玉的枫露茶喝了，什么光都想沾，真正的光一点儿也沾不上。李嬷嬷很不懂事，赵嬷嬷特别懂事，会来事。赵嬷嬷一来，贾琏和凤姐赶快叫她上炕一块吃。她执意不肯，她知道不能和主子平起平坐。平儿在炕下安上个杌子当桌子，放上个小脚踏当坐位。贾琏挑了两盘菜给奶妈吃。宝玉对奶妈大概还没这么上心吧。贾琏表现不错。但凤姐比他还上心。她把赵嬷嬷当成自家有年纪的亲人对待。贾琏给奶妈拣了两盘菜。凤姐马上说，嬷嬷嚼不动那个，倒没的砭了她的牙。平儿你把昨儿火腿炖肘子找来！这是我特意留给李嬷嬷吃的。然后说，妈妈，你尝一尝你儿子带来的惠泉酒。贾琏见了奶妈，叫过一声妈妈吗？一声也没叫。但是凤姐不住嘴地甜甜地叫妈妈，好像她是亲生的。这人太会做人了！赵嬷嬷同样会做人，她说，我这回跑了来，也不是为了来喝酒吃点东西，我有正经事，奶奶你好歹疼疼我。我们爷，我从小把他奶了这么大，叫他照顾我那两个儿子，他答应得倒好，他不兑现。所以我现在求奶奶是正经，靠着我们爷，只怕我还饿死了呢。赵嬷嬷人情世故看得透亮，她知道凤姐儿办事能力比贾琏强，也知道凤姐喜欢奉承，求凤姐办事，得给她戴高帽。凤姐果然大包大揽，“妈妈你放心，两个奶哥哥都交给我。”凤姐何等冰雪聪明，贾琏你自己奶哥的事不管，让我管，我能白管吗？得借着这个话题敲打敲打你！她就借着这个话题，跟赵嬷嬷说了一番挖苦贾琏分不清内人和外人的妙语。意思是：咱们看着是外人，贾琏却看作是内人，有“内人”求他，他才慈软呢，在咱们娘儿们跟前，他才是刚硬呢。凤姐给人的印象是心直口快，但心直口快背后话里有话。她说贾琏疼外人，外人其实就是红灯区的女人，她说皮肉，指的金钱，而贾琏专门把皮肉贴给外人。凤姐这是挖苦贾琏在外面寻花问柳。凤姐说的是什么，贾琏知道，奶妈也知道。奶妈赶快维护自己奶大的儿子。说没有这么回事！分明是王熙凤吃醋，但吃得是那么亲切，那么有趣。

王熙凤在那儿调侃，贾琏只能很不好意思讪笑吃酒，这段似乎琐细的日常生活，把凤姐聪明伶俐得理不让人、赵嬷嬷老于世故擅长和稀泥写活了。贾琏说：快吃饭，我要到珍大爷那里去商量事。这就把这一回的主要内容提上饭桌议论。凤姐问，老爷叫你干吗？贾琏说，还不是为了省亲盖园子。凤姐就问，批准了吗？贾琏说差不多了。这个时候，赵嬷嬷也参加议论。这段闲话很重要，这段闲话是贾府要准备元妃省亲盖园子。但隐藏了曹府的身世。

康熙南巡由曹雪芹祖父曹寅接驾。接驾导致了大量的亏空，雍正上台就抄家了。这个历史事实变形写进元妃省亲但升级了。曹雪芹姑姑只是做了福晋，亲王正妻，并没做皇妃，而元妃是皇妃。有一年我跟清史专家阎崇年老师做了个电视节目《康熙南巡和〈红楼梦〉》。我在节目里说：阎老师，您同意不同意康熙南巡的主要价值是导致了一部《红楼梦》产生？我说这番话的意思是：有康熙南巡才有曹家巨变；有康熙南巡做原型素材，才有元春省亲小说情节。历史学家听到搞文学的人这样总结重大历史事件只能笑笑不吭声。

康熙南巡下榻江宁织造府，是曹家莫大光荣。曹雪芹忍不住叫凤姐、贾琏、赵嬷嬷通过对话把当年事写出来。凤姐儿说：当年太祖皇帝仿舜巡的故事，比一部书还热闹。太祖皇帝指谁？康熙。凤姐说的“当年”是她没遇到的事，赵嬷嬷却遇到了：“嗳哟哟，那可是千载希逢的！那时候我才记事儿，咱们贾府正在姑苏扬州一带监造海舫，修理海塘，只预备接驾一次，把银子都花的淌海水似的！”这不就把曹寅当年在扬州盖行宫，“三汊河干筑帝家，金钱滥用等泥沙”说了出来。“还有如今现在江南的甄家，嗳哟哟，好势派！独他家接驾四次，若不是我们亲眼看见，告诉谁谁也不信的。别讲银子成了土泥，凭是世上所有的，没有不是堆山塞海的，‘罪过可惜’四个字竟顾不得了。”甄家其实是曹家原型，也借助人物的闲谈说出来。凤姐儿说：“我们王府也预备过一次。那时我爷爷单管各国进贡朝贺的事，凡有的外国人来，都是我们家养活。粤、闽、滇、浙所有的洋船货物都是我们家的。”王熙凤娘家是干吗的？是对外经贸部。据红学家考证，王家原型是李士祯家即后来李煦家。李士祯做过广东巡抚。康熙开放海禁，外国货物就从广东、福建、浙江海关入口，王熙凤说广东、福建、云南、浙江，所有那些洋船货物都是我们王家的。随意闲谈中，放进作家身世的资料，但做了很大改动，夸张了，升级了，贾家比曹家更有钱更有势力。

正聊得热闹，王夫人派人叫凤姐。两个小坏蛋贾蓉、贾蔷来找贾琏汇报。平时王夫人一叫，凤姐闻风就跑。这一次先止步稍候，听听这哥俩来干什么。贾蓉汇报盖省亲别墅。贾蔷汇报到江南采买女孩子。贾蓉说：“我父亲打发我来回叔叔：老爷们已经议定了，从东边一带，借着东府里花园起，转至北边，一共丈量准了，三里半大，可以盖造省亲别院了。已经传人画图样去了。”贾琏很会做人，既然贾珍派贾蓉来汇报，且说老爷们商定，他赶快同意，说这样就很好，就按这个办。贾琏和贾蓉聊完了盖省亲别墅。贾蔷汇报：到姑苏买唱戏的女孩子，买乐器，买戏服，大爷（贾珍）派了我。有两个清客相公和我一块去。

那两块料单聘仁（善骗人）、卜固修（不顾羞）又来了，名字就把读者肚子笑破。贾琏把贾蔷打量一番说："你能在这一行么？这个事虽不算甚大，里头大有藏掖的。"贾蔷不过十六七岁，其实贾琏不过就二十来岁，但他认为贾蔷没干过，能行？贾琏刚表示怀疑，另一个小坏蛋贾蓉就在灯影下悄悄拉风姐衣襟。这形体语言就是：婶，你得给他撑腰！凤姐说贾琏："你也太操心了，难道大爷比咱们还不会用人？"先拿贾珍把贾琏唬住。然后说：你怕他不在行，他还真去和别人讲价钱？不过坐着指挥，没吃过猪肉还没见过猪跑吗？我看他就挺好。贾琏无言可对，就解释：我并不是不让他去，替他谋划谋划。既然谋划谋划就要问：银子从哪出？贾蔷说，我们贾府在甄府存了五万两银子，我先拿三万两出来，另外两万两买花烛、窗帘时用。

买小戏子用三万，买花烛窗帘用两万，多大的开销，多大的气势！

贾琏考察贾蔷能不能干，就没想到两个奶哥有了就业机会。贾琏和侄儿好一通聊，赵嬷嬷听呆了，也没想到这就是儿子的机会。凤姐却听到了机会，见缝插针，顺手把那两个奶哥塞给了贾蔷："既这样，我有两个在行妥当人，你就带他们去办，这个便宜了你呢。"哪两个人呢？马上问赵嬷嬷你那两个儿子叫什么名？这时候恐怕贾琏不得不佩服，两个奶哥叫王熙凤一句话变成白领。贾蔷比猴还精，“两个妥当在行的人”买过小戏子吗？没有。但凤姐故意这么说，贾蔷更精明，只要琏二婶子开口，你就是说两个大猩猩在行，我也领着它走。看聪明人和聪明人说话，里面埋藏了很多聪明的人生哲学。坏小子领了这个美差，管五万两银子，肯定会打很多偏手。一出来，贾蓉忙忙给凤姐说，婶子你要什么东西，我开个账，叫贾蔷给你买了来。凤姐儿笑了，又说了一句粗话：“别放你娘的屁！我的东西还没处撂呢，希罕你们鬼鬼祟祟的？”脂砚斋说，凤姐和贾蓉、贾蔷这三个人是“一体一党”。这是贾府的小党派、小宗派，王熙凤拉帮结伙，培植两个小坏蛋做亲信。我把它叫贾府的小小“拥凤团”，将来参加这个团的还有贾芹和贾芸，都是凤姐的亲信小狗腿。

第二天贾琏见贾赦、贾政，和管事的人、清客，考察两府的地方，安排拆了会芳园，处理东院，把下人房子拆了，腾出盖省亲别墅的地方。

请读者朋友记住，大观园是谁建造？贾府顶级花花公子贾珍、贾琏，他们从会芳园引了股活水，将来就引到潇湘馆了。他们请山子野设计，开始盖园子。贾政是比较清高的读书人，不管俗事，只叫贾赦、贾珍、贾琏管理。盖省亲别墅花多少钱？贾蔷就掌握五万两银子，贾珍把更赚银子的活派给他儿子，叫贾蓉管打造金银器皿。贾元春才选凤藻宫，生动精彩、波澜起伏交代完了。

秦钟之死

家里发生这么大事，贾政没工夫管宝玉。宝玉当然很高兴，可以多和林妹妹玩。他又很担心秦钟病重。这天一早，他跟贾母汇报去看秦钟。正准备走，茗烟报告：秦相公不中用了！宝玉急得满厅乱转催车，李贵、茗烟跟着跑到秦钟家。秦钟已发了两三次昏，面如白蜡。宝玉说："鲸兄！宝玉来了。"

秦钟之死，特别有趣。秦钟夭亡恰好在贾府上下迎接元妃省亲热闹喜庆的时刻。这是曹雪芹惯用手法，写乐中悲，写热闹中的冷清。那边热火朝天准备贵妃省亲，这边秦钟和智能偷期密约，被老爹揍了一顿，老爹气死，智能不见了，秦钟气息奄奄濒临死亡。秦钟之死有段荒唐描写。阎王派人捉他，秦钟要求先别捉我走，秦钟记挂着家里没人管，记挂着父亲还有三四千两银子，记挂着智能还没有下落。

《红楼梦》经五次增删，很多不同文字保留在同一本书里。我在博客上说《红楼梦》有漏洞，被红迷骂得不敢再张嘴。而秦钟挂念父亲留三四千两银子，可能真是漏洞。为秦钟读书，秦业凑了二十四两银子给贾代儒送去，怎么现在冒出来三四千两银子？

秦钟惦记家里没人管，惦记银子，惦记智能，他怎么没惦记他的好朋友宝玉？秦钟求小鬼先别叫我走。小鬼不肯徇私，说你是读过书的人，阎王叫你三更死，谁敢留人到五更？我们铁面无私，哪像你们阳世徇情？这不是讽刺？借着秦钟之死，给阳界官府轻轻一击。

正闹着，秦钟听说宝玉来了，央求小鬼放我和好朋友说句话就来。什么好朋友？荣国公孙子宝玉。判官一听，害怕了，吆喝小鬼，我说你们先放他回去，你们不听，现在等他请出一个运旺时盛的人才罢。

是谁运旺谁时盛？贾宝玉运旺，因为北静王刚表扬他雏凤青于老凤声。时盛是谁？当然是他姐姐要当贵妃了。小鬼就说判官，你老人家雷霆电雹，原来听不得"宝玉"这两个字，我们是阴世，他是阳世，我们怕他干什么。判官说，放屁，天下官管天下事，阴阳一理，尊着这些有权力的人没错。

曹雪芹是不是非常熟悉《聊斋》？阴世是阳世倒影，蒲松龄不是一直这么写？小鬼把秦钟的灵魂放回来了，我觉得秦钟怎么能说这个话？秦钟对宝玉说："以前你我见识自为高过世人，我今日才知自误了。以后还该立志功名，以荣耀显达为是。"是不是因为秦钟风流过度，马上见阎王，临死突然醒悟，我如果不搞这些，好好念书，岂不是可以读书做官、光大秦家门楣？

秦钟之死是有趣的游戏笔墨，曹雪芹借题发挥，对所谓无私执法的封建官吏，哪怕是阴司官吏，欺贫怕富，怕有势力的人，做了绝妙讽刺。

第十七回

大观园试才题对额
贾宝玉机敏动诸宾

元妃归省在《红楼梦》占中第十七、十八回。这两回在各个抄本中都是连在一块的，回目叫“大观园试才题对额，荣国府归省庆元宵”。乾隆抄本百二十回《红楼梦稿》把两回分开了。第十七回回目“大观园试才题对额，贾宝玉机敏动诸宾”。第十八回回目“林黛玉误剪香囊袋，贾元春归省庆元宵”。

《红楼梦》是人和自然和谐之哲学论文

西方一些评论家说长篇小说可以做哲学论文看。《红楼梦》就是一部人和自然和谐的哲学论文，大观园带有点题性质。大观园有没有什么真实的园林作原型？袁枚说大观园原型是他家的隋园。袁家的园子就是接任曹雪芹江宁织造隋赫德的花园，当然就是原来的曹家花园了。但我到过隋园几次，发现它并不是大观园原型。有专家考察大观园很多地方模仿圆明园。圆明园被英法联军烧了，从有关记载看，大观园有的地方比如蘅芜苑确实模仿圆明园。归根结底,大观园不是任何真实园林再现，它是小说家想象的园子，好像每个神需要一个庙宇一样，小说家要给小说人物安排特定的活动空间。刘备三顾茅庐到了隆中，人杰地灵，诸葛亮就生活在这个地方。聊斋个性自由的婴宁住在野花烂漫的深山。曹雪芹给他的人物设置的专属庙宇，就是怡红院、潇湘馆、蘅芜苑，组合起来是大观园。

三十多年前有件游大观园的有趣小事。1982 年我们到上海开红学会，红学家冯其庸、周汝昌、李希凡、吴晓铃，还有《曹雪芹传》作者端木蕻良都到会。但会上最引人注目的是所谓红楼人物。上海市委把越剧《红楼梦》主演请来和红学家交流。我们就和贾宝玉、林黛玉、薛宝钗扮演者一块去看淀山湖大观园，走到青浦县方塔公园，蔡义江老师说：你快看，贾宝玉又和薛宝钗好了，林黛玉又得闹小性了。我一听，这么稀奇？顺着蔡老师指的方向一看，扮演贾宝玉的徐玉兰拉着扮演薛宝钗的吕瑞英的手，往山坡上爬，扮演林黛玉的王文娟已爬到坡顶。蔡老师一说，红学家都笑起来。到淀山湖大观园，"贾宝玉"给记者和观众围住了，徐玉兰走到"怡红院"，笑吟吟地说："我就在这个地方泡一杯茶，叫晴雯给我端来，在这好好看景。"一抬头，说，"这个地方怎么还有一个楼？怡红院里没有楼。"红学家说，看了吗，人家著名演员看《红楼梦》都看得那么仔细，知道在怡红院里没楼。这是题外话，也说明古典名著多么深入人心。

曹雪芹对大观园集中写了四次，第一次宝玉题额，第二次元妃归省，第三次贾母带刘姥姥游园，最后一次凤姐查抄大观园。每次描写都各有侧重，而大观园试才题对额，是大观园在小说里第一次全面、又有所侧重的亮相，也是贾宝玉这个杂学旁收的家伙，在建筑园林亮相。宝玉题额描写了聪慧杂学的贾宝玉和他那古板迂阔的老爹，还有他老爹的清客，清客肯定有学问，但他们为了突出宝玉有意装蠢。

众星捧月显宝玉

贾政要带清客游园，他说，按说园子匾额和对联应等贵妃题，但如果等她来时再题，那她来看到的就什么也没有，不好看。不如我们暂时题上。但我素来对这不大擅长，是不是把雨村请来？清客说，咱们先去看看，把它拟出来，如果贵妃觉得合适就用，不合适以后再想办法。

宝玉因秦钟死了心情不好，正在园子里玩。忽见贾珍走来笑道："你还不出去，老爷就来了。"宝玉一溜烟出园，顶头把爹碰上了。贾政平时嫌宝玉不好好读书，但是又听私塾老师说，宝玉擅长对对联，颇有些歪才情。看到贾宝玉，就命他跟来。干吗？老爹在特殊地点用特殊考题面试儿子。你不是不喜欢四书五经，喜欢读唐诗宋词，喜欢对对联？我看看你到底怎么样。

贾宝玉果然大放光彩，贾宝玉的光彩必须清客有意藏拙。既然做清客，就得有点学问，能吟诗作赋，替主人捉刀代笔。难道这么多清客不及一个黄口孺子？清客们知道，贾政要考察儿子。所以故意指东打西，不露自己才华，故意说套话，不说到点子上，不对到点子上，故意拿二流甚至三流题额、文不对题的对联敷衍。指山说磨，隔靴搔痒，烘托贾宝玉脱颖而出。

贾政带贾宝玉进了园子，先看五间正门，上面桶瓦泥鳅脊，细雕新鲜花样，水磨墙，白石台矶。明显的苏州园林特点，不落富丽俗套。贾政很高兴。看到迎面一带翠嶂，挡在前面，更高兴了，夸奖这个绿色屏障，好山好山，如果没有这个山，一进来园里所有东西都看见了，这还有什么意趣？贾政也颇会审美。他们往里走，贾珍在前引导，贾政扶了贾宝玉。小说家很注意这些细微地方，到底是父子，儿子在这，贾政不会扶小厮得扶着儿子了。

抬头看到山上有块白石，就是留着题字的。清客们胡乱说要题“小终南”“赛香炉”等拙劣建议。宝玉说题“曲径通幽处”。宝玉是真有点才气，大家忙说，太好了，二世兄天分高，哪像我们，读书都读呆了。贾政当然高兴，嘴上却说：你们不要夸奖他，他不过是以一当十，等等，看他会不会些别的。进入园子看到一道活水。这股活水从贾珍会芳园那个最污浊的地方引到曹雪芹心目中的伊甸园了。接着看到了绿树、清溪、飞楼、桥亭、池沼、白石，什么景都有。宝玉又给亭子题个“沁芳”。也是清客出了各种歪主意后，贾宝玉一语中的。贾政说，再作一副对联来！宝玉现在多大？13岁，初中二年级学生，但宝玉国学底子好，爹叫他写对联，他四顾一望，就念道：“绕堤柳借三篙翠，隔岸花分一脉香。”亭子建在清溪上面，对联的意思就是水光澄清借来堤上杨柳的翠色，泉水芬芳好像分得两岸花的香气。对得多么工整又多么秀媚。很像古代香奁体诗。贾政听了点头微笑，没有言不由衷的说宝玉不行，以一当十。清客们又称赞不已。

有凤来仪却谓谁？

过一山一石，一花一木，都仔细看，但小说家没细写，忽然看到，前面有个地方千百竿翠竹遮映。这是哪儿？将来林黛玉要住在这儿。进去一看，小小三间房舍，一明两暗，院子里大株梨花、芭蕉，后院下面，得泉一派。林黛玉未来住的地方，上面翠竹摇曳，下面清溪流淌。宝玉给这题个匾“有凤来仪”。省亲别墅题额要和皇妃联系在一起，皇妃回家叫有凤来仪，意思是凤凰飞来了。但按照曹雪芹构思，真正的凤凰是谁？并不是权势熏天、给家里带来荣耀的贾元春，而是孤高自许的林黛玉，她才是真正的凤凰。

贾宝玉题“有凤来仪”，众人哄然叫妙，贾政也点头，儿子写得好，老子服气了，但还得口不应心说“畜生，畜生，可谓‘管窥蠡测’矣。”再题个对联！宝玉信口就念：“宝鼎茶闲烟尚绿，幽窗棋罢指犹凉。”对联写得特别好。宝鼎指茶炉，茶鼎沸时有绿色的烟，因为周围有溪水、竹子，在这里下棋指头都凉。匾题得好，对联也特别得体。将此处翠竹遮映，绿荫生凉，溪水潺潺，形容臻至。有的评论家说，把贾宝玉这两句放到古代名家咏竹子妙句中也毫不逊色。当然了，这哪是这个十二三岁的小男孩想出来的，这是曹雪芹想出来的。

贾政想起一件事，问贾珍，这个地方床、几、桌、椅都有了，窗帘、床围、桌围有了没有？是不是按照各个地方配置？看来贾政也懂得一些美学观点。贾珍说添好多了，都是按每个地方特点合式陈设。听贾琏兄弟说，还不太全，但早就画好图样，量好尺寸，昨天得了一半。贾政马上派人把贾琏叫来。贾琏这段汇报也非闲笔，看看，大观园多阔气！贾琏从他的靴筒里拿出张纸，看了看汇报说，各种各样绸缎大小幔子一百二十架，昨天得了八十架，还欠四十架；帘子二百挂，昨天都完成了；还有竹帘，有红漆的，黑漆的，五彩线盘花帘，总共六百挂，得了一半了，秋天就都全了；桌围子、床裙子、桌套子，总是一千二百件，都有了。

多大的排场！窗帘、桌围、椅套，用什么做？最高档的纺织品，妆、蟒、绣、堆、刻丝、弹墨。昂贵的纺织品用来做窗帘做椅套，多么豪华骄奢？

贾宝玉给爹讲课

他们又看到的地方就是后来的稻香村了，看到很多杏花，贾政很喜欢这地方，说这地方叫我产生了归农之意。贾政说这个地方有土井、辘轳，分畦列亩种着菜，虽然是人造的，但挺有意思。宝玉就和爹辩论起来，也不怕挨揍了。宝玉说，这地方不如有凤来仪。贾政说，你这无知的蠢物，只知道朱楼画栋，哪知道这个地方清幽更好，还是因为你不读书。宝玉表面上说，老爷教训得是，但古人常说“天然”是什么意思？这小子想造反了，竟然当场和爹开辩论会！你不是刚才还说这个地方是人力造的，古人要说天然，怎么讲？清客赶快打圆场。宝玉还是坚持他的观点，继续说：这地方远无邻村，近不负郭，没有通市之桥，虽然引了泉种了竹，但是都是穿凿，都是故意造的，和古人说的“天然图画”太不相宜了。当爹的守着这么多清客被儿子教育了一顿，气晕了，下令“叉出去！”什么叫叉出去？就是小厮捺着宝玉脖子轰出去。

在这之前，宝玉已给这个地方题名字“稻香村”。爹把儿叉出去，又说回来，再题个对联，题得不好，一并打嘴。生气只管生气，毕竟宝玉说得有理。宝玉念道：“新涨绿添浣葛处，好云香护采芹人。”在洗葛衣的地方增添了碧绿的春水，在读书人周围,来了红云般飘着香气的杏花。葛是可以做衣服的纤维。《诗经》写一个新妇很勤劳，洗完所有葛衣才肯回家。所以《诗经》说，浣葛是后妃之德，这很合乎元妃的身份。后来当元妃把这个地方重新命名浣葛山庄。等林黛玉当枪手替宝玉写“十里稻花香”后，元妃又重新命名“稻香村”。贾宝玉确实杂学旁收，他的几副对联，都很符合他所题额地方的景色。

蘅芷清芬意味深长

到了一个所在。贾政看到一所清凉瓦舍，大主山所分之脉穿墙而过，就说，这房子很无味。他们进去了，进门之后，迎面凸出插天的大玲珑山石，四面群绕着各种石块，把里面所有房屋遮住。一株花木也无，都是些异草，有牵藤的，有引蔓的，有垂在山巅的，有穿在石隙的，有绕在屋檐下面的，有绕在厅柱上的，翠带飘飘，香气馥郁，贾政这时候才说，有趣。这是哪呢？将来薛宝钗要住在这儿。薛宝钗善于把心思藏起来，她住的地方就用大石头把房子全挡起来，我们不是用鲜花形容少女？她这儿没花，都是异草，而且越冷越有香气，这就和冷香丸挂上钩了。宝玉又大大卖弄一番他的杂学旁收。贾政说这么多草也不知道都叫什么名。贾宝玉口若悬河：这个草叫什么，那个草叫什么，这个草的名字从哪来，那个草的名字从哪来，《文选》说出来，《离骚》说出来，滔滔不绝。还没说完，他爹说，谁问你了？爹很尴尬，我不认得的草，我儿全认得，把他喝住，又叫宝玉题额写对联，这些地方将来采用了贾宝玉题的匾额和对联。为什么？宝玉小时候，是元春开蒙，虽是姐弟，情如母子。姐姐一听小弟弟都能题额且题得这么准确，当然高兴了，用吧！原来的题额并没正式放在匾上，都用灯笼吊挂悬在那里，姐姐一点头，就正式做成匾额了。

“贾政因见两边俱是超手游廊，便顺着游廊步入。只见上面五间清厦连着卷棚，四面出廊，绿窗油壁，更比前几处清雅不同。”将来叫蘅芜苑，薛宝钗住的地方，建筑模式、用料和潇湘馆、怡红院都不一样。潇湘馆清雅，怡红院富贵，蘅芜苑是清雅表面下的富贵，表面上看朴素，实际上极其考究。潇湘馆和怡红院的粉墙，是砖砌后抹上白灰，蘅芜苑的水磨砖墙，是采用无缝对接方式砌好，再用细磨石沾水磨光，这是建筑学最高档的砌法。蘅芜苑“五间清厦连着卷棚”，卷棚是没正脊的屋面，一般前面出廊，叫堂前敞轩，蘅芜苑四面出廊，更气派。“绿窗油壁”不是单纯板壁，是选用高档木料制成后，再用精制桐油反复涂刷，做成之后光洁平整、浑然一体，原来的木材被桐油严严实实包藏起来，不叫你看到它本来的模样，只叫你看到它想让你看到的模样！这个地方的水磨墙、绿窗油壁、四面出廊，件件桩桩，貌似普通，实际豪华在骨子里。将来薛宝钗住蘅芜苑，可谓居得其所。宝钗本人也是表面朴素、实际奢华，我们曾经说过薛宝钗穿的半新不旧的玫瑰紫二色金七分袖上衣，就够刘姥姥一家过好几年的。蘅芜苑是曹雪芹为“珍重芳姿昼掩门”的大家闺秀薛宝钗量身定做的庙宇。就像蘅芜苑房屋藏在玲珑山石背后一样，宝钗也有深山遮挡的风光。她艳冠群芳，博学多才，温柔敦厚，柔婉谨慎，是按照封建妇德内外兼修的人，也是用淑女厚壳隐藏真情怀的人。贾政当然能看透未来叫蘅芜苑的地方外表朴素内里奢华，肯定也嗅到这里无处不在的“冷香”，所以他说：“此轩中煮茶操琴，亦不必再焚名香矣。”贾政叫清客题额，清客故意用“兰风蕙露”“麝兰芳霭”“杜若香飘”这些俗语，引出贾宝玉的真知灼见。宝玉说：这个地方应题“蘅芷清芬”，对联是“吟成荳蔻才犹艳，睡足荼蘼梦也香”。“吟成荳蔻才犹艳”出自杜牧《赠别诗》，“娉娉婷婷十三馀，豆蔻梢头二月初”“荳蔻”又叫含胎花，形容花刚刚开放时卷在嫩叶中的样子，通常用来比喻少女。“吟成豆蔻才犹艳”的意思是写出杜牧那样的豆蔻诗后，才思仍很活跃，将来住在这里的薛宝钗确实是个才思敏捷的美女诗人。“睡足荼蘼梦也香”是描绘人在香气中睡觉做梦都香甜。匾额和对联都暗寓严格遵守封建礼教、德容言功俱全、散发着淑女芳香的薛宝钗。

到了崇阁巍峨、层楼高起的正殿。贾宝玉应该好好题一题吧？恰恰不是。他走神了，想起这地方我见过，在哪儿见过？太虚幻境。但我什么时候见的？他在想，贾政就说，快题额写对联！贾宝玉没辙了，清客认为小男孩给爹开卷考试考个溜够，才尽词穷。要考说不定急病了。就说：明天再来吧。贾政也知道贾母最在意宝玉，就说，明天要是还不行，定不饶！

怡红院是大观园中心

众人游大观园要出来时，才到了宝玉将来住的地方，怡红院。他们往外走，或者是清堂，或者有茅舍，或者编花为牖，或者有佛寺，或者有丹房，都没停下来。到了一个地方，贾政说进去歇歇。这个地方外面有碧桃花，粉墙环护，绿柳周垂，好美。进去，院子里几块山石，数本芭蕉。旁边一棵西府海棠。为什么海棠前面还要加上“西府”？因为西府海棠是海棠最名贵的品种，而且它特别红。这边是很绿很绿的芭蕉，那边是很红很红的海棠。贾政偏偏认识这海棠，他说这叫女儿棠，国外传来。贾政问：这个地方题什么？一个清客说叫“蕉鹤”，多不合题，哪有仙鹤？而且题了蕉，海棠上哪去？另一个说“崇光泛彩”，岂不成意识流了？清客继续他们的伎俩，藏着自己的才能，让宝玉充分展示。贾宝玉发一阵子议论最后说，题“红香绿玉”。贾政说，不好不好！

其实题得特别好，想一想，红香是谁？贾宝玉；绿玉是谁？林黛玉。将来怡红院是贾宝玉和林黛玉多次谈心的地方。

房内四面都是雕空玲珑木板，木板上有山水人物、翎毛花卉，或岁寒三友，或流云百蝠，或万福万寿，都是当时名手雕出，一个一个格子放东西，这个地方放书，那个地方放鼎，另外一个地方放笔砚，还有个地方放花瓶，满壁满墙，玲珑剔透，都是跟据古董玩器抠成的槽子。放琴，就抠一个琴槽；放剑，就抠一个剑槽；放瓶，就抠一个瓶槽。大家说，太精致了。

贾宝玉将来住的地方，这次描写如此豪华，还仅仅是一部分，将来还要写到他的地板什么样。贾宝玉的地板，和现在“土豪”装修的高档地板不一样，那是土豪连想象都想象不出来的。

贾政带着宝玉游园就把未来大观园有重点的提到。大观园匾额全是贾宝玉题的吗？读者朋友们可能想不到，咱们将来看到第七十六回，林黛玉和史湘云到凹晶馆联诗的时候，林黛玉就说，当年舅舅试宝玉，叫他题额，他拟了几处，也有存的也有改的，也有还没有拟的，后来我们大家就把那些他没拟的都拟出来了，注了出处，带进去，叫大姐姐看了，她又带出来叫舅舅看，舅舅倒喜欢了说，早知道这个样，那天就该叫他们姐妹们一块去拟了，岂不有趣。林黛玉说，凡我拟的一字不改都用了。

大观园题额竟然要算宝玉和黛玉合作成果。

大观园是中国古代建筑园林的集大成，是中国古代的山水文化和文人诗词的水乳交融，又是为创造人物量体裁衣，小说家创造的楼阁厅堂，无不精准，每个地方都和将要住在这个地方的人物命运个性相吻合。怪不得梁思成教授规定，《红楼梦》是清华大学建筑系必读书。

元春归省后下令叫姐妹们搬进大观园，宝玉跟进去读书。这样从第二十三回到第八十回，宝玉和姐妹们在大观园有分有合的活动成了《红楼梦》最有诗意的内容。大观园是长篇小说《红楼梦》的关键，是伟大小说家曹雪芹的大手笔。有个阶段，这个地方简直针插不进，水泼不进。贾政管不着，贾赦管不着，贾珍也管不着。年轻人在这儿烂漫青春开放。怎么一个封建家庭容忍出现自由的乌托邦？这很不合理。但是因为贵妃归省建立，就合情；因为贵妃下旨，叫众姐妹和宝玉住进去，就合理。宝玉和姐妹们进大观园之前，每天要参加家庭的晨昏定省，基本以贾母为中心。这就缺少一个相对独立空间，缺少一个年轻人集中表演的舞台，大观园成了这样一个空间和舞台。后来连贾母都要跑进来，找年轻人乐一乐，她还要把她的特殊客人刘姥姥带到园里来乐。

大观园始终和“乐”，就是“快乐”，联系一起。曹雪芹苦心营造一个大观园，叫贾宝玉和林黛玉和其他姐妹过上一段舒心的日子，叫他们的诗才和个性充分发挥出来。我们将会在大观园看到宝钗扑蝶，黛玉葬花，湘云醉卧，宝琴立雪，菊花诗会，怡红夜宴，这非常富有诗意。苦命女香菱学诗斗草也都出现在大观园。当大观园被查抄，大观园儿女的自由丧失，灾难来临，才更加可怕。贾宝玉梦到太虚幻境，走到正殿，好像是在哪看到过。脂砚斋说，仍然归于葫芦一梦之太虚幻境，大观园是地面上的太虚幻境。

第十八回

林黛玉误剪香囊袋
贾元春归省庆元宵

宝玉游园过程中，贾母怕他爹训他，几次派人想把他叫回去。贾政的小厮报告贾母说没事。宝玉遂把园子看完。贾母知道不曾为难他,心里欢喜。

读到此我特别感慨，祖母疼孙子，真没说的。古今一理，当年我儿子比较顽皮，上小学时，有时候老师请家长了，做爹的就想触及儿子的灵魂甚至触及皮肉。每当老子想教训儿子时，我家奶奶就像黄继光堵枪眼挡到孙子跟前。祖母都是溺爱孙子的“贾母”。而贾母这个形象太生动丰满了，要不然我 1982 年就写《古今中外一祖母》。

林妹妹错了宝哥哥赔不是

宝玉回房间，袭人见身上物件全没了。知道又是那些没脸的东西解去。看来小厮抢宝玉好玩的东西不止一次，袭人已习以为常。但林黛玉不行，她担心宝玉受舅舅刁难，早在宝玉房间等消息，一听这话，就对宝玉说：“我给的那个荷包也给他们了？你明儿再想我的东西，可不能够了！”赌气回到自己房间，林黛玉很少做针线，她现在正在精心给宝玉绣香袋，拿起剪刀就剪了。宝玉见林妹妹生气跑了，赶快赶过来。见林妹妹剪了香袋，赶快解开衣领，从贴身棉袄上解下黛玉送的荷包："你瞧瞧，这是什么！我那一回把你的东西给人了？"宝玉把黛玉送的东西视若珍宝，藏在贴身棉袄里，说明他看重林妹妹。黛玉没话可讲，又愧又气，愧自己不分青红皂白，埋怨了贾宝玉。气好不容易绣个香袋，自己剪了，只好一声不吭。黛玉为何生气？我的荷包你不能给人，并不是黛玉小气，而是黛玉只允许宝玉接触自己的东西。当初宝玉郑重其事把北静王的鹡鸰香串奉给林妹妹，黛玉都要说，什么臭男人拿过的，我不要。现在自己给宝玉绣的荷包给了贾政的臭小厮，她当然不高兴。但是自己剪错了，只好一声也不吭。宝玉这时居然还想教训林黛玉，就把荷包撂到黛玉怀里说我不要了。黛玉拿起来就剪，宝玉赶快回身抢住，"好妹妹，饶了他罢。"黛玉把剪子一摔，擦着眼泪说："你不用同我好一阵歹一阵的，要恼，就撂开手。这当了什么！"说着赌气上床，朝里躺下擦眼泪。宝玉上来妹妹长妹妹短，一个劲赔不是。

明明林妹妹错了，得宝哥哥赔不是，这有是非吗？没有是非，因为在宝玉眼里面，荷包事小，气坏林妹妹事大。贾宝玉有没有原则呢？有，他的原则就是我林妹妹永远没错。林妹妹万一错了怎么办？宝哥哥赔不是。世界上就是有这样的事，没有是非，颠颠倒倒，犯了错误，反而得别人赔不是，这叫什么，这就叫深爱。深深的爱怜，还处于朦胧状态，所以特别好看。袭人说过，林姑娘一年未必做一件针线活，但她给宝玉做的香袋十分精美。这说明宝玉在乎黛玉，黛玉也在乎宝玉。宝黛爱情免不了“求全之毁，不虞之隙”，越想十全十美，越可能发生误会。脂砚斋说，这是儿女之情必有之事，但古今小说都没有写到过。古今谈情的作家都不能写出这样的感情。《红楼梦》真是情痴之至文。

贾母一片声叫宝玉，听说在林姑娘房里。贾母说：“好，好，好！让他姊妹们一处顽顽罢。才他老子拘了他这半天，让他开心一会子罢！只别叫他们拌嘴，不许扭了他。”奶奶把孙子当成心肝宝贝肉肉蛋，怕他爹委屈了孙子。她也很知道宝玉和林妹妹在一块最快活，叫他俩一块玩吧！贾母把宝黛称“姊妹们”，贾母心目中，他们还是年纪很小的表兄妹。贾母不想叫他俩拌嘴。但他们必须经常拌嘴、时时拌嘴、每天拌嘴，原因是什么？黛玉看宝玉是不是在乎我，宝玉告诉我非常在乎你，但总要发生误会，常拌嘴。贾母说不可扭了他。有的版本是“扭”，有的版本是“牛”，都是不要违背宝玉意愿。贾母是宝玉的保护神。

黛玉被宝玉纠缠不过，起来说：“你的意思不叫我安生，我就离了你。”还是不讲理，本是她找事，却说宝玉不叫她安生，她要离了他。宝玉说：你到哪我就跟到哪！这是宝玉最早发出的“誓言”，后来就一步步升级，直到黛玉死了他做和尚。宝玉又要戴上刚才扔给黛玉的荷包。黛玉就抢，你说不要了，这会又要戴上，我都替你臊得慌！一边说一边自己就笑了。两个人总这么吵嘴，为芝麻绿豆、鸡毛蒜皮的事吵得天崩地裂，但是黛玉只要知道，宝玉在乎我的，马上烟消云散了，高兴得不得了，两人一块到王夫人那里去了。

可巧宝钗在那里。最后嫁给宝玉的是宝钗，但在小说里找到过一次宝钗和宝玉这样闹别扭吗？一次都没有。宝钗总是正儿八经教育宝玉好好读书。他们结婚后还是劝贾宝玉读书做官。后来他们即便举案齐眉，但宝玉和黛玉的那种真情，宝钗一分一毫都享受不到。

戏班成立妙玉入园

王夫人这儿正热闹呢。贾蔷已买来唱戏女孩，聘了教习，买了行头。宝钗家已搬到东北角一个幽静房舍居住，把梨香院腾出来给戏子们用。贾蔷本来得到三万两银子采买女戏子和行头的美差，现在又掌管小戏班，总理日用出入银钱采买物料，成了有固定肥缺收入的高级白领。

林之孝家的汇报，买来小尼姑、小道姑，衣服都做好了，现在有个修行的官宦小姐，18 岁，法名妙玉。随师父到长安看观音遗迹贝叶遗文，师父去世，她本要扶师父灵柩回乡，但师父临终说她现在不可回乡，她现在郊外寺观住着。王夫人说，我们把她接来好了。林之孝家的说，我们请她了，她说侯门公府贵势压人，我再也不去。多么有自尊心？王夫人通情达理，说既然是官宦家小姐，我们下个请帖吧，派人备轿把妙玉请来了。

这一段有两个闲笔，一个是戏班子成立，贾蔷管理，这戏班里面有个像林黛玉的龄官，在元春归省就出来，后来还有单独的故事龄官画蔷。另一个是妙玉来了。妙玉是贾宝玉在太虚幻境看到金陵十二钗贾府之外的唯一外人，而且以玉为名。《红楼梦》当中，以玉为名的有几人？宝玉、黛玉、妙玉、蒋玉菡。宝玉、黛玉不要说了，妙玉能把粉红色生日贺帖送到怡红院，能把栊翠庵大红梅花剪下送给贾宝玉插瓶。交情是不一样的。而蒋玉菡是贾宝玉要好的男演员。宝玉的小丫鬟本来叫红玉，因重了宝玉，改名叫小红。后来王熙凤不是发过牢骚，都叫玉，都得了玉的便宜似的。这说明带“玉”字非常重要。

有人汇报工程上等绫罗绸缎用，凤姐去开楼拣绫罗绸缎。王夫人等人也在配合着贾珍他们建造大观园忙碌。到十月将近，都齐备了。

读者朋友有没有像我一样，给《红楼梦》算算时间表？《红楼梦》的时间很有意思，它像科幻小说，说长就长，说短就短。比如我们给它算一算：宝钗进府时，哥哥 15 岁，她 13 岁；闹学堂时说，薛蟠两年内给了他的契弟金荣七八十两银子，那阿呆就 17 岁，宝钗 15 岁；金荣姑妈想去告状时，知道秦可卿病了，而秦可卿病中，贾瑞死了，贾瑞死亡先后经过近两年，已经过了四年，这时盖园子。盖园子用多长时间？“又不知历几何时”，太高明了。盖大观园，没有一两年能盖起雏形？再加上装修。需要几年？曹雪芹有意模糊,我们算他一年。贾政带宝玉游园时杏花开放，王夫人忙乱到十月将近，又是一年。从宝钗进府到元春归省至少六年，宝钗进府 13 岁，六年过去，该 19 岁了，按照时俗，这么大女子，早就结婚，儿子都满地跑了。但元春归省后叫姐妹们进园时，宝钗 14 岁！你这里时间流逝，贾府青年人岁数就是不长！这是我看《红楼梦》经常莫名其妙、百思不解的问题。当然啦，曹雪芹增删五次，时间上会不太贴切，或者说太不贴切，我们姑且不算这细账了。

贾母连忙在路旁跪下

贾元春归省，得贾政题本，皇帝批准，第二年正月十五省亲。整个贾府连春节都没好好过。到正月初八，就有太监出来看方向，哪个地方休息，哪个地方受礼，哪个地方开宴，又有巡察地方总理太监来布置设帷幕，指示贾宅人何处跪，何处启事，何处进膳等等。工部官员并五城兵备道打扫街道，撵逐闲人。贾赦等督促匠人扎花灯，准备焰火，到正月十四全部齐备。正月十四这一晚，上下都不曾睡觉。

正月十五五鼓，贾府的人就都起来。从贾母开始，按品服大妆，贾母得按照一品诰命夫人的品服，凤冠霞帔化妆。邢夫人、王夫人、王熙凤，所有人都得按照身份化妆。一早到荣国府门口呆等，过了老半天，才知道元妃晚饭后才请旨动身。这就是那句山东俗话“起了五更赶了个晚集”。

晚饭后，贾赦带合族男子在西街口外迎接，贾母带合族女眷在荣国府大门外迎接，又是静悄悄等半天。听到外面有马跑的声音，十来个太监气喘吁吁跑过来拍手，大家知道是来了。一对红衣太监骑着马缓缓过来，把马赶出去，垂手面西站立。过老大一会，又来一对太监，还是把马赶出去，垂手面西站立。这样来了十来对太监后，才听到隐隐细乐声。“一对对龙旌凤翣，雉羽夔头，又有销金提炉焚着御香；然后一把曲柄七凤黄金伞过来，便是冠袍带履。又有值事太监捧着香珠、绣帕、漱盂、拂尘等类。”举着龙形图案的旌，执着孔雀毛编成的后妃大掌扇，黄金龙头口中衔着香炉焚着御香，明黄绸缎上绣凤纹的顶部弯曲仪仗伞……然后，八个太监抬着顶金黄绣凤版舆缓缓行来。

元春来了！贾母连忙在路旁跪下。现代读者不能理解，祖母怎么能给孙女跪下？不可思议！但在当时却天经地义。皇权高于一切，贵妃是皇帝小老婆，所有人包括她祖母都得下跪。而在贾母等女眷跪下之前，元春的亲爹贾政、亲伯父贾赦早就在西街口跪下了。元春进府看到个匾灯写着“体仁沐德”，什么意思？太上皇和皇帝允许贵妃省亲，是天大仁义，臣子都沐浴在皇恩中。可是，叫奶奶给孙女下跪，能是德？

石头感慨和元妃感叹

贾府为迎接元春省亲，布置的大观园豪华奢靡之极，仅窗帘、椅围、桌围用两万两银子，各种竹帘子六百挂。元春进园，见香烟缭绕、花彩缤纷，处处灯光相映，细乐声喧，说不尽太平气象、富贵风流。

这时有人出来说话了，谁呢？石头。有趣不有趣，好玩不好玩？这就是《红楼梦》叙事的高明了。《红楼梦》不是又叫《石头记》？石头到人生记录见闻，现在石头要以他的口气发表感慨：此时回想当初在大荒山青埂峰何等凄凉寂寞；若不亏癞头和尚和跛足道人携来到此，安能得见这般世面？本欲作篇《灯月赋》《省亲颂》，又怕落了俗套。这就是小说家石头在说话。石头说：还是省了这个工夫，给大家说正经的吧。石头出来说话，是古代小说非常特殊的叙事手法。下面石头还会再说一段话，以后石头就不大说话了。这也是《红楼梦》很有趣的地方。

元春看到大观园金银幻彩，珠宝争辉，彩灯都是纱绫扎的，精致之极；河边石栏上的灯是水晶玻璃做的，点起来像银花雪浪；树上有“叶”有“花”；河里各种“彩禽”飘来。

严冬时节，哪来的叶、花、鸟？是由通草、绸绫、彩纸做成的叶和花，一个一个粘在枝上。一个园子，得多少树？剪多少叶？造多少花？池子里的彩禽，仙鹤、鸬鹚、鸳鸯，都在水里飘着，它们是活的吗？不是，手工制作的。费这么多金银，用这么多的人工，只为让元妃在船上看一眼！这样的气派，连皇帝妃子都暗暗叹息，太豪华过费了。

造豪华省亲别墅导致了贾府极度透支，因为讲排场摆阔气，贾府本来尚未尽的内囊全用光了。后来贾蓉说，过两年再省一次亲，就精穷了。

贾宝玉不是题了很多的匾额嘛，贾元春在船上看各种景色，就要陆续看到自己小弟弟的作品了。她坐的船进入一个石港，贾元春看到一个高悬的大灯笼上面有四个字，“蓼汀花溆”，这是贾宝玉跟着他爹游园的时候，走到河边题的，当时贾宝玉听到水声潺潺，看到清水从石洞泻出，上则萝薜倒垂，下则落花浮荡，落花藤萝碧水，真是美极妙极，贾宝玉化用唐诗题额来形容小河的美景。他化用的唐诗有两首。一首是唐代诗人罗邺《雁》里的两句，“暮天新雁起汀洲，红蓼花开水国愁。”从这两句诗化出两个字“蓼汀”。而花溆是从另一位唐代诗人崔国辅的《采莲》诗化用的。《采莲》诗有这样的两句：“玉溆花争发，金塘水乱流。”贾宝玉从这两句诗化出了“花溆”这两个字。其实呢，汀洲是水面平沙，溆也是水边，蓼汀和花溆实际上意思是相同的，也可以说重复的。所以贾元春说“花溆即可，何必蓼汀。”贾宝玉题这个额说明他懂唐诗，会化用唐诗的意思。他的大姐姐给他改了，改得更简练更精巧，说明他的大姐姐更懂唐诗。这也可以理解，贾宝玉小时候启蒙老师本来就是贾元春。

这时，石头又出来说：贾府世代诗书人家怎么会用个小孩题词搪塞呢？像暴发新荣之家？你就听蠢物给你说明白——蠢物就是仙境里那个垫脚大石头——当初贾妃没进宫时，从小是贾母教养，添了宝玉，贾妃就像母亲教育儿子一样带着弟弟。宝玉三四岁时元春已教了他几本书，认得几千个字。元春入宫后常捎信给父母，弟弟得好生抚养。贾政叫宝玉在大观园题额且把宝玉题的用上，也是很有想法。请贾雨村这样进士出身的人可能题得更好，但不如本家风味有趣。元春知道小弟弟都能题了，会很高兴。

元妃和祖母娘亲呜咽对泣

元春下船上轿，看到“天仙宝境”四字，这是省亲别墅正门，会不会是贾政题的？倒好像有意引着大家想太虚幻境。贾元春说，换“省亲别墅”。她问：这个殿怎么没匾额？太监说，这是正殿，外臣不擅拟。这是很讲规矩的，你亲弟弟可以这里也题个额，那里弄个对联，但正殿必须贵妃来题。元春点头不语。礼仪太监请贵妃入座。叫贾府的人拜见。礼仪太监引着贾赦贾政，贾母邢夫人王夫人等等，分别排班，按皇家规矩拜见元妃。但元妃通情达理，下令“免”。照皇家规矩，贵妃到来，臣子得下跪、磕头、拜见。这样的话，元妃往那里一坐，她的伯父、父亲、兄弟，祖母、伯母、母亲、嫂子们都给她磕头。元妃下令“免”，元春有些亲情。

看过省亲别墅，元春要进荣国府了，这才真正回家了。按照封建礼法，出嫁女儿回娘家，要向长辈行礼。元妃进贾母正室想行家礼时，“贾母等俱跪止不迭”。孙女要给奶奶跪下磕头，奶奶又给她跪下了！看得人毛骨悚然！所谓皇家礼仪、皇家威风还有丁点人性吗？

元春封贤德妃，是贾府莫大荣幸。给家族带来大荣幸的大小姐回家，那应该是多么高兴？还不得整个府都快快乐乐，欢声笑语？但我看元妃见亲人，活像生离死别。元妃一只手搀了从小把她带在身边的祖母，一只手搀了生身母亲，满眼垂泪。三个人心里有许多话都说不出，只管呜咽对泣。为什么嫁出去的闺女回娘家，奶奶和母亲只是和她拉着手哭？为什么不能把心事说出来？一般情况下，奶奶和妈妈得问问，你嫁到那家，公公婆婆待你和善吗？丈夫宠爱你吗？但是她们不敢问，因为元春的婚姻对象是皇帝，一言不合就可下令罢官、抄家甚至杀头的皇帝。而且皇帝有三宫六院七十二妃，谁知贾妃得不得宠？她封贤德妃，并不是因为她美丽妩媚，或者有学问，而是因为贤德。那皇帝到底宠爱不宠爱她？

祖母和母亲绝对不敢问，这是个雷区。出嫁的小姐回家，祖母和母亲最想问的一个问题是，什么时候抱外孙？但皇帝多长时间才去一趟贾妃那？贾妃能不能有喜？贾母王夫人敢问吗？寻常人家出嫁女儿回娘家的话题，在元妃归省时都不能讲也不敢讲。贾母王夫人和元春手拉着手，呜咽对泣。邢夫人、李纨、王熙凤、迎春、探春、惜春一旁围绕，都垂泪无语。在贾府聚会任何场合下，都能妙语如珠的王熙凤，怎么今天成了徐庶进曹营？这完全可以理解。聪明的王熙凤敢在贵妃面前口若悬河吗？太耐人寻味了。

元妃半吞半吐把心中苦痛告诉祖母和母亲：“当日既送我到那不得见人的去处，好容易今日回家娘儿们一会，不说说笑笑，反倒哭起来。一会子我去了，又不知多早晚才来！”说完又哭了。皇宫为什么成了见不得人的去处？因为那是牢笼，所有后宫女子都是皇帝的玩物，不能见外人甚至自己的亲人。现在太上皇发恩典，家属可以定期进宫探望，有深宅大院的也可以归省，但这只是少有的机会。不像平常姑娘嫁出去，哪天想娘了就回家看看。元春归省使用频率最高的词就是“呜咽”，哽咽，垂泪无言，好像不是皇妃衣锦还家，倒是来和家人生离死别。实际上元春归省确实就是一场死别，她再也没回来过。

父亲见女儿的世界之最

元妃见父亲太有趣了。“贾政至帘外问安，贾妃垂帘行参等事。”什么意思？当爹的隔着帘子，还得跪下参拜自己的亲骨肉，太滑稽了。但非这么做不可，因为女儿是皇帝身边人。元妃倒想和她父亲说几句心里话，她就隔着帘子，流着眼泪，跟爹说，人家那些庄户人家，虽然吃的是腌菜，穿的是布衣，但是一家人可以和和美美享受天伦之乐。我们现在富贵到极点了，骨肉分离，想想真没什么意思！元妃终于大着胆子对父亲把心中苦闷说出来。却得到一番不伦不类、令人啼笑皆非的回答。贾政含泪启道，臣子见皇帝的时候要启奏，含泪是父亲对女儿的情感，而父亲对女儿的情感又完全淹没在臣子对皇室的恭敬中。贾政说：“臣，草莽寒门，鸠群鸦属之中，岂意得征凤鸾之瑞。”我这个做臣子的出生在山村穷人家，家里这帮女孩都是乌鸦麻雀，没想到鸦雀窝里飞出您这么个金凤凰！贾政的话矫揉造作、言不由衷！贾府是寒门？不是。荣国公传到贾赦已三代公卿。贾府女孩都是乌鸦麻雀吗？更不是。贾探春就比贾元春一点儿不差，她还是庶出。贾政还要用颂圣语气说女儿：“贵人上锡天恩，下昭祖德，此皆山川日月之精奇、祖宗之远德钟于一人，幸及政夫妇。”奇怪！贾政还挺有创造性，发明一个词。人们平时说某个人光宗耀祖是“上昭祖德”，上面祖宗恩德到你身上了。贾政说“下昭祖德”，那就是祖宗功劳再大，也不能和皇室并列，贵妃女儿就是下昭祖德了。当贾政说到自己的女婿时表示，现在皇上叫您回家，我们肝脑涂地也不能报于万一，只能兢兢业业，祝皇上万寿千秋。女婿叫女儿回一次娘家，成了天高地厚大恩，千古未有旷恩。老丈人只能跪下来高呼万岁万岁万万岁了。

元春已明确说了在宫里很苦恼，贾政还得嘱咐她：恭恭敬敬、勤勤恳恳、兢兢业业侍奉皇上。贾政一本正经颂圣，就把贾元春的悲哀压下去，她不再哭了，摆出贵妃口气教导父亲，以后以国事为重。

贾政没多少才气，他能在元妃跟前讲出非常到位的官场话语，当然因为多年在官场经过历练，但是很大可能，是经过预先排练。是他周围单聘仁、卜固修一字一字推敲，给他写出来，再背下来。

贾政见元妃，父亲见女儿如此对话，世界文学中绝无仅有。这段贾妃见家人的描写，确实是世界文学从未有过的人情世故。可算世界之最。

元妃归省有首诗：“豪华虽足羡，离别却难堪。博得虚名在，谁人识苦甘？”元春得到妃子虚名，进皇宫牢笼，不得不接受跟家人离别的苦痛，她心中苦痛谁知道？古代文学描写皇妃苦恼，当然有人写过，如《长生殿》写杨贵妃怎样争宠。

但贵妃和家人生离死别从没人写过，曹雪芹破天荒。

元妃带来大观园第一个诗歌节

元春游园后，自己先题一匾额一对联，匾额叫“顾恩思义”，是颂圣。对联也是恭维皇帝，“天地启宏慈，赤子苍头同感戴；古今垂旷典，九州万国被恩荣。”太上皇允许妃子回家省亲，所有人都感恩戴德，全国百姓都感觉恩荣。元春把省亲别墅命名“大观园”，把她最喜欢的几处命名潇湘馆、怡红院、蘅芜苑、浣葛山庄，题了一绝：“衔山抱水建来精，多少工夫筑始成。天上人间诸景备，芳园应锡大观名。”这首诗很有味，天上指太虚幻境，人间指红尘世界，大观包罗万象，从闺阁到官场，从民间到皇宫，从天上到地上。大观园是地面上的太虚幻境，但它和红尘世界有刀割不断的联系。从此大观园成为红楼青年男女主场，主场背后有贾府兴衰。

中国古代小说里，人物聚会常写诗，曹操征伐敌人还要横槊赋诗。但由皇妃带来大观园第一个诗歌节，其他小说从没有过。元春令姐妹各题一匾一诗。这时元春已见过宝钗黛玉且感叹两个妹妹像娇美的鲜花晶莹的美玉，太美了。

宝钗题匾额“凝晖钟瑞”，意思是皇恩光辉凝聚。晖、瑞都是光辉之意。宝钗的诗歌颂皇帝恩典，歌颂元春像凤凰归来，而归省显示了皇室的孝化。她的诗写得雍容典雅，她最后还说，有贾元春写的诗在那儿，我怎么还敢写呢？她的诗是这样写的：

芳园筑向帝城西，华日祥云笼罩奇。
高柳喜迁莺出谷，修篁时待凤来仪。
文风已著宸游夕，孝化应隆归省时。
睿藻仙才盈彩笔，自惭何敢再为辞。

说得多么得体，黄莺出谷，飞到皇宫变成凤凰回家来，皇妃文辞这么好，我怎么还敢再写诗？

林黛玉题的匾额“世外仙源”。她的诗歌当然也颂圣，但比宝钗的诗更像信手拈来、潇洒脱俗：

名园筑何处，仙境别红尘。
借得山川秀，添来景物新。
香融金谷酒，花媚玉堂人。
何幸邀恩宠，宫车过往频。

她当然也得颂圣。诗中说园子像仙境，像当年石崇的金谷园，花儿映照着皇宫（玉堂）来的人。我们能参加宴会是邀了恩宠等等。黛玉的诗更多提到仙境，因为她本来从仙境下来。

黛玉做宝玉“皇妃面试”作弊抢手

元妃重点要考察的是她亲手教的弟弟有没有长进。姐妹都一匾一诗，宝玉得以怡红院、潇湘馆、蘅芜苑、浣葛山庄为题各作一首。本来是弟弟见姐姐，好好撒撒娇，好好叙叙，好好玩玩的时刻，姐姐又面试了。宝玉在那挖空心思作诗，有两个人最关心他。但两人关心不一样。宝钗关心的是你的诗千万不要叫元妃不高兴。黛玉关心的是，你一定写首好诗露一手，你写不出，我替你写。宝玉作完潇湘馆和蘅芜苑，正在作怡红院，起草的有句诗“绿玉春犹卷”。宝钗瞥见，趁没人注意，悄悄推宝玉说：“他因不喜‘红香绿玉’四字，改了‘怡红快绿’；你这会子偏用‘绿玉’二字，岂不是有意和她争驰了？况且蕉叶之说也颇多，再想一个字改了罢。”宝玉拿着袖子擦汗说，想不起蕉叶还有什么典故。宝钗悄悄说：你把绿玉的“玉”改成“蜡”就行了。宝玉傻乎乎问：绿蜡有什么出处？宝钗说：你今晚不过如此，将来金殿对策，大概连赵钱孙李你都忘了！你忘了唐诗咏芭蕉的“冷烛无烟绿蜡干”？宝玉听了豁然开朗，说：“该死，该死！现成眼前之物偏倒想不起来了，真可谓‘一字师’了。从此后我只叫你师父，再不叫姐姐了。”宝钗悄悄地道：“还不快作上去，只管姐姐妹妹的。谁是你姐姐，那上头穿黄袍的才是你姐姐！你又认我这姐姐来了。”“穿黄袍的才是你姐姐”，口气多么艳羡，宝钗曾待选陪公主读书，没选上就没进宫机会，也就不可能穿黄袍了，现在见人家穿黄袍，何等羡慕。

黛玉只写一首，才能没展示出来，看到宝玉一人作四首，我何不替他作。就问宝玉，都有了吗？宝玉说有了三首，就缺《杏帘在望》了。黛玉说：你抄前面三首，等你抄完我就替你作出后一首了。低头一想，马上写在纸条上，掂成团子，扔到宝玉跟前。

可笑不可笑？皇妃亲自“面试”还有人作弊！看来元春也不是个好的监考官。宝玉打开一看，黛玉写的比自己高过十倍，赶快恭恭敬敬抄了呈上去。林黛玉写的《杏帘在望》：

杏帘招客饮，在望有山庄。
菱荇鹅儿水，桑榆燕子梁。
一畦春韭绿，十里稻花香。
盛世无饥馁，何须耕织忙。

林黛玉替贾宝玉写的这首诗，比她自己的《世外仙源》要好得多。这首诗写得太有味了，你就是放到唐诗里，和那些著名田园诗都有一比。特别是中间的四句，用绝妙的对仗写出山庄的美景。菱荇鹅儿水，写水面有白杆紫红色叶子的荇菜，鹅儿在水面荇菜间嬉戏；桑榆燕子梁，写燕子在桑树和榆树之间飞来飞去，忙忙碌碌筑巢。春韭是绿的，稻花是香的，一片丰收景色。

穿黄袍的姐姐一看，弟弟的诗这么好！最好的是《杏帘在望》，因为有“一畦春韭绿，十里稻花香”可以算名句的诗句，元妃立即把她已命名“浣葛山庄”的地方改名“稻香村”。林黛玉的才能多么不同寻常！

元妃点戏埋藏贾府命运

作完诗要点戏。什么叫点戏？戏班子准备好剧目，把戏单拿来，元妃挑选演什么戏。现在常演的京剧《失空斩》（《失街亭》《空城计》《斩马谡》），元春是看不到的，只能点昆曲。京剧是乾隆晚年徽班进京才成熟。演戏的女孩都住在梨香院。贾蔷总管，还有教习带领管理，俨然是完整剧团。这个戏班子仅仅为元妃省亲摆阔气吗？不全是，这个戏班子以后还要在贾府存留相当长时间。他们将要演的戏对红楼人物命运起重要作用。元妃归省点的戏，就有着非同寻常的作用。元妃点了四出戏，第一出《豪宴》，第二出《乞巧》，第三出《仙缘》，第四出《离魂》。对贾府命运，对贾府主要人物命运都起到预示作用。

贾元春点的第一出戏《豪宴》，脂砚斋加评语是“《一捧雪》中，伏贾家之败。”《豪宴》是清初戏剧家李玉的名作《一捧雪》中一折。莫怀古家有玉杯一捧雪，严世蕃向莫怀古要，莫怀古把复制品送去。莫怀古的门客汤勤向严世藩告密玉杯是假的。严世蕃把莫怀古害得家破人亡。《豪宴》演莫怀古因补官到京城，以世交关系拜谒严世蕃，把门客汤勤推荐给严世蕃。他们一边喝酒一边看戏，他们看的戏中戏叫《中山狼》，暗示汤勤是中山狼。按说元春不该点这样的戏，但她偏偏点了。这是曹雪芹叫她点的，为小说构思服务。因为将来贾府要发生和一捧雪相似的事件。贾赦看上石呆子的扇子。石呆子偏偏一千两银子一把也不卖。贾琏没要来，被贾赦胖揍一顿。贾雨村利用权力，说石呆子欠了官府银子，把他的扇子抄来，白送给贾赦。贾赦为了几把扇子，导致石呆子家败人亡，是贾府被抄的原因。所以说《豪宴》伏贾家之败。

如果仅仅是贾赦恃强凌弱，不至于导致贾府败落，因为朝里有人，贾元春还在。贾府败落主要原因是贾元春死了。这就是贾元春点的第二出戏预示的。第二出戏《乞巧》，脂砚斋说是“《长生殿》中，伏元妃之死。”《乞巧》演杨贵妃七月七日在长生殿乞巧，唐明皇对天发誓愿和杨贵妃生生世世为夫妻、永不分离。不久，安史之乱发生，唐玄宗逃难，到马嵬坡，六军不发无奈何。要求处死杨国忠、杨贵妃。唐玄宗只好下令把杨贵妃吊死。很大可能，元妃也是被皇帝下令叫她上吊。第五回贾宝玉听到元妃曲子里有“荡悠悠”。可以形容灵魂在飘动，也可以暗示活人被白绫吊起来。所以元妃很可能是自缢而死。《乞巧》借杨贵妃之死预伏元妃之死。而元妃之死又成为贾府败落的最重要原因。

元春点的第三出戏《仙缘》，脂砚斋评语："《邯郸梦》中，伏甄宝玉送玉。"《邯郸梦》是明代汤显祖的昆曲名作，根据唐传奇《枕中记》写成。卢生梦中大富大贵，出将入相，又因官场内斗，贬到云南。卢生醒来时发现，他入梦时店家蒸的黄粱还未熟，他发现泼天富贵，不过黄粱一梦，看破人生，被吕洞宾引渡上天，接过八仙之一的何仙姑手里的花帚扫花。脂砚斋认为，这出戏预伏了将来甄宝玉送玉。因为曹雪芹《红楼梦》后几十回丢了，我们不知道甄宝玉为什么要送玉，送玉会导致什么情节。我怀疑这实际上预示贾宝玉像卢生一样看破了人生出家。

第四出戏《离魂》，脂砚斋评，"《牡丹亭》中，伏黛玉之死。"《离魂》是《牡丹亭》折子戏，杜丽娘在梦中和柳梦梅在牡丹亭畔幽会，梦醒后病倒了，寻梦，闹殇，带着对爱情的渴望离开人世。可以推见，林黛玉是在潇湘馆，像杜丽娘一样在连宵夜雨中为贾宝玉泪尽而逝。肯定不会有程高本续写后四十回掉包记等似乎很有戏剧性、但很浅表的情节。脂砚斋评语透露，黛玉死后，宝玉再到潇湘馆看到的是"落叶萧萧，寒烟漠漠。"

元春省亲点戏，对整个贾府及主要人物贾宝玉、林黛玉、贾元春命运做了预示。脂砚斋说：“所点之戏剧伏四事，乃通部书之大过节、大关键。”怎么叫“通部书”？就是不仅包括前八十回，还包括曹雪芹丢失的后几十回。脂砚斋是看到全书后才这样说。脂砚斋曾在第五回贾元春曲子旁边批了“悲险之至”，悲到什么程度？险到什么程度？元妃怎么死的，可能是《红楼梦》最有趣的谜。

点戏出现个小插曲，元妃夸奖小旦唱得不错，叫她再做两出，不管做什么都行。戏班总管贾蔷令龄官再唱两出《游园》《惊梦》。因为她刚才唱的《离魂》是《牡丹亭》里的，已得到表扬了，何不就把《牡丹亭》前面两出再唱唱。龄官能得到元妃赞赏很不简单。元妃在宫廷看了多少皇宫御用的班子唱戏？皇帝有时候会从地方调最好的戏剧班子进宫唱戏，小小的龄官居然得到元妃欣赏。龄官很有个性，叫我唱游园、惊梦？不干。我要唱相约、相骂。相约、相骂是明代的《钗钏记》的两出戏，和游园、惊梦不太一样。演的是丫鬟和老夫人拌嘴。贾蔷扭不过她，那你就唱吧。这里又预伏贾蔷和龄官关系不同寻常。《红楼梦》一些很小的角色，只要一出来，个性都很鲜明。

写完诗，看完戏，元妃赏赐。贾母金玉如意各一柄、沉香拐杖一根、念珠一串，还有金锞、银锞、宫缎。邢夫人、王夫人，没有金玉如意和拐杖，其他的与贾母相同。贾赦、贾政、贾敬都是书墨、酒杯。宝玉和姐妹们得到新书、宝砚，贾环生病没来。曹雪芹特别会调度，贾环登不得大雅之堂，所以不失时机地生病了。千两金银赏给两府服役人员。赏赐面面俱到，但比起贾府盖大观园的开销，这叫九牛一毛。

贾元春最后到佛寺题了个匾额“苦海慈航”。这几乎是她本人和贾府命运。他们都得在苦海苦苦挣扎,希望能得到解脱。

元妃嘱咐，如明年还能归省，千万不要这样奢华靡费了。贾母等已哭得说不出话来。贾妃不愿意告别亲人，但皇家规矩不能够违抗，到了时辰就忍着眼泪上轿子回去了。其他人安慰着贾母，扶她回去。

贾妃还能不能再省亲？不能。所以她这一次和家人生离，实际上是死别。

第十九回

情切切良宵花解语
意绵绵静日玉生香

元妃归省，贾府大事完成，接着几回似乎写琐事，但每回都在小说中有相当重要的价值。

“花解语”从唐玄宗说杨贵妃是“解语花”（会说话的鲜花）而来。李白写杨贵妃“名花倾国两相欢，常得帝王带笑看。”花袭人姓花，自认为铁定是宝玉身边人，想控制宝玉的人生轨迹，擅长软语劝宝玉，所以叫“花解语”。“玉生香”是宝玉嗅到黛玉身上的香味，编出小老鼠偷香玉故事。二玉正在从要好的表兄妹向恋人过渡。

茗烟风流事是花解语导线

袭人母亲接袭人回家吃年茶。宝玉到东府看灯看戏。东府唱的戏宝玉一点都不喜欢。宝玉爱看游园、惊梦这类文艺青年喜欢的戏；贾珍喜欢热热闹闹的戏，唱的《丁郎认父》《黄伯央大摆阴魂阵》《姜子牙斩将封神》《孙行者大闹天宫》，神鬼妖魔，敲锣打鼓。宝玉不喜欢，他坐了一会儿，想到这有个小书房挂的美人恐怕很寂寞，我得去看看她。宝玉竟然关心挂着的美人，活化出个绝代情痴来。

平时宝玉到哪去都前呼后拥，偏偏这次他自己来，刚到窗前就听到房间里有动静，吓了一跳，美人活了吗？舔破窗纸往里面一看，了不得了，茗烟在干警幻所训之事！宝玉一脚就踹开门进去，那两个人分开了发抖。茗烟一看不是贾珍的人，就不害怕了，知道宝玉不会把自己怎么着，跪求不迭。宝玉说："青天白日，这是怎么说。珍大爷知道，你是死是活？"再看看那个丫头，长得较白净，羞得满脸通红。宝玉对那个丫头说"还不快跑"。那个丫头就飞也似跑出去，宝玉再赶出来喊："你别怕，我是不告诉人的。"急得茗烟在后面说"祖宗，这是分明告诉人了！"宝玉问茗烟，那丫头几岁了，叫什么名字。听茗烟连她多少岁都不太详知。宝玉说，她真是白认得你了，可怜！

脂砚斋加过一个长评语，宝玉是我一辈了在书里从来没有见过别人写的，不管是小说还是传奇，就没写过这样的人。而且我一辈子在社会上也没见过这个人。脂砚斋说"实未亲睹"，贾宝玉的性情叫人很不理解，干的事叫人可笑。有人说贾宝玉就是曹雪芹。如果说脂砚斋是曹雪芹创作时一直在身边评点的亲属，连他都不知道贾宝玉从哪来的，贾宝玉怎么可能是曹雪芹呢？贾宝玉是曹雪芹创造的小说典型人物。

宝玉本想去看袭人，但不敢提，因为这违反国公府规矩。贵族少爷不可以乱走，更不能到奴仆家，而茗烟又想掩饰自己刚才干的这件事，他就只好听贾宝玉的，领着贾宝玉到袭人家去了。

眼前摆满总无可吃，将来没啥可吃

袭人母亲接了外孙女、侄女在这吃茶，听到有人叫花大哥，袭人哥哥一看是宝玉和茗烟，吓得了不得，赶快把宝玉从马上抱下来。袭人也很害怕，说："你怎么来了？"宝玉说："我怪闷的，来瞧瞧你作什么呢。"袭人说："你也忒胡闹了！"贾府禁止少爷到处乱跑，更不能到奴仆家。袭人吓唬茗烟，这都是你调唆的，我回去一定要叫嬷嬷们打你！袭人三五个表妹见了宝玉都低了头，羞惭惭的。袭人哥哥和母亲百般热情招待宝玉，齐齐整整摆了一桌子果品。袭人一看，"总无可吃之物"，这些东西档次都太低，人家宝二爷怎么会吃这个？

在"袭人见总无可吃之物"这个地方，《脂砚斋重评石头记》另一位评点者畸笏叟，加了一段评语，"补明宝玉自幼何等娇贵。以此一句，留与下部数十回'寒冬噎酸齑，雪夜围破毡'等处对看，可为后生过分之戒。"这段话什么意思？贾宝玉从小吃多么高档的东西，多么金尊玉贵的娇养，花家摆了一桌子果品他都总无可吃之物，但是到了贾府败落之后，贾宝玉过的是什么日子？在寒冬腊月的雪夜，他没有御寒的衣服可以穿，只好围着一个破毡，没有可以解决肚子饥饿的食物，只好吃切碎的又苦又涩的腌酸菜，当年贾府的凤凰宝二爷穷到极点了。这段评点很重要，它提供了贾宝玉“金满箱银满箱，展眼乞丐人皆谤”“贫穷难耐凄凉”的具体细节。这是曹雪芹已经写出来的。不少红学家认为畸笏叟就是曹雪芹的父亲曹頫，是曹雪芹手稿的保存者也是最后丢失者。

袭人亲自挑了几个松子剥开掂了细皮，用手帕托着给宝玉，叫宝玉用自己的杯子喝水，说你坐一坐就回去吧！宝玉说：“你就家去才好呢，我还替你留着好东西呢。”袭人的哥哥和母亲一听，肯定得琢磨：这俩什么关系？这么亲密？袭人悄悄嘱咐：“悄悄的，叫他们听着什么意思。”

袭人表面上温柔退让，骨子里特别争强好胜。她不仅在宝玉身边丫鬟中要争个头筹，要做未来的宝二姨娘，还要向表妹显摆。她取下贾宝玉的通灵宝玉，跟妹妹们说：“你们见识见识。时常说起来都当希罕，恨不能一见，今儿可尽力瞧了。再瞧什么希罕物儿，也不过是这么个东西。”这是显摆什么呢？你们平时想看这块玉，你们看不到，你们平时想接触宝二爷，也接触不到，但我每天都在宝二爷身边，管着他这块玉。传看了一番，又给宝玉挂好，袭人叫哥哥雇了一乘轿，把宝玉送回去。

宝玉回去，丫鬟和嬷嬷又闹事了。李嬷嬷来，看到丫鬟在那里玩，就想管。丫头不听，你告老了还出来管什么闲事？李嬷嬷只管问，宝玉现在一天吃多少饭，什么时候睡觉，丫头胡乱答应，悄悄说“好一个讨厌的老货！”李嬷嬷发现有碗酥酪，怎么不送给我？拿起来就吃，一个丫头说，别动，那是给袭人留着的。老太太生气了，我吃碗牛奶应该，难道袭人比我重？当年他是吃着我的奶长大的，我偏吃！袭人不就是我调理出来的毛丫头，什么阿物儿！老太太心里没数，她就不想想现在袭人在宝玉身边什么身份了。

袭人约法三章

宝玉回来，叫袭人吃他留的奶酪。丫鬟说李奶奶吃了。宝玉刚要发火，袭人对宝玉说：多谢多谢，我前几天吃过了，吃了肚子疼，她吃了好，我现在想吃栗子，你去给我剥栗子吧，我去给你铺床。袭人息事宁人，不给宝玉造成教训他奶妈的借口。袭人发现宝玉有很多毛病，千奇百怪，仗着祖母溺爱，最不喜务正业。其实宝玉务不务正业和你这个丫鬟有何相干？但袭人觉得她和宝玉关系不一样了，认为将来自己要跟定宝玉做宝二姨娘。她这天回家，母亲和哥哥告诉她，我们现在日子好过，想赎你回去，她哭了。宝玉也发现她哭了，问她为什么哭。袭人对母亲、哥哥说：我现在很好，虽然当丫鬟，比别人家小姐还好。她的母亲和哥哥还不大相信时，宝玉来了。他们一看袭人和宝玉这个情景，心里透亮，知道袭人已不仅仅是丫鬟。袭人这时想，宝玉今天到我家看到我掉眼泪，我正好借这个机会，好好劝一劝。她就假装跟宝玉反复说我家要赎我，我要走了。宝玉再三表示不叫你走，最后干脆哭了。

袭人把宝玉惹得泪痕满面才说：你有什么伤心的？果然留我，我就不出去了，但咱们要约法三章。宝玉很依恋袭人，因为袭人对他的照顾无微不至；宝玉重情，既然两人已有那层警幻仙子教的云雨情，他就要对袭人负责，把她留在身边。他对袭人说，“好姐姐，好亲姐姐，别说两三件，就是两三百件，我也依。只求你们同看着我，守着我，等我有一日化成了飞灰，——飞灰还不好，灰还有形有迹，还有知识。——等我化成一股轻烟，风一吹便散了的时候，你们也管不得我，我也顾不得你们了。那时凭我去，我也凭你们爱那里去就去了。”袭人说，这就是头一件你得改的，以后不能这么说。宝玉赶快答应，不说了，再说你拧嘴。

第二件，袭人说：你不管真喜欢假喜欢读书，在老爷跟前、在别人跟前，要装出读书的样子。你在人前背后说那些混话，把读书上进的人叫“禄蠹”，你还说明明德之外没有书，不就惹得老爷生气、打你？宝玉赶快承认，那是我小时信口胡说，以后不说了。

宝玉以后真不说了？说得更厉害了。

袭人说：再也不可毁僧谤道，调脂弄粉，再也不许吃人嘴上的胭脂。宝玉答应都改。袭人说，再也没有了，百事检点些，不要任情就是了。你若是这样，八抬大轿也抬不出我去了。

这里埋个伏笔，将来袭人就是被蒋玉菡的八抬大轿抬出去了。

第二天袭人感冒了，找人看病，吃药发汗。宝玉不是约法三章吗，最后一件是不要调脂弄粉。袭人躺着捂汗时，宝玉就去给丫鬟淘弄胭脂，把自己左腮抹上块钮扣大小的红颜色，被黛玉看到。这就是这一回最重要的情节，意绵绵静日玉生香。

黛玉成了“香玉”

元妃省亲，身体虚弱的黛玉不得不熬夜，第二天浑身酸痛。宝玉和黛玉已经不住在碧纱橱里外，他们仍然住贾母小院，估计是一个住东厢房，一个住西厢房。袭人长篇大套劝戒宝玉，黛玉一句都没听到，但宝玉可以随时一抬腿穿过院子，跑到林妹妹房间。黛玉不是喜欢和宝玉在一块？宝玉来了她应该很高兴，但是黛玉太虚弱，需要休息，她对宝玉说：你先到别的地方闹一会子。宝玉说我不去，看到他们就怪腻歪的，我要说话给你解闷。黛玉说，那你老老实实坐在那里说话。宝玉说，不行，我得歪着，躺在你的床上，咱俩枕一个枕头吧！绛珠仙子下凡，多么美妙文雅的女性居然骂了句“放屁”，然后说：你真是我命中的魔星！把自己的枕头让给宝玉。自己又去找个枕头，两人对脸躺下。这时，黛玉看到宝玉脸上的红颜色了。关心地问他，宝玉直接告诉她，给丫头淘胭脂蹭上的。像这样的事，袭人或宝钗看到，那就得好好规劝一番，你可不能干这个，你得好好读书。但是黛玉一点儿都不大惊小怪，亲手去给他擦干净，说，你干这个也就罢了，你还要带出幌子来，叫别人当个新奇事，吹到舅舅耳朵里面，大家都不干净。

这就叫知心。黛玉知道，宝玉喜欢给丫鬟淘弄胭脂，喜欢干就干吧，只别带出幌子来，把脸上抹上红颜色，叫别人告诉舅舅，我们大家就不安静了。黛玉这么关心宝玉，宝玉该好好听着？不。他偏偏像小猎狗一样，鼻子在那里嗅，什么地方这么香？他发现黛玉身上有股醉魂酥骨的香气。

这是曹雪芹写黛玉的神来之笔，黛玉自身带香气。曹雪芹写林黛玉是病如西子胜三分，而西子传说自身带有香味。六朝小说写过，西施洗澡后，她的水沉淀下来可做成香料。薛宝钗身上也有香气，那是冷香丸产生的香气。宝玉问林妹妹拢了什么香？黛玉就棍打狗，讽刺起来了：“难道我也有什么‘罗汉’‘真人’给我些香不成？便是得了奇香，也没有亲哥哥亲兄弟弄了花儿、朵儿、霜儿、雪儿替我炮制。我有的是那些俗香罢了。”

巧舌如簧，什么意思？讽刺薛宝钗的冷香丸，什么罗汉真人，就是癞头和尚。什么花儿、朵儿、霜儿、雪儿，就是冷香丸四季白色的花蕊和水。黛玉心里一直对薛宝钗不以为然，认为薛家太造作。她拿冷香丸开涮，看宝玉怎么应对。宝玉很聪明，不上当，他说："凡我说一句，你就拉上这么些，不给你个利害，也不知道，从今儿可不饶你了。"给个什么厉害？挠痒痒，这不是小孩之间开玩笑？黛玉最怕痒，就说我再也不敢了。她真的再也不敢了？她反而得寸进尺又来了一句："我有奇香，你有'暖香'没有？"你不是说我这身上的香味，你都不知道，没见过，没嗅过吗，我这是很奇的香，你有暖香吗？宝玉还是没有黛玉聪明，"暖香"的对仗是"冷香"。他没听懂，黛玉说："蠢才，蠢才！你有玉，人家就有金来配你；人家有'冷香'，你就没有'暖香'去配？"黛玉大大方方拿金玉良缘开涮了。这说明黛玉根本不相信什么癞头和尚给了金锁，认为是薛姨妈造个锁来配这个玉。所以她就讽刺，既然人家拿个锁来配你的玉，你就应该有个"暖香"去配人家的"冷香"。这时，黛玉真的很吃醋吗？没有，她把金玉良缘当成笑料，没当成对自己的真正威胁。宝玉很聪明，还是不上当，再次动手挠痒痒。结果黛玉说"好哥哥，我可不敢了。"

宝玉总是一口一个"好妹妹"，黛玉叫"好哥哥"实在不多。而在"意绵绵静日玉生香"中，她就叫"好哥哥"，这就说明这对青梅竹马的表兄妹正悄悄向情哥情妹转折。

宝玉有一搭没一搭地说些鬼话，黛玉就是不理。宝玉为什么要在这里说些鬼话呢？他怕黛玉躺在这里休息积住了食。看黛玉总不搭理他，就问黛玉几岁来的，路上见什么了，扬州有什么古迹？黛玉就是不回答。因为她浑身酸痛，需要休息。宝玉在一边喋喋不休，不妨碍她休息。宝玉已成了黛玉生活中的气场，甭管说什么，不用回答，只要他在就行。这时就出现了“意绵绵静日玉生香”。宝玉像天才童话作家，用黛玉的名字，编出扬州黛山林子洞小耗子精偷香玉的故事。

“意绵绵静日玉生香”是不是写爱情的章节？我看只能算爱情萌芽的章节。宝玉一进房间就看到黛玉躺在那，这如果是贾琏会怎么样？那下面就没法看了。但宝玉只关心他的林妹妹不能躺在这里积住食，宝玉和黛玉亲热体贴，像亲哥哥亲妹妹，没有一点男女区别，但一点都不越轨。他们的感情正在慢慢增长。

宝玉黛玉为什么不卷包而逃？

1983 年我带了个日本留学生叫小岛英夫，他跟我专门进修一年《红楼梦》。他每周去看我指定的第几回到第几回，上课时，他就来一一地说，老师，我这里有一个问题，老师，我那里有一个问题。那一周，他提的问题我永远都忘不了。小岛英夫说：老师，我看了第十九回“情切切良宵花解语，意绵绵静日玉生香”，我有好多问题都不能理解。一个问题是宝玉既然和黛玉是中国古代小说最有名的爱情，为什么宝玉和袭人还有这样的关系？袭人还要劝他。这个问题我大概了费半个小时讲清楚。

小岛英夫又说，老师，你总是说，宝玉和黛玉的爱情是大悲剧，您看“意绵绵静日玉生香”，宝玉和黛玉这不是已经上床了？日本留学生一提这个问题，我简直都要晕倒了。从清代晚期开始，红学已经成为一门学问，红学家研究了两百多年，从来没有任何红学家提出来，“意绵绵静日玉生香”是写宝玉黛玉上床了。我说这真叫“石破天惊的二百年红学新发现”。我给日本留学生讲：虽然宝玉和黛玉是面对面躺在一张床上；虽然黛玉还用手去替宝玉擦掉脸上的胭脂；虽然宝玉还要求和黛玉枕一个枕头，宝玉还到黛玉胁下挠痒痒，两个人非常亲热。但是这绝对和西方人所谓“上床”是不同的。讲了一个小时，日本留学生才多多少少发现中华民族很多的心理和习俗，真是和我们日本不一样。

中国红学会的第一任会长是北京大学吴组缃教授，吴先生在北京大学讲了几十年《红楼梦》，吴先生是进了《现代文学史》的小说家。他讲《红楼梦》特别注重细节。那次我到北京大学朗润园看吴组缃先生，一进门就发现，吴先生很不高兴。聊起来，吴先生说，你知道吗，我带一个捷克留学生读了一年《红楼梦》，每周他去读几回，我答疑。我说：这留学生这么幸运？我想来跟吴先生做进修教师读一年《红楼梦》，我们系里不让我来！那这个留学生应该很有成就了？这个捷克留学生昨天来告别说，吴先生，《红楼梦》里面所有问题我都明白了，只有一个问题不明白。吴先生说，一个问题，你现在问了，我给你解答，不就完了，什么问题？捷克留学生说：吴先生，大观园这么多的珍宝，宝玉和黛玉为什么不卷包而逃？吴先生就说：马瑞芳，听了这个问题，我就知道，我这一年的《红楼梦》全都白上了。我就拿小岛英夫说宝玉和黛玉都上了床这个事，来劝吴先生，我说吴先生，您看，咱们要跟外国朋友讲咱们的《红楼梦》，那真是不知道要过多少个坎儿。你不仅仅要讲小说，你还得讲中华历史，你得讲中华民族的心理，你得讲中华民族的风俗。这《红楼梦》是太有意思，太不好讲，也是太值得讲了。

就在黛玉说宝玉又编了香玉的故事，要撕他的嘴的时候，薛宝钗来了。为什么往往当宝玉和黛玉讲得最亲密的时候，薛宝钗要出来插一杠子？眼看他们要有进一步交流了，薛宝钗来截住了。为什么？这就是曹雪芹的天才，他就不能叫宝玉和黛玉的爱情像大河奔流一泻千里，不能叫宝玉和黛玉好像张生和崔莺莺，那么快，红娘就抱着枕头把崔莺莺送进张生的书房了。那是别人的写法，曹雪芹绝对不会这么写，他一定要叫宝玉和黛玉的爱情在曲折当中发展。

在这一段里宝钗最后才出现，但宝钗的标志早就出来了。黛玉是拿着冷香丸开玩笑，拿着金锁开玩笑，说宝玉你应该用暖香配冷香，因为人家已经用了金锁配了你的玉了。宝玉根本不辩解，这就说明宝玉心里根本就没有宝钗。

“意绵绵静日玉生香”，是宝黛爱情最柔美最温馨的章节。黛玉不是到人世间来向神瑛侍者的后身宝玉还泪的吗？但是在整个玉生香章节里面，她动不动就笑得透不过气来，她没有掉过一滴眼泪。这段描写，是青年读者，也是红学家最喜欢的，可惜这样的描写像昙花一现。

第二十回

王熙凤正言弹妒意
林黛玉俏语谑娇音

这一回写王熙凤把赵姨娘教训一顿，提醒她是奴才；黛玉和宝玉误会解除后，说俏皮话和湘云开玩笑。这回回目虽然是两个内容，实际上是三个内容，这三个内容都是和宝玉有关的。第一个内容是宝玉身边的人发生矛盾，奶妈和袭人发生矛盾，其他的丫鬟也对袭人有看法，这是一个矛盾。第二个矛盾是赵姨娘母子嫉恨宝玉，赵姨娘教训贾环，被王熙凤听到，教训了一顿。第三个矛盾也围绕宝玉，湘云来了，宝钗和湘云跟宝玉在一起玩，引起了黛玉不满。这一回里，王熙凤的形象也很出色，因为凤姐甭管在哪露面，总有闪亮的语言、闪亮的行动。

王熙凤“卷走”李嬷嬷

宝玉和黛玉讲到耗子精偷香玉的故事，宝钗来了。这时，听到宝玉的房里闹起来了。黛玉先笑了对宝玉说 ：“这是你妈妈和袭人叫嚷呢。那袭人也罢了，你妈妈再要认真排场他，可见老背晦了。”袭人为人周到，但赞扬袭人的话能从黛玉的嘴里说出来，非常不简单。“也罢了”就是她已经做得很不错了，你的奶妈再跟她找事，那真老背晦了。宝玉就要往自己房间跑，宝钗一把拉住，说："你别和你妈妈吵才是，他老糊涂了，倒要让他一步为是。"宝钗显然比黛玉顾全大局。

李嬷嬷来了，见袭人在那躺着，认为袭人现在翅膀硬了，瞧不起她，就骂起来："忘了本的小娼妇！我抬举起你来，这会子我来了，你大模大样的躺在炕上，见我来也不理一理。一心只想妆狐媚子哄宝玉，哄的宝玉不理我，听你们的话。你不过是几两臭银子买来的毛丫头，这屋里你就作耗，如何使得！好不好拉出去配一个小子，看你还妖精似的哄宝玉不哄！"

李嬷嬷特别不能忍受别人冷淡，她老了，宝玉早就不吃奶了，她还要管宝玉的事。宝玉现在的事主要由袭人管，她就受不了了。袭人只不过认为李嬷嬷怪罪她不起来，就说我生病了。听到李嬷嬷骂她"哄宝玉""妆狐媚子""配小子"，就哭了。李嬷嬷说的有没有道理？李嬷嬷是个老人，对年轻人的观察实际上很犀利。她发现袭人虽然表面稳重，但她是在哄宝玉，所以李嬷嬷就说出"妆狐媚子"的话来。袭人认为和自己很不相符，就委屈得哭了。

一听袭人说吃药了、病了，李嬷嬷更气，继续骂袭人，且说出上次她来，喝了枫露茶，茜雪就出去了。这里埋了一段曹雪芹丢失的后几十回的线索。根据脂砚斋评语，茜雪确实被撵出去了，但后来茜雪到狱神庙又出现了，她虽然被撵出去，却在贾宝玉、王熙凤困难的时候她来帮助他们。但是她怎么帮助的，因为原稿丢失，我们就看不到了。

宝玉不能管自己的奶妈，黛玉和宝钗被奶妈抓住诉委屈。王熙凤听见了，赶快过来拉了李嬷嬷，笑着说："好妈妈，别生气。大节下，老太太才喜欢了一日，你是个老人家，别人高声，你还要管他们呢；难道你反不知道规矩，在这里嚷起来，叫老太太生气不成？你只说谁不好，我替你打他。我家里烧的滚热的野鸡，快来跟我吃酒去。"王熙凤太厉害了，她要敲打李嬷嬷，但李嬷嬷是个老人，凤姐对贾琏奶妈那样善良，对李嬷嬷也不能凶横。怎么敲打她？拿老太太来敲打。老太太刚高兴了，不要惹她生气，深层含义是：袭人是老太太派来服侍宝玉的，你不能这样说袭人。李嬷嬷有没有听懂凤姐话里有话？不得而知，但一听二奶奶这么给面子，李嬷嬷就脚不沾地跟着凤姐走了。

凤姐拉李嬷嬷走时还嘱咐"丰儿，替你李奶奶拿着拐棍子，擦眼泪的手帕子。"多生动！黛玉和宝钗都拍手笑："亏这一阵风来，把个老婆子撮了去了。"宝玉感叹，不知道是谁的事，又骂起袭人来了。马上丫鬟里的矛盾又暴露出来。晴雯说："谁又不疯了，得罪他作什么。便得罪了她，就有本事承认，不犯着带累别人！"这就是晴雯，别人对主子都唯唯诺诺，她有话就说，贾宝玉说得不对，我也顶嘴。袭人赶快打圆场，袭人担心宝玉袒护自己而得罪其他人。实际上袭人在宝玉的奴仆中已比较孤立了。

“满屋里就只是她（晴雯）磨牙”

在宝玉身边做杂活的仆妇端上袭人的药，宝玉端着叫袭人喝。贵族少爷有平等意识，不仅侍候袭人喝药，待会儿还给麝月篦头。宝玉等袭人躺下，就到上房来，看着贾母吃完饭，回到怡红院，看到麝月一个人抹骨牌。就问：你怎么不和她们玩去？麝月说没有钱。宝玉说那里有的是钱，你拿着去用就是了。麝月说：得有人看门。宝玉一看，又是个“袭人”。这里又埋下个伏笔，将来袭人离开宝玉时嘱咐“好歹留着麝月”。最后宝玉身边就是有宝钗和麝月。宝玉说：我在这里看着吧。麝月说：你在这，咱俩就说话吧。宝玉说，干脆我替你篦篦头吧！什么叫篦篦头？就是拿很细很细的梳子，把头皮用劲刮一刮去掉头屑。古人常干这样的事。但少爷给丫鬟篦头，恐怕从来没见过。宝玉和袭人有那层关系，和麝月并没有更深的关系，他只是把麝月当成兄弟姐妹看待。他给她篦头。晴雯进来了，一看，冷笑：“哦，交杯盏还没吃，倒上头了！”那时婚礼习俗，新郎新娘要交换酒杯饮酒，叫“交杯”。女子出嫁时把少女发型改成少妇发型再戴上首饰，叫“上头”。晴雯口角伶俐，挖苦这两个人太亲近。宝玉说：你过来，我也给你篦一篦。晴雯说：“我没那么大福。”摔了帘子出去了。

宝玉和麝月在镜内相视，宝玉对麝月悄悄说："满屋里就只是他磨牙。"很生动，就是她爱顶嘴，爱批评宝玉。麝月赶快在镜子里摆手。提醒宝玉不能说这话。晴雯果然跑回来："我怎么磨牙了？咱们倒得说说。"麝月把她劝走了，晴雯说"你们那瞒神弄鬼的，我都知道。"在宝玉身边，从袭人开始，争相向宝玉献媚的事都落在冰雪聪明的晴雯眼里。晴雯不屑于这么做。所以她说你们瞒神弄鬼我都知道。这一段很生动。

袭人好了病，宝玉比较放心了，就跑去找宝姐姐玩。正月里，学堂放学，闺阁也不做针线，都闲着。贾环也过来玩，恰好宝钗、香菱、莺儿赶围棋，贾环也要玩。宝钗从来对贾环像对宝玉一样，就叫他坐在一块玩。但这是要赌钱的，头一回贾环赢了，很高兴，输了几盘就急了。这一盘赶到他掷骰子，如果掷个六、七、八，他能赢。骰子在那转，莺儿拍着手说，"幺"，贾环就喊"六！七！八！"一转转出个"幺"来。莺儿赢了。贾环耍赖，伸手抓起骰子就拿钱，说这是个"六"。莺儿说，就是个"幺"怎么成了"六"？宝钗看贾环急了，就瞅了莺儿一眼说："越大越没规矩，难道爷们还赖你？还不放下钱来呢！"看来莺儿也是在宝钗跟前比较得宠的，她满心不得劲，明明是个幺，他赖我，怎么小姐还批评我？就嘟嘟囔囔："一个作爷的，还赖我们这几个钱，连我也不放在眼里。前儿我和宝二爷玩，他输了那些，也没着急。下剩的钱，还是几个小丫头子们一抢，他一笑就罢了。"贾环一听，反感来了。他一向心里就不平衡。他是姨娘养的，宝玉是太太养的。贾母对宝玉视若珍宝。王夫人对亲生儿子也视若珍宝，表面上王夫人也对贾环不错，似乎看作像宝玉一样。因为根据宗法制度规定，贾环虽然是赵姨娘生的，但王夫人是嫡母，贾环应该算王夫人的儿子。但正出和庶出完全不一样。这就对年小的贾环早就造成心理压力，他有很重的自卑感，再加上生母不是省油的灯，整天挑拨，他早就对哥哥非常妒忌。宝钗还没等莺儿说完，就把她制止了，但贾环还是听到了，说，“我拿什么比宝玉呢。你们怕他，都和他好，都欺负我不是太太养的。”说着就哭，宝钗劝他：“好兄弟，快别说这话，人家笑话你。”又继续骂莺儿。

地狱里都是不知感恩的灵魂

这时宝玉来了。贾府里弟弟都怕哥哥，大概因为哥哥有权力揍弟弟。但宝玉不是这种想法，他觉得都是兄弟，他已有父母管，我何必再去管。而且宝玉觉得，山川日月精秀只钟于女儿，须眉男子不过是些渣滓浊沫而已，他把一切的男人都看成混沌浊物，可有可无。因为孔子讲兄弟友爱，宝玉不能不遵守圣教，不过就在兄弟之间，尽其大概的情理就行，并不想为弟弟做表率。所以贾环不怕他。宝钗看宝玉来了，就替贾环掩饰。宝玉说：“大正月里哭什么？这里不好，你别处玩去。你天天念书，倒念糊涂了。比如这件东西不好，横竖那一件好，就弃了这件取那个。难道你守着这个东西哭一会子就好了不成？你原来是来取乐玩的，既不能取乐，就往别处去再寻乐玩去。哭一会子，难道算取乐玩了不成？”这根本不能算教训，只是告诉弟弟这不好玩找别的地方玩去。但贾环满心都是赵姨娘所教的阴毒奸计。他回去，赵姨娘一见，“又是那里垫了踹窝来了？”垫了踹窝就是专门供人践踏、被人欺负。赵姨娘专门无事生非，一开口就是不好听的话。贾环说：“同宝姐姐玩的，莺儿欺负我，赖我的钱，宝玉哥哥撵我来了。”贾环的叙述就把所有事情全给歪曲了。莺儿没欺负他，是他欺负莺儿、赖莺儿的钱，宝玉也没撵他。贾环这么一说，性质完全变了。赵姨娘马上就啐道：“下流没脸的东西！那里玩不得？谁叫你跑了去讨没意思！”赵姨娘出身卑贱，她原是贾政的丫头。很可能不是王夫人从王家带来，而是贾府原来派给贾政的丫头。甚至很大可能，她和贾政是奉女成亲。贾母对赵姨娘非常不以为然，为什么要挑赵姨娘给儿子做妾？肯定得有一定理由。作者后来写到贾政时，也说他在年轻时曾经荒唐过。

跟我的推测不同，红学家基本都认为赵姨娘是王夫人从娘家带过来，最重要的理由是探春理家，赵姨娘的兄弟赵国基死了，探春根据贾府规矩给了二十两银子，赵姨娘大闹，探春拿旧账给生身母亲看，解释说：“赵国基是太太的奴才。”

红学家想当然认为，既然赵国基是太太的奴才，赵姨娘当然就是太太从娘家带过来的奴才。但是“太太的奴才”就一定是太太从娘家带来的奴才？那还真不一定。俏丽的少女鸳鸯是贾母的奴才，你能说是她是贾母从史家带来的奴才吗？那鸳鸯还不得老态龙钟拄拐棍？王夫人是贾政嫡妻，是荣国府管家太太，贾政的奴才就是她的奴才。而且贾政不理家务，贾政的奴才只能说是王夫人的奴才。探春告诉赵姨娘，赵国基死了，赏赵家二十两银子“这是祖宗手里旧规矩”，哪家祖宗？当然是贾家祖宗不是王家祖宗。查的旧账也是贾府的旧账，不是王家的旧账。何况，从年龄上来看，赵姨娘也不可能是王夫人从娘家带过来的陪嫁丫鬟。宝玉挨打时，王夫人对贾政说，我是将近50岁的人了，如果赵姨娘是王夫人的陪嫁丫鬟，至少得四十七八岁。但赵姨娘显然年轻得多，她的长女探春不过十一二岁。赵姨娘也就三十多岁。王夫人怎么可能从娘家带个“婴儿”陪嫁丫鬟？我可能过于钻牛角尖。总之，不管赵姨娘本来是王家的还是本来是贾家的，她都是《红楼梦》非常特殊非常典型的文学形象。清代红学家姚燮曾经说过：“天下之最呆、最恶、最无能、最不懂者无过赵氏。”用我们山东俗话来说，赵姨娘那真叫“八面砍不出一个镢楔”，一无是处，她每次在《红楼梦》亮相，总会在贾府闹或大或小的风波，自己出或大或小的洋相。我一直纳闷，曹雪芹这位伟大作家，他在塑造人物时，极少有脸谱化、概念化痕迹。

但是赵姨娘和她的儿子也可以说她的影子贾环，就是《红楼梦》里两张黑得发亮的丑脸，也是“坏”概念的小说化。奇怪不奇怪？是不是曹雪芹在生活中确实吃过什么人很大的亏，忍不住以厌恶的心理加以夸大，搬到小说里了？

王熙凤正告赵姨娘是奴才

估计赵姨娘虽然品质非常差，模样恐怕不会错，因为她女儿贾探春，在贾元春之外的贾氏三姐妹当中是最漂亮的一个。这在黛玉进府时已描写了。赵姨娘教训儿子，可巧，凤姐在外面经过都听见了，隔着窗子说：“大正月又怎么了？环兄弟小孩子家，一半点儿错了，你只教导他，说这些淡话作什么！凭他怎么去，还有太太老爷管他呢，就大口啐他！他现是主子，不好了，横竖有教导他的人，与你什么相干！”读者可能读到这一段不理解。赵姨娘是贾政的妾，凤姐叔叔的姨太太。凤姐竟然像训斥奴仆一样训她。为什么？在封建宗法家庭，嫡庶有别，妾没有地位，和嫡妻一个天上，一个地下。嫡妻可以和丈夫平起平坐，妾只能站在旁边倒茶倒水掀帘子。妾生了孩子后，孩子是主子，她仍然是奴才。凤姐就用这样的道理教训赵姨娘，你儿子现在是主子，他不好了，有人教导他。谁教导他呢？老太太、老爷、太太，还有我这个嫂子，我们都可以教训他。但是你不行，因为你是奴仆，只有侍候他的义务，没有教训他的权力。为什么这回题目叫“王熙凤正言弹妒意”呢？因为王熙凤讲的这番道理在当时就是正大光明的，所以叫正言。而赵姨娘那种妒忌心理绝对要不得。宗法社会中妾必须做贤妾，一切都听从嫡妻的，不要和嫡妻争夺丈夫宠爱的权利，更不要说三道四。这一点曹雪芹写得非常客观，现代读者看起来，恐怕觉得太不可理解。怎么一个晚辈这么教训长辈？但那是个阶级等级，凤姐是主子，赵姨娘是奴才。

教训完赵姨娘，凤姐说：环兄弟出来，跟我玩去！赵姨娘她可以骂，贾环虽是庶出，他也是主子，所以她叫“环兄弟”。贾环平时怕凤姐比怕王夫人更厉害，赶快唯唯诺诺出来了。赵姨娘一声不敢吭。凤姐问贾环：“你也是个没气性的！时常说给你：要吃，要喝，要顽，要笑，只爱同那一个姐姐妹妹哥哥嫂子顽，就同那个顽。你不听我的话，反叫这些人教的歪心邪意，狐媚子霸道的。自己不尊重，要往下流走，安着坏心，还只管怨人家偏心。”这是说贾环，更是指桑骂槐敲打贾环生母赵姨娘。脂砚斋加了个评语，说：“借人发脱，好阿凤好口齿，句句正言正理，赵姨安得不抿翅低头静听发挥。”赵姨娘忍气吞声听着王熙凤骂。王熙凤又问贾环“输了几个钱？就这么个样儿？”贾环说，“输了一二百。”

贾环多少月钱？二两银子。输了一二百，太微不足道了。但他就很当回事，确实眼孔很小。凤姐说，“亏你还是爷，输了一二百钱就这样！”回头叫丰儿："去取一吊钱来，姑娘们都在后头顽呢，把他送了顽去。"又教训贾环："你明儿再这么下流狐媚子，我先打了你，打发人告诉学里，皮不揭了你的！为你这个不尊重，恨得你哥哥牙根痒痒，不是我拦着，窝心脚把你的肠子窝出来了。"嫂子也真厉害！贾环诺诺地跟了丰儿，继续和迎春这些人去玩去了。猥猥琐琐的三爷只能去找二木头玩。有趣！

我一直在思考，王熙凤是贾赦儿媳，贾赦姬妾最多，但《红楼梦》从没写过凤姐如何和贾赦的姨太太打交道，反而多次写到和贾政的姨太太赵姨娘打交道，而且特别瞧不起，要教训赵姨娘。赵姨娘和贾环确实人格低下。贾环为人猥琐，赵姨娘阴贼毒辣。但是王熙凤在和赵姨娘的关系上，有没有替王夫人出头的意思？很可能。王夫人非常讨厌赵姨娘，但是作为正妻，她不能显示出对丈夫的妾不满、排斥，要做出大度的样子。她的厌恶情绪就通过她的娘家侄女淋漓尽致表现出来了。王熙凤如此对待赵姨娘，就引起赵姨娘的刻骨的仇恨，埋下害王熙凤和宝玉的伏笔。

贾环走了，宝玉继续和宝钗玩耍，有人说史大姑娘来了。《红楼梦》金陵十二钗，林黛玉、薛宝钗，甚至外四路的妙玉，她们出场前都有个来龙去脉交代，怎么湘云突然就来了？大概因为《红楼梦》经过曹雪芹五次增删，我们从情节发现，曹雪芹曾写湘云小时和宝玉有青梅竹马交情。后来又改掉了，只通过袭人回忆讲出来。

“我为的是我的心”

宝玉一听湘云来了，抬身就走，想去见她。宝钗叫他等着一块走。他两个一块走，就引出故事来了。一到贾母那儿，看到湘云“大说大笑”，这四个字太精彩了，宝玉神游太虚境看到湘云的判词是“英豪阔大宽宏量”，湘云是像男孩的女孩。她大说大笑。有人就小心眼。黛玉看宝玉来了，问，你在哪里呢？宝玉说在宝姐姐家。黛玉冷笑：“我说呢，亏在那里绊住，不然早就飞了来了。”一石双鸟，讽刺两个人，宝钗想绊住宝玉，千方百计留住宝玉，拉住宝玉，甚至拿根绳拴住宝玉；宝玉在意湘云，想见湘云，不是走来不是跑来，是飞来。这表现黛玉爱的排他心理。宝玉这时最佳选择是装没听见，但他还没琢磨透黛玉的心理，傻呵呵地说：“只许同你顽，替你解闷儿。不过偶然去他那里一趟，就说这话。”他说的完全是实话，正因为是实话，黛玉才更生气。因为照黛玉的心理，你到宝钗那里待一分钟都大可不必。但她不能说出来，就跟宝玉怄气：“好没意思的话！去不去管我什么事，我又没叫你替我解闷儿。可许你从此不理我呢！”说完，赌气回房去了。

湘云刚来，是客人，姐妹们都应该陪着湘云和贾母大说大笑，但黛玉走了。这是不是黛玉的错？她挑起纠纷，讽刺宝玉到宝钗那儿，讽刺宝玉急忙想见湘云，又是她赌气回房。但宝玉甭管林妹妹怎样使小性子，都赶快跟过来巴结。黛玉一走，他也跟过来，也把湘云撂在那里。黛玉继续不讲理，而且越来越不讲理。宝玉劝她："好好的又生气了？就是我说错了。"先承认我错了，甭管林妹妹怎么不讲理，反正是我错了，"你到底也还坐在那里，和别人说笑一会子。又来自己纳闷。"甭管怎么着，林妹妹别气着你自己。黛玉说"你管我呢！"这个小姑娘的任性真是活画出来。宝玉赶快说：我当然不敢管你了，但是你也不要自己作践自己。黛玉继续不讲理，你不是心疼我？我偏偏使劲作践自己，我作践坏了身子我死了，和你什么相干？宝玉还是低声下气："何苦来，大正月里，死了活了的。"黛玉说，"偏说死！我这会子就死！你怕死，你长命百岁的，如何？"越说越难听，越说越离谱，这个林妹妹真是有点不可思议。宝玉也受不了了，他说："要像只管这样闹，我还怕死呢？倒不如死了干净。"黛玉说，对，这么闹，不如死了干净。宝玉是说我自己死了干净，黛玉赶快接过话来，诬赖宝玉说黛玉死了干净。宝玉说："我说我自己死了干净，别听错了话赖人。"看到这些地方，现代读者很难理解，为什么这对中学生样的初恋恋人总是吵架？黛玉总要找茬，黛玉岂不是像上海人说的"作女"？怎么总是不讲理，总是毫无道理。而宝玉就像幼儿园阿姨哄小朋友，你不讲理，我就哄你、劝你，不管你怎么胡搅蛮缠，总是我错了。而黛玉没有一句骂宝玉，她就是不断伤害自己，你不是心疼我吗，我就伤害我自己，说我要死了。现在小说绝对写不出这样的恋爱来了。

《红楼梦》这样描写爱情，有些古代文学研究者也不大明白，甚至有大红学家不大明白。周汝昌先生就不喜欢黛玉，他喜欢湘云甚至小红。当周汝昌先生在世时，对我还是很提携的，他问过我为什么不到百家讲坛讲《红楼梦》？我说：人家叫讲聊斋呢。有人特地提醒我，周先生不喜欢黛玉。周先生后来甚至说小红都比黛玉强。我说我仍然要在周先生面前坚持我喜欢黛玉，而且要告诉他，为什么喜欢黛玉。

是不是黛玉不通情理？不是，是曹雪芹太懂得恋爱心理了。真正相爱者之间有权力不讲理。我联想起我自己家的事。我母亲在妯娌、街坊之间非常讲理，但经常和我父亲不讲理。而我父亲总让着她。我当时不理解。像我父亲那样的人，新中国成立前是大名医，后来参加革命工作，做到司局级，是全国人大代表。母亲这么个家庭妇女，父亲就一直让着她，还坚持一个观点："我们家男女平等，女略高于男。"真是奇谈怪论！为什么？我想就是因为我母亲《红楼梦》看得太多，影响到我父亲了。我对你都托以终身了，在鸡毛蒜皮问题上，就可以不讲理。

这就是为什么黛玉在别人面前从没有不讲理，包括在丫鬟、仆妇跟前，从没有不讲理，但她和宝玉总不讲理。宝玉还想和她讲理，但是讲着讲着，就跟着她不讲常理，甚至纵容黛玉不讲理。

如果黛玉永远不讲理，就没有什么可爱的，就和聊斋妒妇有一比。而黛玉只要搞清楚宝玉在意她，立即晴空万里。这很像莎士比亚写的：“爱情就像四月的天气，一会儿展示阳光下的一切美丽，一会儿乌云遮住了一切。”宝黛爱情就是这样。一会儿大雨倾盆，一会儿雨过天晴，但甭管下不下雨，甭管有没有乌云，都是写宝黛互相深深的爱恋。能够把爱情写得这样细致，这样别致，这样入情入理，就只有《红楼梦》。

黛玉在那不讲理，宝玉在那挖空心思劝解林妹妹时，宝钗来了。宝钗当然知道，黛玉是赌气回来的，也知道宝玉是来哄黛玉的，宝钗怕宝玉生气，走进来对宝玉说：史大妹妹等着你呢，推着宝玉走了。宝钗和宝玉之间很少有肢体动作，但是这时有了。看来宝玉不想走，宝钗硬推着叫他走。宝钗很会做人，但她在黛玉跟前，经常故意不好好做人。宝玉黛玉吵得难舍难分，这时候你是个姐姐，应该像宝哥哥哄林妹妹一样，也哄哄林妹妹，但是她不哄，她把宝玉推上就走，说的是“史大姑娘等你呢”，意思就是甭理她，把她晾在这里，咱们找史大姑娘玩去。你能说宝钗没有棱角？她不仅有棱角，还特别有心机，她如果说宝兄弟你跟我走，那是你宝钗把宝玉拉走的。但她说“史大姑娘等着你呢”，那就是湘云叫你走的。

设想一下，如果宝钗走进来说，宝兄弟、林妹妹，史大姑娘等着你们呢，一手一个，拉上走了，多好？但她就不这么做。这说明什么？宝钗很心疼宝玉，她一点儿也不心疼黛玉。这当然是他们早期的感情。后来宝钗和黛玉也情同姐妹了。这就是《红楼梦》的魅力，能够让两个似乎势不两立的聪明女孩，最后能够互相欣赏，要好。

黛玉本来就是为了宝钗生气，现在宝钗又把宝玉拉走了，就自己在那流泪。宝玉一会儿就跑回来了。黛玉一看，越发哭个没完。怎么哭呢？抽抽噎噎。不出声，但特别伤心。她很清楚，宝哥哥马上跑回来，是因为心疼林妹妹。她不吵了，哭，这是干吗？绛珠仙子向神瑛侍者还眼泪。宝玉再哄她，黛玉把她真实心理说出来了："你又来作什么？横竖如今有人和你顽，比我又会念，又会作，又会写，又会说笑，又怕你生气拉了你去，你又作什么来？死活凭我去罢了！"这不是妒忌宝钗吗？宝玉一听，就说出一番掏心窝子的话："你这么个明白人，难道连'亲不间疏，先不僭后'也不知道？我虽糊涂，却明白这两句话。"这两句话什么意思？就是关系亲密的人不会被关系疏远的人离间，先来的人不会被后来的人超越。他说这个，黛玉已听懂了。那就是说，我和宝钗是疏的，跟你是亲的；我跟你是先的，跟宝钗是后的。但宝玉还要进一步解释，"头一件，咱们是姑舅姊妹，宝姐姐是两姨姊妹，论亲戚，她比你疏。第二件，你先来，咱们两个一桌吃，一床睡，长的这么大了，他是才来的，岂有个为他疏你的？"宝玉这段话说明，黛玉进府时很小，没准才 7 岁就来了，等她长了好几年，宝钗才来。但因为曹雪芹的《红楼梦》修改好几次，成了我们现在看到的样子，黛玉进府第二天就商量宝钗一家要来。

宝玉的话说到黛玉心里了，很明确地表示我们两个最亲近，我最在意你。但是黛玉又受不了了，黛玉特别聪明，你这么说，不是成了我和宝钗争亲争疏？她才不背这个黑锅！马上朝着宝玉啐了一口，"我难道为叫你疏他？我成了个什么人了呢！"你既然不是叫宝玉疏远宝钗，你就这么闹来闹去，是干吗呢？黛玉终于把心里话说出来了："我为的是我的心。"这是什么话？就是：宝哥哥，你和任何人，愿意亲就亲，愿意疏就疏，我都不管，我的心已经交给你了。宝玉回答，"我也为的是我的心。难道你就知你的心，不知我的心不成？"宝玉的话什么意思？林妹妹，我的心也早就交给你了。两个人都说我为的是我的心，为的什么心呢？谁也不说，但谁都心里明白。

三十多年前，我带着跟我进修的美国印第安纳大学博士生戴德熙到开封去参加古代小说研讨会，在会上遇到《水浒传》研究专家湖北大学张国光教授。中国古代小说研究领域，像世界格局一样，分几个世界。研究《红楼梦》的叫"第一世界"，占份额最多，大概发表的全部论文加一块，有百分之九十是研究《红楼梦》的。"第二世界"是研究《三国演义》《水浒传》《聊斋志异》等等。“第三世界”就是我当时带着美国博士生研究的《歧路灯》。第二世界有些专家喜欢贬低《红楼梦》，提高《水浒传》等的档次。张国光先生会上说，《红楼梦》有什么好的？宝玉和黛玉从来不敢说句“我爱你”，也不敢造成既定事实，叫封建家长承认。《红楼梦》有什么进步可言？比《水浒传》差远了。我当时说，张先生，如果宝玉和黛玉石破天惊地说出“我爱你”，我不知道周汝昌、吴组缃先生还研究不研究《红楼梦》，反正我从此就不再研究，因为它不再是《红楼梦》了。

宝玉和黛玉说“我为了我的心”，就是特殊的封建社会贵族家庭才有的爱情表达方式，我把它叫“近似于爱情表白”。因为对“心”可以有各种各样理解，只有他们两个人心里清楚，这个“心”是爱对方的心，是以对方为唯一的心。但是他们不能明讲，就只能经常吵架，越爱越吵、越吵越爱，就像王熙凤说的，越大越成孩子了。

黛玉多么聪明？宝玉已和她挑明了，你为的是你的心，我为的也是我的心。黛玉一听，低头一句话也不说了。黛玉嘴那么巧，怎么不说话了？她太感动了。她知道宝玉只在意她。如果放到我们现代作家手里，如果一对恋人出现这种场面，很可能下面就写，黛玉说，我知道你的心了，原谅我。曹雪芹才不那么写呢。黛玉是从来不会向宝玉认错的，她反而又责备起宝玉来：“你只怨人行动嗔怪了你，你再不知道你自己怄人难受。就拿今日天气比，分明今儿冷的这样，你怎么倒反把个青肷披风脱了呢？”奇怪不奇怪？你分明应该向宝玉道歉，怎么又批评怪罪宝玉？而且你怪罪的是，今天这么冷，你为什么把坎肩脱了？宝玉穿不穿坎肩，干你黛玉什么事？这就是曹雪芹太不得了了。黛玉对宝玉爱之深，天冷了你就得穿暖和点，否则我就不愿意！宝玉的回答是："何尝不穿着，见你一恼，我一暴躁就脱了。"更妙了，宝玉穿多穿少，都得看黛玉的情绪。黛玉一恼，他就浑身暴躁，浑身冒火，就把他的坎肩脱下来了。可见宝玉对黛玉多么深情挚爱。

林黛玉开心挖苦史湘云

这两个人的误会解除了之后，曹雪芹的美妙就在于，他们两人的感情会不会再往前发展呢？不会。因为又来了外人，湘云来了。这就出现了回目上的"林黛玉俏语谑娇音"。"俏语"是说俏皮话，"娇音"是湘云说话咬舌子。因为她是南方人，发音不准，黛玉就拿她的咬舌子，像小孩说话一样开玩笑。湘云跑来，找宝玉和黛玉。湘云一点儿也看不出来她的宝哥哥和林姐姐的感情已不是普通表兄妹感情了，她仍然认为她和宝玉和黛玉和宝玉关系是一样的，都是表姐妹在一块玩。所以她说："爱哥哥，林姐姐，你们天天一处玩，我好容易来了，也不理我一理儿。"湘云也要求宝玉和自己玩，但黛玉没生气，为什么呢？因为湘云把他们两人一锅煮了，她没说宝哥哥你得跟我玩。而是说“你们”得跟我玩。这时黛玉已经因为宝玉表白“我为的是我的心”，高兴得不得了，她就有心情拿湘云开涮了。湘云咬舌子，把二哥哥叫成爱哥哥，黛玉就挖苦湘云，“偏是咬舌子爱说话，连个‘二’哥哥也叫不出来,只是‘爱’哥哥‘爱’哥哥的。回来赶围棋儿，又该你闹‘幺爱三四五’了。”黛玉口角生风，她已经心情舒畅，满天乌云吹散，所以就拿湘云开涮。偏偏湘云还要拿宝钗来说事，先是宝玉劝，“你学惯了他，明儿连你还咬起来呢。”这是捧哏，像说相声一样，给黛玉捧哏。湘云说，“他再不放人一点儿，专挑人的不好。你自己便比世人好，也不犯着见一个打趣一个。我指出一个人来，你敢挑他，我就服你。你敢挑宝姐姐的短处，就算你是好的。我算不如你，他怎么不及你呢。”这真叫哪壶不开提哪壶，黛玉本来就是对宝钗不满，现在湘云这个心胸宽阔的快乐小女孩，偏偏拿宝钗和黛玉对比！贾府的人已经多次对比，认为黛玉孤高自许，不像宝钗会做人。黛玉冷笑起来：“我当是谁，原来是他！我那里敢挑他呢。”醋溜溜的。眼看着一波刚平，一波又起，宝玉赶快用话分开。宝玉发现，在黛玉这儿，宝钗已成了不能踩的雷区。湘云说：“这一辈子我自然比不上你。我只保佑着明儿得一个咬舌的林姐夫,时时刻刻你可听‘爱’‘厄’去。阿弥陀佛，那才现在我眼里！”湘云太可爱了，根本一点不懂宝哥哥林姐姐之间发生了什么事，还继续开玩笑，而且自己立即回身就跑了，众人一笑。曹雪芹把这一回结束得多么轻巧。

第二十一回

贤袭人娇嗔箴宝玉
俏平儿软语救贾琏

第二十一回有两个内容，贤慧的袭人以撒娇生气的形式劝戒贾宝玉改掉爱在姐妹中间胡闹的毛病；俏美的平儿知道了贾琏在和王熙凤短暂分离期间和多姑娘私通，拿到了他们私通的证据，平儿帮着贾琏遮丑救了他。这一回特别值得重视的是脂砚斋的评语提供了曹雪芹丢失的后几十回唯一一个回目“薛宝钗借词含讽谏，王熙凤知命强英雄”，这是非常重要的。

天真娇憨史湘云

黛玉挖苦湘云咬舌子，是个很妙的细节，我们现在不是讲写正面人物也要有缺陷美吗，湘云就是这样一个人物。她是《红楼梦》中最受现代青年读者欣赏的女性形象。如果大学《红楼梦》专题课上，叫男同学从《红楼梦》里挑伴侣，只要放上湘云，90% 的男孩子会选湘云。但湘云就爱咬舌子，把“二哥哥”说成“爱哥哥”。

湘云听了黛玉挖苦，反唇相讥，叫黛玉将来找个林姐夫，整天听咬舌子，说完就跑。黛玉撵她，宝玉赶快嘱咐：“仔细绊跌了！那里就赶上了？”宝玉时刻密切看着林妹妹，不想让她受到一点伤害。黛玉赶到门前，宝玉叉手在门框上拦住，不叫她撵湘云："饶他这一遭罢。"黛玉说不饶，湘云央求"好姐姐，饶我这一遭罢。"宝钗在湘云身后说，"我劝你两个看宝兄弟分上，都丢开手罢。"宝玉、黛玉、湘云，三个人已难解难分，宝钗一句话，把四个人一起拢住，大家都是好朋友。脂砚斋评曰"真是好文字"。风波平息，各自回去睡觉，虽然黛玉挖苦了湘云，湘云还是要住到黛玉房间。湘云开始跟黛玉关系特别好，渐渐被宝钗感化，希望有个像宝钗这样的好姐姐，和宝钗好了。黛玉到贾府是跟着贾母，实际上黛玉到贾府之前，湘云也曾跟着贾母。湘云从幼父母双亡，姑奶奶心疼她，把她带到身边，让她和宝玉过了段青梅竹马日子。他两人关系非常亲密，像亲哥哥亲妹妹，没有任何隔阂。宝玉看到从小一块长大的湘云来了，住在也是跟自己从小一块长大的黛玉房间，他一早爬起来，披着衣服拖着鞋就跑来了。恰好黛玉湘云的丫鬟都没在，他就直接进入黛玉卧室，看到黛玉湘云还都躺在床上。"那黛玉严严密密地裹着一幅杏子红绫被，安稳合目而睡。那湘云却一把青丝拖于枕畔，被只齐胸，一弯雪白的膀子撂于被外，又戴着两个金镯子。"如果画幅画多么漂亮？黛玉是娇弱的女孩，把被子盖严严的，安安稳稳睡觉。湘云是娇憨的女孩，露着两个雪白膀子，上面还戴着两个金镯子。设想一下，如果这场景叫另外的三块料看到会是什么结果。贾珍、贾琏、薛蟠看到，肯定会上去摸一摸那雪白的膀子，甚至掀开被子。宝玉不是这样的人，宝玉叹息：

"睡觉还是不老实！回来风吹了，又嚷肩窝疼了。"

"这个毛病儿多早晚才改"

宝玉时时刻刻对他身边的女性，不管表姐妹还是丫鬟，都是非常体贴的心理，那就是警幻仙子所说的，宝玉这个人"意淫"。我们不是曾经解释过吗，所谓意淫就是对女性的关怀、体贴、照顾，而他和这一回下面情节贾琏的故事完全不一样。贾琏和贾珍、薛蟠一样，是"皮肤滥淫"，搞感官享受，没有真的感情。我觉得宝玉似乎想回到童年，因为他是和湘云、黛玉一起长大，就想回到当年不管男孩女孩一块嬉闹。孟子不是说"男女七岁不同席"，那我们还都做儿童，都在一块玩吧。

黛玉醒了，猜着就是宝玉。必须黛玉先醒，因为黛玉睡觉警觉，能猜到是宝玉的也是黛玉，两个人心连着心。黛玉一翻身，果然是宝玉，说"这早晚就跑过来作什么？"宝玉说，"这天还早呢！你起来瞧瞧。"黛玉说："你先出去，让我们起来。"还要讲点男女有别。宝玉出去，黛玉把湘云叫醒，两人穿了衣服，宝玉又进来，坐在镜台旁边，看着紫鹃、翠缕服侍小姐梳洗。宝玉很好玩，你是个小男孩，或者说你正在从小男孩向小伙子过度，怎么能坐在这里看两个表妹洗脸梳头呢？他就坐那看。湘云洗完了脸，她的丫鬟要端着脸盆泼水，宝玉说："站着，我趁势洗了就完了。"明明有袭人、麝月侍候，给你倒上干净水服侍你洗脸，为什么要用湘云洗过的水呢？是不是想保持点湘云身上的味道？宝玉走过来，弯腰洗了两把。紫鹃递过肥皂去，宝玉道："这盆里的就不少，不用搓了。"连湘云用香皂洗了脸洗下来的那些，他都用了。又洗了两把，就要毛巾。湘云的丫鬟翠缕就说："还是这个毛病儿，多早晚才改。"看来小时候宝玉常用湘云洗过的水洗脸。湘云梳完了头，宝玉又走过来："好妹妹，替我梳上头罢。"湘云说，"这可不能了。"宝玉就又叫好妹妹，你先时怎么给我梳头呢？湘云说，我现在忘了。湘云是不是忘了？湘云可能觉得，小时我能给你梳头，你长大了，找你的丫鬟梳去。宝玉就说，反正我又不出门，你就给我打几个散辫子就完了，千妹妹万妹妹的求告，给我梳吧。湘云只好扶过他的头来给他梳。他不是要梳几条辫子？辫子上要坠珍珠、金坠脚。湘云一边给他编辫子一边说，你这珍珠怎么剩三颗了，这一颗是后加的，原来那颗哪去了？宝玉说丢了。湘云说，必定是外头出去掉下来被人捡了去，倒便宜了他。这是湘云，史侯家小姐大家闺秀的口气，因为珍珠非常贵。黛玉在旁边洗手，听到这些话就冷笑："也不知是真丢了，也不知是给了人镶什么戴去了！"黛玉对宝玉的个性理解更透彻，她知道宝玉心软，别人求他，他连身上的荷包、扇坠都会送给人家，这个珍珠如果掉下来，哪个人说给我吧，他肯定就给了，人家就拿去镶东西戴去了。黛玉是对宝玉深知底里的口气，也是有点带醋的口气。

宝玉看到镜台旁都是化妆品，顺手拿起来玩，拈了胭脂想往嘴里送。宝玉不是有爱红的毛病？特别爱吃胭脂，甚至吃人家嘴上的胭脂。《红楼梦》没有具体描写，后来，王夫人的丫鬟金钏儿故意拿他开涮，当宝玉要去见贾政时说，我嘴上刚搽的胭脂，你吃吗？看来宝玉确实从别人嘴上吃胭脂，现在看到胭脂就往嘴里送。湘云看见了，“啪”一下子打下来了，说：“这不长进的毛病儿，多早晚才改过！”抬手打落，这就是大大咧咧的湘云的做法。她说的话，也说明爱红的毛病，宝玉从小就有，没法改。我觉得这些地方并不意味着宝玉多喜欢女人和化妆品。宝玉有点女性化，总不想长大，总是希望跟小时一样，你们是女孩，我也和女孩一样，大家一起玩。

袭人来了，袭人的重要职责是给宝玉洗脸梳头，一看宝玉梳洗过了，只好自己回去。就在这时，宝钗进了宝玉房间。

宝钗留神窥察袭人

读者朋友有没有注意？宝钗有事没事总跑来找宝玉。既然湘云是好久没来的小姐妹，既然湘云住在黛玉房间，那你宝钗早上爬起来就该去找这两个妹妹才对。但是不，她来找这个兄弟：“宝兄弟那去了？”袭人笑着说，“宝兄弟那里还有在家里的工夫！”这是家里另一个人对家长的埋怨，无意中透露出来，袭人是以宝玉的房子为家。宝钗一听，心里明白，宝玉一早爬起来，就去找湘云和黛玉了。袭人又叹息：“姊妹们和气，也有个分寸礼节，也没个黑家白日闹的！凭人怎么劝，都是耳旁风。”她说的是湘云吗？不，是黛玉。因为湘云是刚来，黑家白日闹，那是和黛玉闹，怎么劝也是耳旁风，就是劝很多次不听。宝钗一听，暗想：“倒别看错了这个丫头，听她说话，倒有些识见。”黛玉有没有和宝玉的大丫鬟袭人深谈过？问你从哪儿来的，家里都有什么人？黛玉从来不打听宝玉丫鬟的底细。宝钗一听到袭人用这样语气讲宝玉和黛玉的交往，就认为袭人有些见识。什么见识？袭人不想叫宝玉和黛玉太亲近。宝钗便在炕上坐了，慢慢在闲语当中，指东打西，指山说磨，随便聊着，问出来袭人多大了，家里是怎么回事，“留神窥察，其言语志量深可敬爱。”为什么宝钗认为袭人深可敬爱？因为她发现袭人决心永远跟着宝玉并劝导宝玉走正路，这和宝钗的愿望不谋而合。宝钗参加公主郡主陪侍陪读没选上，贾元春封妃后，薛姨妈已开始宣传金玉良缘了，已和王夫人公开说，我女儿身上的金锁是个癞头和尚送的，癞头和尚说，要和有玉的成亲。“有玉”是个特定概念，不是你在哪个商店买块玉挂着，而是出生时带下来。也就单指贾宝玉。实际上成了女家向男家求婚，这在当时是很没面子的。有人说宝钗母亲追求金玉良缘，宝钗没有追求。记得中国红学会首任会长吴组缃教授闲谈时说过，宝钗不追求金玉良缘，她整天把标志着金玉良缘的金锁沉甸甸戴在脖子上干吗？说得多深刻。这样一来，宝钗以后会千方百计笼络袭人，甚至替袭人做针线，她要建立一个包括王夫人、袭人在内的神圣同盟。

袭人张大了温柔罗网

宝玉回来，宝钗出去，宝玉问袭人："怎么宝姐姐和你说的这么热闹，见我进来就跑了？"问一声不回答，再问，袭人说："你问我么？我那里知道你们的原故。"袭人是丫鬟，她和宝玉的关系又不仅仅是丫鬟，她要劝戒宝玉，采用什么办法？不能像贾政一样板起脸来，正儿八经教训宝玉，她用娇嗔，用撒娇方式教育宝玉。你如果不听我的，我就不干了，不理你了。袭人一边说一边合眼在炕上躺下。说的什么呢？"只是从今以后别进这屋子了。横竖有人服侍你，再别来支使我。我仍旧还服侍老太太去。"这不是要罢工要离开宝玉？宝玉只好来劝她，袭人只管合了眼不理。请看，这是少爷和丫鬟的关系吗？当然不是。麝月进来，宝玉问："你姐姐怎么了？"麝月说"我知道么？问你自己便明白了。"曹雪芹真会调度，这时为什么进来的是麝月而不是晴雯？因为麝月和袭人关系最好，而且她的个性和袭人相似，她也要劝戒宝玉走"正道"、读书做官。宝玉一听，你们都不理我，我也睡觉去。躺在那里假装睡觉，假装打呼噜。袭人以为宝玉真睡着了，还要干她贴身大丫鬟的本职工作，就拿起一个斗篷给宝玉盖上。宝玉"呼"的一下子掀过去。袭人说，我以后不说你了。宝玉赶快爬起来：怎么了，你劝我，你就劝吧，你并没有劝我，你见了我，你就不理我，我不明白。袭人说，“你心里还不明白，你还等我说呢！”这个丫鬟真有心计，她就不会公开说出来，你和黛玉湘云这么亲密，不行，我不高兴，因为她没权利说。但她还要叫宝玉知道，你这样做我非常不高兴。怎么办呢？娇嗔，我不理你了，你以后离我远点，我也不告诉你是怎么回事。这样宝玉就只好自己在房里待着，袭人麝月在外面。宝玉知道她们两人关系好，不理她俩，自己拿本书看，看到个小丫头，就问：你叫什么名字？蕙香。宝玉说，什么蕙香，该叫晦气！你排行第几？第四。行了，你以后叫四儿。什么蕙香不蕙香，“那一个配比这些花，没的玷辱了好名好姓。”这话又叫花袭人听见了，花袭人姓花，玷污了好名好姓，都不配侍候宝玉了。这又成了袭人和宝玉算账的口实。

宝玉和黛玉的笔战

宝玉这一天就不出去闹了，在房间里翻弄笔墨。有人认为这就是袭人获得的成功，实际上不是，反而促使宝玉想办法从父亲、母亲、母亲的心腹丫鬟袭人对他的不断束缚中解脱出来。他看《庄子》。那时《庄子》叫《南华经》。为什么《庄子》成了《南华经》？因为唐代重道教，唐玄宗下令尊庄子，把《庄子》就叫《南华真经》，把庄子叫南华真人。宝玉看的是《南华经》外篇《胠箧》。外篇应该是庄子门徒收集的。宝玉看的《胠箧》什么意思？就是有个箱子防备小偷加锁了，如果你这里面不放什么珍宝，小偷不就不来了？这表达了庄子无为而治、返璞归真的消极政治理想。这种言词引起宝玉对自己处境的联想。袭人是不懂的，但黛玉能懂，现在很多读者和红学家也懂，因为从这一段能看出来，将来宝玉会悬崖撒手，在袭人走后，有宝钗做妻子，麝月做丫鬟，他还要出家。那就是因为他情急之毒，像庄子一样，把一切看破，抛家舍业，出家为僧。

宝玉看完《胠箧》后，觉得符合自己心理，就提笔续了一段，写的排比体甚至带点赋体，大概意思就是：遣散了花袭人和麝月，闺阁中的女子就不会再来劝我，不会再没完没了跟我唠叨。损毁了宝钗的仙姿，毁灭了黛玉的灵巧心思，就把我对她们的情谊都泯灭了。闺阁中女孩的美丑，也就没有差别了，都一样，她们不来劝我，我就不会和他们不和了，把他们的仙姿和心思都毁灭了，我就不会再爱怜她们的才情，喜欢她们的仙姿了。宝钗、黛玉、袭人、麝月，这些人都是张大了罗网、挖深了洞穴想来迷惑我，我才不上她们的当呢！

宝玉也挺有才气，写的是游戏笔墨。写完了，觉得自己的问题都解决了，倒头就睡，第二天才醒。看到袭人合衣睡在旁边，他已经把昨天的事忘了，说：快起来，别冻着。袭人又和他算了一次总账，说：你睡醒了，赶快上那边去梳洗，晚了就赶不上了；你回家这儿有什么四儿五儿服侍你，我们这些人就白玷辱了好名好姓。宝玉说：你怎么还记着呢？袭人说：一百年还记着呢，不像你拿我的话当耳旁风，夜里说早上就忘了。宝玉见她娇嗔满面，就向枕边拿起根玉簪一跌两段，说：我再不听你的，就同这个一样！袭人这是第二次大规模劝宝玉了，上次劝的结果是约法三章，其中有一章是不许淘弄脂粉，刚刚约法三章完了，袭人躺下发汗，宝玉就去给丫鬟淘弄脂粉，把胭脂抹到自己的腮上，让黛玉看到了。这次又跌了个玉簪，我如果再不听你的，我就跌成两半。他听吗？说说而已，仍不会听。袭人说：你这么着急干吗，你知道我心里怎么样，你快起来洗脸吧。两人没事了。

黛玉来了，宝玉已去向贾母请安，黛玉看宝玉的案上有什么东西，一看，翻出昨天的《南华经》续的地方，看了又气又笑。宝玉不是要毁灭黛玉的灵巧心思吗，灵巧心思马上使得黛玉提笔就续了个绝句：

无端弄笔是何人？作践南华庄子因。

不悔自己无见识，却将丑语怪他人！

很多研究者把《庄子因》解释错了。高鹗程伟元的程甲本程乙本，就把《庄子因》改成《庄子文》，就更错得离谱。《庄子因》是清代一本解释庄子的书，“作践南华庄子因”的意思是说，宝玉你无端弄笔，胡乱发挥人家《庄子因》里面的解释，把人家的声誉也糟蹋了。你不说你自己没见识，却要说这些丑话来怪我们。这个丑话就是要毁宝钗之仙姿，要灭黛玉之灵窍了，所以这是丑语，这是写得很到位的。这一段就把宝玉和姐姐妹妹，当然宝玉主要是和两个表妹太亲密，惹起了袭人对他的一番规劝。最后由黛玉出面，把他骂了一个痛快。很多的点评家就说，太棒了，叫黛玉来评，这真是大手法。

长篇小说的作者，特别是曹雪芹，把小说织得像四通八达的网，很多线索互相交错。宝玉和黛玉、湘云、宝钗，这些姐姐妹妹闹矛盾最后闹出什么结果？闹出来《庄子》，闹出来宝玉续《庄子》黛玉给他点评，闹出书卷气来了。而宝玉的堂兄贾琏，是随时准备打野食，随时准备和骚的臭的女人野合，在性的问题上的饥鼠。他和凤姐短短分离，就又去打野食了，被平儿发现了。长篇小说如何能够柳暗花明，峰回路转，把完全不同性质的内容放到同一回里，真是高明得很。

《红楼梦》里的金瓶梅文字

凤姐的女儿出痘，要请痘疹娘娘，家里忌煎炒，得把贾琏隔离出来，凤姐叫平儿打点铺盖，把琏二爷送到外面书房住。

琏二爷只要一离凤姐就生事。一个人住了两天，已不能忍受，像小说写的，暂时把小厮里清俊的拿来出火，搞点同性恋。偏偏荣国府有个荡妇多姑娘，丈夫破烂酒头厨子多官“多浑虫”懦弱无能，多姑娘喜欢拈花惹草。多浑虫只要有酒有肉就不管。贾府很多人，管家、小厮、男仆等都和多姑娘有关系。多姑娘一看贾琏出来，就想去勾引贾琏，没事也跑到贾琏住的外书房去两趟。贾琏这个国公府公子，竟然像饿极了的老鼠，和心腹小厮商量要和厨娘约会。他的小厮和多姑娘有关系，一说就成。

贾琏是花花公子，凤姐虽然为人风流，但只是爱丈夫，他两个的情事前几回已做了暗写，也只限暗写。贾琏和厨娘约会，出尽洋相，最后还海誓山盟，“遂成相契”，此后经常约会。《红楼梦》文笔非常清洁，该雅的地方就雅，该俗的地方就俗，该藏的地方就藏，该露的地方就露，都因人而异，用笔非常准确。关于贾琏这段描写，是《红楼梦》最带有色情味、和《金瓶梅》多多少少有点相似的文字。一部书中只有这一小段文字丑极、露骨极，写到贾琏身上，非常恰当。

平儿其实是一架屏儿

贾琏回来，新婚不如远别，和凤姐无限恩爱。第二天早上起来，凤姐去给贾母请安，平儿收拾贾琏带回来的衣服铺盖，一整理，从枕套里面抖出来一绺青丝！平儿知道琏二爷又去寻花问柳，还和情人发誓永远互相想念永远在一块，所以女方给他一绺青丝（“情思”）。平儿放到袖子里到贾琏跟前拿出头发：“这是什么？”贾琏一看，急了，上来抢。平儿跑，被贾琏一把揪住，按在床上，就来夺，“小蹄子，你不趁早拿出来，我把你的膀子撅折了。”平儿说：“你就是没良心的。我好意瞒着他来问，你倒赌狠！你只赌狠，等他回来我告诉她，看你怎么着。”贾琏赶快告饶，说：“好人，赏我罢。我再也不赌狠了。”

这一段写得很好玩。平儿是谁？读《红楼梦》的都知道，凤姐心腹得力的丫鬟，贾琏心爱的通房大丫头，她还和鸳鸯、袭人、紫鹃，并列叫《红楼梦》四大丫鬟。但是我说的是，平儿就是“屏儿”，一架美丽实用的屏风，起什么作用？挡风遮雨。她要挡住对凤姐的批评，还要遮住凤姐需要对贾琏保守的秘密，比如放高利贷，利钱不能叫贾琏知道，贾琏知道了，油锅里的钱他还要捞出来花。平儿还要挡住贾琏需要对凤姐遮住的隐私。像现在，刚刚出去几天，就有情人了，就有情人送的青丝了，那就必须挡住，不能叫凤姐知道。平儿平时是凤姐的同步卫星。但平儿又是个没读过兵书却懂得用兵之道的人，是个没读过四书五经，却懂得礼、法的人物。一个天真善良、身份低贱却与人为善的人。软语救贾琏，成了平儿在《红楼梦》第一次正传，而且和袭人一块成了回目。

因为凤姐整天防贼一样防着贾琏，防到连平儿也不叫贾琏碰，所以贾琏这个登徒子，才像饥鼠一样到处猎艳，脏的、臭的都拉到自己屋里。贾琏比较幸运的是，他在《红楼梦》当中第一次猎艳是被平儿发现的，平儿给他起了屏风作用，挡住了凤姐的妒锋。这一段对平儿的描写，生动精彩。

平儿知道凤姐厉害，也知道贾琏常打野食吃，她一点也不是吃醋拈酸，她还要保护她这个见一个爱一个的琏二爷。但是凤姐很知道自己的丈夫，知道他出去这几天，肯定干净不了。贾琏和平儿正在纠缠时，听到凤姐进来，贾琏赶快松了手。平儿刚从床上爬起来，凤姐就进来了。凤姐还没发现这两个人已有一番瞒着她的游戏，进来就说：平儿，开匣子给太太找样子。平儿赶快答应去找。凤姐一见贾琏，忽然想起来，问平儿："拿出去的东西都收进来了么？"平儿说收进来了。凤姐说少什么了吗？平儿说，我仔细查了查，什么也没少。凤姐说，多出来了吗。问得太妙了！平儿回答更妙。当凤姐问少什么没有的时候，她已经回答，我怕丢下一件两件，细细的查了查，没少。这是第一句软语，就是说，我已经细细查过了，给贾琏打掩护。但是凤姐问，没多出来吗？平儿来了第二句软话：不丢就好了，怎么还能谁给你添出来呢？如果没有贾琏这绺青丝，平儿可能说的是真话。但她明明知道已有人添出来了，还在那里装傻充愣，一副天真姿态。这就说明平儿跟凤姐这么多年，已经学会哄死人不偿命。凤姐冷笑起来："这半个月难保干净，或者有相厚的丢下的东西：戒指、汗巾、香袋儿，再至于头发、指甲，都是东西。”太绝了！凤姐是从贾琏以前打野食得出的经验还是无师自通？反正她这一番话，把贾琏的脸都吓黄了，只好在凤姐背后，朝着平儿杀鸡抹脖子使眼色：千万别说，我求求你了。平儿镇静极了，假装看不见贾琏在递眼神。她知道，只要凤姐发现贾琏打暗号，马上就判断里面有诈。那样贾琏就完了，平儿也完了。平儿笑容满面又说了第三句软语：“怎么我的心就和奶奶的心一样！我就怕有这些个，留神搜了一搜，竟一点破绽也没有。”平儿还说，奶奶你要不信，自己再搜一遍。自认为聪明而说别人傻的凤姐，就给平儿糊弄了。凤姐说：“傻丫头，他便有这些东西，那里就叫咱们翻着了！”还说别人傻呢，谁傻？精明的凤姐被平儿忽悠了。

平儿发现了多姑娘的头发，藏起来不叫凤姐看见，说明平儿千方百计维护贾琏凤姐的夫妻关系，不想叫他们闹事，也说明平儿爱贾琏。

凤姐回来替王夫人找样子，找完样子又出去了。平儿指着鼻子，晃着头，笑着对贾琏说：“这件事怎么回谢我呢？”平儿神态娇俏动情，和袭人麝月很不一样，因为她毕竟是贾琏多年的通房大丫头。贾琏一见，又是浑身发痒难挠，赶快跑上来搂着，但这时还并不是向平儿求欢，是有阴谋。“心肝肠肉”乱叫乱谢。平儿很天真，拿了头发说：“这是我一生的把柄了，好就好，不好就抖露出这事来。”还是向贾琏撒娇。贾琏继续笑着糊弄善良的平儿：“你只好生收着罢，千万别叫他知道。”嘴里这么说，瞅平儿不防，一把把那把青丝抢到自己手里，说：“你拿着终是祸患，不如我烧了他完事了。”这是个伏笔，如果这把青丝一直放在平儿这里，倒不至于泄露。贾琏抢回去，后来才叫凤姐发现，一场大闹。

平儿夹缝中求生存

贾琏抢过来后把厨娘的头发塞到靴筒里。平儿很生气，咬牙说：“没良心的东西，过了河就拆桥，明儿还想我替你撒谎！”贾琏这时才向平儿求欢，平儿跑了。贾琏说：“死促狭小淫妇！一定浪上人的火来，他又跑了。”平儿在窗外说：“我浪我的，谁叫你动火了？难道图你受用一回，叫他知道了，又不待见我。”平儿知道，自家小姐凤姐是醋瓮。贾琏说了一大段话：“你不用怕他，等我性子上来，把这醋罐打个稀烂，他才认得我呢！他防我像防贼似的，只许他同男人说话，不许我和女人说话；我和女人略近些，他就疑惑，他不论小叔子侄儿，大的小的，说说笑笑，就不怕我吃醋了。以后我也不许他见人！”平儿说，“他醋你使得，你醋他使不得。他原行的正走的正；你行动便有个坏心，连我也不放心，别说他了。”平儿这段话透露出的信息是贾琏很注意凤姐跟贾府爷们来往，甚至想拿来跟自己和女人的来往攀比。但平儿说得明确，凤姐和他们来往行得正，走得正，你走得不正。贾琏说的和凤姐说说笑笑的小叔子、侄儿，恐怕主要指贾蓉、贾蔷。这两个家伙都是宁国公正枝正孙，也是凤姐的亲信，除这两个以外，后来出现的贾芹、贾芸，是贾府旁支草字辈爷们去讨凤姐的好。在这帮人心目中，只要讨了凤姐的好，就会脱贫致富，改变自己整个人生。谁叫凤姐有权呢？受到贾琏怀疑的这些似乎可能是凤姐情人的年轻人，就是这样聚集起来的，他们不为凤姐情色而来，是冲着她的权力而来。这很可以理解。当今世界哪个玩弄权力的人周围，没有一批阿谀奉承之徒？贾琏对这些人不以为然，但平儿知道，凤姐和他们交往，跟贾琏和女人交往，性质完全不同。贾琏一心寻花问柳，凤姐一心拉帮结伙。贾琏关心情欲，凤姐关心权欲。贾琏经常和野女人躲在暗室蝇营狗苟，凤姐跟她的小跟班广庭大众前说说笑笑。平儿这段评论就说明，凤姐给人的印象是放纵而不放荡，风流而不淫荡，蛮横霸道而不红杏出墙。这就是在这段“俏平儿软语救贾琏”中透露出来的凤姐到底是个什么样的人。凤姐在这一回虽然不占主要地位，但她的影响力无处不在。

平儿总在凤姐跟前向贾琏表示出目不邪视、守本分丫鬟本色。现在她撒娇了，娇俏得很。贾琏这个色中饿鬼，马上搂着求欢。按说并不过分，因为平儿是通房大丫头。平儿却马上跑到门外，回答“难道图你受用一回，叫她知道了，又不待见我”。平儿说的是“又不待见”，可见平儿曾因为满足贾琏而得罪凤姐。

凤姐又回来了，发现平儿隔着窗子跟贾琏说话，就问：要说话两个人不在屋里说，怎么跑出一个来，隔着窗子，是什么意思？贾琏回答：“你可问他，倒像屋里有老虎吃他呢。”贾琏向凤姐表忠心，你不在的时候，我和平儿说话得隔着窗户。平儿回答：“屋里一个人没有，我在他跟前作什么？”平儿表白，我绝对不和贾琏单独在一块。什么原因？奶奶自己琢磨。凤姐笑了：“正是没人才好呢。”这就等于挑明：你们很想单独在一块。凤姐吃醋心理就暴露出来了，别人是醋罐子，凤姐是醋瓮。她不仅防贼一样防着贾琏，她也像防贼一样防着平儿。

平儿听了怎么办？按说奶奶对丫鬟说这个，只能忍气吞声吧。但平儿不，偏偏要公开、夸张、犯上作乱地表示：我不同意你这说法！凤姐要进门，平儿作为丫鬟理应给她打帘子。她偏偏不给凤姐打，自己先摔了帘子进来，不理这两个人，到别的地方去了。

这段描写似乎不合乎主仆关系，但特别合乎心理学。平儿不满足贾琏的性要求，就敢在凤姐跟前摔帘子；如果平儿满足了贾琏，她在凤姐跟前不管如何卑躬屈膝都不行。正因为平儿拒绝贾琏，她才能在凤姐跟前直起腰。平儿是谁？跟凤姐从小一块长大的丫鬟。凤姐嫁进贾府时，贾琏已有好几个通房大丫鬟，凤姐想了各种办法，把贾府这些通房大丫鬟都打发了。留下平儿，是为了显示自己贤良，也拴住贾琏的心。贾琏要求，平儿既然是通房大丫鬟，就得和我同房。但如果平儿真去和贾琏同房，她自家小姐就不待见她。怎么办？平儿采取似乎很不合人情、但很聪明的办法。她在众人而前风风光光做贾琏的“屋里人”；在凤姐跟前，小心翼翼尽量避免做贾琏的屋里人。宁可得罪贾琏，绝不得罪凤姐。尽量远着贾琏，全心全意做凤姐的臂膀。这个平儿，我甚至怀疑她是不是哪个大学心理学博士毕业？她很清楚，对贾琏无所谓得罪不得罪，反正在色中饿鬼贾琏眼里，总是妻不如妾，在贾琏对妻妾选择上，任何时候，她都比凤姐有利。但是对凤姐，她万万得罪不起。因为凤姐吃醋成性，心狠手辣。前辈红学家二知道人说凤姐已经“醋化鸩汤”，就是吃醋吃得都变成了毒药了。平儿不会给自己泡碗毒药喝。这是平儿的生存之道，是平儿夹缝中求生存的最大本领。把本来水火不容的妻妾矛盾化成妻妾是同一条战壕的战友，把妾是嫡妻心中永远的痛化解成在荣国府众口一词的凤姐左膀右臂。

这段描写把第一次在回目上出现的平儿写得生动、形象、耐人寻味。

平儿摔帘子走了，凤姐掀帘子进来，说：“平儿疯魔了。这蹄子认真要降伏我，仔细你的皮要紧！”凤姐很聪明，知道平儿和贾琏刚才没发生调情的事，也知道平儿是怕自己，尽量躲着贾琏，所以她敢跟自己摔帘子。贾琏已经绝倒在床上，就是笑得没法控制了，笑倒了，“我竟不知道平儿这么利害,从此倒伏她了。”他表面上是说,平儿竟在你跟前这么厉害，实际上他知道了平儿的厉害，平儿用软语保护了他。凤姐也很聪明，说:“都是你惯的他，我只和你说！”贾琏赶快说:“你们两个不卯，又拿我来作人。我躲开你们。”凤姐说“我看你躲到那里去。”凤姐要跟他商量正事了。

第二十一回，贤袭人教育宝玉，俏平儿掩护贾琏，两个性质很不一样的故事，把男性，意淫的宝玉，皮肤滥淫的贾琏；女性，聪明绝顶的黛玉，大大咧咧的湘云，心机深细的宝钗，还有同样心机深细，身份却是丫鬟的袭人，写得活灵活现。宝钗通过观察袭人，发现这是个不简单的丫鬟，宝钗要和袭人建立神圣同盟，共同促进金玉良缘。但世界上没有永远的同盟，只有永远的利益，相信将来宝钗嫁给宝玉后，不会容忍袭人继续留在宝玉身边。有个著名典故，赵太祖要灭南唐，南唐并没有损害大宋,但太祖说“卧榻之侧岂容他人酣睡”。宝钗也会这样，我嫁给宝玉，应该全面掌控宝玉，你这个多年前已经掌控宝玉的丫鬟给我走开吧！后来袭人出嫁，很可能和宝二奶奶有关。

薛宝钗借词含讽谏，王熙凤知命强英雄

我想特别提醒读者朋友的是，在二十一回庚辰本回前，有个很长的脂砚斋评语，提出了曹雪芹丢失的后几十回的一

个具体回目："此曰'娇嗔箴宝玉，软语救贾琏'。后曰'薛宝钗借词含讽谏，王熙凤知命强英雄'。"现在是袭人劝宝玉，平儿救贾琏。后几十回有个回目是宝钗劝宝玉，凤姐又和贾琏发生冲突。评语说，现在是从两个丫头说，后来就直指其主。今天的袭人，今天的宝玉，也是将来的袭人，将来的宝玉，今天的平儿，今天的贾琏，也是将来的平儿，将来的贾琏。但是今天的宝玉是可以劝的，将来的宝玉是不听劝的，今天的贾琏是可以救的，将来的贾琏已经不能救了。"袭人安在哉，宁不悲乎？"这说明宝钗嫁给宝玉后，宝玉还是想着黛玉，而宝钗劝戒宝玉读书做官光大门楣，宝玉不听，丢下妻子宝钗、丫鬟麝月，出家为僧。平儿藏起了贾琏情人厨娘多姑娘青丝，被凤姐发现大闹一场，一直畏妻如畏虎的贾琏已经不怕凤姐，公开和凤姐对着干。不仅公开对着干，而且他查清楚了凤姐怎样害死尤二姐，凤姐怎样导致贾府倒霉，他就把凤姐休了。

庚辰本二十一回的评语，对于了解曹雪芹原来构思非常有用。有这么完整的回目，但是回目里到底写的什么内容，可惜看不到了。

第二十二回

听曲文宝玉悟禅机
制灯谜贾政悲谶语

第二十二回有两个有趣的故事情节，都预伏《红楼梦》主要人物命运甚至结局。“听曲文宝玉悟禅机”预伏未来出家。贾政看到的灯谜预伏贾元春、薛宝钗等姐妹悲剧命运和贾府的败落。

宝玉是听到曲文后参禅，他听的什么曲文？《山门》，关于鲁智深的折子戏，里面有支寄生草，特别是有句“赤条条来去无牵挂”。宝玉的思虑就是从这开始。他为什么要听曲文？因为宝钗生日演戏。

凤姐长袖善舞妙语如珠

这一回开头，贾琏和凤姐商量要给宝钗做生日。贾琏说事很容易做，多大生日你都料理过了，这回倒没主意了？凤姐说，她这个生日，大也不是，小也不是，所以和你商量。为什么？因为老太太问起大家的年纪，听说宝钗今年 15 岁，是个整生日，她要替她做生日。贾琏原来说你就比着去年林妹妹的做就是了。既然老太太特别关照，就不能按照去年黛玉的规模来做生日了。

凤姐不是一向独断专行，为什么这事要问贾琏？因为宝钗是她的亲表妹，如果她给亲表妹做生日规格超过老祖宗亲外孙女，会担风险。她得把风险转嫁到贾琏头上。贾琏说，那比林妹妹的多增些。凤姐赶快说："我也这们想着，所以讨你的口气。"凤姐多精明。

湘云来了好几天，要回去，贾母说：过了你宝姐姐生日，看了戏再回去。湘云就又住下。后面才有更好的戏看。

贾母为什么要给宝钗做生日？"喜她稳重和平"。贾母蠲资二十两银子，叫凤姐来，交给她办酒唱戏。凤姐办事，总看贾府 No.1 的脸色，按其意图办事，凤姐处处时时揣摩贾母心意，留意贾母说的每句话，观察老太太动向。她凡办一件事必须叫老太太满意才算办好。王夫人要放到第二位，其他老爷之类更往后放。因为这个家里说了算的是贾母。

凤姐不但要给宝钗办好生日，在办生日之前，就要叫贾母开心。贾母自己掏出二十两银子，是刘姥姥一家全年生活费，也是贾母一个月零花钱，应该算不少。但凤姐故意嘲笑贾母"小气"，你很有钱，但是你只拿出来二十两银子，你那些钱留着干吗呢？留着给宝玉，难道我们不是你的儿女吗？在贾府没有任何人敢嘲笑贾母，但是凤姐就能，还说得贾母特别高兴。

凤姐周旋于国公府，很像身怀绝技的杂技演员，叠二十个凳子在上面翻跟头。那样高难度动作她也做得来。她的语言更像一个人在刀尖上跳舞。她怎么说的？"一个老祖宗给孩子们作生日，不拘怎样，谁还敢争，又办什么酒戏。既高兴要热闹，就说不得自己花上几两。巴巴的找出这霉烂的二十两银子来作东道，这意思还叫我赔上。果然拿不出来也罢了，金的、银的、圆的、扁的，压塌了箱子底，只是勒掯我们。举眼看看，谁不是儿女？难道将来只有宝兄弟顶了你老人家上五台山不成？那些梯己只留与他。我们如今虽不配使，也别苦了我们。这个够酒的？够戏的？”听听！这嘴巴巴的，贾母的银子，她给加个形容词“霉烂的”，而且还叫我给你赔上，你又不是没钱，你那金的银的都压塌箱子底了，拿出来这点子银子够喝酒还是够唱戏？这些话，贾府任何一个其他人,就是吃了豹子胆也不敢这么说。凤姐就能信口开河、巧话反说，引贾母开心。贾母特别有钱，凤姐也恭维她有钱。凤姐这番话，王夫人这样拙嘴笨舌的人一辈子也学不会。凤姐把贾母的心思摸透了，才敢跟老太太开这样玩笑。特别是提到你的东西都留给宝兄弟，将来只是宝兄弟顶你老人家上五台山。这是什么话？古时出殡，孝子在灵前引路叫“顶丧”或“顶灵”，而上五台山是上山成佛，是去世的避讳说法。凤姐竟然当面说贾母将来要去世，而你去世是要成佛的，那时你的心肝宝贝宝玉顶着你去。这话说得太棒太有趣了。满屋子人都笑起来了。贾母说：“你们听听这嘴！我也算会说的，怎么说不过这猴儿。”贾母对凤姐有个特殊用词,叫她“猴儿”。我在书里说过，凤姐和孙悟空有一比，会七十二变。

宝钗查颜观色懂事明理

因为要给宝钗办生日，贾母就问宝钗，爱听什么戏？爱吃什么东西？宝钗也很会掌握贾母的心理。她知道贾母年纪老了，喜欢看热闹戏文，吃甜的、煮得很烂的食品，就总依贾母往日素喜者说了出来。贾母更加高兴。这个小姑娘，虚岁 15 岁，相当于现在初中二年级学生，多懂事！

当年看红极一时的越剧《红楼梦》，老太太问宝钗喜欢吃什么、喜欢听什么戏？那个宝钗回答：老太太喜欢的我都喜欢。这就太露骨了。小说里的宝钗是不动声色、不留痕迹拍贾母的马屁。

有红学家根据贾母给宝钗做生日做出推断，金玉良缘和木石前盟的斗争越来越明朗化，贾母倾向宝钗了。我年轻的时候就不同意这种看法，现在做了祖母和外祖母，因为更能体味贾母的心理，更加不同意。贾母给宝钗做生日，是处理家庭关系太极高手打的一套拳。贾母在荣国府高高在上，荣国府家事是儿媳王夫人管。王夫人亲妹妹到贾府住，是贵客。这客人每天陪贾母聊天解闷，前八十回《红楼梦》看下来，薛姨妈总是说令贾母脸上增光添彩、心情舒畅的话，从无一句唐突失礼不得体。几乎成了贾母座上不花史太君一钱银子的“女清客”。贾母要对儿媳妇、对自己的座上客示好。怎么表示？给宝钗漂漂亮亮做个生日。至于说她看上了宝钗，读者仔细往后看就知道，贾母从没打算叫宝钗跟宝玉成亲。贾母唯一爱的女儿贾敏去世，留下的黛玉是贾母的心肝宝贝。黛玉进府时就搂到怀里大哭“心肝儿肉”。贾母绝对不会损害自己外孙女。贾母像只老母鸡，翅膀这边护的是宝玉，那边护的是黛玉。那么得宠的凤姐，只不过蹭到贾母翅膀边缘。至于宝钗，客情而已。这是我读《红楼梦》六十多年读出的看法。

绛珠仙子当局者迷

而《红楼梦》里当局者迷，当局者是谁？周岁 12 岁的黛玉。她大概觉得外祖母这样郑重地给宝姐姐做生日，自己受到冷落。宝钗生日那天，她一开始没去参加。宝玉看不到黛玉，赶快去找，看到黛玉还歪在床上，宝玉说：“起来吃饭去，就开戏了。你爱看那一出？我好点。”这时黛玉那缸醋就泼了出来：“你既这样说，你就特叫一班戏来，拣我爱的唱给我看。这会子犯不上跐着人借光儿问我。”宝玉这次很聪明，说：“这有什么难的。明儿就这样行，也叫他们借咱们的光儿。”宝哥哥多会哄林妹妹,他俩成“咱们”了。拉着黛玉起来携手出去，暂时把黛玉抚慰住了。

吃了饭点戏，贾母叫宝钗点。宝钗推让一番，点一折《西游记》。宝姑娘多会行事？《西游记》多热闹多好看，是贾母平时喜欢看的。红学界贬宝钗的说，看见了吧？宝钗多世故，讨好贾母，过生日都不点自己喜欢看的戏。喜欢宝钗的红学家说，你们考虑考虑，宝钗这样做到底是好是坏，她总得尊重老人吧？贾母听宝钗点《西游记》，很高兴，接着叫凤姐点。凤姐比宝钗更厉害，她知道贾母喜欢热闹，更喜欢插科打诨，就点《刘二当衣》，那就从头笑到尾了。贾母更喜欢。然后命黛玉点。读者朋友注意这个层次，生日是宝钗的，办生日是凤姐，第三个该叫贾母的宝贝孙子宝玉点，但贾母叫黛玉点，还是把黛玉放到宝玉前面。黛玉很懂礼貌，就叫薛姨妈您点吧，舅妈您点吧。贾母说："今日原是我特带着你们取笑，咱们只管咱们的，别理她们。我巴巴的唱戏摆酒，为他们不成？他们在这里白听白吃，已经便宜了，还让他们点呢！"贾母太会说话了，而且能听得出来，她要安抚亲爱的外孙女。今儿原是我特带着"你们"（不单纯为你宝姐姐也为了你）取乐。给宝钗做生日是咱们祖孙取乐的由头。黛玉聪明，该听出来，外祖母还是最疼我，至于外人，外祖母是客情表示。不知道黛玉能不能看得出来，但贾母的话应该有这层含义。

黛玉点了一出，曹雪芹不写她点了什么戏，太高明了！如果写黛玉点《游园》，可能有很多人会说，看到了吧，多不懂事？如果她也点个《封神榜》，那就说，她怎么跟着宝钗学？

所以不说戏名最高明。我相信黛玉点的肯定是她自己喜欢的文戏。然后才是宝玉、湘云、迎春、探春、惜春、李纨，都是折子戏，很快就唱完一折，马上换。

赤条条来去无牵挂

到了上酒席的时候，贾母又叫宝钗点。宝钗就点了一出《鲁智深醉闹五台山》。鲁智深醉闹五台山，怀里揣根狗腿，上去把五台山寺庙亭子的柱子都撞断了，非常热闹的戏。宝玉就说宝钗："只好点这些戏。"宝钗说："你白听了这几年的戏，那里知道这出戏的好处，排场又好，词藻更妙。"宝钗就是有学问，她告诉宝玉，这个戏是一套北《点绛唇》（曲牌名），铿锵顿挫，韵律不用说是好的，词藻当中有支《寄生草》，填得极妙，你哪知道？宝玉一听说这么好，就过来央告："好姐姐，念与我听听。"宝钗就念了，"漫揾英雄泪，相离处士家。谢慈悲剃度在莲台下。没缘法转眼分离乍。赤条条来去无牵挂。那里讨烟蓑雨笠卷单行？一任俺芒鞋破钵随缘化！"这是鲁智深唱的《寄生草》，为什么说宝玉听曲悟禅机？后面因为黛玉和他闹矛盾，他就从这支曲子产生联想，也填支曲子，预伏了宝玉最终命运，预伏了他和宝钗婚姻的结局。这支曲子写鲁智深离开逃避追捕的赵员外家当和尚了。"没缘法转眼分离乍"，是说鲁智深和世人没缘法，却暗寓宝钗和宝玉没缘法，转眼分开。宝玉出家，赤条条来去无牵挂，当了芒鞋破钵化缘的穷和尚。

宝玉当然想不到这是将来自己的命运，听了曲子，高兴得拍膝画圈称赏不已，夸奖宝姐姐什么书都知道。黛玉也想不到，将来她去世，宝玉才和宝钗结婚，而终于不能忘掉林妹妹，悬崖撒手，出家为僧。看到宝玉赞赏宝姐姐，黛玉心里不高兴，怎么表现出来？“安静看戏罢，还没唱《山门》，你倒《妆疯》了。”黛玉太聪明了，《山门》和《妆疯》都是折子戏。黛玉就用两个折子戏的戏名制止宝玉和宝姐姐亲近。黛玉把批评宝玉的话借戏名说出来，说得这么急速、这么应景、这么有趣，太聪明、太机敏、口角太伶俐了。正因她口角伶俐，戏名应景，别人就听不出她在吃醋。说的湘云也笑了。

戏子比黛玉的轩然大波

晚上散戏的时候，贾母深爱那做小旦与做小丑的，命人带进来。很多红学家说，贾母是个充满爱心的老太太，对小戏子怜惜疼爱。这样分析也说得过去。因为我是写小说的，我认为贾母喜欢两个小戏子深层动机是小旦特别像她心爱的外孙女，甚至像她女儿。贾母把她们带进来“细看时益发可怜见”。越看越喜欢，大概想起自己心爱的女儿来了，问年纪，小旦11岁，小丑9岁。贾母叫赏她们钱，给她们果子吃。这时凤姐说："这个孩子扮上，活像一个人，你们再看不出来。"小旦像黛玉。凤姐暗示了。有好几位大红学家分析，凤姐胆敢这样说，就因为黛玉在贾母跟前的宠爱已不如前。我的看法恰好相反，即使宝钗得宠，凤姐也绝不敢冒那么大风险，当众取笑贾母嫡亲外孙女儿。我认为其实凤姐想提醒大家，你们要注意看，这个小戏子得到贾母喜爱，因为她长得像林黛玉。凤姐说她长得像一个人，叫大家看，叫大家比，叫大家谁也别说出来，心里有数就行。宝钗心里知道，一笑不肯说。宝钗永远不会干得罪人的事，因为那时拿某人比戏子是叫人很不高兴的。宝玉也猜着了，不敢说，不敢得罪林妹妹。湘云不是快人快语？她笑道："倒像林妹妹的模样儿。"湘云原来要走，把她一留下来，就来了大戏码，挑起宝黛间的矛盾。宝玉一听，把湘云瞅了一眼，使个眼神。宝玉如果装聋作哑，不使眼色，恐怕还好一点。他向湘云使眼色，黛玉就气晕了。

到晚上，湘云知道黛玉生气，就叫丫鬟，打包，回家！"明儿一早就走。在这里作什么？——看人家的鼻子眼睛，什么意思！"宝玉赶快过来说：你错怪我了，林妹妹是个多心的人。别人分明知道，不肯说出来。你说出来了，她岂不恼你，我就怕你得罪了她，给你使眼色。要是别人，得罪十个人，与我何干。宝玉是拉住湘云的手说一番话，湘云把他的手"啪"一摔："你那花言巧语别哄我。我也原不如你林妹妹，别人说他，拿他取笑都使得，只我说了就有不是。我原不配说他。他是小姐主子，我是奴才丫头，得罪了他，使不得！”

这就是千金小姐，湘云虽然从小父母双亡，在婶婶身边长大，但也是大户人家小姐，老虎屁股摸不得。所以发火。宝玉赶快诅咒发誓：“我要有外心，立刻就化成灰，叫万人践踏！”湘云就说：“大正月里，少信嘴胡说。这些没要紧的恶誓、散话、歪话，说给那些小性儿、行动爱恼人、会辖治你的人听去！别叫我啐你。”小性儿，会辖治宝玉，当然是说黛玉了。

湘云说完，就到贾母里间躺下。宝玉碰一鼻子灰，又来找黛玉。一到黛玉的门槛那里，黛玉就把他推出来，把门关上。宝玉就只好在外面忍气吞声叫“好妹妹”，老半天也不走，也不吭气，像只呆鹅站在那。黛玉当他走了，起来开门，看他还站在那里，不好意思再关门，就回到床上躺下。宝玉进来说：“凡事都有个原故，说出来，人也不委曲。好好的就恼了，终是什么原故起的？”黛玉冷笑道：“问的我倒好，我也不知为什么原故。我原是给你们取笑的，——拿我比戏子取笑。”宝玉说：“我并没有比你，我并没笑。为什么恼我呢？”黛玉说：“你还要比？你还要笑？你不比不笑，比人家比了笑了的还利害呢。”宝玉一听，那就是说，我跟他们不一样的要求！他一声不敢吭。黛玉把进一步的愤怒说出来：“这一节还恕得。再者，你为什么又和云儿使眼色？这安的是什么心？莫不是他和我玩，他就自轻自贱了？他原是公侯的小姐，我原是贫民的丫头，他和我顽，设若我回了口，岂不他自惹人轻贱呢。是这主意不是？这却也是你的好心，只是那一个偏又不领你这好情，一般也恼了。你又拿我作情，倒说我小性儿，行动肯恼。你又怕他得罪了我，我恼他。我恼他，与你何干？他得罪了我，又与你何干？”

黛玉这嘴真和刀子一样。宝玉听了这番话才知道，刚才和湘云说话，黛玉都听见了，灰心丧气地想，我是为她俩好，怕她两人有矛盾有误会，我在其中调和，怎么非但没调和成功，两边都褒贬我？这就想起来前天看的《南华经》，《庄子·列御寇》的话："巧者劳而智者忧，无能者无所求，饱食而遨游，泛若不系之舟。"心灵性巧的人辛辛苦苦，忙忙碌碌，聪明智慧的人，经常思考经常多虑，没多少能力的人，既没多少追求，也没什么牵挂，整天吃饱了像没有缆绳拴住的小船，自由自在随水漂流。他又想起《庄子·人间世》的话，"山木自寇，源泉自盗。"山中树木因为长成材，才招来人们砍伐；源泉的水因为甘美，才招来人们盗饮，叫它干涸了。人太聪明了没好处！

宝玉悟出来了。脂砚斋在"山木自寇，源泉自盗"旁边加了很长的批语，结尾说到这些人的命运："黛玉一生是聪明所误；宝玉是多事所误；多事者，情之事也，非世事也。""阿凤是机心所误；宝钗是博知所误；湘云是自爱所误；袭人是好胜所误。"预示几个主要人物结局。脂砚斋是看过全部书稿后，才知道每个人因为什么原因有了最后结局。比如湘云是自爱所误。湘云出嫁后，丈夫卫若兰怀疑她因为金麒麟可能和宝玉有什么纠葛，湘云就离开了他。这是很多红学家推测的结局。

宝玉因为湘云和黛玉都不搭理他，很苦恼，灰心丧气想起了庄子这两段话，越想越觉得无趣，眼下不过就这么两个人，我都应付不了，将来我怎么办？也没法再想向黛玉分辩自己，就转身回自己房间。

黛玉当然想不到，这么短时间宝哥哥想起《庄子》。还以为宝玉自感没趣赌气回去。以往宝玉离开都向黛玉告别，说说安慰妹妹的话，这次什么也没说，黛玉越发添了气，说："这一去，一辈子也别来，也别说话！"这就是林姑娘的特点，动不动就我死了，一辈子也别说了。宝玉居然还不理她，因为宝玉确实太伤心，确实被庄子迷住了。回到房间，思虑还在《南华经》上，还在琢磨"山木自寇，源泉自盗"等话。袭人也不敢说他，就岔开他："今儿看了戏，又勾出几天戏来。宝姑娘一定要还席的。"这时宝玉是什么思想？宝玉最亲近的人还是黛玉。而黛玉说，你不要再来了，一辈子也别再说话了。宝玉就要讲对宝钗的不满了："他还不还，管谁什么相干。"什么意思？因为宝姑娘作生日，我都得罪林妹妹了，她还不还戏，和我有什么相干？袭人一听，不是宝玉往日说话口吻，就说：这是怎么说的？怎么大家都高高兴兴的，你怎么成这个样儿了？宝玉说，他们高兴不高兴也和我没关系。袭人继续劝他，他们既然随和，你也随和，岂不是大家彼此有趣，宝玉继续非常悲观地说："什么是'大家彼此'！他们有'大家彼此'，我是'赤条条来去无牵挂'。"彻底中了鲁智深《寄生草》的毒，从《寄生草》联想到庄子，越想越没趣了。先是泪下，仔细再想，大哭起来。翻身起来，到书案前，提笔就写个偈："你证我证，心证意证。是无有证，斯可云证。无可云证，是立足境。"我们彼此都想从对方得到感情的印证而平添烦恼，看来只有到了灭绝情谊，无须再互相验证的时候，才谈得上感情上的彻悟。到了万境皆空，什么都无可验证了，才真正地有了立足之境。这是佛家的感悟偈语。写完了，觉得我解脱了，还怕别人看不懂，也填了支《寄生草》。曹雪芹写得很妙，他填的什么《寄生草》，现在不给他写出来。待会让黛玉来看。宝玉自己念了一遍，现在无牵无挂了，很得意，上床睡了。

黛玉宝钗敲打宝玉

黛玉见宝玉居然果断离开，连招呼都不打，就以找袭人为由来看动静。黛玉时时刻刻牵挂着宝哥哥。袭人说，宝二爷睡了。黛玉一听，只好回去。袭人说："姑娘请站住，有一个字帖儿，瞧瞧是什么话。"把刚才宝玉写的偈语和填的《寄生草》拿给黛玉看。黛玉一看，知道宝玉感愤而作，又可笑又可叹，就对袭人说，他写的是一个玩意，没什么关系。她拿回去和湘云看，第二天又叫宝钗看，三个姑娘要对宝玉做番大批判了。

三个姑娘一起看宝玉写的《寄生草》："无我原非你，从他不解伊。肆行无碍凭来去。茫茫着甚悲愁喜，纷纷说甚亲疏密？从前碌碌却因何，到如今，回头试想真无趣！"什么意思？没有我，也就没有你，你我是互相依存的，任凭他人不理解你好了，自己何妨随心所欲自由行动呢？什么悲喜，什么亲疏，想想真没有意思！看了宝玉的偈语，宝钗笑了，说："这个人悟了。都是我的不是，都是我昨儿一支曲子惹出来的。这些道书禅机最能移性。明儿认真说起这些疯话来，存了这个意思，都是从我这一只曲子上来，我成了个罪魁了。"宝钗认为不能叫宝玉沿着这个方向继续走，一个劲琢磨庄子、悟禅，就把他的偈语和《寄生草》撕个粉碎，叫丫头烧了。黛玉不是过目不忘吗，黛玉说："不该撕，等我问他。你们跟我来，包管叫他收了这个痴心邪话。"

三人来到宝玉屋里，你宝玉不是参禅？黛玉给他个当头棒喝："宝玉，我问你：至贵者是'宝'，至坚者是'玉'。尔有何贵？尔有何坚？"你不是参禅吗？你先参参你的名字给我听听。黛玉果然聪明，她问的话非常浅显，但回答很艰难。因为宝玉很难回答我到底贵在什么地方、坚在什么地方。黛玉灵心慧性确实令后世读者拍案叫绝。宝玉竟一句话也回不出。三个人就拍手笑了："这么钝愚，还参禅呢。"黛玉进一步教育他，你写的偈语，最后不是说"无可云证，是立足境"吗？很好，万境皆空，无可证验时，才算找到安身立命之境。这个很好，但叫我看，还不算尽善，我再给你续两句"无立足境，是方干净"。黛玉续的这两句什么意思？连立足之境也没了，那才真正干净。黛玉所续两句，预伏了宝黛最后结局，黛玉泪尽而逝、宝玉弃家为僧，立足之境都没了，真正干净了。宝钗说，这才叫悟彻。然后宝钗讲了个当年南宗六祖慧能怎样获得禅宗衣钵，讲了那个很多人都知道的故事。慧能当年听说五祖弘忍在黄梅，就去当了他的火头僧，五祖求法嗣，让徒弟各写个偈语。首席上座神秀写："身是菩提树，心如明镜台，时时勤拂拭，莫使有尘埃。"什么意思？菩提树是常绿乔木，传说释迦牟尼在这树下成佛。这个偈语代表禅宗北宗的主张，认为人自身虽然有佛性，但因为受到尘世杂念搅扰，必须通过坐禅，通过不断念佛，不断修炼，才能领悟，这叫"渐悟"，渐渐觉悟。

慧能正在厨房里舂米，他听了偈语就说"美则美矣，了则未了。"他念个偈语："菩提本非树，明镜亦非台，本来无一物，何处染尘埃。"五祖就把衣钵传给他。慧能这个偈语代表了禅宗南宗"顿悟"主张。大徒弟神秀代表"渐悟"的主张。顿悟认为所谓觉悟，不是外在力量所致，只要向内心寻求，就可以顿悟。所以主张不要一个劲的诵经、坐禅，只要你能体会佛经精神，你主观上就可以顿时觉悟，立地成佛。

宝钗讲完这个故事，黛玉对宝玉说，你不能回答我们的话，你之后就不要再谈禅了，连我们两个人知道的你还不知道，你还参什么禅呢？宝玉自以为已经觉悟了，没想到被黛玉一问，你叫宝玉，你有何宝，尔有何坚？都不能回答。现在宝钗又拿出慧能做禅宗六祖的故事来讲，他更比她们差远了。宝玉就想，原来她们比我都在先，还没有觉悟，我现在又何必自寻烦恼呢？想完了就说，我哪里参禅了，不过就是顽话罢了。

经过这样一次参禅，四人仍复如旧。很有意思，宝玉一姐两妹，宝姐姐、林妹妹、云妹妹，经常闹点小矛盾，也经常在传统文学基础上又友情如旧。《红楼梦》人物读来真是太有趣了。

元宵灯谜寓命运

这时有人报告，娘娘送出灯谜，叫你们大家猜，猜着了每人也做一个送进去。这四个人赶快去贾府上房。太监拿来了灯谜，上面已经有一个元妃的灯谜了，大家争着看。小太监说，你们猜着了，不要说出来，暗暗地写纸上，送到宫里，娘娘来判断。宝钗她们听了，往前一看，元春的灯谜是首七言绝句，没什么新奇的，意思很明确。但宝钗是什么人？特别会做人。元春是贾母从小亲自教养的，守着贾母在，宝钗得表示元春是很有学问的，所以宝钗说这么难猜，灯谜编得这么好，故意在那寻思半天，其实她一见就猜着了。宝玉、黛玉、湘云、探春也都想出来了，又把贾环、贾兰都传了来猜，又每个人拿现实生活中的一个物件写成谜语，挂在贵妃娘娘传来的宫灯上。

太监晚上回来说，娘娘制的灯谜，你们都猜着了，只有二小姐和三爷猜得不对。你们做的谜语，娘娘也都猜了，不知道是不是。他把元春的赏赐发给大家。这赏赐都是些小玩意儿，随身携带的诗筒，喝茶用的茶筅。迎春和贾环没得到，迎春觉得我大姐姐领着大家玩儿，小事，不在意。贾环就觉得太没趣了，大家都有礼物，我没有，难道又是因为我是姨娘养的？太监又说：三爷编的谜语不通，娘娘没猜，叫我带回来问问三爷这是什么东西。

大家一听，都很好奇，看看贾环做了个什么谜语，贵妃娘娘连猜都不猜了？大家一看，大发一笑！“大哥有角只八个，二哥有角只两根。大哥只在床上坐，二哥爱在房上蹲”为什么大家哄堂大笑？因为这个谜语用七言绝句写的，作为绝句一点儿文才没有；作为谜语则根本说不通。谜语应该用准确指向叫你猜出谜底，他编的谜语本身就把别人弄糊涂了。贾环告诉大家，谜底一个是枕头，一个是兽头。

曹雪芹这个作家的天才太棒了，他就能给既没有文才、思想又混乱的贾环编出个令人喷饭的谜语来，这增加了《红楼梦》读者的很多乐趣。记得我小时候经常背诵环三爷这个谜语，一边背诵一边哈哈大笑。贾母一看，元春这么有兴致，自己也高兴了，说做个小巧精致的围屏灯来，放到我的房间里，你们姐妹们也做谜语粘到屏上，预备下礼品，谁猜到发给谁。

贾政每天都得上朝，朝拜他的女婿，他下了班，回来一看，母亲这么高兴，又是元宵节，晚上也到贾母跟前承欢取乐。

我年轻时，很不喜欢贾政，随着年龄增长，渐渐理解了这个父亲。他也是个儿子，也希望得到母爱。自己的儿子在贾母那里得到那么大的宠爱，我是亲生儿子，难道母亲不该疼疼我吗？所以他也趁着过节到母亲跟前来撒撒娇。这是板着一副严正面孔的贾政性格另一个方面。曹雪芹写得太细致了。

贾政备了玩物、果品、好酒，在自己的上房设了彩灯，请贾母赏灯取乐。摆了几个席呢？上面一席就是贾母带着儿子贾政和宝贝孙子宝玉。下面一席王夫人带着宝钗、黛玉、湘云，三位亲戚家的小姐；迎春、探春、惜春三人一席。李宫裁、凤姐在里间有一席。贾环哪去了？似乎贾环不在，但是他在。曹雪芹的调度特别有意思。贾政一看，就问：“怎么不见兰哥？”婆娘们去问李纨。李纨起身回道：“他说方才老爷并没有去叫他，他不肯来。”婆娘们过来回了贾政。贾政还没吭气，大家都笑了，说“天生的牛心古怪”。贾兰年龄小，但特别有自尊心。你不专门叫我，我就不去。《红楼梦》最后结局就是贾兰通过读书练武做了高官。贾政派贾环等去把贾兰叫来。这时贾环才出现，他是叔叔，他去接贾兰，给了贾兰很大面子。贾兰来了后，贾母就叫贾兰在自己身边坐了，给他拿果子吃。贾府出现了四世同堂非常温馨的场面。贾兰这个最应该享受曾祖母爱抚的孤儿，一直生活在叔叔宝玉阴影之下，他幼小的心灵会不会对曾祖母和宝玉叔叔有隔膜乃至不以为然？贾兰经常跟贾环一起活动，会不会受贾环影响？曹雪芹留着让读者猜谜。

这个四世同堂温馨的场面并没得到详细描写，而是写贾政观灯谜感到很悲哀。过去只是宝玉高谈阔论，现在贾政在这里，宝玉就不敢吭气。湘云虽然是深闺小姐，也喜欢大说大笑，但贾政在这，她就不敢大说大笑了。黛玉本不愿多说话，宝钗从不妄言轻动，这时更是坦然自若，端坐一句话不说。贾母知道，贾政在，姐妹们就不敢说笑，宝玉更得老老实实，这就令老太太不开心。贾母就叫贾政回去休息。贾政知道，母亲这是要撵我去，叫他们兄弟姐妹自在取乐，特别是要解放宝玉。贾政赶快陪笑：“今日原听见老太太这里大设春灯雅谜，故也备了彩礼酒席，特来入会。何疼孙子孙女之心，便不略赐与儿子半点？”总是一本正经的贾政，居然也会向老母亲撒娇了。曹雪芹写的人物，就像佛斯特说的，人物应该是圆的，个性多方面的。贾政这个人物是个圆型人物，不是扁型的、个性很单纯，总是教训人，总板着一本正经的面孔，这就是大作家的高明之处。贾母直接说了："你在这里，他们都不敢说笑，没的倒叫我闷。你要猜谜时，我便说一个你猜，猜不着是要罚的。"贾政说，猜不着我当然得罚，但猜着了，您也得赏我。贾母说，这是自然的。贾母就念了个谜语"猴子身轻站树梢"。这是荔枝，很好猜。这个谜语的背后，有曹府的身世在内，"猴子身轻站树梢"隐藏着当年曹雪芹祖父曹寅喜欢说的"树倒猢孙散"。猢狲现在站到树梢，树倒了怎么办？贾府这棵大树是谁？有评论家认为是贾母。我认为，如果说贾母算贾府大树，大树的根能在地面上扎得牢牢的，那是因为她的孙女做了娘娘了。

贾政一看就知道是荔枝，故意乱猜，这是讨母亲的喜欢，罚了很多东西，猜不着，罚个礼品；猜不着，罚瓶酒；猜不着，再罚些点心，最后猜着，也得了贾母的赏赐。贾政念个谜语叫贾母猜："身自端方，体自坚硬。虽不能言，有言必应。"告诉贾母，这是日常生活一个用物。这个谜语出得太棒了。贾政这个人，确实可以算品行端方，他坚持封建礼法，他并没有很高的文才，所以游园的时候要宝玉题额，他本身很像是砚台，端方坚硬，虽不能言，有言必应。他虽然是板着一副严格的道学家面孔，家里的很多事情还要靠他解决。这里面又暗藏了贾府祖先一些品格，同时也暗藏了曹府祖先的一些品格。为什么这样说呢？根据红学家细致考证，雍正抄家之后，把曹家家产全部赏给继任江宁织造隋赫德，给曹府留十七间半房子居住，后来考古的人在崇文门外蒜市口，十七间半房旧宅发现四扇屏门，确确实实就是曹家的遗物。四扇屏门每一扇上有一个字，合起来叫“端方正直”，好像是皇帝赐的。从这个端方正直，就可以联想到贾政出的这个谜语了。这就意味着贾政的特点，也意味着曹家先人的特点。贾政说完，就悄悄说给宝玉，宝玉悄悄告诉贾母。贾母想了想，果然不差，是这么回事儿，贾母就说：是砚台。贾政赶快给母亲陪笑，说：“到底是老太太，一猜就是。”回头就说：“快把贺彩送上来。”底下的人一听，赶快把大盘小盘一起捧上。老太太猜了一个谜，来了一堆礼品。贾母一件一件地看，都是灯节下所用所玩的新巧之物，很高兴。贾母很有钱，贾母也不在乎你送多么贵重的礼物。但这是亲生儿子给母亲送的，而且都是很好玩很新巧的，所以她特别的高兴。下命令，“给你老爷斟酒。”宝玉执壶，迎春送酒，就是亲儿子拿着酒壶斟酒，斟好以后，贾府二小姐迎春把酒给送上。贾母说：“你瞧瞧那屏上，都是她姊妹们做的，再猜一猜我听。”贾政答应着，去看她们的谜语，头一个是元春的：“能使妖魔胆尽摧，身如束帛气如雷。一声震得人方恐，回首相看已化灰。”贾政说这是爆竹，宝玉说对。这个谜语和贾宝玉在梦游太虚境看的图册结合起来了，这是元妃命运的预告。爆竹能使妖魔丧胆，没放时像卷起来的绢帛，一放之后，震得人们都害怕，再一回头，化灰了。爆竹化灰，意味着人死了。

贾政又看迎春的："天运人功理不穷，有功无运也难逢。因何镇日纷纷乱，只为阴阳数不同。"二木头偶尔露峥嵘，迎春作的谜语很说得通，也预伏她未来命运。解这个谜语首先要弄清楚几个词，"天运"就是天数，命中注定；"人功"指算盘上的珠子，要靠人拨，所以叫人功。"阴阳"指算盘上下的珠子，它们相逢得靠人工去拨，阴阳也代指男女、夫妻。"镇日"就是一天到晚，这个灯谜就是说迎春的命运是怎么拨也不能拨到阴阳相通、阴阳和谐的，因为她嫁了个坏男人。贾政猜是算盘。迎春说是。

再往下看，贾探春的很容易理解："阶下儿童仰面时，清明妆点最堪宜。游丝一断浑无力，莫向东风怨别离。"明白晓畅，清明时节在天上，儿童看，还有游丝。风筝，是贾探春未来远嫁的命运。

倒是年龄最小、学问也不深的惜春编的灯谜真有点学问："前身色相总无成，不听菱歌听佛经。莫道此生沉黑海，性中自有大光明。"惜春是贾珍的亲妹子，因贾母喜欢，叫到荣国府和迎春、探春一起住，由李纨照管。这个谜语预示将来贾府四小姐要做尼姑。前两句意思是：前身因为迷恋尘世色相，没修成正果，这辈子要看破红尘做佛家子弟了。"菱歌"就是情歌。乐府诗有菱歌莲曲，都是写男女情歌。不听男女情歌，要去听佛经。“莫道此生沉黑海”意味着，贾宝玉梦游太虚境看到惜春三个姐姐命运不幸，都像人间繁华和自己绝缘，沉入漆黑的海底。惜春醒悟了，出家了，在佛教当中求得光明了。贾政说，这是佛前海灯。惜春笑笑说，是。

这时贾政就很不高兴了。贾政也很有学问。他琢磨，娘娘作的是爆竹，一响而散；迎春做的是算盘，打动起来乱如麻；探春做的是风筝，飘走了；惜春做的海灯，越发孤独清静。今天刚刚元春归省完了，继续过元宵节，大家应该是作喜庆、欢乐的，怎么都作这么些不祥物？越想越郁闷，但贾母跟前他不敢表现出来，只能勉强往下看。这首七言律诗是宝钗作的：“朝罢谁携两袖烟，琴边衾里总无缘。晓筹不用鸡人报，五夜无烦侍女添。焦首朝朝还暮暮，煎心日日复年年。光阴荏苒须当惜，风雨阴晴任变迁。”贾政看完琢磨，这谜底倒是很有限的物件，但宝钗小小的人，作这样的词语，太不吉祥了。看来也不是有福有寿的人。贾政为何认为宝钗作的谜语不吉祥呢？因为宝钗谜底是更香，暗示宝钗将来要孤零零寡居。并不是死了丈夫而是丈夫出家了。根据贾宝玉在太虚幻境看到的命运预示，将来就是黛玉死了，宝玉虽娶宝钗为妻，但是心里永远忘不了世外寂寞林，悬崖撒手，弃家为僧。那时宝钗每天孤独得像更香一样，“焦首朝朝还暮暮，煎心日日复年年。”光阴一天一天的过去，大自然风雨阴晴在那里变迁，自己的命运却没有变迁，永远是孤独的，永远没人疼爱，永远没有爱情。

宝钗很有学问，她第一句话“朝罢谁携两袖烟”，用了个典故而且是反过来用的。杜甫写过一首诗《和贾至早朝大明宫》。杜甫朝见皇帝，另外一个朝臣写首诗，杜甫的和诗里面就有句“朝罢香烟携满袖”，什么意思？朝见皇帝回来以后，两袖都带着宫廷的香味。这是一个得意官员写自己快乐的遭遇，但是宝钗反过来了，朝罢了，谁能携带着意味着皇帝恩宠的香烟味？没有缘分了。第二句说，既然和朝廷的烟没有缘分，和另外的烟也没有缘,“琴边衾里总无缘”。人弹琴时候，要焚香，睡觉时，要用香熏熏被窝，那就是恩爱夫妻在一起，男的弹琴，女的红袖添香。恩爱夫妻同床共枕，躺在暖暖和和、被香熏了的被窝里面，夫妻恩爱。“琴边衾里总无缘”，既没有夫唱妇随，琴瑟和悦，也没有夫妻恩爱，一点儿缘分都没有，因为丈夫出家了。所以贾政一看，这个人没有福寿。当然贾政绝对不会想到，宝钗之所以没有福寿，是因为自己儿子爱情的选择。宝钗之所以像更香一样焦首朝朝还暮暮，煎心日日复年年，是因为宝玉看破红尘，因为心爱的黛玉不在，他出家为僧了。

狗尾续貂的灯谜

宝玉没写灯谜吗？可能写了。黛玉没写灯谜吗？可能也写了。贾环、贾兰、李纨也都写了。但许多严谨的《红楼梦》

校订本都没提到。为什么？因为这个地方曹雪芹原稿破失了。《脂砚斋重评石头记》庚辰本“暂记宝钗灯谜”后边就没了。后来程伟元和高鹗根据无名氏续书补成的百二十回，加上宝玉镜子谜语“南面而坐，北面而朝，象忧亦忧，象喜亦喜。”是从李开先的《诗禅·镜》和冯梦龙《挂枝儿·咏镜》抄来的。程高本又把宝钗谜语改给黛玉，再给宝钗编个竹夫人谜语：“有眼无珠腹中空，荷花出水喜相逢。梧桐叶落分离别，恩爱夫妻不到冬。”这语气哪儿像博学多识的薛宝钗？但有点儿像她哥哥阿呆了。

其实有了宝钗的灯谜，宝玉和黛玉的命运就都有了。其他人如李纨等就次要得很了。

贾政想到姐妹们谜语不祥，都不是些福寿之辈，心里很悲伤。刚才向母亲撒娇的精神减去了十分之八九，只垂头沉思。贾母一看，我儿子今天见了皇帝，回到家又来惹我高兴，已经累了，而且他总在这待着，姐妹们就不能玩耍了，特别是宝贝孙子，连吭声都不敢吭。就对贾政说，你不用再猜了，去休息吧，我们再坐一会儿，也要散了。

贾政不用再猜了，下面也就不必再猜了，因为贾政在这一回里面，他的任务已经完成了，贾政通过灯谜把主要人物命运，贾府四艳，元春、迎春、探春、惜春预示了。把《红楼梦》最主要的三个人物的命运通过宝钗的灯谜预示了。这里面没预示的，是《红楼梦》十二钗其他人物命运。当然在一回中不可能连湘云、凤姐、李纨甚至妙玉的命运都预示。贾政看灯谜预示这些人命运，已经写得非常集中、简练，也很耐人寻味了。

贾母见贾政走了，就说，“你们可自在乐一乐罢。”刚说完，宝玉就跑到灯前面指手画脚，批评这句不好，那句不当，好像开了锁的猴一样。宝钗说，刚才大家坐着说说笑笑还不是斯文一点？宝钗不喜欢他这个样。黛玉没表态。其实在黛玉眼里，宝玉爱怎么着怎么着。凤姐，原来她叔公公在外间，她在里间不能出来，现在从里间出来了，说宝玉：“你这个人，就该老爷每天令你寸步不离方好。适才我忘了，为什么不当着老爷，撺掇叫你也作灯谜儿。若如此，怕不得这会子正出汗呢。”宝玉是做了灯谜了，但凤姐说，刚才忘了该当着老爷叫你当场再作个灯谜。她真忘了吗？说说而已。凤姐才不会当着贾母的面叫宝玉在他爹跟前出洋相。因为宝玉见了他爹就好像老鼠见了猫一样。凤姐这是出来令贾母开心的。逗得宝玉急了，扯着凤姐厮缠，扭股儿糖似的，缠到凤姐身上了。贾母很高兴，说笑一会，就说，咱们都休息，明天晚上再玩吧。

第二十三回

西厢记妙词通戏语
牡丹亭艳曲警芳心

《红楼梦》第二十三回，是全书写大观园生活的开始，而大观园生活的最主要的人物是贾宝玉和林黛玉。第二十三回用中国古代戏曲最有名的两个剧目做回目一部分。《西厢记》引起了宝玉对黛玉的戏语，打趣的话。而《牡丹亭》引起了黛玉心灵的震动，也就是她的青春的觉醒。既然这一回是开始写大观园的故事了，那就要必不可少地交待为什么这些青年人可以住进大观园。

元妃令姐妹宝玉入驻大观园

元妃回到宫里以后，就把那一天写的诗歌叫探春都抄了，自己编，又下令把诗都刻到大观园石头上。贾政得找精工名匠刻石，贾珍找人监工，除了贾蓉、贾萍之外，又招来贾菖和贾菱。他们有了就业机会。贾府旁支的贫寒子弟，也去找就业机会。为了元妃归省招的小和尚小道士，现在要从大观园挪出来了。贾政本想叫他们到各个庙里分住，旁支贾芹的母亲周氏，想给儿子找个差事，从中找些银钱使用。这里面很有藏掖，从贾府领到银子，管事大概至少 50% 的银子可以自己用。她来找凤姐，肯定是要带礼物。但凤姐并不多么看重送不送礼物。凤姐看重的是周氏素日不拿班作势，很会说些得体顺耳的话。周氏一来求，她就同意了。她想了几句话，跟王夫人说，小和尚小道士就不要打发了，娘娘有时候出来咱还要承应，如果打发走了，再去叫不是很费事，还不如送到家庙，不过是一个月拿几两银子去买点柴米就完了。王夫人听了问贾政，贾政同意了。这两个人没有像凤姐这样精明的经济头脑，而且财大气粗，凤姐说拿几两银子买柴米，实际上怎么会是几两银子？凤姐要把这事告诉贾琏，因为名义上在荣国府，整个管家的还是贾琏，派这种任务也得由贾琏来派。

贾政要派这个任务就找人来叫贾琏。贾琏正好与凤姐吃饭，一听说，放下饭就走。凤姐拉住他，如果你为了小和尚们的事，你就根据我的话来说，教给他一番话。贾琏心里已有打算，原来贾琏要答应另一个旁支侄子贾芸管。凤姐一说，他说芸儿求我好几次了，我已经叫他等着，出来这事你又抢了去。凤姐说你放心，还有种树的事，我叫芸儿管。

名正言顺的管家是贾琏，真正当家的是凤姐，贾琏在家务主持上也成了傀儡了。但贾琏这花花公子,更关心风花雪月。他听完这话，不再吭气，说："果然这样也罢了。只是昨儿晚上，我不过是要改个样儿,你就扭手扭脚的。"谈家务正事,正吃饭，他竟然提起他们昨晚的床上工程了。这个花花公子真是不可救药。凤姐笑了，啐贾琏一口，低下头吃饭。

曹雪芹写英风俊骨的凤姐也有风流韵事，但总是旁敲侧击地写。绝对不会出现贾琏和多姑娘那样污秽的笔墨。果然贾政问的就是这事，贾琏就根据凤姐交代，把任务交给贾芹。按说费用一个月一领，凤姐又特别给情面，叫贾琏先给三个月，三百两。贾芹一下子成白领了，顺手拿块银子，给掌秤的人，叫小厮把银子拿回家，马上就雇个大叫驴，又雇车把小和尚小道士接出来。他的举动叫贾芸母亲看到了，人家骑上大叫驴了。那时骑上大叫驴就等于现在某人平时骑自行车，突然开个桑塔纳出来，今非昔比，鸟枪换炮。这是一帮到贾府寄生的寄生蟹。凤姐不是维系贾府的盛衰线索？她自己蛀空荣国府，她信用的亲信不断增加，今天一个贾芹，明天一个贾芸。荣国府内囊岂不渐渐尽了上来？凤姐任用亲信，轻描淡写一个情节，埋伏将来寅吃卯粮，府里越来越没钱。

元春归省，跟亲人见了面只是哭，带回去几首诗，在宫里反复琢磨，编诗集，叫人刻石，放在大观园。真是“此情可待成追忆”或者说“此情永远成追忆”。这是个多么孤凄的皇妃。元春编起大观园题咏后，想起我临幸过，按照皇家规定，大观园要封锁，干什么不叫家里几个诗写得很好的姐妹去住呢？宝玉是在姐妹丛中长大，也该叫他进去。

元春最亲宝贝弟弟，宝玉三四岁就在元春教导下认识三四千字。元春归省，宝玉写了四首诗，元春最欣赏《杏帘在望》，认为写得太好了。她不可能知道这是黛玉写的。元春想叫弟弟住进园子，名义上却是叫姐妹们住进，宝玉随进去读书。姐姐疼弟弟，也会为人处事。既然姐妹们住进去，李纨也得住进去管理她们，贾兰跟进去，基本上没什么故事。元春还有个弟弟，庶出的贾环，元春就没下令叫贾环进去。贾环也不能进去，贾环进去，大观园岂不就多了个绝对不相吻合的人物赵姨娘？这安排很有趣。

“作业的畜生”神采飘逸秀色夺人

贾政接到皇妃命令，来报告贾母，派人去各处打扫。宝玉一听，喜得不得了，和贾母盘算要这要那。正在这时，丫鬟来说老爷叫宝玉。宝玉一听，当头打个焦雷，脸色都变了。就扯着贾母，扭股儿糖一样。儿子要见爹，杀死也不敢去，怕到什么程度！贾母说：“好宝贝，你只管去，有我呢，他不敢委屈了你。况且你又作了那篇好文章。想是娘娘叫你进去住，他吩咐你几句，不过不叫你在里头淘气。他说什么，你只好生答应着就是了。”叫了两个老嬷嬷带宝玉去，别叫他老子吓着他。

宝玉从奶奶那里去见爹，怎么去？“一步挪不了三寸，蹭到这边来。”太生动了。一个大小伙子，一步挪不了三寸，还是蹭过来。畏爹如畏虎。贾政正在王夫人房中商议，王夫人有六个丫鬟，金钏儿、玉钏儿、彩云、彩霞、绣鸾、绣凤，这时五个丫鬟在廊下站着，缺玉钏儿。彩云、彩霞到底是一个人还是两个人，红学家争论不休几十年。丫鬟看到是宝玉来了，都抿着嘴笑。因为宝玉平时专门在姐妹丫鬟堆厮混，现在他爹叫他，看你还敢不敢捣蛋。金钏儿一把拉住宝玉，悄悄说："我这嘴上是才擦的香浸胭脂，你这会子可吃不吃了？"看来宝玉经常吃跟他相熟的丫鬟嘴上胭脂。一般人看到这举动，宝玉岂不成了西门庆？绝对不是。宝玉的表现只是爱粉爱脂小男孩捣蛋。他非常羡慕女孩嘴上搽胭脂，我不能搽胭脂，就把哪个姑娘嘴上的胭脂吃了。这个男孩太皮了。金钏儿肯定被他吃过胭脂，就抓住他开玩笑。金钏儿跟宝玉开玩笑，最后是丢了自己的性命，这里是伏笔。彩云推开金钏儿说，"人家正心里不自在，你还奚落他。趁这会子喜欢，快进去罢。"宝玉只得挨进门去。"挨"进门，多不情不愿。

贾政和王夫人在里间，宝玉要进去得有人给他打起帘子。谁打起帘子？赵姨娘。妾和正妻天差地别。嫡妻和老爷对坐，姨娘站那里伺候，给少爷打帘子。宝玉进去，贾政王夫人对面坐炕上说话。地下椅子上坐了四个人，除迎春是姐姐外，探春、惜春、贾环，一见宝玉进来，都站起来。姨太太给少爷打帘子，姨太太生的儿子坐那儿。这个儿子看到哥哥来了，得和探春、惜春一起站起来，迎接哥哥到来。从这些微细描写，看出宗法社会贵族家庭的规矩。

贾政平时对宝玉不以为然，动不动断喝"作孽的畜生"。

现在一看，宝玉来了，“神彩飘逸，秀色夺人。”旁边贾环“人物委琐，举止荒疏。”贾政想起贾珠来了，看来贾珠模样也很好,且比宝玉懂事得多。再看看王夫人只有这么一个亲生儿子，爱如珍宝，自己胡须都苍白了，想到这些，就把平时厌恶宝玉的心减了八九分，半晌说：“娘娘吩咐，说你日日外头嬉游，渐次疏懒，如今叫禁管，同你姊妹在园里读书写字。你可好生用心习学,再如不守分安常,你可仔细！”什么叫假传圣旨？这就是。娘娘懿旨是叫宝玉随进去读书，贾政加了个“禁管”，像狱卒一样管着你在那读书。宝玉忙说：是，是。王夫人拉他身旁坐下。这是王夫人在世的唯一的儿子，所以迎春、探春、惜春、贾环，坐在椅子上，宝玉要坐在王夫人身边，摸挲着他的脖子说“前儿的丸药都吃完了？”关心宝贝儿子。宝玉说“还有一丸。”王夫人说:“明儿再取十丸来,天天临睡的时候,叫袭人服侍你吃了再睡。”看来宝玉的药有一定安神补心作用，要临睡时吃。重要的不是宝玉吃不吃药，是要引出袭人名字。宝玉回答，现在袭人天天晚上打发我吃药。贾政耳朵很灵，问：“袭人是何人？”王夫人说是个丫头。贾政一听就火了，过去的丫头无非叫小红、小翠，宝玉的丫头居然叫这么个名！贾政懂得唐诗宋词，知道这是从古人诗句里来的名字。贾政就问：“丫头不管叫个什么罢了，是谁这样刁钻，起这样的名字？”王夫人一看老爷不自在了，就替儿子掩饰，说是老太太起的。贾政很聪明，“老太太如何知道这话，一定是宝玉。”

宝玉一看瞒不过去，起身回答，要回答爹的问话得站起来回答，不能大模大样坐着，“因素日读诗，曾记古人有一句诗云：‘花气袭人知昼暖’。因这个丫头姓花，便随口起了这个名字。”王夫人就赶快说，“回去改了罢，老爷也不用为这小事动气。”贾政说：“究竟也无碍，又何用改。只是可见宝玉不务正，专在这些秾词艳赋上作工夫。”本来对这个儿子有点喜欢，一听见丫头名字都按照古人的诗改成袭人，不高兴了，断喝一声：“作业的畜生，还不出去。”把这个儿子轰出去。他和夫人聊天，其他孩子可以在这里听着，宝玉你赶快回去见奶奶去吧。贾政也知道母亲最关心宝贝孙子会不会在爹跟前挨了训。他表现的是个威严老爹骂“作业的畜生”，实际上他体谅自己的母亲。王夫人说，“去罢，只怕老太太等你吃饭呢。”宝玉赶快答应，慢慢退出，朝着金钏儿吐吐舌头，带着两个老嬷嬷一溜烟去了。这描写太好玩了，来时一步挪不了三寸，走时一溜烟。

到了自己的穿堂门。红学家特别注意这个穿堂门，因为在这个地方有非常重要的脂砚斋评语：“妙，这便是凤姐扫雪拾玉之处，一丝不乱。”凤姐这么尊贵的少奶奶，怎么又会拿着扫帚扫雪？那肯定是因为她的身份变了，就像李纨后来开玩笑说的，跟平儿调了个儿，凤姐变成得去扫雪的身份了。这无意中提供了凤姐将来身份低微、命运多舛，居然沦落到亲自扫雪的地步。但我们不知道，她在这个地方拾到的玉，是不是通灵宝玉？通灵宝玉为什么遗落到穿堂门前？后来为什么又叫甄宝玉给送回来了呢？是凤姐被休后把玉带回金陵，阴差阳错到了甄宝玉手里？曹雪芹后几十回丢了，“穿堂门前”四个字旁边有后文情节提示，非常重要。

《红楼梦》主场是大观园

袭人倚穿堂门立在那里，她非常关心宝玉，但袭人恐怕做梦也不会想到，本来宝玉他爹高高兴兴，就因为袭人你这个名字，又被骂“作业的畜生”。袭人看到宝玉回来，堆下笑来说：“叫你作什么？”宝玉说，“没有什么，不过怕我进园去淘气，吩咐吩咐。”到贾母跟前，黛玉正在那。宝玉就问她：你想住哪？黛玉正盘算这事。黛玉闲云野鹤一般，什么时候盘算过事？这时她盘算事了。她要找个特别适合自己个性风格的地方住。宝玉一问，她就说：“我心里想着潇湘馆好，爱那几竿竹子隐着一道曲栏，比别处更觉幽静。”黛玉爱竹，古代文人宁可食无肉，不可居无竹。这是个传统。宝玉听了拍手笑道：“正和我的主意一样，我也要叫你住这里呢。我就住怡红院，咱们两个又近，又都清幽。”宝玉就没考虑宝姐姐住哪，时时刻刻考虑我得挨着林妹妹近，我得挑个好地方住，更得挑个好地方叫我林妹妹去住。两个人想住的地方都能想到一块去，这就叫心有灵犀。薛宝钗永远不可能和宝玉心有灵犀。

两个人正商量，贾政派人来告诉贾母，“二月二十二日子好，哥儿姐儿们好搬进去的。这几日内遣人进去分派收拾。”

这些人进了大观园。宝玉住进怡红院。根据脂砚斋评语，宝玉是十二金钗之冠。他虽然不是十二金钗，但十二金钗的事情都要在他跟前挂号。所以，怡红院成了大观园活动中心。黛玉住进潇湘馆，潇湘馆有凤来仪，是凤凰住的地方，是黛玉性格的环境。而宝钗住在蘅芜苑，那个飘着冷香的地方。迎春、探春、惜春都挑了住的地方，李纨住稻香村。她们身边本都有老嬷嬷、丫头，现在每个地方添上两个老嬷嬷、四个丫头。她们本来的奶娘丫鬟不算,还有另外专管收拾打扫的。

别的地方，到底有多少人服务，没统计过，我统计了宝玉身边多少人服务？是三十七人。有位比我资格老的红学家统计是四十一人。

宝玉和姐妹们二月二十二日搬进去，是阳历三月底，早春的花已开了，柳树飘出鹅黄嫩芽。大观园花招绣带，柳拂香风，不像以前那么寂寞，有青春的气息了。为什么柳拂“香风”？因为姑娘们来了，身上带着香气，大观园从此成为《红楼梦》的主场了。

从二十三回开始，红楼人物很多活动都在大观园。神像需要一个庙宇。小说家需要给人物安排特定活动空间。曹雪芹给红楼人物设置的专属庙宇，就是红香绿玉的怡红院，凤尾森森的潇湘馆，是贾宝玉和林黛玉的气场氛围，是他们的性格延伸；异草越冷越香的蘅芜苑是薛宝钗性格的延伸，疏朗阔大的晓翠堂是探春性格的延伸。所有庙宇总和就是大观园。从二十三回到八十回，宝玉和姐妹们在大观园有分有合的活动，特别是宝玉和黛玉的交往，是《红楼梦》最有诗意的内容。大观园成为年轻人展示烂漫青春的场所。

很多外国读者不理解，你们中国古代非常封建，贵族家庭更是讲究规矩，为什么在一个贵族家庭中，能容忍出现一个男女青年的乌托邦？很多红学家把它叫“地面上的太虚幻境”。这不是很不合乎道理吗？这个园子借元妃归省建立，就合情合理；元妃下令叫姐妹进去，宝玉跟进去读书，就顺理成章。曹雪芹安排贾宝玉和姐妹们过上一段远离尘嚣、远离干扰的惬意日子，让他们的诗才、个性充分发挥出来，一次一次诗会，甚至雪中月下联诗。宝钗扑蝶、黛玉葬花、湘云醉卧、宝琴立雪，这些读者最喜欢的富有诗意的场面，都和人物个性是连在一起的，都出现在大观园，晴雯撕扇、晴雯补裘，也出现在大观园。

大观园在什么基础上建立？宁国府会芳园和贾赦的东院。会芳园是最污秽的地方，贾赦东院，老色鬼的地方。这两个原址由谁去监督建立的呢？贾珍和贾琏，宁国府和荣国府头号花花公子。宝玉和姐妹们入住后，贾珍贾琏进过大观园吗？当然去过，但小说里一次也没有。在会芳园和贾赦东院基础上建立，花花公子监工，建起园子后，他们永远消失了。这个地方成了清静的青年男女的乌托邦。这是哲学的前定调和，正是因为这里成了青年男女的乌托邦，当大观园的儿女丧失自由，大观园被抄检，灾难来临，才更加可怕。

红学界研究大观园的文章甚至专著如汗牛充栋。我印象比较深的有两篇文章，一篇是香港红学家宋淇先生的《论大观园》，一篇是美国历史学家余英时先生的《红楼梦的两个世界》。

宋淇先生是著名红学家，他的红学著作不多但有见解，他曾经和一位香港著名中医写过《红楼梦医事考》，考察红楼人物疾病和人物性格关系。他还是骨灰级红迷张爱玲遗嘱执行人和遗物的保存者。宋淇先生在《论大观园》里说：曹雪芹是集大成的小说家，他继承了中国传统文化和中国传统小说的精华，又有所创新。《红楼梦》比《西厢记》、《金瓶梅》的构思更加周详。读《红楼梦》必须记住，它是一个大作家的创作，而大观园是这部创作的中心，是人物的背景和活动的地点。《红楼梦》几乎遵守了亚力士多德的三一律，人物、时间、地点，都集中浓缩于一个时空中间。曹雪芹利用大观园迁就他创造的理想，利用大观园衬托主要人物的性格，利用大观园配合故事主线和主题发展。宋淇先生的见解颇有深度。

1973年，余英时在香港大学作报告《红楼梦的两个世界》，分析大观园的世界和大观园外边的世界。余英时认为，大观园的世界是清、情、干净的理想世界，大观园外的世界是浊、淫、肮脏的现实世界。把这两个世界联系起来的人物是贾宝玉和王熙凤。余英时的观点在红学界产生了广泛影响。余英时也强调《红楼梦》是一部小说，应该特别重视它的理想性和虚构性。也有红学家不同意余英时对大观园本身窝里斗等现实避而不谈，认为余英时想强调的是，文化也有相对独立的领域。是所谓“文化超越”。

那么，大观园只是曹雪芹的天才创造？仅仅是从曹雪芹的天才脑瓜冒出来？其实也不是。它也有所借鉴。它借鉴的就是《金瓶梅》。西门庆本来自己有个花园，当他把李瓶儿娶来做第六个小老婆时，又把李瓶儿前夫花子虚的花园合并过来，建亭台楼阁。他在这个园子里，打造给蔡京庆寿的银人金盏，在这个园子跟妻妾饮宴取乐，在这个园子跟应伯爵等狐朋狗友吃酒，在这个园子的山洞跟仆妇宋蕙莲幽会，在这个园子接待蔡京干儿子状元、后来又成了御史，还在这个园子接待其他山东地方大员，他甚至跟潘金莲、孟月楼等小妾在这里唱流行歌曲。西门庆的花园一定程度上可以看作是大观园前身。一个伟大的作家，他的创作必须要站在前人基础上。不少红学家特别喜欢强调《红楼梦》里真真假假命题有多么伟大的意义，是多么具有开创价值。其实《聊斋志异》早就有个短篇小说叫《真生》，写的就是一个姓真、一个姓贾，两个书生在生活道路上的碰撞。真生有时不得不做假，贾生关键时刻又成了真实的。蒲松龄写出了真假相依的哲理。《红楼梦》这部小说能成为封建社会的清明上河图，成为封建社会的百科全书，和曹雪芹博览群书、继承前人是分不开的。

丫鬟试茗和雪夜酸菜

宝玉和姐妹们搬进大观园，贾政在搬进大观园前，吓唬宝玉一阵。宝玉进大观园后，好好读书了吗？没有。他好像连学都不上了，似乎宝玉上学就是为了闹学堂，闹完学堂就不要再上学了。他在大观园过起真正的富贵闲人生活，每天和姐姐妹妹读书写字、下棋作画，估计他读的书不是四书五经了，姐姐妹妹们不可能读这些书，很可能读诗经楚辞、唐诗宋词。

悠闲自在的生活令宝玉心满意足，写组《四时即事诗》。写春夏秋冬我身边发生了什么事情。一言以蔽之，是富贵公子哥怎样悠闲地在大观园玩。如《春夜即事》最后两句“自是小鬟娇懒惯，拥衾不耐笑言频。”小丫鬟在大观园都娇懒惯了，早早钻到被窝想睡懒觉。他们的公子哥儿还高高兴兴在那里聊个没完没了。宝玉把这种公子哥儿的生活，这种没有等级观念的生活，写得活灵活现。

如果对比脂砚斋提供的宝玉败家后遭遇，看宝玉的《冬夜即事》，特别有意思：“梅魂竹梦已三更，锦罽鹴衾睡未成。松影一庭惟见鹤，梨花满地不闻莺。女儿翠袖诗怀冷，公子金貂酒力轻。却喜侍儿知试茗，扫将新雪及时烹。”冬天都有什么事？怡红院梅花开了，竹子还在摇曳，三更天虽然躺在华丽的床上，盖着织着花纹的毛毯，羽绒做成的被子，还是睡不着。在怡红院院里松树影子下，还能看到仙鹤。下雪使得怡红院好像满地都是梨花，当然也就听不到春莺啼叫。公子哥儿穿着貂皮还觉得不够暖和，就叫丫鬟再沏个热茶。丫鬟把刚下的雪扫下来化了，给宝玉烹茶。多么优雅的生活！“试茗”是说讲究喝茶的人烹茶的时候,要恰到好处。怡红院丫鬟都知道，不同的茶叶得用不同的火候来烹。丫鬟把刚刚从天上飘下来的雪化了烹茶，比地下打出来的水当然好喝得多。贵族少爷真是活得自在、活得富贵、活得优雅，也活得有文化。

根据脂砚斋评语，贾府败落之后，宝玉的生活非常艰难，寒冬没有衣服可以御寒，只能围破毡；没有东西可吃，只能吃冰冷的酸菜。这样艰窘的生活和大观园冬夜即事优雅富足的生活形成鲜明对比。

宝玉的诗传到外面，有些势利的人看到是荣国府十二三岁的公子做的，就抄出来到处称颂。有人来找宝玉：能不能把您的诗写到我的扇子上？宝玉居然在荣国府外有了粉丝。

宝玉的诗春夏秋冬都写了，那么当他和黛玉共读西厢的时候，应该在大观园住了一年。但根据曹雪芹的时间概念，不一定。《四时即事》是他后来的记事放到前边集中表现。当两个人共读西厢的时候，宝钗过了15岁生日，宝玉14岁，周岁13，黛玉周岁12。

宝黛共读西厢

小说里写宝玉忽一日不自在起来，这也不好，那也不好，出来进去闷闷的。什么意思？青春期躁动心理。宝玉的小厮茗烟想给二爷解闷，什么都是二爷玩过的了，只有那些闲书他没看过，就买了些古今小说，飞燕、合德、杨贵妃外传，传奇角本给贾宝玉。这些书当时是闲书，也是淫书，甚至禁书。中国历朝历代都有禁书，主要禁诲淫诲盗的书，《水浒传》和《金瓶梅》经常被查禁。有些书，统治者不禁，教书先生和家长也不让学生看，像贾府，唱戏的时候可以唱《西厢记》《牡丹亭》，但是不允许子弟看这些角本，因为这就叫“艳情剧”。

茗烟买了这些禁书来，宝玉如获至宝，像搞地下工作一样，拣了几套放到自己的床顶上，没人时候拿出来偷偷看。他太喜欢《西厢记》了，忍不住带进大观园，坐在桃花树底下看起来。

曹雪芹虽然在回目中叫“西厢记妙词通戏语”，在行文中，他把《西厢记》写成《会真记》,这是《西厢记》的别称。因为《西厢记》是根据唐代作家元稹的小说《莺莺传》创作。《莺莺传》里有《会真诗三十韵》,所以《莺莺传》又叫《会真记》。“会真”就是和神仙相会，不是真正的神仙，是像神仙一样的美女。

宝玉把《会真记》带到桃花树底下，从头仔仔细细看，看到“落红成阵”，恰好一阵风过，把头上的桃花吹下一大片，落的满身都是，他就抖下来，又怕踩了这些桃花，只好兜了花瓣，到池子边把它抖在水里，看着那些花瓣飘飘荡荡，流出去了。这时背后有人问：“你在这里作什么？”林黛玉来了。黛玉肩上担着花锄，锄上挂着花囊，手内拿着花帚，来葬花了。黛玉葬花是很多画家大展才能的题材，也是戏剧家大展才能的题材。记得看《鲁迅全集》，鲁迅先生看过梅兰芳的《黛玉葬花》。在鲁迅先生看来，任何一个演员，包括最有名的、最漂亮的演员都不能演黛玉。所以鲁迅先生调侃一句，我真不知道黛玉原来是金鱼眼。

宝玉看到黛玉来了，就说：好，把这些花扫起来撂到水里面。黛玉对花的爱护比宝玉更甚，她说：撂到水里不好，这里的水干净，流出去有人的地方脏的臭的混倒，仍然把花糟蹋了。那边我有个花冢，我们把它扫了，装在绢袋里拿土埋上，日后随土化了，岂不干净。

黛玉葬花，是曹雪芹的发明创造吗？不是。早在六朝时就有人葬花，且写过《瘗花铭》。明代著名诗人唐寅写了葬花诗，还亲自把牡丹花放到锦囊里埋在芍药栏旁边。曹雪芹祖父曹寅写过“百年孤冢葬桃花”诗句，所以葬花不是曹雪芹的发明创造。但曹雪芹创造的黛玉葬花是千古一绝。

黛玉扛着花锄要去葬花的形象，引出《石头记》点评者畸笏叟——很多红学家考证是曹雪芹的父亲——发了通议论，说他看到个浙江新任的官员白描美人，非常好，但他不久要到浙江赴任，不能久留。曹頫很遗憾，没见到他，当然也就不能求他去画个黛玉葬花了。畸笏叟说的这个浙江“新发”即新任官员是谁呢？余集。《聊斋志异》最早刻本青柯亭本写序者。聊斋和红楼，你想不叫它们联系，都会联系在一块。

宝玉一听黛玉要这样葬花，很高兴，说我放下书来帮你。黛玉问你看什么书？宝玉慌了，因为他看的是禁书，他撒个谎：“不过是《中庸》《大学》。”黛玉说：“你又在我跟前弄鬼。赶早儿给我瞧，好多着呢。”黛玉很聪明，你爹拿板子打着叫你念《中庸》《大学》，你都不好好念，现在拿到大观园桃花树底下念？骗谁？宝玉说：“好妹妹，若论你，我是不怕的。你看了，好歹别告诉别人去。真真这是好书！你要看了，连饭也不想吃呢。”把《会真记》递给黛玉。黛玉把葬花花具放下，接过书来，坐到桃花树底下，从头看去，越看越爱，不到一顿饭工夫，十六出都看完。觉得词藻警人，余香满口。看完书，只管出神，心里还在默默记诵。

“多愁多病身”和“倾国倾城貌”

这个时候黛玉的感觉是词藻警人，王实甫的词藻太好了，她喜欢他的文采。宝玉却有不同心思，妹妹你喜欢《西厢记》，那我就借《西厢记》来表达我对你的感情吧。宝玉问："妹妹，你说好不好？"黛玉说："果然有趣。"宝玉顺着竿就爬上去："我就是个'多愁多病身'，你就是那'倾国倾城貌'。"什么意思？《西厢记》张生和崔莺莺一见钟情后，他回到书房掉了魂了，他的唱词"我就是个多愁多病身，你就是那倾国倾城貌。"最后在红娘帮助下，两人偷尝禁果，崔莺莺就到张生书房住了。说这样的话，就等于说，你是崔莺莺，我是张生，咱俩是一对。黛玉不是希望宝玉心里只有自己没别人吗？宝玉旁敲侧击的爱情表白，她不应该很高兴吗？但是不，她是"不觉带腮连耳通红，登时直竖起两道似蹙非蹙的眉，瞪了两只似睁非睁的眼，微腮带怒，薄面含嗔，指宝玉道：'你这该死的胡说！好好的把这淫词艳曲弄了来，还学了这些混话来欺负我。我告诉舅舅舅母去。'"到"欺负"眼圈儿还红了，转身就走。

大学生，特别是留学生，读到这一段很不理解，说，她怎么装腔作势？她不是希望宝玉喜欢自己？宝玉这表白了，为什么要发怒？我说：你看看她的表情，她是真正的生气，气得脸都通红了。为什么？因为黛玉归根到底从小受的是千金小姐的教导。德容言功，妇言、妇容、妇功，不可以听淫词艳曲，更不可以在婚姻问题上自己做主。所以她认为跟自己讲这些淫词艳曲是欺负自己，得告诉舅舅舅妈去。宝玉急了，向前拦住黛玉，又表白一番："好妹妹，千万饶我这一遭，原是我说错了。若有心欺负你，明儿我掉在池子里，教个癞头鼋吞了去，变个大忘八，等你明儿做了‘一品夫人’病老归西的时候，我往你坟上替你驮一辈子的碑去。”宝玉是个天才的童书作家，可以当场编出非常好玩、云遮雾绕、根本就不是现实的混话哄黛玉。

读者朋友们想一想，我欺负你，明天就掉到池子里被癞头鼋吞了去，癞头鼋是什么？龙之九种的一种，难道大观园还有龙？就算有癞头鼋，把你吞了，该变成粪便，怎么还变成个太王八，还得等着黛玉出嫁，享了高寿，做了一品夫人，病老归西，那个时候你再去给她驮碑去。这番话有没有实话？半句都没有。但黛玉多么天真，就相信这个，就喜欢这个，听得高兴了，揉着眼就笑，说“一般也唬的这个调儿，还只管胡说。‘呸，原来是苗而不秀，是个银样镴枪头。’”这句话哪里来的？也是《西厢记》里来的。所以宝玉一听，就说：“你这个呢？我也告诉去。”你不是说我说淫词艳曲吗，来自《西厢记》，你也从《西厢记》引话来说。黛玉多聪明，她回答：“你说你会过目成诵，难道我就不能一目十行么？”她不回答你讲的是淫词艳曲，我讲的也是淫词艳曲，她说你过目成诵，我就一目十行。这姑娘确实太聪明了。

黛玉很受《西厢记》爱情描写的感染。但她所受的教养，使得她不得不戴上假面具教训宝玉。骨子里面，她还是喜欢这些曲文，当她教训了宝玉，宝玉来讨好她的时候，她一笑，竟然把《西厢记》原话给引出来了，她的假面具就脱落了，这些地方写得太生动太好玩了。

两个人收书，宝玉说，赶快把花埋了吧。这时袭人来叫宝玉，那边大老爷身上不好，大家都过去请安，宝玉听了赶快跟袭人回去了。

借牡丹亭酒杯浇绛珠仙子块磊

宝玉走了，黛玉什么表现？黛玉因为读了《西厢记》，因为宝玉借西厢说事的近乎爱情表白，她心灵受到很大震动。虽然作为千金小姐，她要正襟危坐，要三从四德，要非礼勿言，非礼勿动，她要求宝玉必须心里只有我一个，但是绝对不允许把你爱我的话说出来，即便借戏曲说出来也不行，说出来就是欺负我。而宝玉的话，以及她和宝玉一块看的西厢，已进一步引起黛玉的感情波澜。这个感情波澜，曹雪芹怎么写？曹雪芹背面敷粉，不直接写黛玉思念宝玉，他也不写黛玉感叹青春易逝、红颜易老，不写黛玉怎样向往爱情。他写宝玉走后，黛玉听《牡丹亭》。

宝钗过生日的时候，黛玉不大喜欢戏文，但她刚才发现，《西厢记》词藻惊人。黛玉不喜欢戏文，不会主动听戏文，但宝玉走后，原来为元春准备的戏班子在梨香院演习戏文，就使得在大观园慢慢走动的黛玉，耳朵里飘进《牡丹亭》几个唱段。黛玉听到笛韵悠扬，歌声婉转。昆曲最主要是笛子配合。她继续往前走，两句唱词吹到耳朵里："原来姹紫嫣红开遍，似这般都付与断井颓垣。"黛玉听了，还有这么好听的曲子？很感慨。这曲子是什么意思如此让黛玉感慨呢？美丽的鲜花开在破破烂烂的墙头，引申意思是杜丽娘青春很美，但没有欣赏她爱她的人。这不是正好符合黛玉现在的心理吗？黛玉很美很有才华，但宝玉和她能公开相爱吗？不能。黛玉感慨之后，就站住侧耳细听，听到他们又唱："良辰美景奈何天，赏心乐事谁家院。"她点头自叹，想到"原来戏上也有好文章。可惜世人只知看戏，未必能领略这其中的趣味。"世人不能领略，黛玉领略了。按照黛玉的心理，她只有和宝玉在一起，才是良辰美景、赏心乐事，但她能不能和宝玉共享这四件事？又不是她能决定的，所以只能点头自叹。她又侧耳再听，听到的是"则为你如花美眷，似水流年……"谁唱的呢？这是柳梦梅唱杜丽娘美丽的青春渐渐流逝。而黛玉和杜丽娘一样，眼看着自己的如花美眷，美丽的青春在似水流年中，无可奈何渐渐消逝。她更感伤了，心动神摇了，这就比刚才点头自叹更深一步。她又听到第四段，是柳梦梅唱的"你在幽闺自怜"。这个时候，黛玉越发的如醉如痴。她为什么如醉如痴呢？因为这是柳梦梅感叹杜丽娘，但又好像是宝玉在感叹黛玉。

黛玉听《牡丹亭》的四段唱词，是《牡丹亭》最有名、最脍炙人口的唱词。她从止步听，到感叹，到自叹，到心动神摇，最后如醉如痴，一步比一步深，掀起她的感情波澜。层次分明，一步步深入。从最初听到“姹紫嫣红开遍”，到最后“你在幽闺自怜”，特别符合黛玉现在的处境和心事。不仅如此，她从此又想起唐诗《春夕》中的两句：“水流花谢两无情，送尽东风过楚城。”也是感叹青春的消逝，想起词里的“流水落花春去也，天上人间。”这是南唐李煜《浪淘沙》的两句，也是说时光如春去花落再难寻觅，相见之难，好像地上的人与天上的人相隔。她又想到刚才看到《西厢记》中“花落水流红，闲愁万种。”这都是些什么句子？都是感叹青春易逝，红颜易老，凑一块仔细想，想得心痛神痴，眼中落泪。黛玉的爱情，通过读西厢和听《牡丹亭》觉醒了。林黛玉是绛珠仙子到人间还神瑛侍者灌溉之恩的，她每次哭都应该和贾宝玉有关，但是这一次她是听到了《牡丹亭》，想到古人诗句“水流花谢两无情，流水落花春去也”，“花落水流红，闲愁万种”，她哭了。这不是和贾宝玉不搭界？仔细想想，仍然和还泪，和贾宝玉有关。脂砚斋加了个评语，说是“情小姐故以情小姐词曲警之，恰极当极。”第一个情小姐是林黛玉，第二个情小姐是杜丽娘。钟情的小姐，她的情绪要用前辈那些钟情小姐的词句来警示她，帮她表达，也就是说《牡丹亭》唱的杜丽娘的心境，激发了黛玉内心深处的幽怨，对宝黛爱情起到了催化、升华的作用。这样一来，共读西厢之后的宝黛爱情，就达到了深深依恋、时时思念的程度。曹雪芹喜欢用一个词“闷闷的”，宝玉看不到黛玉会闷闷的，黛玉看不到宝玉也会闷闷的。什么事闷闷的呢？一日不见如隔三秋兮。

第二十四回

醉金刚轻财尚义侠
痴女儿遗帕惹相思

如果有人跟读者朋友说，有位大一男生（18 岁）要认个初中二年级男生（13 岁）做父亲，你是不是觉得这是天方夜谭？但是在《红楼梦》中，确实出现了这样的事。贾府旁支 18 岁的贾芸，要认 13 岁的贾宝玉做父亲，为什么呢？人穷低三分。贾芸口才出众，能力也不错，但是他身份低微，为了向上爬，就去攀附贾宝玉这个高枝。宝玉身边的小丫鬟小红，也想着往上爬，攀贾宝玉这个高枝儿。这就是第二十四回“醉金刚轻财尚义侠，痴女儿遗帕惹相思”的主要内容。

第二十三回宝黛共读西厢。如果一般的长篇小说作家，宝玉和黛玉已共读西厢，产生了感情波澜，他们就应该继续往前发展，下一回继续写他们的交往。但曹雪芹是个对现实社会做生动全面深刻反映的作家，不是专写爱情故事的，他写的社会内容非常广泛，不仅写贵族家庭的青年男女的爱情，也写社会下层人物如何为了糊口而挣扎。

宝玉不是被叫去要给大老爷请安，他回到怡红院等待时，看到鸳鸯了。通过宝玉的眼就写了一笔鸳鸯什么模样。她穿着水红绫子袄儿，青缎子背心，束着白绉绸汗巾儿。宝玉在贾母身边长大，和鸳鸯关系亲密，他就凑到鸳鸯脖子上闻香气，还用手去摩挲，发现鸳鸯白腻不在袭人之下。这是小男孩捣蛋的举动，没有色情意味。他嬉皮笑脸地说，“好姐姐，把你嘴上的胭脂赏我吃了罢。”鸳鸯叫袭人管管宝玉。袭人不是早就和他约法三章，不能调弄脂粉？宝玉不仅继续调弄脂粉，还继续吃别人嘴上的胭脂。这也是一个很有趣的怪癖。

宝玉去看伯父的描写，把大家族家规写得如在眼前。贾赦看到宝玉奉贾母之名来问候他，先站起来，请贾母的安；然后他再坐下，叫宝玉请他的安。邢夫人也如法炮制。当宝玉坐到邢夫人身边，邢夫人不断去摸宝玉的脖子，很喜欢爱抚的时候，贾环和贾兰来了。贾环一看到宝玉坐在大娘身边，就特别不高兴。看到宝玉得到大娘喜爱，更不高兴。王夫人是宝玉亲生母亲，喜爱他可以理解。你这个大娘应该对我们兄弟一视同仁，贾环很不高兴。就进一步埋下贾环怀恨在心、想害宝玉的伏笔。偏偏邢夫人叫贾环和贾兰回去问你们的母亲好，专门把宝玉留下。这更叫贾环不高兴。

宝黛共读西厢后，黛玉回到潇湘馆，凤姐给她送来茶叶，埋下后面以茶叶开玩笑的伏笔；宝玉去看望贾赦，顺便提了一下贾环对他的怨恨。交代完两人行踪，这一回重点是写两个小人物贾芸、小红如何想往上爬。

贾芸顺竿就爬认父亲

宝玉要去见贾赦时，刚要上马，看到贾琏去请安回来了。兄弟见面互相问了两句话，正说话的时候，旁边转出一个人来“请宝叔安”。宝玉一看，这个人容长脸，长挑身材，十八九岁，斯文清秀，看着挺熟，但叫不出名字来。贾琏笑了：“你怎么发呆，连他也不认得？他是后廊上住的五嫂子的儿子芸儿。”贾氏家族支派繁盛，除宁国公荣国公嫡派外，旁支子孙很多，往往生活不是那么宽裕，也不大常到贾府来，宝玉不可能认识这些寒族子弟。他笑：“我怎么就忘了。”问，你母亲好吗，这会干什么呢。贾芸指着贾琏说，找二叔说话。贾芸来求工作已求过贾琏两次，贾琏想给他安排工作，却被王熙凤抢了去。宝玉笑道：“你倒比先越发出挑了，倒像我的儿子。”宝玉是开玩笑，他刚才不认识贾芸，这时候就得表示我们还是叔侄的关系，我挺欣赏你。贾琏笑了：“好不害臊！人家比你大四五岁呢，就替你作儿子了？”宝玉这才问，你今年多大？贾芸说十八了。这本来就是开开玩笑而已，但贾芸特别伶俐乖巧，他正到处找靠山，想投靠贾琏，贾琏没把他的事当回事。眼前是荣国府最尊贵的宝二爷，虽然开了句玩笑，他顺着竿就爬上，说：“俗语说的，‘摇车里的爷爷，拄拐的孙孙'。虽然岁数大，山高高不过太阳。只从我父亲没了，这几年也无人照管教导。如若宝叔不嫌侄儿蠢笨，认作儿子，就是我的造化了。"贾琏社会经验丰富，他只是本族叔叔，贾芸就求了他好几次，如果宝玉把贾芸认作自己的儿子，不就对他负责。贾琏笑了："你听见了？认儿子不是好开交的呢。"那就是你的麻烦来了，他会经常找你，叫你给他办事。说着贾琏就进去了。宝玉对贾芸说："明儿你闲了，只管来找我，别和他们鬼鬼祟祟的。"为什么说"鬼鬼祟祟"呢？因为贾琏和宝玉见面的时候，旁边转出个人来，这不就像鬼鬼祟祟。宝玉说："这会子我不得闲儿。明儿你到书房里来，和你说天话儿，我带你园里玩耍去。"宝玉并没认儿子，他只是开句玩笑，只是表示你可以来找我，我带你玩。这就给贾芸很好的借口，他就可以名正言顺到荣国府来纠缠宝玉。这一段写宝玉第一次见到贾芸，而贾芸的乖巧、伶俐、善于言词，写得活灵活现。

求二叔无着求亲舅碰壁

宝玉走了，贾芸赶快进去找贾琏，问二叔有什么事叫我去做吗？贾琏就说了一段十分有趣的话："前儿倒有一件事情出来，偏生你婶子再三求了我，给了贾芹了。她许了我，说明儿园里还有几处要栽花木的地方，等这个工程出来，一定给你就是了。"凤姐什么时候求过而且是"再三求过"贾琏？

没有的事，夫妻二人吃饭时，贾琏要把管小和尚小道士的事交给贾芸，凤姐要交给贾芹，贾琏刚表示不同意见，凤姐把筷子一放，把头一梗，贾琏就不敢吭气，就照着凤姐教的向贾政、王夫人汇报，叫贾芹来管。贾琏在老婆跟前直不起腰，在外人跟前却宣扬很有男子汉大丈夫气概，在家里说了算。贾芸多么精明？一听，家务事上二叔做不了主，真正做主的是二婶。他很快转起念头，要改换山头，投靠王熙凤。贾芸听了这番话，“半晌说道”，为什么半晌说呢？就是思考了一会，叔叔不能再求了，但求婶婶，又不能叫叔叔知道，还不能叫婶婶知道我求过叔叔。他跟贾琏这么说的：“既是这样，我就等着罢。叔叔也不必先在婶子跟前提我今儿来打听的话。”这是什么意思？他既要在王熙凤跟前表示我是专门来求您，又要叫贾琏知道，我并不会扔下您去求婶婶。这些身世低微的人在贵族少爷、少奶奶跟前，一点儿人格尊严都没有，得千方百计糊弄他们，给自己找个工作。贾琏说，我明天一大早得出发，哪有功夫说这些闲话。贾芸知道，明天贾琏不在家。他就琢磨怎么去求王熙凤。

贾芸琢磨个什么办法去求王熙凤？马上过端午节，荣国府肯定要用名贵香料，冰片麝香，而贾芸的舅舅卜世仁（谐音“不是人”）恰好开香料铺。自己的嫡亲舅舅，去借几两冰片和麝香还借不出来？贾芸去找舅舅借，说我有件事求舅舅帮衬帮衬。我要用个冰片麝香，好歹舅舅赊四两给我，我八月里按数送了银子来。贾芸估计，即便我求不到工作，四个月之内，我也能攒上这几两银子来还给舅舅。卜世仁找了个理由，不赊，而且还教训贾芸，说你这个小人，很不知道好歹，你想个主意，你去赚几个钱，你得弄的你穿是穿，吃是吃的，我看着也喜欢。这个舅舅真是站着说话不腰疼，你的外甥来赊你四两冰片四两麝香去办事，你不帮助，还要叫他想个办法赚几个钱，他想什么办法？贾芸当然听了很生气，还给教训了一顿，这口气当然就咽不下去了，说："舅舅说得倒干净。我父亲没的时候，我年纪又小，不知事。后来听见我母亲说，都还亏舅舅们在我们家出主意，料理的丧事。难道舅舅就不知道的，还是有一亩地、两间房子，如今在我手里花了不成？巧媳妇做不出没米的粥来，叫我怎么样呢？"这段话是什么意思呢？这段话就是说，当初我父亲没了，舅舅您来料理我父亲的后事，您就把我们家的财物裹走了，我现在是巧媳妇难做无米之粥，而且他还说：还亏是我呢，如果是别的，死皮赖脸三日两头儿来缠着舅舅，今天要三升米，明天要二升豆子，舅舅也没法。

这个孩子跟舅舅讲理，真是讲得嘴叭叭的，这孩子口才太好了。这卜世仁就说，"我的儿，舅舅要有，还不是该的。"听众朋友们别相信这个话，这是说说，舅舅有也不给你，"我天天和你舅母说，只愁你没算计儿。你但凡立的起来，到你大房里……"就是你到宁国府、荣国府，你到他们爷儿们跟前拉拉关系，弄个事管管，你就不有钱了。前日我看见了你们三房里的老四，骑着大叫驴，雇着五辆车，带着四五十和尚道士，往家庙去了。你就不能跟他一样弄个差事，难道你还比他差吗？贾芸正为这个事不高兴呢，舅舅专说这件事，当然就更不高兴了，就说舅舅我回家了。他要回家，舅舅还要做好人，虚让一句，在这吃了饭再去吧。舅舅不是人，舅妈就更不是个人了。他一说完，那个舅妈就说卜世仁："你又糊涂了。说着没有米，这里买了半斤面来下给你吃，这会子还装胖呢。留下外甥挨饿不成？"卜世仁就说，那就再买半斤添上就是了。这个舅妈就做了一番家里揭不开锅的精彩表演，叫过自己的女儿来说：你到对门王奶奶家去问问，有钱借他二三十个，明儿就送过来。这两口子为了一碗面，在亲外甥跟前演这样的双簧。低层社会真是叫曹雪芹琢磨透了。曹雪芹为什么能琢磨出这样的世态炎凉来呢？因为他后来也是非常贫困的，他的朋友曾经写诗说："残羹冷炙有德色，不如著书黄叶村。"就是你去乞求别人的帮助，不如待在家里面好好写你的书。曹雪芹对底层社会了解很深入。

泼皮倒有侠肝义胆

贾芸窝了一肚子火，往家走了，低着头就琢磨着，很懊丧。没想到一头碰到了一个醉汉身上，吓了一跳。这个醉汉就骂街，抓住了他。贾芸对面一看，是自己的邻居倪二。这个倪二是个泼皮，专门放高利贷，他今天这是收了高利贷的利钱回来了，喝醉了，没想到叫贾芸碰了，抡起拳来就要打。贾芸说，“老二住手！是我冲撞了你。”倪二一听，熟人，就睁开他的醉眼，这个地方写得多生动，醉得眼都睁不开了。听到熟人的声音，睁开醉眼一看，原来是贾芸，把手就松开了，趔趄着笑着说。请看，曹雪芹形容的这个人物多么有趣，趔趄着，就是高一脚低一脚，左一脚右一脚，东一脚西一脚，走路不稳。我看到这个倪二,就想起《水浒传》里面的那个牛二来了。《水浒传》杨志卖刀，碰到没毛大虫牛二，牛二也是这副表现，但是我觉得这个倪二比牛二写得要好，因为牛二泼皮就是泼皮，而这个倪二他泼皮却有侠肝义胆。倪二说，“原来是贾二爷，我该死，我该死。这会子往那里去？”尊称“贾二爷”，看来贾芸这个人，平时在街坊里面是受尊重的。脂砚斋的评语，就给他加了一句，“金盆虽破份量在。”那就是他虽然家里面经济情况不好，但是他出身好，他是荣国公、宁国公的后代，还是在街坊里面受到尊重的。贾芸就把自己在舅舅那怎么回事儿，告诉了倪二。倪二听了大怒，说要不是你舅舅，我就骂出好话来了，气死我了。算了，你也别愁，我这里有几两银子，你需要用你就拿去，但是有一件，我们两个做了这么多年的街坊，我在外面是个放账的，你从来没和我张过口，我也不知道你是厌恶我是个泼皮，还是怕借我的钱降低了你的身份，还是你担心我难缠，多问你要利钱。你如果是怕借我的钱利钱重，我先给你声明，今天我给你的这个银子，这是不要利钱的，你也不用写文书，你如果怕借了我的钱，低了你的名分我就不敢借给你了，咱们各人走各人的。说着就从他身上的搭包掏出来了一卷银子。

贾芸很惊讶，嫡亲的舅舅连一碗面都不给自己吃，这个向来在街坊邻里当中是个泼皮的倪二，是个无赖的人物，竟然把银子借给我不要利钱还不写文书。怪不得他平时有一些侠义的名声！他就想，我如果不借，他就害臊了，反而会生事，我不如借了他的，改天我再加倍还他就是了。想完了他就要跟倪二表示，我接受你的银子我还要解释一番，我为什么没有先开口找你借。他怎么说的呢，他就编了一套非常有趣的话，我们说他非常有趣，说他不是实话，但是叫别人听了很入耳。他说，“老二，你果然是个好汉，我何曾不想着你，和你张口。但只是我见你所相与交结的，都是些有胆量的有作为的人，似我们这等无能无为的你倒不理。我若和你张口，你岂肯借给我。今日既蒙高情，我怎敢不领，回家按例写了文约过来便是了。”倪二平时互相来往的是些什么人？是些泼皮无赖，蛮横强梁的人，就是社会底层那些小爬虫恶霸等等，但是贾芸却说成是有胆量的有作为的人，这多么会给倪二戴高帽，这就意味着你倪二也是一个有胆量有作为的人。倪二听了就大笑，倪二虽然喝醉了，倪二虽然是社会底层，但是越是社会底层的人，越是对人性的理解深刻，倪二就说，“好会说话的人。我却听不上这话。”他赞赏贾芸会说话，但是他说我听不上这个话，为什么呢？就像脂砚斋的评语说的“光棍眼里揉不下沙子”。你别忽悠我，我很知道，你是怎么看待我们这帮人的。倪二就说，我如果相与交结，我就不能放账给他；我如果放账给他，那就不是相与交结。也就是说如果我和他是朋友，我就不要他的利钱，如果我要他的利钱，他就不是我的朋友。现在咱就不用说闲话了，我这是十五两三钱多的银子，你拿去，你要是想给我写文书，趁早我就把银子收回来！这个人很豪爽，我就借给你，我也不要利钱，你也别写文书，因为贾芸说的是按例，看来倪二放高利贷要取多少利贾芸是知道的。而倪二说我不要利钱，不要文书。

这就借到银子了，贾芸心里面非常的稀罕，就担心他这是喝醉了，他明天再加倍找我要怎么办呢？但是又一想，我拿了这个银子，去巴结上琏二奶奶不就有银子了。到时候，再还给他就是了。贾芸很细心，找到一个钱铺，把银子秤了秤，果然是十五两三钱四分二厘。曹雪芹对市井的描写是多么细致入微，一个放高利贷的醉汉，喝醉时能准确说出自己这包银子是十五两三钱。而贾芸一秤，十五两三钱四分二厘，一点儿都不错。

贾芸回到家，没有和自己的母亲说他舅舅的事，就说我回来这么晚，是在那等琏二叔。贾芸很孝顺，他是《红楼梦》

当中一个家里经济不宽裕，但是对母亲很顺从、很孝顺，怕母亲生气，一个字都不提，舅舅是怎么样的不是人。脂砚斋评语说贾芸“孝心可敬，此人后来荣府势败，必有一番作为。”读者千万不要以为流行本后四十回写王熙凤的女儿被人卖了，是贾环和贾芸干的，这事不仅不是贾芸做的，而且当贾府落难之后，贾芸还要仗义探庵，在宝玉倒霉之后去看他。

身份悬殊却情商相当

贾芸买了香料去接近王熙凤。我们看看两个身份不同，但情商都相当高的人物如何打交道。贾芸到荣国府，打听着贾琏已走了，就到贾琏院门前等着，几个小厮扫地。周瑞家的出来说：“先别扫，奶奶出来了。”贾芸问周瑞家的：“二婶婶那去？”周瑞家的说，“老太太叫，想必是裁什么尺头。”两人正说着，一群人簇拥凤姐出来了。王熙凤出来总是一群人跟着，大当家的气派。贾芸知道凤姐喜欢奉承，就把手举起来成作揖的样子，恭恭敬敬抢上来请安。小人物给大人物面子，凤姐连正眼也不看，仍往前走，问他母亲好，“怎么不来我们这里逛逛？”信口敷衍。贾芸说，“只是身上不大好，倒时常记挂着婶子，要来瞧瞧，又不能来。”凤姐就笑了，“可是会撒谎，不是我提起他来，你就不说他想我了。”贾芸昨天晚上回家后，吃了饭，母子就休息了，两人并没有谈王熙凤。

他编出来说："昨儿晚上还提起婶子来，说婶婶身子生的单弱，事情又多，亏婶婶好大精神，竟料理的周周全全；要是差一点儿的，早累的不知怎么样呢。"凤姐儿一听，止住脚步，满脸是笑，"怎么好好的你娘儿们在背地里嚼起我来？"王熙凤喜欢奉承，本来是一直急着到老太太那里去，一听到有人背地歌颂，就问你们怎么还说起我？她的意思是继续要听歌功颂德的话。贾芸非常聪明，已经引得王熙凤站住听他说话，赶快提正题，说，有个原故，我有个极好的朋友，家里有几个钱，开着香铺，他又捐个通判，现在选到云南不知道哪个地方，就要把香铺处理了，把一些细贵东西送给朋友，送了我一些冰片麝香。我和母亲商量，转卖卖不出原价，我们家拿这些做什么？想到了婶婶。往年还看到婶婶大包银子去买这些东西。今年贵妃宫中得用，婶婶过端午节也得用。想来想去，还是孝敬婶婶才不叫糟蹋东西。贾芸一边说一边把一个锦匣子举起来。这是他花十五两银子买的香料，十五两银子大约相当于现在六千块钱。

凤姐办节礼正要采买香料，一听，送心坎上了。王熙凤叫丰儿接过来，送回家交给平儿。然后表扬起贾芸来："看着你这样倒很知好歹，怪道你叔叔常提你，说你说话儿也明白，心里有见识。"凤姐喜欢的是奉承言语，并不是见到个小匣子装几两冰片麝香就高兴了，如果见了冰片麝香就高兴，她就不是王熙凤了。当然在听奉承话同时，她不是不爱财，比如说三千两银子。但是这时，她主要还是比较欣赏这个旁支侄儿会说话。

贾芸一听，有门儿！故意问："原来叔叔也曾提我的？"意思是，我找叔叔要工作，他是不是跟您商量要给我工作呀。凤姐才想要让他种树，马上又止住，心想，我如今要告诉他，叫他去种树，他就说我得这么点东西就派他的活儿，我先今天别提。机关算尽太聪明，维护她自己的威信最重要，不能叫别人小看了最重要。贾芸还得再耐着性子等。

贾芸不好再提了，因为凤姐说完了他有见识后，随便又聊了两句淡话，无非就是你母亲在家里怎么样等等家常话，再也不提派工作。但贾芸已经完成自己设计的任务，与王熙凤建立联系，讨她的欢喜。至于能不能得到工作呢？还得耐心等待。

细巧干净的小丫头

因为头一天宝玉不是说明儿你到我的书房来等我？宝玉信口说一说，早忘到九霄云外了，但贾芸必须抓住机会和宝二爷建立联系。他到了贾母那边的宝玉书房。宝玉那些小厮正在玩，有的下象棋，有的在屋檐下面掏小麻雀。宝玉身边这帮小猴崽，真是写得活灵活现，无所事事，整天捣蛋。看到贾芸来了，小厮们这才不玩了，迎进贾芸去。贾芸说："宝二爷没下来？”茗烟说，“今儿总没下来，二爷说什么，我替你哨探哨探去。”茗烟出去打听宝二爷什么时候回来。贾芸只好看宝玉书房的字画古玩，等了一顿饭工夫，没消息。宝玉别的小厮都出去玩了，贾芸很郁闷，这时就听到门外娇声嫩语叫声“哥哥”。娇声嫩语，声音像黄鹂一样好听。往外一看，是个细巧干净的十六七岁丫头。丫头看到贾芸，抽身躲回去。即便丫鬟见了陌生男人也要回避，是国公府规矩。茗烟来了，看到这丫头站在门前就说，好，正要抓个人送信！贾芸听说茗烟找着人送信，就赶出来问，找谁送信？茗烟说，等了半天也没个人，这个就是宝二爷房里的，然后对丫头说，“好姑娘，你进去带个信儿，就说是廊上的二爷来了。”

“廊上的二爷”什么意思？荣国府外面、后廊上、旁支的二爷。丫头听说是本家爷们，就不回避了，下死眼把贾芸钉了两眼。这个地方写得太有趣了，“下死眼”，还“钉”两眼，曹雪芹用的不是“盯”是“钉”，像钉子楔进木头一样用力。形容多有趣，看得非常仔细，她看到了宝玉眼中那个印象，长条身材、容长脸、斯文俊秀。贾芸赶快声明，不要这样汇报，“什么是廊上廊下的，你只说是芸儿就是了。”他为什么要这样汇报？就是叫丫鬟告诉宝二爷，你儿子来了，芸儿来了。那个丫头冷笑了，“依我说，二爷竟请回家去，有什么话明儿再来。今儿晚上得空儿我回了他。”茗烟奇怪为什么晚上再回呢？丫头说，“他今儿也没睡中觉，自然吃的晚饭早。晚上他又不下来。难道只是耍的二爷在这里等着挨饿不成！不如家去，明儿来是正经。便是回来有人带信，那都是不中用的。他不过口里应着，他倒给带呢！”贾芸一听，这丫头说话简便俏丽，很想问问，你叫什么名，但他不敢造次，就说：“这话倒是，我明儿再来。”这样贾芸和宝玉身边一个小丫头见面了。

你竟有胆子在我跟前弄鬼

第二天贾芸来到荣国府，恰好碰到了王熙凤。王熙凤一看到贾芸就说，芸儿过来！隔着窗子说：“芸儿，你竟有胆子在我的跟前弄鬼。怪道你送东西给我，原来你有事求我。昨儿你叔叔才告诉我说你求他。”王熙凤冰雪聪明，岂是好糊弄、好忽悠的？她当时被贾芸恭维的话蒙过一时，回去前后一想，就知道贾芸走贾琏门路不通，来走自己的门路，才来送礼。贾芸也特别聪明，从容应对，继续奉承王熙凤：“求叔叔这事，婶子休提，我这里正后悔呢。早知这样，我竟一起头儿求婶子，这会子也早完了。谁承望叔叔竟不能的。”王熙凤笑道：“怪道你那里没成儿，昨儿又来寻我。”贾芸赶快说，“婶子辜负了我的孝心，我并没有这个意思。若有这个意思，昨儿还不求婶子。”说的比唱的都好听，“如今婶子既知道了，我倒要把叔叔丢下，少不得求婶子，好歹疼我一点儿。”多会说话！能据理反驳，还顺着竿爬上去了。王熙凤说：“你们要拣远路儿走，叫我也难说。早告诉我一声儿，什么不成的，多大点子事……那园子里还要种树种花，我只想不出一个人来，你早来不早完了？”王熙凤猫逗耗子，她早就决定把这事交给贾芸，却说她想不起个人来。贾芸就赶快说，“婶子明儿就派我罢。”凤姐又说：“这个我看着不大好，等明年正月里的烟火灯烛那个大宗儿下来，再派你罢。”王熙凤故意吊贾芸的胃口，我现在不给你派小活，将来派你个大活。贾芸表示，您先把这个派给我，这个办得好，您再派给我那个。眼前的机会放灵手抓住，将来的机会放长线钓大鱼。凤姐也笑了：“你倒会拉长线儿。罢了，要不是你叔叔说，我不管你的事。”她也很会做人，把给贾芸派活儿的事，又归到贾琏情面上了。作为贵族家庭的少奶奶，在众人面前还要维护丈夫的面子。

贾芸喜不自禁，还想一举双得，既得到差事还要再去认“父亲”。他去打听贾宝玉。贾宝玉又上北静王那去了。等到中午，贾芸打听到凤姐回来了，去找凤姐，写了领票，领了对牌，凤姐给他批了银子，二百两。他至少可以有一半做家用了。荣国府大树上又增加一棵寄生树。

贾芸领到银子，第二天找到倪二，把银子如数还他。再拿五十两银子找花匠买花种树。为什么要写贾府派专人种树？因为元春归省之后，贾府处于鼎盛时期。

既是我屋里的我怎么不认得？

宝玉叫贾芸明天来找他，他早就忘了，从北静王那回来要洗澡。袭人到宝钗那里去了，另外的丫鬟，有的生病有的回家。大丫鬟秋纹和碧痕去给宝玉催洗澡水。宝玉在房间里待了一会,要喝茶。茶碗茶壶就在跟前,自己倒一碗不就行了？少爷得叫人，叫了两三声，进来三个老嬷嬷。宝玉特别讨厌结了婚的女人，认为她们不洁净，就说，算了算了，不用你们。老婆子出去。宝玉看连个丫头都没有，自己去倒茶，背后有人说:二爷,别烫了手,我倒。把碗接过去,宝玉吓了一跳,“你在那里的？忽然来了，唬我一跳。”那个丫头倒了茶把茶递给他，说 :“我在后院子里，才从里间的后门进来，难道二爷就没听见脚步响？”宝玉一边喝就一边看这个丫头，穿着几件半新不旧的衣裳，一头黑鬒鬒的头发，容长脸面，细巧身材，十分俏丽干净。宝玉很会审美，身边那么多漂亮的丫鬟，却没想到眼前这个小丫鬟，也俏丽干净。宝玉很奇怪 :“你也是我这屋里的人么？”宝玉不认识自己的丫鬟。宝玉有十六个丫鬟，八个大丫鬟身边伺候，八个小丫鬟干粗活。怡红院丫鬟分等级，高一级丫鬟不允许低一级丫鬟越雷池一步。这个丫头说，我是。宝玉说 : 你既然是我屋里的，我怎么不认得？

那丫鬟冷笑："认不得的也多，岂只我一个。从来我又不递茶递水，拿东拿西，眼见的事一点不作，那里认得呢。"宝玉就问，你为什么不做眼前的事？少爷根本不知道丫鬟等级森严，分工详细。那个丫头就回答，"这话我也难说。"她太聪明了，她不能跟宝玉说，我是那个管着扫地、打水、做粗使活的小丫鬟，我不是袭人晴雯那样贴身服侍的大丫鬟。她不能说降低自己的话，就说"这话我也难说"，她是有"雄心壮志"的，这个卑微小丫鬟惦记着往上爬。她接着说，"只是有一句话回二爷：昨儿有个什么芸儿来找二爷。我想二爷不得空儿，便叫茗烟回他，叫他今日早起来，不想二爷又往北府里去了。"把事回得清清楚楚。

刚说到这里，就听到外面嘻嘻哈哈的两个人进来了。宝玉的大丫鬟秋纹碧痕，两个人提着一桶水，趔趔趄趄，泼泼撒撒，进来了。这个丫鬟赶快出去接。为什么？因为抬洗澡水是她的份内工作。两个丫鬟正在互相抱怨，一个说"你湿了我的裙子"，那一个说"你踹了我的鞋"。突然看到，二爷房里走出一个人来接水，原来是小红。

小红被大丫鬟骂个狗血喷头

到现在为止，伟大作家曹雪芹写了多次那丫头、小丫头，一次一次写这丫头什么模样，怎么说话。在贾芸心中，她简便俏丽；在宝玉心目中，她俏丽干净。但始终没出现她的名字。当两个大丫鬟发现有人出来接水，才发现原来是小红。两人都很诧异，你怎么会在宝玉房里？进来东瞧西望，没有别人，只有宝玉，心里很不自在。大小丫鬟有分工，大丫鬟可以和主子亲近，倒茶倒水聊天。小丫鬟只能在外面干粗活，不能到主子跟前。两人先忍住一肚子气，给宝玉准备下洗澡的东西。宝玉脱了衣服，两个人就带上门，把小红找来，问她，你刚才在房里说什么？小红赶快辩解："我何曾在屋里的？只因我的手帕子不见了，往后头找手帕子去。不想二爷要茶吃，叫姐姐们一个也没有，是我进去了，才倒了茶，姐姐们便来了。"小红这是声明她既没主动进去，也没和宝玉有什么交流。秋纹一听，兜脸啐了一口，骂起来："没脸的下流东西！正经叫你催水去，你说有事，倒叫我们去，你可等着做这个巧宗儿。一里一里的，这不上来了。难道我们倒跟不上你了？你也拿镜子照照，配递茶递水不配！"小红确实是有心机，本该她去抬洗澡水，但她说有事故，她可能就要找手帕子，但一找手帕子就遇到宝玉喝茶了。大丫鬟当然不干，秋纹骂她一顿。碧痕又说，"明儿我说给他们，凡要茶要水送东送西的事，咱们都别动，只叫他去便是了。"这不是挑战吗，我们都不干了，你这粗使丫鬟去干贴身伺候的事吧。秋纹又更进一步说：咱们都散了，留他一个人在房里！夹枪带棒，连讽带刺。十六七岁的小丫鬟，忍气吞声被大丫鬟斥骂，社会多么不平等。

同样都是奴隶，大奴隶就要欺负小奴隶，小奴隶就得忍气吞声。两个丫鬟正在这里闹，有个老嬷嬷来传凤姐的话，“明日有人带花儿匠来种树，叫你们严紧些，衣服裙子别混晒混晾的。那土山上一溜都拦着帏幙呢，可别混跑。”秋纹问了一句：“明儿不知是谁带进匠人来监工？”那婆子说：“说什么后廊上的芸哥儿。”秋纹和碧痕还在混问别的话，小红却听见了，心里明白，明天又是找宝玉的芸二爷来种树种花。

为什么秋纹要问明儿不知是谁带进匠人来监工？她有这么好奇吗？这是曹雪芹叫她问的，他要把那个回答叫小红听到。小红就开始琢磨事了。只给宝玉倒了杯茶，就被两个大丫鬟骂个狗血喷头，她当然要琢磨自己的处境，琢磨自己怎么办，怎么另拣个高枝往上爬。

这时曹雪芹写了一段小红，原来姓林，小名叫红玉，因为“玉”字犯了黛玉，宝玉，就把这个字隐起来，叫她“小红”。她的父母是荣国府的世代旧仆，现在收管各处房田事务。她现在16岁，因为一开始分在大观园打扫卫生。后来宝玉要了怡红院，小红本来就分在怡红院，就成了宝玉这一房的小丫头。她虽然是个不谙事的丫头，年纪太小，人情世故不太懂，但因为她有三分容貌，就着实妄想痴心往上攀高。大观园是地面太虚幻境，但大观园毕竟不是仙境，大观园的女子都是有自己的心机，一个低微身份的小丫鬟也想着往上爬，因为她有三分容貌。那么有六分七分八分容貌的，不更想着往上爬吗？这个竞争多么激烈。

现在攀哪个高枝？

小红想往上爬，宝玉身边的人都伶牙俐爪，哪插得下手。今天刚刚有点消息，宝玉认识自己关注自己了，有可能一步一步到宝玉身边做大丫鬟了。但秋纹碧痕一场恶闹，小红的心就灰了一半。闷闷的，想心事。怎么办呢？听到说起贾芸来，不觉心中一动，回到房里面，睡在床上暗暗盘算。曹雪芹没有写她盘算什么，我推测她盘算的是，宝二爷这个高枝攀不上去了，他身边的大丫鬟太厉害了。怎么办？那就去攀贾芸这个高枝。贾芸虽然在宝玉跟前低声下气，是贾门家境不宽裕的旁支子弟。但在小红眼里，他毕竟属于贾族少爷。小红这样的丫鬟将来的婚姻很可能配个像茗烟这样的小厮，奴隶配奴隶。因为他们都是所谓家生子，父母本来就是荣国府的旧仆，如果能攀上贾芸，那不也是攀了高枝，改变命运了？她是不是这么盘算的，我们从她的梦境就可以知道。小红在床上翻来掉去，没个抓寻，忽听窗外低低地叫道："红玉，你的手帕子我拾在这里呢。"红玉一听，出来一看，不是别人，正是贾芸。不觉得粉面含羞，问："二爷在那里拾着的？"贾芸说："你过来，我告诉你。"一面说，一面就上来拉她。红玉急回身一跑，却被门槛绊倒。这是干吗呢？做梦。这个梦境就表示，小红要去攀贾芸这个高枝了。

《红楼梦》写梦，每个梦都和别的梦不相雷同，每个梦都有前因后果。我多次说过，弗洛伊德的《梦的解析》，可惜没有以《红楼梦》作重要依据。但弗洛伊德总结的“梦是愿望的达成”，仍可以从小红的梦得到印证。小红想和贾芸建立联系，掌握自己人生的命运，就通过她的梦表现出来了。

第二十四回，主要写小人物的经历。两个小人物都惦记着往上爬，这两个小人物都是伶牙俐齿，他们和王熙凤、贾宝玉演出自己的人生故事。这也是《红楼梦》作为封建社会百科全书的内容之一。

第二十五回

魇魔法叔嫂逢五鬼
通灵玉蒙蔽遇双真

上一回结尾小红梦见了贾芸，梦醒后没情没绪，第二天早晨起来，连梳洗打扮都不想，躲在海棠花后面出神。恰好袭人打发小红到潇湘馆借喷壶。小红就到潇湘馆去借喷壶了，路上远远看到贾芸在那监工种树，但她不敢去接近贾芸。小红的事情稍做交代，就进入二十五回主要内容的描写，马道婆受赵姨娘之托用诅咒法，令凤姐和宝玉被恶鬼缠上，重病垂危。关键时刻，一僧一道到荣国府把通灵宝玉持诵一番，保护两人渡过难关。

明枪易躲，暗箭难防

《红楼梦》中嫡庶矛盾始终存在，主要表现为王夫人和赵姨娘的矛盾。封建社会嫡妻和妾的待遇天差地别。王夫人和她的内侄女凤姐又是真正当权者，而宝玉最得宠，被认为是荣国公未来继承人；赵姨娘是身份低微的侍妾，有时还受凤姐斥骂。贾环是庶出的儿子，一向不得宠。赵姨娘早就心怀不满，希望贾环取宝玉而代之。而妨碍他们在贾府夺权的重要人物是凤姐。凤姐元宵节后正言弹妒意，把赵姨娘劈头盖脸教训一番。她们的矛盾越积越深。这两方面力量有强有弱，凤姐和宝玉地位尊贵且受贾母宠爱，力量强大；赵姨娘和贾环是弱势人群。但明枪易躲，暗箭难防。当赵姨娘们在阴暗角落里面，向风光人物施放暗箭时，这两个人就身处险境了

赵姨娘算计凤姐和宝玉。大波澜之前先有小纠纷。王子腾夫人过生日，本该王夫人带着孩子们去，因为贾母不去，王夫人也不去。薛姨妈带着贾府小姐及宝钗、宝玉、凤姐去喝寿酒。既然王夫人是嫡妻，把庶出儿子看成亲生一样，就该也派贾环去，但贾环没去。这说明内心深处，王夫人对贾环不以为然，并没有真正把贾环当亲生儿子看待。

这些人外出喝酒时，贾环放学了。王夫人说，你来抄个金刚咒吧。贾环忽然得“重用”，很得意。贾环这种人，狗肉上不了台盘，给他个鸡毛就当令箭。王夫人叫他抄经，他就拿腔作势抄写且使唤这个丫头，你给我倒杯茶，那个丫头，你来给我剪灯花，又说那个人挡了我的灯影。大家都讨厌他，都不答理。只有和他关系比较好的丫鬟彩霞提醒他，你安分点吧，不要在这讨人嫌。贾环居然说：“我也知道了，你别哄我。如今你和宝玉好，把我不答理，我也看出来了。”这真是彩霞所说的：“没良心的！狗咬吕洞宾，不识好人心。”

这时喝寿酒的回来了。凤姐拜见了王夫人，两人一长一短说话时，宝玉来了，见了王夫人，也规规矩矩说几句话，脱去外出服装，一头滚在王夫人怀里。王夫人满身满脸抚弄他。

宝玉也搬着王夫人的脖子说长道短。亲生母子如此亲热，贾环已很不高兴，王夫人又叫宝玉在旁边躺下休息一会儿，拿枕头来，又说:彩霞你来替他拍着。好笑不好笑？又不是婴儿，还得有人拍着。恰好派了和贾环好的丫鬟。彩霞不大答理宝玉，只往贾环这边看。宝玉拉着她的手说，“好姐姐，你也理我理儿呢。”彩霞把手一摔：“再闹，我就嚷了。”

贾环本就恨死哥哥，现在看到宝玉和自己要好的丫鬟厮闹，心生一计，烫瞎哥哥的眼睛！兄弟之间有些小矛盾，或者哪个受父母宠爱，另一个心理不平衡，怎么会烫瞎对方的眼睛？这个人太阴毒了。这是贾环生母赵姨娘教导的结果。贾环假装失手，把一盏油汪汪灯蜡推到宝玉脸上。宝玉满脸满头都是蜡油。宝玉“哎哟”一声，王夫人又气又急，说，快给他擦洗，又骂贾环不小心。凤姐三步两脚跑到炕上给宝玉收拾。凤姐亲自收拾，说明她非常疼爱宝玉，一边收拾一边笑着说：“老三还是这么慌脚鸡似的，我说你上不得高台盘。赵姨娘时常也该教导教导他。”一句话提醒了王夫人，把赵姨娘叫过来骂:“养出这样黑心不知道理下流种子来，也不管管！几番几次我都不理论，你们得了意了，越发上来了！”王夫人的话说明赵姨娘已好几次想法害宝玉，而王夫人没睬她。凤姐叫赵姨娘得教导贾环，是不是言外之音，贾环的作为就是赵姨娘教的？所以王夫人才把赵姨娘叫来骂。赵姨娘忍气吞声，也上去给宝玉收拾。

宝玉烫了脸糊上膏药，黛玉来看，宝玉不让她看，知道黛玉有洁癖，怕她嫌脏。但是黛玉一定得仔细瞧瞧，凑上来强搬着宝玉脖子看了看，还问疼不疼。这个细节写两人亲得很，这都不能算爱情，该叫亲情，从小一块长大，一个受伤另一个很心疼。

三姑六婆捣鬼有术

过了一天，宝玉的寄名干娘马道婆来了。所谓寄名干娘就是有钱人家孩子怕养不大，让他认个尼姑或道姑做干娘，算贫寒人家的孩子能养大。马道婆看到宝玉受伤，拿手指头画了画，嘟嘟囔囔持诵一番，说很快就好了，不过一时飞火。然后就忽悠贾母说，有钱人家子弟，总是有鬼跟着他，得空害他一下。贾母很容易上钩，问有什么办法解脱？马道婆说：供大光明菩萨，点上海灯，昼夜不熄照着他，就不会给恶鬼欺负。她告诉贾母，南安郡王太妃在我那供的一天四十八斤油。贾母也较精明，听了这些话沉吟。贼婆马道婆是这一回最生动的人物。她看到贾母思考，就说，如果是父母为子孙舍多了反而不好。贾母说，那就按照你说的一天五斤吧。几句话工夫，一个月一百五十斤香油，一月领一次，马道婆从贾母这里骗了一宗钱。

人们不是说贼不空手？贼婆什么便宜都占，从贾母这儿已骗这么多钱，到赵姨娘那儿，见赵姨娘在粘鞋面，马道婆就说我正没鞋面用，给我一双！赵姨娘叫她挑了两块。两人聊起来，说到赵姨娘的深仇大恨。赵姨娘说："我们娘儿们跟的上这屋里那一个儿？也不是有了宝玉，竟是得了活龙。他还是小孩子家，长的得人意儿，大人偏疼他些也还罢了；我只不服这个主儿。"一边说一边伸出两个手指头，指琏二奶奶。马道婆一步一步诱惑赵姨娘，告诉她，明里不敢怎么样纷争，暗里算计！赵姨娘说，你教给我法子，我大大谢你。一句话说到贼道婆心坎上，她就是来弄钱，她得问，你说"谢"字，错打了砝码了，靠什么打动我？马道婆知道贾府的人一个月多少零用钱，你一个月二两银子，拿什么感谢我？表示：你多给我钱，我就帮你的忙。赵姨娘说："你若果然法子灵验，把他两个绝了，明日这家私不怕不是我环儿的。那时你要什么不得？"贼婆不见兔子不撒鹰，她说："那个时候事情妥了，又无凭据，你还理我呢！"赵姨娘说，我攒了些银子先给你，再给你写个借契。物以类聚，人以群分，坏人也有坏心腹，赵姨娘办坏事很利索，马上叫心腹老婆子出去找人写借契。马道婆先把白花花一堆银子掖起来，再收了欠条。"向裤腰里掏了半晌，掏出十个纸铰的青面白发的鬼来，并两个纸人，递与赵姨娘。"告诉赵姨娘，去打听凤姐宝玉的生辰八字写上，把两个纸人和青面白发鬼，偷偷掖到他两人枕头底下，我在家里作法，就会产生效应。看来贼婆不止一次干这事了，马道婆是宝玉的干娘，居然下这样毒手。那个时代，有修养的家庭绝对不允许三姑六婆进门。没想到堂堂国公府，从老太君开始引狼入室，叫三姑六婆进门，还相信她们的鬼话，被她们忽悠掏钱。

你既吃了我们的茶还不给我们家做媳妇？

宝玉烫了脸不出门，大家都到他这里说话。黛玉共读西厢之后和宝玉已一日不见如隔三秋。她信步到了怡红院。一进院，听到里面有人笑，原来李纨、凤姐、宝钗都在。黛玉笑了说："今儿齐全，谁下帖子请来的？"凤姐问："前儿我打发了丫头送了两瓶茶叶去，你往那去了？"宝玉说那个茶不怎么好。宝钗也说，味还行，颜色不好。凤姐说"那是暹罗进贡的。"暹罗国是泰国古名。黛玉说：我觉得这个茶挺好。宝玉说，那你就把我这个也拿了去吧。凤姐说：不用，还是我再给她送，我还有件事求林姑娘，送茶叶时一块打发过来。黛玉信口和凤姐开了句玩笑："你们听听，这是吃了他们家一点子茶叶，就来使唤人了。"林姑娘也不想想，你的嘴能和凤姐比吗，你是深闺小姐，她是少妇，有些话她可以说你就不能说。凤姐马上说："倒求你，你倒说这些闲话……你既吃了我们家的茶，怎么还不给我们家作媳妇？"大家一听都笑了，黛玉红了脸，不吭气。李纨就说："真真我们二婶子的诙谐是好的。”黛玉听到婚姻大事很害羞，但还笑着说，那说明她心里是高兴的："什么诙谐，不过是贫嘴贱舌讨人厌恶罢了。”啐了凤姐一口。这个时候，凤姐就来了一番长篇大论的似乎是要论述黛玉应该嫁给宝玉的言论，“你别作梦！你给我们家作了媳妇，少什么？”她指宝玉说，“你瞧瞧，人物儿、门第配不上，根基配不上，家私配不上？那一点还玷辱了谁呢？”公开指着宝玉，说宝玉是完全配得上你的。凤姐为什么当众要和黛玉开这样的玩笑呢？贾母出资给宝钗做生日，有的红学家分析，说贾母看中了宝钗。我早就说过，贾母没有那个意思，贾母是要叫二玉成一家，她的想法通过凤姐透露出来了。黛玉听了当然心里高兴，但也确实害羞。就起身要走，宝钗不让她走，说："颦儿急了，还不回来坐着。走了倒没意思。”

这个时候，心里面最不是滋味的是谁？应该是宝钗。但宝钗特别有修养，并没露出妒忌或不悦的样子。他们正说着，赵姨娘和周姨娘来看宝玉。赵姨娘是来打听消息，看马道婆做法起作用了没有。她一个人来打听消息不行，得叫上贾政另一个姨太太周姨娘。周姨娘在《红楼梦》出现几次，没说过一句话。后来探春批评生母赵姨娘时，还拿周姨娘来教育赵姨娘。两个姨娘进来，李纨、宝钗、宝玉都给她们让座。凤姐和黛玉只在那说笑，正眼也不看她们。看到这个地方，我非常替林姑娘担心，凤姐是贵族少奶奶，是管家的，一向对两个姨娘高高在上。你是贾母外孙女，不能这个样。但是黛玉居然也不理这两个姨娘。她太不会处世了。

这时王夫人的丫头来说舅太太来了，请奶奶和姑娘们出去。舅太太即王子腾夫人。凤姐她们要走，宝玉说，我不能出去，你们不要叫舅妈进来，又说，“林妹妹，你先略站一站，我说一句话。”宝玉听了凤姐那番话，应该很激动，他会和黛玉说什么？凤姐一听，就朝黛玉笑：“有人叫你说话呢。”把黛玉往里面一推，和李纨去了。凤姐有心促成二玉成一家，总是创造条件，叫他两人说知心话。凤姐怎么可能像后四十回续书写的设计调包计？

乐极生悲好事多磨

宝玉听了凤姐两人应是一对的话，很激动，但青面红发的恶鬼已盯上他，他已失去理智，拉住黛玉的袖子嘻嘻笑，有话说不出。黛玉脸红了，大家闺秀给表哥扯住袖子不说话，多尴尬？她挣着要走。宝玉突然“哎哟”一声，说“好头疼”，黛玉还以为他一般头疼，就说句“该，阿弥陀佛！”她念佛是开玩笑，后面还要念佛，就大有深意了。

这段描写特别有意思。《红楼梦》一开始就说乐极悲生，两个人本是最乐的时候，贾母肚里蛔虫凤姐说了你们两个应是一对，两人的姻缘眼看有戏，岂不是极乐，但是悲生了，宝玉病了，好事多磨。

《红楼梦》情节安排，一个接一个，紧凑，严密，前因后果互相勾连。宝玉说完好头疼，黛玉说了“该，阿弥陀佛”，接着宝玉大叫一声“我要死！”真病了，纵身一跳，离地三四尺高，乱嚷说胡话。黛玉吓坏了，马上让丫鬟报知贾母王夫人等。她们赶快赶过来。王子腾夫人也来看，宝玉越发拿刀弄杖，寻死觅活。怡红院有什么刀有什么杖？可能是个形容词，也可能有裁纸刀。贾母王夫人吓得儿一声肉一声大哭。接着贾赦、邢夫人、贾政、贾珍、贾琏、贾蓉、薛姨妈、薛蟠等等都来了，乱麻一样。这时凤姐手持一把明晃晃钢刀砍进园来，见鸡杀鸡，见狗杀狗，见人就要杀人。她也中魔法了。周瑞家的赶快带几个婆娘把她抱住，夺下刀，把凤姐抬回房。

这时有段闲笔，有的作家对这段描写不以为然，这段闲笔怎么写的？“别人慌张自不必讲，独有薛蟠更比诸人忙到十分去：又恐薛姨妈被人挤倒，又恐薛宝钗被人瞧见，又恐香菱被人臊皮，知道贾珍等是在女人身上做功夫的，因此忙的不堪。忽一眼瞥见了林黛玉风流婉转，已酥倒在那里。”

有位大作家说，这一段不对，应该根据百二十回本把这段去掉。其实这段描写非常生动。脂砚斋说，写呆兄忙，是“好想头，好笔力，《石头记》最得力的地方在此。”认为是忙中写闲大手眼大章法。

为什么写阿呆迷恋黛玉是大手笔大章法？因为后来宝钗

还要拿她的哥哥跟黛玉开玩笑，而且不一定是开玩笑。估计阿呆回去就向妈妈纠缠要娶黛玉。他们家族身份高，有钱，向黛玉求婚求得着。但《红楼梦》没写，只在薛姨妈和宝钗到黛玉那去玩时，闲谈中说到这件事。

大家想了很多办法，请端公送祟，请巫婆跳神，请玉皇阁的张真人等等，百般请医调治。关于这一段，几位大文豪都研究过，郭沫若先生论述宝玉和凤姐中邪实际上是斑疹伤寒。好玩不好玩？

甭管怎么治疗，一点儿也没用。两人不省人事，浑身火炭一般乱说，把他们抬到王夫人上房，派了贾芸带着小厮轮班看守。贾母、王夫人、邢夫人、薛姨妈寸步不离，围着干哭。贾政觉得他们两个看来命该如此，要放弃治疗。但贾赦不干，百般忙乱。我们看《红楼梦》，很多人认为贾政是正人君子，贾赦是老色鬼，但贾赦非常疼儿女，包括侄子和儿媳妇。他在没有希望的时候，还要尽量想办法。

第三天，两个人连气都快没了，就把他俩后世衣履准备下了，当然不能叫贾母知道。贾母、王夫人、贾琏、平儿、袭人，哭得寻死觅活，忘餐废寝。这时谁最高兴？赵姨娘和贾环。到第四天早晨，贾母们正围着宝玉和凤姐哭，宝玉挣开眼说：“从今以后，我可不在你家了！快些收拾了，打发我走罢。”贾母一听，像摘了心肝。称心如意的赵姨娘不是很愚蠢？你这时没事偷着乐就是，她非得出来说话不可，她的话并没露出是她做了手脚，但令贾母非常不高兴。她说：“老太太也不必过于悲痛。哥儿已是不中用了，不如把哥儿的衣服穿好，让他早些回去，也免些苦；只管舍不得他，这口气不断，他在那世里也受罪不安生。”听听，满心幸灾乐祸，希望宝玉赶快咽气，假惺惺表示，不要叫他在那个世里受罪。贾母怎能听得进去这样的话，还没说完，贾母照脸啐了一口唾沫，骂起来：“烂了舌头的混帐老婆，谁叫你来多嘴多舌的！你怎么知道他在那世里受罪不安生？怎么见得不中用了？你愿他死了，有什么好处？你别做梦！他死了，我只和你们要命。素日都不是你们调唆着逼他写字念书，把胆子唬破了，见了他老子不像个避猫鼠儿？都不是你们这起淫妇调唆的！这会子逼死了，你们遂了心，我饶那一个！”老太太很厉害，她很明白，宝玉死了，贾环就有好处，逼死他，你们就遂心了。虽然老太太还不知道是赵姨娘捣鬼，但她明白这里面互相的利害关系。作为太婆婆，对儿子的妾，一开始骂“烂了舌根的混帐老婆”，你多嘴多舌可以骂烂了舌根，后来骂得太不像话了，婆婆骂儿子的妾是淫妇，大有深意。我曾分析过，可能赵姨娘主动勾引贾政，而且是奉女纳妾的，先有了探春，才做了小妾。

一僧一道：沉酣一梦终须醒

这里已闹得天翻地覆，贾母要把做棺材的人叫来打死。突然听到有人敲木鱼“南无解冤孽菩萨”，同时说“有那人口不利，家宅颠倾，或逢凶险，或中邪祟者，我们善能医治。”贾府是深宅大院，外面敲木鱼的声音竟然传进来，为什么？因为这是两个神仙。贾政赶快叫人去请，请来一个癞头和尚，一个跛足道人。贾政就问：“你道友二人在那庙焚修？”和尚说，不要多说了，你们家人口不利，我们是来治疗的。因为贾政在这之前就问，我们有两个人中了邪，你们有什么符水？道人说：“你家现有希世奇珍，如何还问我们要符水？”贾政这才想起来，说我儿子出生时带了块宝玉，上面虽然说能够除邪祟，但不灵验。和尚说：“你那里知道那物的妙用。只因他如今被声色货利所迷，故不灵验了。”

什么叫声色货利？声色指男女情爱，货利指金钱。声色借指宝玉，货利指凤姐。和尚说：你们把它取出来，我给你们持诵持诵就好了。贾政听说，就把宝玉的玉取下来，和尚接过来，擎在掌上，长叹一声：“青埂峰一别，展眼已过十三载矣！人世光阴，如此迅速，尘缘满日，若似弹指！”那块大石头，是一僧一道把它变成雀卵大小的通灵宝玉，放到胎儿宝玉的嘴里来到人世，现在十三年了。宝玉周岁13岁。

和尚念了首诗，当初大石头过得自在，现在怎么着了？“粉渍脂痕污宝光，绮栊昼夜困鸳鸯。沉酣一梦终须醒，冤孽偿清好散场！”粉渍，通灵宝玉被脂粉玷污，失去了过去光泽，绮栊指华丽的房屋，宝玉在富贵环境当中，整天和姐姐妹妹丫鬟们厮混，你们如梦一般的人生，总会有醒悟的时候，你们还清了孽债，大家就散伙了。念完了，摩弄了一番说了些疯话，说挂到卧室上，不要叫外人进来，三十三天后，保管好了。

通灵宝玉在《红楼梦》中，只有一次起到去邪祟作用，以后再也没有起过去邪祟的作用。程伟元和高鄂续的后四十回，又拿通灵宝玉做了一番文章，那都不是曹雪芹原来的构思。

宝钗调侃黛玉

到了晚上，这两个人就饿了。我们都有个经验，凡是病重昏迷不能吃饭，忽然饿了，那就是快好了。贾母、王夫人，赶快叫人熬了米汤给他们吃。他们两个精神渐渐好了，一家人才放了心。这个时候李纨，贾府三位小姐，宝钗、黛玉、平儿、袭人，几个最亲近的人都在这里听消息，一听说他们吃了米汤，懂人事了，别人还没说话，黛玉非常直率，有话会脱口而出，她先就念声“阿弥陀佛”。这是真正感谢佛祖保佑。

她一念这个，宝钗回头看了她半天，“嗤”的一声笑，众人都不会意，惜春问:“宝姐姐，好好的笑什么？”宝钗多么有心计，她先瞅了黛玉半天，然后故意“嗤”的一声笑，大家闺秀笑不露齿，宝钗为什么故意笑出声来？就是要叫哪个妹妹来问她笑什么。她就可以讽刺黛玉了。她说：“我笑如来佛比人还忙：又要讲经说法，又要普渡众生；这如今宝玉、凤姐姐病了，又烧香还愿，赐福消灾；今儿才好些，又管林姑娘的姻缘了。你说忙的可笑不可笑。”如果斗心眼，黛玉还真是斗不过宝钗，啐了一口说：“你们这起人不是好人，不知怎么死！再不跟着好人学，只跟着凤姐贫嘴烂舌的学。”摔了帘子出去了。

这个时候黛玉应该怎么回答？凤姐姐和宝哥哥中了邪，他们两个人恢复了健康，这不是我们所有人都高兴的事吗，我念阿弥陀佛，就是为他两人恢复了健康，宝姐姐有什么不可理解？那时宝钗就没话可讲。黛玉的回答很不得体，她等于承认只为宝玉念佛，承认凤姐开的玩笑我放到心里去了。这件小事是宝钗造舆论，惦记着和宝玉结亲的并不是我，是黛玉。这些非常细微的地方看出了《红楼梦》的魅力。

第二十五回一僧一道持诵通灵宝玉，解脱了两个人的危难。最后一僧一道念“沉酣一梦终须醒，冤孽偿清好散场”，是预言了贾府、凤姐、宝玉将来的命运。

第二十六回

蜂腰桥设言传秘意
潇湘馆春困发幽情

蜂腰桥是怡红院到蘅芜苑之间的小桥，小红和贾芸在这个桥相遇，小红说了一段话向贾芸暗递情意。黛玉在睡梦中用《西厢记》的话表达怀春的感情，被宝玉听到了。

千里搭长棚没有不散的筵席

二十六回衔接此前故事发展，宝玉生病过程中，贾芸带着人看护，小红看到贾芸拿着块手帕像自己掉的。她想问又不好问。宝玉复原，贾芸仍去种树。小红心里放不下，不是放不下自己丢的手帕，而是放不下贾芸。但两个人又没法见面，小红总是犹豫不决，神魂不定。这时怡红院小丫鬟佳蕙来找她，说她到潇湘馆给林姑娘送东西，恰好遇到老太太给林姑娘送钱，林姑娘顺手抓了两把送给她。这个无意之中写出的细节说明贾母对黛玉特别关照。小红替佳蕙把钱收起来。两个小丫鬟关系比较好，佳惠关心小红，并不知道她是心病，认为她和林姑娘一样病弱，所以劝是不是吃点林姑娘的药。红玉说："怕什么，还不如早些儿死了倒干净！"她为什么有这种不如早些死了倒干净的思想？一方面因为在怡红院不受重视，给宝玉倒一次茶，就挨大丫鬟劈头盖脸臭骂。另一方面她想念贾芸，但是没有办法表达情愫。小丫鬟不懂，她认为是小红没受到赏赐不高兴。小红就说了一段被研究来研究去，似乎很深刻的话：“也不犯着气他们。俗语说的好，‘千里搭长棚，没有个不散的筵席’，谁守谁一辈子呢？不过三年五载，各人干各人的去了。那时谁还管谁呢？”

红学家们分析这段话是预伏贾府未来的破败，透出悲凉气息，树倒猢孙散。其实“千里搭长棚，没有个不散的筵席”，这句话并不是曹雪芹的创造，是直接从《金瓶梅》搬过来的。《红楼梦》在很多地方都可以看到《金瓶梅》的影响，这两句警世之言，是曹雪芹跟兰陵笑笑生学的。

小丫头说你说得对，昨天宝玉还说，明天怎么收拾房子，怎么做衣服，好像有几百年的熬煎。小红听了冷笑。这时有个小丫鬟来叫她替大丫鬟描样子。在等级森严的荣国府，同样是丫鬟，大丫鬟可以使唤小丫鬟。小丫鬟就不得不接受大丫鬟使唤。小红发现没有笔了。想起是莺儿借走了，就去宝钗的院子要笔。

啰嗦却精彩的对话

刚走到沁芳亭畔，看到宝玉奶妈过来，两人就一问一答说起来了。记得整整三十五年前，我带日本留学生小岛英夫进修一年《红楼梦》，每个星期叫他去看《红楼梦》，然后我给答疑。读到二十六回时，他问：马老师，你们总说《红楼梦》是特别精彩、特别精炼、语言成就特别高的小说，为什么小红和李嬷嬷对话，如此啰嗦又词不达意？我给小岛英夫分析说：正因为非常啰嗦和词不达意，才能活画出一个稀里糊涂的老太太和一个心机缜密的小丫鬟。我们看看，日本留学生不懂的这段对话是怎么说的。

小红站住问："李奶奶，你老人家那去了？"李嬷嬷站住了，把手一拍，这是老太太的典型动作："你说说，好好的又看上了那个种树的什么云哥儿雨哥儿的，这会子逼着我叫了他来。"这可说到小红心坎上了。她正想念贾芸，而宝玉派奶妈把贾芸叫过来。小红很有心计，她要问，你是不是现在真的去叫他？就问："你老人家当真的就依了他去叫了？"稀里糊涂的老太太怎么回答？"可怎么样呢？"等于没回答我现在是去叫他，还是不去叫他。小红没问出李嬷嬷到底去不去叫，就换个角度问贾芸到底来不来："那一个要是知道好歹，就回不进来才是。"她的内心是想：贾芸如果不来了，我就不在这等他了。李嬷嬷说："他又不痴，为什么不进来？"小红终于知道贾芸会来。小红再问："既是进来，你老人家该同他一齐来，回来叫他一个人乱碰，可是不好呢。"这话是什么意思？老太太你现在去就把他领进来？李嬷嬷说："我有那样工夫和他走？不过告诉了他，回来打发个小丫头子或是老婆子，带进他来就完了。"小红问清楚，李嬷嬷只是去给贾芸送信，告诉宝二爷叫你，然后才有个小丫头或者是另外的老婆子把贾芸领进来。李嬷嬷说完走了，小红就站在那出神，先不去取笔。她等着看是谁去请贾芸。果然跑来个小丫头坠儿，告诉是我去带芸二爷进来。小红就慢慢走，为什么要慢慢走呢？她要创造和贾芸不期而遇的机会，又不能站在这儿等，就慢慢走在贾芸从外面进怡红院的必经之路上，到了蜂腰桥门前，看到坠儿领着贾芸过来了。贾芸一边走，一边拿眼把小红一溜。小红假装和坠儿说话，也把眼睛一溜贾芸。恰好四目相对，小红的脸就不觉红了。《西厢记》张生和崔莺莺见面后，两人并没有搭话，分手时张生唱了句词“怎当她临去秋波一转。”大家闺秀遇到个好看的读书青年，秋波一转，稍微带点含情意思，这是贵族小姐的表现。贾芸和小红都身世低微。他们互相看怎么看？“一溜”，这描写太好玩太有趣了。而且小红是假装和坠儿说话，这就是回目上的“蜂腰桥设言传蜜意”，要传达的甜蜜的情意了。她对坠儿说的话是后来坠儿对贾芸说出来的。她现在当着贾芸的面问，我丢了块手帕，你捡到了没有。她已经看清楚，贾芸手里的手帕是自己掉的。现在当着贾芸的面问坠儿，你看到我的手帕没有，如果捡到了，我会谢你。什么意思？跟贾芸递暗号，并不是叫贾芸把自己的手帕送回来，而是要和他交换手帕。两个人你一溜我一溜，四目相对，这就叫眉目传情。小红的脸红了，走了。贾芸就来到怡红院。

贾芸观察怡红院

怡红院是大观园的中心，小说有多次分别细致描写。贾政带宝玉游园，对怡红院做工笔描写，墙壁上怎么雕刻，挂什么琴、瓶等等。现在又通过贾芸的眼写怡红院。贾芸看到的怡红院是几点山石，种着芭蕉，两只仙鹤在松树下面剔翎，一幅静美图画，一个贵族公子生活环境。一溜回廊上吊着各色笼子，各色仙禽异鸟。宝玉养宠物，但不养猫狗，养仙禽异鸟。贾芸看到了“怡红快绿”的匾，听到宝玉在里说：“快进来罢，我怎么就忘了你两三个月！”

贾芸进了宝玉房间，看到金碧辉煌、文章闪烁，满屋子彩色炫斓，形容不出。听见声音看不到宝玉在哪，为什么？大穿衣镜挡住了，镜子后面转出来两个十五六岁的丫头说“请二爷里头屋里坐。”贾芸对两个丫头是正眼也不敢看。这会儿他不敢“一溜”了，因为他知道小红可能对自己有情，这两个丫头却亵渎不得的。他赶快答应，进了碧纱橱，看到小小填漆床上悬着大红销金撒花帐子。总是金色红色是怡红院的特点。宝玉正拿着一本书看，可能拿的《南华经》之类。两人见面，丫鬟上茶。贾芸一边和宝玉说话，眼睛却溜瞅那丫鬟，“溜瞅”就是偷偷看，悄悄打量。这个丫鬟“细挑身材，容长脸面，穿着银红袄儿，青缎背心，白绫细折裙。”贾芸认得是袭人，宝玉最得力的丫鬟。贾芸既然想往上爬，就得好好记住贾府谁和谁都是什么关系，所以他记住了袭人。自己要和宝二爷保持良好关系，必须要和这位大丫鬟搞好关系。看见袭人端过茶来，他赶快站起来。按说你是少爷，丫鬟送茶，你大大方方接过来喝就是了。但是他不，他说“姐姐怎么替我倒起茶来。我来到叔叔这里，又不是客，让我自己倒罢。”这人太乖巧了，会讨袭人的好。宝玉说：“你只管坐者罢。丫头们跟前也是这样。”贾芸赶快表示：“虽如此说，叔叔房里姐姐们，我怎么敢放肆呢。”话说得多么得体，多么漂亮。

两个人就瞎扯了一顿。13 岁男孩和 18 岁小伙子，贵族大少爷和贫寒子弟，会有什么共同话题？无非是宝玉讲了些谁家的酒席丰盛，谁家有奇货，谁家有异物，谁家花园好，谁家戏子好，谁家丫头标致，都是贵族少爷的一些闲板。一会儿说累了，贾芸赶快告辞。宝玉也不挽留，信口一说“你明儿闲了，只管来。”

心思缜密私相传递

贾芸出来了，仍然是坠儿送出怡红院、贾芸心思缜密，打听事不能叫周围的人听到，一看四顾无人，就把脚步放慢，一长一短和坠儿说话，似乎聊闲天。却要打听最想知道的事情。

先问坠儿几岁了，叫什么，父母在哪一行，在宝叔屋里干了几年，这都是铺垫。聊了一气才问，刚才那个和你说话的可是叫小红？坠儿说，她倒是叫小红，你问她干什么。贾芸说，方才她问你什么手帕子，我倒是捡了一块。坠儿说，她问我好几遍了，刚才不是还又问我了，说我替她找着她还谢我呢，爷也听见了。好二爷,你既然捡到了,你给我吧,我找她要谢礼。小红和贾芸蜂腰桥相遇，假装和坠儿说话问手帕，就是说给贾芸听的。因为她看到贾芸拿着自己的手帕。贾芸找坠儿搭话，也是为了落实我捡到的手帕是不是小红的。现在一听，确确实实是小红的，他就打定了主意，通过交换手帕和小红建立感情。他把袖子里自己的手帕取出来,对坠儿说:“我给是给你,你若得了他的谢礼，不许瞒着我。”他这是哄小孩呢，我给你就是叫你给我送过去，你得了谢礼我才不管呢。

在小红和贾芸之间出现了一块手帕。手帕、金钗、扇坠、扇子等小玩意，在古代小说里面经常叫“主题道具”，起到对男女爱情主人公互相勾连传达情愫的作用。小红和贾芸之间的手帕就起到这个作用。

读到小红和贾芸这样的互传情愫，我想到黑格尔一句话，凡是现实存在的都是合理的。《红楼梦》主线是写的宝黛爱情。宝黛爱情是贵族青年男女受封建束缚的曲曲折折、迂迂回回的爱情。《红楼梦》也写到，像秦钟和智能没多少交流就上床了这种所谓爱情。后面还要写到登徒子贾琏和浪荡女尤二姐所谓一见钟情的爱情。《红楼梦》更写到贾芸和小红两个都想往上爬的身份低微者的爱情。这两个人的爱情是第十四回开始的，现在已经到二十六回了。断断续续往前发展，两个人都敢于勇敢迈出追求爱情的步伐。这两个人的表现，曹雪芹写得很有情趣，又完全平民化。这是《红楼梦》唯一一对自由恋爱终成眷属的婚姻。根据曹雪芹构思，小红和贾芸成亲了。至于他们两个怎么成亲，小红后来不是调到凤姐身边了，是凤姐开恩还是贾芸去向小红父母求婚，我们不知道曹雪芹怎么写的，非常遗憾。但是根据脂砚斋评语，当贾府败落，宝玉和凤姐落难，都住到狱神庙的时候，小红和贾芸曾仗义探庵。两个很有心计的小人物，还是讲究友情、知恩图报。虽然小红在怡红院不得志，但宝玉倒了霉，她会和贾芸去看他。

两个小人物互递情愫"蜂腰桥设言传蜜意"完成，接着就是潇湘馆春困发幽情。不同阶层、不同身份、不同个性的爱情构成鲜明对比。

宝玉调情惹恼黛玉

宝玉打发贾芸走后，有点累了，袭人说你不要睡觉，出去逛逛。宝玉没精打彩出去，遇到贾兰追小鹿。贾兰练习射箭，这是顺便提了将来唯一能做官的荣国府嫡孙一笔。宝玉顺脚来到了一个院门前，潇湘馆。为什么叫顺脚？走惯了，信步一走就到了潇湘馆。“只见凤尾森森，龙吟细细，举目往门上一看，只见匾上写着‘潇湘馆’三字。”凤尾是凤尾竹，茂密的竹子被微风一吹，发出了细细的像龙吟样声音。

宝玉走进去，没有人声，走到窗前，嗅到一股幽香从碧纱窗暗暗透出。黛玉身上有香味，幽香都透出窗外了。宝玉把脸贴到纱窗上往里看，我妹妹干吗呢。只听细细长叹一声“每日家情思睡昏昏！”这是《西厢记》第二本第一折莺莺想念张生的唱词。黛玉斥责宝玉不能拿淫辞捉弄我，她自己睡着了都念《西厢记》。宝玉不觉心里像猫抓了一样。他大概在想，情思睡昏昏，是不是想我？再看，黛玉在床上伸懒腰。这美人图像画一样，宝玉笑问“为甚么‘每日家情思睡昏昏’？”一边说一边掀帘了进来。

黛玉很不好意思，自己忘情，说了不该说的话，红了脸，拿袖子遮脸，翻身往里面假装睡着了。宝玉走上来，想扳黛玉的身子。黛玉的奶妈和两个老婆子跟进来说：“妹妹睡觉呢，醒了再请来。”黛玉装睡，不想叫宝玉走，奶妈刚说了，黛玉就翻身向外坐起来说：“谁睡觉呢。”老婆子说“我们只当姑娘睡着了。”叫紫鹃，“姑娘醒了，进来伺候。”千金小姐，睡觉时奶妈和两个老婆子在旁边等着，醒了，贴身丫鬟来伺候。

宝玉本来听到黛玉念“每日家情思睡昏昏”，引起感情共鸣，现在一看到黛玉那幅美人刚睡醒、香腮带赤的样子，不由神魂早荡，一歪身坐到椅子上说：“你才说什么？”黛玉就赖，我没说什么，宝玉说“给你个榧子吃！我都听见了。”

多数红学家都解释，我给你个榧子吃，是开玩笑的动作，拇指和中指食指一捻发出声音，像打开榧子。可能黛玉也这样认为。实际上是到黛玉面颊上捏一下发出声音，是个调情动作。但黛玉不懂，这个姑娘太纯洁了。为什么宝玉就懂呢？因为宝玉早就和袭人试云雨情，懂这些动作。

两个人正说着，紫鹃进来。宝玉说，把好茶倒一碗给我喝。黛玉说，给我舀水去。紫鹃很机灵。知道，黛玉最在乎宝玉，她得赶快给宝二爷倒茶。她不给黛玉倒洗脸水而给宝玉倒茶，会叫黛玉开心。紫鹃说：“他是客，自然先倒了茶来再舀水去。”紫鹃一边说一边就出去倒茶，跟前没人，宝玉笑了，估计是看着紫鹃的背影说的：“好丫头，‘若共你多情小姐同鸳帐，怎舍得叠被铺床？’”宝玉是故意说的，是接着黛玉“每日家情思睡昏昏”故意说的，你“每日家情思睡昏昏”，肯定是想念我吧，我如果能和你成亲，就不叫紫鹃给我们叠被铺床了。这句话是《西厢记》里张生对红娘说的，宝玉借了来，又去和黛玉表达情愫了。

黛玉不是希望宝玉心里有你吗，现在宝玉公开表示要和你上床了，你什么表现？黛玉登时撂下脸来：“二哥哥，你说什么？”宝玉耍赖皮：“我何尝说什么。”黛玉哭了：“如今新兴的，外头听了村话来，也说给我听；看了混帐书，也来拿我取笑儿。我成了替爷们解闷的。”一面哭着，一面下床往外就走。青年读者，特别是留学生读到这个地方，很不理解。黛玉怎么回事，装腔作势的，你不是希望宝玉喜欢你，宝玉这么说，为什么翻脸？到底是怎么回事儿？她确实被宝玉气坏了，千金小姐不能听这样的亵渎话。她往外走，是要躲开宝玉，要晾了宝玉，教训宝玉。那么，黛玉为什么这么生气？有些思想束缚是黛玉无法摆脱的。她从小父母双亡，她虽然和宝玉实际上在热恋，这本身是追求婚姻自由，但她一直盼望贾母给他俩订婚。所谓趁着老太太身子硬朗,作定终身大事。她不会迈出崔莺莺那样的私奔步伐。明明在谈恋爱，但宝玉只要涉及跟爱相关相近的词，她立刻就恼。这就是《红楼梦》宝黛爱情的魅力，一直在谈情，但永远不能说“爱”字，只要宝玉一说相近的词，她甩下脸子就教训宝玉，这就是贵族小姐的恋爱。黛玉是孤女，但她强烈保留着自尊自贵的贵族小姐的尊严。自己约束自己，自己规范自己。林黛玉和她前面那些爱情女主角杜丽娘、崔莺莺相比，更加诗化、仙女化、精神恋爱化。黛玉绝对不允许自己所爱的人有一点儿涉及肌肤相亲的语言。她要求在尊重甚至敬重基础上的爱，像写诗一样的爱，像爱护鲜花一样的爱，这是诗性少女的特点，也是介于少女和女孩之间的特点。这时黛玉周岁 12 岁，相当于现在初中一年级学生。

宝玉看到黛玉恼了，马上赌咒发誓：“好妹妹，我一时该死，你别告诉去。我再要敢，嘴上就长个疔，烂了舌头。”已经又惹了黛玉了，再编个变大王八驮墓碑的神话，那就太拙劣了。

这次是袭人来叫宝玉，说老爷叫。其实袭人说的不是真的，袭人被茗烟骗了。老爷叫宝玉，对宝玉和黛玉，都是头顶上打个焦雷。宝玉怕他爹训自己，黛玉怕舅舅折磨宝哥哥。宝玉顾不上赔礼，黛玉顾不上生气，其实黛玉对宝玉的诨话，不能不生气，又不真生气。她真心替宝玉担心。

“唐寅”何以变“庚黄”

宝玉满怀忧虑要去见自己的爹，转过大厅，听到墙角哈哈大笑，回头一看，薛蟠拍着手跳出来，阿呆，打死人都不偿命的家伙。有时候曹雪芹写他也很可爱。他戏弄宝玉，看到宝玉果然上当，就拍着手跳出来了 :“要不说姨夫叫你，你那里出来的这么快。”

宝玉最怕他爹，拿他爹来叫他，不是叫宝玉精神增加很大的负担？茗烟赶快跪下了。宝玉说 :“你哄我也罢了，怎么说我父亲呢？”薛蟠回答更好玩 :“好兄弟，我原为求你快些出来，就忘了忌讳这句话。改日你也哄我，说我的父亲就完了。”阿呆爹死了多少年，说他爹叫他，可能吗？这没伦理的胡言乱语，只能出自阿呆之口。

阿呆为什么叫宝玉？他的生日要请客，古董行一个人送薛蟠几样稀罕东西祝寿。我们听听阿呆怎么形容 :“他不知那里寻了来的这么粗这么长粉脆的鲜藕，这么大的大西瓜，这么长一尾新鲜的鲟鱼，这么大的一个暹罗国进贡的灵柏香熏的暹猪。你说，他这四样礼可难得不难得？”这么贵重这么好的美食，阿呆只会形容这么粗、这么长、这么大，语言贫乏得很。但他有孝心，先孝敬了母亲，又送给贾母、姨夫、姨妈，现在又把宝玉请出来一块吃："左思右想，除我之外，惟有你还配吃。"薛蟠把宝玉看成同类项了，"……特请你来。可巧唱曲的小幺儿又才来了，我同你乐一天何如？”一边说一边来到薛蟠书房。

阿呆不念书，但有书房。他的朋友在这等着。七手八脚摆了半天，归了座，宝玉不好意思地说，你过生日，我没什么可送的，或者写一幅字，或者画一张画，才是我的。一说画，引起阿呆一番妙论："昨儿我看人家一张春宫"，春宫就是色情画了，"画的着实好。上面还有许多的字，也没细看"，估计细看也看不懂，"只看落的款，是'庚黄'画的。真真的好的了不得！”宝玉很奇怪，古今名画见过很多，哪有个叫庚黄的？他把唐寅写给薛蟠看，薛蟠说，差不多。大家一看，原来薛蟠把"唐寅"说成是"庚黄"了。这些人都是来吃蹭食的。贾政的清客，詹光（沾光）、胡斯来（胡死赖）、单聘仁（善骗人），特别会奉承贵族少爷，就说："想必是这两字，大爷一时眼花了也未可知。"薛蟠自觉没意思，就说"谁知他'糖银''果银'的。""庚黄"是《红楼梦》著名情节。

神武将军公子冯紫英一路大说大笑来了，薛蟠请他坐下喝酒。冯紫英说，前几天去打猎，被猎鹰捎了一膀子，脸上带伤，那天还有个不幸之中大幸。冯紫英露面不多，他的豪爽几笔就写出来。宝玉他们特别想听“不幸当中的万幸”，冯紫英说不行，我马上有事，以后专门设宴请你们。这就埋下伏笔，后面冯紫英请客，宝玉和薛蟠都参加，宝玉唱出著名相思红豆曲，阿呆也唱出同样著名的苍蝇嗡嗡嗡。

宝玉回去的时候，袭人看到宝玉喝了醉醺醺的回来了，就说你干吗呢？我喝酒去了。袭人埋怨，人家牵肠挂肚，你倒高乐，怎么不打发人送信。宝玉说，因为冯兄来了，就把这事忘了。这时，宝钗又跑到怡红院来了，两人就聊起薛家美食，喝茶说闲话。

《花阴花魂诗》

黛玉也在替宝玉担心，听说宝玉回来，就到怡红院问。黛玉往怡红院走，看到宝钗进去，她没有马上跟进去，并不是黛玉有什么心机。你们两个说话我不要打扰，黛玉向来不怀疑宝玉和宝钗在一块会说出什么私密的话来，她是因为看水禽戏水耽误了。黛玉单纯透明，不琢磨宝玉和宝钗单独待在一块会怎么样，但她去敲门，晴雯恰好和碧痕拌了嘴，把一股子气发在宝钗身上了：“有事没事跑了来坐着，叫我们三更半夜的不得睡觉！”在怡红院丫鬟眼里，宝钗是有事没事就跑来坐着，而且晚上还不走。这段话说明，宝钗并不是自己标榜的淑女。你不是大家闺秀吗，大观园有很多可以交往的女性，大嫂子李纨，两姨姐妹迎春、探春、惜春，喝茶、聊天、下棋，这才叫淑女。想谈诗，找黛玉去。但她就有事没事到宝玉这里坐着，晚饭后来了，聊这么长时间还不走。晴雯很烦，黛玉一敲门，晴雯可有地方撒气了：“都睡下了，明儿再来罢！”黛玉知道怡红院丫鬟喜欢发脾气，是不是把我当成其他丫鬟了？她高声说“是我，还不开么？”按说，黛玉的话很容易听得出来，因为黛玉不说京片子，讲吴侬软语。但妙就妙在这么聪明的晴雯，偏偏没听出来，还一错再错，假传圣旨：“凭你是谁，二爷吩咐的，一概不许放人进来呢！”

黛玉这回真生气了。她生气是两个原因，一个原因是想到如今父母双亡，无依无靠，在他家栖居，明明吃了他们的气，也不好认真发作。另一个原因，怡红院恰好传出来宝玉和宝钗笑语声。黛玉是恼怒宝玉和宝钗亲密交谈吗？并不是。她恼怒宝玉不理解自己，她想必定是宝玉恼我要告他，但我何尝告你去了。你也不打听打听，就恼我到这步田地。黛玉虽然在共读《西厢记》时说，你欺负了我，我告诉舅舅舅妈去。但她不会去告。宝玉应该心里有数，不应该恼我，不叫丫鬟开门。黛玉恼宝玉是一时之恼，仅仅是恼宝玉本人，绝对没有怀疑宝玉和宝钗怎么样。

这个误会就是天才女诗人写《葬花吟》的主要原因，也是美女诗人黛玉对生存环境放大了的体验，因为黛玉的天空其实就是爱情的天空，和宝玉的一次愉快交谈，就会艳阳高照；和宝玉一次误会，马上就会阴云密布。黛玉因为晴雯不开门，越想越伤悲，也不管花径风寒，苍苔露冷，一个人站在墙角花阴之下，悲悲戚戚呜咽起来。

黛玉一哭，附近柳枝花朵上的宿鸟栖鸦都飞起来远避。如果哪位有成就的油画家，画上一幅画，比西施还美的黛玉在花阴下呜咽，鸟儿从柳枝花朵上飞起来不愿意听了。鸟儿也懂得她的感情。曹雪芹接着写个对句，“花魂默默无情绪，鸟梦痴痴何处惊。”又写首诗，“颦儿才貌世应希，独抱幽芳出绣闺，呜咽一声犹未了，落花满地鸟惊飞。”作为七言绝句，这首诗的成就也不是太高。我把这个七绝叫《花阴花魂诗》，和《葬花吟》有密切联系，它描写花儿鸟儿不忍心听黛玉呜咽，鸟儿飞起来躲避，这就是化用前人典故，沉鱼落雁，闭月羞花，写黛玉美的魅力。曹雪芹对《红楼梦》任何一个女性人物，都没像对林黛玉这样，用过这样诗情画意的笔墨，这说明他对黛玉的钟爱。而且曹雪芹点出黛玉是“花魂”，这是对黛玉个性的概括。

第二十七回

滴翠亭杨妃戏彩蝶
埋香冢飞燕泣残红

中国古代美人，主要分两个类型——“环肥燕瘦”，唐代杨贵妃体型丰满，是环肥，汉代赵飞燕，体态轻盈，是燕瘦。曹雪芹用杨贵妃代指宝钗，用赵飞燕代指黛玉。宝钗扑蝶和黛玉葬花同时发生在第二十七回。我把宝钗扑蝶叫《红楼梦》最有心计的行为艺术，把黛玉葬花叫《红楼梦》最富有诗情画意的行为艺术。宝钗扑蝶是理性少女随机应变，黛玉葬花是诗性少女心灵独白。两个情节放在同一个回目中，对比鲜明，意味深长。

第二十六回结尾，黛玉站在花阴下悲泣，听到怡红院院门开了，宝钗出来，宝玉、袭人送出来。黛玉想上去问宝玉，又怕当着众人羞了他不便。黛玉非常体贴宝玉，维护他在外面的形象。自己受了委屈并不去责问宝玉。等他们送走宝钗，关了门，她还要对着门又掉几滴眼泪。回到潇湘馆之后，倚着栏杆，两手抱膝，眼里含泪，木雕泥塑一般，直坐到三更多天。

我上大学的时候，最喜欢这个章节。黛玉回到潇湘馆的表现。把很有自尊心，又受到伤害的少女内心用行动表现出来了。丫鬟知道她平时好端端的就会哭，劝过多次，现在习惯了，不管她，自己去睡了。

黛玉睡得很晚，第二天就起晚了。第二天是四月二十六日，芒种节，要饯别花神。大观园里花红柳绿，香风飘拂。很多人穿得花枝招展，花园里面绣带飘飘。这么多的人在这展览自己烂漫的青春，为这个园子付出代价的贾元春呢？一个人孤零零待在宫廷里，为了家庭荣耀，付出终生寂寞的代价。迎春说，林妹妹怎么没来，还睡懒觉吗？宝钗说，我去把她闹了来。宝钗到潇湘馆去，看到宝玉先进去了，她想：宝黛从小一处长大，两人之间多有不避嫌疑之处，嘲笑喜怒无常，况且黛玉素喜猜忌好弄小性。如果这时我也跟进去，一则宝玉不便，二则黛玉嫌疑，还是回来的好。

此前黛玉看到宝钗进怡红院，并没考虑别的事，也跟进去了，这说明黛玉襟怀坦荡。宝钗心里却藏个小九九，琢磨不伤害别人，特别是不要伤害自己。似乎宝钗很懂事，不找事，尽量躲事。但她是不是对宝黛这样不避嫌疑，有点不以为然，是不是有点妒嫉？

宝钗扑蝶听到“奸淫狗盗”事

宝钗忽然看到前面一双玉色蝴蝶，迎风蹁跹，很有趣。宝钗毕竟只是15岁少女，也有少女情怀，看到这么好的蝴蝶，就想扑了来玩。她从袖子里拿出把扇子。宝钗扑蝶很多画家画过。但有的画家没看懂《红楼梦》的描写，有的名画家画宝钗扑蝶，举着圆圆的团扇。《红楼梦》写的扇子是折扇，折在一块，放到袖子里。宝钗扑蝶，蝴蝶忽起忽落，来来往往，穿花度柳，将欲过河去，引得宝钗一直跟着蝴蝶到了滴翠亭。她追蝴蝶追得香汗淋漓，娇喘细细，不想扑了，想擦擦汗，休息休息。在美丽的大自然面前，宝钗摘下了道学面具，显示了妙龄少女的心性，很难得。在《红楼梦》里，这是宝钗最活泼可爱的瞬间。但只要和人接触，宝钗就要动心机了。

宝钗追到滴翠亭，听到里面有人说话。是谁在这说话？小红和坠儿。滴翠亭四面是游廊曲桥，亭子盖在池子当中，周围是糊纸的窗格子，所以里面看不到外面，外面也看不到里面，只能从外面听里面的声音。宝钗在亭外听到里面有人说话，便煞住脚往里细听。看到这个描写我就想笑。我的红学好友朱淡文教授曾经形容：大家闺秀，人前端庄，人后不妨偷听。宝钗听到里面说，“你瞧瞧这手帕子，果然是你丢的那块，你就拿着；要不是，就还芸二爷去。”这里出现了人名，芸二爷，贾芸。又一个人说：“可不是我那块！拿来给我罢。”又听第一个人说：“你拿什么谢我呢？难道白寻了来不成。”第二个人回答：“我既许了谢你，自然不哄你。”拿了手帕来的又说：“我寻了来给你，自然谢我；但只是拣的人，你就不拿什么谢他？”丢手帕的人说：“你别胡说。他是个爷们家，拣了我的东西，自然该还的。我拿什么给他呢？”捡手帕的又说，“你不谢他，我怎么回他呢？况且他再三再四的和我说了，若没谢的，不许我给你呢。”过了半晌，听到丢手帕的丫鬟说：“也罢，拿我这个给他，算谢他的罢。”曹雪芹很巧妙，拿了一个什么东西给贾芸，没写。很多红学家推测，她是给了他个珠花，给了他个挽头发的簪子，还是又给了他一方手帕。我想既然曹雪芹不写，我们就不要猜测了，因为再给手帕就没什么意思了，至于给其他的东西，更没意思了。这个出了谢礼的丫头赶快嘱咐，“你要告诉别人呢？须说个誓来。”捡到手帕的说：“我要告诉一个人，就长一个疔，日后不得好死！”丢手帕的又说：“嗳呀！咱们只顾说话，看有人来悄悄在外头听见。不如把这窗槅子都推开了，便是有人见咱们在这里，他们只当我们说玩话呢。若走到跟前，咱们也看的见，就别说了。”

说话的丫鬟知道自己说的话见不得人，这个聪明的丫鬟正是小红。给她拿来手帕的，就是跟贾芸谈过话的小丫头坠儿。宝钗在外面一听，马上心里吃惊，想：“怪道从古至今那些奸淫狗盗的人，心机都不错。”宝钗怎么能够判断在滴翠亭发生了按照封建道德来说是奸淫狗盗的事呢？因为她听得明白，丢了手帕，还回来就行了。但是丢手帕的丫鬟又送回去个礼物，这不是私相传递？宝钗当然还不会判断，实际上在手帕丢掉和还回来之间已经经过私相传递。贾芸还回来的手帕，是他自己的，不是小红的。

宝钗金蝉脱壳卸罪于黛玉

宝钗想，她如果推开窗子，看到我在这，她们不害臊吗？听刚才说话的声音，很像宝玉房里红儿。“她素昔眼空心大，是个头等刁钻古怪东西。今儿我听了他的短儿，一时人急造反，狗急跳墙，不但生事，而且我还没趣。如今便赶着躲了，料也躲不及，少不得要使个‘金蝉脱壳’的法子。”

宝玉不认识自己这个做粗活的小丫头，宝钗仅仅从说话声音就能判断出是宝玉哪个丫头，而且知道她的为人。这说明什么？说明宝钗对怡红院非常关注，不仅处心积虑地和袭人交朋友，还认真观察怡红院其他丫头，包括粗使丫头。如果宝钗对宝玉没什么想法，你表弟做粗活的小丫头什么脾性，管着你表姐哪一根筋疼？宝钗善于保护自己。怎样金蝉脱壳？她本能地选择黛玉做替罪羊。

宝钗犹未想完，只听“咯吱”一声，滴翠亭的窗户开了。宝钗故意放重脚步，笑着叫道：“颦儿，我看你往那里藏！”一面说，一面故意往前赶。

在这么尴尬的情况下，宝钗如果想找个替罪羊洗清自己，完全可以喊“宝玉”、“二丫头”、“探丫头”、“四丫头”，但她连想都没想，下意识喊黛玉的爱称“颦儿”。这说明宝钗对和谁亲和谁疏，分得很清楚，宝玉是心爱的表弟，迎春、探春、惜春是两姨姐妹，黛玉任何亲戚关系没有，且是争夺宝玉的强有力对手。宝钗不管平时对黛玉多么亲热、友好，她在骨子里是有对立情绪的。当她需要伤害什么人时，黛玉就成了她的首选。早期红学家点评，宝钗卸罪于黛玉，“虽有急解实有成心。”虽然是急中生智，但她心里早就对黛玉有不满。

美丽的宝姑娘真是个天才演员，她不仅是要卸罪黛玉，还要把黛玉在这偷听一步一步坐实。第一步她放重脚步，叫里面的人听到，有人来了，而且是从远处赶过来的，当然滴翠亭里说话，我一句也没听到。她故意笑着喊，就是叫里面的人知道，我在外面玩得多开心。她喊黛玉不喊“林姑娘”叫“颦儿”，因为“颦儿”是姑娘间爱称，“林姑娘”是丫鬟的喊法，喊林姑娘反而露馅。特别是她故意创作出“我才在河那边看着林姑娘在这里蹲着弄水儿的”，什么意思？就是你们在里面说话，她在亭子旁边弄水，听得一清二楚。她看到我，往东一绕就不见了，是不是藏在你们这里面了？宝钗还故意进滴翠亭里搜了一遍，说，“一定又钻在那山子洞里去了。遇见蛇，咬一口也罢了。”

宝姑娘太不简单了，你为了洗清自己，有必要把黛玉亭前弄水偷听编得这么有鼻子有眼吗？这是明显带诬陷性质的。为什么说带诬陷性质？听听小红的反应就知道了。小红相信了这番话，她认为我们在这说话，宝姑娘听了倒没什么，林姑娘听了反而有问题。因为林姑娘喜欢刻薄人。这样一来，和林姑娘毫不相干的小红就和黛玉结怨了，这是宝钗造成的。宝钗为了自己金蝉脱壳，毫不知情毫无过错的黛玉掉进宝钗为她设计的陷阱。前辈红学家张新之点评到宝钗说黛玉给蛇咬一口，点评曰“卿卿即蛇，终必被咬。”

对宝钗扑蝶如何解读，红学家众说纷纭，有相当多红学家，认为不必要做很深解读，宝钗并没有嫁祸黛玉。但我是写小说的，一个小说细节，怎么体现人物，就是从极为琐细的地方才能看出来。我认为，当需要损人利己时，宝钗做得非常到位，非常可怕，相当老辣。后面我们还会讲到金钏之死。

小红露脸跳槽成功

从宝钗扑蝶过度到黛玉葬花，顺带交代两个日常琐事，但都是比较重要的日常琐事，一个是小红所谓调整岗位，一个是探春和宝玉兄妹友好。

我们先看看小红怎么样调了岗位。凤姐是大权在握的管家婆，曹雪芹没有描写她在大观园怎么看花红柳绿，似乎叫凤姐进大观园就是为了小红。凤姐平时总是前呼后拥一帮人跟着，为什么偏偏这时候没人？那是给小红创造机会。

小红从滴翠亭出来，就若无其事和香菱、司棋等等玩笑。凤姐站在山坡上招手叫她，小红赶快跑到凤姐跟前，问奶奶使唤做什么？凤姐打量一下，看她生得干净俏丽，说话知趣，就说："我的丫头今儿没跟进我来。我这会子想起一件事来，要使唤个人出去，不知你能干不能干，说得齐全不齐全？"小红说："奶奶有什么话，只管吩咐我说去。若说的不齐全，误了奶奶的事，凭奶奶责罚就是了。"回答自信简便。凤姐问，你是谁房里的，我使唤你出去，如果他问起来，我替你答应。小红说，我是宝二爷房里的。凤姐说："嗳哟！你原来是宝玉房里的，怪道呢。"什么意思？宝玉房里的丫头都是经过凤姐亲自下令挑选聪明、可爱、模样周正的，因为是服侍贾母最喜爱的孙子。凤姐告诉小红去给她传话拿荷包。小红回来的时候，凤姐不在了，小红问：姑娘们看见二奶奶没有？探春告诉她，你到大奶奶院里找。小红能不能直接进入稻香村？没有。她又遇到晴雯、碧痕等一帮人。这是曹雪芹故意叫她遇到。她在怡红院给宝玉倒一杯茶都叫碧痕狠狠臭骂一顿。现在晴雯一见，就训她："你只是疯罢！院子里花儿也不浇，雀儿也不喂，茶炉子也不炖，就在外头逛。"小红说："昨儿二爷说了，今儿不用浇花，过一日浇一回罢。我喂雀儿的时侯，姐姐还睡觉呢。"碧痕说："茶炉子呢？"小红说，今儿不该我当班儿！她的嘴巴巴的。大丫鬟责备她的种种不是，她一一据理反驳。小红虽然是粗使小丫鬟，那也不是随便可以欺负。绮霞说："你听听他的嘴！你们别说了，让他逛去罢。"小红说："你们再问问我逛了没有。二奶奶使唤我说话取东西的。”把凤姐的荷包举给她们看，这帮大丫鬟才不吭气了。怡红院再能的丫鬟，敢得罪凤姐吗？但晴雯还得说一句话：“怪道呢！原来爬上高枝儿去了，把我们不放在眼里。不知说了一句话半句话，名儿姓儿知道了不曾呢，就把他兴的这样！这一遭半遭儿的算不得什么，过了后儿还得听呵！有本事从今儿出了这园子，长长远远的在高枝儿上才算得。”晴雯挖苦她，你不过替琏二奶奶拿了次荷包，你以为就站了高枝了？晴雯当然没想到，小红的智力、情商，特别是情商，一点儿都不比晴雯差。她终于要移高枝了。

小红听了不分辩，因为没法分辩，她自己会不会站高枝，还不知道。她如果反驳，又得要挨晴雯她们一顿臭骂。她找到李纨那，把荷包送下，汇报平儿叫捎的话：“平姐姐叫我回奶奶：才旺儿进来讨奶奶的示下，好往那家子去。平姐姐就把那话按着奶奶的主意打发他去了。”凤姐很好奇，“他怎么按我的主意打发去了？”小红下面回答的这段话，当年我给留学生讲《红楼梦》，留学生怎么也看不明白。曹雪芹故意编出来像绕口令一样的话，中国学生往往还看不明白，留学生怎么会看得明白？曹雪芹编出这段话，就是为了说明小红口才如何伶俐，心机如何缜密，这番话是这样说的：“平姐姐说：我们奶奶问这里奶奶好。原是我们二爷不在家，虽然迟了两天，只管请奶奶放心。等五奶奶好些，我们奶奶还会了五奶奶来瞧奶奶呢。五奶奶前儿打发了人来说，舅奶奶带了信来了，问奶奶好，还要和这里的姑奶奶寻两丸延年神验万全丹。若有了，奶奶打发人来，只管送在我们奶奶这里。明儿有人去，就顺路给那边舅奶奶带去的。”

我们奶奶，这里奶奶，五奶奶，舅奶奶，姑奶奶，四五门子，一口气说完，连药名都不错。这小丫头果然如此了得？这是曹雪芹给她设计的。曹雪芹非常有文字才能，才能编出这段绕口令，就是为了创造聪明、机敏、口才超众的小红，到同样聪明、机敏、口才过人的凤姐跟前大显身手。

首先反应过来的还不是凤姐，是李纨：“嗳哟哟！这些话我就不懂了。什么‘奶奶’‘爷爷’的一大堆。”凤姐说：“怨不得你不懂，这是四五门子的话呢。”然后表扬小红说话齐全，不像别人扭扭捏捏像蚊子一样。她说她原来的身边人，像平儿，平时都拿腔作调，哼哼唧唧，急得我冒火。这丫头说话不多，口气就很简断。这很符合凤姐说话针针见血、以一当十的特点。所以她欣赏这个丫头了，对小红说：“你明儿服侍我去罢。我认你作女儿，我一调理，你就出息了。”小红能被王熙凤认作女儿，不是一步登天？但她“噗嗤”一笑，拒绝了。凤姐说：你笑什么？你以为我年轻，比你大不了几岁就做你妈，你别做梦，你打听打听，这些人比你大得多的，赶着我叫妈，我还不理呢！小红说：我不是笑这个，我笑奶奶认错辈了！我妈是奶奶的女儿。凤姐说：谁是你妈？凤姐有点官僚主义了。李纨告诉她，小红是林之孝的女儿，是大管家的女儿，这时才交代出来。凤姐很诧异：“林之孝两口子都是锥子扎不出一声儿来的，我成日家说，他们倒是配就了的一对夫妻，一个天聋，一个地哑。那里承望养出这么个伶俐丫头来。”形容太好了，夫妻天聋地哑，养个丫头这么伶俐，嘴巴巴的。凤姐问小红：你多大了，叫什么名字？小红回答，我十七了，原来叫红玉，因为重了宝二爷，叫红儿了。

凤姐说，明天我和宝玉说，叫他再找人，你跟着我去吧，也不知你愿意不愿意？小红特别会说话，她说：“愿意不愿意，我们也不敢说。只是跟着奶奶，我们也学些眉眼高低，出入上下，大小的事也得见识见识。”多会措词？简直可以叫语言学教授当善于辞令的范例去讲。为什么不敢说？小红没有权力决定自己命运，但她愿意跟凤姐，因为跟凤姐必定有出头机会，她得说出来我想跟着奶奶学，这不就是愿意吗？小红跳槽成功了。

千金小姐日常琐事

黛玉晚上失眠，早上起晚了，怕大家说她懒，赶快梳洗了出来到院子里，宝玉来了，进门就赔不是：“好妹妹，你昨儿可告我了不曾？教我悬了一夜心。”黛玉不理他，回头叫紫鹃：“把屋子收拾了，撂下一扇纱屉，看那大燕子回来把帘子放下来，拿狮子倚住，烧了香就把炉罩上。”我们这位千金小姐，活在竹子旁边，自己像绿竹一样正直飘逸的姑娘，她的日常生活是干什么？关心屋檐下的燕子，房间要烧香保持清洁。但她绝对不理宝玉。宝玉还认为是昨天“每日家情思睡昏昏”得罪了她，哪想到晚间这段公案，还是打恭作揖。

黛玉不理宝玉，宝玉想看看黛玉到什么地方去，当个跟屁虫跟她去，继续赔不是。没想到探春把他叫住，问宝哥哥好，两人长篇大套说一段话。主要是两件事，一件是探春托宝玉替自己去买点市面上的好玩意儿；一件是探春给宝玉做了双鞋，赵姨娘不高兴。两件事都牵扯到总挑事找茬的赵姨娘。探春是庶出小姐，她的为人处事标准就是只认得老爷和太太。赵姨娘埋怨她拿钱给宝玉，赵姨娘不知道是托宝玉买东西，认为你应该把钱给同胞弟弟贾环才对。你给宝玉做鞋，为什么不给贾环做鞋？探春说，我愿意和哪个兄弟姐妹好，就和哪个兄弟姐妹好，难道做鞋是我该做的？你又有丫鬟又有分例，你该找这些人给你做鞋，我不是有责任给你做鞋的。她就说赵姨娘昏聩得不像样。为什么她要说自己生母昏聩得不像样呢？因为她认为，赵姨娘那些见识都是阴微卑贱的见识。为什么她要说赵姨娘的那些见识是阴微卑贱的见识呢？因为赵姨娘总强调，你是我养的，和贾环是亲姐弟，你应该多向着贾环。探春只认老爷和太太，别人不管。探春宗法等级观念特别牢固，她这么轻视生身母亲，让我们现代人看来不是很不善良？不是有点势利眼？但在那个社会，作为一个小姐必须这样做，必须维护她作为主子的尊严，要远离身份低贱的人包括生母。所以曹雪芹才说她“才自精明”。

宝玉是赵姨娘和贾环总是想置于死地的对头，探春和他这么好，赵姨娘心里能平衡吗？她总要在探春跟前嘟嘟囔囔。插上这一段不是可有可无的琐事，是描写大家庭嫡庶矛盾，以及处于庶出地位有见识的女孩怎样为人处事。

人格象征命运诗谶《葬花吟》

宝玉赶快和妹妹告别去找黛玉，看到地上很多落花。林妹妹生气了，连落花都不管了，我兜了送了去，明天再问她吧。宝玉就把花兜了起来，过柳穿花，登山渡水，到了和黛玉葬桃花的地方。刚刚转过山坡,就听到山坡那里有呜咽之声，哭得很伤心。宝玉想，这是哪一房丫头，受了委屈跑到这儿来哭？煞住脚，听到一边哭一边念的是 :“花谢花飞花满天，红消香断有谁怜？游丝软系飘春榭，落絮轻沾扑绣帘。闺中女儿惜春暮，愁绪满怀无释处，手把花锄出绣闺，忍踏落花来复去。”

这就是《红楼梦》著名诗歌,作者林黛玉,题目《葬花吟》。

《葬花吟》表面上写的是在风霜摧残下，花憔悴了，花枯萎了，实际上写的是黛玉这个才华卓绝的孤苦少女，对社会、对环境、对自己命运的感受。“花谢花飞花满天，红消香断有黛玉的眼泪永远为宝玉而流，万苦不怨。黛玉是因为牵挂外出逃亡的宝玉，不顾自己的病体，日夜哭泣，流尽最后一滴眼泪。参考明义题红诗，再分析《葬花吟》，就可以发现，《葬花吟》有的诗句有暗示意义："三月香巢已垒成，梁间燕子太无情！明年花发虽可啄，却不道人去梁空巢也倾。"表面意思是，三月时双栖的爱巢已建成，但梁间那只雄燕子飞走了，明年鲜花重开时，雌燕子已死，香巢倾了，梁空了，雄燕子飞回来，也没了爱巢，没了伴侣。这里暗藏的意思是，三月，宝黛婚姻经贾母认可，已定了，也就是说香巢筑成了。秋天发生变故，宝玉外出逃亡，像雄燕子一样飞走了。这个变故可能就是因为宝玉和蒋玉菡来往，招来丑祸，得罪了王爷不得不离家避祸。他音讯全无，黛玉日夜悲哭，宝玉回来的时候，人去梁空巢也倾，花落人亡两不知，花魂鸟魂总难留。黛玉的《葬花吟》预示着黛玉未来的命运。

早在20世纪70年代，蔡义江教授就研究过曹雪芹笔下黛玉之死。他认为黛玉之死与宝玉另娶宝钗无关，将前八十回暗示和明义《题红楼梦》互相印证，宝黛爱情悲剧大致轮廓可以窥见：宝黛爱情快要结出果实，不料好事多磨，贾府遭变，贾宝玉因为与戏子来往的"不才之事"惹出"丑祸"，离家避祸音讯全无。黛玉急痛忧忿，日夜悲啼，泪尽而亡。我同意蔡老师观点，在对明义诗再次认真考察后，2004年写了三篇论《红楼梦》成书长文，总共七万字。冯其庸先生建议请蔡义江老师把关，蔡先生读后写了三页纸详加评述，根据蔡先生意见修改后在《红楼梦学刊》发表，收入《从聊斋志异到红楼梦》一书。

第二十八回

蒋玉菡情赠茜香罗
薛宝钗羞笼红麝串

蒋玉菡是谁？戏子。他的名字很美，菡是荷花，玉菡是玉制荷花。他送给宝玉的茜香罗，是北静王给他的，宝玉把自己系的汗巾给了蒋玉菡，这汗巾本是袭人的。这就预伏将来袭人嫁蒋玉菡为妻。这是段伏笔。宝钗和宝玉成婚后，贾府败落，生活不易，幸而得到蒋玉菡袭人夫妇接济。宝钗羞笼的红麝串，是贾元春赏赐的，宝玉要看，她害羞地从膀子上取下来给宝玉看。而贾元春赏赐红麝串，在宝玉、黛玉、宝钗感情世界中掀起了大波澜。

贾宝玉赔不是十八法

宝玉听完黛玉的《葬花吟》，开始不过点头感叹，当他听到“侬今葬花人笑痴，他年葬侬知是谁。”“一朝春尽红颜老，花落人亡两不知。”想到花颜月貌的黛玉，将来无可寻觅，那是怎样心碎肠断，就哭倒在山坡上。

黛玉葬花是痴，宝玉哭倒也是痴，两痴相逢，真是知音。黛玉哭着念完《葬花吟》，听着有人大恸，心想：“人人都笑我有些痴病，难道还有一个痴子不成？”抬头一看，是宝玉，啐了一口，“我道是谁，原来是这个狠心短命的……”刚说到“短命”，连忙把嘴捂住，长叹一声，走了。捂嘴动作很传神，说明黛玉虽然生宝玉的气，但如果宝玉受到一点损害，首先不能接受的还是黛玉。

宝玉见黛玉躲开他，只好闷闷不乐地下山回怡红院，恰好看到黛玉走在前头。因为黛玉已经不理他了，宝玉得先叫黛玉理自己，就在黛玉身后说：“我只说一句话，从今后撂开手。”黛玉当然不想和宝玉撂开手，就说请说吧。宝玉得寸进尺，顺竿就爬：“两句话，说了你听不听？”黛玉扭头就走。宝玉在她身后果然说了两句话，叹道：“既有今日，何必当初！”这话像侦探小说的悬念，黛玉不得不问：“当初怎么样？今日怎么样？”她一问，宝玉就痛痛快快地叙述我是怎样关心爱护你，顺着你，让着你，惦记着你，比丫鬟还要体贴：“当初姑娘来了，那不是我陪着玩笑？凭我心爱的，姑娘要，就拿去，我爱吃的，听见姑娘也爱吃，连忙干干净净收着等姑娘吃。一桌子吃饭，一床上睡觉。丫头们想不到的，我怕姑娘生气，我替丫头们想到了。”最后还总结一句，“和气到了儿，才见得比人好。”前面的表功，当然也重要，但这一句最重要，那就是说，我们两个人最好，其他人都一般般。这话已叫黛玉动心了。接着宝玉埋怨，“如今谁承望姑娘人大心大，不把我放在眼里，倒把外四路的什么宝姐姐凤姐姐的放在心坎儿上，倒把我三日不理四日不见的。”这话是真的吗？我看是个带诬赖性质的表白。黛玉什么时候把宝姐姐、凤姐姐放到宝玉前面？但黛玉愿意听这样的话，这说明宝玉心里只有黛玉，他也希望黛玉心里只有他。特别是宝玉说到宝姐姐时，特地加了两个限制词，一个是“外四路的”，一个是“什么”，表示轻视的意思，宝姐姐跟我们的关系远着呢，哪像咱们两个这么近。这是宝玉的衷肠话，最能够打动黛玉。宝玉还一边哭一边说："我又没个亲兄弟亲姊妹。——虽然有两个，你难道不知道是和我隔母的？我也和你似的独出，只怕同我的心一样。谁知我是白操了这个心，弄的有冤无处诉！”什么意思？为了说服黛玉，宝玉连他同父同母嫡亲的皇妃姐姐都不算了，他成独出了。宝玉实际上非常善于辞令，他针对黛玉孤苦伶仃的心病，说我也孤苦伶仃，我们两个应该同病相怜。为了说服黛玉，连贾元春都不算了，实在是太有意思了。他还表示，我错了，你打也行，骂也行，你不要不理我，你不理我，我就是死了也是个不能超生的冤鬼，得你说明了原因，我才托生。

宝玉向黛玉赔不是赔得多精彩，如果把《红楼梦》里宝玉向黛玉赔不是的话，编成《恋人赔不是十八法》，一定是本畅销书。宝玉每次赔不是，都诚惶诚恐诚心诚意，有时要变个大王八驮碑，令人喷饭；有时讲出来，催人泪下。每一次赔不是的结果就是两个人的感情又上了一个新台阶。

黛玉问为什么我到怡红院，你不让我进去？宝玉才说，昨天晚上，只是宝姐姐坐了一会儿就走了，我并不知道你来。黛玉这才知道，原来是丫鬟的事，她的心结解开，又伶牙俐齿带点醋意调侃宝玉：“你的那些姑娘们也该教训教训，只是我论理不该说。今儿得罪了我的事小，倘或明儿宝姑娘来，什么贝姑娘来，也得罪了，事情岂不大了。”黛玉什么时候都伶牙俐齿调侃宝玉，两人误会解开了，感情又加深一步。

宝玉药方有玄机

这时丫鬟来请他们去吃饭。王夫人见了黛玉就问：“大姑娘，你吃那鲍太医的药可好些？”读者朋友注意一下，王夫人对黛玉跟宝钗的称呼是不一样的。她对黛玉的称呼很客气地叫“大姑娘”，对宝钗的称呼是很亲切地叫“宝丫头”。哪个近，哪个远，从称呼上就看出来了。王夫人这么一问，黛玉就回答：“也不过这么着。老太太还叫我吃王大夫的药呢。”这个对话说明，黛玉一直生病，几次换大夫。王夫人关心黛玉，是出于礼貌，并不是真心疼爱。真心疼爱黛玉的是宝玉。宝玉对王夫人说，林妹妹是内症，得吃丸药。王夫人想不起来了，前天大夫叫黛玉吃的丸药叫什么？宝玉就猜：八珍益母丸？左归丸？右归丸？麦味地黄丸？把滋补药猜了个遍，王夫人说都不是，药名里有“金刚”两个字。宝玉说，如果有金刚丸就得有菩萨散了。宝玉聪明的玩笑说得满屋子人都笑了。宝钗说，大概是天王补心丹。王夫人承认，是这个药名。宝钗就有这个本领，轻易不开口，开口必定错不了。

曹雪芹叫黛玉吃天王补心丹，是种哲理性隐喻，暗示绝顶聪明的黛玉和人打交道时不够聪明，用现代的话语来说，她的情商不高，所以要给她补上和人交往的心机。

王夫人承认，说是这个药，又说我如今也糊涂了。她这是掩饰记不住黛玉的药名，如果给宝玉开的药名，她肯定记得很牢。宝玉说："太太倒不糊涂，都是叫'金刚''菩萨'支使糊涂了。"宝玉为什么和母亲开玩笑？因为他刚和黛玉解开误会，心情很舒畅。王夫人听到儿子拿自己开涮，就说："扯你娘的臊！又欠你老子捶你了。"儿子和母亲说笑，贵夫人说了句粗话，这是个欢乐、和谐、放松情绪的场面。整个《红楼梦》中，也是宝玉和母亲唯一一次开玩笑。接着宝玉说，我有个好药方，太太你给我三百六十两银子，我替林妹妹配一料丸药，包管一料不完就好了。王夫人又说句粗话："放屁！什么药就这么贵？"宝玉接着报出来：头胎紫河车，人形带叶参，龟大何首乌，千年松根茯苓胆，这都是名贵滋补药，宝玉又说，这些药三百六十两银子已不够，但是还仅仅是群药，次要的药，更难得的是为君的药，"说起来唬人一跳。前儿薛大哥哥求了我一二年，我才给了他这个方子。他拿了方子去……花了有上千的银子，才配成了。太太不信，只问宝姐姐。"宝钗一听，笑着摇手："我不知道，也没听见。你别叫姨娘问我。"这个话什么意思？我没听到别人议论，言外之意是宝玉撒谎。宝玉这个药方是不是撒谎？估计真正存在。薛蟠宠爱香菱，听说宝玉有个滋补的好方，就要了药方来，咋咋呼呼、大张旗鼓配药。宝钗能不知道吗？但宝钗说她既不知道，也没听说。为什么？因为王夫人已经骂宝玉是放屁，如果宝钗替宝玉做证，那不就说明王夫人错了？宝钗对待王夫人有个原则，王夫人永远没有错。如果王夫人错了，就把错误转嫁给别人。后来金钏儿之死的时候，宝钗的表现就是这样。这次在非常微不足道的小事上，她表现也是这样。宝玉说："我说的倒是真话呢，倒说我撒谎。"天真的黛玉以为真是宝玉胡诌，就在脸上画着羞他。

这时凤姐正在里间看着人放桌子，侍候王夫人和小姐吃饭。她听到这个话，就走过来说明，确实有这么个方子，薛蟠来找他，按照宝兄弟的方子，要戴过的珍珠拆了配药。凤姐说一句，宝玉念一句佛，说"太阳在屋子里呢"。凤姐证明我没撒谎。宝玉有点得意忘形，脸朝着黛玉眼瞟着宝钗说："你听见了没有，难道二姐姐也跟着我撒谎不成？"他的意思是告诉宝钗，不是我撒谎，是你撒谎。宝钗一言不发，她懂得沉默是金。黛玉直率，就跟王夫人告状："舅母听听，宝姐姐不替他圆谎，他支吾着我。"王夫人敷衍一句："宝玉很会欺负你妹妹。"宝玉又主动替宝钗开脱，说："太太不知道这原故。宝姐姐先在家里住着，那薛大哥哥的事，他也不知道，何况如今在里头住着呢，自然是越发不知道了。林妹妹才在背后羞我，打谅我撒谎呢。"他这不是替宝钗说话吗？

理他呢，过一会子就好了

这时候贾母派人来叫宝玉黛玉吃饭。黛玉一听，拉着丫鬟就走，而且说："他不吃饭了，咱们走吧。"为什么不等宝玉？小性发作了。宝钗说谎，你给她开脱，不跟你玩了！宝玉去不去吃饭，是你黛玉说了算吗？但黛玉就当着王夫人面这样发脾气。宝玉的少爷脾气也来了，你说我不去吃饭了，我就不去了。宣布：我今天跟着太太吃。宝钗说："你正经去罢。吃不吃，陪着林妹妹走一趟，他心里打紧的不自在呢。"宝玉在宝钗跟前装好汉，坚持跟着母亲吃斋。但吃完饭，他就着急要水漱口，要跑。宝钗又对探春们说："你叫他快吃了瞧林妹妹去罢。"宝玉又说句拉硬弓的话："理他呢，过一会子就好了。"他根本没想到，黛玉一直站在外面等宝玉出来和她去到贾母那儿吃饭。他这些话黛玉全都听见。宝钗催着宝玉赶快去找林妹妹。她真的这么关心黛玉？是不是巧妙地造些对黛玉不利的舆论，林妹妹多心、林妹妹为难宝玉。这些话叫本来不欣赏黛玉的王夫人听了，会怎么想？

宝玉给黛玉开药方，非常小的情节，写活好几个人。宝钗巴结王夫人，不承认宝玉的药方；凤姐证明宝兄弟不是撒谎，点到为止，哪一个说谎还用再说吗？宝钗跟天真的宝玉、黛玉搞弯弯绕，但螳螂捕蝉，黄雀在后，她的小计谋被凤姐戳穿，这就叫强中自有强中手。

按说宝钗是凤姐的亲表妹，黛玉是贾琏的亲表妹，哪个亲哪个疏，难道精明的凤姐分不清？但是贾府闺阁宛如现在商场，只有永远的利益，没有永远的亲情。宝钗觊觎宝二奶奶的位置，而宝二奶奶进府就意味着琏二奶奶回东院给邢夫人当小媳妇去。凤姐对这一点比谁都清楚，而且凤姐知道，老祖宗要两个玉儿成一家，她得替 把手打头阵，所以她已经和黛玉开过玩笑："你吃了我们家的茶，为什么不给我们家当媳妇呢？"这一次又站出来帮了宝玉，实际上是打击了宝钗。凤姐不帮宝钗，联想现今社会就更可以理解了，我们把贾府设想成大公司，贾母相当于董事长，王夫人相当于总经理，凤姐相当于总经理助理。除非总经理助理吃错了药，脑子进水了，她会帮千方百计讨好总经理、讨好董事长、想取自己代之的新秀的忙吗？做梦去吧。

宝玉跑到贾母房间找林妹妹，黛玉像老和尚念经，瞅机会把宝玉说的"理他呢，过一会子就好了。"连说两遍，敲打宝玉。宝玉难堪之极，千方百计哄林妹妹。看到林妹妹裁剪，就问丫鬟"这是谁叫裁的？"黛玉说"凭他谁叫我裁，也不管二爷的事！"两人一闹别扭，宝哥哥就变成二爷，疏远了。宝钗像个侦察兵，前后脚跟着宝玉来了。你既然那么愿意巴结王夫人，你就在那好好跟王夫人聊天吧，但是不，她也赶快跑来，干吗？看宝玉和黛玉之间会发生什么事情。看到黛玉裁剪，就说：“妹妹越发能干了，连裁剪都会了。”黛玉有话心里存不住，谁犯了错误，当面给你点出来。黛玉说：“这也不过是撒谎哄人罢了。”等于当面戳穿宝钗撒谎哄王夫人。多热闹、多有趣的琐细的生活细节。这时宝玉听到外面有人请他，得马上离开，顾不得再和妹妹赔不是。黛玉又来一句：“阿弥陀佛！赶你回来，我死了也罢了。”这就是黛玉，总是自我伤害。

红豆曲和苍蝇调

宝玉出来，原来是冯紫英请客。宝玉好奇地问：“前儿所言幸与不幸之事，我昼悬夜想，今日一闻呼唤即至。”冯紫英说，我故意说这句话，为了请大家聚一聚。冯紫英宴会上的人，各有各的社会地位，各有各最关心的事，各有各的语言特点。各说各话，各唱各曲，好看极了。

宝玉，有文化的贵族少爷，文质彬彬，奶油味十足；冯紫英性情豪爽，稍有文墨；蒋玉菡，戏子身份；云儿，有点像现代西方社会高级待召女郎，能歌能诗，但她唱的是以花虫做伪装的淫曲；薛蟠，典型的纨绔子弟，出言粗俗，令人喷饭。呆霸王和云儿配戏，更笑料迭出。而在一次宴会上，预伏了袭人命运，其实也是宝玉的命运。

宝玉出了个酒令，说“如今要说悲、愁、喜、乐四字，却要说出女儿来，还要注明这四字原故。说完了，饮门杯。酒面要唱一个新鲜时样曲子；酒底要席上生风一样东西，或古诗、旧对，《四书》《五经》成语。”所谓“门杯”就是眼前杯中酒；所谓“酒面”就是倒满酒不喝先行酒令；所谓“酒底”就是行完酒令喝干门杯；所谓“席上生风”就是借酒席上的食品物品，说句有关的古文诗文。

薛蟠没等宝玉说完，先站起来，“我不来，别算我。这竟是捉弄我呢！”阿呆一听就跳，阿呆肚里没文墨，这种文诌诌的酒令，不是捉弄人家阿呆？妓女云儿推他坐下，说道：“怕什么？这还亏你天天吃酒呢，难道你连我也不如！”云儿一个激将法，把阿呆激得参与行酒令了。

宝玉既然设计这样的酒令，自然胸有成竹。他说女儿悲、愁、喜、乐。红学家特别注意“女儿悲，青春已大守空闺。”这句话暗示宝钗结局，有的红学家还认为“女儿愁，悔教夫婿觅封侯”也指宝玉。我觉得，这句话不大适合说宝玉未来生活。因为曹雪芹构思，宝玉并没去参加举人考试。

宝玉说完女儿悲、愁、喜、乐，大家都说，有理。薛蟠说，不好，该罚。大家问为什么要罚？薛蟠说，他说的我都不懂，怎么不该罚。阿呆快人快语，自己不懂就罚别人的酒。而阿呆凡是酒席出现，总带来很多笑声。阿呆出洋相，成了《红楼梦》著名段子之一。云儿给宝玉弹着琵琶，听宝玉唱出《红楼梦》脍炙人口的名曲之一：“滴不尽相思血泪抛红豆，开不完春柳春花满画楼，睡不稳纱窗风雨黄昏后，忘不了新愁与旧愁，咽不下玉粒金莼噎满喉，照不见菱花镜里形容瘦。展不开的眉头，捱不明的更漏。呀！恰便似遮不住的青山隐隐，流不断的绿水悠悠。”宝玉只要不和姐姐妹妹在一块，他的文采是很出众的，而这段唱词，很像他为黛玉量身订作，是对黛玉悲苦缠绵情绪的描写。

薛蟠说的女儿悲、女儿愁、女儿喜、女儿乐，能叫大家把肚子笑疼。阿呆刚说个“女儿悲”，先急得眼睛铜铃一样，活画出胸无点墨的形象。其实，眼睛像铜铃，也是段外貌描写，说明阿呆还是相貌堂堂的。他的胞妹宝钗“脸若银盆，眼如水杏”，一脸富态，圆圆的大眼睛双眼皮，薛蟠大概也是这个模样。我多次用“眼睛像铜铃一样”调侃学术界的朋友，比如八七版《红楼梦》电视剧编剧之一周雷，我说他眼睛瞪得像铜铃一样，给红学家照了很多相，从不寄照片，让大家浪费表情；说百家讲坛讲唐僧西行的钱文忠是“钱嘎小”，眼睛大得像铜铃。这都是题外的话。阿呆接着“女儿悲”续了句令人喷饭的“嫁了个男人是乌龟”。第二句“女儿愁”阿呆续了个“绣房撺出个大马猴。”仍然惹得轰然大笑。如果阿呆一味粗鄙，似乎行文又太单调乏味，他第三句冒出个雅词“女儿喜，洞房花烛朝慵起”，意思是新娘洞房花烛夫妻恩爱第二天起晚了。大家正说“这句何其太韵？”阿呆直接说出污言秽语“女儿乐，一根㲳䎬往里戳。”第三句显然是阿呆在哪次喝酒时听来的话他记住了，满嘴“乌龟”、“大马猴”、“毛毛”才是阿呆本色。阿呆唱的曲是“一个蚊子哼哼哼，两个苍蝇嗡嗡嗡。”我经常纳闷，曹雪芹到哪儿去观察这么些纨绔子弟洋相，把它放到《红楼梦》里？太精彩，也使小说太好看太有趣了。想一想，生活在同一个屋檐下，温文典雅的宝钗有这么一位粗鲁无文的仁兄薛蟠，是不是太有趣了？

蒋玉菡说“女儿悲，丈夫一去不回归，女儿愁，无钱去打桂花油。”这是暗示袭人命运，将来宝玉流亡在外，她无依无靠。“女儿喜，灯花并头结双蕊。女儿乐，夫唱妇随真和合。”这是预示袭人嫁蒋玉菡。蒋玉菡唱的曲子是洞房花烛夜，配鸾凤入鸳帷。这是戏子经常唱的戏文，也是预示袭人将来命运。蒋玉菡最后说，我在诗词上很有限，恰好昨天看到一副对子，酒席上就有这样东西，他就拿起朵木樨。木樨是桂花，桂花花期是九十月份，阴历四月当然不会开花。他拿的是糕点上的糖桂花，念了句陆游诗句“花气袭人知昼暖。”陆游《村居书喜》写春天美景，前四句：“红桥梅市晓山横，白塔樊江春水生。花气袭人知昼暖，鹊声穿树喜新晴。”他一念这个，大家觉得不错，容他过关。薛蟠跳了起来，薛蟠跳起来是很意外的，因为薛蟠应该不懂诗词，但他偏偏懂这一句，跳起来嚷：“了不得、了不得！该罚、该罚！这席上并没有宝贝，你怎么念起宝贝来？”薛蟠为什么说宝贝？因为他认为袭人的身份应该和香菱在他跟前一样，所以是宝贝。蒋玉菡呆住了，说哪有宝贝？薛蟠说，你还赖，你再念。又念了一遍，薛蟠说“袭人可不是宝贝是什么！你们不信，只问他。”指着宝玉。宝玉很不好意思，说薛大哥你该罚多少？以守为攻，你泄露了我的机密，该罚你酒。薛蟠赶快承认，该罚该罚。拿起酒来，一饮而尽。冯紫英和蒋玉菡不知道原故，云儿便告诉了出来。这个调度非常有意思，云儿说了袭人的身份是宝玉贴身服侍的大丫鬟。在座的人肯定会意，她和宝玉是什么关系。所以薛蟠说她是宝贝，估计袭人和宝玉的关系，早就经过阿呆推测告诉云儿。蒋玉菡赶快起身赔罪，大家说“不知者不作罪”。

宝玉与蒋玉菡交换汗巾

待会儿宝玉出席解手，蒋玉菡又出来赔不是。宝玉看他妩媚温柔，心中十分留恋。

20 世纪 80 年代，我教留学生读《红楼梦》。留学生常问我，宝玉是不是同性恋。我回答，比较合适的解释是，宝玉说女儿是水做的骨肉，他对女性化男子有好感。其实清代盛行男风，戏班子漂亮的艺人，常会成为王爷、贵族的玩物，这是历史事实。但贾宝玉是不是同性恋，曹雪芹没写。

宝玉看到蒋玉菡妩媚温柔，就紧紧搭着他的手，向他打听，你们戏班名角琪官名驰天下，我独无缘一见。蒋玉菡说就是我的小名儿。在当时戏子身份低贱，贵族家庭不允许子弟和戏子交往，贾政后来不是还为此把宝玉胖揍了一顿。但宝玉一听就是琪官，欣然跌足笑道“有幸有幸”，马上解下玉扇坠送给琪官。琪官就把系内衣的汗巾解下来送给宝玉，而且说：“这汗巾子是茜香国女国王所贡之物，夏天系着，肌肤生香，不生汗渍。昨日北静王给我的，今日才上身。若是别人，我断不肯相赠。二爷请把自己系的解下来，给我系着。”宝玉连想都没想，就把自己系的松花汗巾解下给了琪官。等他回到大观园，袭人一看扇坠没了就问“那里去了？”宝玉说“马上丢了。”看来宝玉偶尔也得说些小谎话，自己的东西被别人要了或者自己主动送了，没法向贴身大丫鬟交代，就说丢了。到睡觉的时候，袭人发现他腰里有条血点似的大红汗巾子，就猜着八九分，这是和别人换的，就说：“你有了好的系裤子，把我那条还我罢。”宝玉这才想起来，松花汗巾是袭人的，怎么可以给别的男人。他很后悔，但没法说，就陪笑对袭人说“我赔你一条罢。”袭人说：“我就知道又干这些事！也不该拿着我的东西给那起混帐人去。”袭人骂蒋玉菡是“混帐人”，将来这个混帐人是她的终身之靠，而且他们两个还要赡养贫困的宝玉和宝钗。

安睡之后，宝玉悄悄把那个大红汗巾子系到袭人腰上，第二天早上袭人发现了，等宝玉出去，就解下来，扔在一个空箱子里。这是个伏笔，将来曹雪芹怎么处理这条汗巾，很可惜，我们看不到了。

元妃赏红麝香珠有何含义？

袭人跟宝玉汇报三件事，一是二奶奶打发人叫了红玉去了。二是贵妃打发太监送来一百二十两银子，叫在清虚观初一到初三打三天平安醮。打平安醮是用宗教形式祈福。三是端午节礼贵妃娘娘赏了，你和宝姑娘一样，林姑娘和二姑娘三姑娘四姑娘一样。赏给宝玉和宝钗的是上等宫扇两柄，红麝香串两串，凤尾罗二端，芙蓉簟一领。宝玉怀疑，传错了吧？怎么宝姑娘和我一样，不是林姑娘和我一样？袭人说，这是从宫里传出来，一样一样写着名字。宝玉赶快叫个丫鬟来，说你拿了我这些东西，到林姑娘那儿去，就说昨儿我得的，愿意要什么，就留下。丫鬟去了，一会回来说，林姑娘说她也得了，二爷留着吧。

红麝香串是把红麝香珠穿在一起戴在手上，而红麝香珠是麝香作主要配料制成的红色念珠。麝香是皇宫中最忌讳的物品。妃嫔怀孕，用了麝香可导致流产。为什么贾元春身边有麝香珠还要送给宝钗呢？其实她赏给宝玉宝钗一样的芙蓉簟（席子）有更深的含义。宝钗到底对做宝二奶奶感不感兴趣？曹雪芹和我们捉迷藏，他说自从薛姨妈说女儿是和尚送个金锁，要等着有玉的才可以成婚。宝钗知道妈妈宣传金玉良缘，就远着宝玉。但晴雯发牢骚，说宝钗有事没事跑了来坐着。而且每当宝黛亲密交谈的时候，宝钗总会出现，无意之间制造点纠纷。宝玉和黛玉十次吵架有九次是为了金玉良缘。但是两人越吵越知心，越吵越亲密，宝钗对宝玉黛玉之间永远吵闹，越吵越亲密带着莫名的艳羡和不安，对他两人亲近，一点辙都没有。她对贾母也琢磨不透。贾母是太极高手，薛姨妈宣传金玉良缘，贾母从不表态。现在突然元妃赏端午节礼，把宝玉和宝钗并列，是不是金玉良缘机会真来了？

曹雪芹写宝钗看到元妃所赐的东西，独她与宝玉一样，心里越发没意思起来了，似乎她很不好意思，很尴尬。幸亏宝玉被黛玉缠绵住了，心心念念只记挂黛玉，并不理论这事。宝钗真的不在意金玉良缘吗？恐怕不是。她和黛玉完全不一样，黛玉只会争取宝玉的心，但是怎样得到婚姻决策人物，比如说王夫人的支持，黛玉想都不想，就不要说做了。把前八十回读下来，黛玉说过一句讨好迎合王夫人的话吗？也没说过迎合亲外祖母的一句话。而宝钗总和能跟宝玉婚姻挂上钩的人拉关系，包括身世低微、人缘极差、但可以给贾政吹枕头风的赵姨娘在内。王夫人早就默认金玉良缘，她每月两次进宫见元妃，可能委婉告诉过大女儿，我希望宝钗做儿媳妇。这样一来，元妃端午节赏赐，就对宝钗和黛玉分出厚薄。其实宝钗和贾母没任何关系，黛玉是贾母亲外孙女。贾元春有必要厚待宝钗，叫祖母不高兴吗？但她偏偏这样做，说明她需要这样做，她得帮母亲一把。但不管是王夫人还是贾元春，只要贾母不开口，哪个也不敢开口。所以，贾元春只是放了个带有指婚意向的试探气球，看看贾母有什么反应，如果贾母很积极，下一步可能元妃就指婚了。如果贾母消极，即便是贵妃，她也不能不照顾从小亲自把自己养大的祖母的情绪。所以在《红楼梦》当中，二玉是一对和金玉良缘长期对抗，实际上就是贾母和王夫人暗中较劲。这个木头似的、锯嘴葫芦似的王夫人，在儿子婚姻问题上，对自己的婆婆寸步不让。而外交能手、老江湖贾母，善待王夫人的亲属，多次夸奖宝钗，但她对金玉良缘装聋作哑，说明她心里最重的，还是两个玉儿。

看着宝姐姐想着林妹妹

黛玉平时对金玉良缘很敏感，十次和宝玉吵架有九次是为了金玉良缘，但她并没有真正在意。现在贾元春赏赐端午节礼，把宝玉和宝钗“划了等号”了。黛玉这么聪明，难道想不出这里有什么暗示？宝玉派丫鬟把元春赏赐的东西都送了去，叫黛玉挑，黛玉不要。见了面宝玉问，我的东西叫你挑，你怎么不拣？黛玉发牢骚了：“我没这么大福禁受，比不得宝姑娘，什么金什么玉的，我们不过是草木之人！”黛玉说的是实话，她就是草木之人，绛珠仙草修炼成绛珠仙子降临到探花府。宝玉马上说：“除了别人说什么金什么玉，我心里要有这个想头，天诛地灭，万世不得人身！”宝玉发的是毒誓，不是像原来发玩话的誓，变个大王八给一品夫人黛玉驮碑。黛玉当然知道这个誓言的分量，赶快笑了："白白的说什么誓？管你什么金什么玉的呢！”黛玉完全信赖宝玉，宝玉还要进一步的向黛玉表白，你在我的心目当中就是妻子的位置："我心里的事也难对你说，日后自然明白。除了老太太、老爷、太太这三个人，第四个就是妹妹了。要有第五个人，我也说个誓。”祖母父母之外第四个人是哪个？当然是妻子，这个表白再清楚不过。黛玉还要调侃："你也不用说誓，我很知道你心里有'妹妹'，但只是见了'姐姐'，就把'妹妹'忘了。”结果是宝玉再次宣誓效忠："那是你多心，我再不的。”元妃赏赐宝钗的结果，是黛玉得到了宝玉又一次"准"爱情表白，那就是你在我心目当中，是祖母、父母之后为妻子预留的位置。

宝钗不是远着宝玉，对元春赏赐她和宝玉一样，觉得好没意思？好像她对金玉良缘不积极，只是薛姨妈在操纵，宝钗很自重，是不是这样？好像不完全是这样。宝钗这么聪明，难道她不明白？中国古代婚姻，父母之命、媒妁之言，都应是男方派了媒人向女方求婚。薛姨妈直接跟王夫人宣传我女儿这个金锁必须和有玉的结亲，"有玉"是个特殊含义，并不是你到王府井大街去买了块玉，或者是你有块新疆和田玉，就叫有玉。这个有玉必须得是出生时嘴里衔下来的玉，那就只有宝玉。也就相当于薛姨妈直接向王夫人说，我女儿得嫁给你儿子。这就是向王夫人求婚。按说古代女家向男家求婚，非常没面子。而向来不喜欢首饰的宝钗偏偏整天把象征金玉良缘的金锁戴在脖子上招摇过市，这是对金玉良缘默认式宣传。她如果对贾元春赏赐她的礼物和宝玉完全一样，觉得没意思，就应该尽量不要叫任何人联想到贾元春的赏赐才对，可是她偏偏把贾元春赏赐的红麝香串勒到胳膊上，这不就成拿元妃把宝玉宝钗并提做宣传。这样一来，宝玉、宝钗、黛玉三个人，就在贾母的眼皮子底下，发生了围绕红麝香串的趣事。

宝玉永远像长不大的有女儿气的男孩，明明自己有红麝香串，看到宝钗戴了一串，就说："宝姐姐，我瞧瞧你的红麝串子？"宝钗只好从胳膊上褪下来。宝钗长得肌肤丰泽，不容易褪下来。宝玉在一旁看着宝钗雪白一段酥臂，不觉动了羡慕之心，暗想："这个膀子要长在林妹妹身上，或者还得摸一摸，偏生长在他身上。"正恨没福得摸，忽然想起"金玉"来，再看宝钗，脸若银盆，眼似水杏，唇不点而红，眉不画而翠，比黛玉另具一种妩媚风流，不觉呆了，宝钗褪了串子递与他也忘了接。宝钗和黛玉完全不同的美，吸引了宝玉，叫他呆在那，也呆在黛玉的视线当中。黛玉多聪明，马上猜出宝哥哥因为看美丽的宝姐姐呆住了，所以她咬着手帕子笑，她是笑宝玉，你真是鹰嘴鸭子脚，你刚刚发誓说你不会见了姐姐就忘了妹妹，现在怎么看姐姐看呆了？宝钗见宝玉看自己看呆了，自己倒不好意思了，就没话找话，问黛玉："你又禁不得风儿吹，怎么又站在那风口里呢？"黛玉现编个理由奚落宝玉："何曾不是在屋里的。只因听见天上一声叫唤，出来瞧了瞧，原来是个呆雁。"只有黛玉有如此巧妙、敏捷、应景的编剧才能，宝钗难道不知道黛玉说的呆雁是挖苦宝玉？她故意给黛玉出难题，你不是说呆雁？"呆雁在那里呢？我也瞧瞧。"黛玉说："我才出来，他就'忒儿'一声飞了。"接着把手帕一甩，甩到宝玉的脸上来，吓了宝玉一跳。宝玉问是谁，黛玉摇摇头说："不敢，是我失了手。因为宝姐姐要看呆雁，我比给他看，不想失了手。"这段几百字人物描写，一击三鸣，把宝玉、宝钗、黛玉三个人都活画出来了。

我们说历史常跟人开玩笑，你想走进这个房间，却走进了另一个房间。贾元春想借红麝香串放个金玉良缘的试探气球，结果是宝黛爱情又前进一大步，宝玉再次向黛玉连续变换三种说法，证明黛玉在他心里的地位：第一，他绝对不想什么金玉良缘；第二，黛玉在他心目当中是排在祖母父母之后第四位，位在同父同母的贵妃姐姐之上；第三，他绝不会见了宝姐姐忘了林妹妹，请林妹妹不要多心。有意思的是，当宝玉羡慕起宝姐姐雪白酥臂的时候，居然可惜没长到林妹妹身上，这叫什么？这叫看到姐姐也是想到妹妹。宝玉一心专恋黛玉，这时应该已经定型。

第二十九回

享福人福深还祷福
痴情女情重愈斟情

享福人指贾母，她的福已很深，还去向神明祈祷增福添寿。痴情女指黛玉，因为执着于爱情，又和宝玉为了姻缘事大吵一架，过后黛玉细细思量、考虑、回味他们的两情。这一回主角是贾宝玉、林黛玉和贾母。

族长祈福消灾变女眷游玩听戏

这一回集中写清虚观打醮，本来元妃叫族长贾珍领着贾府爷们跪香拜佛，给贾府增福消灾，贾府爷们谁到了？贾敬已在道观修行，却不参加；贾赦贾政都没来；里里外外忙活的就是贾珍。贾珍是族长，他很能干，连荣国府管家林之孝也指挥着，布置得井井有条。贾蓉找个地方凉快，贾珍叫下人啐他，滥施威福，这是个可笑情节。

贾母是贾府宝塔尖，也是贾府娱乐总司令，抓住任何机会取乐。元妃要求贾府爷们跪安祈福，被贾母变成连薛姨妈一块请上去玩。

我们看看贾府女眷出门的大阵仗：门前车轿纷纷，人马簇簇。贾母坐八抬大轿；薛姨妈、李氏、凤姐坐四人轿；黛玉、宝钗坐翠盖珠缨八宝车；贾府三位小姐坐朱轮华盖车。丫鬟、奶娘、嬷嬷加上媳妇，这些人的车，乌压压占了一街。

这个场面非常大。但是根据启功先生考察，这样描写不是很符合历史事实。曹雪芹生活的时代，民间嫁娶可以用八人大轿，平时只有官员可以用轿，官职最高的京官坐四人轿。贾母是一品诰命夫人，不是官员，怎么能坐八抬大轿？这是曹雪芹为了写贾府权势，虚构出来的文学情节。贾母的轿子已去远，贾府门前还没上完车，这回是贾府丫鬟集中亮相。像贾母身边的鸳鸯、鹦鹉、琥珀、珍珠，这都是很大气的名字。黛玉的丫头紫鹃，雪雁、春纤，都是带有一定悲剧意味的名字。连香菱的丫鬟臻儿都有了，唯独缺少了怡红院的丫鬟。一大群妙龄丫鬟出门的时候，又笑又闹，咭咭呱呱，说笑不绝。这个说“你压了我们奶奶的包袱”，那个说“蹭了我的花儿”，这边“碰折了我的扇子”，那边说“我不同你在一处”。这么热闹的场面，展示这时贾府还有相当重的青春气息、欢乐气息。周瑞家的不得不出来劝阻，说“姑娘们，这是街上，看人笑话！”说了两遍，丫鬟们才不闹了。

贾母是来看戏的，贵妃祖母亲自出面，京城达官贵人都被惊动，预备猪羊、香烛、茶食送礼，贾府在上层社会影响很大。曹雪芹写清虚观打醮，这么热闹，可以反衬败落时的悲凉。

贾母进清虚观时，鸳鸯的车还没到，凤姐赶快上来搀扶贾母，有个小道士剪烛花，没来得及躲出去，一头撞到凤姐怀里。凤姐扬手就是个巴掌，把小道士打了个跟头，凤姐还骂句“野牛肏的，胡朝那里跑！”不知琏二奶奶从哪儿学来这么新奇又如此难听的脏话。小道士爬起来往外跑，小姐们正下车，媳妇们就喝“打，打，打！”贾母问怎么回事儿，问清楚情况后，吩咐珍哥，把小道士带来，好言好语安慰他，给他钱买东西吃。不要吓着他，你吓着了他，他老子娘还不得疼得慌？小道士在贾母跟前跪下发抖，贾母愈加可怜他。凤姐和贾母对待小道士的事儿很小，但却展示贾府老一代管家奶奶和新一代管家奶奶不同。凤姐眼里只有势力，贾母眼里却有人情。凤姐只是耀武扬威、骄纵任性，贾母却同情弱者，怜贫爱幼。凤姐的威是她福薄，贾母的善是她福厚。这个小细节暗示大家族一代不如一代，正在从兴旺走向没落。

荣国公替身呵呵大笑

清虚观打醮，叫读者过目不忘的人物，是不断呵呵大笑的老道士。张道士先陪笑对贾珍说：“论理我不比别人，应该里头侍候。只因天气炎热，众位千金都出来了，法官不敢擅人，请爷的示下。恐老太太问，或要随喜那里，我只在这里伺候罢了。”贾珍知道，张道士是荣国公替身，先皇叫他“大幻仙人”，当今皇上封他“终了真人”，王公藩镇都称他“神仙”，现在掌握“道录司”印，贾珍不敢轻慢。贾珍更知道他经常到两府去，夫人小姐都见过，就笑了说：“咱们自己，你又说起这话来，再多说，我把你这胡子还挦了呢！还不跟我进来。”“把胡子捋了”是句生动口语，意思是把胡子像拔草一样薅下来。贾珍这是跟张道士不拘形迹、看成自家人的话。贾珍是《红楼梦》最坏的花花公子，但是他待人接物却很有经验也擅长词令。张道士呵呵大笑，跟着贾珍进来了。

曹雪芹用几段对话，几个动作，特别是呵呵大笑，活画出一个有来头、有地位、会处事、见什么人说什么话的老江湖。这个老道士有两代皇帝亲口封的法号，有官职，道录司掌印，算全国道教协会会长。他又是荣国公替身，跟贾府上上下下都打交道，在上层社会八面逢源。张道士一看到贾母，张口就念“无量寿佛”。道士念佛已够稀奇，偏偏念不是人们通常念的“阿弥陀佛”而是“无量寿佛”。他问候贾母福寿安康，说老太太气色越发好了。张道士知道贾母什么也不缺，就希望福寿安康，长命百岁。张道士见了贾珍，谨慎客气，陪笑说话。一见宝玉就抱住问好，完全是老辈喜欢晚辈，为什么同样是玉字辈，张道士对待他们态度完全不同？看来张道士对贾府的人事关系了如指掌。他对宁国府太岁贾珍，对这个无恶不作的花花公子，心里有数，敬而远之；对宝玉这个还是个孩子的贾府凤凰，心里更有数，他喜爱也亲近。老道士是看人下菜碟的心理学家。他跟贾母说话，没一句不是好听的，他琢磨贾母护着不爱读书的孙子，就故意说，他看到宝玉写的诗和对子都好得不得了，为什么老爷还说他不读书呢？依小道看来，也就罢了。这不是往贾母的心坎上说吗？设想贾政来的话，这个高明的老道会拿点什么话应付他呢？张道士还说，“我看见哥儿的这个形容身段，言谈举动，怎么就同当日国公爷一个稿子！”说着两眼流下泪来。贾母也由不得满脸泪痕，说：“正是呢，我养这些儿子孙子，也没一个像他爷爷的，就只这玉儿像他爷爷。”

张道士究竟是在演戏，还是对荣国公真有感情？大概都有点吧。闺中少妇见了道士还不该躲得远远的？但是凤姐不仅和老道士打招呼还大开玩笑。她说：“张爷爷，我们丫头的寄名符你也不换去。前儿亏你还有那么大脸，打发人和我要鹅黄缎子去！要不给你，又恐怕你那老脸上过不去。”张道士去给巧姐拿寄名符，托个盘子。凤姐就说，你倒把我吓了一跳，我以为你是来化布施。凤姐太机智幽默也太敢说话了。贾母对这样的孙媳妇，居然只说句“猴儿猴儿，你不怕下割舌头地狱？”贾母纵容孙媳妇，如果叫凤姐的婆婆看到眼里，或者听到耳朵里，她会非常不以为然。凤姐回答贾母：“我们爷儿们不相干。他怎么常常的说我该积阴骘，迟了就短命呢！”因为张道士是荣国公替身，凤姐把当他成自家老人，所以说“我们爷儿们”。而张道士对琏二奶奶所作所为也有所耳闻，劝她积德，否则会短命。这也是戏语成谶，玩笑话预示凤姐最后确实短命。

佛前点戏预示命运

清虚观打醮，又一次贾府命运揭示是佛前点戏。贾珍向贾母汇报，在佛前拈了戏。所谓佛前拈戏就是在佛前把戏名写好抓阄，名义上是神佛点的。第一出戏《白蛇记》，演的是汉高祖斩蛇起家故事，这可以对应贾府的光荣史，宁国公和荣国公是军功起家。第二出戏《满床笏》，演的是郭子仪七子八婿富贵寿考。笏是大臣朝见皇帝拿的奏事板，郭子仪七子八婿都是高官，来给郭子仪拜寿，把笏板摆满一床。这对应了元春封妃后贾府的荣耀和富贵。贾母听到这两部戏很高兴，但贾母不是那种张狂的人，她高兴归高兴，只说一句："神佛要这样，也只得罢了。"意思是，并不是我们自己宣扬我们家多了不起多富贵，是神佛要宣扬贾府。她问贾珍，第三本是什么？贾珍回答是《南柯梦》。贾母听了，就不言语了。《南柯梦》是明代戏剧作家汤显祖名作，根据唐传奇《南柯太守传》重新创造，写梦中做高官享厚禄，富贵之极，醒来发现不过是场梦。这是出很不吉利的戏，预示着贾府将来一切成空。贾母听了就不吭声了。贾母很懂戏，也很在意神佛指点，第三本戏如此糟糕，她心中很不自在。

谁家孩子戴过金麒麟

张道士借宝玉的通灵宝玉向众道士显示一番，那些人送了敬贺之物。有红学家分析，这些礼物可能是张道士预先准备的，借了宝玉的玉送礼，讨老太太的欢喜，拉近和贾府的关系，开辟长远生财之道。因为像贾府这样的大贵族，到清虚观打醮、听戏、设宴，对道观是一笔很大收入。我倒觉得这个情节是道教领袖张道士向道友炫耀他和贾府关系多么密切，而道友巴结他，给他捧场。贾母看这些敬贺之物，都是金的玉的，有“事事如意”，有“岁岁平安”。统共有三五十件。玉琢金镂、珠穿宝贯，贾母说张道士：“你也胡闹。他们出家人是那里来的，何必这样，这不能收。”张道士劝贾母：“这是他们一点敬心，小道也不能阻挡。老太太若不留下，岂不叫他们看着小道微薄，不像是门下出身了。”老道士多会说话，老太太不收礼物，我面子不好看，贾府也没面子。贾母就只好叫宝玉收下。宝玉要散给穷人，张道士又制止了。宝玉就在贾母跟前一件一件拣给贾母看。贾母什么样的珍宝没见过？就像凤姐说的，金的银的，压塌了箱子底。有人给她孙子送点玩器，她有兴趣一件一件看吗？祖母溺爱孙儿是没有底线的，孙子叫她看她就得看。更重要的是，小说家要埋下《红楼梦》

重要人物史湘云命运的伏笔。

贾母看到件金麒麟，就拿起来说，我看见谁家孩子也戴着这么一个。别人不吭声，宝钗说："史大妹妹有一个，比这个小些。"宝钗不仅记着史湘云有金麒麟，还记着金麒麟的大小。宝玉说，史湘云在贾府住着，我也没看见呀？探春说："宝姐姐有心，不管什么他都记得。"黛玉就讽刺起来："她在别的上还有限，惟有这些人带的东西上越发留心。"这句话很妙，这是讽刺宝钗总惦记着别人戴的东西，特别是宝玉戴的通灵宝玉。宝玉就把那个金麒麟揣起来，又怕人说他听见史湘云有了，他就留着这一件，手里揣着，眼睛却瞟人，看看有没有人注意他这个小动作。其他人都不理会，唯有黛玉冲他点点头，似乎有赞叹之意。宝玉尾巴一翘，黛玉就知道他想往哪飞。黛玉知道宝玉因为史湘云有，他才揣起来。黛玉会不会恼，一个金玉良缘没消停，又出现一个金玉良缘？史湘云不仅有金麒麟,她和宝玉还是青梅竹马。宝玉怕黛玉多心，马上声明，我收起来给你戴，黛玉说我不稀罕。宝玉说，那我少不得就揣着了。宝玉揣起来的金麒麟，后来只在史湘云面前炫耀一番，并没送给史湘云，仍留在宝玉身边，最后对史湘云的命运发生了作用。这是曹雪芹后几十回迷失的情节，但前八十回有所透露。

张道士给宝玉提亲

《红楼梦》是把宝黛爱情和贾府盛衰联系在一起的巨著，贾府重要事件都会和宝黛爱情发生联系。清虚观打醮就撬动了宝黛爱情齿轮加快运转。原因是张道士给宝玉提亲了。

张道士对贾母说："前日在一个人家看见一位小姐，今年15岁了，生的倒也好个模样儿。我想着哥儿也该寻亲事了。若论这个小姐模样儿，聪明智慧，根基家当，倒也配的过。但不知老太太怎么样，小道也不敢造次。等请了老太太的示下，才敢向人去说。"张道士化外之人，居然提亲，有点匪夷所思。这个小姐到底是哪一家，什么身份，他也不说，好像张道士就是起个把宝玉婚事提到议事日程的作用。

张道士提亲确实是曹雪芹为小说构思设置。按常理，张道士既然说有个合适的小姐，贾母至少该礼貌地问问是哪家小姐。但贾母一个字都不问，说："上回有和尚说了，这孩子命里不该早娶，等再大一大儿再定罢。"贾母这话一箭双雕，直接拒绝了张道士提亲，间接拒绝了金玉良缘。为什么这样说？端午节，元妃赏宝玉、宝钗同样的东西，是带指婚意向的，贾母不可能不知道。她能和自己的孙女贵妃公开唱反调吗？不能。但她可以正面表态，那就是我现在不考虑宝玉的亲事，因为他不能早娶。宝玉既然不能早娶，他能娶比自己大的姑娘吗？这是显而易见的。张道士提亲的小姐和宝钗同岁，都比宝玉大 1 岁，张道士提的这位，贾母连问都不问就给 pass，宝钗还有戏吗？这是贾母对金玉良缘不表态的表态。我的宝贝孙子命里不该早娶，什么时候娶？我高兴的时候。宝钗愿意等金玉良缘就等着吧，女大当嫁，你等得了吗？贾母接着又提出宝玉的择偶标准："不管他根基富贵，只要模样配的上就好，来告诉我。便是那家子穷，不过给他几两银子罢了。只是模样儿性格儿难得好的。"对贾母这段话，红学家做了各种各样解释，有的红学家解释，要求模样好、性格好，黛玉就出局了。我的解释是宝钗出局了。贾母不讲究根基富贵，薛家的财富就没有优势了。至于模样好，黛玉和宝钗都合格。性格好是不是意味着黛玉出局，我看也不是，因为贾母并不认为自己的宝贝外孙女性格有什么毛病。贾母喜欢纤巧袅娜的秦可卿，把几分像黛玉的晴雯内定为宝玉未来侍妾。这就说明像黛玉这样口齿伶俐的娇弱美人是贾母所喜欢的。更重要的是，黛玉是贾母唯一心疼的宝贝女儿留下的骨肉，贾母叫"心肝儿肉"的，她想把黛玉永远留身边，最好的办法就是让二玉成一家。

贾母本是高高兴兴想到清虚观看两天戏，张道士提亲惹了宝玉，宝玉说不去了。黛玉中了暑，第二天贾母就不去了。贾母在孙子和外孙女身上的心一样重。在贾母头脑中，贾府事务占首位的是二玉。这很好理解。现在不是讲隔代亲？哪家祖母外祖母不把自家第三代的事排在首位，怎么可能把宝钗这样一个外四路亲戚的事排在首位？

宝玉黛玉共同的痴病

宝玉对张道士给他提亲极度气愤，宝玉嗔着张道士提亲，说以后再也不见他了。男大当婚，女大当嫁，有人提亲很正常，为什么宝玉这么恼怒？这正是宝玉的心病。他不希望别人给他提亲，只希望提亲提的是黛玉。张道士提亲成了他实现爱情理想的威胁。

清虚观打醮回来，黛玉和宝玉又吵架了，原因都是关心对方。第二天宝玉见黛玉病了，心里放心不下，自己懒得吃饭，几次去问黛玉好了没有。黛玉怕宝玉有什么好歹，就说只管看你的戏去，在家里做什么？这不是互相关心吗。结果反而吵起来，宝玉因为道士提亲不自在，心里想别人不知道我的心还可恕，林妹妹也奚落起我来了。他就沉下脸说："我白认得了你。罢了，罢了！"在宝玉和黛玉多次争吵中，这是少有的宝玉向黛玉发火，而且好像发无名之火。其实呢，思考起来很正常。宝玉认为，黛玉应该理解我为什么不高兴，因为我就是为了你不高兴！可是黛玉什么时候吃过宝玉的气？她马上就连讽加刺："我也知道白认得了我，那里像人家有什么配的上呢！”黛玉这是针对两桩金玉良缘说风凉话。一桩一直压在她心头的金锁，一桩清虚观打醮冒出来的金麒麟。

上次宝玉和黛玉吵架，宝玉已诅咒发誓，说他如果心里有金玉念头，天诛地灭。黛玉再次挑起这个话头，宝玉当然受不了，就走到黛玉跟前，直接问到脸上：“你这么说，是安心咒我天诛地灭？”黛玉回想到头天的话，发现自己说错了，又是着急又是羞愧，战战兢兢地说：“我要安心咒你，我也天诛地灭。”说到这个地方，两人完全可以休战了，你并不安心咒他，你是希望他好。但黛玉嘴不饶人，还要耍点小性，跟宝玉怄气，接着说，“何苦来！我知道，昨日张道士说亲，你怕阻了你的好姻缘，你心里生气，来拿我来煞性子。”这不又是找事吗？黛玉这么一说，曹雪芹并不急着写宝玉有什么反应，来了段很长很长的心理描写。读者朋友如果不是专门研究古代小说的，可能不知道，中国古代小说不是很注意人物心理描写，多半是所谓白描的方法，就是通过人物的行动来展示他们的心理。曹雪芹在这个地方来了一段心理描写。

古代小说研究者说，这是古代心理描写最长最成功的。多少年来，红学家不知道引用过几百次、几千次。认为是对中国古代小说心理描写的大创新，大跨越。曹雪芹故意借道学家口气说，宝玉自幼生成了下流痴病，这和说《西厢记》是邪书僻传、淫辞艳曲一样，是反话。宝玉和黛玉都因为爱对方，存了一段心事，又不能把真意说出来，都用假意反复试探，两假相逢必有一真。他们这次吵架吵出了什么真心呢？宝玉想的是，难道你不知道我心里只有你？你不为我烦恼还奚落我，可见你心里没我。黛玉想的是，你心里当然有我，我常提金玉，你置若罔闻，那是待我重。我一提你就恼，可知你心里还是有金玉。

我们看看这篇长篇大论的心理描写：

原来那宝玉自幼生成有一种下流痴病，况从幼时和黛玉耳鬓厮磨，心情相对；及如今稍明时事，又看了那些邪书僻传，凡远亲近友之家所见的那些闺英闱秀，皆未有稍及林黛玉者，所以早存了一段心事，只不好说出来，故每每或喜或怒，变尽法子暗中试探。那林黛玉偏生也是个有些痴病的，也每用假情试探。因你也将真心真意瞒了起来，只用假意，我也将真心真意瞒了起来，只用假意，如此两假相逢，终有一真。其间琐琐碎碎，难保不有口角之争。

即如此刻，宝玉的心内想的是："别人不知我的心，还有可恕，难道你就不想我的心里眼里只有你！你不能为我烦恼，反来以这话奚落堵我。可见我心里一时一刻白有你，你竟心里没我。"心里这意思，只是口里说不出来。那林黛玉心里想着："你心里自然有我，虽有'金玉相对'之说，你岂是重这邪说不重我的。我便时常提这'金玉'，你只管了然自若无闻的，方见得是待我重，而毫无此心了。如何我只一提'金玉'的事，你就着急，可知你心里时时有‘金玉’，见我一提，你又怕我多心，故意着急，安心哄我。”

看来两个人原本是一个心，但都多生了枝叶，反弄成两个心了。那宝玉心中又想着:“我不管怎么样都好,只要你随意，我便立刻因你死了也情愿。你知也罢，不知也罢，只由我的心，可见你方和我近，不和我远。”那林黛玉心里又想着:“你只管你,你好我自好,你何必为我而自失。殊不知你失我自失。可见是你不叫我近你，有意叫我远你了。”如此看来，却都是求近之心，反弄成疏远之意。如此之话，皆他二人素习所存私心，也难备述。

多长的一段心理描写！看来“金玉”真成了宝黛爱情的死穴了。宝玉一听黛玉提“好姻缘”，显然指“金玉良缘”，马上就把通灵宝玉摘下来要砸碎它。宝玉是向黛玉赌气吗？不是。是向黛玉宣誓效忠，你不是总猜忌金玉良缘吗？我干脆把通灵宝玉砸了，没了玉还谈什么金玉良缘？

宝玉和黛玉第一次见面就摔玉，说姐姐妹妹都没有玉，来了个神仙似的妹妹也没有，可见这玉连人的高低都分不出，不是什么好东西，不如不要。这一次宝玉干脆把通灵宝玉当成祸根，金玉良缘因它而生，带来多少烦恼，制造多少纠纷，必须砸了它，才能彻底叫黛玉放心。宝玉砸玉就是砸金玉良缘。宝玉砸玉，黛玉大哭大吐，又把给通灵宝玉穿的穗子剪了。婆子们怕负责任，赶快报告贾母王夫人。贾母急忙跑到大观园看到底发生了什么惊天动地的事。她一问，宝玉不说话，黛玉也不说话。问他俩为什么事吵，又没为什么事。这一点太妙了，因为宝玉和黛玉谁也不会把吵架原故讲出来。紫鹃从头到尾在场，知道他们为金玉良缘吵，但紫鹃一个字也不会露。袭人是因为宝玉砸玉被紫鹃叫来的。袭人并没有搞清楚这两人这次为什么吵架，更不知道宝玉为什么要砸玉。贾母问不出为什么吵架，就把紫鹃和袭人连骂带训，嫌她们不好好服侍，然后把宝玉带走。

看到这个地方我总想笑，这个老太太护犊子护到什么程度，你的孙子和外孙女吵架，你对丫鬟又骂又训，嫌他们不好好服侍，像话？想一想，还挺合理。作为祖母外祖母，贾母舍得骂谁？骂孙子宝玉，骂已经成了孤儿的外孙女黛玉，都是她心头上的肉，只好拿丫鬟当替罪羊。

“不是冤家不聚头”

第三天，是薛蟠的生日，宝玉平时最爱热闹，因为得罪了黛玉，就说病了，不去。黛玉知道，宝玉是为了自己不去，她很后悔。贾母本来希望，两个小家伙吵架了，到薛蟠宴席上见面就好了。两个人都不去，老太太就抱怨天，抱怨地，抱怨自己，说了一段很有名的话：“我这老冤家是那世里的孽障，偏生遇见了这么两个不省事的小冤家，没有一天不叫我操心。真是俗语说的，‘不是冤家不聚头’。几时我闭了这眼，断了这口气，凭着这两个冤家闹上天去，我眼不见心不烦，也就罢了。偏又不咽这口气。”这段话太精彩了，贾母把宝玉和黛玉吵架说成“不省事”，好像小孩吵架，但又用上个“不是冤家不聚头”。“冤家”是古代对夫妻的代名词。贾母还说，将来她死了，凭这两个冤家闹上天。贾母是七十来岁的健康老人，她不会认为自己几年之内就死，而她说等她死了，凭着宝玉黛玉再闹，她也不管了。那就是说宝玉和黛玉还会长期吵下去，永远吵下去。仅仅是表兄妹，能长期吵下去，永远吵下去吗？当然不能。只有冤家才会。贾母在潜意识中，把她对宝玉黛玉将来的安排透露出来了。

更好玩的是，老太太自己抱怨着，也哭了。两个小孩子吵架，你做奶奶做外婆的，哭什么？贾母因为宝玉黛玉吵架而哭，说明这两个人在贾母心中的地位非同小可。贾母已认可了他们两人的亲事，才干脆拒绝了张道士提亲，间接拒绝了金玉良缘。在“不是冤家不聚头”这句话当中，流露出了她的意向。

贾母的话很快传到宝玉和黛玉耳朵里，两个人从没听过这么新鲜的话，参禅一样在那里琢磨，两个人都哭了。两个人虽然没见面，“一个在潇湘馆临风洒泪，一个在怡红院对月长吁，却不是人居两地，情发一心？”

我上大学时，特别喜欢这几句话，反复背诵。为什么宝玉黛玉听了这话落泪？为什么他们更加情发一心？因为贾母的话太重要了。“不是冤家不聚头”在古代指夫妻关系是常识。所谓常人聚首不过是偶合萍踪；冤家聚头必定永结连理。贾母这样说，就说明在她的心目中，已经明确二玉终成眷属，这个话分量很重。宝玉黛玉都动心都掉眼泪了，而且是人居两地，情发一心。

宝玉黛玉又吵架了，越吵越凶，实际上越吵越贴心，越亲近，越密不可分。这次吵架两个人怎么下台？袭人劝宝玉，你们两个再这么仇人似的，老太太要生气，大家也不安生，你干脆去赔个不是算了。宝玉赔不是会赔出个什么结果呢？

第三十回

宝钗借扇机带双敲
龄官划蔷痴及局外

第三十回写宝钗借丫鬟找扇子，说出同时讥讽宝玉和黛玉的话；龄官在地上划“蔷”字，感动了宝玉，同情她痴情，爱护这个他还不知道名字、但酷似黛玉的女孩。两件事之间有个重要内容，宝玉闯了祸，导致金钏儿被王夫人轰走。

“你死了，我做和尚！”

二十九回结尾，袭人劝宝玉向黛玉赔不是。三十回开头，紫鹃也劝黛玉，说姑娘你太浮躁了点，你是在歪派宝玉。“歪派”很传神，意思是没事找事、没理翻缠。为什么紫鹃说黛玉，她不生气？因为紫鹃完全站在黛玉的立场上，替黛玉着想。黛玉后悔了，但她绝对不会找宝玉认错。她还没表态，宝玉来了，黛玉还言不由衷说不许开门。紫鹃说这么毒日头，晒坏他还得了。开门放进宝玉，说“我只当宝二爷再不上我们这门了，谁知这会子又来了。”紫鹃的话马上把宝玉的甜言蜜语引出来了：“你们把极小的事倒说大了。好好的，为什么不来？我便死了，魂也要一日来一百遭。妹妹可大好了？”多好听，先把他们两个大吵大闹，大事化小，小事化了，再说我死了都惦记着黛玉。黛玉一听，又哭了，又还泪了。

宝玉这次怎么赔不是赔出个花来？他先对黛玉来句“我

知道妹妹不恼我。”这话说到点子上了，黛玉恼的是金玉良缘，不是宝玉。宝玉接着说，“但只是我不来，叫旁人看着，倒像是咱们又拌了嘴似的。”说得多好听啊，你们两个不是拌嘴拌得老祖宗都惊动了，还“像是”又拌了嘴？宝玉说这话很妙，恋爱中的男女闹点别扭，不要像检察院立案一样，一桩一桩都讲清清楚楚，该掀过去赶快掀过去。宝玉说，“若等他们来劝咱们，那时节岂不咱们倒觉生分了？”咱们是最亲的自己人，其他人都是外人，咱们的事咱们解决，不能叫别人插手，为什么？因为疏不间亲。黛玉更感动了。宝玉接着把“好妹妹”又连叫了几万声。但如果马上就坡下驴，那还能是黛玉吗？黛玉还是不依不饶，干脆对宝玉叫起二爷来了，说我今后再也不敢亲近二爷了，二爷只当我去了。宝玉问“你往那去呢？”黛玉说:“我回家去”,宝玉死皮赖脸地说:“我跟了你去。”黛玉说 :“我死了呢！”宝玉连想都不想就回了一句 :“你死了，我做和尚！”

宝玉向黛玉诅咒发誓又上了一个新台阶，先是掉到池子里变个大王八，给黛玉驮碑，后是烂了舌头，再往后天地诛灭，现在干脆你死了我做和尚。而做和尚,在《红楼梦》有谶语作用，宝玉确实是黛玉死了做和尚。

黛玉一听，马上撂下脸子说 :“你家倒有几个亲姐姐亲妹妹呢，明儿都死了，你有几个身子去做和尚？明儿我倒把这话告诉别人去评评。”其实黛玉心里很清楚，亲姐姐亲妹妹死了，不至于做和尚。只有最心爱的心上人死了，痴情男儿才会做和尚。而黛玉也不过是说说就罢了，她不会告诉任何人，她只暗暗把宝玉的话藏在心里。宝玉也知道这话说错了，后悔得很，急得满脸通红，低着头不敢吭声。幸亏这时，屋子里没有其他人。也就是说，黛玉死了宝玉做和尚的话，连紫鹃都没听到。黛玉直瞪瞪瞅了宝玉半天，气得一句话也说不出来。而宝玉憋得满脸紫胀。黛玉就咬着牙，用手指头狠命在宝玉额头上戳了一下，哼了一声，说："你这——"说了两个字，又叹口气，擦眼泪了，不说了。

黛玉枕的手帕摔到宝玉手里

黛玉向来语不惊人誓不休，向来把话说尽、说绝、说痛快，这次为什么说半截话？她咽回去另外半句是什么？我们想想，是不是"你真是我命中的魔星"，"你这狠心短命的"，她都说过，不会再说，而且不管怎么说，都不符合现在这个场景，都不能表达两人深情的分量，好像只能把贾母说的话用上才合适"你这个冤家！"但是黛玉明白"冤家"的含义，她不肯说。曹雪芹就叫她说了半截话，叫大家猜想她后面咽下的是什么话。而宝玉有无限心事想说说不出，因说错了话很后悔，看到黛玉要说什么，又不说出来，只是自己叹气自己哭。自己想想也有些感想，就流下眼泪来了，恰好没带手帕，只好拿衣袖擦眼泪。黛玉看到宝玉用簇新的藕荷纱衫擦泪，就一边自己继续擦眼泪，一边回身把枕头上搭的绡帕，也就是很薄的绸手帕摔到宝玉的怀里。

黛玉对宝玉的满腹衷情就在这一摔上。她爱惜宝玉，连带爱惜他的新衣服，这是多妙的细节。读者朋友想一想，小红和贾芸费了多大劲，转了多大圈，才完成手帕定情。而在这里，只是一摔……完成了。好像表哥哭，表妹摔个手帕给他天经地义。但是黛玉枕着的手帕就攥到了宝玉的手里了。这个手帕以后在宝黛爱情当中还要发挥重要作用。

宝玉赶快接过手帕擦眼泪，又挽了黛玉的手说："我的五脏都碎了，你还只是哭。走罢，我同你往老太太跟前去。"这一句五脏都碎了，抵得上千语万言。黛玉马上摔了宝玉的手，说："谁同你拉拉扯扯的。一天大似一天的，还是这么涎皮赖脸的，连个道理也不知道。"宝玉激动得有点忘情，黛玉仍然要遵守闺训，遵守三从四德，连拉手都不肯和宝玉拉。这样一来，两个热恋中的情人就出现了肢体接触，他们的感情眼看要冲破封建礼教的藩篱了。但黛玉的话还没说完，突然听到有人喊了一声"好了！"两个人都吓了一跳，回头一看，凤姐跳了进来。两个人的感情继续往前发展又被打断。

黄鹰抓住鹞子的脚

宝黛爱情每前进一步，都是黛玉还眼泪，这次还眼泪还出了两个人同哭，还出了宝玉做和尚的誓言，这是宝黛爱情非常重要的进展。但曹雪芹叫凤姐出来截住，不让宝黛爱情快速进展。凤姐很像现在一把手身边亦步亦趋的秘书，对一把手的心思摸得最快最准，及时配合。贾母抱怨过后，派凤姐劝说两个小冤家熄火。凤姐不是走来，是“跳来”，多生动的词。接着凤姐像倒了核桃车说一大串话：“老太太在那里抱怨天抱怨地，只叫我来瞧瞧你们好了没有。我说不用瞧，过不了三天，他们自己就好了。老太太骂我，说我懒。我来了，果然应了我的话了。也没见你们两个人有些什么可拌的，三日好了，两日恼了，越大越成了孩子了！有这会子拉着手哭的，昨儿为什么又成了乌眼鸡呢！还不跟我走，到老太太跟前，叫老人家也放些心。”凤姐说，宝玉和黛玉越大越成孩子了，是好心好意把两人吵架归结成孩子行为，好像提示这对小兄妹，你们要给自己的行为这样定性。其实黛玉刚说过一天大似一天，说明他们已经不是孩子。“乌眼鸡”是凤姐标志性话语，常被红学家引用。凤姐来劝和，是为宝玉和黛玉吗？是，但主要为叫贾母放心。所以她说完了，像一阵风把黛玉卷上就走，宝玉自然跟上。凤姐拉着黛玉要走，黛玉找丫鬟，凤姐说叫她们做什么，有我服侍你呢。黛玉居然连句谦虚的话都不说就跟着凤姐走了。奇怪不奇怪，荣国府大管家奶奶成了服侍寄人篱下黛玉的临时丫鬟了。事情就是这样，封建大家庭，嫂子就得照顾小姑子，而黛玉是贾母最在意的。

凤姐把宝黛拉到贾母跟前汇报："我说他们不用人费心，自己就会好的。老祖宗不信，一定叫我去说合。及至我到那里要说合，谁知两个人倒在一处对赔不是了。对笑对诉，倒像'黄鹰抓住了鹞子的脚'，两个都扣了环了，那里还要人去说合。"看来凤姐没听到宝玉要做和尚的话，只是听到宝玉要拉黛玉找老太太，所以她说对赔不是，对笑对诉，这是很生动的。她又说宝玉和黛玉"黄鹰抓住了鹞子的脚"，扣了环了。黄鹰和鹞子都是猎鹰，猎人出猎时用铁环把爪子扣到架子上。如果凤姐说，我去说合，他们两个正手拉着手，会是个什么效果？不雅观的效果。但是她用黄鹰和鹞子的爪子抓到一块来形容，真是口下留德，又口才绝佳。凤姐对宝玉和黛玉今天好了明天恼了，到底是为什么，她难道一点儿都不知道？她早就知道，她不是已经说过，林妹妹应该给宝玉做媳妇吗，但在众人面前，她极力掩饰他们之间的亲密。

这个时候，心里最不是滋味的是谁？是宝钗。

黛玉悄悄坐到贾母身边。宝钗一开始可能不清楚宝黛为何吵架，但宝玉砸玉，肯定会传到她的耳朵里，她可以判断是为金玉良缘吵架。而这两个人吵架吵出贾母的“不是冤家不聚头”，等于宣布贾宝玉林黛玉是一对。而元妃暗示哪两个该成一对？宝玉和宝钗。难道娘娘暗示你们都看不出来？贾母和凤姐卖力地给宝玉黛玉劝和，对元妃把宝玉宝钗并提不闻不问，宝钗肯定很气愤。她向来是不干己事不开口。宝玉和黛玉吵架，干你何事？但这次她气不过，一再开口，主动出击。

薛宝钗两次主动出击

宝玉很不好意思地跟宝钗搭讪，说大哥哥好日子，偏生我身上不好，连个头也没给他磕。又问姐姐怎么不看戏？宝钗一听，就棍打狗，你不是说你身上不好吗，我也模仿你说一句，挖苦挖苦你。宝钗说，我怕热，推身上不好就来了。这不是挖苦宝玉吗？宝玉听懂了，只好搭讪又笑道：“怪不得他们拿姐姐比杨妃，原来也体丰怯热。”宝钗大怒。为什么？因为当众取笑一个女孩的体形，已是大忌。何况宝钗胖，恰好和骨感美人黛玉形成对比，这不是拿宝钗开涮，叫黛玉高兴？而且杨贵妃名声不好，还有，宝钗本是进京候选，15 岁早就过了，但还没有她选中的消息，她最怕有人跟她提宫廷有关的话题。宝玉偏偏哪把壶不开提哪一把。

我在海峡两岸多家电视台和各地讲《红楼梦》，有读者多次询问宝钗待选之事：宝钗到底有没有参加待选？为什么落榜？我回答：曹雪芹没写，我们无从猜测。我认为薛宝钗待选实际上是曹雪芹小说构思的手段，也是对薛宝钗才貌出众的侧面描写。有红学家推测，薛宝钗落选可能跟她哥哥的案件有关。冯其庸先生在《瓜饭楼重校评批红楼梦》中的考订可资参考："清代有选秀女之制，三年一选，所选之家皆有品秩规定，年龄则13岁以上17岁以下，规定现任职官之女，孤孀从严，秀女入宫，则妃、嫔、贵人，下及答应，皆由帝命。宝钗此时13岁，已及待选之年，然其母孀居，未必合选。雪芹此处亦略记当时世情，未必都依史事也。"

听到宝玉说自己像杨妃，满心不高兴的宝钗既不能跟宝玉吵，也不能学黛玉一不高兴抬腿走人，因为贾母还在那里坐着，她就冷笑两声说："我倒像杨妃，只是没一个好哥哥好兄弟可以作得杨国忠的！"当贾母的面说这话很不合适。因为这话是讽刺贾家子弟不成器，干不了杨国忠当宰相的大事。宝钗确实气疯了口不择言，无意之中既讽刺了贾门子弟，又讽刺了贾元春。

第二十二回史湘云说小戏子像黛玉，黛玉很生气，但并没有当众发作，只是事后跟宝玉发火。宝钗这次却六月债还得快，宝玉一得罪了她，她不仅立即发作，还一而再，再而三发作。因为宝玉贬损她，宝钗自视甚高的心理受到伤害。宝玉和黛玉如此亲密，贾母如此重视他们二人，也令宝钗不高兴。所以宝钗想教训宝玉，教训因为宝玉奚落了自己而幸灾乐祸的黛玉。但在贾母跟前，她不能直接向他两人发怒，得琢磨个既能教训他俩，又只能他俩听懂，别人听不懂，那就得有点文化的办法了。宝钗选择指桑骂槐。恰好小丫鬟靓儿来找扇子，说宝姑娘藏起来了，赏我吧。宝钗立即指着靓儿说："你要仔细！我和你顽过，你再疑我。和你素日嘻皮笑脸的那些姑娘们跟前，你该问他们去。"这是骂丫鬟吗？不是，是骂宝玉和黛玉。因为平时和宝玉嬉皮笑脸的是黛玉，这就叫"借扇机带双敲"，借着扇子机智地同时敲打宝玉和黛玉。

黛玉听到宝玉奚落宝钗，很得意，也想趁势取笑，没想到宝钗先反击回来了，就改口笑问："宝姐姐，你听了两出什么戏？"这一问，又问出宝钗另一个机带双敲。宝钗不仅善于察言观色，判断跟自己打交道的人，表面上说什么话，内心在想什么事，她还能随机应变，马上挖个坑叫你们往里面跳。她看黛玉脸上得意，那一定因为宝玉奚落了我，她高兴。黛玉一问，她就笑着说："我看的是李逵骂了宋江，后来又赔不是。"别人问你看什么戏，你把戏名说了不就行了，为什么要说这么啰嗦呢？黛玉肯定听懂这里面有门道，黛玉不接话。宝玉却傻呵呵掉到陷阱里，他说："姐姐通今博古，色色都知道，怎么连这一出戏的名字也不知道，就说了这么一串子。这叫《负荆请罪》。"正合宝钗挖陷阱的心意，宝钗马上笑道："原来这叫作《负荆请罪》！你们通今博古，才知道'负荆请罪'，我不知道什么是‘负荆请罪’！”这不就是说宝玉向黛玉负荆请罪了吗？她的话还没说完，二玉心里有病，脸就羞红了。

宝钗是当着满屋子人，特别是当着把宝玉黛玉视若珍宝的贾母说这番话。贾母也懂戏，她能不懂？但贾母不做任何表示。这说明，宝钗对宝玉和黛玉一点都不讲情面，如果她不是给“不是冤家不聚头”气晕了，如果不是她吃了黛玉一大缸子醋，她能对刚刚和好的小兄妹说出这么尖酸刻薄的话来吗？表嫂子还在那里劝黛玉，你这个宝玉亲表姐不应该为他们两个人和好感到高兴吗？而黛玉和宝玉毫无还手之力。最后还是凤姐看出这三个人有事，说了句调侃的话才下台。

宝钗一进贾府，就使得黛玉感到处世才能的弱势，当时写的是“不想如今忽然来了一个宝钗，年岁虽大不多，然品格端方，容貌丰美，人多谓黛玉所不及。而且宝钗行为豁达，随分从时，不比黛玉孤高自许，目无下尘。故比黛玉大得下人之心，便是那些丫头子们，亦多喜与宝钗去玩笑。”这段描写背后并没有宝钗怎样和小丫头玩耍的细节。这次宝钗借了小丫头找扇子，把无辜的小丫鬟劈头盖脸、毫不留情面、声色俱厉教训了一顿。这个小丫鬟名字很有意思，曹雪芹设计她的名字好像也有番特殊意蕴。脂砚斋评本，这个小丫鬟有两个名字，一个叫“靓儿”，脂粉装饰的意思，是不是暗示宝钗把她一向脂粉装饰的面具扯下来了，露出本来的面目？另一个版本叫“靛儿”，靛就是青蓝色的颜料，是不是暗示宝钗面目有点可怕？再回想一下，宝钗不管扑蝶，还是借扇机带双敲，她手里的道具或者跟她打交道的丫鬟手里的道具都是扇子。是不是曹雪芹富有哲理性选择？古代文人喜欢用“秋扇见捐”典故，宝钗最后结局就像秋天被扔了的扇子。

接着出现了金钏儿被轰走的事件。金钏儿的故事，在小说里占相当重的分量，不是因为她个人，而是因为和宝玉的关系，也牵扯到宝玉的命运，特别是宝玉被打。

金钏儿其实代赵姨娘受过

宝玉刚跟黛玉和解，又受到宝钗尖刻嘲笑，心里很不自在，信步走到母亲上房。王夫人在午睡，金钏儿一边给王夫人捶腿一边打瞌睡。宝玉和丫鬟开玩笑，打打闹闹，已习惯了。他把金钏儿的坠子一摘，金钏儿看是宝玉，就笑了笑。宝玉悄悄说，你就困成这样？掏出润津丹放到金钏儿嘴里面，接着说他要把金钏儿要到怡红院。金钏儿向他摆手，示意他走。宝玉这些动作，这些话，有没有和金钏儿玩私情，或者是金钏儿勾引他的因素？一点儿都没有。因为怡红院是贾府一片净土。宝玉不会自己睡觉叫丫鬟给捶腿。他想叫金钏儿过得快乐一点，并没想叫金钏儿到怡红院发展私情。金钏儿比较直率，喜欢和宝玉开玩笑。她脱口说出一句话：“金簪子掉在井里头，有你的只是有你的。”这是曹雪芹故意让她说的她要跳井的谶语，也不存在勾引意味。金钏儿又似乎聊天说：“我倒告诉你个巧宗儿，你往东小院子里拿环哥同彩云去。”宝玉做梦也没想到，一向宽容慈厚的母亲，竟翻身起来就给金钏儿一个嘴巴，骂：“下作小娼妇！好好的爷们，都叫你们教坏了！”宝玉第一次看到母亲这么可怕，很震惊，溜走了。

宝玉是不是太自私，太没担当？设想如果他留下来，怎样跟母亲解释？说，我们俩没事，岂不是批评母亲小题大作？说我在怡红院和丫鬟都是不分主子奴才闹着玩，不就得害一大片？他只能溜走。

王夫人为什么对自己用了十年的丫鬟下这样的毒手？很多红学家没注意到，王夫人除了恼怒金钏儿和宝玉互相开玩笑，说些调情话之外，还有个更深的奥妙，那就是金钏儿说“你往东小院拿环哥同彩云去”。这句话才触到王夫人内心痛处。赵姨娘的存在，是王夫人最大心病。王夫人敌视赵姨娘，瞧不起赵姨娘，认为她纯粹下三烂。在王夫人心中，自己的儿子是凤凰，赵姨娘的儿子是乌鸦。金钏儿居然叫宝玉去看贾环和彩云偷情，这才是教坏宝玉的最恶毒手段。所以金钏儿这个嘴巴一多半是替赵姨娘挨的。如果宝玉和金钏儿仅仅在调笑，王夫人绝对不会恼成这样子。她骂金钏儿的话也该是“好好的爷们都叫你勾引坏了”，而不是“叫你们教坏了”，叫“你”勾引坏了和叫“你们”教坏了，是两个完全不同的概念。勾引坏了双方有责任，教坏了是教的有责任。王夫人接着把金钏儿母亲叫来，把金钏儿轰出去。金钏儿为什么轰出去以后要自杀呢？因为贾府的奴才认为，主子对自己打骂都是应该的，轰出去就连父母都没法见人，金钏儿只有死路一条。奇怪的是，王夫人明明听到贾环和彩云有私情，却放过了彩云，为什么？大约王夫人潜意识中，彩云要勾引贾环，叫他变坏，只管去勾引吧，因为他本来就坏，本来就是黑心种子。

画蔷者大有林黛玉之态

宝玉看到母亲大生气，自己没趣，就跑进大观园，到了蔷薇花架，听到有人在那哽噎。悄悄隔着篱笆洞儿一看，一个女孩蹲在花下，拿根簪子在地上抠土、流泪。是十二个学戏女孩子之一，再仔细一看，女孩眉蹙春山，眼颦秋水，面薄腰纤，袅袅婷婷，大有林黛玉之态。宝玉心里总装着林妹妹，看到个像林妹妹的，就只管痴看。他发现女孩在土上划字，就照着她的笔划写出来个“蔷”字，似乎蔷薇花的蔷字。那个女孩已经划了几千个“蔷”字。宝玉想不到这是划他的侄子贾蔷的名字。只是想，这女孩一定有什么说不出来的大心事，才这样情景。她外面是这样的情景，心里还不知道怎么熬煎呢。看她模样这么单薄，心里哪经得住熬煎，可恨我不能替你分些过来。宝玉太善良了，根据脂砚斋提供的线索，曹雪芹最后给黛玉加的评语是两个字“情情”，给宝玉加的是三个字“情不情”。简单地说，“情情”是只对自己钟情的人重感情；“情不情”是关心所有的女性，对跟自己毫不相干的陌生女孩也关心照顾。宝玉这次关心的女孩是龄官，模样又像黛玉，这就成了回目当中“痴及局外”了。

画蔷的女孩是戏班子里的龄官，跟戏班主管贾蔷相恋。宁国公嫡派子孙和戏子相恋，也肯定不会有好结果。最后戏班解散，龄官没下落。

宝玉正专心关注画蔷的女孩时，下雨了。宝玉发现女孩被雨淋湿，想她这个身子如何经得骤雨一激？就说：“不用写了。你看下大雨，身上都湿了。”女孩给吓了一跳，一看花架外面有个人。宝玉长得俊秀，像女孩，又加上给花叶挡住只露半个脸，女孩当是哪个丫头，就说：多谢姐姐提醒了我，难道姐姐在外头有什么遮雨的？一句话提醒了宝玉，“哎呦”一声，发现自己已经浑身冰凉，一气跑回怡红院。心里还在记挂着那个女孩没处躲雨。

宝玉跑回怡红院，因为明天端阳节，戏班子放了假。小生宝官、正旦玉官，正在怡红院和袭人玩，下大雨走不了，大家就把水沟堵起来，把水积在怡红院院子里，抓了些绿头鸭，彩鸳鸯，缝了翅膀，放在院子里玩耍，玩得很高兴。

“下流东西”被宝玉踢了一脚

宝玉叫门，里面的人只顾嘻嘻哈哈、打打闹闹，宝玉叫了半天，拍得门山响，里面才听见。里面的人估计，宝玉这时不会回来，宝玉已经说“是我”，几个丫鬟都没听出是他的声音。这也很有趣。我看也是曹雪芹故意叫她们听不出来。本来应该由小丫头开门，袭人自己要去开门，隔着门缝往外一瞧，宝玉淋成落汤鸡了。袭人又是着忙又是可笑，忙开了门，笑得弯着腰拍手：“这么大雨地里跑什么？那里知道是爷回来了。”宝玉这一天，真是山东俗话说的“不是驴不走就是磨不转”、“喝凉水都塞牙”。他先和黛玉闹了一场纠纷，赔足了小心，两个人才和好了。又给宝钗连讽加刺教训了一顿。到了王夫人那儿，几句闲话就闯了大祸，连累了金钏儿。心里可能还一直在琢磨，王夫人会怎么对金钏儿。一心关心那个画蔷的女孩，自己却淋了雨，淋得浑身透湿，越急着回去换衣服越是叫不开怡红院的门，窝了一肚子火，少爷脾气来了，只当开门的是小丫头，抬腿就踢，踢在肋骨上了。而袭人“哎哟”一声，宝玉还在那里骂：“下流东西们！我素日担待你们得了意，一点儿也不怕，越发拿我取笑儿了。”一低头，看见袭人哭了，才知道踢错了，赶快说：“哎哟，是你来了！踢在那里了？”袭人向来只是听到赞扬的话，包括王夫人、宝钗、黛玉，平时都是赞扬她的，听到奉承的话，众丫鬟对她奉承的，她不曾受过大话，忽然就被宝玉当众给踢了一脚，又羞又气还疼。她也估计宝玉不是成心踢她，就忍着疼说：“没有踢着。还不换衣服去。”宝玉很抱歉：“我长了这么大，今日是头一遭儿生气打人，不想就偏遇见了你。”袭人很会说话，一边忍痛帮宝玉换衣服，一边说：“我是个起头儿的人，不论事大事小事好事歹，自然也该从我起。但只是别说打了我，明儿顺了手也打起别人来。”忍辱负重，顾全大局，体谅宝玉。

袭人说踢得不重，晚上却吐了鲜血。第五回写宝玉和袭人初试云雨情，这一次袭人成了宝玉第一次打人的受害者，不知道曹雪芹这样安排，有没有什么特殊用意，是不是就像有的红学家说的，这暗示着将来袭人成为贾府败落之后，怡红院的第一个受害者。将来宝玉身边第一个被遣散的，正是和他关系最亲密的袭人。

第三十一回

撕扇子作千金一笑
因麒麟伏白首双星

第三十一回“撕扇子作千金一笑，因麒麟伏白首双星”前一句好懂，晴雯撕扇，她和贾宝玉的误会解开。这里引了个典故，《史记·周本纪》写周幽王因为褒姒喜欢听撕丝绸的声音，找了全国最好的丝绸来让褒姒撕着听。比较费解的是后一句，麒麟指史湘云的金麒麟，白首双星什么意思？红学界有很多争论，我比较肯定的说法是，白首指老了，双星指隔河相望的牛郎星和织女星，将来湘云和丈夫白首相望，互相分离。

你们鬼鬼祟祟干的事儿瞒不过我

端午节王夫人请了薛家母女吃午饭。宝玉看到宝钗淡淡的，不和他说话，知道是昨天得罪她了；王夫人看宝玉没精打采，只当是金钏儿的事，他不好意思，更不理他；黛玉看到宝玉懒懒的，就以为你得罪了宝姐姐，心里不自在，黛玉也就懒懒的。凤姐本来在家庭聚会上口若悬河，但是昨天晚上王夫人就告诉了她宝玉和金钏儿的事。她知道王夫人不自在，自己就不敢说笑了。贾迎春等向来就不大主动在宴席上说开心的话。宴会很没意思，大家坐了坐就散了。黛玉天生喜散不喜聚，宝玉却喜聚不喜散。聚会闷闷不乐，他回到怡红院更闷闷不乐，长吁短叹。袭人不是病了吗，晴雯给他换衣服，不小心把扇子掉到地上，把扇骨给跌断了。宝玉叹息："蠢才，蠢才！将来怎么样？明日你自己当家立事，难道也是这么顾前不顾后的？"宝玉本来一肚子气，他并不心疼跌了扇子，也没有骂晴雯没照顾好我。但他骂了晴雯"蠢才"。晴雯聪明俊秀，最讨厌别人说她蠢。所以冷笑起来："二爷近来气大得很，行动就给脸子瞧。前儿连袭人都打了，今儿又来寻我们的不是。要踢要打凭爷去。就是跌了扇子，也是平常的事。先时连那么样的玻璃缸、玛瑙碗不知弄坏了多少，也没见个大气儿，这会子一把扇子就这么着了。何苦来！要嫌我们就打发我们，再挑好的使。好离好散的，倒不好？"

像刀子一样的嘴！丫鬟怎么可以跟少爷这样说话？那就是因为宝玉平时对她们是平等态度，晴雯已经把宝玉看成闺蜜，我们是平等的，你不能动不动甩脸子。她替袭人打抱不平。但关键是她说"好离好散"，恰好说到宝玉心坎上了，气得他浑身乱战，说"你不用忙，将来有散的日子"。

如果没有袭人掺进来，他们两人也就吵到这为止。袭人一劝架，就火上浇油了。袭人怎么说的？"好好的，又怎么了？可是我说的'一时我不到，就有事故儿'。"这不等于在说，怡红院我是个头儿，所有的事都得我管，我不管，就会出事。晴雯当然接受不了，就说："姐姐既会说，就该早来，也省了爷生气。自古以来，就是你一个人服侍爷的，我们原没服侍过。"

这是讽刺，因为是几个大丫鬟轮流侍候宝玉，“因为你服侍的好，昨日才挨窝心脚；我们不会服侍的，到明儿还不知是个什么罪呢！”刚刚还同情袭人挨打，现在又揭袭人的短了：怡红院第一次挨打的就是你，而且挨的“窝心脚”。袭人又愧又恼，想说话，看到宝玉已经很生气，就自己忍了。她要推晴雯出去，反而无意之中泄露出她心里最深的也最隐秘的感情，她和宝玉是“我们”。袭人推着晴雯说：“好妹妹，你出去逛逛，原是我们的不是。”这个话很重，只能是夫妻之间能说“我们”，丫鬟怎么可以和少爷说“我们”？晴雯一听她说“我们”，添了醋意，冷笑：“我倒不知道你们是谁，别教我替你们害臊了！便是你们鬼鬼祟祟干的那事儿，也瞒不过我去，哪里就称起‘我们’来了。明公正道，连个姑娘还没挣上去呢，也不过和我似的，那里就称上‘我们’了！”

第五回宝玉和袭人偷试云雨情。袭人以为人不知鬼不觉，但聪明伶俐的晴雯早就知道你们鬼鬼祟祟干的什么事。但是你就是和宝玉干了那事，你还连个‘姑娘’没挣上呢。所谓‘姑娘’，就是平儿那样的通房大丫头。晴雯夹枪带棒，说到袭人要害。袭人羞得脸都紫胀起来了，想想确实是自己说错了，没话可讲。宝玉还要护着她：“你们气不忿，我明儿偏抬举他。”什么意思呢？你不是说她连个‘姑娘’还没挣上，我就得帮他去挣上这个‘姑娘’。袭人想息事宁人，拉了宝玉的手说：“她一个糊涂人，你和他分证什么？况且你素日又是有担待的，比这大的过去了多少，今儿是怎么了？”她为什么要说晴雯是“糊涂人”？因为晴雯讲的她和宝玉鬼鬼祟祟干的事，是她千方百计要掩护的机密。她不能说你说对了，得说你糊涂。晴雯冷笑：“我原是糊涂人，那里配和我说话呢！”袭人继续和晴雯辩论，这时改称呼了，原来叫好妹妹，现在叫姑娘了，疏远了：“姑娘倒是和我拌嘴呢，是和二爷拌嘴呢？要是心里恼我，你只和我说，不犯着当着二爷吵；要是恼二爷，不该这们吵得万人知道。我才也不过为了事，进来劝开了，大家保重。姑娘倒寻上我的晦气。又不像是恼我，又不像是恼二爷，夹枪带棒，终久是个什么主意？我就不多说，让你说去。”晴雯没想到，袭人竟然厉害地回复这番话。袭人不得不这么回复，因为晴雯已经把袭人的心事戳穿了。袭人说了就往外走，宝玉就对晴雯说：“你也不用生气，我也猜着你的心事了，我回太太去，你也大了，打发你出去可好不好？”晴雯伤心了，流着泪说：“我为什么出去？要嫌我，变着法儿打发我出去，也不能够。”这个话说明什么？说明晴雯愿意待在宝玉身边，她和宝玉有感情。现在还是一种闺蜜之间的知心感情。但是晴雯可能也知道，贾母是把自己给了宝玉的。宝玉说：“我何曾经过这个吵闹？一定是你要出去了。不如回太太，打发你去吧。”就要回太太去。

袭人本来要走，又回过身拦住：“往那里去？”宝玉说：“回太太去。”袭人说：“好没意思！真个的去回，你也不怕臊了？

便是他认真的要去，也等把这气下去了，等无事中说话儿回了太太也不迟。”这是什么意思？就是你不要正儿八经去回要晴雯走，你无意之中闲谈的时候叫她走。袭人教给宝玉的方法，无意之中把袭人一向在王夫人跟前怎样给别人进谗言讲清楚了。她就是这么做的，似乎闲谈，却起到给别人挖坑的作用。所以晚清有位红学家说，袭人的名字可以解释成恶狗从背后偷袭别人。

“从此记着你做和尚的遭儿”

怡红院闹得不可开交。宝玉要去回王夫人，晴雯说一头碰死了也不出这个门。袭人看拦不住，下跪了。袭人真的希望晴雯不走吗？并不是。她希望宝玉“无事中说话回了太太”叫晴雯走。因为和袭人吵架，叫晴雯走了，袭人不是要担不是？她在别的丫鬟跟前就没威信了，所以她跪下了。碧痕、秋纹、麝月等一起都跪下。至少跪下四个丫鬟，而宝玉把袭人扶起来，有近有远，还是晴雯说得对，你们鬼鬼祟祟地干了一些事。宝玉说，你们都出去吧。他哭了，袭人也哭了，晴雯在一边哭着，黛玉来了，晴雯就出去了。黛玉开玩笑：“大节下怎么好好的哭起来？难道是为争粽子吃，争恼了不成？”宝玉和袭人笑了，黛玉说：“二哥哥不告诉我，我问你就知道了。”一面说，一面拍着袭人的肩，“好嫂子，你告诉我。必定是你两个拌了嘴了。

告诉妹妹，替你们和劝和劝。”

晴雯的嘴像刀子，黛玉的嘴不是比刀子还锋利吗？袭人最不愿意叫别人知道她和宝玉实际是什么关系，黛玉偏偏当面叫她“好嫂子”，这不也是揭她的短吗？这样的玩笑袭人怎么当得起？袭人肯定对黛玉怀恨在心，也要等无事时说话，在太太跟前给黛玉进点谗言了。袭人说：“林姑娘你闹什么？我们一个丫头，姑娘只是混说。”黛玉还要进一步说，“你说你是丫头，我只拿你当嫂了待。”袭人表白自己的心意，说：“林姑娘，你不知道我的心事，除非一口气不来死了倒也罢了。”黛玉笑道：“你死了，别人不知怎么样，我先就哭死了。”宝玉说：“你死了，我作和尚去。”

袭人笑了：“你老实些罢，何苦还说这些话。”黛玉将两个指头一伸，抿嘴笑道：“做了两个和尚了。我从今以后都记着你作和尚的遭数儿。”

这一段特别有意思。为什么宝玉、袭人、晴雯三个人一起哭，黛玉只叫袭人“嫂子”？因为黛玉对宝玉和袭人的关系洞若观火。而且她并不在意，这是贵族家庭常有的事。但她太心直口快，不该捅破宝玉和袭人这层窗户纸。黛玉说袭人死了，她先哭死了，宝玉说你死了我作和尚。宝玉是说黛玉死了我作和尚，但是袭人误解成她袭人死了，二爷作和尚。所以她说你老实点罢，何苦说这些话。一旦知道宝玉作和尚是针对黛玉，袭人不更得气晕。

晴雯撕扇超越褒姒撕绸

黛玉走了，薛蟠又来请宝玉喝酒，宝玉喝得带了几分醉，踉踉跄跄回到怡红院，看到院子里已经把乘凉榻设下，上面睡个人。宝玉认为是袭人，就坐在榻沿儿上推她，说："疼得好些了？"那人一翻身起来："何苦来，又招我！"宝玉一看，不是袭人，是晴雯。宝玉这时早就不生气了，他用批评晴雯来向晴雯赔不是："你的性子越发惯娇了。早起就是跌了扇子，我不过说了那两句，你就说上那些话。说我也罢了，袭人好意来劝，你又括上他，你自己想想，该不该？"他批评晴雯，晴雯实际是接受了，晴雯说："怪热的，拉拉扯扯作什么！叫人来看见像什么！"晴雯自重，没有人在，也不能叫宝玉跟自己拉拉扯扯，"我这身子也不配坐在这里"，晴雯发句牢骚。宝玉马上抓住她的话反问："你既知道不配，为什么睡着呢？"成了闺蜜之间斗嘴。晴雯笑了说："你不来便使得，你来了就不配了。起来，让我洗澡去。袭人麝月都洗了澡，我叫了她们来。"宝玉说，你拿水来，咱们两个人洗。晴雯赶快摇手说："罢，罢，我不敢惹爷。还记得碧痕打发你洗澡，足有两三个时辰，也不知道作什么呢……后来洗完了，地下的水淹着床腿儿，连席子上都汪着水，也不知是怎么洗了，叫人笑了几天。”这段似乎无意的叙述，有红学家做了很多文章，比如说宝玉如何风流等等。晴雯说，我干脆舀一盆水来，你洗洗脸，吃鸳鸯送来的水果。宝玉说，这么着你就去拿果子来我吃吧。晴雯还要找补他，把宝玉骂自己蠢才的话再重复一遍批评宝玉：“我慌张的很，连扇子还跌折了，那里还配打发吃果子。倘或再打破了盘子，还更了不得呢。”宝玉就发表一番所谓爱物论，甭管什么东西都是给人用的，愿意怎么用就怎么用，扇子是扇的，愿意撕着玩也行，只是不要拿它出气就行。晴雯一听，那你拿扇子来，我喜欢撕。

这个小丫鬟个性太鲜明了，自由奔放，你说扇子可以撕，我就撕。宝玉笑着把自己的扇子递给她。晴雯接过来，“嗤”的一声撕成两半，嗤、嗤、嗤又是好几声。宝玉在一旁说：“响的好，再撕响些！”正在这说着，麝月走过来了，一看他们撕扇子，就说“少作些孽吧”。宝玉一把把她手里面的扇子递给晴雯，晴雯也撕了好几半。

这是《红楼梦》有名的行为艺术，晴雯撕扇。宝玉还说，千金难买一笑，把晴雯撕扇和《史记 · 周本纪》的故事联系起来了，但是他们的性质是完全不一样的。《周本纪》写的周幽王取悦褒姒，那是他宠爱他的宠妃。宝玉叫晴雯撕扇，那是一种怡红院里面主人和仆人之间类似于闺蜜之间平等的关系。

我曾经问过八七版《红楼梦》总导演王扶林，您印象最深的是哪个镜头？我以为他会说黛玉葬花。结果王导演说是晴雯撕扇。可见不管在电视剧还是在小说里，不一定是主角，哪怕是配角，只要性格鲜明，给读者观众留下深刻印象，就是值得大家推崇的文学典型人物，晴雯就是这样的人物。

文彩辉煌的金麒麟

第二天，大观园里的人都在贾母房间坐着，有人说，史大姑娘来了。湘云来，姐姐妹妹很亲密。贾母说，天热，把外面的衣服脱了吧。宝钗、黛玉议论起，湘云怎么样爱穿男孩衣服，穿上宝玉的衣服，叫贾母认错了人；穿上贾母的大红猩猩斗篷扑雪人，一跤栽到沟里。这些情节都是说湘云是心胸宽阔、类似男孩的女孩，很可爱。宝钗问湘云奶妈，你们姑娘还淘气不淘气？周奶妈也笑了。迎春说，淘气也罢了，我就嫌她爱说话，睡在那里还唧唧呱呱笑一阵说一阵，也不知道哪来的那些话。王夫人说：“只怕如今好了。前日有人家来相看，眼见有婆婆家了。”王夫人的闲谈交代了湘云已在提亲，已不会再威胁到黛玉，没有什么金麒麟和通灵宝玉的金玉良缘了，按说黛玉应该放心，但她仍然不放心。

宝玉来了，黛玉对湘云说：“你哥哥得了好东西，等着你呢。”看来黛玉一直惦记着那个金麒麟。湘云好奇地问：“什么好东西？”宝玉说：“你信他呢！几日不见，越发高了。”

十几岁，长得很快。湘云问："袭人姐姐好？"宝玉说："多谢你记挂。"湘云说我给她带了好东西来了，拿出一个手帕来。宝玉说："你倒不如把前儿送来的那种绛纹石戒指带两个给他。"前几天，湘云把史家得到的绛纹石戒指带来了，送给几个姐姐妹妹。湘云说：这是什么？打开一看，就是上次那种绛纹石戒指，四个。

1996年，我带第一届博士生，叫我的博士生给《红楼梦学刊》写篇文章，给她起的题目就是《绛纹戒指式的女性》。绛纹石不是玉，又比一般石头贵重。很像《红楼梦》的几个丫鬟，平儿、袭人、鸳鸯。平儿是通房大丫鬟，袭人是暗地的通房大丫鬟，她们都介于主奴之间。

湘云拿出四个戒指说：袭人一个，鸳鸯一个，金钏儿一个，平儿一个。她还不知道金钏儿出事了。因为宝玉说，你叫人给送过来就行。湘云说，叫人送过来怎么能说明白这是给谁谁的丫鬟？大家一听，湘云讲得有道理。宝玉说："还是这么会说话，不让人。"黛玉一听，冷笑了："他不会说话，他的金麒麟会说话。"林黛玉真是脑子里就一根筋，只有金玉良缘？时时刻刻提这事。黛玉一边说一边起身就走，又小性了。宝钗抿嘴一笑，宝玉知道自己又说错话，看到宝钗笑，也只好笑了。宝钗多会为人，赶快站起来找黛玉去了。

贾母对湘云说，吃了茶到园子里去看看，找找你的嫂子们姐姐们逛逛。湘云找凤姐说笑一番，到李纨那里稍坐片时，然后就到怡红院找袭人。这时跟她的只有贴身丫鬟翠缕。

《红楼梦》出现了很多丫鬟，个性都不一样。湘云这么聪明的姑娘，她身边的丫鬟翠缕有点傻得不透气，很多话怎么说她也不懂，还愿意打听。湘云和翠缕聊起来。湘云说这边的荷花不如我们那边。翠缕说，他们那边有棵石榴，接连四五枝，楼子上起楼子，也难为它长。湘云说，花草和人一样，气脉充足，长得就好。翠缕说，我不信，你要说和人一样，我怎么没见到人的头上又长出一个头来？湘云笑了，发表了一番天地间都赋阴阳二气所生，或正或邪，或奇或怪，千变万化，都是阴阳顺逆。翠缕就说：开天辟地以来，都是阴阳了？湘云说，“糊涂东西，越说越放屁。”又给她讲了一番阴阳是怎么回事儿。翠缕说：“这糊涂死了我。”湘云就只好给她讲点具体的，天是阳，地是阴，水是阴，火是阳，日是阳，月是阴。翠缕更不明白了，说难道小虫、小草、瓦片也有阴阳？湘云说，树叶还分阴阳呢，朝阳的是阳，背阴的是阴。这应该很明白了吧？翠缕还得问，我们的扇子哪个是阳哪个是阴。问了个溜儿够。忽然见到湘云戴的金麒麟，就说，这个也有阴阳吗？湘云说：“走兽飞禽，雄为阳，雌为阴；牝为阴，牡为阳，怎么没有呢！”翠缕就问：姑娘你身上戴的是公的还是母的？湘云说，我也不知道。翠缕又说，这也罢了，怎么东西都有阴阳，咱们人倒没有阴阳呢？这个丫鬟问的这些话，得把读者笑死。湘云照脸啐了一口：“下流东西，好生走罢。

越问越问出好的来了。”蠢丫头自己琢磨出来了：“姑娘是阳，我就是阴。”也不知道她怎么琢磨的。

走到蔷薇架下，湘云一看，那里有个金晃晃的东西。翠缕赶快跑过去拣起来，手里攥着说“可分出阴阳了”。她先要拿湘云的麒麟看，湘云要拿她的看，翠缕不撒手，说你看不得，好奇怪，我从来就没见这里还有人有这个。湘云说，拿来我看看。翠缕把手一撒，一个文彩辉煌的金麒麟。比湘云佩的又大又有文彩。因为她们两人刚说了一番阴阳、公母，翠缕还问湘云，你这个金麒麟有公有母吗？湘云虽然天真烂漫，但是也到婚嫁年龄了。她把金麒麟擎在手上，默默不语。她在琢磨呢。宝玉来了，你们在这里干吗呢，怎么不去找袭人？湘云赶快把那个麒麟藏起来，去怡红院和袭人见面，说了些久别情况。宝玉说，你该早来，我得了个好东西，等你呢。在身上掏了半天，问袭人，我那个东西你收起来了吗？袭人说什么东西？金麒麟呀。袭人说你天天戴在身上，怎么问我。宝玉说，丢了。他就要去找。湘云说，你什么时候又有了金麒麟了？宝玉说，前儿好容易得的呢，不知道什么时候丢了。湘云把手一伸，你看看是这个不是？宝玉一看，果然是自己的金麒麟。

“因麒麟伏白首双星”，很多红学家，比如胡适，解释成白头双星是白头偕老。其实双星在古代是个特定名词，指牵牛星和织女星。白首双星就是夫妻到老都像牛郎织女，分在两个地方。红学家朱彤、梅节做过比较深入的研究：白首双星不是写湘云和宝玉最后成亲，但是和宝玉有关系。宝玉拿到的金麒麟在湘云跟前展示一番后，又收起来。后来他参加射覆，把金麒麟输给风流倜傥的王孙公子卫若兰。而向湘云提亲的就是卫家。湘云嫁过去后，卫若兰发现，湘云有个金麒麟，和自己从贾宝玉那儿得来的金麒麟是一雄一雌，恰好一对。他怀疑这是不是湘云和宝玉从小相爱的信物？湘云绝对不能忍受这种委屈。她原可以向卫若兰解释金麒麟的事，但她不解释，就离开了卫若兰。所以脂砚斋说，湘云是自爱所误。那就是该解释的地方你不解释，只维持自己的自尊心，一走了之，造成了最后因麒麟伏白首双星的悲剧结局。

第三十二回

诉肺腑心迷活宝玉
含耻辱情烈死金钏

第三十二回主要是两个情节，贾宝玉向林黛玉倾诉肺腑之情，黛玉受到心灵震动。黛玉走后，宝玉还在诉说，结果迷迷糊糊把袭人当成黛玉。金钏儿被王夫人撵回家，她性情刚烈，不能忍受这样的耻辱，投井死了。不管是宝玉诉肺腑，还是金钏之死，都会在宝玉的生活中引起巨大风波。

这一回的开头仍然继续三十一回金麒麟的故事。宝玉看到湘云捡到的金麒麟，很高兴，就问你在哪捡的。湘云说："幸而是这个，明儿倘或把印也丢了，难道也就罢了不成？"宝玉说："倒是丢了印平常，若丢了这个，我就该死了。"这就是贾宝玉，不喜欢读书做官，丢了印倒无所谓了，但是丢了自己打算和表妹湘云比一比的金麒麟，那就该死了。孰轻孰重，在贾宝玉这儿，和常人完全不一样。这时小说写到，湘云发现了袭人身上的变化。她说袭人待自己，不像她小时在贾府住的时候那么好了。袭人辩解，因为你现在拿出小姐的款儿来了。实际上袭人是诡辩。真正原因是袭人自从跟宝玉偷试云雨情之后，就以宝玉屋里人自居，而不是丫鬟自居了。她一心只在宝玉身上，对湘云就远不是过去那个情分了。

其实湘云如果像宝钗、黛玉那样细心，她应该从袭人对宝玉的称呼上就能判断出宝哥哥和他的大丫鬟之间的关系早就不同寻常。湘云给宝玉做了个精美扇套，湘云拿给黛玉宣扬，黛玉给剪了。湘云对袭人提到这个事，袭人说“他本不知是你做的”。意思是宝玉本来不知道是你做的，他才拿了去向黛玉宣扬。但是在那个时代，丫鬟对主子绝对不能称“他”，因为称“他”是妻子对丈夫的通常称法。正确的说法，袭人应该说是“宝二爷”或“二爷”不知道是你做的。但是湘云胸怀宽广，不注意这些细枝末节，她没有听出来袭人对宝玉称呼的变化，倒相信了袭人那套诡辩，马上拿出戒指来，送给袭人。

林姑娘从来说过这些混帐话不曾？

湘云的到来，又给黛玉带来了思想负担。宝黛爱情发展到宝玉发誓黛玉死了他作和尚。多少次的考验，都是黛玉考验宝玉。看他是不是见了宝姐姐就忘了林妹妹。湘云再来，又有金麒麟，宝玉又受到考验了，宝哥哥是不是见到云妹妹又忘了林妹妹？又成了黛玉的心病。黛玉知道，宝玉一定会和湘云说他的金麒麟。宝玉最近看了一些野史，里面的才子佳人，多半是因为一些小物件而撮合。宝玉和湘云都有金麒麟，会不会因此做出风流佳事来？黛玉悄悄来到怡红院，见机行事，看看这两个人在干什么。黛玉真是小心眼儿，宝玉已经一而再，再而三反复变了各种方法表白我心里只有林妹妹，她还是不放心。她又当福尔摩斯了，要来侦查。但黛玉不知道，在她到来之前，怡红院发生了两件她最希望发生的事，偏偏她一个字也没听到。

一件事是黛玉来之前，宝玉当着袭人的面想把金麒麟掏出来给湘云，结果发现丢了，是湘云捡到了。拿出金麒麟来之后，宝玉和湘云没有发生任何的感情波澜。

第二件事，就是袭人向湘云道喜，原来湘云已经订亲了。她跟宝玉就更没戏了。

这两件事对黛玉来说，都是天大的好事，但是她就没听到。这就是天才小说家的妙招，小说这样才好看。读者就像是无所不知的上帝的眼睛，什么都看到了。当事人却只知其一，不知其二。

黛玉没有听到这两段话，她听到了更重要的话。她听到宝玉背后把自己当知己。黛玉到怡红院的时候，湘云正和袭人在一起议论黛玉如何不如宝钗。两个人一唱一和，说宝钗怎么样比黛玉有修养。湘云问袭人，你已经有了绛纹戒指，是林姑娘给你的吧？袭人说不是，是宝姑娘给的。湘云猜想是黛玉给袭人戒指，很自然。因为袭人是宝玉身边的丫鬟，和宝玉最好的是黛玉，黛玉应该把戒指作个令人惊喜不已的小礼物送给宝玉的贴身丫鬟。但林黛玉向来不善于做这些人事之间的文章。而宝钗做了。袭人和湘云就一唱一和，说宝钗怎么怎么好，湘云还恨不得自己有这么个姐姐。

宝玉本来听了这些话就一肚子不高兴，恰好贾雨村要来见宝玉，宝玉就说，有老爷和他坐着就罢了，回回定要见我。这个时候的贾雨村，已经成了兴隆街大爷了。他已经做了京官，他不仅要和贾政搞好关系，还要和未来的荣国府继承人搞好关系，所以每次他都要见见宝玉。宝玉特别烦他。因为他们见面不能谈风花雪月，也不能谈庄子楚辞，只能谈贾宝玉最讨厌的仕途经济。湘云劝宝玉，“你就是不愿意读书去考举人进士的，也该常常的会会这些为官做宰的人们，谈谈讲讲些仕途经济的学问，也好将来应酬世务，日后也有个朋友，没见你成年家只在我们队里搅些什么？”湘云这个人并不利欲熏心，她有点没心没肺，她本来和黛玉特别好，现在她越来越推重宝钗，成了宝钗的传声筒了。为什么？我看就是宝钗影响的结果。按当时社会情况来看，宝钗湘云这些劝宝玉上进的话，其实是为宝玉的前途考虑。但宝玉不这样想。湘云这番话惹火了宝玉，干脆对湘云说，“姑娘请别的姊妹屋里坐坐，我这里仔细污了你知经济学问的。”公然翻脸不认人，对自己从小一起长大的玩伴下逐客令。宝玉说的“经济学问”和我们现在说的经济是不同的概念。那时所谓的“经济”是经时济世，通俗点说就是研究怎么样入仕、如何做官的学问。宝玉对姐姐妹妹都是很和气的，这次公然对湘云不客气，如果是黛玉，早就哭了，如果是宝钗早走了。

但湘云不在乎，他们两个人从小一块长大，而且湘云心胸开阔，你下逐客令，我照样坐在这里说说笑笑。袭人马上解释，宝钗也说过类似的话。宝玉咳了一声，拿起脚就走了，把宝钗羞了个大红脸，袭人说："真真的宝姑娘叫人敬重"，"真真有涵养，心地宽大。谁知这一个反倒同他生分了。那林姑娘见你赌气不理他，你得赔多少不是呢！"这时宝玉说："林姑娘从来说过这些混帐话不曾？若他也说过这些混帐话，我早和他生分了。"

俗话说谁人背后无人说，谁人背后不说人？黛玉就听到了宝玉背后说自己的话。虽然宝玉已经一再在黛玉跟前赌咒发誓，那是他们两个人之间的事。宝玉到底怎么看待黛玉，他不可能随随便便对外人说，他只能在特定情况下说。湘云在那和袭人一唱一和地说宝钗好，宝玉已经不自在，再劝他留心仕途经济，宝玉就说出你们，也就是宝钗和湘云，和黛玉最大的不同，那就是林姑娘从来不说这些混帐话。言外之意，黛玉是我人生的唯一知音。

这个话是背着黛玉说出来的，恰好叫黛玉听到，太巧妙了。宝玉把劝他立身扬名的话叫"混帐话"，而黛玉从来不说这样的话，这就是知己，这就是宝黛爱情共同的理想基础。两个人的恋情是知己之恋，这就远远高于我们通常见到的中国古代小说一见钟情、因外貌吸引产生的爱情。当然，宝黛爱情还有个背景，那就是缘定三生的神话。

黛玉听到宝玉竟然背后这样说自己，受到了强烈的心灵震动，产生了四种感情，惊、喜、悲、叹。她喜的是宝玉果然是个知己；惊的是，宝玉居然不避嫌疑，背后夸我；叹的是，我们知己又何必有金玉之说，何必有宝钗；悲的是，父母双亡，没人做主，而且自己身体越来越差。你纵为我知己，耐我薄命何。

宝玉和黛玉的爱情，一步一步往前发展的同时，因为还泪的缘故，黛玉的身体已经日渐衰落。

黛玉本来是要来怡红院的，但是听完了宝玉这段话，她很感动，就流着眼泪离开了。

“你放心”“睡里梦里也忘不了你”

宝玉不是要去见贾雨村？他从怡红院出来，看到黛玉在前面走，还一边走一边擦泪，就赶上来问，你怎么又哭了？情不自禁地抬起手替黛玉擦眼泪。黛玉退了几步，嫌宝玉又动手动脚了。宝玉说，“说话忘了情，不觉的动了手，也就顾不的死活。”宝玉这话说得多么好，多么有感情，没想到黛玉又回答了句带刺的话：“你死了倒不值什么，只是丢下了什么金，又是什么麒麟，可怎么样呢？”

林黛玉是不是脑袋进水了？怎么没完没了地纠缠什么金什么麒麟？是不是黛玉说这种话说顺嘴了？宝玉急了：“你还

说这话！到底是咒我还是气我呢？”宝玉虽然暴怒，气得筋都暴起来，但他的话很有意思，他说“你还说这话”，重点在“还”字上，那就是我都把我的心意表白得清清楚楚了，你怎么还这么不开窍？！黛玉自然听得懂宝玉话里有话蕴含的意思。她第一次向宝玉道歉：“你别着急，我原说错了。这有什么的，筋都暴起来，急的一脸汗。”情不自禁地走近前伸手替宝玉擦脸上的汗。宝玉瞅了黛玉半天，说了一句：“你放心。”黛玉表示，她不明白什么放心不放心。宝玉干脆进一步说：“好妹妹，你别哄我。果然不明白这话，不但我素日之意白用了，且连你素日待我之意也都辜负了。你皆因总是不放心的原故，才弄了一身病。但凡宽慰些，这病也不得一日重似一日。”

这就是宝玉著名的“诉肺腑”。宝玉诉肺腑被红学家研究来研究去，分析来分析去，上纲上线，讲个没完。照现代青年人看来，这有什么了不起，说了什么深入的话了？你说过一句我只爱你一个人了吗？你说过爱你到地老天荒、追你到天涯海角了？说过“在天愿为比翼鸟，在地愿为连理枝”了？一概没有。但是仔细琢磨，“你放心”意思非常深。“你放心”的意思就是：金玉良缘，我如果有那个想法，我天诛地灭；你放心，我永远只在乎你一个人，对你不变心，你死了我作和尚。这是宝玉再一次表忠心。黛玉听了如轰雷掣电，觉得宝玉的话比从肺腑里掏出来还恳切。宝玉还要再说，黛玉说：“你的话我早知道了。”黛玉其实早就知道宝玉心里是有自己的，但是她一再去试探，一再给宝玉出难题。现在宝玉一句“你放心”，两个人的心已经紧紧连在一块，不需要再进一步讲其他的语言，所以黛玉走了。

宝玉还想进一步和黛玉说说心里话，偏偏说错了对象。黛玉走了，宝玉还在那里呆呆站着。袭人出来给宝玉送扇子，宝玉把袭人当成了黛玉，说了更动情的话，先是拉住袭人叫了一声“好妹妹”，接着说，“我这心事，从来也不敢说，今儿我大胆说出来，死也甘心！我为你也弄了一身的病在这里，又不敢告诉人，只好捱着。只等你的病好了，只怕我的病才得好呢。睡里梦里也忘不了你！”

黛玉听到“你放心”这三个字，抵得上千言万语，所以她头也不回地走了。黛玉为什么不留下来继续跟宝玉也进一步诉诉衷肠？这仍然是由她千金小姐的自重决定的。而宝玉向黛玉倾诉衷肠煞不住车，才出现将袭人认错为黛玉的情节，这才是回目中的“心迷活宝玉”。

宝玉大着胆子说出来的这番话，最关键的是“睡里梦里也忘不了你”。这番话偏偏没有叫黛玉听到，叫袭人听到了。这是小说家有意调度。

袭人爱不爱宝玉？当然爱，但袭人对宝玉的爱，是通房大丫鬟对主子的爱，更像大姐姐甚至母亲无微不至地关心他的生活，他穿什么、戴什么、吃什么等。袭人对宝玉的爱是建立在自己终身有靠基础上，她也就希望宝玉上进，还特别希望宝玉娶一个能够善待自己的嫡妻。

黛玉对宝玉的爱，没有这些条件，他们两个是灵魂相通、志向相通，知己之恋。这两种爱的性质完全不同。天才的小说家曹雪芹安排应该由黛玉听到的话，偏偏让最不应该听到的袭人听了。这对黛玉非常不利。袭人稍加思索就知道，宝玉这番话是对黛玉说的，因为他开口先叫声“好妹妹”，这是宝玉一向对林姑娘的叫法。袭人听了宝玉这番话就非常清楚，她自己在宝玉心目当中的地位根本没法与林姑娘比。袭人已经对林姑娘不满，刚刚晴雯和宝玉发生口角，晴雯讽刺袭人你连个“姑娘”还没挣上，你就说“我们”。袭人还在那里又羞又气，黛玉来了，开口就叫袭人“嫂子”。还说，你说你是丫头，我只拿你当嫂子待。袭人和宝玉的事，大观园的人都知道，都装聋作哑。黛玉却捅破这层窗户纸。袭人很不高兴，但是她是丫鬟，黛玉是千金小姐，袭人不能也不敢发作。现在宝玉把袭人当成黛玉诉肺腑，袭人就明白了，在这之前宝玉说要作和尚，原来是为了黛玉去作和尚。那她心里面肯定充满嫉妒之心。袭人就在心里面暗度，如何处置方免此丑祸。她就把宝玉和黛玉之间的爱情当成“不才之事”,是要发生“丑祸”。她就要提防宝玉和黛玉感情进一步发展。袭人心里“暗度”，就是琢磨如何瞅准时机巧妙向王夫人进谗言。宝黛爱情危矣！黛玉危矣！

确实，宝玉挨打之后，王夫人叫袭人去问话，她就借着闲谈，说林姑娘宝姑娘都大了，二爷应该搬出园子。故意把林姑娘放在前面，宝姑娘只是个陪衬。这就算狠狠地“踢”了黛玉一脚，报了黛玉叫她“嫂子”的一箭之仇。袭人这个丫鬟，确实很不简单。人生在世，如果遇到这样的人在自己的周围，真得好好提防。

袭人听了宝玉的话在那发呆，恰好宝钗过来了。宝钗简直成了宝玉的影子了。宝玉在哪，她就在哪。袭人在宝玉的事上有很重要的作用，而宝钗早就开始笼络她了。湘云送来的绛纹戒指，按说你宝钗不喜欢，可以送给自己的丫鬟莺儿，但她送给袭人。而黛玉没有送给袭人。那就显得黛玉不好了。袭人请湘云帮着做宝玉的针线活儿，宝钗就告诉袭人，湘云在自己家日子不好过，她的婶娘要她做家里的针线活儿，经常做到深夜，不要再给她添麻烦了。袭人虽然很有心计，但是她的城府不像宝钗那么深。湘云家里困难，不要劳烦她。宝钗说到湘云从小儿没爹娘的苦，她很同情。试想，黛玉也自幼父母双亡，宝姐姐是否为她伤感同情？宝钗对袭人自告奋勇，表示我可以帮你做点宝玉的针线活儿。这是不是有点太不像话？堂堂富商小姐居然帮丫鬟做少爷的针线活！前辈红学家大加嘲笑。说宝钗为了追求金玉良缘都不顾身份了。宝钗和袭人好像正在形成个神圣联盟，袭人想方设法为宝黛爱情设置障碍，为金玉良缘铺平道路。

宝玉向黛玉诉了肺腑，两人就进入了心灵交汇的最高层次。从此之后，宝玉和黛玉不会再一次一次吵架了。他们只会互相关心、互相爱护。那个小性儿，行动爱恼人的黛玉，个性也随和多了，她再也不拿金玉良缘当回事儿，再也不怄气了。

金钏儿“也不过是个糊涂人”

这一回另外一个重要情节，就是金钏儿因为和宝玉开玩笑，被王夫人骂“教坏爷们”，轰了出去。金钏儿气愤地投井而死。

宝钗和袭人在聊天，有人过来说金钏儿投井了。袭人毕竟兔死狐悲，想到昔日的同气之情，流眼泪了。宝钗一听到说金钏儿投井了，马不停蹄跑去安慰王夫人。宝钗现在还不清楚金钏儿为了什么事自杀，但是她知道金钏儿本来是王夫人最得力的丫鬟，金钏儿用这么激烈的方式结束自己的生命，受到普遍置疑的当然就是王夫人了。宝钗必须去察言观色，安慰王夫人，帮王夫人渡过难关。

我们设想一下，如果出于外甥女对姨妈的关心，宝钗应该把自己的妈妈请上，一块到王夫人那去安慰她。但是宝钗没有这么做，她一听到消息就自己跑去了。所以照我看来，宝钗现在对待王夫人已经主要不是对姨妈的关心，而是和她心目中将来的婆母套近乎。宝钗是冷美人，吃冷香丸，但是涉及她的终身大事，涉及她的切身利益，宝钗是火热的。

王夫人一巴掌把金钏儿打到井里面，受到良心谴责，坐在那里掉眼泪。一看到宝钗来，先问见到你宝兄弟没有。然后编了一套说辞，但她还是承认金钏儿之死是她的错，而且用了个比较重的词“我的罪过”。宝钗马上编了另外一套词给王夫人开脱：“姨娘是慈善人，固然这么想。据我看来，他并不是赌气投井。多半他下去住着，或是在井跟前憨顽，失了脚掉下去的。”这不是睁眼说瞎话？金钏儿又不是小孩，怎么会憨玩失足落井。宝钗自己也知道，这是歪曲事实，这样讨好太拙劣了，不如干脆给王夫人开脱，她接着就说：“纵然有这样大气，也不过是个糊涂人，也不为可惜。”人都死了，不仅不可惜，还糊涂。宝姑娘的冷酷无情已经超过了害人致死的王夫人了。

接着王夫人说，已经给了金钏儿她娘多少银子，现在又想找几件新衣服，给金钏儿装裹，但现在只有给林姑娘做生日的几件新衣，而林姑娘是个多心的人。宝钗又眼明手快抓住时机，马上献出自己的新衣服：我刚做了一套，她过去也穿过我的衣服，我们身形是相似的。王夫人就问，你不忌讳吗？宝钗马上表示我从来不计较这些。宝钗当然不计较你的新衣服给死了的丫鬟做装裹不吉利，你计较的是宝二奶奶的位置要为你而设呢。

宝钗说完了，快刀斩乱麻，马上回家取衣服。这样一来又表现了自己多么懂事，多么贤德，反衬了黛玉多么不懂事。这等于又一次的滴翠亭，宝钗扑蝶诬陷黛玉了。

宝钗安慰王夫人这一段很短很短，诬蔑了金钏儿这个无辜死者，安慰了杀人凶手王夫人，顺手刺了黛玉一枪。我们从宝钗对待金钏儿之死，就可以看到宝钗这个大家闺秀，这个温柔和平懂事的贵族小姐，她的人性多么的险恶，而她的险恶又隐藏在识大体的外表下面。

我总觉得现在经过宝钗暗地的活动，宝钗、袭人、王夫人的神圣同盟已经在逐渐形成。这个神圣同盟就是要实现金玉良缘,阻止木石前盟。如果说袭人为了改变自己卑贱的命运，靠着无微不至地关怀宝玉，靠着对王夫人进谗言，打小报告，她要做宝二姨娘都可以理解。那么四大家族的千金小姐宝钗千方百计讨好一个丫鬟，千方百计说瞎话讨好王夫人，是不是有点太失自尊了？

第三十三回

手足眈眈小动唇舌
不肖种种大承笞挞

第三十三回回目前一句话是宝玉的兄弟贾环虎视眈眈，寻找陷害宝玉的机会，终于找到在贾政跟前进谗言的时机，贾政大怒；后一句是宝玉被揭发出几种罪状，是不肖种种，被父亲严厉地用板子狠狠打了一顿。

宝玉挨打是《红楼梦》继秦可卿之死、贾元春归省后的不算很大，也不算很小的家庭事件。像个折子戏，根据戏曲矛盾冲突需要，一个一个人物登场，按照和宝玉关系的远近做出不同的表现，人各一面，非常生动。

“那红汗巾子怎么到了公子腰里？”

听到金钏儿自杀的消息后，王夫人把刚和贾雨村会过面的贾宝玉数落了一顿。宝玉听到金钏儿自杀的消息，五内摧伤，从母亲那出来之后，茫然不知所往，信步走着，没想到一头撞到贾政的怀里。贾政喊一声“站住”，他吓了一跳，发现是父亲，只好垂手站一边。贾政说：“好端端的，你垂头丧气嗐些什么？方才雨村来了要见你，叫你那半天你才出来；既出来了，全无一点慷慨挥洒谈吐，仍是葳葳蕤蕤。我看你脸上一团思欲愁闷气色，这会子又咳声叹气。你那些还不足，还不自在？无故这样，却是为何？”宝玉刚刚对黛玉诉肺腑，诉错了对象，叫袭人听了，正满肚子不自在，琢磨这件事，他本来就不喜欢和贾雨村交往，见了贾雨村，只是想着赶快敷衍几句，叫他走。大概想早点回去找林妹妹，他怎么可能有挥洒谈吐？贾政的观察很到位，这个时候，宝玉的心还在潇湘馆。此时，贾政仅仅是训儿子几句，并没有想收拾宝玉，没想到更麻烦的事来了，有人汇报，忠顺王府长史官找上门。贾政很奇怪，我们向来和忠顺王府没有来往，他到我们这儿来干什么？赶快有请。忠顺王府长史官开口就说，我这次来，是奉王命来的，有一件事相求。贾政赶快陪笑起身说：“大人既奉王命而来，不知有何见谕，望大人宣明，学生好遵谕承办。”对亲王，那是一点儿都不敢掉以轻心的。长史官就冷笑了：“也不必承办，只用大人一句话就完了。我们府里有一个做小旦的琪官，一向好好在府里，如今竟三五日不见回去，各处去找，又摸不着他的道路，因此各处访察。这一城内，十停人倒有八停人都说，他近日和衔玉的那位令郎相与甚厚。王爷亦云：‘若是别的戏子呢，一百个也罢了，只是这琪官随机应答，谨慎老诚，甚合我老人家的心，竟断断少不得此人。’故此求老大人转谕令郎，请将琪官放回，一则可慰王爷谆谆奉恳，二则下官辈也可免操劳求觅之苦。”这简直是晴天霹雳，这个戏子在忠顺王爷心目中是个什么人呢？忠顺王爷虽然说琪官随机应答、谨慎老诚，少不了这个人，但实质是王爷的同性恋对象。现在要求贾政让宝玉放回他来。一口咬定，琪官是宝玉弄走了。

贾政马上把宝玉叫来，训道：“该死的奴才！你在家不读书也罢了，怎么又做出这些无法无天的事来！那琪官现是忠顺王爷驾前承奉的人，你是何等草芥，无故引逗他出来，如今祸及于我。”贾政骂宝玉闯了祸，要连累到我了，这真应了王夫人对黛玉说的话，贾宝玉是“孽根祸胎”。宝玉一开始还含糊其词，想瞒天过海，说，我不知道这个事，我连“琪官”两个字是什么东西，我都不知道，怎么会引逗呢？说着就哭。长史官还没等贾政开口，就说：“公子也不必掩饰。或隐藏在家，或知其下落，早说了出来，我们也少受些辛苦。岂不念公子之德？”宝玉还是说不知道，“恐是讹传”。长史官冷笑了：“现有据证，何必还赖？必定当着老大人说了出来，公子岂不吃亏？既云不知此人，那红汗巾子怎么到了公子腰里？”宝玉听了，吓得目瞪口呆，只好把琪官现在在什么地方交代出来。贾政听到这些话，气得目瞪口歪。曹雪芹只换了一个字形容父子二人的不同反应。儿子吓得“目瞪口呆”，做爹的气得“目瞪口歪”。贾政的嘴唇都给气歪了。堂堂荣国府贵公子，干出这么没脸面的事来！和戏子交朋友，还交换了内衣腰带。这让荣国府多栽面子？而得罪了忠顺王，又可能影响到荣国府的安危和贾政的仕途。

贾环的致命诬陷

长史官撂下一句话：我现在就去找，找不着我还来找你。气晕了的贾政送忠顺王府的长史官出去时，告诉宝玉："不许动！回来有话问你。"如果贾政送走长史官回来再问，宝玉如实交代一番，比如说在我表哥的席面上认识蒋玉菡，怎么回事儿，可能给父亲臭骂一顿就算了。没想到，转眼之间，宝玉又遭到更加致命的诬陷，这就是回目中的"手足耽耽小动唇舌"，贾环告了哥哥的刁状。

不久以前，贾环故意把油汪汪的蜡烛推到宝玉的脸上，想烫瞎哥哥的眼睛。宝玉为了保护庶出的弟弟，在贾母跟前承认是自己不小心烫的，掩护了贾环。但是地狱里都是些不知道感恩的人。贾环虎视眈眈地找机会陷害哥哥。贾政送走长史官，看到贾环领着小厮乱跑，就喝命自己的小厮"快打，快打"。贾环看到父亲，吓得骨软筋麻，低头站住。贾政问："你跑什么？带着你的那些人都不管你，不知往那里逛去，由你野马一般！"喝令跟贾环上学的人过来。贾环一看，父亲极为震怒，就趁机陷害宝玉了。他先是说："方才原不曾跑，只因从那井边一过，那井里淹死了一个丫头，我看见人头这样大，身子这样粗，泡的实在可怕，所以才赶着跑了过来。"听这段话，似乎是个没大有知识的孩童看到尸体，很害怕，语无伦次。但是贾环已经埋下伏笔，准备叫父亲暴跳如雷。

贾政听了很惊疑，好端端的，怎么还有人跳井？我们家从来没有这个事，如果叫外人知道，祖宗颜面何在？马上叫贾琏、赖大，把管家的人找来，询问原因。小厮们要去叫时，贾环连忙上前拉住贾政的袍襟，贴膝跪下说："父亲不用生气。此事除太太房里的人，别人一点也不知道。我听见我母亲说……"说到这里，就回头左看右看。贾政马上明白，贾环不想叫小厮们听到他说的话，就向小厮们使个眼色，小厮们都往两边退去。贾环悄悄地说，请注意这个"悄悄地"这个词，一个不过10岁出头的小孩，要诬陷别人的时候，多么轻车熟路！他先在父亲跟前贴膝跪下，再叫小厮们退下之后，然后再"悄悄地"说，他的话仍然不能叫小厮们从远处听到。贾环说："我母亲告诉我说，宝玉哥哥前日在太太屋里，拉着太太的丫头金钏儿强奸不遂，打了一顿。那金钏儿便赌气投井死了。"

其实贾政在贾环开口说话的时候，就应该掌他的嘴。为什么呢？贾环明明白白说了两次"我听我母亲说"，按照封建礼教规定，贾环的母亲只能是王夫人，对他的生母，贾环得叫"姨娘"。贾探春就分得清清楚楚。贾政这么一个讲究礼仪的人，居然容忍贾环这样说，他置王夫人于何地？这说明贾政宠爱不怎么样的赵姨娘，娇惯他这个形容猥琐的儿子。

贾环一告刁状，贾政气得面如金纸，下命令，拿绳子来，捆起宝玉，拿板子下死狠地打。

“明日酿到他弑君杀父，你们才不劝不成！”

宝玉挨打，是贾政贾宝玉父子矛盾的大爆发。好像遗传学失灵，贾政和贾宝玉是两种完全不同的人。贾政是什么人？在贾府“文”字辈的男子中，他最正派最正统。贾敬和道士胡羼、不务正业；贾赦和小老婆喝酒、胡作非为；贾政酷爱读书，一心上进。贾政是第一代荣国公贾源最疼的孙子，第二代荣国公贾代善最爱的儿子，贾政一直跟父亲一起住，贾代善去世后，他继续受史太君偏爱，住荣国府止房。袭了荣国公衔的贾赦只能住东院。荣国公对贾政寄予很大期望，可惜贾政既不能承袭荣国公，也没能从科举出身，皇帝赏了个小官，从主事升到员外郎，不过从五品，还不如贾赦给贾琏捐的府同知和贾珍给贾蓉捐的龙禁尉级别高。那两位花花公子都是正五品。封了贤德妃的贾元春可能太贤德，也不能像杨贵妃给所谓“国丈”贾政要个大点的官。在这种情况下，贾政特别在意仕途经济，一心想叫下一代正途出身。最争气的儿子贾珠早死，小儿子贾环不成器，贾政把希望寄托到贾宝玉身上。西方有个著名小说《傲慢与偏见》，贾政最初对贾宝玉就有偏见。贾宝玉满一周岁时抓周，只抓些脂粉钗环玩，贾政就认为他将来是酒色之徒。其实，1岁小娃娃还不是什么好玩抓什么。但是后来贾宝玉不爱读书，不爱和为官做宰的人来往，在姐妹堆里厮混，都是在祖母呵护下，明明白白摆到贾政面前的。贾政很失望，但他做梦也想不到，贾宝玉居然能“在外流荡优伶、表赠私物，在家荒疏学业、淫辱母婢。”他实在气晕了。贾政也跟王夫人一样颟顸，贾环给贾宝玉进谗言，说赵姨娘如何说，难道贾政不知道他心爱的如夫人专门造谣生事，完全是些阴微鄙贱见识？看来赵姨娘平时已经给贾政吹了些关于贾宝玉的枕头风，那样，贾环诬陷贾宝玉的话才能一说就变成铁案。因为赵姨娘的存在，有的点评家把贾政的名字变成谐音：贾政就是“假正”，假正经。

宝玉挨打，贾政悲痛盛怒，滥施威风，曹雪芹写得生动之极。听完贾环那番话，贾政大喝“快拿宝玉来！”一面说一面便往里边书房里去，喝令“今日再有人劝我，我把这冠带家私一应交与他与宝玉过去！我免不得做个罪人，把这几根烦恼鬓毛剃去，寻个干净去处自了，也免得上辱先人下生逆子之罪。”贾政把贾宝玉上纲上线到辱先人的逆子，这番话是不是有埋怨王夫人甚至埋怨贾母的意思？门客仆从看到贾政气极败坏，哪个也不敢说话，连忙退出。“贾政喘吁吁直挺挺坐在椅子上，满面泪痕，一叠声“拿宝玉！拿大棍！拿索子捆上！把各门都关上！有人传信往里头去，立刻打死！”像台风刮来暴雨骤至。一连三个“拿”字，拿宝玉！拿大棍！

拿索子捆上，平时像砚台一样端端正正的政老爹这次确实气疯了。

中国古代有个说法：棍棒之下出孝子，看来老子打儿子经常发生，但是能像《红楼梦》这样，把老子打儿子的前因后果、整个过程生动精彩描绘出来，在其他小说里边，我们还没看到过。

有红学家说，宝玉挨打的实质是离经叛道的贵族青年与封建正统卫道者之间的思想冲突。贾政后来说众人劝阻他，是要把贾宝玉酿到弑父弑君的地步，这确实说明贾宝玉的思想和贾政的思想是对立的。但是贾政并没有掌握他儿子那些真正离经叛道的言论，如果他知道贾宝玉把“文死谏武死战”这种封建道德贬得一文不值，他大概真得把儿子活活打死了。也有的红学家说，贾环进谗言，宝玉挨毒打，其实兄弟之间的矛盾是有曹家的原型，当年曹雪芹的祖父曹寅兄弟之间闹矛盾，都惊动了康熙皇帝，直接写到圣旨里边，这当然是小说之外的话。我们还是回过头来看宝玉挨打。

当贾政下命令要抓起宝玉的时候，宝玉急得像热锅上的蚂蚁，想要找个人往里面送信。偏偏他身边连茗烟都不知道跑哪去了，看见来了一个老姆姆，宝玉就得了珍宝一样，赶快拉着这个老姆姆说，“快进去告诉：老爷要打我呢！快去，快去！要紧，要紧！”偏偏拉的这个老姆姆是个聋子，把“要紧”听成“跳井”了，还笑，“跳井让他跳去，二爷怕什么？”

宝玉一看是个聋子，就说，“你出去叫我的小厮来罢。”这个老婆子又听成了“小厮”是“了事”了,说“有什么不了的事?老早的完了。太太又赏了衣服，又赏了银子，怎么不了事的！”加上这一段，似乎是一段喜剧性的插曲，这就使得整个戏剧性场面增加了一点和缓的因素，也使得下面贾政下令把宝玉捆起来拿板子打，更加紧张。写小说，有成就的小说家，总会有张有弛。

宝玉挨打，什么原因，金钏儿之死和蒋玉菡事件是主要原因，而在贾政的眼里面，所谓逼淫母婢这个严重性远远不及和琪官的交往。金钏儿的事再严重，仍然不过是小事。而跟戏子，特别是王爷家的戏子交往，要严重得多。一方面说明宝玉不肯和贾雨村等等这些为官做宰的人交往，却和优伶交往，他不成才。另一方面，宝玉和忠顺王府的戏子的交往，威胁到了国公府的安全。有红学家就把这个事上纲上线，解释宝玉挨打是封建主义势力和民主自由平等思想矛盾的爆发。

宝玉被他爹抓进去，按在凳子上，堵起嘴来，着实打死，还不让他喊。小厮们打了十来下，看来也是故意打轻点。贾政嫌打轻了，一脚踢开掌板的，自己夺过来，咬着牙狠命盖了三四十板。一个十三四岁的小男孩，已经挨了十来板比较轻的，又被他爹使上吃奶的劲，打了四十板。门客看着打得不祥了，上来就劝，上来就夺。贾政不听，说：“你们问问他干的勾当可饶不可饶！素日皆是你们这些人把他酿坏了，到这步田地还来解劝，明日酿到他弑君杀父，你们才不劝不成！”贾政也上纲上线，宝玉发展下去，要弑君杀父了。门客一听，贾政确实气急了，赶快找人往里面送信。

正室夫人以死要挟

王夫人一听说儿子给打了，来不及汇报贾母，自己就慌忙跑出来了。她也不管这边有没有门客。按说夫人不能到老爷的门客所在地方去，但是她顾不得了。她跑来了，吓得门客小厮们躲都躲不及。王夫人一来，贾政火上浇油，板子打得更狠。这说明什么？说明贾政对王夫人不以为然，因为她太宠宝玉了，打宝玉等于打王夫人。按说王夫人来救自己的儿子是理所当然的，但是王夫人不敢说她是来救宝玉的。她先说，宝玉该打，但是老爷不要气坏了身子。然后抬出贾母来：“打死宝玉事小，倘或老太太一时不自在了，岂不事大！”没想到贾政连她这个理都不接受，说我养了这样的儿子，已经不孝，我干脆勒死他算了。这个时候，王夫人才说，“老爷虽然应当管教儿子，也要看夫妻分上。我如今已将50岁的人，只有这个孽障，必定苦苦地以他为法，我也不敢深劝。今日越发要他死，岂不是有意绝我。既要勒死他，快拿绳子来先勒死我，再勒死他。我们娘儿们不敢含怨，到底在阴司里得个依靠。”正室夫人以死要挟了。王夫人这样说，当然是出于对宝玉的母爱，但是她也提到，你这是要绝我，言外之意，你打死我的亲生儿子，留着赵姨娘的儿子做你的继承人。贾政长叹一声，坐下来也哭了。贾政听出来王夫人话里有话，即便他很恼这个儿子，也无可奈何了。王夫人一看，自己的儿子给打得面白气弱，穿着一件小衣，全是血渍，从屁股到腿，或者是青的，或者是紫的，有的地方打破了，没有一点好的地方，更加心疼，就哭起来了，"苦命的儿吓！"，这一哭"苦命儿"，就想起她死了的大儿子来了，就叫着贾珠的名字，说"若有你活着，便死一百个我也不管了。"由被打得奄奄一息的小儿子，想到不幸早死的大儿子，合情合理，非常符合母爱逻辑。

当王夫人劝说贾政不要打宝玉的时候，里面的人已经跑出来了好几个。王熙凤、李纨、迎春、探春，都跑来了。一听到哭贾珠，别人还可以忍受，李纨放声大哭。贾政听了，泪珠更像滚瓜一般滚了下来。

读者朋友看到这个地方，是不是也有点同情这个爹？原来有个那么争气的，那么好的儿子，孝顺父母，早早有了功名，但是英年早逝。眼前这个指望他光宗耀祖的儿子，被祖母、被母亲娇惯成这个样，自己要教训教训他，先有他母亲来拦着来以死相拼。这个父亲是不是也有点可怜？

可怜我一生没养个好儿子

就在这个时候，丫鬟报告“老太太来了”。宝玉的救苦救难的观世音菩萨来了。如果说贾政是以泰山压顶般的板子对付宝玉，贾母就是用泰山压顶般的语言对付贾政。人还没到，先从窗外传来颤颤巍巍的一句话：“先打死我，再打死他，岂不干净了！”为什么说话是“颤颤巍巍的声气”？就是因为尊贵的一品夫人、70岁老太太为了宝贝孙子，像马拉松运动员一样奔跑，一边跑一边气呼呼地发话。“颤颤巍巍”既是形容她跑得气喘吁吁，也形容她非常生气。而且贾母说的话多奇怪？爹打儿子，必须先打死奶奶，才能打。贾政对老母亲被惊动了，心里不安，马上躬身陪笑：“大暑热天，母亲有何生气亲自走来？有话只该叫了儿子进去吩咐。”贾母一听说，便止住步喘息一回，刚才跑得太快了，老太太喘一会气，厉声说道：“你原来是和我说话！我倒有话吩咐，只是可怜我一生没养个好儿子，却叫我和谁说去！”这是贾母气极了的话，也是她的杀手锏。她为了维护自己的孙子，她说儿子不孝，她没养个好儿子。封建宗法制最讲究子孝母慈，贾母把贾政从封建家长地位拉到忤逆之子位置上，那就比宝玉还低了。贾政怎么受得了，连忙跪下磕头：“为儿的教训儿子，也为的是光宗耀祖，母亲这话，我做儿的如何禁得起？”贾母马上啐了他一口：“我说了一句话，你就禁不起，你那样下死手的板子，难道宝玉就禁得起了？你说教训儿子是光宗耀祖，当初你父亲怎么教训你来！”贾政有一句话，他妈妈就有两句话把他顶回去，不依不饶，寸步不让。按照当时贾政所了解的宝玉的所谓罪行，表赠优伶，逼淫母婢，宝玉确实该打。按照封建礼教，贾政应该顺从母亲，贾母也应该尊重贾政的父权。但是贾母不管这个，她说打宝玉就是跟她过不去。接着还说：“你也不必和我使性子赌气的。你的儿子，我也不该管你打不打。我猜着你也厌烦我们娘儿们。不如我们早儿离了你，大家干净！”什么意思？话外有话，你打宝玉，就是因为讨厌王夫人和王夫人生的儿子，疼爱你的小老婆和贾环，干脆我带着王夫人和宝玉回南京，你心里就干净了。这样一来，好像不是宝玉有错误，他爹教育他，而是贾政寻衅闹事，和母亲、妻子、嫡子作对，叫老母亲在贾府连站脚的地方都没有了。贾母确实太厉害了，父亲打儿子，怎么就叫奶奶没立足之地了？岂不是没理反缠？还缠得振振有词，缠得儿子跪在地下苦苦磕头求饶，声明今后再也不敢打宝玉了。这样一来，贾政打宝玉的结果，就是贾母接管了宝玉的教育权。

贾母对贾政说，可怜她没养个好儿子。因为宝贝孙子被打心疼得摘心肝一般的贾母，冲口说出的话，连没打她孙子的贾赦也给一锅煮了。不过，我一直在想，情急出真言，“没养个好儿子”很可能是贾母一直埋在心底的真心话，要不然黛玉进府时，贾母对她说“我这些儿女，所疼者惟有你母”！精明的贾母早就发现，两个儿子，不管是贾赦还是贾政，都不及女儿贾敏孝顺。贾母是个雍容典雅、慈祥和蔼的老夫人，因为宝玉被打，她居然跟亲生儿子玩起指桑骂槐，表面上似乎安慰王夫人，实际是对贾政连讽加刺：“你也不必哭了。如今宝玉年纪小，你疼他，他将来长大成人，为官作宰的，也未必想着你是他母亲了。你如今倒不要疼他，只怕将来还少生一口气呢。”贾政听到这些话，连忙跪下叩头，哭着说：“母亲如此说，贾政无立足之地。”贾母还要冷笑：“你分明使我无立足之地，你反说起你来！只是我们回去了，你心里干净，看有谁来许你打！”说这个话等于明说，你打宝玉，就是想轰走你的结发妻子和你的嫡子，轰走袒护他们的你的老娘，你好一心一意跟小老婆、还有小老婆生的儿子过。贾母还马上吩咐打点行李、车轿，要带着贾宝玉和王夫人回南京。贾政只能苦苦叩头认罪。贾母施这番威风时，还没看到贾宝玉给打成什么样，如果她先看到贾宝玉被打的状况，恐怕她训贾政的话就更不客气。贾母对贾政发完了威风，进来看宝玉，看到宝贝孙子这次确实给打重了，抱着哭个不了。王夫人和凤姐上来解劝，小说写：“早有丫鬟媳妇等上来，要搀宝玉，凤姐便骂道：‘糊涂东西，也不睁开眼瞧瞧！打的这么个样儿，还要搀着走！还不快进去把那藤屉子春凳抬出来呢。’”

凤姐骂下人，既说明宝玉被打，伤势很重，也说明凤姐遇事总会妥当处理。藤屉子春凳，讲究的贵族家庭用花梨木制作，四周是大约十厘米宽的木板，中间用高级藤皮编织、适合夏季躺在上边休息，也就是抬受伤的宝玉的最佳用品。我看到这段就想，贾母和王夫人都为宝玉被打心焦得不得了，为什么嫡亲的母亲和祖母都想不到用什么办法赶紧把宝玉弄进贾母上房？倒是他嫂子想到了？因为贾母年老又气晕了头，王夫人是块木头，而王熙凤事事留心，眼明嘴快，急中生智，想出用藤屉子春凳抬的办法。就是在这些细如发丝的细节上，曹雪芹写人物总是针针见血。王熙凤就是能在众人束手无策、情况危难的时候，果断出手，解困扶危，协理宁国府的大事是这样，日常生活中的小事也是这样。宝玉挨打是这样，鸳鸯抗婚还是这样。像这样的孙媳妇，你想叫贾母不喜欢、不依赖、不偏袒，都难。

贾母带着人把宝玉抬回自己的上房。贾政看到母亲还在那里生气，还得跟进来，看看宝玉确实打重了，再看看王夫人在那里“儿”一声，“肉”一声地哭泣，而且是哭“你替珠儿早死了，留着珠儿，免你父亲生气，我也不白操这半世的心了。这会子你倘或有个好歹，丢下我，叫我靠那一个。”贾政听了，也后悔不该下这个毒手。他还是得劝他的母亲，贾母这时候才说，“你不出去，还在这里做什么！难道于心不足，还要眼看着他死了才去不成！”儿子不挨骂还不能走，封建大家庭的规矩多么有趣。

这个时候，来了一群人来看宝玉，薛姨妈、宝钗、香菱、袭人、史湘云。这里面少了一个人，谁呢？跟宝玉最知心的黛玉。袭人心里很委屈，很多人围着，在王熙凤带领下，打扇的打扇，灌水的灌水，自己插不进手去。她想了解宝玉为什么挨打？就走到二门，找了茗烟来问：为什么打起来了。茗烟说，为了琪官和金钏儿姐姐的事。袭人说，老爷怎么知道？茗烟说，琪官的事，多半是薛大爷吃醋，在外面挑唆了人，在老爷跟前下的火；金钏儿这事，是三爷说的。“下火”是句口语，就是进谗言。

茗烟非常明确地告诉袭人，金钏儿的事是三爷说的。茗烟告诉她，我是听老爷的人说的。这是板上钉钉的。袭人听了，心里就明白了八九分，然后回来，贾母说，好好把宝玉抬到他房里去，抬回怡红院，大家散去，袭人这才进来服侍他。

袭人会怎么服侍宝玉？宝玉挨打会给袭人带来什么样的机遇？

第三十四回

情中情因情感妹妹
错里错以错劝哥哥

第三十四回回目工整别致，当年曹雪芹拟出这个回目时，一定非常得意，因为长篇小说回目连出六个叠字，像写对联，一幅对联出六个叠字，是一般作家都不敢做的。曹雪芹经常故意求巧，他的求巧也恰当地把这一回内容显示出来了。

情中情因情感妹妹是什么意思？宝玉挨打之后，黛玉很心痛，她来看宝玉，哭得眼都肿了，宝玉很感动，派晴雯给黛玉送去旧手帕。这个手帕是当初他们两人吵架，黛玉摔到他怀里的。黛玉看到手帕，领悟出里面的意思，写下了著名的题帕诗，我们把它叫黛玉的爱情宣言。

错里错以错劝哥哥，是说茗烟推测宝玉挨打是因为薛蟠对他和蒋玉菡的关系吃醋，找人来给贾政下了火。袭人也相信了这话，把这个话告诉宝钗。宝钗虽然给哥哥做了一番推托，但她也相信这话。她回去告诉了母亲，薛姨妈也相信，就教育自己的儿子，把薛蟠气得火冒三丈，大闹一场。宝钗以错就错，劝哥哥以后少在外面管闲事。

情中情因情感妹妹，错里错以错劝哥哥，是第三十四回的主要内容。但是第三十四回还有个相当重要的内容没上回目，那就是花袭人向王夫人进谗言。在这一回当中，黛玉、宝钗、袭人，都做了精彩生动的表演。黛玉表现出她的情痴，宝钗表现出她的懂事深沉和精致的利己主义，袭人表现出她的内心阴暗和恶毒的利己主义。我们就把情中情因情感妹妹，也就是黛玉的感情纠纷和宝钗、袭人这两个人的表现分开来看一看。

稳重宝钗真情流露

袭人在贾母命令把宝玉抬回怡红院后，上去含着眼泪照顾，问宝玉，怎么打到这个地步？宝玉说，不过是为那些事，问它做什么？宝玉做的这些事，和丫鬟开玩笑，和戏子来往，换了汗巾子，袭人平时是知道的。袭人把宝玉的内衣脱下来，看他的腿上又青又紫，都是四指宽打的痕迹，已经肿起来，袭人很心痛，说："我的娘，怎么下这般的狠手！"感叹贾政下手太狠，但她接着说了一句，"你但凡听我一句话，也不得到这步地位。"照袭人看来，宝玉挨打，是因为他没听自己劝。她是怎么样劝宝玉呢？就是前几回写的，她埋怨宝玉不听宝钗、湘云的劝告，和为官做宰的人来往，袭人要安排宝玉的人生道路。她又说："幸而没动筋骨，倘或打出个残疾来，可叫人怎么样呢！”把宝二爷打残废了，那宝二姨娘当然很尴尬。

两人正说着，丫鬟们说“宝姑娘来了”，袭人来不及给宝玉套上内衣，就盖上纱被把宝玉身体遮起来。宝钗手里托着个药丸进来，对袭人说：“晚上把这药用酒研开，替他敷上，把那瘀血的热毒散开，可以就好了。”又问宝玉，“这会子可好些？”宝玉赶快道谢说“好些了”，让座。宝钗像不像哪家医院的护士长，照顾病人非常及时周到，挨了打马上用棒疮药，真是不简单。宝钗看到宝玉挣开眼说话了，但是有气无力的，就点头叹息：“早听人一句话，也不至今日。”这话多么像袭人刚才说的，什么意思？你要早听我的劝告，去和贾雨村这些为官做宰的人来往，不要和丫鬟戏子来往，不就不会挨打了？接着宝钗流露出对宝玉的真正感情，不仅是表姐关心表弟，还是青春美少女关心青春美少年，“别说老太太，太太心疼，就是我们看着，心里也……”刚说了半句，又咽住了，后悔说得急了，红了脸，低下头。她毕竟是15岁多点的女孩，一下子流露出对一个男孩这么心连心，觉得很不好意思，因为这不符合大家闺秀的身份，所以红了脸，低了头。宝钗这番话在有的版本是“别说老太太，太太心疼，就是我们看着，心里也疼。”宝姑娘直接把“心里也疼”说出来，太直白了，缺少薛宝钗应有的含蓄。“心里也”后边用省略号，更有蕴味，更出彩。宝玉平时听到宝钗劝自己读书做官，很生气，但是这一次宝钗重复“早听人一句话，也不至今日”，宝玉反而没生气，为什么？他受到宝钗形态的感动了。宝钗心疼自己，宝玉连疼都忘了，想："我不过捱了几下打，他们一个个就有这些怜惜悲感之态露出，令人可玩可观，可怜可敬。假若我一时遭殃横死，他们还不知是何等悲感呢！既是他们这样，我便一时死了，得他们如此，一生事业纵然尽付东流，亦无足叹息。"宝玉真是情痴情种，自己给打得这么狼狈，美丽的表姐，因为疼自己动了感情，他竟然想到，有她们疼惜，我即便死了也无足可惜。

宝钗问，好好的怎么就打了？袭人就把茗烟的话说出来了，茗烟说的是什么话？薛蟠找人在贾政跟前告了蒋玉菡一事的状；贾环在贾政跟前告了金钏儿的事。袭人把贾环告状的事跟宝钗说了。她相信这件事，也记恨这件事。但是后来她在王夫人跟前，她居然一个字也不提了。

宝玉原来不知道弟弟告了自己的状，这次知道，他没有给弟弟掩护，赶快给薛蟠打掩护。他说："薛大哥哥从来不这样的，你们不可混猜度。"这既出于宝玉深知薛蟠的个性，也出于兄弟情深。宝钗一听，就感叹，他自己打成这样了，还关心别人，你既然这么细心，为什么不在外面的事上，在大事上多下点工夫呢？你在外面交结戏子，给自己带来祸害，你在外面交结贾雨村，不是可以学一学怎样去做进士？老爷也会高兴。宝钗时时想着的，就是怎样把宝玉拉到读书做官"正途"上。她想，你怕我多心，拦住袭人说我哥哥的话，难道我还不知道我哥哥平时是怎样任性。当日为了一个秦钟，还闹得天翻地覆，现在比先前更厉害了。

当日为了秦钟闹得天翻地覆，是通过宝钗心理活动交代出来，小说没有这个情节。从宝钗的内心活动可以发现，曹雪芹在对《红楼梦》五次增删当中，确实删掉很多原来的笔墨，比如闹学堂原来还有薛蟠打闹的情节。宝钗自己琢磨透了之后，就说："你们也不必怨这个，怨那个。据我想，到底宝兄弟素日不正，肯和那些人来往，老爷才生气。就是我哥哥说话不防头，一时说出宝兄弟来，也不是有心调唆。"听听，错在谁？错在宝玉，宝玉素日不正，和那些人来往，该打，至于我哥哥，他如果说出来，也不是有意的。然后她说"袭姑娘从小儿只见宝兄弟这么样细心的人，你何尝见过天不怕地不怕，心里有什么口里就说什么的人。"宝钗多会说话，狠狠教训袭人一顿，语气似乎商商量量地说话。袭人很惭愧。宝钗说我明天再来看你吧。袭人就把她送到院外，说："姑娘倒费心了。改日宝二爷好了，亲自来谢。"袭人懂道理，宝钗关心宝玉，丫鬟没权利感谢，得宝二爷好了，自己亲自登门感谢。宝钗回头笑："有什么谢处。你只劝他好生静养，别胡思乱想的就好了"。什么意思？大概她心里有数，宝玉被打，肯定得琢磨自己被打的几件事，正如后面描写的，宝玉"看到"金钏儿来诉说投井，蒋玉菡来诉说自己给抓回去。估计宝钗更担心的胡思乱想，就是你躺在这里养伤就行，不要再想你的林妹妹了。她还说，“不必惊动老太太，太太”。为什么？她自己送了药，关心了宝玉，但她不想叫他人知道。她是不是关心过头？有没有对宝玉有什么想法？宝钗很注意保护自己哪怕非常细微的机密。还有一个可能，宝钗说“不必惊动老太太、太太众人。倘或吹到老爷耳朵里，虽然彼时不怎么样，将要对景，终是要吃亏的。”薛宝钗是不是暗示袭人：茗烟说的宝玉挨打的原因是因为薛蟠找人来下了火，贾环对老爷说了话，你就到此为止，千万不要再传了，免得惊动老太太和太太，去追查，再吹到老爷耳朵里就不好了。宝玉会更吃亏了。说到贾政，按照常理，宝钗理应叫“姨爹”才对，她的哥哥薛蟠就是叫“姨爹”,林黛玉对贾政总是背地里叫“舅舅”。宝钗居然按贾府内部人的口气用上“老爷”这个词，似乎她已经以贾府内部人自居。曹雪芹这些细微用词特别微妙。此后袭人在王夫人问起宝玉挨打的原因时，对薛蟠和贾环都压根不提，是不是就是受了宝姑娘这位高人的指点呢？

袭人非常感激宝钗，这个时候，黛玉来了，过了一会儿，王熙凤又来了，黛玉来的表现，我们后边再看。

绵里藏针袭人准确出招

王夫人派人来，说太太叫一个跟二爷的人。袭人一听说，想了一想，想什么呢？估计她想的就是可逮到向王夫人好好进言的机会了。她打算进什么谗言呢？防止宝玉和黛玉之间出现所谓"丑祸"，她见王夫人的重点，就是要对付黛玉，这是我根据后面情节做出来的分析。

她告诉晴雯等几人，好生在房里侍候，我去了就来。王夫人正在摇扇子，见袭人就说："不管叫个谁来也罢了。你又丢下他来了，谁服侍他呢？"王夫人并没指名叫袭人来，只是要叫个跟宝玉的人来，谁来都可以。袭人还是跑来了，袭人说："二爷才睡安稳了，那四五个丫头如今也好了，会服侍二爷了。"袭人不仅擅长打小报告，还特别会打击别人抬高自己，表功。她贬损其他丫鬟，原来都不会服侍，在她带领下如今也会服侍了。她这是表扬他人还是抬高自己？"恐怕太太有什么话吩咐，打发他们来，一时听不明白，倒耽误了。"叫别人来就听不明白，只有你袭人来才能听明白，这不是多少丫鬟都不如你一人？其实袭人内心是，如果叫她们来，只是汇报一下宝玉挨打后的伤情，可就不能像我来一样，把心里话好好跟太太说说了。王夫人要问宝玉疼得怎么样了。袭人赶快说，宝姑娘送的药，我给二爷敷上了，比原来好了。袭人总想成全金玉良缘，关键时刻，向王夫人报告宝钗怎样关心宝玉，给宝钗记上头功。这是袭人向王夫人造舆论，宝钗对宝玉的关心多么可贵。

王夫人又问，吃了什么了？作为母亲，必定关心儿子还疼不疼，能吃什么？袭人说，喝了点粥，只是说渴得慌，要喝酸梅汤，我想酸梅汤是收敛的，挨了打，热毒散不出来，就找玫瑰卤子和了点给他喝。王夫人说，你怎么不早点来告诉我，有人送了两瓶子香露来，我要给他。这个香露，一碗水里挑上一茶匙，就香得不得了。说着，就说：彩云，“把前儿的那几瓶香露拿了来。”请注意这个名字，彩云，王夫人打金钏儿，就因为金钏儿告诉宝玉，你到东院去捉彩云和三爷。彩云和贾环胡搞王夫人听得明明白白。金钏儿只是和宝玉开句玩笑就被一巴掌打到井里。和贾环胡搞的彩云还在王夫人身边得宠。后面彩云还要偷几瓶香露给她心爱的贾环。王夫人就叫彩云拿出香露交给袭人，这是贾元春送的，上面有皇宫的鹅黄标志。

袭人答应了，看没机会跟王夫人讲自己想讲的话，就想回去。王夫人叫住她，说我有话问你。袭人回来，王夫人看彩云出去了，屋里没别的人，就说：“我恍惚听见宝玉今儿捱打，是环儿在老爷跟前说了什么话。你可听见这个了？你要听见，告诉我听听，我也不吵出来叫人知道是你说的。”王夫人想调查是不是贾环陷害宝玉。她跟袭人交底，你不管打什么小报告都烂在我心里。袭人就放心大胆向王夫人进谗言了。王夫人明明问的是贾环是不是在贾政跟前说了宝玉的什么话。袭人早就听到茗烟说，是三爷讲了金钏儿的话，老爷才生气，她还把这话告诉宝钗，说明她很肯定贾环对宝玉挨打有责任。但她回答：“我倒没听见这话。”奇怪！袭人为什么要掩护贾环？难道她和赵姨娘心有灵犀？难道她和赵姨娘是《红楼梦》里所说的“黑母鸡一窝儿”，都是姨娘身份？估计袭人还是要把王夫人的主要注意力集中到黛玉身上，而且她不能因为汇报贾环的事得罪可以在贾政的枕旁吹耳旁风的赵姨娘。袭人说“我倒没听见这个话”，令人毛骨悚然，此人心机太可怕了。她又说一句话，更奇怪了：“只听说为二爷霸占着戏子，人家来和老爷要，为这个打的。”忠顺王府长史官来找贾政，说外面的人传说蒋玉菡和你们有玉的少爷来往密切。贾政打宝玉是说“流荡优伶”，不论忠顺王府长史官，还是贾政，谁都没有说宝玉霸占蒋玉菡，为什么袭人要给他加上这个非常重的罪名呢？王夫人说，“也为这个，还有别的原故。”王夫人还是要调查，到底贾环有没有说话。袭人一口咬定：“别的原故实在不知道了。”明明知道是贾环诬陷，咬紧牙关就是不说，袭人心机太可怕了。她要趁机向王夫人进黛玉谗言：“我今儿在太太跟前大胆说句不知好歹的话，论理……”咽住了，王夫人说你只管说。袭人说，“太太别生气，我就说了。”王夫人说，“我有什么生气的，你只管说来。”袭人说，“论理，我们二爷也须得老爷教训两顿。若老爷再不管，将来不知做出什么事来呢。”宝玉能做出什么事来？他已经做出来的事不就是和袭人上床了？读者朋友们，咱们在生活中如果遇到袭人这种人，这种转弯抹角，想方设法陷害自己所谓“敌人”的人，那得好好提防。但王夫人一听，“阿弥陀佛”，赶着叫袭人"我的儿"，真是昏了头了，这说明王夫人认为袭人真关心宝玉，所以她就叫了个"我的儿"，说：我何曾不知道管儿子，我是快 50 岁的人，就剩他一个人了，老太太宝贝似的，管紧了他，有个好歹，老太太气坏了，那就更不好，所以就纵坏了他。王夫人的立场是，我只有这一个儿子，如果我没了这个儿子，贾环就成了贾政的当然继承人，我就从母以子贵落到赵姨娘后面了。"我常常掰着口儿劝一阵，说一阵，气的骂一阵，哭一阵，彼时他好，过后儿还是不相干，端的吃了亏才罢了。若打坏了，将来我靠谁呢。"王夫人流露出她对儿子真心疼爱，也流露出儿子是她在荣国府立足的保证。

袭人陪着王夫人哭了，说："二爷是太太养的，岂不心疼。便是我们做下人的服侍一场，大家落个平安，也算是造化了。"我记挂着一件事，"讨太太个主意。只是我怕太太疑心，不但我的话白说了，且连葬身之地都没了。"多么严重的事，让你连葬身之地都没了？李奶奶不是骂袭人装狐猸子哄宝玉吗？她现在又装狐猸子哄王夫人了。王夫人果然上当："我的儿，你有话只管说。"然后表示，我已经把你和老姨娘一样行事。这就是叫袭人放心，你是我儿子侍妾，这事我已定了，有什么话只管说，不要叫别人知道就是。

袭人说，我就想讨个太太的示下，变个法儿，叫二爷搬出园子住。为什么？宝玉搬出园子住，黛玉还住在园子里。宝玉不会经常跑到黛玉那去，黛玉也不便于经常跑出来找宝玉，但宝钗她可以从薛姨妈那里经常来看宝玉，而且她不看宝玉，王夫人心里也有宝钗。王夫人一听大惊，拉了袭人的手："宝玉难道和谁作怪了不成？"作怪，什么意思？说白了就是宝玉和谁上床了？袭人竟然一下子就听懂，对王夫人说没有这话。其实早就有这话，和谁作怪？正是袭人。袭人贼喊捉贼，叫宝玉搬出大观园。因为宝玉甭管住到什么地方，袭人都在他身边，林姑娘就远了。

袭人说，"太太别多心，并没有这话。这不过是我的小见识。如今二爷也大了，里头姑娘们也大了，况且林姑娘宝姑娘又是两姨姑表姊妹，虽说是姊妹们，到底是男女之分，日夜一处起坐不方便，由不得叫人悬心，便是外人看着也不像。"似乎把林姑娘宝姑娘并提，但是目的只是林姑娘，所以把林姑娘放在前面。袭人还造谣说他们是日夜一处。宝玉和林姑娘宝姑娘何曾日夜一处？宝玉只是和你袭人日夜一处；袭人在那悬心，悬什么心？担心宝玉真把黛玉娶回来做宝二奶奶。她说："二爷素日性格，太太是知道的。他又偏好在我们队里闹，倘或不防，前后错了一点半点，不论真假，人多口杂，那起小人的嘴有什么避讳……若要叫人说出一个不好字来，我们不用说，粉身碎骨，罪有万重，都是平常小事，但后来二爷一生的声名品行岂不完了，二则太太也难见老爷。"这段话仍然在贼喊捉贼。宝玉喜欢在我们队里闹，"我们"主要不是指袭人本人，而指晴雯等丫鬟，如果宝玉和晴雯等再出点事，叫别人说出来，众人不知道真假，人多口杂，把宝玉的名声弄坏了，一生品行就完了。袭人自己已经掉到泥坑里了，却把脏水泼到其他丫鬟的头上！最后表白："我为这事日夜悬心，又不好说与人，惟有灯知道罢了。"袭人说的这段话可能是真的，她整天晚上睡不着觉，在那里琢磨，怎么防范宝玉和黛玉的亲近，怎么阻止宝玉和晴雯等"出事"，她的心事确实只有怡红院的灯看到。

我们周围常会有打击别人抬高自己的人，有无中生有、编造谎言、给别人栽赃的人，当事者往往会上这些阴险之极者的当。《红楼梦》第三十四回，用似乎是非常小的事情，把袭人这个恶毒的利己主义者刻画得深入骨髓。明明自己是恶鬼，还要扮演成菩萨。

宝玉神游太虚境看到的袭人的判词，"枉自温柔和顺，空云似桂如兰。"袭人，叫别人看来温柔顺从，但这是"枉自"，是表面现象，内心是狠毒、不与人为善；姓花，品格应像桂花兰花散发出迷人的清香，但是"空云"。品格像鲍鱼之肆恶臭，损害别人。宝玉看到的图画是一顶破席。你用一个完完整整的席子也可以，但用破席什么含义？暗含对袭人的批判意味。

袭人的谗言起作用了，自己和宝玉做怪，却嫁祸林姑娘，嫁祸其他丫鬟。保护了自己，转移了目标。而王夫人真是稀里糊涂，专听谗言。她听了袭人的话，正触了金钏儿之事。金钏儿之死是王夫人心中的痛，袭人就抓住这个时机，说宝玉喜欢在我们队里闹，那不已经和金钏儿闹出事来了？王夫人连着说了几个“我的儿”，你想得这么周全，难为你成全我娘儿两个的声名体面，“罢了，你且去罢，我自有道理。只是还有一句话：你今日既说了这样的话，我就把他交给你了，好歹留心，保全了他，就是保全了我。我自然不辜负你。”点到为止，我不会辜负你，我已经叫你享受赵姨娘的待遇，以后还会提拔重用你。袭人告密告得多么精彩，收获更令她喜出望外。

鲁莽霸王捅破“金玉”真相

袭人已经告诉宝钗，宝玉挨打是她哥哥在贾政跟前说的话，宝钗信以为真，她回到她母亲那里。薛蟠在外面喝酒回来了，看到宝钗回来，就说:“听见宝兄弟吃了亏，是为什么？”薛姨妈已经听宝钗说了袭人说的那番话，正不自在，就说:“不知好歹的冤家，都是你闹的，你还有脸来问！”薛蟠比较粗心，满头雾水。薛姨妈说:你还装憨，人家都知道是你说的，还赖呢。薛蟠说：“人人说我杀了人，也就信了罢？”看来杀冯渊抢香菱的事，阿呆早就忘到九宵云外了。宝钗赶快“错里错以错劝哥哥”:“是你说的也罢，不是你说的也罢，事情也过去了，不必较证，倒把小事儿弄大了。我只劝你从此以后在外头少去胡闹，少管别人的事……你是个不防头的人，过后儿没事就罢了，倘或有事，不是你干的，人人都也疑惑是你干的，不用说别人,我先就疑惑。”薛蟠虽然是纨绔子弟,但心直口快,有什么就说出来。他生气了,拿个门闩,你们说我告宝玉的状,我去打死他就完了！宝钗劝住哥哥，又说他“顾前不顾后”。薛蟠说：“你只会怨我顾前不顾后，你怎么不怨宝玉外头招风惹草的那个样子！别说多的，只拿前儿琪官的事比给你们听：那琪官，我们见过十来次的，我并未和他说一句亲热话；怎么前儿他见了，连姓名还不知道，就把汗巾子给他了？难道这也是我说的不成？”薛姨妈和宝钗更急了,就是这事打的他,可不就是你说的？薛蟠看妹妹说的话，句句在理，没法驳斥，就想得把妹妹的嘴给堵住。怎么堵住呢？“好妹妹，你不用和我闹，我早知道你的心了。从先妈和我说，你这金要拣有玉的才可正配，你留了心。见宝玉有那劳什骨子，你自然如今行动护着他。”无恶不作的阿呆说出大实话，泄露了宝钗的金锁并不是什么和尚送的，是她妈要造个金锁和有玉的正配，这不就把薛姨妈母女天大机密泄露出来了？薛姨妈气得浑身乱战，宝钗怕妈妈生气，流着眼泪告别母亲，回到大观园哭了一夜。这一段说明，金玉良缘确实不是什么和尚道士的话，而是薛姨妈和宝钗追求的目标。

第二天早晨,宝钗起来不梳头不洗脸,赶快跑回去看母亲,恰好看到黛玉站在花阴下，问哪里去？宝钗说“家去”，一边说一边往前走。黛玉一看，哭了，就在后面笑了：“姐姐也自保重些儿。就是哭出两缸眼泪来，也医不好棒疮。”这嘴真是比刀子还尖。

其实，真正哭出两缸子眼泪，把眼皮子都哭肿的是谁呢？是黛玉。

通过宝玉挨打，我们看到宝钗是个雍容闲雅的利己主义者，袭人是个阴险恶毒的利己主义者，黛玉呢？是忘我的爱情至上者。

黛玉的表现和所有人都不一样，她没有像凤姐那样嘘寒问暖，跑前跑后，也没有像宝钗那样，细心地拿了治棒疮的药给宝玉用。她对宝玉却是感同身受，痛彻心肺。贾政打在宝玉身上，痛在黛玉的心上。贾政打宝玉，主要的原因是金钏儿之死和蒋玉菡事件。但是贾政一开始就质问宝玉，为什么贾雨村来了，你一点儿挥洒谈吐都没有，一团愁闷私欲的样子？贾政不明白，宝玉明白，因为他刚刚和黛玉诉肺腑，叫黛玉“你放心”，他想进一步向黛玉说“睡里梦里都忘不了你”，却诉错了对象，说给最不应该听到这个话的袭人听了。宝玉很懊丧，在琢磨这个事。所以贾雨村来的时候，他就不可能跟这个话不投机半句多的庸人有什么挥洒谈吐，这就使得贾政不满意。

绛珠还泪情深意浓

宝玉挨打后，已经到了傍晚，很多人都来过了，读者们会很奇怪，怎么黛玉还没有出现呢？黛玉是在天色将晚时，悄然来到怡红院。在这之前，宝玉身边的丫鬟都出去了。袭人出去，宝玉叫别的丫鬟也都出去，就他一个人待在房间。他在昏睡当中，听到有人悲悲切切地哭，睁开眼一看，在自己身旁啼哭的那个人，两个眼睛肿得桃儿一般，满面泪光，林妹妹来了。宝玉已经被他爹打得爬不动了，但他担心的却是林妹妹的身体。他一边“嗳哟嗳哟”地叫，一边说：“你又做什么跑来！虽说太阳落下去，那地上的馀热未散，走两趟又要受了暑。我虽然捱了打，并不觉疼痛。我这个样儿，只装出来哄他们，好在外头布散与老爷听，其实是假的。你不可认真。”疼到“嗳哟嗳哟”不停，还跟林妹妹说假话，说我这疼是表演给大家看的，要大家散布给老爷听的，你不要信了，我还是不疼的。宝哥哥对林妹妹太体贴了。这个时候黛玉心里有千言万语，一句话也说不出来，哭得非常伤心，她是无声之泣，无声之泣比嚎啕大哭更难受，因为嚎啕大哭可以把悲痛通过嚎啕发泄出来，无声抽泣就使得林妹妹气噎喉堵，更难受了。这是真正的大悲大痛。

听了宝玉说的话，黛玉觉得，宝哥哥太体谅自己了。肚子里面千言万语说不出来，过了半天抽抽噎噎地说：“你从此可都改了罢。”宝玉被打，到底因为什么原因？住在潇湘馆的黛玉，很难掌握这里面的实际情况。但是黛玉总是要维护宝玉。既然舅舅这么打你，你什么事叫舅舅不高兴，你就改了吧。这也是在埋怨舅舅，但是她不能够公开埋怨舅舅，只能告诉宝玉，你就改了吧。

宝玉长叹一声，“你放心，别说这样的话。就便为这些人死了，也是情愿的。”宝玉又是一句“你放心”。贾政因为其他的事打宝玉，宝玉为什么要叫黛玉放心呢？因为宝玉自己也很清楚，他挨打的很重要原因，是因为他刚刚向黛玉诉肺腑，所以不可能和贾雨村这类人谈得投机。他说“你放心”，我就是为这些人死了也是情愿的。这些人包括金钏儿，包括蒋玉菡，最主要还是指黛玉。宝玉和黛玉的感情，又一次往前进展，打成这个样，还是叫你放心，我就是为这些人特别是为林妹妹死了也情愿。

这时，王熙凤来了，院子外面的人说：“二奶奶来了。”黛玉一听，赶快立起身说：“我从后院子去罢，回头再来。”宝玉一把拉住她：“这可奇了，好好的怎么怕起他来？”黛玉急得跺脚，悄悄地说：“你瞧瞧我的眼睛，又该他取笑开心呢。”凤姐不是取笑过黛玉，吃了我们家的茶，为什么还不给我们家做媳妇？如果她看到黛玉为了宝玉被打，哭得两个眼睛都肿了，又会说什么玩笑话呢？这时宝玉和黛玉之间已经非常默契，不需要多说什么，互相都能理解。宝玉赶快放了手，黛玉三步两步转过床后，从后院走了。凤姐从前头已进来。接着薛姨妈又来，贾母又打发人来。宝玉喝了两口汤，昏昏沉沉睡去，又有家人不断来请安。这时，王夫人派人叫一个跟宝玉的人，袭人跑到王夫人那去了。等她从王夫人那回来，只是向宝玉汇报拿了两瓶香露，调了来叫宝玉喝，果然是非常好喝。这时宝玉的心挂念黛玉，满心要打发个人去看看黛玉，但袭人在这，他怕袭人。宝玉敏感地发现，袭人正在有意无意阻止他和林妹妹亲近。他说：袭人你到宝姐姐那去替我借本书去。把袭人支出去，把晴雯叫来说：你到林姑娘那看看她做什么呢，她要问我，你就说我好了。晴雯为人单纯，对宝玉忠心，办事实诚，现在是宝玉最信赖的人。支走袭人再使唤晴雯，就能够看出来宝玉在丫鬟当中，已经分出远近。跟他有肌肤相亲的袭人，他已经有所提防了；跟他冰清玉洁的晴雯成了他的心腹。晴雯说："白眉赤眼，做什么去呢？到底说句话儿，也像一件事。"宝玉说"没有什么可说的。"晴雯就说，要不就送件东西？要不然我怎么跟她搭讪呢？这一下子提醒了宝玉了，拿了两条手帕撂给晴雯，你就说我叫你送这个给她。晴雯一看，两条半新不旧的手帕。她了解林姑娘的性情，就说："这又奇了。他要这半新不旧的两条手帕子？他又要恼了，说你打趣他。"晴雯毕竟是天真烂漫的小姑娘，根本想不到，这实际上是私情传递。而比晴雯还小的小红，早就知道这个了。宝玉说，你放心，她自然知道。

晴雯只好拿手帕到潇湘馆来。到了潇湘馆，看到黛玉的丫鬟春纤正在栏杆上晾手帕。很好玩，手帕是干吗的？擦眼泪的。春纤正在那晾姑娘的手绢，那就是姑娘哭得已经湿透好几条手绢了，所以哭得两个眼像肿桃一样。一见晴雯来了，春纤摇手说睡下了。晴雯还是走进来，黛玉问，谁呀？“晴雯。”“做什么？”“二爷送手帕子来给姑娘”。黛玉纳闷：“叫他留着送别人罢，我这会子不用这个。”晴雯说：“不是新的，就是家常旧的。”黛玉越发纳闷，想了一会，突然醒悟，这是上次我们吵架，他用藕荷色纱衫擦眼泪，我把手帕摔到他怀里那个。她说：“放下，去罢。”晴雯放下就回去了。一路上还琢磨，宝二爷叫我送旧手帕给林姑娘，一向那么拿乔儿的林姑娘，知道是旧的，还不生气，到底怎么回事儿？这个纯洁至极的小丫鬟绝对想不到，她已经执行完热恋中人私相传递的任务。

晴雯走了，黛玉这才体贴出手帕子的意思来。贾元春端午节赏赐把宝玉宝钗并列，黛玉和宝玉大闹一次，说我没什么金，什么银，配你的玉，宝玉接着砸玉。黛玉大哭大吐，宝玉也哭了，最后还是贾母把宝玉带走。后来宝玉赔不是，两人对哭，宝玉没带手帕，黛玉把自己的手帕摔到他怀里。宝玉就当宝贝一样珍藏密收。当他连路都不能走的时候，就派心腹侍儿晴雯送回来给黛玉。向黛玉传递这样的意思：我即便被我爹打得不能动了，我的心也和你在一起。贾政一顿板子，把宝玉完全赶到黛玉身边。

“这里黛玉体贴出手帕子的意思来，不觉神魂驰荡：宝玉这番苦心，能领会我这番苦意，又令我可喜；我这番苦意，不知将来如何，又令我可悲；忽然好好的送两块旧帕子来，若不是领我深意，单看了这帕子，又令我可笑；再想令人私相传递与我，又可惧；我自己每每好哭，想来也无味，又令我可愧。”如此左思右想，心内就像着了火一样，余意缠绵，叫丫鬟点灯来，也不想有什么避讳什么嫌疑，研墨蘸笔，在那两块旧手帕题诗。

黛玉这段心理活动，说明她完全理解宝玉送旧手帕的意图，她知道什么金玉良缘，什么金麒麟，什么和尚道士提亲，都不会再影响他们的感情了。他们两个人的感情已经瓜熟蒂落。但是他们可以操纵自己的爱情，却不能操纵婚姻。所以黛玉又可喜、又可悲、又可笑、又可惧、还可愧。对宝玉和自己面临的局势洞如观火，对如何争取两人婚姻一筹莫展。林黛玉是孤高自许、要求灵魂清高的仙女临凡的女性，她不会为了婚事对掌握婚事的人比如王夫人，阿谀奉承说好话拉关系。她只能用痴情还宝玉的痴情，但是处理人事关系，不是她的长项。

黛玉写下三首诗，我们把它叫《题帕诗》。对黛玉的《题帕诗》，要联系《红楼梦》开头的神话理解。《红楼梦》开头说灵河岸边三生石畔，有绛珠仙草一株，她能久延岁月，是赤瑕宫神瑛侍者用甘露浇灌的结果。绛珠仙草经过甘露浇灌后，修炼成绛珠仙女，在五内凝结着对神瑛侍者的缠绵不尽之意。当神瑛侍者要下凡做宝玉的时候，绛珠仙子也到警幻仙子那挂号，说我没法报答他对我的雨露浇灌之恩，我要跟他一起去下凡，把一生的眼泪还他，也就能偿还他的甘露浇灌之恩。

黛玉到人间就是为了向宝玉还眼泪，这是古今中外爱情描写中从没有过的诗意化爱情。宝玉被打，送旧手绢给黛玉后，黛玉写到旧手帕上的诗，和还泪紧紧联系在一起，一首比一首深地写出了黛玉的感情。

眼空蓄泪泪空垂，暗洒闲抛却为谁？

尺幅鲛鮹劳解赠，叫人焉得不伤悲！

第一首诗，是流泪、流泪、流泪，眼睛蓄满眼泪，为谁一个劲抛洒？是黛玉为宝玉抛洒眼泪，也是绛珠仙子为神瑛侍者还眼泪。“尺幅鲛鮹”是用了个美丽传说，海中有鲛人，他们织出叫“鲛鮹”的美丽绸缎，鲛人流出的眼泪，又变成珍珠，所以“鲛鮹”经常用来代指眼泪。这首诗四句倒有三句写眼泪，黛玉流泪，是因为她理解绡帕已是爱情的信物，因为当初这两块绡帕，是黛玉枕头上的，宝玉哭了之后，拿下来，摔到宝玉的怀里。所谓绡帕，就是很薄很薄的绸子做成的手帕。

抛珠滚玉只偷潸，镇日无心镇日闲；
枕上袖边难拂拭，任他点点与斑斑。

第二首，还是写流眼泪，不停地流眼泪，日日夜夜流眼泪，偷潸，偷偷的潸然泪下。黛玉去看宝玉，眼睛肿得像桃子，那就是她在潇湘馆，让自己的眼泪痛痛快快地为宝玉而流，黛玉不是为自己流眼泪，她为宝玉被打流眼泪，为宝玉痛苦而痛苦，为宝玉不幸而不幸。枕上的眼泪，袖子上的眼泪，到处都是眼泪。

彩线难收面上珠，湘江旧迹已模糊；
窗前亦有千竿竹，不识香痕渍也无？

第三首诗是这三首诗的中心、高潮，是黛玉感情的升华，这里面用个“湘江旧迹”典故，什么意思？湘江一带有种竹子叫湘妃竹，竹子上有天然的紫褐色斑点。神话传说舜南巡死后，他的两个妃子，听到舜的死讯后，一个劲地哭他，哭到眼中出血，眼泪撒到竹子上，形成紫褐色斑点。这个故事来自六朝小说《博物志》。写的是舜南巡死了，葬在苍梧之野。

尧的两个女儿娥皇和女英，都是舜的妃子。她们为了舜的死亡痛苦，她们的眼泪洒到湘江一代的竹子上，形成了像血珠一样的斑点。黛玉用了湘江典故，而且说“窗前亦有千竿竹”，我这些竹子也沾上我的眼泪了。这样一来，黛玉就把自己和宝玉的关系定位为娥皇女英和舜的关系了。也就是坚贞的夫妻关系。像娥皇女英哭大舜，使得湘竹变成了斑竹。潇湘馆的竹子有朝一日也会因为黛玉的眼泪变为斑竹。

《题帕诗》是货真价实的情诗，是毫不隐讳、情深意浓的情诗，第三首诗是黛玉爱情诗的高潮。这三首诗把林黛玉对三从四德的背叛，完完整整写出来了。黛玉不是一直用三从四德，用闺训约束自己？宝玉跟她开句玩笑，“我就是那个多愁多病身，你就是那个倾国倾城貌。”宝玉对紫鹃说一声，“好丫头，若共你多情小姐同罗帐，怎舍得叠被铺床。”黛玉都要翻脸，她都不能允许宝玉即便借用文学作品来说明我们两个是一对。但是现在她在手帕上毫不隐讳地把自己和宝玉的关系定位为娥皇女英和大舜的关系。对于一个千金小姐来说，这是非常危险的，如果她的《题帕诗》被人发现，如果再弄清这是宝玉黛玉之间私相传递的手帕，黛玉就要丢人现眼。宝玉和黛玉就会出现危机。

如果是一般的小说家处理这个情节，黛玉《题帕诗》应该传到宝玉的手里，引起宝玉共鸣，或者宝玉也和上三首诗。两人的感情再往前发展，“月上柳梢头，人约黄昏后”。题诗再给别有用心的人发现，拿来做诬陷宝玉和黛玉的文章，引起轩然大波。一般作家会这样处理。但曹雪芹是天才，天才之所以为天才，就是总不按规矩出牌。黛玉写了像爱情宣言一样的诗，这诗一直到八十回结束，宝玉都没有看到。曹雪芹丢了的后几十回怎么安排黛玉《题帕诗》？将来宝玉外出逃亡，黛玉在潇湘馆为他担忧，不断哭泣，终于为宝玉流尽最后一滴眼泪，飘然而去。宝玉逃亡归来，回到潇湘馆。潇湘馆人去馆空，寒烟漠漠，落叶萧萧。宝玉对景悼颦儿的时候，会不会从紫鹃手里接过黛玉的诗？我琢磨了很久，怎么也想不出合适的处理。看来一位天才作家飘然而去，甭管有多少作家，都不可能补上他留下的谜底。

《葬花吟》是黛玉诗的代表作。曾经表达了黛玉对爱情的渴望，但主要还是彰显她的人格。因为《葬花吟》没有直接涉及爱情。主要是表达宁为玉碎不为瓦全的人格。题帕三绝句才是黛玉爱情宣言。《题帕诗》似乎只写给读者看。读者知道，黛玉对宝玉的感情已发展到像娥皇女英对大舜。但是宝玉不知道。宝黛爱情猜谜游戏，还会很有趣地继续猜下去。也就是在这样一些非常微细的地方，我们能够切实体会到鲁迅先生说的：《红楼梦》把传统的写法打破了。

第三十五回

白玉钏亲尝莲叶羹
黄金莺巧结梅花络

表面上看三十五回回目是两个丫鬟的故事，其实丫鬟故事不过是曹雪芹写主要人物个性和命运的线索而已。这一回最主要情节是宝玉喝莲叶羹。如果把它作短篇小说来看，我给它命名《一碗汤里的深邃世界》。什么叫人情，什么叫豪奢，曹雪芹借一碗汤写尽贾府沧桑，展示了贵族之家的钟鸣鼎食；又通过一碗汤，写了几个主要人物，宝玉、黛玉、宝钗，甚至贾母、凤姐，用非常细微的情节写出他们鲜明的个性。

一碗汤里的深邃世界

宝玉被他爹胖揍一顿，好像成功臣了。在贾母亲自率领下，贾府的人众星捧月一样穿梭在怡红院。一会儿王夫人来了，一会儿邢夫人来了，一会儿薛姨妈来了。薛姨妈问，宝玉想吃什么？宝玉说，想吃小荷叶小莲蓬汤。凤姐一听，笑了说，口味不算高贵，就是太磨牙了。“姑妈哪里晓得，这是旧年备膳，他们想的法儿。不知弄些什么面印出来，借点新荷叶的清香，全仗着好汤，究竟没意思，谁家常吃他了。那一回呈样的作了一回，他今日怎么想起来了。”记得八七版《红楼梦》民俗总顾问曾对我说过，知道吗，小荷叶汤实际上就是面疙瘩汤，类似现在三流饭店做的海鲜疙瘩汤。邓云乡先生说得我直想笑，怡红公子的小荷叶汤竟是普通的海鲜疙瘩汤？

宝玉这碗汤喝得很不寻常。这碗汤写出了国公府令人瞠目结舌的讲究。贾母叫做，凤姐说得先找汤模子。贾府的器皿是由很多部门分管，问管厨房的，没有，管茶房的，没有，最后是管金银器的交上来。一个小匣子里装四副银模子，一尺多长，一寸见方，上面凿着豆子大小三四十种花样。如菊花、梅花、莲蓬、菱角，非常精巧。薛姨妈接过匣子看了，对王夫人、贾母说，你们府上想绝了，吃碗汤还要这些样子，若不说出来，我见这个也不认得是做什么用的。薛家是护官符上珍珠如土金如铁的皇商，竟然不知道汤可以这样做。贾府的汤是备膳用，照搬皇宫御宴享受。

一碗汤写出凤姐机灵，也写出王夫人颟顸。凤姐拿到模子，告诉厨房，拿几只鸡，再添点东西做十来碗。王夫人问，要这些做什么？凤姐回答："这一宗东西家常不大作，今儿宝兄弟提起来了，单做给他吃，老太太、姑妈、太太都不吃，似乎不大好。不如借势儿弄些大家吃，托赖连我也上个俊儿。"王夫人问得愚笨，凤姐答得聪明。王夫人想不到，你儿子想喝汤，你作为儿媳妇先得请贾母喝才对。而凤姐考虑到了。贾母开玩笑说凤姐：拿着官中的钱做人情。凤姐表示，这个小东道我还孝敬得起。吩咐小荷叶汤从我的账上领银子。至于是不是真从凤姐账上领银子，只有天知道了。

凤姐这么懂事，多做几碗汤，就叫贾母高兴。宝钗也懂事，她说："我来了这么几年，留神看起来，凤丫头凭他怎么巧，再巧不过老太太去。"奉承老太太，话说得多聪明。宝钗很懂礼貌，客居别人家，对人家家长就得经常说些好听的话。贾母得意起来，说："我如今老了，那里还巧什么。当日我像凤哥儿这么大年纪，比他还来得呢。他如今虽说不如我们，也就算好了，比你姨娘强远了。你姨娘可怜见的，不大说话，和木头似的，在公婆跟前就不大显好。凤儿嘴乖，怎么怨得人疼他。"凤姐甭管多聪明，贾母总能找到拿她开涮的言辞，说明贾母有幽默感。但宝钗上纲上线，说她数年观察的结果是老太太比凤姐巧。贾母当然爱议当年勇，看来她当年确实很不错，比凤姐管家还要管得好。宝玉一听，就想引着贾母夸夸林妹妹。宝玉说："若这么说，不大说话的就不疼了？"贾母说，"不大说话的又有不大说话的可疼之处，嘴乖的也有一宗可嫌的，倒不如不说话的好。"贾母很懂得辩证法。宝玉笑道："我说大嫂子倒不大说话呢，老太太也是和凤姐姐的一样看待。若是单是会说话的可疼，这些姊妹里头也只是凤姐姐和林妹妹可疼了。"宝玉想引着贾母夸奖他的林妹妹，没想到贾母夸起宝钗："提起姊妹，不是我当着姨太太的面奉承，千真万真，从我们家四个女孩儿算起，都不如宝丫头。"很多红学家认为，这段话说明，贾母选择宝二奶奶的天平已经向宝钗倾斜。这可能和续书写贾母怎么样选中宝钗抛弃黛玉有关。其实我认为宝钗夸贾母，贾母再夸宝钗，这是亲戚间客气，是贵族妇女的社交语言。并不带选择孙媳妇的决策意味。我倒是从贾母说的这番话里听出来，她真心看中的恰好是她的外孙女黛玉。为什么这样说？贾母说我们家的四个女孩，能包括贾元春吗？贾元春已经做了皇妃，还能不如宝钗？当然不能。那就得在迎春、探春、惜春之外，再添上一个姑娘，才构成我们家的四个女孩。添上谁呢？黛玉。这就说明贾母下意识中已经把黛玉算进我们家的了。而宝钗是客居的，对客人要多说些过年的话，客人也要对主人多说些客气的奉承话。

读者朋友想一想，如果我们有了第三代，我们当然心疼自己的第三代，来位客人也带个第三代。我们往往会说，你们家孩子多懂事，多聪明，多漂亮。但是我们心底肯定最疼的还是自己的第三代。血总是浓于水。

都是叫贾母开心，宝钗怎么样也巧不过凤姐。她不能像凤姐那样，动不动就在老太太跟前演个“春晚小品”，逗老太太开心。贾母喜欢插科打诨，深闺少女宝钗只能非礼勿言。

有人来请贾母吃饭，贾母扶着凤姐，让着薛姨妈出房，问汤做好了吗？告诉薛姨妈，你想什么吃，只管告诉我，我有本事叫凤丫头弄来咱们吃。薛姨妈客气地说,老太太会怄她，她弄些东西来孝敬，咱们又吃不了多少。凤姐赶快插科打诨：“我们老祖宗只是嫌人肉酸，若不嫌人肉酸，早已把我还吃了呢。”听听这话，比宝钗奉承得更好玩更有趣，更叫贾母开心。

宝玉"爱博而心劳"

一碗汤写出贵夫人、贵族小姐的人情世故，也写出宝玉的特点。鲁迅先生说，宝玉"爱博而心劳"。宝玉不仅爱黛玉，对所有女性都香花供养，包括荣国府丫鬟甚至小戏子们。金钏儿因为和他开玩笑，就被王夫人一巴掌打到井里。宝玉一直非常懊恼愧悔，觉得非常对不起金钏儿。在这之前，袭人提醒宝玉，你趁着宝姑娘在院子里，和她说，烦莺儿来打上几根络子。袭人总要在家长跟前极力弘扬宝姑娘以及她周围的人如何懂事，如何能干。所以她叫宝玉趁着宝姑娘和贾母在院子里时，说这些话。莺儿来给打络子。王夫人派玉钏儿去送莲叶羹，莺儿和她一块去了。宝玉一看金钏儿的妹妹来了，特别想跟她说话，问"你母亲身子好？"玉钏儿满脸怒色，我姐姐就是因为你死的！她正眼都不看宝玉，过了半天，才说了个"好"。宝玉没趣，过了半天，又陪笑说"谁叫你给我送来的？"玉钏儿又是丧谤地说"不过是奶奶太太们。"宝玉见她这么哭丧，知道她为了金钏儿，就变尽方法把别人都支出去，陪笑问长问短。玉钏儿看到宝玉一点性子也没有，自己倒不好意思了，脸上有了三分喜色。宝玉笑着求她："好姐姐，你把那汤拿了来我尝尝。"玉钏儿说："我从不会喂人东西，等他们来了再吃。"宝玉说：

我不是要你喂我，我没法走路，你不给我端，我自己下来吧。一边扎挣着要下来，一边“嗳哟嗳哟”地叫。玉钏儿：“躺下罢！那世里造了来的业，这会子现世现报。教我那一个眼睛看的上！”玉钏儿已经有点原谅宝玉，一边说一边自己笑了，端过汤来，宝玉喝了两口，故意说：“不好吃，不吃了。”他要骗着玉钏儿尝。玉钏儿说：“阿弥陀佛！这还不好吃，什么好吃。”宝玉说：“一点儿味儿也没有，你不信，你尝一尝就知道了。”玉钏儿果然赌气尝了一尝。宝玉特别喜欢和女孩来往，他喝的汤如果女孩喝一口，带上女儿的香气，他就喝得更有味了。他笑着说：“这可好吃了。”玉钏儿一听说，原来是哄我吃一口，就说：“你既说不好吃，这会子说好吃也不给你吃了。”宝玉说给我吃吧，玉钏儿不给他。

这时，有人插了一杠子。贾政的学生傅试和别的门生不同，受到贾政另眼看待，他有个妹妹傅秋芳，才貌双全。傅秋芳已23岁，比宝玉整整大10岁，宝玉虽没见过她，但“遐思遥爱之心十分诚敬”。听说她才貌双全，就遥远地想念、喜欢她。傅试家两个嬷嬷向贾政问安，也来看宝玉。宝玉平时最讨厌婆子，一听说是傅秋芳那儿来的，就叫她们进来。两个婆子看到了玉钏儿和宝玉的莲叶羹小风波。一个要喝，一个不给他喝，两个人的眼睛都看着进来的婆子，结果把汤泼到宝玉的手上了。玉钏儿倒没烫着，丫鬟上来接碗，宝玉自己烫了手，倒不觉得，反而问玉钏儿，“烫了那里了？疼不疼？”大家都笑了。两个婆子出去后，边走边议论，这是曹雪芹侧面描写人物。两个婆子说：有人说他们家宝玉中看不中吃，果然有些呆气，自己烫了手问别人烫了没有。自己淋了雨，还告诉别人下雨了，快跑吧，没人的时候自说自笑，看见燕子和燕子说话，看见鱼和鱼说话，见了星星月亮长吁短叹。爱惜东西，连个线头都是好的，糟蹋起来，值千值万都不管。两个婆子一阵讥讽褒贬，把宝玉的呆气做了一番概括论述。这是曹雪芹写过的和没有写过的情节。下了雨叫别人跑，烫了手问别人疼不疼，都写过的。和燕子说话，和鱼说话，见了星星月亮长吁短叹，都没有写过。这一切构成宝玉“情不情”的个性特点。两个婆子总结的宝玉的特点是“呆气”。这是描写宝玉的文学方法背面敷粉。脂砚斋加了一段评语：“宝玉之为人，非此一论亦描写不尽；宝玉之不肖，非此一鄙亦形容不到。试问作者是丑宝玉乎，赞宝玉乎？试问观者是喜宝玉乎，是恶宝玉乎？”这段话什么意思？就是有了两个婆子的议论，宝玉的为人才能描写得更加透彻。有了她们对宝玉的不以为然、鄙视，才对宝玉的个性形容得更加周到。那么曹雪芹到底是喜欢宝玉还是不喜欢宝玉？读者是喜欢宝玉还是厌恶宝玉？这说明了一个文学创作的重要理论，那就是作家写人，不要把好人写成高大全，也不要把坏人写成头顶长疮脚底流脓。好人有好人的特点，坏人也有坏人的特点。好人有他的呆傻之处，如宝玉；坏人，比如打死人的薛蟠，也有疼爱母亲和妹妹的优点。这碗汤不就写出了宝玉的爱博而心劳的呆傻特点吗?

读者朋友会不会联想到这一碗汤还写出《红楼梦》的重要人物林黛玉?可能有的朋友纳闷，不对呀，黛玉没参加喝这碗汤。贾母吃饭的时候，黛玉没来吃饭。黛玉是没来吃饭，但是这碗汤的描写中，恰好反衬出黛玉的清高和骨气。

潇湘馆清高诗意栖居

宝玉受了伤，躺在怡红院，接受众人探望时，黛玉在干什么?玩味痛苦。玩味宝玉被打的痛苦；玩味自己和宝玉感情这么深，却没人做主的痛苦。真心关心宝玉的是黛玉。黛玉一早就立在潇湘馆外花荫下，望着怡红院，她看到李纨、迎春、探春都进了怡红院，不见凤姐。黛玉想："如何他不来瞧宝玉?便是有事缠住了，她必定也是要来打个花胡哨，讨老太太和太太的好儿才是。今儿这早晚不来，必有原故。"黛玉实际上世事洞明，她很清楚，凤姐擅长打花胡哨，善于做表面文章，讨老太太和太太的好。她判断果然没错，不一会儿工夫，花花簇簇一群人向怡红院来。凤姐扶着贾母，后面跟着邢夫人王夫人，还有姨娘丫鬟一大群，进去了。接着薛姨妈、宝钗也进去了，黛玉还呆呆站着看。这时紫鹃说："姑娘吃药去罢，开水又冷了。"黛玉说："你到底要怎么样?只是催，我吃不吃，管你什么相干！”我们的千金小姐有点小脾气，紫鹃笑了说：“咳嗽的才好了些，又不吃药了。如今虽然是五月里，天气热，到底也该还小心些。大清早起，在这个潮地方站了半日，也该回去歇息歇息了。”紫鹃真是黛玉最好的小朋友，虽然身份是丫鬟。紫鹃的话说出黛玉站了很久了，她的丫鬟很心疼她。黛玉觉得腿是有点酸了，就扶着紫鹃回潇湘馆。

林黛玉是在潇湘馆诗意栖居的贵族少女诗人，她身上特别能够体现文学青年的特点。杰出的文学青年总会受到前辈文学形象的影响，西方经典作家把这种现象叫作摹仿模式、他者愿望、文学种子功能。我们简单看一看林黛玉身上这个特点。

西方著名理论家勒内·基那尔在《浪漫的谎言和小说的真实》里说：小说人物常有“觊觎”他者的愿望，所谓“觊觎”原意是指非分的企图，基那尔用来说明观察和模仿他人的现象。他说，“在福楼拜的小说里也可以发现由他者产生的欲望和文学的‘种子’功能。爱玛·包法利头脑里充斥着浪漫主义文学的女性人物，她的欲望也由这些人物产生。”其实，在以“他者欲望”、“文学种子”确定人物基调上，曹雪芹比 19 世纪的西方小说大师早得多。林黛玉就是深受“他者欲望”和“文学种子”影响的形象。她身上集中了文学女性形象特别是杜丽娘和崔莺莺的痴情、聪慧、多愁善感，但林黛玉比杜丽娘、崔莺莺的感情表达内敛，而且因为内敛分外优雅，有更高的文化含量。这是因为林黛玉有深厚的文学修养。我们从林黛玉批贾宝玉乱解《庄子因》，还有她教香菱写诗，她怎么评论盛唐三大家，都能看出林黛玉的文学修养。当然，她也是天才的女诗人。

我们再具体看看林黛玉如何经常受到文学人物影响。紫鹃劝黛玉回潇湘馆。黛玉扶着紫鹃一进潇湘馆的院门，只见满地下竹影参差，苔痕浓淡，不禁又想起《西厢记》中说的"幽僻处可有人行，点苍苔白露泠泠。"黛玉总是要不断想起她只是看过一遍的《西厢记》里的话。潇湘馆也是一个幽僻地方，也长满了青苔。史太君两宴大观园，带着刘姥姥一进潇湘馆，刘姥姥不是就在青苔上摔了一跤？白露泠泠和黛玉现在眼前的景色并不一致。白露是进入秋天的节气，泠泠形容清凉的风。宝玉挨打还是暑热天，但宝哥哥受到摧残，使得林妹妹的心情提前进入万木凋零的秋天。潇湘馆竹影参差，苔痕浓淡，和黛玉的心情非常符合，她触景生情了，联想到崔莺莺。崔莺莺是叠字为名，所以叫"双文"。黛玉叹息："双文，双文，诚为命薄人矣。然你虽命薄，尚有孀母弱弟，今日林黛玉之命薄，一并连孀母弱弟俱无。"感叹自己命薄，一边想，一边走，她的廊上挂的鹦哥"嘎"的一声扑了下来，吓了黛玉一跳，说："作死的，又扇了我一头灰。"鹦哥飞到架子说话了："雪雁，快掀帘子，姑娘来了。"这些地方特别温馨，潇湘馆的小鹦哥都在关心林姑娘。黛玉止住步，问："添了食水不曾？"小鹦哥长叹一声，很像黛玉平时叹气的声音，接着念："侬今葬花人笑痴，他年葬侬知是谁？试看春尽花渐落，便是红颜老死时。一朝春尽红颜老，花落人亡两不知！"《葬花吟》又一次从鹦哥嘴里重复出来，进一步加深读者对《葬花吟》的印象，加深《葬花吟》一语成谶的印象。黛玉和紫鹃都笑了，紫鹃说："这都是素日姑娘念的，难为他怎么记了。"黛玉把鹦鹉的架子摘下来，挂到月洞窗外的沟上，进了屋子，在窗前坐了，吃了药，看到外面的竹影婆娑，就隔着纱窗，把自己喜欢的诗词教给它念。这是个多么富有对比性的电影镜头啊。一边是潇湘馆里面的黛玉教鹦鹉背诗，心里却惦记着宝玉。一边是怡红院里凤姐、宝钗此起彼伏惹贾母开心，而宝玉心里惦记着黛玉。我觉得曹雪芹调度最妙的是，宝玉点的小荷叶小莲蓬汤没有黛玉的份，但黛玉才真正和宝玉身居两处，情发一心。他们都不喜欢俗世间的那些套话假话场面上的话。当凤姐、宝钗说一些讨好贾母的话的时候，黛玉正在和鹦鹉说话，而傅试家的女人在议论宝玉和鸟儿鱼儿说话。宝玉黛玉性情相通。

用金线络子络住宝玉

宝玉挨打之后，宝玉和黛玉的感情更上层楼，金玉良缘也是在悄然进展。莺儿打络子，就是个富有哲理意味的小事件。

宝玉请莺儿打络子，是因为莺儿给探春等人打的络子引起他的兴趣，至于打什么，宝玉没有打算，他也没想到一定要在自己被打之后，叫莺儿打络子。是袭人提出来叫莺儿这个时候来打络子。宝玉是富贵闲人，跟着姐妹们就闺阁中鸡毛蒜皮的事起哄，是他的日常生活内容之一，也是他脂粉气的表现。但莺儿给宝玉打络子不简单，是曹雪芹写宝钗的重要笔墨。

莺儿进怡红院是跟着玉钏儿去的，她们两人都是丫鬟，进了怡红院，表现完全不同。玉钏儿一进去，就向一张杌子上坐了。莺儿不敢坐，袭人忙端了个脚踏子，莺儿还是不敢坐。玉钏儿大大咧咧坐下了，因为她是宝玉母亲的丫鬟，说不定还因为姐姐的事一肚子鸟气，管他什么礼数不礼数。莺儿是宝钗长期训练出来的，在主子面前要讲规矩，绝不越礼。主子吩咐坐下，才能坐下。但宝玉这时只巴结玉钏儿，根本顾不上莺儿，只好由袭人把她请到外面喝茶。等到宝玉和玉钏儿把喝汤故事演完了，莺儿打络子才登场。宝玉对莺儿说，明儿不知哪一个有福的享受你们主子奴才两个。他为什么说这话？他觉得莺儿特别懂事，特别会说话，而且心灵手巧，但显然宝玉对金玉良缘一点儿想法也没了，因为还不知道哪一个有福的享受你们两个呢。莺儿说："你还不知道，我们姑娘有几样世人都没有的好处呢，模样还在次。"她言外之意是，我们姑娘这么好，将来为什么不由您来消受我们两个？宝玉想继续听，有的红学家说他想听听宝姐姐的好处，但我觉得他好像更喜欢莺儿在那唧唧哝哝，喋喋不休。莺儿还没有开始说下面的话，宝钗来了，看到莺儿打络子，就建议打根络子把通灵宝玉络上。宝玉问用什么颜色？宝钗很博学，来了一番色彩学分析，结论是金线配黑线最合适。这多么有意味，宝玉的玉用金线来络住他，金玉良缘。通灵宝玉本来有穗子，也叫络子，是黛玉串的。黛玉因为清虚观打醮，跟宝玉大闹，剪了穗子。当时就后悔，想将来必定我再串了他才戴。没等到林姑娘串穗子，宝姑娘已经捷足先登来串络子了。大作家的小说真是细针密线。宝钗要用金线给通灵宝玉打络子，平时小心谨慎的宝姑娘，这次连避嫌都不避了？她不是不干己事不开口吗？通灵宝玉干你何事？干金玉良缘的大事。她建议给通灵宝玉打络子，潜意识中想络住宝玉。这是个象征性情节，以后宝钗还要对宝玉进行思想上的束缚。

宝玉挨打是贾政按照封建道德教训逆子，贾母、王夫人疼爱宝玉，薛姨妈、宝钗、莺儿三个人一块上阵，围着宝玉转。似乎宝钗离宝二奶奶更近了。宝钗在金钏儿之死上讨好王夫人，在小荷叶小莲蓬汤上恭维贾母，私下代做针线活拉拢袭人。当然我们也可以看成宝钗善待所有人，并不是有意套牢宝二奶奶宝座。但实际上对木石姻缘形成十面埋伏。有没有对宝玉起作用呢？没起作用，这是下一回绣鸳鸯梦兆绛芸轩要写的。

这一回里面还有个情节，王夫人兑现了对袭人的承诺，吃饭时，专门给袭人送了两碗菜来。宝玉推测，大概今天菜多，送给你们大家吃。袭人说，不，是指明给我的。宝钗心里有数，说给你你就吃，有什么可猜疑的。袭人说从来没有的事儿，倒叫我不好意思。其实她心里明白，王夫人把宝贝儿子交给她，她成准姨娘了。袭人一说从来没有的事儿，我倒不好意思了。宝钗抿嘴一笑：这就不好意思了，明儿还有比这个更叫你不好意思的。宝钗凡事留神，王夫人对袭人的这番苦心，她看得明白。袭人和王夫人的故事，还会继续发展，下一回王夫人要落实袭人准姨娘的零用钱了。

开卷一篇立意，真打破历来小说窠臼。阅其笔，则是《庄子》《离骚》之亚。

——脂砚斋

马瑞芳品读紅樓夢

下册

马瑞芳 著

江西人民出版社

第三十六回

绣鸳鸯梦兆绛芸轩
识分定情悟梨香院

宝玉挨打后，出现了一个一个小事件，像白玉钏尝莲叶羹、黄金莺结梅花络。第三十六回，描写重点转到《红楼梦》主要人物贾宝玉、王熙凤、薛宝钗、林黛玉。第三十六回回目“绣鸳鸯梦兆绛芸轩，识分定情悟梨香院”。分别代表这回两个主要故事，前一句写宝钗坐在宝玉睡觉床前，拿起袭人丢下的绣活绣鸳鸯，恰好听到宝玉在梦里骂金玉良缘。后一句写贾府凤凰宝玉在梨香院受到龄官冷遇，由此悟到人生情缘各有分定，你不可能得到所有人的情意，得到所有人的泪水。

这一回有个没上回目的重要内容，是凤姐挑丫鬟，王夫人把袭人的准姨娘身份确定下来，只是还没告诉贾母。

贾宝玉继续离经叛道

宝玉挨打后，在祖母、母亲呵护下，一天比一天好，贾母很高兴，又怕贾政再把宝玉叫去，就叫人把贾政的亲随小厮头叫来，告诉他：以后再有待客的事，你老爷要叫宝玉的时候，你不用来回话，就告诉老爷，我说的，一来是宝玉给打重了，得着实休息几个月才能走路；二来宝玉的星宿不利，祭了星，不见外人，过了八月，才能出二门。贾母一道命令，把宝玉和贾雨村之类人见面、他不愿意执行的家族职责一下子推迟好几个月。小厮头领命去向贾政汇报。贾母又把宝玉的奶妈、丫鬟都叫来，把这个话告诉她们，叫她们告诉宝玉放心。这样一来，贾政打一次宝玉，本是想叫宝玉好好读书，好好和为官做宰的人来往，不要内帏厮混，贾母一下命令，等于接管了宝玉的教育权，成了宝玉的保护伞。宝玉就名正言顺地不去和贾雨村这些为官做宰的人来往，没有会客的义务，宝玉可真是如鱼得水。因为他本来就厌烦和当官的所谓臭男人交谈，最厌恶峨冠礼服贺吊，就是穿得整整齐齐去给人道喜、吊唁，现在有祖母的吩咐，他就得益了，不仅不去见贾雨村之类当官的，连亲友间的来往，他一概都不参加了。甚至贵族家庭每天早晚向长辈请安，这些晨昏定省的事，也都随他的便。他爹也拿他无可奈何。宝玉一天到晚只是在大观园里玩，只不过每天早上到祖母、母亲跟前走走，就回来。回到园里干什么？给丫鬟当差，淘弄脂粉，日子过得非常自在。贾政不能管儿子了，不能带领儿子和为官做宰的人交谈，叫他接受未来做官的经验，却有个闺阁人物主动取代了贾政的角色，谁呢？宝钗。宝钗经常劝导宝玉，你要好好读四书五经，要光宗耀祖，不要在内帏厮混等等，惹得宝玉很恼火，说："好好的一个清净洁白女儿，也学的钓名沽誉，入了国贼禄鬼之流。”宝玉眼中，显官达宦是国贼禄鬼。所谓“国贼”即他们不是为国家效力而是祸害国家，所谓“禄鬼”就是他们骗高官俸禄来自己享受。宝钗一劝，宝玉就说一个清净女孩也这么做，“真真有负天地钟灵毓秀之德”。宝玉说过多次，天地钟灵毓秀都是钟于女儿，正因为女儿不受功名利禄的影响，所以他见了女孩就觉得清爽，见了男人就觉得浊臭逼人。

贾宝玉提出这样的离经叛道的言论，甚至把四书之外别的书全都烧了，那就是历来为圣人儒教立说的书，所谓讲经典的、比如说朱熹等的专著，他都给烧了。大家说宝玉怎么这么疯癫，也就不和他说正经话了。只有黛玉，她从小就从来不劝宝玉立身扬名，所以宝玉深敬黛玉。这里曹雪芹用了个很不一样的词，恋人之间应该是深爱，而宝玉对黛玉是“深敬”，这说明什么？说明宝玉和黛玉的爱情，是心灵相通，志向相同，是非常可贵的，在一定程度上可以说是两个叛逆者的爱情。

冯其庸先生曾深入剖析过宝玉痛骂国贼禄鬼是什么性质。冯先生认为，宝玉骂国贼禄鬼，骂得痛快淋漓，这其实是曹雪芹振笔痛骂，是对古往今来沽名钓誉、国贼禄鬼之徒的总揭露、总鞭挞，是对他处的时代的总批判。冯先生引用从晚明李卓吾到清代黄宗羲、顾炎武、傅山、唐甄等思想家的言论，比如，顾炎武说过“八股之害等于焚书，而败坏人材，有甚于咸阳之郊所坑者。”唐甄说过“自秦以来，凡为帝王者皆贼也。”曹雪芹借宝玉的嘴，表达了跟晚明以来这些反潮流、反正统一致的思想。

两个聪明的姑娘两个姑娘的聪明

那么，黛玉为什么得到宝玉真心痴爱？我们从黛玉爱《西厢记》、听《牡丹亭》，写葬花吟，写题帕诗，都能看出来，黛玉的人生就是追求心灵自由、追求爱情自由的人生，她也是位以“情”反“理”的闺阁斗士，虽然她是弱不禁风的。黛玉居住在有凤来仪的潇湘馆，凤凰对环境的要求非常苛刻，凤凰非梧桐不栖，非澧泉不饮，非竹食不餐。清高脱俗的黛玉绝对不肯向污浊的环境屈服。所以我们说，宝黛爱情既扎根于情定三世的神话和别出心裁的“还泪说”，更是两个叛逆者的相知相悦、令人心动神移的儿女真情。宝玉挨打时，我已经说过，贾政按照荣国府的家族利益，是一定要把宝玉推到仕途经济的所谓“正途”上去的，贾政甚至不惜用几乎让宝玉伤残的大棒教育他，说出绝对不能把宝玉酿到弑父弑君的地步的话。黛玉明明知道舅舅那么严厉管教宝玉的目的是什么，如果她真想争取两个人的合法婚姻，她也应该劝宝玉读书上进，同时把自己修炼成一个非礼勿言非礼勿动的宝钗式的淑女，再凭着她是贾母唯一疼爱女儿的遗孤，凭着林如海的丰厚遗产，黛玉和宝玉的尘世姻缘还不是水到渠成？但是黛玉偏偏不这样做。她一直在那里我行我素。从不劝宝玉立身扬名，从不对王夫人等人说一些恭维的话、讨好的话，她只保持自己内心的清洁，只在潇湘馆诗意栖居，“质本洁来还洁去，强于污淖陷渠沟”。

读《红楼梦》的前八十回，我发现，大观园两个最聪明的姑娘，她们表现她们的聪明实在太精彩。宝钗总是在人事关系上四面八方出击，她讨好王夫人，讨好贾母，甚至讨好袭人。教育宝玉关心功名，也成了她自己认为的职责。结果她越是关心教育宝玉，宝玉越是和她格格不入。而黛玉特别感兴趣的是大自然的风花雪月，甚至廊下吟诗的小鹦鹉，她强烈地感触到的就是这些似乎和人生大事没有一丝一毫关系的细枝末节。黛玉对爱情，更是情重愈斟情。就是在这样的思想前提下，宝玉越来越和宝钗不合拍，心里越来越向着黛玉。这就出现了这回的重要情节，绣鸳鸯梦兆绛芸轩。

“什么是‘金玉姻缘’，我偏说是‘木石姻缘’”

宝钗、黛玉中午在王夫人那吃过西瓜，各人回自己住处。宝钗约黛玉到藕香榭去，黛玉说要洗澡，两人分手。宝钗独自行来，顺路进了怡红院。她想和宝玉聊天以解午倦。这个地方特别有趣，中午困了，回蘅芜苑睡会儿觉嘛，人家宝玉也得睡觉，你干吗要和宝玉聊天解困呢？看来她时时刻刻惦记着表弟。宝钗进了怡红院，鸦雀无声，连仙鹤都睡着了。宝钗顺着游廊进了宝玉房间。宝玉的外床上横三竖四，丫头都在睡觉。我们的大家闺秀，不经通报，没找丫鬟带路，自己径直进入宝玉房内。而宝玉睡着了，袭人坐在宝玉身边做针线，旁边放着个犀牛角做的拂尘。宝钗对袭人说："你也过于小心了，这个屋里那里还有苍蝇蚊子，还拿蝇帚子赶什么？"袭人没想到宝钗中午来了，吓了一跳，放下针线说："姑娘不知道，虽然没有苍蝇蚊子，谁知有一种小虫子，从这纱眼里钻进来，人也看不见，只睡着了，咬一口，就像蚂蚁夹的。"宝钗见袭人在绣白绫红兜肚，上面扎着鸳鸯戏莲，红莲绿叶，五色鸳鸯。有趣不有趣？袭人坐在宝玉身边绣兜肚，给宝玉用的兜肚，兜肚上是鸳鸯。袭人向宝钗解释，做的好看一点，哄着宝玉戴上，夜里盖不严，也冻不着他肚子了。奇怪的是，袭人居然对宝钗说："好姑娘，你略坐一坐，我出去走走就来。"奇怪不奇怪，袭人是宝玉的贴身大丫鬟，她应该守在宝玉的身边，但她看到宝钗来了，居然要出去，把这个位置让给宝钗，到底是什么用意呢？如果讲究男女有别的大家闺秀，就应该拒绝袭人给她布置的任务。你一个丫鬟，怎么能叫贵族小姐坐在这里代替你，看着你们少爷睡觉？但是宝钗没吭声，袭人说完就走了，宝钗拿着她绣的兜肚，一蹲身刚刚坐在袭人方才坐的地方，又看着那个活计可爱，就拿起针来替她绣。

孟子主张，"男女七岁不同席"，一位大家闺秀午睡时间，坐在表弟身边绣鸳鸯，这样的行为是无意间的作为吗？可能是。因为宝钗毕竟是个十几岁的女孩。一时考虑不了那么多。但一个人隐秘的内心世界，哪怕这个人再含蓄、再慎重，总会通过她的行为透露出来。晚清红学家话石主人看到宝钗坐在宝玉身边绣鸳鸯这段描写时说："自奇缘识金锁，宫赏两同，遂有儿女之私。虽务为持重，而送丸药显露直言，绣鸳鸯难云无意。"贾宝玉奇缘识金锁，是程伟元高鹗续书百二十回第八回的回目，话石主人这段话的意思是：自从薛宝钗和贾宝玉互相看了通灵宝玉和金锁之后，贾元春端午节又给了贾宝玉和薛宝钗相同的赏赐，薛宝钗对贾宝玉就有了儿女私情，虽然薛宝钗一直极力保持稳重，但宝玉被打之后，她送丸药时表示心疼宝玉被打，显露了对贾宝玉的真实感情。坐在宝玉身边绣鸳鸯，也很难说成是薛宝钗无意之间的行为。话石主人的话很有哲理。薛宝钗对贾宝玉在内心深处是有一份真实感情的，我们不妨叫它豆蔻少女对清俊少男的爱慕之心吧，照现代读者看来，完全可以，薛宝钗也有爱贾宝玉的权利，但是薛宝钗不像林黛玉那样将这份儿女真情尽力挥洒出来，她总是用妇德约束自己，她甚至不敢正视这份所谓"儿女真情"，极力掩饰乃至排斥这份儿女真情，就像蘅芜苑有大石头遮挡的风光，薛宝钗也用道学家面具遮挡自己，不过她的行为会露泄出一点儿女真情的春光，露泄出她对贾宝玉的真实感情。身不由主坐在宝玉身边绣鸳鸯就是。也有红学家说，绣鸳鸯的情景，薛宝钗俨然是位女主人，曹雪芹不仅用言语诗谜作谶，也以行动举止来显现命运的先兆。也就是说，薛宝钗坐在贾宝玉身边绣鸳鸯，是她命运的先兆。到底是什么先兆呢？

曹雪芹这个大作家真不得了。这是个非常有寓意的场面，前面是袭人，后面是宝钗，两个人共同给宝玉绣鸳鸯戏水的兜肚。两个身份完全不同的女性,她们想和谁成鸳鸯？和宝玉。但是大自然的鸳鸯向来是一雄一雌，哪有一雄两雌的？这本来就是讽刺。根据曹雪芹构思，袭人虽然和宝玉有肌肤之亲，但并没有和宝玉正式成鸳鸯，只是在王夫人安排下，接受了赵姨娘一样待遇，身份仍是丫鬟，甚至不是通房大丫鬟。后来她嫁给蒋玉菡了。袭人和宝玉没成鸳鸯。宝钗虽然和宝玉成亲，但宝玉心里一直装着黛玉，两个人同床异梦，也没成为真正的鸳鸯，后来宝玉出家了。

更有讽刺意味的是，宝钗在那绣着鸳鸯，刚刚做了两三个花瓣，忽然听到宝玉在梦里喊骂:“和尚道士的话如何信得？什么是金玉姻缘,我偏说是木石姻缘！”宝钗听了不觉得怔了。宝钗当然不笨，她难道不知道宝玉一心一意连梦里面都想木石姻缘，谁是木？双木为林，通灵宝玉也是块石头。木石姻缘就指宝玉和黛玉。《红楼梦》说凤姐机关算尽太聪明，却误了卿卿性命，我看宝钗也机关算尽太聪明，却算来宝玉的梦中大骂，实在是好玩，太有意思了。

宝钗坐在宝玉身边绣鸳鸯，恰好叫黛玉看到。黛玉在王夫人那里听说袭人内定宝玉准姨娘，和湘云一起来向袭人道喜。却看到做梦都想不到的场景：宝玉穿着纱衫躺床上睡觉，宝钗坐在他身边绣鸳鸯戏水兜肚。这不就是古代画家常画的夫妻恩爱场景？黛玉觉得太好玩了，招手叫湘云过来看。湘云本来想笑，忽然想起宝姐姐素日待我不薄，赶快把嘴捂住，又知道黛玉嘴不让人，怕黛玉再借这个因由取笑宝钗，就拉起黛玉，说："走吧，我想起袭人来，他说午间要到池子里去洗衣裳，想必去了，咱们那里找他去。"黛玉冷笑两声，跟湘云走了。

宝姑娘做的这件事体面不体面？并不太体面，叫谁听一听，她也不应该这么做。你是没出阁的贵族小姐，你表弟是没娶妻的贵族公子，他睡午觉时，你怎么可以跑到他的房间，特别是你怎么可以像丫鬟一样在旁边看护他，而且还绣鸳鸯戏水的兜肚？如果黛玉喜欢飞短流长，给她传出去，宝钗不就是很丢人了？但黛玉襟怀坦荡，她平时喜欢刻薄人，连湘云咬舌子她都得学她"爱哥哥"。但宝钗在宝玉床边坐着绣鸳鸯，黛玉从没对第三个人说过。只是跟宝玉开玩笑提过。宝玉不想参加薛姨妈的生日宴会。黛玉用宝钗曾替你赶蚊子这个事劝，你还是得去。林黛玉什么时候这么宽宏大量了？这正是宝黛爱情成熟的标志。这次黛玉是来向袭人表示祝贺，黛玉和宝玉是生死恋人，黛玉居然来祝贺宝玉有了个准姨娘，且是真心真意的。当代读者不理解。这也就是《红楼梦》的爱情描写和其他小说很不一样的特点。宝黛是最美丽的爱情，但黛玉并不在乎王夫人给宝玉安排个事实上的通房大丫头。这就是封建社会上层男女的爱情。这和宝玉和黛玉生死之恋不矛盾。

玉钏辛酸替补袭人逆袭上位

这回有个非常重要的内容没在回目上，那就是王夫人和凤姐商量丫鬟、月钱、袭人待遇。金钏儿投井自杀后，不断有家人给凤姐请安、奉承、送礼，凤姐很敏感，知道他们必有所求，但她没琢磨出是怎么回事，就问平儿："这几家人不大管我的事，为什么忽然这么和我贴近？"平儿不仅是凤姐一把总钥匙，对于下人的事还门儿清。平儿说："奶奶连这个都想不起来了？我猜他们的女儿都必是太太房里的丫头，如今太太房里有四个大的，一个月一两银子的分例，下剩的都是一个月几百钱。如今金钏儿死了，必定他们要弄这一两银子的巧宗儿呢。"凤姐说："他们几家的钱容易也不能花到我跟前，这是他们自寻的，送什么来，我就收什么，横竖我有主意。"凤姐已想好叫谁接替金钏儿。但她不去向王夫人建议，王夫人就不能宣布，太太房里丫鬟的家长就要来给凤姐送礼，凤姐等他们送够了，才去办这事。凤姐贪财真是不择远近，不分大小。捡到篮里就是菜，送多送少都是钱。这不叫贪婪，什么叫贪婪？这不叫奸诈，什么叫奸诈？特别妙的是，凤姐并不按照谁送礼多，就把这巧宗儿给谁，她按照人之常情，按照怎样获得下人们的心来办。凤姐早掂量好了，叫玉钏儿补她姐姐的缺。金钏儿含冤而死，白老婆子躲凤姐还怕躲不远呢，怎会给凤姐送礼？凤姐偏偏买她的账。应该说，凤姐也多少有些人情味。金钏儿死得冤，得叫她家不能吃太多亏，把金钏儿那份钱仍给白家。这样可以收买奴隶们的心。而且不是很多人来给凤姐送礼弄这个巧宗儿？给张三安排必定得罪李四，给李四安排必定得罪王五，怎么样也摆不平，但是安排玉钏儿，谁也没话说。凤姐横竖有主意了，她却不说。她巧妙引导王夫人说，我们听听凤姐是怎样向王夫人汇报这个事："自从玉钏儿的姐姐死了，太太跟前少着一个人。太太或看准了那个丫头好，就吩咐，下月好发放月钱的。"这么现成的名字，王夫人每天叫多少遍的，金钏儿，凤姐为什么不说？偏偏绕个弯说"玉钏儿的姐姐"，这是避免提起王夫人心中永远的痛，更是用话外之音提醒王夫人，太太要补个丫鬟，玉钏儿最合理最现成。果然，懵懵懂懂的王夫人先说了句，什么定例，够使就罢了，免了吧。凤姐劝说她一番，太太说的是，但这是旧例，别人房里还有两个呢，太太倒不按例了。她说的别人屋里是谁呢？赵姨娘、周姨娘。她们屋里还有两个丫鬟，你怎么可以少了个丫鬟不补呢？凡事慢半拍的姑妈琢磨出内侄女话里有话了，说："就把这一两银子给他妹妹玉钏儿罢，他姐姐服侍了我一场，没个好结果，剩下她妹妹跟着我，吃个双分子也不为过逾了。"事情完全按照凤姐早有的主意办了，却是由王夫人宣布为什么这么办。给凤姐送礼的人能埋怨吗？哑巴吃黄连，有苦说不出。凤姐太聪明了，一件小事办了个八面玲珑，收了很多礼物，又叫王夫人出面，让玉钏儿吃双分儿，使得王夫人对金钏儿的罪过之心得到安抚。

姐姐冤死，自己一个月多得一两银子，成了玉钏儿的大喜，赶紧来给逼着姐姐跳井的王夫人磕头。这是多么惊心动魄的一幕，国公府生活寻常一幕，也是宗法社会常见的一幕。

安排完玉钏儿，王夫人问凤姐，赵姨娘周姨娘月钱多少？凤姐说，"那是定例，每人二两。赵姨娘有环兄弟的二两，共四两，另外四串钱。"王夫人就说，"可都按数给他们？"凤姐很奇怪："怎么不按数给！"王夫人说，"前儿我恍惚听见有人抱怨，说短了一吊钱，是什么原故？"什么原故？凤姐扣了一吊钱，但是凤姐把扣钱的事栽到外面账房身上，凤姐忙笑道："姨娘们的丫头，月例原是人各一吊。从旧年他们外头商议的，姨娘们每位的丫头分例减半，人各五百钱，每位两个丫头，所以短了一吊钱。这也抱怨不着我，我倒乐得给他们呢，他们外头又扣着，难道我添上不成？"凤姐说：如今在我手里每月连日子都不错给她们呢。凤姐这番话，全是谎话，扣了姨娘丫鬟的钱，不是外面扣的，是她扣的。她后来还要宣布，以后继续扣。连日子不错都发给他们，也是谎话，因为她要拖几天去放高利贷。王夫人听了，稀里糊涂也就罢了，又问“老太太屋里几个一两的？”凤姐说：“八个。如今只有七个，那一个是袭人。”看来袭人是一两银子津贴，但编制还在老太太那儿。宝玉并没有一两银子的丫鬟。凤姐说：“袭人原是老太太的人，不过给了宝兄弟使。他这一两银子还在老太太丫头分例上领。如今说因为袭人是宝玉的人，裁了这一两银子，断乎使不得。若说再添一个人给老太太，这个还可以裁她的。若不裁她的，须得环兄弟屋里添上一个才公道均匀了。就是晴雯麝月等七个大丫头，每月人各月钱一吊，佳蕙等八个小丫头，每月人各月钱五百，还是老太太的话，别人如何恼得气得呢。”坐在她一边和王夫人聊天的，她的另一个姑妈薛姨妈笑了，“只听凤丫头的嘴，倒像倒了核桃车子的，只听他的帐也清楚，理也公道。”薛姨妈客居贾府，不仅对贾府的老封君贾母经常恭维，对亲姐姐王夫人，对亲侄女凤姐，都要经常说些过年的话。薛姨妈表扬凤姐口才好，说倒了核桃车，倒了核桃车不就是哗啦哗啦地响吗，她还说凤姐账也清楚，理也公道。薛姨妈为人聪明，她这是听出了王夫人问话中的巧机关，替凤姐争理。

凤姐说到老太太房里丫鬟的分例，实际上给王夫人出了个难题，那就是宝玉有个一两银子的丫鬟，虽然在老太太那里领钱，也得给环兄弟添上个一两银子的丫鬟。凤姐是荣国府实际的家务总管，她再讨厌赵姨娘，也得在对待宝玉和贾环两人时尽力公平。她实际上将了王夫人一军，王夫人不仅连理也不理，还进一步扩大了宝玉和贾环之间在丫鬟上的差距，宝玉有了实际上的通房大丫鬟了。

我发现，宝玉不仅跟贾环的待遇一个天上一个地下，跟凤姐夫君贾琏享受的待遇，也是一个地下一个天上！甚至可以形象地说，宝玉在荣国府分明当作“凤凰”捧着，贾琏简直像被当成“野鸭”喂着。我们看看这两位荣国府公子享受的完全不同的丫鬟“待遇”。宝玉身边多少丫鬟？红学家有各种统计，我的统计是他至少有：袭人、晴雯、麝月等八个大丫鬟，小红、佳蕙、坠儿等八个小丫鬟。有的丫鬟比如小红，宝玉自己都不认识。宝二爷丫鬟比贾府的 No.1 贾母的丫鬟都不少！

琏二爷身边有多少丫鬟？他可以使唤凤姐的丫鬟平儿、丰儿，后来从怡红院“调”过去的小红。还有后来贾琏跟鲍二家的偷情时替他看守门户的两个小丫鬟。除此之外，再也没有啦。到七十二回，凤姐算月钱时明确地说，她跟贾琏总共四个丫头。一位琏二爷，一位凤奶奶，总共四个丫鬟！宝玉丫鬟的四分之一？

贾环身边的丫鬟不能跟宝玉比，那是因为嫡庶不同。贾琏跟宝玉同样嫡出，也差距这么大，不可思议。贾琏肯定是嫡出，是贾赦死了的嫡妻所生，恐怕没有问题。如果贾琏不是嫡出，“东海缺少白玉床　龙王来找金陵王”的王家不会把王熙凤嫁给他。同样是国公府王孙公子，为什么贾琏和宝玉在丫鬟待遇上有这么大差别？这是《红楼梦》非常奇怪的现象。我一直在琢磨，是贾府公子们结婚后都要把丫鬟放出去？还是贾琏的大小丫鬟都给凤姐轰走了？照我看来，是曹雪芹故意把贾琏安排成没有几个丫鬟伺候的王孙公子。这也可以理解成是曹雪芹构思小说的艺术沟壑：如果贾琏像宝玉那样被十几位美貌少女环绕，他还需要找鲍二家的偷情，还需要饥不择食地把骚的臭的都拉到自己房里吗？还需要把尤二姐偷娶到小花枝巷吗？贾琏这只“馋兔子”好好吃窝边草不就成了？这是一段不能算题外的话。我们还是回过头来看王夫人挑丫鬟。

王夫人想了半天，说挑个好丫头给老太太补上，把袭人这一份裁了，从我的月例二十两银子拿出二两，再加一吊钱给袭人。那就是袭人作为丫鬟，和晴雯一样，每个月一吊钱，她又是宝玉的准姨娘，和赵姨娘一样有二两银子，但这银子不是从公众账目出，是王夫人出。凤姐答应了。几个人给袭人评功摆好。王夫人更是含着眼泪说比我的宝玉强十倍，如果由她长长远远服侍宝玉一辈子，就罢了。

人世险恶，宝玉挨一次打，得到最大利益的竟是袭人。怎么得到的？靠在王夫人跟前含沙射影说黛玉与宝玉过于亲密，捕风捉影说宝玉爱在“我们队里”实际是跟丫鬟混，说晴雯等不会侍候，结果自己不仅会侍候，还晋升为将来的姨娘。凤姐对王夫人说，干脆给她开了脸，放在房里。凤姐和王夫人，一个聪明一个颟顸，但这两个夫人都没想到，袭人早就开脸了，自己开的，也可能凤姐观察出袭人早就跟宝玉暗度陈仓，干脆给你公开算了。王夫人说，那不好，年轻，老爷不许，宝玉看见她是个丫头，还听听，如果给他当了跟前人，袭人也不敢劝了，那就先浑着吧。

凤姐出来，到了廊檐上，几个媳妇陪笑，说："奶奶今儿回什么事，这半天？可是要热着了。"大家看看，曹雪芹怎么写贵族少奶奶形象："凤姐把袖子挽了几挽，跐着那角门的门槛子说："这里过门风倒凉快，吹一吹再走。"这是什么动作？国公府管家少奶奶，怎么能把袖子挽起来，把玉臂露出来，脚踩门槛子，太不雅观了！但是凤姐就这么做。她是从小当男孩养大，而且在这个家说一不二，她就是横着走，我就这么办，你们谁也不敢说我。凤姐又给大家说："你们说我回了这半日的话，太太把二百年头里的事都想起来问我，难道我不说罢。"她心里记恨太太竟然问月钱少了没有，按时发不发？那就说明赵姨娘告状不止少了一吊钱，还没按时发。凤姐冷笑，"我从今以后倒要干几样尅毒事了。抱怨给太太听，我也不怕。"下面这几句话，那就是找人传话给赵姨娘，"糊涂油蒙了心，烂了舌头，不得好死的下作东西，别作娘的春梦！明儿一裹脑子扣的日子还有呢。如今裁了丫头的钱，就抱怨了咱们。也不想一想是奴几，也配使两三个丫头！”太泼辣了，这位少奶奶真是令赵姨娘和荣国府下人恨极怕极。她在王夫人的跟前满面笑容，低声下气汇报半天，现在凶相毕露，可以看出来，刚才向王夫人汇报的全都是假话。

袭人的身份定下来了，黛玉、湘云怎么跟袭人说的？不知道，宝钗问袭人："她们没告诉你什么话？"袭人说："左不过是他们那些玩话，有什么正经说的。"那就是黛玉湘云把王夫人的决定告诉袭人了。这时凤姐打发人来叫袭人，把这事告诉她，叫她向王夫人磕头，先不要去见贾母。到夜深人静，袭人把这事告诉宝玉。宝玉喜不自禁，袭人已成了他的屋里人，虽然没公开，不可能再回家了。宝玉说："我可看你回家去不去了！"以后谁敢叫你去？

奇怪的是袭人得到王夫人所谓重用，在宝玉跟前态度都变了，冷笑道："你倒别这么说。从此以后我是太太的人了，我要走连你也不必告诉，只回了太太就走。"不知道她将来嫁蒋玉菡回了太太没有？宝玉赶紧说："就便算我不好，你回了太太竟去了，叫别人听见说我不好，你去了你也没意思。"袭人说："有什么没意思，难道作了强盗贼，我也跟着罢。"这话非常可恶。当面对宝玉说这样的话，说明袭人内心非常阴险。贾政打宝玉时说"难道要酿到他弑君弑父"，弑君弑父不就是强盗贼？袭人这等于表示，如果你不按照老爷教导做，你就是强盗贼，我就不跟着你。袭人又说"再不然，还有一个死呢”，宝玉赶快捂住她的嘴，不说了不说了，两个人就继续说一些春花秋月，粉淡脂浓，接着又谈到女儿之死。这时候宝玉说了一番绝对不次于他原来离经叛道的学说，甚至可以说，简直就是所谓强盗贼的宣言，宝玉说 :“人谁不死，只要死的好。那些个须眉浊物，只知道文死谏，武死战，这二死是大丈夫死名死节。竟何如不死的好！”文死谏，武死战，这是中国古代最高的道德，那就是在皇帝是天子，所有的天下地盘都属于皇帝的情况下，文臣要为给皇帝进谏而死，武将要为给皇帝开拓疆土而死，这是最高道德。但是宝玉说，“不如不死的好”。为什么呢？“必定有昏君他方谏，他只顾邀名，猛拚一死，将来弃君于何地！必定有刀兵他方战，猛拚一死，他只顾图汗马之名，将来弃国于何地！所以这皆非正死。”这番话是给袭人说的，但多次被红学家引用。幸亏贾政没听到，这是一番振聋发聩的叛逆之论。在明代末年，李卓吾曾经有这样的议论，这就说明，曹雪芹在思想系统上是和李卓吾相通的。宝玉最后说，他们这些死的都是沽名，不知道大义，我现在如果有造化，趁你们在我死了，你们哭我的眼泪流成大河，把我的尸首送到鸦雀不到的地方，随风化了，从此不再托生为人。贵族少爷都不想当人了。为什么？愤世嫉俗到极点。生活在钟鸣鼎食之家，吃香的喝辣的，连人都不想做了，因为人太不自由了。

袭人做了准姨娘，宝玉发的文死谏，武死战，都何如不死的高论，这是《红楼梦》经常被提到的重要思想成就之一。

宝玉在各个地方玩腻了，有一天想起《牡丹亭》来，自己看了两遍，想到梨香院有个小旦龄官唱得最好。他去了梨香院，问龄官在哪儿，大家告诉他，在她房里。宝玉到了龄官房里。

宝玉甭管和大观园哪个女孩交往，都觉得你应该是我的朋友，应该我叫你干什么你就干什么。他拿这套处事规则套龄官，没想到不灵。龄官躺在枕头上看他进来，文风不动。奇怪不奇怪？宝玉和别的小女孩玩惯了，认为龄官也和别人一样，到她身旁坐下，陪笑央求唱个“袅晴丝”。这是《牡丹亭》的唱词。龄官看他坐下，起身躲避，板起脸来说：“嗓子哑了。前儿娘娘传进我们去，我还没有唱呢。”宝玉碰个大钉子，人家连坐都不挨着你坐，更不用说给你单独唱折子戏了。仔细一看，原来就是划“蔷”的姑娘。宝玉从没有被别人这么嫌弃过，自己讪讪地出来了。别的小女孩问他，怎么回事儿？宝玉说了。宝官说：“只略等一等，蔷二爷来了叫他唱，是必唱的。”宝玉不是荣国公正枝正孙、贾府凤凰？蔷二爷贾蔷是宁国公旁支正孙。难道贾蔷面子比荣国府宝二爷面子还大？宝玉很纳闷，问：蔷哥哪去了？宝官说，看来龄官要什么东西他买去了。宝玉好奇地等着，看到贾蔷回来了，手里提着个雀儿笼子，上面扎着个小戏台，进来找龄官。见了宝玉，只好站住了，宝玉问他：“是个什么雀儿，会衔旗串戏台？”

贾蔷说："是个玉顶金豆。"一两八钱银子买的。贾蔷让宝玉先坐着，他自己到龄官房间去了。宝玉听曲的心没了，就想看贾蔷和龄官怎么回事儿。贾蔷对龄官说，起来，瞧这个玩意。龄官起来问，什么东西？贾蔷说买个雀儿给你开心，哄着玉顶金豆在戏台上乱串。别的女孩都很高兴，说好玩好玩！龄官冷笑两声，仍然到床上去躺着。贾蔷还是陪笑问，好不好？龄官说："你们家把好好的人弄了来，关在这牢坑里学这个劳什子还不算，你这会子又弄个雀儿来，也偏生干这个。你分明是弄了他来打趣形容我们，还问我好不好。"这个女孩说话像谁？像嘴如刀子的黛玉。说的话是如此尖锐，给她上纲上线，就是女奴的怒吼了。有的红学家说，龄官的话是曹雪芹对社会的讽刺。贾蔷慌了，赶快说：我今天糊涂了，花了一二两银子买它来，给你解闷，你又生气，算了算了，放了生吧。把那笼子拆了，把鸟放了。因为龄官咳嗽，还吐了两口血。贾蔷急忙要去给龄官请大夫看病，他要走，龄官却叫住他："站住，这会子大毒日头地下，你赌气自去请了来我也不瞧。"这些描写太生动了，贾蔷巴结龄官，龄官向贾蔷撒娇，贾蔷要出去给请大夫，龄官又说，太阳这么毒，请大夫晒坏了你怎么办，请来我也不看。她爱惜贾蔷，她不愿意贾蔷冒着大毒日头给她请大夫。贾蔷站住了，宝玉呆了，他领会了这个女孩为什么划"蔷"了。

宝玉走了，贾蔷连宝二叔都不送，别的女孩把宝玉送出来。宝玉一直在那琢磨。我们替他琢磨一番：我在整个大观园，谁不尊我谁不听我的？龄官就不听我的，人家听贾蔷的。越想越呆，痴痴地回到怡红院。黛玉正在和袭人说话，宝玉进来，就对着袭人长叹："我昨晚上的话竟说错了，怪道老爷说我是'管窥蠡测'。昨夜说你们的眼泪单葬我，这就错了。我竟不能全得了。从此后只是各人各得眼泪罢了。"

宝玉昨天晚上不是和袭人说，他死了大家的眼泪流成河，把他漂起来，漂到一个人迹不到的地方，再也不托生为人吗？现在他领悟得不到所有人的眼泪了。他的领悟还是有深意的，"各得各人的眼泪"，得谁的眼泪？宝玉得黛玉的眼泪，神瑛侍者得绛珠仙子的眼泪，绛珠仙子一个人流眼泪对神瑛侍者就够了，黛玉一个人的眼泪也就对得起宝玉的人生。

袭人已经把昨天的话忘了，宝玉这么一说，他说：你可真是疯了。宝玉不回答，自此深悟人生情缘各有分定，暗暗感伤，不知道葬我洒泪者是谁。其实，他应该感伤黛玉那话，"侬今葬花人笑痴，他年葬侬知是谁"。宝玉从此悟得人生各有定分，是一个新境界。他的感情上了一个层次，各人各得自己所应得，不要妄想得非分之得。这样一来，宝玉就从泛情主义转到纯情主义，这就和黛玉对他的感情联系起来了。因为黛玉向来不劝他去立身扬名，而黛玉的眼泪永远是只为他一个人而抛洒的。贾宝玉在感情上进一步觉悟了。

第三十七回

秋爽斋偶结海棠社
蘅芜苑夜拟菊花题

大观园结社是第三十七回最重要内容。住在秋爽斋的探春给宝玉写封信，邀请宝玉和众姐妹共同起诗社，恰好贾芸送白海棠给宝玉，就以白海棠作为题目，叫海棠社。史湘云赶来参加诗会，打算做东，宝钗和她在蘅芜苑拟定写菊花的题目。

三十七回开始，贾政点了学差，八月二十起身。有红学家认为，贾政点学差，是讽刺笔墨，因为贾政没什么学问。叫这样的人做学差，就像《儒林外史》里范进做山东学道,还不知道苏轼是谁。《红楼梦》里贾政点学差，我看是要给贾宝玉造成更加自由的环境。贾母虽然接管了宝玉的教育权，贾政如果仍在荣国府，他还会坚持宝玉主要读四书五经，《诗经》都可读可不读。假如贾政知道大观园结社写诗，他会不干涉？叫贾政出差最合适。

两封迥然不同妙趣横生的书信

贾政一走，宝玉更加任性，纵情闲逛，真把光阴虚度，岁月空添。就在这时，他接到妹妹的信。探春要发起诗社。《红楼梦》和中国古代其他小说的很大不同，叫作“文备众体”，用诗词文赋各种文学形式写人物讲故事。而大观园诗会，你就是在世界各国小说里面，都很少见到。大观园诗会成为《红楼梦》最有诗情画意的部分，也是《红楼梦》文化蕴含最多的原因。按照我们的想法，《红楼梦》里诗写得最好的是林黛玉。如果大观园搞诗歌活动，发起人还不该是黛玉？偏偏不是，是探春。仔细想想又可以理解。黛玉天马行空，独往独来，喜欢独处，喜欢独立思考，而且喜散不喜聚。探春才自精明志自高，喜聚不喜散，有管理才能。由她发起成立诗会顺理成章。这是不是像现在我们一些协会，主持工作经常露面的，常常是有一定领导公关能力的人，真正的行业高手，都悄悄躲在书斋里各人干各人的活？

据脂砚斋评语，宝玉是十二金钗之冠，大观园各种活动都得在他这挂号。探春建议成立诗社的信，就是写给宝玉的。信写得非常有文采，像六朝文人书启。她用了骈文写法，讲究对仗用典。探春跟宝玉说：我前一阶段因贪看月色感冒，您派了侍儿问我，送了荔枝和颜真卿真迹给我，我很感激。我想到古人在攻名夺利之场，仍没忘记写诗。我们生活在大观园这个有泉有石的地方，有宝钗、黛玉两个现成诗人，为何不搞个风雅诗会，叫大观园姐妹的才能有展现机会？难道吟诗做赋只有男人？这次叫我们巾帼展示一下吧。

探春的信特别有文采，几乎是一句一典，我们看看她最后几句："孰谓莲社之雄才，独许须眉；直以东山之雅会，让馀脂粉。若蒙棹雪而来，娣则扫花以待。"一句一典，"孰为莲社之雄才"，用的典故，是东晋名僧慧远在庐山创立东山寺，那地方有白莲池，他曾招陶渊明参加诗会，后人就用"莲社"指诗人聚会。"东山之雅会"也用了典故，东山是东晋谢安隐居过的地方，他常和文人聚会，吟咏山水。"棹雪而来"用的典故是《世说新语》夜乘小船访戴安的故事。"扫花以待"用的典故，来自杜甫《客至》诗，"花径不曾缘客扫，蓬门今始为君开。"这首杜诗我也非常喜欢，把这一联写到我的长篇小说《感受四季》里，由史学臣擘写给励精图治的大学党委书记。

探春的信，使得哥哥非常高兴。宝玉本就认为女儿是水做的骨肉，男人是泥做的骨肉，山川日月之精华，独钟于女儿。他一看他妹妹写的这么好的信，提出这么好的建议，他还不跑得比兔子还快。探春的一封信，马上把宝玉请到了秋爽斋。巧的是他去秋爽斋的路上，大观园后门值班婆子给他送来封信，说芸哥请安，在后门等着，叫我送来。

宝玉再看这封信。看到这两封先后出现的信，我觉得，曹雪芹这个小说家太了不起了。他能在一回里同时写出两封迥然不同的信。探春的信是六朝文人书启；贾芸的信，是市井俗人家书。贾芸是贾府旁支，他注意抓机会，既和贾琏又和宝玉拉关系。见一次面，宝玉开玩笑，宝玉说你倒长得像我的儿子，他马上就认父亲。在他巴结宝玉过程当中，还穿插了他和小红私相传递，也就出现了宝钗扑蝶嫁祸黛玉的情节。贾芸找理由不断地往怡红院跑，一方面和宝玉套近乎，另一方面寻找接近小红的机会。现在他往怡红院这里跑，已经仅为巴结宝玉，因为小红已调到王熙凤那里。贾芸的信，不文不白，不伦不类，真能让人把肚皮都笑了。一开头“不肖男芸恭请父亲大人万福金安”，宝玉说像我的儿了，贾芸就郑重其事给父亲大人请安。下面更好玩：“男思自蒙天恩，认于膝下，日夜思一孝顺，竟无可孝顺之处。”18 岁贾芸拜在 13 岁宝玉膝下承欢，总琢磨怎么孝顺父亲大人，又没可孝顺之处。这不是互相矛盾？下面又说“前因买办花草，上托大人金福，竟认得许多花儿匠，并认得许多名园”，认得花儿匠，认得名园就是了，还要加上个“竟”认得？“因忽见有白海棠一种，不可多得”，不可多得，而他变尽方法，弄到两盆，“大人若视男是亲男一般，便留下赏玩”。前辈红学家说，贾芸的信“直欲喷饭，真好新鲜文字，千古未有之奇文，初读，令人不解，思之，令人喷饭。”探春和贾芸的信显示出伟大小说家曹雪芹掌握不同笔墨的超人才能，而贾芸送的白海棠成了大观园第一次诗会题目。

因人制帽的大观诗歌

起诗社的建议是探春提出来的。大观园最好的诗人是黛玉，这不仅因为黛玉早就有《葬花吟》，还因为黛玉是用生命写诗。黛玉的冰雪聪明和单纯率真，在诗歌活动中表现得最充分。黛玉平时爱使小性，但在诗歌活动中，她从没使过小性，她的个性都和平时不一样了。黛玉仍然聪明伶俐，但不再愁眉紧锁、泪眼蒙蒙，而是活泼可爱、喜笑颜开。黛玉先提出来，既然起诗社，大家都是诗翁，就不要再叫姐姐、妹妹、哥哥、嫂子、兄弟了，要起号。她一提建议，探春马上取个“秋爽居士”。宝玉说居士不妥，还不如借院子里现有梧桐芭蕉取号。探春取“蕉下客”。别人还没反应过来，黛玉已笑着说，快把她牵去炖了脯子下酒。原来黛玉已敏捷地想到“蕉叶覆鹿”典故。

大观园起诗号实际上是曹雪芹巧妙描写人物个性。可以说，起诗号起出命运、起出个性、起出未来。最典型的是黛玉和宝玉的号。黛玉用“蕉叶覆鹿”调侃了探春。探春也不是等闲之辈，马上对黛玉说，你不用使巧话骂人，我已替你想了个极当的美号“潇湘妃子”。探春说出娥皇女英哭舜帝的典故。黛玉住的潇湘馆有竹子，她又爱哭，探春说，将来她想林姐夫，那些竹子也是要变成斑竹。这段话其实说出将来黛玉的结局，为哭林姐夫泪尽而亡。林姐夫是谁？宝玉。只不过这个林姐夫永远不能成婚。其实黛玉《题帕诗》已经把娥皇女英哭舜帝典故用上了，写到自己窗前的竹子将来也要变成斑竹。探春这番话成了黛玉命运的谶语。

给宝玉起号，最起劲的是宝钗。宝钗不是不干己事不开口吗？她可总是就宝玉的事开口。她先给宝玉送个号“无事忙”，后来又给他送个“富贵闲人”，都是嘲笑态度。这两个号说明宝钗的人生态度。宝钗关心人生大事，关心升官发财，关心富和贵。偏偏宝玉都不争取，偏偏干比休闲还休闲的事。这就叫想做宝二奶奶且望婿成龙的宝钗满心不自在，借机调侃。对宝玉的号，探春处理得到位。她对宝玉说，我们随便叫你，你随便答应就是。奇怪的是，宝玉对黛玉的号一言不发，黛玉对宝玉的号也一言不发。其实宝玉原来的“绛洞花主”和黛玉的“潇湘妃子”恰好对应。主对妃，绛洞的红对潇湘的绿。

大观园成立了诗会，创作出的诗歌是人物有机组成部分，还会隐隐地透露未来。曹雪芹做得特别巧妙。记得我上初中时，看到《三国演义》《西游记》里面的诗，常跳过去不看。《红楼梦》里的诗歌，总是一句一句、一字一字推敲，因为它和人物命运联系得非常紧密。曹雪芹在《红楼梦》之外的诗歌只传下了两句。但他替红楼人物写的诗歌，写一人肖一人，就是这个人能写出这样的诗歌，别人写不出来。这真是天才。

不仅每个人诗歌不一样，每个人写诗脾气还不一样。这次大观园诗会咏白海棠，又限题，又限韵，应该很难做。林黛玉好像全然不在乎，别人在那苦思冥想，黛玉或抚弄梧桐，或和丫鬟说笑，或看秋色，好像她根本没构思。其实黛玉一想就得。宝钗也早就写出来了，但她谦虚地说，我虽然有了，却不好。这就是宝钗的低调为人。宝玉急得背着手走来走去。大家都写好了，在讨论哪一句好的时候，黛玉提笔一挥而就。这么简单的描写，黛玉的恃才傲物，宝钗的谨慎小心，宝玉的毛毛躁躁，活灵活现。

黛玉是大观园最灵秀最聪慧的，她对生活的感受特别敏感，对生活的观察别出心裁。在她的眼里面，白海棠清纯洁白，它不是从普通的泥土里长出来的，它不是种在普通的瓦盆里，而是把冰碾碎了做土，用玉来做盆，“碾冰为土玉为盆”。白海棠的洁白又是从人们熟悉的梨花那偷来了花儿蕊，从人们尊敬的梅花那借来一缕芳魂，“偷来梨蕊三分白，借得梅花一缕魂”。白海棠像月中仙女，穿着自己缝制的素衣，像闺中愁苦的少女悄悄擦眼泪，“月窟仙人缝缟袂，秋闺怨女拭啼痕”。这样的诗句既表现了黛玉的巧思，也可以看成黛玉个性写照。脂砚斋早就注意到，这些诗“不脱落自己”，咏的是白海棠，表现的是黛玉的个性。李纨自封诗会社长，管评论。宝钗和黛玉都写得好，但是李纨主张宝钗第一，探春也同意。宝玉说到底谁是第一得再琢磨。但黛玉没有表示不服气。黛玉的小性一点也没表现出来。李纨对宝钗的诗歌评价是“含蕴浑厚”，评得很到位。宝钗是大观园最稳重、最深沉也最有雄心大志的，她为人低调不张扬，她的诗歌雍容、沉稳、含蓄。黛玉笔下娇羞的白海棠，到宝钗笔下成了端庄、珍惜芳姿、珍重身份、有意识地把自己严密封闭起来的白海棠，所谓“珍重芳姿昼掩门”。宝钗又是入世的人，绝对不是一味退缩、一味低调，她知道自己什么分量，知道自己有什么能力、什么魅力，所以又有“淡极始知花更艳”。正因不加修饰，素面朝天，才显出天然的艳丽。这是写白海棠，也是写宝钗。宝钗接着还写一句，“愁多焉得玉无痕”，愁苦太多，怎么会不给生活造成不足？早期点评家认为这句指黛玉，而且有点不以为然。

成立诗社的时候，宝玉总觉得心里有件事，一时想不起来。袭人派宋妈给史湘云送东西，这才提醒宝玉，原来他心里觉得缺的就是史湘云。

史湘云终于在宝玉一再恳求下，由贾母请来了。湘云入社和其他人不一样。她兴致勃勃，宣布只要入社，扫地焚香都愿意。她一出手，就把宝钗的首席夺走。史湘云起号“枕霞旧友”，史侯家枕霞阁恰好是贾母当年玩的地方。史湘云豪放宽宏大量，她的诗洋洋洒洒。咏白海棠，她写出“也宜墙角也宜盆”，实际就是湘云和什么人都能和谐相处的品格。湘云未来的命运是“白首双星”，和她嫁的才貌仙郎两地分居，所以她的诗里面出现了“自是霜娥偏爱冷”，“幽情欲向嫦娥诉”，好像寂寞的月中嫦娥和史湘云的命运，有一些关系。

探春是诗社发起人，探春刚强而有志气，她咏白海棠就出现了这样一联：“玉是精神难比洁，雪为肌骨易销魂。”和探春个性联系在一起。

大观园诗会，真的存在过吗？真的有一家贵族少女、少爷凑在一块，写出这么好的诗来？因为我经常参加中国作家协会全国委员会活动，有时候忽发奇想，到会的这么多当代著名诗人，你们能写出大观园闺秀的诗吗？恐怕不能吧。实际上这是曹雪芹把同时代文人特点搬进大观园。曹雪芹时代的诗人常在一块吟诗，传下很多佳话。爱新觉罗·永恩写过菊花八咏。曹雪芹把永恩的访菊、对菊八咏，再加上菊影、画菊四种，凑成十二个诗题，那就是下一回大观园吟诗的内容。然后曹雪芹按照人物个性把访菊、问菊、咏菊、菊影等等题目分派到大观园诗人名下，构成大观园的菊花诗。读者看了大观园诗会，就能知道古代文人雅士怎么生活，古代有文化的贵族怎么生活，古代才女怎么生活。所以大观园诗会是凝聚着古代诗人、古代闺阁才人的生活创造出来的。

曹雪芹把大观园诗会的诗当成人物个性组成部分写，当成贾府日常生活片断来写，写得格外有味。读者读起来就不像《镜花缘》的诗呆板枯燥。

三十七回还有个似乎不太重要的内容，却影响人物的命运，我把这个内容归结为两个身份不同姑娘的不同为人。

晴雯不会做人宝钗会做人

袭人要派人给史湘云送东西，她找怡红院盛东西的好看器皿，找不着了。问大家：我们的缠丝白玛瑙碟子哪去了？晴雯说给三姑娘送荔枝还没拿回来。从缠丝白玛瑙碟子联想到联珠瓶，秋纹说了个有趣的丫鬟生活小事。秋纹说，讲到联珠瓶，我想到个笑话，我们二爷孝心一动，也孝敬到二十分。园里桂花开了，折了两枝要自己插瓶，忽然想起来，说，这是园里刚开的，赶快把联珠瓶取下来，给老太太送一瓶，太太送一瓶。秋纹去送，老太太高兴得了不得，说还是宝玉孝顺我，连一枝花都想到。老太太赏了秋纹几百钱。到太太那里，太太正和琏二奶奶、赵姨娘翻箱子找太太年轻时的衣服，不知要给谁，一看见那花，衣服都不找了，先看花。二奶奶在旁边给王夫人凑趣，夸二爷怎样孝敬，怎样知好歹，有的没的说了两车话。当着众人，王夫人增了光，越发欢喜。现成衣服赏了秋纹两件。秋纹说，衣裳是小事，年年横竖也会的，但不像这个彩头。秋纹得了几百钱、两件衣服就很高兴。晴雯说："呸！没见世面的小蹄子，那是把好的给了人，挑剩下的才给你，你还充有脸呢。"什么意思？王夫人的好东西给了袭人，挑剩下的才给你。秋纹说，这反正就是太太的恩典，凭她给谁剩下的，我也愿意。晴雯就说，要是我就不要，难道谁又比谁高贵，把好的给她，剩下的给我，我宁可不要。“冲撞了太太，我也不受这口软气。”秋纹问：“给这屋里谁的？我因为前儿病了几天，家去了，不知是给谁的。好姐姐，你告诉我知道知道。”大家笑了，晴雯说：“我告诉了你，难道你这会退还给太太去不成？”。秋纹说，胡说！我怎么能退，我听听高兴，“哪怕给这屋里的狗剩下的，我只领太太的恩典，也不犯管别的事。”怡红院丫鬟一起笑起来了，都笑道：“骂的巧，可不是给了那西洋花点子哈巴儿了。”袭人把这个骂接过去了，“你们这起烂了嘴的”。为什么她要接？她姓花，但她又是西洋花点子哈巴儿，哈巴狗。秋纹给袭人道歉，晴雯还是不依不饶，说：我现在去把联珠瓶取回来，虽然碰不到太太整理衣服，“或者太太看见我勤谨，一个月也把太太的公费里分出二两银子来给我，也定不得。”把袭人的老底当众揭出来了。说着又笑，你们别和我装神弄鬼，什么事我不知道！因为同样是宝玉身边的大丫鬟，现在晴雯和袭人的月例差好几倍，不平则鸣。但晴雯想不到，当自己痛快地说这番话时，也就把自己未来的悲惨命运进一步敲定了。后来王夫人整晴雯，听到很多谗言，谁进的谗呢？我们以后再看。

史湘云回到荣国府，她表示这次我来晚了，干脆明天我做东再邀一社。宝钗当时没吭气，她把湘云邀到她那里去住。湘云在灯下和宝钗讨论怎样拟题。这时宝钗说:“既开社，便要做东。虽然是个玩意儿，也要瞻前顾后，又要自己便宜，又要不得罪了人，然后方大家有趣。你家里你又作不得主，一个月通共那几串钱，你还不够盘缠呢。这会子又干这没要紧的事，你婶婶听见了，越发抱怨你了。况且你就都拿出来，做这个东道也是不够。难道为这个家去要不成？还是往这里要呢？”史湘云大大咧咧，兴高采烈要做东，没想到请客得有钱才行，一下子被宝钗提醒，踌躕起来，为什么踌躕呢？我要请客的话已说出来，但我手里没钱，怎么办？这时，宝钗说，我已经有个主意了，我们当铺里有个伙计，他的田里出好螃蟹。咱们这个园子里的人都爱吃螃蟹，老太太那些人也爱吃螃蟹。姨娘已经说要请老太太在园子里赏桂花吃螃蟹，还没请。你现在先别提诗社,你就把大家都一请。等他们散了，咱们有多少诗不能作？我告诉哥哥，要几篓大螃蟹，再到我们家铺子取几坛好酒，叫我们家准备四五个桌的果碟，这不是又省事又热闹了？

湘云请客，全是宝钗操作，螃蟹要她哥哥去拿，酒和果碟从她家里拿。想得确实太周到了。宝钗不仅破费还要跟湘云说，我是一片真心为你，你千万别多心，认为我小看你，那咱两个人就白好了。宝钗确实很会说话，也很会关心别人。湘云表示，我如果不是把你当亲姐姐看，我家里那些烦难事也不会尽情告诉你。

湘云请客，薛宝钗拿钱，这是《红楼梦》很有趣的事。到三十八回，又出来有趣的菊花诗、螃蟹咏。在青年人做诗之前，贾母、王夫人、王熙凤都参与螃蟹宴，那是非常好玩的故事。

第三十八回

林潇湘魁夺菊花诗 薛蘅芜讽和螃蟹咏

三十八回，潇湘妃子林黛玉，在菊花诗会中以《咏菊》《问菊》《菊梦》得了前三名，所以叫“魁夺菊花诗”。写完菊花诗之后，贾宝玉又写了首《螃蟹咏》，薛宝钗和了一首，被大家认为是咏蟹绝唱。第三十八回，主要写大观园儿女在藕香榭写诗的场景。诗的题目是薛宝钗和史湘云在蘅芜苑夜晚拟定。中国古代文人把菊花作为品格象征，《离骚》“食秋菊之落英”，是写性格高洁。陶渊明“采菊东篱下，悠然见南山”，已世代传诵。《聊斋志异》还写过菊花精的故事《黄英》。

宝钗说我们咏菊花，要以菊花为宾，以人为主。这很有创意，不是单纯咏菊花，而是写人和菊花的关系。她们拟了十二个题目，宝钗解释，起首是《忆菊》；忆之不得，故访，第二是《访菊》；访之既得，就种，第三是《种菊》；种了盛开，要相对而赏，第四个是《对菊》；对菊而兴有余，折来供瓶，第五是《供菊》；供而不吟不行，第六是《咏菊》；既然菊花进入词章，那还得《画菊》，是第七；菊花到底有什么妙处？得问问它，第八《问菊》；第九便是《簪菊》，把菊花戴在头上。

这个时候人和菊花的关系似乎已经写尽，又加上《菊影》《菊梦》，放在第十和第十一，最后以《残菊》结束。宝钗说这样三秋好景妙事都有了。是不是像海棠诗一样限韵？宝钗说，我生平最不喜欢限韵，往往因为限了韵，把一些好词句限掉了。所以这次不限韵，拟上十二个题，谁愿意写什么题目，自己就把这个题目勾下。但是在大观园诗会前，还要先请贾母等赏桂花，这也是宝钗提出来要安排的。

湘云一说请贾母赏桂花，贾母等都很高兴。到第二天，贾母带了王夫人、王熙凤，请了薛姨妈进大观园。大观园出现了少有的欢乐祥和场面。这是从贾母到丫鬟都参加的宴会，也是贾府除宝玉之外，没有别的男人参加的宴会。“女儿国”聚会真成了欢声笑语、其乐融融。之所以能有这么热闹、这么快乐，我觉得和王熙凤关系很大。

“寿星老儿头上原是一个窝儿”

记得1980年我给外国留学生讲《红楼梦》讲到王熙凤，往黑板上写了四个字“蛇蝎美人”。分析她如何迫害奴隶，如何放高利贷，如何阴险毒辣。当时我教的瑞典留学生傅瑞东，后来做到瑞典王国国家安全事务助理。他说：马老师，我不同意你的观点。王熙凤非常能干。我如果娶妻子就娶王熙凤这个样的。留学生的观点对我后来理解王熙凤起了很大作用，所以我说教学相长。

我发现，王熙凤有柔美的一面，智慧的一面，是个特擅长制造欢乐气氛的“外交家”。甚至可以说,王熙凤是高明的“节目主持人”。王熙凤走到哪里,就把笑声播撒到哪里,走到哪里,就把幽默风趣带到哪里。这一点宝钗没法比，黛玉也没法比。而王熙凤主要照顾的人物就是贾母。贾母有崇高的威信，她把管家的责任委托给王夫人。王夫人又委托凤姐。凤姐对贾母这位退居二线的最高领导采用什么方针？时时刻刻尊着她，敬着她，捧着她，让她记住自己过去很了不起，叫她感到我们这些当家人对您望尘莫及。

贾母进了园子，说：到哪一处？王夫人回答，老太太说哪就是哪儿。王夫人正如她婆婆对她的评价，是块木头，只听老太太的。而王熙凤敢直接说，已经在藕香榭摆下。她解释为什么摆在藕香榭：“那山坡下两棵桂花开的又好，河里的水又碧清，坐在河当中亭子上岂不敞亮，看着水眼也清亮。”可惜王熙凤不是诗人，王熙凤对大自然的美随时都能感受到。她的感受就和“智者乐水”联系到一块。贾母一听,这话很是,领着大家往藕香榭来。

藕香榭盖在池子当中，四面有窗，到藕香榭去要走一个竹桥。大家上了竹桥。凤姐赶快上来搀着贾母，说：“老祖宗只管迈大步走，不相干的，这竹子桥规矩是咯吱咯喳的。”她不仅搀扶贾母，还把贾母可能产生的畏惧心理巧妙解除了。

曹雪芹为何不厌其烦写凤姐搀扶贾母这么个头发丝一样的细节？贾母随从很多，身边拿一两银子的大丫鬟就有八个，都不过来。为什么？贾母身边最好的地理位置已经叫王熙凤抢占了。王夫人为什么不上来扶？还是那句话，这个人是块木头，反应迟钝。而凤姐就估计到老太太一踏上竹桥，竹子桥咯吱咯喳响，老太太要害怕。她就告诉她，只管大步走。曹雪芹的设计实在太妙。如果王夫人或鸳鸯扶着，能讲出王熙凤这套竹子桥规矩有趣的话吗？王熙凤做再小的事，也肯定与众不同。

到了藕香榭，看到布置得很好，贾母很高兴，说，这个地方东西干净、茶也想得周到。湘云不肯掠人之美，告诉贾母，这是宝姐姐帮我准备的。宝钗又得到贾母的赞赏："我说这个孩子细致，凡事想的妥当。"称赞很对，但也并不意味着她又琢磨叫宝钗做他宝贝孙子的媳妇。贾母一边说一边看柱上挂的黑漆嵌蚌对子，说，你们念念，湘云念："芙蓉影破归兰桨，菱藕香深写竹桥"。什么意思？上句是说水动影破才知道船来了，下句是说竹桥架在水面生长菱藕的幽深地方。有评论家考证，说上一句从王维的"莲动下渔舟"改来。也有评论家说，看了吗，贾母不认字，叫别人给她念。我认为，说贾母不认字的朋友理解错了。贾母是史侯家大小姐，在八十回将近结束的地方，她特别欣赏慧绣。慧绣是把草书的唐诗诗句绣在景色旁边。贾母不认字怎会欣赏慧绣？那么贾母既然认字，为什么叫别人念柱子上黑漆嵌蚌对子？因为对子用蚌壳组合起来，老眼昏花的贾母不大容易看清，所以叫别人念。这都是些细节，但曹雪芹写得特别好。

贾母在藕香榭想起小时候家里有个枕霞阁，不小心掉下去，几乎没淹死，好容易救上来，木钉把头碰破了，现在鬓角上还有指头顶大一块窝。众人都说经了水，冒了风，活不得了，谁知竟好了。贾母这个话题很难接。为什么？贾母破相了，脑门上有小瘢痕。一般人听了，谁也不敢接茬。王熙凤居然非常巧妙地接上茬。不等得别人说话，王熙凤先笑了："那时要活不得，如今这大福可叫谁享呢！可知老祖宗从小儿的福寿就不小，神差鬼使碰出那个窝儿来，好盛福寿的。寿星老儿头上原是一个窝儿，因为万福万寿盛满了，所以倒凸高出些来了。"真叫随机应变、妙语如珠，神思妙想、巧舌如簧，居然把贾母幼年倒霉事提炼成万福万寿！凤姐这样不分老少取笑，王夫人是看不下去的。但贾母认为，家常没人，娘儿们原该这样，只要礼体不错就行。贾母对凤姐行为做了高度评价和经典概括。确实，王熙凤一切取笑都严格遵循为长者折枝的理，严格遵循叫长者开心、舒心、顺心的理。她在贾母跟前做任何事都是察言观色，投其所好。贾母难道不知道？贾母很知道，但是她乐意沉浸在体味福寿的所谓天伦之乐中。

让封建家庭的老者、尊者，从闲聊中感受到快乐，这样的年轻人算不算孝顺？当然，这是多么富有功利心的孝顺。

平等祥和螃蟹宴

王熙凤叫这次螃蟹宴名义上的东道主湘云只管自己吃，叫鸳鸯、袭人，甚至婆子们，只管随意坐了吃喝，她在那里里外外张罗。她剥蟹肉先剥出来奉给薛姨妈，这是待客之道。薛姨妈说我自己掰着吃香甜。王熙凤就奉给贾母。第二个再掰了，奉给贾母的心肝宝贝宝玉。贾母这边吃得差不多了，王熙凤还没捞着吃一口，她来到廊上。廊上丫头们在这吃，她来，鸳鸯说，我们在这里清闲一会，你又来了，叫我们清闲不了。王熙凤信口和鸳鸯开个玩笑：你琏二爷爱上你了。这玩笑引起丫鬟们起哄。琥珀说，鸳丫头去了，平丫头还饶她？平丫头没吃螃蟹，倒喝了一碟子醋。平儿拿蟹黄抹琥珀。琥珀一躲，蟹黄抹到凤姐脸上。众人哈哈大笑。贾母问什么事那么乐？鸳鸯来了个即兴歪曲式创作：“二奶奶来抢螃蟹吃，平儿恼了，抹了他主子一脸的螃蟹黄子。主子奴才打架呢。”贾母说：她可怜见的，那些脐子、小腿子叫她吃点吧。鸳鸯故意高声说，这满桌子螃蟹腿，二奶奶只管吃吧！

贾母不吃了，众人也洗了手，有看花的，有弄水的，看鱼的。王夫人劝贾母，这里风大，又吃了螃蟹，老太太回去歇歇吧。王夫人很孝敬婆母。贾母同意了，嘱咐湘云“别让你宝哥哥林姐姐多吃了”。她心里总惦着她的二玉。又嘱咐湘云和宝钗，你们也别多吃，这东西虽然好吃，吃多了肚子疼。贾母走后，又热了螃蟹来，把丫鬟都叫过来一块坐，桂树底下铺花毡，叫老婆子、小丫头们都坐了吃，一个不漏，面面俱到，皆大欢喜。大观园欢声四起。像这样平等祥和的场面，在贾府很少见到。

这时才把菊花诗题钉在墙上，大观园出现了其乐融融的吟诗场面。《三国演义》曹植七步诗之类诗歌，与情节是联系到一块的。但《三国演义》很多诗歌和情节联系不大，比如引用又是杜甫，又是苏轼诗放到小说里，这样诗歌读也行，不读也行，基本上不影响对故事和人物的理解。但《红楼梦》如果略过诗歌，可能就漏掉人物交往特别有哲理的描写，漏掉展示人物不同性格的描写。

林黛玉是大观园里的李清照

贾母一走，大观园菊花诗会形成一幅美丽的仕女画。黛玉拿着钓竿钓鱼；宝钗掐了桂花蕊喂鱼；迎春用花枝穿茉莉花；探春、李纨、惜春在柳树下看池子里的水鸟；宝玉一会儿看黛玉钓鱼，一会儿跟宝钗说笑，一会儿陪袭人吃螃蟹。这时的大观儿女，无忧无虑，心情舒畅。

菊花诗会成了黛玉大展雄才、独霸天下的舞台。十二个菊花诗题，从方方面面写人和菊花的关系。黛玉选了三首，其他人有选两首的,有选一首的。最后李纨评价,《咏菊》第一,《问菊》第二,《菊梦》第三。都是黛玉写的。李纨的诗写得一般，但是她是个很有见解的诗评家，她对黛玉诗歌的评价是“风流别致”。黛玉的三首诗都有警句，而警句都和黛玉为人、黛玉形象挂得上钩。比如“满纸自怜题素怨，片言谁解诉秋心。”素怨和秋心，都是洁白高洁的意思，都是写菊花，又是借菊花的高洁表达自己的胸怀。再如，“孤标傲世偕谁隐，一样花开为底迟。”那么多花都开了，为什么你开得这么晚？因为你孤标傲世，这就把菊花的孤高品格写出来，也暗喻黛玉孤高自许的品格。“毫端蕴秀临霜写，口齿噙香对月吟。”更显示天才女诗人黛玉迷人的地方。

红学家注意到，唐伯虎落花诗对林黛玉的《葬花吟》有作用，据我的研究，李清照对黛玉起很大影响。李清照特别关注菊花，她有首《多丽·咏白菊》:“小楼寒，夜长帘幕低垂。恨萧萧、无情风雨，夜来揉损琼肌。也不似、贵妃醉脸，也不似、孙寿愁眉。韩令偷香，徐娘傅粉，莫将比拟未新奇。细看取、屈平陶令，风韵正相宜。”李清照借和大自然白菊融为一体，抒发自己和古代既有文名又有骨气又爱菊花的屈原、陶潜，气脉相通的情怀。她说白菊经历了萧萧无情的风雨，被打得花垂叶落，它不像牡丹花那样的艳丽，它不做妖媚打扮，它没有迷人的香气，更不做奇态怪形，只有屈原笔下的风骨，陶潜笔下的风韵才能和菊花相符。

看完李清照《咏白菊》，再看林黛玉咏白菊："一从陶令平章后，千古高风说到今。""休言举世无谈者，解语何妨片语时。"还有"喃喃负手叩东篱"，"忆旧还寻陶令盟"，从这些词句来看，林黛玉对李清照的承传关系，一目了然。如果我们再往后看，林黛玉的《桃花行》，干脆把李清照的词句稍加以改动变成自己的诗句："桃花帘外开仍旧，帘中人比桃花瘦。"这是李清照"人似黄花瘦"翻版。所以我常给学生们说，林黛玉是中国诗史上地位重要的女诗人，但这个女诗人是虚构的，是小说家创造的女诗人，林黛玉是大观园里的李清照。

大观园菊花诗会，黛玉夺魁，但黛玉很谦虚，表扬别人的诗句写得好。耐人寻味的是，林黛玉只要到写诗的地方，脾气特别好。她说头一句好的是史湘云的"圃冷斜阳忆旧游"，背面傅粉。李纨说，这些当然不错，但你的"口齿噙香"也敌得过了。大家又评了一会儿。黛玉夺魁，谁垫底？宝玉。宝玉只要和姐姐妹妹凑在一块，总得垫底。而且他很高兴，我又落第了。

大观园诗会是太虚幻境悠扬神曲

大家评了一会，又要螃蟹来吃。宝玉又挑头了："今日持螯赏桂，亦不可无诗。我已吟成，谁还敢作呢？"宝玉很有自信心，我写这么好的螃蟹诗，谁还敢作？有点不知天高地厚。宝玉提笔写出来，宝玉这诗肯定比薛蟠的诗强，但和黛玉没法比。“持螯更喜桂阴凉，泼醋擂姜兴欲狂。”不就是吃螃蟹？最后两句“原为世人美口腹，坡仙曾笑一生忙。”这不还是笑螃蟹？这样的诗，怎能叫黛玉看得上呢？黛玉说，这样的诗，要一百首也有。宝玉说，你这会才力已经尽了，你不要说不能作了，还贬我。黛玉不加思索，提起笔来，一挥而就，比宝玉写得好，也还是写怎么样吃螃蟹，不过黛玉形容的螃蟹很生动：“铁甲长戈死未忘，堆盘色相喜先尝。螯封嫩玉双双满，壳凸红脂块块香。”大家一看，确实写得好，宝玉也称赞。黛玉却说：“我的不及你的，我烧了他。你那个很好，比方才的菊花诗还好，你留着他给人看。”一把撕了，叫人烧去，这是干吗？这是黛玉调侃宝玉，并没有真对宝玉不满。宝钗笑了说：“我也勉强了一首，未必好，写出来取笑儿罢。”宝钗就是宝钗，不说自己神思敏捷，而是勉强写了一首，还未必好。结果她的诗一出来，大家不禁叫绝。宝玉对黛玉的螃蟹诗还并没有表示写得比我好，宝钗的螃蟹诗一出来，宝玉就说，写得痛快，我的诗也该烧了。宝钗的螃蟹诗共八句，其实只有两句最好：“眼前道路无经纬，皮里春秋空黑黄。”这两句太棒了，为什么说骂得痛快？皮里春秋，人的外表看不出好坏来，但心里可以存褒贬，心里可以有很多阴谋诡计。螃蟹不是横行吗，你的道路不管是直的还是横的，它不管，它只管横着走，所以“眼前道路无经纬，皮里春秋空黑黄。”字面意思就是螃蟹走路不按照正常方式走，它横着走，眼前的道路不管是经是纬，对它都没有意义，螃蟹肚子里有黑黄两种不同的膏，但不管黄的黑的，最后都叫人给吃了。成语“皮里阳秋”，宝钗把它改成“皮里春秋”，引申的意思是，世人啊世人，不管你如何搞阴谋诡计，不管你想出来多么高的招，都不会有好下场。

有的红学家把这首诗上纲上线，说这首诗这两句对那些政治掮客、官场赌棍、野心家、奸恶之徒，画出了他们的肖像。他们心怀叵测，横行一时，结果机关算尽，却逃脱不了可悲可耻的下场。就好像螃蟹肚子里有黑有黄，但终不免被别人吃了。也有红学家说螃蟹诗“眼前道路无经纬”倒也罢了,“皮里春秋空黑黄”是不是宝钗在自比？我觉得这可能有点引申得过头。应该说，薛宝钗的咏螃蟹诗写得确实好，是在小题目上寄予大意思，而且讽刺世人太狠了一点。而这样深刻的讽世之作，只能出于宝钗之手，这是由宝钗老辣的性格和博学决定的。林黛玉能写这样的诗吗？不能。林黛玉只能感受落花之类的情感。贾宝玉能写这样的诗吗？也不能，他只能写四时即事。至于李纨、探春，都不可能。就只有既有丰富的社会经验，又很有心机的宝钗能写出这样的诗。

螃蟹咏这是大观园诗人吟诗场面的代表，也是大观园的青年男女热爱生活，坦坦荡荡的写意图画。当大观园聚合起男男女女，一起写菊花诗，写螃蟹咏的时候，似乎大观园里面的人，只要遇到了诗歌，就抛弃了原来的不合，丢弃了你亲我疏。宝玉是黛玉心上的宝哥哥，但是黛玉一点儿也不因此就称赞宝玉的诗写得好，因为宝玉的诗确实写得不怎么样。当宝玉还沉浸在得意之中的时候，还要说黛玉已经才尽了，轮到他露脸了。如果宝玉在日常生活中敢这样对待黛玉，黛玉早就恼了，早就摔脸子了，早就哭了，早就走了。但是黛玉没事，宝钗的螃蟹咏一出来，马上压倒宝玉，也压倒黛玉，两个人都心服口服。这说明什么？说明诗是智慧的较量，是才情的较量。诗和现实生活的勾心斗角扯不上一毛钱关系。诗是大观园的欢乐颂。大观园的人只要写起诗来，什么你跟他好，他跟你不好，所有的这个事，那个事，大事小事俗事都不存在了，存在的只是诗题、诗韵、诗意。这样的场面就超出了日常生活的鸡争鹅斗，进入了和美的境界。

大观园的宝玉和姐姐妹妹也就是在诗会当中性情得到充分的舒展，度过了他们人生中最美好的阶段。如果说大观园是曹雪芹心目中的地面太虚幻境，那么大观园诗会就是太虚幻境的悠扬神曲。大观园的故事还会继续下去，而且越来越热闹，为什么呢？因为刘姥姥来了。

第三十九回

村姥姥是信口开河
情哥哥偏寻根究底

第三十九回刘姥姥二进荣国府，贾母喜欢，留她住几天。刘姥姥讲了很多乡村见闻，讲到一个女孩雪下抽柴，贾宝玉寻根究底，打听这个女孩的庙在什么地方。第三十九回写出两位身份不同老妇人的鲜明个性。

你就是王熙凤一把总钥匙

薛宝钗的螃蟹咏写完，平儿来了。大家问平儿，你奶奶做什么，怎么不来？平儿说她哪有空，刚才因为没好生吃，又来不了，叫我问问还有没有螃蟹，她要拿几个回去吃。湘云说有的是，命人给凤姐用盒子盛了十个极大的螃蟹。大家叫平儿坐，平儿不肯坐。李纨拉着平儿说，偏得叫你坐，叫平儿在自己身旁坐下，亲自端了杯酒，送到平儿嘴边叫她喝。李纨还告诉老婆子先把盒子给送去，就说我留下平儿了。平儿留下喝酒吃螃蟹。李纨继续揽着她，说，“可惜这么个好体面模样儿，命却平常，只落得屋里使唤。不知道的人，谁不拿你当作奶奶太太看。”李纨说得不错，刘姥姥第一次见平儿，不就是把她当成了姑奶奶要下跪，这说明平儿不仅长得漂亮，还很有大家风度。平儿边吃边喝酒，又回过头来对李纨说：“奶奶，别只摸的我怪痒的。”李纨问，你身上硬的是什么东西？

平儿说，是钥匙。李纨说：什么要紧体己的东西怕人偷了去，还得带在身上？接着，李纨、宝钗、探春议论起贾府几个丫鬟，鸳鸯、彩霞、平儿、袭人，都是贾府丫鬟当中的佼佼者。

李纨说平儿：有个唐僧取经就有个白马来驮他；刘智远打天下，就有个瓜精送盔甲；有个凤丫头就有个你，你就是你奶奶一把总钥匙。凤丫头就是楚霸王，也得这两只膀子举千斤顶。她不是这个丫头她就能这么周到了？李纨看得很对，王熙凤和平儿确实性格互补。王熙凤做过分的地方，往往由平儿给她缓和。李纨等人议论，老太太那儿要没有鸳鸯如何使得？从太太开始，谁敢驳回老太太？鸳鸯就敢。而老太太只听她一个人的。老太太那些穿戴，她记得最清楚，要不是她管着，还不知道叫别人诓骗了多少去。而且鸳鸯绝对不仗势欺人，常替别人说好话。宝玉说，太太屋里的彩霞是个老实人。探春说，太太佛爷似的，事情上不留心，什么事都是彩霞知道，都是她提着太太行。老爷出门在外，大小事都是她提醒太太。贾宝玉确实善良，按说彩霞是所谓“贾环派”，宝玉却替她说话。金钏儿之死，重要诱因就是金钏儿告诉贾宝玉到东院拿环哥儿和彩霞去，彩霞和贾环的风流韵事，王夫人知道，却始终就没处理她，看来彩霞是王夫人离不了的左右手，所以逃过清洗。李纨指着宝玉说，这个小爷屋里面要不是袭人，你们度量到什么田地？

这些日常生活的闲谈，把《红楼梦》一些很次要的人物做了精彩刻画。写小说，有时候生动精彩的情节，不见得比画龙点睛的人物对话重要。因为往往可以在人物对话中交代人物的性格，甚至他们将来的命运。在这个地方，平儿就由李纨开头，大家对她做一番评价。平儿最后的结局是取凤姐而代之。曹雪芹怎么设计平儿和凤姐真正调了个个儿？那是个扑朔迷离的有趣故事，可惜我们看不到了。

李纨为什么这么感叹平儿？因为她想到自己现在身边连个帮手都没有。丈夫在时还有两个人，但不安于室，贾珠一死，她都打发了。

众人吃完，去向贾母王夫人问安。这时插进一段小插曲，袭人问平儿：这个月的月钱连老太太和太太的都没发，为了什么？平儿赶快悄悄地对袭人说，别问了，再过两天就发了。袭人说，你干吗吓成这样？平儿悄悄告诉她，这个月的月钱我们领来了，奶奶放出去给人使，等利钱收了起来，凑齐了才发放月钱。你可别告诉别人。袭人笑了，她还缺钱？还没个足够。平儿说，谁说不是呢，她拿这一项银子，一年不到，赚了一千两。袭人说，你们拿着我们的钱，主子奴才赚利钱，叫我们呆等。袭人很会说话，她不说二奶奶拿着我们的钱去赚钱，她说你们主子奴才赚利钱。平儿嘱咐她，你不要说这样没良心的话，你难道还少钱使？这是什么意思？你现在一个月拿二两银子一吊钱，比赵姨娘待遇还多一吊钱，你还少钱吗。袭人说，我虽不少，我也没地方使，就只预备着我们那一个。现在袭人干脆把贾宝玉当成终生之靠，“我们那一个”，那就是我们家的，现在说是我老公。这一段话，说明平儿和袭人用现在时髦话说，铁姐们，什么知心话都说，而袭人对贾宝玉一心一意，自己的零用钱都领来给贾宝玉花。

平儿告别袭人，回到家里，凤姐不在，上次打秋风的刘姥姥和板儿来了。荣国府又有场好戏看。

这可是天上的缘分

刘姥姥这是二进荣国府，一进荣国府，有枣无枣打一竿，居然打下个大甜枣。王熙凤施舍二十两银子，相当于刘姥姥全年生活费。兑现了刘姥姥的话，您老拔根寒毛比我们的腰还粗。刘姥姥一进荣国府，说恭维话都差点儿得罪人。王熙凤对刘姥姥说“大有大的艰难去处”，刘姥姥居然回句“瘦死的骆驼比马大”。这话不合适也很不吉利，就好像贾府这个骆驼已瘦了，败落了。刘姥姥二进荣国府，她当时不会说话的不足，突然都看不见了。刘姥姥始终说话很得体。她讲话仍然带有浓重乡土气，但刘姥姥见什么人说什么话，怎么说怎么叫人喜欢。这说明刘姥姥虽然不识字，智商和情商都高，能够适应新环境，应对复杂局面。我把她命名为智能刘姥姥。而刘姥姥二进荣国府和一进相比，真是今非昔比，鸟枪换炮。

她上次来是打秋风，借着多多少少存在的亲戚关系弄点钱花，说穿了，就是高级乞丐。刘姥姥二进荣国府，平儿的印象是上次打秋风的又来了。但刘姥姥不是来打秋风，她来送礼，还情。这多么体面，刘姥姥说得很诚恳，好容易多打了几担粮食，瓜果也丰盛，把刚成熟的瓜果尖摘下来，不舍得卖，先叫荣国府吃腻大鱼大肉的奶奶小姐换换口味。刘姥姥所谓的穷心，感动了王熙凤的富心。王熙凤表示，难为她大老远扛这么沉的东西来，天晚了，住一夜再走。在曹雪芹的笔下，人是复杂多变的。王熙凤聪明、势利，但是她心中也有个柔软的角落，一个这么大年纪的老太太，扛这么多的东西来，王熙凤被感动了。王熙凤一挽留，刘姥姥的人气立即上升，但刘姥姥的人气火箭样往上窜，那是因为贾母参与进来了。

《红楼梦》每出现一个人物，名字都特别有意思。刘姥姥一进荣国府，谁陪着？周瑞家的。这次还是周瑞家的陪着，但还有个叫张材家的也陪着。这个人有什么必要来陪？周瑞家的是王夫人陪房，是刘姥姥上次来的牵线人，她这次应该陪。张材家的既不是王夫人陪房，上次也没接待刘姥姥，但是她就来了，也陪着。为什么？曹雪芹是因为她的名字派她来陪。贾政身边的清客，卜固修、单聘仁，谐音不顾羞、善骗人。刘姥姥二进荣国府多个张材家的陪着，“张材”的谐音就是“长财”。张材家的出现意味着刘姥姥二进荣国府是一次增长财富。刘姥姥二进荣国府没打算打秋风，却大大地打了次秋风。刘姥姥离开荣国府时，我们再帮她算算这笔狗肉账。

和第一次进荣国府一样，刘姥姥还没见到王熙凤，先见到平儿了。刘姥姥本来坐在炕上，两三个丫头在地上倒口袋里的倭瓜、枣子、野菜，刘姥姥看到平儿来了，其他人都站起来，小说写："刘姥姥因上次来过，知道平儿的身分，忙跳下地来问'姑娘好'。"刘姥姥穷，75岁，但她能非常伶俐地"蹦"，一下子从床上跳下来了。比她小好几岁的贾母出去都得好几个人跟着、扶着。贾母过竹子桥，王熙凤得上去好好扶着。

平儿从大观园螃蟹宴回来，张材家的说平儿脸上有春色，平儿说因为被他们灌了酒了。张材家的开玩笑，以后你再出去，带着我。刘姥姥一听，你们干吗了？吃螃蟹？吃了多少螃蟹？周瑞家的说，早上我就看见那螃蟹了，一斤也就称两三个，两三大篓，大概有七八十斤。刘姥姥就给算了一笔螃蟹账。

"文化大革命"中，刘姥姥算的螃蟹账是说明四大家族如何骑在人民头上作威作福。现在看，刘姥姥算的账，仍然是说明贫富差距。1983年，日本留学生小岛英夫随我读了一年《红楼梦》。有一次他问，刘姥姥的螃蟹账是怎么算出来的？当时我拿着笔，和日本留学生一边写中文，一边写阿拉伯数字，在纸上算了半天，最后发现，刘姥姥算的账并不对。刘姥姥怎么算的呢？"这样螃蟹，今年就值五分一斤。十斤五钱，五五二两五，三五一十五，再搭上酒菜，一共倒有二十多两银子。阿弥陀佛！这一顿的钱够我们庄家人过一年了。"我当时和小岛英夫算，五分一斤，十斤五钱，八十斤是多少银子？四两。但刘姥姥算的，加上酒水成二十两了。也不知道刘姥姥的“三五一十五”是怎么算出来的。但刘姥姥的螃蟹账，算清的只有一笔，那就是庄稼人过一年需要二十两银子。其实曹雪芹叫刘姥姥算螃蟹账，主要起两个作用，一是有意无意写贫富差距，一是写刘姥姥这个人物，她并算不清账，偏偏喜欢算。这是乡村絮絮叨叨老太太的特点。

王熙凤留刘姥姥，刘姥姥是投了王熙凤的缘了。没想到，她又投了贾母的缘。周瑞家的向王熙凤汇报刘姥姥来了，贾母听到，马上下令，请来我见见。贾母为什么要见刘姥姥？因为贾母的生活实际上枯燥无味，整天在珠围翠绕中，整天面对山珍海味。跟自己完全不同领域的老人是个什么样，她有好奇心，想看看跟我年龄差不多的老太太，她们的日子是怎么过的？所以她请刘姥姥来聊聊。而贾母见刘姥姥的结果，是她又挽留刘姥姥住几天。她说我们这儿也有个园子，我带着你去逛逛我们的园子。

这样一来，刘姥姥一进荣国府，见了平儿差点儿认成是姑奶奶。二进荣国府，刘姥姥居然成了贾母的座上客。

贾母和刘姥姥巧妙对偶

两个出身、个性完全不同的老夫人，形成了巧妙对偶关系。

出身于四大家族之一金陵史家的贾母，诰命一品夫人，贵妃祖母，荣国府的宝塔尖。人们形容某个人的权势，一跺脚，哪儿就四角乱颤。我们没见贾母跺脚，我们只看到宝玉挨打，贾母摇头喘气走来，贾政的书房就四角乱颤，贾政立即跪倒在地磕头求饶。而刘姥姥既没有显赫家世，也没有显贵的亲戚，甚至连自己的家都没有，在女婿家里帮着看孩子，穷得吃不上饭。这么两个老太太却投缘了，她们有没有相同的地方？也有，她们都是祖母级人物；都喜欢念佛；都见多识广。贾母对富贵人家的事没有没经过、没见过的；刘姥姥对乡村农户的事，也是没有没经过、没见过的。这样恰好形成互补。贾母后来曾说，贾府的人是一个富贵心，两只体面眼。对贾府的人嫌贫爱富，以势压人看得很清楚，而贾母本人却怜贫悯穷。

两个祖母级人物第一次见面，怎么样互相称呼？刘姥姥进了贾母房间，看到满屋子珠围翠绕，花枝招展，不知道都是什么人。此时大观园姐妹们都在贾母跟前。宝钗、黛玉、湘云、迎春、探春、惜春，都围在贾母身边。刘姥姥只见一张榻上歪着个老婆婆，身后坐着个纱罗裹的美人一般的丫鬟捶腿。这位老婆婆当然就是贾母，纱罗裹的丫鬟肯定是鸳鸯。刘姥姥见到平儿，“蹦”一下子就从床上跳下来，而贾母躺在那得有人给捶腿。刘姥姥知道这就是贾母，上来福了几福行礼，说“请老寿星安。”这是贾母最喜欢的称呼，贾府的人，对贾母都叫什么？“老太太”，王夫人、邢夫人、众姐妹、鸳鸯等这样叫。“老祖宗”，王熙凤、贾宝玉这么叫，有时还叫“亲祖宗”。刘姥姥见了贾母，如果叫“老太太”，很正常，但刘姥姥无师自通，自己创造个“老寿星”。看来刘姥姥懂得心理学，知道像贾母这样的人，什么都不缺，要钱有钱，要地位有地位，儿孙满堂，有做贵妃的孙女，她最希望福寿康宁，所以刘姥姥叫她“老寿星”。其实刘姥姥比贾母还大好几岁。

贾母叫刘姥姥叫出“老亲家”。这是贾府所有人对刘姥姥最亲切的称呼。贾府其他人都是叫“刘姥姥”。只有贾母叫“老亲家”。贾母为什么要叫老亲家呢？其实贾母和刘姥姥既不沾亲也不带故。贾母称刘姥姥“老亲家”是给她儿媳妇面子。刘姥姥是王夫人娘家的挂名亲戚，不管多么远，多么不相干，贾母都接受刘姥姥是亲家，这是给王夫人面子。

不过贾母这个称呼又是铁定事实，只是提前叫了。根据曹雪芹的最后构思，贾府败落后，王熙凤被关进狱神庙，王熙凤唯一的女儿巧姐被狠舅王仁和奸兄贾蓉卖进妓院。刘姥姥把巧姐赎出来，让巧姐跟自己的外孙板儿成亲。贾母的重孙女成了刘姥姥的外孙媳妇。这样一来，贾母和刘姥姥岂不就是真正的亲家？

老太太互相见面常问的话是你多大年纪了？刘姥姥回答“我今年七十五了”，贾母马上夸奖，比我还大好几岁呢，你看身体这么好，我到这个年纪，不知怎么就动不得了。刘姥姥唯一的资本就是身体好，这么穷，没有地位，但是身体好。

刘姥姥回答很得体，也很迎合贾母的心理。刘姥姥说，老太太天生是享福的，我们生来是受苦的，我们要也是那样，庄稼活就没人做了。贾母也很会说话，“我老了，都不中用了，眼也花，耳也聋，记性也没了。你们这些老亲戚，我都不记得了。”贾母的话说得多么巧妙！贾母怎会不记得自己的老亲戚？她只是不知道哪儿又冒出这么个穷亲戚。贾母太擅长辞令了，她这是给刘姥姥面子。接着贾母说，“今儿既认着了亲，别空空儿的就去。不嫌我这里，就住一两天再去。”认着了亲，就说明贾母很清楚，刘姥姥不是什么亲戚，是来认亲的，但是贾母已经承认她。贾母还说，“亲戚们来了，我怕人笑我，我都不会，不过嚼的动的吃两口，困了睡一觉，闷了时和这些孙子孙女儿顽笑一回就完了。”这实际上是说，自己无忧无虑福寿双全。但贾母说得自然、舒缓，一点儿没有摆谱、盛气凌人。刘姥姥非常知趣，说，这就是老太太的福分。凤姐请刘姥姥吃饭，贾母把自己的菜拣了几样送过去，这可是非常高的待遇。贾母的菜平时只给两个宝贝宝玉黛玉送。可能极个别情况下，还送点给凤姐。贾府只有最得宠的人，才能吃到贾母桌上的菜。而刘姥姥一来，就吃上贾母的菜了。聪明的王熙凤马上敏感地发现了贾母的倾向，找到一个讨好贾母的好机会，这就有了下一回史太君两宴大观园的热闹场面。

雪下抽柴娇娃变青脸红发瘟神

刘姥姥心里非常清楚，贾母在贾府是至高无上的。这个非常尊贵的老夫人，生活有点枯燥，所以她很好奇，想知道外面的世界，特别是她不熟悉的世界。所以刘姥姥一开始和贾母打交道，就充分发挥自己的优势，用底层见闻博得贾母欢心，用底层故事迎合贾母心理。刘姥姥还是个乡村小说家，能够针对听众的心理，现场编造。刘姥姥在贾母跟前现场编个月下抽柴故事。她说我们那个地方，村庄上种地种菜，春夏秋冬，风里雨里，天天都在那地头子上作歇马凉亭，什么奇怪的事不见呢。去年冬天，下了几天雪，地下压了三四尺深的雪。我那日起得早，还没出房门，只听外头柴草响，从窗户眼儿一瞧，却不是我们村庄上的人。贾母说，可能是过路客人来了，看看有现成的柴，抽点去烤火。刘姥姥说："也并不是客人，所以说来奇怪。老寿星当个什么人？原来是一个十七八岁的极标致的一个小姑娘，梳着溜油光的头，穿着大红袄儿，白绫裙子——"编得多么有趣，这不一定引起贾母的兴趣，但是会引起一个人的兴趣，贾宝玉。贾宝玉不是"情不情"吗？他会对所有和自己没有什么关系的女孩发生兴趣，甚至有感情。贾宝玉留意了。但刘姥姥刚说到这，外面吵起来了，马棚失火了。贾母害怕了，被人扶出去，念佛。贾宝玉还希望再继续问那个女孩抽柴干吗呢，贾母说，都是抽柴禾惹出火来了，还问这个，别说了，说别的罢。

刘姥姥现场又编了个故事。一个人本来应该绝后，但因为他积德行善，他死了一个孩子后，菩萨又给他送来个孩子，他有了后代。这就是完全投合贾母的心理。但贾宝玉记挂着抽柴的事，想问清到底怎么回事。探春她们商量，史大妹妹请了我们，我们也请老太太赏菊花怎么样？宝玉说，老太太喜欢下雨下雪，不如等着下了雪请老太太赏雪。林黛玉说，咱们雪下吟诗，依我看，还不如弄一捆柴禾雪下抽柴，不更有趣吗？贾宝玉有什么心思，林黛玉看得门儿清。她看透她情哥哥的心思，调侃下贾宝玉。

贾宝玉还是得抓住刘姥姥细问，刘姥姥又现编个哪儿有个姑娘，怎么死了，怎么有她的庙，在什么地方。傻呵呵的贾宝玉果然派他的小厮到刘姥姥说的地方打探。因为刘姥姥信口胡诌，茗烟回来后说：找了半天找到一个破庙，里面是个什么人？青脸红发的瘟神爷。这简直像侯宝林的相声，抖包袱，抖到最后，美丽的雪下抽柴女孩变成青脸红发的瘟神爷。贾宝玉真是痴得太妙了。曹雪芹用风趣、幽默的描写，把贾宝玉的呆劲写活了。

刘姥姥二进荣国府，和贾母成了对偶形象。这是曹雪芹喜欢采用的技巧，一对一写人物，在对比中写人物。薛宝钗沉稳内敛，和娇纵任性的林黛玉对着；袭人稳健阴毒，和坦率直爽的晴雯对着；王熙凤爱财敛财，和清心寡欲的李纨对着；王夫人少言寡语，和巧言令色的薛姨妈对着；富贵享乐的贾母，和贫穷辛苦的刘姥姥对着。在长篇小说里，创造一对一的人物双面相，是曹雪芹了不起的发明创造，在四大名著里，一对一地写人物是曹雪芹最突出的成就之一。

曹雪芹把贾母和刘姥姥这两个大差地别的人物，巧夺天工凑到一块，平起平坐，在下一回就出现一段花团锦簇文字。两个老太太都是诙谐的、善于辞令的，安富尊荣的老祖宗贾母和来自乡野的刘姥姥，演了一出对手戏，演得十分精彩。

第四十回

史太君两宴大观园

金鸳鸯三宣牙牌令

刘姥姥二进荣国府，贾母把她算自己的座上客，挽留她在贾府多住几天，而且说我们也有个园子，你到园子里看看。贾母带着刘姥姥进大观园游玩，两次设宴招待。在午宴上金鸳鸯作令官行酒令。她行的是牙牌令。牙牌又叫牌九，用来行酒令就叫牙牌令。它的令能组成一副三张牙牌玩，所以叫三宣牙牌令。

史太君两宴大观园，是《红楼梦》最热闹最有人情味的场面，也是大观园欢乐的顶峰。贾府在大观园搞的大型活动，第一次是贾元春归省，第二次是史太君两宴大观园。这就形成有趣的对比。贾元春是社会最高层的皇妃，皇妃归省却出现悲惨凄切的场面，动不动就哭泣，人性被扭曲了，亲情被淹没了。史太君两宴大观园的客人是社会最底层的农妇。刘姥姥进大观园却造成大观园欢乐祥和的场面，动不动就笑，也成了大观园青年男女人性张扬、个性炫耀的场面。

曹雪芹写大观园换了三次角度，一次是贾政带着贾宝玉游园题额，贾宝玉的角度；一次是元妃归省，皇妃的角度；这次换了完全陌生的农妇角度，对大观园做陌生化观察和描写。

元妃归省，从贾母到众姐妹都不可能唱主角，因为主角是皇妃。而刘姥姥进大观园，贾母带领众姐妹唱起主角，王熙凤唱了很重的戏份。刘姥姥进大观园，是《红楼梦》最有人情味的大场面，也对荣国府的豪华生活做了全面描写。

史太君两宴大观园，曹雪芹写贾府的生活讲究、生活奢华，一言而蔽之，大观园的美景，吃饭用的美器，饭桌上的美食，早餐一次，午餐一次，两宴大观园，两次宴会之间，还有渡船游玩。早饭是楠木桌子旁边的坐席。午饭宴席，贾母把宝贝孙子叫来，商量明天怎么玩，宝玉建议，每人面前放个高茶几，选每人平时爱吃的一两样放到盒子里，用自斟壶。贾宝玉主张个性自由，不要那么多人在旁边侍候，要自己斟酒，挑自己爱吃的几样，放茶几上，就可以了。贾母居然接受了。

菊花须插满头归

这样第二天一大早，就得把大观园仓库里的茶儿拿出来。李纨正看着老婆子、丫头们擦抹桌椅，预备茶酒器皿。李纨看见刘姥姥来了，就说："我说你昨儿去不成，只忙着要去。"刘姥姥说："老太太留下我，叫我也热闹一天去。"这时丰儿拿了钥匙来交代给李纨，说：外面的茶几不够用，开了楼把楼上的拿下来用吧。奶奶应该亲自来，但是因为和太太说话呢，请大奶奶您开吧。李纨是长嫂，兄弟媳妇不能给长嫂派任务。但丰儿很会说话，说是二奶奶正和太太说话。李纨就得替王熙凤干这活了。

李纨派婆子们上去抬茶几，嘱咐好好小心，不要慌慌张张，仔细碰了牙子。那都是非常讲究的茶几。李纨知道刘姥姥好奇，就说："姥姥，你也上去瞧瞧。"刘姥姥巴不得这一声，拉了板儿就上去了，看见上面乌压压堆着围屏、桌椅、大小花灯，她都不认得，只觉得五彩炫耀，念了几声佛就下来了。李纨说：可能老太太还要坐船，干脆把船上的划子、遮阳幔子都拿下来预备着。李纨想得不错，后来贾母果然坐船。李纨正安排着，贾母已带了一大群人进来。李纨赶快迎上去，笑着说："老太太高兴，倒进来了。我只当还没梳头呢，才撷了菊花要送去。"一边说一边叫丫鬟碧月捧过一个大荷叶式的翡翠盘子来，里面养着各色折枝菊花。贾母拣了个大红菊花簪在鬓角上。贾母人老趣味不老，人老爱美之心不老。白发配红花，多么好看？这真是活一天就要活得自在，活一天就要有趣一天。这是贾母的生活态度。

贾母叫刘姥姥戴花，凤姐说："让我打扮你。"贾母戴朵大红的，那你给刘姥姥也戴朵大红的算了，凤姐却横三竖四给刘姥姥插了一头。这不是恶作剧？贾母也笑了，而刘姥姥说："我这头也不知修了什么福，今儿这样体面起来。"大家说，你看，她把你打扮成老妖精了。还不摔到她脸上？刘姥姥说：

“我虽老了，年轻时也风流，爱个花儿粉儿的，今儿老风流才好。”刘姥姥真是老江湖，识玩知趣，凡事看得开。王熙凤捉弄她，她自己解释成了老风流。刘姥姥整天“阿弥陀佛”不离嘴，她做事的宗旨就是与人方便，自己方便。其实，一个人活在世上，不管身份地位怎样，只要自己不和自己过不去，别人很难和你过不去。

看到刘姥姥菊花满头的场面，我怀疑，曹雪芹会不会拿杜牧诗句延展成小说情节？杜牧《九日齐山登高》：“尘世难逢开口笑，菊花须插满头归。”刘姥姥插了一头菊花，大家哄堂大笑，不正是这两句诗的意境？顺手牵羊，稍加点缀，文人高士的雅兴，变成闺阁之中的笑谑。伟大作家总能从前人作品获得创作灵感。我研究几十年《聊斋志异》，常在聊斋篇目中发现，某篇是从魏晋某人诗句延展而来的，某篇目是从唐人某人诗句延展而来。《红楼梦》同样是这样。

沁芳亭的情节，似乎也从前人词句延展来。到了沁芳亭，丫鬟们给贾母铺个锦褥子。贾母坐下，叫刘姥姥也坐在自己旁边，说：“这园子好不好？”贾母这是征求表扬呢。刘姥姥也很会表扬，念佛说道：“我们乡下人到了年下，都上城来买画儿贴。时常闲了，大家都说，怎么得也到画儿上去逛逛。想着那个画儿也不过是假的，那里有这个真地方呢。谁知我今儿进这园里一瞧，竟比那画儿还强十倍。怎么得有人也照着这个园子画一张，我带了家去，给他们见见，死了也得好处。”这段情节，不就是柳永两句词？柳永著名的《望海潮》，据传说，导致金兵南下，里面有两句：“异日图将好景，归去凤池夸。”《红楼梦》变成了“异日图将好景，归去乡村夸。”贾母听说刘姥姥的话，指着惜春说：“你瞧我这个小孙女儿，他就会画。等明儿叫他画 张如何？”这就埋下情节，将来惜春要画大观园。刘姥姥一听，跑过来拉着惜春说，“我的姑娘，你这么大年纪儿，又这么个好模样，还有这个能干，别是神仙托生的罢。”乡下老太太的典型语言，说了这个话，贾府的老太太也高兴。

“那个纱比你们的年纪还大呢”

歇了一会，贾母要带着刘姥姥都见识见识，先到了潇湘馆。一进门，翠竹夹路，青苔布满，中间有条石子路是羊肠小道。刘姥姥让出路来叫贾母等走，自己走布满了青苔的土路。琥珀拉着她说：“姥姥，你上来走，仔细苍苔滑了。”刘姥姥说：“不相干的，我们走熟了的，姑娘们只管走罢。可惜你们的那绣鞋，别沾脏了。”只顾和别人说话，“咕咚”一声倒了，贾府丫鬟拍着手笑。贾母骂：“小蹄子们，还不搀起来，只站着笑。”贾母很善良，她说话的工夫，刘姥姥爬起来了，自己也笑了，说“才说嘴就打了嘴。”贾母问：“可扭了腰了不曾？叫丫头们捶一捶。”刘姥姥说：“那里说的我这么娇嫩了。那一天不跌两下子，都要捶起来，还了得呢。”一个穷苦的老太太，比贾母大好几岁，“咕咚”一下子跌倒，自己马上爬起来了。身体好比什么都强。

进潇湘馆，紫鹃打起湘帘，贾母等就进来坐下。林黛玉亲自用小茶盘捧了一盏盖碗茶奉于贾母。看来，贾母接到这杯茶后，林黛玉还要再去端茶给王夫人、薛姨妈。王夫人说：“我们不吃茶，姑娘不用倒了。”王夫人也很体谅她。林黛玉就叫丫头把自己窗下常坐的椅子挪到下首，就是挪到贾母座位下首，请王夫人坐了。长辈进了晚辈住处，再娇贵的晚辈也得亲自奉茶，这是大家族规矩。婆婆可以和儿媳妇的妹妹对坐，因为这妹妹是客人，儿媳妇只能坐到下首，这也是规矩。刘姥姥一看，这么多笔，这么多砚台，这么多书，刘姥姥说：“这必定是那位哥儿的书房了。”贾母笑着指指黛玉：“这是我这外孙女儿的屋子。”刘姥姥留神打量了林黛玉一番，就笑了：“这那像个小姐的绣房，竟比那上等的书房还好。”有趣！刘姥姥在哪儿见过上等的书房？刘姥姥听说惜春会画画后，拉着惜春，说你别是神仙托生的吧。听到这是林黛玉的住处，她认为上等的书房也没这么好，她就没过去拉着林黛玉，再夸奖林黛玉。是不是在刘姥姥的心目当中，神仙也没有林黛玉好了？

说笑一会儿，贾母看到黛玉的窗纱旧了，和王夫人说：“这个纱新糊上好看，过了后来就不翠了。这个院子里头又没有个桃杏树，这竹子已是绿的，再拿这绿纱糊上反不配。”贾母很懂得美学，她吩咐，明天把她窗上的纱换了。我记得我们还有好几样糊窗户的纱呢。凤姐说：“昨儿我开库房，看见大板箱里还有好些匹银红蝉翼纱，也有各样折枝花样的，也有流云卍福花样的，也有百蝶穿花花样的，颜色又鲜，纱又轻软，我竟没见过这样的。拿了两匹出来，作两床绵纱被，想来一定是好的。”贾母一听，笑了：“呸，人人都说你没有不经过不见过，连这个纱还不认得呢，明儿还说嘴。”薛姨妈等都笑起来了，笑道：“凭他怎么经过见过，如何敢比老太太呢。老太太何不教导了他，我们也听听。”凤姐笑着说：“好祖宗，教给我罢。”贾母说：“那个纱，比你们的年纪还大呢。怪不得他认作蝉翼纱，原也有些像，不知道的，都认作蝉翼纱。正经名字叫作‘软烟罗’。”凤姐儿说：“这个名儿也好听。只是我这么大了，纱罗也见过几百样，从没听见过这个名色。”贾母就说：“你能够活了多大，见过几样没处放的东西，就说嘴来了。那个软烟罗只有四样颜色：一样雨过天晴，一样秋香色，一样松绿的，一样就是银红的。”贾母下令，把银红的“霞影纱”找出来，给林姑娘糊窗子。这样一来，林黛玉房子外面是绿色的竹子，窗纱是银红的，非常相配。这个情节说明贾母非常疼爱林黛玉，连她的窗纱旧了得换，颜色不对，也得给协调成银红色。曹雪芹写潇湘馆的窗纱不是闲笔，这是写荣国府往日奢华和讲究。连薛姨妈和王熙凤都不知道名字的高级纱罗，贾母拿来给潇湘馆糊窗子。所以有了刘姥姥的话：这样的纱我们想做衣服都不行，拿来糊窗子，岂不可惜？贾母下令找出来，把那青色的送两匹给刘亲家。

笑和不笑各有道理

离开潇湘馆，远远看到一群人撑船。贾母等上了船，向紫菱洲这一带走来。看到几个婆子手里拿着五彩大盒子，凤姐问早饭往哪摆？王夫人还是说，老太太在哪里，就在哪里摆吧。贾母说，上你三妹妹那里吧！我们从这里坐船。凤姐和李纨、探春、鸳鸯、琥珀带着端饭的人，抄近路到了探春那儿。饭就摆在秋爽斋晓翠堂。这时，鸳鸯对凤姐儿说："天天咱们说外头老爷们吃酒吃饭都有一个篾片相公，拿他取笑儿。咱们今儿也得了一个女篾片了。"凤姐一听，对，咱们就拿刘姥姥取乐。凤姐平时想方设法逗贾母开心，现在有了新鲜人，有了新鲜事，还不得大做文章。李纨善良古板。说：你们一点好事都不做，又不是小孩儿，别淘气，叫老太太说。鸳鸯说"很不与你相干，有我呢"。大丫鬟就是有面子，和大奶奶说话这个口气！连个"大奶奶"都不叫，直接叫"你"。鸳鸯摸透了贾母脾气，也摸透了李纨脾性。

贾母来了，随便坐下。凤姐手里拿着西洋布毛巾，裹着一把乌木三镶银箸。大家坐下后，贾母说："把那一张小楠木桌子抬过来，让刘亲家近我这边坐着。”大家抬过来，凤姐递眼色给鸳鸯。鸳鸯把刘姥姥拉出去，悄悄嘱咐一番话。凤姐是当家奶奶，不能安排刘姥姥逗笑，鸳鸯是丫鬟，她可以安排。鸳鸯怎么安排？曹雪芹之妙,就在于他不写鸳鸯怎么嘱咐。如果写鸳鸯如何教刘姥姥逗笑，刘姥姥逗笑就不出效果了。

鸳鸯嘱咐刘姥姥之后说：“这是我们家的规矩，若错了我们就笑话呢。”大家入座。薛姨妈已吃过饭，在一边喝茶。贾母带着宝玉、湘云、黛玉、宝钗一桌，王夫人带着迎春姐妹一桌。刘姥姥的桌子挨着贾母。贾母平时吃饭都是小丫鬟侍候，鸳鸯早就不当这差了，今天她偏偏站在旁边侍候。丫鬟们知道她要捉弄刘姥姥，就躲开，让给她。鸳鸯一边站在旁边侍候贾母,一边悄悄对刘姥姥说“别忘了”。刘姥姥说“姑娘放心”。

刘姥姥入了座，拿起筷子来，沉甸甸的不伏手。这也是王熙凤和鸳鸯商量好了的，是她们恶作剧的环节。大家用的都是乌木三镶银筷子，故意给刘姥姥配了双老年四棱象牙镶金的筷子，又笨又重，这是国公府摆大宴席，请重要的客人时用的筷子，王熙凤居然异想天开拿给刘姥姥用。还专门叫刘姥姥用这样的筷子夹鸽子蛋。刘姥姥说：“这叉爬子比俺那里铁锨还沉，那里犟的过他。”把筷子说成是叉爬子，多么生动多么有趣，不说我哪里拿得动它，而是说哪里犟得过它，多么形象多么好玩。她这一句话，众人就已经笑起来了。

一个媳妇端了一个盒子站在当地，里面盛了两碗菜，李纨端了一碗菜，放到贾母桌子上。凤姐故意拣了碗鸽子蛋放到刘姥姥桌上，待会吃鸽子蛋更好玩。但还没吃，已经闹起来。刘姥姥拿起那个筷子，还没开始夹菜，贾母说了声“请！”刘姥姥站起来，高声说：“老刘，老刘，食量大似牛，吃一个老母猪不抬头。”说完了，鼓着腮帮子不笑。刘姥姥的表演是鸳鸯教的，还是鸳鸯大略提要求，叫刘姥姥发挥？估计是刘姥姥自己发挥。因为刘姥姥说的话完全是乡村老太太才能想出来的。她鼓着腮帮子不笑，就像当代最顶尖的相声演员侯宝林，叫大家笑，自己不笑。

刘姥姥这么异军突起，大观园宴席上的人都愣住了。为什么愣住了？读者朋友想一想，黛玉进府和贾母吃的第一顿饭，有贾母在那儿，一个一个敛声屏气，鸦雀无声，侍候的人很多，连一声咳嗽都听不到。这次刘姥姥吃了熊心豹子胆，竟敢在贾母的宴席上胡作非为？所以大家都呆住了。接着上上下下大笑起来。这个大笑是恍然大悟的大笑。上上下下包括贾母，也包括丫鬟和粗使婆子。曹雪芹仅仅用两百个字，就像最高明的摄像师用摇镜头，一人一个姿态，每个姿态都和她的身世、个性合拍。这些人是同时笑的，但是曹雪芹用摇镜头描写却有个次序。

第一个笑得撑不住的，一口饭喷了出来的史湘云。史湘云性格豪放，对个人行为不加掩饰，饭喷出来了。

第二个笑岔了气扶着桌子“嗳哟”的是林黛玉。身体虚弱，猛然一笑，岔了气。林黛玉也不擅长掩饰感情，想哭就哭，想笑就笑。

第三个笑得滚到贾母怀里的，宝玉。而贾母搂着宝贝孙子叫“心肝”，贾母就是第四个笑的了。

第五个，笑得说不出话的是王夫人。王夫人知道，刘姥姥逗乐，肯定是凤姐导演，她笑着用手指凤姐，但说不出话来，那是因为笑得太厉害了。

第六个，已吃了早饭在旁边喝茶的薛姨妈也撑不住，口里的茶喷了探春一裙子。

第七个，探春手里的饭碗合到迎春身上了。探春也是心胸开阔，想笑就笑，笑的时候还带比较夸张的动作，把饭碗合到姐姐身上。

第八个，惜春笑得离了座位，拉着乳母，说给我揉揉肠子吧。惜春还小，所以出来，奶妈还得跟着。

曹雪芹用摇镜头摄取八个特写镜头，各人有各人的表现，各人的表现都和她的身份个性融合在一起。

接着下面还写众人一起笑的三句话，“地下的无一个不弯腰屈背，也有躲出去蹲着笑去的，也有忍着笑上来替他姊妹换衣裳的。”这就是丫鬟和老婆子们笑了。有没有不笑的？有。曹雪芹写道：“独有凤姐鸳鸯二人撑着，还只管让刘姥姥。”

咱们琢磨一下，独有凤姐和鸳鸯没笑吗？还有三个人在宴席上，估计也没笑。都是谁？薛宝钗，大家闺秀，甭管多么可笑，我得端庄，不笑；迎春，二木头，凡事慢半拍，等她领悟过来笑时，别人已笑过了；李纨，青春守寡，心如槁木，当然不能当众大笑。

什么样的人该笑，什么样的人不该笑，什么样的人笑成什么样，对于天才作家来说，都不是随意而为。曹雪芹摄取的八人大笑特写场面，经过认真思考，他不写宝钗、迎春、李纨，也经过严密思考。曹雪芹怎么能想象出这么个场面来，太不可思议。

去了金筷子换银筷子

笑完还得吃。凤姐故意给刘姥姥上的沉甸甸筷子，上的菜是鸽子蛋。用笨重的筷子夹鸽子蛋，多难办。而刘姥姥有临场发挥的戏剧才能。她要酷了，她说“这里的鸡儿也俊，下的这蛋也小巧，怪俊的。我且肏攮一个”。程伟元、高鹗的百二十回本把“我且肏攮一个”改成“我且得一个”，其实刘姥姥讲的脏话，粗野放肆，但乡野气味浓厚。从来没听到过这类话的贾母，笑得眼泪出来了。贾母说，把鸽子蛋换了。凤姐不换，说这鸽子蛋一两银子一个呢。刘姥姥就想，一两银子一个，那我一定得尝尝，伸着筷子要夹，满碗闹了一阵，好容易撮起一个来，伸着脖子要吃，偏又滑下来掉在地上。放下筷子亲自去捡，底下的人早就捡出去了。刘姥姥叹息：“一两银子，也没听见个响声儿就没了。”曹雪芹写刘姥姥吃鸽蛋，夹不起来，满碗闹，终于撮起来，再伸着脖子吃，简直就像是动漫镜头分解，好看极了。惹得众人都没心吃饭了，只看着她取笑。

凤姐说鸽子蛋一两银子一个，是不是故意夸富？不是。根据冯其庸先生考察，清代确实有一两银子一个的蛋，清代笔记小说记载，富贵人家先用冬虫夏草、人参之类的大补药喂鸡、喂鸽子、喂鹌鹑，再叫它们生蛋。然后吃这个蛋，那就合一两银子一个了。

贾母发现了刘姥姥筷子上的奥秘，怎么大家都用的是乌木镶银的筷子，只有刘姥姥用四棱象牙镶金的筷子？贾母说：“这会子又把那个筷子拿了出来，又不请客摆大宴席。都是凤丫头支使的，还不换了呢。”贾母明白这场宴席上的小品演出，导演是王熙凤。刘姥姥换上了银筷子，说：“去了金的，又是银的，到底不及俺们那个伏手。”凤姐说：“菜里若有毒，这银子下去了就试的出来。”王熙凤是炫耀，刘姥姥说：“这个菜里若有毒，俺们那菜都成了砒霜了。那怕毒死了也要吃尽了。”

贾母看到刘姥姥这么有趣，吃得这么香甜，就把自己的菜端来，叫刘姥姥吃。刘姥姥引得贾母开心一气，吃完了，贾母等都到探春房里闲话，这里收拾残桌，又放了一桌，一直在旁边侍候贾母吃饭的李纨和凤姐坐下来吃饭。刘姥姥叹息：“别的罢了，我只爱你们家这行事。怪道说‘礼出大家’。”那当然了，乡村老太太看到国公府这些大规矩，她很感叹。凤姐笑道：“你可别多心，才刚不过大家取笑儿。”鸳鸯也进来说，“姥姥别恼，我给你老人家赔个不是。”刘姥姥说：“姑娘说那里话，咱们哄着老太太开个心儿，可有什么恼的！你先嘱咐我，我就明白了，不过大家取个笑儿。我要心里恼，也就不说了。”刘姥姥的心态太好了，凡事都往对自己有利的地方想，很有幽默感。本来是李纨和凤姐两个少奶奶对坐吃饭的，现在凤姐拉鸳鸯也坐下一块吃，从此可以看出鸳鸯是多有面子。鸳鸯又忘不了自己的平等伙伴，下令，把这里的好菜给平儿、袭人送去。凤姐说，平儿吃过了，鸳鸯说，吃不了喂你的猫。奇怪的是，鸳鸯居然没有送给彩霞。她们吃完饭，也来到了探春的房中，借着凤姐的视角，写探春的居处什么样子。

烟霞闲骨格，泉石野生涯

林黛玉住有凤来仪的潇湘馆，刘姥姥看到满架图书，满桌子笔砚，认为是哪个哥儿的书房。潇湘馆是诗人诗意栖居的地方。秋爽斋可以叫高士高卧处，这高士还是书法家。探春喜欢宽阔，房间没有隔断，当地放一张花梨大理石大案。案上磊着各种名人法帖，数十方宝砚，各色笔筒，笔筒里的笔如树林一般。探春喜欢书法，元妃归省后编诗，交给探春抄写，因为探春的字写得好。探春生病，宝玉给她送颜真卿真迹。这次颜真卿真迹大家就都看到了，是一副对联："烟霞闲骨格，泉石野生涯"。什么意思？住在这个地方的人，天性风流闲散，像烟霞一样，以泉石为伴，有山野品行。这是《新唐书》的典故，田游岩喜欢烟霞、泉石成癖。颜真卿有没有写过这副对联？有人考察，颜真卿传下来的字没有。像秦可卿房间秦少游对联一样，这是曹雪芹写小说给颜真卿虚构的。故意把唐代著名大书法家的真迹挂在探春的墙上。对联当中还有幅米襄阳的《烟雨图》。宋代大书画家米芾因为是襄阳人，也叫米襄阳,画烟雨特别有名。在探春的花梨木大理石大案上，还摆着一个斗大的汝窑花囊，也非常名贵，这是北宋河南临汝出的瓷器。花囊是插花用的，非常讲究。花囊里插了满满的一囊水晶球儿白菊。这也是探春清高脱俗个性的表现。

贾府四艳叫元春、迎春、探春、惜春。曹雪芹本来构思，是她们的命运"原应叹息"。这四个姑娘又具备贵族小姐的文化修养，她们的侍儿，元春的侍儿叫抱琴，迎春的侍儿叫司棋，探春的侍儿叫待书，有的地方写做侍书，探春还有个侍儿叫翠墨，都和写字有关。惜春的侍儿叫入画。四个侍儿的名字连到一块，是琴棋书画。

探春的花梨木大理石大案上摆着一个大鼎，左边一个紫檀架子上，放着一个大官窑的大盘，盘里盛着几十个娇黄玲珑的大佛手。请注意佛手，下一回会制造和人物未来命运有关的小情节，孩子之间板儿巧姐之间的情节。右边洋漆架上悬着白玉比目磬，旁边挂着小锤。板儿一熟了，男孩子捣蛋，他就要摘锤子敲。丫鬟拦住他，他又要吃佛手，探春拣了一个给他，你玩吧，这个不能吃。

探春不是三间房子没隔断？大家就看到东边摆着卧榻，拔步床上悬着葱绿双绣花卉草虫纱帐。葱绿色的，很有青春气息。板儿一看，跑过来指手画脚："这是蝈蝈，这是蚂蚱。"小男孩，这不足为奇。刘姥姥却"啪"打他一巴掌，骂："下作黄子，没干没净的乱闹。倒叫你进来瞧瞧，就上脸了。"刘姥姥这是第二次打外孙了，一进荣国府，板儿要吃肉，她打了他一巴掌。这次板儿只是指手画脚说蝈蝈、蚂蚱。她又打一巴掌。贾母看了心里恐怕很不是滋味。贾母也是外祖母，她怎么对待外孙女林黛玉？捧到手里怕摔了，含在嘴里怕化了。而刘姥姥一巴掌把外孙打哭了。大家哄小男孩，劝解半天。贾母只好"王顾左右而言他"了，隔着纱窗往后院看，说，这后廊檐下梧桐还稍微细点。正说着，一阵风过，听到鼓乐之声，贾母说："是谁家娶亲呢？这里临街倒近。"王夫人告诉她："街上的那里听的见，这是咱们的那十几个女孩子们演习吹打呢。"贾母说："既是他们演，何不叫他们进来演习。他们也逛一逛，咱们可又乐了。"

老太太特别会玩，一心一意如何享乐，如何玩得豪华，玩得气派，玩得尽兴，还要玩得雅致，玩得有文化。她马上叫小戏班子到藕香榭的亭子演奏。大家在缀锦阁借着水音听，多么好的意境！贾母深知临水听乐的好处。大观园宴会在箫管悠扬、笙笛并发的音乐伴奏下进行，真是钟鸣鼎食。

贾母对薛姨妈说："咱们走罢。他们姊妹们都不大喜欢人来坐着，怕脏了屋子。咱们别没眼色，正经坐一回子船喝酒去。"老太太这是跟孙女儿开玩笑呢，探春赶快说："这是那里的话，求着老太太、姨妈、太太来坐坐还不能呢。"贾母又笑了，说："我的这三丫头却好，只有两个玉儿可恶。回来吃醉了，咱们偏往他们屋里闹去。"两个玉儿是谁呀？贾宝玉、林黛玉。可恶，是真的可恶吗？这是贾母说反话。她的心里面最可爱的，最可怜的，最叫她操心，最叫她放不下的，就是这两个玉儿。

琏二奶奶偏要撑船

大家走出来，姑苏驾娘把船准备好了。众人扶了贾母，叫王夫人、薛姨妈、刘姥姥等上了船。凤姐也上去了，她要撑船。贾母说："这不是顽的，虽不是河里，也有好深的。你快不给我进来。"凤姐笑了："怕什么！老祖宗只管放心。"说着她就拿起篙子，一篙把船点开，到了池子当中，凤姐只觉得乱晃，赶快把竿子递给驾娘，自己蹲下。

我曾在书里说，凤姐几乎可以算孙悟空的妹妹。这人什么事都敢干，撑船是你这贵族少奶奶可以干的吗？她居然就撑船，是不是太离谱？金陵十二钗，谁能干这个？黛玉会吗？不会。黛玉只会在潇湘馆吟诗教鹦鹉。宝钗会吗？更不会，她只会在蘅芜苑看书绣花。大大咧咧的湘云会吗？也不会，她只会醉卧石凳上，梦中吟诗。性格豪爽的探春会吗？也不会，她只能在秋爽斋窗下练书法、下围棋。至于李纨，更不会了，她只会在稻香村教儿子、养性情。只有凤姐会在大观园撑船，公开做根本不该是少奶奶做的事。这时的凤姐，不再是手握重权的管家奶奶，只是好奇爱玩的孩子，一个从小被当作男孩儿教养长大的女孩。

年轻姑娘这样素净也忌讳

迎春姐妹和宝玉也上了一只船，跟着贾母的船过来了。其他的老嬷嬷、丫鬟们，沿河随行，拍电视是个非常好看的场景。水里几条船，坐着尊贵的贾母和她请来的客人刘姥姥，还有贾宝玉和姑娘们。岸上，丫鬟、老嬷嬷带着东西，随船走。宝玉说：这里的破荷叶太可恨，不如叫人拔了去。黛玉说，我不喜欢李义山的诗，就喜欢他一句“留得残荷听雨声”，偏偏你们又不留着残荷了。宝玉一听，我林妹妹喜欢残荷，那以后不要叫人拔了。真是林妹妹说什么都是圣旨。

贾母看到岸上有一片房子清厦旷朗，问“这是你薛姑娘的屋子不是？”得到肯定回答。贾母说快拢岸，上去看看。顺着云步石梯上去，进了蘅芜苑，只觉得异香扑鼻，那些奇草仙藤愈冷愈苍翠，都结了实，似珊瑚豆子一般，累垂可爱。进了房屋，雪洞一般，一色玩器全无。案上只有一个土定瓶，瓶中供着数枝菊花，并两部书，茶奁茶杯而已。床上只吊着青纱帐幔，衾褥也十分朴素。

薛宝钗家是什么人？皇商之家。但她的房间这样简朴，跟庶出的探春小姐，根本没法比了。探春床上吊着翠绿帐幔，宝钗吊着青纱帐幔。贾母感叹起来："这孩子太老实了。你没有陈设，何妨和你姨娘要些。我也不理论，也没想到，你们的东西自然在家里没带了来。"一边说一边叫鸳鸯去取点古董来，又嗔着凤姐，"不送些玩器来与你妹妹，这样小器。"王夫人、凤姐一边笑，一边报告老太太："他自己不要的，我们原送了来，他都退回去了。"薛姨妈也说："他在家里也不大弄这些东西的。"贾母摇头："使不得。虽然她省事，倘或来一个亲戚，看着不像；二则年轻的姑娘们，房里这样素净，也忌讳。我们这老婆子，越发该住马圈去了。你们听那些书上戏上说的小姐们的绣房，精致的还了得呢。他们姊妹们虽不敢比那些小姐们，也不要很离了格儿。"这是干吗？批评。

贾母又说：我最会收拾屋子的，如今老了，没这闲心了。这是自谦的话，然后又说："他们姊妹们也还学着收拾的好，只怕俗气，有好东西也摆坏了。我看他们还不俗。"老太太可能在暗暗赞扬她的玉儿即黛玉和三丫头即探春的房子收拾得好，一点儿也不俗气。林黛玉和贾探春的房子正是散发书卷气同时，没有丢掉贵族千金小姐的“格儿”。贾母干脆要亲自给薛宝钗改变格局了：“如今让我替你收拾，包管又大方又素净。我的梯己两件，收到如今，没给宝玉看见过，若经了他的眼，也没了。”说着叫过鸳鸯来吩咐“你把那石头盆景儿和那架纱桌屏，还有个墨烟冻石鼎，这三样摆在这案上就够了。再把那水墨字画白绫帐子拿来，把这帐子也换了。”鸳鸯答应着，说，这些东西还不知道放在什么地方，得慢慢找去，明天再拿。贾母真是人老眼光不老，人老爱美之心不老，人老气派不老。

那么，贾母准备给薛宝钗换上的这几件摆设是什么？石头盆景，是用植物、巧石、水，布置在盆里，变成自然景物的缩影。《红楼梦》第五十三回具体写到贾母有什么样的盆景：八寸来长，四五寸宽，两三寸高，点着山石布满青苔的小盆景。贾母既然珍藏，没给贾宝玉，可能这盆景是玉石制造的。纱桌屏，是文人雅士摆在桌案上的小座屏，也叫“砚屏”，据记载苏东坡开始制作。墨烟冻石鼎，是墨烟冻石制作的鼎。墨烟冻石是黑白相间、半透明的名贵石头，可以做印章做工艺品。这三样都非常上档次的。如果摆上这三件，那跟薛宝钗原来摆的土定瓶就有着天壤之别了。土定瓶，定窑是宋代五大名窑之一，它的白釉剔花瓷很名贵。而土定瓶是民间土窑生产的很粗糙的瓶子。我一直纳闷，珍珠如土金如铁的薛家，从哪儿淘宝淘来这么土气的低档花瓶？这个瓶子使得一品诰命夫人很不舒服。要用石头盆景、纱桌屏、墨烟冻石鼎取而代之。

贾母稍加点缀，房间气概立刻和原来不一样，虽然仍然素净，却很大方了。蘅芜苑俭朴到超出常规，是不是薛宝钗带点表演意味？我琢磨不透。但这使得贾母很不舒服，连用几个词，“离了格儿”“忌讳”，“来了一个亲戚看着不像”，不像什么？不像贵族千金小姐闺房，倒像穷人寡妇的住处。

有红学家认为，贾母蠲资给宝钗过15岁生日，把珍藏的体己送给宝钗摆设，说明贾母对金玉良缘感兴趣了，贾母对黛玉的疼爱有所减退。我觉得不是这么回事儿。贾母是什么人？享乐型的人物。她也按照享乐型人生，塑造她的宝贝孙子贾宝玉。她能忍受宝玉娶个像宝钗这样“离格儿”“素净”“省事”、这样不求享受的媳妇吗？一点可能都没有。而且贾母喜欢凤姐、秦可卿、林黛玉、晴雯这样伶牙俐齿、风流纤巧的女孩儿。她对粗粗笨笨的袭人兴趣不大。估计她对薛宝钗那张银盆脸也未必感兴趣。贾母把银红色霞影纱给外孙女林黛玉挂窗上，体现的是血浓于水的亲情。把水墨字画白绫帐给薛宝钗挂在床上，体现的是礼貌周全的客情。咱们再往后看就知道，过节放鞭炮，贾母本能地把林黛玉搂到怀里面。

我读《红楼梦》是从黛玉进府年龄起，有的红学家不是说黛玉进府7岁，我就是从7岁开始读《红楼梦》。读了六十多年，读到贾母的年龄仍在读。每次读，都会有新体会，每次读，都更能理解贾母为什么那样心疼二玉，宝玉和黛玉。至于说贾母为了薛宝钗疏远冷淡甚至冷遇林黛玉，除非太阳从西边出来。

贾母在潇湘馆跟王夫人商议给黛玉换窗纱，在蘅芜苑跟凤姐商议给薛宝钗摆古董，换帐子，不管是林黛玉还是薛宝钗，两个性格完全不一样的女孩，不约而同，都一句话不说。好像贾母说的不是她们的事。为什么呢？在众人面前，长辈面前，深闺小姐要三缄其口，这是贵族家庭的规矩，是贵族小姐必须有的修养。不管所谓封建叛逆林黛玉，还是封建信徒薛宝钗，都会自觉遵守。

林黛玉宴席涉《西厢》

凤姐带着人去藕香榭把开宴会的地方布置整齐，上面两个榻，铺着讲究的锦裀蓉簟，华美的毯子和有荷花图样的竹席。每个榻前面摆两张茶几，有海棠花的，有梅花的，有荷叶的，有葵花的，有方的，有圆的。上面两榻四几，是贾母和薛姨妈的，下面一椅两几是王夫人的，其他都是一椅一几，东边是刘姥姥，刘姥姥之下才是王夫人。按照待客之道，把位置摆好后，要吃午饭了。贾母说，咱们今天也行个令才有意思。薛姨妈说："老太太自然有好酒令，我们如何会呢，安心要我们醉了。我们都多吃两杯就有了。"薛姨妈的马屁拍得多精彩，她才是贾母身边真正的篾片儿，这个高级篾片儿不吃贾府的饭不拿贾府的份例，却陪着贾母取乐，随时说叫贾母高兴的话。贾宝玉要喝莲蓬汤，薛姨妈就说贾府吃碗汤也这么讲究，银模子我都没见过。贾母要行酒令，还不知道是什么酒令，薛姨妈先说老太太的酒令难，她说不来。王夫人和妹妹一唱一和，说：说不来无非多喝几杯睡觉去。姐妹一唱一和地讨好贾母。

王熙凤比薛姨妈王夫人更能把握贾母心思。她说老太太行令，得叫鸳鸯来。凤姐知道贾母的令得鸳鸯提醒。王夫人马上命人把鸳鸯的座位排到李纨和王熙凤之上。这好像出格，丫鬟怎能坐当家奶奶的上座？王夫人解释"既在令内，没有站着的理。"鸳鸯行的酒令，是贾母常用的酒令，成语、俗话、诗词都可以用，大白话也可以用。鸳鸯从老太太开始，到刘姥姥止，开始行酒令。先说一副，把这三张牌拆开，说头一张，说完了再说第二张，再说第三张，合成一副的名字，无论诗词歌赋，成语俗话，比上一句，还都得押韵。

鸳鸯说了，现在有了一副，左边是张"天"，贾母说，"头上有青天"，大家说"好"。鸳鸯说，当中是个"五与六"，贾母说"六桥梅花香彻骨"。鸳鸯说，剩的一张"六与幺"，贾母说"一轮红日出云霄"。鸳鸯说，凑成便是个"蓬头鬼"，贾母说"这鬼抱住钟馗腿"。老太太说得很熟。

接着薛姨妈、湘云、薛宝钗都说了令。引人深思的是林黛玉的酒令。鸳鸯说左边一个"天"，林黛玉说，"良辰美景奈何天"。宝钗一听，回过头看她。宝钗听出毛病来了，这是大人们不让我们看的淫书里的艳词。林黛玉怕罚，没注意薛宝钗在观察自己。鸳鸯说，"中间锦屏颜色俏"，林黛玉又来一句，"纱窗也没有红娘报"。薛宝钗当然还得继续盯着她。黛玉后面说的就不是违禁的话了。薛宝钗一听到"良辰美景奈何天"，就回过头看林黛玉，这是提醒林黛玉不可以说这话，没想到林黛玉继续说出"纱窗也没有红娘报"，一句《牡丹亭》，一句《西厢记》。林黛玉行酒令冲口而出这样的戏词，说明她受《牡丹亭》《西厢记》影响越来越深，这成了后来宝钗教育黛玉的伏笔。

刘姥姥的酒令特别好玩，刘姥姥说，我们庄稼人不过是说现成的本色，大家别笑。鸳鸯说左边"四四"是个人，刘姥姥想了想说，"是个庄家人罢"。大家哄堂大笑。鸳鸯说，中间"三四"绿配红，刘姥姥说，"大火烧了毛毛虫"，大家又笑。鸳鸯说，右边"幺四"真好看，刘姥姥说，"一头萝卜一头蒜"，大家又笑。鸳鸯说，凑成便是一枝花，刘姥姥两只手比画着说，"花儿落了结了个大倭瓜"，引起哄堂大笑。

藕香榭的第二次开宴，和第一次不太一样，这一次讲究坐席要有上下尊卑，喝酒要行酒令，贾母讲得熟练，林黛玉讲得犯禁，刘姥姥居然用自己乡土本色闯过了这一关。刘姥姥在大观园的活动还要继续进行下去，到处搞笑。

第四十一回

栊翠庵茶品梅花雪
怡红院遭遇母蝗虫

第四十一回乡村老太太刘姥姥和妙玉、宝玉发生联系。贾母带着刘姥姥到栊翠庵来，妙玉用梅花上扫下来的雪烹茶，招待黛玉、宝钗、宝玉。刘姥姥醉酒后，稀里糊涂误入怡红院，躺在宝玉的床上睡觉。“母蝗虫”是林黛玉给刘姥姥取的外号，形容刘姥姥吃东西既多又快。

刘姥姥吃茄鲞

刘姥姥进大观园是两个身份不同的老太太的重头戏。贾母知道刘姥姥和自己没任何关系，却称她“老亲家”，还亲自当导游给刘姥姥开眼界，饭桌上把刘姥姥当贵宾看待。刘姥姥知道富人什么都不缺，就盼着万寿无疆，她称呼贾母“老寿星”；知道富人希望别人羡慕自己，就总夸贾母的福气。吃鸽蛋故意说这里的鸡俊，下的蛋也俊。难道她不知道这是鸽蛋？肯定知道，她故意这样说叫贾母开心。

刘姥姥一进大观园就在潇湘馆的青苔路上摔了一跤，自己爬起来继续到处跑。贾母游园一直有人搀扶，最后却累病了。真是穷人有穷人的活法儿，富人有富人的活法儿。两个老太太都尊重别人的活法儿。

第四十一回除栊翠庵品梅花雪之外，很重要的细节是刘姥姥吃茄鲞。在午宴上，凤姐和鸳鸯要拿竹根抠的大酒杯灌刘姥姥，贾母和薛姨妈劝止。当刘姥姥捧着酒杯喝酒时，薛姨妈叫凤姐给她点菜吃。贾母下令：你把茄鲞搛些喂她。贾母居然叫荣国府当家少奶奶拿茄鲞喂乡村贫妇，简直太有趣了。凤姐笑了，对刘姥姥说："你们天天吃茄子，也尝尝我们的茄子弄得可口不可口。"这话已带炫耀意味。凤姐将茄鲞喂到刘姥姥嘴里。刘姥姥嚼了几口，不相信是茄子："别哄我了，茄子跑出这个味儿来了，我们也不用种粮食，只种茄子了……姑奶奶再喂我些。这一口细嚼嚼。"细嚼了半日，说，"虽有一点茄子香，只是还不像茄子。告诉我是个什么法子弄的，我也弄着吃去。"凤姐说：这也不难。你把才下来的茄子把皮刨了，切成碎钉子，用鸡油炸了，加上鸡脯子肉、香菌、蘑菇、五香腐干、各色干果子，俱切成钉子，用鸡汤煨了，将香油一收，外加糟油一拌，盛在瓷罐子里封严，要吃时拿出来，用炒的鸡瓜一拌就是。刘姥姥一听："我的佛祖！倒得十来只鸡来配他，怪道这个味儿。"

茄鲞是什么菜？鲞就是鱼干。鱼干这种菜出现在两千多年前，根据历史书《吴地记》记载，春秋时，吴王阖闾带兵入海，遇到风浪，没粮食了。吴王向大海祈祷，一群金色的鱼游过来给他们做了食物。出征回国后，吴王想起当时在船上吃的鱼。臣子汇报，那些鱼已经晒干。吴王说做来吃吃。一吃，觉得比鲜鱼更好吃。吴王就在“美”下面再加个“鱼”字，就形成了“鲞”，也就是鱼干。从此鲞就成了下酒凉菜。茄鲞是素菜荤吃，把茄子做出鸡的味道。元代食谱已经有做菜鲞的方法。明代有个戏剧家写了个养生食谱《遵生八笺》，写怎样做鹌鹑茄：把嫩茄子切成细丝，用开水烫过，滤干以后，放上盐、酱、花椒、甘草、陈皮、杏仁等等拌匀晒干，再蒸了存起来，到用的时候，用开水一烫，蘸香油，记得非常详细。新时期以来，《红楼梦》很热，很多地方开发红楼宴，做了很多菜品，茄鲞成了难题。1992 年我到扬州参加国际红学会。扬州西苑宾馆请好多国家的红学家吃红楼宴。到了桌上，大家发现怎么没有茄鲞？东道主说，厨师根据王熙凤说的办法做了很多次，最后什么都做不出来。当时红学家们说，看来茄鲞应该是文学化菜肴，是曹雪芹为了描写贾府的大富大贵、吃饭讲究，创造出并不能兑现的菜肴，是吃文化，就像冷香丸是文学化药丸。后来很多大宾馆还在研究做茄鲞，一再请红学家品尝。红学家尝起来总没有刘姥姥那种感觉。大家说，可能荣国府大厨师做茄鲞的工序，被王熙凤转述时漏掉了关键部分，这就成了中国烹饪史上一个小遗憾。

记得八七版《红楼梦》民俗顾问邓云乡教授对我说过，他吃过一次茄鲞。端上来，黄蜡蜡、油汪汪一盘。邓先生说，你知道吗，什么茄鲞？其实就是宫爆鸡丁 + 红烧茄子。他一说，我们就都笑了。现在红楼宴已经摆到东南亚，最难做的还是王熙凤说的这道菜。

刘姥姥吃茄鲞，显示了贾府贵族生活的讲究。刘姥姥跟贾母一起赴宴,两个老太太呈现了不同的生命状态。贾母富贵、尊荣，但不如穷老太太刘姥姥生命力旺盛。饭后上了四样点心，也是贾府的讲究食谱：藕粉桂花糖糕、鹅油卷、螃蟹馅儿一寸大小的饺子、奶油炸的小面果。贾母说太腻了，不想吃。刘姥姥和板儿每样吃一点，就去了半盘子。饭后，贾母的兴致还很高，带着刘姥姥散闷，到山前的树下待了半晌，一一说给刘姥姥，这个叫什么树，这个叫什么石头，这叫什么花。刘姥姥一一领会，表示真开眼界了，又跟贾母说："谁知城里不但人尊贵，连雀儿也是尊贵的。偏这雀儿到了你们这里，他也变俊了，也会说话了。"人们不知道什么鸟进大观园变尊贵、会说话了？刘姥姥说："那廊下金架子上站着的绿毛红嘴是鹦哥儿,我是认得的。那笼子里黑老鸹子怎么又长出凤头来，也会说话呢。"刘姥姥真不认识八哥吗？我看多半是假装糊涂，逗贾母开心。有的红学家认为刘姥姥二进荣国府有失尊严。我倒觉得这老太太太聪明，你们拿我开心，我不会自寻开心？你们想看山村野趣，那我要多土有多土。刘姥姥在大观园"表演"吃鸽蛋、吃茄鲞，使得贾府的人那么开心。后来林黛玉形容刘姥姥是"母蝗虫"，我们当年一直批判这种观点缺乏劳动人民的感情。但林黛玉形容很准确。刘姥姥"表演"并没想要什么报酬。她只是觉得，贾母惜老怜贫，你们想让老太太开心，我帮着你们叫老太太开心，我自己也开心。

刘姥姥外孙凤姐女儿姻缘伏笔

刘姥姥的外孙板儿和王熙凤的女儿有了接触。吃过早饭，贾母和刘姥姥在探春房里闲聊。探春的花梨木大理石大案子上有个紫檀木的架子，里面有娇黄玲珑的佛手。洋漆架子上有比目磬和小锤。板儿要小锤想敲磬。丫鬟不让敲。板儿要佛手吃，探春给他一个，说可以玩不能吃。板儿抱着佛手玩的时候，王熙凤的女儿（后来起名巧姐）来了，手里面抱着个大柚子，她一眼看到那个小男孩抱个佛手，就哭了，我要佛手！丫鬟赶快去给她换。在丫鬟去换的过程中，巧姐等不及就哭。丫鬟哄板儿拿柚子换佛手。板儿一看，柚子又香又圆，还可以当球踢，同意交换。这是多么小的小孩换玩具的细枝末节？却暗藏两个小孩未来人生结果。板儿想敲比目磬，暗示想比翼齐飞；柚子和佛手预伏巧姐结局。脂砚斋评语：柚子又名“香橼”，“橼”通姻“缘”，佛手指点迷津。两个小孩交换柚子和佛手，成了千里伏线，暗透《红楼梦》通部脉络。这两个人将来要结婚。

妙玉和哪个品梅花雪

吃完饭，贾母要带刘姥姥到栊翠庵看一看。这一回回目有“栊翠庵茶品梅花雪，实际上真正品茶的是宝玉、黛玉、宝钗。

我研究《红楼梦》半个多世纪，第一篇红学论文是1962年大学三年级古代文学的开卷考试的作业，最初写妙玉。后经同学劝改写贾宝玉。这篇20岁写的《妙玉的悲剧》居然保存下来，真是奇妙红学缘。

贾母进了栊翠庵，看到花木繁盛，说到底修行的人常修理，比别处越发好看。栊翠，栊翠，拢住满园的翠色，拢不住春色撩人的青春。妙玉在贾宝玉梦游太虚境，看到金陵十二钗图册，妙玉位列第六，是唯一不属于四大家族的女子。为了迎接元妃归省盖完省亲别墅后，林之孝家的向王夫人介绍带发修行、出身高贵的妙玉。王夫人下请帖请妙玉主持栊翠庵，从此妙玉没了踪影。妙玉的清高、聪慧、洁癖、孤僻，遁入空门却追求诗意生活，品茶栊翠庵做了集中描写。

妙玉看到贾母等进来，亲自捧了一个海棠花式雕漆填金云龙献寿小茶盘，托着一个成窑五彩小盖盅，给贾母上茶。多讲究？成窑五彩盖盅，在明代就已价值连城。而妙玉给贾府老祖宗拿出这么名贵的茶具，既说明妙玉家非常富有，也说明妙玉尊重贾母。贾母说，“我不吃六安茶。”妙玉回答：“知道，这是老君眉。”贾母是品茶行家，她又问用什么水？妙玉说，“旧年蠲的雨水。”贾母细细品了老君眉，她大概想叫刘姥姥见识一下什么叫茶中极品，吃了半盏，递到刘姥姥手里：“你尝尝这个茶。”刘姥姥“便一口吃尽”。半盅茶喝出了两个老太太的不同身份。贾母喝茶是优雅、细致地品，刘姥姥喝茶，一股脑儿灌，更好玩的是，刘姥姥还要对她从没喝过的高档茶大发议论：“好是好，就是淡些，再熬浓些更好了。”

我喜欢喝绿茶，有时和同样喜欢喝绿茶的一位上海著名女作家，短信交流喝绿茶的讲究。绿茶讲究清淡，刘姥姥偏要熬浓，真是鸡对鸭讲。

众人听了刘姥姥的高论都乐了。妙玉肯定啼笑皆非，估计贾母把五彩成窑盅递到刘姥姥手上时，妙玉就不高兴。这么名贵高雅茶盅怎能送到这么粗拙人手上？

妙玉对贾母礼数周到，却不一直陪伴，给贾母上完茶，走开了。贾府哪有这种咄咄怪事？老祖宗在这，你就是天马行空的林黛玉，也不敢晾了她走开。但受贾府供养的妙玉更特立独行、更任性、更孤僻。妙玉不陪贾母陪谁呢？黛玉、宝钗，更妙的还有宝玉。妙玉把黛玉、宝钗的衣襟一拉，两人就默契地跟着她走。宝玉一看，这三个人溜了？马上悄悄跟上。黛玉、宝钗进了妙玉内室，宾至如归，一个坐到妙玉的卧榻上，一个坐到妙玉的蒲团上。妙玉亲自烧水泡茶。刚刚沏好，宝玉来了，黛玉和宝钗调侃：你来蹭茶喝，这儿没你的。妙玉对宝玉说，你这遭吃的茶是托她两个的福，你自己来了，我是不给你喝的。宝玉说：我知道，我不领你的情，只谢她们两个人就是。其实妙玉、宝玉两人都话中有话，只是把黛玉、宝钗蒙在鼓里面。为什么？宝玉早就自己来喝过茶了，妙玉怎么知道贾母不喝六安茶？当然是听宝玉说的，但妙玉不能叫外人知道她和怡红公子单独喝茶。宝玉也不能叫黛玉知道，他在黛玉、宝钗、湘云之外还有第四个闺友。特别有意思的是，湘云也进了栊翠庵了，妙玉却没叫她。大大咧咧的史湘云就没有参加妙玉卧室的茶艺活动。湘云凡事都发表意见，但这个地方最好不要发表意见。曹雪芹要给妙玉留下充分的话语权。

妙玉茶具大有讲究

妙玉给宝钗和黛玉的茶具非常名贵。关于这两个茶具，著名作家沈从文及著名红学家蔡义江做过考证，这是两个什么茶具呢？妙玉拿出的两个杯子，一个杯子上刻着隶字“𤫩瓟斝”有一行小字“晋王恺珍玩”，又有“宋元丰五年四月眉山苏轼见于秘府”。说明是晋代的大富豪王恺和宋代大文豪苏轼收藏过的名贵古玩，很珍贵。蔡义江先生考证，这个茶具是为了写妙玉这个出家闺秀家里是多么有钱，有意虚构的。

为什么？因为元丰五年四月苏轼已经在黄州，不可能在秘府鉴定这个茶具。另一个茶具像微型小碗，有三个垂珠篆字，刻着“点犀盉”。点犀盉就是杏黄色半透明用犀牛角制成的酒杯。多么名贵！

妙玉给贾宝玉用什么茶杯？妙玉尊重自己两个闺蜜，但她和贾宝玉是亲近。“仍将前番自己常日吃茶的那只绿玉斗来斟与宝玉”。这就是说宝玉在这之前已经用妙玉自己喝茶的绿玉斗喝过茶。接着妙玉又拿出用竹节抠的茶碗问贾宝玉吃得了吗？宝玉表示吃得了。妙玉说：“你虽吃的了，也没这些茶糟踏。岂不闻‘一杯为品，二杯即是解渴的蠢物，三杯便是饮牛饮骡了’。你吃这一海便成什么？”妙玉的话说得有文化，说得俏皮。妙玉亲自给宝玉斟茶，宝玉细细地吃了，果然清纯无比。看来真正和妙玉品梅花雪的就是贾宝玉。贾宝玉的到来，在妙玉孤寂的心中投进青春的阳光。妙玉在宝玉跟前是口舌生风、妙语如珠，完全是青春美少女，哪有一点尼姑的味道？特别令读者想不到的是，宝玉、黛玉都遭到妙玉的挖苦。宝玉调侃妙玉说：“常言‘世法平等’，她两个就用那样古玩奇珍，我就是个俗器了。”妙玉说：“只怕你家里未必找得出这么一个俗器来呢。”这话就透露出妙玉家的富贵超过贾府，也透露出妙玉心性高于贾府群钗。林黛玉孤高自许，她大概还要超过林黛玉。

林黛玉问妙玉，我们喝的茶也是旧年的雨水？妙玉冷笑：

"你这么个人，竟是大俗人，连水也尝不出来。这是五年前我在玄墓蟠香寺住着，收的梅花上的雪，共得了那一鬼脸青的花瓮一瓮，总舍不得吃，埋在地下，今年夏天才开了，我只吃过一回，这是第二回了。你怎么尝不出来？隔年蠲的雨水哪有这样轻浮，如何吃得！"宝玉说神仙似的妹妹林黛玉，从来没有被人居高临下说成是大俗人，在妙玉这儿开眼了。妙玉说，旧年的雨水如何吃得？但她给老祖宗上的茶就是旧年雨水沏的。贾府的人说林黛玉孤高自许，林黛玉在栊翠庵遇到个更加孤高自许的，林黛玉的脾气没了，小性没了。她还知道，在这儿不要多坐，吃完茶就约着宝钗出来。而宝钗喝了半天茶，一句话没说，多么谨慎小心！大约黛玉、宝钗对妙玉的为人处世未必赞赏，当然她们尊重她。这是闺秀之间惺惺相惜。

贾母等离开，妙玉的仆人把茶盅送进来。妙玉因为五彩成窑盅给刘姥姥用过，坚决不要了。妙玉不是念佛吗？《金刚经》曰：世法平等，无有高下。贵妃祖母把贫妇刘姥姥、出家人妙玉看成平等茶友，佛门妙玉却瞧不起贫穷的刘姥姥。

宝玉不是潘必正妙玉不是陈妙常

宝玉要求妙玉，把这个茶盅给那穷婆子罢，她卖了还可以度日。妙玉表示，幸亏我没用过，如果我用过砸了也不给她。

宝玉特别能体谅妙玉的心情，既然刘姥姥用过的茶杯都不要了，一大帮老太太、太太、仆妇站过的地方，妙玉肯定也认为脏。宝玉说，我叫小厮们抬水来给你冲刷地面。妙玉接受了且说：叫他们把水抬到门外就成。贾宝玉的小厮连栊翠庵的门都不能进，妙玉的洁癖真是洁到家了。

妙玉和贾宝玉到底是什么感情？很多红学家津津乐道。从栊翠庵品梅花雪的情节能看出，妙玉对宝玉有眷恋之情。但是不是妙玉爱上宝玉？宝玉是不是在爱黛玉同时也爱妙玉？这是索隐者喜欢做的文章。其实，不必硬把妙玉和宝玉扯上男女私情。妙玉是青灯古佛下的青春少女，她对贾宝玉这样一个有见识，比自己小好几岁的美男子产生好感，希望亲近，希望在一起聊一聊，喝喝茶，是她“云空未必空”，但是两人之间并没有调情的意味。再往后看就知道，宝玉过生日，妙玉还要给他送贺帖。宝玉诚惶诚恐，觉得妙玉看重自己，是认为自己有些见识。也就是说，妙玉对自己并没有私情。贾宝玉对女孩，不管是林黛玉、薛宝钗、史湘云，还是晴雯、袭人、金钏儿，甚至平儿、香菱，他都百般呵护，香花供养。对妙玉这样一个应该享受青春欢乐却不得不把自己关在栊翠庵的美貌才女，贾宝玉更多一份怜香惜玉之情。所以说妙玉跟宝玉是心灵相近、互相欣赏，却没有男女私情，更没有通行本一百二十回续书写的妙玉怀春。曹雪芹创造妙玉并不是重复前人创造的陈妙常，贾宝玉也不是潘必正。曹雪芹在写宝黛爱情和二宝婚姻同时，又写出贾宝玉和史湘云青梅竹马的兄妹之情，写出宝玉和妙玉相知相悦并不相爱的知音之情，这也正是《红楼梦》不同于一般才子佳人小说的奥秘所在。

刘姥姥和贾母在栊翠庵喝完茶后，误打误撞闯进怡红院，在贾宝玉床上睡了一觉。刘姥姥的活动到第四十二回仍在继续，已经是贾府众人如何送刘姥姥离开的描写了。我们把“怡红院遭遇母蝗虫”和刘姥姥离开贾府放到一起讲一讲。

穷苦农妇睡到贾府凤凰床上

栊翠庵喝完茶后，贾母、薛姨妈、王夫人很疲倦，去休息了。刘姥姥还要在大观园逛。鸳鸯继续带着刘姥姥各处去逛，大家也跟着取乐，因为刘姥姥出言可以喷饭。逛到省亲别墅牌坊，刘姥姥一看，哎哟，这还有个大庙，马上趴下磕头，大家都笑弯了腰。刘姥姥说：笑什么？这牌楼上字我都认得。……这不是“玉皇宝殿”四字？大家更乐。这时刘姥姥觉得肚子一阵乱响，找个小丫头要了两张纸，马上要在省亲别墅牌坊下解衣服。真是对皇权极大调侃。乡村老太太要在省亲别墅正牌坊下解大便！大家笑，又喝住她，使不得，派个婆子带着她到东北角上。婆子指给她一个地方，自己走开去歇息。

刘姥姥因为多喝点酒，她的脾胃和黄酒不适应，在这痛泻一番，站起身来，眼花头眩，找不着路了，一看，周围都一个样，都是树木、山石、楼台房舍，往哪去呢？一看，眼前有个石子道，就顺着这道走。到了一个房舍跟前又找不着门，看到有竹篱，刘姥姥说，哟，这地方也有扁豆架子？实际上这是怡红院外面的花架。刘姥姥顺着花架走进去，进一个月洞门，看到个水池子，清水潺潺细流，白石架在上面。刘姥姥沿着白石桥进去，拐两个弯，看到一个房门。她醉眼朦胧看到迎面一个女孩儿满面含笑迎出来。刘姥姥可找着人了，说："姑娘们把我丢下来了，要我碰头碰到这里来。"那女孩不答应，刘姥姥上来拉她的手，"咕咚"一声撞到板壁上了。原来不是女孩是个画，而且这画是凸出来的。刘姥姥感叹：富贵人家还有这样的画！拿手摸了摸，点头叹了两声，一转身，看到有个小门，门上挂着软帘子，刘姥姥进去了。这是什么地方？这么阔！四面墙壁玲珑剔透，琴剑瓶炉贴在墙上，锦笼纱罩，金彩珠光，连地下踩的砖，都是碧绿凿花，越发眼花。这是哪儿？怡红院宝玉卧室。贾政游园看到墙上玲珑剔透的木板，刘姥姥看到地板碧绿凿花，多讲究。刘姥姥想出去却没有门，这边一架书，那边一架屏，从屏后得了一个门转过去，怎么，亲家母也来了？刘姥姥说：你是不是看到我几天没回去，找了我来了？你看你怎么把这里的花没死活戴了一头？她的"亲家"不回答。刘姥姥想起来，富贵人家有穿衣镜，是不是我在镜子里面？拿手乱摸。小说家构思特别巧，刘姥姥不会开怡红院卧室的门，因为门安在穿衣镜上面，她拿手乱摸，触到开关了，撞开消息，镜子掩过去，露出一个门。刘姥姥又惊又喜进去，咦，还有个特别精致的床。她又醉又乏，一屁股坐到床上，说我歇一歇，没想到太累了，朦朦胧胧一歪身睡熟到床上。大家找不着她了，板儿哭了。大家说，她上哪去了？别掉到茅厕坑里。袭人说，可能她到我们那去了，我去找找。

袭人进了门，听见鼾声如雷，赶快进宝二爷卧室，酒屁臭气满屋，刘姥姥扎手舞脚躺在床上。这个情节太好玩了。刘姥姥是谁？贫穷的农村老婆子。贾宝玉是谁？贾府的尊贵凤凰。但现在穷老婆子躺到宝二爷床上了。曹雪芹好像想提醒人们，转眼不知身后事。好像提醒人们，人生风云变幻，难以预测。有朝一日，贾府这位凤凰，也会和这穷婆子一样，甚至还不如这穷婆子。根据脂砚斋评语提供的线索，贾府败落之后，贾宝玉寒冬腊月没有衣服御寒，围着破毡，饥肠辘辘，只能吃酸菜。

这样一来，醉卧怡红院的刘姥姥和花袭人挂上了钩。

刘姥姥在贾府盛衰中的重要作用

很多红学家把贾府盛衰辅助线索看作是刘姥姥三进荣国府，其实我觉得应该把刘姥姥和花袭人看成是同一条辅助线索，那就是贾府没落和小人物崛起的交错进行。小人物兴衰对于贾府大人物兴衰有反讽意义。花袭人，荣国府的家奴，后来变成贾宝玉的所谓“孟尝君”，她得养活贾宝玉。刘姥姥过去硬和贾府攀亲，最后变成荣国府正枝正宗的亲戚。

刘姥姥是贾府盛衰隐线，是红学家共识。提出花袭人在小说中有超出刘姥姥的特殊重要性，恐怕是我个人的见解。花袭人曾是贾宝玉的侍女，她始终参与贾宝玉的感情活动，也见证贾府盛衰。花袭人经历了从贴身丫鬟到宝二爷准姨娘，到嫁宝二爷好友蒋玉菡，再到贾府败落时，养活当年主子贾宝玉的全过程。而花袭人和刘姥姥这两个根本不可能发生联系的人，竟然在怡红院，在贾宝玉的房里发生联系，这是个奇中叠奇的构思。但是这两个人在贾府败落时，怎么样再发生联系，曹雪芹有没有写？已经成了千古之谜。

我认为刘姥姥在《红楼梦》这部伟大小说里起双重作用。一方面，她本身是成功的小说形象，这个形象居然是在大观园树立起来的。我们打个比方，在百花齐放的大观园，林黛玉是芙蓉花，薛宝钗是牡丹花，史湘云是海棠花，探春是杏花，李纨是梅花，贾母像她游园簪在鬓上的大红菊花，刘姥姥是插到大观园的苦菜花。另一方面，刘姥姥在小说结构上有着重要作用，《红楼梦》是按照宝黛爱情和贾府盛衰两条线交织往前发展，而刘姥姥对贾府盛衰起到牵一发而动全身的作用。她一进荣国府是求帮，二进荣国府是还礼，三进荣国府是解困扶危。三进荣国府，曹雪芹的描写我们看不到了，但根据脂砚斋评语，我们知道，刘姥姥三进荣国府，看到贾府被抄的惨状，把被卖到妓院的巧姐救了出来。根据已经失传的靖本评语，巧姐被卖进妓院之后，很不幸作为雏妓已经接客，刘姥姥把她救出来，叫她嫁给板儿。靖本的评语还暗示刘姥姥救巧姐，是受到王熙凤拜托。王熙凤当时已在狱神庙了。曹雪芹擅长伏线千里。刘姥姥第二次进荣国府，史太君两宴大观园，埋下了板儿和巧姐未来成亲的伏笔。板儿和巧姐交换柚子和佛手，暗示他们有缘，佛手指点巧姐走出迷津。更妙的是，巧姐的名字是刘姥姥给起的，这是第四十二回描写的内容。按说王熙凤的独生女儿是多金贵的王府小姐，她的名字应由贾赦起，偏偏不是，是刘姥姥起。王熙凤请刘姥姥给女儿起名字，说是想借您老人家的寿，而且贫苦人起的名可能压得住。刘姥姥给起个“巧哥”，说这叫以毒攻毒。因为她出生日子不太好，七月七日，叫巧哥，将来就会遇难成祥，逢凶化吉。王熙凤说，姥姥，希望将来她应了你的话。后来，事情的发展和刘姥姥说的一点儿都不错。王熙凤这个人，一生得益于两个老太太。贾母是王熙凤的大后台，刘姥姥是王熙凤的大恩人。在前八十回王熙凤千方百计讨好贾母，贾母成了王熙凤的保护伞。当贾母离开人世，不能保护王熙凤时，刘姥姥给了王熙凤关键的帮助。王熙凤很有头脑，什么样的人有处世才能，她一眼就能看穿。刘姥姥二进荣国府时，王熙凤已经不再把她当成前来打秋风的穷人看，而是当成有见解、有经验的老人尊敬。刘姥姥在潇湘馆聊到，这么好的纱，你们做窗纱，我们都不能做衣服。贾母表示送她两匹，王熙凤再送白纱做里子。王熙凤送了很多东西给刘姥姥，且说的很有人情味：不过是寻常的东西，好也罢、歹也罢，带了去，你们街坊邻居看着也热闹些，也是上城一次。这样一来，二进荣国府的刘姥姥和凤姐的交往和一进荣国府不一样了，带着浓厚的人情味甚至亲情味了。王熙凤做梦也想不到，自己这个叱咤风云的荣国府管家婆，有朝一日会从权力顶峰跌落下来，自己的宝贝女儿，会掉进妓院的泥坑，被刘姥姥救出来，嫁给板儿。

有些红学家还认为，刘姥姥二进荣国府，还预伏了贾府结局。刘姥姥编雪下抽柴故事时，传来马棚失火。贾母不让刘姥姥再讲，派人到火神前烧香。红学家据此认为，这也预伏了贾府抄家之后又遭受一场大火，最后烧了个白茫茫大地真干净。其实甄士隐家被烧也有此预示作用。

贫穷老妇一品诰命联手演出绝妙大戏

第四十二回开头，刘姥姥对王熙凤说，在这待了两三天，从来没见过的都见过了，从来没经过的都经过了，现在怎么着也得回去了。刘姥姥表示，老太太、姑奶奶、小姐们都这么怜贫惜老照看我，我回去没有别的可以报答，每天给你们念佛，保佑你们长命百岁。她说的是真心话，刘姥姥喜欢念佛，也感念贾府众人对自己的照顾。

王熙凤说，你别高兴，都是为了你，老太太也被风吹病了，我们大姐儿也着了凉。刘姥姥提醒，小姐儿只怕不大进园子，……撞客着了，遇见什么神了。王熙凤派人一查，果然，“八月二十五日，病者在东南方得遇花神”，她给她女儿烧纸，女儿马上好了。王熙凤求刘姥姥给女儿起个名，吩咐平儿，把准备送刘姥姥的东西打点了，明天她一早走就方便了。刘姥姥赶快说，“不敢多破费了，已经遭扰了几日，又拿着走，越发心里不安起来。”

刘姥姥拿走些什么东西？王熙凤送她东西，平儿送她东西，贾母送她东西，鸳鸯也送她东西。刘姥姥上次故意来打秋风，得二十两银子。这次是来还礼，没想到成一次大打秋风，仅是银子就有一百零八两，王夫人给了一百两，王熙凤给了八两。还不算贾母给的金银小元宝。给她的东西堆了半个炕，有御田大米，有衣服，有绸料子，还有皇室造的点心，有常用的药物，还有大观园的水果干果。特别是还有贾宝玉向妙玉讨来在明朝已经价值连城的成窑五彩盅。刘姥姥是自己扛了瓜果送到荣国府的。她走的时候，叫小厮们雇车给她装东西，真是太丰厚。贾府从上到下，从贾母到王夫人，从王熙凤到贾宝玉，都和刘姥姥广结善缘，深结善缘。这样的善缘自然会得到善报。收留烟花女子巧姐，就是刘姥姥结善缘最突出的表现。

贾母已把刘姥姥看成是自己的客人。刘姥姥晚上在贾母处住。第二天早上想向贾母告辞。贾母却病了，贾珍、贾琏、贾蓉把皇宫御医领来看病。穿六品服色的王太医来给贵妃祖母看病，不敢走甬路，只走旁阶。王太医进来看到什么气派？两边四个未留头的小丫鬟，五六个老嬷嬷，雁翅样排列在两边，碧纱橱后面隐隐约约有许多穿红着绿戴宝簪珠的人。什么人？王熙凤、林黛玉、薛宝钗、史湘云，贾府三艳，都在这。贾母与太医聊天，称其“世交”，王大夫看完后对贾珍、贾琏说，老太太偶感风寒，吃饭清淡点儿，穿暖和点就好了。我写个方，高兴就吃，不高兴就不吃。这就是富贵人家老太太。我形容叫苍蝇踢了一脚，也得把御医请来看病。

我一直琢磨，贾母和刘姥姥在大观园联手演一场戏，贾府败落过程中，贾母会怎么样？如果曹雪芹把贾母写成全福之人，她应该在贾府败落之前寿终正寝。如果曹雪芹不想把贾母写成全福之人，这完全可能，因为《红楼梦》任何善良可爱的人物，没有不是悲剧结局。所以贾母很可能死在贾府呼喇喇似大厦倾的时候。这样一来，贾母之死，就应该是写荣国府沧桑剧变的重要笔墨，很可能和秦可卿出丧形成鲜明对比。秦可卿是身份最低的重孙媳妇，贾母是身份最高的老祖宗。但秦可卿之死是在贾府鲜花着锦，烈火烹油的时，她的葬礼豪华极了。贾母之丧，是在贾府“落了片白茫茫大地真干净”时发生，那就会寒酸异常。遗憾的是，曹雪芹笔下的贾母之死，我们看不到了。现在流行本续书写贾母临死还散余资，安排贾府后事，这样描写不合情理。

前八十回多次写到贾母最富。王熙凤说她金的银的压塌了箱子底。抄家的人怎么会放过最富的贾母不抄？抄家损失最惨重的应该是王熙凤和贾母。而贾母吓病了，她撒手西去的时候，子孙、侍女，或者被关，或者被卖，贾母不仅不可能有风光大丧，甚至可能连棺材和装殓衣服都没有。那么会不会是刘姥姥在帮助巧姐同时也帮助了贾母呢？这是我异想天开。这样说有没有道理呢？我觉得有一点。周瑞家的曾说，刘姥姥这次来，跟贾母投缘了，这是天上的缘分，这句话很重。《红楼梦》里只有木石姻缘是天上的缘分。刘姥姥二进荣国府，成了贾母的贵客，和贾母有了天上的缘分。刘姥姥进贾府是冲着王夫人来，最后跟她告别的是贾母。曹雪芹没有一个字写刘姥姥怎么和王夫人告别，却写了和贾母告别。贾母说：我身上不好，不能送你。两个身份完全不同的老太太，本来毫不相干，两宴大观园却发生多次精彩交流。贾母并没有瞧不起贫穷老太太，贫穷老太太也尊重惜老怜贫的贵妃祖母。最后她们两人还来了段色彩很浓的依依惜别。我猜想，贾母对刘姥姥说，不能送你。很可能最后送贾母的却是刘姥姥。因为，贾母叫鸳鸯把她自己几件衣服送给刘姥姥，这是别人送的、制作非常精美、贾母没穿过的衣服。会不会贾母去世后，刘姥姥把衣服拿回来装殓贾府的老太君？如果从《红楼梦》写贾母和刘姥姥交往的笔墨来看，并不是没有可能的。如果小说家想创造强烈对比的情节，也不是没有必要的。当然了，这是我这个当代所谓小说家管见蠡测。曹雪芹会不会这么写，我们就不知道了。

刘姥姥进大观园，现在已成了现代汉语常用词，用来形容寻常百姓见到豪华奢侈场面。荣国府宝塔尖贾母和贫穷老太太刘姥姥，两个老太太联手演出场绝妙大戏，还预伏了贾府重要人物王熙凤和她的女儿的结局。

第四十二回

蘅芜君兰言解疑癖
潇湘子雅谑补余香

第四十二回目对仗公整，蘅芜君，薛宝钗；潇湘子，林黛玉；兰言是朋友间美好的语言；雅谑是文雅的笑话；解疑癖是解开林黛玉心中的疑虑；补余香是和兰言有同样内容的话语。中国古代把朋友之间的知心话看成像兰花一样有香味，这出自《易经》:“二人同心,其利断金,同心之言,其臭（同‘嗅’，气味）如兰。”林黛玉用开玩笑的话,表达了她对薛宝钗的友情。奇怪,林黛玉和薛宝钗不是所谓三角恋对立方，在一般小说中，她们会永远对立下去，但《红楼梦》写到第四十二回，这两个人成了好朋友。这也是曹雪芹打破传统写法的重要标志之一。

黛玉、宝钗演“三岔口”

刘姥姥二进荣国府，史太君两宴大观园，林黛玉说酒令时，说了句“良辰美景奈何天”，薛宝钗听了，回头看她。按说林黛玉应该知道，像薛宝钗这样不干己事不开口的人，只要一关注，必定有必须关注的原因，应该警惕起来，但是林黛玉只怕被罚，顾不上。接着又说句“纱窗也没有红娘报”,林黛玉说完就忘了，其他人大概听不懂，或者听懂了，过耳就忘，但薛宝钗记着。

刘姥姥离开贾府第二天，林黛玉和薛宝钗一块给贾母请过安回大观园时，薛宝钗把林黛玉叫到蘅芜苑，用开玩笑的口气说，你跪下，我要审你。林黛玉不知道什么缘故，说宝丫头疯了，审问我什么？薛宝钗说："好个千金小姐，好个不出闺门的女孩儿，满嘴里说的是什么？"薛宝钗把林黛玉千金小姐身份抬出来，那肯定是林黛玉做了跟千金小姐身份不相符合的事情，她才能挖苦她。林黛玉还是不明白，薛宝钗这才把大观园酒令的事提出来。林黛玉闹了个满脸飞红，央告薛宝钗"好姐姐"。林黛玉为什么要羞得满脸飞红，而且对薛宝钗的批评心服口服？因为林黛玉念的这两个酒令，"良辰美景奈何天"，"纱窗也没有红娘报"，出自《牡丹亭》和《西厢记》。这两本书在当时被封建卫道者看成异端，一般封建家庭不允许女孩看这些书。一个千金小姐念出这两个戏的唱词，已经很不像话，何况这两句唱词都带怀春意味，就更难堪。所以林黛玉马上满脸飞红，叫薛宝钗"好姐姐，你别说与别人，我以后再不说了。"

曹雪芹与两个聪明女孩对话，非常巧妙也非常微妙。两个女孩都知道，林黛玉的酒令从哪来，但两个人都不提这两个戏名。林黛玉是因为害怕，也因为娇羞，对两个戏名躲躲闪闪。薛宝钗也不能提戏名，两个人像演三岔口，都知道戏名，又都说不知道。

薛宝钗明知林黛玉的话哪儿来，偏要对林黛玉说"我竟不知哪里来的"，好笑不好笑？如果不是你对这两本书很熟，怎么可能别人一张嘴，你就知道哪儿来的？就知道是错的？

但是林黛玉太天真了，她根本没往这方面想。林黛玉也不提她说的话哪来的，她说我不知道，随口说的，也是在赖，但薛宝钗不给她捅破窗户纸。薛宝钗又说：“我也不知道，听你说的怪生的，所以请教你。”这就更狡猾了，既然怪生的，你怎么就马上听出来这个不是千金小姐可以说的话？林黛玉仍然不往这方面想。两个人都知道什么戏里出来的话，两个人都故意不说，都不敢说，都不好意思说，两个人都在这儿赖。这两个姑娘这种表现，实在太棒了。

因为林黛玉羞得满脸飞红，满口央告。薛宝钗也被感动了，也对林黛玉掏心窝子说，其实我早就读过这些书。然后薛宝钗发了一大通议论，大概是说：男人应该读书明理，辅国治民。女孩子只应该关心针线之类的事，女子无才便是德。她对林黛玉进行一番教育，不可以因为读邪书而移了性情。林黛玉心中暗服，点头说“是”。林黛玉什么时候在宝姐姐跟前心悦诚服地说“是”？她什么时候不是我行我素的？这次完全变了。因为在那个时代，千金小姐看《西厢记》、看《牡丹亭》，就几乎和现在当红的艺人遭遇了艳照门是一样的。

黛玉、宝钗为什么能成好友

林黛玉从此和薛宝钗成了推心置腹的好朋友。难道林黛玉仅仅因为自己的短处被薛宝钗抓住，两个人就成好朋友？

并不是。因为薛宝钗这次和林黛玉私下交谈，确实是爱护林黛玉，是真正为林黛玉好，真正为林黛玉的名声和前途考虑。在当时贵族大家庭里，千金小姐迷恋《牡丹亭》《西厢记》，是多丢脸的事。而薛宝钗及时提醒林黛玉急刹车，千万不要再看这样的书，即便看了，也绝对不可以当众说这里面的话，这当然是爱护林黛玉。林黛玉从小父母双亡，没有人给她说这样的话。她就把薛宝钗当成了自己的姐姐了，因为这次薛宝钗确实就是起姐姐的作用，而且薛宝钗还是冒着被误会的可能来劝林黛玉。林黛玉一向小性，行动好恼人，万一她不高兴了呢？那就被误会了。但薛宝钗还是要劝，还是要说，她的出发点是为了林黛玉好。其实，在任何一个社会，迎合主流意识形态，就能够站住脚跟，违背主流意识形态，就常常被抛弃。而薛宝钗教育林黛玉的，正是在那个社会要听主流意识形态导引。林黛玉确实是真信服薛宝钗的话，因为林黛玉从小受的也是淑女教育，和薛宝钗受的教育是一样的。

薛宝钗在荣国府给人的印象是很大方，会做人。薛宝钗是在社会上八面逢源的人，既能够锦上添花，也能雪中送炭。她很会做人，连赵姨娘那样的人都说她的好话。而薛宝钗会做人，做得最成功的，恐怕就是在林黛玉跟前会做人。也有红学家，包括前辈红学家和当代红学家认为林黛玉太天真了，林黛玉上当了。清代有个红学家说，薛宝钗的兰言都是些捉襟见肘之词，只是能够欺负林黛玉。洪秋蕃说，薛宝钗“大约传奇歌本、奸盗邪淫无不博览胸中，故能造金锁、托僧言、夺人婚姻如反掌耳”。当代红学家也有人认为，林黛玉被薛宝钗忽悠了，薛宝钗不是真心为她好，天真的林黛玉却对她坦诚相待，甚至为过去对薛宝钗的误会深深自责。

薛宝钗和林黛玉能成为好朋友，还有其他原因。一个原因是，林黛玉为人率真，别人给她个棒槌，她就当成针（真）。她不想一想，如果薛宝钗不先看所谓移了性情的书，她怎么能听出来你的酒令是大家闺秀不能读的淫书里的？薛宝钗不把林黛玉说《西厢记》《牡丹亭》的事告诉别人，是保护林黛玉吗？更重要的是保护自己。如果她把这事传出去，有人问一句，林姑娘念的词是《西厢记》和《牡丹亭》里的，我们都不知道，宝姑娘怎么知道的？薛宝钗不看闲书，不看邪书，岂不就穿帮了？但是林黛玉太单纯了，她想不到这些事。

林黛玉从此就和薛宝钗成好朋友了。我觉得她两个人之所以能够成为好朋友，主要并不是因为薛宝钗站在爱护林黛玉的立场上，对林黛玉进行了一番教育，而是因为林黛玉和薛宝钗站在各自立场上，都认为对方已经威胁不到自己了。她们分别觉得金玉良缘和木石姻缘都不成问题了。为什么？从林黛玉这一方面来看，她和贾宝玉的感情经过多次波折，诉肺腑之后，已经心心相印。宝玉挨打后，仍向黛玉表示“你放心”，重申过去的宣言，那就说明什么外力都不能分开他们，只等着老太太发话。而那么疼爱外孙女的老太太，肯定会发话，我估计这是林黛玉的想法。

薛宝钗那边怎么想？贵妃娘娘给的赏赐和宝玉相同，贾母几次当众夸奖，还给出资做生日。宝姑娘在贾府的地位正在上升，只等着哪一天贵妃娘娘说一句话就行了。到一定时候，王夫人肯定会要求贵妃娘娘发话。

两个聪明的姑娘都知道，他们之间互相争斗，对个人命运一点儿都不起作用。从林黛玉那边看，薛宝钗怎么跟她争夺，也拉不过贾宝玉的心，对林黛玉来说，这就够了，她就是要贾宝玉对她的真心，我为的是我的心。从薛宝钗那边看，林黛玉怎么跟她争斗，也左右不了王夫人喜欢宝姑娘的感情倾向，左右不了贵妃娘娘可能指婚，对薛宝钗来说，这也就够了。

这样一来，天真的林黛玉和心机缜密的薛宝钗，关系就突然变好了。她两人的关系变好后，就出现了林黛玉雅谑补余香的情节。

直叫她“母蝗虫”就是

李纨的丫鬟素云来请，“我们奶奶请二位姑娘商量要紧的事”。她们去了，迎春、探春、惜春、湘云、宝玉都在那儿。李纨见了她们就说：“社还没起，就有脱滑的了，四丫头要告一年的假呢。”惜春告假干吗？画大观园。林黛玉笑了：“都是老太太昨儿一句话，又叫他画什么园子图儿，惹得她乐得告假了。”探春笑道：“也别要怪老太太，都是昨儿刘姥姥一句话。”林黛玉又笑了：“可是呢，都是他一句话。他是那一门子的姥姥，直叫她是个‘母蝗虫’就是了。”

林黛玉很会说俏皮话，如果说我把《红楼梦》前八十回读下来，偶尔会对林黛玉有些不好的印象，就在这几句话上。她这不是嘲笑劳动人民吗？但作为贵族小姐，她确实看不惯吃相粗鲁、吃东西又多、吃得又快的下层人物。所以给刘姥姥起个外号“母蝗虫”。她起的外号还得到薛宝钗的赞同：“世上的话，到了凤丫头嘴里也就尽了。幸而凤丫头不认得字，不大通，不过一概是市俗取笑。更有颦儿这促狭嘴，她用‘春秋’的法子，将市俗的粗话，撮其要，删其繁，再加润色比方出来，一句是一句。这‘母蝗虫’三字，把昨儿那些形景都现出来了。”林黛玉“母蝗虫”的外号居然得到一向与人为善的薛宝钗热情赞扬。这说明这些大家闺秀都有高人一等的优越感，都有点瞧不起出身贫苦、举止粗鲁的人。

这样一来，他们就开始商量怎么样叫惜春画画了。

接着林黛玉又继续说了些俏皮话，比如她说，叫惜春画园子，别的都行，草虫上不行。大家说，不需要画草虫。林黛玉说，昨天的“母蝗虫”还能缺了吗？建议，这个图叫《携蝗大嚼图》。林黛玉因为和薛宝钗的关系突然变好，心情格外好，表现得特别快乐，特别活泼。所以我们可以不把林黛玉的话说成多么刻薄，只看成她俏皮得有点过头。其实曹雪芹很喜欢林黛玉，他把回目写成“潇湘子雅谑补余香”，“子”是中国古代对人的尊称，雅谑是雅致的玩笑。曹雪芹还是钟爱林黛玉。

宝钗画论其实是曹雪芹小说观点

大观园人物讨论绘画，主要对绘画表示意见的是薛宝钗。读者朋友可能不很注意薛宝钗关于绘画的大段文字。薛宝钗的画论，为什么那么有见解，因为曹雪芹就是一个大画家。他的好朋友在写给他的诗里说，曹雪芹晚年生活极其贫困的时候，“卖画钱来付酒家”。他的朋友还说，曹雪芹特别会画石头。一个大画家在小说里叫小说人物来说画论，其实也可以把它当成是小说家告诉大家写小说要怎么注意。

薛宝钗是怎么说的？她说：“……这园子却是像画儿一般，山石树木，楼阁房屋，远近疏密，也不多，也不少，恰恰的是这样。你只照样儿往纸上一画，是必不能讨好的。”什么意思？就是你不能像照相一样直露，你得有选择，她继续说，“这要看纸的地步远近，该多该少，分主分宾，该添的要添，该减的要减，该藏的要藏，该露的要露。”绘画是这样，有的地方要大的留白，写小说也是这个样。薛宝钗继续说，“这些楼台房舍，是必要用界划的。”什么叫界划？就是用界尺划线，标出楼阁、宫室的大小和准确的位置，如果不用界划，“一点不留神，栏杆也歪了，柱子也塌了，门窗也倒竖过来，阶矶也离了缝，甚至于桌子挤到墙里去，花盆放在帘子上来，岂不倒成了一张笑‘话’儿了。”说得多么精彩，薛宝钗继续说：“要安插人物，也要有疏密，有高低。衣褶裙带，手指足步，最是要紧；一笔不细，不是肿了手就是跏了脚，染脸撕发倒是小事。依我看来竟难的很。如今一年的假也太多，一月的假也太少，竟给他半年的假，再派了宝兄弟帮着她。”为什么派上宝兄弟帮着她呢？并不是宝玉会画画，而是如果惜春不知道的，或者她安插不好的，叫宝兄弟拿出去，去问那些会画的相公。薛宝钗真是想得太细致了，大观园只有贾宝玉能和贾政的清客有联系。贾宝玉一听，又有个伟大的任务，马上高兴地说：“这话极是。詹子亮的工细楼台就极好，程日兴的美人是绝技，如今就问他们去。”薛宝钗说：“我说你是无事忙，说了一声你就问去。等着商议定了再去。”接着，薛宝钗告诉他们用什么样的纸，用什么样的颜料，用什么样的笔。薛宝钗说，我说着，宝兄弟记下来，买去。薛宝钗说，贾宝玉记。薛宝钗滔滔不绝，从多少多少种笔到多少多少种颜色，到多少多少种胶矾，甚至什么碟子，什么风炉，什么砂锅，什么瓷罐，还有水桶、木炭、生姜、酱。她在那里讲着，林黛玉这时候不是心情特别好吗，薛宝钗讲完“生姜二两，酱半斤。”林黛玉赶快插嘴：“铁锅一口，锅铲一个。”薛宝钗说：“这作什么？”林黛玉说：“你要生姜和酱这些作料，我替你要铁锅来，好炒颜色吃的。”林黛玉不会画画，但是薛宝钗会画画，知道每种原料要怎么用。薛宝钗说：“你那里知道。那粗色碟子保不住不上火烤，不拿姜汁和酱预先抹在底子上烤过了，一经了火是要炸的。”真是有经验画家说的话。是薛宝钗说的，更是曹雪芹的经验之谈。

林黛玉不是一连串在那里说俏皮话吗，最后拉着探春说：你看看，她肯定是糊涂了，她要这些画画的单子，要什么水缸、箱子，她可能连她自己的嫁妆单子也写上了。探春笑了：“宝姐姐，你还不拧他的嘴？”宝钗说：“不用问，狗嘴里还有象牙不成！”一边上来就把林黛玉按在床上，拧她的脸。林黛玉笑着央告：“好姐姐，饶了我罢！颦儿年纪小，只知说，不知道轻重，做姐姐的教导我。姐姐不饶我，还求谁去？”这是个双关语，在这因为画画儿向薛宝钗求饶，同时是再次因为《西厢记》《牡丹亭》向薛宝钗求饶：你千万不要把我说的那些话，我信口说出来的那些酒令告诉别人了。但是别人不知道，都说，好可怜，饶了她吧。

《红楼梦》第四十二回，从荣国府众人送刘姥姥离开，转而写大观园的女孩们在一起商量画画。薛宝钗论绘画，确实讲得头头是道。如果让一般人开列一个清单，本来是非常枯燥乏味的事，但有林黛玉在里面，不断地开玩笑，就变得特别的有趣了，这也就是曹雪芹所说的雅谑。

第四十三回

闲取乐偶攒金庆寿
不了情暂撮土为香

贾母要给王熙凤过生日，学小家子，大家凑钱做，大家好好地乐一日，所以叫闲取乐。恰好这一天也是金钏儿的生日，贾宝玉私自跑出府在水仙庵祭奠金钏儿。条件非常简陋，所以叫撮土为香。

贾母给凤姐极大脸面

冷子兴演说荣国府说，现今贾府为家族兴旺而运筹者无一，安富尊荣者居多。红学家喜欢说，所谓安富尊荣就指贾府的爷们不思进取，这样说有道理，但不很准确。贾府安富尊荣的代表是贾母，对贾府起主导作用的也是贾母。贾母的处事哲学就是一切围着我的享受转，一切围着使我开心转，怎么样吃得好、玩得好，怎么样不断地想新花样取乐，是贾母生活的重心。贾母生活的重心相应成了凤姐管家的重心。贾母这种老年心态可以理解。不仅贾母，现在很多老年人，人生拼搏已成昔日辉煌、过眼云烟。夕阳无限好，只是近黄昏。尽量慢活，尽量享受人生乐事，尽量享受桑榆晚景，对老年人来说无可厚非。但如果一个家族都围绕老年心态及时行乐，就太危险了。一个以享乐为中心的家庭，怎么可能长治久安、兴旺发达？

凑钱给开心果凤姐做生日，就是贾母闲取乐的活动。贾母在刘姥姥走后，生了几天病，吃两剂药，也就好了。她跟王夫人说，我想到“初二是凤丫头的生日，上两年我原早想替他做生日，偏到跟前有大事，就混过去了，今年人又齐全，料着又没事，咱们大家好生乐一日”。王夫人说，“我也想着呢。既是老太太高兴，何不就商议定了？”贾母说：“我想往年不拘谁作生日，都是各自送各自的礼，这个也俗了，也觉很生分似的。今儿我出个新法子，又不生分，又可取乐。……咱们也学那小家子大家凑分子，……你说好顽不好顽？”王夫人这个人是贾母说什么都行：“这个很好，但不知怎么凑法？”贾母说那就赶快去把薛姨妈、大太太、姑娘们、珍儿媳妇、赖大家这些有头脸管事的媳妇都叫来。这些人来了，乌压压挤了一屋子。只有薛姨妈和贾母对坐，邢夫人和王夫人坐在房门前的椅子上。宝钗几个人坐在炕上，宝玉坐在贾母怀里。贾母叫拿几个小杌子，给赖大母亲这几个嬷嬷坐。这是贾府风俗，年纪大服侍过父母的家人，比年轻主子还有体面。所以尤氏、凤姐都站着，赖大母亲等三四个老嬷嬷倒坐下了。

贾母一说凑份子，大家都表示，就这么办。为什么大家都同意？也有和凤姐好的，愿意这么办，也有怕凤姐的，巴不得奉承她。贾母说，我出二十两。薛姨妈也出二十两。王夫人说，我们不敢和老太太一样，每人十六两。李纨说，我们也不能和太太一样，我们再矮一等，十二两。贾母和李纨说：

"你寡妇失业的，哪里还拉你出这个钱，我替你出了罢。"贾母也疼李纨。王熙凤说："老太太别高兴，且算一算帐再揽事，老太太身上已有两分呢，这会子又替大嫂子出十二两，说着高兴，一会子回想又心疼了。过后儿又说'都是为凤丫头花了钱'，使个巧法子，哄着我拿出三四分子来暗里补上，我还做梦呢。"王熙凤总是瞅一切机会逗贾母开心。大家都笑了，贾母也笑了说："依你怎么样呢？"凤姐说："生日没到，我这会子已经折受的不受用了。我一个钱饶不出，惊动这些人实在不安。不如大嫂子这一分我替他出了罢了。"凤姐真出？她是在人前示好，实际上她不会出。凤姐又说："……我想老祖宗自己二十两，又有林妹妹宝兄弟的两分子。姨妈自己二十两，又有宝妹妹的一分子，这倒也公道。只是二位太太每位十六两，自己又少，又不替人出，这有些不公道，老祖宗吃了亏了。"贾母一听，说："倒是我的凤姐儿向着我，这说的很是，要不是你，我叫她们又哄了去了。"祖孙互相说笑话，打趣。王熙凤替非常有钱的贾母分斤掰两，贾母也假装真吃了亏。凤姐说："老祖宗只把他姐儿两个交给两位太太，一位占一个，派多派少，每位替一分就是了。"这时赖大母亲就站起来，也给贾母凑趣，说："这可反了！我替二位太太生气。在那边是儿子媳妇，在这边是内侄女儿。倒不向着婆婆、姑娘，倒向着别人。这儿媳妇成了陌路人，内侄女儿竟成了个外侄女儿了。"赖大母亲也好口才，说得贾母和大家都笑起来。赖大的母亲表示，少奶奶们十二两，我们也得矮一等。贾母心里特别有数，虽然现在不管家了，但贾母心里清楚，贾府这些管家及管家太太都很有钱。贾母说，"……你们虽该矮一等，我知道你们这几个都是财主，分位虽低，钱却比他们多，你们和他们一例才使得。"贾母又说："姑娘们不过应个景儿，每人照一个月的月例就是了。"又叫鸳鸯，你们也去凑些人，平儿、袭人、彩霞等等丫鬟都参加了。贾母还要问平儿："你难道不替你主子作生日，还入在这里头？"平儿说："我那个私自另外有了，这是官中的，也该出一分。"贾母表示"这才是个好孩子。"

凤姐居然说不要忘了两个姨奶奶，得问他们一声，"尽到她们是理，不然，他们只当小看了他们了。"这么多人凑钱给她过生日，她还不满足，连可怜的赵姨娘和周姨娘，都得叫她们出钱。去问了一下，两个人也表示出一个月的月例。这么一算，凑了一百五十两。贾母说："一日戏酒用不了。"贾母既然给凤姐过生日，就派尤氏管，叫凤姐安安静静享受一天，尤氏答应了，从贾母那出来，到凤姐房间商量怎么过。凤姐说：你只是看老太太眼色行事就行了。凤姐把自己在荣国府立足妙诀传授给尤氏，看上面眼色行事，错不了。尤氏和她开玩笑："你这个阿物儿，也忒行了大运了。我当有什么事叫我们去，原来单为这个。出了钱不算，还要我来操心，你怎么谢我？"凤姐说："你别扯臊，我又没叫你来，谢你什么！你怕操心？你这会子就回老太太去，再派一个就是了。"有点得意忘形了。

尤氏说："你瞧他兴的这样儿！我劝你收着些儿好。太满了就泼出来了。"尤氏的话不幸而言中。这就像《红楼梦》开始那幅对联，"身后有余忘缩手，眼前无路想回头"，现在这么得意，得想想有什么不足的事，不要走到断头路再想着回头。王熙凤兴奋异常，却想不到，在她生日当天，就会出一件凤姐泼醋丢人现眼的大事。

第二天，管家林之孝家的把下人凑的银子送到宁国府。尤氏心里很清楚，凤姐虽然答应替李纨出，肯定不会出。收下这些银子后，她过荣国府，凤姐正要把贾母等的银子封起来给尤氏送过去。尤氏说我还有点信不过，得当面点一下。一点，果然没李纨的。凤姐捣鬼给当场抓住。尤氏说："我说你肏鬼呢，怎么你大嫂子的没有？"凤姐说："那么些还不够使？短一分儿也罢了，等不够了我再给你。"尤氏说："昨儿你在人跟前作人，今儿又来和我赖，这个断不依你！我只和老太太要去。"凤姐说："我看你厉害。明儿有了事，我也丁是丁卯是卯的，你也别抱怨。"尤氏说："你一般的也怕。不看你素日孝敬我，我才是不依你呢。"

凤姐该不该学学尤氏？

王熙凤春风得意马蹄疾，一日看尽长安花。她非常瞧不起尤氏，认为尤氏为人太软弱。后来大闹宁国府，她当面说过尤氏像没嘴的葫芦，没有才干。但是尤氏真的像王熙凤所说的那样不济吗？并不。尤氏收到钱之后，当着凤姐的面，把平儿那一份还给她。到贾母那儿，听鸳鸯的主意，如何讨贾母喜欢，把鸳鸯那一份还了。到王夫人那儿，又把彩霞那一份还了。趁着王夫人进佛堂，又把赵姨娘和周姨娘那一份都还了。脂砚斋评语："尤氏亦可谓有才矣。论有德，比了阿凤强十倍，惜乎不能谏夫治家，所谓人各有当也。"

尤氏比凤姐会做人，她跟凤姐有不一样的人生观和处事态度。尤氏恰好有在封建贵族家庭如何自保的处事良方。作为贵族少奶奶，她比争强好胜、总和丈夫斗、和别人斗，斗得很累，斗得名声很坏的凤姐，更懂得怎样安分守己、不争不斗、服从丈夫、远离权势。她有点讲究中庸之道，无为而治、知足常乐。凤姐注意不到尤氏这样传统女性的优点。她想不到像尤氏这样看起来有点窝囊的传统女性，会对自己有些什么启发。

尤氏把鸳鸯、周姨娘、赵姨娘、平儿、彩霞的份子全还了。这叫吃小亏占大便宜，舍小钱换好名声。她哪儿像凤姐挖苦的没有才干？尤氏反而倒过来嘲笑凤姐，你弄这么多钱，使不了，明儿带到棺材里去使。脂砚斋评：戏言成谶。

贾母学小家子攒金为凤姐做生日，给了她极大面子。清代点评家却注意到，贾母攒金做寿有另外的含义，物极必反。凤姐太有脸了，就会遇到非常没脸的事。脂砚斋就评："所以特受用了，才有琏卿之变，乐极生悲，自然之理。”贾母对王夫人说，要借给凤姐过生日，咱们好生乐一日。脂砚斋评，“贾母犹云‘好生乐一日’，可见逐日虽乐，皆还不趁心也。所以世人无论贫富，各有愁肠，终不能时时遂心如意，此事至理，非不足语也。”贾母建议咱们学小家子，大家凑分子，多少尽着这个钱去办，你们说好玩不好玩？清代的评论家张新之说，贾母这个建议实际上就标志着贾府由盛向衰，“出新法，学小家，大往小来，衰败已兆。”前辈红学家的评点，自然是一家之言。

关系最密切的弟弟哪去了

到九月初二凤姐生日，大家都打听到尤氏办得非常热闹，有戏，有耍百戏的，有说书的。李纨对姐妹们说：“今天是个正经社日，不要忘了。”就派丫鬟去看宝玉干吗去了？丫鬟去了半日，回来报告李纨:“花大姐姐说，今儿一早就出门去了。”花大姐姐是谁？花袭人。李纨听了非常奇怪，大家也奇怪，说没有出门的道理，这个丫头糊涂，不知道说话，又派探春的丫鬟翠墨去。翠墨回来说：“可不真出了门了，说有个朋友死了，出去探丧去了。”探春说：“断然没有的事，凭他什么，再没今日出门之理。你叫袭人来，我问他。”袭人来了，还是证明头一天晚上宝玉就说，有要紧事到北静王府去，很快赶回来。今天一早，穿着素衣服走的，说北静王的要紧姬妾没了。李纨说，如果真是这样，走走也可以，也该回来了。只好报告贾母。贾母很不高兴，命人去接。贾府派人到北静王府去，岂不露馅？曹雪芹似乎疏忽了，接的结果一直没有交代。

贾宝玉哪去了？给金钏儿拜祭生日去了。凤姐过生日，从贾母到丫鬟好一阵热闹，跟凤姐关系最亲密的小弟弟却跑了。更有甚者，凤姐丈夫和鲍二家的偷情去了。事情就这么怪，两个最不该对凤姐无情的人如此无情。风光无限的管家奶奶过生日，含冤投井的丫鬟也是生日。这是上帝捉弄，还是曹雪芹奇想妙思？

贾宝玉一脸凝重，浑身纯素地出门，贴身小厮茗烟都不知道他要干什么。宝玉骑上马就跑，专门找清静地方。茗烟只好跟他跑出北门。宝玉问，这个地方有卖香的吗？茗烟说，香倒有，不知道是哪一样。宝玉说，得檀香、芸香、降香。这是最贵重的香。不用贵重的香无以表达情重。茗烟说这三样香可是难得。宝玉表示为难。茗烟说，二爷要香干什么？我看到二爷小荷包里有散香，何不找一找？宝玉一下子醒悟，从衣襟下掏出个荷包来，摸了一下，竟然有沉香和速香合成的香料，比较名贵，他很欢喜。因为他要祭奠金钏儿，自己随身带的香，不更亲切？他又问茗烟，有炉炭吗。茗烟说，荒郊野外，哪来的炉炭，既然要用，怎么不早说，咱们带了来。宝玉说，糊涂东西，如果带了来，又不这样没命地跑了。茗烟给他想个主意：不远就是水仙庵。水仙庵姑子常往咱们家去，和她借个香炉使一使，她应该肯的。

水仙庵是祭洛神建的庵。洛神不也是水里面？宝玉说，古来并没洛神，那是曹子建的谎话，这些人就塑像供着，今天倒合了我的心事，我们去借他一用。两人到了水仙庵。姑子看到宝玉来了，好像天上掉下活龙。“情不情”的贾宝玉对泥塑木雕的女性都有感情，看到洛神的像，“翩若惊鸿，婉若游龙”，真是“荷出绿波，日映朝霞”，居然掉下泪来。他大概由洛神联想到投井自尽的金钏儿了。宝玉找姑子借了香炉。茗烟捧着香炉到了后院，要挑个干净地方。茗烟说，井台上怎么样？正合贾宝玉的心意，金钏儿是投井而死。

乖觉茗烟道出宝玉心事

来到井台，把香炉放下。贾宝玉把身上带的香掏出来点上，含泪施了半礼。人物行动的分寸描写准确，贾宝玉是主子，金钏儿是奴才。主子不能跪下给奴才磕头，只能含泪施半礼。既要祭奠，还要讲究身份。施完礼，焚完香，对茗烟说，收了吧。这时茗烟表现特别精彩。《西厢记》崔莺莺花园烧香，第一炷祝父亲早日升天，第二炷祝母亲身体健康，第三炷不说了。红娘替她说，祝小姐早日得一个如意郎君。这时茗烟成了贾宝玉身边的“红娘”。你不是自己不说来祭奠谁？茗烟根据推测说了一番，而且推测非常的棒。茗烟不收香炉，赶快趴下磕了几个头，然后嘟嘟囔囔祝道："我茗烟跟二爷这几年，二爷的心事，我没有不知道的。只有今儿这一祭祀没有告诉我，我也不敢问。只是这受祭的阴魂虽不知名姓，想来自然是那人间有一，天上无双，极聪明极俊雅的一位姐姐妹妹了。二爷心事不能出口，让我代祝：若芳魂有感，香魄多情，虽然阴阳间隔，既是知己之间，时常来望候二爷，未尝不可。你在阴间保佑二爷来生也变个女孩儿，和你们一处相伴，再不可又托生这须眉浊物了。"说完了，又磕了几个头，才爬起来。

茗烟实在太聪明、太乖觉。第一得用的书童句句说到宝玉心上。脂砚斋评："忽插入茗烟一篇流言，粗看则小儿戏语，亦甚无味，细玩则大有深意。试思宝玉之为人，岂不应有一极伶俐乖巧之小童哉。""此处若写宝玉一祝，则成何文字。若不祝，直成一哑谜，如何散场。故写茗烟一戏，直入宝玉心中，又发出前文，又可收后文。又写茗烟素日之乖觉可人。"

宝玉听茗烟说完，笑了，踢他一脚，说"休胡说，看人听见笑话。"茗烟劝宝玉在水仙庵吃点东西，劝着他赶快回贾府。

宝玉来到怡红院，袭人她们都不在，都去给王熙凤祝寿了。几个老婆子看到他来："阿弥陀佛，可来了！把花姑娘急疯了！上头正坐席呢，二爷快去罢。"宝玉换上喜庆衣服，问在什么地方坐席？找到新盖的花厅，还没到那里先听奏乐声。

刚到穿堂，看到玉钏儿坐在廊檐下掉眼泪。因为今天是她姐姐的生日。一看到宝玉来，玉钏儿说："凤凰来了，快进去罢。再一会子不来，都反了。"玉钏儿因为姐姐为贾宝玉投井而死，对贾宝玉始终有怨恨。而贾宝玉是贾府的凤凰，他不来，那些人都着急得很。所以玉钏儿说话讽刺他。宝玉赶快陪笑："你猜我往那里去了？"玉钏儿不理他，只管自己擦泪。

在这段描写旁有脂砚斋评语说玉钏的话"是平常言语，却是无限文章，无限情理。看至后文，再细思此言，则可知矣。"什么意思？贾宝玉在贾府败落过程中，曾外出躲祸，长期离家在外。贾府上下焦急地盼他回来。这个地方借了玉钏儿的话，预示了未来情节。玉钏儿听到贾宝玉问，你猜我往哪里去了，不理他。玉钏儿心里有气，贾宝玉本是想告诉她，我去祭奠你姐姐了。但是玉钏儿不理他，贾宝玉只好不说。但是通过两个人的交流，我们知道贾宝玉去祭奠的人物是金钏儿。

贾宝玉进去，贾母、王夫人真像得了凤凰一样。宝玉赶快给凤姐行礼。贾母和王夫人都说他不知道好歹，怎么不说一声就跑了。明儿再这样，老爷回家，告诉他打你。又骂跟他的小厮们都听宝玉的话，他要到哪里去也不回。问宝玉到底到哪里去了，吃什么了，吓着没有？贾宝玉又编一套，北静王的爱妾没了，去安慰他。贾母居然信了。贾母原来很不放心，派人到北静王府接，肯定没接着，不知道这些人怎么汇报。贾母因为宝贝孙子回来，也就不计较了，反而百般哄宝玉。

大家看戏了。什么戏？南戏《荆钗记》。描写宋代王十朋和妻子钱玉莲悲欢离合故事。王十朋中了状元，被富豪逼迫做陈世美。钱玉莲也受到富豪逼迫投江自杀，被人救起。王十朋以为妻子已死，到江边祭奠。贾母、薛姨妈看得心酸落泪，而《荆钗记》会引起林黛玉旁敲侧击说贾宝玉祭奠金钏儿的事。

第四十四回

变生不测凤姐泼醋
喜出望外平儿理妆

凤姐生日那天，贾琏约鲍二家的在凤姐床上偷情，被凤姐发现，吃醋撒泼。贾琏假装要杀她。因为平儿也被凤姐打了，平儿很冤枉，被李纨请到大观园，袭人把她让到怡红院。贾宝玉平时不能在平儿跟前尽心，这一次帮着平儿理妆，给她找粉，找胭脂，帮她要花袭人的衣服换上，平儿感到是意外之喜。平儿受到贾母的安慰，也喜出望外。

黛玉借戏调侃宝玉

贾母亲自蠲资给凤姐风风光光过生日。但就在这一天，贾宝玉一早却跑了。他回来时候，正演《荆钗记》。宝玉也坐下看。《男祭》演王十朋在江边祭奠他以为死了的妻子钱玉莲，黛玉和宝钗说："这王十朋也不通的很，不管在那里祭一祭罢了，必定跑到江边子上来作什么！俗语说，'睹物思人'，天下的水总归一源，不拘那里的水舀一碗看着哭去，也就尽情了。"宝钗没回答。黛玉这是什么意思？她每时每刻都观察宝玉有什么想法，知道宝玉今天以到北静王府为借口，到外面找清静地方祭奠金钏儿，金钏儿是投井死的，黛玉借说王十朋，挖苦宝玉，你还不如在哪儿舀一碗水哭就是了。贾宝玉假装没听见，回头要了热酒敬凤姐。

贾琏背后咒凤姐

贾府上上下下都来敬酒，凤姐喝多了，她想回到自己房间洗脸。这一洗，洗出最龌龊恶心的事。贾琏趁凤姐不在，把鲍二家的约到凤姐床上偷情。他布了两道哨兵，都叫凤姐识破，把贾琏和鲍二家的抓了现行。凤姐好一场大闹，贾琏仗剑追杀，比一场大戏都热闹。这件事叫凤姐非常没有面子，极伤害她的自尊心和感情，主要并不是贾琏在妻子生日这天和鲍二家的通奸，而是仆妇在凤姐如此风光的时候，公然咒骂她，希望她死。鲍二家的这样张狂，就因为贾琏纵容她。贾琏说自己命里犯了夜叉星。凤姐听到这些话，气得浑身乱战。她还听到鲍二家的说，她死了，你就把平儿扶了正。怀疑平儿也在背地里有怨言。

凤姐虽然清楚丈夫喜欢寻花问柳，但她做梦也没想到，丈夫居然咒她死，太残酷了。凤姐真真切切地听到贾琏和鲍二家的一块咒自己死，是她泼醋的根本原因。凤姐泼醋，贾琏无情无义、无赖无耻，曹雪芹写到极致。贾珍和贾琏都是花花公子，都在《红楼梦》中出尽洋相。贾珍玩弄女性，玩弄到儿媳妇、小姨子头上，贾琏寻花问柳，寻到脏的臭的都拉到屋里。凤姐泼醋，但贾琏有尚方宝剑，宗法社会不可侵犯的夫权。凤姐捉奸在床，却不敢问贾琏的罪，也不敢动手打贾琏，只是柿子拣软的捏，和鲍二家的厮打，打无辜的平儿。凤姐怕贾琏溜走，堵着门骂，仍不敢骂贾琏，只骂平儿和鲍二家的："好淫妇！你偷主子汉子，还要治死主子老婆！平儿过来！你们淫妇王八一条藤儿，多嫌着我，外面儿你哄我！"只是在骂平儿和鲍二家时，捎带骂贾琏句"王八"。平儿忍无可忍，找刀子寻死，凤姐一头撞在贾琏怀里，说："你们一条藤儿害我，被我听见了，倒都唬起我来，你也勒死我！"凤姐向贾琏撒泼，却是叫贾琏勒死自己，并没有要勒死贾琏。凤姐撒泼也撒在封建宗法制度限定的范围之内。

凤姐泼醋，贾琏撒野

贾琏从墙上抽出剑来，说要把这些人一起杀了，当然是虚张声势。尤氏找来，贾琏越发"倚酒三分醉"，逞起威风，故意要杀凤姐。明明自己做错了事,却要在大家面前表演杀妻，无耻不无耻？贾琏这么蛮横，因为崇高的夫权。凤姐看着有人来了，就不那么撒泼了，哭着往贾母跟前跑。贾琏居然拿着剑一直赶到祖母跟前，逞强闹了来。为什么呢？明仗着贾母素昔疼他们。

山东有句俗话，叫一揸没有四指近。孙媳妇再得宠，怎能比哪怕不成器的孙子？曹雪芹像画动漫连环画一样，画了贾琏在贾母跟前的三个特别好玩的表情和动作。第一个表情是乜斜着眼向祖母撒娇："都是老太太惯的他，他才这样，连我也骂起来了。"乜斜着眼，像喝醉了酒，但表情醉话语不醉，说得理直气壮，我是咱们贾府顶门立户的男人，她怎敢骂我？凭什么骂我？老太太您惯孙媳妇，难道孙子不更该你撑腰？第二个表情是在贾母跟前撒娇撒痴，涎言涎语，还只胡说。贾琏继续强词夺理，满嘴喷粪。表情又像是无赖，又像是向祖母撒娇的娇儿。贾琏是以醉撒娇，试探祖母到底对自己能娇惯到什么程度。第三个动作是贾琏趔趄着脚儿出去。我特别喜欢"趔趄着脚儿"的形容，这是形容脚步不稳，醉醺醺的状态，但是明确，他溜了。为什么？因为贾母发话："我知道你也不把我们放在眼里，叫人把他老子叫来！"贾琏怕老子，赶紧脚底抹油。其实贾母不会把贾赦叫来，叫她的孙子皮肉吃苦，她只是吓唬贾琏。《红楼梦》写贾琏的这段表情动作，简直绝了。俗话说，好汉无好妻，赖汉眠花枝。王熙凤这只雌凤，怎么偏偏配了贾琏这么只野鸡？而且他还要背叛她，诅咒她。

国公府的是非概念

更悲哀的是，凤姐泼醋受到邢夫人、王夫人、贾母的批评。邢夫人和王夫人怎么说凤姐，曹雪芹没写，因为有贾母批评的那段话就够了。贾母说："什么要紧的事！小孩子们年轻，馋嘴猫儿似的，那里保得住不这么着。从小儿世人都打这么过的。都是我的不是，叫你多吃了两口酒，又吃起醋来。"贾母这是温和劝说，也是严厉教训。贾母当然是安慰凤姐，主要的却是旗帜鲜明维护贾琏的夫权。贾琏可以寻花问柳，不是什么了不起的事，而且贾琏的所作所为是国公府惯例，你不要大惊小怪。贾琏可以乱搞，你凤姐不能吃醋。贾母对凤姐多吃了两口酒吃醋表示宽容，实际是宣布，如果你没吃酒也吃醋就不行。她这就是敲打王熙凤。在封建社会，夫为妻纲，丈夫可以一妻多妾，可以采野花、打野食。妻子只能从一而终，嫁鸡随鸡。丈夫对妻子不满，可以休出门，而且妒嫉是七出之首。

贾母为安抚凤姐，承诺叫贾琏给你赔礼。怎么个赔礼法？特别有趣，先看看，贾琏怎么样向贾母赔礼："昨儿原是吃了酒，惊了老太太的驾了，今儿来领罪。"贾琏不承认寻花问柳有错，也不承认要杀王熙凤有错，他只承认惊了祖母的驾有错。贾母怎么教训孙子？更有趣，她居然批评贾琏寻花问柳档次太低！她说：有凤姐和平儿两个美人胎子，你还要偷鸡摸狗，脏的臭的都拉到你屋里去。言外之意，你打点野食吃，没什么了不起，但不要吃的档次太低，放着五星级饭店石斑鱼不吃，跑到夜市上吃小河沟的泥鳅，这就太跌份儿了。贾母还说："为这起淫妇打老婆，又打屋里的人，你还亏是大家子的公子出身，活打了嘴了。”好像贾琏的错误并不在于他招不招淫妇，只在于他为了淫妇打老婆。意思就是，淫妇可以招，老婆也可以打，只是不要为了外面的淫妇打老婆就行。这位老太君还有点是非观念没有？有，国公府的是非观念，男权社会的是非观念。

贾琏要根据祖母的命令向凤姐赔礼了。他为了自己偷鸡摸狗赔礼吗？不是。贾琏听到贾母叫他赔礼，看到凤姐站在那边，也不盛妆，哭得眼睛肿着，黄黄的脸，比往常更觉可怜可爱。这时在贾琏心目中，凤姐仍是他性骚扰的主要对象，贾琏决定赔礼，这样两个人也好了，老太太也欢喜了。

两人和好后，凤姐向贾琏有段掏心窝子的话：“我怎么像个阎王，又像夜叉？那淫妇咒我死，你也帮着咒。我千日不好，也有一日好。可怜我熬的连个淫妇也不如了，我还有什么脸来过这日子？”凤姐居然用上“可怜我”的词，太不同寻常。过去凤姐在贾琏跟前说话，我给她总结三种形态，一种是带有娇嗔语气小娇妻撒娇；一种是带有幽默诙谐开玩笑语气聊天；一种是趾高气扬、神气活现摆谱。现在居然用弱女子形态说话，凤姐一点不作假地表露了自己的心声。想想也对，一日夫妻百日恩，如果不是有深仇大恨，丈夫怎能诅咒妻子？凤姐认为经过这次公开泼醋，贾琏背后咒她死的事，大家都知道了，她已没脸见人，也没法和贾琏维持正常夫妻关系了。贾琏很聪明，他能正面回答我为什么咒你吗？不能。他能回答你在我心目中连个淫妇都不如？也不能。贾琏来个偷换概念的回答。他说你撒泼泼醋，我已经当众下跪，我很给你面子，你想想，昨儿是谁的不是多？他不讲自己有什么不是，只论谁的不是多，真叫赖皮，也很机警。

凤姐泼醋，泼得轰轰烈烈，闹出什么结果？鲍二家的上吊。鲍二家的自杀，完全是贾琏的过错。听说鲍二家的家人要告状，凤姐笑了："这倒好了，我正想要打官司呢。"她表示，我没有一个钱，鲍二家的人只管去告，告不成，我倒要告他个以尸讹诈。凤姐听到死了人还笑，表示有钱也不给，真是狠心，真是毒辣。

贾琏许了鲍二两百两银子，把这两百两银子悄悄放到家务开支中，为平复鲍二家的上吊这事，贾琏动用了王子腾的势力。将来树倒猢孙散，王子腾也会受到连累。

凤姐泼醋最不利的结果是，贾琏寻花问柳合法化了。贾母那番话使得凤姐将来不得不容忍，贾琏想吃什么野食就吃什么野食。

宝玉为平儿尽心

第四十四回回目"变生不测凤姐泼醋，喜出望外平儿理妆"。平儿和凤姐占据相同分量。平儿是无辜被打。凤姐听到鲍二家的和贾琏说，她死了，你倒是把平儿扶了正。凤姐还听到贾琏抱怨，如今连平儿也不叫我沾一沾了，平儿也是一肚子委屈不敢说。凤姐就以为平儿私下也埋怨，不加思索地抬手打平儿。平儿实在冤枉，凤姐动手打她，说明凤姐内心一直在提防她。平儿受委屈又不敢和凤姐、贾琏对抗，只能去打鲍二家的，只能寻死觅活。但平儿在整个贾府众人眼中是大好人。贾母骂“平儿那蹄子，素日我倒看他好，怎么暗地里这么坏”，尤氏替平儿伸冤，说平儿是好人，他两口子都拿人家撒气。贾母派琥珀去安慰平儿。

平儿哭得“哽咽难止”，一塌糊涂。这个时候，谁来劝她？薛宝钗说：“你是个明白人，素日凤丫头何等待你，今儿不过他多吃一口酒。他可不拿你出气，难道倒拿别人出气不成？别人又笑话他吃醉了。你只管这会子委曲，素日你的好处，岂不都是假的了？”宝钗很会做思想工作，凤姐只能拿你出气，因为你们两人关系最好。宝钗正劝着，琥珀来说了贾母的话，平儿有了面子。宝钗等去看贾母，宝玉就把平儿让到怡红院里，袭人赶快接着。平儿还在流眼泪。宝玉说：“好姐姐，别伤心，我替他两个赔不是罢。”好玩不好玩？贾琏偷情，凤姐泼醋，你贾宝玉赔什么不是？平儿说：“与你什么相干？”对呀，你贾宝玉赔得着吗？和你什么相干？但贾宝玉不是“情不情”？他回答：“我们弟兄姊妹都一样。他们得罪了人，我替他赔个不是也是应该的。”哥哥嫂子有错误，做兄弟的理应赔不是，宝玉太善良了。然后他跟平儿说：“可惜这新衣裳也沾了，这里有你花妹妹的衣服，何换了下来……把头也另梳一梳。”宝玉亲自侍候平儿化妆。平儿洗好脸去找搽脸的粉。宝玉赶快走到梳妆台前，给她拿出玉簪花棒，拈了一根给平儿，告诉她，这是茉莉花种碾碎了做的花粉。平儿一看，果然轻、白、红、香，四样俱美，扑在脸上容易匀净。再看胭脂，也不像一般成张的，是小小白玉盒子盛着，是“怡红院化妆品公司”自造，是贾宝玉给丫鬟们做的。搽好粉，抹好胭脂，宝玉又把自己花盆里开的一支并蒂秋蕙剪下来，给平儿戴到头上。这时李纨派人找平儿，平儿走了。

宝玉心里面特别高兴。曹雪芹来了一大段心理描写。贾宝玉从没有在平儿跟前尽过心。而平儿是聪明清俊的上等女孩，宝玉不能在她跟前尽心，感到很遗憾。今天恰好是金钏儿的生日，宝玉一天都不高兴，现在又闹出这么多事来。宝玉想，贾琏只知道淫乐悦己，不会作养脂粉。平儿没有父母兄弟姐妹，自己一个人，供应贾琏夫妇。贾琏俗，凤姐威，她都能够周全妥帖，也算很薄命了。今天又遭到荼毒。想到这里，贾宝玉居然哭了。袭人等正好不在房里，宝玉尽力落了几点痛泪。脂砚斋不是说贾宝玉“情不情”？贾宝玉竟然为哥哥的侍妾落了几点痛泪。

脂砚斋曾在平儿理妆描写中，加了段长评语：平儿在绛芸轩梳妆是世人想不到的，贾宝玉也想不到。贾宝玉最善于搞闺阁当中的脂粉之事，但平时没法写。如果写怎么给袭人等人打扮，每天都会做，何必拣一天细写？如是宝钗她们，这样写也不方便。来了个平儿，是个最好的机会，所以放手细写绛芸轩当中闺中之事务。这段评语对小说家的巧思理解得不错。

宝玉代表哥哥嫂子给平儿赔了礼，侍候平儿梳妆打扮，平儿走后，宝玉又把平儿刚才喷上酒的衣服拿熨斗熨好，看到她的手帕上有泪痕，自己洗了给她晾上。贾宝玉真是太体贴人了。能够照顾一番平儿，喜出望外。平儿得到贾宝玉的照顾，也喜出望外。平儿的喜出望外还在于贾母派人把平儿从怡红院叫回来，叫凤姐和贾琏当众安慰平儿。“贾琏见了平儿，越发图不得了，所谓‘妻不如妾，妾不如偷’，听贾母一说，便赶上来说道：‘姑娘昨日受了委屈了，都是我的不是。奶奶得罪了你，也是因我而起。我赔了不是不算外，还替你奶奶赔个不是。’说着，也作了一个揖。”

凤姐泼醋满盘输

凤姐泼醋，居然又闹出来贾琏当众给平儿赔不是的事。贾琏给凤姐赔不是时，不情不愿；给平儿赔不是，却真心实意。这是平儿极大的面子，也是凤姐极大的没面子。贾琏那家伙一直没皮没脸，而且他本来就喜欢平儿，就是叫他当众给通房大丫头下个跪，他也不在乎。这还不算，贾母还要叫凤姐儿安慰平儿。这时，如果凤姐真像贾琏这样安慰平儿，也算她有风度有面子了。没想到向来动作快的凤姐，没有平儿的动作快，也说明她没有平儿心思快。平儿一听，赶快来了个倒赔不是。贾母一下令，平儿就走上来给凤姐磕头，说："奶奶的千秋，我惹了奶奶生气，是我该死。"凤姐正后悔，昨天自己吃多了酒，不念素日之情，浮躁起来，听了旁人的话，无故给平儿没脸，现在见平儿反而这样，又是惭愧又是辛酸，一把将平儿拉起来，掉下泪了。平儿分明没有不是，偏偏要成心赔不是；凤姐分明有不是，偏偏就没能够赔不是。平儿的大度包容，懂事明理，就把凤姐的气量狭小、不能容人，进一步烘托出来。

这一次凤姐泼醋，贾母训话。凤姐得到深刻教训，汲取了经验。如果再来个"鲍二家的"，凤姐还能这样泼醋吗？不能了。凤姐怎么办？她要改弦更张。比如以后出现了尤二姐。凤姐会笑吟吟把尤二姐引进大观园，似乎她再也不吃醋，再也不拈酸。她贤良得很，她懂事得很，她忍让得很。但是她暗地里紧锣密鼓布置罗网，最后要了尤二姐的性命。

满盘皆输的凤姐泼醋，使得凤姐以后再和人争斗时，手段更加毒辣，心思更加缜密了。她也就更加明是一把火，暗是一把刀了。

第四十五回

金兰契互剖金兰语
风雨夕闷制风雨词

中国古代把不是同父母而情如兄弟的人叫“金兰之交”。金兰契互剖金兰语，就是已经成好朋友的林黛玉和薛宝钗说知心话。风雨夕闷制风雨词，是林黛玉在秋风秋雨夜晚独自苦闷地写了首《秋窗风雨夕》。

这一回另外一半内容，是凤姐和李纨唇枪舌剑，赖妈妈请贾府的人赴宴，聊起贾府过去如何管教子孙。

“你们两个真该换个过子”

四十四回结尾，贾母叫贾琏、凤姐、平儿一起回家，凤姐毕竟因打了平儿心里不安，看房里没人，拉着平儿说：“我昨儿灌丧了酒了，你别埋怨，打了那里，让我瞧瞧。”平儿说：“也没打重。”这时外面说，奶奶姑娘们都进来了。李纨带着众姐妹来找凤姐。探春说：“我们有两件事：一件是我的，一件是四妹妹的，还夹着老太太的话。”探春特别会说话，特别提出老太太。凤姐说：“有什么事，这么要紧？”探春说：“我们起了个诗社，头一社就不齐全，众人脸软，所以就乱了。我想必得你去作个监社御史，铁面无私才好。再四妹妹为画园子，用的东西这般那般不全，回了老太太。老太太说：‘只怕后头楼底下还有当年剩下的，找一找，若有呢拿出来，若没有，叫人买去。'”

凤姐比猴还精，立刻判断出来怎么回事。我又不会写诗，你们叫我做什么监社御史？分明是叫我作进钱的铜商！你们弄什么社，一定要轮流做东，你们的月钱不够花了，想出这个办法来把我拘了去，找我要钱。凤姐一说，李纨笑了："真真你是个水晶心肝玻璃人。"你太聪明了，大家的心思，你一语中的。李纨一句话，引起凤姐对李纨的大批判，简单地说，就是你本该带着姑娘们学针线，现在她们起诗社了，能用几个钱？你就不管了。你的收入很高嘛！凤姐给李纨算了笔细账，一年得有四五百两银子收入。你不拿点钱给他们花，挑唆他们来闹我，我乐得去吃一个河涸海干，我还通不知道呢！这是妯娌之间的开玩笑。李纨的收入，似乎凤姐比本人算得还清楚。这也是国公府的一小笔经济账。

李纨本是为人淡漠，少言寡语，这一次，李纨的口才充分表现出来："你们听听，我说了一句，他就疯了，说了两车的无赖泥腿市俗专会打细算盘分斤拨两的话出来。这东西亏他托生在诗书大宦名门之家做小姐，出了嫁又是这样，他还是这么着；若是生在贫寒小户人家，作个小子，还不知怎么下作贫嘴恶舌的呢！天下人都被你算计了去！"这段话说得太精彩，把王熙凤批个底儿掉，李纨接着又说，"昨儿还打平儿呢，亏你伸的出手来！那黄汤难道灌丧了狗肚子里去了？

气得我只要给平儿打报不平儿。忖度了半日，好容易‘狗长尾巴尖儿’的好日子，又怕老太太心里不受用，因此没来，究竟气还未平。你今儿又招我来了。给平儿拾鞋也不要！你们两个只该换一个过子才是。”凤姐泼醋，全军覆没，不仅丢尽面子，现在在大嫂子跟前，又因为平儿，挨了一顿痛痛快快的臭骂。

前辈红学家说，李纨是“以谑代骂，令人胸中一快，不独为平儿吐气也。”意思是不仅给平儿扬眉吐气，还包括了对王熙凤整个人的不以为然。李纨是开玩笑，但说明平儿得人心，凤姐不得人心。而最后李纨说两个人应该调个个儿，也就是说把平儿扶正，叫王熙凤降级，做侍妾、做粗使丫鬟。似乎是开玩笑，但也是谶语，最后贾府败落，就是这么个结局。凤姐赶快表示：“竟不是为诗为画来找我这脸子，竟是为平儿来报仇的。竟不承望平儿有你这一位仗腰子的人。早知道，便有鬼拉着我的手打他，我也不打了。平姑娘，过来！我当着大奶奶姑娘们替你赔个不是，担待我‘酒后无德’罢。”王熙凤能屈能伸，知道打了平儿在大观园失了人心，所以借个台阶下，当众给平儿赔不是。平儿当然要说“奶奶们取笑，我禁不起”。

王熙凤表示：“我不入社花几个钱，不成了大观园的反叛了，还想在这里吃饭不成？明儿一早就到任，下马拜了印，先放下五十两银子给你们慢慢作会社东道。过后几天，我又不作诗作文，只不过是个俗人罢了。‘监察’也罢，不‘监察’也罢，有了钱了，你们还撵出我来！”王熙凤也成了海棠诗社一员。虽然她后来只“写”了一句诗“一夜北风起”。凤姐说，这些事只是宝玉挑唆出来。李纨说，今天还是为了宝玉来，反而忘了，头一社就是他误了。宝玉不是借口到北静王那儿，实际是祭奠金钏儿？我们怎么罚他？凤姐说，叫他把你们每个人屋子的地扫一遍吧。凤姐确实有趣，荣国府大少爷会扫地吗？但贾宝玉大概愿意到姐姐妹妹的房子扫地。

赖嬷嬷抚今思昔

姐妹们刚要走，赖嬷嬷来了。赖嬷嬷是荣国府老家奴，在贾母跟前是可以坐杌子的。她一来，凤姐们赶快站起来，说：大娘坐。赖嬷嬷往炕沿上坐了，大家给她道喜。因为她的孙子先是捐了个官，现在选出来，有了正式官职。赖嬷嬷是来邀请贾府主子到她家赴宴。但老太太稀里糊涂，大家跟她道喜，她就把她来的任务给忘了，聊起来：“我也喜，主子们也喜。若不是主子们的恩典，我们这喜从何来？”李纨问：多早晚上任去？赖嬷嬷说：“我那里管他们，由他们去罢。前儿在家里给我磕头，我没好话，我说：‘哥哥儿，你别说你是官儿了，横行霸道的！你今年活了 30 岁，虽然是人家的奴才，一落娘胎胞……’叙述一番她孙子花的银子能照样打出个银人来。

20 岁上主子给捐个前程，现在乐了十年，又正式当了官了……你不安分守己，尽忠报国，孝敬主子，只怕天也不容你。”这是世代为奴的语气。

接着赖嬷嬷又发表一番贾府怎么教育孩子的议论，指着宝玉说：“不怕你嫌我，如今老爷不过这么管你一管，老太太护在头里。”然后回忆，当年你爹小时候，你爷爷怎么管教，宁国府那边简直不是管教子孙，倒像审贼。赖嬷嬷倚老卖老，教训年轻的主子，也是她对贾府过去光荣历史的回忆，当时贾府很注意教育子孙，不像现在贾母这样骄纵孙子。

赖嬷嬷议论中有句话特别引起红学家注意：“你那里知道‘奴才’两字是怎么写的。”从赖嬷嬷开始，到她儿子赖大、儿媳妇赖大家的，都是贾府奴仆。现在孙子都做县官，赖嬷嬷感叹“奴才”两个字不好写，那是经过很多艰难。这里边隐藏了曹府历史，曹家本来是皇帝的包衣，也就是奴才。从奴才成了皇帝所信用的江宁织造，那也是经历千难万险。

赖嬷嬷开了话匣子，忘了她来的任务，儿媳妇来找她了。赖大家的说，我来打听奶奶姑娘们赏不赏脸？赖嬷嬷这才想起来，我的任务是来请主子赴宴。他们家已经是财主，很有钱。贾母都当面说过，你们这些人很有钱，但赖嬷嬷却说：“托主子洪福，想不到的这样荣耀，就倾了家，我也是愿意的。”这老太太特别会说话。

李纨凤姐都答应一定去，凤姐特别声明：“别人不知道，我是一定去的。先说下，我是没有贺礼的，也不知道放赏，吃完了一走，可别笑话。”凤姐确实是水晶心肝玻璃人。她看透了赖妈妈家大摆宴席请主子去，就是要赏，但她就声明我没有赏。

赖嬷嬷看到周瑞家的站在旁边，就问：周嫂子的儿子犯了什么事，撵出去不用了？周瑞儿子在凤姐过生日时，撒了一地馒头，被凤姐撵出去了。赖嬷嬷替他求情，特别提到：周瑞家的是太太陪房，你把她儿子撵出去，太太没面子。这就打中了凤姐的要害。但凤姐还是坚持，打他四十棍子，可留下。凤姐过生日过了个一肚子恶气，通过打周瑞儿子，多少释放了一点。但是周瑞的儿子会不会被同伴像挠痒痒一样象征性的打几棍子？我们就不知道了。

李纨和凤姐对话，赖嬷嬷倚老卖老，都写得细致生动。接下来曹雪芹才写到回目上的内容，金兰契互剖金兰语。

黛玉对宝钗披肝沥胆

薛宝钗会做人，最成功的是在黛玉跟前做人。兰言解疑癖是一个例子，给黛玉送燕窝是另一个例子。黛玉长期咳嗽，宝钗来看她，说：你总年年闹，又不老又不小的，不是长法。黛玉说，我知道我的病不能好了。宝钗做了一番分析，你的药方上，人参肉桂太多了，这些东西太热，你应该平肝健胃，怎么办？上等燕窝一两，冰糖五钱，用银铫子熬出粥来，最滋阴补气。黛玉表示，我能自己提出来喝燕窝粥？宝钗说我给你送。黛玉长期缺乏兄弟姐妹温暖，她感到宝钗亲姐姐一样的关怀，孤凄的心灵特别感动。她说："东西事小，难得你多情如此。"深情地说，"你素日待人，固然是极好的，然我最是个多心的人，只当你心里藏奸。从前日你说看杂书不好，又劝我那些好话，竟大感激你。往日竟是我错了，实在误到如今。细细算来，我母亲去世的早，又无姊妹兄弟，我长了今年15岁，竟没一个人像你前日的话教导我。怨不得云丫头说你好，我往日见他赞你，我还不受用，昨儿我亲自经过，才知道了。比如若是你说了那个，我再不轻放过你的；你竟不介意，反劝我那些话，可知我竟自误了。"看到这一段，金兰契剖金兰语，总觉得林黛玉是不是太天真太率真？对人毫不设防，跟薛宝钗的心结解开以后，更不设防，竟然自我检讨，连心灵深处隐秘的想法都说出来。这是真正的金兰语，黛玉用纯净的心灵看宝钗，用纯净的心灵揣摩宝钗，披肝沥胆。宝钗却不像黛玉那样的单纯，她似乎有更复杂的想法。黛玉说："我知道我这样病是不能好的了。"宝钗居然回答："可正是这话。古人说'食谷者生'，你素日吃的竟不能添养精神气血，也不是好事。"怎么能这样劝慰病人？你不等于默认林黛玉活不了多久？难道不知道这样说会增加黛玉的心灵负担？黛玉向宝钗倾诉，我一无所有，吃穿用度，一草一纸都靠着贾府，那起小人岂有不多嫌的？我怎么能再提出来吃燕窝？宝钗深知贾母极爱黛玉，就应该用“外祖母和母亲一样”甚至“舅妈和母亲一样”劝黛玉，但她不合时宜地开起玩笑来：“将来也不过多费得一副嫁妆罢了，如今也愁不到这里。”好像她已经对黛玉得嫁出去，不会留在贾府胸有成竹。如果放在过去，黛玉就会怀疑，宝姐姐你叫我带着嫁妆走，是不是你要带着嫁妆进来？但是现在不管宝钗说什么，黛玉都认为是好心。这样的描写，充满了玄机。因为在薛宝钗戏言“将来也不过多费得一副嫁妆罢了”，旁边有脂砚斋评语：“宝钗此一戏直抵过通部黛玉之戏宝钗矣。黛玉因识得宝钗后方吐真情，宝钗亦识得黛玉后方肯戏也。此是大关节大章法，非细心看不出。”看来宝钗戏言还是曹雪芹小说构思上的大章法。可惜我们看不到曹雪芹如何处理宝黛钗的最终局势了。

《红楼梦》特别有意思，一般小说如果出现所谓三角恋，往往争风吃醋，你死我活，对掐到底。《红楼梦》似乎三角恋两个势不两立的所谓情敌黛玉、宝钗，居然成了好朋友。但宝钗和黛玉成了好朋友，并不意味着金玉良缘和木石姻缘的角逐就此休战，而意味着在更加复杂形势下紧锣密鼓进行。但是怎么进行？还是那句话，曹雪芹原稿丢了，我们不知道了。有一点可以肯定：曹雪芹构思和一般爱情小说完全不一样，他不是三角恋角逐，也不是家长操纵婚姻导致悲剧，他写覆巢之下焉有完卵，是整个贾府覆灭，宝玉外出，黛玉泪尽而逝，宝钗才和宝玉成亲。

黛玉深感人生苦秋来临

黛玉和宝钗好了，两人不再互相猜忌，黛玉不再为宝钗怄气，但林黛玉的病越来越重了。她短命而亡的预示出现了。宝钗一走，黛玉面对秋月连绵，看《乐府杂稿》，写秋雨，写伤别离的诗。写出模仿《春江花月夜》品格的《代别离·秋窗风雨夕》。

我们听听大观园的天才女诗人怎样写秋窗风雨的夜晚：

秋花惨淡秋草黄，耿耿秋灯秋夜长。
已觉秋窗秋不尽，那堪风雨助凄凉！
助秋风雨来何速，惊破秋窗秋梦绿。
抱得秋情不忍眠，自向秋屏移泪烛。
泪烛摇摇爇短檠，牵愁照恨动离情。
谁家秋院无风入，何处秋窗无雨声！
罗衾不奈秋风力，残漏声催秋雨急。
连宵脉脉复飕飕，灯前似伴离人泣。
寒烟小院转萧条，疏竹虚窗时滴沥。
不知风雨几时休，已教泪洒窗纱湿。

《秋窗风雨夕》比《葬花吟》更加悲苦,更加感伤。离人泣、移泪烛、泪洒窗纱湿，为什么黛玉、宝钗成了好朋友，黛玉和宝玉心心相印，黛玉还在流眼泪?因为长期心理压抑，因为长期和金玉良缘过招，因为一次次和宝玉掏心窝子，心灵碰撞，因为对未来没有希望，产生焦虑，林黛玉的身体越来越不行。仅仅 15 岁，已经感到人生深秋、苦秋来临。

《秋窗风雨夕》是伤别离，林黛玉预感到要和深爱的贾宝玉分离,要和她喜欢的潇湘馆分离,要和自己美丽的生命分离。宝黛深深相爱，宝钗、黛玉成了好朋友，但是《葬花吟》写的人生风雨没有休止,仍然是风刀霜剑，花谢花飞，秋风秋雨，万木凋零。林黛玉缠绵病榻更觉得秋风秋雨愁煞人。还是“想眼中能有多少泪珠儿，怎尽得秋流到冬尽，春流到夏”。

画儿画的戏上扮的爱宠

黛玉刚刚写完《秋窗风雨夕》，宝玉来了。在这之前，黛玉要求宝钗待会再来看看她，宝钗答应了她，没来。宝玉没预约，冒雨来了，哪个是真感情?显而易见。黛玉看到宝玉身披蓑衣、头戴斗笠，开玩笑 :“哪里来的渔翁?”宝玉说 :我这套打扮都是北静王送的,我送一套给你吧。黛玉脱口而出:“我不要他。戴上那个，成个画儿上画的和戏上扮的渔婆了。”

马上想到，刚才嘲笑宝玉是渔翁，自己成了渔婆，后悔不迭，因为失言害羞。宝玉一心都在黛玉的身上，没听出黛玉说了什么错话，也没发现林妹妹为什么害羞。

“渔翁”对“渔婆”，冲口而出，潜意识中黛玉已经把自己和宝玉当成一家人。不过黛玉说的渔婆是画上画的和戏上扮的，不是现实生活中的。了解宝黛爱情最后结局的脂砚斋说：“妙极之文，使黛玉自己直说出夫妻来，却又云画的、扮的，本是闲谈，却是暗隐不吉之兆，所谓‘画儿中爱宠’，谁曰不然。”元杂剧《西厢记》中，因为崔莺莺的母亲棒打鸳鸯，莺莺感叹，张生成了镜中情郎，她成了画儿中的爱宠。林黛玉说的“画儿扮的”，也成了谶语。贾宝玉和林黛玉无论怎么相爱，最后也成不了夫妻，就像画儿画的、戏上扮的、渔翁和渔婆，一个是水中月，一个是镜中花。他们现在日日相守、时时关心，将来却不得不伤别离。贾宝玉将来会因为贾府遭难，外出避祸。有考证者认为贾宝玉因为家难进了狱神庙，在那待了一年，北静王把他救出来。也有学者说贾宝玉因为丑祸，跑到外面去避祸。林黛玉为贾宝玉担心、叹息，眼泪至死不干，万苦不怨。落难中的贾宝玉对林黛玉牵肠挂肚，他们互相的担忧和思念，传递不到对方，“一个枉自嗟呀，一个空劳牵挂。”最后林黛玉孤零零泪尽夭亡。贾宝玉回到大观园，寒烟漠漠、落叶萧萧的潇湘馆，林黛玉已经人去馆空。

读大学时，我特别受宝玉、黛玉纯洁爱情的感动。我常想，一个阆苑仙葩，一个白玉无瑕，曾经互相深爱，即便最后不成双，又有什么遗憾？后来看到席慕容有首诗叫《白鸟之死》，我觉得可以用来形容宝黛爱情：

你若是那含泪的射手，
我就是那一只，
决心不再躲闪的白鸟。
只等那羽箭破空而来，
射入我早已碎裂的胸怀。
你若是这世间唯一、唯一能伤我的射手，
我就是你所有的青春岁月，
所有不能忘的欢乐和悲愁。

这诗是不是能概括宝黛爱情？既然相爱，不一定互相拥有。

宝玉一天几次都来看黛玉的，晚上还冒雨进来看，进门就问："今儿好些？吃了药没有？今儿一日吃了多少饭？"还要拿灯照照林妹妹的脸，看看她的气色是不是好点了。林黛玉同样关心贾宝玉，知道贾宝玉来，怡红院的人打着灯笼。林黛玉还是不放心，把自己书架上的玻璃绣球灯拿下来，让点上一支小蜡烛，递给贾宝玉，说：这个又比那个亮，正是雨里面点的。贾宝玉说，我也有这么一个，怕他们失脚滑倒了打破了，所以没点来。黛玉说：“跌了灯值钱，跌了人值钱？你又穿不惯木屐子。那灯笼命他们前头照着，这个又轻巧又亮，原是雨里自己拿着的。你自己手里拿着这个，岂不好？明儿再送来，就失了手也有限的，怎么忽然又变出这‘剖腹藏珠’的脾气来！”剖腹藏珠是形容人爱护琐细事物不爱护自己。

八七版《红楼梦》电视剧有个镜头。贾府败落了，贾宝玉身无分文、胡子拉碴，挑着一个玻璃绣球灯在桥上走，被遭难卖入妓院的史湘云认出来了，两个人劫后相遇。史湘云最后这样落难并不是曹雪芹原意，但贾宝玉肯定珍视玻璃绣球灯，因为它是宝黛爱情的重要见证。林黛玉教训贾宝玉爱惜灯不爱惜自己，亲手给贾宝玉准备雨中的用灯。这一段平淡的日常细节，把宝黛深情写得真真切切。其实林黛玉对贾宝玉凡事关心已经成了习惯，通灵宝玉的穗子是她给串的。在第八回，他们到薛家离开的时候，贾宝玉穿斗篷戴斗笠，是林黛玉给她戴。两个人吵架后，贾宝玉把“我为的是我的心”挑明，林黛玉反而责备他，怎么今天这么冷，你倒把披风脱了？黛玉已经习惯性关心贾宝玉的一举一动，就是从这些奇妙的似乎不通人情的问话表现出来。

过去常有人说，像林黛玉这样的，做不了好妻子。我母亲早就说过，心里有爱情就能做一个好妻子。像宝黛爱情这样的纯净、澄明，这样真挚动人，高出凡庸的感情，实在真不需要什么世俗婚姻形式了，哪怕结婚之后举案齐眉，也没有这种初恋美好。

贾宝玉对林黛玉的事是事事关心，处处留意。他后来知道，宝钗给黛玉送燕窝，认为宝姐姐客中，不可以这样麻烦她。他就把黛玉吃燕窝的事告诉贾母。贾母从此派人送燕窝。

宝姐姐送燕窝

对黛玉来说，跟宝钗成好朋友甚至闺中密友，确实是大好事。黛玉对宝钗说了自己的烦难。宝钗对黛玉说："你放心，我在这里一日，我与你消遣一日；你有什么委屈烦难，只管告诉我，我能解的，自然替你解一日。"黛玉和宝钗的交情已经到了这样的地步，不知道程伟元、高鹗收集来的续书作者到底仔细看没看这些段落？看没看懂这些段落？到了后四十回黛死钗嫁的情节，本来那么睿智那么自重的薛宝钗竟然像木偶一样任人摆布，接受旨在损害林黛玉的调包计，怎么可能？怪不得鲁迅先生说看了《红楼梦》后四十回，就觉得人和人的差别，有时候真像人和类人猿的差别。

黛玉把宝钗当成亲姐姐，但宝钗毕竟不是亲姐姐，也不是像宝玉那样的生死恋。宝玉是雷打不动，一日数次来看黛玉。晚上下雨，本来答应再来看黛玉的宝钗就没有来，她派婆子给黛玉送燕窝来。黛玉和薛家婆子似乎是普通的闲聊，无意中透露出贾府秩序越来越坏。连林黛玉这样神仙中人都知道，贾府下人夜间聚赌。林黛玉让婆子喝茶，婆子说还有事，黛玉说："我也知道你们忙。如今天又凉，夜又长，越发该会个夜局，痛赌两场。"婆子表示：……今儿又是我的头家，如今园门关了，就该上场了。脂砚斋重评石头记庚辰本在这一段旁边有个很长的评语："几句闲话，将潭潭大宅夜间所有之事描写一尽。虽偌大一园，且值秋冬之夜，岂不寥落哉？今用老妪数语，更写得每夜深人定之后，各处灯光灿烂，人烟簇集，柳陌之上，花巷之中，或提灯同酒，或寒月烹茶，竟仍有络绎人迹不绝，不但不见寥落，且觉更胜于日间繁华矣。此是大宅妙景，不可不写出；又伏下后文，且又衬出后文之冷落。此闲话中写出，正是不写之写也。"这段话什么意思？这是跟曹雪芹有相同生活遭遇的脂砚斋，用自己的生活经验补出了大观园夜间的图景。当贾母、王夫人、王熙凤都安睡后，下人的生活才拉开序幕，呼朋唤友，聚赌喝酒，门户随便开放。这伏下了此后史太君严厉打击赌博的下文，也和将来贾府败落后的冷清形成对比。林黛玉因为耽误了薛家婆子赌博，命人给婆子几百钱打酒吃。林黛玉的脾气比起过去的小性儿，爱恼人，已经有了很大改变。她随和得多了，通情达理得多了。但是她的身体越来越差了。

婆子走后，紫鹃服侍黛玉睡下，黛玉在枕上感念宝钗，又羡慕她有母亲有哥哥；想着和宝玉素日和睦，又终有嫌疑。黛玉的思想负担仍然很重。曹雪芹来了一段精彩的情景交融的描写：“又听见窗外竹梢蕉叶之上，雨声淅沥，清寒透幕，不觉又滴下泪来。”可怜的潇湘妃子“抱得秋情不忍眠”，直到四更将尽，才渐渐睡了。林黛玉食少心烦睡眠少，岂能久乎？

第四十六回

尴尬人难免尴尬事
鸳鸯女誓绝鸳鸯偶

这一回内容非常单纯。尴尬人指邢夫人，她办了件尴尬事，代表贾赦去求贾母把鸳鸯送给贾赦做小老婆。鸳鸯坚决不干，以死抗争。这就是《红楼梦》著名章节鸳鸯抗婚。尴尬人难免尴尬事，是邢夫人的尴尬，是贾赦的尴尬，是凤姐的尴尬，贾母的尴尬，更是日渐衰落的国公府的尴尬。

贾宝玉说，男人是泥做的骨肉，贾府这些须眉男子干的丑事一波未平，一波又起。长江后浪推前浪，前浪也不让后浪。贾琏这个儿子刚刚出尽丑态，老子贾赦就粉墨登场。凤姐泼醋是因为贾琏寻花问柳，鸳鸯抗婚是因为贾赦想三想四。从时间顺序上看，凤姐泼醋和鸳鸯抗婚相差不到十天。凤姐泼醋发生在九月初二，第二天，赖嬷嬷来请贾府主子参加他们家九月十四的宴会，在赖嬷嬷邀请赴宴和赖家宴会间隙之间发生了鸳鸯抗婚。

贾赦猎艳凤姐智对

贾赦胡子都白了，还一门心思玩女人。他看上老母亲的丫鬟鸳鸯，想弄来做姨娘。这样的人只能叫老不要脸，老不死。

如果有个懂事明理的夫人劝，他不至于出洋相。而邢夫人软弱无能，居然当起丈夫的马泊六来，还先把难题摆到王熙凤跟前："叫你来不为别事，有一件为难的事，老爷托我，我不得主意，先和你商议。老爷因看上了老太太的鸳鸯，要他在房里，叫我和老太太讨去。我想这倒平常有的事，只是怕老太太不给，你可有法子？"

邢夫人叨三不着两，这段话就语无伦次。公爹要猎艳，叫儿媳妇想办法，滑稽不？邢夫人明明知道贾母离不开鸳鸯，还说讨鸳鸯是平常事，她不得主意。其实她有主意，讨好贾赦就是她的主意。

凤姐第一反应是坚决反对，如实跟邢夫人说，为什么这事不能办。她说了好几个理由，她说鸳鸯受到贾母信赖，不可能放弃她。老太太离了鸳鸯，饭都吃不下去。凤姐观察到贾母爱护子孙，纵容子孙，但子孙得尊重她的权益，不能损害她的利益。她自己用着顺手的丫鬟，像随时离不开手的拐杖，怎会给你弄走？凤姐还知道，贾母对大儿子早就不满，说："老爷如今上了年纪，作什么左一个小老婆右一个小老婆放在屋里，没的耽误了人家。放着身子不保养，官儿不好生作去，成日家和小老婆喝酒。"贾母看不惯大儿子不争气，不思上进。贾母很善良，认为贾赦耽误那些年轻女孩。鸳鸯是贾母最喜欢的丫鬟，贾母当然不愿意叫鸳鸯也给他耽误了。凤姐劝阻邢夫人是出于好意，而且她告诉邢夫人，老太太对老爷是这样的态度：“这会子回避还恐回避不及，倒拿草棍儿戳老虎的鼻子眼儿去了！”贾母在贾府是老虎屁股摸不得，凤姐进一步说，要鸳鸯是戳老虎的鼻子眼儿，更危险。凤姐还劝：“老爷如今上了年纪，行事不妥，太太该劝才是。比不得年轻，作这些事无碍，如今兄弟、侄儿、儿子、孙子一大群，还这么闹起来，怎样见人呢？”凤姐的话句句是理，如果邢夫人接受，再去给贾赦解释。鸳鸯抗婚，老爷丢脸，可以避免。那样贾赦和邢夫人就成了另外的形象了。邢夫人昏庸又左性，无能又颟顸。昏庸无能是她的教养决定的，颟顸左性是明媒正娶的大房夫人身份决定的。曹雪芹把邢夫人写得非常特殊。看来曹雪芹在现实生活中接触过不少这样的夫人。

凤姐实话实说，邢夫人却恼了。说凤姐派她不是，还说：“就是老太太心爱的丫头，这么胡子苍白了又作了官的一个大儿子，要了作房里人，也未必好驳回的。”山东人有句俗话，“不听好人言，吃亏在眼前。”凤姐如实劝告，邢夫人不听，就要吃亏了。凤姐知道，邢夫人禀性愚犟，只知承顺贾赦以自保，且喜欢妄取财货。家里一切事都是贾赦说了算，财物到她手则常要克扣。儿女奴仆，一个人不靠，一句话不听。凤姐擅长对什么人说什么话，对这愚蠢倔强、八头牛都拉不回来的笨蛋，怎么办？凤姐的决策是，我顺着你，叫你尽管我行我素，把洋相出尽吧。她马上见风使舵，拿贾琏为例，说明父母肯定心疼儿女，老太太别说个丫头，就是那么大个活宝贝，不给老爷给谁呀？其实贾赦和邢夫人对贾琏怎么会疼爱？这是凤姐临时虚构出来，叫邢夫人下台的理由。凤姐不能得罪婆婆，我惹不起，躲得起，你爱怎么闹怎么闹，我不负责任就行。凤姐相当狡猾，但对付邢夫人这样愚蠢蛮横的人，不狡猾怎么行？

凤姐估计到，邢夫人其人，办事没能力，可是有脾气，遇事没章程，办事办砸了，却会迁怒他人。如果鸳鸯的事办不成，她一定要迁怒凤姐，会说凤姐走漏了消息，凤姐提前找鸳鸯做工作了。凤姐是不是这么想的，我们从她后来的行为，就看到她做了特别巧妙的调度。她叫邢夫人一步一步按她设定的方案去办。她鼓励邢夫人马上去要。而在邢夫人和鸳鸯、贾母接触前，凤姐绝对不和她们接触，免得叫邢夫人知道，凤姐提前和贾母、鸳鸯说了，做了她们的策反工作。邢夫人打算先去和鸳鸯说，说通了，“人去不中留”就好办了。凤姐说：“到底是太太有智谋，这是千妥万妥的。别说是鸳鸯，凭他是谁，那一个不想巴高望上，不想出头的？这半个主子不做，倒愿意做个丫头，将来配个小子就完了。”她表示鸳鸯会同意。但是鸳鸯如果不同意呢？邢夫人会不会怀疑凤姐做工作了，怎么办？凤姐得叫邢夫人见鸳鸯和贾母之前，跟自己寸步不离。她说：邢夫人的车子需要修理，请坐了她的车过去，这样邢夫人就没法怀疑凤姐走漏消息了。

过来之后，凤姐说，太太你先去见老太太，我脱了衣服再来。这样一来先见到老太太的就是你了，你爱怎么纠缠怎么纠缠，是你的事，和我一点也不相干，我没给你走漏风声。凤姐自己溜了，还把平儿派出去玩，为什么？免得邢夫人忽然想起来，叫平儿去做做工作去，那你就找不着平儿了。

《红楼梦》写得特别有趣，贾赦和贾琏这对父子，都是色中饿鬼，老子贾赦似乎比儿子贾琏的品位高点儿。贾琏犯了夜叉星，不能纳妾，只能花点儿小钱偷期密约、偷鸡摸狗，勾搭带着油烟味儿的厨娘；贾赦有个所谓贤良妻子，在自己一亩三分地上是横着走的大螃蟹。他对美女贪多嚼不烂。黛玉进府就看到大舅舅房里有许多盛妆丽服的姬妾丫鬟。这就是贾赦靠权势金钱长期霸占的年轻女子。老色鬼还不满足，又瞅上鸳鸯。贾母身边的丫鬟，除了傻大姐之外，都是贾府丫鬟的人尖，比如派给宝玉的晴雯，王夫人形容她是西施样子。贾母自己留着用的丫鬟当然更顺眼更聪明能干更漂亮。鸳鸯到底长什么样儿，叫胡子都白了的贾赦惦记上了？第二十四回曾经对她稍加描写。当时贾母派鸳鸯叫宝玉给生病的大老爷请安。贾宝玉等衣服靴子换的时候，“回头见鸳鸯穿着水红绫子袄儿，青缎子背心，束着白绉绸汗巾儿，脸向那边低着头看针线，脖子上戴着花领子。宝玉便把脸凑在他脖项上，闻那香油气，不住用手摩挲，其白腻不在袭人之下，便猴上身去涎皮笑道：‘好姐姐，把你嘴上的胭脂赏我吃了罢。’一面说着，一面扭股糖似的粘在身上。鸳鸯便叫道：‘袭人，你出来瞧瞧你跟他一辈子，也不劝劝，还是这么着。'”这一段是写在贾母身边长大的皮小子贾宝玉跟祖母侍女调皮捣蛋使赖皮，并不带色情意味，但顺笔写出鸳鸯皮肤细腻、人物秀丽、穿扮讲究。贾赦看上鸳鸯，叫邢夫人说媒，我们又通过邢夫人这个应该算“情敌”的人观察到鸳鸯什么样儿：邢夫人“打鸳鸯的卧房门前过。只见鸳鸯正然坐在那里做针线，见了邢夫人，忙站起来。邢夫人笑道：“做什么呢？我瞧瞧，你扎的花儿越发好了。”一面说，一面便接他手内的针线瞧了一瞧，只管赞好，放下针线，又浑身打量。只见他穿着半新的藕合色的绫袄，青缎掐牙坎背心，下面水绿裙子。蜂腰削背，鸭蛋脸面，乌油头发，高高的鼻子，两边腮上微微的几点雀斑。”鸳鸯面容姣美，身材出众，青春靓丽。老色鬼看上她，很可以理解。没想到，鸳鸯却瞧不上荣国公继承人贾赦，鸳鸯抗婚的大戏开幕了。

鸳鸯抗婚一波高过一波

第一波，是邢夫人说媒。平时邢夫人的嘴很笨，到了鸳鸯跟前却滔滔不绝，说得面面俱到。总而言之一句话，你给贾赦做了姨娘，又尊贵又体面，是你人生最佳选择。鸳鸯一脑门子不高兴，一肚子不以为然。但她是丫鬟，她不能当面顶撞太太。邢夫人产生错觉，以为她害羞，邢夫人就再去找鸳鸯的嫂子。

第二波，鸳鸯跟袭人、平儿说出心里话："别说大老爷要我做小老婆，就是太太这会子死了，他三媒六聘的娶我去做大老婆，我也不能去。"这是鸳鸯的人格宣言。鸳鸯是所谓家生子，贾府的奴隶生的，一出生就注定做一辈子奴隶。她居然拒绝做姨娘，看来鸳鸯和晴雯一样，心比天高，身为下贱。多么诱人的荣华富贵我也不贪，宁死不做糟老头子的玩物。

第三波，鸳鸯听了她的嫂子说，有件天大的喜事，嫂子还没有直接把做姨娘的话说出来，鸳鸯就预计到她要说什么话，马上指着嫂子的鼻子骂："你快夹着屄嘴离了这里，好多着呢！什么'好话'！宋徽宗的鹰、赵子昂的马，都是好画儿。"大骂嫂子盼望一家子成了小老婆。鸳鸯平时温文尔雅，这次痛快淋漓地臭骂嫂子一顿，口才真是出众。

第四波，是宝玉听到鸳鸯跟袭人、跟平儿讲心里话，大骂嫂子。他把鸳鸯请到怡红院。宝玉很郁闷，但是无话可说，他不能批评自己大爷。脂砚斋评："通部情案必从石兄挂号，然各有各稿，穿插神妙。"什么意思？"石兄"就是通灵宝玉，代表曹雪芹叙事的。所以跟宝玉一点儿关系都没有的鸳鸯抗婚，宝玉也得比别人知道得早。也就像鲁迅先生所说的，贾宝玉更多地感受到悲凉之雾。

第五波，贾赦通过鸳鸯的哥哥逼婚，酸溜溜说出叫人牙碜的话："'自古嫦娥爱少年'，她必定嫌我老了。大约她恋着少爷们,多半是看上了宝玉,只怕也有贾琏。”国公府的继承人,居然无耻到妒嫉起自己的儿子和侄儿来了,而且威胁鸳鸯,“难出我的手心”,一个世袭一等将军,居然就说出这么欺男霸女、不伦不类、无耻无赖的话,看来国公府的末日快到了。一个仅是世袭的官如此飞扬跋扈,现职官员将军会怎样搞得野无青草?

鸳鸯哥嫂向她传达贾赦的话,鸳鸯假装无奈。哥嫂以为她回心转意,嫂子跟着她到贾母跟前,然后是鸳鸯抗婚最重要一波。

第六波,鸳鸯当着大观园众人,跪在贾母跟前痛诉衷肠,说老爷想叫我过去,“因为不依,方才大老爷越性说我恋着宝玉,不然要等着往外聘,我到天上,这一辈子也跳不出他的手心去,终久要报仇。我是横了心的,当着众人在这里,我这一辈子莫说是‘宝玉’,便是‘宝金’‘宝银’‘宝天王’‘宝皇帝’,横竖不嫁人就完了!就是老太太逼着我,我一刀抹死了,也不能从命!若有造化,我死在老太太之先,若没造化,该讨吃的命,服侍老太太归了西,我也不跟着我老子娘哥哥去,我或是寻死,或是剪了头发当尼姑去!若说我不是真心,暂且拿话来支吾,日后再图别的,天地鬼神,日头月亮照着嗓子,从嗓子里头长疔烂了出来,烂化成酱在这里!”鸳鸯连老太太逼着她从命的假设都提出来。老太太逼着我也不干!誓死反抗,身份低贱的女奴铁骨铮铮。

鸳鸯抗婚成功，将来鸳鸯命运如何？流行的百二十回，写“鸳鸯女殉主归太虚”。续书作者没有好好理解曹雪芹人物命名的用意，出于封建陈腐观念，做出鸳鸯殉主的安排。曹雪芹给人物命名有的时候喜欢反讽。“鸳鸯”就含反讽意思。也就是说，名字叫鸳鸯，但永不成双。鸳鸯的名字在前八十回回目出现过三次，第四十回“金鸳鸯三宣牙牌令”，第四十六回“鸳鸯女誓绝鸳鸯偶”，第七十一回“鸳鸯女无意遇鸳鸯”。在四十六回，鸳鸯拒绝自己和荣国府一等将军贾赦成鸳鸯，在七十一回，鸳鸯撞散了司棋和她表弟这对野鸳鸯。这说明什么？说明鸳鸯永远是一只孤鸟，永远不成双。

鸳鸯侍候贾母，照顾贾母，依赖贾母，也忠实于贾母，但是她没受过忠臣孝子殉主的教育，她有自己的人生价值和追求，早就下定决心，贾母死了，她也和贾赦斗争到底。她跟平儿表白心思说得很清楚，老太太归西，大老爷得守三年孝，没有刚死了娘就娶小老婆的道理。根据曹雪芹构思，贾赦在贾母去世守丧期间，就被抄家治罪，很快就死了。鸳鸯逃过了这一劫，还要不要信守一辈子不嫁人的誓言？按说可以不遵守，但从曹雪芹人物命名反讽意义上来看，鸳鸯的结局是直到贾府败落既没嫁人也没殉主。低贱的女奴说一不二。

贾赦要鸳鸯，除了美色追求之外，有没有别的想法？清代就有红学家认为，贾赦和邢夫人想掌握贾母的财富。洪秋蕃点评：贾赦欲纳鸳鸯虽出不情，然必有所为，亦思得贾母之藏物乎？贾母藏物，鸳鸯主之，鸳鸯来，而藏物可探囊而取矣。贾母说弄开了她，好摆弄我，未必非中窍之言。还有的红学家说，贾母一把总钥匙是鸳鸯，贾赦得到了鸳鸯，就釜底抽薪得到了贾母财富的总钥匙。

贾母气极出真言

鸳鸯抗婚，惹起贾母雷霆大怒。鸳鸯跪在贾母跟前痛诉衷肠，还拿出剪子剪头发，把贾母气得浑身乱战说：“我通共剩了这么一个可靠的人，他们还要来算计。”邢夫人不在跟前，贾母不加思索把王夫人臭骂一顿，“你们原来都是哄我的！外头孝敬，暗地里盘算我。有好东西也来要，有好人也要，剩了这么个毛丫头，见我待他好了，你们自然气不过，弄开了他，好摆弄我！”贾母错怪了王夫人，王夫人赶快站起来，不敢还一言。王夫人为人老实，而且贵族家庭当中，即便婆婆错了，儿媳妇也不能反驳，这是规矩。薛姨妈看到连王夫人怪上，反不好劝了。这也是为客之道，你的姐姐受了委屈，你也不能批评老太太。

李纨一听到鸳鸯说这些话，很懂事地早带姐妹们出去了。这也是封建大家庭的规矩，千金小姐对家族的龌龊事耳不闻为净。姐妹们离开贾母的房间，应该不再听这些事了，但探春是有心的人，她还在听。她在窗外听到贾母教训王夫人，她想，王夫人虽有委屈，怎么敢争辩？薛姨妈是亲姐妹，也不好替王夫人争辩。宝钗是客人，也不便于给姨妈争辩。李纨、凤姐、宝玉越发不敢和老太太争辩。现在能出来说话的只有女孩，而迎春老实，惜春小，我必须得站出来说话。

探春走进贾母房间，陪笑向贾母说："这事与太太什么相干？老太太想一想，也有大伯子要收屋里的人，小婶子如何知道？便知道，也推不知道。"关键时刻，看出来，贾府三艳中，真正有见识、有胆量、有口才的就是庶出的三姑娘。她的话还没说完，贾母笑了，说："可是我老糊涂了！姨太太别笑话我。你这个姐姐她极孝顺我，不像我那大太太，一味怕老爷，婆婆跟前不过应景儿。可是我委屈了他。"贾母见风转舵转得快，先自己说糊涂了，实际上她一点儿都不糊涂。薛姨妈只答应"是。"是什么？不具体说。却说："老太太偏心，多疼小儿子媳妇，也是有的。"薛姨妈在贾府做客，也不能得罪贾赦和邢夫人。她得说贾母说王夫人孝顺，是您偏疼小儿子，实际上您的大儿子和大儿媳妇，也是孝顺的。贾母说"不偏心！"贾母错怪王夫人，谁也不敢反驳，只有探春挺身而出，是鸳鸯抗婚大风波中的一个小镜头，把好几个不同人物的为人处事，顺便写出来了。

贾母就坡下驴，说王夫人极孝顺，却未必是心里话。所谓孝顺，对父母首先是"顺"，然后才能"孝"。而王夫人在家庭事务上，一直和贾母貌合神离，依恃女儿是贵妃，跟贾母对着干。贾母喜欢黛玉，说宝玉和黛玉“不是冤家不聚头”，王夫人却和薛姨妈联手推金玉良缘；贾母喜欢晴雯，王夫人最后却把晴雯赶走；贾母不喜欢没嘴的葫芦袭人，王夫人却不通知贾母，就把袭人内定为贾宝玉未来侍妾。贾母教训王夫人，实际是在她很不理智的情况下，说出藏在心底很长时间的实话。贾母很清楚，两个儿子都不孝顺，两个儿媳妇更不孝顺。贾母早就对刚进府的林黛玉宣布，我的儿女当中唯疼你母。看来只有女儿真正孝顺她。贾母训王夫人这是情急出真言，而贾母很有经验，她一眼就瞅出来，贾赦讨鸳鸯，主要还不是为了美色，是算计她，盘算她，损害他。这是贾赦、贾政夫妇不孝顺的大暴露。这样一来，贾母的话就撕破了贾府温情脉脉的所谓孝顺面纱了。

贾母震怒，连宝玉都有不是了：“宝玉，我错怪了你娘，你怎么也不提我，看着你娘受委屈？”人们经常说贾宝玉是封建叛逆，其实呢，这个叛逆是严格遵守封建社会的伦理道德的。贾宝玉的回答很妥当：“我偏着娘说大爷大娘不成？通共一个不是，我娘在这里不认，却推谁去？我倒要认是我的不是，老太太又不信。”贾宝玉这个时候多么会说话呀。但是贾宝玉没有凤姐说得好听。贾母说：“凤姐儿也不提我。”凤姐就来了一番别人做梦都不敢想象的话，她要派老太太的不是。凤姐说：“我倒不派老太太的不是，老太太倒寻上我了？”老太太在这个事上怎么有不是呢？贾母就很好奇地要听我有什么不是。凤姐说：“谁教老太太会调理人，调理的水葱儿似的，怎么怨得人要？我幸亏是孙子媳妇，若是孙子，我早要了，还等到这会子呢。”这真是叫妙语惊人，奇兵突出。本来贾母叫凤姐对这个事发言，她是很难说的。她必须得批评贾赦，因为贾赦惹得贾母生气了，她不批评贾赦她就会得罪了贾母。但是凤姐又不能批评贾赦，因为贾赦是公爹，批评自己公爹，以后日子还过不过？凤姐居然说贾赦要鸳鸯是对的，表面上像凤姐在驳回贾母，实际上，凤姐的驳回比给贾母戴高帽都巧妙。她说贾母会调理人，所以贾赦才要。她也称赞鸳鸯有魅力，我如果是男的，我也要了。什么叫把死人说活？凤姐就是。但是凤姐想不到，贾母也不简单，贾母接着就说：那你就把鸳鸯带回去，给琏儿放到屋里！这不是给凤姐出了个大难题吗？你接受，你本来是个醋缸；你不接受，又对抗了贾母的命令了。凤姐怎么回答？“琏儿不配。就只配我和平儿这一对烧糊了的卷子和他混罢。”刚刚在凤姐泼醋事件当中，贾母还对贾琏说，凤姐和平儿都是美人胎子，现在凤姐不光把自己说成是烧糊了的卷子，连平儿都跟她一块烧糊了。贾母震怒的空气全部被驱散了，一下子又高高兴兴。王熙凤遇到什么难题都有解决的办法，太不简单了。

第四十七回

呆霸王调情遭苦打
冷郎君惧祸走他乡

呆霸王是薛蟠的外号，冷郎君指冷面冷心的柳湘莲。薛蟠在赖尚荣家宴会上遇到柳湘莲，以为临时来串戏、有豪侠之气的柳湘莲也是一般戏子，可以调戏，结果被柳湘莲骗出去胖揍一顿。柳湘莲并不是因此逃跑，说柳湘莲惧祸走他乡，是薛姨妈编出来哄儿子。柳湘莲早就要打算出去，他萍踪浪迹，和贾宝玉关系好。

贾母痛训邢夫人

贾母被鸳鸯抗婚气得浑身发抖，幸亏王熙凤使得贾母心情稍稍好转。这时邢夫人来了，王夫人赶快迎出去。小婶子迎她的大嫂。估计王夫人也在琢磨，我替你挨了一顿训，现在轮到你来听听了。

邢夫人进来，几个婆子悄悄地报告这里发生什么事。但邢夫人退不出去了，里面已经知道她到了，王夫人又迎出来。她只好硬着头皮进来给贾母请安。按说这么多晚辈在这，邢夫人请安，贾母总得给个笑脸叫她坐下，但是贾母一声不言语，等于给个下马威。邢夫人也觉得愧悔。凤姐早就说有事出去了。薛姨妈、王夫人，也碍着邢夫人的脸面渐渐退了。贾母见周围没人，开始教训大儿媳妇："我听见你替你老爷说媒来了。你倒也三从四德。"这是讽刺，"只是这贤惠也太过了！你们如今也是孙子儿子满眼了，你还怕他，劝两句都使不得，还由着你老爷性儿闹。”邢夫人羞得满脸通红：“我劝过几次不依。老太太还有什么不知道的呢，我也是不得已儿。”邢夫人很蠢，话都不会说，婆婆批评，赶快应下来就是，她还要犟嘴。贾母就怒了：“他逼着你杀人，你也杀去？”接着贾母就要告诉邢夫人，我不让贾赦把鸳鸯弄去做小老婆，并不是鸳鸯不同意，而是我需要鸳鸯照顾，你们把我最得力丫鬟弄走，我就不方便了。把丫鬟留在我身边，就等于贾赦一天到晚孝顺我。这实际上批评贾赦、邢夫人不孝顺。

贾母怎么说的呢？“如今你也想想，你兄弟媳妇本来老实，又生得多病多痛，上上下下那不是他操心？你一个媳妇虽然帮着，也是天天丢下笆儿弄扫帚。凡百事情，我如今都自己减了。她们两个就有一些不到的去处，有鸳鸯，那孩子还心细些，我的事情他还想着一点子。该要去的，他就要了来，该添什么，他就度空儿告诉他们添了。鸳鸯再不这样，他娘儿两个，里头外头，大的小的，那里不忽略一件半件，我如今反倒自己操心去不成？还是天天盘算和你们要东西去？我这屋里有的没的，剩了他一个，年纪也大些，我凡百的脾气性格儿他还知道些。……所以这几年，一应事情，他说什么，从你小婶和你媳妇起，以至家下大大小小，没有不信的。所以不单我得靠，连你小婶媳妇也都省心。我有了这么个人，便是媳妇和孙子媳妇有想不到的，我也不得缺了，也没气可生了。这会子他去了，你们弄个什么人来我使？你们就弄他那么一个真珠的人来，不会说话也无用。”然后表示，“他要什么人，我这里有钱，叫他只管一万八千的买去，就只这个丫头不能，留下他服侍我几年,就比他日夜服侍我尽了孝的一般。”他是谁？一等将军贾赦。“你来的也巧，你就去说，更妥当了。”你要把我这番话原原本本告诉贾赦，叫他别再打主意。

凤姐的巧妙斗牌

讲完这番话，贾母仍没有叫邢夫人坐下，自顾自对丫鬟们说：“请了姨太太你姑娘们来说个话儿。才高兴，怎么又都散了？”丫鬟赶快去请，这些人都忙着赶回来。只有薛姨妈说：“我才来了，又作什么去？你就说我睡了觉了。”连名字都没出现的丫头太会说话了：“好亲亲的姨太太，姨祖宗！我们老太太生气呢，你老人家不去，没个开交了，只当疼我们罢。你老人家嫌乏，我背了你老人家去。”薛姨妈来了，贾母赶快让坐，说我们斗牌吧。几个人斗牌？贾母、薛姨妈、王夫人、王熙凤，没有邢夫人的事。贾母又叫鸳鸯来在这看着，姨太太的眼花了，咱们两个的牌都叫她瞧着点。王熙凤瞅住机会要给贾母逗乐，因为贾母还生气呢。王熙凤叹了一口气，跟探春说，“你们知书识字的，倒不学算命！”探春说：“这又奇了。这会子你倒不打点精神赢老太太几个钱，又想算命？”王熙凤说："我正要算算命，今儿该输多少呢？我还想赢呢！你瞧瞧，场子没上，左右都埋伏下了。”这么一说，贾母笑了。鸳鸯来了，洗牌，五个人起牌斗了一会，鸳鸯一看，贾母的牌快胡了，差一张二饼，递个暗号给凤姐。凤姐立即知道贾母缺什么牌。聪明的凤姐并不马上把这张牌发下来，而是故意琢磨半天，好像拿不准要发什么牌："我这一张牌定在姨妈手里扣着呢。我若不发这一张，再顶不下来的。”薛姨妈说我没有你的牌，凤姐说回来要查，薛姨妈说你只管查，你先发下来我看看是个什么牌？凤姐送到薛姨妈眼前，薛姨妈一看是二饼，笑了："我倒不稀罕他，只怕老太太满了。”凤姐儿赶快说“我发错了。”老太太满了，你赶快发下去就是，却故意说发错了，要收回来。打牌规矩，你这个牌一亮，就不能收回来。但她故意要收回来，干吗？惹老太太笑。贾母已经笑着把牌掷下来了："你敢拿回去！谁叫你错的不成？”凤姐又说："可是我要算一算命呢！这是自己发的，也怨埋伏。”贾母被人哄了，还很高兴，说："可是呢，你自己该打着你那嘴，问着你自己才是。”老太太有点开心了，对薛姨妈说："我不是小器爱赢钱，原是个彩头儿。”她说的话本来也对，贾母还缺钱？但甭管多有钱的人打牌的时候，赢别人哪怕几毛钱都高兴。所以贾母把它叫彩头儿。薛姨妈凑趣说："可不是这样，那里有那样糊涂人说老太太爱钱呢？”凤姐输了，得数钱给贾母，一听这个，正数着的钱又穿上了，笑道：“够了我的了。竟不为赢钱，单为赢彩头儿，我到底是小器，输了就数钱,快收起来罢。”你要彩头儿,我就故意假装小器不给你钱。贾母打牌的规矩是鸳鸯洗牌，见鸳鸯不洗牌，贾母说：“你怎么恼了，连牌也不替我洗。”鸳鸯拿起牌打算要洗，说“二奶奶不给钱”。贾母说：“他不给钱，那是他交运了。”告诉小丫头：“把她那一串钱都拿过来！”小丫头真的把凤姐那一串钱全拿过来放到贾母脸前。凤姐赶快说：“赏我罢，我照数儿给就是了。”还是表示小器。薛姨妈也凑趣：“果然是凤丫头小器，不过是顽儿罢了。”凤姐一听，就站起来拉着薛姨妈，回头指着贾母素日放钱的一个木匣子说：“姨妈瞧瞧，那个里头不知道顽了我多少去了，这一吊钱玩不了半个时辰，那里头的钱就招手叫他了。只等把这一吊也叫进去了,牌也不用斗了,老祖宗的气也平了，又有正经事差我办去了。”她这么一说，把大家全都惹笑了。偏偏这时平儿又给送一吊钱来。凤姐这个人，上了春晚，连剧本都不需要，现场表演就能叫全国十几亿人笑得肚子疼。平儿把这钱一放。凤姐说：“不用放在我跟前，也放在老太太的那一处罢。一齐叫进去倒省事。不用做两次叫箱子里的钱费事。”贾母笑得手里的牌撒了一桌子，推着鸳鸯，说“快撕他的嘴”！

凤姐一系列故意逗乐为什么？叫贾母消气，帮贾母从儿子不孝的打击中走出来。这就是凤姐后来自己总结的效戏彩斑衣，模仿二十四孝讨老人开心。自编自导自演，而且即兴表演，表演得天衣无缝，合情合理。凤姐的话使得满席生暖。她是诚心讨好，但不留下讨好痕迹。像这样一个孙媳妇，贾母想不喜欢都难。

贾母骂下流种子

贾母被王熙凤一番喜剧表演安抚下来，笑了。这时贾琏来了。是贾赦迫不及待派他打听消息，看看鸳鸯讨到手没有。愚蠢的一等将军真有不达目的绝不罢休的劲头。贾琏要来，平儿告诉他，你不要再惹贾母了。贾琏不听，他必须执行贾赦派的任务。他惹了贾母顶多挨两句骂。惹了他爹，贾赦会揍他。贾琏向贾母身边的凤姐打暗号。贾母看见了，说："外头是谁？倒像个小子一伸头。"凤姐忙起身说："我也恍惚看见一个人影儿……"贾琏只好进去陪笑："打听老太太十四可出门？好预备轿子。"贾母很精明："既这么样，怎么不进来？又作神作鬼的。"贾琏说："见老太太玩牌，不敢惊动，不过叫媳妇出来问问。"贾母说："就忙到这一时，等他家去，你问多少问不得？那一遭儿你这么小心来着！又不知是来作耳报神的，也不知是来做探子的，鬼鬼祟祟的，倒唬了我一跳。什么好下流种子！你媳妇和我顽牌呢，还有半日的空儿，你家去再和那赵二家的商量治你媳妇去罢。"

贾母这段话太精彩了，她估计到贾琏是来做探子，她骂贾琏“下流种子”，骂贾琏同时也骂贾赦。老太太毕竟是老了，鲍二家的说成赵二家的，也不知道鲍二家的已死了。鸳鸯说：“鲍二家的，老祖宗又拉上赵二家的。”贾母说：“我哪里记得什么抱着背着的，提起这些事来，不由我不生气！我进了这门子作重孙子媳妇起，到如今我也有了重孙子媳妇了，连头带尾五十四年，凭着大惊大险千奇百怪的事，也经了些，从没经过这些事。还不离了我这里呢！”贾母这番话什么意思？我见多识广，但就没见过贾琏你这个家伙这么下流，你爹比你还下流！凤姐为贾母逗了半天乐，贾琏一探头，全部报销。

王熙凤引起贾母的笑声，总和贾赦、贾琏父子引起贾母的骂声交错着。贾母、王熙凤的明察秋毫，总和贾赦、贾琏的浑浑噩噩交织着，看来贾府的阴盛阳衰真成了不治之症。当贾府演出贾赦讨妾不成蚀把米闹剧的同时，贾府奴隶赖嬷嬷家正大摆宴席，庆祝第三代奴隶赖尚荣做了县官。贵族渐渐没落，奴才悄悄崛起。《红楼梦》的荣枯传递就这么有趣。

阿呆垂涎“小柳儿”

接着转入赖嬷嬷家设宴的故事。贾母带了王夫人、薛姨妈、宝玉、姐妹等到了赖大花园里坐了半天。这里有段似乎闲笔的描写，赖大花园虽不及大观园，却也十分齐整宽阔，泉石林木，楼阁亭轩。管家靠着贾府早就发了财。将来贾府败落，原来的奴隶倒成当官的了。

赖尚荣就把一些朋友请来，其中有个柳湘莲。柳湘莲是世家子弟，父母早丧，没好好读书，喜欢耍枪舞剑，赌博吃酒，甚至眠花卧柳，他长得漂亮，喜欢串戏，不知道他身份的人就把他当成蒋玉菡一样的优伶。赖尚荣请他来吃酒。其他人知道他的身份，比较尊重。阿呆看走眼，又看上柳湘莲了，不断不怀好意地示好，打算把柳湘莲变成同性恋伙伴。柳湘莲想躲开他。但赖尚荣不放他，说宝二叔要跟你说会话，你见了他再走。宝玉就拉了柳湘莲到小书房坐下，商量给秦钟上坟的事。宝玉问到，大观园池子结了莲蓬，我叫茗烟去上供，怕秦钟的坟被雨冲坏，茗烟说不仅没冲坏，还添了新土。原来是柳湘莲添的。柳湘莲没多少钱，却去给秦钟坟墓添土。柳湘莲说，你不用找我了，我最近要出门在外面逛三年五载再回来。至于为什么要出门，柳湘莲不告诉贾宝玉。贾宝玉说那咱们在这好好聚一聚，你晚上再走不行？柳湘莲说，你那表兄还是那个样，我要再坐着，未免有事，不如回避了他。柳湘莲本想躲事，没想到呆霸王横行霸道惯了，竟在大门乱嚷乱叫 ：“谁放了小柳儿走了？”柳湘莲是世家子弟，你怎么也得叫声“柳相公”“柳公子”，他竟说“小柳儿”，像称呼那些妓女、娈童，把柳湘莲看成下三烂。柳湘莲一听，恨不能一拳把他打死，又想，在这儿揍他，这是赖尚荣选官的宴会，不合适，勉强把这口气忍下去。

薛蟠一见柳湘莲出来，如同得了珍宝，趔趄着上来。又是个“趔趄”。《红楼梦》用“趔趄”形容人的脚步，至少用了三次。第一次是贾芸碰到倪二，倪二趔趄着，是醉汉走路。凤姐泼醋，贾琏在贾母跟前撒娇装痴，贾母要把贾赦叫来，贾琏趔趄着出去了，也是喝醉了东倒西歪。薛蟠撵柳湘莲，又趔趄着赶上来了，也是喝醉了，一把拉住：“我的兄弟，你往哪里去？”柳湘莲想躲开他，说：“走走就来。”薛蟠说：“好兄弟，你一去都没兴了，好歹坐一坐，你就疼我了。”什么话？你走了就没兴了，为什么？你是给大家取乐。你坐坐就疼我了，怎么叫疼我？你得变成我的同性恋伙伴。“凭你有什么要紧的事，交给哥，你只别忙，有你这个哥，你要做官发财都容易。”呆霸王觉得钱能通神，什么事都能管。他打死人都不偿命，所以他觉得我要再玩个串戏的，这不是太容易？柳湘莲恨得牙痒痒，心生一计，把他拉到避人的地方。柳湘莲很有心计，不能叫别人听到：“你真心和我好，假心和我好呢？”假装我愿意和你好。薛蟠一听，乜斜着眼，看这个表情，是喝醉了又是色胆包天，“好兄弟，你怎么问起我这话来？我要是假心，立刻死在眼前。”柳湘莲说：“既如此，这里不便。等坐一坐，我先走，你随后出来，跟到我下处，咱们替另喝一夜酒。我那里还有两个绝好的孩子，从没出门。”绝好的孩子是什么？非常好的娈童。从没出过门，就是从没到外面接客。"你可连一个跟的人也不用带。"薛蟠一听，高兴得酒醒了一半，同意了。柳湘莲说："我这下处在北门外头，你可舍得家，去城外住一夜去？"他知道呆霸王一心搞同性恋，已经欲火烧身，故意挑逗他。薛蟠说："有了你，我还要家做什么。"

柳湘莲教训薛蟠

柳湘莲先走，薛蟠左一壶右一壶，先喝个八九分醉。按照柳湘莲告诉的路径，骑匹大马撵过来："张着嘴，瞪着眼，头似拨浪鼓一般不住左右乱瞧，及至从湘莲马前过去，只顾望远处瞧，不曾留心近处，反踩过去了。"呆霸王急得一副傻相，呆得可笑也醉得可笑。柳湘莲随后赶来。薛蟠一见，如获奇珍。柳湘莲把他带到一片苇塘那儿，把马拴到树上，骗薛蟠："你下来，咱们先设个誓，日后要变了心，告诉人去的，便应了誓。"薛蟠说"这话有理。"下了马，把马拴树上，跪下发誓："我要日久变心，告诉人去的，天诛地灭。"还没说完，听到"噔"的一声，脑后像铁锤砸下来，眼前一阵黑，身不由已倒下。柳湘莲只用三分气力揍他一拳，他就倒下了。柳湘莲看，这小子不惯挨打，还是用三分气力，往他脸上拍了几下，脸上就开果子铺了。《水浒传》鲁达三打镇关西，其中一拳打过去，就好像开了果子铺，红的、紫的一起绽将出来。开果子铺，就是流血了。薛蟠还想爬起来，说："原是两家情愿，你不依，只好说，为什么哄出我来打我？"这时柳湘莲才说："我把你瞎了眼的，你认认柳大爷是谁！"取过马鞭又打了三四十下，把薛蟠的腿拉起来，往苇坑泞泥拉了几步，滚得全身都是泥水，说：你可认得我了？薛蟠乱叫："肋条折了。我知道你是正经人，因为错听旁人的话了。"柳湘莲说："还要说软些才饶你。"薛蟠哼哼"好兄弟"，又换来一拳。哼哼"好哥哥"换来两拳。薛蟠说："好老爷，饶了我这没眼睛的瞎子罢！"叫起老爷来了，原来不是叫"小柳儿"，现在成他老爷了。柳湘莲说：你把那水喝两口。薛蟠说这水太脏，不能喝。柳湘莲又要揍他。薛蟠说我喝，喝了一口，把刚才吃的东西都吐出来了。柳湘莲叫他喝了吐了的脏东西。薛蟠磕头不迭。柳湘莲解了气，丢下薛蟠，走了。

贾珍他们不见了薛蟠，怎么也找不着。有人说，好像他出北门了。薛蟠的小厮，只要薛蟠不让跟着去，他们不敢跟着去。还是贾珍不放心，叫贾蓉带人出北门找。下了桥，二里多路，看到薛蟠的马拴在苇坑边，大家说：有马就有人。一看，薛蟠脸也肿了，衣服也破了，身上滚得像泥猪。贾蓉知道，这是被柳湘莲揍了。贾蓉下了马，把薛蟠搀出来，笑道："薛大叔天天调情，今儿调到苇子坑里来了。必定是龙王爷也爱上你风流，要你招驸马去，你就碰到龙犄角上了。"说得多轻巧有趣。贾蓉坏小子看到这样好玩的事，还不得说出捉弄人的话。贾蓉还要把泥猪样的薛蟠送到赖尚荣的席上去。薛蟠只好央告他别去了。这才送回家。

薛姨妈喝完酒，回去一看，香菱哭得眼睛都肿了，问了缘故，看了看薛蟠虽然没有伤筋动骨，但身上有很多伤痕。她就骂柳湘莲，要找人去抓柳湘莲，要告诉王夫人，把柳湘莲抓来治罪。薛宝钗就劝："这不是什么大事，不过他们一处吃酒，酒后反脸常情。谁醉了，多挨几下子打，也是有的。况且咱们家的无法无天,也是人所共知。妈不过是心疼的缘故。要出气也容易，等三五天哥哥养好了出的去时，那边珍大爷琏二爷这干人也未必白丢开了,自然备个东道,叫了那个人来，当着众人替哥哥赔不是认罪就是了。"薛宝钗懂事，知道息事宁人。薛姨妈说"到底是你想的到"。告诉薛蟠，柳湘莲酒后放肆，酒醒后悔不及跑了。这就是回目"冷郎君惧祸走他乡"，实际上不是因打了薛蟠逃走，而是本来就要走。

四十七回非常好玩，薛蟠干了很多的坏事，这次终于触了霉头，被柳湘莲狠狠教训一顿，大快人心。

第四十八回

滥情人情误思游艺
慕雅女雅集苦吟诗

滥情人是谁？是阿呆薛蟠；慕雅女是谁？阿呆侍妾香菱。薛蟠因滥施感情，被柳湘莲胖揍一顿，吃了大亏，羞于见人，想出去学着做买卖，实际是躲羞。他一走，一向羡慕大观园的香菱就进了大观园，去学写诗。

薛蟠外出经商躲羞

薛蟠被打，三五天后，渐渐疼痛消失，伤痕还没长好，在家装病。转眼到了十月，铺子里伙计要算账回家。60岁老伙计张德辉是薛家当铺总管，自已家也比较有钱了。他要回家明年才来，他说，今年纸札香料短少，如果贩这个，明年肯定发财。薛蟠听了想，我挨了打难见人，不如出去躲一年半载。天天装病也不是个办法，长这么大，文不文，武不武，虽说做买卖，连戥子和算盘都没碰过，不如弄几个本钱，跟张德辉逛一年。赚不赚钱次要的，主要是出去躲躲羞，也逛逛山水。他和母亲商量。薛姨妈一听，儿子居然要学着做买卖，当然高兴。又怕他在外生事，不想让他去。说：你守着我，我还放心，咱们也不等这几百两银子用，你在家里安分守已就行了。薛蟠打定主意要走，就跟妈妈说："天天又说我不知世事，这个也不知，那个也不学。……如今要成人立事，学习着做买卖，又不准我了……我又不是个丫头，把我关在家里，何日是个了日？况且那张德辉又是个年高有德的，咱们和他世交，我同他去，怎么得有舛错？……倒不叫我去。过两日我不告诉家里，私自打点了一走，明年发了财回家，那时才知道我呢。”气哼哼睡觉去。

薛姨妈和薛宝钗商量。薛宝钗看得比妈妈长远，她说：哥哥果然要经历正事，正是好的了。……他若是真改了，是他一生的福。若不改，妈也不能又有别的法子。一半尽人力，一半听天命罢了。……妈就打谅着丢了八百一千银子，竟交与他试一试。横竖有伙计们帮着……他出去了，左右没有助兴的人……谁还怕谁，有了的吃，没了的饿着只怕比在家里省事也未可知。薛宝钗总是权衡利弊，对世事看得比较透。脂砚斋在这一段话旁边加了评语：“作书者曾吃此亏，批书者亦曾吃此亏，故特于此注明，使后人深思默戒。”什么意思？就是薛宝钗总结的这套话，是脂砚斋和曹雪芹生活中的体会。根据这条批语，很多红学家推测，曹雪芹在抄家后，生活没了来源，曾经做过买卖，有人甚至说他开过酒馆。因为他有这些生活经历，《红楼梦》才能既写上层，又写中下层。薛姨妈说，那就花几个钱，叫他学乖吧。薛姨妈隔着书房的帘子，嘱咐了再嘱咐，叫张德辉好好照顾自己的儿子。

薛蟠出去做买卖，什么阵势？随身带两个小厮、乳父老苍头、两个懂事的旧仆人，再加张德辉，共六个人。雇三辆大车拉行李，雇了四头能走远路的骡子。薛蟠骑一匹铁青大走骡，另外牵着一匹坐马。这个阵势排场太大了，一般小商人哪有这个阵势。所以薛蟠在外经商的结果就是遇到强盗。而遇盗又是柳湘莲救了他，化敌为友，结拜兄弟。

美香菱入住大观园

薛蟠走了，是天才小说家曹雪芹给他心爱的人物香菱安排个精彩的表演机会。贾宝玉梦游太虚境看到的香菱的册子“根并荷花一茎香”，她的性格中是有荷花样馨香，她一直羡慕大观园凑在一块吟诗做赋的女孩。也想去学。但是她的身份是薛蟠的小老婆，没有权利进大观园。现在她特别想进大观园，但不敢跟薛姨妈提出来。

薛姨妈很谨慎，薛蟠一走，就把书房一应玩器尽行搬进来，命那两个跟去男子之妻子也进来睡觉。命香菱把门锁了，跟她去睡。宝钗说：“妈既有这些人作伴，不如叫菱姐姐和我作伴去。我们园里又空，夜长了，我每夜作活，越多一个人岂不越好？”薛姨妈一听，正是。

其实薛宝钗是满足香菱进大观园的愿望。香菱原来的家庭甄士隐家是士绅之家，她的容貌，周瑞家的说她是小蓉大奶奶的模样。贾琏见一面，就说“生的好齐整模样……薛大傻子真玷辱了他。”这说明香菱像秦可卿那样清秀妩媚。她被人拐卖做了薛蟠侍妾，不能像薛家姑娘宝钗到海棠诗社写诗。但曹雪芹这么钟爱的一个人，能不叫她展示性格的馨香？所以曹雪芹创造了叫薛蟠离开、香菱进园的机会。

香菱跟薛宝钗说："我原要和奶奶说的，大爷去了，我和姑娘作伴儿去，又恐怕奶奶多心，说我贪着园里来玩，谁知你竟说了。""好姑娘，趁着这个工夫，教给我作诗罢。"宝钗是不是想教她写诗？并不是。宝钗跟黛玉聊起来都说，女子无才便是德，女孩多做些针线最重要。哥哥的侍妾，她怎么可能主张她学诗？宝钗说，"我说你'得陇望蜀'呢。我劝你今儿头一日进来，先出园东角门，从老太太起，各处各人你都瞧瞧，问候一声儿，也不必特意告诉他们说搬进园来。若有提起因由，你只带口说我带了你进来作伴儿就完了。"

贾雨村帮贾赦夺古扇

香菱答应着才要走，平儿忙忙地走来。大家注意这个词，"忙忙地走来"。平儿一向到哪去都不写她走路的形态，这次她匆匆忙忙必有缘故。平儿看到香菱，香菱问她好。平儿只好陪笑问好。宝钗告诉平儿，"我今儿带了他来作伴儿，正要去回你奶奶一声儿。"平儿说："姑娘说的那里话？我竟没话答言了。"宝钗说："这才是正理。店房也有个主人，庙里也有个住持。虽不是大事，到底告诉一声，便是园里坐更上夜的人知道添了他两个，也好关门候户的了。”看来香菱还带进她的丫鬟来。平儿答应了，对香菱说：“你既来了，也不拜一拜街坊邻舍去？”平儿这是叫香菱离开,她有要紧事找薛宝钗。宝钗大概也会意，说我正要叫她去呢。平儿嘱咐，“你且不必往我们家去，二爷病了在家里呢。香菱走了，平儿拉住宝钗悄悄地说：“姑娘可听见我们的新闻了？”薛宝钗实际是听到了，但她说没听到：“……因连日打发我哥哥出门，所以你们这里的事是，一概也不知道……”平儿说：“老爷把二爷打了个动不得，难道姑娘就没听见？”宝钗这才说：“早起恍惚听见了一句，也信不真。我也正要瞧你奶奶去呢，不想你来了，又是为了什么打他？”平儿就咬牙骂起来了。平儿很少臭骂人，她上次是骂贾瑞，癞蛤蟆想吃天鹅肉，叫他不得好死。这次她骂贾雨村：“都是那贾雨村什么风村，半路途中那里来的饿不死的野杂种！认了不到十年，生了多少事出来！”生了多少事，说明贾雨村跟贾府攀上后，干了好几件缺德事。这次干的事，直接危害到贾琏。平儿说：“今年春天，老爷不知在那个地方看见了几把旧扇子，回家，看家里所有收着的这些好扇子都不中用了，立刻叫人各处搜求。谁知就有一个不知死的冤家，混号儿世人叫他作石呆子，穷的连饭也没的吃，偏他家就有二十把旧扇子，死也不肯拿出大门来。二爷好容易烦多少情，见了这个人，说之再三，把二爷请到他家里坐着，拿出这扇子略瞧了一瞧。据二爷说，原是不能再有的，全是湘妃、棕竹、麋鹿、玉竹的。”湘妃、棕竹、麋鹿、玉竹是名贵的做扇子的竹子。而扇面呢？“皆是古人写画真迹，因来告诉了老爷，老爷便叫买他的，要多少银子给他多少。偏那石呆子说：‘我饿死冻死，一千两银子一把，我也不卖！’老爷没法子，天天骂二爷没能为。已经许了他五百两，先兑银子后拿扇子。他只是不卖……”“……谁知雨村那没天理的听见了，便设了个法子，讹他拖欠了官银，拿他到衙门里去，说所欠官银，变卖家产赔补，把这扇子抄了来，作了官价送了来。”当年乱判葫芦案的贪官，作恶更上层楼，讹石呆子拖欠官银，把扇子抄来作价，几文钱一把白送给贾赦。他这是继续和贾府攀关系。他的官不是贾政、王子腾帮忙吗？他还要背靠大树好乘凉。平儿继续介绍，“……老爷拿着扇子问着二爷说：‘人家怎么弄了来？’二爷只说了一句：‘为这点子小事，弄得人坑家败业，也不算什么能为！’”曹雪芹这样的伟大作家写人物，不是好人就高大全，坏人就坏到顶，他的人物总是复杂多面的。像贾琏这种见了女人拖不动腿，脏的臭的都拉到屋里去的人，见到父亲干的不平事，也会说句公道话。这个人的色彩就五彩斑斓，就好看了。平儿继续说，“老爷听了就生了气，说二爷拿话堵老爷，因此这是第一件大的。这几日还有几件小的，我也记不清，所以都凑在一处，就打起来了。”贾琏被打了，平儿跑到宝钗这儿干吗？她说，“我们听见姨太太这里有一种丸药，上棒疮的，姑娘快寻一丸子给我。”薛家有治棒疮的丸药，平儿怎么知道？宝玉挨打，宝钗送去的。宝玉挨打，是他爹愤怒他不好好读书，游荡优伶，是希望他好。贾琏挨打，是他爹埋怨他，不去把别人的东西讹来，是希望他坏。元妃归省点戏《一捧雪》，脂砚斋评“伏贾家之败”，《一捧雪》不就是因为一个酒杯害得家败人亡？贾赦因为几把扇子，害得石呆子不知死活。而这事是贾雨村给他办的。贾雨村将来在贾府倒霉时会落井下石。插上这一段就交代了贾赦在要鸳鸯做小老婆要不成之后，又办了件缺德事。前面小说已交代过，他要鸳鸯要不来，花了八百两银子买个 17 岁姑娘叫嫣红，放到屋里了。

香菱拜黛玉为师

晚饭后，宝钗等都上贾母那去了，香菱到潇湘馆来了。看来往贾母那儿跑得勤的，并不是嫡亲外孙女林黛玉，而是王夫人的侄女薛宝钗。黛玉的病好得差不多了，看到香菱来很欢喜。香菱说：“我这一进来了，也得了空儿，好歹教给我作诗，就是我的造化了。”香菱向宝钗要求学作诗，宝钗说她“得陇望蜀”，看来也不打算教。黛玉怎么回答呢？“既要作诗，你就拜我作师。我虽不通，大略也还教得起你。”林黛玉很痛快，好为人师。香菱确实找对了人。四十八回之前林黛玉是天才美女诗人。从四十八回开始，我们能发现，林黛玉之所以能成为大观园首席女诗人，是因为她非常好学，把古代名人名作研究透了，还能学以致用。从她怎样教香菱，就看出来，她怎么样从前人作品学习写诗。

1979年我和山东大学著名训诂学家殷孟伦先生一起到蒲松龄故居去考察蒲松龄生平。我们看了好多蒲松龄手稿，大部分是抄六朝诗人的诗。殷先生问我，你看了这些诗稿有什么感想？我当时懵懵懂懂，说他很好学呀。殷先生告诉我，蒲松龄把前人的诗，写月色的、写湖光山色的，分门别类地抄了熟读。熟读唐诗三百首，他就能做诗了。

林黛玉教给香菱怎么写诗？也像殷先生告诉我的，蒲松龄写诗是先学前人的精华之作。香菱一听说，林黛玉愿意教她，很高兴，说"我就拜你为师。你可不许腻烦的"。黛玉说："什么难事，也值得去学！不过是起承转合，当中承转是两副对子，平声对仄声，虚的对实的，实的对虚的，若是果有了奇句，连平仄虚实不对都使得的。"这话很对，古人写诗，包括大诗人李白、苏轼，有了好句好词，真是平仄都不管。黛玉还告诉香菱，写诗词句是次要的，第一立意要紧。立意好了，连词句都不用修饰，都会是好的，这就叫"不以词害意"。接着林黛玉给香菱布置作业。宋代严羽《沧浪诗话》说学写诗，入门须正，立志须高。写诗要找对了门走进去，不要走邪门歪道；要学高人的作品，才能写出比较好的作品，你如果一开始就学三四流的，不可能写出好作品。黛玉布置的作业是：

王维五言律诗一百首，先细心揣摩透了，再读杜甫的七言律诗，读完杜诗，再读李白的七言绝句一二百首。林黛玉选的，是唐诗三杰最高水平，也是这三个作家最擅长的写法，王维五律，李白七绝，杜甫七律，都是千古流传。黛玉对香菱说，“肚子里先有这三个人作了底子”，有这三个人作楷模，以他们作榜样了，就是所谓“以盛唐为法”，路就走对了，然后你再看一看陶渊明、建安七子、谢灵运、阮籍、庾信、鲍照等等的诗。像你这样聪明伶俐的人，不用一年，不愁就是一个诗翁了。为什么黛玉这样说呢？因为据她观察，香菱是伶俐聪明，写诗有学问固然重要，性情、天分却是最重要的。香菱请黛玉先把王维诗拿出来，她拿回去学。黛玉还告诉她，那上面有红圈的，这都是我选的。我画圈的，有一首你念一首。不明白的，问你们姑娘。遇见我，我也讲给你听。林黛玉看诗，认为最好的，早就画了圈，并不是为香菱画的。

呆香菱苦吟诗

香菱拿回来，到蘅芜苑，什么也不干，在灯底下一首一首读起来。宝钗说快睡觉！她不睡。宝钗就只好随她去。第二天，黛玉刚梳洗完，香菱来了，一个晚上，王维那些诗她读完了，来要杜律，杜甫的律诗。两人议论起来，香菱说读王维诗的感受。我特别受感动的一段，是香菱跟黛玉说，她读王维赠秀才裴迪的诗，读到“渡头馀落日，墟里上孤烟”，她就琢磨“馀”和“上”，难为他怎么想来。香菱说“我们那年上京来，那日下晚便湾住船，岸上又没有人，只有几棵树，远远的几家人家作晚饭，那个烟竟是碧青，连云直上。谁知我昨日晚上读了这两句，倒像我又到了那个地方去了。”

香菱怎么到京来的？是被拐卖后，薛蟠叫手下人打死冯渊，把她抢来。这么不幸的少女，随着恶少来京城，竟然有闲心看晚景。当她读到王维的诗“渡头馀落日，墟里上孤烟”，竟然又想起了当年这个晚景来了。记得上大学时读到这个地方，眼泪都流下来了。甄英莲，真是真应该可怜呀。

她们两个正说着，宝玉和探春来了，入座听香菱讲诗。黛玉继续对香菱讲，王维诗句是从陶渊明“暧暧远人树，依依墟里烟”翻来的，叫香菱再看。这些人谈起诗歌来，宝玉无意中还谈起大观园诗，已经传到外面，都去刻了。探春和黛玉说，是真的吗？宝玉说“说谎的是那架上的鹦哥”。黛玉和探春说：“你真真胡闹！且别说那不成诗，便是成诗，我们的笔墨也不应该传到外头去。”她们还是传统的观念。惜春打发入画请宝玉，宝玉去了。香菱逼着黛玉给她换出杜甫的律诗来，央求黛玉探春：你们出个题目，我也去作作去。黛玉说：“昨夜的月最好，我正要诌一首，竟未诌成，你竟作一首来。‘十四寒’的韵。”香菱现学现卖，刚刚学了几首诗，居然要学着写诗了。

香菱拿回杜诗，想一会儿怎么作诗，作了两句，又舍不得，再去看杜诗，读了两首，再回去琢磨怎么写诗，没心吃饭，坐卧不定。宝钗叹息："何苦自寻烦恼。都是颦儿引的你，我和他算帐去。你本来呆头呆脑的，再添上这个，越发弄成个呆子了。"这是侧面描写，香菱多么可爱。香菱把诗写出来拿去找黛玉。黛玉说："意思却有，只是措词不雅……再作一首。香菱回来干脆连蘅芜苑的门都不进，在池边、树下、山石上出神，蹲在地下抠土。来往的人都奇怪，这是干吗？李纨、宝钗、探春、宝玉都听到她在构思诗，都远远地山坡上看她。看到她一会儿皱眉一会儿笑。宝钗说："这个人定要疯了！昨夜嘟嘟哝哝直闹到五更天才睡下，没一顿饭的工夫天就亮了。我就听见他起来了，忙忙碌碌梳了头就找颦儿去。一回来了，呆了一日，作了一首又不好，这会子自然另作呢。"宝玉笑道："这正是'地灵人杰'，老天生人再不虚赋情性的。我们成日叹说可惜他这么个人竟俗了，谁知到底有今日。可见天地至公。"宝玉一向同情香菱，觉得像香菱这么聪明俊秀的人，竟只是做个侍妾，现在她能写诗，就说明老天生人绝不会"虚赋情性"，给你一定诗性，你一定会在条件允许的时候发挥出来。贾宝玉叹息，其实就是曹雪芹的叹息，曹雪芹的构思。宝钗听了宝玉的话后说："你能够像他这苦心就好了，学什么有个不成的。"言外之意是，你如果能像香菱学诗一样，好好学四书五经，考举人进士，还不是手拿把掐？贾宝玉不回答。

香菱又构思出新的，跑到黛玉那去了。探春等跟了去，听黛玉评诗。黛玉说你的诗也难为了，但还是不好，过于穿凿。所谓穿凿就是比附的东西太多。宝钗看了说，这首不像吟月，倒像吟月色。

香菱像疯了一样，考虑那么长时间，以为自己这首肯定行了，还不好，就再思索吧。她就到竹子旁散步，耳不旁听，目不别视，挖心搜胆构思诗。探春隔着窗子说“菱姑娘，你闲闲罢。”香菱呆头呆脑地回答：“‘闲’字是十五删的，你错了韵了。”大家听了大笑。宝钗说：“可真是诗魔了。都是颦儿引的他！”香菱到了晚间，对着灯又出了一会神，上床躺下，两眼瞪着不睡觉，五更才朦朦胧胧睡去。天亮，宝钗醒了，见她睡了，心想，她翻腾了一晚，是不是做成了诗了？忽听香菱在梦里说：“可是有了，难道这一首还不好？”宝钗又是可叹，又是可笑，把香菱叫醒了：“得了什么？你这诚心都通了仙了。学不成诗，还弄出病来呢。”一边说一边梳洗，到贾母这来。香菱苦志学诗，梦中得了八句，洗完脸，梳完头，赶快写下梦中得句，来找林黛玉了。宝钗正在告诉姐妹们，香菱怎么样梦中作诗。大家看见香菱来了，都要看看她到底梦中作了什么诗？

看到这一段，联想到苏联著名诗人马雅可夫斯基，也是经常为构思诗睡不着。有一次他想写一个人怎么样对另一个人忠心、痴情，想不出词，晚上睡不着，突然梦里得到一句：

我怜爱你，好像在战争中失去一条腿的人珍爱他唯一的一条腿。他怕忘了，半夜爬起来，摸黑写下“一条腿”。第二天早上醒来，看到“一条腿”。什么“一条腿”？想了半天，才想起梦里的诗句。马雅可夫斯基是苏联首屈一指的大诗人。而《红楼梦》贾宝玉梦游太虚境，看到金陵十二钗副册的人物香菱，竟然是梦中写诗。这个人物非常精彩。

《脂砚斋重评石头记》庚辰本四十八回有一段评语：“细想香菱之为人也，根基不让迎探，容貌不让凤秦，端雅不让纨钗，风流不让湘黛，贤惠不让袭平，所惜者青年罹祸，命运乖蹇，足为侧室，且虽曾读书，不能与林湘辈并驰于海棠之社耳。然此一人岂可不入园哉！”这段话什么意思？大概就是：仔细想想香菱这个人，本来她的家庭教养和根基不比荣国府的二位小姐迎春、探春差，她的模样儿不比王熙凤、秦可卿差，她为人的端庄雅致不比李纨、薛宝钗差，她的风流才情不比史湘云、林黛玉差，她做人的贤惠不比袭人、平儿差，可惜的是她年幼被拐卖，命运十分不幸，只能给薛蟠做个小妾。虽然她也读过书，但她没有条件进入海棠诗社，和林黛玉、史湘云一起写诗。这样一个人岂能不让她进入大观园呢？脂砚斋的评语，抬出金陵十二钗正钗好几位跟香菱类比，形容她才貌出众且温柔可爱。我们从慕雅女雅集苦吟诗的情节，再回想纨绔子弟薛蟠写的苍蝇嗡嗡嗡、蚊子哼哼哼，香菱可真是一朵鲜花插到牛粪上了。社会就是这样的不公平。

第四十九回

琉璃世界白雪红梅

脂粉香娃割腥啖膻

琉璃世界指大雪后大观园的人好像行走在玻璃盒里一样，而栊翠庵红梅在皑皑白雪中像胭脂一样红；脂粉香娃指史湘云和贾宝玉，他们在芦雪广烤鹿肉吃。

精诚所至金石为开

这回开始接续香菱学诗。香菱梦中得诗，来向林黛玉汇报："看看我这一首，如果行了，我就还学。如果还不好，我就死了这个学诗的心了。"大家拿过她的诗来一看：

精华欲掩料应难，影自娟娟魄自寒。
一片砧敲千里白，半轮鸡唱五更残。
绿蓑江上秋闻笛，红袖楼头夜倚栏。
博得嫦娥应借问，缘何不使永团圆？

这是香菱写的第三首诗，经过反复推敲，学王维，学杜诗，终于梦中作出这首诗。大家说，这首诗不仅好，且新巧有意趣，我们开诗社一定要请你了。这首诗确实写得好。头两句"精华欲掩料应难，影自娟娟魄自寒"，是形容云雾是遮不住月亮的光辉的，也就暗喻生活的艰难遮不住香菱的才华。一个被拐少女，一个侍妾，成了有才气的诗人了。下面写秋闺怨女在残月西斜时，一直思索一直怀念，一直等到鸡叫，要把衣服缝好，寄送远方的亲人。有红学家分析，这里面可能包含着香菱对外出的薛蟠的怀念。这是可能的。那个时代，女子嫁鸡随鸡。香菱既然嫁给薛蟠，就把薛蟠当成终生之靠。薛蟠走了，她当然怀念他。她最后说“博得嫦娥应借问，缘何不使永团圆？”也是表达香菱对幸福安定生活的向往。这位甄英莲实在是太不简单了。她的诗歌得到大家一致赞同。

大观园群钗毕至

这时几个小丫头和婆子忙忙走来说，来了好多姑娘，我们都不认得，奶奶姑娘们快认亲去。

谁来了呢？邢夫人兄嫂带了女儿邢岫烟，李纨寡婶带着女儿李纹和李绮，薛蟠从弟薛蝌带着妹妹薛宝琴，都来投亲访友。贾母、王夫人都见过了，很高兴，贾母特别喜欢薛宝琴。贾宝玉到怡红院跟丫鬟们说：“你们还不快看人去！谁知宝姐姐的亲哥哥是那个样子，他这叔伯兄弟形容举止另是一样了，倒像宝姐姐的同胞兄弟似的。更奇在你们成日家只说宝姐姐是绝色的人物，你们如今瞧瞧她这妹子，更有大嫂嫂这两个妹子，我竟形容不出了。”大家以为贾宝玉少见多怪，结果晴雯跑了去看了回来，怎么向袭人形容？“你快瞧瞧去！大太太的一个侄女儿，宝姑娘一个妹妹，大奶奶两个妹妹，倒像一把子四根水葱儿。”形容太生动了。

大观园的姑娘们高兴起来。探春说我们的诗社可要兴旺了。更巧的是湘云也来了。她的叔叔到外省做官，要带家眷。贾母舍不得湘云，就把她留下了。本来叫凤姐给她另外安排地方住。但湘云要和宝钗一块住。这样一来，大观园热闹了很多。这些人互相之间有时候不大分得清谁大谁小，只是姐姐妹妹随便乱叫了。香菱也特别高兴，她本来拜黛玉为师，现在湘云住到蘅芜苑，湘云又特别爱说话。香菱跟她请教谈诗，她就高兴了，没日没夜高谈阔论。薛宝钗说：“我实在聒噪的受不得了。……满嘴里说的是什么:怎么是杜工部之沉郁，韦苏州之淡雅……”这是讽刺湘云向香菱传授她读诗的感受。宝钗干脆就加了个形容词，“呆香菱之心苦，疯湘云之话多”。大家听了都笑了，薛宝钗难得有开玩笑的时候。

薛宝琴桂枝独芳

正说着，薛宝琴来了，披件金翠辉煌斗篷。宝钗问：“这是哪里的？”宝琴说：“因下雪珠儿，老太太找了这一件给我的。”香菱上来看：“怪道这么好看，原来是孔雀毛织的。”湘云说：“那里是孔雀毛，就是野鸭子头上的毛作的。可见老太太疼你了，这样疼宝玉，也没给他穿。”薛宝钗说：“真俗语说‘各人有缘法’。我也再想不到他这会子来，既来了，又有老太太这么疼他。”湘云瞅了半天，说这件衣服也就只配她穿，别人穿了实在不配。这时琥珀来了，说："老太太说了，叫宝姑娘别管紧了琴姑娘，他还小呢，让他爱怎么样就怎么样。要什么东西只管要去，别多心。”宝钗赶快站起来答应，推着宝琴说："你也不知是那里来的福气！你倒去罢，仔细我们委曲着你。我就不信我那些儿不如你。”她这是假装吃醋。贾母喜欢宝琴，无微不至，不避嫌疑，特别是不避黛玉的嫌疑。宝钗假装吃醋是开玩笑，未必真这么想。湘云口无遮拦，说："宝姐姐，你这话虽是顽话，恰有人真心是这样想呢。”琥珀指指宝玉。宝钗和湘云说:"他倒不是这样的人。”琥珀指黛玉。湘云就不吭声了,默认黛玉吃宝琴的醋了。宝钗说:"更不是了。我的妹妹和他的妹妹一样,他喜欢得比我还疼呢。那里还恼？”宝玉向来知道黛玉小性，并不知道黛玉和宝钗已经成了好朋友了。他正担心，贾母疼薛宝琴，黛玉会不会不自在？湘云这么说，宝钗这么回答，再看黛玉，也不像以前，和宝钗说的一样，她怎么会一点不妒忌宝琴？怎么一点都不小性？宝玉很不理解。他想，她两人原来不是这样的。现在看，黛玉和宝钗好像比别人还要好。又看到黛玉赶着宝琴叫妹妹，不提名道姓，像亲姐妹。宝玉更加不理解。

“几时孟光接了梁鸿案？”

宝琴比黛玉小，特别聪明，她到了这里几天，发现林黛玉最出类拔萃，所以她也和林黛玉特别好。宝玉更加纳闷。等黛玉回房，宝玉找了来说：“我虽看了《西厢记》，也曾有明白的几句，说了取笑，你曾恼过。如今想来，竟有一句不解，我念出来你讲讲我听。”黛玉一听，里面有文章，就说：“你念出来我听听。”宝玉说:“那《闹简》上有一句说得最好，‘是几时孟光接了梁鸿案？’‘孟光接了梁鸿案’这七个字，不过是现成的典，难为他这‘是几时’三个虚字问的有趣。是几时接了？你说说我听听。”这段话什么意思？你和宝姐姐什么时候成好朋友了？黛玉就把宝钗怎么关心她，教育她不要讲《西厢记》和《牡丹亭》里的话做酒令，怎么给她送燕窝，都告诉宝玉。又说到宝琴，想到自己连个姐姐妹妹都没有，又哭了，对宝玉说:“近来我只觉心酸，眼泪却像比旧年少了些的。心里只管酸痛，眼泪却不多。”这段话特别有哲理意义。绛珠仙子到人世间向神瑛侍者还眼泪。眼泪少了，绛珠仙子为神瑛侍者流的眼泪快要流完，她快要回太虚幻境了。林黛玉的生命快走到尽头了。

大观园裘衣秀

我还写过一篇文章《大观园里面的裘衣秀》。对长篇小说来说，林黛玉是所谓女一号，她穿什么，作家应该经常写，但黛玉进府，曹雪芹都不写她的穿戴。故事一再往前推演，仍然不写林黛玉夏天穿什么，秋天穿什么，第四十九回，突然细细描写林黛玉穿的裘衣。他为什么这样写？我想不管是写不写小说，都该好好琢磨。

宝玉邀着黛玉一块去稻香村。黛玉换上掐金挖云红香羊皮小靴，罩了大红羽纱面白狐狸里的鹤氅，束一条青金闪绿双环四合如意绦，头上罩了雪帽。林黛玉的服饰这次写得这么细致。为什么从来不写林黛玉服饰的曹雪芹，突然如此详尽写林黛玉服饰？更耐人寻味的是，他怎么写林黛玉服饰如此高级、如此昂贵、如此时髦？林黛玉的裘衣就经济价值来说，一点儿也不比贾母送给贾宝玉的、金碧辉煌、俄罗斯国进口的裘衣雀金呢便宜。所谓鹤氅，是类似斗蓬的无袖外衣。林黛玉披大红羽纱面白狐狸里鹤氅。羽纱面其实是羽缎，这种纺织品不是国产。清代大诗人王士祯不知道为什么对这种纺织品特别感兴趣，在两个地方详细记载。《皇华纪闻》："西洋有羽缎、羽纱，以鸟羽毛织成，每一匹价至六七十金，着雨不湿。"《香祖笔记》说，羽纱羽缎来自荷兰等国，康熙初年传进中国只有一两匹，是缉百鸟鹬毛织成。林黛玉裘衣外表用的就是康熙初年刚刚进口、百鸟鹬毛织成、可防雨雪的高档进口衣料。裘衣白狐狸里，所谓白狐狸，不是整张狐狸皮，单指狐狸腋窝处皮毛叫"狐白"，最轻软。《史记》写到孟尝君有件白狐狸裘衣价值千金。到了清代，再加上进口羽缎外表，林姑娘这件大红羽纱面白狐狸里鹤氅是什么价值？可以想象。林姑娘腰里系的带子，青金闪绿双环四合如意绦。绦就是用丝编织的带子，林姑娘的带子是用青色闪绿色的丝线和金钱编织成的，绦带垂下的地方有四个如意结，用两个玉环连接在一起。林姑娘衣服这么讲究，帽子和鞋子同样高档，头上戴着雪帽，雪帽又叫观音兜，当然也是皮的。脚上穿红色高腰羊皮靴，那时叫做胡履，就是胡人穿的鞋。身上穿的是厚密防水的羽缎，里面是白狐皮，腰间扎的带子是玉环亮金。林姑娘穿戴的是高档俏丽，她经常感叹寄人篱下，但贾母是照搬女儿贾敏的模式富养外孙女。林黛玉在享受贾府三春的待遇同时，贾母还有政策性的倾斜。怡红院侍女佳惠曾对小红说过，有次宝玉派她去给林姑娘送茶叶，正赶上贾母派人给林姑娘送钱。林姑娘顺手抓了两把给她。林黛玉不缺少物质享受，她缺的是什么都不能代替的母爱。

林黛玉和贾宝玉来到稻香村，姐妹们都在。一色大红猩猩毡与羽毛缎斗篷。众姐妹是谁呢？迎春、探春、惜春。这样一来，林黛玉、贾宝玉加上贾府三艳，五个人着装好像史太君裘皮厂批量生产，一色大红。另外还有三个人，身份不一样，衣服也不一样。李纨穿件青哆罗呢对襟褂子，她是寡妇，得穿黑，但是高档呢料。宝钗穿件莲青斗纹锦上添花洋线番羓丝鹤氅。人家是皇商，家里面都是进口料子，衣服上是进口洋线织出条状花纹。宝钗一向讲究实惠不炫耀，但是她着装是贵重很考究，颜色是不太张扬的紫色。只有邢岫烟家常旧衣，并无避雪之衣。邢姑娘穷，邢夫人小器，邢岫烟借住在二木头那里。二木头连件避寒衣服都不知道提供。后来平儿看不过去，以凤姐名义给了件裘衣。凤姐喜欢邢岫烟不像邢夫人那样为人。

湘云着装鹤立鸡群。湘云喜欢学男孩，穿着贾母给的貂鼠脑袋面子大毛黑灰鼠里子里外发烧大褂子，头戴挖云鹅黄片金里大红猩猩毡昭君套，围着大貂鼠风领。黛玉说："你们瞧瞧，孙行者来了。他一般的也拿着雪褂子，故意装出个小骚达子来。"就是打扮得像少数民族。湘云说，你们看我里面的打扮。半新靠色三镶领袖秋香色盘金五色绣龙窄裉小袖掩衿银鼠短袄，短短一件水红妆缎狐肷褶子，腰里紧紧束着蝴蝶结子长穗五色宫绦，脚穿麀皮靴。越发显得蜂腰猿臂，鹤势螂形。大家笑，她打扮成男孩样子，比女孩还俏丽。湘云的裘衣里外发烧，贵重毛皮，加上貂皮围领，全身毛茸茸。所以黛玉说来了个猴儿。大衣里面是剪裁可体的皮袄，系着漂亮腰带。把史湘云像好莱坞要求三围的曲线美暴露无疑。在贾宝玉的闺蜜中，宝钗丰满，黛玉清瘦，最有健康美的是湘云。湘云好像穿过时光隧道，从魏晋名士圈来到大观园。乐观、阳光，胸怀开阔，心直口快。装扮成男孩或异族更加洒脱。当然了，湘云着装能够这样时髦昂贵，都是贾母给她的。因为湘云代表着贾母娘家的脸面。

最早出现的宝琴，裘衣金碧辉煌。宝琴倍受贾母疼爱。谁能住贾母的碧纱橱，是“总统套房”待遇，只有宝玉、黛玉、湘云、元春住过，而现在宝琴跟贾母住在一张床上了。宝琴进了贾府，贾母非常喜欢，连大观园都不叫她住，晚上跟贾母一块住。贾母最看重二玉，宝玉和黛玉，现在突然多出个宝琴，且有取黛玉而代之势头。直爽的湘云后来直接说出来，凤姐看出来了，宝玉担心了，但黛玉浑然不觉。难道敏感的黛玉对贾母疼爱宝琴没想法？我看天上掉下的林妹妹太纯净太天真，她把外祖母永远看做自己人生幸福的定海神针。恐怕想不到，姗姗来迟的宝琴，差点动摇了贾母原来二玉是一对既定方针。

湘云说，快商议作诗！李纨建议到芦雪广去，给新来的朋友接风。

贾宝玉不是“无事忙”？他惦记着这事，一夜没好好睡。第二天一早，爬起来，看到窗子上很亮，担心是不是现在晴天了？起来一看，一夜大雪，下得一尺多厚，天上还在下。

宝玉就非常高兴，急急忙忙往芦雪广跑来。他要先去侦查一番。出了院门，四顾一望，白茫茫的一片，远远是青松翠竹，自己像装在玻璃盒里一般。回目中的“琉璃世界”就来源于宝玉的感受。到了山坡之下，顺着山脚转过去，寒香拂鼻。回头一看，栊翠庵十数株红梅像胭脂一样，映着雪色，分外精神。这就是回目中“琉璃世界白雪红梅”。宝玉站住，仔细看了一会儿。蜂腰板桥上有个人打着伞走来，是李纨打发人去请凤姐。

贾宝玉来到了芦雪广，丫鬟婆子们在扫雪。芦雪广盖在傍山临水的河滩上，四周有芦苇，冬天已经枯了。穿过芦苇过去就是藕香榭的竹桥。这扫雪的婆子看见他过来说：“姑娘们吃了饭才来呢，你也太性急了。”贾宝玉还没吃早饭呢。他去贾母那里，探春也来了，围着大红猩猩毡斗篷，戴着观音兜，扶着小丫头。兄妹一块到贾母这儿来。薛宝琴还在里面梳洗更衣。

人来齐了，贾宝玉喊饿了饿了，快吃饭。头一样菜是贾母的饭，牛乳蒸羊羔。贾母说，我们有年纪的人吃这个，你们不能吃。贾宝玉等不得，拿茶泡了碗饭，忙忙地吃了。贾母说：“我知道你们今儿又有事情，连饭也不顾吃了。”吩咐，“留着鹿肉与他晚上吃。”凤姐说还有鹿肉呢。贾宝玉一听，和史湘云悄悄计较：“有新鲜鹿肉，不如咱们要一块，自己拿了园里弄着，又顽又吃。”和凤姐要了块鹿肉，叫婆子送到园里去。

大观人物赏雪联诗

大观园人物聚集芦雪广。李纨要出题限韵，找不到湘云和宝玉了。黛玉说："他两个人再到不了一处，若到一处，生出多少故事来。这会子一定算计那块鹿肉去了。"正说着，李婶，李纨的寡婶，走来看热闹，问李纨："怎么一个带玉的哥儿和那一个挂金麒麟的姐儿，那样干净清秀，又不少吃的，他两个在那里商议着要吃生肉呢，说得有来有去的，我只不信肉也生吃得的。"大家说："了不得，快拿了他两个来。"李纨出来找到他俩说："你们两个要吃生的，我送你们到老太太那里吃去，哪怕吃一只生鹿，撑病了不与我相干。这么大雪，怪么冷，替我做祸呢。"宝玉说："没有的事，我们烧着吃呢。"李纨说："这还罢了。"果然老婆子们拿了铁炉、铁叉、铁丝蒙，要烤肉了。

凤姐打发平儿来告诉说不能来。湘云见了平儿，拉住不放。平儿也年轻好玩，就把金镯子褪了动手烤肉。这里埋下伏笔，她的金手镯被人偷去，成了后面的回目。俏平儿把被偷镯子之事悄悄掩盖起来。

宝玉、湘云、平儿三个人围着火。平儿说，我们先烤上几块吃。宝钗、黛玉看惯了这些人捣蛋。宝琴她们都觉得太稀罕。探春说："你闻闻，香气这里都闻见了，我也吃去。"

湘云一边吃一边说：“我吃这个方爱吃酒，吃了酒才有诗。若不是这鹿肉，今儿断不能作诗。”她叫宝琴：“傻子，过来尝尝。”宝琴说：“怪脏的。”宝钗说：“你尝尝去，好吃的。你林姐姐弱，吃了不消化，不然他也爱吃。”宝琴也过去吃了。一会儿凤姐儿打发小丫头来叫平儿。平儿说：“史姑娘拉着我呢，你先走罢。”小丫头回去，一会凤姐来了，说：“吃这样好东西，也不告诉我！”也吃起来了。黛玉说：“那里找这一群花子去！罢了，罢了，今日芦雪广遭劫，生生被云丫头作践了。我为芦雪广一大哭！”湘云说：“你知道什么！‘是真名士自风流’，你们都是假清高，最可厌的。我们这会子腥膻大吃大嚼，回来却是锦心绣口。”吃完了洗手，平儿的镯子少了一个，前后左右找不到。凤姐说，“我知道这镯子的去向。你们只管作诗去，我们也不用找，只管前头去。不出三日包管就有了。”凤姐对人性的理解太透彻了。她知道，有人眼孔浅，见了金晃晃的镯子，就给掖起来了。凤姐说：你们今天作什么诗？老太太说了，你们做点灯谜。

在地炕上除了鹿肉之外，杯盘果菜都摆上，墙上诗题、规定的韵脚都出来了，要“即景联句”，限“二萧韵”。李纨说：“我不大会作诗，我只起三句罢，然后谁先得了谁先联。”要开始联句了。想到想不到？王熙凤居然也要写诗了。

第五十回

芦雪广争联即景诗
暖香坞雅制春灯谜

芦雪广是大观园一个傍山靠水建筑，暖香坞是惜春住的地方。大观园诗人们在芦雪广联诗，联的即景诗是什么景？雪景。后来根据贾母吩咐，大家又在暖香坞制灯谜。

联诗是“即景联句，五言排律”。即景就是写雪景，排律就是比八句还要长的律诗。这是大观园诗会的一次高潮，大观园诗人的一次才能竞赛。

芦雪广快活抢诗句

开始应该由李纨开头，凤姐突然说了“我也说一句在上头”。凤姐不说我也作句诗，而是说“我也说一句”。大家都笑了，说更妙。宝钗在李纨的号“稻香老农”上补了个“凤”。李纨把要写什么讲给凤姐听。凤姐想了半天，说：“你们别笑话我。我只有一句粗话，下剩的我就不知道了。”大家说：“越是粗话越好”。因为这次是联句，联句的头起得好不好，会影响整个联句。联句第一句话，往往是对诗人目光、思路的最大考验。既然要起首句，又要写雪景，这是多专门化的要求。凤姐不识字，当然更不知道什么是即景联句，什么叫五言排律，什么是二萧韵，她说了句“一夜北风紧”。大家说，说得这么好！

留了多少地步给后人，这就是会作诗的起法。王熙凤是金陵十二钗之一。金陵十二钗除还很小的巧姐外，连早死的秦可卿都在王熙凤的梦里念过两句诗“三春去后诸芳尽，各自须寻各自门”。金陵十二钗的重要人物王熙凤怎么可以没有诗？曹雪芹叫她在联诗时，不该出手也出手，把能事之人的异样才能描绘出来了。

联诗写了三十五韵，七十句，是很多人共同创作，奇怪的是，居然能够上勾下联，血脉畅通，一点也没有堆砌的感觉。还出现一些描写雪景的佳句。如“寒山已失翠，冻浦不闻潮”，写雪景很妙。再如“伏象千峰凸，盘蛇一径遥”，毛主席写的“原驰蜡象”会不会受到《红楼梦》影响？“沁梅香可嚼，淋竹醉堪调”，把雪景里的梅花、翠竹写出来了。都既紧紧扣着雪景，也反映了联诗者的个性。联诗过程中，写出一些非常有趣的情节。联诗本来规定一人联两句。湘云说到“海市失鲛鲔”，该说下一句，林黛玉却抢过去“寂寞对台榭”。从这开始，成了一人抢一句，抢得更快乐。宝琴说句“埋琴稚子挑”，湘云笑得弯了腰念了一句。大家就说你念什么了？大家为什么没听懂呢？因为湘云是一边哈哈笑一边说诗句。湘云咬舌子，她说“石楼闲睡鹤”，很可能成了“洗楼闲睡鹤”，所以大家听不懂。她就喊出来。黛玉笑得握着胸口，高声嚷道“锦罽暖亲猫”，林黛玉居然高声嚷，也太妙了。联句竟然把猫都用上，太稀奇了，也太有才能了。

联句联得非常快乐，最后一统计，谁的最多？史湘云。大家说，真是那块鹿肉的功劳。大家联句，有的没有抢上，最后谁来收住它？两位客人，李纹说“欲志今朝乐”，李绮说“凭诗祝舜尧”。

李纨说，这次宝玉又落第了，要罚宝玉。宝玉解释，我原不会联句，只好担待我吧。李纨说，不能每次都担待你，你又说韵险，又不会联句了，今天必得罚你。我看栊翠庵的梅花有趣，想折一枝插瓶，但讨厌妙玉，罚你去取一枝来。大家说，罚得又雅又有趣。宝玉乐意被罚，想借机会见见妙玉。湘云和黛玉让他吃杯热酒再走。李纨要派人跟着宝玉。黛玉拦住说，有了人反而要不来了。黛玉对宝玉、妙玉之间的微妙感情早就看出来了。聪明的黛玉，恐怕从妙玉知道贾母不吃六安茶，就琢磨到是贾宝玉透露的消息。

宝玉去要梅花，由刚到大观园的客人分别用红、梅、花做韵写七律。宝玉笑嘻嘻扛了枝梅花回来，说：你们如今赏吧，也不知费了我多少精神呢。看来妙玉还是先刁难他一番。大家要宝玉写诗。湘云说写个《访妙玉乞红梅》，大家说有趣。邢岫烟、李纹、薛宝琴咏红梅花的诗，宝琴写得最好，头两句“疏是枝条艳是花，春妆儿女竞奢华”非常有味。宝玉写的可以算个七十分的叙事诗吧。他念完了，大家正在评论，几个丫鬟跑来说：老太太来了。大家说怎么这么高兴？下着雪老太太都跑来。

凤姐调侃贾母

贾母喜欢和晚辈聚到一块，听他们说说笑笑。大观园的人跑到芦雪广聚会写诗，本来没有老人家的份儿。贾母偏偏跑来凑热闹，她围了大斗篷，戴灰鼠暖兜，坐着竹轿，踏雪来了，进来就说："好俊梅花！你们也会乐，我来着了。"老太太人老心不老，对美好事物有特殊的感受。她曾自夸，年轻时比凤姐还来得。我早说过，贾母是老了的凤姐。现在看，贾母更像老了的湘云。奇怪的是，贾母的开心果王熙凤没跟来。贾母对李纨等解释："我瞒着你太太和凤丫头来了。大雪地下坐着这个无妨，没的叫他们来踩雪。"贾母体谅晚辈，说这地方潮湿，不要久待，把大家带到惜春住的暖香坞去了。

贾母秋天头上戴朵大红菊花时，听刘姥姥说园子好，希望有人画下来。贾母把这个活派给惜春。现在来催债了。惜春却告诉她，天冷了颜色不好用。贾母说，我年下就要，你别偷懒，快拿出来画。正说着，王熙凤来了，笑嘻嘻地说："老祖宗今儿也不告诉人，私自就来了，要我好找。"贾母很高兴，又有点过意不去，说："我怕你们冷着了，所以不许人告诉你们去。你真是个鬼灵精儿，到底找了我来。以理，孝敬也不在这上头。"贾母肯定凤姐孝敬，凤姐应该得意吧？但是不，因为王夫人没来，如果承认自己孝敬，那不成了王夫人不孝敬？她怎么回答？拿贾母开涮："我那里是孝敬的心找了来？我因为到了老祖宗那里，鸦没雀静的，问小丫头子们，他又不肯说，叫我找到园里来。我正疑惑，忽然又来了两三个姑子，我心里才明白。我想姑子必是来送年疏，或要午例香例银子，老祖宗年下的事也多，一定是躲债来了。我赶忙问了那姑子，果然不错。我连忙把年例给他们去了。如今来回老祖宗，债主已去，不用躲着了。已预备下希嫩的野鸡，请用晚饭去，再迟一回就老了。"

王熙凤真是我母亲当年说的"吃荆条就能屙篮子，什么事都在肚子里面编"。顺口能编故事，编得有鼻子有眼有情趣有谐趣。怎么可能小丫头不告诉她贾母到哪儿去了？怎么可能有姑子来找贾母讨债？社会地位最低的尼姑敢找社会地位最高的一品夫人讨债，她们吃了豹子胆，还是吃错药了？而王熙凤就把贾母形容成是躲债的，还假装来向躲债的通风报信。结果是贾母笑着携了凤姐的手，跟凤姐说笑着，又上了轿，离开这个地方。

像贾母这样的，是封建家庭的顶端，高处不胜寒，总给人敬着，供着，自己也得端着，日复一日下来，多么没趣。总是面对谨慎小心，恭恭敬敬的脸，自己都产生审美疲劳了。有凤姐这么个孙媳妇，风趣幽默，无话不谈，把老祖宗当成"平等的"笑闹对象，花样迭出，骨子里又那样守礼、恭敬，像这样的晚辈，贾母想不喜欢都难。

从王熙凤联想到两个英美的大小说家创造的女性人物。英国作家萨克雷和美国女作家米切尔。英国作家萨克雷的《名利场》里有个利蓓加·夏泼，这个女性极端自私又极端聪明。她出身低微，借助美貌和聪明，玩着各种各样鬼花招，通过一个一个男人，达到自己的目的。萨克雷形容这个人“绿眼睛一转，就计上心来”。这个绿眼睛英国女人，好像王熙凤跨洋过海的后代儿女。美国20世纪30风靡一时的《飘》里面有个郝思嘉，美国女作家米切尔写的，好莱坞大明星费雯丽在《乱世佳人》里演的。1936年，《纽约时报》有篇书评评到郝思嘉。如果不是点名郝思嘉，我简直以为在评价《红楼梦》里面的王熙凤。他是这样评价的：郝思嘉生命力旺盛，全身每一寸细胞都活蹦乱跳，自私自利，没有原则，无情无义、贪婪成性、颐指气使，骨子里却是灵活轻巧、弹性良好的钢铁，她是美国小说中的难忘人物。理直气壮地存在，而且势必还会存在很久。我怀疑，英国作家萨克雷和美国女作家米切尔是不是都看过《红楼梦》？

贾母关注宝琴

贾母从暖香坞带着众人出夹道东门，到了园子里，看到四面粉妆银砌，薛宝琴披着凫靥裘站在山坡上。身后丫鬟抱着瓶红梅。大家笑，宝琴也去弄红梅了。贾母立刻被眼前美景和雪景中的美人给吸引了，她说："你们瞧，这山坡上配上他的这个人品，又是这件衣裳，后头又是这梅花，像个什么？"大家说："就像老太太屋里挂的仇十洲画的《艳雪图》。"贾母摇头说："那画的那里有这件衣裳，人也不能这样好！"刚说完，宝琴后面又钻出个披着大红猩猩毡的人。贾母问："那又是那个女孩儿？"大家说是宝玉。原来宝玉又到妙玉那要梅花了，给宝钗、黛玉一人要一枝。

贾母回去吃王熙凤说的希嫩的野鸡。晚饭后，薛姨妈来了，说，老太太今天这么高兴，"昨日晚上，我原想着今日要和我们姨太太借一日园子，摆两桌粗酒，请老太太赏雪的，又见老太太安息的早。我闻得女儿说，老太太心下不大爽，因此今日也没敢惊动。早知如此，我正该请。"贾母说："这才是十月里头场雪，往后下雪的日子多呢，再破费不迟。"凤姐又插科打诨说："姨妈仔细忘了，如今先秤五十两银子来，交给我收着，一下雪，我就预备下酒，姨妈也不用操心，也不得忘了。"王熙凤本来是提醒，先把银子交给我，我给你准备。贾母喜欢开玩笑，她说："既这么说，姨太太给他五十两银子收着，我和他每人分二十五两，到下雪的日子，我装心里不快，混过去了，姨太太更不用操心，我和凤丫头倒得了实惠。"老太太为什么这么高兴？因为薛姨妈要请她，老太太喜欢热闹，所以拿王熙凤开个玩笑。

大家都笑。王熙凤把手一拍："妙极了，这和我的主意一样。"贾母笑了："呸！没脸的，就顺着竿子爬上来了！你不该说姨太太是客，在咱们家受屈，我们该请姨太太才是，那里有破费姨太太的道理！不这样说呢，还有脸先要五十两银子，真不害臊！"她拿王熙凤取乐，王熙凤说得更好："我们老祖宗最是有眼色的，试一试姨妈，若松呢，拿出五十两来，就和我分。这会子估量着不中用了，翻过来拿我做法子，说出这些大方话来。如今我也不和姨妈要银子，竟替姨妈出银子治了酒，请老祖宗吃了，我另外再封五十两银子孝敬老祖宗，算是罚我个包揽闲事。这可好不好？"

贾母的嘴再会说，能说过王熙凤吗？贾母说她顺着竿爬，没竿她也照样能爬，这就是王熙凤。谁都想象不出来在什么情况下会说什么话的王熙凤。但只要开口，必定叫老太太高兴得不得了。

贾母跟薛姨妈说起宝琴雪下折梅，比画都好看，细问宝琴的年庚、八字、家境。薛姨妈猜想，贾母大概想把宝琴定给宝玉。但宝琴早就许给梅翰林的儿子，这次进京，是要准备嫁妆。薛姨妈只好似乎闲谈，把宝琴有了人家的事说出来。她说："可惜这孩子没福，前年她父亲就没了。她从小见的世面倒多，跟他父母四山五岳都走遍了。她父亲是好乐的，各处因有买卖，带着家眷，这一省逛一年，明年又往那一省逛半年，所以天下十停走了有五六停了。那年在这里，把她许了梅翰林的儿子。偏第二年她父亲就辞世了，她母亲又是痰症。”罗里啰嗦说半天，什么意思？薛宝琴已经订婚。凤姐没等她说完就跺脚：“我正要作个媒呢，又已经许了人家。”贾母问：“你要给谁说媒？”凤姐说：“老祖宗别管，我心里看准了他们两个是一对。”凤姐其实是看准了贾母新动向。宝琴来了后，贾母特别喜欢她。薛宝琴比林黛玉还要小，又漂亮又懂事，而且最要命的是，身体特别健康。贾母逼着王夫人把她认成女儿，叫薛宝琴跟自己住在一个床上。超乎常理地款待宝琴。现在又问八字，只能是为贾宝玉打算。这说明贾母虽然说过二玉“不是冤家不聚头”，但当她看到比黛玉年纪小，比黛玉美丽，特别是比黛玉健康的宝琴，贾母二玉成一对的想法开始动摇。宝贝女儿贾敏的遗孤当然需要关爱，但是宝贝孙子宝玉的终身大事更重要，这是人之常情。这也说明一个问题，就是薛宝钗在这待这么长时间，贾母多次表扬她，还出钱给她做生日，但贾母从来没有向薛姨妈问过薛宝钗的年庚八字。也就是说，贾母从来不考虑金玉良缘。

但是《红楼梦》是怎么解释都有理的书。上个世纪 90 年代曾统计过，一万篇研究古代小说的论文中，就有八千篇写《红楼梦》的。《红楼梦》的边边角角早就被红学家和古代文学研究家甚至和古代文学研究八竿子打不着的文学家、历史学家、政治学家研究得透透的了。

还有一个可能的理解是，贾母没考虑宝玉和宝琴婚事，她问宝琴八字，是借着关注宝琴拒绝宝钗。贾母叫王夫人认宝琴做女儿，就是不想给宝玉娶宝琴的有力证据。贾母戏剧修养很高，《西厢记》崔夫人叫崔莺莺认张生为哥哥的把戏，贾母是知道的。结义兄妹也是兄妹，所以即便是宝琴没订亲，宝玉也不能娶结义妹妹。贾母就可以继续执行双玉良缘的方针。

而薛姨妈说宝琴已经订给了梅翰林家，我觉得可能是故意给宝钗留下宝二奶奶位置。梅翰林，梅花的梅，但是梅花的梅和根本就没有的没是同音字，是不是根本就没有那么一个翰林？贾母问宝琴的八字，薛姨妈说宝琴已经订亲，会不会是两个智商很高的老太太，又玩起太极推手捉迷藏？

有了贾母关注薛宝琴而且问八字的动向，按说黛玉该哭个六佛出世。但黛玉有什么反应，曹雪芹一个字没写。后面是紫鹃出奇兵试宝玉。

贾母叫惜春抓紧把大观园的画画出来。第二天饭后，又嘱咐惜春：不管冷暖，你只画去，赶到年下，十分不能便罢了。第一要紧把昨日琴儿和丫头梅花，照模照样，一笔别错，快快添上。老太太还真喜欢宝琴。这已是单纯审美，跟姻缘一点儿关系也没有了。老封君品位不俗。惜春听了只好答应。但她琢磨不出来怎么再把她两个人添上？已经画得差不多了，很可能惜春画的还不是雪景，现在又得画雪景，又得画梅花，还得画披大红毡的宝玉，披凫靥裘的宝琴，怎么画？李纨说，叫她自己想吧，咱们说话。昨儿老太太只叫作灯谜……我就编了两个四书的，纹儿和绮儿两个人也编了两个。李纨编的灯谜，是从四书里面出来的。湘云编了个《点绛唇》："溪壑分离，红尘游戏，真何趣？名利犹虚，后事终难继。"大家想了半天，连最博学的宝钗都想不出来，有人说是和尚，有人说是道士，有人说是偶戏人。写诗总落第的贾宝玉猜出来了，这是耍的猴。为什么贾宝玉能猜出来？因为大观园的小姐住在深宅大院，不会关注市民都看什么游戏。贾宝玉经常往外跑，就看到耍猴的了。奇怪的是，史湘云也看到过耍猴的。史湘云说就是这个。大家说：前头都好，末后一句怎么解？湘云说："那一个耍的猴子不是剁了尾巴去的？"大家都笑了。

其实史湘云这个耍猴谜语也有深意，贾府将来也像剁了尾巴的猴一样，"后事终难继"，树倒猢孙散，而这个猢狲连尾巴都没有了。

李纨就说，昨天姨妈说宝琴妹妹见的世面多，你就应该编点谜，这就引出了薛宝琴编了她走的十个古迹地方的十首怀古诗。这十首怀古诗，也是十个谜语，这就成为第五十一回的一个内容。

贾母说有作诗的不如作些灯谜，大家正月里好玩。最后这些谜语是怎么玩的，并没有具体写，因为已经写过贾政的猜灯谜，就不要再重复了。但是这些谜语已经提前都系在每个人的名下了。什么样的人写什么样的谜，都是和他的个性联系在一块的。特别是湘云写的这个要猴的谜，被贾宝玉猜中，这是特别好玩，也特别有寓意的。

第五十一回

薛小妹新编怀古诗
胡庸医乱用虎狼药

薛小妹是薛宝钗的妹妹薛宝琴，胡庸医是不大常到荣国府看病的太医院姓胡的医生。薛宝琴把她经过的一些地方比如赤壁、越南，编了十首怀古诗，叫大家猜。胡庸医到怡红院给晴雯看病，用了不该用在女孩身上药性较猛的中药。在薛小妹编怀古诗和胡庸医用虎狼药之间有个过渡，袭人的母亲病危，她要回去。这才导致了怡红院晚上出现新气象，晴雯因为夜晚吓唬麝月，冻病了。

怀古诗成迷魂阵

薛宝琴跟着父亲走遍四山五岳，见识广，拣了十处古迹做怀古诗灯谜，大家都没猜中。这也是曹雪芹故意不让大家猜中。这样一来就使后世红学家猜个没完没了。一方面是猜她这些古迹是什么谜底，另一方面猜怀古诗蕴藏哪些红楼人物命运，成为红学家大展才能的又一话题。

薛宝琴怀古诗很有意思，比如《赤壁怀古》："赤壁沉埋水不流，徒留名姓载空舟。喧阗一炬悲风冷，无限英魂在内游。"表面上看是写赤壁之战那些英雄人物，经过那场热热闹闹的赤壁大火，最后无限英魂都离去了。有的人就猜，这个怀古诗的灯谜是个走马灯。有的红学家就猜，这是用赤壁之战死亡相继来形容贾府最后的总结局，就像甄士隐家遭遇火灾一样，贾府最后也是遭遇火灾，落了个白茫茫大地真干净。

《淮阴怀古》写韩信："壮士须防恶犬欺，三齐位定盖棺时。寄言世俗休轻鄙，一饭之恩死也知。"有红学家猜是王熙凤，恶犬指她的丈夫。王熙凤倒霉后被丈夫休了。一饭之恩说的是刘姥姥报答了她的恩惠。

大观园闺秀猜薛宝琴怀古诗，出现很有意味的情节。宝钗说："前八首都是史鉴上有据的；后二首却无考，我们也不大懂得，不如另做两首为是。"后两首是第九首《蒲东寺怀古》，写《西厢记》红娘怎样帮助张生和莺莺。第十首《梅花观怀古》，写《牡丹亭》杜丽娘死后埋在梅花底下，柳梦梅到梅花观拣到了她的画像。薛宝钗明明知道《西厢记》《牡丹亭》，还劝过林黛玉，不要读移了性情的书，也告诉黛玉我早就读过了。现在又有点假模假式表示不懂，不知道，史上无考，不如另作两首。她说完，林黛玉说："这宝姐姐也忒'胶柱鼓瑟'，矫揉造作了。这两首虽于史鉴上无考，咱们虽不曾看这些外传，不知底里，难道咱们连两本戏也没有见过不成？那3岁孩子也知道，何况咱们？"黛玉与宝钗成好朋友后，这是很少有的一次当面反驳薛宝钗，善意地批评宝姐姐矫揉造作，用个成语"胶柱鼓瑟"，弹琴时把琴上的柱子粘住了，弹不出来。我们虽没看过，这也是说谎，她也看过的，难道我们连两本戏都不知道？既是委婉地批评宝钗，又给宝钗开脱。李纨同意黛玉这个意见。宝钗、黛玉成为好朋友之后，宝钗可以关心黛玉，但并不能左右林黛玉的思想。林黛玉的思想仍然和《西厢记》《牡丹亭》，和崔莺莺和杜丽娘密切联系。

大家猜薛小妹的怀古诗，猜了一会儿，薛宝琴说都没猜对。这么多冰雪聪明的女孩儿，怎么谁也猜不着？这是曹雪芹布下的迷魂阵，故意叫读者猜呢。

凤姐安排袭人“贵妇还乡”

有人来回王夫人说，袭人的母亲病重，求恩典，接袭人家去走走。为什么叫袭人回娘家要求恩典？因为袭人是卖断的，她的自由是由荣国府掌握的，得求王夫人的恩典才能回去。王夫人说，人家母女一场，还有不许她去的。曹雪芹这个安排，既是安排袭人回娘家，更是要让袭人离开怡红院，叫怡红院丫鬟夜里淘气淘到晴雯冻病了。一个伟大作家，他即使写这么似乎很不经意的情节，也会写出深刻的人情世故。

王夫人同意袭人回家，把凤姐叫来，命她酌量办理。凤姐马上拿着鸡毛当令箭，小题大作，王熙凤给袭人回娘家摆开贵妇还乡的谱。给袭人派了八个随从，周瑞家的，跟着出门的另一媳妇，四个有年纪的跟车，两个丫鬟，一辆大车，一辆小车，叫袭人穿几件颜色好衣服。明明回家看快死的娘，怎么还穿得娇艳、鲜亮、富贵豪华？这是摆荣国府准姨娘的架子。袭人好像不是来跟母亲生离死别,倒像专门回娘家摆阔。袭人穿着王夫人赏的衣服，来叫凤姐鉴定够不够格：桃红百子刻丝银鼠袄子，葱绿盘金彩绣绵裙，青缎灰鼠褂。从袄到裙到外套，都是高档银鼠灰鼠。对袭人的身份来说已很豪华。王熙凤认为褂子太素，天又冷，该穿件大毛的，令平儿“把那件石青刻丝八团天马皮褂子”拿出来，叫袭人穿上昂贵的狐狸皮袄。告诉袭人,大人的包一包袱衣裳拿着,衣服要好的,手炉也要拿好的。袭人自己拿个弹墨花绫水红绸包袱，包着两件半旧棉袄和皮褂。凤姐说不行，叫平儿拿个玉色绸里的哆罗呢包袱，包上件雪褂子，告诉袭人：“只管住下，打发人来回我，我再另打发人给你送铺盖去，可别使人家的铺盖和梳头的家伙。”袭人是回母亲身边，回从小生活的地方。但王熙凤嘱咐不要用他们的铺盖和梳头家伙。为什么？因为你已经和他们不一样，是宝玉未来姨太太。周瑞家的知趣，马上表示，如果袭人住下，我叫花家的人都回避，另外安排间内房给袭人住。

请看，袭人这是丫鬟回娘家看母亲吗？不是，是贾府准姨娘，同时还是个超姨娘，鸣锣开道，风光无限回门。袭人不过是宝玉的丫头，连通房大丫头还没公开，为什么凤姐要给袭人这么大面子？凤姐不是对给贾政生了儿女的赵姨娘都毫不客气？为什么要这样对待袭人？为什么一向小气、凡事计较的凤姐自掏腰包，把袭人武装到牙齿？她自己说“说不得我自己吃些亏，把众人打扮体统了，宁可我得个好名也罢了。”凤姐心机深细，她每一分钱用到什么地方，都要精确算计。每件东西送什么人，也要明确算计。每份心思用到什么人身上，也都认真算计。袭人已明确是王夫人线上的人，凤姐要想得到王夫人永远器重，仅靠姑侄关系远远不够，她必须想王夫人所想，做王夫人想做而不敢做、不便做的事。抬举袭人就是这样的事。王夫人叫凤姐酌量办理，本身就带点暗示。如果叫凤姐你按府里规矩办，根本不存在酌量不酌量。所谓酌量就是你可以打破常规。表面上像锯嘴葫芦王夫人，用了句模棱两可的话，叫聪明的娘家侄女按照自己的意愿办事。凤姐知道，抬举袭人，通过抬举袭人达到保护贾宝玉的目的，是王夫人的小算盘。王熙凤叫袭人风风光光回娘家就是替王夫人琢磨事，替王夫人办很想办、但不便于出面办的事。

凤姐叫平儿拿出件大毛衣服给袭人包上。平儿拿出两件，袭人表示一件就够了。平儿说：“你拿这猩猩毡的，把这件顺手拿将出来，叫人给邢大姑娘送去。昨儿那么大雪，人人都是有的，不是猩猩毡，就是羽缎羽纱的，十来件大红衣裳映着大雪，好不齐整。就只他穿着那件旧毡斗蓬，越发显的拱肩缩背，好不可怜见的。如今把这件给他罢。”凤姐不是小气吗？就说了一番似乎埋怨的话：“我的东西，他私自就要给人。我一个还花不够，再添上你提着，更好了！”这是抱怨平儿吗？

不是，这是借平儿办的事向在场的人征求表扬。果然在场的婆子们很懂事，马上把王熙凤好一顿歌颂：“这都是奶奶素日孝敬太太，疼爱下人。若是奶奶素日是小气的，只以东西为事，不顾下人的，姑娘那里还敢这样了。”凤姐好像不情愿送的衣服，送得多漂亮，这人太不得了了。

在这个细节中，我也发现凤姐内心有些善良的东西。邢岫烟是邢夫人娘家侄女。邢夫人娘家经济并不宽裕。邢岫烟住进大观园后，邢夫人不管她，叫王熙凤安排。王熙凤叫她住到迎春那儿。因为迎春名义上是邢夫人的女儿。住在迎春这儿，甭管出什么事，和她王熙凤没关系。但王熙凤又发现，邢岫烟和邢夫人很不一样，很懂事。凤姐觉得她不错，所以当邢岫烟在贾府住够一个月，她就照迎春的月例也送一份零花钱给她。平儿送的这件衣服，也是看透王熙凤同情邢岫烟。这说明曹雪芹笔下的人物，小气、奸诈的王熙凤，心里也有个柔软的角落，她有同情心。

晴雯冻病庸医用药

袭人回家，接着周瑞家的回来报信，袭人母亲已经停床。凤姐关心宝玉，把怡红院的嬷嬷喊了两个来，吩咐：袭人只怕不来家，你们素日知道那大丫头们那两个知道好歹，派出来在宝玉屋里上夜。你们也好生照管着，别由着宝玉胡闹。

嫂子很知道自己这个小叔子顽皮，平时有袭人管着，可能还老实点。袭人不在，可能又像开了锁的小猴，得和丫鬟好好玩一玩。

宝玉看着晴雯和麝月给袭人准备在她自己家用的铺盖和梳头洗脸用具，送走后，晴雯和麝月得来侍候宝玉。晴雯怎么侍候？只在熏笼旁坐着。熏笼也叫火箱。火盆底托为铜制，罩子由竹子编成，竹子内有层细铜网保护。晴雯在房间取暖火箱旁坐着。麝月说你别装小姐了，也动动吧。晴雯说："等你们都去尽了，我再动不迟。有你们一日，我且受用一日。"看来晴雯是比较懒，能叫别人干的活她就不干。但晴雯干的活也是别人不能干的，比如晴雯补裘。麝月说："好姐姐，我铺床，你把那穿衣镜的套子放下来，上头的划子划上，你的身量比我高些。"麝月一边说一边铺床去了。晴雯还是不动，说我才坐得暖和一点，你又来闹我。宝玉一听，就出去把镜套放下来，回来说，你们都暖和吧，我都办完了。少爷一点架子也没有，该丫鬟干的事，他就都替她们干了。

按时睡下了。宝玉要喝茶，就叫袭人！叫了两声没人应，自己醒了，觉得好笑。晴雯叫麝月："连我都醒了，他守在旁边还不知道，真是个挺死尸的。"麝月打个哈欠说："他叫袭人，与我什么相干！"麝月也很顽皮，叫袭人，她就不动。麝月起来给宝玉备茶，先去洗手，照宝玉嘱咐，把宝玉的暖和大袄披上，叫宝玉喝了。晴雯居然说："好妹子，也赏我一口儿。”同样是丫鬟，她叫麝月侍候她喝茶。麝月说 ：“越发上脸儿了！”晴雯还是叫 ：“好妹妹，明儿晚上你别动，我服侍你一夜，如何？”麝月只好也叫她喝了。这时，麝月忽然想起来，到外面去走走。麝月为什么半夜三更得到院子里走走？看来是曹雪芹叫她走的。麝月说，“你们两个别睡，说着话儿，我出去走走回来。”晴雯说 ：“外头有个鬼等着你呢！”麝月出去，晴雯想吓唬她，都是十几岁女孩，调皮，晴雯也不披衣服，只穿个小袄就跑出去了。宝玉劝她不要冻着。晴雯出了房门，冷得毛骨森然，想 ：“怪道人说热身子不可被风吹，这一冷果然利害。”宝玉怕麝月给晴雯吓着，在房间喊：“晴雯出去了！”

这么一闹，晴雯冻着了。宝玉说，你进来，我给你捂一捂。这里出来一个有趣情节，晴雯钻到宝玉被窝里了。但这里有没有任何一点点色情描写？一点都没有。只是宝玉关心他的小丫鬟，给她暖暖身子。麝月进来以后，才知道晴雯出去吓唬自己，而且没穿大衣服。麝月说 ：“你死不拣好日子，你出去站一站，把皮不冻破了你的。”麝月口角也很伶俐。晴雯冻病了，咳嗽，三个人唧唧喳喳。外面值班老嬷嬷故意咳嗽两声，说 ：“姑娘们睡吧，明儿再说罢。”第二天早晨起来，晴雯鼻塞声重，不愿动弹，感冒了。宝玉说别声张，如果太太知道，就叫你回家去休养了，你们家太冷，不如这里。我请大夫来给你看。去传大夫，李纨知道了，还得执行她的职责就嘱咐说吃两副药好了就行，不好还得出去，不要传染了二爷。晴雯很生气 ：“我那里就害瘟病了，只怕过了人！我离了这里，看你们这一辈子都别头疼脑热的。”真要爬起来走，宝玉还是劝她。

大夫来了，是不大到荣国府来的胡大夫，回目上送他外号“胡庸医”,不仅不太会看病,也没怎么见过世面。他来看病，晴雯虽是丫鬟,还得躺在暖阁里,大红绣幔垂下来把晴雯挡住。晴雯从绣幔里伸出手去。大夫一看，手上有两根手指甲，有三寸长，用金凤花染得通红。读者朋友们要注意这指甲，这指甲将来有故事。那时爱美女孩要染红指甲。但晴雯是丫鬟，手指甲三寸长，能干活吗？怡红院大丫鬟，基本上不干粗活。大夫一看到伸出这么只手来，赶快把头回过去了，表示自己守规矩，有个老嬷嬷拿块手帕，把晴雯的手给盖起来。

大夫就诊一会脉相，到外间对嬷嬷们说 :“小姐的症是外感内滞，近日时气不好，竟算是个小伤寒。”吃两剂药疏散疏散就好了。他出去，在守园门的小厮的班房坐了，开了药方，他不能在怡红院开。老嬷嬷说 :“你老且别去，我们小爷啰唆，恐怕还有话说。”大夫惊讶地说 :“方才不是小姐吗，是位爷不成？那屋子竟是绣房一样，又是放下幔子来的，如何是位爷呢？”老嬷嬷说 :“我的老爷，怪道小厮们才说今儿请了一位新大夫来了，真不知我们家的事。那屋子是我们小哥儿的，那人是他屋里的丫头，倒是个大姐，那里的小姐？若是小姐的绣房，小姐病了，你那么容易就进去了？”

药方开来，杂学旁收的宝玉审查药方了。一看，上面开的紫苏、桔梗、防风、荆芥……宝玉一看，说："该死，该死，他拿着女孩儿们也像我们一样的治，如何使得！凭他有什么内滞，这枳实、麻黄如何禁得。谁请了来的？快打发他去罢！再请一个熟的来。"老婆子说：用药好不好，我们不知道这理。如今再叫小厮去请王太医倒容易，只是这大夫又不是告诉总管房请来的，这轿马钱是要给他的。宝玉说"给他多少？"婆子说："少了不好看，也得一两银子，才是我们这门户的礼。"宝玉就问："王太医来了给他多少？"婆子笑了，这个少爷啥也不知道啊，婆子说："王太医和张太医每常来了，也并没个给钱的，不过每年四节大趸送礼，那是一定的年例。这人新来了一次，须得给他一两银子去。"宝玉说：麝月取一两银子来！麝月说，咱们的银子，花大姐姐还不知道放到哪里去了呢。宝玉想起来，说：我常看见她在一个小柜子里面取钱，你们找找。找到袭人常取钱的柜子，看到几串钱，又开个抽屉，有几块银子，还有把戥子。麝月拿了块银子，提起戥子问贾宝玉："那是一两的星儿？"可笑不？怡红院的人有秤不认得秤。宝玉说："你问我？有趣，你倒成了才来的了。"麝月也笑了，又要去问别人。宝二爷怎么说？"拣那大的给他一块就是了。又不做买卖，算这些做什么！"麝月拣了一块，说："这一块只怕是一两了，宁可多些好，别少了，叫那穷小子笑话。"在外面等着拿银子的老婆子笑了，说："那是五两的锭子夹了半边，这一块至少还有二两呢。这会子又没夹剪，姑娘收了这块，再拣一块小些的罢。"麝月早就把柜子关起来了，把那块大点的银子拿起来了，说“谁又找去！多了些你拿了去罢！”宝玉说：叫茗烟赶快把王大夫请来。婆子接了银子去料理。没准这个婆子找个地方银子换成两块，自己留一块，把另一块给大夫。

看到少爷和侍女对待银子的琐事，可以联想将来贾府败落后，宝玉雪夜噎酸齑，寒冬围破毡。他现在随随便便撂给胡庸医的银子，那时可以管他几十天饱饭。这就是人生无常。

茗烟请王大夫重新开药。宝玉看到，麻黄什么的没有了，加了当归、陈皮、白芍，药量也小了。宝玉感叹：“这才是女孩儿们的药，虽然疏散，也不可太过。旧年我病了，却是伤寒内里饮食停滞，他瞧了，还说我禁不起麻黄、石膏、枳实等狼虎药。我和你们一比，我就如那野坟圈子里长的几十年的一棵老杨树，你们就如秋天芸儿进我的那才开的白海棠。连我禁不起的药，你们如何禁得起。”贾宝玉加个如此美妙的形容词，他自己是几十年坟圈里的老杨树，他的丫鬟是刚刚开的白海棠。在他脑子里。男尊女卑、主奴有别观念太淡漠了。麝月笑他：“野坟里只有杨树不成？难道就没有松柏？我最嫌的是杨树。”宝玉说：“松柏不敢比。连孔子都说：‘岁寒然后知松柏之后凋也。’可知这两件东西高雅，不怕羞臊的才拿他混比呢。”老婆子拿了银吊子煎药。晴雯说，拿到茶房煎吧，弄得这个房子都是药气。宝玉说，药比一切的花香果子香都雅。干脆在房间里煎。

第五十一回结尾出现个似乎很不重要的小情节。凤姐和贾母、王夫人商量："天又短又冷，不如以后大嫂子带着姑娘们在园子里吃饭……"王夫人说：这也很好，园子后面有五间大房子，挑两个厨子女人在那儿做饭，把新鲜的蔬菜、野鸡、野味，分些给他们就行。贾母说："我也正想着呢，就怕又添一个厨房多事些。"凤姐说："并不多事。一样的分例，这里添了，那里减了，就便多费些事，小姑娘们冷风朔气的，别人还可，第一林妹妹如何禁得住？就连宝兄弟也禁不住，何况众位姑娘。"王熙凤时时处处照顾贾母心肝宝贝二玉，还把林妹妹放到首位，王熙凤的话，引起了贾母表扬，这是第五十二回开头的故事。

第五十二回

俏平儿情掩虾须镯
勇晴雯病补雀金裘

第五十二回平儿再次以“俏平儿”在回目出现。情掩虾须镯，是平儿把怡红院小丫鬟坠儿偷虾须镯的事掩盖起来，保护怡红院名声，不叫贾宝玉丢人。晴雯病中给贾宝玉补贾母送他、他穿着外出却烧了洞的孔雀毛织的氅衣。

这一回开头接续上回凤姐要在大观园开厨房，给弟弟妹妹冬天用。贾母说：“上次我要说这话，我见你们的大事多，如今又添出这些事来。你们固然不敢抱怨，未免想着我只顾疼这些小孙子孙女们，就不体贴你们这当家人了。”这时薛姨妈和李婶娘、邢夫人、尤氏、贾蓉娶的媳妇都在。贾母对这些人说：“今儿我才说这话，素日我不说，一则怕逞了凤丫头的脸，二则众人不服。今日你们都在这里，都是经过妯娌姑嫂的，还有像他这样想的到的没有？”凤姐被贾母当众公开表扬，薛姨妈、李婶、尤氏等都给老太太凑趣，说：“真个少有，别人不过是礼上面子情儿，实在他是真疼小叔子小姑子。就是老太太跟前，也是真孝顺。”读者朋友有没有注意？在场的人谁没表态？邢夫人。估计她不仅不表态，还满心不以为然。“薛姨妈、李婶、尤氏等”里边的“等”肯定不包括邢夫人。贾母表扬了，贾母又说担心凤姐太聪明伶俐，不是好事。

凤姐说:“这话老祖宗说差了。世人都说太伶俐聪明,怕活不长。世人都说得，人人都信，独老祖宗不当说，不当信。老祖宗只有伶俐聪明过我十倍的，怎么如今这样福寿双全的？只怕我明儿还胜老祖宗一倍呢！我活一千岁后，等老祖宗归了西，我才死呢。”王熙凤抓紧一切时间一切机会，讨贾母好。

平儿为怡红院留体面

宝玉挂念晴雯生病，回到怡红院，嗅到药香满屋。晴雯躺在炕上发烧了。宝玉说，怎么麝月和秋纹都不在这儿？晴雯说，“秋纹是我撵了他去吃饭的，麝月是方才平儿来找他出去了。两人鬼鬼祟祟的，不知说什么。必是说我病了不出去。”宝玉说:“平儿不是那样人。况且她并不知你病特来瞧你，想来一定是找麝月来说话，偶然见你病了，随口说特瞧你的病。”宝玉表示我悄悄听听她们说什么？晴雯想不到，平儿故意瞒着她，因为她的脾气太暴躁。宝玉一听，知道平儿用意是好的。平儿和麝月说什么？芦雪广烤鹿肉,平儿一只虾须镯丢了，现在虾须镯出现，偷镯子的是怡红院小丫鬟坠儿。

读者朋友肯定记得“坠儿”这个名字。薛宝钗在滴翠亭听到两个丫鬟说话，正是小红和坠儿。坠儿把贾芸“拣到”实际是贾芸的手帕交给小红，还找小红要酬劳。极小的事可看出，坠儿财迷。她这次偷镯子，被怡红院宋妈发现，拿着镯子去回王熙凤，被平儿接过去。平儿对麝月说：宝玉在你们这些人身上用心，那年有个丫鬟偷玉，现在还有人提怡红院的短。这回偷镯子偷到街坊家里了。平儿说，我告诉宋妈不要告诉宝玉，只当没这回事，因为真出了这回事儿，老太太和太太都生气。你们脸上都不好看。我告诉二奶奶，说镯子找着了。是我到大奶奶那去，镯子不小心掉到草根底下，当时雪深，看不见，现在雪化了，黄澄澄映着日头，我拣起来了。王熙凤居然被平儿忽悠过去，平儿特地跑来，告诉麝月，你们以后防着坠儿，袭人回来后你们再商量，变个法子把她打发出去。麝月很生气："这小娼妇也见过些东西，怎么这么眼皮子浅？"平儿说，镯子也没多重，只是上面这颗珠子比较值钱。平儿嘱咐麝月："晴雯那蹄子是块爆炭，要告诉了他，他是忍不住的。一时气了，或打或骂，依旧嚷出来不好，所以单告诉你，留心就是了。"这是平儿和麝月鬼鬼祟祟的原因。

宝玉一听，又喜又气又叹，喜的平儿能体谅自己，气的是怡红院出了小偷，叹的是，坠儿这么伶俐的小孩，怎能干这种事？他把平儿的话告诉了晴雯。晴雯果然气坏，即时说把坠儿给我叫来！宝玉说，你这一喊，岂不辜负了平儿待你我的情谊？以后想办法打发她是了。晴雯说，我这口气怎么能忍。平儿走了，晴雯吃了药，夜里发点汗。这时候王太医又来加减了药方，但是还头疼。这时怡红院进口物品都出来。宝玉叫麝月拿了个上面有西洋珐琅的黄发赤身女子的药盒，两肋还有肉翅。这个地方曹雪芹会不会弄错？会不会是丘比特？爱神维纳斯的儿子丘比特是带肉翅的。晴雯嗅了西洋鼻烟，打了好几个喷嚏。宝玉说，干脆用西洋药彻底治一治。麝月你找二奶奶西洋贴头疼的膏子药依弗哪。麝月果然拿来，贴到晴雯太阳穴上。麝月说："病的蓬头鬼一样，如今贴了这个，倒俏皮了。"宝玉的丫鬟重感冒，中西医结合治疗了一番。麝月告诉宝玉，二奶奶说，明天是舅老爷生日，太太叫你去呢。明天你穿什么衣服，我们准备。宝玉见晴雯好了点，遂往惜春的房里看她画画。

黛玉又一个性花卉

刚走到院外，看到宝琴的小丫鬟小螺，宝玉问：你去哪里？小螺说，我们两位姑娘都在林姑娘房间，我到那里去。宝玉也不上惜春那去，跟着来到潇湘馆。宝钗、宝琴、邢岫烟和黛玉坐在熏笼旁聊天。紫鹃坐在暖阁做针线。宝玉说："好一幅'冬闺集艳图'！"房子比较暖和，宝玉坐在黛玉常坐的椅子上。发现潇湘馆出现一种他过去没见过的花。这是潇湘馆又一标志性花卉，和凤尾竹一样，与林黛玉个性有联系。什么花卉？水仙。宝玉看到暖阁中有玉石条盆，里面攒三聚五栽着单瓣水仙，点着宣石，赞扬："好花！这屋子越发暖，这花香的越清香，昨日未见。"水仙是赖大家的送宝琴，宝琴送给黛玉的。赖大家的为什么要送花给宝琴？当然是因为看到宝琴受到贾母的宠爱。这个地方，曹雪芹是用水仙比喻林黛玉。水仙有凌波仙子的称呼。形态很美，花香清冽。单瓣水仙花有金黄色杯型环状冠，又叫金盏银台。潇湘馆的水仙开在玉石条盆上，再装点上洁白的宣石，冰清玉洁，摇曳生姿，这不是绛珠仙子的人格象征？

古人有首咏水仙诗："得水能仙天与奇，寒香寂寞动冰肌。仙风道骨今谁有，淡扫蛾眉篸一枝。"水仙来自罗马帝国，唐代把罗马帝国叫拂林国。希腊神话中，水仙是美少年纳喀索斯临水自照以后，喜欢自己，掉到水里面，变成水仙。宋代词人喜欢把水仙比作水中仙女。清代诗人朱彝尊称水仙"帝子含颦洛灵微步"，把水仙和洛神联系起来。古代还有传说，水仙是娥皇女英的化身，舜帝南巡而死，他的两个妃子殉情湘江，灵魂化成了水仙。这样一来，水仙出现在潇湘馆，再次把林黛玉和娥皇女英联系起来。三十七回，秋爽斋偶结海棠社，探春建议林黛玉用潇湘妃子的称号，说当日娥皇女英洒泪在竹上成斑，而今斑竹又名湘妃竹，如今她住的是潇湘馆，她又爱哭，将来她想林姐夫，那些竹子也要变成斑竹的。曹雪芹实在太钟爱林黛玉，一再用最有诗意、最美丽的竹子、水仙，装点林黛玉的居处。林黛玉真是诗意栖居。林黛玉的菊花诗、葬花吟、题帕诗、秋窗秋雨词、桃花行，放到中国诗史，和真实存在的才女李清照、蔡文姬相比，也毫不逊色。

当然因为这是天才作家曹雪芹写的。

宝玉看到水仙，说我屋里也有两盆，但不如这个。黛玉说，我这总熬药，我是药培着，哪里还搁得住花香熏，还不如你抬走吧。宝玉说，我那里也熬药呢，你怎么知道我那里熬药？黛玉说，我是无心说的我哪知道你房里的事。宝玉说，那咱们下次做诗有题目了，咏水仙，咏腊梅。黛玉笑了，不要再提作诗了，作一次罚一次，没的怪羞的。说着用两只手把脸捂起来。宝玉说，你奚落我干吗，我还不害臊，你倒害臊了。宝琴说，她 8 岁时，跟着父亲，到西海沿做买卖，有个真真国女孩，15 岁。真真国是哪里？红学家讨论个溜儿够。有人说，是《聊斋志异 · 凤仙》里的真腊国，柬埔寨。那就是宝琴到过柬埔寨。但柬埔寨的人应该不是黄头发，是不是又成了西欧的了？《红楼梦》真不能给考证得太确切，因为这是小说家言。薛宝琴说：这 15 岁的外国女孩，诗写得特别好，我叫她写她做的诗。宝玉不是无事忙？马上说：好妹妹，快拿出来我看看。宝琴说，在南京放着呢。黛玉特别聪明，知道你跑这里来，还把喜欢的东西丢到南京？说：别哄我们，你肯定都带来了。他们信，我不信。宝琴被戳穿，红了脸，低头微笑不语。宝钗替她打圆场，说她带来的东西太多，等收拾干净了，找出来让大家看。宝琴你若是记得，何不念给我们听听？宝琴要把真真国的女孩的诗念给大家听。宝钗突然又喜欢热闹了，说先别念，把云儿叫来，叫她也听听。宝钗对宝琴的丫鬟小螺说：你到我那里跟云姑娘说，我们这里来了个外国美人，做了好诗，请你们的“诗疯子”看看去，再把我们的“诗呆子”带来。宝钗居然这么活泼起来，出乎读者的意料。她说的“诗疯子”是谁？史湘云。“诗呆子”是谁？是香菱。

薛宝钗这个人物，也是曹雪芹钟爱的形象，她是封建社会要求的典型淑女，也是贾宝玉厌恶的、总督促他读书上进的所谓女孩儿也利欲熏心学禄蠹。薛宝钗德容言工俱全，她的个性也是在不断发展。《红楼梦》越往后看，特别大观园结诗社后，宝钗和黛玉关系好了后，宝钗有点儿和原来不太一样了。她有时仍然做封建礼教说教，她仍然八面玲珑，仍然学富五车，仍然对社会现象、家庭关系洞若观火。仍然丁是丁，卯是卯，仍然说话针针见血，但她似乎不再总非礼勿动、非礼勿言，经常说点儿幽默风趣的话，开几句睿智的玩笑。看来大观园结社对薛宝钗的性格起了助燃作用。这样人物形象就更加丰满了。红学界历来对薛宝钗和林黛玉有不同的看法，所谓“右钗左黛”或“左钗右黛”。俞平伯先生在《红楼梦研究》中说，林黛玉和薛宝钗是“双峰对峙，两水分流，各尽其妙，莫能上下。至若宝钗稀糟，黛玉又岂有身份之可言，与事实既不相符，与人情亦不合，雪芹何所乐而非如此不可呢？”这段话说得很有哲理，其实曹雪芹一直把林黛玉、薛宝钗既互相对比又互相烘托还互相补充来写。她们都是古典小说不朽的艺术典型。两个妙龄少女经常出现在同一场合，做人情对照，做智力角逐，春兰秋菊，各有佳妙。薛宝钗对环境的判断，对人事关系的处理，她的博学，她的口才，特别是她的心计，往往压林黛玉一头。薛宝钗绝对不是一个简单的反面人物，不是脸谱化人物，更不是一个所谓“稀糟”的人物。这次薛宝钗又风趣地送给史湘云一个“诗疯子”绰号，送给香菱一个“诗呆子”绰号，引起大观园姐妹们的欢声笑语。

宝琴的小丫鬟小螺去请。接着，湘云来了，人未到声先到，“哪一个外国美人来了？”一边说一边进来。香菱也跟着进来了。宝琴他们才把刚才的话重说一遍，念诗：“昨夜朱楼梦，今宵水国吟。岛云蒸大海，岚气接丛林。月本无今古，情缘自浅深。汉南春历历，焉得不关心。”这首诗的大意是：昨天夜里还梦到钟鸣鼎食、雕梁画栋的生活，今天看到的却是四面环海的异国他乡。这个地方水汽蒸腾，树林都被海雾遮盖。海上的月亮还是像千百年之前一样照耀。望月叹息却是为了现在与古人不同的情缘。眼前的景色令人感伤。人生易老，人生如梦啊！难得的是，外国美人居然用了一个中国文人常用的典故，而且是典故之中的典故：“汉南春历历”用的是南北朝北朝庾信著名的《枯树赋》：“昔年种柳，依依汉南；今看摇落，凄怆江潭；树犹如此，人何以堪！”庾信的赋又用了《世说新语·言语》里桓温被很多人反复引用的典故。桓温看到当年种的柳树已经十围，感叹“树犹如此，人何以堪”。这八个字文人非常喜欢引用。而外国美人用了典故中的典故，很不简单。蔡义江先生对薛宝琴的怀古诗做过细致研究，他认为，薛宝琴怀古诗都是《红楼梦》人物身世命运的暗喻，比如《淮阴怀古》是寓王熙凤的命运，《梅花观怀古》是寓林黛玉的命运。蔡老师认为这首外国美人的诗实际上暗寓薛宝琴未来的命运。她将来可能要流落海岛。曹雪芹有没有涉外关系，也一直是红学家关心的话题。1982 年南京红学会时,周汝昌先生几次登台做令人耳目一新的发言。他说，曹雪芹祖父曾经在江宁织造府接待过外国人。曹雪芹可能懂英语。周先生还说，曹雪芹的后人可能在天津。当时青年红学家都乐坏了。我跟中国社科院的胡小伟在台下嘀咕：咱们得给曹雪芹找个福尔摩斯啦。我“啃”了几十年中国古典小说,有时啃累了,就看外国侦探小说和好莱坞大片。福尔摩斯，克里斯蒂，东野圭吾……有时我就突发奇想，如果咱们的曹雪芹也写一部《曹公案》，什么《包公案》、《狄公案》，都不在话下，中国古代探案小说可能早就领先世界了。曹雪芹这个伟大作家太会“埋钉子”，也就是预伏线索和让读者解谜语了。

麝月来说：太太打发人来告诉二爷，明天要去给舅爷庆生日了。宝玉答应了，要离开潇湘馆时，宝玉关心黛玉，夜里咳嗽几遍，醒几次，还想告诉她燕窝的事，这时赵姨娘来了。黛玉陪笑让坐，感谢姨娘想着，怪冷的亲自走来，命倒茶。

黛玉似乎比原来懂事了。

第二天，宝玉去给舅舅拜寿，贾母看到宝玉穿着大红猩猩毡排穗褂子，问他说：下雪了？宝玉说：还没下。贾母叫鸳鸯："把昨儿那一件乌云豹的氅衣给他罢。"所谓乌云豹，指里面皮子是沙狐肚子上的皮，非常贵重，外面是孔雀毛织成。鸳鸯拿来一看，金翠辉煌，比薛宝琴披的那件还好。贾母说："这叫作'雀金呢'，这是俄罗斯国拿孔雀毛拈了线织的。前儿把那一件野鸭子的给了你小妹妹，这件给你罢。"贾宝玉这件雀金呢，红学家也几番考证。有红学家说，俄罗斯没有孔雀，这件衣服是俄罗斯先从云南进口孔雀毛，织了再进口中国。宝玉穿着漂亮氅衣，带着奶兄李贵、王荣、张若锦，赵亦华、钱启、周瑞，还有茗烟、伴鹤、锄药、扫红，背着衣包，抱着坐褥，笼着白马，拜寿去，好一副贵族公子出巡图。

晴雯眼里揉不下沙子

晴雯总想神仙一把抓，吃了药不好，就骂大夫："只会骗人的钱，一剂好药也不给人吃。"麝月笑着劝她，病来如山倒，病去如抽丝，你太性急，哪有灵丹妙药，静养几天好了。晴雯骂小丫头："哪里钻沙去了？瞅我病了，都大胆子走了。明儿我好了，一个一个的才揭你们的皮呢！"进来个小丫头篆儿说："姑娘作什么。"晴雯说："别人都死绝了，就剩了你不成？”晴雯想教训坠儿，进来的却是篆儿。这时坠儿也蹭了进来，形容妙不妙？“蹭”进来。晴雯说：“你瞧瞧这小蹄子，不问他还不来呢！这里又放月钱了，又散果子了，你该跑在头里了。你往前些，我不是老虎吃了你！”坠儿只好蹭到前面，晴雯一把抓住她的手，从枕头旁取一丈青。一丈青是大概四寸长小簪子，往坠儿手上乱戳，骂起来：“要这爪子作什么？拈不得针，拿不动线，只会偷嘴吃。眼皮子又浅，爪子又轻，打嘴现世的，不如戳烂了！”晴雯恨她，晴雯虽然身份低贱，但绝对不允许比自己身份还低贱的小丫头偷东西，因为这是做人底线。坠儿疼得乱哭乱喊。麝月知道虾须镯东窗事发。拉开坠儿，叫晴雯睡下，说：“才出了汗，又作死，等你好了，要打多少打不的？”晴雯还是忍不住那口气，要处理坠儿，叫宋妈妈进来说：“宝二爷才告诉了我，叫我告诉你们，坠儿很懒，宝二爷当面使他，他拨嘴儿不动，连袭人使他，他背后骂他。今儿务必打发他出去，明儿宝二爷亲自回太太就是了。”宋嬷嬷一听，说，那等花姑娘回来吧。晴雯说：“宝二爷今儿千叮咛万嘱咐的，什么‘花姑娘’‘草姑娘’，我们自然有道理。”麝月也说：算了算了，早带出去早清心。宋妈妈只好出去，把坠儿的母亲叫来。晴雯大发雷霆，戳了坠儿的手，要把坠儿撵出去。但是晴雯说过一个字坠儿偷东西吗？一个字都没说。晴雯不能把坠儿偷东西的事说出去，因为说出去把平儿连累出来，丢怡红院的人了。她只能借口坠儿懒把她轰出去，还假传圣旨，说是宝二爷说的。

坠儿她妈来整理女儿的东西，见晴雯等说："姑娘们怎么了，你侄女儿不好，你们教导他，怎么撵出去？也到底给我们留个脸儿。"看来不知道女儿偷东西。她说"你侄女"，表示晴雯你是长辈，她有错你担待教育她，别撵她出去。晴雯说："你这话只等宝玉来问他，与我们无干。"那媳妇一听冷笑了："我有胆子问他去！他那一件事不是听姑娘们的调停？他纵依了，姑娘们不依，也未必中用。比如方才说话，虽是背地里，姑娘就直叫他的名字。在姑娘们就使得，在我们就成了野人了。"这个媳妇也会挑刺，丫鬟叫少爷的名字，那还得了？你说我女儿不懂事，你比她还不懂事。晴雯是爆炭，但不大会和人吵架。晴雯气红了脸，说："我叫了他的名字了，你在老太太跟前告我去，说我撒野，也撵出我去。"麝月比晴雯会吵架，会拌嘴，袭人需要和人拌嘴时，都得叫麝月来代替。麝月跟坠儿她妈说的这番话，很像哪个律师一句一句推理、举例，说明赶走坠儿做得对，而坠儿妈是完全没道理的："嫂子，你只管带了人出去，有话再说。这个地方岂有你叫喊讲礼的？你见谁和我们讲过礼？别说嫂子你，是赖奶奶林大娘，也得担待我们三分。便是叫名字，从小儿直到如今，都是老太太吩咐过的，你们也知道的，恐怕难养活，巴巴的写了他的小名儿，各处贴着叫万人叫去，为的是好养活。连挑水、挑粪、花子都叫得，何况我们！连昨儿林大娘叫了一声'爷'，老太太还说他呢，此是一件。二则，我们这些人常回老太太的话去，可不叫着名字回话，难道也称‘爷’？那一日不把‘宝玉’两个字念二百遍，偏嫂子又来挑这个了！过一日嫂子闲了，在老太太、太太跟前，听听我们当着面儿叫他就知道了。嫂子原也不得在老太太、太太跟前当些体统差事，成年家只在三门外头混，怪不得不知我们里头的规矩。这里不是嫂子久站的，再一会，不用我们说话，就有人来问你了。有什么分证话，且带了他去，你回了林大娘，叫他来找二爷说话。家里上千的人，你也跑来，我也跑来，我们认人问姓，还认不清呢！”滔滔不绝，一层比一层严谨批判坠儿的妈，你根本不懂我们这儿的规矩。我们叫宝玉的名字是老太太吩咐的，你根本不可能有资格听到我们在老太太跟前叫他“宝玉”。说完了，叫小丫头子：“拿了擦地的布来擦地！”什么意思？你站在这里，把我们的地都站脏了。这个媳妇听了，无言可对，也不敢那里站，带了女儿走。更妙的是，宋妈妈说：“怪道你这嫂子不知规矩，你女儿在这屋里一场，临去时，也给姑娘们磕个头。”坠儿听了，只好进来给晴雯和麝月磕头，她们不理她。坠儿的妈唉声叹气，走了。

晴雯痛快地把坠儿发落出去，也得罪了坠儿她妈，而且可能不仅仅是坠儿的妈。大观园的奴仆都是有网络的，牵三挂四，这个和那个有亲戚关系，那个和这个有人情往来。坠儿她妈及她的亲戚朋友会不会在将来晴雯倒霉时进点谗言？

总之，晴雯在荣国府仆妇中，受到很多人侧目。

晴雯舍己为宝玉

晴雯生了气闪了风，病加重了。晚上宝玉回来，进门唉声叹气，说，“今儿老太太喜喜欢欢地给了这个褂子，谁知不防后襟子上烧了一块，幸而天晚了，老太太、太太都不理论。”脱下来一看，雀金呢上有个指顶大的烧眼。麝月说：必定是手炉上的火溅上，叫人悄悄拿出去，找人织补上。包袱包了，交给个老嬷嬷找人去，天亮以前织好。老嬷嬷出去找人，不仅裁缝、绣匠、织补匠人，都不认得也不敢揽。麝月说，明天别穿了。宝玉说，明天是舅舅生日的正日子，老太太说，还得穿这个去。晴雯听了半天，翻身爬起来说：“拿来我瞧瞧罢，没那个福气穿就罢了，这会子又着急。”宝玉递给晴雯。晴雯看了一会说，这是孔雀金线织的，如今咱们也拿孔雀金线就像界线似的界密了，只怕还可混得过去。所谓界线，是缝纫工艺当中纵横交织补洞的办法。麝月说，咱这里孔雀线倒有，但除了你，谁会界线？晴雯说：“说不得，我挣命罢了。”晴雯是贾母派来照顾宝玉的，针线活做得特别好，谁也比不了。现在遇到难事，那么多能工巧匠见都没见过，晴雯却说“我挣命吧”！宝玉说：“这如何使得！才好了些，如何做得活。”晴雯说，“不用你蝎蝎螫螫的，我自知道。”坐起来挽了挽头发，披了衣服，觉得头重身轻，满眼金星直冒。要不做，宝玉明天穿了带窟窿的氅衣，给老太太发现了怎么办？只好咬牙坚持，拿衣服比了比，拿出线来："这虽不很像，若补上，也不很显。"宝玉说："这就很好，那里又找俄罗斯国的裁缝去。"晴雯硬撑着，把雀金裘里子拆开，动手去补。补上两针看看，端详端详，再补上两针，端详端详，头晕眼黑，气喘神虚，补上三针五针，趴下歇一会。宝玉在旁边说，喝点水吧！歇一歇吧！再披件衣服吧！你们拿个靠枕来给她靠着！把晴雯急得说："小祖宗！你只管睡罢，再熬上半夜，明儿把眼睛抠搂了，怎么处！"贾宝玉看到晴雯着急，自己躺下也睡不着，翻来覆去，听到自鸣钟敲了四下。这是什么意思？很多红学家都注意到了，自鸣钟敲四下，是寅正初刻。曹雪芹为什么不说寅正初刻？因为他的祖父叫曹寅。红学家拿这个作为维护曹雪芹著作权的重要依据。谁如果说《红楼梦》不是曹雪芹写的，就拿出来。孙子避讳爷爷的名字，连寅正初刻都不出现，写自鸣钟敲了四下，谁说《红楼梦》不是曹雪芹写的？

晴雯补完了，用小牙刷慢慢把绒毛剔出来。麝月说："这就很好，若不留心，再看不出来。"宝玉看了看说："真真一样了。"晴雯已咳嗽了好一阵子，说："补虽补了，到底不像，我也再不能了。""哎哟"一声躺下了。

贾宝玉拜寿，贾母给他雀金呢。晴雯为救宝玉的急，把补裘难题承担下来，根本不顾自己已经病重。回目在晴雯前加了个“勇”，她有自我牺牲精神，对宝玉确实真心。关键时刻能为宝玉献身。当然，她能够做这个活，也因为她的针线活比谁做得都好。贾母当初看重她，将来要留给宝玉使唤，因为晴雯确实聪明俊秀心灵手巧。

第五十三回

宁国府除夕祭宗祠
荣国府元宵开夜宴

第五十三回写宁国府和荣国府从除夕到元宵节的礼仪活动。简直可以申请非遗。这说明《红楼梦》不仅是写爱情的小说，甚至也不仅是写家族兴亡的小说，它是中华民族风俗习惯的大画卷。这一回继秦可卿出丧之后，把贾府这个百年望族如何过年，如何过元宵细致写出来。

五十三回晴雯把宝玉的雀金裘补完后很累。贾宝玉天一亮，先不出门，把王太医请来。王大夫很奇怪：昨天已经好了很多，怎么今天反而虚浮萎缩起来，多吃了？劳了神思？现在不是一般感冒，汗后失于调养，非同小可。开了方回来，宝玉一看，添了茯苓、地黄等益神养血的药。他叹息：怎么办，都是我的罪孽！晴雯说，你快干你的去吧，那里我就得了痨病了？可能晴雯从此埋下病根。

袭人送殡回来，麝月把晴雯撵坠儿等事都告诉她。袭人只说太性急了。估计心里不以为然。怡红院我说了算，我不在，你晴雯就擅自主张把坠儿给轰走？可能给晴雯记了笔账。

到腊月，王夫人和凤姐忙着办年货办年事。王子腾又升九省都检点。这又是虚构的官名，是五代时的官。贾雨村补授大司马。也是虚构的官名，汉武帝时的官。这么坏的家伙又升官了，越徇私枉法，越是协理军机，参赞朝政，成朝中显贵。贾珍开了宗祠，叫人打扫，请神主，供影像，宁荣两府上上下下忙忙碌碌，准备过年。过年首先要祭宗祠，还要准备压岁钱，用了一百五十多两金子做小元宝，将来做压岁钱。

皇恩和地租

贾珍说，得去领朝廷给的恩赏，我们不等这银子使，这是皇上天恩。我们自己哪怕拿一万两银子供祖宗，也不如皇帝给的钱体面。贾蓉回来说，今年不在礼部，在光禄寺领。光禄寺是北齐时设置，清代管祭祀膳食，领钱不该在这领。曹雪芹把中国古代各朝代官场官名打碎了，想怎么用就怎么用。贾蓉说：光禄寺的官问父亲好，想你呢。贾珍说他们想我，不想我的东西就想我的戏酒了。这是官场弊端，年下吃请。

黄口袋上面有礼部印记：皇恩永赐，宁国公贾演、荣国公贾源恩赐永远春祭赏共二分，折银若干两，某年月日龙禁尉候补侍卫贾蓉当堂领讫。贾珍叫贾蓉捧着银子向贾母汇报，把银子拿出来，把黄口袋向宗祠大炉焚烧。叫宁国公和荣国公知道，皇帝给赏赐了。然后命令贾蓉问你琏二婶子，正月里请吃年酒的日子拟定了的话，开了单子来，荣国府请的，宁国府就不要再请。

这时小厮拿个禀帖进来，还有账目，黑山村的乌庄头来了。所谓庄头是为贵族、大地主经营田庄的代理人。乌庄头是从很远的黑山村来。贾珍说："这个老砍头的今儿才来。"贾珍的语言总带蛮横气息。贾蓉展开捧着，贾珍倒背着手，看红色的禀帖："门下庄头乌进孝叩请爷、奶奶万福金安，并公子小姐金安。新春大喜大福，荣贵平安，加官进禄，万事如意。"乡下人给京城贵族老爷贺年来了段吉祥话。贾珍笑了："庄家人有些意思。"贾蓉说："别看文法，只取个吉利罢了。"展开交租的单子看。

乌进孝的单子"文革"时不知道被多少人引用过。做大批判用，看大贵族大地主，如何剥削劳动人民。

我在央视国际做个节目叫《曹雪芹和〈红楼梦〉》。主持人特地叫我谈乌进孝进租。我特别举出鲟鳇鱼，还特地查了当时清代的价格。乌进孝给贾珍进的鲟鳇鱼，一条鱼就差不多合人民币十几万，海参之类不在话下了。

进租单子上有大鹿、獐子、狍子、汤猪、龙猪、野猪、野羊、青羊、汤羊、鲟鳇鱼、杂鱼、活鸡、活鸭、活鹅，还有风鸡、风鸭、风鹅、野鸡、兔子、熊掌、鹿筋、海参、鹿舌、牛舌，柴炭三万斤，御田胭脂米两石，各色其他米，下用常米一千石，外卖粮食、牲口折银二千五百两。

贾珍却说，今年你这个老货又来打擂台，存心要花样，不好好交租。乌进孝说，今年有灾荒，收成不好。贾珍说，我算你今年至少也得给我五千两银子，这够干什么的？现在总共剩了八九个庄子，倒有两个地方报了旱涝，你又来打擂台，不想叫我过年？乌进孝说，爷的这地方还算好，我兄弟管着荣国府的八处庄地，今年只不过交二三千两银子。宁国府、荣国府有多少个庄子？从这些田庄地租收多少银子？他们豪华的享受就建筑在这些基础上。

贾珍说，这些年添了花钱的事，又不添产业，赔了很多，不找你们要，找谁要去？乌进孝说，你们府里添了事，万岁爷和娘娘岂有不赏？贾蓉说出一番经常被红学家引用的话：娘娘赏不过赏一百两金子，值一千两银子。这二年哪一年不多赔几千两，盖园子花多少钱？再省一次亲，只怕就精穷了。贾蓉说的有历史根据。曹雪芹祖父曹寅给康熙皇帝南巡接驾四次，拉下大量亏空。雍正皇帝抄了曹家，只抄出几两银子。

贾蓉悄悄地和贾珍说，那府里果然穷了，前儿听凤姑娘和鸳鸯悄悄商量，要偷老太太的东西当银子。通过闲谈交代了荣国府寅吃卯粮。

贾珍吩咐贾蓉，把乌进孝拿来的东西，留出供祖宗和家用的，挑些送到荣国府，剩下的分成好多份，堆到宁国府月台底下，叫族里没收入的子侄来分。一说领东西，宁国府旁枝的人跑来了。贾珍铺个大狼皮褥子，披着猞猁皮大皮袄，晒着太阳，看都是谁来领。一看，贾芹来了。贾珍叫过来骂了一顿。和尚道士的钱都从你手里过，花成叫花子形象！夜夜招聚匪类赌钱，养老婆小子，还敢领东西？该给你一顿棍子。贾芹不敢回答。这不是闲笔。贾府败落是家族内部不争气的子弟都不干好事。贾珍、贾琏不干好事，招来这些旁枝也不干好事。

薛宝琴做小说家叙事代言

腊月二十九，两府换门神，换联对、挂牌，油了桃符，焕然一新，宁国府从大门、仪门、大厅、暖阁、内厅、内三门、内仪门、内寨门，直到正堂，一路正门大开，两边阶下朱红大高烛，点得像两条金龙。要过年了。

第二天，贾府有诰命封赏的人，按品级化妆坐轿，进宫朝贺，参加宴会。回来到宁国府下轿，祭自家宗祠。

特别有意思的是，曹雪芹写这么一笔，“且说薛宝琴是初次，便细细留神打量着宗祠。”奇怪！《红楼梦》已经有金陵十二钗，贾宝玉梦游太虚境看到她们的命运预示。写到将近五十回又出来薛宝琴，而且比宝钗还要漂亮，比黛玉还要得到贾母爱怜，年纪轻轻，去过国外，能写真真国外国美人的诗，知道越南的事，而现在她又进贾府宗祠。外人能进别人家族宗祠吗？特别是女孩儿？这是不是不合情理？薛宝琴是小说人物，我也是写小说的。写小说你每出来一个人物，总得有自己的感情生活，自己的人事关系，总得有自己和别人打交道的活动。但薛宝琴有吗？都没有。她到来似乎就是为了参加诗社，和别人讨论诗，现在她又来参观贾府的宗祠了。薛宝琴实际上并不是很成功的红楼艺术形象，她是曹雪芹的叙述笔墨，是替曹雪芹叙事的。另一方面她还要起到非常微妙的作用，当宝黛爱情已定型，当黛玉和宝钗已成了好朋友，不可能在宝黛之间再产生矛盾，再闹纠纷了。薛宝琴的出现几乎动摇了贾母“贾宝玉和林黛玉不是冤家不聚头、二玉成一家”的既定方针，导致了紫鹃试宝玉这个平地起风波情节的出现。这也是曹雪芹笔下宝黛爱情在前八十回接近结束时的重要内容。

薛宝琴出现在《红楼梦》的四十九回到五十三回，关于她的情节确实不少：四十九回，薛宝琴随哥哥进京，马上得到贾母宠爱；五十回，薛宝琴写了《咏红梅花》，到栊翠庵要红梅，和贾宝玉一起站在雪地上，贾母感叹那个场景比仇十洲的《双艳图》还好看，接着向薛姨妈问薛宝琴的八字；五十一回，薛宝琴写了新编怀古诗，她编的诗谜，居然那么多大观园能人都猜不出来；五十二回，薛宝琴吟了真真国外国美人的诗；五十三回，薛宝琴观察贾府祭宗祠。像《红楼梦》笔墨这么精练的伟大小说，一个没有进入金陵十二钗的女性人物，在五个回目反复出现，占了多大的笔墨？尤三姐仅仅出现在两个回目当中，那是多么成功的形象！宝琴就有点儿欠丰满了。说薛宝琴这个人物不能算多么成功，可能又要惹得红迷朋友不高兴了。记得二十年前在南京大学参加国际小说讨论会，曾经和南京大学莫砺丰教授讨论过薛宝琴这个人物。说薛宝琴是小说叙事人物，可能是我的管见蠡测。不过也可能和曹雪芹的五次增删有关，红学家如我的好朋友朱淡文教授，根据脂砚斋提供的线索，曾经提出，薛宝琴本来是金陵十二钗里的人物，后来更改了。

而宁国府除夕祭宗祠，薛宝琴成了代表曹雪芹来叙事的。她看到宁国府西边的另一个院子，黑油栅栏内五间大门，上悬一块匾，写着“贾氏宗祠”，旁书“衍圣公孔继宗书”。有红学家考证，并没有叫孔继宗的衍圣公。还有一副对联：

肝脑涂地，兆姓赖保育之恩，

功名贯天，百代仰蒸尝之盛。

贾府万代都受到皇帝恩泽，接受宁荣二公给家族开创的恩泽。

进入院中，两边都是苍松翠柏，月台上设着鼎彝等器，抱厦前又悬着皇帝写的九龙金匾“星辉辅弼”。是皇帝对朝廷重臣表扬的话，说宁荣二公像明星辉耀辅佐日月，是皇帝倚靠的大臣。两边也有副皇帝写的对联：

勋业有光昭日月，

功名无间及儿孙。

五间正殿上悬着闹龙填金匾，写的是"慎终追远"。是《论语》里的话，谨慎保持节操，好好教育子孙，子孙好好回想祖上功德，旁边也有副对联：

已后儿孙承福德，

至今黎庶念荣宁。

皇帝的话把宁荣二公地位抬得很高：儿孙及百姓接受宁荣二公祖德。里面香烛辉煌，列着神主。薛宝琴看不真切，外族女孩，怎能跑跟前看？远看当然看不真切。这时小说出现一句十分简要的描写："只见贾府的人分昭穆排班立定"，这句话可不简单。什么叫"昭穆"？这是封建宗法规定的宗庙祭祀排列次序，始祖居中，以下是二世、四世、六世……位于始祖的左方，叫"昭"；三世、五世、七世……位于始祖的右方，叫"穆"。现在贾府的人在两旁面对着昭、穆祖宗排队。上面正居中挂着宁国公和荣国公的披蟒腰玉的遗像，两边有几轴列祖的遗像。

怎么祭祀？贾敬主祭。贾敬不是在道观和道士胡羼，他怎么回来了？宁府是长房，他必须回来。贾敬主祭，贾赦陪祭，贾珍献爵，贾琏、贾琮献帛，宝玉捧香，贾菱、贾菖展拜毯，青衣乐奏，三献爵，拜完了，焚帛奠酒。非常隆重。祭奠上菜由身份最低的往里送，最后传到身份最高的贾母手里，把菜放到桌上，把这些菜，把这些酒，把这些茶，都传完了之后。这就开始都排班了，文字旁的贾敬为首，玉字旁的贾珍为首，草字旁的贾蓉为首，男的在东边，女的在西边，都站好了。贾母拿着香跪下，她一跪，大家齐刷刷跪下。五间大厅三间抱厦，阶上阶下花团锦簇，没一个空闲的地方，跪得鸦雀无闻，只听到金铃玉珮，铿锵叮当，那是女人的首饰响。等起来，听到一片靴子响。行完礼，贾敬、贾赦等退出来，再到荣府向贾母行礼。场面太壮观了。

贾府的排场，贾母的品位

贾敬、贾赦领子弟们进来，贾母说一年难为你们，别行礼吧！一边说一边男的一起，女的一起，一起一起行礼。两府奴仆们也按照级别行了礼。行礼同时散发压岁钱。第二天贾母又按品大妆，摆全副执事进宫朝贺，向皇帝拜年，兼祝元妃千秋。回来又在宁国府祭过列祖，再休息。一直闹了七八天，忙着过年，又快到元宵。张灯结彩，十五晚上，贾母在大花厅摆酒，订了小戏，挂着各色的花灯，贾敬已走，贾赦领了母亲赏赐也告辞，快快乐乐和小老婆吃酒去了。贾政当学差，过年不能回来。

贾母花厅上摆了十来席，每个席边设茶几，茶几上设炉瓶三事，焚着御赐的百合宫香。有八寸来长、四五寸宽、两三寸高、点着山石布着青苔的小盆景，上面都是新鲜花卉。又有小洋漆茶盘，放着旧窑茶杯和小茶吊，泡着上等名茶。茶几上一色紫檀透雕，嵌着大红纱透绣花卉并草字诗词的璎珞。我为什么要注意这个璎珞？因为璎珞的出现对于我们理解贾母这个人物非常重要。所谓璎珞就是刺绣成扇、扇与扇连在一起的陈设品。贾母的璎珞是无价之宝。贾母的璎珞叫“慧纹”，绣璎珞的书香小姐叫慧娘。她特别擅长书画，偶尔绣一两件，从不外卖。她绣唐、宋、元、明，各家折枝花卉，每枝花旁，用黑绒绣出古人题花诗词。诗词字迹勾踢、转折、轻重、连笔都和草书没有分别。慧娘18岁就死了，她绣的这些东西本来叫“慧绣”,天下虽知,得者甚少。后来文人认为“绣”字太唐突了，就换了一个字成了“慧纹”。贾府有三件，两件进贡皇上，剩下的这一件十六扇，贾母爱如珍宝，留在身边，高兴时拿出来摆酒赏玩。

描写中国古代达官贵人富贵生活，写他们吃山珍海味、穿绫罗绸缎、出行香车宝马，固然是一种写法，写他们日常生活中的小细节、小物件，会更加优美细致。唐朝诗人白居易做过高官，因为官场斗争心灰意冷，晚年闲居洛阳，他写的《宴散》中的两句被推崇为写富贵生活的代表作。这两句

诗是 :“笙歌归院落，灯火下楼台。”古代评论家认为这两句是不用金堂玉马的词，却成为诗歌史上描绘富贵气象的典范，它用轻轻的笔触，描绘身居高位的白居易的富贵气象。欧阳修《归田录》记载 :“晏元献公（殊）喜评诗，尝云 :‘老觉腰金重，慵便枕玉凉’未是富贵语，不如‘笙歌归院落，灯火下楼台’，此善言富贵者也。”做过宰相的晏殊评论什么样的诗句能真正显示富贵气象？并不是寇准写的“老觉腰金重，慵便枕玉凉”，老了觉得身上的金带太重了，睡下又觉得玉枕太凉了，直接把金、玉搬到诗里反而不如白居易“笙歌归院落，灯火下楼台。”更能显示富贵气象。贾宝玉挨打后出现的小莲蓬小荷叶汤是这样的例子，史太君两宴大观园出现的茄鲞是这样的例子，贾母的慧纹也是这样的例子，而且对理解贾母这个人物形象很重要。

贾府摆宴，什么满汉全席、山珍海味都不重要。重要的是贾母摆的炉瓶盆景茶几，特别是慧纹。这是无价之宝。我为什么特别看重慧纹？因为慧纹的出现，使我对贾母这个艺术形象有了新认识。大多数红学家都说贾母不认字，但贾母如果不认字的话，她怎么可能欣赏草书？我认为贾母不仅认字，还懂得绘画、书法、刺绣，品位非常高雅。因为要看慧绣，先得看得懂，得知道这里绣枝花，旁边有草书诗词，它们之间是什么联系，得会欣赏草书，才能看懂慧绣。如果贾母不识字，那岂不成了山羊看广告了？所以我说贾母不仅识字，而且文学修养不低。

曹雪芹说《红楼梦》时代无考，而这一段描写，交代得清楚。璎珞上刺绣唐、宋、元、明的各家诗句，慧娘当然是清代了。而贾府的藏品是世间罕有的。皇宫也由贾府进贡，进贡的恰好是刺绣。什么人能进贡刺绣？曹府能向康熙皇帝进贡刺绣，它不是织造府吗？这就是织造之家给小说家曹雪芹带来的恩惠。我这个分析可能有点啰嗦，但我认为我这个发现，对理解贾府这个世宦之家，对理解贾母这个重要人物形象有一定参考价值。我觉得贾母在《红楼梦》中，是可以排到前六名的人物，在贾宝玉、林黛玉、薛宝钗、王熙凤、贾元春之后，是个非常重要的人物。

贾母欣赏慧绣，看戏，陪她看的是薛姨妈和李婶。她们的座上，安靠背，铺着皮褥子，安着引枕，榻上有小巧的描金小几。茶几上放茶吊子、茶碗、漱盂、洋巾，还有个眼镜匣子，看戏用的。贾母就和大家说笑一会，拿眼镜望戏台上照一会儿，对薛姨妈和李婶说："恕我老了，骨头疼，容我放肆，歪着相陪罢。"老太太会享福，她躺在那儿，琥珀坐榻上给她捶腿。鸳鸯哪去了？鸳鸯没出来，她和袭人刚死了亲人，后面要交代。

小说特别描写一番元宵的灯。"两边大梁上，挂着一对联三聚五玻璃芙蓉彩穗灯。每一席前竖一柄漆干倒垂荷叶，叶上有烛信插着彩烛……窗格门户一齐摘下，全挂彩穗各种宫灯。廊檐内外及两边游廊罩棚，将各色羊角、玻璃、戳纱、料丝或绣、或画、或堆、或抠、或绢、或纸诸灯挂满。”真是灯节气象。还要看戏，林之孝家的带了六个媳妇，抬三张炕席，上面搭着红毡，放着刚刚出局的铜钱，准备叫贾母赏人。这里在唱《西楼·楼会》。清初戏剧家袁于令写《西楼记传奇》里的折子戏，写于叔夜和妓女悲欢离合的故事。两人西楼相会，书童文豹来传于叔夜父亲命令，叫他出去。他只好和心爱的妓女告别，赌气去了。扮唱书童文豹的小戏子自己发挥了：“你赌气去了，恰好今日正月十五，荣国府中老祖宗家宴，待我骑了这马，赶进去讨些果子吃是要紧的。”贾母这就笑了。薛姨妈说：“好个鬼头孩子，可怜见的。”凤姐说：“这孩子才9岁了。”贾母说“赏”！三个媳妇拿着簸箩，把桌子上的钱个人撮一簸箩出来，对戏台上说：老祖宗、姨太太、亲家太太赏文豹买果子吃的！“哗啦啦”一声，把铜钱撒台上了。贾珍也早就抬了大簸箩的钱来了准备赏。

这就是宁国府、荣国府除夕元宵怎样过节，怎样拜宗祠，怎样进宫行礼，怎样在荣国府大花厅上摆酒席看戏，怎样赏钱，这些描写给我们留下了大贵族家庭如何过节的珍贵资料。

第五十四回

史太君破陈腐旧套
王熙凤效戏彩斑衣

这一回主角是祖孙两代贾府的媳妇贾母和凤姐，贾母以丰富的社会经验在酒席上对将要给她讲男女爱情故事的女先儿做了番所谓大批判，实际写的是曹雪芹对前人爱情小说的观点。王熙凤想尽一切办法叫老祖宗开心，模仿《二十四孝》老莱子孝亲。中国古代讲究孝，有二十四孝经典，有些孝行就像现代人故意搞哗众取宠的行为艺术，如郭巨埋儿，老莱子娱亲。老莱子七十岁，父母九十岁，老莱子为叫父母高兴，穿上婴儿彩衣，躺地摇波浪鼓。这夸张到不合情理的孝道故事早就受到鲁迅先生嘲讽，但老莱子娱亲影响一代一代中国人。凤姐把自己在贾母跟前的表现上纲上线是老莱子娱亲。

贾母讲国公府规矩

这一回延续上一回来，上一回不是小戏子在戏剧结束的时候，到贾母那里讨赏，贾母就说放赏，而贾珍和贾琏早早就预备了大簸箩的钱，一听到贾母叫放赏，就撒钱，满台钱响，贾母很高兴。这是贾府的繁华气象。

贾母要放赏，贾珍等撒完了钱，给长辈敬酒，贾府两个最著名的花花公子在宴席上向长辈敬酒非常守规矩。一个执壶,一个跟在后面,到贾母跟前屈膝跪下。贾珍捧杯,贾琏捧壶,他们一跪下，连宝玉等都跪下，这是宗法社会的规矩。

这时演《八义》中的《观灯》,是从元杂剧《赵氏孤儿》改编。有红学家考证，用这个不吉利的戏文，预示贾府未来败落。

贾珍贾琏斟完酒，贾母叫他们去了。贾母想起来，袭人怎么没来。王夫人汇报，说她妈前日没了。贾母说，跟主子讲不起孝和不孝，我们太宽了。这是批评王夫人，她是属于我们的，老人死了也不该去守孝，应服侍主子。王熙凤比王夫人会说话。王夫人只是说她娘死了，似乎王夫人网开一面，放不该回家的奴隶回家。王熙凤站在爱护贾宝玉立场上解释："今儿晚上他便没孝，那园子里也须得他看着，灯烛花炮最是耽险的。这里一唱戏，园子里的人谁不偷来瞧瞧。他还细心，各处照看照看。况且这一散后宝兄弟回去睡觉，各色都是齐全的。若他再来了,众人又不经心,散了回去,铺盖也是冷的,茶水也不齐备，各色都不便宜，所以我叫他不用来，只看屋子。散了又齐备，我们这里也不耽心，又可以全她的礼，岂不三处有益。老祖宗要叫他，我叫他来就是了。"贾母马上说你比我想得周到。袭人服侍我一场，又服侍云儿一场，末后给了这个魔王,又给他魔了几年,她妈死了,想赏她几两银子,也忘了。凤姐似乎无意中汇报了一句，太太赏了四十两银子。将来这银子要掀起轩然大波，成为赵姨娘闹事因由。

宝玉想回去看看袭人。恰好鸳鸯也死了老人,两人在聊天。鸳鸯抗婚后不再和宝玉打交道。宝玉悄悄说，咱们再回去吧。在回来的路上，描写了贾宝玉作为荣国府凤凰遇到的小事，一件是两个婆子去给袭人和鸳鸯送吃的，一个是宝玉小解后要洗手，水凉了。丫鬟看到来个老婆子提壶热水，就说给我倒上点，老婆子说："哥哥儿，这是老太太泡茶的，劝你走了舀去罢，那里就走大了脚。"秋纹说："凭你是谁的，你不给？我管把老太太茶吊子倒了洗手。"宝玉身边的丫鬟都盛气凌人，连老太太正喝的茶倒了给宝玉洗手，都做得出来的。这婆子一看，哎哟，我没认出来，把给贾母沏茶的水倒到水里，叫贾宝玉洗手。

宝玉回来，也要敬酒，从李婶、薛姨妈斟起，连王夫人、邢夫人都敬了酒。贾母说给你姐姐妹妹斟上，别人都喝了。到黛玉跟前，黛玉拿起杯子放到宝玉唇边，宝玉一气饮干，黛玉说"多谢"。凤姐说："宝玉，别喝冷酒，仔细手颤，明儿写不得字，拉不得弓。"有红学家说，凤姐看出宝玉、黛玉太不避讳，当众如此亲热，所以讽刺他们。我觉得凤姐还是善意地提醒宝玉要稍微注意一下，你们在众人面前的行为。

贾母掰谎记并非警告二玉

上了元宵后，贾母说戏先停一停，唱戏的小孩怪可怜，叫他们吃热汤热水的，吃完再唱。安排了两个女先儿，女性的说书人，讲故事给贾母听。贾母问，你们又添了什么新书？看来贾母常听女先儿讲故事，想听个没听过的。女先儿说，现在有个故事是残唐五代的《凤求鸾》。贾母说，这个名字倒是好，什么原故？女先儿说，有个两朝宰辅告老还乡，膝下只有一位公子，叫王熙凤。大家笑了，这不是重了我们二奶奶的名了。贾母说重了我们凤丫头了。媳妇上去推女先儿，这是二奶奶的名字，少混说。贾母却愿意听，你说你说。女先儿介绍，王熙凤避雨遇到一个乡绅，是王宰相世交，留下公子住在书房里。李乡绅家只有一个千金小姐叫雏鸾，琴棋书画无所不通。刚说了个开头，贾母就说，王熙凤要娶雏鸾小姐为妻了？接着贾母来了一段被红学家研究无数次的话，王熙凤后来把它归结为“掰谎记”。贾母长篇大论说了一番，对才子佳人戏剧不以为然的话，充分显示了贾母杰出的口才，和相当不错的戏剧修养，她特别说到，“这小姐必是通文知礼，无所不晓，竟是个绝代佳人。只一见了一个清俊的男人，不管是亲是友，便想起终身大事了，父母也忘了，书礼也忘了，鬼不成鬼，贼不成贼，那一点儿是佳人？”有红学家认为贾母说这段故事是对贾宝玉和林黛玉敲山震虎。我的观点恰好相反，我认为贾母讲的这段话，是伟大小说家曹雪芹再次对自己的文学观点，借小说人物的口，做了更加详尽的叙述。

为什么这样说？《红楼梦》第一回，曹雪芹已经借石头的口说了这样的话，现在我写的这个故事，就叫世人换一副新的眼目，不比那些胡牵乱扯，忽离忽遇，满纸才人淑女，子建、文君、红娘、小玉等通共熟套之旧稿。曹雪芹不写《凤求鸾》故事里面已经成了旧套的爱情故事，而贾母进一步阐述了这个观点。我为什么说贾母“恰好相反”，并没有批评宝黛爱情，没有对他们敲山震虎呢？我认为贾母是维护他们，因为她有这样的话：“如今眼下真的，拿我们这中等人家说起，也没有那样的事，别说是那些大家子。”贾母说了，大家庭不应该身边只有一个小丫鬟，她怎么有这个机会去和男的约会呢。贾母又具体地说，我们这种中等人家也没这样的事。这是什么意思呢？这就等于宣布，你们甭在那里琢磨，我的外孙女和我的孙子有什么事，我们这样的家庭，出不了这样的事。贾母兴致勃勃讲完，凤姐马上热情吹捧：“罢，罢，酒冷了，老祖宗喝一口润润嗓子再掰谎。这一回就叫作《掰谎记》，就出在本朝本地本年本月本日本时，老祖宗一张口难说两家话，花开两朵，各表一枝，是真是谎且不表，再整那观灯看戏的人。老祖宗且让这二位亲戚吃一杯酒看两出戏之后，再从昨朝话言掰起如何？”王熙凤是个天才评论家，她给贾母的这番谈话命名《掰谎记》，多么恰当，她把自己变成个女先儿。说书人习惯用语是“一张口难说两家话”，“花开两朵，各表一枝”，她连这个都讲得非常流利，多么出色的表演才能。而且她讲的话，就地取材，是当家少奶奶恭维老祖宗，令人绝倒。她一边说，大家已经笑倒。女先儿也笑个不停，说“奶奶好刚口。奶奶要一说书，真连我们吃饭的地方也没了”。这话恰如其分，王熙凤说的是就景生情的原创的话，女先儿是照本宣科的老套，没有可比性。

王熙凤的“孝经宣言”

薛姨妈说：“你少兴头些，外头有人，比不得往常。”薛姨妈的话把凤姐最精彩的自白引出来了，引出了第五十四回回目“王熙凤效戏彩斑衣”。王熙凤说：“外头的只有一位珍大爷。我们还是论哥哥妹妹，从小儿一处淘气了这么大。这几年因做了亲，我如今立了多少规矩了。便不是从小儿的兄妹，便以伯叔论，那《二十四孝》上‘斑衣戏彩’，他们不能来‘戏彩’引老祖宗笑一笑，我这里好容易引的老祖宗笑了一笑，多吃了一点东西，大家喜欢，都该谢我才是，难道反笑话我不成？”我把王熙凤这段话命名为理直气壮的“孝经宣言”，这个宣言马上得到贾母认可。贾母说：“可是这两日我竟没有痛痛的笑一场，倒是亏他，才一路笑的我心里痛快了些，我再吃一钟酒。”接着，贾母说宝玉“也敬你姐姐一杯。”贾母并没把一盅酒全吃掉，凤姐说：“不用他敬，我讨老祖宗的寿罢。”说着，把贾母的杯子拿起来，把贾母的半杯剩酒吃了，把杯子递给丫鬟，告诉丫鬟，把温水泡的酒杯再换一个上来。

这时，贾母心里肯定是暖和和的，为什么呢？因为我这个隔两个多世纪的读者，都因为晚辈亲近长辈的细节觉得温馨。谁说王熙凤办事只讲利害不动感情？凤姐待贾母，就是动了感情，又亲热又细心。她喝贾母剩下的酒，说是讨老祖宗的寿，而她和老人家用同一杯子，表面上是凤姐和贾母很亲香，其实是年轻人不嫌弃老婆子。但是凤姐已经用过的酒杯就绝对不能再给贾母用了。因为你用过的酒杯再给太婆婆用就是不知天高地厚，不知尊卑上下。所以凤姐把自己用过的贾母的杯子交给丫鬟，这个杯子已经完成两代人共用一杯酒沟通感情的任务。再换个温水泡的杯子给贾母用。这个杯子是温的，是新的，还是干净的。凤姐对贾母照顾多么细心多么上心。难道这样的举动也出于利害关系？更像是本能，日久生情，凤姐确确实实把贾母当成可亲、可敬、可爱的亲人对待，下意识地让贾母在任何情况下受到精心照顾。当然换杯子这也可能出于贵族家庭的教养。曹雪芹正是用微不足道的细节，活化出王熙凤这个人物的风采。在这个地方她就不是叱咤风云的管家大奶奶，是个懂事、孝顺、可爱的孙媳妇。

我看了那么多的古代小说，看了那么多的古代戏剧，很少看到一个像王熙凤这样，这么鲜活，这么灵动，这么逼真活跳，把“孝”字用得出神入化，其实最后还是利人利己，这个人物太不简单了。

贾母没叫女先儿说书，到三更天了。贾母说有点冷，丫鬟送了衣服来。王夫人说，老太太不如挪进暖阁里面地炕上，两位亲戚也不是外人，我们陪着就行了。王夫人也还是比较孝敬她婆婆的。贾母说，大家都挪进去吧，不就暖和了吗。这些桌子并起来，大家挤在一块坐。薛姨妈和李婶正面坐，待客之道；自己西向坐，叫谁坐在身边，宝琴、黛玉、湘云。宝琴是个干孙女；黛玉是亲外孙女；湘云是娘家侄孙女，最得到贾母喜欢的三个人。现在宝琴已经占薛宝钗的位置。贾母对宝玉说，你挨着你太太。邢夫人和王夫人中夹着宝玉，宝钗等等在西边。这里特别提了一笔，娄氏带着贾菌，尤氏李纨夹着贾兰。为什么特别提这两个人？将来贾府败落后，做了官的就是宁国府正枝正孙贾菌，荣国府的正枝正孙贾兰。贾母把贾蓉夫妇留下，吩咐“珍哥儿带着你兄弟们去吧。”一句话，贾珍像开了锁的猴，叫了贾琏寻欢买乐去了。

贾母说出曹雪芹祖父的剧作品

贾母说，叫咱们的女孩来唱两出。梨香院教习带了文官等十二个演戏的，估计贾母平时喜欢的戏，用包袱把戏装带来。贾母对戏班子的文官说："大正月里，你师父也不放你们出来逛逛。你等唱什么？刚才八出《八义》闹得我头疼，咱们清淡些好。你瞧瞧，薛姨太太这李亲家太太都是有戏的人家，不知听过多少好戏的。这些姑娘都比咱们家姑娘见过好戏，听过好曲子。如今这小戏子又是那有名玩戏家的班子，虽是小孩子们，却比大班还强。咱们好歹别落了褒贬，少不得弄个新样儿的。叫芳官唱一出《寻梦》，只提琴与管箫合，笙笛一概不用。"老太太很懂音乐。

只用管箫，不用笙笛，是特别要听唱戏者的本音，不叫伴奏声音遮掉。文官口才也特别好："这也是的，我们的戏自然不能入姨太太和亲家太太姑娘们的眼，不过听我们一个发脱口齿，再听一个喉咙罢了。"小戏班班长特别会说话。你们都见多识广，到这里就是听听我们的嗓子怎么样，发音准确不准确。薛姨妈他们都笑了："好个灵透孩子，他也跟着老太太打趣我们。"薛姨妈说："戏也看过几百班，从没见用箫管的。"贾母说："也有，只是像方才《西楼·楚江情》一支，多有小生吹箫和的。这大套的实在少，这也在主人讲究不讲究罢了。这算什么出奇？”读者朋友请注意下面一段话,她指着湘云说：“我像他这么大的时节，他爷爷有一班小戏，偏有一个弹琴的凑了来，即如《西厢记》的《听琴》,《玉簪记》的《琴挑》,《续琵琶》的《胡笳十八拍》，竟成了真的了。”《续琵琶》是谁的作品？曹雪芹的祖父曹寅写的南戏，又叫《后琵琶》，因为前面已经有元代高则诚的《琵琶记》。写蔡文姬被南匈奴掠走后，被曹操设法赎回，夫妻团圆.《续琵琶》影响到当代大戏剧家郭沫若了，写了《文姬归汉》。这样一来，曹家的一段历史，以人物对话形式,进入《红楼梦》。在提到很多著名剧本的同时，提到曹寅的《续琵琶》。这是曹雪芹对祖父的多才多艺感到自豪。曹寅和当时的大戏剧家有来往。曾把《长生殿》作者洪升请到江宁织造府。这些当然就影响到小说家曹雪芹。《红楼梦》里总出现戏剧,这些戏剧和小说情节人物融合得天衣无缝，那就因为曹雪芹从小看的戏太多了。

喝了猴尿和聋子放炮仗

贾蓉夫妇出来敬酒。四世同堂的场面令贾母喜悦。凤姐见老太太高兴，说：“趁着女先儿们在这里，不如叫他们击鼓，咱们传梅,行一个‘春喜上眉梢’的令如何？”她想说笑话了。贾母说是个好令，取了枝红梅来，凤姐说，咱们传令谁输了，谁讲个笑话。酒席上的人连地下服侍的婆子丫鬟都高兴了，说快来，二奶奶要说笑话了，众人挤了一屋子，来听王熙凤的笑话。但必须先从老太太讲。这里有段描写，曹雪芹可能把白居易《琵琶行》仔细推敲一番，延展成女先儿怎样击鼓：“那女先儿们皆是惯的，或紧或慢，或如残漏之滴，或如迸豆之疾，或如惊马之乱驰，或如疾电之光而忽暗。其鼓声慢；传梅亦慢；鼓声疾，传梅亦疾。恰恰至贾母手中，鼓声忽住。”这段描写多好，把女先儿怎样击鼓写得简直像我们现在都能听见一样。大家哈哈大笑，这都是安排好的，到贾母这停，老太太先讲。贾蓉赶快上来斟酒，大家都说：“自然老太太先喜了，我们才托赖些喜。”贾母讲的是，一家子养了十个儿子，有十个媳妇，但老人唯独喜欢最小的媳妇，那九个媳妇不服气，为什么她这么得宠，找阎王爷祷告，等了半天，阎王爷没来，孙猴子来了。孙猴子就对九个媳妇说，你们的小妯娌为什么嘴巧，她托生时，恰好我到阎王爷那去，撒泡尿在地上，她吃了。你们也想嘴巧，我再撒泡尿吃了就行了。贾母这是调笑王熙凤。她说完，王熙凤赶快说：“好的，幸而我们都笨嘴笨腮的，不然也就吃了猴儿尿了。”但别人都听懂了，尤氏和娄氏就对李纨说：“咱们这里谁是吃过猴儿尿的，别装没事儿人。”谁也没直接说王熙凤吃了猴儿尿，如果直接说出来就不好玩了。薛姨妈说：“笑话不在好歹，只要对景就发笑。”击鼓传梅，传到王熙凤那儿停了。大家高兴了，快说个好的，别逗得大家笑得肠子疼。但王熙凤没说她平时说的那种开口就令人发笑的笑话，说了个似乎不像笑话的笑话：一家子也是过元宵节，合家吃酒，热闹非常，祖婆婆、太婆婆、婆婆、媳妇、孙子媳妇、重孙子媳妇、亲孙子、侄孙子、孙子、灰孙子，滴滴搭搭的孙子、孙女、侄孙女，拖拉一大套，哎哟，好热闹，大家已经都笑了，她下面怎么说呢？“底下就团团的坐了一屋子，吃了一夜酒就散了。”这叫什么笑话？王熙凤咋能说这样的笑话？史湘云看了她半天，幸亏史湘云没把话说出来。如果史湘云直接说出来，又不好玩了。凤姐说我再说另个笑话，也是元宵节，几个人抬着大炮仗往城外去放，上万人跟去瞧，有个性急的人等不得，偷偷拿香点着了，只听“噗哧”一声，众人哄然一笑散了。湘云问：“难道他本人没听见响？”凤姐说：“这本人原是聋子。”大家一想，都笑了，就问王熙凤：“先一个怎么样？也该说完了。”王熙凤把桌子一拍：“好啰唆，到了第二日是十六日，年也完了，节也完了，我看着人忙着收东西还闹不清，哪里还知道底下的事。”什么都完了，这句话好像有点不太吉利，王熙凤说，“外头已经四更，依我说，老祖宗也乏了，咱们也该‘聋子放炮仗——散了’罢。”她这句话才惹得大家前仰后合。贾母说，“真真这凤丫头越发贫嘴了。”吩咐“他提起炮仗来，咱们也把烟火放了解解酒。”下面就有段琐细描写，要放炮仗了，林黛玉禀气虚弱，贾母把她搂在怀里。王夫人搂的是宝玉，而贾母搂的是黛玉。

贾母什么时候嫌弃她外孙女?

元宵节过去，王熙凤说的聋子放炮仗散了吧，有点预言的意味。

第五十五回

辱亲女愚妾争闲气
欺幼主刁奴蓄险心

五十五回和五十六回，是红学界俗称探春理家。辱亲女愚妾是赵姨娘，欺幼主刁奴是吴新登媳妇。实际上过程倒过来，先是吴新登媳妇想出探春的洋相，后是赵姨娘来闹。红学界比较统一的看法，五十五回是小说转折点。从五十五回开始，贾府从钟鸣鼎食开始走向衰败覆灭。王熙凤从风光无限逐渐走向失宠，最后被休。

探春理家实际是宝钗当家

五十四回贾府元宵节过得非常欢乐。元宵节一过，凤姐就小产了，一个月不能理事，请大夫用药，治疗一个多月，还是没治好，又添了下红之症。正常例假之外，仍不断出血，少量叫“漏”，多量叫“崩”，厉害的叫“血山崩”。王熙凤得的病其实和贾琏有关系，贾琏淫乱无度，不管王熙凤什么情况，他想怎么着就怎么着。而王熙凤得的病，将是她夭亡的原因。

王熙凤协理宁国府，管理荣国府，伴随贾母各种活动，风光无限。但她要走向覆灭了。她走向覆灭得先一步一步让出已经占领的阵地，探春出来理家了。探春“才自精明志自高，生于末世运偏消。”很有才能，可惜生在末世。这末世是双重的，一方面是贾府末世，另一方面她生母是姨娘。

王熙凤一病，得再找人管家，王夫人先找李纨，又叫探春参加暂理家务。王夫人为什么派探春理家？实际上她派探春理家的中心思想，是想叫宝钗当家。她重用探春很微妙，赵姨娘是王夫人死对头，探春是赵姨娘亲生女儿，按说王夫人不排斥探春就不错了，她为什么反而重用她？这是王夫人的贵族身份决定的，按照封建礼法，探春虽是赵姨娘生的，但王夫人是嫡妻，不管亲生妾生子女，都算她的孩子。而探春极力向王夫人靠拢。她知道自己先天不足，要取得好的地位，只能靠自己努力。她尽量疏远亲生弟弟贾环，尽量靠近同父异母哥哥贾宝玉，尽量冷淡生身母亲赵姨娘，尽量地亲近嫡母王夫人。她用了很多办法想抹去庶出痕迹。这一点王夫人早就看到眼里。贾赦讨鸳鸯惹恼贾母，连王夫人都骂了。王夫人被骂，薛姨妈、王熙凤、贾宝玉谁也不敢说话。探春冒着冒犯老祖宗的危险，挺身而出，给王夫人解围。王夫人重用探春，既说明她为人公正，不管亲生妾生孩子一样看待，同时还起到孤立赵姨娘的作用。

王熙凤病了，李纨一个人照顾不过来，王夫人还能找谁？迎春是贾赦那边的，是二木头；惜春是贾珍那边的，还太小，她只能用探春。王夫人更高的一招是把薛宝钗叫进来。这很不寻常。薛宝钗是没出门的亲戚家千金小姐，怎么可以到姨妈家管事？但王夫人请薛宝钗帮着照看几天，薛宝钗居然二话不说，同意了。王夫人明明知道，薛姨妈散布金玉良缘，却故意把薛宝钗请来管家，等于提前认可儿媳妇，也向贾母递话：凤姐病倒，我玩不转了，你赶快同意金玉良缘吧。王夫人似乎守礼法，但她未经请示贾母，就自作主张，叫娘家外孙女管家事，这在封建家庭，属于违规越礼。但她有贵妃女儿做后台，有点有恃无恐。

贾母曾说王夫人为人老实，好像不会不尊重婆婆，其实，王夫人的老实是表面文章。贾母在气急的情况下，说王夫人你原来都是哄我的，这才是王夫人在贾母内心造成的真实看法。她不经请示贾母就派薛宝钗管家，这正是贾母说的，你们外头孝敬，暗地里盘算我的一招。

王夫人把宝钗叫来，缓和地跟她说，我现在没有别人可用了，你帮我照看一下，凡有想不到的事，你来告诉我。薛宝钗怎么做？她比李纨和探春还尽力尽心。探春和李纨每天上午在大观园议事厅处理家务，王夫人管着外面贺喜吊唁。薛宝钗每天在王夫人上房监察，王夫人回来她才回大观园。而且每天晚上睡觉前，薛宝钗要亲自坐了轿子，带领大观园上夜的人，各处巡查。这就形成了这样的局面，李纨和探春是处理具体事务的，是和管家娘子打交道的，薛宝钗是统管全局，直接和王夫人联系。薛宝钗岂不成了荣国府实际大当家，提前对王熙凤取而代之。所以，探春理家其实是宝钗当家，是准宝二奶奶取代琏二奶奶，是金玉良缘要剿灭木石前盟。

薛宝钗这人也有点怪，她不是不干己事不开口，一问摇头三不知？为什么她对荣国府管家这么热心？为什么一个大姑娘家，不仅到亲戚家管家，还巡夜？是不是表现得过头？前辈红学点评家洪秋蕃认为，按照常理，王夫人向薛宝钗提出参与管家的要求时，薛宝钗稍加推却，王夫人就不会再坚持。但薛宝钗接受了，她这样做，一是要取悦王夫人，二是要显示自己的才能，三是要反衬林黛玉无能，四是要取得将来当家的地位。洪秋蕃还认为，宝钗晚上在贾府查夜，好像查街委员不怕麻烦，把闺阁千金脸面扫地已尽。这样李纨就有点被边缘化了。按说王熙凤病了，李纨管家是最好的。因为她是长嫂，李纨也有能力。但是如果李纨接手，王夫人就不能叫宝钗来当家。王夫人把大儿媳妇边缘化其实好办。李纨是寡妇，寡妇门前是非多，李纨有儿子，她得教育儿子。何况李纨多一事不如少一事，她也拉不下脸面来管，也决定不了大局。这样一来，李纨虽然也参与管家，但说了不算。李纨对自己婆婆心里打什么算盘，其实心里很清楚。

王熙凤觉得我这些年管家管得太毒，得罪不少人，有这么个机会借坡下驴。王熙凤想把三姑娘当成自己的臂膀，还没有考虑到，探春理家、宝钗当家的实际结果，是要把她赶出荣国府掌权舞台。

“无星戥”给探春出难题

探春理家面临各种难题，首先是怎样对付管家娘子。王熙凤早就说过，贾府管家娘子好生了得，站高岸，推倒油瓶不扶，煽风点火，兴风作浪，全挂子本事。王熙凤都可能被她们暗地算计，探春一个没出门的大姑娘，且是庶出，能对管家娘子作威作福吗？管家娘子在幸灾乐祸，看看你管得好不好，你管得好也罢了，管得不好，就看笑话。

探春刚上任，就用自己的聪明才智压住阵脚，打出了玫瑰花的威风。上任当天，她就拿亲生母亲作法，严守祖制，不徇私情。

探春刚接手管家，管家娘子吴新登家的来请示，赵姨娘兄弟赵国基死了，赏多少银子？请示完了，一声不吭，垂手侍立。这是干吗？你们怎么说我怎么办。《红楼梦》每出来个次要人物，名字都不是随意取的。吴新登家的，当然是吴新登的妻子。吴新登在宝玉上学时出来过。所谓吴新登就是无星戥，没准星。男的没准星，妻子更没准星。而且她没准星是故意的。她明知什么人死了该赏多少银子，贾府有明确规定。如果在凤姐跟前，她早就查旧例、出主意、献殷勤。现在李纨、探春管家，吴新登媳妇就想，看看你俩懂不懂？你们如果是违反祖制，那我们以后也不按规定办事，可以乱中取利。

贾府对奴才家人死了给什么丧葬费，旧例有严格规定，家生子奴才的家人死了，和仅仅奴才本人是奴才的家人死了，待遇不一样。所谓家生子就是从上代就是贾家奴才，家里死了人，给的丧葬费低。奴才只是自己一个人卖到贾府，其家父母死了，贾府给的丧葬费多。在这之前，袭人母亲死了，王夫人赏四十两银子。因为袭人是奴才，她母亲不是，所以按照不是家生子奴才死父母的给丧葬费。看来赵姨娘是贾府家生子，现在死了她的兄弟，待遇当然就不能和袭人一个样，得按照贾府旧例执行。

探春一开始没想到这些规矩，请教李纨怎么办。李纨好像也不太懂，她想到袭人母亲死，赏了四十两，赵姨娘可以照搬。就告诉吴新登媳妇，也赏他四十两银子。吴新登媳妇一听，行，蒙着了！你们刚刚管家就不守旧例，我以后就乱来，赶快答应，接了对牌就走，但探春把她叫住了。

曹雪芹写探春把吴新登叫住的语言，太妙了。探春连着三个“你且”，你且回来，你且别支银子，我且问你，你且说说，我们两个人听听。那几年老太太屋里几位老姨奶奶，也有家里也有外头的这两个分别，家里的若死了人是赏多少，外头的死了人赏多少。这就问到根上了。吴新登家知道，她是成心来出探春和李纨洋相的。探春一问，她说忘了，还故意轻描淡写，这也不是什么大事，赏多少谁还敢争。看来她想瞒天过海。探春马上戳穿她，把她教训一顿，“你办事办老了的，还记不得，倒来难我们。你素日回你二奶奶也现查去？若有这道理，凤姐姐还不算利害，也就算是宽厚了！”吴新登媳妇要去现查，其实不查她也知道，但她已经说去查，就查了旧账来，一看，果然，家生子的和外头的不一样。探春按照贾府规定，赏给赵国基二十两丧葬费。

探春与赵姨娘撇清关系

赵姨娘马上就来了。赵姨娘怎么会来？估计是吴新登媳妇唯恐天下不乱，跑去挑唆她来。赵姨娘一来，李纨和探春先让座。赵姨娘开口就说：“这屋里的人都踩下我的头去还罢了，姑娘你也想一想，该替我出气才是。”一边说，一边就眼泪鼻涕地哭了。探春说：“姨娘这话说谁，我竟不解。谁踩姨娘的头？说出来我替姨娘出气。”一句话三个“姨娘”。赵姨娘说：“姑娘现踩我，我告诉谁！”探春一听说，赶快站起来说“我并不敢。”李纨也站起来劝。赵姨娘就发牢骚了：“……我这屋里熬油似的熬了这么大年纪，又有你和你兄弟，这会子连袭人都不如了，我还有什么脸？连你也没脸面，别说我了。”她和袭人攀比。探春回答很干脆，太太赏袭人多少钱，是太太的事，我没太太那权力，只能按照贾府赏赐奴才的有关规定办。赵姨娘和袭人攀比没有道理，但赵姨娘糊涂，估计吴新登媳妇就是用“难道姨奶奶你还不如袭人”，把赵姨娘挑唆来的。赵姨娘认为，我在这里点灯熬油，还生了一儿一女，难道我还不如那个没名分的袭人吗？但根据贾府规定，她就不能和袭人比。贾探春给她解释一番，又拿旧例给她看，赵姨娘干脆直接对着探春闹事了。赵姨娘说，我是你母亲，赵国基是你舅舅，现在你当家，该照顾赵家，该拉扯我。探春怎么办？针锋相对，你不是我的母亲，你是姨娘；赵国基不是我的舅舅，他是奴才；我舅舅是刚升了九省检点的王子腾。她还要教训赵姨娘，总是你给我没脸，依我说太太不在家，姨娘安静些养神罢了，何苦只要操心，太太满心疼我，姨娘每每生事，几次寒心，我但凡是个男人，可以出得去，我必早走了，立一番事业。太太满心都知道我这些事，现在看重我叫我管家，我还没做一件好事，你就来作践我。太太知道了，不叫我管了，那才是我正经没脸，姨娘也真没脸。一番话，一口一个姨娘，把她和赵姨娘之间的立场划得非常鲜明，你是奴才，我是小姐。

当李纨稀里糊涂也说姑娘满心想拉扯你们，怎么好说出来。探春马上连她都批，说大嫂子糊涂，我拉扯谁？谁家姑娘拉扯奴才？他们的好歹和我有什么相干。赵姨娘继续和她纠缠，谁叫你拉扯别人了，这不就是你舅舅死了。你多给他二三十两银子，太太还不依你？贾探春这才把我舅舅是王子腾这番话甩到赵姨娘的脸上。

探春拿赵姨娘执法，就是向世人宣布，我是尊重祖宗章法的，我不讲私情。谁也不要想来惹我这千金小姐。

我上大学时，看到探春和生母这段对话，觉得像天外奇谈。随着对《红楼梦》不断阅读研究，随着年事渐长，我理解了曹雪芹写这段母女之间对话，是当时社会非常真实的描写。这一回叫“辱亲女愚妾争闲气”，探春是赵姨娘的亲生女儿，但如果赵姨娘宣传探春是她的亲生女儿，就是侮辱探春，就是不明事理的愚妾。因为这是封建宗法制度决定的，封建等级制度决定的，这是当时社会人之常情。探春确实是赵姨娘的亲生女儿，但是探春特别忌讳。中国古代有句恶毒的骂人话“你是小老婆养的”。后来凤姐对平儿说起来，女孩嫡出还是庶出很重要。经常有人因女孩庶出而不要。这样一来，就形成赵姨娘和探春之间的二难推理。赵姨娘只有宣传我生儿子女儿才有脸。探春只要被人提醒是赵姨娘生的，就没脸。结果是探春质问赵姨娘，你说赵国基是我的舅舅，他哪是舅舅，既然他是舅舅，为什么他见了贾环还得站起来，他还得跟着贾环去上学去？

我一直琢磨，《红楼梦》的出现把传统写法都打破了，不见得好人就高大全，坏人就头顶长疮，脚底流脓。什么缘故，曹雪芹对赵姨娘采取《红楼梦》非常少见的脸谱化描写，赵姨娘永远是阴险的、猥琐的、见利忘义、叨三不着两。再往后看，赵姨娘大战小戏子，更把探春气个六佛出世。因为赵姨娘不堪入目，探春做的似乎不合人情的事，也能引起人们同情。著名作家林语堂先生最欣赏的《红楼梦》人物是贾探春。

探春拿平儿说事

探春被赵姨娘气哭了，得洗脸。怎么洗？捧盆丫鬟双膝跪下，两个小丫鬟屈膝在旁捧着毛巾之类。平儿来了，见探春的丫鬟不在，赶快上来担任大丫鬟职责。替探春挽袖子，卸镯子，接过大手巾，把探春脸前衣襟遮起来，这时千金小姐才伸手洗脸。

平儿来干吗？来捎王熙凤的话。王熙凤提醒探春和李纨，赵姨娘兄弟死了，按规定只能给二十两银子。但王熙凤叫平儿告诉探春，请姑娘裁夺着，再添些也使得。探春马上连王熙凤的面子都驳了，“又好好的添什么，谁又是二十四个月养下来的？不然也是那出兵放马背着主子逃出命来过的人不成？你主子真个倒巧，叫我开了例，她做好人，拿着太太不心疼的钱乐的做人情。你告诉他，我不敢添减混出主意。他添他施恩，等他好了出来，爱怎么添添去。”毫不客气，王熙凤想把做不做人情、破不破旧例的这个球踢给探春。探春一脚就给踢回来，你要违反贾府例子，你做好人，你做，我不干。

这时有媳妇来回事。探春在洗脸，这个媳妇说：“回奶奶姑娘，家学里支环爷和兰哥的一年公费。”平儿也是个好演员，她一看探春这么厉害，你要树威风，我帮着你树，她就训这个媳妇："你忙什么！你睁着眼看，见姑娘洗脸，你不出去伺候着，先说话来。二奶奶跟前你也这么没眼色来着？姑娘虽然恩宽，我去回了二奶奶，只说你们眼里都没姑娘，你们都吃了亏，可别怨我。"平儿把夜叉奶奶搬出来吓唬管家奶奶，给探春撑腰。探春不见得领这情，后来探春还要拿王熙凤的事作法，自己树立威信。

探春洗完脸搽上粉，问来支银子的，怎么回事？且说贾环和兰哥不是有份例？怎么上学又多八两？原来上学是为这八两银子？把这个蠲了！平儿说，早就该蠲，我回去告诉奶奶。平儿特别会说话，看到小姐生气，怎么好听怎么说，怎么能给千金小姐灭火怎么办。探春领不领她的情？似乎也不领，探春要拿平儿作法。这时宝钗来了，探春问：宝姑娘的饭怎么不端来一处吃？丫鬟出去对管家媳妇说：宝姑娘要吃饭，把她的饭端了来。探春一听，又错了！你个一般丫鬟，怎么可以指使管家娘子？"你别混支使人！那都是办大事的管家娘子们，你们支使他要饭要茶的，连个高低都不知道！平儿这里站着，你叫叫去。"

太不可思议了！平儿虽是贾琏的通房大丫头，但代表王熙凤管理管家娘子。管家娘子都非常尊重她。探春偏要点明，你的身份并不是王熙凤身边副总管，仍然是丫鬟，你给我叫去！平儿赶快答应了出来。媳妇们说，我们已经有人去叫。

平儿把这帮管家娘子教训一顿，说：“他是个姑娘家，不肯发威动怒，这是他尊重。你们就藐视欺负他，果然招他动了大气，不过说他一个粗糙就完了，你们就现吃不了的亏。他撒个娇，太太也得让他一二分，二奶奶也不敢怎样。”而且告诉这些管家，“二奶奶在这些大姑子小姑子里头，也就只单畏他五分，你们这会子倒不把他放到眼里了！”

探春这是多么气派。平儿是王熙凤的总钥匙，荣国府管家娘子怕平儿像怕王熙凤，敬平儿像敬王熙凤。但探春就要叫大家知道，我的生母赵姨娘是奴才，平儿也是奴才，再有脸的奴才也得干奴才的活！

平儿回去向凤姐汇报贾探春的所作所为，凤姐说“好，好，好，好个三姑娘！我说他不错，只可惜他命薄，没托生在太太肚里。”跟平儿说起姑娘庶出和嫡出不一样。又说，我们现在家里出去的多，进来的少，很多事还按原来规矩办，是越来越一年不如一年，要省俭别人笑话，老太太、太太受委屈，要不趁早料理点省俭之计，再过几年就赔尽了。

王熙凤这段话透露出贾府在走下坡路。王熙凤算起账来。因为平儿说，将来还有三四个姑娘出嫁，两三个小爷娶亲，还有老太太的事。凤姐说，我也考虑了，宝玉和林妹妹一娶一嫁，可以不用官中的钱，老太太自有体己拿出来。从这句话看，王熙凤揣测贾母已把黛玉、宝玉配成一对。二姑娘是大老爷那边，不算。剩了三四个，满破着每人花一万银子，环哥娶亲有限，三千两银子，老太太的事出来，一应都是全的。现在就怕凭空再出一两件事，可就了不得了。

王熙凤是不是有先见之明？预料到将来抄家。王熙凤有段话应特别注意：你先吃饭，再去听听三姑娘在那议论些什么。我现在正愁没个臂膀，虽然有宝玉，他不是这里头的货，纵收伏了他也不中用。看来王熙凤对贾芸、贾蓉、贾蔷等，都是收伏了来使用，而贾宝玉她收伏不了，他不会给她用。“大奶奶是个佛爷，也不中用，二姑娘更不中用，亦且不是这屋里的人。四姑娘小呢。兰小子更小。环儿更是个燎毛的小冻猫子，只等有热灶火坑让他钻去罢。”这句话说明贾环一直有病，“真真一个娘肚子里跑出这样天悬地隔的两个人来，我想到这里就不服。”然后说到最重要的两个姑娘，听她的称呼，跟黛玉亲，亲热地称“林丫头”，跟嫡亲表妹较疏远，客气地称“宝姑娘”。“林丫头和宝姑娘他两个倒好，偏又都是亲戚，又不好管咱家务事。”王熙凤其实对宝钗理家不以为然，“况且一个是美人灯儿，风吹吹就坏了；一个是拿定了主意，‘不干己事不张口，一问摇头三不知’，也难十分去问他。倒只剩了三姑娘一个，心里嘴里都也来的。又是咱家的正人，太太又疼他，虽然面上淡淡的，皆因是赵姨娘那老东西闹的。”现在我们应该协同，大家做个膀臂，我也不孤不独了。她嘱咐平儿：三姑娘识字，又事事明白，她现在擒贼先擒王，要作法，一定会拿我开端。她驳我的事，你别反驳，越发恭敬，说她驳得好，千万别怕我没脸。平儿早就做到，所以平儿说："你太把人看糊涂了。我才已经行在先，这会子又反嘱咐我。"平儿急切回复王熙凤的话，忽视了礼节，平儿必须说"奶奶你说的我已经行在先了"。凤姐笑了:"你又急了,满口'你''我'起来。"平儿该受到教训了？但平儿偏偏说："偏说'你'！你不依，这不是嘴巴子，再打一顿，难道这脸上还没尝过的不成？"平儿挨打那口恶气，终于借着聊天吐出来。

描写贾府的日常生活，每个人什么身份，每个人琢磨什么事，曹雪芹真是面面俱到，写得合情合理。

第五十六回

敏探春兴利除宿弊
时宝钗小惠全大体

五十六回延续五十五回，仍写探春理家，最主要的是探春和宝钗的改革。探春头上戴个“敏”字，宝钗头上戴个“时”字。“敏”是思维敏捷、眼明手快地拿出应对办法。“时”是识时务、审时度势拿出相应措施。如果说探春理家理出才智和威风，宝钗管家就管出了精明和宽仁。

这一回具体事务是探春和宝钗对大观园进行管理，是非常小范围的改革。荣府花销主要在贾母、贾赦、贾政、贾琏那儿。宁府在贾珍那儿。大观园能有多大油水？但是探春和宝钗通过管理大观园显示出才能。

探春搞大观园承包制

平儿向凤姐汇报了三姑娘所作所为，领了凤姐指示再回来，三位管家的正说家务。探春就叫平儿在脚踏上坐了，这是给她面子，你可以坐下，但不可以和我们一样坐椅子，得坐脚踏上。探春告诉平儿：我们一个月有二两月银，丫头有月钱，前儿又有人回，要我们一个月用的脂粉，每个人又是二两，这和上学再拿八两银子一样，重重叠叠。探春要把这个蠲了。平儿解释一番，为什么出现重叠现象，本来每个小姐二两银子脂粉钱是外面统一采买，但采买的不合小姐们心意，小姐们就拿零用钱买了脂粉。

探春又说：我那天去赖大家，跟他们的姑娘聊起来，他们的姑娘说，他们那个园子，除了她们戴的花，吃的笋菜鱼虾之外，还有人包了去，年底可以剩下二百两银子。我从那时才知道，一根破荷叶，一根枯草根子都是值钱的。探春这么一说，出身皇商的宝钗，就来了一番关于膏粱纨袴之谈、千金小姐不知道这些事的一些议论。两人议论完了后，探春说，咱们这园子，比他们得多一半，也就该一年有四百两银子利息出来。我们不如在园子里老嬷嬷中，拣出几个本分老诚、知道种地种花的，派她们收拾料理。有专人料理，花木会一年比一年好，老嬷嬷也可以有点收入。宝钗一听："善哉，三年之内无饥馑矣！"这是套用《孟子》的话。宝钗、李纨都赞成。她们把园子老婆子名单要来，定了几个，把她们传来，告诉她们是怎么一回事。后来怎么定？老祝妈，管潇湘馆的竹子；老田妈管稻香村种菜种粮。探春说可惜蘅芜苑和怡红院两个大地方没出利息之物。李纨说：蘅芜苑更厉害，那里出香料。怡红院只是春天夏天的玫瑰花，篱笆上的蔷薇、月季、金银藤，都是值钱的东西。这时平儿建议叫薛宝钗丫鬟莺儿她妈承包怡红院。宝钗说："我才赞你，你倒来捉弄我了。"大家觉得奇怪。宝钗说：断断使不得！你们这里有这么多人，都空着没事干，用我的人，她们岂不看小我。我替你们想出个人来，怡红院老叶妈是茗烟的妈，她和莺儿的娘很好，把这事交给叶妈。李纨、平儿都说好，平儿还特别说出，莺儿认了叶妈做干娘。莺儿她妈会弄花草，如果叶妈不会的话，她可以帮着她，因为孩子都认干妈了。

宝钗巴结袭人，巴结王夫人，现在宝玉最得力小厮茗烟的妈，又成莺儿的干妈，多么好玩？探春还想到，叫她们管理，比如卖了粮食、竹子，挣的钱怎么办？探春说不要交到账房了，现在管什么的主子有全份，他就有半份。干脆归到大观园来。宝钗比她更厉害，宝钗说，依我说，里头也不用归账，分工管一件事的，再揽件大观园的事负责。比如管竹子、管稻香村粮食的，再揽个姑娘们的胭粉头油，或是大小禽鸟等等，承包下去，省下多少钱来？平儿说，能省四百两银子。宝钗说：可又来！一年四百，两年八百，收租的房子能置几间，薄地也可以添几亩了。宝钗真会当家。

宝钗宽仁的管家理念

宝钗又想起一件事，有些嬷嬷分工管这事管那事，可以获得收入，那些没有承包的嬷嬷怎么办？叫管事的嬷嬷每年不管有余无余，拿出若干贯钱分给园子里没管事的嬷嬷。这些没有承包的嬷嬷得管着姑娘出去抬轿子，干粗活，一年到头很辛苦，既然园子里有出息，她们也该分点。宝钗说，“还有一句至小的话，越发说破了，你们只管了自己宽裕，不分与他们些，他们虽不敢明怨，心里却都不服，只用假公济私的多摘你们几个果子，多掐几枝花儿，你们有冤还没处诉。”薛宝钗想得周到，老婆子们听了，又不受账房辖制，又不和凤姐算账，一年不过拿出几贯钱来，大家就很高兴，说很愿意。那些没承包的，一听还无故可以分钱，很高兴，口不应心地说：她们辛苦收拾，还分钱给我们，我们怎么好稳坐吃三注呢？这时，薛宝钗来了大段演讲，这正是我说探春理家是宝钗管家的原由。

宝钗是怎么说的呢？“妈妈们也别推辞了，这原是分内应当的。你们只要日夜辛苦些，别躲懒纵放人吃酒赌钱就是了。不然，我也不该管这事；你们一般听见，姨娘亲口嘱托我三五回，说大奶奶如今又不得闲儿，别的姑娘又小，托我照看照看。我若不依，分明是叫姨娘操心。你们奶奶又多病多痛，家务也忙。我原是个闲人，便是个街坊邻居，也要帮着些，何况是亲姨娘托我。我免不得去小就大，讲不起众人嫌我。倘或我只顾了小分沽名钓誉，那时酒醉赌博生出事来，我怎么见姨娘？你们那时后悔也迟了，就连你们素日的老脸也都丢了。这些姑娘小姐们，这么一所大花园，都是你们照看，皆因看得你们是三四代的老妈妈，最是循规遵矩的，原该大家齐心，顾些体统。你们反纵放别人任意吃酒赌博，姨娘听见了，教训一场犹可，倘若被那几个管家娘子听见了，他们也不用回姨娘，竟教导你们一番。你们这年老的反受了年小的教训，虽是他们是管家，管的着你们，何如自己存些体统，他们如何得来作践？所以我如今替你们想出这个额外的进益来，也为大家齐心把这园里周全得谨谨慎慎，使那些有权执事的看见这般严肃谨慎，且不用他们操心，他们心里岂不敬服。也不枉替你们筹画进益，既能夺他们之权，生你们之利，岂不能行无为之治，分他们之忧。你们去细想想这话。”

说得多么好听，是王夫人嘱托她三五回吗？没有。王夫人只是说了一次，请你帮我照看照看。但是薛宝钗就把这个利害关系，跟这些大观园的嬷嬷们讲得头头是道。如果薛宝钗真的在贾府当家，恐怕确实要超过王熙凤的。这也就是薛宝钗小惠全大体的具体表现。你们得到一点小的利益，你并没有干活，但那些干活的拿出几串钱分给你们了，那你们就要谨慎一些，不要纵放人了，不要赌博。薛宝钗开导她们，要这些老嬷嬷好好管事，不要叫管家娘子来教训你。

平儿以柔克刚

这一回，除了写探春和宝钗的能干外，对平儿的描写也特别好。平儿已成为探春和凤姐之间的联络员，这是很不好做的角色，做不好，就成了猪八戒照镜子。但平儿就能做到凤姐、探春都满意。探春想拿凤姐和贾宝玉作法，树立自己的威信。如果平儿完全承认，探春做得对，就等于承认凤姐错了，这样她就在众人眼中成了凤姐身边的犹大。如果平儿维护凤姐，她又得罪探春，成了探春理家的挡路石，怎么办？平儿聪明极了，简直像个杰出的外交部发言人。在凤姐和探春之间，她是有利于团结的话好好讲，不利于她们两个团结的话，一句话也不说。没有丝毫奴颜媚骨，又句句维护凤姐的威信。绝对不说探春一个不字，也绝对不说凤姐一个不字。但是探春的改革是对着凤姐来，那怎么能做到呢？平儿就能做到。

探春要拿凤姐过去的事改革，比如买脂粉，她说重了，姑娘们有二两银子可以买脂粉，怎么账房还来领每个姑娘二两银子？平儿就说，三姑娘说得对，奶奶也没做错。这事本来重复，姑娘们的二两银子原不是买脂粉的，是给姑娘们临时缺钱用，因为外面买办买的脂粉不合适，姑娘们才把月钱当成脂粉钱。这样一来，责任不在凤姐，而在外面账房没把脂粉买好。

探春说大观园这么大的一个园子，为什么不学赖大家的办法，把它承包给婆子。平儿就说，这话必须姑娘说出来，我们奶奶虽有此心，未必好说出口。姑娘们在这住着，奶奶叫人来监管修理图省钱，这话不好出口。

探春不管出什么幺蛾子，都难不倒平儿。这时宝钗来了，摸着平儿的脸说："你张开嘴，我瞧瞧你的牙齿舌头是什么作的。从早起来到这会子，你说了这些话，一套一个样子，也不奉承三姑娘，也没见你说奶奶才短想不到。也并没有三姑娘说一句，你就说一句是；横竖三姑娘一套话出来，你就有一套话进去；总是三姑娘想到的，你奶奶也想到了，只是必有个不可办的原故。"薛宝钗这番话，把平儿总结得太到位了。既说明平儿聪明机智，又说明平儿不卑不亢，既说明平儿会说话，也说明平儿说的话，都既维护凤姐威信，又和探春相通。探春也承认，她本来一肚子气，看到平儿来了以后，态度像避猫鼠儿一样，平儿不说她主子待我好，倒说了"不枉姑娘待我们奶奶素日的情意"。好像你现在做的所有的改革，都是你三姑娘待我们奶奶的情意。探春说，这一句话我就没气了，又伤心了，我一个女孩，自己还没人疼，哪里有什么好处去待人？探春这么精明，平儿三言两语，她就缴械投降了。探春原认为，凤姐当家必定使出撒野的人，没想到平儿这么谦恭、柔和、以柔克刚！平儿用太极工夫把探春这个没有社会经验的深闺小姐征服了。其实探春和宝钗比起凤姐，不仅能力和水平都不差，她们还都知书达礼，而且她们都不像凤姐无孔不入敛钱，她们绝不会营私舞弊。但是即便有探春理家，即便将来薛宝钗做宝二奶奶，她们仍然挽救不了贾府大厦倾倒。大厦之将倾，岂一木之可支。不管多有能力的人，不管用什么办法，都没法挽救这个钟鸣鼎食的贾府走向日暮途穷。

按照王夫人一厢情愿，探春理家变成实际的宝钗当家，凤姐理家和宝黛爱情会不会就被王夫人葬送？《红楼梦》的奥妙就在于，任何事情都不像小说里的人想的那么简单，也不像读者看到的那么明朗。王夫人的如意算盘能不能实现，得看贾母怎么表态；贾母如果不坚持“不是冤家不聚头”，王夫人能不能如愿，还得看贾府能不能继续钟鸣鼎食。这样一来，贾府最有权势的三代女人，贾母、王夫人、贾元春，好像蒙起眼睛演三岔口了。贾母一个主意，王夫人一个主意，贾元春想帮助母亲，就在她们僵住的时候，贾府剧变来了，呼喇喇似大厦倾。在这种情况下，凤姐还能理家吗？探春理家还有用武之地吗？贾母想成全宝黛爱情，宝黛爱情能成全吗？遗憾的是，曹雪芹如何处理最后贾府的结局，我们看不到了。

这一回后面很大一段，写贾宝玉和他的影子甄宝玉。甄家的人来了，对贾母说，他们家有个叫宝玉的，喜欢和女儿打交道，要叫女儿侍候，不愿意和老婆子打交道。请出贾宝玉来看看，说模样都相似。江南甄府的人是来进贡朝贺，他们和皇帝有什么关系，《红楼梦》一直没写。但五十六回后半截用很长的一段，写贾宝玉和甄宝玉。似乎甄宝玉就是贾宝玉的影子，贾宝玉做梦看到了甄宝玉，甄宝玉做个梦中之梦梦见贾宝玉。曹雪芹到底想把这两个宝玉怎么处理，红学家研究个溜够，谁都琢磨不透。有的说，甄宝玉出现，说明真事欲显，假事将尽。有的说后四十回写的甄宝玉和贾宝玉不一样，甄宝玉中了功名，这有可能是原来曹雪芹的构思。但我们现在找不到能圆这些说法的根据。这也就成了我们读《红楼梦》的一个永远的谜语了。

第五十七回

慧紫鹃情辞试忙玉
慈姨妈爱语慰痴颦

紫鹃以黛玉要离开贾府的谎话试宝玉，既试了宝玉，也试了黛玉，还试了贾母，试了薛姨妈。试宝玉为什么变成试“忙玉”？因为宝玉表现得太激烈了，所以说他太忙了。薛姨妈爱语慰痴颦，是到潇湘馆看黛玉，跟她聊婚姻的话题，甚至聊到应该把黛玉许给宝玉。

紫鹃为黛玉命运忧虑

紫鹃为什么试宝玉？因为黛玉和宝玉的感情紫鹃最清楚，他们不能分离，又不肯越雷池一步，实际是在搞精神恋爱。黛玉身体越来越坏，主要原因就是她一心一意爱着宝玉，又感觉希望渺茫。因为宝玉、黛玉都是受封建家庭贵族教育长大，都不可能也不敢直接向家长请求恩准自主选择。这是社会风气决定，也是贵族家规决定的。宝玉、黛玉虽然深深相爱，但是他们都认为，婚姻必须有父母之命、媒妁之言。这两个人就是想破了脑袋，也不敢在家长跟前透露一句自主婚姻。这就是《红楼梦》写的爱情，比起以往的小说有更深刻内涵的原因。

在紫鹃看来，黛玉父母双亡，寄人篱下。唯一依靠是外祖母，贾母在一天，黛玉就有保护，贾母一旦不在，舅舅、舅妈完全靠不住。黛玉这样的孤女，只能任人欺负。紫鹃认为，黛玉只能在老太太硬朗时定下大事，和她深深相爱的宝玉订亲，未来才有保障。但能不能叫老太太开口，紫鹃一厢情愿地认为取决于宝玉对黛玉爱的深度。所以她想试探一下，假如黛玉要离开贾府，宝玉有什么表现？估计紫鹃一直琢磨这个事，但迫使她付诸行动有个诱因，就是薛宝琴出现之后，贾母把宝琴安排在身边住，芦雪广联诗后，贾母向薛姨妈打听宝琴的生辰八字。薛姨妈估计贾母想给宝玉求聘，吞吞吐吐地把宝琴已订婚的事告诉了贾母。

贾母打听薛宝琴生辰八字的事，肯定在贾府飞短流长。紫鹃产生了危机感，就要试宝玉了。

宝玉去看黛玉，黛玉睡午觉，宝玉不敢惊动，看到紫鹃在回廊上，就问："昨日夜里咳嗽可好了？"紫鹃说："好些了。"宝玉说"阿弥陀佛！宁可好了罢。"看到紫鹃穿的衣服比较单薄，往她身上摸了一摸，"穿这样单薄，还在风口里坐着！春天风馋，时气又不好，你再病了，越发难了。"紫鹃便说："从此咱们只可说话，别动手动脚的。一年大二年小的，叫人看着不尊重。"教训宝玉几句，进房间去了。

宝玉像被浇了盆冷水，瞅着竹子发呆。恰好雪雁从王夫人那取了药回来，看到宝玉发呆，很奇怪，问紫鹃："姑娘还没醒，是谁给了宝玉气受？坐在那里哭呢。"紫鹃出去，对宝玉说："我不过说了那两句话，为的是大家好，你就赌气跑了这风地里来哭，作出病来唬我？"宝玉解释了一番。紫鹃问：

几天以前，你们两个正说话，赵姨娘走来，你不是跟姑娘说了句燕窝，就停住了吗，我正想问你。宝玉说：也没有别的事，就是我想到宝姐姐也是作客，林妹妹吃燕窝又不能间断，只管去找人家要，太托实了。我在老太太跟前露了风声，老太太大概和凤姐姐说了，现在听说一天给你们送一两燕窝，也就完了，就这么回事。紫鹃一听，找到试宝玉的理由了。她说："多谢你费心"，"在这里吃惯了，明年家去，那里有这闲钱吃这个。"宝玉一听，"谁？往那个家去？"紫鹃煞有介事地说"你妹妹回苏州家去。"宝玉先是反驳：不可能，姑母和姑父都没了，没人照管，林妹妹才住到我们这儿来，她怎么可能再回去？紫鹃编出一套话：姑娘长大了，林家肯定会来接。林姑娘已经在做离开荣国府的准备。我们放在你那里的东西，你赶快找出来给我们，林姑娘已经把你的东西都打点出来，准备还你。紫鹃编套谎话，给宝玉造成黛玉说走就走的印象。她拔腿走了。

宝玉为黛玉魂魄尽失

黛玉要走的话，使宝玉如头顶上响个焦雷。紫鹃本要看看，我说姑娘要走，你怎么表态？会不会说坚决不能走等等话？但宝玉不吱声，一听说黛玉要离开，宝玉掉魂了。宝玉被晴雯接回怡红院，一头热汗，满脸紫胀，两个眼珠直直的起来，口角间津液流出，皆不知觉，给他个枕头，他就睡下，扶他起来，他就坐着，倒了茶，他就吃茶，没魂了。袭人以为李妈妈有经验，请李妈妈来看。李妈妈一看，宝玉怎么傻到这个程度，她去掐宝玉的人中，按照中医的说法，人中是人的命门。但是她掐人中，宝玉也一点不觉得疼。李妈妈大哭，说不中用了，我白操了一世的心！袭人等都哭起来了。袭人知道宝玉是跟紫鹃说了话成了这个样，她匆忙跑到潇湘馆。紫鹃正在服侍黛玉吃药，袭人什么也顾不上了，上来就问紫鹃："你才和我们宝玉说了些什么？你瞧他去，你回老太太去，我也不管了！"说着就坐在椅子上。袭人形态大变，见了林姑娘，既不问好，也不请安，径直坐在人家椅子上。对于非常讲究礼数的袭人来说太不寻常了。黛玉见袭人满脸急怒，满脸泪痕，与过去完全不一样，也慌了，说"怎么了？"袭人定了一会神，一边哭，一边说："不知紫鹃姑奶奶说了些什么话，那个呆子眼也直了，手脚也冷了，话也不说了，李妈妈掐着也不疼了，已死了大半个了！连李妈妈都说不中用了，那里放声大哭。只怕这会子都死了！"袭人实在太着急，连宝玉可能已死都推论出来。黛玉一听，那还了得，李妈妈是有经验的老太太，她说宝玉不中用了，黛玉也活不成了。"哇"的一声，把刚刚吃的药全呛出来，抖肠搜肺，炽胃扇肝地痛声咳嗽起来，脸也红了，头发也乱了，眼睛也肿了，喘得抬不起头来。紫鹃忙上来捶背，黛玉推着紫鹃说："你不用捶，你竟拿绳子来勒死我是正经！"宝玉有了生命危险，第一个跟他走的就是黛玉。黛玉是宝玉的命，宝玉是黛玉的命，宝黛心心相连，命命相通。急难出真情，宝玉出了事，黛玉则表示为宝玉先死。

紫鹃告诉黛玉，我不过开了个玩笑，袭人说：“你还不知道他，那傻子每每顽话认了真。”黛玉说紫鹃，“你说了什么话，趁早儿去解说，他只怕就醒过来了。”

贾母、王夫人已赶到怡红院。贾母一见紫鹃，眼内出火，骂：“你这小蹄子，和他说了什么？”紫鹃说：“并没说什么，不过说几句顽话。”宝玉神智不清，死半个了，看到紫鹃，清醒了，“哎呀”一声哭了。宝玉掉了魂，见了紫鹃就拣回魂，因为紫鹃是黛玉的贴身侍女，是黛玉的代表。贾母以为是紫鹃得罪了她的宝贝孙子，亲自拉着紫鹃，叫宝玉打她。太好玩了！一个做奶奶的，拉着个小姑娘，叫自已的孙子打，你这个奶奶还讲理不讲？一点儿都不讲。对贾母来说，爱孙子就是最大的理，牵扯到宝贝孙子，连亲生儿子贾政她都可以恶狠狠教训，叫他跪在那里磕头，何况一个丫鬟。荣国府至高无上的“太上皇”亲自动手拉着丫鬟叫孙子打，这场面太好看了。没想到宝玉不打，死死地拉住紫鹃不放手，说“要去连我也带了去”。大家问起来，是紫鹃说要回苏州引出来的。贾母这才知道宝玉突然又疯又傻，是为了林妹妹。宝玉离了黛玉不能活。宝玉表示黛玉走到哪他跟到哪，林妹妹走我跟她走。这就是宝玉神智不清时表达出的清醒意志。

“林”字还成了宝玉的兴奋灶。有人回贾母说林之孝家的来看宝玉。贾母叫进来。宝玉一听，满床大闹："了不得了！林家的人接他们来了，快打出去罢。"曹雪芹信笔点染，都是妙语。荣国府大管家，有赖大，有林之孝，为什么偏偏这时林之孝家跑了来呢？因为曹雪芹需要用一个姓林的来做段妙文章。

贾母赶快安慰她的宝贝孙子，说："打出去罢！""那不是林家的人。林家的人都死绝了，没人来接他的，你只放心罢。"宝玉哭着说："除了林妹妹，都不许姓林的。"贾母赶快说："凡姓林的我都打走了。"告诉众人，"以后别叫林之孝家的进园来，你们也别说'林'字，好孩子们，你们听我这句话罢。"这个老祖母，为了她的宝贝孙子，连别人姓林都不让姓了，大家赶快答应，又不敢笑，但是这事可笑不可笑？

宝玉看到墙上摆个西洋自行船，就指着船叫："那不是接他们来的船来了，湾在那里呢。"贾母忙命拿下来。袭人拿下来，宝玉把船塞到被窝里，说"可去不成了"。宝玉一边不让别人姓林，把墙上的船塞到被窝里，一边死拉着紫鹃不放。这些描写太好玩了。

太医看病趣闻

只这么闹，实在不太好看，这时插了一段请医来看病趣事。王太医来看病，贾母坐在宝玉身边。王太医先请贾母的安，诊了宝玉的手。宝玉一只手还拉着紫鹃。紫鹃低了头，王大夫也不知道怎么少爷还得一直拉着个姑娘。诊完脉就说：“世兄这症乃是急痛迷心。古人曾云：‘痰迷有别。有气血亏柔，饮食不能熔化痰迷者；有怒恼中痰裹而迷者；有急痛壅塞者。’此亦痰迷之症，系急痛所致，不过一时壅蔽，较诸痰迷似轻。”这才叫急惊风遇到慢郎中，贾母急于知道孙子的病要不要紧，他倒背起医书了。贾母说，“你只说怕不怕，谁同你背药书呢。”王太医赶快躬身回答“不妨，不妨”。贾母问“果真不妨”？王太医说“实在不妨，都在晚生身上”。这时贾母又施开威风：“既如此，请到外面坐，开药方。若吃好了，我另外预备好谢礼，叫他亲自捧了送去磕头；若耽误了，打发人去拆了太医院大堂。”治不好她的孙子，她得把人家人医院的大堂给拆了。王太医开始只听到贾母说叫宝玉好了后捧着谢礼亲自去磕头。他说“不敢，不敢”，但他说“不敢”时，贾母已说拆他们的大堂，那就成了你可不敢拆了我们的大堂。大家都笑了。插上这一段，就使得情节和刚才那种宝玉急怒攻心有所协调。小说家创造场面，曹雪芹是一绝。

紫鹃不能回去，贾母只好把琥珀派去服侍黛玉。黛玉不时叫雪雁来听消息。宝玉稍微好了点，但梦里惊醒就哭，说林妹妹走了，有人来接她了。只要他醒，就得紫鹃上来安慰一番。过了一天，吃了王太医的药，渐渐好了。宝玉知道自己好了，又怕紫鹃回去，就假装疯疯傻傻。紫鹃也后悔。袭人对紫鹃说："都是你闹的，还是你来治。也没见我们这个呆子听了风就是雨，往后怎么好。"袭人很清楚，宝玉是离不开黛玉。但是叫袭人接受黛玉那也难。

宝玉向紫鹃诉肺腑

湘云来看宝玉，把宝玉生病干了些什么事，说给他听。宝玉这才知道自己病中的表现。等到没人时，宝玉问紫鹃："你为什么唬我？"紫鹃告诉他，贾母看上宝琴，要给你们订亲。宝玉解释，宝琴那事不过是句玩话，果然订了她，我还是这个形景吗？这话意思很明确，我没和薛宝琴订亲，我这次大闹，是闹着要和林妹妹订亲。宝玉和紫鹃说："活着，咱们一处活着；不活着，咱们一处化烟化灰。""咱们"是谁？当然指黛玉和宝玉。这是宝黛爱情最高层次的盟誓，宝玉决心和黛玉共生共死。这样一来，又出现一次宝玉向丫鬟诉肺腑。他上一次向黛玉诉肺腑是诉到袭人的耳朵里面。这一次诉肺腑，诉到紫鹃的耳朵里。宝玉很可能故意的把紫鹃当成黛玉诉肺腑。他知道这样的话，如果直接对黛玉说，咱俩活就一块活，死就一块死。黛玉可能又恼了。但他跟紫鹃说，紫鹃会把宝玉的心思委婉地传达给黛玉。

紫鹃试宝玉，证明宝玉离了黛玉不能活；也证明黛玉只要宝玉出问题，第一个死的就是她。

贾母知道宝玉离了黛玉不能活

紫鹃试宝玉还试醒了贾母。为什么这样说？贾母不是喜欢上薛宝琴了？说薛宝琴和雪中红梅比画都好看，问薛姨妈薛宝琴的生辰八字。贾母考虑宝玉的配偶，似乎不再是黛玉了，变成薛宝琴。可能因为薛宝琴确实比黛玉更美丽，更懂事，特别是更健康。黛玉常年生病，当宝贝孙子宝玉婚事要提上议事日程时，贾母即使再偏爱外孙女，也不能不从健康方面考虑。这个有经验的老太太，有可能预感宝贝外孙女活不长。

紫鹃试宝玉，使贾母知道，宝玉离开黛玉连生命都可能保不住。贾母听说宝玉差点死掉，是因为一句玩话就哭了，感叹："我当有什么要紧大事，原来是这句顽话。"贾母难道看不出孙子和外孙女的感情吗？老太太看出来了，但她不能叫别人认为她看出来，也不能叫别人认为他们两个是儿女私情。所以她说不是什么要紧大事，是句玩顽话。她嘱咐紫鹃，宝玉是有呆根的，你不可以和他这么开玩笑。后来宝玉听到姓林的来大闹，连玩具船都藏到被窝里，贾母都是亲眼看到。贾母的处理就是我宝贝孙子说怎么样就怎么样，不让姓林的来，姓林的都叫我打出去了，甚至说姓林的都死绝了。这等于向宝玉承诺，我会把你林妹妹永远留在你身边。贾母看清楚黛玉对宝玉已是性命相关，她还能拿宝贝孙子的生死开玩笑吗？绝对不能。紫鹃仅仅虚构黛玉要离开，宝玉就死了半个。假如真叫宝玉和黛玉分离，宝玉还不是要彻底的死绝。贾母即便不为黛玉考虑，仅为宝玉考虑，也得成全二玉。至于黛玉身体不好，她可以再配侍妾。但只要黛玉在，贾母就不能给宝玉安排其他嫡妻，因为那样做首先要了宝玉的命。而且自黛玉进府，贾母一直把黛玉放在三个孙女之上。元宵节放炮仗贾母得把黛玉搂在怀里，所以贾母绝对不会像流行本的后四十回，居然参加调包记，居然说外孙女的闲话，这都不是曹雪芹的意图。

黛玉觅知音宝钗明事理

宝玉好了后，紫鹃回去，跟黛玉说，宝玉的心倒实，听见咱们去就这么闹起来了。黛玉不理她。紫鹃对小姐讲知心话："一动不如一静。我们这里就算好人家，别的都容易，最难得的是从小儿一处长大，脾气情性都彼此知道的了。"什么意思？林姑娘，你和宝二爷最合适。黛玉当然不能允许丫鬟当面议论自己的婚事，啐她："你这几天还不乏，趁这会子不歇一歇，还嚼什么蛆。"紫鹃进一步推心置腹："倒不是白嚼蛆，我倒是一片真心为姑娘。替你愁了这几年了，无父母无兄弟，谁是知疼着热的人？趁早儿老太太还明白硬朗的时节，作定了大事要紧……倘或老太太一时有个好歹，那时虽也完事，只怕耽误了时光，还不得趁心如意呢。公子王孙虽多，那一个不是三房五妾，今儿朝东，明儿朝西？要一个天仙来，也不过三夜五夕，也丢在脖子后头了。……姑娘这样的人，有老太太一日还好一日，若没了老太太，也只是凭人去欺负了。所以说，拿主意要紧。姑娘是个明白人，岂不闻俗语说：'万两黄金容易得，知心一个也难求'。"紫鹃太聪明了，把宝玉和黛玉的感情基础说出来了。他们是知音，万两黄金容易得，知音一个也难求。但黛玉还是不能接茬，就说"这丫头今儿可疯了？怎么去了几日，忽然变了一个人。我明儿必回老太太退回去，我不敢要你了。"她这是口不应心，实际上紫鹃说的话，黛玉听了非常伤感。紫鹃睡了，她又哭了一夜。又向神瑛侍者回报甘露之恩了。

这里面插了段故事，薛姨妈发现邢岫烟端雅稳重，想要来做儿媳妇，但想到儿子举止浮奢，怕糟蹋了人家女儿。想到，薛蝌也没娶妻，他们两个人倒合适。她跟凤姐商量，凤姐告诉老太太。贾母愿意做这个媒，自作主张，把邢夫人叫来，把事促成。叫尤氏婆媳做个表面上的媒人。邢岫烟和薛蝌途中有一面相遇，两人比较满意。这一对是《红楼梦》中非常少见、最后可能善终的一对。这两个人婚姻成就这么轻易说明什么问题呢？说明父母之命、媒妁之言非常重要。而宝玉和黛玉始终得不到父母之命、媒妁之言。

邢岫烟和薛蝌订婚后，邢夫人要把邢岫烟接出贾府，倒是贾母比较开通，说反正两个孩子见不了面，就是姨太太和大姑子小姑子，正好可以亲香。小说写了一段薛宝钗如何和邢岫烟亲香的细节。曹雪芹从薛宝钗的视角对几个人做了一番观察和判断：邢岫烟父母是酒糟透的人；邢夫人对岫烟不是真心疼爱；迎春是个有气的死人，这些话太精彩了，尤其是迎春是有气的死人这一句，无比形象，针针见血。但是这样的话，宝钗永远也不会从自己嘴里讲出来，这是她的心理活动，说明她何等老辣。金陵十二钗中，宝钗才真是世事洞明皆学问，人情练达即文章。宝钗在邢岫烟和自己的堂弟订婚前就暗暗体贴接济她闺阁家常需用的东西。难得这么个皇商家小姐对贫寒之家的女孩如此体贴照顾。现在成了未来一家人，宝钗对邢岫烟的照顾就更加细致周到。宝钗发现天还冷，邢岫烟却换成夹衣，关心地问为什么。邢岫烟说，棉衣送去典当了。因为她需要钱用。姑妈，也就是邢夫人，叫她把王熙凤送的一月二两银子的月钱，送一两给爹妈用，需要用什么东西，用迎春的就成。而迎春的丫鬟婆子都不是省油的灯，她们言三语四，过三天五天，邢岫烟还得拿钱给她们买点心打酒。只好早早就把棉衣当了，恰好当到薛家的当铺。非常小的细节，画出邢夫人的小气，你的兄弟缺钱，你那么有钱，不自己掏点钱给兄弟用，居然琢磨上侄女的零用钱区区一两银子。这一两银子，怡红院的丫鬟都顺手给人。邢岫烟当掉棉衣居然是为了打点迎春的下人，大观园的世态炎凉到了极点。宝钗告诉邢岫烟，干脆把二两银子都给你父母，缺什么找我要就成。宝钗对邢岫烟体贴周到，她是真诚的、善良的，完全不像对待贾母、王夫人那样，似乎有点儿趋炎附势、沽名钓誉。宝钗知道邢岫烟戴的玉珮是探春给的，嘱咐邢岫烟一番话，虽然是闲话，但对于理解四大家族兴衰很有作用。宝钗是这样说的："你也要知道，这些妆饰原出于大官富贵之家的小姐，你看我从头到脚可有这些富丽闲妆？然七八年之先，我也是这样来的。如今一时比不得一时了，所以我都自己该省的就省了。将来你这一到了我们家，这些没有用的东西，只怕还有一箱子。咱们如今比不得他们了，总要一色从实守分为主，不必比他们为是。"这段话说明，薛家和贾家由盛而衰的趋势是一样的，而且薛家已经先于贾家败落。薛宝钗不被贾母欣赏的素净，原来是她对未来艰难生活的准备。有点儿讽刺意味的是，宝钗身上最富丽的闲妆，亮闪闪的金锁却始终没摘下来。薛宝钗的明理懂事、与人为善，通过这些日常小事写得很生动，可惜的是，薛宝钗比王熙凤还心内有机关，比探春还要才自精明志自高，但她偏偏生于末世，改变不了家族的命运，也改变不了自己的悲剧命运。《红楼梦》写的是千红一哭、万艳齐悲，不管多么有才能、多么有见识、多么严格自律的女性，都不能获得人生幸福，实在太悲哀了。

薛姨妈要成全“木石姻缘”？

薛宝钗及其母亲一直关心金玉良缘，这算是有父母之命了，但在前八十回，始终没有出现金玉良缘的媒妁之言，特别是元妃的指婚之言。林黛玉和贾宝玉心心相印，又一直盼望着有父母之命、媒妁之言。

有趣的是，似乎宝钗的母亲要来当媒妁之言了。

薛姨妈看望黛玉，说了很多爱语，她的爱语是真的，还是虚情假意？红学家们争论不休，我们看看薛姨妈有哪些爱语。

薛姨妈先对黛玉说：千里姻缘一线牵，管姻缘的有一位月下老人管着系红绳，暗地里把一男一女的脚用红绳绊住，不管天南海北还是有世仇，将来都会做夫妻。如果月下老人不拴，父母本人都愿意了，或者是年年在一块，以为定了的，也不能到一处。薛姨妈这段话，等于告诉黛玉，你别以为你和宝玉天天在一块，好像老太太也要定下这事，但月下老人不给你系红绳，什么也成不了。薛姨妈还直接说，比如说你们姐妹两个，你和宝钗的婚姻，“也不知在眼前，也不知在山南海北呢。”这是劝导黛玉，不要太痴情。

薛姨妈又对宝钗说，“前儿老太太因要把你妹妹说给宝玉，偏生又有了人家，不然倒是一门好亲。”这话有点夸张，贾母并没有说要把宝琴说给宝玉，薛姨妈给演绎了，这不是刺激黛玉？薛姨妈继续说，“前儿我说定了邢女儿，老太太还取笑说：‘我原要说他的人，谁知他的人没到手，倒被他说了我们的一个去了。’虽是顽话，细想来倒也有些意思。我想宝琴虽有了人家，我虽没人可给，难道一句话也不说。我想着，你宝兄弟老太太那样疼他，他又生的那样，若要外头说去，老太太断不中意。不如竟把你林妹妹定与他，岂不四角俱全？”

这是红学家讨论来讨论去、最费解的一段话。薛姨妈说老太太要把宝琴订给宝玉，当然是直刺黛玉之心。但薛姨妈不是一直宣扬金玉良缘？她怎么说她无人可给呢？这是不是言不由衷？既然这句话言不由衷，薛姨妈其他的话就是真的？比如说把黛玉订给宝玉做媳妇。我觉得这番话体现了薛姨妈无可奈何的心理。宝玉又疯又傻闹得死去活来，薛姨妈说了这么一番话：宝玉和黛玉从小一块长大，宝玉是实心孩子，猛听着黛玉要走，难免舍不得。这番话对贾母是及时雨，贾母就需要这样对别人解释，宝玉和黛玉不是男女之情是兄妹之情。至于贾母自己怎么理解，那是她自己的事。其实薛姨妈这么聪明，应该知道，宝玉和黛玉已心心相连，不能分开了。她也早就发现，不管她怎么宣传金玉良缘，贾母就是油盐不进，偶尔出现个薛宝琴贾母那么动心，一直在她身边活动的宝钗，她一直不动心。所以看到宝玉为黛玉死去活来，薛姨妈说把你林妹妹订于他，是无奈之语。

紫鹃很聪明，马上跟进来问："姨太太既有这主意，为什么不和太太说去？"这可真是将了一军，差点就把棋局高手薛姨妈将死。薛姨妈的回答是："你这孩子，急什么，想必催着你姑娘出了阁，你也要早些寻一个小女婿去了。"这回答太滑了，不仅不回答紫鹃的话，还叫紫鹃不能再问了。黛玉说紫鹃"也臊了一鼻子灰去了"，但潇湘馆的婆子们又说了："姨太太虽是顽话，却倒也不差呢。到闲了时和老太太一商议，姨太太竟做媒保成这门亲事是千妥万妥的。"婆子们说话，薛姨妈就不能再开玩笑了，骑虎难下了，就只好回答："我一出这主意，老太太必喜欢的。"

薛姨妈能出这个主意吗？薛姨妈一直认定金玉良缘，现在她去向贾母建议成全木石姻缘，可能吗？不过在曹雪芹这样的天才小说家的笔下，什么事都可能发生。既然某一句谶语，脂砚斋某一句评语，都可以引出后文，薛姨妈公开说的话就真不能兑现？有红学家认为，很可能后来就是薛姨妈做媒，贾母同意了宝黛婚事，但宝玉外出逃难了，黛玉为了宝玉日夜哭泣，还完最后一滴眼泪，泪尽而逝。

那么薛姨妈说的话，怎么兑现？我想象不出来会出现一个什么样的情节。如果薛姨妈真兑现了她的话，宝玉黛玉最后怎么又成了悲剧，会有一些多么叫人心动神移的情节呢？

第五十八回

杏子阴假凤泣虚凰
茜纱窗真情揆痴理

梨香院小戏班解散，小戏子分到大观园各处服务。贾宝玉帮助了分在潇湘馆的藕官解脱困局。凤凰是中国古代神鸟，雄为凤，雌为凰。凤凰比喻夫妻，假凤和虚凰，指戏里的夫妻。贾宝玉在去看林黛玉路上，经过山石后的大杏树，发现有人烧纸，原来是在梨香院的戏班扮小生的藕官祭奠死了的小旦药官，他们在戏里演夫妻，在生活当中也恩恩爱爱。藕官的行为被大观园婆子发现，要报告，要把她拖走，宝玉保护了她。藕官告诉宝玉，你想知道怎么回事，你回去问分在怡红院的芳官就可以。宝玉听了芳官告诉他，为什么藕官要烧纸，琢磨戏里妻子死了仍然不忘的深情。

太妃病逝戏班离散

这个故事和五十五回一个细节联系着，五十五回写元宵节过了。为什么元宵节不能省亲也没有灯谜呢？因为有老太妃病了，元妃不能省亲。像曹雪芹这样的伟大作家不可能让小说重复出现同样情节，就是要把元妃省亲写成元妃和贾府关系的绝响，元妃再也不能回国公府。

杏子长出小小绿杏时，老太妃死了，按照朝廷规定，诰命得入朝随班，按爵守制，一年之内，有爵位的家庭不能宴饮音乐，庶民三月不得婚嫁。贾母每天入朝随祭，太妃停灵二十一天后入皇陵，贾母还要送葬。这样一来，两府空虚，便报了尤氏产育，留她照看，贾母又托薛姨妈照看黛玉。薛姨妈搬到潇湘馆了，对黛玉照顾非常上心。

主要人物走后，贾府有点乱了。贾母等有爵位的人去，大管家也跟着去，剩下都是些生手。贾府赚骗无节、呈告无据、举荐无因，种种不好的事都出来了，贾府正一步一步走向衰落。因为朝廷规定，得把戏班子解散。王夫人比较善良，说这些孩子都不容易，愿意回家，叫父母领回去，不愿意回去，发在各处服务。结果倒有一半不愿意回家。发落小戏子，没出现龄官。龄官画蔷，受到贾宝玉关注，龄官竟能不理睬贾府凤凰贾宝玉，不给他唱《袅晴丝》，这是个非常次要但很有个性的人物。遗憾的是，这个有点像林黛玉的女孩，就这样无影无踪了。龄官或者已死或者回家了。

小戏子分到哪去？曹雪芹即使写微小事物，也写得令人深思。他把戏班子的人分配各处使用时，好像都按戏中角色分配。文官是所谓班长，分给贾母；正旦芳官给宝玉，小生藕官给黛玉，正好把角色倒过来；小旦蕊官给宝钗。大花面葵官小花面豆官给了湘云和宝琴。花面是有点豪爽，有时爱开玩笑的角色，就给了性格较开放、较爱说话的湘云了。宝琴的个性，据宝钗分析，和湘云接近。这些人学戏很受拘束，一到园子就像出笼之鸟，有的学针线，有的继续玩。这些人原来唱戏，心性比较高傲，和大观园婆子关系比较紧张。

清明时，贾琏等准备祭祀，宝玉在生病不去。他饭后往潇湘馆走。园子里婆子们都忙，有修竹子的，有整理花园的。宝玉走到池边，湘云看见他就说，快把这船打出去，他们是接林妹妹的！湘云说话毫无顾忌，又把宝玉为黛玉几乎死了的事提一笔。

宝玉走路拄了拐棍，这个拐是有用处的。他走到沁芳桥一带，看到柳垂金线，桃吐丹霞。但和去年春色很不一样。去年也是这个时间，春色满园，那么多姑娘欢乐地在大观园玩。现在仍然春色如许，但似乎冷清了。宝玉看到大杏树上结了豆子大的小杏，感叹，我才病了几天？绿叶成荫子满枝了。邢岫烟也有人家了，又少了个好女儿。

一只小鸟飞来了在枝上叫。宝玉想：小鸟肯定是杏花开时来过，现在没杏花了，它是为了花而哭？贾宝玉像文学青年，随时发表人生感叹。他正想着，一道火光从山石发出，小鸟惊飞。接着听到有人喊："藕官，你要死，怎弄些纸钱进来烧？我回去回奶奶们去，仔细你的肉！"原来是黛玉刚分来的丫鬟藕官，满脸泪痕守着些纸钱灰。宝玉对她说："你与谁烧纸钱？快不要在这里烧。你或是为父母兄弟，你告诉我姓名，外头却叫小厮们打了包袱写上名姓去烧。"藕官看到婆子害怕，见了宝玉更害怕，怎么问也不回答。一个婆子恶狠狠来拉藕官，说:“我已经回了奶奶们了，奶奶气的了不得。”婆子又说，“我说你们别太兴头过馀了，如今还比你们在外头随心乱闹呢。这是尺寸地方儿。”大观园婆子对小戏子本来不以为然，现在可抓住了，还指宝玉说，“连我们的爷还守规矩呢。”宝玉说：“他并没烧纸钱，原是林妹妹叫他来烧那烂字纸的。你没看真，反错告了他。”贾宝玉不管三七二十一，只要是女孩，甭管在干什么事，贾宝玉立即就保护。藕官马上得了主意，坚持说是烧林姑娘的字纸。婆子也聪明，从纸灰没化掉的拣出黄表纸，说：“你还嘴硬，有证有据在这里。我只和你厅上讲去。”要把藕官拉去见李纨等。

宝玉一把把藕官拉住，用拐杖敲开婆子的手，说：“你只管拿了那个回去。实告诉你：我昨夜做了一个梦，梦见杏花神和我要一挂白纸钱，不可叫本房人烧，要一个生人替我烧了，我的病就好的快。所以我请了这白钱，巴巴儿的和林姑娘烦了他来，替我烧了祝赞。原不许一个人知道的，所以我今日才能起来，偏你看见了。我这会子又不好了，都是你冲了！”贾宝玉真厉害，现场编小品，把老婆子唬住，老婆子只好去了。

洗头小风波

宝玉问藕官：“到底是为谁烧纸？”藕官不好意思说，说：你回去悄悄问芳官就行。宝玉去看了一趟林妹妹，他们已经再也不吵架，但黛玉益发瘦得可怜。这是简单提一笔，林黛玉的生命在走向尽头。宝玉回怡红院想问芳官，偏偏有客人，湘云、香菱在那说说笑笑，就只好耐心等着这帮人走了再问。就在这时，芳官跟干娘去洗头。她干娘叫亲女儿洗后才叫芳官洗。芳官和干娘闹起来，说：我的钱你拿着，给我这些剩东剩西的！她的干娘就骂她，说：戏子没一个好缠的，这么一个死丫头，也咬群的骡子似的！晴雯批评芳官，说："不过就是会了两出戏，倒像是杀了贼王，擒了反叛来的。"袭人说，"老的也太不公些，小的也太可恶些。"宝玉还是护丫鬟。他说：怨不得芳官。她干妈拿了她的钱。又作践她。然后对袭人说，你把她的钱收过来你管她吧。袭人说，我怎么能干这个。袭人照顾芳官洗头，到屋里取了瓶花露油、鸡蛋、香皂、头绳，叫一个婆子给芳官送了去。

看到取鸡蛋洗头，我不由得想起小时，母亲也用鸡蛋洗头。鸡蛋洗头像现在用护发素。而《红楼梦》中，怡红院丫鬟洗头要用鸡蛋、花露油、香皂。芳官的干娘很羞愧，打了芳官几下。袭人劝，她和袭人拌嘴。晴雯过来，指着她干娘说："你不给他洗头的东西，我们饶给他东西，你不自臊，还有脸打他，他要在还学里学艺，你也敢打他不成？"袭人把麝月叫来，说，我不会和人吵架，晴雯那家伙性子太急，你去吓唬她两句。怡红院口才最好的丫鬟，有律师才能的麝月再次出山，对婆子说："你且别嚷。我且问你，别说我们这一处，你看满园子里，谁在主子屋里教导过女儿的？便是你的亲女儿，既分了房，有了主子，自有主子打得骂得，再者大些的姑娘姐姐们打得骂得，谁许你老子娘又半中间管闲事了？都这样管，又要叫她们跟着我们学什么？越老越没了规矩！”“他不要你这干娘，怕粪草埋了他不成？”芳官挨打后，什么形象呢？只穿着海棠红的小棉袄，底下丝绸撒花袷裤，敞着裤脚，一头乌油似的头发披在脑后,哭得泪人一般。写的这小演员太妙了。她不像一般丫鬟打扮，穿得花红柳绿，一般丫鬟得扎起裤脚，她敞着裤腿。麝月笑了说：“把个莺莺小姐，反弄成拷打红娘了。”玩笑开得对景。芳官戏班唱正旦,就是莺莺,红娘是小旦。这一哭，莺莺小姐变成红娘。

芳官在怡红院是什么等级丫鬟？不可能和晴雯平等，应和佳惠、小红同等待遇，干粗活。但芳官受宝玉宠爱，大丫鬟也高看她一眼。宝玉病中吃清淡东西，今天送来碗火腿汤，宝玉在桌上喝了一口。袭人说，几天不见荤，馋成这样？宝玉一喝就说“好烫”，袭人赶快端起碗轻轻吹，看到芳官站在一边，就把碗递给芳官，说：你也学着些服侍，别一味的呆憨呆睡，学着吹吹，吹得轻点，不要把唾沫星儿吹到碗里。芳官果然吹了几口。她干娘在外面看见，跑进来说：“她不老成,仔细打了碗,让我吹罢。”一边说一边接过来就吹。晴雯喊：“出去！你让他砸了碗，也轮不到你吹。你什么空儿跑到这里槅子来了？”里槅子是内室，“还不出去”，一边把婆子撵出去，一边骂小丫头，“瞎了心的，他不知道，你们也不说给他。”小丫头说，我们说她了，她不听，不让她进来，她非要进来，连累我们都受气了。然后对婆子说：“你可信了？我们到的地方儿，有你到的一半，还有你一半到不去的呢。何况又跑到我们到不去的地方还不算，又去伸手动嘴的了。”大丫鬟干什么，小丫鬟干什么，粗使婆子干什么。怡红院有严格等级规定，芳官吹了汤，叫宝玉喝了。宝玉喝了半碗，使个眼神给芳官，表示有话跟她说。芳官本是唱戏的，很伶俐，她说，我头疼，不吃饭了。袭人说你不吃饭，在这里和二爷作伴吧。

宝玉体味假凤虚凰

宝玉趁机把藕官的事告诉芳官，问她祭的是谁？芳官告诉他，这事说起来好笑又可叹。她祭的是戏班子死了的药官。宝玉说是朋友死了祭一祭是应该的。芳官说：“那里是友谊？他竟是疯傻的想头，说他自己是小生，药官是小旦，常做夫妻，虽说是假的，每日那些曲文排场，皆是真正温存体贴之事，故此二人就疯了，虽不做戏，寻常饮食起坐，两个人竟是你恩我爱。药官一死，他哭的死去活来，至今不忘，所以每节烧纸。后来补了蕊官，我们见他一般的温柔体贴，也曾问他得新弃旧的。他说：“这又有个大道理。比如男子丧了妻，或有必当续弦者，也必要续弦为是。便只是不把死的丢过不提，便是情深义重了。若一味因死的不续，孤守一世，妨了大节，也不是理，死者反不安了。”这话倒合了宝玉心思，又是喜欢又是悲叹又是称奇道绝：“天既生这样人，又何用我这须眉浊物玷辱世界。”他对芳官说，你悄悄告诉藕官，以后不要烧纸，逢时按节备个香炉，焚香就可。只要诚心，即便仓皇流离之日，连香都没有，有土有草，只要洁净，便可为祭，不仅死者可以享受，神鬼也会享受。你看我那案上就设个炉子，我时常焚香，心里是有想法的。随便有了清茶我也供一盏水，有了鲜果，我也供供果子，所以说，敬不在虚名，以后告诉她不要烧纸了。

这一段很有意思，藕官烧纸祭奠药官，曹雪芹在这两人的名字上构思巧妙。药是莲子，莲子和莲花、生在水底的藕，是同体的。所以藕官和药官是夫妻。药官死后，又补个蕊官。蕊是荷花里的小花蕊。和藕也是同体。曹雪芹构思这三个人的名字就说明，原来的妻子和丈夫同体，续娶的妻子也和丈夫同体。贾宝玉发的这套议论就说明，如果一个人死了妻子，可以续弦,只要不把原来的妻子忘掉就可以。这里面又有伏笔。很多人不理解，为什么林黛玉死了，贾宝玉要和薛宝钗成亲，成亲后再出家，为什么不林黛玉一死就出家？那样岂不说明你贾宝玉对林黛玉一点二心没有，深情无比？但是曹雪芹不是这样处理，他笔下的贾宝玉不仅对林黛玉钟情，他还要与封建社会主导思想对着干。他是在薛宝钗显示出功名利禄思想后，才抛弃她出家。他首先要先把薛宝钗娶了，才能最后悬崖撒手。

这就是贾宝玉说的那番道理："丧了妻，或有必当续弦者，也必要续弦为是。"什么意思？可以猜想，林黛玉死了，本来贾宝玉并不想出家。作为荣国府男性继承人，他要承担家族责任，要娶妻生子，他娶了薛宝钗。但薛宝钗婚后仍劝他立身扬名、读书做官。所以尽管薛宝钗和贾宝玉结婚后，曾有过一段举案齐眉，在一起谈论旧事的比较和谐的生活。一旦薛宝钗表现出利欲熏心，像须眉浊物一样热衷功名，贾宝玉就受不了。贾宝玉总忘不了世外寂寞林，因为只有林黛玉从不劝他立身扬名。

五十八回虽然写的是梨香院小戏子之间悲欢离合，就是杏子阴假凤泣虚凰，却使贾宝玉对于他未来的人生有了一点似乎提前的清醒认识，就是茜纱窗真情揆痴理。这样我们就能理解为什么林黛玉泪尽而亡后，贾宝玉还会娶薛宝钗。贾宝玉说，想念什么人，不要烧纸钱，备个香炉随时烧香就行了，特别说到即值仓皇流离之日，那就是说，即使将来贾宝玉穷到雪夜围破毡，寒冬吃酸齑，他还是心心念念想着林黛玉。五十八回如果单独拿出来，是精彩的短篇小说，写梨香院小戏子之间的感情纠葛，但主角还是贾宝玉。

读者朋友读到五十八回，可能像我当年上大学时一样纳闷，《红楼梦》不是写宝黛爱情、贾府盛衰？怎么到五十八回，宝黛爱情不写了？凤姐理家不写了？曹雪芹的兴致怎么放到芳官、藕官这帮小姑娘身上？这现象也引起国外专家思索乃至不以为然。

美国著名汉学家夏志清教授是美国研究中国古典小说的权威之一。他曾和美国著名红学家、纽约大学历史学家唐德刚教授因红学话题发生过激烈争论。唐德刚先生把夏志清教授的文章叫“大字报”。1986 年哈尔滨国际红学会时，我亲自听到唐德刚教授介绍他们间的争论，这段红学争论说来话长，我们且不管它。夏志清教授在《中国古典小说史论》里，曾把中国古典小说和西方 19 世纪以来的小说做对比，他认为：明清小说家缺少驾驭一个场面和展开全部潜在戏剧性的雄心，很少注意情绪和气氛的联系，很少能将叙述、对话、描写融为一体。在这方面中国古代小说只有一部书可以与西欧作家媲美，那就是《红楼梦》。但夏志清教授又提出：“《红楼梦》是一部堪与西方传统最伟大小说媲美的作品，但作者也免不了自讨苦吃的刻意故事堆积性的传统，附带叙述了许多次要的小故事，这些故事其实可以全部删除，以便把篇幅用在更充分地经营主要情节上。”夏志清教授的这一观点，其实是对《红楼梦》丰富性的否定。夏教授指的可以删除的情节，可能指五十回之后出现的非主要人物故事，如五十八回“杏子阴假凤泣虚凰”。大观园女奴故事跟宝黛爱情相比，跟王熙凤的故事相比，虽然可以算“故事堆积”，算旁枝斜出，但在组成大家族没落上，却有不可替代的作用。我认为，中国的人情小说不是西方的侦探小说，它把生活的丰富性呈现给读者，把表面看似琐碎的东西不厌其烦地描绘出来，仔细琢磨却于细腻处见深邃。杏子阴假凤泣虚凰是贾府覆灭前的星星雨点，却形成贾府败落的先声，这类情节的存在又使小说节奏得到松弛。长篇小说不应一直像出弦的弓箭，恰恰相反，长篇小说应有张有弛，应当有金戈铁马和锦瑟银筝的并存，有瓢泼大雨和毛毛细雨的交替，有多人宏大场面和个人心理独白的换位,有主要人物和次要人物的换位。在构筑小说大厦框架后，增写部分贾府生活场景，让小说丰厚、蕴藉，把小说“装修”得细致精美，恰好是曹雪芹作为伟大小说家才能的展现。

杏子阴假凤泣虚凰的故事，是在贾母等人比较长时间离开贾府的情况下发生的，跟后边贾宝玉庆生日的主奴同乐一样，是家长不在家里发生的事。这也是曹雪芹很奇怪的安排。本来他设置出一个大观园够年轻人活动了，现在又把家长调出去了。关于贾母等为老太妃送丧的事，红学家也有很大的争论。从剑桥大学回国的吴世昌先生在《红楼梦探源》一书中曾指出，小说进行到二分之一时，贾母等人长时间为老太妃送丧的情节，可能本来是为元妃送丧又加以删改。这当然也是可能的。这是《红楼梦》探佚的一个重要内容，我们就不去说它了。

第五十九回

柳叶渚边嗔莺咤燕
绛云轩里召将飞符

这一回可以是单独成立的故事。小丫头采摘柳条和花朵，引得管园子的婆子和她们争吵。莺是黄金莺，宝钗的丫头莺儿；燕是春燕，怡红院的小丫头。柳叶渚是靠近潇湘馆的水池子。莺儿在水池子边编花篮，春燕在一边看，管园中花木的是春燕姑妈。姑妈不好意思骂莺儿，指桑骂槐责打春燕。春燕的妈来了，她又挑唆春燕的妈打她。春燕跑回怡红院。她妈居然跟回怡红院闹。绛云轩是宝玉住处。袭人管不住老婆子，派人请平儿，就是"召将"。平儿有事来不了，下令处理老婆子，这叫"飞符"。这是俏皮地借军中传令用语形容大观园闺阁琐事。

贾府没了正头香主

五十八回"杏子阴假凤泣虚凰"结尾。贾宝玉刚从芳官那儿搞清楚藕官烧纸是怎么回事，听到有人报告："老太太、太太回来了。"宝玉赶紧添了衣服，拄了拐杖，到贾母上房请安。贾母在家休息一晚，第二天还得到朝中祭拜。不过一个老太妃去世，像贾妃家这跟皇帝沾亲带故的人家，闹个六佛出世、鸡犬不宁。贾母七十多岁的人，连续多少天，天天按品大妆，进朝祭拜。最后还得离家送灵。这就是封建朝廷的威风，皇权的威仪。送灵前几天，贾府先派四五个媳妇和几个男人送去贾母等人下榻用的帐幔铺盖，安排好，等贾母王夫人到来。贾母的丫鬟鸳鸯、琥珀、翡翠、玻璃，忙着给贾母准备送灵带的物品。王夫人的丫鬟彩云、彩霞、玉钏，给王夫人准备上路带的东西。准备好后，贾母和王夫人得力的丫鬟并没都跟去。鸳鸯和玉钏儿留下看家。这样贾母、王夫人返回时，进门一切都安排妥贴。贾母和王夫人送灵要安排驮轿。所谓驮轿是用两头牲口驮着走的轿子。到正式送灵日子，贾母带贾蓉之妻坐前一个驮轿，这是曾祖母带重孙媳妇，讲究、体面的诰命夫人四世同轿，贾母是一品诰命夫人，贾蓉之妻是五品诰命夫人。贾蓉后娶之妻最早出现在二十九回，当时没她的姓氏。五十八回写老太妃死了，“贾母、邢、王、尤、许婆媳祖孙等皆每日入朝随祭”，排在尤氏后边的许氏，很明确是入朝随祭的诰命夫人，显然是贾蓉后娶之妻。有版本说贾蓉之妻是胡氏，这来源于后四十回，是贾政说的，胡氏是京畿道胡老爷的女儿。贾母和贾蓉之妻坐前一个驮轿，王夫人坐后一个驮轿。几辆大车坐着婆子丫鬟，贾珍率领众家丁骑马护卫。贾琏打发贾赦、邢夫人起身，赶上贾母后，他率领家丁押后。贾珍、贾琏是两府的顶级花花公子，关键时刻，真起到家庭顶梁柱作用。贾母最宝贝的孙子宝玉呢？年龄小管不了这些事。他正因为林姑娘要走的乌龙事件病到拄了拐杖。

五十八回“杏子阴假凤泣虚凰”和五十九回“柳叶渚边嗔莺咤燕”，贾府家长参加国丧。梨香院小戏子变成丫鬟，跟国丧期间规定有关：“一年内不得筵宴音乐，庶民皆三月不得婚嫁”。国丧期间如何守制？康熙年间曾发生过有名事件。康熙二十七年，佟皇后国丧期间，洪昇在家招伶人给朋友演《长生殿》，被对他有私怨的御史黄六鸿告发，洪昇被革去国子监学籍，参与听戏的官员、山东著名诗人赵执信等被罢官。洪昇和赵执信一辈子没能当官。所谓“可怜一曲长生殿，断送功名到白头”。康熙四十三年，曹雪芹祖父曹寅集合江南名士，请洪昇到江宁织造府，把洪昇让到上座，两个人对着剧本看演出，边看边讨论、修改，连续演三天三夜《长生殿》。这是曹家的真实史实。当时传为美谈。曹雪芹对祖辈和大戏剧家的交往引为自豪，对国丧期间如何停止宴乐非常熟悉。他巧妙地把这桩国丧事处理成大观园临时权力真空，小丫鬟、老婆子，一个一个登台表演，简直要乱世为王。伟大小说家的构思，真是麻姑掷米，粒粒皆为金砂。

贾母等人去参加老太妃送丧，贾府没了正头香主，越来越乱，捺下葫芦起来瓢。五十八回藕官在大观园烧纸，五十九回戏班子小姑娘和婆子闹起来。

贾母去送丧，本来赖大他们处理得很严谨，把上房门关了，日落时关仪门，谁也不能出去。晚上，林之孝家的带领老婆子上夜，好像十分妥当，但内部矛盾越来越多。

贾宝玉的女性三段论

这件事的起因，是宝钗早上睡醒后，叫湘云起来。湘云说脸上发痒，大概犯了杏斑癣，宝姐姐给我些蔷薇硝搽一搽。蔷薇硝是大观园姑娘们自己制作、近似于化妆品又近似于脱敏药的东西。宝钗说我这儿没有了，到黛玉那要点。她叫莺儿去取些来。莺儿答应了，蕊官说，我和你一块去，瞧瞧藕官。

藕官本和药官是一对，药官死后，补了蕊官演小旦。她和蕊官又成了恩恩爱爱假夫妻。现在蕊官又去看藕官。两人到了柳叶渚。莺儿折了些柳枝叫蕊官拿着，她边走边编篮了。看到漂亮的花朵，就摘下花朵编到篮子上。到了潇湘馆。林黛玉正晨妆，看到篮子说："这个新鲜花篮是谁编的？"莺儿说："我编了送姑娘玩的。"林黛玉夸奖："怪道人赞你的手巧，这玩意儿却也别致。"这一夸，就夸出莺儿编篮子的兴趣，再编就编出矛盾来了。

莺儿来要蔷薇硝的，黛玉叫紫鹃包了一包，叫莺儿拿回去。

贾母离开贾府，最不放心的人是黛玉。贾母拜托薛姨妈好好照顾黛玉。薛姨妈干脆搬到潇湘馆，对黛玉起居用药，照顾得无微不至。在紫鹃试宝玉时，黛玉已经认薛姨妈做妈。她现在对薛宝钗直接叫"姐姐"，不再叫薛姨妈，直接叫“妈”。看到这些地方，我心里酸酸的，可怜的绛珠仙子，像落水人抓住救命草一样，寻找世间温暖！薛姨妈和薛宝钗都给了她温暖，她就被感动得视如亲母亲姐了。也有红学家，说林黛玉认了个“狼外婆”当妈。我倒不这样看。黛玉跟莺儿说，你回去说与姐姐，不用过来问候妈了，我待会就和妈过去，也在那边吃饭。莺儿想叫蕊官一块回去，但蕊官正和藕官说得高兴，不愿分手。莺儿说："姑娘也去呢，藕官先和我们去等着岂不好？”紫鹃特别善解人意，说："这话倒是。他这里淘气的也可厌。”把黛玉的吃饭专用匙子筷子用毛巾包好，交给藕官："你先带了这个去，也算一趟差了。”藕官接了，三人沿原路返回。莺儿受到林姑娘表扬，说篮子编得特别好。现在想再编个篮子送给宝姑娘。她又采了些柳条，干脆坐在柳树下编起来。叫蕊官先去送了硝再回来。莺儿正在编，春燕来了。春燕的妈何婆是芳官干妈，就是把芳官从莺莺小姐变成被拷打红娘的婆子。

春燕说："姐姐编什么呢？”莺儿还没回答，春燕看到蕊官和藕官两个到了，对藕官说："前儿你到底烧什么纸？被我姨妈看见了，要告你没告成，倒被宝玉赖了她一大些不是，气的她一五一十告诉我妈。”春燕是怡红院小丫鬟。她的亲人在大观园形成个下人小网络。她妈是芳官干妈，姑妈管着柳树、花草，姨妈就是抓住藕官烧纸的婆子。藕官发了番牢骚，说这些年，干妈用了我们不少钱，还怨天怨地。春燕特别精明懂事，口才也好生了得。明明是说她的姨妈，春燕不给姨妈辩护，反而说姨妈的不是。但她又不能自己说姨妈不好，她借贾宝玉的口说。而她这番话，就成了红学家研究贾宝玉的思想的重要资料了。

春燕说："他是我的姨妈，也不好向着外人反说他的。怨不得宝玉说：'女孩儿未出嫁，是颗无价之宝珠；出了嫁，不知怎么就变出许多的不好的毛病来，虽是颗珠子，却没有光彩宝色，是颗死珠了；再老了，更变的不是珠子，竟是鱼眼睛了。分明一个人，怎么变出三样来？'"春燕闲谈讲出贾宝玉的著名学说，有红学家考证，贾宝玉的女人三段论，和著名思想家李卓吾的观点相通。

李卓吾《童心说》怎么说的？"夫童心者，真心也。若以童心为不可，是以真心为不可也。夫童心者，绝假纯真，最初一念之本心也。若失却童心，便失却真心，失却真心，便失却真人。人而非真，全不复有初矣。""童心既障，于是发而为言语，则言语不由衷；见而为政事，则政事无根柢；著而为文辞，则文辞不能达。"人保持童心，保持真心，一点儿虚情假意也没有，如果失掉真心，也就失掉真人，失掉真之后，写文章会言不由衷、词不达意，做政事会没有根底。贾宝玉说女孩没出嫁是颗无价宝珠，因为她没受到人世间恶浊的污染，没受到男人影响，还保留着少女的纯洁、真诚；出嫁后，因为接触利欲熏心的男子，为适应恶俗的社会，渐渐丧失了少女原本的清纯，变得世故甚至势利起来。再老了，沾上贪利之心，真成了鱼眼睛了。梨香院婆子们只关注干女儿的生活补助，不照顾她们的生活；管理大观园花草的婆子，只看到一草一木都是钱，针眼大的利益都计较，人情脸面一点也不讲。春燕用少女的纯真视角观察自己的母亲、姑妈、姨妈，看到她们自私自利、财迷转向。成了贾宝玉说的鱼眼睛。

春燕说：我妈和姨妈，她姊妹两个如今越老越把钱看得真了。她们原来都没有差使，后来我到怡红院，自己的费用不用家里管，每个月还有四五百钱余剩，她们老姐妹到梨香院照看学戏的，都成了干娘。有了芳官那份钱，家里更宽裕了。"你说好笑不好笑？我姨妈刚和藕官吵了，接着我妈为洗头就和芳官吵。"她说本来她妈要给她洗头，她不叫洗，大概希望她妈给芳官洗。她妈还是把她的妹妹小鸠儿叫来洗。春燕对自己的妈叨三不着两，还要去给宝玉吹汤，都觉得太不懂事了。春燕说："你这会子又跑来弄这个，这一带地上的东西都是我姑娘管着，一得了这地方，比得了永远基业还利害，每日起早睡晚，自己辛苦了还不算，每日逼着我们来照看，生恐有人遭踏，又怕误了我的差使。如今进来了，老姑嫂两个照看得谨谨慎慎，一根草也不许人动。你还掐这些花儿，又折他的嫩树，他们即刻就来，仔细他们抱怨。"

春燕抱怨藕官，实际是提醒莺儿，不要在这编花篮了。但莺儿自我感觉良好，觉得像我、像我们姑娘这样的身份，在大观园有特权，应该特别受尊重。莺儿说：别人乱折乱掐使不得，独我使得。自从分了地基之后，每日里各房都有分例。花草都得剪下来给姑娘们去插瓶，但是宝姑娘不要。我就掐点，他们也不好意思说！莺儿高估了自己，也高估了宝姑娘。大观园的嬷嬷们才不管你是不是宝姑娘、是不是莺儿。你掐了我的花，掐了我的柳条，我就不高兴。

春燕的姑妈来了，莺儿和春燕让坐。婆子一看，又折柳条又折鲜花，浪费我多少钱？就说春燕：我叫你来照看照看，你就贪住玩不去了。春燕说：你使唤我，这会子又说我，难道我劈八瓣？春燕辩白，你派我来照看你的花，又说我，难道我有分身法？莺儿还是自我感觉良好，觉得如果是我折花，总该给个面子吧。莺儿说，姑妈你别信小燕的话，是她摘下来烦我编。这下子春燕算倒霉了。春燕先提醒一句，“你可少玩儿……他老人家就认真了。”老婆子唯利是命，正因折了她的柳条，心疼得要命，一听莺儿那么说，马上拿起拐杖来往春燕身上敲了几下，骂：“小蹄子，我说着你，你还和我强嘴儿呢。你妈恨的牙痒痒，要撕你的肉吃呢。你还来和我强梆子似的！”春燕当着朋友们被亲戚打了，很丢人。她说：“莺儿姐姐玩话，你老就认真打我。我妈为什么恨我？我又没烧糊了洗脸水。”这话太棒了，我后来常借这句话，谁说我有什么问题，我就说：我又没烧糊了洗脸水！洗脸水怎么可能烧糊？那就是我没过错。

莺儿劝“我才是玩话，你老人家打他，我岂不愧？”婆子一点儿不给她留面子：“姑娘，你别管我们的事，难道为姑娘在这里，不许我管孩子不成？”莺儿气晕了，只好继续编篮子。没想到又来个更蠢的！春燕娘一来，姑妈告状，拿石头上的花柳给春燕妈看，你闺女这么大的孩子弄这个玩，领着人家糟蹋我！春燕妈正为芳官的事生气，上来照春燕打个耳刮子。婆子的昏聩、糊涂，在用词上表现非常好，姑妈骂春燕“小蹄子”，亲妈骂“小娼妇”。也不想想你闺女是小娼妇，你不成了妓院的老鸨子了？“小娼妇！你能上去了几年？你也跟那起轻狂浪小妇学，怎么就管不得你们了？干的我管不得，你是我屄里掉出来的，难道也不敢管你不成！既是你们这起蹄子到的去的地方我到不去，你就该死在那里伺候，又跑出来浪汉。”太难听了！妈妈骂亲生女儿竟骂出“小娼妇”、“浪汉”，抓起柳条子送到女儿脸上说：“这叫作什么？这编的是你娘的屄！”莺儿说，“那是我们编的，你老别指桑骂槐。”婆子本来特别妒忌袭人、晴雯、莺儿等类人，又看到藕官，是她姐姐的冤家，一肚子怨气便打女儿。春燕边哭边往怡红院跑。她妈怕她告诉怡红院的人，就赶快撵，说“你回来，我告诉你再去。”曹雪芹特别擅长行文中取乐，婆子跑，被脚下青苔滑倒，摔个大跟头。莺儿很生气，把花篮、花朵、柳条全扔到河里。

怡红院的新鲜事

春燕跑回怡红院，一把抱住袭人："姑娘救我！我娘又打我呢。"袭人脾气好，对春燕母亲说："三日两头儿打了干的打亲的，还是卖弄你女儿多，还是认真不知王法？"婆子说："别管我们的闲事，都是你们纵的。"还要赶着打。袭人回身进来，麝月在晾手巾，告诉她：别管，看她怎么办！使眼神给春燕，叫她往宝玉那儿跑。春燕直奔宝玉。大家都笑，大观园最低的婆子跑到大观园凤凰身边打人，可真是从来没有的事！

麝月劝婆子："难道这些人的脸面，和你讨一个情还讨不下来不成？"婆子见女儿跑宝玉那里，只好站住。宝玉问怎么回事儿？春燕把刚才的事说了。贾宝玉着急了，你们爱怎么吵怎么吵，怎么还得罪亲戚？哪个亲戚？薛宝钗。麝月说："怨不得这嫂子说我们管不着他们的事，我们虽无知错管了，如今请出一个管得着的人来管一管，嫂子就心服口服，也知道规矩了。"召个小丫头，"去把平儿给我们叫来！平儿不得闲，就把林大娘叫了来。"小丫头应了就走，大概希望婆子被治一治。怡红院的媳妇跟春燕的妈说："嫂子，快求姑娘们叫回那孩子罢。平姑娘来了，可就不好了。"婆子昏聩过头，也可能对怡红院，甚至对贾府形势不是很了解，居然说："凭你是那个平姑娘来也凭个理，没有娘管女儿大家管着娘的！”大家说：“你当是那个平姑娘？是二奶奶屋里的平姑娘。他有情呢，说你两句；他一翻脸，嫂子你吃不了兜着走。”

小丫头已回了，说：“平姑娘正有事，问我作什么，我告诉了他，他说：‘既这样，且撵他出去，告诉林大娘在角门外打他四十板子就是了’。”平儿代表王熙凤管家，可以执法。春燕妈一听，撵出去就没收入，还得挨四十板子，泪流满面求告袭人：好容易我进来，我是寡妇，家里没人，正好一心无挂地在里头服侍姑娘们，我要是撵出去，没生活来源了。袭人有同情心，说：“你既要在这里，又不守规矩，又不听说，又乱打人。那里弄你这个不晓事的来，天天斗口，也叫人笑话，失了体统。”晴雯说，理她呢，打发她是正经！婆子求大家帮着说话，求自己女儿：“原是我为打你起的，究竟没打成你，我如今反受了罪，你也替我说说！”贾宝玉心软，说，留下她吧，以后不能再闹。平儿来了，问怎么回事？袭人说，处理完了。平儿笑道：“得饶人处且饶人，得省的将就省些事也罢了。”她接着说，“能去了几日，只听各处大小人儿都作起反来了，一处不了又一处，叫我不知管那一处的是。”贾母他们刚走了，贾府已经乱了套，矛盾一件又一件，这一件是最小的，还有大的。

贾府内部越来越混乱，贾府衰落已不可挽回。大观园也不是世外桃源，矛盾一件接一件，第六十回出来更好玩的矛盾，赵姨娘闹到怡红院了。

第六十回

茉莉粉替去蔷薇硝
玫瑰露引来茯苓霜

第六十回又是大观园奴仆之间的矛盾。茉莉粉是芳官冒充蔷薇硝给贾环的，引得赵姨娘大闹；芳官把宝玉吃的玫瑰露送给厨房主管柳嫂子的女儿柳五儿。嫂子倒了些给娘家侄子吃，嫂子回赠她一包茯苓霜。不管是茉莉粉、蔷薇硝、玫瑰露、茯苓霜，都引起大观园的风波。

五十九回平儿来处理怡红院的事，平儿说：现在有大事小事，很多杂乱的事情。这时李纨派丫鬟来找他，平儿赶快走了。大家说，她奶奶病了，她成香饽饽了。宝玉叫春燕跟她妈到宝姑娘房里找莺儿说几句好话。宝玉为人周到，觉得春燕和她妈得罪了莺儿，该去赔礼。春燕母女刚走，宝玉又隔着窗户嘱咐，不要当着宝姑娘说，反倒叫莺儿受教导。他想得多周到。

娘儿两个出来边走边说闲话。春燕告诉她妈，宝玉常说将来这屋里的人，不管家生子，还是把一个人买来的，宝玉将来都要回太太放出去。这是贾宝玉的民主思想，先于伟大的俄罗斯作家托尔斯泰。托尔斯泰是大地主，他要解放自己的农奴。而我们《红楼梦》小说人物贾宝玉做得比他还早。春燕母亲一听，就阿弥陀佛。

她们到了蘅芜苑，宝钗、黛玉、薛姨妈正吃饭，莺儿去倒茶，春燕母女给她赔了礼。她们告辞要走，蕊官递了个纸包给她们，带去给芳官。蕊官和芳官关系好，给史湘云要来的蔷薇硝，她居然分些给芳官。

芳官来个调包计

春燕回怡红院进来，宝玉看见，点点头，知道你赔过不是了。春燕使个眼神给芳官。芳官出来，她把蔷薇硝给芳官。宝玉为什么不问春燕你去赔不是怎么赔的？因为贾环和贾琮来问候他。宝玉和他两个没可说的，看到芳官手里有东西，有一搭无一搭问了一句，拿的是什么？芳官递给宝玉看，说是搽春癣的蔷薇硝。贾环一听，伸头瞧，嗅到一股清香，弯着腰从靴筒掏出张纸来说："好哥哥，给我一半儿！"真是个下三烂！你哥哥的丫鬟从小伙伴处得到的蔷薇硝，并不是你哥哥的东西。一个做少爷的，怎么好意思要小丫鬟的东西？而且要一半。宝玉只好答应。芳官不愿意给他，说："别动这个，我另拿些来。"原来芳官自己也有蔷薇硝，结果找不着了。麝月说：忙什么呀，随便给他点别的，打发他去了就行了，咱们吃饭！芳官包了包茉莉粉。贾环伸手来接，芳官把纸包往炕上一扔。贾环只好拾起来揣在怀里。这个小动作就看出来，芳官虽是怡红院小丫鬟，身份很低，她还瞧不上环三爷，连跟他互相递递所谓的蔷薇硝，她都不干，得扔到床上。贾环得了所谓的蔷薇硝，兴致勃勃地找彩云。

彩云正和赵姨娘闲谈，贾环赶快献宝。彩云也懂化妆品，拿过来一看，笑了，说："这是他们哄你这乡老呢？这不是硝，这是茉莉粉。"贾环看了看，觉得这也是好的，留着搽吧。已经没什么事了，唯恐天下不乱的赵姨娘说："有好的给你！谁叫你要去了，怎怨他们耍你！依我，拿了去照脸摔给他去，趁着这回子撞尸的撞尸去了，挺床的便挺床，吵一出子，大家别心净，也算是报仇。"赵姨娘竟然说贾母和王夫人外出是"撞尸"，把王熙凤生病说成"挺床"。如果不是有深仇大恨，怎么能恶口恶舌咒骂别人？她还说，"宝玉是哥哥，不敢冲撞他罢了。难道他屋里的猫儿狗儿，也不敢去问问不成！"贾环不敢去问，彩云也劝忍耐，赵姨娘说："你快休管，横竖与你无干。乘着抓住了理，骂给那些浪淫妇们一顿也是好的。"又骂贾环，"你这下流没刚性的，也只好受这些毛崽子的气！平白我说你一句儿，或无心中错拿了一件东西给你，你倒会扭头暴筋瞪着眼蹬摔娘。"贾环不敢去，被生身妈骂得又愧又急，就说：你支使了我去闹，他们若向学里告了，我挨了打，你还不疼吗？每一遭挑唆我去，我挨了打骂，你一般也低了头。看来赵姨娘挑唆不止一次，贾环因此挨揍，也不是一次。"这会子又调唆我和毛丫头们去闹。你不怕三姐姐，你敢去，我就服你。"这一句话戳到赵姨娘的痛处。赵姨娘心里最痛的就是亲生女儿不认她这个娘。她就喊着说："我肠子里爬出来的，我再怕不成！这房里越发有得说了。"拿起那一包粉来，飞也似地去了。

赵姨娘大闹怡红院

赵姨娘跑进大观园，顶头遇见藕官的干娘夏婆子。夏婆子看到赵姨娘气狠狠地走来，就问姨奶奶哪儿去？赵姨娘就把这些事给说了一遍。夏婆子一听，正中己怀。藕官烧纸被婆子告发，这婆子就是她的干妈夏婆子。夏婆子听说芳官以茉莉粉变蔷薇硝给贾环，就说："我的奶奶，你今日才知道，这算什么事。连昨日这个地方他们私自烧纸钱，宝玉还拦在头里。人家还没拿进个什么儿来，就说使不得，不干不净的忌讳。这烧纸倒不忌讳？你老想一想，这屋里除了太太，谁还大似你？你老自己撑不起来；但凡撑起来的，谁还不怕你老人家？如今我想，乘着这几个小粉头儿恰不是正头货，得罪了他们也有限的，快把这两件事抓着理扎个筏子，我在旁作证据，你老把威风抖一抖，以后也好争别的礼。便是奶奶姑娘们，也不好为那起小粉头子说你老的。"赵姨娘本来倒三不着两，别人一戴高帽，更不知道自己姓什么。夏婆子真敢给她做证？看后面情节就知，只要损害她自己利益，她跑得比兔子还快。

赵姨娘说：烧纸的事是怎么回事儿，告诉我！夏婆子把藕官的事说了，又敲一句："你只管说去。倘或闹起，还有我们帮着你呢。"其实真正闹起来，婆子们谁也不帮她。

赵姨娘仗着胆子进了怡红院。芳官等人正在吃饭，一看赵姨娘来，都站起来笑着让"姨奶奶吃饭"，赵姨娘不搭话，把那包粉照芳官脸上撒来，指着芳官骂："小淫妇！你是我银子钱买来学戏的，不过娼妇粉头之流！我家里下三等奴才也比你高贵些的，你都会看人下菜碟儿。宝玉要给东西，你拦在头里，莫不是要了你的了？拿这个哄他，你只当他不认得呢！好不好，他们是手足，都是一样的主子，那里有你小看他的！"赵姨娘骂芳官，非常不得体，一个姨太太骂小丫鬟是小淫妇。而且她心里没数，头一句话就说错了，芳官怎么是你买来学戏的？连你都是贾家买的。芳官一边哭一边反驳："没了硝我才把这个给他。若说没了，又恐他不信，难道这不是好的？我便学戏，也没往外头去唱，我一个女孩儿家，知道什么是粉头面头的！姨奶奶犯不着来骂我，我又不是姨奶奶家买的。'梅香拜把子——都是奴儿'呢！"戳穿了赵姨娘的身份，你也是奴才！赵姨娘上来打了两个耳刮子。袭人等赶快劝，芳官撞头打滚："你打得起我么？你照照那模样儿再动手！我叫你打了去，我还活着！"一头撞到她怀里叫她打，大家劝。晴雯悄悄拉住袭人："别管他们，让他们闹去，看怎么开交！如今乱为王了，什么你也来打，我也来打，都这样起来还了得呢！”晴雯冷眼看螃蟹，横行到几时，看你这个姨太太，在宝玉这儿，能闹成什么。

湘云的大花面葵官、宝琴的豆官听说芳官被打，跑来跟藕官、蕊官说：“芳官被人欺侮，咱们也没趣，须得大家破着大闹一场，方争过气来。”四个小孩跑进怡红院，豆官一头几乎把赵姨娘撞一跤，那三个上来，放声大哭，手撕头撞，把赵姨娘裹住。藕官和蕊官一边一个，抱住赵姨娘左右手，葵官和豆官一前一后，拿头顶住赵姨娘，“你只打死我们四个就罢。”场面太好玩太好看了，芳官直挺挺躺在地下，哭得晕过去。

晴雯早就派春燕报告探春了。探春、尤氏、李纨带着平儿等来，把四个小丫鬟喝住，问原故，赵姨娘便气的瞪着眼粗了筋，一五一十说个不清。不知赵姨娘的原型怎么得罪曹雪芹了？怎么对赵姨娘没加过一个好词写她？太丑恶了。尤氏、李纨两个不答腔，自然因为碍探春的面子，只是把那四个人喝住。探春叹气，这太叫她没面子，生身母亲和小丫鬟打起来！探春说：“这是什么大事，姨娘也太肯动气了！我正有一句话要请姨娘商议，怪道丫头说不知在那里，原来在这里生气呢，快同我来。”把她那个生身妈拉走，免得继续出丑。赵姨娘还得说长道短，探春说：“那些小丫头子们原是些顽意儿，喜欢呢，和他说说笑笑；不喜欢便可以不理他。便他不好了，也如同猫儿狗儿抓咬了一下子，可恕就恕，不恕时也只该叫了管家媳妇们去说给他去责罚，何苦自己不尊重，大吆小喝失了体统。你瞧周姨娘，怎不见人欺他，他也不寻人去。我劝姨娘且回房去煞煞性儿，别听那些混帐人的调唆，没的惹人笑话，自己呆，白给人作粗活。心里有二十分的气，也忍耐这几天，等太太回来自然料理。”赵姨娘被亲生女儿劈头盖脸教训一顿，哑口无言，还拿出个榜样，周姨娘怎么没事，你不跟她学学？探春心里清楚，生身母亲这次大出洋相，肯定有人挑唆。探春接着下令查一查谁挑唆的。

探春问分到梨香院戏子艾官，艾官悄悄告诉探春：都是夏妈素日和我们不对，造谣生事，她前天赖藕官烧纸钱，幸亏是宝玉叫她烧的，宝玉应了，她才没话。今天我给姑娘送手帕去，看见她和姨奶奶在一块唧唧喳喳说了半天，看见我才走开了。艾官揭发是对的，夏婆子和赵姨娘唧唧喳喳说半天，就是在挑唆她。探春很谨慎，只答应着，并不作证据查办夏婆子。大观园人事关系复杂，夏婆子外孙女蝉姐儿，恰好在探春处当差，看来也是一个月拿五百钱的小丫鬟。翠墨叫蝉姐儿买糕去。蝉姐儿说，刚才扫院子了，我的腿生疼，叫别人去吧。翠墨笑了说：“你趁早儿去，我告诉你一句好话，你到后门顺路告诉你老娘，防着些儿。”把艾官告夏婆子的事告诉她。蝉姐儿一听，赶快接了钱找她姥娘去。她到了厨房，派个婆子出去买糕，她一边骂一边把刚才的话告诉夏婆子。夏婆子不是对赵姨娘连说了两次，你去闹我给你做证？

听了探春可能追查是谁挑唆，她又气又怕，又想去找艾官问她，又想到探春跟前诉冤，挑唆赵姨娘的胆子早就烟消云散。

这时芳官来找柳家媳妇："柳嫂子，宝二爷说了：晚饭的素菜要一样凉凉的酸酸的东西，只别搁上香油弄腻了。"柳家的说："知道，今儿怎么遣你来告诉这么一句要紧的话。你不嫌脏，进来逛逛儿不是？"芳官进来，替蝉姐买糕的回来了，芳官开玩笑说，"谁买的热糕？我先尝一块儿。"蝉姐儿接了："这是人家买的，你们还稀罕这个。"这就带醋意了，你们怡红院的人还稀罕别人的糕？柳家的赶快说："芳姑娘，你喜吃这个？我这里有才买下的给你姐姐吃的，他不曾吃，还收在那里，干干净净没动呢。"拿一碟子出来给芳官，又要去给芳官倒茶。芳官拿着那糕，举到蝉姐儿脸上说：谁稀罕吃你那个糕，你给我磕头我也不吃！芳官非常任性，居然拿着糕掰下一块一块，扔到外面喂小鸟，还说："柳嫂子，你别心疼，我回来买二斤给你。"小蝉气得冷笑："雷公老爷也有眼睛，怎不打这作孽的！"媳妇们说，算了，不要见面就吵架。

柳嫂子见别人都走了，出来和芳官说："前儿那话儿说了不曾？"柳嫂子曾在梨香院厨房当差，和小戏子关系比其他干娘好。她看到芳官到了怡红院，又听说宝玉将来把奴仆都放出去，就想把女儿弄到怡红院，拜托芳官去说。芳官觉得这事容易，但现在探春管家，要拿几个有面子做法，现在不能提这事。

玫瑰露引出茯苓霜

芳官回到怡红院，在这之前，把宝玉的玫瑰露倒了点给柳五儿。玫瑰露是贾元春送的，贴着鹅黄标志，王夫人心疼儿子，给宝玉病中喝的。芳官居然倒些给柳五儿，柳嫂子说柳五儿特别喜欢，芳官说我再给她点。回来报告贾宝玉。宝玉说，都拿去吧！如果只拿茶杯倒点，还出不了后面情节。连瓶子拿去，就成为一个大事故引头了。

芳官拿了这瓶子去，柳家的正好带着她的女儿来散闷。芳官告诉她，这是玫瑰露，连瓶子都给你们了。五儿问芳官，“我的话到底说了没有？”芳官告诉她现在不能说，三姑娘找人扎筏子，要寻我们屋里的事还没寻着，何苦往网里碰去。还不如等老太太、太太闲了，先和老的说了，没有办不成的。宝玉身边小丫鬟编制已经缺两个人，小红，凤姐要了去，坠儿，轰出去了。

柳嫂子去看五儿的表哥，把珍贵的玫瑰露倒了一些去，从井上取凉水和起来，给侄子喝了一碗。恰好几个小厮来问候她侄儿。其中有钱槐，这名字有趣，钱槐不就是钱坏？是赵姨娘的内侄，陪着贾环上学。他看上柳五儿，一再求婚，五儿不干，五儿想进怡红院，不接受钱槐求婚。柳家的见钱槐在，就跟哥嫂告别。她的嫂子取一个纸包，送她出来，说：这是你哥哥昨天门上当班，有官员来拜，送了两篓子茯苓霜，你哥哥分了这点。这东西最补人，给外孙女吃吧。我本想带着去瞧瞧她，现在主子不在家，各处查得严，我也没差使，我不能往那儿跑，听说最近里面是家反宅乱的。

贾母们不在家，整个贾府家反宅乱。柳家的带回来的茯苓霜，在后回又会惹出王夫人那儿的失窃案。

《红楼梦》不是写宝黛爱情、凤姐理家？但《红楼梦》也是封建社会的百科全书，它在写宝黛爱情和凤姐理家同时，笔触深入封建家庭的角角落落，把身份低微的粗使丫鬟、粗使婆子，他们人生当中有什么样烦恼，他们之间发生什么样纠葛，借助于茉莉粉、蔷薇硝、玫瑰露、茯苓霜，这些似乎非常微不足道的小物件，把社会生活巧妙地描绘出来了。好的作家就是一滴水里可以照见太阳，曹雪芹就是这样一个伟大的作家。

第六十一回

投鼠忌器宝玉瞒赃
判冤决狱平儿行权

王夫人玫瑰露失窃，告失盗就是贼，彩云偷给贾环。宝玉怕揭出真相来后损害探春，自认是他开玩笑从王夫人那拿的，替贾环隐瞒赃物。平儿回复凤姐，凤姐不信，要继续追查，平儿劝她施恩，说服凤姐，放了林之孝家抓起来的柳嫂子和柳五儿。平儿处理事务细心、冷静、面面俱到，宝玉在这几出奴仆争斗中与人为善，是为了探春，也为柳五儿。

六十一回开头，接着厨娘柳嫂子和大观园看门小厮说话。小厮要她说进园子捎几个杏出来。柳嫂子说了很大一段话，你舅妈就在里面管果子，你怎么找我要？仓老鼠和飞老鸹去借粮，守着的没有，飞着的倒有？

小厨房有大门道

《红楼梦》只要出来一个人物，总有符合身份的精彩语言。芳官对赵姨娘说的“梅香拜把子，都是奴几”。一句话就把聪明灵秀、口才伶俐的小姑娘写活。柳嫂子这一句“仓老鼠和飞老鸹”是民间俗话，读者凭这一句话就能把这个人记住。苏联作家马卡连柯说，写小说时一个用得其所的字就可以给人以力。曹雪芹在他的人物身上,经常有几句用得其所的语言。曹雪芹真是天才的语言大师。

柳家的回到厨房，把她从娘家拿来的茯苓霜搁起来，分派做菜。迎春的小丫头莲花走来，说司棋姐姐要碗鸡蛋，要炖得嫩嫩的。柳家的有点看人下菜碟，如果是怡红院的小丫鬟来说，她会颠颠地赶快炖上了。迎春的丫鬟司棋要吃，她就不那么热心，说："就是这样尊贵。不知怎的，今年这鸡蛋短得很,十个钱一个还找不出来。昨儿上头给亲戚家送粥米去，四五个买办出去，好容易才凑了二十个来。我那里找去？你说给他，改日吃罢。"莲花说："前儿要吃豆腐，你弄了些馊的，叫她说了我一顿。今儿鸡蛋又没有了，什么好东西，我就不信连鸡蛋都没有了，别叫我翻出来。"莲花果然进厨房翻出十来个鸡蛋，说，"这不是？你就这么利害！吃的是主子的，我们的分例，你为什么心疼，又不是你下的蛋，怕人吃了。"这一句"又不是你下的蛋"，把伶牙俐齿的小丫鬟写活了。

柳家的说，鸡蛋是留下做菜上的浇头。"你娘才下蛋！"下层人物斗嘴太好玩了。柳家的说了番很有意思的话："你们深宅大院，水来伸手，饭来张口，只知鸡蛋是平常物件，那里知道外头买卖的行市呢。别说这个，有一年连草根子都没了的日子还有呢。"这是发牢骚，但似乎也在预示将来有一天，贾府的人会像灾民一样啃树皮吃草根。莲花当然不愿意听这话，柳家的继续来了番大批判，"我劝他们，细米白饭，每日肥鸡大鸭子，将就些儿也罢了。吃腻了膈，天天又闹起故事来了。鸡蛋、豆腐，又是什么面筋、酱萝卜炸儿，敢自倒换口味。只是我又不是答应你们的，一处要一样，就是十来样。我倒别伺候头层主子，只预备你们二层主子了。”她看人下菜碟，如果是怡红院二层主子，晴雯、芳官要吃什么，她不是颠颠儿的做？她想把女儿送到怡红院。

莲花揭她的老底："谁天天要你什么来？你说上这两车子话！叫你来，不是为便宜却为什么。前儿小燕来，说：'晴雯姐姐要吃芦蒿'，你怎么忙得还问肉炒鸡炒？小燕说'荤的因不好才另叫你炒个面筋的，少搁油才好'。你忙得倒说'自己发昏'，赶着洗手炒了，狗颠儿似的亲捧了去。”莲花的嘴也好生了得，形容柳家的巴结怡红院的人，是“狗颠儿似的”。柳家的又说了一番，整个大观园连姑娘带姐儿四五十人，一天也就是两只鸡，两只鸭子，十来斤肉，一吊钱菜蔬，够干什么？本来两顿饭都支撑不住，还搁得住你们点这个点那样。你们想这样做，不如回了老太太，像大厨房预备老太太的饭，把天下所有菜蔬用水盘写了，天天转着吃，一个月现算。看来贾府能维持顶级享受的只剩下老太太。姑娘要享受贾母式高水平饮食，不可能了。

柳家的实际想伸手要钱。接着她说："连前儿三姑娘和宝姑娘偶然商议了要吃个油盐炒枸杞芽儿来，现打发个姐儿拿着五百钱来给我，我倒笑起来了，说：'二位姑娘就是大肚子弥勒佛，也吃不了五百钱的去。这三二十个钱的事，还预备得起。’赶着我送回钱去。到底不收，说赏我打酒吃。”这不就是比出来，叫莲花告诉司棋，你想吃炖鸡蛋，也给我送五百钱来。这时司棋又打发人来催，说莲花死在这里了？莲花回去就添了一番话，结果司棋心头起火，侍候完迎春吃饭，带着小丫头到厨房。一进厨房，就说：“凡箱柜所有的菜蔬，只管丢出来喂狗，大家赚不成。”小丫头唯恐天下不乱，七手八脚上去，一顿乱翻乱扔。厨娘们求司棋：“姑娘别误听了小孩子的话。柳嫂子有八个头，也不敢得罪姑娘。说鸡蛋难买是真的。我们才也说他不知好歹。凭是什么东西，也少不得变法儿去。他已经悟过来了，连忙蒸上了。”她们说的是真话。司棋不是怡红院的人，总是贾府正头香主小姐的贴身大丫鬟，柳家的也得罪不起。柳嫂子蒸好送去，司棋泼到地下。司棋有点怪，她的小姐迎春是二木头，锥子扎一下都不出声，她怎么就这么张狂？是不是物极必反？小姐懦弱，我得刚强。但是她这一次确实有点以势欺人，过分了，也就结怨了。柳嫂子有很多亲戚朋友，将来司棋出事时，柳嫂子们就落井下石了。

柳五儿被当贼拿

柳家的打发柳五儿喝了汤，把茯苓霜对柳五儿说了。柳五儿想分些送给芳官，包了一半，黄昏人稀时进怡红院找芳官。大观园似乎比较松驰，没人查，她到了怡红院，不敢进去，就在玫瑰花跟前站着，可巧小燕出来了，她把茯苓霜给了小燕，自己回来。路上正好遇见林之孝家的带着几个婆子查夜。柳五儿只好上来问好。林之孝家说，我听见你病了，怎么跑到这里来？五儿陪笑说：因这两日好些，跟我妈进来散散闷，我妈使我到怡红院送家伙去。她解释为什么跑进来，没想到林之孝家发现了她的话有漏洞。林之孝家的说：这话岔了。方才我见你妈出去我才关门。既是你妈使了你去，她如何不告诉我说你在这里呢？见柳五儿神色慌张，想起王夫人那丢东西会不会和她有关？无巧不成书，小蝉、莲花和几个媳妇走过来，见林之孝家查住柳五儿，就说：林奶奶倒要审审她，这两天她往里面跑得不像，鬼鬼祟祟的不知道干什么。小蝉说：昨天玉钏儿姐姐说，太太的柜子开了，少了好多零碎东西，玫瑰露少了一罐子。莲花笑了说：我今天倒看到个玫瑰露瓶子。林之孝家的忙问：你怎么看见的？莲花说在厨房里。林之孝家打了灯笼找，柳五儿说那是芳官给我的。林之孝家说，“不管你方官圆官，现有了赃证，我只呈报了，凭你主子前辩去。”一边说，一边带着五儿，莲花带路，就把玫瑰露瓶子找出来，又找到一包茯苓霜，带了五儿向李纨、探春汇报。

李纨因为兰哥病了不管事，让找三姑娘。探春正在梳洗，丫鬟对林之孝家的说：姑娘叫你找平儿，回二奶奶去。林之孝家的找到平儿，平儿回了凤姐。凤姐什么态度？严厉处置，用了很重的刑罚："将他娘打四十板子，撵出去，永不许进二门。把五儿打四十板子，立刻交给庄子上，或卖或配人。"平儿按这话吩咐林之孝家的。柳五儿吓得哭哭啼啼，给平儿跪着，说玫瑰露是芳官给我的，茯苓霜是舅舅送我妈的。平儿说：你倒是一个无辜的人了，现在天晚了，奶奶也刚睡下，这点小事我就不要再絮叨了。平儿认为是小事，对柳五儿却性命交关。平儿告诉林之孝家的：先把柳五儿交给上夜的人看守，明儿我回了奶奶，再做道理。林之孝家的带了柳五儿出来，交给上夜的媳妇看守。媳妇们说你不该做这样没行止的事，我们上夜这么累，还弄个贼来叫我们看着。和柳嫂子不和的人说了很多闲话，嘲笑她。

宝玉要替人瞒赃

柳五儿本来身体弱，关在这里，既没水喝，想睡连铺盖都没有，哭了一夜。柳五儿是活不长的。那些和她母亲不好的人，第二天悄悄给平儿送东西，奉承平儿办事简断，说柳嫂子怎么不好。平儿都答应着。平儿很有检察官办案气度，悄悄找袭人问，是不是芳官给了柳五儿玫瑰露？袭人说玫瑰露给了芳官，芳官转给什么人不知道。芳官说我就是给了柳五儿。再告诉宝玉。宝玉慌了，玫瑰露有着落了，再勾起茯苓霜，她舅舅好心好意送给他们东西，反倒被咱们陷害了。

他和平儿商量，干脆就说茯苓霜也是芳官给她的算了。平儿说，她昨晚已和人说是舅舅给的了，怎么再说是你给的？何况王夫人丢的玫瑰露现在找不着是谁偷的，你现在把有嫌疑的放了，找谁去？晴雯插了一句：太太那边的玫瑰露，再也没有别人，是彩云偷了给环哥了。晴雯多聪明，人与人之间，谁和谁好，谁会办出什么事来，一语中的。平儿说，可不就是这缘故。现在玉钏儿在那哭，彩云不但不应，还挤兑玉钏儿，说玉钏儿偷了，两个人吵得合府皆知，我们当然得查，但是殊不知告失盗的就是贼，又没赃证，怎么说她？宝玉说，算了，这事我应起来，说是吓唬她们，偷了太太这两样东西，不就都完了？平儿说，其实如今要是从赵姨娘屋里起出赃证来，也容易，我又怕伤了一个好人的体面，我可怜的是她，不肯为老鼠伤了玉瓶，一边说一边把三个手指头一伸。不能从赵姨娘屋里起出赃证伤害到三姑娘。大家说，还是我们应起来算了。

平儿以宽就严

平儿虽然把这事欺瞒过去，但平儿管理大家庭，你这次混过去，下次继续这么干可不行，平儿得找当事者说明。平儿把玉钏儿和彩云叫来说，贼已经有了。玉钏儿先问在哪里？平儿说："现在二奶奶屋里呢，你问他什么应什么。我心里明知不是他偷的，可怜他害怕都承认了。这里宝二爷不过意，要替他认一半。我待要说出来，但只是这做贼的素日又是和我好的一个姊妹。”这是说谁呢？彩云。“窝主却是平常”，窝主是谁？赵姨娘。“里面又伤着一个好人的体面，因此为难，少不得央求宝二爷应了。”好人是谁？三姑娘探春。“如今反要问你们两个，还是怎样？若从此以后大家小心存体面，这便求宝二爷应了；若不然，我就回了二奶奶，别冤屈了好人。”这话说得太有策略了，她不点是谁偷的，但明明已经说出来，是我一个好姐妹偷的，而窝藏赃物的是个很平常的很没地位的人。事揭发出来却要伤了一个正在管家好人的体面。平儿最后说，宝玉应了是存大家体面，如果你们以后不心存体面，我就不叫宝玉应。

彩云听了，羞恶之心感发，“姐姐放心，也别冤了好人，也别带累了无辜之人伤体面。偷东西原是赵姨奶奶央告我再三，我拿了些与环哥是情真。”“如今既冤屈了好人，我心也不忍。姐姐竟带了我回奶奶去，我一概应了完事。”彩云很有良心，不叫别人替她受冤。大家听了觉得她有肝胆。宝玉说，“彩云姐姐果然是个正经人，如今也不用你应，我只说是我悄悄的偷的唬你们顽，如今闹出事来，我原该承认。只求姐姐们以后省些事，大家就好了。”彩云还是说，“我干的事为什么叫你应，死活我该去受。”平儿和袭人赶快劝她：你应了就把赵姨娘牵出来了，三姑娘不会生气吗？宝二爷应了，大家就没事了。彩云想了想，同意了。

平儿叫了五儿，让她把茯苓霜的事悄悄记住，也是芳官送的。带着五儿来，林之孝家的已押着柳嫂子等候多时了。林之孝家的告诉平儿：今天一早我押了她来，园子里没人侍候开饭，我叫秦显家的女人去侍候。姑娘回明奶奶。秦显家的女人干净谨慎，以后就派她在大观园管厨房吧。林之孝家的刚把柳嫂子押来，一个早饭工夫，就派自己的亲信接替。而秦显家的是司棋婶娘。我发现，贾赦不怎么样，连累的他这边很多人都不怎么样。迎春是二木头，司棋闹厨房，接替厨房的又是她婶子，最后狗咬尿泡干欢喜。平儿说了事已查清，是宝玉和她们闹着玩，咱府里的茯苓霜还在议事厅上没动。事都查清，柳家的柳五儿没事，我回了奶奶再说。

平儿把宝玉设好的话汇报凤姐。凤姐明察秋毫，说，虽这样说，但宝玉不管青红皂白，爱揽事，别人求求他，他搁不住别人两句好话，给他个炭篓子戴上，什么事不应承？如果信了他的话，将来大事也这样，怎么治人。依我的主意，把太太房里的丫头拿来，虽然不便于拷打，叫她们垫着瓷瓦子，跪在太阳底下，不给她吃，不给她喝。一天不说跪一天，铁打的她也招了。苍蝇不抱无缝的蛋。柳家的没偷，到底有些影儿，人家才说她，也把她革出不用。凤姐处理很残酷，对王夫人的丫鬟都敢使私刑。

平儿劝："何苦来操这心！'得放手时须放手。'什么大不了的事，乐得施恩呢。依我说，纵在这屋里操上一百分心，终究咱们是回那边屋里去的。”就是你在王夫人这里帮着管家，最后还要回到邢夫人那边去，干吗要和这些小人结怨？“况且自己又三灾八难的，好容易怀了一个哥儿，到了六七个月还掉了。焉知不是素日操劳太过，气恼伤着的！”“如今乘早儿见一半不见一半的，也倒罢了。”通过平儿闲谈，说出王熙凤这次流产居然是六七个月的男胎，确实可怜。

平儿以宽就严，平儿的话，凤姐不能不听，按照平儿的主意，把这事一一发放，这件事算结案了。凤姐明察秋毫，对宝玉的个性了解很透，但她显然没有协理宁国府时那股冲劲了，有点儿得过且过了。

第六十二回

憨湘云醉眠芍药裀
呆香菱情解石榴裙

六十二回写宝玉、平儿、宝琴、邢岫烟过生日，出现在回目上的是两个性格不同的女性。性格娇憨的湘云在宴会上喝醉了，跑到山后石凳子上，用芍药花瓣做枕头睡了一觉。大家找到她时，她还在梦中说她创造的酒令。学诗学成呆子的香菱和豆官、芳官玩斗草游戏打闹起来，滚在地上，把石榴裙弄脏，宝玉找来袭人同样的石榴裙给她换下来。

六十二回接续六十一回平儿判案，平儿吩咐林之孝家的，大事化小事，小事化没事，方是兴旺之家。柳嫂子仍去当差，秦显家的退回。这样林之孝抢班夺权，安插亲信失败了。秦显家的趁空占据大观园厨房总管位置，只兴头了一天，偷鸡不着蚀把米。她到厨房上任，先查出来柳家的亏空，接着打点送礼，送林之孝家一篓炭、五百斤木柴、一担米，送帐房礼，准备几样菜请厨娘同仁。平儿一宣布，秦显家的垂头丧气，偃旗息鼓，卷包走了，白丢了些东西，还得想办法补上亏空。

前几回读者朋友可能觉得有点没意思，都是大观园里的鸡毛蒜皮，丫鬟和婆子打架，赵姨娘和小丫鬟打架，出来个茯苓霜，出来个蔷薇硝，就是一段故事，总是读这个，未免有点郁闷。进入六十二回，好像阴雨连绵后，天突然放晴，阳光明媚，怎么回事儿？贾宝玉要过生日了。

大观园青年儿女狂欢节

贾宝玉生日时，贾府掌权人物外出，凤姐生病，贾府只有个维持内阁薛姨妈和尤氏。薛姨妈是亲戚，面子情儿照管一下，不会深管也不会真管。尤氏是宁国府的。大观园成了更加自由的天地。贾宝玉的生日简直成了大观园青年儿女的狂欢节。

贾宝玉生日写得特别细致，先接受礼物，张道士等和尚尼姑送的带吉祥性质的礼物；舅舅姨妈的衣服、寿桃、长寿面；姐妹们的贺礼。要按照生日礼节一步步进行。第一步先拜祭天地，李贯他们设下香烛，贾宝玉炷香烧纸行礼。第二步拜祖宗，到宁国府祭拜。第三步，拜长辈。因为贾母、贾政、王夫人都不在家，贾宝玉拜完祖宗以后，到月台上向他们遥拜。在贾宝玉遥拜的人里没有贾元春。有的红学家如吴世昌先生，根据这一点及其他资料，提出，所谓老太妃之丧，实际上最初写的是贾元春死了。所以这一回里贾宝玉没有拜姐姐。遥拜完长辈后，拜家里的长辈，从宁国府长嫂尤氏开始，回到荣国府拜薛姨妈，再叫晴雯和麝月跟着，小丫头抱着毡子，从李纨开始，一个一个，把比自己年长的人都拜了。奇怪的是，在各种场合总会发表精彩言论的王熙凤，宝玉生日不出现。贾宝玉到她那去拜，也不出现，理由居然是平儿给她梳头，这太不成为理由。因为凤姐和宝玉不拘形迹，凤姐姐梳头，宝兄弟就不能进来拜？看来曹雪芹在淡化王熙凤。然后宝玉到四个奶妈那儿让一会儿，宝玉不能向仍是奴才的奶妈行礼，只能是让她们参加宴会。

贾宝玉完全按家庭要求的礼教行事，他毕竟是荣国府的宝二爷，不是《水浒传》里动不动拿大斧头砍他娘的李逵，这是他的身份决定的。但贾宝玉的生日成了一次平等的聚会。从大观园姐姐妹妹，到大大小小的丫鬟，似乎都平等起来了。

这次是四个人一块过生日。曹雪芹把平儿和贾宝玉的生日安排到同一天，而且由袭人说出来。平儿自己解释，我们生日没有拜寿的福，受礼的职份，吵闹什么？平儿没有过生日的权利，偏偏探春要给她过生日。探春不是讲究等级讲究得不近人情？对生母一口一个“姨娘”，她现在要给通房大丫头过生日，看来探春要安抚平儿。因为探春开始理家时，曾经给平儿没脸。当探春身边的丫鬟告诉外面掌事的管家娘子去把宝钗的饭端过来。探春就说没规矩，那么些管家娘子你叫她去催饭，平儿在这儿，她叫叫去。这等于说，平儿再有脸，也是丫鬟。平儿在贾府下人当中非常有人缘。探春说今儿要替她过生日，我心里才过得去。看来探春通过理家看出平儿确实可疼可爱甚至可敬。探春还不知道平儿挖空心思保护她，不叫赵姨娘办的丑事闹出来，这是小说家天才的调度，很多事情读者都知道，但当事人不知道。

探春一挑头，柳家的马上跪下给平儿磕头。平儿保护了她，她正找不到理由感谢。其他人也得送礼。赖大家、林之孝家，大管家送礼，上中下三等家人送礼。在王熙凤长久不理家的情况下，忽然出现平儿庆寿，是不是曹雪芹借此描写平儿得人心、顺民意，渐渐要取王熙凤而代之？

贾宝玉的生日和平儿同一天，贾府凤凰和通房大丫头同一天庆生日，已耐人寻味，贾府最得宠的薛宝琴和最贫寒的邢岫烟也是这一天，是不是曹雪芹借此写人生荣辱交替，贫富交替？

生日宴会座次安排得不分尊卑，恰好是最讲究等级观念的探春安排。主桌宝琴、岫烟上座，平儿、宝玉侧坐，探春、鸳鸯陪坐。第二桌，宝钗、黛玉、湘云、迎春、惜春、香菱、玉钏儿，有姑娘，也有丫鬟。第三桌，尤氏、李纨、袭人、彩云。第四桌是紫鹃等丫鬟。当家奶奶，尤氏和李纨坐到第三桌，丫鬟鸳鸯坐到第一桌，太好玩了。

湘云醉卧芍药丛

宴会上必不可少行酒令，这次行个令叫“射覆”。射覆就是把一个东西藏起来，再暗示给你，叫你猜是什么东西。轮到宝钗和宝玉对了点子，宝钗覆了个“宝”，明明想叫宝玉射他的玉。宝玉想了想，指了通灵宝玉说：“姐姐拿我作雅谑，我却射着了，说出来姐姐别恼，就是姐姐的讳‘钗’字就是了。”大家问怎么解？宝玉说，“她说‘宝’，底下自然是‘玉’了。我射‘钗’字，旧诗曾有‘敲断玉钗红烛冷’，岂不射着了？”太妙了！这句话是不祥之兆。红烛，结婚的蜡烛，玉钗给敲断了，红烛冷了，两个人即使结合了，贾宝玉也离家出走了。

湘云觉得这话不好，说：“这用时事却使不得，两个人都该罚。”对唐诗不很了解的香菱说，唐诗里有宝玉的出处，她说了岑参“此乡多宝玉”。香菱是不知道，还是没说出来“此乡多宝玉”下一句是“慎勿厌清贫”。预示将来贾宝玉会很穷。香菱说不仅宝玉名字在唐诗上，宝钗名字也在唐诗上，哪一句？“宝钗无日不生尘”。香菱没有说的前一句是“若但掩关劳独梦”，薛宝钗将来要孤零零自己一个人住。这些酒令确实有趣！众人又行令又划拳，喝得热闹。起席时不见了湘云，到处找。一个小丫头笑嘻嘻地说，“姑娘们快瞧云姑娘去，吃醉了图凉快，在山子后头一块青板石凳上睡着了。”大家跑来看，湘云卧于一个石凳上，业经香梦沉酣，四面芍药花飞了一身，满头脸上衣襟上皆是红香散乱，手中的扇子在地下，也半被落花埋了，一群蜂蝶闹穰穰围着她，又用鲛帕包了芍药花瓣枕着。这个图画太漂亮了！恐怕是《红楼梦》最有诗意也最有个性的行为艺术。是史湘云个性和人格魅力大写意，简直是天仙画境，可以和黛玉葬花媲美。

大观园里面谁能跑到石凳上睡？黛玉肯定不行，她在潇湘馆暖和的床上还得感冒；宝钗肯定不干，大家闺秀岂能在花园石凳上躺着；只有史湘云大大方方，想睡就睡，想在哪睡就在哪睡。这看出史湘云个性“好一似，霁月光风耀玉堂”。

就在大家都看着湘云又是爱又是笑时，湘云这位梦中的诗人，嘟嘟囔囔说起她创造的别致酒令。

湘云在酒席上创造个新酒令，“酒面要一句古文，一句旧诗，一句骨牌名，一句曲牌名，还要一句时宪书上的话，共总凑成一句话，酒底要关人事的果菜名。”她刁难宝玉，宝玉想不出来，黛玉张嘴就来：“落霞与孤鹜齐飞”，王勃《滕王阁序》的话；“风急江天过雁哀”，放翁诗；“却是一只折足雁”，骨牌名；“叫的人九回肠”，曲牌名；“这是鸿雁来宾”，《礼记·月令》的话。黛玉拿起一个榛穰，说酒底是“榛子非关隔院砧，何来万户捣衣声。”林黛玉这个酒令，天上孤鹜在飞，折足雁在哀鸣，叫得人九回肠。酒底的榛子和捣衣的砧子，声音相通。而榛子在古代常借指妇人忠贞执着。李白《子夜吴歌》，“长安一片月，万户捣衣声。”是怀念良人、描述恋人分别的诗。林黛玉的酒令哀婉萧瑟，和她将来泪尽而亡有关系。

湘云要考贾宝玉，可能她自己早就想好令了，她就说的是：“奔腾而砰湃”，欧阳修《秋声赋》；“江间波浪兼天涌”，杜甫《秋兴八首》；“须要铁锁缆孤舟”，骨牌名；“既遇着一江风”，曲牌名；“不宜出行”，历书上的话。湘云的酒令，词意险恶，暗示史湘云未来的人生风波。湘云的酒底最好玩，她举着正在吃的鸭头，说：“这鸭头不是那丫头，头上那讨桂花油。”惹得晴雯、莺儿等人起哄，要湘云一人给瓶桂花油。这本是小姐的酒令，没了丫鬟和小姐界限，很开心。没想到林黛玉顺口说了句“他倒有心给你们一瓶子油，又怕挂误着打窃盗的官司。”林黛玉是调侃贾宝玉的，没想到却挖苦了彩云。彩云低了头。宝钗瞅了黛玉一眼。心直口快的人总不会像心思绵密的人想得周到。

湘云想出这么好的酒令，岂能只说一次，她在睡梦里又来了一个：“泉香而酒冽”，欧阳修的《醉翁亭记》；“玉碗盛来琥珀光”，李白的《客中行》；“直饮到梅梢月上”，骨牌名；“醉扶归”，曲牌名；“却为宜会亲友”，历书上的话。做梦都做得这么有才气，这就是史湘云。

我最喜欢的《红楼梦》行为艺术是湘云醉卧，它既像一幅西洋油画，又像一支罗伯特小夜曲。湘云脖子下面枕的是花瓣，身上落的是花瓣，在她周围飞的是蝴蝶，嗡嗡叫的是蜜蜂。在梦里用吴侬软语，甚至有点咬舌子，说的是古文古诗。史湘云真是古代诗人最美丽的醉中仙。

如果问读者朋友，贾宝玉怎么样过生日？可能大多数读者没在意，但是如果问湘云醉卧怎么回事儿？肯定无人不知。两百年来，多少个艺术形式再造湘云醉卧，多少大画家大展身手，多少能工巧匠精雕细琢湘云醉卧——象牙刻的，美玉刻的，大理石刻的……醉卧芍药裀是《红楼梦》这部青春文学最美的标志。翻过这一页，大观园就百花凋零了。

呆香菱情解石榴裙

这一回另一个重要内容，是呆香菱情解石榴裙，香菱为什么是呆的？因为她学诗入魔，整天跟湘云拿着诗做正经事讲起来。宝钗挖苦过，呆香菱之心苦，疯湘云之话多。香菱进了大观园，名义上是宝钗的丫鬟，却登上贾宝玉的生日宴席。曹雪芹构思金陵十二钗，都必须和贾宝玉挂钩，香菱是金陵十二钗副册之首，必须在贾宝玉跟前挂钩。曹雪芹让香菱在宝玉生日那天和大观园丫鬟斗草，巧妙地和宝玉发生联系。

斗草又叫斗百草，是古代青年女子喜欢的游戏，传说从西施开始。玩游戏时，参加斗草者各自采了花、草、竹、物，用自己采的东西来对，对得好的就得胜。香菱是和豆官等斗草，观音柳对罗汉松，君子竹对美人蕉，月月红对星星翠，牡丹花对琵琶果，都叫对好了。豆官说，她有姊妹花，香菱对了个夫妻蕙。香菱胜了，豆官没得说，就挖苦香菱，什么夫妻蕙，你想你汉子了。两人动手闹起来，把香菱刚穿上的石榴裙拖到泥里了。这时贾宝玉也拿了并蒂菱要参加斗草，贾宝玉总有些女儿气。人家女孩子在斗草，他居然要参加。香菱说，什么夫妻蕙、并蒂菱，你看看我这裙子！宝玉替香菱着想，说，如果被姨妈知道，姨妈嘴碎她又得埋怨。你也不能动，一动，连内衣都弄脏了，把袭人的裙子拿来换下来吧！宝玉通知袭人来换裙子。他感到特别欣慰，想，可惜这么个人，没父母，连本姓都忘了，被人拐出来，偏又卖给这霸王。宝玉联想到上次能照顾平儿是意想不到的事，现在能照顾香菱更意想不到。宝玉一壁胡思乱想，非常有女儿气。有早期的红学家居然认为宝玉对香菱有邪念，香菱对宝玉有私情。完全是误解。宝玉善待香菱是出于对弱者的同情、尊重、爱护。平儿和香菱都是宝玉兄长的侍妾。两个兄长又一味好色，不知道作养脂粉，爱护女性。宝玉对香菱和平儿是毫无私情的爱护。

欢声笑语后矛盾四伏

贾宝玉过生日，除了欢乐的情节外，还写到种种矛盾。这一回开头就写到，宝玉承认是他和彩云、玉钏儿开玩笑，拿走王夫人的东西。赵姨娘庆幸又逃过一劫。贾环却起了疑心，把彩云送他的东西都拿出来，朝着彩云的脸摔了下去，说：你是个两面三刀的东西，我不稀罕。你不和宝玉好，他如何肯替你应，你既有担当给了我，原该不与一个人知道。如今你既然告诉他，我再要这个，也没趣儿！贾环无情无义、毫无道理、毫无品德。自己得到那些东西，反而怀疑彩云和宝玉了，这也是他一贯的思想。他在抄金刚经时，看到宝玉叫彩云理理自己，就把油汪汪的蜡烛推到哥哥的脸上。现在又吃起哥哥的醋来了。真是狗咬吕洞宾,不识好人心。贾环还说：不看你素日之情，去告诉二嫂子，就说你偷来给我，我不敢要。你细想去！贾环是《红楼梦》最讨人嫌也最脸谱化的人物，和他妈并列。

大观园一再出事，通过宝钗和宝玉闲谈说出来。薛蝌给宝玉送了四样礼物，宝玉过去陪他吃面，然后宝钗嘱咐他弟弟，你请伙计们吃酒，我和宝兄弟过去，在那陪人。他两个一块回来，一进角门，宝钗就命婆子把门锁上，把钥匙要来。宝玉说，你为什么这么小心？宝钗说：小心没有过逾的，那边这几天七事八事，没有我们这边的人，可见我这门关得有效。薛宝钗为人谨慎小心，什么坏事也不能有一点儿沾到自己身上，什么都预先防备。宝玉笑了：原来姐姐知道我们那边丢了东西？宝钗说：你只知道玫瑰露和茯苓霜，这是因人而及物，若非因人，连这两件你还不知道。还有几件大的。若以后叨登不出来，是大家的造化。若叨登出来，还不知道连累多少人呢。这说明大观园里还有比玫瑰露、茯苓霜更严重的事，很可能就是后来出现的赌博、吃酒，夹带不雅东西。

欢声笑语的生日宴会后，探春和宝琴下棋，林之孝家的带进来一个愁眉苦脸的媳妇儿，到探春阶下跪下磕头。林之孝家的向探春汇报：这个媳妇是四姑娘屋里小丫头彩儿的娘，嘴很不好，刚才我听见，她说的话也不敢回姑娘，得撵出去。探春问是不是告诉了大奶奶，汇报了二奶奶？之后说，“那就撵出去吧。”这个非常不经意的小细节，说明贾府不断出事，下层有很不安定的因素。

贾府败局连潇湘妃子都担心起来了。这时黛玉和宝玉站在花下。黛玉说：你们家的三丫头倒是个乖人，叫她管些事，倒也一步儿不肯多走。宝玉说：你不知道，她岂止是乖，你病着时，她干了好几件事，专门拿我和凤姐姐作筏子，最是心里有算计的人。黛玉说：要这样才好，咱们家里也太花费了。我虽不管事，心里每常闲了，替你们一算计，出得多进得少，如今若不省俭，必致后手不接。只知在潇湘馆和鹦鹉念诗的林姑娘，居然也考虑起贾府进得少出得多了。

贾宝玉过生日，怡红院很多丫鬟都参加了宴会，有些小丫鬟不能参加。宝玉回到怡红院，芳官发牢骚：你们吃酒不理我，教我闷了半日，我就回来睡觉罢了。小姑娘很是以自我为中心，觉得受到冷落，向宝玉撒娇，说要晚上再吃酒。怡红院要夜宴了。

正在聊着，柳嫂子派人给芳官送饭来，一碗虾丸鸡皮汤，一碗酒酿清蒸鸭子，一碟腌的胭脂鹅脯，一碟奶油松瓤卷酥，一大碗热腾腾碧荧荧蒸的绿畦香稻粳米饭。恐怕贾探春也只能吃这些。柳嫂子为了把女儿弄进怡红院，想尽一切办法巴结芳官。芳官和小燕吃饭。宝玉也吃了个卷酥，觉得比自己平时吃的东西好吃。袭人她们回来找他，说，等你吃饭呢！宝玉说我吃了饭了。袭人表面上似乎比较宽厚：我说你是猫儿食，闻见了香就好。隔锅饭香。你去陪陪他们吧！晴雯拿手指头戳在芳官的额上说：你就是个狐媚子，什么空儿跑了去吃饭，两个人怎么约的？袭人似乎宽厚，说：不过误打误撞遇见了，说约下是没有的事，晴雯说：那好，以后我们都走了，叫她一个人侍候就够了。袭人和晴雯算起账来了，说：我们都可以走，你走不了。晴雯说：我又笨又懒脾气又不好，又没用。袭人说："倘或那孔雀褂子再烧个窟窿，你去了谁可会补呢。你倒别和我拿三撇四的，我烦你做个什么，把你懒得横针不拈，竖线不动……我去了几天，你病得七死八活，一夜连命也不顾，给他做了出来，这又是什么原故？"晴雯平时有点懒，但在贾宝玉困难时，她会舍命出力。这个就放到袭人心坎上了。袭人不允许宝玉身边出现个比自己美丽、比自己灵巧、和贾宝玉特别投脾气的丫鬟，特别是不能让这丫鬟成为准姨娘。很多红学家说袭人没陷害晴雯，我们往后看就知道。怡红院内部说的很多话，王夫人都知道了。那是谁汇报的呢？

第六十三回

寿怡红群芳开夜宴
死金丹独艳理亲丧

贾宝玉过生日，怡红院丫鬟凑钱给他开夜宴，请来李纨、宝钗、黛玉、湘云、探春、香菱等，行酒令，掣花签。这些人走后，怡红院丫鬟继续饮酒取乐。贾敬服用丹砂中毒身亡，贾珍、贾蓉都不在家，只好由尤氏去处理公公的丧事。第六十三回，最重要内容是怡红夜宴掣花签。

宝玉过生日，白天大观园姐妹给他过，晚上怡红院丫鬟凑钱给他过。宝玉过意不去，被晴雯好一顿抢白，“这原是各人的心。那怕她偷的呢。”晴雯总是快人快语。丫鬟你三钱我五钱集资办的宴会，没有山珍海味，没有冷盘热炒，只准备四十个果碟，一坛绍兴酒。结果玩得比什么豪宴都舒心。本来是宝玉和丫鬟关起门玩，想起来如果占花名，人少了没意思。干脆把宝钗、黛玉、湘云、李纨、香菱也请来。怡红院没事偷着乐，变成了大观园姐妹借占花名同乐。

占花乐预伏悲剧命运

乐极生悲，怡红夜宴，占花乐，预伏悲剧结局。张潮《幽梦影》说，世间万物都有知己感，菊花以陶渊明为知己；荔枝以杨太真为知己；茶以陆羽为知己。中国的花卉早就被文人赋以人格特点，牡丹是花王，松竹梅是岁寒三友。曹雪芹把历代人花交辉的文章都用到小说里，用到怡红夜宴掣花签。既以花比喻人，又暗藏着诗句出处特殊内涵。读《红楼梦》就要顺藤摸瓜，既知道这句诗句，知道这句诗句的出处，还要知道和这句诗句相联的、没写到《红楼梦》里的诗句。才能明白用诗句的内涵，弄清曹雪芹在花签里暗藏什么意思。曹雪芹真够狡猾，他用小说跟读者玩古典诗词知识竞赛。

开夜宴前，宝玉还得先假装睡下。林之孝家的来查夜，说了一番大家公子应早睡早起，好好读书，不然就成了挑脚汉，又教训宝玉不可以叫姑娘们的名字，她们是老太太、太太的人，嘴里得尊重。几句话，把有点儿倚老卖老的世代家奴活画出来。林之孝家的走后，夜宴慢慢拉开序幕。

夜宴上重头戏掣花签，宝钗第一个抓，签上画的是牡丹，题的是“艳冠群芳”，下面刻的小字“任是无情也动人”。大家说，你原来就配牡丹花。宝钗欣然接受大家祝贺。如果博学多才的宝钗当时能想起那首全诗，肯定高兴不起来。“任是无情也动人”出自唐代诗人罗隐的《牡丹花》，全诗是：“似共东风别有因，绛罗高卷不胜春。若教解语应倾国，任是无情亦动人。芍药与君为近侍，芙蓉何处避芳尘。可怜韩令功成后，辜负秾华过此身。”前面六句写牡丹美丽高贵，用了李白“名花倾国两相欢”的典故，把牡丹花和倾国倾城的美人相比，任是无情也动人，放到薛宝钗身上很合适。因为薛宝钗美丽博学是个冷美人。但曹雪芹给薛宝钗命名牡丹的玄机，却在这首诗后边的韩令砍牡丹。根据《唐国史补》，因为京城人玩牡丹玩过头，每到春天，车马若狂，以不耽玩为耻。元和末年，韩弘任京城令尹，看到社会上玩牡丹玩得耽误正事，见自己居地有牡丹，就命砍了。“任是无情也动人”虽然符合薛宝钗的美丽、富贵、艳冠群芳，但暗藏被砍杀的命运。大家闺秀的郎君出家当和尚，和牡丹花被砍有什么不一样？薛宝钗的签上还写着，“在席共贺一杯，此为群芳之冠，随意命人，不拘诗词雅谑，道一则以侑酒。”宝钗说，“芳官唱一支我们听罢。”芳官唱了《赏花时》。这段唱词出自汤显祖《邯郸记》，吕洞宾下凡度人，代替何仙姑大门扫花。何仙姑唱《赏花时》嘱咐吕洞宾快去快回。吕洞宾到了邯郸客店，把一个神奇的磁枕交给卢生，叫他做梦。卢生梦中高官厚禄，富贵荣华，醒来黄粱未熟。芳官唱的《赏花时》：“翠凤毛翎扎帚叉，闲踏天门扫落花。您看那风起玉尘沙。猛可的那一层云下，抵多少门外即天涯。您再休要剑斩黄龙一线儿差，再休向东老贫穷卖酒家。您与俺高眼向云霞。洞宾呵，您得了人可便早些儿回话，若迟呵，错教人留恨碧桃花。”汤显祖是文辞派大师，《临川四梦》语言别人没法比。宝钗抽个牡丹花签，又接上个黄粱梦，言外之意，牡丹再美，不过是黄粱梦。薛宝钗和贾宝玉的姻缘就是一场恶梦，这就和白天酒令联系起来了，“敲断玉钗红烛冷”。

林黛玉掣到的签上画着一支芙蓉，题着“风露清愁”，上面有句旧诗“莫怨东风当自嗟”。芙蓉是荷花，荷花是高洁人格的象征。屈原《离骚》“制芰荷以为衣兮，集芙蓉以为裳”。周敦颐《爱莲说》，“莲，花中君子也，中通外直，不蔓不枝，香远益清，亭亭净植，可远观而不可亵玩焉。”荷花比喻林黛玉的清高，而“莫怨东风当自嗟”这句话出自欧阳修《明妃曲》。诗很长，有这样几句：“明妃去时泪，洒向枝上花。狂风日暮起，飘泊落谁家。”又有眼泪，又有狂风吹落鲜花，好像与林黛玉还泪葬花扯得上关系。有红学家考据出林黛玉是被迫嫁而死的。谁迫嫁？某位郡王比如北静王。其实曹雪芹引的“莫怨东风当自嗟”前面还有句“红颜胜人多薄命”。将来贾府发生巨变，狂风日暮起，比《葬花吟》时的“风刀霜箭”更有破坏力，林黛玉只能“花落人亡两不知”。

史湘云有男孩脾性，她揎拳掳袖掣根花签出来，上面画着一枝海棠，题着“香梦沉酣”，还有苏轼的诗句“只恐夜深花睡去”。苏轼《海棠诗》：“东风袅袅泛崇光，香雾空蒙月转廊。只恐夜深花睡去，故烧高烛照红妆。”湘云掣到的花签，进一步印证湘云醉卧。林黛玉敏捷地说，“只恐夜深花睡去”应该改成“只恐石凉花睡去”，聪明地打趣湘云。海棠花早就是湘云的象征。大观园诗社的第一次诗会咏白海棠。湘云后到，补了两首，写得风流俊逸，“蘅芷阶通萝薜门，也宜墙角也宜盆。”形容海棠适应任何环境，没有特殊要求，像湘云一样,随遇而安。但是海棠又是传说中的断肠花。曹雪芹的构思，湘云和卫若兰结为夫妻，郎才女貌，夫唱妇随，不久因为金麒麟发生误会，两人像牛郎织女，隔河相望，断肠相思，像倩女离魂。这些在湘云白海棠诗都有透露，“自是霜娥偏爱冷，非关倩女亦离魂。”脂砚斋在旁边加个批语：又不脱自己将来形景。湘云掣了海棠花，进一步坐实白海棠诗所透露的湘云未来不幸人生。

探春掣到的花签是杏花，上面红字“瑶池仙品”，诗是“日边红杏倚云栽”，加了个注，“得此签者，必得贵婿”。这句诗出自唐代诗人高蟾的《下第后上永崇高侍郎》：“天上碧桃和露种，日边红杏倚云栽。芙蓉生在秋江上，不向东风怨未开。”读书人都用日比喻皇帝，杏花能在日边栽，那是攀上皇室。探春的才貌在大姐元春之上。但探春成年后，贾府已到末世，探春只能攀上外番，很可能还是为救助贾府去和亲，要和亲人永远离别。绝对不是流行本后四十回里，贾探春衣饰鲜明回来了。那不是曹雪芹的构思。探春掣到杏花，将来远嫁，永不回家。就是贾宝玉梦游太虚境看到的金陵十二钗判词，“才自精明志自高，生于末世运偏消。清明涕送江边望，千里东风一梦遥。”

李纨掣出花签后，说这劳什子还有些意思，她的花签上画着枝老梅，写着“霜晓寒姿”，旧诗是“竹篱茅舍自甘心”，这很符合李纨身世和个性。李纨住稻香村，表面是竹篱茅舍。她是寡妇，形如槁木心如死灰，这个花签和贾宝玉梦游太虚境见到的李纨判词，“如冰水好空相妒，枉与他人作笑谈”一样。但似乎对李纨多了一份温情，更加同情她了。

不仅大观园姑娘们掣花签，丫鬟也掣花签。丫鬟的花签也有深刻含义。香菱掣了根并蒂花，上面题“联春绕瑞”，诗是“连理枝头花正开”。似乎说香菱和薛蟠的婚姻和美，其实奥秘藏在“连理枝头花正开”这句诗的原诗里。原诗是朱淑真的《落花》：“连理枝头花正开，妒花风雨便相催。愿教青帝常为主，莫遣纷纷落翠苔。”香菱把薛蟠看成终身之靠，白天斗草都身不由已斗出夫妻蕙，所以豆官挖苦她想汉子了。但迫害香菱的“妒花风雨”马上要刮过来了。薛蟠娶夏金桂为妻，香菱不久就像花落青苔被夏金桂虐待而死。流行本后四十回写香菱不仅给薛蟠生下儿子，还在夏金桂死后做了正妻。不符合曹雪芹原来的构思。

麝月的花签是一支荼靡花，题着“韶华胜极”，诗是“开到荼靡花事了”，下面小注“在席各饮三杯送春”。麝月问怎么讲？贾宝玉皱着眉头把签藏了。贾宝玉喜聚不喜散，而麝月的花签意味着繁华到顶点一切都该结束。“开到荼靡花事了”出自宋代王淇的《春暮游小园》：“一从梅粉褪残妆，涂抹新红上海棠。开到荼蘼花事了，丝丝天棘出莓墙。”根据脂砚斋评语，将来袭人嫁蒋玉菡时，曾说好歹留着麝月。而宝玉有宝钗为妻、麝月为婢，却出家为僧，就像天棘爬出莓墙。也有红学家说，天棘是佛家话语，贾宝玉要做和尚。

袭人掣得的花签既和她本人有关，也和贾宝玉有关，还和所有的人有关。袭人掣得桃花，题的是“武陵别景”，旧诗“桃红又是一年春”。武陵别景指晋代的桃花源，是逃避现实的地方。这句诗出自宋代谢枋得《庆全庵桃花》：“寻得桃源好避秦，桃红又是一年春。花飞莫遣随流水，怕有渔郎来问津。”袭人最后嫁给蒋玉菡，所以叫“又是一年春”。蒋玉菡来问津，是个渔郎，谐音字是玉郎。袭人和蒋玉菡后来曾奉养贫困的贾宝玉，成了贾宝玉临时的桃花源。袭人的花签有个注，“杏花陪一盏，坐中同庚者陪一盏，同辰者陪一盏，同姓者陪一盏”。大家说好热闹有趣，其实这个注解用不幸把众人一网打尽。陪饮的都是谁？杏花是探春。同岁的香菱、晴雯、宝钗。同辰的是黛玉。同姓的是芳官。这六个人，哪个幸福？哪个幸运？杏花探春远嫁。芙蓉花黛玉夭折。香菱、晴雯也夭折，芳官出家做尼姑，宝钗守了活寡。

怡红夜宴抽花签，我都统计不出来红学家到底写了多少文章。仅仅座次，就不知红学大佬写过多少文章。其实红楼夜宴谁挨着谁坐并不重要，重要的是红楼夜宴既是小说中好看、好玩，可以好好琢磨的章节，也是曹雪芹构思小说布局的大章法。他延续了《红楼梦》一贯做法，在小说的进展过程中，像歌剧咏叹调，不断咏唱悲剧主题。在红楼夜宴前已经有过元妃点戏，暗示贾府的命运，第一出《豪宴》，伏贾家之败。第二出《乞巧》，伏元妃之死。第三出《仙缘》，伏甄宝玉送玉。第四出《离魂》，伏黛玉之死。清虚观打醮，佛前点戏，又预示贾府命运，第一出《白蛇记》，暗喻贾府起家。第二本《满床笏》，暗喻贾府的富贵荣华。第三本《南柯梦》，暗喻贾府的繁华不过是一梦。怡红夜宴掣花签，再次预示了主要人物的命运，贾府将来注定是个大悲剧。

槛外人贺槛内人

这么多人掣花签，而金陵十二钗里有个人，不可能来参加这个宴会，那就是妙玉。第二天早上妙玉送来的贺帖被贾宝玉惊喜地发现。贾宝玉起来梳洗，看到砚台底下压了张纸，说你们随便压东西不好。四儿跑来说，这是昨天妙玉送来的帖子，什么大惊小怪的。贾宝玉特别受感动，妙玉竟然给他写贺帖，“恭肃遥叩芳辰”。他觉得太棒了，妙玉这么看得起我。他想写个回帖，拿起笔来，看妙玉贺帖上署了什么名，“槛外人妙玉恭肃遥叩芳辰”。贾宝玉琢磨半天，想不出如何署名，去问宝钗？宝钗肯定说太怪诞，那去问问黛玉吧。

在去潇湘馆路上，碰到邢岫烟。邢岫烟居然和妙玉关系密切，妙玉是她的半师。邢家曾租赁妙玉庵的房子住了十年，妙玉教她认字，教她读诗。邢岫烟告诉贾宝玉，妙玉是因为不合时宜权势不容才到这来。贾宝玉一听，好像听了焦雷，高兴地说："怪道姐姐举止言谈，超然如野鹤闲云，原来有本而来。"原来你是妙玉的学生！但是邢岫烟对老师并不很以为然。她看到贾宝玉的拜帖，就说：这个脾气都改不了了，这么样的放诞诡僻。从来没见拜帖上下别号的，这可是俗语说的"僧不僧，俗不俗，女不女，男不男"，成个什么道理！邢岫烟的评语，对理解妙玉很恰当。宝玉说："姐姐不知道，她原不在这些人中，算她原是世人意外之人。因取我是些微有知识的，方给我这帖子。我因不知回什么字样才好，竟没了主意，正要去问林妹妹，可巧遇见了姐姐。"邢岫烟告诉贾宝玉，妙玉最喜欢的两句诗是"纵有千年铁门槛，终须一个土馒头。"所以她自称槛外之人。她既然自称槛外之人，你给她回帖，写个槛内人贾宝玉就行了。贾宝玉很高兴，回去就写个"槛内人宝玉熏沐谨拜"，妙玉如果看到，肯定高兴。

这一回还有大段描写，大观园原来的小戏子，从怡红院芳官开始，都改名了。芳官改叫耶律雄奴，其他小戏子也有改名的，也有改小子打扮的，湘云把她的葵官改名大英。这些描写是写大观园女孩们想尽办法展示自己的青春。也有人做更深的解读，像耶律雄奴，就给解读成关于曹雪芹对少数民族的看法了。

红楼二尤悲剧登场

怡红夜宴第二天，尤氏带两个年轻侍妾来凑热闹。尤氏刚来，就传来了大老爷宾天的消息。而贾敬之死，拉开了红楼二尤悲剧序幕。接着贾府灾变迭起。参加红楼夜宴的美丽可爱的人物，一个一个按照她们掣的花签，卷入黑暗的深渊。

贾敬一死，贾珍和贾蓉得到皇帝恩典，从为太妃送葬的地方回来。他们先是到贾敬灵前磕头，一直哭到天亮，嗓子都哭哑。然后他们要干什么？处理贾敬丧事。更重要的是宁国府来了两位新人物。尤氏继母来看家，把两个没出嫁的小女儿带过来了。尤二姐和尤三姐，从此羊入虎口。

贾蓉听说两位姨娘来了，就和贾珍一笑。这父子俩都不是什么好鸟，都和尤二姐、尤三姐勾勾搭搭。贾珍叫贾蓉赶快回去看你姥姥去。贾蓉巴不得一声，骑马飞奔来找尤老娘，实际上是来找情人尤二姐。贾蓉一看到尤二姐就说："二姨娘你又来了，我们父亲正想你呢。"这是什么狗屁的话。尤二姐竟这样回答："蓉小子，我过两日不骂你几句，你就过不得了。越发连个体统都没了。"顺手拿起熨斗搂头就打。看这个动作，"搂头"，搂到怀里，太不自重。贾蓉滚到怀里告饶，这都是些什么动作！贾蓉一边跪到炕上求饶，一边和尤二姐抢砂仁吃。尤二姐居然嚼一嘴渣子吐他一脸。贾蓉居然用舌头舔着都吃了。真是太可恶了。丫鬟看不下去，说："他两个虽小，到底是姨娘家，你太眼里没有奶奶了，回来告诉爷，你吃不了兜着走！"贾蓉就抛下尤二姐，抱着丫头亲嘴，又说了一番揭贾府臭底的话："谁家没风流事？别讨我说出来。连那边大老爷这么利害，琏叔还和那小姨娘不干净呢。凤姑娘那样刚强，瑞叔还想她的帐。那一件瞒了我！"

贾蓉这个小子，在《红楼梦》出现过几次，六十三回快要结束时对这个家伙的描写，确实将浪荡公子写活。他是来看尤老娘的。尤老娘出来后，他故意地捉弄她老娘："我父亲每日为两位姨娘操心，要寻两个又有根基又富贵又年轻又俏皮的两位姨爹，好聘嫁这二位姨娘的。这几年总没拣得，可巧前日路上才相准了一个。"他胡说八道，却不幸而言中，贾琏马上就要来和尤二姐搞一番情遗九龙珮。

第六十四回

幽淑女悲题五美吟
浪荡子情遗九龙珮

幽淑女指林黛玉，浪荡子指贾琏。六十四回，不仅写林黛玉题五美吟，贾琏遗九龙珮，还写了其他内容，但曹雪芹把幽淑女和浪荡子作对照放到回目中，显然要写两种完全不同的人生态度。林黛玉这样的是深闺奇女，有绝世才华，又情痴伤感，感叹古代有才色的女子命薄，用诗歌表达出来。贾琏这样的浪荡子，尤二姐这样的放荡女，不过是警幻仙子所说的皮肤滥淫，实在不能和林黛玉同日而语。

《红楼梦》开始不久就已穷形尽相写了秦可卿大丧。秦可卿是身份最低的重孙媳妇，贾敬是她的爷公公。贾敬的葬礼居然只用了八个字“丧仪焜耀，宾客如云”就交代了。一方面因为宁国府大丧已写过，另一方面贾府已经败落，不可能再出现秦可卿那样的大丧。

贾珍和贾蓉得按照礼法在贾敬灵旁籍草枕块居丧。抽空还是会找二尤厮混。根据脂砚斋评本，贾珍厮混的对象不仅有尤二姐，还有尤三姐。而程高本百二十回，尤三姐已变成贞节烈女，和曹雪芹构思不一样。

宝玉也跟着穿孝，这天早早从守丧的地方回来，走到怡红院，芳官从里面一边笑一边跑出来，几乎和宝玉撞个满怀。后面有人赶她，芳官说：“你怎么来了？你快给我拦住晴雯，他要打我呢。”后面晴雯赶着骂：“我看你这小蹄子往那里去，输了不叫打。宝玉不在家，我看你有谁来救你。”宝玉不在家，丫鬟们做游戏，抓子儿。

我记起国际红学界一件趣事。1992 年，在扬州举行国际红学会。有位宋女士万里迢迢，从冰心母校带篇论文到会上宣读。论述晴雯抓子儿。宋女士是旗人，她根据她母亲介绍，认为抓子儿用羊拐骨。她在会上讲完后，先后有中国、美国、澳大利亚非常著名的红学家站起来跟她讨论。有的说晴雯抓子儿，不是用羊拐骨，是猪拐骨。有的说不是拐骨，是用小石子。有的说不是小石子，是用小豆豆。后来八七版《红楼梦》民俗顾问邓云乡先生几乎是做总结说，羊拐骨、猪拐骨、小石子、小豆子，甚至大米都可以。我参加完红学会回济南，在火车上遇到位山东省领导。问我，干吗去了？我说开红学会。讨论什么话题？我说晴雯抓子儿。领导同志听完想了半天，就说：晴雯抓子儿和国计民生有什么关系？你们这些红学家是不是吃饱了撑的？我到现在还记得这个议题以及这位领导干部说的话。《红楼梦》在当代叫“显学”，也有人说它是“闲学”，《红楼梦》什么都研究，就连晴雯抓子儿都可以使国外汉学家万里迢迢跑到中国提供论文。

深闺奇女咏五美诗

宝玉去看黛玉，黛玉在干什么？准备了菱藕瓜果祭奠，写出宝玉给她命名的《五美吟》。林黛玉觉得中国古代有那么有才色的女子，终身遭遇有的可喜，有的可羡，有的可悲，有的可叹，她挑出来几个吟诵，寄托她的感慨。这五个人是不同时代、不同身份。

第一个是西施："一代倾城逐浪花，吴宫空自忆儿家。效颦莫笑东村女，头白溪边尚浣纱。"倾国倾城的西施在吴国灭亡时，有的传说她被沉江。她在吴宫时，一直怀念自己溪边浣纱的情景，但她永远回不去了。而丑陋的东施，头发白了，还继续在那洗纱。

第二个虞姬是楚霸王爱姬："肠断乌骓夜啸风，虞兮幽恨对重瞳。黥彭甘受他年醢，饮剑何如楚帐中。"当西楚霸王要失败时，他的乌骓马迎风夜啸，虞姬和项羽对歌，这是《史记》描写的，楚霸王的名将黥布、彭越投降刘邦，立下汗马功劳，最后又遭酷刑而死。他们怎能比得上在楚帐自刎的虞姬？

第三首是明妃："绝艳惊人出汉宫，红颜命薄古今同。君王纵使轻颜色，予夺权何畀画工？"王昭君到匈奴和亲，她离开汉室，汉元帝才发现她非常美貌。其实红颜薄命古今一样，汉元帝即便不重女色，为什么要把决定取舍的权力交给一个画工呢？

西施、虞姬、明妃，三位比较有名，基本上是宫廷女子，西施和明妃属于中国四大美女。我去年在文史知识开一年“趣话美女”专栏，看了很多四大美女历代诗歌。发现林黛玉写的放到欧阳修、王安石、苏轼写的诗歌中也毫不逊色。还是那句话，这是曹雪芹写的。

后面两首写绿珠、红拂。绿珠是晋代大富翁石崇的歌妓，美丽善吹笛，权势人物孙秀要绿珠。石崇不给，孙秀就叫皇帝把石崇逮捕了。石崇在宴席上对绿珠说，我是为了你获罪的。绿珠说，我要死于你眼前，就投到楼下去了。林黛玉写的绿珠：“瓦砾明珠一例抛，何曾石尉重娇娆。都缘顽福前生造，更有同归慰寂寥。”石崇并没有非常看重绿珠，曾把绿珠像瓦砾一样抛弃，绿珠没有受到他特别保护，却以死报答他。人的艳福都是前生注定，绿珠和石崇同死同归互相安慰。

最后一首和前四首不太一样，如果说前四首都是悲剧，最后一首较有新意。红拂是小说人物，唐代杜光庭写的《虬髯客传》中红拂女是隋代大臣杨素的丫鬟。李靖以布衣去见杨素，纵论天下大事。红拂知道他大有可为，就私奔了，共辅李世民，后来人们就把红拂、李靖、虬髯客称“风尘三侠”。林黛玉写红拂：“长揖雄谈态自殊，美人具眼识穷途。尸居余气杨公幕，岂得羁縻女丈夫。”红拂看到杨素和李靖纵论天下，慧眼识英雄，知道李靖必定大有作为。红拂还告诉李靖，杨素已苟延残喘，你可以自创一番事业。腐朽的杨公幕府怎能束缚女中豪杰？

林黛玉一开始写《葬花吟》，后来写《题帕诗》，再后来写《秋窗秋雨词》，都是感叹个人悲苦命运。而这五首已显示出林黛玉不同的审美观点。她在关心古代奇女子的命运。所以林黛玉并不是整天泪汪汪只会哭的小姑娘，她是深闺奇女。曹雪芹把林黛玉幽淑女悲题五美吟这段故事和贾府的国公府公子贾琏放到一回里，有强烈对比意义。

宝玉看了，赞不绝口，给它定名《五美吟》。宝钗也表扬写得好，命意新奇，别开生面。宝钗有学问，她旁征博引，五美人物，王安石怎么写，欧阳修怎么写，她都引出原句，把林妹妹的诗肯定了。林黛玉的《五美吟》将来还会和她的《十独吟》对照，但《十独吟》我们看不到了。

放荡男女信物定情

贾敬葬礼，红楼二尤在《红楼梦》登场。红楼二尤是戏剧舞台宠儿，王熙凤其他故事可能比不上和尤二姐斗法的故事，尤三姐更是在各个剧种异军突起。尤氏姐妹为什么六十多回以后出场，却有点喧宾夺主？因为她们和金陵十二钗哪一个都不一样，她们的人生有特殊思想意义和红尘意味，故事也特别跌宕起伏。曹雪芹写尤氏姐妹故事，是为了标志贾府子弟无可救药的堕落。两个市井女子用生命诠释了两种不同类型、都不是真爱的爱情。尤二姐从一块汉玉九龙珮坠入贾琏所谓爱情，做起二奶梦。尤三姐用一柄鸳鸯宝剑结束了想结却结不成的爱情迷梦。通俗小说的爱情女主角，和尤二姐、尤三姐很不一样。而曹雪芹也特别会用所谓小说道具，尤二姐和贾琏定情出现汉玉九龙珮。尤三姐和柳湘莲订亲出现鸳鸯宝剑。曹雪芹把这两个小道具使用到极致。

贾琏有娇妻美妾，但是整天性饥渴，多姑娘、鲍二家的，这都是沾满油烟气的女人，和他身边凤姐、平儿那些脂粉香娃完全不一样，但他就爱那些人。连贾母都认为你偷情品位太低，整天偷鸡戏狗，脏的臭的都拉到屋里去。贾琏为什么这样？当然因为他是纨绔子弟，但也很可能和凤姐太强势有关。有哪个男人希望自己媳妇既像家庭 CEO，又像家庭监理？多少男人都是希望妻子像小鸟依人，把男人当成神供着。而贾琏在王熙凤跟前，永远矮三分。当尤二姐闯进贾琏视野，总寻找临时性伙伴的贾琏产生了金屋藏娇的想法。

贾琏是在给贾敬送丧时和尤氏姐妹熟悉的。他早就知道尤氏姐妹和贾珍、贾蓉父子有聚麀之诮，两姐妹和父子俩都有不正当关系。贾琏仍贪恋美色，趁机百般撩拨。贾琏是不是想在贾珍身边再造个多姑娘？可能是，但贾蓉极力促成他和尤二姐的婚姻。说了很多二叔可以娶二姨当二房的理由。贾蓉说:“叔叔既这么爱他，我给叔叔做媒，说了做二房，何如？”贾琏说：“敢自好呢。只怕你婶子不依，再也怕你老娘不愿意。况且我听见说你二姨儿已有了人家了。”贾蓉把他的顾虑打消了，说：我二姨三姨都不是老爷养的，是老娘带来的。就是所谓的拖油瓶了。我老娘当年在那边的时候，把二姨儿许给了张家，指腹为婚，张家已经败落了，现在只要给他十几两银子，他就退婚。而我老娘，看到我们这样的人家，她不会不同意的。就是婶子那里比较难办。贾蓉也知道婶娘不好对付。贾琏心花怒放，但想不出来办法来，就呆笑。贾蓉说：叔叔如果有胆量，我就给你出个主意。你在咱们府后面买上个房子，拨两窝子家人过去伏侍。择了日子，把二姨娶过来，在这住着。如果走漏了风声，老爷不过就是骂你一顿，你就说婶子总不生育，为了子嗣起见，私自在外面作成此事。婶子看到生米做成熟饭，也只得罢了。再求一求老太太，没有不完的事。贾琏居然“欲令智昏”相信了。他就不想想，现在身上有服，给老太妃守丧和亲大爷守丧，怎能国丧家丧期间娶妾？但他只贪图尤二姐美丽，把这些可能给自己带来官司的祸患都忘了。贾蓉为什么叫贾琏娶尤二姐？也不是出于好意，他和两个姨娘有情，有他爹在里面，不能痛快，贾琏娶了在外面住，他不在的时候，贾蓉想去鬼混。

贾琏很高兴，说：好侄儿，你果然能说成了，我买两个绝色丫头谢你。两个人是贾珍派他们回去找尤老娘要银子，在路上说的这话。贾琏找尤老娘要银子，贾蓉嘱咐他，今天遇见二姨别性急。贾蓉去荣府给贾母请安，贾琏进宁府，家人请安，贾琏随便问些话，就去找尤老娘，实际是去找尤二姐。

他一进去，南炕上只有尤二姐带着两个丫鬟做活，不见尤老娘与三姐。尤二姐让坐。贾琏靠东边板壁坐了，把上座让给二姐，表示怜香惜玉。丫鬟倒茶去了，丫鬟一出去，贾琏“睨视二姐一笑”，不正看，斜着眼瞅，带调情意味，暗示尤二姐：咱们的机会来了！尤二姐低头含笑不理。不理是假正经，含笑是纵容。贾琏还是不敢贸然动手动脚，就找尤二姐要槟榔吃。尤二姐说我的槟榔从不给人吃。贾琏想挨进来拿，大概想趁机下手。尤二姐大概怕丫鬟回来看到太不好了。把她的荷包撂过来。贾琏故意拣了半块尤二姐吃剩下的放到嘴里。这是告诉尤二姐：我专门吃你的香唇咬过的。接着他嬉皮笑脸地把尤二姐的荷包揣起来。

丫鬟倒茶回来，贾琏一边喝茶，一边把一个汉玉九龙珮解下拴在手帕上，趁丫鬟回头，向二姐撂过去。尤二姐只装看不见。这是干吗？尤二姐是调情高手，她这是逗你玩。等听着帘子响和三姐、尤老娘到来的声音。贾琏送目与二姐，令其拾取，尤二姐只是不理。贾琏很着急，只好迎上来和尤老娘见面，再悄悄回头看，手帕九龙珮不见了。尤二姐像没事人一样笑着。两个偷情高手在母亲和妹妹眼皮子底下完成荷包换玉珮定情。

大概三十几年前，美国汉学家赵岗教授说，贾琏、尤二姐九龙珮定情和聊斋人物王桂庵和孟芸娘金钏定情如出一辙。他说得很对。《聊斋志异》写大名府世家公子王桂庵，死了妻子郁闷，坐船到南方玩。船停在江岸边，王桂庵看到临船有个美貌女子在船头绣花，目不转睛看了许久。绣花女好像没察觉。王桂庵大声吟王维的诗“洛阳女儿对门居”，绣花女抬头看一眼，低下头继续绣花。王桂庵掏出锭黄金向绣花女投过去。黄金落到绣花女衣襟上，绣花女拣起来给他丢回来。王桂庵又拿股金钏掷过去，恰好落在绣花女脚下。绣花女仍然只管绣花不管金钏儿。一会儿，临船船夫回来，王桂庵担心他看到金钏追问来历，很着急，再一看，绣花女已从容地悄悄用双脚把金钏盖起来。《工柱庵》是《聊斋志异》非常有名的爱情故事。但在当代文学当中，不是王桂庵的爱情故事著名，是他儿子的，赵丽蓉演过的《花为媒》是《聊斋志异·王桂庵》附则《寄生》。王桂庵从这金钏儿开始漫长的人海寻找和期待，最后一对纯情男女终成眷属。

而贾琏和尤二姐，从一块汉玉九龙珮开始，《红楼梦》里擅长偷情的一对男女就向悲剧深渊堕落。王桂庵和芸娘是纯情男女，贾琏和尤二姐都不是什么好鸟，他们的结果当然不一样。贾琏和尤二姐完成九龙珮定情，贾琏和尤老娘假装正经地说起公事来了：有一包银子是亲家太太收起来了，今天要还人，大哥叫我来取，也看看家里有事没事。我给亲家太太请安，瞧瞧二位妹妹。亲家太太脸面倒好，只是二位妹妹在我们家受委屈。说的比唱的还好听。尤老娘说：不瞒爷说，我们家里自从先夫去世，家计也着实艰难了，全亏了这里姑爷帮助。如今姑爷家里有了这样大事，我们不能别的出力，白看一看家，还有什么委屈了的？尤老娘一番话说明，她家计艰难，来投靠贾珍。两个像娇花嫩玉一样的女孩儿到了色狼贾珍身边，还跑得了吗？悲剧是肯定的。这时贾蓉来了，给他老娘、姨娘请安，然后故意跟尤老娘说：那一次我和老太太说的，我父亲要给二姨说的姨爹就和我这叔叔面貌身量差不多，老太太说好不好？这个滑贼用半开玩笑的话试探尤老娘的态度，一边说一边悄悄拿手指着贾琏和尤二姐努嘴。这是什么表情？这两个家伙之间有暧昧关系，他又要给他的情人说亲。二姐不好说什么。三姐笑骂：坏透了的小猴儿崽子！没了你娘的话说了！等我撕他那嘴呢！这是市井女子的骂人话。在尤二姐、尤三姐身上，一点儿也找不到贾府小姐、黛玉、宝钗身上那些贞静，一点都没有。她们浑身都是世俗味。

连理起戈矛

贾蓉回来去向贾珍汇报，贾珍听了贾蓉的话，不知道这主意是贾蓉出的，以为就是贾琏看上尤二姐了。贾珍想了想，也罢了，不知道你二姨愿意不愿意。明儿和你老娘商量，叫你老娘问你二姨，再做定夺。尤氏认为这事不好。尤氏肯定估计到凤姐不是好惹的，但她从来都是得听贾珍的，而且尤二姐、尤三姐和她不是亲姐妹，是尤老娘拖油瓶带来的。

贾蓉又回来看尤老娘，把贾珍的话说了，然后天花乱坠说贾琏怎么好，她的媳妇凤姐快死了。凤姐一死，就接二姨进去做正室。不知道到底是他二姨先死还是凤姐先死？他这样一说，尤老娘同意了。尤老娘平时全靠贾珍周济，现在贾珍要把小姨子嫁出去，贾珍出嫁妆，找的青年公子贾琏又比张华强十倍。二姐当然也愿意。她原来就和贾珍关系暧昧，埋怨当年许给穷小子张华，现在看到贾府公子贾琏对自己有情，姐夫把自己嫁出去，有什么不好？贾琏在贾府后面的小花枝巷买了所房子，买了两个丫鬟。贾珍叫鲍二夫妻过去服侍，又把张华父子找来，逼着写退婚书。尤老娘给他十两银子，两家退婚。贾珍就把贾琏娶尤二姐的事办妥了，选了黄道吉日娶尤二姐进门。在这一回最后，曹雪芹写了两句诗，“只为同枝贪色欲，致叫连理起戈矛。”同枝是什么呢？贾珍、贾琏是同枝的兄弟，但是他们都是些色狼。连理是什么？连理是贾琏和凤姐，在地愿为连理枝的夫妻。而一娶了尤二姐，他们家庭当中就要起戈矛了。

第六十五回

贾二舍偷娶尤二姨
尤三姐思嫁柳二郎

《红楼梦》六十五回，现存版本有不同的回目，《脂砚斋重评石头记》庚辰本以及通行本的百二十回，六十五回回目是“贾二舍偷娶尤二姨，尤三姐思嫁柳三郎”，明白晓畅。而《脂砚斋重评石头记》蒙古王府本回目叫“膏粱子惧内偷娶妾，淫奔女改行自择夫”。膏粱子指贾琏，淫奔女指尤三姐。尤三姐和尤二姐原本是同样货色，是落入贾珍父子魔掌被玩弄的可怜少女。尤氏姐妹怎样落入贾珍父子魔掌？其实就是贫富之间的弱肉强食。

纨绔子弟的如意算盘

六十四回尤老娘对贾琏说，我们家里自从先夫去世，家计着实艰难，全亏姑爷帮助。像贾珍这种连儿媳妇都伸爪子的人物，看到美艳的尤氏姐妹，岂能放过。羊羔躲不了老狼，姐妹两个都成了贾珍的玩物。尤二姐乐在其中，尤三姐却上了贼船惦记着下贼船，她本来也风流放荡，却想改过自新。

经过贾蓉紧锣密鼓操作，贾珍允许贾琏偷娶尤二姐。到了他们选定的黄道吉日，把尤老娘和三姐送新房。一乘小轿把尤二姐抬来，和贾琏拜天地。贾琏和尤二姐百般恩爱，贾琏越看越爱，越瞧越喜，吩咐家人，不许提二说三，不许说“二奶奶”，直接叫“奶奶”，竟把家里的阎王老婆一笔抹倒，和尤二姐过起甜蜜日子来。

过了两个月。贾珍在铁槛寺做完父亲的佛事，因和尤氏姐妹久别，想去探望。先叫小厮打听贾琏在不在，小厮说不在。他很高兴，有机会和尤家姐妹重温旧情，叫小童牵马，到了贾琏的新房子，悄悄进去，把马拴到马圈。贾珍看到尤氏母女，二姐出来，贾珍仍叫二姨，说了会闲话。贾珍说，我这个保山做得好。尤二姐派人预备下酒菜，贾珍又把鲍二教训一顿，说你来服侍必有你的好处。我们是兄弟，不比别人，这儿缺什么找我去。

尤二姐已嫁贾琏，就想和贾珍脱钩，创造机会叫贾珍和尤三姐在一块，邀请母亲离开了。只剩下小丫头。贾珍就和三姐挨肩擦脸百般轻薄起来。小丫头子看不过，也躲了出去，凭他俩自在取乐，不知做些什么勾当。很明显，尤三姐不是什么贞节烈女，小丫头在跟前，她就和贾珍百般轻薄，小丫头躲出去，他们还能做什么？曹雪芹不写，是菩萨心肠。

没想到贾琏也回来了。贾琏叫小童把马拴到马圈。小童一看那里已经有贾珍的马，就知道是怎么回事儿。童儿也喝酒去，几个童儿说了些下层人污秽的话语。忽然二马同槽不能相容，互相蹶踢起来。这段描写很有讽刺意味的，借二马同槽讽刺贾珍、贾琏兄弟像畜类，兄弟两人玩弄尤氏姐妹，像二马同槽。尤二姐看到贾琏来了，又听到马在闹，心里不安，以言语混乱贾琏。贾琏其实并不在乎这些事,看到尤二姐美丽,搂着她说:“人人都说我们那夜叉婆齐整,如今我看来,给你拾鞋也不要。”尤二姐说:“我虽标致,却无品行,看来到底是不标致的好。”尤二姐掉着眼泪对贾琏说真心话了:“我生是你的人,死是你的鬼,如今既作了夫妻,我终身靠你,岂敢瞒藏一字。我算是有靠,将来我妹子却如何结果?据我看来,这个形景恐非长策,要作长久之计方可。”贾琏听了,说,“你且放心,我不是拈酸吃醋之辈,前事我已尽知。”你跟你姐夫的事我都知道了,我不在乎,我去和贾珍说,干脆把尤三姐收了来当小妾。

一见贾琏来了,贾珍也觉得有点不好意思。贾琏推门进去,就无耻地对尤三姐自称“小叔子”。贾珍自叹自己不及贾琏,大概是在无耻上,乐得接受送上门的肥肉,说“老二,到底是你,哥哥必要吃干这盅。”

尤三姐破罐子破摔

没想到这个无耻犯浑的,碰到无耻老辣的。尤三姐好一通臭骂,说你们哥儿俩拿着我们姐儿俩权当粉头取乐,你们打错算盘。《红楼梦》出现了和前面的诗意描写完全不一样,和一般通俗小说也不一样的精彩文字:“这尤三姐松松挽着头发,大红袄子半掩半开,露着葱绿抹胸,一痕雪脯。底下绿裤红鞋，一对金莲或翘或并，没半刻斯文。两个坠子却似打秋千一般，灯光之下，越显得柳眉笼翠雾，檀口点丹砂。本是一双秋水眼，再吃了酒，又添了饧涩淫浪，不独将他二姊压倒，据珍琏评去，所见过的上下贵贱若干女子，皆未有此绰约风流者。二人已酥麻如醉，不禁去招他一招，他那淫态风情，反将二人禁住。那尤三姐放出手眼来略试了一试，他弟兄两个竟全然无一点别识别见，连口中一句响亮话都没了，不过是酒色二字而已。自己高谈阔论，任意挥霍洒落一阵，拿他弟兄二人嘲笑取乐，竟真是她嫖了男人，并非男人淫了他。一时他的酒足兴尽，也不容他弟兄多坐，撵了出去，自己关门睡去了。”

尤三姐破罐子破摔，在珍琏兄弟前表演出比妓女还风流、还淫荡。她为什么要这样做呢？因为她看透了兄弟俩想干吗。她站在炕上，指着贾琏先说了一通：“你不用和我花马吊嘴的，咱们清水下杂面，你吃我看见！见提着影戏人子上场，好歹别戳破这层纸儿！你别油蒙了心，打谅我们不知道你府上的事。这会子花了几个臭钱，你们哥儿俩拿着我们姐儿两个权当粉头来取乐儿，你们就打错了算盘了。我也知道你那老婆难缠，把我姐姐拐了来做二房，偷的锣儿敲不得。我也要会会那凤奶奶去，看他是几个脑袋几只手。倘若有一点叫人过不去，我有本事不先把你两个的牛黄狗宝掏了出来，再和那泼妇拼了这命。”骂够了，灌这两兄弟的酒，“咱们来亲香亲香”。

两个无耻之徒竟然被市井少女教训住了。

尤三姐这番话，这番态度，真是痛快淋漓，新颖别致。读到这些地方，好像穿过时光隧道，到了埃及看了一场热辣的肚皮舞。尤三姐真叫破罐破摔，放荡、泼辣，什么妇德，什么男女有别，什么尊卑上下，她都踩到脚底下。你不是玩女人吗？姑奶奶就酣畅淋漓故意耍酷，故意玩性诱惑，又是红袄绿裤，又是柳眉、红唇、秋水眼、雪白胸脯，又是二寸金莲，要怎么色就怎么色，要怎么迷人就怎么迷人。但现在是姑奶奶拿你们开心取乐，不是你们想炒就炒、想涮就涮、想怎么吃就怎么吃的盘中餐！我是你们看中的红香和有刺的玫瑰，是你们眼馋、吃起来却烫嘴的羊肉。尤三姐在两个姐大跟前玩淫态风情玩得眼花缭乱，玩得那两人垂涎三尺，眼巴巴瞅着，欲退不舍，欲进不敢。这样一次玩了还不尽兴。贾珍不是不敢来吗？尤三姐就请他来，“谁知这尤三姐天生脾气不堪，仗着自己风流标致，偏要打扮的出色，另式作出许多万人不及的淫情浪态来，哄得男子们垂涎落魄，欲近不能，欲远不舍，迷离颠倒，他以为乐。”

尤三姐痛快淋漓臭骂贾珍，跟《红楼梦》描写宝黛爱情那种花娇月媚、花前月下的文字完全不同，跟大观园诗会那种柔美蕴藉、诗情画意文字完全不同，它像狂风骤雨，像惊涛骇浪，像犀利的杂文，使得读者耳目一新。这些文字把尤三姐这位市井少女受到欺凌、受到贵族老爷的玩弄的愤怒心理尽情发挥出来。这次臭骂之后，“略有丫鬟婆娘不到之处，便将贾琏、贾珍、贾蓉三个泼声厉言痛骂，说他爷儿三个诓骗了他寡妇孤女。”她说得一点儿不错，贾府三个纨绔子弟就是诓骗了她们。尤三姐这样做，她的母亲和姐姐十分相劝，尤三姐说：“姐姐糊涂．咱们金玉一般的人，白叫这两个现世宝沾污了去，也算无能。”尤三姐这段话明确说明，尤氏姐妹本来像含苞未放的鲜花一样纯洁无瑕，像金玉一样的珍贵，却都受到贾珍玩弄。这是曹雪芹原有的构思。程伟元和高鹗根据无名氏的续书将《红楼梦》增补为一百二十回时，对曹雪芹前八十回一些原文也进行了面目全非的删改。程伟元高鹗的本子改成，贾琏偷娶尤二姐之后，贾珍到小花枝巷，尤二姐离开后，尤老娘还一直留在那里，尤三姐虽然和贾珍偶有戏言，但不似她姐姐那样随和儿，贾珍虽有垂涎之意，也不敢造次。尤三姐成了冰清玉洁的少女，曹雪芹原来描写她淫态风情也就一起被改掉了。这跟曹雪芹塑造尤三姐这个特殊艺术形象的初衷背道而驰。尤三姐还清醒地认识到，尤二姐现在满足于和贾琏的所谓恩爱，将来肯定会有大灾难。至于是什么样的灾难，尤三姐这样社会经验欠缺的少女，不可能想象到王熙凤的手段。她只是对尤二姐揣测贾琏“家有一个极利害的女人，如今瞒着他不知，咱们方安．倘或一日他知道了，岂有干休之理，势必有一场大闹，不知谁生谁死。趁如今我不拿他们取乐作践准折，到那时白落个臭名，后悔不及。”多么可怜的心理，尤三姐是以暴易暴，以邪治邪，她拿贾氏兄弟取乐作践，真的能准折两个姐妹被侮辱被损害？根本不能。她的所谓作践，无非像小说里写的“天天挑拣穿吃，打了银的，又要金的，有了珠子，又要宝石，吃的肥鹅，又宰肥鸭，或不趁心，连桌一推，衣裳不如意，不论绫缎新整，便用剪刀剪碎，撕一条，骂一句。”尤三姐只能在言辞上，在物质上，报复贾家兄弟，获得心灵一点儿安慰，并不能真正报复两位花花公子。贾珍、贾琏无非挨几句骂，损失点财物。贾珍无非不能像往日一样随心所欲拿尤三姐当粉头娼妓取乐。尤三姐能损害到国公府少爷身份吗？不能；能损害到他们的所谓功名，贾珍的三等将军，贾琏的五品同知吗？同样不能。家境贫寒的弱女子尤三姐对抗国公府的公子，是势力完全不均衡的对抗。但尤氏姐妹的所谓臭名却要一直背下去。这个臭名还会导致王熙凤在贾府造尤二姐是烂桃的舆论，导致柳湘莲悔婚、尤三姐自杀。

不过，《红楼梦》写到六十几回，尤氏姐妹的出现，特别是尤三姐对抗花花公子的言论和行为，颇有思想力度。有红学家推测尤氏姐妹都是最后曹雪芹的情榜金陵十二钗副册中的人物。这两个人物，既非贾府小姐也非贾府丫鬟，她们有着与贾府裙钗完全不同的人生。这是曹雪芹以风雷般笔力创造出的另类不朽文学形象。姐妹两个人的性格又截然不同，尤三姐格外出格，格外特立独行。这个人物太不一样了，尤三姐是另类当中的另类。中国古代小说当中，有大家闺秀，有小家碧玉，有青楼女子，但是大家闺秀出不了她的姿态，小家碧玉出不了她的姿态，青楼女子也不会出她这样的姿态。你看过《唐传奇》,你看《三言二拍》,甚至看《金瓶梅》,看《聊斋志异》，都找不到这样一个人物。这是一个什么人物？这是一个被侮辱，被损害，又对损害侮辱自己的人，以其人之道还治其人之身的人，我看她是一朵恶之花。

尤三姐破罐破摔，两个姐夫像捧着带刺玫瑰花，丢开不舍得，抱着扎手，怎么办？尤二姐和贾琏商量，把她聘出去。尤二姐备了酒把尤三姐请来，尤三姐知道姐姐、姐夫想干吗，自己先掉了眼泪，说："姐姐今日请我，自有一番道理要说。但妹子不是那愚人，也不用絮絮叨叨提那从前丑事。"这句话说得很到位，以前做的都是丑事。"既如今姐姐也得了好处安身，妈也有了安身之处，我也要自寻归结去，方是正理。但终身大事，一生至一死，非同儿戏。我如今改过守分，只要拣一个素日可心如意的人方跟他去。若凭你们拣择，虽是富比石崇，才过子建，貌比潘安的，我心里进不去，也白过了一世。"这非常重要，尤三姐在婚姻上要自主选择，不接受别人支配，不承认父母之命媒妁之言。这些思想当然远远高于贾宝玉、林黛玉。贾宝玉和林黛玉的身份教养也不可能说出尤三姐这样的话。而尤三姐说得痛痛快快。贾琏居然以为尤三姐爱上贾宝玉了，而且觉得太合适了。尤三姐啐了一口，"我们有姊妹十个也嫁你兄弟十个不成，难道除了你家，天下就没好男子了不成？”贾宝玉都看不上，还有谁？尤三姐说，“姐姐只在五年前想就是了。”这是个悬念，这次没问下来。

兴儿演说荣国府

心腹小厮兴儿来请贾琏，说老爷叫。贾琏叫隆儿跟他去，把兴儿留下。尤二姐想听兴儿说说贾府的事，拿了两碟菜，斟了酒，叫兴儿在炕沿儿下蹲着吃。她问兴儿：老太太多大年纪？太太多大年纪？姑娘怎么样。兴儿说了很多贾府的事。他说到：我们二爷也算是个好的，但是我们奶奶告诉不得。奶奶心里歹毒，口里尖快，倒是她身边的那个平姑娘，为人很好，背着她做些好事。这个奶奶为人如何歹毒？兴儿说，“如今合家大小除了老太太、太太两个人，没有不恨他的，只不过面子情儿怕他。皆因他一时看得人都不及他，只一味哄着老太太、太太两个人喜欢。他说一是一，说二是二，没人敢拦他。又恨不得把银子钱省下来堆成山，好叫老太太、太太说他会过日子。”如果有了错，“他便一缩头推到别人身上来，他还在旁边拨火儿。如今连他正经婆婆大太太都嫌了他，说他‘雀儿拣着旺处飞，黑母鸡一窝儿。自家的事不管，倒替人家去瞎张罗。’”尤二姐说，“你背着她这等说她，将来又不知道怎么说我呢。”兴儿赶快跪下发誓：我们商量着想叫二爷把我要出来来答应奶奶，如果早就娶了奶奶，我们也少受些担惊受怕了。尤二姐说："我还要找你奶奶去呢。"兴儿赶快说："奶奶千万不要去，我告诉奶奶，一辈子别见他才好。"这是至理名言，然后兴儿对王熙凤为人做了高度概括，"嘴甜心苦，两面三刀；上头一脸笑，脚下使绊子；明是一盆火，暗是一把刀：都占全了。"

兴儿介绍了王熙凤什么特点，又介绍平儿是怎样比王熙凤得人心，王熙凤怎么阻挠不叫平儿和贾琏一起，后来说起了贾府的其他人，特别是姑娘们："我们大姑娘不用说，但凡不好也没这段大福了。二姑娘的诨名是'二木头'，戳一针，也不知'嗳哟'一声。三姑娘的诨名是'玫瑰花'，又红又香，无人不爱的，只是刺戳手。也是一位神道，可惜不是太太养的，'老鸹窝里出凤凰'。四姑娘小，他正经是珍大爷亲妹子。""奶奶不知道，我们家的姑娘不算，另外有两个姑娘，真是天上少有，地下无双。一个是我们姑太太的女儿，姓林，小名儿叫什么黛玉，面庞身段和三姨不差什么，一肚子文章，只是一身多病，这样的天还穿夹的，出来风儿一吹就倒了。我们这起没王法的嘴，都悄悄地叫她'多病西施'。还有一位姨太太的女儿，姓薛，叫什么宝钗，竟是雪堆出来的。每常出门或上车，或一时在院子里瞥见一眼，我们鬼使神差，见了她们两个，不敢出气儿。"尤二姐说：你们大家规矩，看见小姐们，当然是应该藏开。兴儿摇手说：不是，不是。我们不敢出气，是生怕气大了，吹倒了姓林的，气暖了，吹化了姓薛的。贾琏的贴身小厮像说书人一样形容贾府人物，太生动精彩。兴儿已提醒了尤二姐，王熙凤多么厉害，多么吃醋，尤二姐听了还有点半信半疑。如果早就警惕，以后也不至于上那么大的当。

红楼二尤是贾府衰落主要笔墨

《红楼梦》读到六十五回，在怡红院读《南华经》的贾宝玉不见了，在潇湘馆对月吟诗的林黛玉不见了，妙语如珠的王熙凤不见了，接替凤姐理家，风雅博学的宝钗和精明强干的探春不见了，雍容华贵的贾母也不见了，国公府的灯火楼台都不见了。贾府三个顶级花花公子，贾珍、贾蓉、贾琏在贾府之外活动，跟两位市井女子尤二姐和尤三姐打交道，几个贾府的油嘴滑舌小厮特别是兴儿跑龙套。大观园诗情画意的文字收起来了，三言二拍式的市井语言满地横流。林黛玉论诗、薛宝钗论画的温文尔雅的话语不见了，宋元话本里快嘴李翠莲式的尤三姐石破天惊的话语，令人目不暇接。这到底是怎么回事？我想，从《红楼梦》渊源上来看，红楼二尤的故事，本来就是曹雪芹早期作品《风月宝鉴》的内容。曹雪芹仍然把它们放到《红楼梦》里，肯定做了番脱胎换骨的重写。从《红楼梦》作为封建社会百科全书的巨著来看，红楼二尤的悲剧故事，是不可缺少的深邃社会内容，也构成贾府忽喇喇似大厦倾的重要条件。

读到六十五回，更深切体会到鲁迅先生说的《红楼梦》悲凉之雾，遍被华林。红楼人物都在做美梦。尤二姐二奶梦正酣，贾琏把她偷娶进小花枝巷，身上头上焕然一新，跟贾琏颠鸾倒凤、百般恩爱。喜新厌旧的登徒子贾琏对尤二姐正在新鲜劲上，不知道怎么奉承自己的新宠，叫下人直接叫尤二姐“奶奶”，自己也这么叫，尤二姐也就像鸵鸟脑袋埋进沙堆，似乎真成了所谓“奶奶”，她难道不知道贾府深宅大院里有出身名门、名公正道、当家理事的奶奶，夜叉奶奶？一旦被真奶奶知道假奶奶存在会怎么样？尤二姐还在贾琏的误导下做起正式进入贾府做姨奶奶甚至取王熙凤而代之的美梦。贾琏把自己积攒的体己都搬来叫尤二姐收存，把凤姐素日为人都在枕边告诉尤二姐，只等凤姐一死，就把尤二姐接进去。贾蓉坏小子早就说凤姐死了二姨可以扶正，大概尤二姐盼望的就是这样的结果。她根本不想一想，贾府能容忍曾经跟姐夫不妥的女子登堂入室吗？秦可卿的丑事暴露，只有上吊一条路，如果传出贾琏的妾原本是贾珍父子的玩物，尤二姐岂不是上吊都找不到白绫了？尤二姐在嫁给贾琏之后，确实是想改变过去，想一心一意跟贾琏过，她告诉贾琏：我虽然标致，品性不好，这是直接承认自己婚前不贞。又说“你们拿我当愚人待，我什么事不知道？”意思是你越是对我过去做的事装聋作哑、一个字不提，我越是心里发虚。干脆明明白白告诉贾琏：“我知道你不是愚人”，你知道我过去的事，但是现在“我终身靠你”，这等于承诺再也不会和姐夫有什么来往。尤二姐这番几乎坦白交待的话，引来贾琏对她的许诺：“前事我已尽知，你不必惊慌。”似乎过去的就让它过去了。尤二姐还替尤三姐做二奶梦。她对贾琏说：“将来我妹子却如何结果？这个形景恐非长策，要作长久之计方可。”这几句话什么意思？暗示贾琏，贾珍不能这么玩玩我妹子就算了，也应该给她一个正式名分。所以贾琏提出来，他要破了这个例，叫哥哥做妹夫，尤二姐等于默许。在她看来，自己给贾琏做妾，妹妹给贾珍做妾，都算有了好结果。尤二姐想不到，贾琏是个喜新厌旧的货，他的所谓“恩爱”根本靠不住，尤二姐真想实现二奶梦，必须得王熙凤同意，那无异与虎谋皮。其实王熙凤也是可怜的做好梦的人，那就是，风光无限的管家奶奶，丈夫一直寻花问柳，她却一心一意跟贾琏继续做夫妻，因为宗法社会，女子嫁鸡随鸡，她不能不这样，还以为自己和贾琏的感情有所改变。她想不到，贾琏也在做着摆脱夜叉婆的美梦，鲍二家事件后，心思没改，一直盼着凤姐死。在曹雪芹的构思中，贾琏最后倒是美梦成真，终于把王熙凤休了，但国公府不再是国公府，贾宝玉和甄宝玉都“金满箱，银满箱，展眼乞丐人皆谤”，没有一技之长的贾琏，贾府败落，琏二爷连吃饭都成了问题，还有条件寻花问柳？至于尤三姐虽然跟贾珍放荡在先，她却不想做二奶梦，她在做更美好也更凄惨的梦，她在做漂白自己灵魂就可以漂白自己名气的非常幼稚的梦。这个社会能容许她做这样的好梦吗？

第六十六回

情小妹耻情归地府
冷二郎一冷入空门

情小妹，是尤三姐，冷二郎，是柳湘莲。尤三姐经贾琏牵线，得到柳湘莲定礼鸳鸯剑，答应娶她为妻。柳湘莲听说尤三姐一直在宁国府待着，后悔要索回定礼退婚。尤三姐知道柳湘莲嫌弃自己是不贞女子，用鸳鸯剑殉情。贾琏说柳湘莲最冷面冷心，他看到尤三姐当他的面刚烈殉情，后悔不迭，心灰意冷，跟着跛足道人出家。

将来准是林姑娘

六十五回的结尾，兴儿形容见到林姑娘和薛姑娘，连气都不敢出，怕气大吹倒林姑娘，气暖吹化了薛姑娘。贾珍派来的鲍二家的打了兴儿一下，说你说这话倒像宝玉那边的人。鲍二家的是非常次要，但在小说构思当中起一定穿线作用的人物。凤姐泼醋，鲍二家的已吊死了，贾琏给了鲍二两百两银子叫他再娶一房。恰好贾琏另一个情人多姑娘，丈夫破烂酒头厨子多浑虫死了，多姑娘就嫁给鲍二，成了新的鲍二家的。这个鲍二家的，最后还会出现在晴雯之死的情节中，是晴雯原来的表嫂。

鲍二家的说，兴儿像宝玉那边的人，尤三姐笑着问：你们家的宝玉平时做什么？兴儿按照世俗观点大大褒贬一番：

他长这么大，没上过正经学堂，他是老太太的宝贝，成天疯疯癫癫。外面的人看着他清俊，但是他见了人不会说话，只爱在丫头群里混，我们这些小厮见了他，坐着卧着不理他，他也不责备。尤三姐说：主子宽了，你们这样，严了你们又抱怨，可见你们是难缠。尤二姐同意兴儿对贾宝玉的评价，说：我们看着他倒好，原来是这个样，可惜一个好胎子。但尤三姐不同意她姐姐的话，说："姐姐信他胡说，咱们不是见过一面两面的，行事言谈吃喝，原有些女儿气，那是只在里头惯了的。若说糊涂，哪些儿糊涂？姐姐记得，穿孝时咱们同在一处，那日正是和尚们进来绕棺。"就是和尚进来排成一行，绕着棺材口诵经文，"咱们都在这里站着，他只站在头里挡着人。人说他不知礼，又没眼色。过后他即悄悄地告诉咱们说，'姐姐不知道，我并不是没眼色。想和尚们脏，恐怕气味熏了姐姐们。'接着他吃茶，姐姐又要茶，那个老婆子就拿了他的碗去倒。他赶忙说：'我吃脏了的，另洗了再拿来。'这两件上，我冷眼看去，原来他在女孩子前不管怎样都过得去，只不大合外人的式，所以他们不知道。"

尤三姐观察到的贾宝玉，是个体谅女性、爱护女性的人物，世人反而不理解他。尤二姐一听：你两个倒情投意合了，把你许了他，好不好？这就又引起兴儿一段议论，这段议论对宝黛爱情怎么样结果，有一定提示作用。兴儿说："若论模样儿行事为人，倒是一对好的。只是他已有了，只未露形。将来准是林姑娘定了的。因林姑娘多病，二则都还小，故尚未及此。再过三二年，老太太便一开口，那是再无不准的了。”根据兴儿这段话，再过一个阶段，比如两年，贾母会开口定下二玉之姻。

尤三姐决心改过自新

尤二姐盘问尤三姐一夜，贾琏来后，尤二姐知道贾琏要到平安州出差，就说你放心走，不用记挂，三妹不会朝更暮改，说了改悔，一定改悔。她已经选定一个人，只要依她就是。“这人此刻不在这里，不知多早晚才来。也难为他眼力。她自己说了，这人一年不来，他等一年，十年不来，等十年，若这个人死了再不来了，他情愿剃了头当姑子去。”贾琏问什么人这么动她的心？尤二姐说，“尤三姐看上的这个人，是五年前我们老娘家里做生日，妈和我们到那里与老娘拜寿。他家请了一起串戏的，里面有个作小生的叫柳湘莲。他看上了，如今要是他才嫁。我听说柳湘莲惹祸了，逃走了，现在回来了没有？贾琏说：原来是他，眼力倒真不错。你不知道，柳二郎那样一个标致人，最是冷面冷心。差不多的人都无情无义，最和宝玉合得来。去年因为打了薛呆子，不好意思见我们的，不知哪里去了，什么时候回来，得问宝玉的小厮。他不来，岂不耽搁了。尤二姐说，“我们这三丫头说的出来，干的出来，只依他便了。”

尤三姐走来说，“姐夫，你只放心，我们不是那种心口两样的人，说什么是什么。若有了姓柳的来，我便嫁他去。从今日起，我吃斋念佛，只服侍母亲，等他来了，嫁给他去；若一百年不来，我自己修行去了。”把一根玉簪一击两半“一句不真，就如这簪子！”

贾琏走后，尤三姐非礼不动，非礼不言，收敛放荡行为，再也不和贾珍之类有任何来往。

贾琏到平安州，鬼鬼祟祟的，在贾府先说走了，到尤二姐这里住两天，才悄悄地走，发现尤三姐果然像换了个人。

贾琏巧遇柳湘莲

往平安州走了三天，那边来了一群人十来匹马，竟然是薛蟠和柳湘莲！贾琏赶快和他们相见，找酒店住下，说：你们两个闹了后，想给你们和解，谁知找不到柳兄，你们怎么倒凑一块了？薛蟠说：天下就有这样奇事，我和伙计们买了货物，一路平安，谁知道前天到了平安州。遇见一伙强盗，把东西抢去，没想到，柳二弟来把强盗赶散，把货物夺回来，救了我们性命，我要谢他，他不接受，我们就结拜了生死兄弟。从此我们是亲兄弟，到前面的叉路口上分路，他去看姑妈，我回去安排家事，给柳二弟找个房子，娶门亲事。贾琏忙说，我有一门好亲事，配给柳二弟。就把自己怎么娶尤二姐，又要嫁小姨子说出来。他没说是尤三姐自主选择，那时如果说哪个女孩自己选择，似乎没面子。如果他说了，恐怕对柳湘莲反倒有好处。

薛蟠很高兴，说："早该如此，这都是舍表妹之过。"这个称呼有点奇怪，凤姐该是他表姐。柳湘莲表示，我本来决心要娶个绝色女子为妻，既然是你们兄弟对我这么好，听你们的吧！贾琏说，我内娣是古今有一无二的。柳湘莲说那太好了，我探望过姑母，到京再定。贾琏说，我有点信不过你，你萍踪浪迹，如果总不来，岂不误了人家，得留个定礼。柳湘莲说，我有把鸳鸯剑，是家传之宝，我随身收藏，拿这个为定吧。

贾琏到平安州办完了公事，平安州嘱咐他十月前后再来一次。他这次出门办了尤三姐的事，下次再出门，尤二姐就倒霉了。

贾琏回来，到尤二姐这儿，看到尤三姐果然只是侍奉母亲，安分守己。这里有一段这样的描写，"虽是夜晚间孤衾独枕，不惯寂寞，奈一心丢了众人，只念柳湘莲早早回来完了终身大事"。从这段描写来看，尤三姐确实曾和贾珍、贾蓉关系暧昧,所以不习惯晚间孤衾独枕。她过去经常不是孤衾独枕，而是和那些混帐男儿，所谓"众人"，一起胡闹，她现在改过了。尤三姐接到鸳鸯剑，看到剑上一把刻着"鸳"一把刻着"鸯"，冷飕飕，明亮亮，两痕秋水一般，喜出望外，挂在绣房床上，每天都看着剑，觉得终身有靠。

贾琏回去复了贾赦的命令，把要聘嫁尤三姐的事告诉贾珍。贾珍因有了新的朋友，把这事丢开，给了贾琏三十两银子准备嫁妆。

“只有那两个石头狮子干净”

湘莲到八月才来，先拜见薛姨妈。第二天来见贾宝玉，两人很高兴，柳湘莲说到，贾琏娶二房的事。宝玉说“我又听见茗烟说琏二哥着实问你，不知有何话说。”湘莲就把在路上订亲事告诉宝玉。宝玉笑了：“大喜，大喜，难得这个标致人，果然是个古今绝色，堪配你之为人。”宝玉说话，证明尤三姐确实极其漂亮。但是柳湘莲奇怪起来：“既是这样，他那里少了人物，如何只想到我。况且我又素日不甚和他相厚，也关切不至此。路上忙忙的就再三要定，难道女方反赶着男方不成？我倒疑惑起来了，后悔不该留下那剑作定礼。所以后来想起你来，可以细细问个底里才好。”这不就是婚前调查？宝玉说：“你原是个精细人，如何既许了定礼又疑惑起来？你原说只要一个绝色的，如今既得了个绝色便罢了。何必再疑？”柳湘莲像推理小说侦探一样，问贾宝玉：你既然不知道贾琏娶妾，又怎么知道她的妾的小姨子是绝色呢？贾宝玉说：“他是珍大嫂子的继母带来的两位小姨。我在那里和她们混了一个月，怎么不知？真真一对尤物，他又姓尤。”这话说得太不好了，对尤三姐非常不利。这番话恰恰从向来不说女人坏话的贾宝玉嘴里说出来，杀伤力太强了。贾宝玉这番回答，等于句句往柳湘莲的心上插刀，“他是珍大嫂子的继母带来的两位小姨”，臭名远扬的贾珍能放过两个绝色小姨吗？贾宝玉竟然用了“混了一个月”这个词，你贾宝玉都和尤氏姐妹混了一个月，色狼贾珍和尤三姐能没事？贾宝玉最后说“真真一对尤物，她又姓尤”。柳湘莲就会说，尤家姐妹就是叫贾府男人玩弄的尤物！这番话决定了尤三姐的命运。

柳湘莲跌脚，“这事不好，断乎做不得了。”然后说，“你们东府里，除了那两个石头狮子干净，只怕连猫儿狗儿都不干净。我不做这剩忘八！”脂砚斋评，剩王八是奇极之文，极趣之文。红学家把东府除石头狮子干净，看成总结贾府人伦败坏的典型语言。因为贾宝玉也在东府里混了一个月。既然东府所有人都不干净，贾宝玉能干净？那等于连贾宝玉都骂了。柳湘莲向贾宝玉道歉作揖“我该死胡说,你好歹告诉我，他品性如何。”贾宝玉怎么说？“你既深知，又来问我作甚么，连我也未必干净了。”贾宝玉承认尤三姐品性不怎么样。柳湘莲决心去退婚。

薛姨妈因柳湘莲救了薛蟠的命，已要给他买房子准备迎娶尤三姐的妆奁。他想现在去找薛蟠，薛蟠浮躁，还不知道会怎么着，干脆自己去把定礼要回来就完了。

谁都想不到，对尤三姐致命的一剑竟是贾宝玉刺出。贾宝玉不是说女儿是水做的骨肉？人世间至清至净的也超不过女儿？看来贾宝玉对贾珍干的坏事，已有耳闻，对不自爱的尤三姐不以为然。假如贾宝玉知道尤三姐对柳湘莲的自主选择，他会不会同情她，而且给她隐瞒不自重的过错？他会不会仍说那是对尤物？估计贾宝玉很可能发出这样的疑问，这个疑问也可能是很多读者要发出的疑问：既然尤三姐五年前就对柳湘莲一见钟情，为什么她以后还要和贾珍、贾蓉厮混？看来不清净的女儿尤三姐能理解贾宝玉的所谓痴傻行为，贾宝玉却不能理解尤三姐，这真是个悲剧。

尤二姐做人的底线是，跟贾珍逢场作戏可以，变成你永久玩物不成，我得找个可心的人嫁过去，了终身大事。这就是她撕破脸皮和贾珍大闹的原因。她终于要回一把鸳鸯剑，而这把鸳鸯剑恰好要了她的命。

“我不知道是这等刚烈贤妻！”

柳湘莲一进小花枝巷的房子，就已不承认订的婚姻，他见了尤老娘作揖称“老伯母”，自称“晚生”，按说订了亲的女婿，该称岳母大人，跪下磕头才对。他的表现令贾琏奇怪，接着柳湘莲说，姑妈给我订亲了，只好来把定礼要回去。贾琏说，定了就是定了，婚姻之事还能这么随意？两人争论起来。柳湘莲说，咱们到外面说，他不想叫尤三姐听见，但尤三姐已经听见了。尤三姐好容易等了他来，看到他反悔，知道在贾府得了消息，嫌自己是淫奔无耻之流，不屑为妻，如果叫他出去和贾琏退亲，太没趣了。一听说他们要出去，她就把挂在床头上的鸳鸯剑取下来，把一股雌锋隐在肘后，出来对他们说，“你们不必出去再议，还你的定礼。”一面说一面泪如雨下，左手把鸳鸯剑和剑鞘送给湘莲，右手回肘往脖子上一横。

曹雪芹写尤三姐自杀，用了两句非常简练的词语：“揉碎桃花红满地，玉山倾倒再难扶。”玉山倾倒是《世说新语》写嵇康的名句。嵇康长得帅，喝醉了像玉山倾倒；桃花揉碎，是对自杀流血做隐晦描述。

尤三姐的悲剧在于，已经犯了“淫”字，心心念念却是“情”字。她想不到，封建社会允许男人犯“淫”字，也允许浪荡子回头，却不允许女人犯“淫”字，更不接受淫奔女回头，何况你还要做正妻，尤三姐死定了。这和中国古代其他小说不一样，唐传奇妓女从良，可以封国夫人。但你本是良家女子，在娘家就和人私通，想改了，嫁做正妻，那个社会不允许。

柳湘莲的结局

贾琏要捆起柳湘莲送官，尤二姐劝，这是妹妹自己出事，人都死了，送他打官司有什么用？柳湘莲反而不走，说，我不知道是这等刚烈贤妻，可敬可敬！抚着尸首大哭一场，买来棺木入殓，又扶着棺木大哭一场，这才告辞。

他出了门，脑袋昏昏的，没想到她这么标致又这么刚烈。薛蟠的小厮来找他，说已给你准备好新房。他到了新房，忽然听到环珮叮当，尤三姐从外面进来了，一手捧着鸳鸯剑，一手捧着一卷册子。这就是太虚幻境金陵十二钗的册子，尤三姐对柳湘莲哭着说："妾痴情待君五年矣。不期君果冷心冷面，妾以死报此痴情。妾今奉警幻之命，前往太虚幻境修注案中所有一干情鬼。妾不忍一别，故来一会，从此再不能相见矣。"《红楼梦》不像《聊斋志异》，经常东出来一个鬼，西出来一个鬼，很少有鬼魂出来说话，但尤三姐的鬼魂出来了，说话文文雅雅，一口一个"妾"，说完就走。柳湘莲上来想拉住，尤三姐说，"来自情天，去由情地。前生误被情惑，今既耻情而觉，与君两无干涉。"我确实做了些不好的事，我感觉非常可耻，觉悟了，想重新安排人生。我自杀和你没有关系。什么意思？我自杀，是社会迫害，是贾珍他们这些人迫害。

柳湘莲是做了个梦，在准备好的新房里，梦到原来打算娶的新娘来告别，醒了，发现并不是薛家的新房，而是个破庙，旁边坐着个跛足道人。跛足道人又来了！柳湘莲起来问：这是什么地方？您是什么道号？道士说："连我也不知道此系何方，我系何人，不过暂来歇足而已。"这就是点醒迷津。人生是怎么回事，我都不知道，是暂时来，很快就要离开这儿。柳湘莲一听，觉得像寒冰侵骨，把人生参透了，掣出那股雄剑，把自己的头发一挥而尽，跟着道士不知道上哪儿去了。

雌剑尤三姐拿来自刎，雄剑柳湘莲拿来削发。这对情侣用鸳鸯剑斩断情缘，从此尤三姐回到警幻仙子那儿，柳湘莲出家了。

柳湘莲的悲剧在于，他不能真正理解尤三姐。尤三姐自杀时，他认为看到一朵雪白雪莲，但他做梦也想不到，这朵雪白雪莲，也曾是盛开在宁国府烂泥地上的罂粟花。她要改过，社会没有接受她。这个可怜的精灵，尤三姐靠着对柳湘莲的挚爱把心灵漂白了，但尤三姐想不到，她心爱的柳湘莲被世俗的偏见蒙住了眼睛。

柳湘莲最后结局是什么？有的红学家曾经写过文章，说是柳湘莲后来成了农民起义的领袖了，带着义军兵临城下，皇帝知道了贾府和柳湘莲的关系，就赐死了贾元春。这也是一种说法。

柳湘莲到底做没做过强盗？他如果做过强盗，那他是什么时候做的强盗？是红学家争论不休的话题。第一回甄士隐给跛足道人的《好了歌》加注时，有一句“训有方，保不定日后作强梁。”甲戌本《脂砚斋重评石头记》在这句旁加的批语是“柳湘莲一干人”。按照曹雪芹构思，柳湘莲做过强梁。从小说布局来看，柳湘莲在尤三姐死后心灰意冷，看破世情，似乎不可能在出家之后，重出江湖做强梁，那就应该是在他打了薛蟠外出后做了强梁。所谓“强梁”，可以是啸聚山林的盗匪，也可以是行侠仗义的侠客。估计，柳湘莲没有成为打家劫舍的绿林好汉，而成了名震江湖的侠客。不然，把薛蟠一帮人的财物抢了的一伙强盗，怎么会被柳湘莲一个人赶散？那很可能不是因为柳湘莲有一人敌万夫的武力，而因为他有江湖上的名气。当然啦，柳湘莲和薛蟠再次相遇，这也是曹雪芹小说构思的妙招，是小说家多层次写人物的妙笔，包括写极次要的人物薛蟠。那是个作恶多端、粗俗之极、把“唐寅”说成“庚黄”、杀了人都不偿命的角色，是个既追逐美女又搞同性恋的家伙，但他同时又孝敬母亲、爱护妹妹，讲究朋友交情,有时还有点儿可爱。薛蟠跟柳湘莲的关系就是这样，先给胖揍一顿，后成了生死弟兄。曹雪芹这位伟大作家，就是能够淡淡几笔，画出活龙活现的人物。这一回和上一回的小厮兴儿也是曹雪芹用不多笔墨写得非常成功的人物，可以和贾宝玉的小厮茗烟媲美。红学家把它叫“兴儿演说荣国府”。《红楼梦》其实有两个兴儿，一个在第五十八回露过，是贾珍的小厮；一个是六十五、六十六、六十七回出来的贾琏的小厮。这个像说书人一样的小厮兴儿对荣国府主要人物长篇大套演说，常被红学家看成与冷子兴演说荣国府有同样作用。实际上兴儿对《红楼梦》两个核心人物针针见血的评价，超出冷子兴。王熙凤是心里歹毒、口里尖快，贾宝玉是不喜读书，外清内浊，说的话人不懂，干的事人不知。关于王熙凤和贾宝玉，兴儿还有其他一些非常生动的语言。兴儿说到大观园女性，给起上传神的绰号：李纨叫“大菩萨”，林黛玉是“多病西施”，薛宝钗是雪堆出来的。迎春叫“二木头”，探春叫“玫瑰花”，成了红学家常引用的话。曹雪芹借一个多嘴多舌、喜欢向尤二姐夸张卖弄以讨好的小厮的嘴，对《红楼梦》主要人物做侧面描绘和精彩点评。《红楼梦》有正本的回后总批说到兴儿所起的作用：“文有双管齐下法，此文是也。事在宁府，却把凤姐之奸毅刻薄，平儿之任侠直鲠，李纨之号菩萨，探春之号玫瑰，林姑娘之怕倒，薛姑娘之怕化，一时齐现，是何等妙文。”

第六十七回

馈土物颦卿念故里
讯家童凤姐蓄阴谋

薛蟠回来后，宝钗把他带回的特产送给贾府各色人等，因和黛玉关系好，送得特别丰厚。黛玉看到家乡物，想到家乡，哭起来，贾宝玉前去安慰。凤姐听到贾琏偷娶，审讯家童。这回重点是凤姐审家童。

凤姐得知贾琏偷娶

薛蟠知道结义兄弟柳湘莲因尤三姐死了，削发出家，大哭一场，其他人都很难过，但有一个人不在意，薛宝钗。她对薛姨妈说，俗话说得好，天有不测风云，人有旦夕祸福，这也是他们的前生命定，活该不是夫妻。大观园冷美人对人居然如此冷漠！哥哥的结义兄弟和他的未婚妻一个出家，一个自杀，她不当一回事。宝钗之冷，可以想象。

宝钗把哥哥带来的土特产分若干份送人。土特产都是南方的，是黛玉从小常见的，看到这些东西后，非常伤心，满脸泪痕。贾宝玉想尽一切办法安慰她。

赵姨娘看到宝钗送贾环东西，很高兴，想，她哥哥能带多少东西，谁都送到了，若是林姑娘也罢了，也没人给她送东西，有人带来，她也只拣有势力有体面的人送，还轮得到我们？这样一想，赵姨娘就蝎蝎螫螫拿着那些土特产，到王夫人这儿来，说："这是宝姑娘才给环哥的，她哥哥带来的，她年纪轻轻的人想得周到，我还给了送东西的小丫头二百钱。听见说姨太太也给太太送来了，不知是什么东西？你们瞧瞧这一个门里头，就是两份儿，能有多少呢？怪不得老太太同太太都夸她疼她，果然招人爱。"把东西捧上去叫王夫人看。王夫人头不抬手不伸，说"好，给环哥玩罢咧"。赵姨娘特来巴结又碰了一鼻子灰，自讨没趣，灰溜溜回去了。

宝钗派莺儿给王熙凤送礼，居然抱回来了，宝钗叫她再送回去。刚才莺儿为什么没送去？丰儿说，琏二奶奶不在家。从莺儿送礼，我们能看到凤姐是怎么知道贾琏偷娶的消息，怎么处理。

《红楼梦》六十七回，人民文学出版社《红楼梦》研究所的本子，重点写王熙凤怎么审讯，写得热热闹闹、生动有趣，情节较简单。王熙凤审问家童与凤姐泼醋审问小丫鬟方式一样，急不可待，毫不掩饰，凤姐的威和辣显示出来。列宁格勒藏本回目叫"馈土仪颦卿念故里，讯家童凤姐蓄阴谋"。重点就放在蓄阴谋上。这一回写得好像平淡，但仔细琢磨，比较有味。凤姐儿对旺儿、对兴儿的态度和凤姐泼醋时，对小丫鬟完全不一样，她深思熟虑，这样一来，就把凤姐的阴和毒写得活灵活现。一个伟大作家，不会用同样笔墨写同一人物对待同样事件。凤姐泼醋显示威和辣，讯家童显示阴和毒。

凤姐怎么知道贾琏偷娶？是平儿报告的。这好像和平儿为人不太一致。平儿在多姑娘头发事件上软语救贾琏，现在她告密，为什么？因为这件事对平儿的影响和鲍二家出现不一样。贾琏招蜂引蝶，凤姐会吃醋，但影响不到平儿切身利益。偷娶尤二姐就不一样了，按照国公府规矩，贾琏早晚得有姨娘。平儿早就是通房大丫头，最有把握做琏二姨娘，现在冒出尤二姨娘，首当其害是平儿，平儿又忠于凤姐，她告密就可以理解。

莺儿送礼物，丰儿告诉莺儿，说二奶奶从老太太房里回来，不像往日欢天喜地，一脸怒气，叫了平儿去叽叽咕咕，不叫人听见。我都撵出来了，你就不要见她了。这给人的印象是平儿向凤姐汇报一件事，凤姐很生气。实际上就是凤姐听到贾琏偷娶，是平儿在从老太太屋里回来的路上向她报告的。刚刚说完，莺儿不早不晚来送礼，凤姐当然不想见她。宝钗是亲两姨姐妹，在王夫人跟前很有脸，她派人送礼，凤姐不见，说明凤姐刚听到贾琏偷娶，一时反应不过来，失态了。

莺儿走了。凤姐跟平儿商量贾琏的事，袭人来看王熙凤。凤姐对袭人和对莺儿完全不一样，连忙拉住，勉强带笑寒暄。为什么同样是丫鬟，凤姐态度不一样？因为袭人是贾宝玉的准姨娘，比莺儿有脸，而且凤姐已从刚刚的打击中镇定下来，开始琢磨对策。她耐住性子和袭人聊好长时间。聊天内容写了将近一千字，表面上笑容满面、语气缓和、聊大天，心里在挂记着贾琏这件事。凤姐这个人好生了得。

当袭人跟平儿聊起来巧姐怎么可爱时，凤姐不失时机插一句“宝兄弟在家做什么呢？”好像关心宝玉，实际提醒袭人该走了。袭人马上告辞。凤姐为了早点听平儿说贾琏偷娶的事，巧妙下逐客令。

兴儿痛快交待偷娶过程

凤姐在平儿跟前不需要做戏，马上赤裸裸表示愤怒，问：二爷在外面偷娶老婆，你听见谁说的？平儿说旺儿说的。旺儿是王熙凤娘家带来的亲信。王熙凤和贾琏各有亲信，在荣国府主子和主子之间，主子和奴才之间，奴才和奴才之间，有很多潜规则。兴儿曾向尤二姐讲，他是贾琏亲信，而有的小厮是王熙凤亲信，奶奶的心腹，我们不敢惹，爷的心腹，奶奶的人敢惹。这说明王熙凤在小家庭中最有威风。王熙凤把旺儿叫来，单刀直入地问：“你二爷在外面买房子娶小老婆，知道么？”旺儿说，“小的终日在二门上听差，如何知道二爷的事，这是听见兴儿告诉的。”凤姐问：兴儿什么时候告诉你？旺儿说：二爷还没起身时告诉我的。凤姐问：“兴儿在哪里呢？”旺儿说：“兴儿在新二奶奶那里。”一不留神，对尤二姐叫个“新二奶奶”。凤姐一听，满腔怒气啐了一口：“下作猴儿崽子！什么是‘新奶奶’、‘旧奶奶’，你就私自封奶奶了？满嘴里胡说，就该打嘴巴。”凤姐不是醋罐子吗，听到别人说“新奶奶”，强烈反感，但凤姐知道什么是燃眉之急，她不和叫错奶奶的旺儿纠缠，也不叫旺儿打嘴巴，马上把兴儿提溜来追查。

兴儿进来请了安，在旁边侍立。凤姐怎么对他？凤姐对自己的亲信开门见山，对贾琏的亲信敲山震虎，威逼，她先把兴儿瞪了两眼，给个下马威，接着吓唬兴儿："你们主子奴才在外面干的好事！你打量我是呆瓜，不知道？你是紧跟二爷的人，自必深知根由。你细细地对我实说，稍有一些隐瞒撒谎，我将你的腿打折了。"这番话真真假假，说真，是凤姐已经知道贾琏偷娶，说假，凤姐并不知具体怎么偷娶，她对兴儿这样说，好像她已全盘掌握，只等你来证实。凤姐一提尤二姐，兴儿就有段思想活动：这件事两府的人都知道了，就只是瞒着老爷、太太、老太太和二奶奶，他们早晚也得知道。再说这件事又不是我干的，这是珍大爷父子和琏二爷干的，和我有什么关系，我赶快照实说了，免得挨打。兴儿像竹筒倒豆子全盘交代，这段话四百多个字，像一个律师发言："奶奶别生气，等奴才回禀奶奶听：只因那府里的太老爷的丧事上穿孝，不知二爷怎么看见过尤二姐几次，大约就看中了，动了要说的心。故此先同蓉哥商议，求蓉哥替二爷从中调停办理，做了媒人说合，事成之后，还许下谢礼。蓉哥满应，将此话转告诉了珍大爷；珍大爷告诉了珍大奶奶和尤老娘。尤老娘听了很愿意，但说是：'二姐从小儿已许过张家为媳，如何又许二爷呢？恐张家知道，生出事来不妥当。'珍大爷笑道：'这算什么大事，交给我！便说那张姓小子，本是个穷苦破落户，哪里见得多给他几两银子，叫他写张退亲的休书，就完了。'后来，果然找了姓张的来，如此说明，写了休书，给了银子去了。二爷闻知，才放心大胆地说定了。又恐怕奶奶知道，拦阻不依，所以在外边咱们后身儿买了几间房子，治了东西，就娶过来了。珍大爷还给了爷两口人使唤。二爷时常推说给老爷办事，又说给珍大爷张罗事，都是些支吾的谎话，竟是在外头住着。从前原是娘儿三个住着，还要商量给尤三姐说人家，又许下厚聘嫁她；如今尤三姐也死了，只剩下那尤老娘跟着尤二姐住着作伴儿呢。这是一往从前的实话，并不敢隐瞒一句。"

多精彩，兴儿好像老吏断狱，400个字就把贾琏偷娶尤二姐的前因后果扼要简练滴水不漏地交代得清清楚楚。兴儿有这样高度概括的语言能力吗？有。兴儿曾经在尤二姐、尤三姐跟前来了番演说荣国府，说凤姐，说林黛玉，说贾宝玉，说薛宝钗，说到每个人都是针针见血，以一当十。现在兴儿在认真思考权衡利害后，像决了长江之水一样，哗啦啦向凤姐儿交代，交代得特别中肯。但有一点要注意，那就是兴儿的交代不全是事实，他有所侧重，有所增删。贾琏偷娶，应该贾琏是首犯，但兴儿把责任推到贾珍、贾蓉身上，好像在偷娶事件中起主要作用的是贾珍，后来说出贾琏以外出办事，在东府办事为名，住在尤二姐那里，本来就是事实。兴儿故意说出来，是讨好凤姐，免得挨揍。一番话就把这个乖巧小厮写活了。

很奇怪的是，在兴儿交代过程当中，凤姐非常冷静，她一句话也不插，一个表示愤怒的姿态也没有，平平静静，冷冷静静。对于凤姐这样的烈货，是不是太不可思议了？仔细琢磨这样写更有道理。凤姐这时迫切需要弄清楚贾琏偷娶的基本事实，所以她压住怒火，绝不随意打断兴儿，挑兴儿的刺，更不会借着骂家童作威作福。她现在考虑怎么和贾琏过招，不需要拿贾琏的亲信撒气，暴露自己的动机。凤姐是谁？凤姐是女曹操，不是女张飞。凤姐听完兴儿的话，气得痴呆了半日，面如金纸，两只吊梢眼越发竖起来，浑身乱战。半晌，话也说不出，只是发怔，猛低头，见兴儿在地下跪着，便说道："这也没有你的大不是，但只是二爷在外头行这样的事，你也该早些告诉我才是。这却很该打，因你肯实说，不撒谎，且饶恕你这一次。"这是凤姐讯家童的漂亮尾声。贾琏怎么偷娶完全落实了，凤姐怎么也想不到，她日日夜夜监控的丈夫，能干出这种事。平时飞扬跋扈的凤姐呆了。但她对兴儿说的话，平易、随和、通情达理，一点也没有作威作福，她怎么会这样的平静？凤姐很清楚，她现在需要对付二三其德的丈夫，不是丈夫的小走狗，特别不能因为对待丈夫的小走狗过激，打草惊蛇，这正是凤姐的心机过人之处，也是凤姐可怕的地方。

实际的效果就是这个样，兴儿在凤姐三堂会审后，并没有怀疑凤姐会对二爷怎么样，既没有去给贾琏通风报信，也没给尤二姐通风报信，只是庆幸自己没挨打。看来在贾琏这帮小走狗心里，尤二姐不过是王熙凤寻常吃醋事件的一件，她会很生气，但是她再生气能怎么着，她敢怎么着，顶多再闹一场就是了。

王熙凤一计害三贤

凤姐讯家童之后，和平儿反复讨论，这段讨论文字居然也有一千字，对贾琏、贾珍、尤氏，连说带骂，气得午饭也没吃，躺在床上，闭着眼睛想主意。王熙凤把事情从头到尾细细盘算了一番，得了个“一计害三贤”主意。也不把这主意告诉平儿，而是传人收拾东厢房，在外面做出嬉笑自若、若无其事的光景，一点也不显示她的恼恨嫉妒。连平儿都不相信，她怎么能这么平静呢？凤姐的保密意识和心理承担能力太了不起了，这很符合古代打仗的统帅心理。三国纷争，蜀国最核心的军事机密只有诸葛亮知道。凤姐的计划不能叫平儿知道，因为平儿是贾琏的通房大丫头，万一她走露了风声，凤姐非但不能治贾琏，反而赔了夫人又折兵。

凤姐想“一计害三贤”是化用典故“二桃杀三士”。《晏子春秋》记载，齐景公手下有三个能干而不听话的勇士，晏婴想除掉他们，叫齐景公送两个桃子给三个人，叫他们论功吃桃，引起三个人矛盾，最后都自杀了。王熙凤不识字，她怎么能知道这个典故？估计是看戏知道的。那么王熙凤要害的三贤是哪三贤呢？贾琏、贾珍、尤二姐。怎么个害法？用察院来整贾琏国孝家孝中停妻再娶；亲自到宁国府大闹，教训贾珍；把尤二姐赚进大观园，然后再把她轰出荣国府。

凤姐跟平儿说贾琏、贾珍、尤二姐怎么不好时，已经对所谓三贤都做了评判。三贤实际上就是三不贤。凤姐对平儿说她的丈夫贾琏：天下哪有这样没脸的男人，吃着碗里，看着锅里，见一个爱一个，真成了喂不饱的狗，实在是个弃旧迎新的货。凤姐泼醋不是已经泼到贾母都出来维护她孙子的男权了吗，凤姐怎么办？我借官场的手来教训你，多早晚在外面闹一个很没脸，亲戚朋友见不得的事出来，他才罢手。什么事很没脸，亲戚朋友见不得？察院传讯，张华告状，凤姐以后的安排。

凤姐儿怎么看贾珍呢？凤姐认为贾琏偷娶事件中，贾珍不仅是纵容，主要是教唆。你珍大哥也是官场中人，难道不明白国孝家孝之中停妻再娶该当何罪？你珍大哥是族长，兄弟当中年纪最大、官位最高的就是你，你怎么不教导兄弟？凤姐必须借尤二姐的事件狠狠敲打贾珍，叫他从此之后不要再助纣为虐。

而尤二姐，凤姐好像知道她的底细，说尤家姐妹原来就是混账烂桃，她知道尤二姐原来和贾珍有事。凤姐就是要让这个烂女人先进国公府，把脸丢尽了以后，灰溜溜滚蛋。

这样一来，凤姐这位不识字的闺阁才人，真成了孙子兵法的传人了。她只是歪在床上思索，她就想出了一个孤军深入挑战贾琏、贾珍的高招，她前呼后应演了几场连场大戏，导演了尤二姐之死。她自己又是编剧，又是导演，又是主演，演得妙不可言。

王熙凤是怎么样靠她的聪明才智和过人胆识单枪匹马地打赢一场中国历史和中国文学当中最精彩的二奶歼灭战呢？那就是从第六十八回“苦尤娘赚入大观园，酸凤姐大闹宁国府”，到六十九回，尤二姐自杀。

《红楼梦》第六十七回不论回目还是文字，不同版本有很大差异，主要分成两大类，一类的代表是程高本，程伟元、高鹗的本子，回目叫“见土仪颦卿思故里　闻秘事凤姐讯家童”，描写重点是凤姐讯家童，这也是读者朋友常见到的本子，比如人民文学出版社红楼梦研究所校注的本子，冯其庸先生瓜饭楼评批《红楼梦》，冯先生和红楼梦研究所的本子不是都以庚辰本脂砚斋重评石头记为底本？庚辰本恰好缺六十七回，只好从程伟元高鹗本抄配；另一类代表是列宁格勒藏本，蔡义江先生的新评《红楼梦》用这个本子，我也用这个本子。回目叫“馈土仪颦卿念故里，讯家童凤姐蓄阴谋”，描写重点是凤姐蓄阴谋。列藏本的文字比程高本长很多，王熙凤的形象和程高本似乎像两个不同的人。我觉得列藏本可能比较接近曹雪芹的原作。但程高本也有它一定的优点，冯其庸先生曾说，这一回写的凤姐讯家童，俨如酷吏断案，声色老辣，言辞峻严，忽施以威，忽宽以情，旺儿、兴儿在她声势威慑下终于和盘托出。像冯先生那样的大红学家这样认识，自然有它一定的依据和道理。多少年来，红学家们一直想找出六十七回最理想的版本。有一次在北京开会，我亲耳听到蔡义江先生对冯先生说:老冯，我觉得六十七回还得用列藏本，程高本的王熙凤太浮躁了。我一听很高兴，特别想听听两位大红学家怎么讨论六十七回版本取舍，两位在当代红学界名列前茅的学者能平心静气讨论这么重要的话题上的不同观点，太有趣太好玩了。我正想洗耳恭听，可惜马上有人来找冯先生说别的事，冯先生没能对蔡义江老师说他的观点。现在也就成了永久的遗憾了。我自己家里，十几种《红楼梦》《石头记》版本都有，我曾经把它们都摊开，仔细对照这些本子，看看六十七回到底用哪种版本更好，结论是列藏本稍微好一点儿。我说“稍微好”一点儿,因为这个本子我还是不太满意。我曾经把感到疑惑的地方当面跟蔡义江先生说过，向他请教，比如，列藏本六十七回里边，袭人叫王熙凤“我的奶奶”，王熙凤叫袭人“我的姑娘”，这可不太像她们平时说话的口气和习惯啊？蔡老师耐心答疑，分析了许多，不过老实说，并没有完全说服我。总之，一个伟大作家留下的空白，是一千个专家想破脑袋也解决不了的。也可能只能等待考古发现。

第六十八回

苦尤娘赚入大观园
酸凤姐大闹宁国府

王熙凤待贾琏出差，到小花枝巷花言巧语，低声下气，把尤二姐骗进大观园，先放在李纨那儿。然后唆使尤二姐原来的未婚夫察院告状。察院收状纸后，王熙凤大闹宁国府，把尤氏折磨够呛，把宁国府闹个底儿掉。尤二姐之死，是《红楼梦》前八十回凤姐带压轴戏性质的大戏，而尤二姐进入大观园是她悲惨命运的开始。

王熙凤妙演闺门旦

贾琏是见一个爱一个的浪荡子，尤二姐是见一个勾搭一个的放荡女，他们两个不能算爱情，只能算艳遇鬼混。从封建伦理上说，是尤二姐陷贾琏于家孝国孝停妻再娶的不义；从现代意义上说，尤二姐是不道德的第三者插足。正义本在凤姐这一面。尤二姐跟时髦现代二奶有共同特点，不靠能力，不靠学问，不靠辛苦劳动，靠漂亮脸蛋，博取有钱男人青睐。这种人缺智少谋，纯属花瓶，总认为年轻貌美就是一切，平时预计不到人生艰难，人心险恶，一旦遇到，一筹莫展。

现在尤二姐成了凤姐心头大患。如果尤二姐进入贾府，凤姐能不能像对平儿一样，一年才容许二姐和贾琏有一次共度良宵的机会，那是不行的。更重要的是，尤二姐可能给贾琏生儿子。母以子贵，有了儿子就有了地位，凤姐就丧失了希望，这是你死我活的斗争。如果凤姐按照王夫人那样行事，对赵姨娘恨之入骨，表面上保持第一夫人气度，也可以。但凤姐的性格决定了她要跟三从四德对着干，王熙凤的性格决定了尤二姐的命运。

王熙凤为什么一定要把尤二姐弄进贾府？因为尤二姐如果一直住在小花枝巷，她就是个自由的因子，可以和贾琏甜甜蜜蜜，也可以给贾琏生儿育女。小花枝巷香巢一天不端掉，凤姐就睡不安枕，所以凤姐就选择在贾琏出差时机，把尤二姐赚进大观园。对付尤二姐这样的无脑儿，只要好好用脑子就行了。凤姐赚尤二姐选择的时机、带的随从、穿的服饰、说的话，都特别有心计。

她选择的时机是贾琏外出一个月。凤姐分秒必争，贾琏前脚走，后脚凤姐就传匠人收拾东厢房。然后报告贾母要烧香，名正言顺离开荣国府，直扑小花枝巷。她带的随从，男仆，有她的亲信旺儿，贾琏亲信兴儿带路，女仆只带贴身丫鬟平儿、丰儿，还有旺儿家的、周瑞家的。周瑞家的是王夫人的陪房，带她干吗？是要叫周瑞家的做一个现场目击证人，向王夫人报告，王熙凤是怎么样的顾全大局的。

王熙凤出现在小花枝巷，给她开门的鲍二家的吓得顶梁骨走了真魂，为什么？前一个鲍二家的就是因为王熙凤泼醋吊死的。续娶的鲍二家的还不得吓死了。鲍二家的飞快报于尤二姐。尤二姐只好整衣迎出来。凤姐儿正在下车，什么打扮？像悲剧名角隆重登场，头上皆是素白银器，身上月白缎袄、青缎披风、白绫素裙。眉弯柳叶，高吊两梢；目横丹凤，神凝三角；俏丽若三春之桃，清素若九秋之菊。这身打扮就给尤二姐个下马威。我身上穿的是孝，你身上穿的是红嫁娘衣服。

凤姐和尤二姐说话，和《三国演义》诸葛亮舌战群儒有一比，我总结为八个字，“脸面给足，后路全堵”。

凤姐在尤二姐跟前摆出忍气吞声、深明大义、顾全大局的姿态，披肝沥胆地告诉尤二姐，我因为治家严，受到小人误解，好心做了驴肝肺，有怨无处诉。你想想，我上有公婆，下有弟妹，怎么会叫我横行？如果我真妒嫉，怎会听到二爷娶了姐姐，亲自来请？我过去管他，是怕他眠花宿柳伤害身体，现在他娶了二房，可以生育，我高兴还高兴不过来呢！现在我亲自登门恳求姐姐回荣国府。你我姐妹同居同处，彼此合心谏劝二爷慎重事务，保养身体。说得多恳切，不由得尤二姐不信。凤姐还说，你不跟我回去，我就搬到你这儿来，可怜兮兮地说：“奴愿做妹子，每日服侍姐姐梳头洗面。只求姐姐在二爷跟前替我好言方便方便，容我一席之地安身，奴死也愿意。”

凤姐还告诉尤二姐，你住外面对二爷名声有损害。这样一来，尤二姐不能不跟着王熙凤走。如果她不走，就成了不顾丈夫的声誉、破坏家庭、不懂事的人。凤姐还对尤二姐描绘她进去后的美好前景："我今来求姐姐进去和我一样同居同处，同分同例，同侍公婆，同谏丈夫，喜则同喜，悲则同悲；情似亲妹，和比骨肉。"连说了八个"同"，取消了大老婆小老婆的分别，好像两人成了风雨同舟的亲姐妹。尤二姐没有社会经验，认为，我遇到个受小人诽谤的大好人。凤姐的金钩成功钓上尤二姐这条蠢鱼。

凤姐见尤二姐，先送绸缎、送首饰做见面礼。平儿来拜见尤二姐，尤二姐还礼，凤姐不让她还，说她是丫鬟，和你是不一样的。因为凤姐在突袭小花枝巷之前已经收拾了东厢房，给别人造成的印象，就是她很把贾琏二房当回事，以礼相待，周瑞家也向尤二姐说，已给你预备房屋了。

凤姐把尤二姐可能产生的顾虑，可能推托的理由，都提前化解，叫尤二姐无路可退。凤姐到小花枝巷，扮演美丽柔弱、单纯善良的闺门旦忽悠尤二姐，需要怎么和软就怎么和软，需要怎么讨好就怎么讨好，需要怎么忍让就怎么忍让。尤二姐则把无能弱智表现得淋漓尽致。一见凤姐，凤姐还没开口，她先把姐姐尤氏出卖了。她说：奴家年轻，到了这里，诸事都是家母和家姐做主。把做二奶的责任推给尤氏，给了凤姐大闹宁国府的把柄。凤姐要尤二姐跟她回去，尤二姐竟连一句"等二爷回来再商量"的话都不会说，还无意中把贾琏给出卖了："我也没什么东西，那也不过是二爷的。"凤姐马上明白了，贾琏你小子不仅偷娶小老婆，还有小金库！马上叫周瑞家的记好，抬到东厢房。等二姐一死，贾琏还没回过神来，凤姐已把他多年的小金库一锅端。

告假状清君侧

凤姐制造张华告贾琏的假案，告到最高司法机关“察院”。罪名是国孝家孝之中背旨瞒亲、倚财仗势、停妻再娶、强逼退亲。这是正儿八经的要案，但凤姐只是用来教训贾琏、贾珍，驱逐尤二姐，绝对不会叫贾琏受到真正伤害。她把张华勾来养活，叫他去告状。张华不敢告，凤姐就叫旺儿说给张华，告我们家谋反也没事，你告大了，我自然能平息。张华告了。凤姐马上派王信到察院行贿，告诉察院虚张声势。最高司法机构成了在凤姐跟前听吆喝的，叫怎么审就怎么审。凤姐还安排张华告旺儿，旺儿当堂诱使张华把贾蓉说出来，传讯贾蓉。张华明明告贾琏，察院却传讯贾蓉，这是凤姐安排，叫贾蓉丢人也不能叫贾琏丢人。而宁国府银子一递，察院又判张华无赖，打一顿轰出来。凤姐继续派兴儿挑唆张华，给你银子安家过活，只要要回原妻就行。还给察院捎信，结果察院批下来的就是张华所定之亲，仍令其有力时娶回。官司完全按照凤姐的战略部署进行。凤姐简直是能掐会算的诸葛亮，她本来可以在贾琏还没有从平安州回来以前就把尤二姐清除了。当然假如事情完全按凤姐最初的如意算盘办成，尤二姐死不了，故事反而也就没这么好看了。

尤二姐被王熙凤赚进大观园。王熙凤先清君侧，把尤二姐的丫头轰出去，派了自己的丫头。这个丫头有个特别有趣的名字善姐，这是反意取名，来者不善。使唤三天就不听尤二姐的，要头油，善姐说：二奶奶，你怎么不知好歹没眼色？我们奶奶天天承应了老太太，又要承应太太、姐妹。一日少说，大事一二十件，小事三五十件。哪里为这点子小事去烦她。我劝你，咱又不是明媒正娶的，就是她这样一个贤良人这样待你，差些儿的人，把你丢在外，死不死，活不活，你又敢怎样呢！善姐执行王熙凤迫害尤二姐的安排，还有很大发挥，在精神上给尤二姐极大压力。后来她干脆连好饭都不端给尤二姐吃了，端来都是吃剩下的。凤姐还要来和尤二姐说，如果下人有不到的地方，告诉我，我打他们。尤二姐哪想到下人就是她挑唆的。

宁国府表演刀马旦

尤二姐进了大观园，王熙凤就上演大闹宁国府全武行。如果说到小花枝巷的凤姐是温柔和气的闺门旦，到宁国府的凤姐就是又摔又打又哭又闹的刀马旦。王熙凤真是天才演员，演什么像什么，和好莱坞大明星有一拼。

表面上看，酸凤姐大闹宁国府是为出气，其实不是。王熙凤有明确目的、有明确层次去闹。她有四个目的，一是教训贾珍；二是叫尤氏按她的要求，蒙骗贾母，帮她树立贤良的声名；三是叫贾蓉把尤二姐请出荣国府；四是敲诈几百两银子。她的目标都达到了。

最不可思议的是，凤姐闹宁国府的目标是尤氏。这一点很奇怪，既然兴儿向凤姐汇报，是贾珍在贾琏娶尤二姐上教唆拍板，凤姐对贾珍恨之入骨，她一到宁国府顶头遇到贾珍，却没有揪住贾珍大闹。为什么？贾珍是三品将军，又是族长。凤姐如果揪住贾珍大闹，就违反了礼法，犯了不敬尊长的七出罪名。贾珍可以指使贾琏把她休了。凤姐不管怎么恨贾珍，她得放过贾珍。她见到贾珍只吓唬了他一句：“好大哥哥，带着兄弟们干的好事！”贾珍溜走，她也不管。尤氏是非常好的妯娌，刚刚全心全意替凤姐办了生日，凤姐怎么好意思拉下脸来大哭大闹？我们山东人形容某种人是“翻脸猴子”，需要什么时候翻脸就什么时候翻脸，需要跟什么人翻脸就跟什么人翻脸，不管你是什么人，只要你触犯我的利益，不管你以前对我多好，只要你现在得罪我，我就翻脸不认人。

凤姐骂尤氏，你们尤家的丫头没人要了，偷着只往贾家送，害得贾琏犯了国孝家孝当中停妻再娶，害得我偷了太太五百两银子去打点。这一番骂的真中有假，贾琏确实给告了这个罪名，凤姐确实送了银子，但是贾琏被告，是凤姐操纵的，送的银子是三百两而不是五百两。凤姐还说，现在察院指明提我，要休我！质问尤氏，你是不是受到老太太指使，你们做个圈套要挤我出去？咱们一块见官去。咱们请族中人评理，给我休书我就走！这些话没一句真话，都是吓唬尤氏、讹尤氏。尤氏上哪去查这是不是真的，只能听任凤姐滚到她怀里，撒泼撞头，大放悲声。凤姐还要对尤氏说：嫂子的兄弟，嫂子怕绝后，我岂不比嫂子更怕绝后。嫂子的妹妹就是我的妹妹，我欢天喜地迎了来，金奴玉婢地住在园里面。这些话没一句是真的，凤姐骂贾蓉："天雷劈脑子五鬼分尸的没良心的种子！不知天有多高，地有多厚，成日家调三窝四，干出这些没脸面没王法败家破业的营生。你死了的娘阴灵也不容你，祖宗也不容，还敢来劝我！"这些话都是真话，凤姐骂贾蓉没良心，意思是婶婶这么重用你，你怎么欺骗我，骂得很正常，说死了的娘阴灵和祖宗都不容你，更正常。凤姐一边骂扬手就打。贾蓉磕头有声，说"婶子别动气，仔细手，让我自己打。"完全是晚辈向长辈赔礼的语气。接着贾蓉左右开弓打嘴巴，自己问自己，"以后可再顾三不顾四的混管闲事了？以后还单听叔叔的话不听婶子的话了？"这是犯了错误的晚辈为讨好长辈在表演。

有的研究者说，凤姐和贾蓉有不正当关系。在刘姥姥一进荣国府时，我已剖析过，贾蓉是凤姐信赖的晚辈，他们是一块办坏事的小伙伴关系，并不是情人的关系。

尤氏骂贾蓉，"孽障种子！和你老子作的好事！我就说不好的。”凤姐就搬着尤氏的脸又骂了，“你发昏了？你嘴里难道有茄子塞着？不然他们给你嚼子衔上了？为什么不告诉我去？”接着她说尤氏，“你又没才干，又没口齿，锯了嘴子的葫芦，就只会一味瞎小心图贤良的名儿，总是他们也不怕你，也不听你。”

这番话把凤姐瞧不起尤氏，蔑视尤氏的心情表现出来，说完还啐了几口，但最后来了句“总是他们也不怕你，也不听你。”这是表示我体谅你，原谅你，有这一句话，就把刚才撕破脸的妯娌关系修复了。尤氏马上领情，惨兮兮地说，怨不得妹妹生气。

真不知道王熙凤的牙齿和舌头怎么长的？说起话来如此天花乱坠。贾蓉告诉凤姐，既然张华告状，给他钱就是。凤姐说，给他银子花光了又来闹事，不是了局。贾蓉判断出，原来要轰走我姨娘。马上表示，那就来是是非人，去是是非者，我劝二姨娘叫她还嫁给张华去吧。凤姐说，我可舍不得你姨娘，还是多给张华钱吧。这是句非常恳切的假话。贾蓉也知道是假话。他得想办法叫尤二姐走人。像凤姐这样拿着假话当真话说的人，也只有长期在她帐前听令的小混混贾蓉能看透她的心思。

王熙凤大闹宁国府，闹到贾蓉下跪求饶，自打耳光；闹到尤氏给揉搓成面团；闹到宁国府下人乌压压跪了一地求情：奶奶也作践够了，奶奶们素日何等好来！一直闹到尤氏和贾蓉全盘接受她的城下之盟，凤姐见好就收。凤姐大闹宁国府，大获全胜，尤氏和贾蓉承认，一概都是我们的不是，我们赔你那五百两银子，王熙凤赚了二百两。我们叫尤二姐出来嫁给张华。尤氏还向凤姐讨教怎样向贾母撒谎，这正中王熙凤下怀。王熙凤就是需要尤氏按她的布置去忽悠贾母。凤姐说：我是个心慈面软的人，凭人撮弄我，我还是一片痴心。说不得让我应起来吧！凤姐要让剧情按照她的导演向前发展。尤氏居然恭维凤姐，你可真是宽宏大量，足智多谋。这场面太好玩了，可怜的尤氏，连身上给凤姐蹭上的眼泪鼻涕还没擦干，就傻呵呵地给凤姐凑趣。

女宰辅变破落户

在中国古代小说甚至世界小说名著中，见过像王熙凤这样大闹宁国府的情节吗？一件生活琐事写得紧锣密鼓、高潮迭起、花团锦簇，令人目不暇接，《红楼梦》绝无仅有。

王熙凤在尤二姐事件上，策划于闺阁，点火于官场，利用官府整丈夫，控制荣府蒙贾母，大闹宁府整贾珍。三管齐下，里勾外联，手段狠毒，行为泼辣。在凤姐打响的这场嫡妻大战二奶的战斗中，贾府里里外外都懵懵懂懂地听她指挥，官府上上下下都见钱眼开地为她所用。凤姐有高瞻远瞩的战略布署，有细针密线的战术准备；有全局规划，有细节操作；

一会儿一个花样，一会儿一个模式；凤姐这个天才“作家”浓墨重彩地做了篇真真假假、假假真真、真中有假、假中有真的妙文章、大文章。酸凤姐大闹宁国府，什么时候该说真话？什么时候该说假话？什么时候似真实假？什么时候似假实真？火候掌握得恰到好处。什么时候应该哭闹？什么时候应该缓和？什么时候需要倒赔不是？什么时候需要鸣金收兵？掌握也恰到好处。

王熙凤大闹宁国府，时机抓得极其准确。察院刚刚装腔作势“审案”，凤姐立即突袭宁府。闹宁国府的时机不能早也不能晚，早了没有闹宁国府的理由；晚了，贾珍已有掌控和扑灭官司的机会，凤姐想闹也闹不起来。凤姐的聪明就在于，一个女人单枪匹马跟官府、贾府斗争，所谓“一女斗两府”，却愣是总能把主动权掌握在自己手心里。

在大闹宁国府之前凤姐给贾府众人留下的深刻印象是辣。贾母叫她“凤辣子”，说她是“泼皮破落户”。那原来是老祖宗开玩笑的话，但王熙凤大闹宁国府，确确实实成了泼皮破落户，甚至能令人联想到《水浒传》里没理翻缠的牛二。如果把凤姐治理宁国府和大闹宁国府对照起来看，读者朋友是不是跟我一样，感到有一丝凄凉之感？感到王熙凤这个人物其实是非常可怜的？这个在尤氏怀里撞头的，还是那个在贾母跟前妙语如珠、笑得花枝乱颤的可爱的孙媳妇吗？还是那个三下五除二就把宁国府治理得井井有条的巾帼英雄王熙凤吗？还是那个在刘姥姥跟前雍容华贵的贵族少奶奶吗？还是贾宝玉和林黛玉跟前那个和蔼可亲的凤姐姐吗？第六十八回“酸凤姐大闹宁国府”和第十三回的“王熙凤协理宁国府”相差五十五回。贾府经历了从盛到衰的过程，昔日巾帼英雄也完成了向泼皮悍妇的转型。当年在宁国府演过“英姿飒爽女宰辅”大剧正剧的王熙凤，再次粉墨登场，演了出“摔打哭闹女光棍”全武行的闹剧丑剧。贾府的败落从一个新颖角度展现出来。

第六十九回

弄小巧用借剑杀人
觉大限吞生金自逝

本回回目“弄小巧用借剑杀人，觉大限吞生金自逝”。王熙凤阴谋诡计害死尤二姐。她借剑杀人，利用秋桐侮辱尤二姐。尤二姐因为胎儿被打下来，觉得生命到了尽头，吞黄金自杀。

王熙凤运筹帷幄

王熙凤闹完宁府后，回到大观园，跟尤二姐说，我怎样设法，怎样操心打听，得怎么办，才能把大家救下来。她安排尤二姐按照自己导演的故事演出。都布置好后，她带着尤二姐，请上尤氏见贾母。尤氏必须得来，尤氏是没嘴的葫芦，不会多嘴多舌。但她的出现说明，王熙凤非常贤惠，跟尤氏商量把她妹妹弄来给贾琏做妾。

贾母和孙女们说笑，忽见凤姐带进个标致的小媳妇来，就觑着眼瞧，说:“这是谁家的孩子！好可怜见的。”凤姐说 :“老祖宗倒细细的看看，好不好？”拉着尤二姐说，“这是太婆婆，快磕头。”尤二姐行了大礼，凤姐又指着这是谁，一个一个假装第一次见面。贾母上上下下瞧了一遍，问 :你姓什么，几岁了？凤姐说“老祖宗且别问，只说比我俊不俊。”贾母戴上眼镜，叫鸳鸯琥珀:“把那孩子拉过来，我瞧瞧肉皮儿。”又说，伸出手来我看看！完全是看新媳妇的看法。鸳鸯还揭起裙子来叫她看。贾母看完，摘下眼镜说：“竟是个齐全孩子，我看比你俊些。”王熙凤边笑边跪下，把在尤氏那编的话细说一遍。然后请求：老祖宗发慈心，先许她进来，住一年后再圆房。贾母说：这有什么不好，你这么贤良很好。但是只能一年后圆房。凤姐又求贾母派两个女人带着去见太太。就说是老祖宗的主意。挟天子以令诸侯，邢夫人就是不高兴，也没办法了。尤二姐见了天日，从李纨那儿挪到东厢房住。

凤姐挑唆张华，许他银子，叫他要原妻。察院批了张华所订之亲有力时娶回。张华很乐意人财两进，到贾家去领人。凤姐报告贾母说：这事珍大爷办得不对，没和那家退，怎么叫人告了？官司都定下来了。贾母把尤氏叫来，说她做事不妥，说：你的妹子跟别人订婚没退，怎么叫人告了？尤氏说，他连银子都收了，怎么没准？凤姐在旁又说：张华说没见银子，他老子说，亲家母说过一次，并没应准。亲家母死了，你们就接进去做二房。幸好琏二爷不在家，没圆房，不过就是人已来了，怎么能送回去，岂不伤了脸面？贾母说：又没圆房，没得强占人家的有夫之妇，名声不好，送给他。尤二姐来回贾母，我母亲确实哪年哪月哪天给他十两银子退婚，他穷极了告状。我姐姐没错办。贾母一听：刁民难缠，凤丫头去料理料理。凤姐做梦都没想到，尤二姐这任人宰割的羔羊，竟在关键时刻向贾母说出某年某月某日退亲，而贾母就把料理的事交给她，只好应着。

她找贾蓉，仍叫贾蓉挑唆张华要原人。贾蓉想，叫张华领回去成何体统？派人告诉张华，你现在得这么多银子还要原人，你不怕我们爷们生气，找出个由头，你死无葬身之地？快走，赏你路费。张华父子跑回原籍。凤姐就不能再做把尤二姐赶出荣国府的文章。怎么办？敲锣打鼓，公开迫害尤二姐不行，那就贬低她，伤害她，往她心上插刀，最后逼死尤二姐。

借刀杀人

贾琏回来到新房，人去房空，向贾赦汇报，贾赦说他中用，赏一百两银子，把 17 岁丫鬟秋桐赏他为妾。贾琏对贾赦的姬妾早就垂涎三尺，现在得到秋桐，得意洋洋。凤姐和尤二姐一块迎出来，贾琏把这事告诉凤姐。凤姐一听，一刺未除又添一刺。她假装很贤惠，马上派人把秋桐接来。她换出好颜面来给贾琏接风，叫尤二姐参加，又带秋桐见贾母、王夫人，她如此贤惠，贾琏都感到稀奇。

凤姐表面上和尤二姐好，实际上务必要把尤二姐赶尽杀绝。没人时，她对尤二姐说："妹妹的名声很不好听，连老太太、太太们都知道了，说妹妹在家做女孩就不干净，又和姐夫有些首尾，'没人要的了你拣了来，还不休了再寻好的！'"老太太要休，奴才在说，都是凤姐虚构。但懦弱的尤二姐上哪查证？哪敢查证。结果是凤姐倒"气病了"，不和尤二姐一块吃饭。

尤二姐就得吃剩饭了。凤姐对尤二姐的迫害真是无孔不入。

秋桐自认为是老爷给少爷的，连凤姐、平儿，都不放到眼里，对尤二姐更瞧不上，张口就是“先奸后娶没汉子要的娼妇，也来要我的强。”凤姐一听，正中下怀，用她整尤二姐！秋桐是个不讲礼仪、不顾廉耻、一味争风吃醋的泼货。凤姐装上枪弹让她放，暗地拨火，叫秋桐去烧二姐，她隔岸观火。挑唆秋桐辱骂尤二姐，她幸灾乐祸。秋桐还到贾母跟前打小报告，说尤二姐整天盼着二奶奶和我死了，她一心一意和二爷过。贾母对尤二姐印象不好了。

贾琏有了秋桐，在尤二姐身上的心渐渐淡了。凤姐虽然恨得宠的秋桐，但她想借剑杀人，坐山观虎斗，等秋桐杀了尤二姐，再杀秋桐。她劝秋桐，你年轻，不知事，她现在是二房奶奶，爷心坎上的人，我还让她三分，你去碰她，不是自寻其死？秋桐听了，越发天天乱骂：奶奶是软弱人，我却做不来。奶奶的威风怎都没了。奶奶宽宏大量，我却眼里揉不下沙子去。让我和这淫妇做一回，她才知道！大吵大叫骂尤二姐，凤姐假装不敢说话，气得尤二姐在房里哭泣，连饭也吃不下去。

尤二姐本来娇弱，受了一个月暗气，恹恹得了一病，夜里合上眼，看到她妹子捧着鸳鸯剑来了：姐姐，你一生为人心痴意软，吃了亏。休信那妒妇花言巧语，外作贤良，内藏奸狡，她发狠定要弄你一死才罢。若妹子在世，断不肯令你进来，即进来时，亦不容她这样。你拿我这剑斩了那妒妇，一同归至警幻案下，听其发落。不然，你则白白的丧命。尤二姐哭了，说：妹妹，我一生品行既亏，今日这恶报是我该受的，怎么再去杀人？也许老天爷可怜我，好了。尤三姐说：姐姐，你是个痴人。你虽悔过自新，但是你已把人家父子兄弟致于聚麀之乱，天怎么容你安生？尤二姐惊醒，知道是做梦。等贾琏来看时，对他说：我这病不能好了，但我有了身孕，不知是男是女，天可怜生下来还行，如果不行，我的命都不保，何况他？”贾琏说，放心，我找人医治。

凤姐赶尽杀绝　二姐吞金自逝

王熙凤用了名叫善姐来者不善的丫鬟迫害尤二姐，用了借剑杀人秋桐辱骂伤害尤二姐后，又用第三个利器胡庸医。

胡庸医曾用虎狼药给晴雯治感冒，被贾宝玉发现，及时制止。胡庸医一来，得看看尤二姐的脸色。一看，魂魄飞上九天，通身麻木，一无所知。一个医生看到病人脸面，怎么能这样？这番表现是人格不行，他实际被王熙凤买通，一口咬定，尤二姐月经不调，一副药下去，一个男胎打下来。二姐存在的价值和希望全部破灭。

红学家一直争论，胡庸医是不是凤姐唆使？小说没明写，但我一直怀疑。尤二姐怀孕，是对凤姐最大威胁，凤姐不可能不做手脚，深闺琏二奶奶，连察院手脚都敢做都能做，小小庸医的手脚，几十两银子红包一递，为什么不能做？而且她必须做，不然，尤二姐把小贾琏生下来，凤姐之前所有迫害尤二姐的努力，岂不功亏一篑。所以我认为，凤姐是在胡庸医那做了手脚，曹雪芹一个字不写，他没必要画蛇添足。

尤二姐流产了，其他太医说，这个太医用了虎狼药，她现在元气伤了八九，得煎药、丸药同时用，且闲言闲事都不要听见，才能好。贾琏把请胡庸医的人找来，打个半死。凤姐比贾琏还急十倍，说咱们命中无子，好容易有了一个，遇见这样没本事的大夫。在天地前烧香，祷告，愿意长病，只求尤氏妹子好了，再生男孩，我吃长斋念佛。大家称赞凤姐贤惠。

贾琏喜新厌旧，经常和秋桐在一块。凤姐故意做汤做水送给二姐，且骂平儿：你看，我多病，怀不了男孩，你也怀不了。她现在怀了，又没福，算算命吧！估计算命先生也被王熙凤买通。算命的马上算出来，尤二姐被属兔的人冲了，谁属兔？秋桐。王熙凤就“诚心诚意”劝秋桐：赶快出去躲躲吧！秋桐大骂：“我和他井水不犯河水，怎么就冲了他？好个爱八哥儿，在外头什么人不见，偏来了就有人冲了。白眉赤眼，那里来的孩子？她不过指着哄我们那个棉花耳朵的爷罢了。纵有孩子，也不知姓张姓王。奶奶希罕那杂种羔子，我不喜欢！老了谁不成？谁不会养！一年半载养一个，倒还是一点不搀假呢！”连尤二姐怀的男孩是不是贾琏的都骂出来。尤二姐再次受到伤害。

秋桐还要跑到邢夫人那里进谗，跑到尤二姐窗下大哭大骂，尤二姐更添烦恼。到晚上，贾琏在秋桐房间休息，凤姐已睡，平儿过来劝尤二姐好好养病，不要理那个畜生。尤二姐拉着平儿说：我到了这里，多亏姐姐照应。姐姐也因为我受了一些闲气，我只怕我逃不出命来。只好来生报答你了。平儿走后，尤二姐想，我病成这样，孩子也打下来了，与其活着受零气，不如一死，干脆找块金子吞下去。把衣服穿戴整齐，上炕躺下，死了。

尤二姐对凤姐的迫害不仅一筹莫展，还满头雾水，像待宰羔羊，流着悔恨而无奈的泪水，自己走进了屠场。

凤姐整死人还要装好人，假意哭：“狠心的妹妹！你怎么丢下我去了，辜负了我的心！”表演有点过头。《三国演义》诸葛亮三气周瑜，周瑜死了，诸葛亮又去吊孝，气死人看出殡。王熙凤害死尤二姐，害死人不出殡。贾琏找她要银子办丧礼，王熙凤说：我有病，老太太嘱咐忌三房。忌讳产房、新房、停灵凶房。又去大观园转了一圈，听些闲话，是听的闲话还是造的闲话？把这些话告诉贾母。贾母说：“谁家痨病死的孩子不烧了一撒，也认真的开丧破土起来。既是二房一场，也是夫妻之分，停五七日抬出来，或一烧或乱葬地上埋了完事。”王熙凤太恶了，居然挑唆贾母，要把尤二姐烧了。丫鬟来请凤姐，说二爷等着拿银子。凤姐对贾琏说：“什么银子？家里近来艰难，你还不知道？咱们的月例，一月赶不上一月，鸡儿吃了过年粮。昨儿我把两个金项圈当了三百银子，你还做梦呢。这里还有二三十两银子，你要就拿去！”

袭人母亲死了，赏了四十两。贾琏的妾死了，只给二三十两。贾琏只好去开尤氏的箱柜，拿自己小金库。打开一看，一滴无存。自己的体己银子没了，尤二姐的新衣服好衣服没了，好的首饰也没了。只有些折簪烂花、半新不旧的绸绢衣服。王熙凤把尤二姐的首饰衣服等也拿走了。

贾琏触景生情，将尤二姐的衣服包个包袱提着，要去烧。平儿偷偷把二百两碎银子交给贾琏，说，你要哭，在外面哭多少不行，跑到这来点眼。贾琏把尤二姐一条裙子递给平儿：“这是他家常穿的，你好生替我收着，做个念心儿。”贾琏拿了银子和衣服，出去买板。但二百两银子还是买不到好棺材板，他赊了五百两银子买副棺材板，把尤二姐装殓了。

第六十九回，回目叫弄小巧用借剑杀人。王熙凤确实处处用小巧，派一个来者不善的善姐去折磨尤二姐，挑唆秋桐辱骂尤二姐，买通了胡庸医给尤二姐堕胎，买通了算命的说秋桐冲了尤二姐，惹来秋桐更加疯狂的辱骂。最后到了尤二姐送葬了，还不给银子，还要说尤二姐是害痨病死的，叫贾母发话，要把她烧了。这真真是赶尽杀绝。王熙凤太恶了，太狠了，怎么人死了还不放过呢？

世界文学中，写婚外情的名作很多。法国著名作家福楼拜的《包法利夫人》，俄国著名作家托尔斯泰的《安娜·卡列妮娜》，都是写女性追求爱情幸福，红杏出墙，最后悲惨而死。红楼二尤和这些名著有相通的地方，但国情不同，又有很大区别。福楼拜和托尔斯泰，是写资本主义社会女性和男性的争斗，而曹雪芹是写封建社会女性之间的争斗，最后要负责的是那个不公平的社会。但尤二姐之死主要却是写凤姐如何制造尤二姐的不幸。尤二姐之死是一幅封建社会一妻多妾制下的惨烈图画。因为凤姐两面三刀，太毒辣，太凶狠，杀人不见血，杀人不皱眉，本来尤二姐身上的不道德因素经常被读者忽略，而凤姐成了妒妇典型。

凤姐真的胜利了？

王熙凤害死尤二姐，去了心腹大患，却带来了好多恶果。第一个恶果是她丢掉了平儿这个同盟军。贾琏偷娶尤二姐，是平儿报告的。当凤姐迫害尤二姐时，平儿最清楚是怎么回事。根据多年和凤姐打交道的经验，平儿知道，凤姐两面三刀，怎样向尤二姐射暗箭。尤二姐连饭都吃不饱，平儿在大观园偷偷做东西给她吃。秋桐打小报告，凤姐骂平儿，“人家养猫拿耗子，我的猫只倒咬鸡。”平儿明知道秋桐是被凤姐挑唆，但是她不敢把矛头指向凤姐，只是劝尤二姐好好养病，不要理秋桐那个畜生。尤二姐感谢平儿对自己的照顾，平儿说了真心话了：“想来都是我坑了你，我原是一片痴心，从没瞒他的话。既听见你在外头，岂有不告诉他的。谁知生出这些个事来。”那就是我不应该把你在小花枝巷的事告诉王熙凤，告诉她这不生出事来了。平儿对凤姐重新认识，清醒认识。

凤姐对贾琏的二房赶尽杀绝，不能不叫平儿兔死狐悲，不能不对王熙凤有所提防，估计以后平儿会渐渐和王熙凤拉开距离。她很可能从尤二姐的遭遇联想到自己莫名其妙挨了一顿打，她还能对王熙凤忠心耿耿吗？估计等贾琏和凤姐决裂，要休凤姐时，平儿不会站在凤姐一边。特别是贾琏休凤姐的前提是把平儿扶正。所以凤姐成功地剪除尤二姐的同时，丢掉了她在荣国府最重要的同盟军平儿。

第二个恶果是贾琏怀疑尤二姐之死有猫腻。尤二姐死后，贾琏和贾蓉一起看尤二姐的遗体。看到尤二姐面色如生，比活着还美貌。贾琏心疼了，搂着大哭，说“奶奶，你死得不明，都是我坑了你。”贾琏对尤二姐还有点真情，他豁出去了，叫尤二姐“奶奶”，混淆了“奶奶”和“姨奶奶”的界限，他也不怕谁向王熙凤打小报告。他猜测尤二姐死得不明，贾琏这时只想到是自己坑了二姐。贾蓉劝贾琏，叔叔，我这个姨娘没福。其实这个坏小子对他的姨娘、他的前情人也有感情，也心疼。他对凤姐的毒辣早有体会，忍不住向贾琏点出来。说：我这个姨娘自己没福，一边说一边往南指着大观园的界墙，意思是凤姐把她赚进大观园做了手脚。贾琏会意，悄悄跌脚说:我忽略了，终久对出来，我替你报仇。贾琏对凤姐有怀疑，贾蓉在凤姐大闹宁国府时吃了亏，又得自打嘴巴又得磕头求饶，很不舒服，将来这对坏包可能联手行动，查清尤二姐之死的真相。

第三个恶果，是王熙凤授人以柄。她不择手段害尤二姐留下的蛛丝马迹太多，张华掌握着凤姐制造假案的证据。旺儿掌握着王熙凤从讯家童到诱骗尤二姐进府的证据。秋桐掌握着凤姐儿挑唆她和尤二姐作对的证据。贾珍、贾蓉、王信、庆儿掌握着凤姐和察院来往的证据。将来一旦尤二姐之死真相大白，墙倒众人推，凤姐的把柄接二连三掌握到贾琏手里面。贾琏跟她来个秋后总算账，那个时候，王熙凤想哭都找不到坟头了。

第七十回

林黛玉重建桃花社
史湘云偶填柳絮词

六十九回结束了尤二姐之死故事，又进入大观园诗意化生活描写。七十回的内容写林黛玉《桃花行》得到大观园姐妹称赞，把海棠社改名桃花社。林黛玉是社主，重新恢复诗社活动。史湘云看到晚春柳花飘飘，填首《如梦令》小词，引起大家兴趣，说我们还没专门填过词。林黛玉规定柳絮为题大家写小令。

七十回开头贾琏在梨香院给尤二姐伴宿，七天七夜做佛事。贾母叫他去，吩咐不能送到家庙。贾琏只好把尤二姐埋葬在尤三姐旁边。王熙凤最终完成驱逐尤二姐的大工程，死了也不叫你进贾家的祖坟。

“帘中人比桃花瘦”

凤姐病了，探春理家，接着过年过节，诗社一直没活动。到了春天，贾宝玉心情特别不好，因为“冷遁了柳湘莲，剑刎了尤小妹，金逝了尤二姐，气病了柳五儿，连连接接，闲愁胡恨，一重不了一重添。”非常简练的语言归结了贾宝玉周围发生的不幸事件。鲁迅先生曾说，《红楼梦》悲凉之雾，遍被华林，感受最深的是贾宝玉。这些事本和贾宝玉没关系，但贾宝玉给弄得情色若痴，语言常乱，病了一样。这正是《红楼梦》男一号个性特点“情不情”。

怡红院的丫鬟们，还是在那咭咭呱呱闹着玩。湘云打发了她的丫鬟来，说请宝二爷快去看诗去。这时桃花开放，仲春天气。史湘云去叫贾宝玉看的，是一首《桃花行》。

桃花帘外东风软，桃花帘内晨妆懒。
帘外桃花帘内人，人与桃花隔不远。
东风有意揭帘栊，花欲窥人帘不卷。
桃花帘外开仍旧，帘中人比桃花瘦。
花解怜人花也愁，隔帘消息风吹透。
风透湘帘花满庭，庭前春色倍伤情。
闲苔院落门空掩，斜日栏杆人自凭。
凭栏人向东风泣，茜裙偷傍桃花立。
桃花桃叶乱纷纷，花绽新红叶凝碧。
雾裹烟封一万株，烘楼照壁红模糊。
天机烧破鸳鸯锦，春酣欲醒移珊枕。
侍女金盆进水来，香泉影蘸胭脂冷。
胭脂鲜艳何相类，花之颜色人之泪，
若将人泪比桃花，泪自长流花自媚。
泪眼观花泪易干，泪干春尽花憔悴。
憔悴花遮憔悴人，花飞人倦易黄昏。

一声杜宇春归尽，寂寞帘栊空月痕！

谁是作者，读者也能猜出来，林黛玉。贾宝玉也猜出来了。但宝琴故意说是她写的。宝玉说，我相信你绝对不会写这样的诗，你比不得林妹妹，她曾经离丧，才作此哀音。贾宝玉定的不错，《桃花行》是一曲哀音，而且是比《葬花吟》更萧瑟、凄凉的哀音。吟《葬花吟》的林黛玉，还仅仅感受到风刀霜剑严相逼，用落花来比喻自己命运。现在她泪快干了，把自己和落红成阵的桃花，完全融为一体。

《桃花行》是歌行，唐代很流行。桃花盛开，而观赏桃花的帘中人，比桃花瘦，这是借用李清照《醉花阴》“莫道不销魂，帘卷西风，人比黄花瘦。”为什么瘦呢？因为愁，越是花开满庭，越是满园春色，越是非常悲伤。诗人看到的是千万株桃花盛开，花红像火像红色烟雾，显得帘内人更加寂寞。

《桃花行》用花比人，用花的命运推演人的命运，人像花一样薄命。结句“一声杜宇春归尽”，杜鹃在叫“不如归去！不如归去！”什么意思？林黛玉要归去了，正像诗中写的“泪眼观花泪易干”，林黛玉的眼泪快干了。

大家都称赞这首诗写得好，决定明天是三月初二再起诗社，把海棠社改桃花社，林黛玉是社主。林黛玉要大家做桃花诗一百韵。薛宝钗说使不得，桃花诗向来最多，做多了落俗套，比不得你这首古风。

第二天是探春生日，社起不了，改到五号。五号贾政的家信到了。说大概六七月份回家。贾宝玉就得小心爹来查问功课。他还没什么表示，袭人已劝他，把心收一收，把书理一理。贾宝玉说还早。袭人说书是一件，你那些字在哪里？贾宝玉说我平时写一些字。袭人说我都给你收起来了，总共五六十篇，三四年就这么几张字行吗。

看来贾政走三四年，但不要相信曹雪芹这话。根据大观园的描写并没那么长时间。大观园春天过了夏天，秋天过去赏雪，赏雪完再来看桃花。并没有三四年时间，姑妄听之。贾宝玉赶快临阵磨枪,早上起来研好墨写字。贾母听说很高兴，写吧！他妈比较了解他，王夫人说：临阵磨枪中什么用，这会着急，天天写，天天念。这么一赶又赶出病来了。探春和宝钗说：不要着急，念书我们替不了，写字替得，我们每天写篇字，帮他凑上就行。贾母听说宝贝孙子有好几个枪手喜之不尽。

当宝玉需要很多字交差时，探春、宝钗表示替他写，黛玉不表态，比她们做得要多。她们每天临篇楷书给宝玉，宝玉也加班加点，到三月下旬，凑起来好多，再有五十篇字就能蒙混过关。紫鹃走来，送卷东西给宝玉，拆开一看。一色老油竹纸上临的钟王蝇头小楷，字迹与自己十分相似。那时人们练字用透明纸蒙在古人书法上照着描。林黛玉用老油竹纸蒙在钟繇、王羲之小楷上描。点点划划和宝玉行文吻合。

黛玉对宝玉琢磨太透，照顾细致。

贾宝玉特别高兴，先给紫鹃作揖，又亲自去道谢。这样宝玉的字就凑够数了。忽然又来消息，发生海啸，皇帝叫贾政顺路查看，年底才能回来。

柳絮词彰显命运

史湘云看到柳花飞舞，写《如梦令》："岂是绣绒残吐，卷起半帘香雾，纤手自拈来，空使鹃啼燕妒。且住，且住！莫使春光别去。"小令写柳絮离开枝子，形成香雾，它们占得春光，使春鸟妒忌。春天要离开，美好时光要结束。且住，莫放春光别去。湘云很得意，叫宝钗看，叫黛玉看。黛玉说新鲜有趣。湘云说，我们这几社没填词，干吗不起社填词？

黛玉说，那就请大家都来填词！把大观园诗翁们请来后，选出几个调，以柳絮为题填词。先看了史湘云的，称赞一会儿，宝玉说"我也得胡诌了。"宝钗拈了《临江仙》，黛玉拈了《唐多令》，紫鹃点上一支梦甜香，叫大家思考。探春先写出了半首《南柯子》，"空挂纤纤缕，徒垂络络丝，也难绾系也难羁，一任东西南北各分离。"柳条很难挽住柳絮，只能叫柳絮东西南北到处乱飘，这半阙也预示探春将来命运，那就是《红楼梦曲》的《分骨肉》，"从此分两地，各自保平安，奴去也，莫牵连。"她做这半首已够了。李纨说，挺好，怎么不续上。

宝玉说，香烧完了，我还没写出来，我替她续上吧。“落去君休惜，飞来我自知。莺愁蝶倦晚芳时，纵是明春再见，隔年期！”

大多数红学家认为，他续上半阙预示他将来要在外逃难，将近一年后，才回家，林黛玉已经去世。

大家笑贾宝玉：正经分内的又不能，这不算。看黛玉的《唐多令》：“粉堕百花洲，香残燕子楼。一团团逐对成毬。飘泊亦如人命薄，空缱绻，说风流。草木也知愁，韶华竟白头！叹今生谁舍谁收？嫁与东风春不管，凭尔去，忍淹留。”

《唐多令》写不忍心看到柳絮总在外面漂泊，总无家可归。这也暗示，林黛玉自幼父母双亡，也是无家可归。她说嫁与东风春不管，凭尔去，忍淹留，你不回家，我也只好叫你去了。她用了些典故，百花洲在姑苏山，而林黛玉是姑苏人。唐代关盼盼曾住燕子楼。白居易写过燕子楼三首。用百花洲、燕子楼典故都是说怎样孤独悲愁，像苏轼写的“燕子楼空，佳人何在，空锁楼中燕。”人走了，林黛玉没了。大家看了，点头感叹，太悲了，好当然很好。

宝琴的《西江月》：“汉苑零星有限，隋堤点缀无穷。三春事业付东风，明月梅花一梦。几处落红庭院，谁家香雪帘栊？江南江北一般同，偏是离人恨重！”

这词也很悲哀，也写离人写怨恨，写三春事业付东风、明月梅花一梦。也用了典故，汉苑零星典故出自汉代皇家园林曲江池常种柳树，而汉代柳树不如隋代堤坝柳树规模大，古人喜欢折柳赠别。这首词也隐喻人的分离和不幸，就像苏轼的《杨花词》写的“细看来不是杨花，点点是离人泪。”有红学家就据这首词推测，宝琴本来许嫁梅翰林的儿子，看来她的这段姻缘也要付于东风，像梅花一梦。

宝钗说，我想柳絮原来是一件轻薄无根无绊的东西，我的主意偏要把它说好，才不落俗套。大家说，你先不要谦虚，我们看看你写个什么样。她写的《临江仙》："白玉堂前春解舞，东风卷得均匀。”刚刚念了这两句，湘云先说，“好一个‘东风卷得均匀’！这一句就在别人之上了。”这个“白玉堂前春解舞，东风卷得均匀，”确实把刚才从史湘云到探春，到贾宝玉，到林黛玉，到薛宝琴，他们这所有的人的那种悲怆语气完全纠正过来了。她是说柳花被春风吹起了，翩翩起舞，这不就是有乐观的情调了。接着就写，“蜂团蝶阵乱纷纷。几曾随逝水，岂必委芳尘。”这就把刚才那些人的悲哀全纠正过来，它哪儿随着逝水走了，它哪儿委芳尘了。下阙更加昂扬起来："万缕千丝终不改，任他随聚随分。韶华休笑本无根，好风频借力，送我上青云！”薛宝钗太了不得。柳絮随着风一会飘到这里，一会飘到那里，忽聚忽散，柳树的柳条仍然飘拂，但是春光中的柳絮，本来没有根，只要有一定条件，有了风力，它也能给吹到青云之上。这首词特别符合薛宝钗的身份，雍容典雅，当然也有点惦记着往上爬。大家说："果然翻得好气力，自然是这首为尊。缠绵悲戚，让潇湘妃子；情致妩媚，却是枕霞；

小薛与蕉客今日落第，要受罚的。”宝琴说我们当然受罚，交白卷的呢？谁交白卷？贾宝玉。李纨说，不要忙，定要重重罚他。

风筝飞走众人离散

还没说完，外面的窗上一声响，大家吓了一跳，出去一看，一个大蝴蝶风筝挂竹梢上了。宝玉说我认得这风筝，这是大老爷那边嫣红姑娘的。贾宝玉没有不知道的事，他伯父贾赦八百两银子买个小姑娘做小妾，这小妾有什么样风筝，贾宝玉都知道。宝玉说拿下来给她送回去。紫鹃要拿起来。探春说，你拾别人飞走的风筝也不忌讳。当时的风俗是，放风筝是把自己身上的晦气放走。黛玉说，对呀，知道这是谁放的晦气，丢了吧，把咱们的也拿出来放放。

小丫头们贪玩，巴不得一声，七手八脚拿出风筝。宝琴评论，宝玉的美人风筝不如三姐姐那软翅子大凤凰好。这里又点了一句，软翅子大凤凰得飞走，探春得远嫁。宝钗说，你们去把你们的拿他放放。探春的丫鬟笑嘻嘻回去拿，宝玉也派人回去拿他的风筝，昨天赖大娘送的大鱼。小丫头去说，你那个大鱼昨天叫晴雯放走了。宝玉说，我还没放呢。算了，我还有个大螃蟹，拿来放了。再去问，扛个美人来，告诉宝玉说，袭人姐姐说，昨天那螃蟹给三爷了。这些极其微不足道的事，都非常好玩。螃蟹就得给满地乱爬的贾环。美人是林之孝家送来的。宝玉看看很精致，就放这个吧。

宝琴放个大红蝙蝠，宝钗放七个大雁，都放得高高的。有红学家考证，薛宝钗放七个大雁，大雁是管着传信的，是不是贾宝玉出家后，你总想得到点消息?

别人的风筝都放起来，就宝玉的美人放不起来。宝玉说丫头不会放，自己放，还是放不起来。急得头上出汗，把风筝扔到地上，说：要不是美人，我就一顿脚把它跺个稀烂。黛玉忽然懂行，说是风筝顶线不好，拿出去换了就好了。

众人都放风筝，连身体虚弱的黛玉也用手帕垫着手放风筝。最后风筝线剪断，全都放走，按照当时风俗，放风筝是把晦气放走。

林黛玉建桃花社，史湘云填柳絮词。桃花社起因是林黛玉悲怆无比的《桃花行》，悲剧气氛远远超过《葬花吟》。史湘云偶填柳絮词，引起林黛玉更加悲情的《唐多令》。最后大家的风筝全都飞走全都离散。这是《红楼梦》不断用人世间的普通事物暗示人物将来的命运。他们将来一个一个，离散了还算好的，林黛玉像她的诗里，泪干，泪尽而逝。

第七十一回

嫌隙人有心生嫌隙
鸳鸯女无意遇鸳鸯

嫌隙人指邢夫人，鸳鸯女指金鸳鸯。邢夫人早就对王熙凤心怀怨恨，在贾母八十大寿时，找机会当众给王熙凤没脸。鸳鸯到大观园传达老太太的话，晚上回来在山石隐蔽处无意中撞见在这幽会的司棋和潘又安，这对野鸳鸯的事被鸳鸯撞破。

七十一回开头写贾政回家，贾政在外待几年，回到家很高兴，每天看书下棋吃酒，母子、夫妻共叙天伦之乐，似乎不怎么管教贾宝玉了。

八月初三贾母八十大寿，读者朋友可能与我上大学时一样困惑。曹雪芹的人物年龄总对不上。三十九回刘姥姥和贾母见面，刘姥姥 75 岁，贾母说比我大好几岁，我们算大 2 岁，当时贾母 73，现在 80，那就过了七年。当时 15 岁的林黛玉应 22 岁，薛宝钗应 24 岁，其实，按薛蟠进府后闹学堂、贾瑞之死、秦可卿之丧等事件推算，刘姥姥进大观园，宝钗已 19 岁，贾母 80 大寿时，应该是：宝钗 26 岁、宝玉 25 岁、黛玉 24 岁，难道贵族家庭这么大的姑娘小伙还不婚嫁？订婚七八年的史湘云也不出阁？早就准备到京城嫁人的薛宝琴也仍然留在大观园？《红楼梦》的描写是，史太君两宴大观园后七年，大观园姑娘和宝玉岁数没见长！《红楼梦》增删五次，人物年龄往往对不起来。这是很多红学家考证研究很多年都解决不了的问题。我们不必像推理小说去推具体时序。曹雪芹怎么写，就怎么欣赏吧！

隆重祥和八十大寿

贾母八十大寿，庆祝隆重。从七月二十八日开始到八月初五，在荣国府和宁国府两处开宴。宁国府请官客，荣国府请堂客。大观园收拾出几个大地方，客人临时休息。二十八日请皇亲、驸马、王公、公主、郡主、王妃、国君、太君夫人，二十九号是阁下、都府、督镇及诰命等，三十日是诸官长及诰命并远近亲友及堂客，这三天接待外来的客人。初一到初五是贾府自己人，初一贾赦，初二贾政，初三贾珍贾琏，初四贾府家族家宴。初五管家赖大林之孝等。初三贾珍、贾琏是玉字辈，居然没贾宝玉，看来贾宝玉仍然被看作是孩子。《红楼梦》里边贾宝玉一直没长大。

从七月上旬，送寿礼的人络绎不绝，礼部奉旨钦赐金玉如意一柄，彩缎四端，金玉环四个，帑银五百两，是皇帝给的。元春又叫太监送出金寿星、沉香拐、伽南珠、福寿香、金锭银锭、彩缎、玉杯。亲王驸马大小文武官员之家凡所来往的都送礼。所送的礼，一开始摆上叫贾母过目，看了一两天，贾母说叫凤丫头收了以后我再看。王熙凤收围屏十二架，有的上面是满床笏，有的上面是百寿图。

贾府宝塔尖过八十大寿，应该非常喜庆隆重祥和，但在描写中，有种凄凉之气。来拜寿的南安太妃和北静王妃，坐没多久，南安太妃就说身上不舒服告辞了。北静王妃坐了坐也告辞，是不是有点不是那么踊跃？太妃王妃来后，宝玉跪经，她们要见小姐，出来五朵金花：黛玉、湘云、宝钗、宝琴、探春。贾母命令本府姑娘只叫探春出来，看来贾母认为，只有探春跟那四个姑娘差不多。

仆妇冷遇尤氏

贾母八十大寿，尤氏白天招待客人，晚上住李纨房间。这天晚上服侍贾母吃饭后，贾母乏了要休息，尤氏退出来要到凤姐房里吃饭，但凤姐顾不上吃饭在收礼。尤氏问平儿，你们奶奶吃饭了吗？平儿说，她吃饭还能不请你？尤氏说，我到别的地方找吃的吧，饿得我受不了了！

尤氏到了大观园，园子正门角门都没关，挂着各种彩灯。尤氏命小丫头叫值班女人过来。丫鬟进去看，连个人影都没有。尤氏说把管家女人传来。丫头去，看到二门鹿顶内议事取齐的地方，两个婆子分东西。丫鬟说东府奶奶立等一位奶奶问话。婆子只管分东西，听说是东府奶奶，就不放到心上，说：

管家奶奶散了。小丫头说你们传去。婆子说，我们管看房子，不管传人，你找别人传去。小丫头挖苦说:“怎么你们不传去?你哄那新来了的，怎么哄起我来了！素日你们不传谁传去?这会子打听了梯己信儿，或是赏了那位管家奶奶的东西，你们争着狗颠儿似的传去了。”婆子说 :“扯你的臊！我们的事，传不传不与你相干！”“你那老子娘在那边管家爷们跟前比我们还更会溜须呢。”“各家门，另家户，你有本事，排场你们那边人去。我们这边，你们还早些呢！”什么意思?你是宁国府的，荣国府你管不着。丫头气白了脸，回去给尤氏回话。尤氏很生气，两个姑子劝她，奶奶你素日宽宏大量，老祖宗过生日，你要生气，别人议论你。宝琴和湘云也笑着劝她，尤氏表示，不是老太太千秋，我肯定不依，先放着她们吧！袭人已派个丫头找人去。可巧遇到周瑞家的。周瑞家的问小丫头干吗?小丫头把事告诉她。周瑞家在小说里已出来好多次，刘姥姥是她引来，宫花是她送，王熙凤奇袭小花枝巷，带着她去。周瑞家的虽然不管事，因为是王夫人陪房，有些体面。心性乖滑，各处献勤讨好。她听了这话，就跑进怡红院，说 :“气坏了奶奶了，可了不得！我们家里，如今惯得太不堪了。偏生我不在跟前，若在跟前，且打给她们几个耳刮子，再等过了这几日算帐。”尤氏把这事告诉她，周瑞家的说 :“奶奶不要生气，等过了事，我告诉管事的打他个臭死，只问他们，谁叫他们说‘各家门各家户’的话！”周瑞家的不是表示过了老太太生日再处理？她出去就找凤姐汇报，给凤姐出主意，她说这两个婆子“时常我们和他说话，都似狠虫一般，奶奶若不戒饬，大奶奶脸上过不去。”挑唆凤姐教训她们。凤姐比较清醒，说：记上她们的名字，过了这几天，捆了送到那府里叫尤氏处理。

周瑞家的假传圣旨

这个处理很得当，不要在老太太生日打人、训人。而周瑞家的向来和这两个人不和睦。她自做主张，叫个小厮到林之孝家传凤姐的话，叫林之孝家进来见大奶奶，传人立刻捆起两个婆子，交到马圈派人看守。林之孝家的坐着车进来想见凤姐，丫头告诉他，琏二奶奶睡下了，你去见大奶奶。林之孝家来见李纨，尤氏听到她来了，过意不去，说“我不过为找人找不着因问你，你既去了，也不是什么大事，谁又把你叫进来？”林之孝家表示这不是什么大事。她走到侧门，有两个女孩哭哭啼啼找她求情，这两个小孩就是那被周瑞家的下令捆起来的婆子的女儿。

林之孝家的先是说，“你这孩子好糊涂，谁叫你娘吃酒混说了，惹出事来，连我也不知道。二奶奶打发人捆他，连我还有不是呢。我替谁讨情去？”两个小丫头才七八岁，一个劲哭，缠得林之孝家没法了，就说：“糊涂东西！你放着门路不去，却缠我来。你姐姐现在给了那边大太太作陪房费大娘的儿子，你走过去告诉你姐姐，叫亲家娘和太太一说，什么完不了的事！”矛盾交到邢夫人那儿了。

邢夫人向凤姐挥一记闷棍

小丫头告诉她姐姐，她姐姐告诉她费婆子。费婆子是邢夫人陪房。邢夫人是大房，但不能掌管荣国府大权，本来一肚子气，眼看儿媳妇成王夫人左膀右臂，联手在荣国府呼风唤雨，在贾母跟前得势得宠。邢夫人气不打一处来。她替贾赦找贾母讨鸳鸯，人没要到脸丢尽。邢夫人其人，用山东俗话说，叫跑了老婆怨四邻。凡出了事，不从自己找原因，迁怒他人，自己在婆婆跟前丢人现眼，认为凤姐不帮忙。这次贾母八十大寿，南安太妃要见贾府姑娘，贾母只叫探春和黛玉、湘云、宝钗姐妹出来，把邢夫人名下的女儿迎春视若无有，使迎春嫡母邢夫人脸上无光，心中怨愤，但她不敢对贾母表示不满。邢夫人周围的管家奶奶和陪房，本对王夫人那边的人得势很不高兴，凡贾政这边有些体面的，这边虎视眈眈。这帮唯恐天下不乱的人经常在邢夫人跟前告凤姐的状。说凤姐只哄着老太太喜欢，作威作福，辖制琏二爷，挑唆二太太，把这边正经太太不放在心上。还说老太太不喜欢太太，都是二太太和琏二奶奶挑唆。这些每天吹向邢夫人耳边的谄风，把本来昏头昏脑的邢夫人吹得着实恶着凤姐。但邢夫人欺软怕硬，凤姐本来刚硬，但她在邢夫人跟前硬不起来，因为这是宗法制度决定的。邢夫人是婆婆，再懦弱再糊涂，也有权对凤姐说不，甚至说休掉。凤姐再刚硬，却不能不在邢夫人跟前服软。

费婆子把自己亲家怎么被凤姐下令捆起来报告邢夫人。邢夫人正想找凤姐的茬，就在众人面前故意陪笑向凤姐求情："我听见昨儿晚上二奶奶生气，打发周管家的娘子捆了两个老婆子，可也不知犯了什么罪。论理我不该讨情，我想老太太好日子，发狠的还舍钱舍米，周贫济老，咱们家先倒折磨起老人家来了。不看我的脸，权且看老太太，竟放了他们罢。"邢夫人不是很愚蠢吗？但这次嫌隙人有心生嫌隙，需要作恶时，她做得非常聪明，这番当众求情，就非常毒辣。

她毒辣在五个高招上。第一招，邢夫人是凤姐婆婆，正头香主，她还用向凤姐求情？她下个命令，你把她放了！凤姐马上会执行，但邢夫人不发令，她求情，就是以求情为由，在贾府大造凤姐不孝公婆、目无婆母的舆论。所谓求情，其实是邢夫人冷不妨向凤姐当众抡起根大闷棍。而且邢夫人求情还要赔笑，口称二奶奶。读者朋友想想，贾母叫凤姐什么？凤丫头。王夫人叫她什么？凤丫头。下人才叫她二奶奶。而她的婆婆，口称二奶奶。给人造成印象是凤姐在婆婆跟前张狂得不得了，连她的婆婆和她说话都得陪笑，都得叫她"奶奶"。

第二个高招，邢夫人指责王熙凤作威作福，她不说婆子有错，应该惩罚，她说二奶奶生气捆了婆子。

第三个高招，邢夫人故意拿贾母八十大寿说事，话外有音就是你不尊重贾母，也不继承贾母惜老怜贫的传统，这就更毒辣了。

第四个高招，邢夫人对凤姐说话，绝不守着贾母说，因为贾母是凤姐的护身符。贾母一开口，邢夫人就没威风了。而且贾母绝顶聪明，邢夫人尾巴一翘，她就知道她往哪里飞。

第五个高招，邢夫人对凤姐求情，必须很多人在场。因为求情不是她的目的，大造舆论给王熙凤没脸，才是她的目的。

果然，一向伶牙俐齿的王熙凤听了邢夫人这番话，又羞又气，一时抓寻不着头脑，憋得脸紫胀。这可是王熙凤少有的表情。聪明过人的王熙凤做梦也想不到，自己的婆婆处心积虑当众给儿媳妇没脸，更妙的是邢夫人不给解释机会，说完了上车就走！这太恶毒了。把王熙凤撂那儿，还得接受王夫人责问，说你太太说得对，老太太千秋要紧，放了她们为是。王夫人下令，把那两个婆子放了。王夫人难道就愚蠢到不知道邢夫人不是单纯对着凤姐，实际上是对着你吗？凤姐越想越难受，灰心悲痛，回房哭起来。幸好她受委屈这事，贾母知道了。贾母说："这是大太太素日没好气，不敢发作，所以今儿拿着这个作法子，明是当着众人给凤儿没脸罢了。"老太太护着王熙凤，这番话肯定会传到凤姐的耳朵里，但对王熙凤的伤害已经造成。王熙凤有护法神贾母，这个护法神现在过八十大寿，她还能保护王熙凤多长时间？耐人寻味的是，邢夫人对付王熙凤，初战告捷，还会宜将剩勇追穷寇。接着她又给王熙凤更厉害的闷棍，抓住傻大姐拣到的绣春囊大做文章，这是后面的内容。

鸳鸯撞散野鸳鸯

第二天继续看戏，贾母看到族里来了两个小女孩，喜鸾、四姐。两个女孩长得好，说话行事与众不同，贾母喜欢，把她两人叫来坐自己榻前。两个女孩要到大观园玩，贾母说，我们家这些人，男男女女都是一个富贵心，两只体面眼，未必把这两个小女孩放到眼里，有人小看了他们，我听见可不饶。她要传达她的命令，鸳鸯说，我去说吧。他们这些人说了，那些人怎么听她？鸳鸯到了稻香村，李纨、尤氏都在三姑娘那，找到三姑娘那，尤氏听到鸳鸯讲的老太太这番话，就说："老太太也太想的到，实在我们年轻力壮的人捆上十个也赶不上。"李纨说："凤丫头仗着鬼聪明儿，还离脚踪儿不远。咱们是不能的了。"鸳鸯说："罢哟，还提凤丫头虎丫头呢，他也可怜见儿的。虽然这几年没有在老太太，太太跟前有个错缝儿，暗里也不知得罪了多少人。总而言之，为人是难作的：若太老实了没有个机变，公婆又嫌太老实了，家里人也不怕；若有些机变，未免又治一经损一经。如今咱们家里更好，新出来的这些底下奴字号的奶奶们，一个个心满意足，都不知要怎么样才好，稍有不得意，不是背地里咬舌根，就是挑三窝四的。我怕老太太生气，一点儿也不肯说。不然我告诉出来，大家别过太平日子。”

鸳鸯这番话说明在贾母八十大寿的日子里，那样隆重，那样排场，似乎也比较欢乐，但到处是矛盾，是争斗。探春感叹：“我说倒不如小人家人少，虽然寒素些，倒是欢天喜地，大家快乐。我们这样人家人多，外头看着我们不知千金万金小姐，何等快乐，殊不知我们这里说不出来的烦难，更利害。”探春说这番话，可能联想到自己身世了，她是庶出，赵姨娘不断生事，她经常感到郁闷。

宝玉就发了一番似乎虚无主义的理论：我能和姐妹们过一天是一天，死了就完了，什么后事不后事的，不管。贾宝玉这种思想，到底是反传统，还是颓废，红学家们一再争论。

鸳鸯传达完贾母的命令，要回到贾母身边，园门还没关。鸳鸯自己走，连灯笼也没有，她脚步轻，走到山石那里，偏偏要方便一下，找到个大桂树底下，刚转过去，就听到一阵衣衫响，吓了一跳。一看，两个人在那里，其中有个穿红裙子的高个女孩是迎春房里的司棋。鸳鸯以为她和别的女孩也在这方便，看到自己来了，故意藏起来吓唬自己，就笑着说：“司棋，你不快出来，吓着我，我就喊起来当贼拿了。这么大丫头了，没个黑家白日的只是顽不够。”没想到，她和司棋开玩笑，司棋以为鸳鸯已发现她在干什么，跑出来拉住鸳鸯，扑通一声双膝跪下：“好姐姐，千万别嚷！”鸳鸯问：“这是怎么说？”司棋满脸红胀，流下泪来，鸳鸯再一回想，和她一块的不是女孩，像个小厮，心里猜个八九，原来司棋和情人幽会！忙悄问：“那个是谁？”司棋跪下说是我姑舅兄弟，鸳鸯啐了一口“要死”。司棋回过头来说：“你不用藏着，姐姐已看见了，快出来磕头。”那个小厮出来，磕头如捣蒜。鸳鸯得快走，司棋拉住：“我们的性命，都在姐姐身上，只求姐姐超生要紧！”鸳鸯说：“你放心，我横竖不告诉一个人就是了。”

鸳鸯无意中撞见司棋和表兄弟幽会，埋下傻大姐拣到绣春囊的伏线，绣春囊是司棋和表兄弟的信物，带来大风波查抄大观园。

第七十二回

王熙凤恃强羞说病
来旺妇倚势霸成亲

王熙凤身体越来越不好，小产后身体没恢复，又继续管家，且惹了一些气，已造成崩漏之症，但她讳疾忌医。女仆来旺媳妇仗着王熙凤的权势，要给不成器的儿子娶王夫人丫头彩霞。彩霞不愿意，希望赵姨娘向贾政求情，没结果。

七十一回结束，鸳鸯在大观园撞上对野鸳鸯，出园后，心还突突跳，她觉得这事太重大，奸盗相联，关系人命。反正和我没关系，藏到心里不说。她从此晚上不到大观园来。司棋和姑表兄弟青梅竹马，戏言不娶不嫁，两人长大后，司棋卖到贾府，回家两人仍眉来眼去，趁着大观园混乱，司棋买通看门婆子，两人幽会，没想到被鸳鸯撞散。

第二天，司棋跟迎春见贾母，看到鸳鸯，她心中有鬼，脸上一会红一会白，心怀鬼胎。神情恍惚过了两天，晚间有婆子告诉他，你姑舅兄弟逃跑了。司棋气个倒仰。男子汉大丈夫，出了事一点担待没有！闹出事来也该死到一块，你竟然跑了。担忧之外生了气，渐渐成了大病。

鸳鸯听说那边无故走了个小厮，司棋又病重要挪出去。她想，司棋肯定怕我说出来，专门来看司棋，把别人支出去，发誓说："我若告诉一个人，立刻现死现报！你只管放心养病，别白糟踏了小命。”司棋拉着鸳鸯哭，说：“咱们从小儿耳鬓厮磨”，“你若果然不告诉一个人，你就是我的亲娘一样。从此后我活一日是你给我一日，我的病好之后，把你立个长生牌位，我天天焚香礼拜，保佑你一生福寿双全。我若死了时，变驴变狗报答你。”司棋又说了些俗话，像“千里搭长棚，没有不散的筵席”。这话，宝钗扑蝶时，我们已经听到过。司棋把鸳鸯说得心酸，也哭了，表示：我不会告诉别人，何苦坏了你的声名我去献勤？而且这事我也不好开口和人说。你放心好好养病，以后就不要再胡行乱作！

凤姐病重讳疾忌医

鸳鸯安慰她一番出来，知道贾琏不在家，想到这几天凤姐神色倦怠，不像以前神采奕奕，想去看看凤姐。到了凤姐院里，平儿迎出来，悄悄地说，二奶奶刚吃了口饭，在午睡，你上这边来坐。平儿领着鸳鸯到东边房子坐下。鸳鸯悄悄问，“你奶奶这两日是怎么了？我看他懒懒的。”平儿说：“他这懒懒的也不止今日了，这有一月之前便是这样。又兼这几日忙乱了几天，又受了些闲气，从新又勾起来。这两日比先又添了些病。”鸳鸯说得请大夫。平儿说：“我的姐姐，你还不知道他的脾气的，别说请大夫来吃药。我看不过，白问了一声身上觉怎么样，他就动了气，反说我咒他病了。饶这样，天天还是察三访四，自己再不肯看破些且养身子。”

平儿又说我看她也不是什么小病！平儿往前凑了凑，跟鸳鸯耳语："只从上月行了经之后，这一个月竟沥沥淅淅的没有止住，这可是大病不是？”鸳鸯听说："嗳哟！依你这话，这可不成了血山崩了。”平儿啐了一口："你女孩儿家，这是怎么说的，倒会咒人呢。”鸳鸯红了脸："你倒忘了不成，先我姐姐不是害这病死了。我也不知是什么病，因无心听见妈和亲家妈说，我还纳闷，后来也是听见妈细说原故，才明白了一二分。”

这段闲聊非常重要。这说明，《红楼梦》进展到七十二回，钟鸣鼎食的荣国府早就露出下世光景。七十二回之前，各种各样矛盾已暴露，各种各样糗事都露了头。国公府对于管家奶奶凤姐，已经从发挥才能、追逐权势、过五关斩六将的舞台，变成吃气招冤、挠头坐蜡、走麦城的舞台。风光无限的管家奶奶王熙凤，要走进滑铁卢，走上人生不归路。她得了重病血山崩。但她不好好调养，讳疾忌医。

贾宝玉梦游太虚境，看到王熙凤的画是雌凤站在冰山上，根基不稳，太阳出来冰山化，产生雪崩。而王熙凤得的病叫血山崩。这是两个谐音。贾宝玉看到的是冰雪的山崩。王熙凤得的病，是血液的血崩，太妙了！曹雪芹用含有深刻哲学意味的谐音，命名王熙凤的病。王熙凤的身体崩溃，她依恃的高大巍峨的贾府这座冰山也崩溃了。

贾琏向鸳鸯借当

鸳鸯趁着贾琏不在来看王熙凤，而贾琏回来了。贾琏看到鸳鸯坐在炕上，就刹住脚说，“鸳鸯姐姐，今儿贵脚踏贱地。”堂堂国公府长公子对丫鬟这么客气，为什么？因为鸳鸯是贾母身边最受信赖的大丫鬟。鸳鸯只是坐着，连站都不站起来，“来请爷奶奶的安，偏又不在家的不在家，睡觉的睡觉。”贾琏说：“姐姐一年到头辛苦服侍老太太，我还没看你去，那里还敢劳动来看我们。正是巧的很，我才要找姐姐去。”接着他就问件小事，老太太过生日，有人孝敬个蜡油冻佛手，到哪去了？

什么叫蜡油冻佛手？就是用玉石样蜜蜡雕刻成佛手。这是有哲理意味的物品。佛手不是指点迷津？问完佛手，鸳鸯要走，贾琏说：“好姐姐，再坐一坐，兄弟还有事相求。”接着骂小丫头为什么不给鸳鸯姐姐倒好茶？跟鸳鸯说：“这两日因老太太的千秋，所有的几千两银子都使了，几处房租地税通在九月才得，这会子竟接不上。明儿又要送南安府的礼，又要预备娘娘的重阳节礼，还有几家红白大礼，至少还得三二千两银子用，一时难去支借。俗语说‘求人不如求己’。说不得，姐姐担个不是，暂且把老太太查不着的金银家伙偷着运出一箱子来，暂押千数两银子支腾过去。不上半年的光景，银子来了，我就赎了交还，断不能叫姐姐落不是。”王熙凤血山崩，贾府也快雪山崩了，贾府的经济状况已寅吃卯粮，要琢磨把老太太的金银家伙当了。

借当的事是贾琏自己想出来的，还是王熙凤出的主意，不知道。鸳鸯说：“你倒会变法儿，亏你怎么想来。”贾琏说：“不是我扯谎，若论除了姐姐，也还有人手里管的起千数两银子的，只是他们为人都不如你明白有胆量。我若和他们一说，反吓住了他们。所以我‘宁撞金钟一下，不打破鼓三千。’”给鸳鸯戴个大高帽。鸳鸯还没说帮不帮他的忙，贾母那边派人来找鸳鸯。鸳鸯赶快走了，贾琏就去看凤姐。凤姐睡午觉早就睡醒了，她也听到贾琏和鸳鸯借当，自己不便于出来插话，就继续躺着。

不是一家人　不进一家门

读者朋友有没有发现，荣国府头号花花公子贾琏和鸳鸯来往是《红楼梦》特别有意思、特别耐人寻味的情节？也是《红楼梦》这部中国古代顶尖的人情小说值得现代作家学习如何多侧面塑造人物的经验？

荣国府头号花花公子贾琏跟一位清纯少女、贾母心腹大丫鬟鸳鸯有密切来往。有人提过这样的疑问：贾琏是不是爱上鸳鸯？贾赦也怀疑鸳鸯看上了贾琏。王熙凤公开说过琏二爷爱上鸳鸯。

第三十八回大观园螃蟹宴，王熙凤叫鸳鸯自在去吃，她照顾贾母。鸳鸯吃得高兴，凤姐来了，平儿给凤姐拿螃蟹吃。鸳鸯开玩笑："好没脸，吃我们的东西。"凤姐对鸳鸯说："你和我少作怪。你知道你琏二爷爱上了你，要和老太太讨了做小老婆呢。"凤姐在荣国府是出名的醋坛、醋缸、醋罐、醋瓮。贾琏的心腹小厮兴儿向尤三姐形容，二爷如果多看哪个丫头一眼,二奶奶有本事当着二爷的面,把那个丫头打成"烂羊头"。现在，凤姐在大观园大庭广众之下，用亲切随便乃至有点儿高兴有点认可的语气说，二爷爱上了鸳鸯，岂不是太阳从东边出来？曹雪芹有没有搞错？

像贾琏这样的登徒子，很可能像对香菱垂涎一样，说过欣赏鸳鸯的话。但是凤姐这样说，却是跟鸳鸯套近乎的高招，拉拢鸳鸯，当众给鸳鸯面子，赞美鸳鸯长得漂亮，对男人有吸引力。鸳鸯啐凤姐："这也是作奶奶说出来的话！我不拿腥手抹你一脸算不得。"说着就赶过来用蟹黄要抹凤姐脸上。凤姐儿央求："好姐姐，饶我这一遭儿吧。"至少比鸳鸯大两三岁的当家二奶奶叫鸳鸯"姐姐"而且是"好姐姐"，岂不是颠倒了主奴、长幼位置？聪明的凤姐正是通过"抹平"主子和奴才界限，拉近跟贾母心腹大丫鬟的距离。

当需要跟什么人套近乎时，王熙凤做得何等到位，又多么不着痕迹！

不是一家人不进一家门，贾琏处理跟鸳鸯的关系，也特别有水平。

凤姐挖苦贾琏“见一个爱一个”，他经常跟美丽的鸳鸯打交道，难道不动邪念？估计他不可能不动邪念，但是他权衡轻重后，控制住自己，把跟鸳鸯的关系，变成纯属“金钱”来往。这是他“机变”的个性。冷子兴演说荣国府时说到他的特点是“机变”，能够随机应变。

当贾府开支遇到巨大困难时，管家的贾琏绞尽脑汁想不出办法，猛然在自己房间遇到贾母的心腹大丫鬟鸳鸯，立即计上心头，找鸳鸯借当！这个花花公子多么“机变”！他在鸳鸯跟前把色狼面目完全收敛起来，打点出谦谦君子、辛劳当家人的面目，可怜巴巴、委婉恳切、却又是不屈不挠、死缠烂打，求鸳鸯帮他度过难关。他善于琢磨人心理、擅长辞令。一见鸳鸯就亲切地叫“鸳鸯姐姐”，而且说“今日贵脚踏贱地”。鸳鸯是丫鬟，你是主子，这话岂不是倒着说？但鸳鸯是贾母最得力的丫鬟，最管事的丫鬟，既然求鸳鸯帮忙，就得故意自降身份,颠颠地上赶着这样说。我们听这两个人说话，哪像是少爷对丫鬟说话？倒像是小厮对管家奶奶说话。贾琏对鸳鸯一口一个“姐姐”地叫,还在“姐姐”前加“好”字“好姐姐”，还说“兄弟有事相求”。一下子把他跟鸳鸯的主奴关系，变成兄弟姐妹之间互相帮助的关系，多么高明。其实鸳鸯比贾琏小得多，但贾琏就是把“姐姐”叫得像一母同胞一样，还骂小丫头不把最好的茶给鸳鸯姐姐沏来。在一番套近乎表演后，贾琏开口向鸳鸯借当。要她把贾母查不到的金银家伙偷着运出一箱子来押银子用。向鸳鸯借当，这是多么令鸳鸯做难的事，多么让了鸳鸯冒风险的事，连王熙凤做起来都棘手，这位二爷却轻车熟路。这说明，贾琏不是没能力，只是不正经干，而且，他的能力常常被凤姐的光环淹没。

怎么样对待贾母身边带有“总管”性质的大丫鬟鸳鸯，是荣国府管家贾琏、凤姐夫妇下很大功夫解的一道疑难题。从身份上说，凤姐夫妇是奶奶少爷，是主子；鸳鸯是丫鬟。从利害关系上说，凤姐夫妇是必须看贾母眼色行事的当家人；而鸳鸯是贾母最信赖的“毛丫头”。凤姐夫妇是荣国府的内外管家，必须时刻把握贾母的心理动向，而鸳鸯是最好的途径。当荣国府的经济发生困难时，贾母的私房又成了凤姐夫妇解决难题的办法。哪怕是临时“偷”出几箱金银家伙典当了应急也可以。这都必须经过鸳鸯。

所以跟贾母的大丫鬟鸳鸯搞好关系，套近乎，是凤姐夫妇必须做的工作。他们以丰富的社会经验跟鸳鸯打起“亲情牌”。贾琏叫鸳鸯“好姐姐”，自己是正在为难、必须向姐姐求助的兄弟。这一个用得其所的“好姐姐”称呼，比送礼、求情还管用！

《红楼梦》这部伟大的小说描写的人物是复杂的，所谓坏人身上也有人性闪光，所谓好人身上也有毛病。如果凤姐夫妇只是这样“忽悠”鸳鸯，人物就脸谱化了。而曹雪芹写的是，凤姐夫妇既讨好、利用鸳鸯，也小心翼翼地尽量不叫鸳鸯受到损害。这是后边要写到的。

把我们王家的地缝扫一扫

鸳鸯走了，贾琏进来，凤姐问，她答应了吗？贾琏说：“虽然未应准，却有几分成手，须得你晚上再和他一说，就十分成了。”王熙凤说，“我不管这事。倘或说准了，这会子说得好听，到有了钱的时节，你就丢在脖子后头，谁去和你打饥荒去。倘或老太太知道了，倒把我这几年的脸面都丢了。”她担心贾琏借钱不还，老太太知道，自己脸面丢了。

贾琏央告她，“好人，你若说定了，我谢你如何？”凤姐问你谢我什么？贾琏说，“你说要什么就给你什么。”平儿出个主意：“昨儿正说，要作一件什么事，恰少一二百银子使，不如借了来，奶奶拿一二百银子，岂不两全其美。”贾琏一听，“你们太也狠了。你们这会子，别说一千两的当头，就是现银子要三五千，只怕也难不倒。我不和你们借就罢了。这会子烦你说一句话，还要个利钱，真真了不得。”贾琏这么说，是因为凤姐马上就同意了，“幸亏提起我来，就是这样也罢。”贾琏一说，凤姐翻身起来说：“我有三千五万，不是赚的你的。

如今里里外外上上下下背着我嚼说我的不少，就差你来说了，可知没家亲引不出外鬼来。我们王家可那里来的钱，都是你们贾家赚的。别叫我恶心了。你们看着你家什么石崇邓通。把我王家的地缝子扫一扫，就够你们过一辈子呢。说出来的话也不怕臊！现有对证：把太太和我的嫁妆细看看，比一比你们的，那一样是配不上你们的。”

王熙凤太厉害了，四大家族中，王家极其有钱。王熙凤敢说，我们王家地缝子扫一扫，就够你们贾家过一辈子。把太太和我的嫁妆，再比比你们当年迎娶时的摆设，你比得上王家吗？贾琏赶快陪笑，“说句顽话就急了，这有什么这样的，要使一二百两银子值什么，多的没有，这还有，先拿进来，你使了再说。”凤姐儿说“我又不等着衔口垫背，忙了什么。”说了句很不好听的话，人死入殓给死者嘴里含上珠玉叫“衔口”，在遗体下放钱叫“垫背”，这话很不吉利。贾琏继续陪笑，“何苦来，不犯着这样肝火盛。”凤姐不是两面三刀？马上又笑了：“不是我着急，你说的话戳人的心。我因为我想着后日是尤二姐的周年，我们好了一场，虽不能别的，到底给他上个坟烧张纸，也是姊妹一场。他虽没留下个男女，也不要‘前人撒土迷了后人的眼’才是。”王熙凤在贾琏给尤二姐办丧事时连银子都不给，把贾琏的小金库端了，现在说这样的话，当然是说着好听。

这段描写把贾府的困难和王熙凤的病情连到一块。

来旺妇倚势求亲

旺儿媳妇来找凤姐。旺儿之子看上王夫人身边的彩霞。去求，彩霞不愿意。旺儿媳妇说：得奶奶您作主。贾琏问什么事？凤姐说："不是什么大事。旺儿有个小子，今年17岁了，还没得女人，因要求太太房里的彩霞，不知太太心里怎么样，就没有计较得。前日太太见彩霞大了，二则又多病多灾的，因此开恩打发他出去了，给他老子娘随便自己拣女婿去罢。因此旺儿媳妇来求我。我想他两家也就算门当户对的，一说去自然成的。谁知他这会子来了说不中用。"贾琏说："这是什么大事，比彩霞好的多着呢。"旺儿媳妇就说，"连他家还看不起我们，别人越发看不起我们了。好容易相看准一个媳妇，我只说求爷奶奶的恩典，替作成了。"

凤姐故意不说话，看贾琏怎么处理。旺儿媳妇是凤姐陪房，平时出不少力。贾琏说："什么大事，只管咕咕唧唧的。你放心且去，我明儿做媒打发两个有体面的人，一面说，一面带着定礼去，就说我的主意。他十分不依，叫他来见我。"旺儿家的看着凤姐，因为这个家凤姐说了算。凤姐朝她努嘴，示意给贾琏磕头。旺儿家的马上趴下给贾琏磕头。贾琏说，"你只给你姑娘磕头。我虽如此说了这样行，到底也得你姑娘打发个人叫他女人上来，和他好说更好些。虽然他们必依，然这事也不可霸道了。”贾琏说不要霸道，来旺媳妇就是倚仗王熙凤的权势霸成亲。凤姐说："连你还这样开恩操心呢，我倒反袖手旁观不成。旺儿家的，你听见说了这事？你也忙忙的给我完了事来。说给你男人，外头所有的帐，一概赶今年年底下收了进来，少一个钱我也不依的。我的名声不好，再放一年，都要生吃了我呢。”看来王熙凤放高利贷已不瞒贾琏。旺儿媳妇说："奶奶也太胆小了，谁敢议论奶奶。”凤姐说："我也是一场痴心白使了。我真个的还等钱作什么，不过为的个日用出的多，进的少。这屋里有的没的，我和你姑爷一月的月钱，再连上四个丫头的月钱，通共一二十两银子，还不够三五天的使用呢。若不是我千凑万挪的，早不知道到什么破窑里去了。如今倒落了一个放帐破落户的名儿。既这样，我就收了回来。我比谁不会花钱？咱们以后就坐着花，到多早晚是多早晚。这不是样儿：前儿老太太生日，太太急了两个月，想不出法儿来，还是我提了一句，后楼上现有些没要紧的大铜锡家伙四五箱子，拿去弄了三百银子，才把太太遮羞礼儿搪过去了。我是你们知道的，那一个金自鸣钟卖了五百六十两银子。没有半个月，大事小事倒有十来件，白填在里头。今儿外头也短住了，不知是谁的主意，搜寻上老太太了。明儿再过一年，就搜寻到头面衣服，可就好了！”

旺儿媳妇说："那一位太太奶奶的头面衣服折变了不够过

一辈子的，只是不肯罢了。”这话也是伏笔，将来这些太太奶奶的头面衣服一抄家就全没了。

夺锦之梦和外祟连连

贾府经济状况越来越不好，王熙凤管理荣国府后期遇到的很大问题，就是贾元春应该给贾府增加收入，却带来越来越多额外开支。

凤姐跟旺儿家的说：我昨天晚上做了个梦，梦见一个人，虽然面善，也不知道名姓，我问她作什么，他说娘娘打发来要一百匹锦，我问他是哪个娘娘，他说不是咱们家娘娘，我不肯给他，他上来夺，正夺着，就醒了。

这是个非常微妙深刻的梦。锦是什么？荣华富贵的代指。一百匹锦是一百年荣华富贵。贾宝玉梦游太虚境之前，警幻仙子在荣国府上空碰到荣国公和宁国公的灵魂。他们告诉警幻仙子，吾家自国朝定鼎以来，功名奕世，富贵流传，虽历百年，奈运终数尽。贾府百年好运马上要结束。而贾府好运结束是元妃失宠造成的。这个不是咱们家娘娘来夺贾府一百匹锦，就是来终止贾府百年富贵豪华。

刚刚说着些事，有人汇报，夏太监打发个小太监来。凤姐叫贾琏藏起来。贾琏知道他们又来借钱。贾琏说，他们这一年也搬够了。凤姐说，你藏起来我见他，如果是小事也罢了，如果是大事，我自然有话回他。贾琏藏起来，凤姐叫小太监进来。小太监说，“夏爷爷因今儿偶见一所房子，如今竟短二百两银子，打发我来问舅奶奶家里，有现成的银子暂借一二百，过一两日就送过来。”凤姐笑了，“什么是送过来，有的是银子，只管先兑了去。改日等我们短了，再借去也是一样。”

小太监又说：“夏爷爷还说了，上两回还有一千二百两银子没送来。等今年年底下，自然一齐都送过来。”凤姐说：“你夏爷爷好小气，这也值得提在心上。我说一句话，不怕他多心，若都这样记清了还我们，不知还了多少了。”王熙凤表现的，似乎你要钱，我就给你钱，但她又要表演，我既有钱又没钱。既有钱，就是你要钱，我就给你钱；既没钱，是我得先把我的首饰拿出去典当，再把钱借给你。她当场叫旺儿媳妇不管什么地方，先支二百两银子来。旺儿媳妇知道王熙凤什么意思，说：我就是因为支不动银子，才上您这儿来支。凤姐命平儿，把我那两个金项圈拿出来押四百两银子。当场把首饰押四百两银子，给小太监一半捧着走了。另外一半给旺儿媳妇拿去办八月中秋节的节礼。

小太监走了，贾琏出来，“这一起外祟何日是了？”“昨儿周太监来，张口一千两。我略应慢了些，他就不自在，将来得罪人之处不少，这会子再发个三二百万的财就好了。”

黛玉进府时我曾说过，林黛玉家很富裕，当时扬州盐税占全国收入的四分之一，而林如海是巡盐御史。贾琏办理林如海丧事，很可能把林黛玉的家产全部带回贾府。所以这个地方出现一句“这会子再发个三二百万的财就好了”。看看贾琏的活动，他只有可能陪林黛玉奔丧能发这个财。但曹雪芹不会叫林黛玉做富二代。这一句是曹雪芹五次增删中漏网之鱼。

小太监肯定回去要向夏太监汇报，贾府的银子是金项圈换来的。叫别人典当给自己银子。夏太监会不会自觉一点？我看他可能加紧来要。一个贵妃家，太监经常来敲诈，说明什么？说明贵妃已经失宠。她已经成了增加贾府经济负担的重要理由。

贵妃要维持和皇帝的亲密关系，必须讨好太监。太监有贾元春这张牌，就敢肆无忌惮到贾府“借”银子。所以元妃失宠才是皇宫太监像走马灯一样到贾府借银的原因。元妃失宠是贾府呼喇喇似大厦倾的最主要原因。

开支越来越大，怎么办？节省一点吧！林之孝家来向贾琏汇报，说“方才听得雨村降了，却不知因何事。”贾琏说，“他那官儿也未必保得长，将来有事，只怕未必不连累咱们，宁可疏远他好。”林之孝家说，“何尝不是，只是一时难以疏远。如今东府大爷和他更好，老爷又喜欢他，时常来往。”这是伏笔，贾赦和贾雨村的来往将来都是贾府被抄的原因。

林之孝又和贾琏说起了现在的家越来越艰难了，“不如拣个空日回明老太太和老爷，把这些出过力的老家人用不着的，开恩放出几家去，一则他们各有营运，二则家里一年也省些口粮月钱。再者里头的姑娘也太多。俗语说‘一时比不得一时’，如今说不得先时的例了，少不得大家委屈些，该使八个的使六个该使四个的便使两个。若各房算起来，一年也可以省得许多月米月钱。”贾琏就说，“我也这样想着，只是老爷才回家来，多少大事未回，那里议到这个上头。前儿官媒拿了个庚帖来求亲，太太还说老爷才来家，每日欢天喜地的说骨肉完聚，忽然就提起这事，恐老爷又伤心，所以且不叫提这事。”贾琏又说，“正是，提起这话我想起了一件事，我们旺儿的小子要说太太房里的彩霞。他昨儿求我，我想什么大事，不管谁去说一声去。”林之孝一听，“依我说，二爷意别管这件事。旺儿的那小儿子虽然年轻，在外头吃酒赌钱，无所不至。虽说都是奴才们，到底是一辈子的事。彩霞那孩子这几年我虽没见，听得越发出挑的好了，何苦来白糟蹋一个人。”贾琏一听，这个小子还吃酒不成人，他就想告诉凤姐，不要管这个事了。但是凤姐已经派人把彩霞的母亲叫了来了。彩霞的母亲满心不愿意，因为是凤姐亲自和她说的，就口不应心地答应了。贾琏告诉凤姐，旺儿那个小子不成人，管教他两日再给他老婆。凤姐就说，“我们王家连我还不中你们的意，何况奴才呢。我才已经和他娘说了，他娘已经欢天喜地应了，难道又叫进他来不要了不成？”

旺儿吃酒赌钱不成器的儿子倚靠王熙凤的势力把彩霞弄

到手。彩霞一直想将来跟贾环，现在出了这事，就派妹妹进来找赵姨娘。赵姨娘想留下彩霞做自己的臂膀。但贾环不在意，不过是个丫头，她去了将来自然还有。彩霞真是瞎了眼睛，找了个不讲友情不讲恩情的“依靠”。赵姨娘晚上求贾政，贾政说“且忙什么，等他们再念一两年书再放人不迟。我已经看中了两个丫头，一个与宝玉，一个给环儿。”赵姨娘说“宝玉已经有了二年了，老爷还不知道？”贾政问“谁给的？”赵姨娘方欲说话，外面响起来了，吓了一跳。这闲话又要引起怡红院热闹来了。

第七十三回

痴丫头误拾绣春囊
懦小姐不问累金凤

痴丫头是贾母的粗使丫鬟傻大姐，她在大观园山石掏蟋蟀，拣到个绣春囊，上面绣着两个赤裸男女拥抱，这在贾府引起轩然大波。懦小姐是迎春，她的首饰攒珠累丝金凤，是用细金丝上编着珍珠。这首饰被迎春奶妈偷去赌博。迎春生性怯懦不肯追问，探春看不过，替她出头。

小鹊送信　宝玉装病

七十二回结尾，赵姨娘正和贾政说，宝玉早就有通房大丫头，听到外面有响声，赵姨娘出去看，是窗屉没扣好，带着丫鬟上好，打发贾政休息。

贾宝玉刚刚睡下，突然有人敲院门，是赵姨娘的小丫鬟小鹊，问她什么事？不回答，直接跑到宝玉房间说：“我来告诉你一个信儿。方才我们奶奶这般如此在老爷前说了你。仔细明儿老爷问你话。”送信的叫“小鹊”，名字好玩。小鹊怕叫别人知道她来过，赶快走了。宝玉一听，像孙悟空听见紧箍咒不自在。想来想去，既然爹要我好好读书，明天肯定得考我。如果明天我的书不出问题，也就可以搪塞。赶快爬起来读书，有点后悔，原来以为老爷回来不会问我了，早知道这样，我天天温习才行。现在能背下来的，不过《大学》《中庸》，《孟子》就有一半夹生。五经只有《诗经》还熟点，其他就不行了。古文连《左传》《战国策》《公羊》《谷梁》唐宋古文，这些年都没好好读，一时怎能复习过来？特别时文八股，因平素深恶此道，原非圣贤之制撰，焉能阐发圣贤之微奥，不过作后人饵名钓禄之阶。这是贾宝玉的重要思想，八股文是沽名钓誉用的。这也是红学家研究贾宝玉思想时，很愿意引用的一段。虽然贾政当日起身时选了百十篇命他读，他根本没好好读。如果明天问这个，那今天晚上根本复习不过来。他临阵磨枪，丫鬟只好陪着。小丫鬟困得前仰后合，晴雯骂小丫鬟，“什么蹄子们，一个个黑日白夜挺尸挺不够，偶然一次睡迟了些，就装出这腔调来了。”晴雯骂的时候，恰好有个小丫鬟坐着打盹撞到墙上，“咕咚”一声吓醒，以为晴雯打了她，“好姐姐，我再也不敢了。”大家都笑了。这时，改名叫金星玻璃的芳官从后门跑进来“不好了，一个人从墙上跳下来了！”晴雯马上就想出来个办法，宝玉这么费劲，明天未必能通过老爷考试，有这么个从墙上跳下来的由头，干脆说贾宝玉吓着了。宝玉同意，马上传起上夜的人打灯笼到处找。查夜的人说：小姑娘们眼花了，这是风摇树枝。晴雯竟然说句“别放诌屁！”多生动，连屁都可以诌，“你们查的不严，怕担不是，还拿这话来支吾。”“如今宝玉唬的颜色都变了，满身发热，我如今还要上房里取安魂丸药去。”晴雯去拿药，说宝玉吓病了。王夫人赶快派人来看，园子里灯笼火把，闹了一夜。

贾母震怒

贾母知道，问怎么回事？听到汇报后说，“我料到必有此事。如今各处上夜都不小心，还是小事，只怕他们就是贼也未可知。”这时凤姐病了，探春向贾母汇报：“近因凤姐姐身子不好，几日园内的人比先放肆了许多。先前不过是大家偷着一时半刻，或夜里坐更时，三四个人聚在一处，或掷骰或斗牌，小小的顽意，不过为熬困。近来渐次放诞，竟开了赌局，甚至有头家局主，或三十吊五十吊三百吊的大输赢。半月前竟有争斗相打之事。”

贾母说：“你既知道，为何不早回我们来？”探春道：“我因想着太太事多，且连日不自在，所以没回。”

贾母说段非常重要的话，这是个老当家人管理封建大家庭的经验之谈，也是对现在大观园已出现和将要出现的乱相做的概括。

贾母说：“你姑娘家，如何知道这里头的利害。你自为耍钱常事，不过怕起争端。殊不知夜间既耍钱，就保不住不吃酒，既吃酒，就免不得门户任意开锁。或买东西，寻张觅李，其中夜静人稀，趋便藏贼引奸引盗，何等事作不出来。况且园内的姊妹们起居所伴者皆系丫头媳妇们，贤愚混杂，贼盗事小，再有别事，倘略沾带些，关系不小。这事岂可轻恕。”

老太太太有经验了，她似乎预计到大观园会出现绣春囊，就是从夜晚守夜聚赌引起。

探春没话说，凤姐说，我又病了，赶快把林之孝家的等叫来，当着贾母教训一顿。贾母马上查赌博，查了大头家三人，小头家八人，聚赌二十多个人，都来给贾母磕头。三个大头家是：林之孝的两姨亲家、大观园厨房总管柳嫂子妹妹、迎春乳母。贾母说，把他们的骰子和牌烧了，所有钱没收，分给不赌博的，为首的每人四十大板撵出去，不许进来。参加赌博的，一人二十大板，革三个月月钱，去打扫厕所。贾母快刀斩乱麻，处理得非常严谨。林之孝家的因为自己的亲戚在里面，感到很没趣。迎春的奶母在里面，迎春也觉得没意思。

黛玉、宝钗、探春，看到迎春奶母在里边，起身向贾母求情，“这个妈妈素日原不顽的，不知怎么也偶然高兴。求看二姐姐面上，饶他这次罢。”贾母不给面子，说：“你们不知。大约这些奶子们，一个个仗着奶过哥儿姐儿，原比别人有些体面，他们就生事，比别人更可恶，专管调唆主子护短偏向。我都是经过的。况且要拿一个作法，恰好果然就遇见了一个。你们别管，我自有道理。”贾母连宝钗和黛玉的面子都不给，很少有。但她说的是实话，家庭出现聚赌，哪怕奶过哥儿姐儿，也必须严厉处理。贾母生气，大家没办法了。

傻大姐得个“狗不识”

邢夫人到园子里散心，散出更大的问题来。贾母的粗使丫鬟傻大姐笑嘻嘻走过来，手里拿个花红柳绿的东西，边走边低头看。撞见邢夫人才站住。邢夫人说，“这痴丫头，又得了个什么狗不识儿这么欢喜？拿来我瞧瞧。”傻大姐刚挑上来给贾母做粗活，十四五岁，体肥面阔，两只大脚，干活简捷爽利，一无知识，行事出言在规矩之外。贾母喜欢她干活麻利，说话可以发笑，给她起名傻大姐。她有失礼的地方，也不怪罪她。贾母不使唤她的时候，她就跑到大观园玩。她掏蟋蟀，在山石背后得了个五彩绣香囊。上面赤条条两人相抱，下面还绣几个字。傻丫头不知道是春宫，说是妖精打架，要不然就是两口子打架？拿回去给老太太看看。笑嘻嘻边看边走。邢夫人这么说，她说：“太太真个说的巧，真个是个狗不识呢。”

邢夫人拿过去一看，连忙死紧攥住，“你是那里得的？”傻大姐说：“我掏促织儿在山石上捡的。”邢夫人说，“快休告诉一人。这不是好东西，连你也要打死。皆因你素日是傻子，以后再别提起了。”傻大姐稀里糊涂被吓唬一顿，吓黄了脸，说再也不敢了，磕了头回去了。

邢夫人被绣春囊吓得魂都快掉了。为什么？因为邢夫人不管怎样愚蠢颟顸，她是国公府夫人，知道这事情的分量。所以她非常害怕。再看看周围都是些女孩，不能递给她们，就塞到自己袖子里。然后不动声色来到迎春房里。迎春奶母被处罚，迎春正不高兴，忽听说母亲来了，赶快接进，给邢夫人捧上茶。邢夫人开始教训她："你这么大了，你那奶妈子行此事，你也不说说他。如今别人都好好的，偏咱们的人做出这事来，什么意思。"迎春低着头玩弄衣带，半晌，说："我说他两次，他不听也无法。况且他是妈妈，只有他说我的，没有我说他的。"邢夫人道："胡说！你不好了他原该说，如今他犯了法，你就该拿出小姐的身分来。他敢不从，你就回我去才是。"又说：她在外面开赌局，恐怕会巧言花语找你借些首饰。你心活面软，未必不周接她些。如果你被她骗去，我是一个钱没有的，看你明日怎么过节！

迎春还是低着头弄衣带。邢夫人一看，一肚子火，开始挖苦贾琏和王熙凤："总是你那好哥哥好嫂子，一对儿赫赫扬扬，琏二爷凤奶奶，两口子遮天盖日，百事周到，竟通共这一个妹子，全不在意。"然后说，你是大老爷跟前的人养的，探丫头是二老爷跟前人养的，你们出身一样，你娘比赵姨娘强十倍，你也该比探丫头强才对。你怎么连她一半都不及？幸亏我一生无儿无女，一生干净，也不能惹人笑话。

有人汇报，琏二奶奶来了，邢夫人冷笑，请她出去养病，我这儿不用她侍候！又有小丫头报告“老太太醒了”。邢夫人才走了。

二木头不问累丝凤

迎春把邢夫人送到院外回来，丫鬟绣桔说：怎么样？前儿我问姑娘，那个攒珠累丝金凤哪里去了，姑娘也不问一声。我说必定是老奶奶拿去典了银子赌博了，姑娘不信，说司棋收着呢。司棋虽病着，但她明白，说没收起来，在书架上暂放着，准备八月十五日要戴呢。姑娘就该问老奶奶一声，现在找不着累丝金凤，明天过节没得戴怎么办？迎春说：还用问吗？当然是奶妈暂时借一借用了。她悄悄拿走，再悄悄送回来就完了，谁知道她忘了。绣桔说：她哪是忘了？她是试准你的个性，现在我有个主意，到二奶奶房里把这事回了她。或者二奶奶派人找奶妈要，或者二奶奶拿几吊钱替她陪上。怎么样？迎春说：算了算了！省点事吧。就是没了，又何必生事呢？绣桔说：姑娘这么软弱，将来还连姑娘都骗了去呢！真是一语成谶，迎春将来要被孙绍祖骗了去。

迎春奶妈的儿媳妇王住儿媳妇，正因婆婆获罪，来求迎春讨情，听到说金凤的事，看到绣桔要去回凤姐，就进来对绣桔说，“姑娘，你别去生事。姑娘的金丝凤，原是我们老奶奶老糊涂了，输了几个钱，没的捞梢，所以暂借了去。原说一日半晌就赎的，因总未捞回本儿来，就迟住了。”“如今还要求姑娘看从小儿吃奶的情常，往老太太那边去讨个情面，救出他老人家来才好。”迎春说：“好嫂子，你趁早儿打了这妄想，要等我去说情儿，等到明年也不中用的。方才连宝姐姐林妹妹大伙儿说情，老太太还不依，何况是我一个人。”绣桔说：“赎金凤是一件事，说情是一件事，别绞到一处说。难道姑娘不去说情，你就不赎了不成？嫂子且取了金凤来再说。”

王住儿媳妇听到迎春拒绝她，绣桔说话又这么厉害，就对绣桔说：你别太仗势了。现在满家子，哪一家的奶妈不仗着主子多些进益，偏咱们这就不行？自从邢姑娘来了，我们倒往里赔了好多钱！迎春说：罢罢罢！你不拿金凤来，也别在那里牵三扯四，我也不要了，太太要问，我就说丢了。绣桔要和王住儿媳妇算算账：你怎么赔进去的，我给你算算！听到迎春这么说，又气又急，“姑娘虽不怕，我们是作什么的，把姑娘的东西丢了，他倒赖说姑娘使了他们的钱，这如今竟要准折起来。倘或太太问姑娘为什么使了这些钱，敢是我们就中取势了？这还了得！”一边说一边哭。司棋病着，现在只好勉强过来，帮着绣桔问那媳妇。迎春一看控制不局面，拿着《太上感应篇》看去了。《太上感应篇》是近代葛洪托名太上老君写的书，宣扬因果报应，劝善惩恶。甭管人生什么荣辱得失，都要无动于衷，是《太上感应篇》的主要内容。

宝钗、黛玉、宝琴、探春怕迎春不自在，都来了。走到院里，听到他们在吵。从纱窗一看，奶妈的媳妇吵，迎春在看书，好像听不见。探春几人进来，那媳妇一看有探春在，就要走。探春说：刚才谁在这说话，好像拌嘴？迎春说，没说什么，小题大作。探春说，“我才听见什么‘金凤’，又是什么‘没有钱只和我们奴才要’，谁和奴才要钱了？难道姐姐和奴才要钱了不成？难道姐姐不是和我们一样有月钱的，一样有用度不成？”司棋和绣桔赶快说：“姑娘说的是了，姑娘们都是一样的，那一位姑娘的钱不是由着奶奶妈妈们使，连我们也不知道怎样是算帐，不过要东西只说得一声儿。如今他偏要说姑娘使过了头，他赔出许多来了，究竟姑娘何曾和他要什么。”探春说，“姐姐既然没有和他要，必定是我们或者和他们要了不成？你叫他进来，我倒要问问他。”迎春笑道，“这话又可笑，你们又无沾碍，何得带累于他。”探春说，“这倒不然。我和姐姐一样，姐姐的事和我的也是一般，他说姐姐就是说我。”“咱们是主子，自然不理论那些钱财小事，只知想起什么要什么，也是有的事。但是不知金累丝凤因何又夹在里头？”王住儿媳妇怕绣桔把这事说出来，赶快进来掩饰。探春说：如今你奶奶已经得了不是，你赶快求求二奶奶把刚才要没收了，要散人的钱，拿出来把这个金丝凤赎回来就完了。媳妇被探春说出真病，没法赖，不敢去找凤姐说。探春说，我既然听见了，就替你们分解分解。

探春已使眼色给丫鬟，待书出去。一会儿平儿进来。宝琴拍着手笑，“三姐姐敢是有驱神召将的符术？”黛玉说：“这倒不是道家玄术，倒是用兵最精的，所谓“守如处女，脱如狡兔”，出其不备之妙策也。”两人说着玩，宝钗给她们使眼色：不要这样。探春对平儿说：“你奶奶可好些了？真是病糊涂了，事事都不在心上，叫我们受这样的委屈。”平儿说：“姑娘怎么委屈？谁敢给姑娘气受，姑娘快吩咐我。”王住儿媳妇慌了手脚，上来赶着平儿叫“姑娘坐下，让我说原故请听。”平儿板着脸说：“姑娘这里说话，也有你我混插口的礼！你但凡知礼，只该在外头伺候，不叫你进不来的地方，几曾有外头的媳妇子们无故到姑娘们房里来的例。”绣桔说：“你不知我们这屋里是没礼的，谁爱来就来。”平儿说：“都是你们的不是。姑娘好性儿，你们就该打出去，然后再回太太去才是。”住儿媳妇红了脸退出去了，探春对平儿说了一番连讽加刺的话：“我且告诉你，若是别人得罪了我，倒还罢了。如今那住儿媳妇和他婆婆仗着是妈妈，又瞅着二姐姐好性儿，如此这般私自拿了首饰去赌钱，而且还捏造假帐折算，威逼着还要去讨情，和这两个丫头在卧房里大嚷大叫，二姐姐竟不能辖治，所以我看不过，才请你来问一声：还是他原是天外的人，不知道理？还是谁主使他如此，先把二姐姐制伏，然后就要治我和四姑娘了？”言外之意就是，是不是王熙凤在干这种事？

平儿忙陪笑："姑娘怎么今日说这话出来？我们奶奶如何当得起！"探春冷笑："俗语说的'物伤其类'，'齿竭唇亡'，我自然有些惊心。"平儿对迎春说，这事也不是什么大事，好处置，但她现在是姑娘的奶嫂，姑娘你看怎么办？迎春还在那看《太上感应篇》，宝钗陪着她看。探春说些什么，她都没听见。现在平儿问她，她说："问我，我也没什么法子。他们的不是，自作自受，我也不能讨情，我也不去苛责就是了。至于私自拿去的东西，送来我收下，不送来我也不要了。太太们要问，我可以隐瞒遮饰过去，是他的造化，若瞒不住，我也没法，没有个为他们反欺枉太太们的理，少不得直说。你们若说我好性儿，没个决断，竟有好主意可以八面周全，不使太太们生气，任凭你们处治，我总不知道。"

金陵十二钗之一的贾府的二小姐，在这之前，曹雪芹没对她做过专门描写，这一回用非常简练的笔墨做一番描写。她的丫鬟司棋搞非法活动，迎春一直不知道。她的奶妈弄了她的首饰出去当了赌钱，她也不知道。知道了她也没办法。而且她自己不久也要被父亲送到虎狼窝。因她本性懦弱，只能任人摆布，不到一年就去世了。

第七十四回

惑奸谗抄检大观园
矢孤介杜绝宁国府

第七十四回是《红楼梦》非常重要的章节，查抄大观园。王夫人受到邢夫人的陪房王善保家的迷惑，接受她的建议，抄检大观园。惜春孤僻耿介，因她的丫鬟被查出从宁国府递过来的东西，她决心把这人轰走，并杜绝和宁国府来往。

平儿在迎春那处理金丝累凤的事，宝玉也来了，因为大观园厨房主管柳家的妹子被处罚，求了芳官，芳官求了宝玉，宝玉想约着迎春去求情，看到这些人都在，只能说些闲话。平儿处理了金丝累凤的事。回到房里，凤姐问她，三姑娘找你干吗，平儿掩饰，不告诉她金丝累凤的事，只说三姑娘怕奶奶生气，叫劝着奶奶。王熙凤说，其实在大观园里设赌的不仅是厨房柳嫂子是主使，有人来告发。我想到多一事不如少一事，随他们闹去吧！轻轻把柳家的放过。

贾琏进来唉声叹气，说找鸳鸯借当的事被邢夫人知道了，找贾琏要二百两银子过节。鸳鸯借当怎会被邢夫人发现？贾府总有各种各样大大小小的秘密。贾琏和凤姐猜到底是谁走露了风声？凤姐对平儿说，“在你琏二爷还无妨，只是鸳鸯，正经女儿，带累了他受屈，岂不是咱们的过失。”

王夫人怀疑起王熙凤

还没说完，忽有人报告太太来了。王夫人脸色非常难看，带个体己小丫头进来，喝命“平儿出去！”平儿从来没见过王夫人这样对待她，赶快应了一声，带着所有丫头出去了，把房门关了，自己坐台阶上看门，谁也不许进去。凤姐也慌了,什么事呀？王夫人含着眼泪从袖子里掷出个香袋“你瞧！”凤姐拾起来一看，两个赤条条相抱的人绣在香袋上。忙问“太太从那里得来？”王夫人泪如雨下，发着抖说：“我从那里得来！我天天坐在井里，拿你当个细心人，所以我才偷个空儿。谁知你也和我一样。这样的东西,大天白日明摆在园里山石上，被老太太的丫头拾着，不亏你婆婆遇见，早已送到老太太跟前去了。我且问你，这个东西如何遗在那里来？”

王夫人真是愚蠢到家。难道不知道，给你送香囊，是邢夫人向你发起突袭。是邢夫人给你递话:你的女儿开放大观园，开出什么结果？你叫王熙凤管理荣国府，管理出什么结果？王夫人给气个半死，但她居然把绣春囊所有者怀疑到王熙凤这儿了。

王熙凤一听，脸色也变了，“太太怎知是我的？”王夫人就一边哭一边叹气，“你反问我，你想，一家子除了你们小夫小妻，馀者老婆子们，要这个何用？再女孩们是从那里得来？自然是那琏儿不长进下流种子那里弄了来。你们又和气，当做一件玩意儿，年轻人儿女闺房私意是有的，你还和我赖！幸而园内人上下还不解事，尚未捡得。倘或丫头们捡着，你姊妹们看见，这还了得。不然有那小丫头们捡着。出去说是园内拣着的，外人知道，这性命脸面要也不要？”凤姐儿一听，又急又愧，紫涨了面皮，依炕沿双膝跪下，含泪诉道。又一次紫涨了面皮，上一次是邢夫人向她发难，紫涨了面皮，这是她的亲姑妈向她发难，又紫涨了面皮，而且这次是双膝跪下，来了一段长篇自白，非常巧妙。

“太太说的固然有理，我也不敢辩我并无这样的东西。但其中还要求太太细详其理：那香袋是外头雇工仿着内工绣的，带这穗子一概是市卖货。我便年轻不尊重些，也不要这劳什子，自然都是好的，此其一。二者这东西也不是常带着的，我纵有，也只好在家里，焉肯带在身上各处去？况且又在园里去，个个姊妹我们都肯拉拉扯扯，倘或露出来，不但在姊妹前，就是奴才看见，我有什么意思？我虽年轻不尊重，亦不能糊涂至此。三则论主子内我是年轻媳妇，算起奴才来，比我更年轻的又不止一个人了。况且他们也常进园，晚间各人家去，焉知不是他们身上的？四则除我常在园里之外，还有那边太太常带过几个小姨娘来，如嫣红翠云等人，皆系年轻侍妾，他们更该有这个了。还有那边珍大嫂子，他也不算甚老，他也常带过佩凤等人来，焉知又不是他们的？五则园内丫头太多，保的住个个都是正经的不成？也有年纪大些的知道人事，或者一时半刻人查问不到偷着出去，或借着因由同二门上小幺儿们打牙犯嘴，外头得了来的。也未可知。如今不但我没此事，就连平儿，我也可以下保的。太太请细想。"

王熙凤像是一个推理小说大师，把边边角角的疑点全都扫到了。绣春囊，贾府的奴才媳妇，年轻的侍妾，甚至尤氏都有嫌疑，就是我王熙凤没有，真是讲得有理有力有节。王夫人不能不服。王夫人说，"我也知道你是大家小姐出身，焉得轻薄至此。"那就解脱了王熙凤的嫌疑了。然后就说，这是你婆婆叫人给我送过来的。王熙凤是荣国府的当家人，有了绣春囊事件，她很想利用这个事件稍微减轻一下荣国府的经济负担。她向王夫人提出，把年纪大点的丫鬟，所谓咬牙难缠的送出去，不用了，等于给小姐们裁减丫头减少了费用。但王夫人不同意，说，你这几个姐妹很可怜，不用远比，她们比林姑娘的妈妈差太远了。当年林姑娘的妈妈在娘家怎样的娇生惯养、何等的金尊玉贵？那才是千金小姐的样子。现在这些姐妹不过比人家的丫头稍微好点儿。她们有两三个丫头像个样子，其他的四五个小丫头简直像庙里的小鬼。再裁革了去，我不忍心的，老太太也未必同意。家里虽然艰难，我自己节省点儿，也不要委屈了她们。王熙凤和王夫人谁也不提裁贾宝玉的丫鬟。贾宝玉有十六个丫鬟，八个大的八个小的，而王熙凤夫妇二人只有四五个丫鬟，这个现象在贾府一直存在。这也是《红楼梦》非常奇怪的现象。王夫人回忆贾敏金尊玉贵，一方面说明贾府今不如昔。也说明王夫人一直对小姑子贾敏有妒嫉之心，对林黛玉有一定的偏见。

晴雯的魔星是谁

王熙凤建议，这个事，咱们平心静气暗暗查访，以查赌为名，悄悄查绣春囊的来历，不要惊动人观园的人，更不要惊动贾母。这本是最合适的办法，王夫人没采纳。这时，邢夫人陪房王善保家狠狠告晴雯一状：别的都罢了，太太不知道，头一个是宝玉屋里的晴雯，那丫头仗着她生得模样比别人标致些，生了张巧嘴，天天打扮得像西施的样子，能说惯道，掐尖要强，一句话不投机，就立起两个骚眼睛骂人，妖妖趫趫，大不成体统!

晴雯命中魔星出现了！王善保家的话，触动王夫人一件心事，问凤姐:上次我们跟老太太进园，有个水蛇腰，削肩膀，眉眼又有些像你林妹妹的，正在那里骂小丫头。我心里很看不上那狂样子，因为和老太太走，我不曾说得。后来要问是谁，又偏忘了，今天一说，这丫头想必就是她了?

王夫人对晴雯印象不好，固然因为她骂小丫头有点轻狂，更重要的是晴雯长得像林黛玉。王熙凤要掩护晴雯，就说：

这些丫头，比起来都没晴雯长得好，她原轻薄一些，太太说的倒是像她，我可忘了那天的事了，我不敢随便说。王善保家的出主意：把她叫来，太太瞧瞧！

王夫人派人把晴雯骗来，叫人到怡红院传话，我有话要问，袭人麝月服侍宝玉不必来，有个晴雯最伶俐，叫她来。小丫头就去了，晴雯正不舒服，睡中觉才起来，听这样说，也没仔细梳妆打扮，穿着日常衣服过来了。王夫人一看，她的头发没好好梳，首饰也是随随便便戴，衣服穿得随便，有点像西施春睡捧心样子，恰好是上次自己看到的那个人，就冷笑："好个美人！真像个病西施了。你天天作这轻狂样儿给谁看？你干的事，打量我不知道呢！我且放着你，自然明儿揭你的皮！宝玉今日可好些？"

晴雯一听，知道有人给她进谗言了。晴雯特别聪明，向王夫人说明：我不管着服侍宝玉，我是老太太派去看屋子，闲空还得做老太太的针线，不过十天半月宝玉闷了时，大家和他一块玩。他的饮食起坐由老妈妈、袭人、麝月、秋纹管。王夫人说："阿弥陀佛！你不近宝玉是我的造化。竟不劳你费心。既是老太太给宝玉的，我明儿回了老太太，再撵你。"公开声明要把晴雯撵走，然后喝一声"去！站在这里，我看不上这浪样儿！谁许你这样花红柳绿的妆扮！"

欲加之罪，何患无辞，一个小姑娘，穿得稍微漂亮一点，贵族夫人居然就骂起来。她心有成见，擅作威福。

王夫人向王熙凤抱怨，这几年我越发精神短了，这样妖精似的东西竟没看见。只怕这样的还有，明日再查查。王夫人发怒，凤姐不敢说话。又因王善保家是邢夫人的耳目，经常挑唆着邢夫人办坏事。王熙凤有话也不敢说，因为说了就等于报告邢夫人。她只低头答应。

查抄大观园

王善保家出个馊主意：这个要查也容易，晚上园门关了，内外不透风，我们带着人到丫头房里搜寻！王夫人居然同意，凤姐没法，只好说，“太太说的是，就行罢了。”

晚饭后，贾母睡了，小姐们都进了大观园，王善保家就请凤姐进去查抄。进了大观园，把门锁上，先抄了婆子们，抄出来隐藏的灯油之类。然后到怡红院。宝玉正怀疑晴雯为什么不自在,来了一帮人,直接往丫头房子去。宝玉问什么事？凤姐说丢了件要紧东西，大家混赖，怕丫头偷了，查一查去疑。王善保家查了一会儿，别的箱子都打开了，有个箱子关着，这是谁的？晴雯挽着头发闯进来，拿起自己的箱子，“哐啷”一声掀开，两只手提着，底朝上，把所有东西尽情一倒！王善保家的很没趣，却没查出什么东西来。

从怡红院出来，凤姐跟王善保家的说：“我有一句话，不知是不是。要抄检只抄检咱们家的人，薛大姑娘屋里，断乎检抄不得的。”王熙凤什么时候和下人说话像避猫鼠？查抄大观园似乎王熙凤令行禁止，实际上是从权力顶峰跌落。权势熏天的管家奶奶连奴才都不敢得罪，跟王善保家这样说话。王善保家说：“这个自然，岂有抄起亲戚家来的。”接着她们就进了潇湘馆。难道薛宝钗算亲戚，林黛玉不算？王熙凤门儿清。是不是因为林黛玉贾府住的时间长，贾母给了她嫡亲孙女待遇，王熙凤已把她当成贾府的人？是不是王熙凤看准王夫人不喜欢林黛玉，要对林黛玉大公无私，撇清自己？甭管什么原因，敏感的林黛玉应该有点反应吧？奇怪的是，什么反应也没有！曹雪芹一个字也不写，从紫鹃那查出来一些贾宝玉小的时候玩的东西，王熙凤做了番解释，说他们从小在一块混，这不算什么稀罕事。

然后去查贾府三艳探春、惜春、迎春。探春是带刺儿的玫瑰花，又红又香又扎手；迎春是二木头，甭管什么事，多么倒霉，俯首帖耳；惜春性格孤僻耿介又冷酷无情。三姐妹的表现完全不同。

探春认为查抄大观园是自己抄家，等于朝廷抄家预演，很不吉利。她后来说，像咱们这样的大家，从外面杀进来一时是杀不尽的，必须先自家自杀自灭才能一败涂地。既然探春认为抄检大观园是丑态，她就得教训该对丑态负责的人。决策人王夫人她不能教训，她只能教训执行的人，教训王熙凤。王熙凤要悄悄抄检，探春偏要大张旗鼓，开门掌灯迎接。

摆出三小姐正义凛然、不容侵犯的气势。你王熙凤不是要抄丫鬟？三小姐偏不叫你抄，还不是说我不叫你抄，而是说我就是窝主，丫头偷来的东西都放在我这儿，我原来就比别人歹毒，她们什么东西我都知道，要抄就抄我的！叫丫鬟打开自己所有的箱子叫凤姐抄。王熙凤怎么办？小心陪笑，能哄就哄，不能哄就让步，惹不起躲得起。儿媳妇不敢惹千金小姐。王熙凤先跟探春说，是怕有人赖丫头偷了要紧的东西，搜一搜洗清她们。好像抄检是为丫鬟好，而且我是奉太太命令来的，妹妹别生气。周端家的帮着王熙凤下台，说：既然女孩子的东西都在这儿，就不用搜了。

按说三小姐应该见好就收，探春却不依不饶，她得叫王熙凤承认，你连我的包袱都搜了。王熙凤只好说，我连你的东西都搜查明白了。说一不二的王熙凤什么时候这么低声下气？只有被带刺儿的玫瑰花扎手时。探春一步一步故意挑衅，王熙凤一步比一步客气退让。三姑娘把琏二奶奶的威风打得荡然无存。

探春教训的第二个人是王善保家，我把它命名为著名的“响了二百年的一记耳光”，这记耳光打到邢夫人陪房王善保的脸上。王善保家的活该，自己往枪口上撞，她动手去掀探春的裙子，说：我连姑娘身上都翻了！贾府规矩，老婆子连小姐房间都不能随便进，王善保家的竟敢朝着千金小姐动手动脚，岂不是三小姐奇耻大辱？小说里写：一语未了，只听“啪”

的一声，王家的脸上早着了探春一掌。这记耳光打出千金小姐的威风，出尽贾探春心中恶气。打了还不算，探春还说，“你是什么东西，敢来拉扯我的衣裳！”这话很明确，你个老奴才，竟敢扯千金小姐的衣服。接着探春就说王善保家，“狗仗人势，天天作耗，专管生事。”我为什么打你？就是因为你生事！探春的厉害还表现在我打了你，你还不能诉冤。王善保家跑到窗外埋怨，说我干脆回老娘家算了。探春斥命待书：难道你还等我去和她对嘴？待书口才伶俐地又把王善保家的讽刺一顿，探春说，“明儿一早，我先回过老太太、太太，然后过去给大娘陪礼，该怎么，我就领。”探春真去赔礼吗？探春实际是向邢夫人问罪，叫这帮人给邢夫人捎口信，你的奴才我打了，你得给我撑腰，还得给我道歉！探春不去赔礼，邢夫人却马上做出反应，把王善保家的打了一顿，嫌她多事。这样一来，探春这记耳光就获得全面的体面的胜利。探春还说，邢夫人打王善保家是做样子。三小姐太厉害了。

惜春的丫鬟入画，哥哥是贾珍的小厮，把贾珍赏的东西传到大观园叫妹妹保存。给抄出来了。按说查明真是入画哥哥捎过来，惜春说入画几句就行，不要私相传递。但惜春做得非常过分。当场告诉王熙凤，你要打她，带出去打。王熙凤的回答，等于间接给入画求情：谁没个错，只这一次，二次犯下，二罪俱罚。惜春坚持，嫂子饶她我也不饶！第二天，惜春把尤氏请来，说入画丢了我的面子，你马上带走，或打或杀或卖，我不管。入画求情，姑娘我从小服侍您，留下我吧！惜春不听，尤氏劝解，惜春不理。惜春对服侍自己多年，并没多大过错的丫鬟，这样无情，是不是太自私？惜春和探春对丫鬟的态度似乎不同。探春呵护丫鬟，惜春无情抛弃丫鬟，实际上两人异曲同工。探春是我的丫鬟你不能抄，抄了丢我的脸；惜春是出了错的丫鬟我不能要。都不是为了丫鬟，都是为了小姐本人的面子。惜春要赶走入画，还和尤氏说，东府有很多不堪的闲话，我必须远离，否则连我也给编排上。所谓东府闲话，主要是关于贾珍的闲话，如果说秦可卿淫丧天香楼时，惜春还小，不大明白，不久前发生红楼二尤悲剧，惜春已经长大，她对她哥哥对尤家姐妹干了什么事肯定有所耳闻。贾珍这家伙，只知花天酒地、胡作非为，不知爱惜唯一的妹妹。妹妹为了自己的名誉不受伤害，就只好和名声不好的哥哥断绝来往，这是没办法的办法。

贾宝玉梦游太虚境，看到金陵十二钗之一的惜春，在前八十回，查抄大观园是最重要的笔墨。惜春最后勘破三春，看清三个姐姐的不幸遭遇，出家为尼，她也是看清贾府的龌龊，求清净。惜春的结局并不是像流行本一百二十回那样，到环境优美的栊翠庵出家，接替妙玉当住持，还有紫鹃服侍。按照曹雪芹构思，她是在贾府家败人亡后，做了普通尼姑，托着陶制饭钵，穿着简陋的尼姑服沿街乞食。这样一个能断然抛弃红尘的人，当然也容易抛弃从小就跟着自己的丫鬟。“矢孤介杜绝宁国府”，惜春做出抛弃入画这样不近人情的事，是因为孤僻，更因为耿介。

查抄大观园最好玩的是王善保家的查到亲外孙女。迎春的大丫鬟司棋的事给揭出来了。王善保家本要稀里糊涂把外孙女的箱子装样子翻一翻就混过去。凤姐儿特别要看看她藏不藏私。王善保家说没什么东西，才要盖箱子，周瑞家的说，“且住，这是什么？”顺手拿出一双男人袜子，一双男人缎鞋，还有个小包袱。里面有个同心如意结，这是男女爱情的信物，还有个字帖，都递给凤姐。

《红楼梦》好玩就在于，王熙凤此前不认字，到了七十四回，偏偏认字且会读信了。曹雪芹解释，凤姐因当家理事，每看开帖并账目，也颇识得几个字。她看完大红双喜帖子，反而乐了。因为众人都不识字，王善保家说，可能是写得不大明白的账目，所以奶奶笑？凤姐说，“正是这个帐竟算不过来。你是司棋的姥娘，她的表弟也该姓王，怎么又姓潘呢？”王善保家不得不勉强解释，司棋姑妈嫁给潘家，她的姑表兄弟就姓潘。王熙凤就把这信给念出来，信是司棋的姑表兄弟潘又安写给她的，信里说，如果园子里可以相见，你叫张妈给我捎个信。你送我的香袋，我已经收到，我送你一串香珠。

王熙凤查到绣春囊的来历，并不完全清楚这事的来龙去脉，在读者眼中，绣春囊事件一清二楚：司棋送潘又安香袋，潘又安戴着香袋到大观园和司棋幽会。他们的幽会被鸳鸯撞破，匆忙中，潘又安把绣春囊掉在山石后，被傻大姐拣到。

王善保家一心拿别人的错，没想到拿住自己的外孙女，恨不得有地缝钻进去。王熙凤什么表示？不是你跟王夫人建议抄检大观园？现在好,抄出你家的人来了。王熙凤“恶毒地”瞅着王善保家的嘻嘻地笑，向周瑞家的笑道：“这倒也好。不用你们做老娘的操一点儿心，他鸦雀不闻的给你们弄了一个好女婿来，大家倒省心。”这不是往王善保家的伤口上撒盐？周瑞家的也笑着凑趣，王善保家的气得打自己的脸，骂“老不死的娼妇，怎么造下孽了！说嘴打嘴，现世现报在人眼里。”

奇怪！司棋惊天的秘密被当场揭开，并没畏惧惭愧之意。按现在观点解读，司棋追求爱情自由，刚强无畏，和懦弱的迎春形成鲜明对比，是个个性鲜明的小人物。但按照曹雪芹小说布局，司棋属于在野党阵营。这个在野党有王善保家的、司棋婶娘秦显家的、主要还是邢夫人。现在司棋被撵走，迎春不能救她。不要说司棋的事有伤风化，不能救。就是不这么严重，迎春也没能力救，她自身难保，这只羔羊马上要被中山狼吞噬了。

查抄大观园，是《红楼梦》前八十回非常重要的章节，和将来贾家被朝廷抄家有联系。探春说，你们今天看邸报甄家犯罪抄没家私，调取进京治罪，你们也自己抄起来了！

抄检大观园之前，贾府已矛盾蜂起，鸡争鹅斗，像探春说的，乌眼鸡一样，恨不得我吃了你，你吃了我。查抄后，矛盾更加公开化、多样化、复杂化。查抄大观园是贾府矛盾的总爆发，是贾府被朝廷抄家的预演。然后是贾府彻底败落。

第七十五回

开夜宴异兆发悲音
赏中秋新词得佳谶

贾珍在父亲去世期间应禁止娱乐，但他在家里仍然举办夜宴，忽然听到祠堂传出了悲叹声音。贾母和子孙们赏月，贾宝玉、贾环、贾兰做中秋诗，但是他们的诗，现存版本没有，《庚辰本脂砚斋重评石头记》说，缺中秋诗等曹雪芹补，但曹雪芹并没补上。到底什么诗句带来佳谶，只能管见蠡测。

“一个个不像乌眼鸡似的”

查抄大观园后，惜春把尤氏叫来，宣布和宁府断绝来往，说我清清白白一个人，为什么叫你们带坏。尤氏很恼火，叫人把入画带走。尤氏从惜春那里赌气回来，要到王夫人那去，老嬷嬷悄悄告诉她，刚才有甄家几个人来，还带些东西，不知道有什么机密事，您现在去不方便。尤氏说，“昨日听见你爷说，看邸报甄家犯了罪，现今抄没家私，调取进京治罪。怎么又有人来？”老嬷嬷说，来人气色慌张。

这里埋了伏笔。《红楼梦》假做真时真亦假，越往后真事越要露。先被抄家的是甄家。而甄家和贾家是老亲。甄家被抄，又送东西到贾家，这是转移财物。会不会成为贾家被抄的原因之一？

尤氏只好到李纨这来了，见了李纨不像平时和蔼可亲，只呆呆坐着。李纨问：你是不是饿了？叫丫鬟准备点心，我这有好茶面子，兑一碗你喝吧！跟着尤氏的丫头媳妇说，奶奶今天还没梳洗，是不是在这儿洗一洗？李纨叫素云拿自己梳头洗脸的东西来。素云把自己的脂粉拿来了，说，我们奶奶就没有这个，奶奶不嫌脏用我的吧！李纨说：我没有，你就该往姑娘们那里去取，怎么拿出你的来了？尤氏洗脸，小丫头炒豆儿只弯着腰捧盆。李纨说：怎么这么没规矩？尤氏的丫鬟银蝶说炒豆儿："奶奶不过待咱们宽些，在家里不管怎样罢了，你就得了意，不管在家出外，当着亲戚也只随着便了。"宁国府的小丫鬟炒豆儿在家里很随便，尤氏洗脸的时候，她弯着腰捧着脸盆，按说她应该跪下。尤氏发表一番评论，"我们家上下大小的人只会讲外面假礼假体面，究竟作出来的事都够使的了。"李纨一听，就知道查抄大观园的事，问"谁作事究竟够使了？"尤氏说，"你倒问我！你敢是病着死过去了？"还没说完，有人来报告，宝姑娘来了。

宝钗要搬出去。找个理由说，我们奶奶身上不自在，家里两个女人也有病，我要出去伴着老人，应该去回老太太、太太，又不是什么大事，跟大嫂子说一声吧！李纨听说，瞅着尤氏笑。尤氏也瞅着李纨笑，她们知道，薛宝钗要躲出大观园。她住的地方虽然没被抄检，但薛宝钗非常擅长保护自己，她不能在是非之地受到一点儿损害，所以马上搬走。

正说着,湘云、探春来了。宝钗说要搬出去,探春说:“很好。不但姨妈好了还来的,就便好了不来也使得。”尤氏说:你怎么撵起亲戚来了?探春说:“正是呢,有叫人撵的,不如我先撵。亲戚们好,也不在必要死住着才好。咱们倒是一家子亲骨肉呢,一个个不像乌眼鸡似的,恨不得你吃了我,我吃了你!”探春把贾府鸡争鹅斗,亲骨肉相残的状况说出来。

然后探春就说打了王善保家的事。尤氏看到探春已说出来了,就把惜春的事也说了。探春说,今天一早不见动静,打听王善保家的怎样了,说是挨了一顿打。然后说“这种掩饰谁不会做。”三姑娘太厉害了。

贾母哀叹不是辐辏时了

尤氏等到贾母这儿来。贾母歪在榻上,王夫人告诉贾母,甄家被抄家,贾母很不自在。甄家抄家是贾家抄家先声,贾母是不会想到的。

贾母生活的中心是吃得好、玩得好。她说,咱们别管人家的事了,商量八月十五赏月。说着话,给贾母备饭。贾母说,以前咱们家各房孝敬我的菜,以后免了,咱们不比以前辐辏的时候。什么叫辐辏?就是家道兴盛、人丁兴旺。从贾母嘴里说出来,分量就不一样了。贾母是宁国公、荣国公开创贾府先业的当家人。她说不如辐辏时光,就是家道由盛而衰了。宝琴、探春坐下去吃。贾母说，有稀饭吃点吧。尤氏给她端过红稻米粥。贾母吃了半碗，说："将这粥送给凤哥儿吃去，这一碗笋和这一盘风腌果子狸给颦儿宝玉两个吃去，那一碗肉给兰小子吃去。"贾母心里最要紧的仍是凤姐、黛玉、宝玉，她把黛玉和宝玉的食物一块送，很有意思。老太太等于再次让众人特别要王夫人明白，我就要叫二玉成一家。这是前八十回接近尾声时，贾母对宝玉黛玉成一家又一次暗示。

贾母吃完了，尤氏坐下吃，竟然没红稻米饭了。尤氏吃白米饭。贾母问，你们怎么盛这个饭给她吃？丫鬟回答，老太太的饭吃完了，今天添了个姑娘，饭不够了。鸳鸯说："如今都是可着头做帽子了，要一点富馀也不能的。"王夫人解释，这两年旱涝不定，田上的米都不能按数交，这几样细米更艰难。贾母说，"这正是'巧媳妇做不出没米的粥'来。"

这段闲谈，说明连贾母吃的东西都可着头做帽子，多做一点儿都没有。为什么？因为旱涝不收，就乌进孝所汇报的，好多庄子都告了灾。

是宁国公在祠堂长叹？

晚上尤氏回到宁国府，看到很多灯笼在照着，大门狮子下停着四五辆车，原来都是到宁国府赌博的。大家对尤氏说，你看，坐车的这么多，骑马的还不知道有多少，这帮人靠娘老子挣下钱这么开心。

贾珍无恶不作，死了爹守孝，竟在家里设起赌场。贾珍在天香楼设下箭靶子，假装让大家练箭，叫贾蓉做局家，把世家公子请来，都是有钱人家，都是斗鸡走狗、寻花问柳的纨绔。每天轮流作主，天天宰猪割羊，寻欢取乐。荣国府两位老爷不知是借练箭为名赌钱，还说是正理，我们武荫出身，既然文误了，武事也该习一习，派宝玉、贾环、贾琮、贾兰，跟着过来学射箭。其实射箭是表面文章，晚上抹骨牌，渐渐一天一天赌博胜于练箭了，公然夜赌。邢夫人弟弟邢德全、薛蟠都喜欢，就上这里整晚赌博。服侍的是外面请的娈童，其实是男妓。娈童打扮得粉妆玉琢。尤氏悄悄看他们在干什么。娈童和薛蟠、邢大舅，说了些很污秽的话，尤氏都听见了。贾府的败落，特别是道德沦丧，通过尤氏的视角写出来。

尤氏听见邢大舅说，我母亲去世时，我还小，家里姊妹三人，只有您的伯母，贾珍的伯母，年长出嫁，把家私带过来了。我们邢家的家私竟然到不了我的手，我有冤无处诉。尤氏悄悄跟丫鬟说：你看北院大太太的兄弟还抱怨她，她亲兄弟都这么说她，可怨不得这些人了。邢大舅的闲谈又给邢夫人脸上画上一笔油彩。

第二天贾珍准备赏月。按说他居丧，既不能赌博，也不能摆宴会庆中秋，但他偏偏煮一口猪、一腔羊，摆上果品，赏月做乐，还不分上下，叫小妾都和正妻坐在一张桌子边，猜拳行令。喝得高兴了，就叫他的小老婆，一个吹箫、一个唱曲，玩得高兴。喝到三更时分，忽然听到墙下有人长叹。大家都听见了，都很害怕。贾珍说，谁在那里？尤氏说，墙外面别人？贾珍说这墙四下没有人，是挨着祠堂。他刚说完，听见一阵风声，恍惚闻得祠堂内隔扇开合之声，只觉得风气森森，比先更觉冷瑟起来，月色惨淡也不似先明朗。众人都毛发倒竖。贾珍的酒醒了一半。这就是“开夜宴异兆发悲音”。

这一段很像《聊斋志异》的文字，神秘、恐怖，又像推理小说，不知道谁叹息。红学家甚至作家们，就都来分析，这是谁在叹气？有的说是秦可卿在叹气。我看曹雪芹多半是暗示宁国公在那儿叹息这帮败家子。

中秋月圆人难圆

贾珍第二天到荣国府来，贾赦贾政都在贾母那里坐了说话。晚上贾母去赏月，大观园吊着羊角大灯，嘉荫堂前焚着斗香，秉着风烛，摆着各种瓜饼，邢夫人这些女客都在里面等着，铺下毯子，贾母盥手上香。贾母说，赏月在山上好，到山脊上的大厅上赏月。贾母扶着人上山，王夫人说坐竹椅子上去吧。贾母说，这么平缓，疏散疏散筋骨吧。山庄桌椅形式都是圆的，取团圆的意思。其实团圆不团圆，不在于用什么物，而在于家族内心。贾母在中间坐下，左边坐下贾赦、贾珍、贾琏、贾蓉，右边坐下贾政、宝玉、贾环、贾兰，这么多男的都坐下，只坐了一半。贾母说，常日倒不觉得人少，今天看来咱们人也不多。再去叫几个，他们都有父母，都去家里应景，不好来，那就叫女孩坐那边吧。贾母说这话是什么意思？平时我们人倒挺多，像薛姨妈带着她的几个人，但中秋团圆节，人家都得回家过节。迎春、探春、惜春出来，贾琏、宝玉等把座位让给姐妹们坐了。

贾母说，折枝桂花来，叫个媳妇在后面击鼓传花，传到谁的手里面，谁说个笑话。鼓声敲着，花在众人中转了两圈，恰好停到贾政手里。曹雪芹真是会做小说，贾政不是特别一本正经吗？当着儿子、孙子，叫他说笑话。他能说什么笑话？大家悄悄你扯我一把，我掐你一下，看老爷说什么笑话？曹雪芹调侃贾政也调侃得有点过头了。贾政应该说个像竹林七贤里风雅的笑话，说说苏轼和和尚开玩笑的有趣笑话，他应该都知道，但他不说。他说一个人怕老婆，老婆撒泼，嫌他在外面喝酒，就说你舔舔我的脚跟吧。他要吐，老婆要揍他，这个男人跪下说，不是奶奶脚脏，昨晚多吃了黄酒又吃了几块月饼，现在有点做酸。贾母笑了，贾政倒杯酒送给贾母，贾母说，那就拿烧酒来，别叫你们受罪。因为贾政说的笑话是多吃了黄酒，贾母凑趣说拿烧酒，大家都笑了。

花传到宝玉手上，宝玉看到老爹在，不敢说，就说我做首诗吧。贾政难为起儿子来，说你要做诗，就做个“秋”字，而且不许用冰、玉、晶、银、彩、光、明、素，你好好写，我看看你这几年用功用得怎么样？宝玉写了，贾政看了，点头不语。贾宝玉写个什么诗，曹雪芹这次没写上，后来没补上。贾政赏了自己带回来的扇子。贾兰一看，贾宝玉受奖赏，也要做首诗，他写的诗，曹雪芹也没传下来，贾政也赏贾兰。

击鼓传花，在贾赦手里停住。贾赦讲个什么笑话？一家子里，母亲心疼，请了个针灸的老婆子来，老婆子给她针灸。老婆子说，不用针心，针肋条就是。她儿子说，肋条离心很远，怎么能好？老婆子说，你不知道，天下父母偏心的多呢。大家都笑了。贾母也不能不喝半杯酒。然后说，我也得这个老婆子扎一针就好了。贾母多聪明，发现大儿子说笑话讽刺自己偏心。贾赦赶快把盏，贾母也不好再提。

中秋新词得佳谶意在反讽？

再击鼓传花，传到贾环手里。贾环的诗也一挥而就。贾政看了很稀罕，这小子居然写诗写这么快了，但他的词句中带着不愿意读书的意思。就说：可见是弟兄了，你们两个，哥哥以温飞卿自居，如今兄弟又以曹唐再世了。你们都不愿意读书，你们都想当诗人。贾赦他们都笑了，贾赦把贾环的诗要过来看了一遍。贾环写个什么诗？我们也不知道，因为曹雪芹没传下来。贾赦说："这诗据我看甚是有骨气。想来咱们这样人家，原不比那起寒酸，定要'雪窗萤火'，一日蟾宫折桂，方得扬眉吐气。咱们的子弟都原该读些书，不过比别人略明白些，可以做得官时就跑不了一个官的。何必多费了工夫，反弄出书呆子来。所以我爱他这诗，竟不失咱们侯门的气概。"回头吩咐人，拿自己好多玩意赏给贾环。

曹雪芹这个作家太棒了，山东有句俗话，叫"王八瞅绿豆瞅对了眼"。贾赦居然欣赏猥琐不堪的贾环，可见他们是一丘之貉。他夸奖贾环的诗已经够奇怪，他还拍着贾环的头说："以后就这么做去，方是咱们的口气，将来这世袭的前程定跑不了你袭呢。"守着贾母，贾母把贾宝玉当成心肝宝贝，整个贾府的人认为贾宝玉毫无疑问将来是荣国公继承人。贾赦故意守着贾母，守着贾政，当然也守着贾宝玉，说贾环将来要继承世袭的爵位，他这不是煞母亲的风景？

红学家特别遗憾的，就是曹雪芹中秋诗，都没传下来。《脂砚斋重评石头记》说，等着曹雪芹把这诗补上，但曹雪芹始终没补。这样一来，就可以给我们留下很多研究的余地。回目"赏中秋新词得佳谶"，那就是三个人写的诗预示将来一个好结局。什么结局？是贾兰的诗预示他将来飞黄腾达？这可以算是佳谶，未来的良好预言。而贾赦和贾环来了番老少非常合拍，是不是贾环的诗预示将来真是他取贾宝玉代之？那样，赏中秋新词得佳谶就成反讽了。

曹雪芹除了《红楼梦》之外,他留下来的诗,只有两句,“白傅诗灵应喜甚，定教蛮素鬼排场。”意思是如果白居易看到这个剧，会叫自己的小妾装扮出来演唱。曹雪芹的诗写得特别好，所以脂砚斋等人认为，曹雪芹写《红楼梦》，是想编个小说,把自己写的诗插进去,用故事传他的诗。我们在《红楼梦》中，看到林姑娘的《葬花吟》《题帕诗》《桃花行》，薛宝钗的《螃蟹吟》《柳絮词》，遗憾的是，中秋诗没传下来。这个本来对小说整个结局有一定提示作用的诗，失传。

贾政听说贾赦竟然说贾环将来可以世袭前程，赶快劝：不过他胡诌如此，哪里就轮到后事了。又行一会令，贾母说，你们去吧，外头还有相公候着，不要忽视了他们。你们散了，我们再多乐一会儿，也就歇着了。贾赦等就带着男孩们都出去了。

农历八月十五中秋节，也叫月夕，中国人习惯在中秋之夜用瓜果月饼敬天供月，团聚宴饮赏月。南宋吴自牧的《梦粱录》卷四《中秋》记载八月中秋节，各个阶层的人都出来赏月，金吾不禁:“八月十五日中秋节，此夜月色倍明于常时，又谓之月夕。此际金风荐爽，玉露生凉，丹桂飘香，银蟾光满，王孙公子、富家巨室，莫不登危楼，临轩玩月，或开广榭，玳筵罗列，琴瑟铿锵，酌酒高歌，以卜竟夕之欢。至如铺席之家，亦登小小月台，安排家宴，团圆子女，以酬佳节。虽陋巷贫窭之家，解衣市酒，勉强迎欢，不肯虚度。此夜天街卖买，直至五鼓，玩月游人，婆娑于市，至晓不绝。盖金吾不禁故也。”

《红楼梦》第一回“甄士隐梦幻识通灵，贾雨村风尘怀闺秀”，写到中秋节甄士隐邀请贾雨村到自己家过中秋节，“当时街坊上家家箫管，户户弦歌，当头一轮明月，飞彩凝辉”这是写一般人家过中秋节的盛况。贾雨村写出“天上一轮才捧出，人间万姓仰头看”。预伏着这个野心家未来飞黄腾达。《红楼梦》写节日往往和人物个性命运联系在一起。中秋节到了《红楼梦》，完全变了原有的团圆吉庆意味。第七十五回“开夜宴异兆发悲音，赏中秋新词得佳谶”和第七十六回“凸碧堂品笛感凄清，凹晶馆联诗悲寂寞”，写了这个本来钟鸣鼎食、诗书翰墨之家中秋佳节，月圆人不圆，鬼怒人也愁。预示这个百年豪门运数快尽。王熙凤查抄大观园后得了血崩症，不能理事；节前传来江南甄家被抄家的消息，预示贾家命运；中秋前一天，贾珍领妻妾开宴会，祠堂里传来叹息声，所谓异兆发悲音；中秋夜贾母感叹人少，是树倒猢狲散的先兆；凤姐病倒不能陪着贾母过节让老太太开心，酒席上击鼓传花说笑话，贾政讲个怕老婆、给老婆舔脚跟的笑话，令人恶心；贾赦讲个母亲偏心的笑话，贾母怀疑讽刺自己，很不高兴。贾母的乐事不再，贾府的灾难将临。

第七十六回

凸碧堂品笛感凄清
凹晶馆联诗悲寂寞

凸碧堂是大观园凸碧山庄，贾母带人到这儿赏月，认为月下听笛雅致，没想到悠扬笛声好听却非常凄凉，引贾母感伤。凹晶馆又叫凹晶溪馆，是大观园山坡下近水的地方。林黛玉和史湘云到那儿赏月联句，景象更寂寞，她们的诗越来越颓废凄楚。妙玉出来截住她们两个，续写也没把悲哀情调完全改变过来。

月下笛声凄美

贾赦贾政贾珍散去，贾母把男性子孙轰走，想和女性子孙更自由自在点，自己更快乐一点。两席合到一块更杯换盏，贾母添了衣服，继续赏月。

贾母一看，宝钗、宝琴、薛姨妈不在，回家赏月去了。其实是回去赏月，还是宝钗回避大观园矛盾，就不得而知了。

李纨凤姐都生病。李纨在不在问题不大，凤姐不在，贾母的开心果没了。每次宴会妙语如珠的凤姐不在，场面非常冷清。贾母说，“往年你老爷们不在家，咱们越性请过姨太太来，大家赏月，却十分闹热。忽一时想起你老爷来，又不免想到母子夫妻儿女不能一处，也都没兴。及至今年你老爷来了，正该大家团圆取乐，又不便请他们娘儿们来说说笑笑。”“偏又把凤丫头病了，有他一人说说笑笑，还抵得十个人的空儿。可见天下事总难十全。”贾母离了凤姐就少很多乐趣，说着说着，长叹起来。王夫人劝解：“今日得母子团圆，自比往年有趣。往年娘儿们虽多，终不似今年自己骨肉齐全的好。”贾母也笑了：“正是为此，所以我才高兴拿大杯来吃酒。你们也换大杯才是。”邢夫人等只好也换大杯，有点强颜欢笑。但贾母兴致特别高，要继续喝酒、赏月，还叫丫头媳妇都到阶前，铺上毯子放上月饼西瓜赏月。

月到中天，很可爱，贾母说“如此好月，不可不闻笛。”这时贾府自己已没有戏班，从外面叫打十番的女孩。贾母叫她们远远地去吹笛。贾母很有审美眼光，远远的闻笛赏月，不是雅事一件？这时跟邢夫人的媳妇走来，跟邢夫人说了两句话，贾母问什么事？媳妇说，刚才大老爷出去在石头上绊了一下，崴了腿。贾母赶快说，你们看看去，吩咐邢夫人：快回去！珍哥媳妇也回去吧！尤氏说“我今日不回去了，定要和老祖宗吃一夜。”贾母说：你们小夫妻家，今天晚里要团圆团圆，不要为我耽搁了。尤氏红了脸，说：“我们虽然年轻，已经是十来年的夫妻，也奔40岁的人了，况且孝服未满，陪着老太太顽一夜还罢了，岂有自去团圆的理。”贾母一听：“这话很是，我倒也忘了孝未满。可怜你公公已死二年多了。”

在这段话旁边，脂砚斋加了评语：不是算贾敬，却是算贾赦死期也。说明根据曹雪芹构思，贾赦死期不远。很可能贾雨村的案子把他供出来，又因为贾府办了很多欺压良民的事，贾赦就枷锁扛，可能是死在监狱，也可能死在流放外地苦寒之地。这是脂砚斋评语透露的一个后回线索。

贾母让尤氏继续呆着，又赏了一会桂花，叫换了暖酒来，想跟大家好好说点闲话。这时听到桂花树下呜呜咽咽，悠悠扬扬，吹出笛声。明月清风，天空地净，令人烦心顿解，万虑齐除，都肃然危坐，默默相赏。这一段写得很美。大家听了两盏茶工夫，笛声才停住。贾母说，好听吗？大家说实在好听，我们想不到这样，得老太太带着我们才开些心胸。贾母高兴了，说，这还不太好，得拣那曲谱越慢的吹来越好。老太太懂得享受，也懂音乐，把自己吃的月饼和热酒，送给吹笛的，叫她再慢慢地吹。

刚才去瞧贾赦的婆子回来向贾母报告，老爷右脚面肿了点，调药敷上，好些了，没有什么大关系。贾母点头叹道："我也太操心。打紧说我偏心，我反这样。"听了贾母介绍贾赦说的笑话，王夫人赶快劝："这原是酒后大家说笑，不留心也是有的。岂有敢说老太太之理，老太太自当解释才是。"鸳鸯给贾母拿了软巾兜和大斗蓬，催贾母回去休息："夜深了，恐露水下来，风吹了头，须要添了这个。坐坐也该歇了。"贾母说，"偏今儿高兴，你又来催。难道我醉了不成，偏到天亮！"

老太太倒有争强好胜之心，好像在赌气，要坐到天亮。她是不是想，我就不信，我一直坐到天亮，在我的儿孙中还找不出一点叫我快乐的事？说着就戴上软巾兜，披了斗篷，大家继续喝酒。这时，桂花树底下，呜呜咽咽，袅袅悠悠，又发出一缕笛音来，越发凄凉。笛声悲怨，贾母八十多岁，又喝点酒，掉下泪来。老太太肯定想到，我们这个家族越来越不行了，我这些儿孙也不能发扬家族的事业了。大家也感到寂寞凄凉，看到贾母伤感，都来陪她说话，劝解她，又说笛子别吹了。平时贾母有王熙凤在跟前，王熙凤只要一开口说笑话，甚至不是专门说笑话，甚至拿贾母开涮，说老太太小时候头上磕了个坑，那是像寿星老儿，头上也有个坑，福寿多了，凸出来了。随随便便几句话，就可以叫贾母非常开心。现在王熙凤病了，来不了，尤氏是不是想东施效颦，她要讲个笑话给老太太解闷。

曹雪芹这个伟大作家，能叫贾宝玉在宴席上唱红豆曲，也能叫薛蟠在宴席上唱蚊子哼哼哼、苍蝇嗡嗡嗡，他能叫王熙凤信口开河逗贾母开心，也能叫尤氏讲个莫名其妙、根本不能叫笑话的笑话：一家子养了四个儿子，大儿子一个眼睛，二儿子一个耳朵，三儿子一个鼻子眼，四儿子倒都齐全，是个哑巴。这叫什么话？这样的笑话还能叫人笑吗？她刚开始说，贾母都快要睡着了。尤氏不说了，下面的笑话到底怎么回事也不知道了。王夫人轻轻提醒一下贾母。贾母睁开眼说：“我不困，白闭闭眼养神。你们只管说，我听着呢。”其实老太太一点儿兴趣都没了。王夫人劝：“夜已四更了，风露也大，请老太太安歇罢。明日再赏十六，也不辜负这月色。”王夫人也很会说话，劝婆婆回去休息。贾母说怎么就四更了呢？王夫人说，“实已四更，她们姊妹们熬不过，都去睡了。”贾母看了看，只有探春在，迎春走了，惜春也走了。贾母说：“也罢。你们也熬不惯，况且弱的弱，病的病，去了倒省心。只是三丫头可怜见的，尚还等着。你也去罢，我们散了。”

黛玉湘云哪儿去了？

媳妇们收拾茶碗发现少了个细茶杯，大家说，是不是跟姑娘的人摔了？想去问跟姑娘的丫鬟。提醒了管家伙的媳妇，说是翠缕拿着，去问她。恰好紫鹃和翠缕来了，问老太太散了，我们姑娘哪去了？找茶碗的媳妇说，我们要找茶盅，你们倒问我们要姑娘。翠缕说我倒茶给姑娘呢，一转眼姑娘不见了。

二位姑娘哪去了？林黛玉听到宝钗和宝琴回去，趴在栏杆上掉眼泪。宝玉早就回去了，只剩了湘云可以安慰黛玉。湘云对黛玉说：“你是个明白人，何必作此形象自苦？我也和你一样，我就不似你这么心窄。何况你又多病，还不自己保养。可恨宝姐姐，姊妹天天说亲道热，早已说今年中秋要大家一处赏月，必要起社，大家联句，到今日便弃了咱们，自己赏月去了。社也散了，诗也不作了。倒是他们父子叔侄纵横起来。你可知宋太祖说的好：‘卧榻之侧，岂容他人酣睡。’他们不作，咱们两个竟联起句来，明日羞他们一羞。”

湘云这番话说得非常好，宝钗跑来向李纨报告，说要家去和母亲作伴，不去告诉太太了。实际上薛宝钗就是要躲开大观园这个是非之地。当时薛宝钗并不是一个人住，史湘云住在她那儿。而她并没和史湘云打招呼，就先去报告了李纨，要搬走，把史湘云撂了。史湘云就得另做安排。史湘云能不明白这个比亲姐姐还要亲的姐姐心里面只有她自己？所以她跟林黛玉发了这番评论。她们两人要联句。黛玉见湘云这样劝慰自己，就说：这个地方人声嘈杂，咱有什么诗性？史湘云说：山上赏月虽然好，但是不如近水赏月更妙，山坡下面是凹晶馆。两人到那里去。

两个人下了山坡，到了凹晶溪馆。这地方只有两个老婆子上夜，打听着老太太在凸碧山庄赏月，和她们没关系，两人早就睡了。黛玉和湘云看到上夜的婆子已睡了，湘云说她们睡了好，咱们在这卷棚底下赏月，怎么样？两人在湘妃竹墩上坐了。这时候有一段非常妙的月色描写：“只见天上一轮皓月，池中一轮水月，上下争辉，如置身于晶宫鲛室之内。微风一过，粼粼然池面皱碧铺纹，真令人神清气净。”湘云说：这会子如果在我们家，我就上船去喝酒去了。黛玉说：事若求全何所乐，叫我看，这样也就行了，还非得坐船不行吗。湘云说：得陇望蜀，人之常情。贫穷之家自谓富贵之家事事趁心，告诉他们竟不能遂心，他们不肯信。就像咱们两个，虽然父母不在，也算忝在富贵之乡了，只你我就有许多不遂心的事。

这是史湘云很少见的诉说她有很多不遂心的事，从小父母双亡，没人真心疼爱，婶娘并不像亲生父母那样疼爱，应该是她心中的烦难。林黛玉倒笑了："不但你我不能趁心，就连老太太、太太以至宝玉、探丫头等人，无论事大事小，有理无理，其不能各遂其心者，同一理也。何况你我旅居客寄之人哉。"林黛玉太聪明，把贾府的事看透了，不仅我这父母双亡的人，不能遂心如意，就连老太太、太太，甚至宝玉他们也有烦难的事。

寒塘渡鹤影　冷月葬花魂

两人说着，听到笛韵悠扬。林黛玉说："今日老太太、太太高兴了，这笛子吹得有趣，倒是助咱们的兴趣了。咱两个都爱五言，就还是五言排律罢。"湘云说"限何韵？"黛玉说"咱们数这个栏杆的直棍，这头到那头为止，他是第几根就用第几韵。"太好玩了，这姑娘太聪明了，什么韵都能写出好诗来！数栏杆定了个十三元的韵。两人开始联句。林黛玉先起了句现成俗语，"三五中秋夕"，这是排律，得起个能够给后人留下地步的开头，这一句起得非常好。湘云想了想，说"清游拟上元，撒天箕斗灿。"林黛玉说现在是八月中秋，湘云对上的就是我们现在就可以和元宵节相比了，满天星斗璀璨。林黛玉续上“匝地管弦繁，几处狂飞盏。”形容贾府宴会的热闹情况。湘云接着说，这“几处狂飞盏”倒有些意思，想了想说，“谁家不启轩，轻寒风剪剪。”确实对得好，“几处狂飞盏”对“谁家不启轩”，就是几个地方在喝酒，谁家不打开窗户赏月。八月中秋，风已有点凉，两人继续往下对，“良夜景喧喧。争饼嘲黄发”，“分瓜笑绿媛。香新荣玉桂”，老年人吃月饼，吃得嘻嘻笑笑，年轻人争西瓜，争得笑声不断。二人继续形容中秋桂花盛开，萱草繁茂，珍馐美味宴席上烛光闪照，行令热闹，大家听从令官命令，射覆酒令，说不中的就罚。酒席上掷骰子、击鼓传花，月下清风摇动着大观园草木，月光照耀所有的人。酒席上赏罚不分主人客人，写诗吟诗以兄弟排行次序进行，大家构思诗的时候要倚着栏杆倚着门推敲，渐渐听不到说话的声音，听不到笑声了，只看到淡淡的月色，越写这诗就越凄凉。夜露打湿了台阶，秋水从石缝中泻出，群星闪耀，最后两个人出来整个《红楼梦》的名句。

史湘云听到林黛玉联“壶漏声将涸”，她要联一句。林黛玉指着池子中一个黑影叫她看：“你看那河里怎么像个人在黑影里去了，敢是个鬼吧？”湘云说：“我是不怕鬼的，等我打他一下。”弯腰拣个小石就打到池子里去了，打得水响，黑影嘎然一声，飞起来一只白鹤，飞到藕香榭去了。黛玉说，“原来是他，猛然想不到，反吓了一跳。”史湘云说：“这个鹤有趣，倒助了我了。”联上两句，“窗灯焰已昏，寒塘渡鹤影。”窗上的灯渐渐要熄灭了，而寒塘里飞过来一只白鹤。“窗灯焰已昏”倒也一般，“寒塘渡鹤影”太妙了！这句诗哪来的？杜诗《和裴迪登新津寺寄王侍郎》，有句“鸟影度寒塘”。史湘云把“鸟影”改成“鹤影”。前边曾用鹤形容史湘云的体型长得凹凸有致，但是这个鹤影也隐喻将来史湘云未来的日子像孤独的白鹤一样。

林黛玉听了，又叫好又跺脚 ：“了不得，这鹤真是助她的了！”林黛玉琢磨 ：这一句太好了，怎么对？只有一个“魂”可以对，“寒塘渡鹤”多么自然、新鲜，我要搁笔了！湘云很得意 ：“大家细想就有了，不然就放到明天再联也可。”黛玉只是看着天不理她，半天笑了 ：“你不必捞嘴，我也有了，你听听 ：冷月葬花魂。”这话太棒了，冷月葬花魂，就是林黛玉最后的遭遇。林黛玉是花魂，最后被冷月葬了。湘云拍手，“果然好极！非此不能对，好个葬花魂。”又说，“诗固新奇，只是太颓丧了些。你现病着，不该作此过于清奇诡谲之语。”黛玉说 ：“不如此如何压倒你。”

妙玉续中秋诗

她们两个的话还没说完，山石后转出个人来 ：“好诗，好诗，果然太悲凉了。不必再往下联。若底下只这样去，反不显这两句了，倒觉得堆砌牵强。”两人吓了一跳，一看，谁？妙玉。

妙玉是金陵十二钗重要人物。大观园的人写这么多诗，妙玉不可能参加。但像妙玉这样一个人，缙绅人家小姐，品茶都品梅花雪，能不写诗吗？但她没有机会参加大观园诗会，怎么办？曹雪芹借黛玉湘云凹晶馆联诗，最后把妙玉牵出来人显身手。但是妙玉给她们续的诗，实在不可能超过林黛玉，甚至也不可能超过薛宝钗、史湘云。

妙玉说，现在老太太那散了，满园人都睡熟了，你们两个的丫头还不知在哪儿找你们，快跟我喝杯茶去，只怕天就亮了。她们两个跟着妙玉到栊翠庵。妙玉叫起丫鬟来烹茶。这时听见叫门的声音，小丫头开门，是紫鹃、翠缕和几个老嬷嬷来找她们。

紫鹃和翠缕找她的姑娘，找茶杯的婆子问湘云的丫鬟你的姑娘哪去了？现在她们一起找来了，看到她们两个喝茶，紫鹃等人就说：“要我们好找，一个园里走遍了，连姨太太那里都找到了，才到了那山坡底下小亭里找时，可巧那里上夜的正睡醒了。我们问他们，他们说，方才亭子外头棚下两个人说话，后来又添了一个，听见说大家往庵里去。”严丝合缝！小说家太棒了，丫鬟怎能想到她们的姑娘半夜三更跑到栊翠庵去？她们必须得听到婆子说，才能找来。妙玉叫小丫鬟带着丫鬟们也去喝茶。自己取笔墨、砚台，把她们两人的诗，按照回忆，从头念着，她记下来。妙玉说：“这才有了二十二韵。我意思想着你二位警句已出，再若续时，恐后力不加。我竟要续貂，又恐有玷。”黛玉她们从来没有见过妙玉做诗，见她这么高兴，就说“果然如此，我们的虽不好，亦可以带好了。”黛玉竟然如此会说话，这也实在是读者们想不到的。黛玉不是尖酸刻薄吗？但是她见了比自己更尖酸刻薄的妙玉，就比较会说话了。妙玉说，“如今收结，到底还该归到本来的面目上去，若只管丢了真情真事且去搜奇捡怪，一则失了咱们的闺阁面目，二则也与题目无涉了。”妙玉续了十几句，最后凑成《右中秋夜大观园即景联句三十五韵》。妙玉续的诗，远远不如林黛玉和史湘云，但也算不错。她的诗写大观园的夜景，要把悲戚情绪扭过来，她描写大观园现在晨光快露了，树木石头像神鬼一样，“石奇神鬼搏，木怪虎狼蹲。”大观园那些碑上，已露出了晨光，“振林千树鸟，啼谷一声猿。”最好的两句是“钟鸣栊翠寺，鸡唱稻香村。”为中秋联句悲戚情绪增加一点欢乐气氛。到底能不能扭转？不能扭转。我们读七十六回，凹晶馆联诗悲寂寞，读者永远能记住的就是那两句：“寒塘渡鹤影，冷月葬花魂。”这两句诗和两位金陵十二钗重要人物的命运，融为一体。实际上也是谶语，预示了林黛玉、史湘云未来的不幸命运。

“寒塘渡鹤影，冷月葬花魂。”确实是大观园诗社的绝唱。

第七十七回

俏丫鬟抱屈夭风流
美优伶斩情归水月

本回回目“俏丫鬟抱屈夭风流，美优伶斩情归水月”。俏丫鬟指晴雯受到陷害被赶出去，夭折了；芳官、藕官、蕊官，没有任何过错，也被清除出大观园，一起斩断情缘，做了尼姑。

中秋节过去，凤姐请大夫诊脉开药，配调经养荣丸，要用上等人参二两，王夫人叫人取，看看都不好。王夫人很着急，说要用时再也找不着！王夫人的丫鬟说，看来没了，上次那边太太来寻，都给她了。

这是个什么情节？读者肯定记得，秦可卿生病时方子上有人参，王熙凤告诉秦可卿，说我们家吃人参治病，一天吃一斤也吃得起。现在王熙凤病了，找二两人参找不出来。这个家败落到何等地步了？去问贾母。贾母存着大包人参，手指头粗细的都有，称了二两给王夫人。配药者一看，说这人参是上好的，但年代太陈了，这东西比不得别的，只要过一百年，自己就成灰。这个虽没成灰，也成烂木头，没任何药力了。太太收回去，好歹给换点吧。王夫人派人到外面去换弄。嘱咐：如果老太太问起，就说用的老太太的。

这是个特别有哲理性的细节，像贾母这样，宁国公、荣国公时代的人还在，他们保存的很多东西也在，但就像没了效力的人参一样，五世而斩。

薛宝钗说，我们家倒有，我去和妈说，把原枝好参弄二两来。宝钗不失时机又巴结了王夫人。宝钗还说，这东西虽值钱，究竟不过是药，该济众散人才是。宝钗向来这样懂事明理。

王夫人剿灭“妖精”

宝钗走了，王夫人把周瑞家的叫来，问：搜检有什么结果？周瑞家的报告了王夫人。应该说，开始搜检大观园时，王夫人很被动，因为邢夫人递荷包给王夫人，用意很明确，你儿子在里面住着，会不会你儿子周围的人出了事？是对着王夫人和她儿子来的。所以王夫人和贾宝玉一开始处于被动状态。邢夫人派来的陪房直接说晴雯的坏话，那是邢夫人经常谈到怡红院的事，通过她的陪房向王夫人透露出来。但是这次搜查，贾政这边，不管是探春、宝玉，什么违禁东西也没搜出来。王夫人已经比较主动。搜出来最关键的问题是司棋，邢夫人那边。形势已经扭转，邢夫人已处于劣势。王夫人如果懂事，可以鸣锣收兵。

但王夫人继续剿灭大观园女孩。她说，快办了我们家那些妖精！她要借机会把她认为不好的丫鬟驱逐出去。周瑞家的先到迎春房里对迎春说：太太们说了，司棋大了，她娘求了太太，太太赏了配人，叫她出去吧！这是给迎春留面子，没说司棋因出事叫她出去。迎春只好眼泪汪汪。她知道司棋是怎么回事儿。司棋虽求了迎春，以为迎春能保下自己，现在看迎春听了周瑞家的话，无言可对，司棋哭了，说：“姑娘好狠心！哄了我这两日，如今怎么连一句话也没有？”周瑞家的就直接跟她说开：“你还要姑娘留你不成？便留下，你也难见园里的人了。依我们的好话，快快收了这个样子，倒是人不知鬼不觉的去罢。”迎春叫丫鬟把司棋的东西打点出来，又叫绣桔送个绢包，迎春的体己首饰，给司棋做个念想。司棋被带出去，她求告周瑞家的：“婶婶大娘们，好歹略徇个情儿，如今且歇一歇，让我到相好的姊妹跟前辞一辞。”周瑞家的本来就恨这些副小姐，说：“我劝你走罢，别拉拉扯扯的了。我们还有正经事呢。谁是你一个衣包里爬出来的，辞他们作什么，他们看你的笑声还看不了呢。你不过是挨一会是一会罢了，难道就算了不成！依我说快走罢。”恰好宝玉从外面进来，见要带司棋出去，还抱着些东西，肯定不能回来了，就拦住问哪里去？周瑞家的说：“不干你事，快念书去罢。”司棋求宝玉赶快给我求求太太去！宝玉含着眼泪说：“我不知你作了什么大事，晴雯也病了，如今你又去，都要去了，这却怎么的好。”周瑞家的完全变了一副面孔，对司棋说：“你如今不是副小姐了，若不听话，我就打得你。别想着往日姑娘护着，任你们做耗。越说着，还不好好走，如今和小爷们拉拉扯扯，成个什么体统！”几个人把司棋拖出去了。

贾宝玉很恨，指着她们的背影说，“奇怪，奇怪，怎么这些人只一嫁了汉子，染了男人的气味，就这样混帐起来，比男人更可杀了！”这时有几个老婆子走来说：“你们小心，传齐了侍候着。此刻太太亲自来园里，在那里查人呢。……又吩咐快叫怡红院的晴雯姑娘的哥嫂来，在这里等着领出他妹妹去。阿弥陀佛！今日天睁了眼，把这一个祸害妖精退送了，大家清净些。”这些媳妇幸灾乐祸晴雯要被撵的话，贾宝玉没听见。贾宝玉一听王夫人要到怡红院查人，就知道晴雯保不住，飞也似的跑回去了。

怡红院已来了一群人。王夫人一脸怒色在屋里坐着，看到宝玉连理都不理。晴雯四五天水米不沾牙，从炕上拉下来，蓬头垢面，两个女人架出去了。王夫人吩咐，只许把她的贴身衣服撂出去，余者好衣服留下给好丫头穿！太冷酷了，太残忍了，连衣服都不能带。王善保家的告了晴雯的状，怡红院及大观园和晴雯不和睦的，随机趁便下了些话。是谁又说了些什么话？应该是怡红院丫鬟队伍里有人说了对晴雯更不利的话。

王夫人撵晴雯，还要清查怡红院丫鬟队伍。她问：谁和宝玉是一天生的？没人答应。老嬷嬷指着，这个叫蕙香又叫四儿，和宝玉是一天生日。王夫人一看，长得也不错，就冷笑：“这也是个不怕臊的。他背地里说的，同日生日就是夫妻。这可是你说的？打谅我隔的远，都不知道呢。可知道我身子虽不大来，我的心耳神意时时都在这里。难道我通共一个宝玉，就白放心凭你们勾引坏了不成！”丫鬟和宝玉之间说的私密话，平常打打闹闹的话，怎么王夫人都知道？王夫人又问：“谁是耶律雄奴？”老嬷嬷们指着芳官，芳官改名耶律雄奴，又叫玻璃。王夫人说：“唱戏的女孩子，自然是狐狸精了！上次放你们，你们又懒待出去，可就该安分守己才是。你就成精鼓捣起来，调唆着宝玉无所不为。”芳官干了什么事，也给打了小报告了。那就是芳官和宝玉他们玩得太快乐了。芳官就一边哭一边自己辩解，没敢挑唆什么。王夫人就冷笑：“谁调唆宝玉要柳家的丫头五儿了？”这件事又是怡红院的人打的报告，“你连你干娘都欺倒了，岂止别人！”芳官和干娘的纠纷，也报告到王夫人那儿了。王夫人说，把她干娘叫来，赏她外面寻个女婿，把她的东西都给她。又说：分到姑娘们那里的唱戏的女孩，都叫各人的干娘带回去，自行嫁人。王夫人吩咐袭人和麝月：“你们小心！往后再有一点儿分外之事，我一概不饶。因叫人查看了，今年不宜迁挪，暂且挨过今年，明年一并给我仍旧搬出去心净。”

是谁谗害晴雯？

王夫人雷霆万钧把宝玉香巢里几个主要女孩处理了，特别是晴雯。王夫人为什么迫害晴雯？有几个原因，一个原因是邢夫人的陪房王善保家告了恶状；另一个原因是王夫人向邢夫人表白整肃家规；第三个原因，王夫人借迫害晴雯来排斥林黛玉。为什么这样说？王夫人早就敌视晴雯，原因是她像林黛玉。王善保家向王夫人进谗言，一开始说大观园丫鬟一个一个像受了诰封。王夫人回答，常情跟姑娘的丫头原比别的娇贵些，好像给丫鬟辩护。接着来这么一句话："连主子们的姑娘不教导尚且不堪。"这句话特别值得好好琢磨。这句话透露出王夫人对林黛玉的深仇大恨。贾府主子姑娘只有四个：迎春、探春、惜春、林黛玉，哪一个因为不教导而不堪？迎春不会、探春不会、惜春也不会，只剩下林黛玉。什么叫不教导？是暗示贾母骄纵林黛玉。什么叫不堪？对王夫人来说，只有一个特定含义，就是迷住贾宝玉，妨碍金玉良缘。林黛玉比通灵宝玉更像贾宝玉的命根子。宝玉听说黛玉要走，马上疯了，闹得死去活来。明明元妃已给宝玉宝钗赏赐同样物品，带有指婚意向，贾母装糊涂。明明王夫人把薛宝钗安排做荣国府大管家，贾母仍不对金玉良缘点头。为什么？就因为林黛玉的存在，就因为林黛玉对贾宝玉有强大的魔力，就是"不堪"。正是出于憎恨林黛玉的心思，王夫人才在王善保家给晴雯进谗言时，立即联想到晴雯像林黛玉。王夫人之所以厌恶娇美灵巧、语言伶俐的晴雯，恰好因为她更厌恶在宝玉婚事上阻碍金玉良缘、更加娇美、更加灵巧、更加语言伶俐的林黛玉。晴雯和林黛玉都长得好，两个人都像西施，两个人都“匹夫无罪怀璧其罪”。王夫人暗示林黛玉是不堪的主子姑娘，但她没法教训她。因为黛玉有护法神贾母。但像林黛玉模样、像林黛玉性格的晴雯，却可以拿来当靶子，狠狠整一下。王夫人整晴雯也是要向邢夫人表白，我绝对不允许任何狐狸精在我儿子那儿存在。

晴雯受到迫害，王夫人惑奸谗，王夫人惑的奸谗仅是王善保家吗？这里面有个比王善保家威力更大的，谁？袭人。袭人向王夫人打晴雯的小报告，小说一句也没写。那么为什么我认为晴雯被王夫人撵出去和袭人打小报告有关？因为贾宝玉怀疑起来了。晴雯被轰走的理由其实就是长得好。还有两个长得好的四儿、芳官也给轰出去。贾宝玉不傻，肯定知道整晴雯、整四儿、整芳官的邪风是哪里吹来的。没有家贼，引不进外鬼。

晴雯被撵后，贾宝玉对袭人表示困惑，为什么咱们私自玩话太太也知道？又没外人走风，这可奇怪。这是直接怀疑，你就是王夫人的线人。袭人居然说，有些话是贾宝玉不分场合信口乱说泄露的。这当然是胡赖。贾宝玉对别人的丫鬟有什么事都护着，怎会出卖自己的丫鬟？贾宝玉肯定知道这是混赖。接着就问个更尖锐的问题：怎么怡红院人人的不是太太都知道，就挑不出你和麝月、秋纹来？贾宝玉一句话问得袭人哑口无言。就只好说，太太以后还要查我们吧。

王夫人在怡红院的内线到底是谁，是谁打的小报告，其实容易推断。有红学家说是怡红院的老嬷嬷汇报。我不大相信这个推测。因为贾宝玉和他的丫鬟在一块闹着玩，开玩笑，婆子们听不到。而晴雯、芳官、四儿，都有个共同的、叫袭人妒嫉的资本。三个人都长得漂亮，三个人和贾宝玉都不拘行迹，都容易和贾宝玉形成更密切关系，都会影响到袭人的准姨娘地位。所以袭人对这几个姐妹下手，是给自己清君侧。

清代有位红学家早就说过，袭人袭人，就是像狗一样背后偷袭别人。袭人的判词是“枉自温柔和顺，空云似桂如兰。”温柔和顺是假的，妒嫉、阴险是真的，花气袭人是假的，设谋害人是真的。

怡红院里，袭人和晴雯，一个鬼鬼祟祟，一个堂堂正正；一个龌龌龊龊，一个清清白白。结果鬼鬼祟祟的袭人整了堂堂正正的晴雯，污浊的整了清白的，贼喊捉贼，担了虚名的晴雯被轰出大观园，跟贾宝玉偷试云雨情的袭人稳当准姨娘。贾府就是这样是非颠倒、黑白混淆。在晴雯被轰的事件上，袭人即使不算刽子手，也得算帮凶。

贾宝玉跟袭人说，晴雯这一下去，好像一盆才出嫩箭的兰花送到猪窝里，她又一身重病，一肚子闷气，又没个亲爹亲娘，只有个醉泥鳅姑舅哥哥，她这一去不能习惯，要想见她一面两面都不能了，说着就哭了。怡红院海棠花死了一半，贾宝玉认为象征晴雯。袭人居然有脸说，就是海棠花也该先来比我，还轮不到她。这家伙脸皮真够厚的。袭人这个人物真叫曹雪芹写活了。她不是好胜吗？贾宝玉拿海棠花比晴雯，晴雯都被轰出去了，袭人还要说，海棠花要比也得先比我！正因为袭人争强好胜，才不能容许有可能威胁到她地位的丫鬟存在。结果晴雯、芳官、四儿都被轰走。

宝玉说，你们倒是把她的东西，瞒上不瞒下地悄悄地送出去，咱们攒的钱，拿几吊给她养病，也是你们姐妹好了一场。袭人说，还等你说吗，我早就把她的东西都送去了。

晴雯宝玉生离死别

贾宝玉把一切人稳住，表示我已经安静下来，然后偷偷溜出来，出了后角门，叫一个老婆子把他带到晴雯家里。

晴雯现在不是住在表嫂家里吗？她的表嫂是谁？是多情美色的灯姑娘。曹雪芹出了一点儿小小差错。原来贾琏的情人灯姑娘，丈夫是多浑虫。尤二姐的事出来后，多浑虫死了，灯姑娘嫁给鲍二，成了第二个鲍二家的。但到了七十七回，曹雪芹似乎把这事忘了，多浑虫还活着，灯姑娘也还是晴雯的姑舅嫂子。晴雯只有这一门亲戚，出来就住到她家。

灯姑娘串门去了，剩了晴雯在外间趴着。贾宝玉叫那个婆子在外面看着,他掀开草帘进门。看到晴雯睡在芦席土炕上，含泪伸手轻轻拉她，悄悄叫了两声。晴雯着了风，受了哥嫂的歹话，病情加重，咳嗽了一天，刚刚睡着，忽听到有人叫她，睁眼一看，是贾宝玉，又惊又喜，又悲又痛，一把死攥住他的手，哽咽半天，才说出“我只当不得见你了”。接着就死命咳嗽。

孤儿晴雯把贾宝玉当成自己世上唯一的亲人。他们也是知音。看到宝玉来看自己，她怎么会不喜出望外，怎么会不悲喜交加？而贾宝玉在那里哭。晴雯见了宝玉，该说些什么？倒先说了一句：“阿弥陀佛，你来得好，且把那茶倒半碗我喝，渴了这半日，叫半个人也叫不着。”宝玉擦着眼泪问，茶在哪里？晴雯说，那个炉台子上就是。宝玉一看，黑沙吊子，一个茶碗，碗上油污污，很腥气的，拿水洗了两次，才给她倒半碗，也不像是茶。晴雯说“快给我喝一口罢！这就是茶了。那里比得咱们的茶！”贾宝玉先尝了一口，既没有清香，也没有茶味，一味苦涩。估计是茶叶末。递给晴雯，晴雯像得了甘露一般，一气灌了下去了。晴雯一边哭，一边对宝玉说：“只是一件，我死也不甘心的：我虽生得比别人略好些，并没有私情密意勾引你怎样，如何一口死咬定了我是个狐狸精！我大不服。今日既已担了虚名，而且临死，不是我说一句后悔的话，早知如此，我当日也另有个道理。不料痴心傻意，只说大家横竖是在一处。不想平空里生出这一节话来，有冤无处诉。”

这段话说明，聪明的晴雯早就知道，贾母安排她永远服侍贾宝玉。明知是这样，晴雯始终保持尊严，不对贾宝玉私情勾引，但她用一片真情痴心傻意对待贾宝玉。晴雯临死，后悔她没有另有个道理，读者朋友可以琢磨到底是个什么道理。看到这一段，很容易联想到林黛玉。林黛玉也是痴心傻意对待贾宝玉，也是在男女问题上从不搞私情勾引，甚至不允许贾宝玉说两个人有私情的话。晴雯等贾母发话，林黛玉也等贾母发话，多么相似。用现代的观点看，一个怡红公子，两个痴心少女苦苦等他，而晴雯和黛玉还关系特别好，实在不可思议。而这正是《红楼梦》创造的封建贵族青年男女的爱情，跟封建伦理允许的嫡庶共存的奇特现象。

贾宝玉拉着晴雯的手，觉得瘦如枯柴，手腕上还戴着四个银镯，就哭着说，卸下来吧，好了再戴。给她卸了下来，塞到枕头底，又说："可惜这两个指甲，好容易长了二寸长，这一病好了，又损好些。"晴雯一听，伸手拿个剪刀，把左手上两根葱管样的指甲齐根铰下，又伸手到被里把贴身穿的旧红绫袄脱下，把指甲给了贾宝玉，说，这个你收了，以后就像见了我一般，快把你的袄脱下来我穿。我将来在棺材里独自躺着，也就像在怡红院一样了。

读到这里，我的眼泪都流下来了，这就是挚情挚爱刻骨铭心的表达，两个人有这样深的感情，却和男女之事毫不相干。如果只是他们两个，也可能还不算太感人。天才作家曹雪芹给他们这段生离死别，安排个旁听者，谁？最淫荡的灯姑娘。

晴雯把指甲交给宝玉，和宝玉换了贴身袄，哭着说，回去他们要问，不必撒谎，就说是我的，既担了虚名，索性如此也不过这样。晴雯真是勇敢，你们不是说我是狐狸精，我担了虚名，就和他换衣服，就把我的指甲留给他做纪念！这是挑战封建传统，挑战王夫人，可能也挑战袭人。

这时晴雯的嫂子笑嘻嘻掀帘子进来，说："好呀，你两个的话，我已都听见了！"又朝着宝玉说，"你一个作主子的，跑到下人房里作什么？看我年轻又俊，敢是来调戏我么？"贾宝玉赶快央告她："好姐姐！快别大声。他服侍我一场，我私自来瞧瞧他。"灯姑娘拉了贾宝玉到里间说，"你不叫嚷也容易，只是依我一件事。"坐在炕沿上，把贾宝玉揽到怀里。贾宝玉哪见过这个？吓得心里扑通扑通地跳。灯姑娘不就是个烂桃？和男人随便惯了，这次又喝醉了。贾宝玉又羞又怕，说："好姐姐，别闹。"灯姑娘乜斜醉眼说："成日家听见你风月场中惯作工夫的，怎么今日就反讪起来？"贾宝玉说，"姐姐放手，有话咱们好说。外头有老妈妈，听见什么意思。"灯姑娘就说，"我早进来了，却叫婆子去园门等着呢。我等什么似的，今儿等着了你。虽然闻名，不如见面，空长了一个好模样儿，竟是没药性的炮仗，只好装幌子罢了，倒比我还发讪怕羞。可知人的嘴一概听不得的。"这个灯姑娘把贾宝玉看成和他哥哥贾琏是一样的人，所以想试验一下贾宝玉会不会也像他哥哥一样，结果一试贾宝玉不是这个样儿。灯姑娘就说了一番真心话，"就比如方才我们姑娘下来，我也料定你们素日偷鸡盗狗的。我进来一会子在窗下细听，屋内只你二人，若有偷鸡盗狗的事，岂有不谈及于此，谁知你两个竟还是各不相扰。可知天下委屈事也不少。如今我反后悔错怪了你们。既然如此，你但放心。以后你只管来，我也不啰唣你。”

两府最淫荡的灯姑娘，受到了晴雯和贾宝玉真挚洁白关系的感动，表示你以后只管来看她，我不阻挠，我也不骚扰你，这是一个很妙的背面敷粉的写法。

贾宝玉赶快央告，“好姐姐，你千万照看他两天。我如今去了。”宝玉出来，恰好大观园快要关门了，他赶快溜进去，到了自己的房里，跟袭人说，到薛姨妈家去了。到了晚上睡觉的时候，半夜要喝茶，喊“晴雯”，袭人赶快答应。原来袭人这些年因为王夫人重用了她，她反而自己要看重她自己，晚上不陪着贾宝玉，是叫晴雯这些人值夜班。到了天亮的时候，王夫人房间的小丫头，传王夫人的话，叫起宝玉快洗脸，换了衣服，有人请老爷赏桂花。老爷喜欢他前天做的诗好，要带他去。这就是故意把贾宝玉带出去写诗去了。

美优伶斩断情（青）丝

王夫人等着贾政和贾宝玉父子走了，正要往贾母这边来，芳官的干娘还有蕊官、藕官的干娘来了，向王夫人报告，“芳官自前日蒙太太的恩典赏了出去，他就疯了似的，茶也不吃，饭也不用，勾引上藕官蕊官，三个人寻死觅活，只要剪了头发做尼姑去。”王夫人说：胡说，打她们一顿，看她们还闹不闹。这个时候，正好各个庙里八月十五尼姑都来府里面走动，王夫人留下了水月庵、地藏庵的两个尼姑住两天。这两个尼姑一听，巴不得拐两个女孩去做活使唤，就向王夫人说，“咱们府上到底是善人家，因太太好善，所以感应得这些小姑娘们皆如此。虽说佛门轻易难入，也要知道佛法平等……如今这两三个姑娘既然无父无母，家乡又远，他们既经了这富贵，又想从小儿命苦入了这风流行次，将来知道终身怎么样，所以苦海回头，立意出家修修来世，也是她们的高意。太太倒不要限了善念。”王夫人一听，那你们就把她们带着走吧。这样一来，芳官就跟了水月庵的智通，蕊官和藕官就跟了地藏庵的圆信，各自出家了。

《红楼梦》很多的人物，各人出家都有不同的出家原因。甄士隐是家庭败落出家了，柳湘莲是尤三姐自刎出家了，而这三个年轻美丽的小姑娘，竟然也出家了。这就是贾府钟鸣鼎食的贵族家庭，给这三个本来出身贫苦的女孩所造成的伤害。

第七十八回

老学士闲征姽婳词
痴公子杜撰芙蓉诔

老学士指的是贾政，贾政叫宝玉、贾环、贾兰各做一首姽婳词。所谓姽婳，指姽婳将军林四娘；痴公子贾宝玉，他听了小丫鬟编的晴雯死后成芙蓉花神，写了一篇长诔文祭奠晴雯。实际上诔文的最后透露出祭奠林黛玉，这是很多红学家的看法。

王夫人忽悠贾母

尼姑们把芳官等领去后，王夫人到贾母这儿汇报。王夫人表面上老实甚至有点愚笨，实际上她和贾母较劲。贾母主张的很多事，她不赞成。贾母喜欢林黛玉，她却喜欢薛宝钗；贾母喜欢晴雯，她把晴雯轰走。她现在先斩后奏，告诉贾母，为什么把你给宝玉的丫鬟轰走。她是到贾母这儿里编谎，趁贾母喜欢时说："宝玉屋里有个晴雯，那个丫头也大了，而且一年之间，病不离身；我常见他比别人分外淘气，也懒；前日又病倒了十几天，叫大夫瞧，说是女儿痨，所以我就赶着叫他下去了。若养好了也不用叫他进来，就赏他家配人去也罢了。再那几个学戏的女孩子，我也作主放出去了。"她这是谎报军情，晴雯只是外感风寒，又受了气。而王夫人说她得女儿痨，肺结核，这个病是要传染的。得了传染病，当然得放出去。贾母听了，点头说："晴雯那个丫头我看他甚好，怎么就这样起来。我的意思，这些丫头的模样爽利言谈针线多不及他，将来只他还可以给宝玉使唤得。谁知变了。"明确说出来，贾母内定晴雯将来是宝玉侍妾。她的模样也好，说话爽利，言谈得体，针线做得好，"只她"还可以给宝玉使唤。那就是她比别人要强得多，谁知道她变了。那就是王夫人说他懒、淘气，王夫人说："老太太挑中的人原不错。只是他命里没造化，所以得了这个病。俗语又说'女大十八变'。况且有了本事的人，未免就有些调歪。老太太还有什么不曾经验过的。三年前我也就留心这件事。先只取中了他，我便留心。冷眼看去，他色色虽比人强，只是不大沉重。若说沉重知大礼，莫若袭人第一。虽说贤妻美妾，然也要性情和顺举止沉重的更好些。就是袭人模样虽比晴雯略次一等，然放在房里，也算是一二等的了。况且行事大方，心地老实。这几年来，从未逢迎着宝玉淘气。凡宝玉十分胡闹的事，他只有死劝的。因此品择了二年，一点儿不错了，我就悄悄的把他丫头的月分钱止住，我的月分银子里批出二两银子来给他。不过使他自己知道越发小心效好之意。且不明说者，一则宝玉年纪尚小，老爷知道了又恐说耽误了书；二则宝玉再自为已是跟前的人不敢劝他说他，反倒纵性起来。所以直到今日才回明老太太。"

王夫人给自己儿子挑了未来侍妾，贾母当然不能提出什么异议，笑着说：“原来这样，如此更好了。袭人本来从小儿不言不语，我只说他是没嘴的葫芦。既是你深知，岂有大错误的。”贾母并不欣赏袭人，袭人是贾母身边一两银子的丫鬟，伴随湘云长大。贾母不喜欢不大爱说话的人，喜欢伶牙俐齿的，像晴雯、像林黛玉。贾母又说，“我深知宝玉将来也是个不听妻妾劝的。”这话为将来贾宝玉抛弃宝钗、麝月出家埋下了伏笔。“我也解不过来，也从未见过这样的孩子，别的淘气都是应该的，只他这种和丫头们好却是难懂。我为此也耽心，每每的冷眼查看他，只和丫头们闹，必是人大心大，知道男女的事了，所以爱亲近他们。既细细查试，究竟不是为此。岂不奇怪。”这段话，对于理解贾母怎么看宝玉黛玉关系很重要。也就是贾母在掰谎记说的，我们这种三等人家也不会出现小姐想嫁个清俊的男人的事。那就是她观察的，贾宝玉并不懂男女私情。“想必他原是个丫头错投了胎不成。”王夫人又汇报，贾政怎么夸奖宝玉，带他们逛，贾母更高兴了。

宝钗冷眼旁观

迎春妆扮过来，告辞要上邢夫人身边去，因为有人来说媒。贾母歇中觉，王夫人叫凤姐来，问，你的丸药配来没有。凤姐说：“还不曾呢，如今还是吃汤药。太太只管放心，我已大好了。”其实凤姐病已非常严重。王夫人告诉她撵了晴雯的事，又问：

怎么宝丫头私自回家睡了？是不是有人得罪了她？那个孩子心重，亲戚们住一场别得罪人，反不好了。凤姐说，谁可好好的得罪着她，他们天天在园子里住，左不过是她们姐妹那一群人。王夫人说：别是宝玉有嘴无心，没个忌讳，信嘴胡说？凤姐说：宝玉说正经话像个傻子，在姐妹跟前，最有尽让，薛妹妹走想必是为前儿搜检丫头的事，她是亲戚，也有丫头，我们也不好搜她，她多了心，自己回避了。凤姐看得清清楚楚的。

王夫人派人把宝钗请了来，给她分析前面的事，解她的疑心，说你还是进来住吧。薛宝钗坚持，我还是要出去的，因为姨娘有很多的大事不便来说，前儿我妈又不好了，所以我就趁便出去了。姨娘现在知道了，我就干脆告辞了，搬东西。王夫人和凤姐说，你太固执了，你还是再搬进来吧，不要为了这些没要紧的事疏远了亲戚。薛宝钗振振有辞地说了一番话："我为的是妈近来神思比先大减，而且夜间晚上没有得靠的人，通共只我一个。二则如今我哥哥眼看要娶嫂子，多少针线活计并家里一切动用的器皿，尚未有齐备的，我也须得帮着妈去料理料理。姨妈和凤姐姐都知道我们家的事，不是我撒谎。三则自我在园里，东南上小角门子就常开着，原是为我走的，保不住出入的人就图省路也从那里走，又没人盘查，设若从那里生出一件事来，岂不两碍脸面。而且我进园子里来住原不是什么大事，因前几年年纪皆小，且家里没事，有在外头的，不如进来姊妹相共，或作针线，或玩笑，皆比在外头闷坐着好，如今彼此都大了，也彼此皆有事。况姨娘这边历年皆遇不遂心的事故，那园子也太大，一时照顾不到，皆有关系，惟有少几个人，就可以少操些心。所以今日不但我执意辞去，此外还要劝姨娘如今该减些的就减些，也不为失了大家的体统。据我看，园里这一项费用也竟可以免的，说不得当日的话。姨娘深知我家的，难道我们当日也是这样冷落不成。”

薛宝钗已经观察到，大观园今不如昔，荣国府更今不如昔，该减的就得减。王夫人听了这番话，和凤姐说，这话说的是，不必勉强她了。

司棋轰走了，晴雯死了，芳官她们出家了，薛宝钗也搬走了，只剩下无家可归的林黛玉。而且王夫人已经发话了，今年不宜搬迁，明年贾宝玉就搬出去。王夫人的计划能不能执行？当然也得看贾府后来的发展了。

晴雯做了哪个花神？

宝玉回来了，得了很多赏，跟王夫人说完后，宝玉记挂晴雯，就说骑马累得骨头疼。贾母吩咐赶快回房换衣服，舒散舒散。宝玉进大观园，麝月秋纹带两个小丫头等候他。宝玉说好热好热，边走边脱外边衣服。麝月拿着，里面只穿松花绫子夹袄，袄里面露出血点般红裤子来。秋纹一看，裤子是晴雯做的，说“这条裤子以后收了罢，真是物件在人去了。”麝月说：“这是晴雯的针线，真真物在人亡了！”麝月透露晴雯已死，秋纹把麝月拉了一把，说闲话：“这裤子配着松花色袄，石青靴子，越显出这靛青的头，雪白的脸来了。”故意东拉西扯，说贾宝玉衣服好看人也好看。

贾宝玉假装没听见，走了几步，说：我要走一走。麝月叫小丫头跟着，我们去送东西。宝玉一听，正中下怀，就不想叫你们俩在场。秋纹二人走了，宝玉问问小丫头：“自我去了，你袭人姐姐打发人瞧晴雯姐姐去了不曾？”一个小丫头说：“打发宋妈瞧去了。”宝玉说：“回来说什么？”这个小丫头很老实，说：“回来说晴雯姐姐直着脖子叫了一夜，今日早起就闭了眼，住了口，世事不知，也出不得一声儿，只有倒气的分儿了。”宝玉问：“一夜叫的是谁？”小丫头说：“一夜叫的是娘。”

每次看到这里，我的眼泪都会掉下来。晴雯是孤儿，从不知亲娘在哪儿，但她临终叫娘了。因为人生在世最疼自己的就是生身母亲。记得我母亲 84 岁，病重弥留，一时清醒，竟说：“人有娘，真好啊。”84 岁老太太临终还觉得如果有娘疼我就好了。

宝玉不甘心，一边擦眼泪，一边问“还叫谁？”那个小丫头，笨笨地如实说：“没有听见叫别人了。”宝玉说，“你糊涂，想必没有听真！”

宝玉很难面对这样的事实，我跟晴雯关系如此好，她临终怎么会不提我？另一小丫头，特别伶俐，听宝玉这么说，赶快上来说："真个他糊涂，不但我听得真切，我还亲自去偷着看去的。""我因想晴雯姐姐素日与别人不同，待我们极好，如今他虽受了委屈出去，我们不能别的法子救他，只亲去瞧瞧，也不枉素日疼我们一场。就是人知道了回了太太，打我们一顿，也是愿受的。所以我拼着挨一顿打，偷着下去瞧了一瞧。谁知他平生为人聪明，至死不变。""她见我去了便睁开眼，拉着我的手问，'宝玉哪去了？'"听听！这个小丫鬟如果进作家练习班，很快就能成个好作家，真会编故事啊！小丫鬟接着说，"我告诉他实情，他叹了一口气说：'不能见了。'我就说：'姐姐何不等一等他回来见一面，岂不两完心愿？'他就笑道：'你们还不知道。我不是死，如今天上少了一位花神，玉皇敕命我去司主。我如今在未正二刻到任司花，宝玉须待未正三刻才到家，只少得一刻的工夫，不能见面。世上凡有该死之人阎王勾取了过去，是差些小鬼来捉人魂魄。若要迟延一时半刻，不过烧些纸钱浇些浆饭，那鬼只顾抢钱去了，该死的人就可多待些个工夫。我这如今是有天上的神仙来召请，岂可挨得时刻？"小丫头说，听了晴雯姐姐这番话，我还不太相信，等我回到房里，看表，果然晴雯姐姐未正二刻咽气，未正三刻有人说宝二爷回来了。

这个小丫鬟太棒了！幸亏她编出这套天花乱坠的鬼话骗

贾宝玉，当然骗不了读者。但我们这些隔两百多年的读者都得感谢她。因为正是她这番鬼话，骗出来了贾宝玉一篇《芙蓉女儿诔》。

小丫鬟继续往下编，贾宝玉忙着问她，晴雯是做总花神？还是做哪一个单花花神？小丫头一时诌不出来，恰好园子里芙蓉正开。小丫头见景生情，就说：我也问她了，你是管什么花的花神？告诉我们，我们日后好供养。晴雯姐姐说：天机不可泄漏，你既这样虔诚，我只告诉你，你只可告诉宝玉一人，除他之外，泄天机五雷轰顶，你告诉他，我专管芙蓉花。

宝玉一听，去悲生喜，指着芙蓉笑了，“此花也须得这样一个人去司掌，我就料定他那样的人必有一番事业做的，虽然超出苦海，从此不能相见，也免不得伤感思念。”他想，晴雯临终我没见到，现在到她灵前拜拜。回到房里，重新穿戴，说要去看林黛玉。出了园，就到上次看晴雯的地方去，以为晴雯灵柩还停在那里。谁知道晴雯的哥嫂子见晴雯一咽气，就赶快汇报，王夫人给了十两银子说：赶快送到外面烧了吧，女儿痨死的，断不可留！晴雯被她害死，她还给晴雯加上个女儿痨死了，得烧。王夫人真够恶毒。宝玉扑了一个空。回到自己房里，一点趣味没有，去找黛玉，黛玉不在。到蘅芜苑，寂静无人，空空落落，原来搬走了。宝玉非常伤心。想到宝姐姐竟然搬走，天地间竟有这样无情的事。又想到去了司棋、入画、芳官五个，死了晴雯，现在又去了宝钗，迎春连日也没见回来，有媒人来求亲了。大概园中人不久都要散了。纵生烦恼也无济于事，不如还是去找黛玉相伴一日，回来还和袭人厮混，只这两三个人还是同死同归的。宝玉想的一厢情愿，谁也不可能和你同死同归。黛玉会在宝玉外出逃难时，为宝玉流尽最后一滴眼泪，袭人后来要嫁给蒋玉菡。

关于姽婳将军的鬼话

宝玉垂头丧气回来，王夫人的丫头找他说，老爷回来了，又有好题目，快走。王夫人派人把宝玉送到书房。贾政正在和他的清客、幕友谈论寻秋之胜，他和达官贵人聚会谈到一件千古佳谈，大家为这个事做首挽词。幕宾问：什么事，这么妙？贾政说，当日有位王，封曰恒王，出镇青州，最喜女色，公余好武，选许多美女，日习武事。其中有个林四娘，恒王最喜欢她，她来统帅美女，叫她“姽婳将军”。姽婳是娴静美好之意，宋玉《神女赋》“既姽婳乎幽静兮，又婆娑乎人间。”形容女子美好，姽婳将军是形容美女做将军。

清客都称赞，妙极、神奇，竟以“姽婳”加将军更觉妩媚风流，想这恒王也是千古第一风流人物。贾政说，还有更可奇可叹的事，第二年黄巾赤眉流贼余党在山左一带抢掠，恒王两战不胜，被贼杀了。林四娘集合了女将连夜出城，杀到贼营，斩落了几员首贼。后被贼挥戈倒兵，林四娘等一个也不曾留下，倒作成林四娘一片忠义之志。报至中都，天子百官无不惊骇，你们说，这林四娘可羡不可羡？

林四娘是明代晚期驻青州恒王宫女，她的故事在明末清初流传很广。王士祯、林希铭、林四娘，《聊斋志异》有篇优美的鬼恋《林四娘》。贾政所讲，并不是真的历史事实。林四娘被贾政说成姽婳将军，"姽婳"虽借自宋玉赋，但是"姽婳"也可说是骗人的鬼话。贾政叫贾宝玉等来写诗，有段话似乎闲笔，对理解贾政却有一定的参考价值。

"近日贾政年迈，名利大灰，然起初天性也是个诗酒放诞之人，因在子侄辈中，少不得规以正路。近见宝玉虽不读书，竟颇能解此，细评起来，也还不算十分玷辱了祖宗。就思及祖宗们，各各亦皆如此，虽有深精举业的，也不曾发迹过一个，看来此亦贾门之数。况母亲溺爱，遂也不强以举业逼他了。所以近日是这等待他。"

这段什么意思？贾政年轻时也喜欢写诗，现在年迈，叫子侄求功名的心也灰了，看到宝玉虽不大爱读书，但诗写得不错，又想到祖宗也喜欢写诗的，祖宗虽刻苦读书，想通过科举成名，但没发迹过一个，看来贾门注定不会从科举出身。所以他现在不再勉强贾宝玉读书考试做官。

有这段描写我们可以想象出，曹雪芹后几十回，绝对不像通行本后四十回，叫贾宝玉重新入家塾读书。续书离曹雪芹原来构思很远。

贾政叫他们三人各做一首，贾兰后面两句是“捐躯自报恒王后，此日青州土亦香。”比较通俗一般。宾客夸奖，小哥13岁，可见家学渊源。

贾环写得非常平常：“红粉不知愁，将军意未休。掩啼离绣幕，抱恨出青州。”比打油诗稍强点。大家还是夸奖，到底大几岁年纪立意不同。贾政评得比较恳切，倒没大错，终不恳切。那就是有点隔靴搔痒。其实贾宝玉写的诗，比起林黛玉《葬花吟》，薛宝钗《螃蟹咏》，史湘云《柳絮词》都不行，也很一般，他第一句“恒王好武兼好色”，他爹给他句评论“粗鄙”，幕宾赶快捧场“要这样方古，究竟不粗，看他底下的。”宝玉又说“遂教美女习骑射”，幕宾一个劲夸奖，其实一般。贾宝玉的姽婳词并没有显示出多大才能。真正能体现贾宝玉才能的是《芙蓉女儿诔》。

贾政觉得他们还写得可以，就说去吧！三人像遇特赦一般，出来了。

贾宝玉心声《芙蓉女儿诔》

一回到家，宝玉一心凄楚，想起晴雯做了芙蓉花神，我没能到她灵前一祭，现在何不到芙蓉跟前一祭？想行礼，又说太草率不行。得衣冠整齐，准备祭奠东西，别开生面、另立排场，才不负我们两人的为人。我做个诔词吧。不可蹈袭前人套头，须要洒泪泣血、一字一咽、一句一啼。何必不远师楚人之《大言》《招魂》《离骚》写？他在晴雯最喜欢的一块洁白绸子写上《芙蓉女儿诔》，准备了晴雯最喜欢的东西，叫那个小丫鬟捧到芙蓉花跟前，先行礼，再把诔文挂在芙蓉枝上。

《芙蓉女儿诔》是贾宝玉最杰出的作品。如果说《葬花吟》是《红楼梦》女主角林黛玉的心声。那么《芙蓉女儿诔》就是男主角的心声，是贾宝玉作为思想独立的叛逆者的淋漓尽致表达。

《芙蓉女儿诔》远师楚人，发扬的是屈原精神，它不仅是贾宝玉对晴雯的感情喷发，还是曹雪芹对整个黑暗社会的感情的喷发。对我们研究曹雪芹的思想，给《红楼梦》的思想定位，有很重要的作用。

《芙蓉女儿诔》这篇长文，可以写很长的论文。我们简要看看，贾宝玉怎样看待晴雯？《芙蓉女儿诔》和林黛玉有什么关系？

《芙蓉女儿诔》写晴雯“其为质则金玉不足喻其贵，其为性则冰雪不足喻其洁，其为神则星日不足喻其精，其为貌则花月不足喻其色。”勉强译成白话：“晴雯你的品质黄金美玉不足以比喻你的高贵；你的心地晶晶冰雪不足以比喻你的纯洁；你的神志，明星朗月不足以比喻你的光华；你的容貌鲜花明月不足以比喻你的娇妍。”晴雯这个身世低微的丫鬟，成了贾宝玉心目中美丽、纯洁、正直的女神。贾宝玉还认为晴雯和著名士大夫贾谊一样，受到小人妒忌、陷害，蒙冤而死。陷害她的人在哪儿？在怡红院，就在身边。所以贾宝玉诔晴雯，也是告别花红柳绿、莺莺燕燕的怡红院，和钟鸣鼎食的荣国府决裂。

《芙蓉女儿诔》模仿《离骚》写法，后面还来段歌，念完后，焚香、焚帛、敬茶，依依不舍。小丫鬟说，快回去吧，刚想回去，忽听到山石后面有人笑道“且请留步”。贾宝玉和小丫鬟一听，大惊，小丫鬟回头一看，一个人影从芙蓉花里走出来了，小丫鬟大叫“不好，有鬼。晴雯真来显魂了”，贾宝玉赶快回头看。这一回结束了。

这一回最重要的是《芙蓉女儿诔》这是一篇非常不容易读懂的特殊重要作品。如果古文基础不是太深，读起来还有阅读障碍，读者朋友可以看蔡义江教授《红楼梦诗词选评》，他曾经把《芙蓉女儿诔》一字一字翻译过来。当然现在甭管谁翻译，都没有古文原来的魅力，但毕竟看了这些翻译的文字，可以知道贾宝玉说了个什么意思。蔡义江老师曾经这样翻译：“你眉毛上的黛色如青烟缥缈，昨天还是我亲手描画；你手上的指环已玉质冰凉，如今又有谁把它焐暖：炉罐里的药渣依然留存，衣襟上的泪痕至今未干；镜已破碎，鸾鸟失偶，我满怀愁绪，不忍打开麝月的镜匣；梳亦化去，云龙飞升，折损檀云的梳齿，我便哀伤不已。你那镶嵌着金玉的珠花，被委弃在杂草丛中，翡翠发饰落在尘土里，被人拾走。”

这算翻译得最好的了。《芙蓉女儿诔》的故事还没结束，在前八十回的最后一回，也就是第七十九回和八十回，薛文龙悔娶河东狮，贾迎春误嫁中山狼，开头还要做细致的描写。

第七十九（含八十）回

薛文龙悔娶河东狮
贾迎春误嫁中山狼

曹雪芹《红楼梦》最后一回，七十九回和八十回连在一块，回目“薛文龙悔娶河东狮，贾迎春误嫁中山狼”。很多版本，把这个作第七十九回，给八十回另拟回目作“美香菱屈受贪夫棒，王道士胡诌妒妇方”。薛文龙是薛蟠，后悔娶了个泼悍妻子河东狮。贾迎春嫁个丈夫是中山狼。

祭晴雯成了祭黛玉

贾宝玉祭完晴雯，听见花影中有人声，吓了一跳，一看不是别人，正是林黛玉。黛玉满面含笑说“好新奇的祭文，可与曹娥碑并传的了。”贾宝玉念祭晴雯的《芙蓉女儿诔》，林黛玉向他走来，意味深长。宝玉祭芙蓉女儿，而黛玉正是芙蓉女儿。怡红夜宴，她是风露清愁的水中芙蓉。芙蓉有两种，草本长在水里，木本长在陆地。小丫头看到水池中的荷花，急中生智跟贾宝玉胡诌，说晴雯做了芙蓉花神。恰好和林黛玉抽到的花签一致。

宝玉听了黛玉的话，红了脸说：“我想着世上这些祭文都蹈于熟滥了，所以改个新样，原不过是我一时的顽意，谁知又被你听见了。有什么大使不得的，何不改削改削。”黛玉问

“原稿在哪里？倒要细细一读，长篇大论，不知说的是些什么。只听见中间两句什么‘红绡帐里，公子多情；黄土垄中，女儿薄命。’这一联意思却好，只是‘红绡帐里’未免熟滥些，放着现成真事，为什么不用？”宝玉问：“什么现成的真事？”黛玉笑了：“咱们如今都系霞影纱糊的窗槅，何不说‘茜纱窗下，公子多情’呢？”宝玉听了，不禁跌足笑了：“好极，是极！到底是你想的出，说的出。可知天下古今现成的好景妙事尽多，只是愚人蠢子说不出想不出罢了。但只一件：虽然这一改新妙之极，但你居此则可，在我实不敢当。”接着说好儿句“不敢”。宝玉清楚，用霞影纱糊窗子，是刘姥姥二进大观园时，贾母令拿来给黛玉糊的。所以“茜纱窗”是专指的林黛玉的窗子。但黛玉已把自己视为与宝玉一体。说：“何妨。我的窗即可为你之窗，何必分晰得如此生疏。”宝玉说，“如今我越性将‘公子’‘女儿’改去，竟算是你诔她的倒妙。况且素日你又待他甚厚。故今宁可弃此一篇大文，万不可弃此‘茜纱’新句。竟莫若改作‘茜纱窗下，小姐多情；黄土垄中，丫鬟薄命。’如此一改，虽与我与涉，我也是惬怀的。”黛玉就笑了：“他又不是我的丫头，何用此语，况且小姐丫鬟亦不典雅，等我的紫鹃死了，我再如此说，还不算迟。”宝玉说“这是何苦又咒他。”又说，“我又有了，这一改可极妥当了，莫若说‘茜纱窗下，我本无缘；黄土垄中，卿何薄命。’”

这么一改，就成了宝玉不是诔晴雯，是诔黛玉，因为“茜纱窗下，我本无缘”，是说林黛玉住在茜纱窗里，我和你没有缘分；你将来躺到黄土垄中，多么薄命。《脂砚斋重评石头记》靖本有这样的评语：“观此，知虽诔晴雯，实乃诔黛玉也，试观‘证前缘’回黛玉逝后诸文便知。”什么意思呢？如果看到写林黛玉死后的那个“证前缘”情节，就证明这样一改确实是贾宝玉追悼林黛玉。

林黛玉一听，忡然变色，很不安，她听出来是追悼我。林黛玉现在身体这么坏，眼泪都快干了，这不是咒我死吗。心中虽有无限狐疑乱拟，但她不好意思表现出来，反而连忙含笑点头称妙，说：“果然改的好。再不必乱改了，快去干正经事罢。”林黛玉比以前修养高得多了。这样一来，贾宝玉祭晴雯的《芙蓉女儿诔》就板上钉钉地落到林黛玉头上。

林黛玉是绛珠仙子到人世间来还泪。第七十回林黛玉重建桃花社，已出现这样的诗句“泪眼观花泪易干，泪干春尽花憔悴。”绛珠仙子的眼泪快要干了，绛珠仙子快要返回太虚幻境了。晴雯是黛玉的影子，晴雯的悲惨不幸，是黛玉悲惨不幸的前奏；晴雯的蒙冤是黛玉泣血的预演；晴雯之死是黛玉之死的彩排。贾宝玉想到晴雯灵柩前祭奠，她的棺木已经一把火烧了。林黛玉《葬花吟》说“他年葬侬知是谁？”将来贾宝玉想到林黛玉的棺前祭奠也不行，因为林黛玉的棺材已经运回苏州。

晴雯和黛玉，一对风露清愁的芙蓉花，都是质本洁来还洁去，强于污淖陷渠沟。晴雯死了，还有《芙蓉女儿诔》。林黛玉死了，只有冷月葬花魂。不管晴雯还是林黛玉，贾宝玉都花落人亡两不知。

曹雪芹怎么样描绘林黛玉之死？肯定更凄美，更深邃，更惊心动魄，可惜我们看不到了。

黛玉叫宝玉赶快去干正经事，说："才刚太太打发人叫你明儿一早快过大舅母那边去。你二姐姐已有人家求准了，想是明儿那家人来拜允，所以叫你们都过去呢。"黛玉闲聊把迎春婚事说出来。

迎春嫁恶徒　薛璠娶悍妻

贾赦已把迎春许给孙家了。孙家军官出身，是荣国公当年门生，现在只有孙绍祖一人在京城任指挥，相貌魁梧，体格健壮，应酬权变，弓马娴熟，家资饶富。家资饶富可能这就是贾赦把女儿嫁给他的主要原因。贾母不满意。贾母多有经验？贾母不满意的人肯定不是什么好鸟。但贾母想到，儿女事情自有天意前因，况且贾赦是亲生父亲，奶奶何必出头管事，就说"知道了"。贾政也不喜欢孙家，孙家虽是世交，并非诗礼名族出身，当年不过是看上荣国公权势，才拜在门下，他劝贾赦，贾赦不听。宝玉一听，二姐姐定了孙绍祖，还得陪四个丫头过去，很不高兴，从今以后这世上又少了五个清洁的人了！到二姐姐原来住的紫菱洲，悲惨地信口吟了一首诗。他吟诗时，有人在后面笑了："你又发什么呆呢？"原来是香菱。宝玉问你进来干吗？香菱告诉他，现在正准备你哥哥娶亲，我来找琏二奶奶说事。宝玉问，娶哪一家的？香菱说，桂花夏家。他们很有钱，只种桂花就有几十顷地，现在那家太爷没了，只有老奶奶带着这姑娘。宝玉问，你们大爷怎么就看中这个姑娘？香菱说，一则天缘，二则情人眼里出西施。你哥哥出去经商的时候，到他们那儿，夏奶奶看到你哥哥，又哭又笑，比见了儿子还亲，叫他们兄妹相见。姑娘出落得花朵一样，你哥哥看准了，回来就叫我们奶奶求亲。现在就是要娶的日子太急了，我们忙得很。我巴不得早点把她娶过来，咱就又添了一个作诗的人。

香菱太天真了。宝玉想得周到，冷笑：我倒替你担心！香菱说："这是什么话！素日咱们都是厮抬厮敬的，今日忽然提起这些事来，是什么意思！怪不得人人都说你是个亲近不得的人。"真是个呆香菱，她不知道薛蟠娶来正妻如果不贤惠，你多么倒霉？居然对贾宝玉不满。宝玉又呆了，没精打采，进了怡红院，夜里唤晴雯，睡不好。第二天，不想吃饭，发烧。王夫人后悔，可能是因为晴雯过于逼仄了儿子？虽这么想，脸上不露出来，派医生给宝玉看病。

过百天出门行走。一百天里，"又听得薛蟠摆酒唱戏，热闹非常，已娶亲入门。闻得这夏家小姐十分俊俏，也略通文翰。

宝玉恨不得就过去一见才好。”再过些时，闻得迎春出了阁，宝玉思及当时姊妹们一处，耳鬓厮磨，从今一别，纵得相逢，也不像从前那等亲密了。他没想到，薛宝钗娶来的嫂子河东狮吼。姐姐从此遇上中山狼。

夏家小姐 17 岁，因母亲溺爱，养成把自己看成是菩萨、把别人看成粪土、外具花柳之姿、内秉风雷之性。一进门，看到香菱这么个才貌俱全的爱妾，就添了宋太祖灭南唐之意。因他们家多桂花，她小名金桂，在家里不许人说话带出“金”、“桂”来，谁稍不留神误道她的名字，她一定苦打重罚。因为他们家卖桂花。“桂花”两字没法禁止，居然异想天开，把桂花另起名叫嫦娥花。薛蟠喜新厌旧，娶了妻子，新鲜头上让着她，而夏金桂越来越一步紧似一步。两个月后，薛蟠的气概就渐渐矮下去，河东狮大显身手，稍不顺意，就哭得像醉人一样，装病。薛姨妈还得骂儿子。夏金桂看到婆婆护自己，越发得了意，叫薛蟠的气概又矮半截。夏金桂看见婆婆善良，丈夫被自己整倒，想整整薛宝钗。“宝钗久察其不轨之心，每随机应变，暗以言语弹压其志。金桂知其不可犯，每欲寻隙，又无隙可乘，只得曲意附就。”薛宝钗好生了得！

夏金桂不让别人说她的名字。但她和香菱聊时，故意诱使香菱说她的名字。她问香菱，你的名字谁起的？香菱说姑娘起的。金桂说，都说姑娘通，这个名字就不通，菱角花有什么香？菱角花香了，正经的香花放到哪去。香菱说，菱花香，荷叶莲蓬都有清香。金桂说，依你说那兰花桂花倒香得不好？香菱忘了忌讳，接口说，兰花桂花的香又不是别的花可比的。还没说完，夏金桂陪嫁丫鬟宝蟾指着香菱的脸说：要死要死，怎么叫起姑娘的名字来了！香菱赶快道歉。夏金桂说，我得要把你的名字改改，叫秋菱。香菱体现了荷花香气，秋菱就肃杀，一字之改，香菱命运完全改变。

薛蟠看到金桂的丫鬟宝蟾有三分姿色，举止轻浮可爱，经常撩拨她。夏金桂想：我正要摆布香菱，现在看上宝蟾，舍出去叫他要了，他就和香菱疏远，趁着他疏远我摆布了香菱。

曹雪芹《红楼梦》最后一回来了段通俗小说描写，写薛蟠如何看上宝蟾，两人如何调情，夏金桂如何故意制造他们接近，又如何骗香菱打断薛蟠好事，薛蟠把一腔怒火撒在香菱身上。晚上洗澡，香菱准备的洗澡水热了点，薛蟠赤条精光赶着香菱踢打两下。金桂叫宝蟾做了薛蟠的通房大丫头，把香菱弄到自己房间，一夜叫她七八次，叫她不得安稳躺卧一时。过了半个月，金桂装病，忽然从她的枕头里抖出个纸人，写着她的年庚八字，五根针钉心窝、四肢，这是陷害香菱。薛蟠果然上当，拿起门闩打香菱。薛姨妈制止，金桂哭喊，半个多月把我的宝蟾霸占去，不容她进我的房，唯有香菱跟我睡，我要拷问宝蟾，你又护到头里！对薛蟠说，治死我，再拣富贵标致的娶来就是了，何苦做这些把戏。

薛姨妈听儿媳妇百般恶赖可恨，儿子不争气，又把陪房丫头摸上，只好赌气骂儿子：“不争气的孽障！骚狗也比你体面些！谁知你三不知的把陪房丫头也摸索上了，叫老婆说嘴霸占了丫头，什么脸出去见人！也不知谁使的法子，也不问青红皂白，好歹就打人。我知道你是个得新弃旧的东西，白辜负了我当日的心。他既不好，你也不许打，我叫人牙子来卖了她，你就心净了。”接着说了句，“快叫个人牙子来，多少卖几两银子，拔去肉中刺，眼中钉，大家过太平日子。”薛姨妈很少这样说话，这不就说夏金桂？按说儿媳妇听到婆婆说这个，绝对不可以回嘴，特别是世家女子。夏金桂居然回嘴：“你老人家只管卖人，不必说着一个扯着一个的。我们很是那吃醋拈酸容不下人的不成，怎么‘拔出肉中刺，眼中钉’？是谁的钉，谁的刺？”把薛姨妈气得浑身乱战：“这是谁家的规矩？婆婆这里说话，媳妇隔着窗子拌嘴，亏你还是旧家人家的女儿！满嘴里大呼小喊，说的是什么！”夏金桂撒泼打滚。薛蟠说也不好，劝也不行，打也不行，求告不行，就只好抱怨运气不好。

香菱最终被折磨死

薛蟠娶了这个媳妇，家里热闹死了，媳妇动不动打滚，寻死觅活，白天拿剪子刀子，夜里拿绳子，无所不闹。夏金桂高兴了还叫人来斗纸牌，平生最喜欢啃骨头，每天杀鸡杀鸭，把肉赏给别人吃，自己炸骨头喝酒，《红楼梦》出来的非常个别的人物。薛蟠没办法，悔恨不该娶搅家精。薛宝钗说哥哥嫂子嫌香菱不好，留着我使唤，咱们家都是买人，不会卖人。香菱跟着薛宝钗去，再也不到薛蟠那了。她本来身体弱，在薛蟠房中，血分中有病，从没怀孕，加上气怒伤感，酿成干血之症。干血之症就是月经减少甚至闭经，潮热盗汗，形体消瘦。夏金桂嫁进来不久，香菱就病入膏肓。绝对不像后四十回写的，被薛蟠扶正，还给薛蟠生了儿子。曹雪芹《红楼梦》前八十回之后，接着就会写香菱之死，可惜我们看不到了。

《红楼梦》，香菱并不是主要人物，却是小说里最早出现的可爱的女性人物，她和父亲甄士隐既起穿针引线作用，本人又有鲜明个性。香菱是姑苏人，和林黛玉同乡，相当程度上，香菱是林黛玉的影子，恰好林黛玉后来成了她的老师。林黛玉抽花签抽到“风露清愁”的荷花，和香菱、“应莲”相通。贾宝玉神游太虚境，看到“金陵十二钗副册”中唯一人物是香菱。她的画上有株桂花，下边池沼水涸泥干，莲枯藕败。这个画预示香菱的名字和命运。判词：“根并荷花一茎香，平生遭际实堪伤。自从两地生孤木，致使香魂返故乡。”“两地生孤木”暗藏夏金桂名字。根并荷花是说不管是莲还是菱，都连在一起，清高脱俗。香菱原名“甄英莲”，音谐“真应该可怜”。成为薛蟠侍妾后，薛宝钗给她取名“香菱”，很有神采，仍跟甄英莲联到一起，活画出其性格馨香，她虽然命运不济做侍妾，仍然保留着读书人家千金小姐自重自爱和对美好事物的向往。正像香菱自己的解释:“不独菱角花,就连荷叶莲蓬,都是有一股清香的。”是金子总会发光，命运多舛的香菱，虽然给呆霸王做侍妾，却羡慕大观园诗意栖存的薛宝钗、薛宝琴、林黛玉、史湘云，希望也能进人诗歌的世界，能进大观园。薛蟠外出,薛宝钗带香菱进大观园,拜林黛玉为师学写诗,后来又有史湘云做她的老师，香菱好学、认真、聪慧，做梦都写诗，而且写得像模像样。

其实阿呆给了香菱不错的物质享受。在夏金桂出现前，香菱和薛蟠的关系还算和谐。薛蟠虽不断在外打野食，玩妓女搞同性恋,对香菱却比较在乎。宝玉和凤姐受到马道婆诅咒，众人来看望时，薛蟠不是最忙？怕妈妈被人挤倒，怕香菱被贾珍等人调戏。如果阿呆娶个迎春这样软弱的妻子，或娶个探春这样强势却明理的妻子，香菱的日子会继续过得不错。香菱一直盼望薛蟠娶妻，天真地认为薛蟠娶妻，自己就减轻负担，大观园也多个写诗的人。没想到盼来的是能力连王熙凤脚趾头都比不上、但比王熙凤还要妒忌、伤害小妾手段更加毒辣而且明目张胆的人。夏金桂嫁给薛蟠后，首先要做的，就是给丈夫的爱妾改名,变“香菱”为“秋菱”,用萧杀的“秋”换掉温润的“香”，像秋风扫落叶一样扫除香菱个性中的馨香，既给丈夫的爱妾下马威,又对小姑子薛宝钗敲山震虎。从“香”变成“秋”，一字的变化，大观园的诗呆子香菱不可避免地变成了金桂侍妾秋菱。薛蟠喜新厌旧收了宝蟾后，夏金桂故意叫香菱夜里睡到自己房间的地上，一夜叫起来七八次，一会儿叫倒茶，一会儿叫捶腿，不给香菱片刻安稳休息的机会，千方百计折磨她。而呆霸王是十足的蠢货，是非不清，给撒泼的婆娘当枪使，无辜的香菱挨了薛蟠的大棒子。香菱终于完成判词里“水涸泥干，莲枯荷败”画境，走上死亡的悲剧结局。

曹雪芹对金陵十二钗副册唯一一位女性香菱相当钟爱，先后给她三个名字，成了她人生三段。第一段名字甄英莲，被人拐卖，真应该可怜；第二段的名字香菱，周瑞家的说她模样儿倒有点儿像东府蓉大奶奶的品格，贾琏艳羡她的模样齐整、美貌俏丽，说薛大傻子真辱没了她，香菱进大观园几天功夫就写出美妙的咏月诗；第三段的名字秋菱，是她的肃杀人生，得了干血之症，不久去世。不过，薛家人并不买夏金桂的账，薛姨妈薛宝钗在夏金桂改名后仍然叫香菱。她跟了宝钗后，仍然叫香菱。夏金桂想借给香菱改名表示自己比薛宝钗高明，却不能在薛家令行禁止。薛蟠可能听她的，但薛姨妈和薛宝钗不会。她是儿媳妇，不能命令婆婆把叫了几年的名字改掉，而薛宝钗颇有心计对付她，她也不敢命令薛宝钗改。

在人物命名上做文章，曹雪芹常借鉴前人小说，比如白话小说《卖油郎独占花魁》，卖油郎叫秦重，意思是情种。秦可卿的弟弟叫秦钟，也是情种。曹雪芹在香菱命名上借鉴《聊斋志异》更明显。《聊斋志异》有篇《菱角》，写以菱角做名字的人物，性情也散发着菱角荷花的清音。她的名字也和命运息息相关。菱角和胡大成在观音庵一见钟情，经父母之命订婚，后在战乱中离散，菱角父亲又受周生之聘，菱角坚持嫁胡大成，历尽磨难忠贞不移，最后在观音菩萨帮助下终成眷属。香菱、菱角的名字又和陆游的诗有关。陆放翁《书斋壁》："平生遭际苦萦缠，菱刺磨做芡实圆"，陆游自注："俗谓困折多者谓菱角磨作鸡头。"香菱、菱角，都包含着命运多舛的意思，都是从前人诗句获得小说需要的、隐含着人物命运的人名。究竟是蒲松龄和曹雪芹两位小说家不约而同从陆游诗想到人物命名？还是蒲松龄始作甬，曹雪芹进一步发扬光大？可以讨论。遗憾的是，香菱再也不能像菱角一样遇到救苦救难的观世音菩萨。正如《红楼梦》钟鸣鼎食之家的末世不可挽回一样。这正是《红楼梦》思想意蕴超出《聊斋志异》的地方。但《聊斋志异》对《红楼梦》的影响十分深刻，包括主题立意、人物描写、细节描写、环境描写乃至语言，简直可以说《聊斋志异》对《红楼梦》的影响俯拾皆是。这是另外的话题了。

红楼人物　人各一面

曹雪芹的《红楼梦》前八十回总共出现了206个女性人物，各个阶层都有，从贵妃到诰命夫人，从乡村老太，到尼姑道婆，从千金小姐到丫鬟仆妇，每出来一个人物都活灵活现。老夫人贾母是荣国府宝塔尖，福寿具全，以享乐为人生追求。和她年龄差不多的刘姥姥，一无所有，是农村的寡妇，而刘姥姥和贾母演了场对手戏。

贾府四位小姐元春、迎春、探春、惜春，曹雪芹在构思上，把四个人名字联系起来叫“原应叹息”，四姐妹有迥然不同的个性。元妃贵为皇妃，省亲时拉着祖母和母亲的手，呜咽不已；迎春是二木头，只会逆来顺受，连自己的首饰都保不住；探春是带刺的玫瑰花；惜春孤僻而耿介。四个人的丫鬟，曹雪芹用古代深闺小姐需要的修养命名，琴、棋、书、画，元春的丫鬟叫抱琴，迎春的丫鬟叫司棋，探春的丫鬟叫待书，惜春的丫鬟叫入画。她们也有自己的故事，尤其是迎春的丫鬟司棋。

贾府仆妇们出来也个性鲜明。周瑞家的，八面玲珑，在贾府上上下下周旋得体；王善保家的，叨三不着两，搬起石头砸了自己的脚。同样是怡红院丫鬟，袭人和晴雯个性完全不一样，袭人心机深细，晴雯性格直爽，即便和袭人个性相近的麝月，也表现出不同风姿，麝月口才特别好。

出现在贾府的三姑六婆，也特别有个性。马道婆，挂名是贾宝玉干娘，却和赵姨娘策划于密室，几乎害死贾宝玉；静虚尼姑引诱王熙凤害死了一对青年男女，到手三千两银子。

《红楼梦》写得最好、读者最喜欢的，还是那三位姑娘，吟《葬花吟》的林黛玉，写《柳絮词》醉卧芍药裀的湘云，吃冷香丸的薛宝钗。她们的丫鬟个性也非常的鲜明。八十回又出现了个和薛宝钗身份一样的富商姑娘。但夏金桂个性和薛宝钗大不一样。薛宝钗温文尔雅、与人为善。夏金桂心机阴暗，毒辣泼妇。她们的丫鬟，莺儿心灵手巧，宝蟾微贱和卑鄙。

《红楼梦》每出来一个人物，都有自己风采，都和他人不一样。这就是《红楼梦》的魅力。吴世昌先生曾说，《红楼梦》前八十回创造几百个成功的人物，莎士比亚几十部戏剧也创造几百个成功的人物。莎士比亚戏剧中，有些丫鬟在这一部戏和另一部戏可能面目相似，在《红楼梦》里绝对找不到相似丫鬟。晴雯和袭人不一样，袭人和鸳鸯不一样，鸳鸯和司棋更不一样，这就是伟大作家曹雪芹超强的塑造人物能力。即便他留下来的最后短短一回，又出了夏金桂和宝蟾两个令人耳目一新的人物。这两个人物的出现，也得到了贾宝玉的关注，感到奇怪，这么个鲜花嫩柳一样，和别的姐妹差不多，怎么是这个样？贾宝玉在纳闷，迎春的奶妈来家请安，说孙绍祖很差劲，姑娘总背地里淌眼抹泪，希望能接回来待两天。

妒妇悍夫　附骨之疽

贾母叫贾宝玉到天齐庙还愿，贾宝玉巴不得有这一声。第二天穿戴完了，出门到天齐庙，碰到了王道士，王道士擅长贴各种膏药，号“王一帖”。贾宝玉问他，有没有贴女人嫉妒的膏药，王道士说有个“疗妒汤”：用极好的秋梨一个，二钱冰糖，一钱陈皮，三碗水，每天早晨吃一碗，吃来吃去就好了。贾宝玉说，这倒不值什么，就是怕未必有效。王道士就说，一剂不行吃十剂，今天不行明天再吃，今年不行明年再吃，反正这三味药都润肺开胃不伤人，甜丝丝还止咳嗽，吃到100岁，人反正都要死，死了还嫉妒什么。这是非常有趣的一个情节。

迎春回来了，孙家婆娘媳妇回去，迎春才哭哭啼啼地和王夫人说孙绍祖“一味好色，好赌酗酒，家中所有的媳妇丫头将及淫遍。”迎春带去的四个丫鬟，甚至她的奶妈媳妇，比如王住儿媳妇，都被他侮辱了。迎春稍微劝一两次，孙绍祖就骂“醋汁子老婆拧出来的”，又说老爷收着他五千银子，使了他的。指着迎春说，“你别和我充夫人娘子，你老子使了我五千银子，把你准折卖给我的。”这究竟是孙绍祖胡说八道，还是贾赦真用了他的银子？曹雪芹没点明。王夫人只好解劝：“已是遇到了这不晓事的人，可怎么样呢！”“我的儿，这也是你的命。”迎春说：“我不信我的命就这么不好！从小儿没了娘，幸而过婶子这边过了几年心净日子，如今偏又是这么个结果！”迎春想回园子里住三五天，死了也甘了。不知道下次还住得住不得。迎春住了三天，才到邢夫人那边去。邢夫人不在意，既不问她夫妻是不是和睦，也不问她的家务是不是繁难。迎春走时拜别贾母、王夫人、众姐妹，悲伤不舍。很可能这是和祖母、婶婶、姐妹永别。大观儿女中，迎春非常不幸，是父母之命、媒妁之言造成的牺牲品。贾宝玉在太虚幻境看到迎春的判词“金闺花柳质，一载赴黄粱。”

忽喇喇似大厦倾

《红楼梦》有两条主线，宝黛爱情和贾府盛衰，曹雪芹前八十回最后一回开头通过《芙蓉女儿诔》预示宝黛爱情的最后结局。贾宝玉诔晴雯就是诔林黛玉。贾府最后怎么样？“树倒猢狲散”。贾雨村倒台是贾府“呼喇喇似大厦倾”诱因，是多米诺骨牌倾倒的第一块，拔出萝卜带出泥，贾雨村倒台会把贾赦、贾政，王子腾一起牵进来。王子腾不可能像程甲本续书写的堂皇入阁，上任时在路上死了。他肯定会受到贾雨村牵连罢官甚至流放。葫芦僧乱判葫芦案那一回说过，四大家族一荣俱荣，一损俱损。王子腾、贾政保举过贾雨村，都难逃罪责。贾政的学政之官也保不住。葫芦案重审，古扇案重判。贾赦被判罪，在戴罪期间死了。

凤姐曾假借贾琏名义写信给长安府云光，破坏张金哥的婚事，得到三千两银子。“长安”是反讽，长安，长久平安，其实一点也不平安。长安节度使云光，也是谐音，云光是云彩的光芒，谐音是运气全丢光。云光操纵他人婚事，害人致死的事情暴露，封疆大吏云光的运气也就光了。

鲍二家自杀案会重审，贾琏不是藏起多姑娘的头发？又曾用二百两银子买通鲍二，将来这缕头发暴露出来，引起王熙凤大闹。但是王熙凤已经挟制不了贾琏。当年鲍二家的自杀，贾琏用王子腾的关系疏通官府，把事压下去了。贾府倒霉，鲍二家的自杀会重新提出来，王子腾罪上加罪，顺便把贾琏五品乌纱帽抹了。

张华告状事也会真相大白，王熙凤操纵察院告贾琏国孝家孝中背旨瞒亲，停妻再娶，全部暴露。这会成为贾府罪名，更重要的是凤姐罪名。

葫芦僧乱判葫芦案，云光破坏张金哥婚事，鲍二家的自杀，石呆子古扇案，张华告贾琏案，一个一个案件都对贾府“呼喇喇似大厦倾”分担一定责任，但负主要责任的是没有任何责任的贾元春，谁叫她死了呢？而且她怎么死的？她的死仅仅使贾府没了靠山，还是她本人是在宫廷斗争中获罪而死，大大连累了贾府？是《红楼梦》最有趣的谜团。

曹雪芹的《红楼梦》写完，后几十回没传下来，我们现在看到的曹雪芹《红楼梦》只有八十回,更严格说是七十九回。张爱玲酷爱《红楼梦》，说人生三恨，一恨鲥鱼多刺，二恨海棠无香，三恨《红楼梦》未完。鲥鱼多刺，可以去食其他少刺的鱼，海棠无香可以去嗅其他有香的花，只有未完的《红楼梦》，除非能发现曹雪芹遗稿，永远没人能圆满解决。

我经常幻想穿过时光隧道，从当年借到曹雪芹手稿的人那里，把丢失的几十回找回来。这当然是科幻小说情节。而从程甲本开始，很多人在续《红楼梦》，这几年又出现了好几种新的续《红楼梦》，但无一例外，狗尾续貂，如果维纳斯断臂能被寻常的人接上，她还能是独一无二的美神吗？

喜马拉雅马瑞芳品读《红楼梦》结束语

红楼最后那碗茶

喜马拉雅收听马瑞芳品读《红楼梦》的红迷朋友，大家好，我是马瑞芳，感谢大家半年多来跟我一起分享最好的中国故事《红楼梦》。听众朋友提出很多极好的意见，对我很有帮助，非常感谢。

《红楼梦》是全世界最有意思的人情小说，它怎么样写人情？我们通过晴雯与贾宝玉生离死别时喝的那碗茶，也是《红楼梦》着力描写的最后一碗茶来看一看，曹雪芹这位伟大作家是怎么样一滴水照见太阳，半辨花描绘世界吧。

听众朋友有没有像我一样想像：当晴雯在表哥家的破炕上像饮甘露一样饮下那碗不像茶的茶，面临生离死别的贾宝玉眼前会不会像电影“闪回”一样，一个一个呈现贾府里、大观园里，那些美妙的“茶镜头”？《红楼梦》擅长写“茶文章”，不久，在贾府忽喇喇似大厦倾之际，喝过枫露茶、女儿茶、在栊翠庵品过梅花雪泡茶的怡红公子，会怎么样面对他自己未来那一碗绳床瓦灶、连粥都喝不上的人生苦茶？

曹雪芹写的最后这碗茶太妙了。

袭人成准姨娘后越发自我尊重，免人闲话，一两年不住宝玉外间值夜班，宝玉夜晚一应茶水呼唤都由睡卧警醒的晴雯承担，有这么便利的条件，二人却无私情往来。王夫人从日常生活寻不出晴雯丝毫过错，王熙凤查抄大观园也没查到晴雯丝毫赃证，只因长得好，再加有人——王善保家的这些贾府的婆子、多半或者主要还有袭人，公开和背地进谗言，晴雯被王夫人认定“狐狸精”，从怡红院轰出去。司棋犯风化罪离开缀锦楼，两个婆子将她所有东西拿着，绣橘赶来递上迎春给的绢包，里边装的是体己首饰。晴雯四五天水米没沾牙，王夫人下令从炕上拉下来，蓬首垢面由两个女人架出去，“只许把她贴身衣服撂出去，余者好衣服留下，给好丫头们穿。”吃斋念佛的王夫人何等冷酷狠毒！ 欲加之罪，何患无词？王夫人轰走晴雯竟不置一词，她也没找到能摆上桌面的言词，“眉眼儿像林姑娘”能说吗？如果王夫人开口，晴雯豁上乱棍打死也得把她顶撞个张口结舌。

宝玉说晴雯一身重病、无爹无娘，只有个醉泥鳅表哥，“如同一盆才抽出嫩箭来的兰花送到猪窝里去一般”，宝玉担心晴雯的安危，瞒着袭人偷偷跑到晴雯表哥家，看到晴雯睡在芦席草坑上，宝玉含泪悄唤两声，晴雯又惊又喜，又悲又痛，死攥住宝玉的手，哽咽半日说出半句话“我只当不得见你了。”接着咳个不住说：“阿弥托佛！你来得好，且把那茶倒半碗我喝。渴了这半日，叫半个人也叫不着。”宝玉看到炉台上有个黑沙吊子，不像茶壶，只得到桌上拿个碗，又大又粗，也不像茶碗，未到手先闻到油膻气，拿水冲了两次，再用壶里的水洗一遍，才斟上半碗，绛红的，也不像茶。晴雯说：“快给我喝一口罢，这就是茶了，哪里比得了咱们的茶。”宝玉尝了一尝，“并无清香，且无茶味，只一味苦涩”，晴雯却像得了甘露，一气都灌了下去。

晴雯表嫂居然就是贾琏情人多姑娘！她惊奇地发现晴雯竟是清白的，对宝玉说："你两个竟还是各不相扰，可知天下委屈事也不少。"淫荡者受到感动,给清白者做证明。《红楼梦》比阿加莎 · 克里斯蒂的侦探小说还巧。

宝玉给晴雯倒的这碗茶，是曹雪芹详尽描绘的最后一碗茶。

《红楼梦》是古代文化百科全书，曹雪芹并没有刻意记录百事典闻，而是在人物描写、故事进展过程中，贵族日常生活的方方面面，都被他细腻地"捎带"出来。《红楼梦》用茶做文章做到了家,前八十回涉"茶"上百次。茶成了《红楼梦》万花筒，照澈红楼人生各个角落。我们稍微回顾一下：

有时,茶被写入回前诗,用来概括这一回描写的主要内容。

如第二回"贾夫人仙逝扬州城，冷子兴演说荣国府"：

一局输赢料不真，香消茶尽尚逡巡。

欲知目下兴衰兆，须问旁观冷眼人。

大家族兴衰由政坛大局乃至皇室博奕决定，人生已像棋盘走到残局、喝茶喝到茶根，当事人还在留恋徘徊，四大家族为何兴衰？如何兴衰？当局者痴迷，只能靠旁观者冷眼观察，故曰"冷子兴"。甲戌本脂砚斋批语"只此一诗便妙极。此等才情自雪芹平生所长。"曹雪芹诗写得好，可惜《红楼梦》外，存世只两句。

再如第八回《薛宝钗小恙梨香院，贾宝玉大醉绛芸轩》：

古鼎新烹凤髓香，那堪翠斝贮琼浆。

莫言绮縠无风韵，试看金娃对玉郎。

“古鼎新烹凤髓香”是用名贵茶器端上极品茶；“那堪翠斝贮琼浆”是用翠玉酒杯斟美酒。这些都是薛姨妈招待宝玉的细节。不要将宝钗当成没风韵的女子，请看宝玉跟宝钗对面喝茶、饮酒情景！

茶成为《红楼梦》写人物的“尚方宝剑”，金陵十二钗占据第六位的妙玉，靠一段“栊翠庵茶品梅花雪”，这个人物就像浮雕一般。

其他红楼人物也都离不了茶。

如何喝茶？是黛玉进贾府后上的第一堂国公府专题课。什么叫诗书礼乐之家的礼数？什么叫国公府的规矩，黛玉进贾府第一次茶就喝出来了。

喝茶还能跟《红楼梦》主题线索“宝黛爱情”挂上钩。凤姐将暹罗国进贡的茶送姐妹和宝玉，问大家怎么样？宝钗说味道轻，其他人也说茶一般，黛玉却说好喝，大概因黛玉从小喝惯清淡的绿茶。宝玉颠颠地要将自己那些送黛玉，凤姐说她再送些给黛玉，并说还有事求她。黛玉笑道：“吃了他们家一点子茶叶，就来使唤人了。”凤姐笑道：“你既吃了我们家的茶，怎么还不给我们家作媳妇？”古代女子受聘叫“吃茶”。黛玉偶失捡点，在凤姐跟前耍巧嘴，被技高一筹的凤姐抓住，拿宝黛婚事开涮。凤姐拿“吃茶”开玩笑，泄露的是贾母叫二玉成一家的心思。

喝茶细事还可写出人际关系微妙变化。黛玉宝钗曾因“金玉良缘”明争暗斗，经“金兰契互剖金兰语”两次交心交谈，亲如姐妹。第六十二回宝玉生日那天，袭人看到宝玉和黛玉一起说笑，用茶盘端两盅茶来，黛玉已找宝钗说笑去了。宝玉取一盅茶，袭人端另一盅给黛玉送，看到黛玉宝钗在一起，就机灵地说：“哪位渴了哪位先接了，我再倒去。”宝钗笑道：我倒不渴，只要一口漱一漱就行。接过杯子喝一口，剩下半杯，递到黛玉手里。袭人笑说：我再倒去。黛玉却说：大夫不许我多吃茶，半杯就够了，将宝钗吃剩的茶一饮而尽。这个细节极传神。小性儿、高洁如黛玉竟喝宝钗漱口剩下的茶？谨慎处世的宝钗公然将吃过的茶杯递给黛玉？不怕黛玉生气？袭人自然看不懂，岂不知二人已如宝玉说“孟光接了梁鸿案”，亲如姐妹，毫无芥蒂。

沏茶的水也可包含人情尊贵卑贱在内。元宵节宝玉在回贾母宴席路上小解，丫鬟端来洗手的水凉了，恰好有婆子提着滚水路过，小丫头叫她倒些到盆里。婆子说：这是老太太泡茶的水，我劝你走了舀些去罢，哪里就走大了脚。秋纹说：凭你是谁的，你不给，我管把老太太的茶吊子倒了洗手！婆子回头看是宝玉的丫鬟，提起壶就倒，还道歉：我眼花了，没看出是这姑娘来！秋纹够张狂，竟敢宣称把老祖宗的茶倒来洗手，婆子却不得不买账。宝玉默许秋纹张牙舞爪，既是纵容丫鬟，也是自诩贾母捧着的凤凰。

怡红院“茶事”更是层出不穷：

一碗枫露茶撵走了茜雪：宝玉到梨香院看宝钗，回来已醉醺醺，茜雪捧上茶，宝玉想起早起的茶，问茜雪：早起沏了碗枫露茶，我说那茶是三四次后才出色，这会怎么又沏这茶？茜雪说:那茶原是留着的,李奶奶来,要尝尝,就给她喝了。宝玉听了，将手中茶杯顺手往地上一掷，“豁啷”一声打得粉碎，泼茜雪一裙子。宝玉跳起来问茜雪：她是你哪一门子奶奶？仗着我小时吃她几口奶，逞得比祖宗还大！立刻要回贾母撵走奶娘。后来真被撵走的是茜雪,第二十回李奶奶“排揎”袭人，黛玉宝钗来劝说，李奶奶拉住诉委屈，“将当日吃茶、茜雪出去与昨日酥酪等事，唠唠叨叨说个不清。”宝二爷少爷脾气发起来也好生了得。

一碗不该倒的茶挤走了小红：第二十四回怡红院大丫鬟都有事外出，宝玉要喝茶，叫了两三声，进来两个老嬷嬷，宝玉摇手“罢罢不用你们了”，拿了碗想自己倒茶。突然听背后有人说：“二爷仔细烫了手，让我们来倒。”宝玉一面喝茶一面打量“十分俏丽干净”的丫头并问：“你也是我这屋里的人么？”怡红公子不认识自己房里的丫头，而滴翠亭朴蝶的宝钗仅从声音就能判断出是“眼空心大”、“头等刁钻”的小红。宝玉问小红为什么不做端茶倒水活？小红回答“这话我也难说”。为什么难说？因为她没有倒茶的权力，只能做粗活，但她不服气，想往上爬。秋纹和碧痕回来发现小红跟宝玉同在房间，心中大不自在。怡红院丫鬟等级分明、分工明确。小红是小丫鬟，应该做抬水、扫地的粗活，没有权力亲近宝二爷。秋纹问明小红给宝玉倒茶，兜脸啐了一口，骂道："没脸的下流东西！正经叫你催水去，你说有事故，倒叫我们去。你可等着做这个巧宗儿。一里一里的，这不上来了？难道我们倒跟不上你了？你也拿镜子照照，配递茶递水不配？"小红本想在宝玉跟前显弄，无奈大丫鬟伶牙利爪，哪儿插得下手？刚刚制造了一个给宝玉倒水的机会，就被两个大丫鬟连讽加刺。小红从此对在怡红院求发展灰了心，不久抓住在王熙凤跟前表现的机会，跳槽走人。

一碗絮絮叨叨的茶写活了大管家：第六十三回，怡红院丫鬟约好晚上单独给宝玉庆生日。掌灯时分，林之孝家的带几个管家娘子来了，怡红院上夜的迎出去汇报。林之孝家的问二爷睡了吗？宝玉忙趿（拉）着鞋出来，吩咐"袭人倒茶来"。林之孝家的先教育宝玉早睡早起，说明日起迟了，人家会笑话哪像读书公子，倒像挑脚汉。又教育宝玉不要叫丫鬟名字，因为她们是老太太、太太屋里拨过来的。"便是老太太、太太屋里的猫儿狗儿，轻易也伤它不得。这才是受过调教的公子行事。"林之孝家的还说：应该给宝玉泡些普洱茶喝，袭人等忙说：沏了一盅子女儿茶，"大娘也尝一碗"。林之孝家的喝完茶，絮叨够才离去。

红楼人物关系有时很复杂很难平衡，小红在怡红院因为倒了一碗茶受大丫鬟的气；小红母亲林之孝家的是大管家，她进怡红院督察丫鬟是否尽职，监察宝玉是否按时作息，大丫鬟得恭恭敬敬给她倒茶。

一碗死皮赖脸喝的茶写绝了晴雯：第五十一回袭人因母亲病重回家，晴雯嫌冷在熏笼上睡，麝月在宝玉暖阁外值班，半夜宝玉喝茶，晴雯对麝月说:好妹妹也赏我一口儿。麝月说:越发上脸了。晴雯说：好妹妹，明儿晚上你别动，我服侍一夜如何？麝月只得服侍晴雯漱口、喝茶。晴雯就是这样，平日似乎不太出力，需要给宝玉出大力时，连命都不要。勇晴雯病补雀金裘是令人过目不忘的情节。

说不尽的《红楼梦》，说不尽的红楼茶。

还是回到晴雯最后那碗茶上。

宝玉看到晴雯喝那样差的茶水竟然如饮甘露，不禁感慨：“往常那样好茶，她尚有不如意之处。今日这样，看来，可知古人说的‘饱饫烹宰，饥餍糟糠’，又道是‘饭饱弄粥’，可见都不错了。”

未来宝玉还会发出更深感叹，可能仍跟茶有关。据脂砚斋透露，将来贾府事败，因为那碗枫露茶被宝玉撵走的丫鬟茜雪以德报怨，“茜雪至狱神庙方呈正文”。因为倒了碗不该倒的茶离开怡红院的小红也到狱神庙探望宝玉。那时的宝玉是个什么样？寒冬腊月，住绳床，围破毡，噎酸菜，什么枫露茶，暹罗国进贡的茶，六安茶，老君眉，什么普洱茶、女儿茶、玫瑰花露冲的茶、梅花雪水泡的茶……一概喝不上了。什么成窑五彩小盖盅、官窑脱胎白盖碗，什么绿玉斗，竹根整雕的套杯，还有端茶盅的海棠花式雕漆描金云龙献寿茶盘……一概见不着了。潇湘馆下棋品茶的林妹妹早就回了太虚幻境；给他送茶叶的凤姐姐王熙凤被休回金陵短命而死；荣禧堂摆慧纹品茶的老祖宗也已驾鹤西去；国公府蛛丝儿结满雕梁，四大家族，贾家，史家、王家、薛家，一损俱损，一败涂地。金满箱银满箱展眼乞丐人皆谤的宝玉剩下的，只有人生这杯苦茶，我们想像，大概也是绛红色，摆在瓦灶上，盛在晴雯表哥那种粗糙的瓷碗里。

《红楼梦》，人生如梦。

《红楼梦》永远品读不尽；

《红楼梦》像日月经天，江河行地永存；

《红楼梦》永远在热爱中华文化的读者心中。

图书在版编目（CIP）数据

马瑞芳品读红楼梦 / 马瑞芳著 . — 南昌 : 江西人民出版社 , 2018.6

ISBN 978-7-210-09984-0

Ⅰ . ①马… Ⅱ . ①马… Ⅲ . ①《红楼梦》研究 Ⅳ . ① I207.411

中国版本图书馆 CIP 数据核字（2017）第 305237 号

马瑞芳品读红楼梦

马瑞芳 / 著

责任编辑 / 王华　冯雪松

特别鸣谢 / 商珊　吕传四

出版发行 / 江西人民出版社

印刷 / 万卷书坊印刷（天津）有限公司

版次 /2018 年 6 月第 1 版　2018 年 6 月第 1 次印刷

规格 /787 毫米 ×1092 毫米　1/32　40 印张

字数 /728 千字

书号 /ISBN 978 – 7 – 210 – 09984 – 0

定价 /168.00 元

赣版权登字 -01-2017-967